KB083697

한국 고전시가의 난제와 대안

지은이

손종흠 孫鐘欽, Son Jong-heum

한국방송통신대학교 국어국문학과 교수를 역임하고, 현재 같은 학교 명예교수로 있다. 저서로는,
『속요형식론』,『고전시가 미학강의』,『지역문화와 문예콘텐츠』,『다시 읽는 한국신화』,『고전문학기
행』,『한강에 배 띄워라 굽이굽이 사연일세』,『한국시가의 미학』,『한국의 다리』,『손종흠 교수의
왕릉 역사기행』등이 있다.

한국 고전시가의 난제와 대안

초판 인쇄 2023년 1월 20일 **초판 발행** 2023년 1월 30일

지은이 손종흠 **펴낸이** 박성모 **펴낸곳** 소명출판 **출판등록** 제1998-000017호

주소 서울시 서초구 사임당로14길 15 서광빌딩 2층

전화 02-585-7840 **팩스** 02-585-7848 **전자우편** somyungbooks@daum.net **홈페이지** www.somyong.co.kr

값 65,000원 ⓒ손종흠, 2023

ISBN 979-11-5905-731-1 93810

한국 고전시가의 난제와 대안

손종흠

The Difficult Problem and Alternatives of Korean Classical Poetry

　고전시가 연구에 평생을 바쳤지만 언제나 드는 생각은 무척이나 어렵다는 것과 해결해야 할 과제가 매우 많다는 것이었다. 고전시가 연구에서 난제가 많은 이유로 많은 연구자가 으뜸으로 꼽는 것은 절대적으로 자료가 부족하다는 사실이지만 그것은 오히려 그리 심각한 문제는 아닌 것으로 보이기도 한다. 왜냐하면, 아직도 찾아내지 못한 자료들이 많은 데다 발굴된 자료에 대한 해석과 분석 또한 제대로 이루어졌다고 보기 어렵기 때문이다. 고전시가와 관련을 가지는 대부분 자료가 한문으로 되어 있는 데다 그것에 대한 정확한 해석도 제대로 완결되지 못한 상태이며, 관련 자료가 가지는 의미와 작품의 예술적 아름다움을 밝혀내기 위한 도구라고 할 수 있는 연구방법론도 아직 만들어내지 못한 실정이다. 이것이야말로 빠른 기간 안에 시급하게 해결해야 할 문제라고 아니할 수 없다.

　관련 자료에 대한 지속적인 발굴과 함께 지적하고 싶은 것은 작품 형성의 바탕을 이루면서 그것의 배경이 되는 현장에 대한 답사와 연구가 턱없이 부족하다는 점이다. 작품의 형성 배경이 되는 유적과 현장에 대한 답사는 텍스트에 대한 해석만으로는 알기 어려웠던 문제들을 해결할 수 있는 실마리나 새로운 자료에 대한 발굴을 가능하게 하므로 고전시가 연구에서 반드시 해야 할 작업 중의 하나라고 할 수 있다. 그러나 작금의 학계는 현장이 가지는 중요성보다는 데이터를 통해 찾아지는 텍스트 자료를 중심으로 연구가 이루어지고 있는 것으로 보인다. 고전시가는 자연환경이나 사회적인 문화 현상들이 작품의 형성에 많은 영향을 미치고, 그것이 직접 반영되어 작품에 나타나기 때문에 이에 대한 조사와 연구는 필수적인 작업이라고 할 수 있다.

고전시가 연구에서 또 하나 지적해야 할 난제 중의 하나는 작품과 관련 자료, 작품 형성의 현장 등을 총망라하는 빅 데이터의 구축과 그것을 기반으로 한 시대적 요구에 걸맞은 새로운 형태의 콘텐츠 개발이다. 상당수의 고전시가 작품은 향찰, 한자, 중세어 등의 방식으로 표기되어있어서 일반인들이 쉽게 접근하는 것이 불가능하거나 매우 어려울 수밖에 없는 한계를 지니고 있다. 고전시가는 원전과 관련 자료를 바탕으로 시대의 요구에 맞는 방식으로 진화하지 않으면 살아남을 수 없다는 절박한 문화적 환경에 직면해 있다는 점을 모두가 인지하고 이 문제를 해결하기 위한 노력을 해야 할 것으로 보인다. 특히 주목해야 할 부분은 앞으로의 사회에서는 화석화한 문자로 되어 있는 작품으로는 사람들의 관심을 끌기는 어려울 것이므로 첨단기술과 접목한 형태의 창조적인 문예콘텐츠로 거듭나지 않으면 안 된다는 점이다. 빅 데이터, 비콘, 증강현실 등의 첨단기술을 기반으로 하면서 시가 작품을 완전히 새로운 방식으로 사람들에게 보여주어야 할 것이기 때문이다.

　이 책은 이상에서 제시한 여러 가지 난제들을 중심으로 하면서 그것을 해결할 수 있는 방법을 제시해야 한다는 방향성에 맞추어 서술하고자 노력했다. 여기에서 제시한 새로운 자료와 분석의 방법 등은 시가의 예술적 아름다움을 제대로 밝히고, 시대에 맞는 문예콘텐츠를 개발하기 위한 첫걸음에 불과하다. 이러한 대안들이 고전시가의 연구와 발전에 조금이라도 기여할 수 있기를 기대해 본다.

2022년 12월 30일 죽계서실에서 저자 씀

책머리에   3

제1부 고전시가 연구의 쟁점과 율격의 문제

제1장 고전시가 연구의 쟁점   11

1. 상대시가 연구의 쟁점 — 역사적 배경에 대한 연구   12
2. 향가 연구의 쟁점   29
3. 속요 연구의 쟁점   36
4. 악장 연구의 쟁점   42
5. 시조 연구의 쟁점   47
6. 가사 연구의 쟁점   52
7. 잡가 연구의 쟁점   56
8. 민요 연구의 쟁점   59

제2장 한국시가 율격의 이론   64

1. 언어와 시가와 율격   67
2. 시가의 본질적 성격   69
3. 율격의 본질적 성격   73
4. 한국시가 율격의 본질   84

제2부 향가 연구에서 고려해야 할 난제

제1장 민족 통합과 향가의 발생   101

1. 신라의 민족 통합 과정과 향가   104
2. 향가의 발생과 성행   124

제2장 〈혜성가〉와 민족시가 형식의 탄생   132

1. 노래와 주술의 관계   134
2. 〈혜성가〉의 특성   141
3. 〈혜성가〉와 민족시가 형식의 탄생   155

제3장 한국어의 특성을 기반으로 한 삼구육명의 해석   157

    1. 기존 연구 검토   159

    2. 삼구육명의 의미   165

제4장 『삼국유사』 찬시를 통한 새로운 자료의 발굴   183

    1. 『산국유사』 찬시의 분포 양상과 그 성격   184

    2. 「순도조려順道肇麗」조의 분석   194

    3. 「순도조려」 찬시의 고구려 노래적 성격   206

제3부 고려시가 연구의 난제들

제1장 속요 율격의 중요성   211

    1. 예비적 고찰   212

    2. 속요 율격의 이론   223

제2장 〈만전춘별사〉의 명의名義와 작품의 성격   238

    1. 기존 연구 검토   241

    2. 〈만전춘별사〉의 명의名義   248

    3. 〈만전춘별사〉의 문학적 성격   258

제3장 〈정석가〉에서 삼동의 의미   269

    1. 선행 연구의 검토   271

    2. '삼동三同'의 어석語釋   280

제4장 속요에서 렴斂의 중요성   292

    1. 렴의 개념   293

    2. 렴의 종류   302

    3. 렴의 기능   311

    4. 쌍화점의 렴   321

제5장 경기체가의 장르적 성격   335

    1. 기존 연구의 검토   336

    2. 〈한림별곡〉의 문학성   337

    3. 〈한림별곡〉의 장르적 성격   357

제4부 가사의 전통과 계승의 방향

제1장 강호가사의 전통과 계승 방향 361
    1. 강호江湖의 성격 363
    2. 조선시대 선비와 강호가사 368
    3. 강호가사의 성격 371
    4. 강호가사의 전통과 계승 381

제2장 〈성산별곡〉의 구조 387
    1. 문학과 시간성 389
    2. 〈성산별곡〉의 구조와 시간성의 문제 397

제5부 민요 연구의 난제들

제1장 한국민요 분류의 이론 415
    1. 민요의 본질적 성격 415
    2. 민요의 분류 432

제2장 정치민요의 성격 447
    1. 예비적 고찰 450
    2. 정치민요와 비일상성 454
    3. 정치민요의 특성 471
    4. 정치민요의 성격 475

제3장 소통과 불통으로 본 민요와 시가의 관계 479
    1. 민요와 시가의 발생 과정 481
    2. 민요와 시가의 성격 488
    3. 민요와 시가의 소통과 불통 501

제4장 철원 지역 민요의 중요성과 전망 516
    1. 철원 지역의 자연과 환경 518
    2. 조사자료 개관 526
    3. 철원 지역의 민요 528
    4. 철원 지역 민요의 특징 567

제6부 시가의 시간성에 대한 문제

제1장 향가를 통해 본 신라인의 시간 개념　575

　1. 문학과 시간성　576
　2. 향가와 시간성　584
　3. 향가에 나타난 시간성　587

제2장 〈어부사시사〉에 나타난 시조의 시간성　603

　1. 윤선도의 생애와 사상　605
　2. 〈어부사시사〉의 시간성　610

제7부 시가의 사회사적 의미와 콘텐츠

제1장 견훤문학의 문예콘텐츠화 방안　631

　1. 견훤의 생애와 야래자설화　633
　2. 〈완산요〉의 문예콘텐츠화　646

제2장 호칭을 통해 본 노래의 성격에 대한 고찰　662

　1. 호칭과 인간관계　664
　2. 고전시가에 표현된 '님'　667
　3. 민요와 유행가에 표현된 님　675
　4. 사랑하는 사람에 대한 호칭 변화의 사회적 의미　685

제3장 시가문학에 대한 남북 평가의 차별성과 동질성　689

　1. 문학사 서술의 방법　690
　2. 시가문학에 대한 서술 관점　692

제4장 텍스트 맥락과 현장의 맥락을 통해 본 시가의 성격　715

　1. 고전시가의 성격　717
　2. 텍스트의 맥락과 현장의 맥락　726

제5장 하이쿠와 시조를 통해 본 한일 시가의 비교　739

　1. 속요와 와카和歌의 전반적 성격　744
　2. 속요의 이별가에 나타난 한의 정서　750
　3. 와카의 이별가에 나타난 한의 정서　762

참고문헌　775

제1부

고전시가 연구의 쟁점과 율격의 문제

제1장_고전시가 연구의 쟁점
제2장_한국시가 율격의 이론

제1장
고전시가 연구의 쟁점

고전시가는 우리 민족 고유의 노래이며, 선조들의 얼과 정신이 잘 담겨 있는 문학이다. 시가에 대한 올바른 해석과 평가 등은 민족문학을 이해하는 데 필수 불가결한 것이라고 할 수 있다. 이러한 성격을 지닌 고전시가는 아주 오래전부터 있어 왔기 때문에 그 역사가 매우 길다. 그러나 긴 역사에 비해서 남아 있는 작품은 그리 많지 않아 작품에 대한 이해와 해석을 올바르게 해내기가 결코 쉽지 않다는 어려운 점이 있다. 또한 과거의 표기수단과 어휘의 쓰임이 지금의 것과 많이 달라 내용을 파악하는 데도 큰 어려움이 따른다. 이러한 여러 문제점들은 물론 작품이 가지고 있는 성격에서 초래되는 것이지만 고전시가를 연구하거나 공부하는 사람들의 입장에서는 이 점을 소홀히 할 수 없기 때문에 고민거리가 되기도 한다. 왜냐하면 이러한 것들을 무시하고서는 작품에 대한 이해가 매우 어려울 뿐 아니라, 작품이 가지고 있는 예술적인 아름다움을 올바르게 밝혀낼 수 없기 때문이다. 이러한 난제를 해결하고 원전에 대한 정확한 해석과 올바른 이해를 위해서는 지속적인 자료의 발굴과 그것을 바탕으로 하는 새로운 분석 방법의 개발 등이 반드시 뒤따라야 한다. 이런 생각을 바탕으로 고전시가 연구의 현황과 난제 등을 중심으로 하여 시대별, 갈래별로 정리해 보고자 한다.

1. 상대시가 연구의 쟁점 – 역사적 배경에 대한 연구

상대시가는 상고시대부터 우리 민족이 만들고 불렀던 노래로 고대국가의 발생 과정에서 정착된 시가로부터 사국시대四國時代[1]까지 시가를 가리킨다. 사국시대의 역사도 그렇지만 그 이전 시기는 우리 자체의 기록이 거의 남아 있지 않은 상태이기 때문에 전체적인 접근이나 파악이 어려운 실정이다. 이런 이유 때문에 상대시가에 대한 접근과 분석 등은 중국 측의 자료에 의존하거나 아주 부분적으로 남아 있는 우리의 기록에 의존할 수밖에 없는 한계를 태생적으로 지니고 있다. 우리의 기록 중 가장 확실한 문헌은 김부식金富軾이 지은 『삼국사기』인데, 거의 신라 중심으로 되어 있는 데다가 아주 옛날의 역사는 거의 기록하지 않은 치명적인 단점을 가지고 있다. 더구나 정사正史를 중심으로 하다 보니 역사적인 사실이라고 생각되는 것에 한해 기록을 하게 되면서 상당수의 문학 작품이나 그것을 해석할 수 있는 다양한 정보들이 전해지지 못하고 소실되는 결과를 낳았을 것으로 추정된다. 『삼국사기』의 이러한 맹점을 어느 정도 보완해 주는 것은 고려 때 승려인 일연一然이 지은 『삼국유사』라고 할 수 있다. 그러나 이 문헌도 불교 중심인 데다가 신라 중심으로 되어 있으며, 이야기인 설화를 중심으로 하고 있기 때문에 『삼국사기』가 빠트리고 있는 것들을 모두 채워 줄 수는 없는 실정이다. 거기에다 작품의 숫자 또한 많지 않기 때문에 해석도 만만치가 않은 상황이다. 이러한 여러 문제점들을 안고 있는 상대시가는 상당히 오랜 기간 수많은 학자들이 심혈을 기울여 연구에 임하고 있으나 아직까지 해결하지 못한 문제들이 상당히 많이 쌓여 있는 상태다.

---

1   우리 민족의 역사에서 고구려, 백제, 가야, 신라가 공존했던 시기는 대략 600여 년이고, 가야가 신라에 통합되고 난 후 고구려, 백제, 신라의 세 나라가 공존했던 시기는 고구려 멸망 시기까지 대략 130여 년 정도다. 그러므로 삼국시대 이전에 사국시대가 존재했다는 사실을 역사 기술에서 생략해서는 절대로 안 될 것이다.

상대시가는 아주 오랜 역사를 가지고 있기 때문에 지금의 상황에서는 이해하기 어려운 점들이 매우 많다. 노래가 불릴 당시의 역사적 상황을 잘 알 수가 없는 데다가 작품을 해석할 때도 다양한 문제가 발생할 수 있기 때문이다. 또한 작품의 수도 많지 않은 데다 우리 글로 기록되어 있지도 않기 때문에 이를 정확히 해석하기는 매우 어려운 일이 아닐 수 없다. 그렇기 때문에 상대시가의 본질에 합리적으로 접근하기 위해서는 노래가 발생하고 불릴 당시의 역사적 상황에 대한 연구가 필수적일 수밖에 없다. 그런데 우리의 경우 남아 전하는 기록이 거의 없는 데다가 남아 있는 것도 대부분이 중국 측의 것이기 때문에 당시의 역사적 상황을 파악하는 데 많은 어려움이 따른다. 지금까지 남아 전하는 기록으로 볼 때 우리 민족은 노래를 매우 좋아했던 것으로 나타난다. 축제 같은 행사를 할 때에는 며칠씩 쉬지 않고 술을 마시면서 노래를 불렀던 것으로 기록되어 있기 때문이다. 이처럼 단편적인 기록으로만 보아서도 우리 민족은 매우 많은 종류의 노래를 만들고 즐겼을 것으로 추정할 수 있지만 현재 남아 있는 자료는 거의 없는 상태이니 참으로 애석하기 그지없다. 결국 그 당시의 역사적 상황을 바탕으로 하면서 현존하는 작품을 해석함과 동시에 예술적 아름다움을 밝혀내야 하는 어려운 문제에 봉착할 수밖에 없다. 이에 대한 접근을 최대한 정확하게 해내기 위해서는 역사학이나 고고학 쪽의 도움, 고대 미술이나 건축 양식에 대한 연구, 무용에 대한 연구, 문화적 관습에 대한 민속학적 연구 등에 도움을 받아야 한다. 그러나 이 분야에 대한 연구 성과 역시 아직 만족할 만한 수준이 아니기 때문에 어려움이 더욱 크다고 할 수 있다. 따라서 상대시가를 연구하는 데 중국에서 만들어진 단편적인 역사 기록에 의존하거나 역사학계의 연구나 고고학계의 연구를 활용할 수밖에 없다. 그것으로 부족할 경우에는 상상력을 동원해서 추측을 통한 가설을 세우거나 해석을 하는 길밖에 뾰족한 방법을 찾지 못하고 있는 실정이다. 그러니 상대시가에 대한 연구는 추상성을 벗어나기가 매우 어렵다는 점이 기본적으로 깔려 있다. 최근에 들어와서는 역사나 고고학계의 연구가 조금씩 활발해지면서 어느 정도는 개선되었으나 아직까지 밝혀내야 할 난제들이 산적해 있는 것도 사실이다. 이런 문제가 어느 정도 해결되면 상대시가에 대한 연구는 상당한 진전을 볼 수 있을 것으로 생각된다.

1) 〈공무도하가〉의 쟁점

(1) 노래의 국적 문제

이 노래를 가장 먼저 수록한 문헌이 중국의 것이고, 중국인들은 아주 오래전부터 이 노래를 소재로 하여 많은 작품을 남겼던 것으로 나타난다. 이런 이유 때문에 최근까지 학계에서는 〈공무도하가〉를 어느 나라의 노래로 볼 것이냐를 놓고 많은 논란이 있었다. 한치윤이 『해동역사海東繹史』에 우리의 노래라고 주장하기 전까지는 어떤 기록에서도 이에 대해 언급한 사실이 전혀 없었다는 것만 보아서는 중국의 노래로 취급될 가능성이 매우 큰 작품이다. 그러나 〈공무도하가〉에 대한 기록과 노래가 불린 상황 등을 종합해 보면 이 노래는 우리 민족의 노래가 틀림없다는 주장에도 매우 큰 설득력이 있다. 문제는 최표崔豹의 『고금주古今注』에서 밝힌 '조선진졸朝鮮津卒'이라는 것이 과연 지금의 한반도를 가리키는 것이냐 아니냐 하는 것에 달려 있는 것으로 볼 수 있다. 조선이라는 말의 뜻을 우리나라로 해석하면 이 노래는 의심의 여지가 없이 한민족의 노래가 된다. 그러나 조선이라는 지명이 중국 어느 지방에 있는 것이라면 이것은 우리 노래라고 주장할 근거가 사라지고 만다. 만약 조선이 중국 지명이라면 중국노래로 인정하지 않으면 안 될 것이다. 왜냐하면 이 노래는 중국문헌에 가장 먼저 수록되었고, 당나라 시대에 이태백 같은 시인이 이것을 소재로 하여 악부를 지을 만큼 많이 애용해 왔기 때문이다.

지금까지의 연구 결과는 조선은 우리의 지명을 나타내는 것이기 때문에 우리의 노래라는 것으로 귀착이 되고 있다. 그러나 여기에는 해결해야 할 문제가 매우 많이 남아 있다. 과연 당나라 이전부터 한반도를 조선이라고 부를 만큼 중국의 국세가 만주를 포함한 한반도 지역까지 뻗쳤는가 하는 점과 조선이라는 지명이 만주 쪽에 있다는 주장도 있는 만큼 이것에 대한 정확한 연구가 있어야 할 것으로 보이기 때문이다. 이러한 문제들이 정확히 해결될 때 〈공무도하가〉는 우리의 노래로 정확히 자리매김될 수 있을 것으로 보인다. 여기에 중요한 단서로 작용할 기록 하나가 있으니 그것은 다름 아닌 『만성통보萬姓統譜』라는 문헌이다. 이 책은 명나라 때 사람인 능적지凌迪知가 편찬한 것으로 고금의 성씨姓氏에 관해 기록한 것인데, 여기에서 곽리霍里라는 성에 대해 기술하면서 곽리자고는 조선 사람[2]이라고 분명하게 적어 놓고 있기 때문이다. 이 기록으로 볼 때 조선 진졸이라는 표현은 곽리자고가 어느 나라 사람인지를 밝히기 위한 것으로 되어 〈공무도하가〉는 우리 민족의 노래라는 것을 움직일 수 없는 사실로 확정할 수 있게 된다.

(2) 노래를 지은 사람

문헌의 기록을 그대로 믿는다면 이 노래의 작자는 백수광부白首狂夫의 처妻다. 그러나 백수광부의 처가 과연 이 노래를 노래답게 만든 진정한 작가라고 할 수 있는가 하는 점에 의문을 제기하는 연구자들이 많다. 왜냐하면 『고금주』에 실려 있는 기록을 보면 곽리자고에게 이야기를 전해 듣고 즉석에서 노래를 부른 곽리자고의 처 여옥麗玉도 작자로 볼 수 있는 근거[3]를 가지고 있기 때문이다. 또

---

2   "霍里子高 朝鮮人 晨起刺船 見一白首狂夫被髮携壺亂流而渡 其妻止之不及 遂溺死 妻乃携箜篌鼓之
    歌曰 公無渡河 公終渡河 公墮而死 當奈公何 音甚悽切 曲終亦投河死 子高還以其聲語妻麗玉 麗玉傷
    之引箜篌 寫其聲爲箜篌引(萬姓統譜)", 凌迪知, 『萬姓統譜』.
3   『고금주』에서는 곽리자고의 처 여옥이 지은 것이라고 기록하고 있는데, 후대의 여러 문헌에서
    도 이를 그대로 답습하고 있다.

어떤 이는 실제로 세상에 노래를 퍼뜨린 사람은 여옥에게서 노래를 전해 들은 여용麗容이라는 이웃집 여자이므로 여용을 이 노래의 진정한 작자로 보아야 한다는 주장도 하고 있는 실정이다. 그렇다면 〈공무도하가〉의 진정한 작자는 과연 누구로 보는 것이 가장 타당할까? 현재로서는 어떤 주상도 정설이라고 말하기 어려운 상태라고 할 수 있는데, 이러한 상황을 만들어낸 가장 중요한 이유는 이 노래에 대한 기록이 거의 남아 있지 않다는 데 있는 것으로 보인다. 자세한 기록이 남아 있지 않기 때문에 노래에 대한 정확한 해석도 이루어질 수 없으며, 작자에 대해서도 확정적으로 말하기가 어려운 것이다. 이렇게 되자 1차 작자를 백수광부의 처로 보고, 2차 작자를 여옥으로 보아야 한다는 견해도 제시되었다. 그러나 이것은 어디까지나 절충설에 불과할 뿐 문제의 핵심을 해결할 수 있는 의견이라고 보기는 어렵다. 이상의 연구 결과를 놓고 본다면 일단은 문헌의 기록을 가지고 논의할 수밖에 없는데, 〈공무도하가〉의 작자는 가장 먼저 노래를 부른 사람으로 기록되어 있는 백수광부의 처라고 볼 수밖에 없다. 작자를 이렇게 놓고 보면 〈공무도하가〉를 지은 작자가 어떤 성격을 가지는 인물인가 하는 것에 논의의 초점이 맞추어질 수밖에 없다.

(3) 노래를 부른 인물의 성격

노래를 짓고 부른 백수광부의 처와 곽리자고의 부인이 이런 노래를 부르게 하는 데 결정적인 원인을 제공한 백수광부는 과연 어떤 인물인가 하는 점이 중요한 의미를 가지는데, 이에 대한 논자들의 견해 또한 여러 갈래로 나누어져 있다. 크게 구분하면, 백수광부를 인간으로 볼 것이냐 신적인 존재로 볼 것이냐로 나눌 수 있는데, 인간으로 보는 견해는 인물의 성격에 초점을 맞추고, 신으로 보는 견해는 백수광부와 그의 처가 지니고 있는 신성성에 논의의 초점을 맞춘다.

백수광부와 그의 처를 인간으로 볼 때는 백수광부를 초현실주의자로 보고 그의 처를 현실주의자로 보는 견해가 중심을 이룬다. 즉 백수광부는 술을 많이 마시면서 현실을 외면하고 삶을 살아가는 인간이기 때문에 결국은 강물에 뛰어들어서 목숨을 버리고 만다. 그러나 그의 부인은 현실을 중요하게 여기고 현실에 순응하면서 삶을 살아가는 인간임을 상징적으로 나타낸 것이라고 본다. 그렇기 때문에 백수광부의 처는 남편이 물 속으로 들어갈 때 적극적으로 만류한다. 그러나 이미 백수광부에게는 현실에 바탕을 둔 아내의 말 같은 것은 들리지 않기 때문에 급기야는 물에 빠져서 죽는다. 백수광부는 이상을 좇다가 자신의 목숨까지 버린 셈이 되는 것이다. 그런데 인간의 삶은 늘 이상과 현실이 잘 조화를 이루어야 하는 만큼 이상을 잃어버린 현실은 그 의미를 잃을 수밖에 없다. 이상을 목표로 하지 않고는 현실이 존재하기 어렵기 때문이다. 따라서 백수광부의 처도 백수광부를 따라서 죽음의 길을 택할 수밖에 없게 된다. 백수광부와 그의 처를 사람으로 볼 때는 인간이 삶을 살아가면서 겪게 되는 여러 가지 어려움과 고통 등을 잘 묘사한 작품이라고 해석할 수 있게 된다.

백수광부와 그의 처를 신적인 존재로 볼 때는 이야기가 달라진다. 백수광부와 그의 처를 신적인 존재로 보면 백수광부는 주신酒神이 되고 그의 처는 악신樂神이 된다. 그러므로 백수광부와 그의 처는 실존 인물이 아니라 술과 음악을 대표하는 상징적인 존재이고 술과 노래를 좋아했던 우리 민족의 심성을 잘 나타낸 것이라고 볼 수 있게 된다. 백수광부와 그의 처를 신적인 존재로 이해할 때 노래의 성격도 달리 파악될 수밖에 없다. 백수광부와 그의 처를 신적인 존재로 놓으면 이 노래는 아주 오래전부터 우리 민족이 즐겨 왔던 민요의 일종이고 그것이 이야기와 결합하여 문헌으로 정착된 것이라고 볼 수 있게 된다. 이와 같이 작자와 작자가 가진 성격을 어떻게 보느냐에 따라서 노래의 성격도 달리 파악되고, 해석될 수 있으므로 이에 대한 연구는 신중을 기할 수밖에 없음 또한 자명하다.

(4) 노래의 배경 공간

이 작품에서 그 다음으로 문제가 되는 것은 노래의 무대가 된 공간이 과연 어디인가 하는 점이다. 조선현朝鮮縣이라고 했으니 조선이라는 지명을 가진 곳이라는 것은 알겠는데, 그곳이 지금의 한반도를 가리키는 것인지 아니면 중국의 어느 지명을 가리키는 것인지가 분명치 않기 때문이다. 노래의 무대를 어디로 잡느냐에 따라서 노래의 국적을 중국으로 잡아야 할지 우리나라로 잡아야 할지도 결정될 수 있기 때문에 이것은 매우 중요한 문제라고 할 수 있다. 이런 복잡한 문제점이 있기 때문에 노래의 무대가 된 조선현에 대한 학자들의 의견 또한 여러 각도에서 제기될 수밖에 없었다. 지금까지 도출된 의견들을 보면 중국의 지명으로 보아야 한다는 것과 우리나라의 평양 부근을 가리키는 것으로 보아야 한다는 견해로 크게 나누어진다. 이 두 가지 견해 중 어느 쪽을 따르더라도 한반도와 만주를 크게 벗어나지 않는 것은 자명한 사실이다. 만주는 아주 옛날부터 근세에 이르기까지 독자적인 문명과 문화권을 형성하여 중국의 영토로 취급되지 않았기 때문에 노래의 무대가 만주로 본다고 해도 이 노래를 중국의 것이라고 단정 짓기는 어렵다. 그리고 이 노래의 무대를 한반도로 볼 경우 생기는 하나의 문제는 과연 그 당시에 중국의 중심부에서 우리 한반도의 문학까지 속속들이 알 만큼 국가의 힘이 막강했겠느냐 하는 점이다. 중국의 지배력이 만주까지 미치게 된 것은 그리 오랜 역사를 가지지 못하기 때문이다. 이 문제는 결국 고고학이나 역사학 쪽의 도움을 받아야 하는데, 역사학이나 고고학 쪽에서는 이 문제에 대해 아직 관심이 미치지 못하는 것으로 보이기 때문에 많은 도움을 받기는 어려울 것으로 보이기도 한다. 결국 문학적으로 해결하는 길밖에 없는데, 정치적인 현상과도 연결 지으면서 노래의 무대가 된 곳이 어디인가를 밝혀내야 할 것으로 생각된다. 여기에 중요한 단서로 작용할 수 있는 것이 중국 측의 기록이다. 북위北魏시대에 역도원酈道元이 중국의 하천에 관한 책으로 작자 미상인 『수경水經』이란 책에 주석을 달아

펴낸『수경주注』에서는 조선을 기자국箕子國이라 하면서 옛 고구려 영내에 있는 패수浿水의 서쪽 부근인 낙랑에 조선현이 있었다고 적고 있으며, 청나라 때 고염무顧炎武가 지은『일지록日知錄』에서 조선현을 낙랑군에 속해 있던 고을 이름이라고 했다. 또한 조선 후기에 정약용이 지은 것으로 한반도 북부 주요 하천의 유로 및 주요 지류의 경로를 기록한 후 하천이 통과하는 지역의 지명 및 역사적 사실을 중국, 조선 및 일본의 역사적 문헌의 기록을 조사하고 검토한 후, 그것을 발췌·기술한『대동수경大東水經』에서도 위 문헌을 토대로 하여 조선현이 평양 부근임을 밝히고 있어서 중요한 단서가 될 수 있다.

(5) 노래의 성격

〈공무도하가〉의 성격을 어떻게 규정할 것인가 하는 문제는 노래를 창작된 것으로 보는가 아니면 전래된 것으로 보는가의 차이에서 기인한다. 〈공무도하가〉를 신가神歌로 볼 경우 이 노래는 그전부터 우리 민족이 자신들의 삶을 상징적으로 나타내는 노래로 불러왔다는 것을 의미하는 것이 된다. 창작된 노래로 본다면 한 인간의 개인적인 정서를 잘 표현한 노래로 규정하게 된다. 따라서 노래의 성격을 어떻게 규정하느냐에 따라서 〈공무도하가〉의 문학적인 갈래가 정해질 수밖에 없다. 옛날의 노래는 거의 대부분이 민요였을 가능성을 배제할 수는 없기 때문에 〈공무도하가〉도 민요의 일종이었다는 주장도 설득력을 가진다. 또 한편으로는 문헌 기록을 그대로 믿는다면 이 노래는 분명히 백수광부의 처가 지은 것이 틀림이 없는 것으로 보이기 때문에 개인의 정서를 잘 나타낸 서정문학의 하나라고 할 수 있게 된다.

2) 〈황조가黃鳥歌〉의 쟁점

(1) 서정과 서사

황조가에 대한 가장 오래된 쟁점은 이 노래를 서정시가로 볼 것인가 서사시가로 볼 것인가였다. 서정시가로 규정할 경우 〈황조가〉의 작자는 유리왕으로 보기보다는 전래된 민요가 설화에 끼어들어간 것으로 보아야 할 것이고, 서사시가로 규정할 경우는 유리왕이 지은 노래로서 왕의 이야기와 연결되어 강력한 서사성을 가진 노래로 봐야 할 것이다. 그러므로 〈황조가〉를 서정시가로 볼 것이냐 서사시가로 볼 것이냐 하는 문제는 〈황조가〉의 성격 규정을 위해서는 대단히 중요한 문제가 된다. 그런데 지금까지 이루어진 연구 결과를 보면 서정시가로 보는 견해가 지배적이다. 역사의 기록을 그대로 믿는다면 이 노래는 유리왕이 지은 노래로서 현존하는 우리의 고전시가 중 작가가 알려진 가장 오래된 시가가 될 것이다.

(2) 작자 문제

서정시인가 서사시인가 하는 문제는 결국 작가가 누구인가 하는 문제와도 연결될 수밖에 없다. 그런데 작자를 누구로 보느냐 하는 문제 역시 노래의 성격 규정과 일맥상통하기도 한다. 일단 기록을 그대로 중시한다면 이 노래는 고구려 제2대 왕인 유리왕이 지은 것이다. 그런데 이 노래의 구조와 내용을 자세히 살펴보면 개인적인 정서를 나타내기 위한 것이라기보다는 집단적인 정서를 나타내기에 더 적합한 작품임을 쉽게 알 수 있다. 유리왕으로 작자를 설정하더라도 다른 한편에서는 민요일 가능성을 배제할 수 없는 작품이 바로 〈황조가〉이다. 노래의 성격으로 판단할 때 〈황조가〉는 서정시이며, 그 전부터 우리 민족이 부르던 것으로 사랑을 잃어버린 화자의 외로움을 담아낸 노래로 보는 것이 합리적일 것으로 생각된다.

(3) 노래의 대상

문헌 기록으로 볼 때는 〈황조가〉가 대상으로 하는 인물은 치희稚姬라고 해야 할 것이다. 왜냐하면 치희는 화희禾姬와 싸우고 나서 본국으로 돌아가 버리고 말았으며, 치희를 잡지 못한 유리왕이 자신의 외로움과 서글픔을 〈황조가〉에 담아서 노래한 것으로 보이기 때문이다. 따라서 〈황조가〉의 대상은 일단 치희라고 할 수밖에 없다. 그러나 여기에 대해서 반론을 재기한 견해도 만만찮다. 〈황조가〉를 부른 유리왕의 심정은 본국으로 돌아간 치희를 그리워해 부른 것이 아니라 일찍 세상을 떠난 송 씨禾氏 부인을 그리워해서 부른 노래일 가능성이 더 크다고 보는 것이다. 즉 화희와 치희가 서로 반목하여 싸우는 것을 본 유리왕은 평소에도 죽은 송 씨 부인이 그리웠는데 치희가 본국으로 돌아가 버리자 죽은 송 씨 부인에 대한 그리움이 더욱 사무쳐서 이 노래를 부르게 되었을 것이라는 주장이다. 그러나 이러한 해석은 어디까지나 연구자의 추리에 불과하다. 아주 오랜 역사를 가지고 있는 고전시가에 대한 해석은 그것을 싣고 있는 문헌이 사실인지 아닌지가 명백해지기 전까지는 일단 믿을 수밖에 없어서 문헌에 실린 기록을 중심으로 이야기 할 수밖에 없기 때문이다. 따라서 위의 해석은 연구자의 추리라고 할 수밖에 없게 된다. 특히 『삼국사기』는 정통 역사서이기 때문에 역사적인 사실에 관한 한은 믿을 수밖에 없는데, 이곳에 실린 유리왕에 대한 기록을 무시하고 〈황조가〉의 대상이 죽은 송 씨라고 하는 견해는 재고의 여지가 있는 것으로 보인다.

3) 〈구지가〉의 쟁점

(1) 노래의 성격

『삼국유사』의 기록으로 볼 때 이 노래는 가락국의 건국신화와 연결되어 있으며 신령스런 군주神君를 맞이하기 위한 원망願望을 부른 노래라고 할 수 있다.

그런 이유 때문에 이 노래는 주술성이 강조되는 특징을 보이고 있다. 주술성은 인간이 바라는 바대로 현실을 변화시키는 힘이라고 할 수 있다. 현재까지 전승되는 노래 중에는 무가의 주술성이 가장 강력한 것으로 볼 수 있다. 주술성이 강조된다는 것은 인간이 마음속에서 바라는 바가 스스로의 힘으로 이루기가 무척 힘들거나 불가능하다는 의미를 가진다는 뜻이다. 그런 바람을 가지고 있는 사람은 주문이나 노래처럼 주술력이 강한 무엇인가를 이용하여 그것을 성사시킬 수 있도록 하려고 한다. 여기에 가장 흔히 쓰이는 것이 노래라고 할 수 있다. 노래는 그것이 가진 가락과 표현의 중독성 등으로 인해 강력한 주술성을 가지고 있는 것으로 믿기 때문이다. 그런 이유 때문에 노래는 전지전능한 존재로서 사람이 바라는 바를 이룰 수 있도록 해주는 능력을 지닌 신神을 즐겁게 하는 과정에서 주로 많이 불린다. 노래를 통하여 신에게 하소연을 하면 노래에 응해서 인간이 바라는 바대로 일을 성공하도록 해 준다고 믿었기 때문이다. 신군을 맞이하기 위하여 불렀다고 하는 〈구지가〉야말로 우리 민족이 남긴 노래 중에서 주술성이 강조되는 가장 오래된 노래라고 할 수 있다. 그런데 이 노래와 똑같은 구조를 가진 작품이 신라시대에도 불렸다는 기록이 있어서 주목을 끈다. 해가海歌라고 하는 이 작품은 〈헌화가〉라는 이름을 가진 향가가 실려 있는 『삼국유사』의 수로부인조에 남아 있다. 수로 부인은 매우 아름다워서 큰 산이나 큰 연못을 지날 때 신물이 납치하는 경우가 많았는데, 해변에서 점심을 먹고 있다가 바다에 사는 해룡에게 납치를 당했다는 것이다. 이 때 어떤 노인이 나타나서 해가를 부르면 부인을 만날 수 있을 것이라고 하였다. 노인이 시키는 대로 했더니 용이 부인을 모시고 나와서 바쳤다고 한다. 이 때 불렸다는 노래인 해가의 구조가 바로 〈구지가〉의 구조와 거의 일치하고 있다는 점은 시사하는 바가 매우 크다. 즉 이러한 종류의 노래는 아주 먼 옛날부터 우리 민족이 즐겨 불러왔던 것이라는 점을 확인시켜 주는 증거가 되기 때문이다. 주술성이 있는 이런 종류의 노래는 그 외에도 많았을 것으로 추정되지만 현재 남아 있는 노래는 이것밖에 전해지지 않는다. 따라서 〈구지가〉는 현존하는 우리의 시가 작품 중 주술성이 강조되는 가장 오래된 노래라고 할 수 있다.

(2) 노래의 기능

위에서 보는 바와 같이 이 노래는 주술성이 강조되는 것으로 신군을 맞이하기 위한 노래이기 때문에 노래가 가지는 기능 역시 자연스럽게 주술 기능이 중심이라는 것을 알 수 있다. 좀 더 구체적으로 말하면 신군을 땅으로 내려오게 하려는 주술적 기능이 강조되는 노래가 바로 〈구지가〉인 것이다. 그런데 그것은 한 사람의 입으로만 불린 노래가 아니라는 점도 주목할 필요가 있다. 왜냐하면 주술성은 한 사람의 힘만으로는 달성될 수 없는 성격을 가지고 있기 때문이다. 여러 사람이 다 같이 노래를 부른다는 의미는 이 노래가 행동 통일의 기능도 가지고 있었다는 것을 입증하는 것이기도 하다. 왜냐하면 여러 사람이 한꺼번에 노래를 부르기 위해서는 무엇인가 행동 통일을 하지 않으면 안 되는데, 그러기 위해서는 이 때 불리는 노래에는 자연이 행동 통일 기능이 들어가게 마련이기 때문이다. 또한 이 노래는 신을 맞이하기 위하여 부른 노래이기 때문에 신을 즐겁게 하는 오신娛神 기능 또한 배제할 수가 없다. 즉 신으로 하여금 인간이 바라는 바대로 움직이도록 만들기 위해서는 신을 즐겁게 해야 하기 때문이다. 이러한 것을 오신 기능이라고 할 수 있는데, 이 기능은 신에 대한 찬양을 중심으로 하는 현재의 무가에도 발견된다.

(3) 노래와 이야기의 결합 방식과 그 의미

『삼국유사』에서 보면 노래는 이야기를 이끌어나가기 위한 보조수단으로 사용된 듯한 느낌을 많이 받는다. 즉 『삼국유사』에 실린 노래는 이야기의 진행을 돕기 위하여 보조수단으로 쓰일 수 있도록 꾸며진 짜임을 가지고 있다는 것이다. 『삼국유사』의 기록을 보면 노래는 신화의 일부분으로 녹아들어 불린 것으로 보이기 때문이다. 따라서 이야기를 중심으로 본다면 〈구지가〉는 별로 큰 의미가 없다. 그러나 이야기의 진행을 잘 살펴보면 노래가 하는 구실이 매우 큼을 알 수 있다. 노래가 없으면 신은 인간세상으로 내려오지 못했을 것으로 보이기 때문이다. 여기에는 노래가 없으면 인간의 능력으로는 신을 감동시켜 일을 해결하도록 만들지 못한다는 의미가 포함되어 있다고 볼 수 있다. 노래와 이야기가 결합하는 방식으로 보아서는 노래가 이야기의 일부를 이루는 것처럼 보일지 모르지만 실제에 있어서는 노래가 없으면 이야기 자체가 별 의미를 가지지 못하는 결과를 낳을 수밖에 없다는 것이다. 표면상으로는 이야기가 중심인 것처럼 보이지만 실제로는 노래가 하는 구실이 중심을 이루는 구조가 바로 『삼국유사』에서 보이는 이야기와 노래의 결합 방식이다.

(4) 노래의 짜임과 대상의 상징적 의미

〈구지가〉의 짜임을 보면 노래의 대상을 불러서 청하는 내용, 구체적인 요구사항, 노골적 협박의 순서로 되어 있다. 부르고, 요구하고, 위협하는 구성은 신령스런 존재에 대해 무엇인가를 소망할 때 사람이 사용하는 가장 일반적인 방식이다. 이것을 삼단구성이라고 할 때 전통적인 문화원형과 깊은 관계를 가지고 있는 것으로 보인다. 오랜 역사를 지니고 있으면서 지금까지 전승되는 무당굿의 짜임이 바로 삼단구성으로 되어 있음에서 이러한 사실을 알 수 있으며, 고전시가의 경우에도 삼단구성을 취하는 작품이 매우 많다는 것에서도 확인할 수 있다. 특히 주술성이 강조되는 노래의 경우는 거의 모든 작품이 삼단구성을 취하고 있는 것을 보면 이러한 삼단의 구성법이 우리의 정신문화에서 큰 뿌리를 이루고 있다는 것을 알 수 있다. 이러한 짜임은 바로 우리의 문화습관에서 비롯된 것이라고 할 수 있기 때문에 대단히 중요한 의미를 가진다. 삼단구성을 가지는 것이 인간의 뜻을 신에게 전달하기 위한 가장 효율적인 수단으로 생각되었고, 그것을 실천하는 구체적인 수단으로 노래나 굿 같은 것을 활용했을 것이기 때문이다.

　노래의 대상이 거북이라는 점도 간과해서는 안 될 중요한 것 중의 하나이다. 왜 하필이면 거북이였을까 하는 의심은 이 노래를 읽는 사람이면 누구나 가질 수 있다. 거북은 원시시대부터, 그리고 세계적으로 신령스런 존재로 인식되면서 모셔진 동물이며 신화나 노래 등의 문학 작품에 많이 등장한다. 거북은 수명이 길고 생긴 모습이 특이하기 때문인지 인간에게는 대단히 신령한 동물로 비쳐졌다. 그렇기 때문에 문학 작품에 등장하는 거북이 가지고 있는 상징적인 의미에 대해서는 반드시 생각해 봐야 한다. 지금까지 연구된 바를 보면 거북은 신령스런 동물임과 동시에 남성을 상징하는 존재로 파악되고 있다. 이와 더불어 중요한 것은 노래 속에 쓰인 거북과 불이 가지는 상징적인 의미라고 할 수 있다. 거북을 성적 상징으로 보아 남성의 상징으로 보면 자연스럽게 불은 여성을 상징하는 것이 되면서 대칭관계를 형성한다. 이렇게 놓고 보면 이 노래는 아주 옛날부터 우리 민족이 남녀간의 사랑, 다산, 주술 등을 위하여 불러왔던 노래라는 데 의견의 일치를 볼 수 있게 된다. 그런데 거북을 성적 상징으로 보는 데는 쟁점이 없는 것이 아니다. 성적인 상징을 하필이면 신군을 맞이하는 과정에서 불러야 하는가 하는 것과 거북을 성적 상징으로 볼 문헌자료가 그렇게 많은가 하는 점 등이다. 거북에 대해서는 문헌의 기록 그대로를 인정하여 신군을 맞이하기 위한 제의 과정에서 신군의 만수무강을 기원하기 위하여 부른 노래로 보는 견해도 있다. 그러나 이렇게 놓고 보더라도 신군의 만수무강을 축수하기 위한 노래에서 수복의 상징인 거북에 대한 위협을 왜 가해야만 했을까 하는 의문은 여전히 풀리지 않는다. 이 문제는 노래의 성격을 결정짓는 중요한 요소이기도 하기 때문에 앞으로도 많은 검토와 연구가 있어야 할 것으로 보인다.

(5) 노래의 문학사적 의의

위에서 살펴본 바와 같이 〈구지가〉는 우리 민족이 아주 옛날부터 즐겨 부르던 노래였던 것으로 생각된다. 그렇기 때문에 상당한 시간이 지난 뒤에 수록된 『삼국유사』 같은 문헌에 이 노래와 구조가 완전히 일치하는 해가 같은 노래가 실리게 된 것으로 보인다. 따라서 이 노래는 우리 문학사에서 현존하는 가장 확실한 신가이며 후대의 시가에도 막대한 영향을 가진 노래라고 할 수 있으므로 이를 중심으로 하는 문학사적 의의에 대해 여러 각도에서 다양한 접근을 시도할 필요가 있을 것으로 보인다. 특히 민간에서 불리는 것 중 주술성이 강조되는 노래에 대한 전체적인 파악과 함께 이 작품들이 지니고 있는 상호 연결성과 문학적 성격 등을 정치하게 분석하고 의미를 파악함과 동시에 그 작품들이 문화적으로 어떤 흐름으로 이어지고 있으며, 발전해 왔는지에 대해서도 검토하는 작업을 해야 할 것으로 생각된다.

4) 〈정읍사〉 연구의 쟁점

(1) 노래의 시대 규정을 어떻게 할 것인가

〈정읍사〉는 조선시대의 문헌인 『악학궤범樂學軌範』에 실려 전하기 때문에 그간의 연구자들은 대부분 고려시대의 시가로 취급해 왔다. 조선시대의 문헌에 실려 있으며 다른 속요와 함께 실려 있기 때문에 당연히 고려시대의 노래라고 생각하고 속요의 일부로 연구하였던 것이다. 그러나 근래에 이르러 이 노래는 백제의 노래로 보는 것이 바람직하다는 견해가 대두되면서 상당한 설득력을 가지게 되었다. 이 노래를 백제의 노래로 보는 이유는 『악학궤범』에 분명히 백제의 속현 정읍에서 생겨난 노래라고 하고 있으며, 노래의 구성적 특성으로 볼 때도 고려시대의 노래와는 상당히 거리가 있는 작품이기 때문이다. 특히 〈정읍사〉를 고려시대의 작품으로 보느냐 아니면 백제시대의 작품으로 보느냐가 우리 문학사에서 가지는 의의가 매우 크기 때문에 더욱 중요한 의미를 가지게 된다. 우리 민족의 시가 중에서 〈정읍사〉와 거의 완전히 일치하는 구조를 가진 작품이 존재하는 것이 그 이유가 되는데, 향가 〈원왕생가〉가 바로 그 작품이다. 〈정읍사〉를 백제의 노래로 볼 경우에는 〈정읍사〉가 〈원왕생가〉에 영향을 미친 것이 되고, 〈정읍사〉를 고려시대의 노래로 볼 경우는 〈원왕생가〉가 〈정읍사〉에 영향을 미친 것으로 보아야 해서 문학사의 흐름이 완전히 바뀔 수 있기 때문이다. 즉 〈정읍사〉의 시대 설정에 따라 우리 시가문학사가 매우 큰 폭으로 달라질 수밖에 없게 되는 것이다. 그런데, 지금에 와서는 대부분의 연구자들이 〈정읍사〉는 백제의 노래에 넣어야 한다는 데 의견의 일치를 보고 있기 때문에 향가 〈원왕생가〉가 〈정읍사〉의 영향을 받아 창작된 노래라는 사실이 한층 명백해지고 있다.

(2) 표현의 해석에 대한 의문점

정읍사에서 해석상 논쟁이 되었던 표현은 "全저재 녀러신고요"라는 부분이었다. 여기에서 문제가 되었던 것은 작품 안에서 가지는 '全'의 구실이 무엇이며, 문학적 의미를 어떻게 볼 것인가 하는 것인데, '전주全州'를 지칭한 것으로 보아야 한다는 견해와 글자가 지니고 있는 뜻 그대로 해석하여 전체, 모두를 의미하는 '온'으로 보아야 한다는 것으로 나누어진다. 〈정읍사〉를 백제시대의 노래로 볼 때 '全'을 '전주'라는 지명으로 해석하는 데는 무리가 따르는 것으로 보인다. 역사적으로 볼 때 이 지역의 명칭을 완산주完山州에서 전주로 바꾼 것이 남북국시대인 신라 경덕왕景德王 16년인 서기 757년으로 나타나는데, 〈정읍사〉를 부르던 백제시대에 '전'을 이런 표현으로 쓴다는 것은 불가능하기 때문이다. 만약 고려 말에 궁중무악으로 수용되는 과정이나 조선 초기에 문헌으로 정착하는 과정에서 전주라는 뜻으로 넣었다고 한다면, 그에 상응하는 타당한 이유가 밝혀져야 할 것으로 보인다. 또한 '全'을 '온'으로 해석하는 데도 상당한 문제가 야기될 수 있어서 조심스럽다. 『악학궤범』이 편찬될 당시에 이미 훈민정음이 존재했고, 노랫말은 가능한 한 우리 글로 기록하려는 흔적이 보이는 점으로 보아 '온'을 굳이 '全'으로 기록한 이유를 발견하기가 어렵기 때문이다. 다른 한편에서는 이 글자만 유독 한자로 표기되었다는 점에 착안해서 해석하는 주장도 있다. 이것은 인어로서의 의미를 가지는 표현이 아니라 악곡의 명칭을 나타내는 것이기 때문에 '후강전後腔全'으로 묶어서 생각하는 것이 좋으며, 문학적으로는 별 의미가 없는 악곡의 명칭에 불과하다는 견해가 그것이다. 그러나 이 주장 역시 커다란 단점을 가지고 있다. 다른 악곡 명칭에 '全'이 붙어 있는 것을 어디에서도 발견할 수가 없다는 점 때문이다. 우리 문헌이 아니라 다른 나라의 문헌에서라도 이런 이름으로 된 악곡명이 있다면 모를까 그런 증거가 발견되기 전까지 이 주장은 받아들여지기 어려운 점이 있다.

(3) 노래의 구성적 특징

이 노래는 매우 특이한 구성을 취하고 있다. 〈정읍사〉가 취하고 있는 구성상 특징은 공간적으로 멀리 떨어져 있어서 자신의 생각을 직접적으로 전달할 수 없게 된 화자가 자연상관물인 하늘의 달을 끌어온 다음, 자신의 심정을 그것에 투영하여 전달하는 방식을 취하고 있는 데 있다. 자연상관물을 이용한 의사전달 방식은 문학 작품에서 가끔 쓰는 수법이다. 그런데, 우리 문학사에서는 〈정읍사〉가 최초의 작품으로 보이기 때문에 주목을 요한다. 〈정읍사〉는 시장에 나가서 오랫동안 돌아오지 않는 남편을 그리워하는 아내의 심정을 잘 묘사한 노래다. 그런데 남편은 부인이 있는 집과는 아주 멀리 떨어져 있어서 만날 수 없을 뿐 아니라 자신의 안타까운 심정을 전할 수도 없다. 그래서 화자가 가지고 있는 그리운 마음과 걱정되는 심정을 전하는 방법으로 하늘에 떠 있어서 항상 멀리까지 볼 수 있는 달을 심부름꾼으로 이용한 것이다. 즉 이 노래는 아내와 남편과 달이 삼각관계를 이루는 구성 방식을 통해 꾸며지고 있다. 하늘에 있는 달이 공간적 한계를 극복할 수 있는 매개체로 사용되고 있는 것이다. 〈정읍사〉의 이러한 구성법은 후대에 나타난 것이라고 할 수 있는 향가 중 〈원왕생가〉에서도 그대로 보이고 있어서 한층 관심도를 높이고 있다. 〈원왕생가〉는 서방정토에 가서 극락왕생을 원하는 구도자가 하늘에 있는 달을 부처의 심부름꾼으로 설정하여 자신의 심정을 전달하는 방식을 취하고 있다. 따라서 노래하는 이만 달라졌을 뿐 〈원왕생가〉는 〈정읍사〉의 기법을 그대로 따온 것이라고 할 수 있게 된다. 이러한 사실은 문학사적인 면에서 매우 중요한 의미를 지니는 것으로 볼 수 있다.

2. 향가 연구의 쟁점

1) 시대적 배경 연구에 대한 문제점

향가는 남북국시대에 만들어지고 불린 노래로 알려져 있다. 그런데, 현존하는 향가는 고려 때 지어진 『삼국유사』에 기록되어 있으니 향가 연구에서는 우선 시대적 배경에 대한 것이 문제가 된다. 즉 신라 때의 시대적 배경을 연구해야 함은 당연한 일이나 그것이 수록된 시기는 고려시대이기 때문에 고려시대의 역사적 배경도 무시할 수가 없는 상황이기 때문이다. 그리고 신라에 대한 역사적 연구가 문학 쪽에서 이용할 만큼 충분히 되어 있지 못하다는 점도 하나의 문제점으로 지적된다. 특히 『삼국유사』는 불교와 관계가 깊은 책이기 때문에 여기에 실려 있는 향가도 자연히 불교와 관계가 깊은 것들이 중심을 이룰 수밖에 없다. 따라서 신라에 대한 연구는 그 당시의 불교에 대한 연구를 곁들이지 않으면 안 되며, 이것이 고려의 시대적 배경과 불교와도 연결성을 가져야 한다는 것이다. 이러한 점들이 향가 연구를 어렵게 만드는 일차적 요소라고 할 수 있는데, 역사적 배경과 사상적 배경 외에도 향가가 불린 당시의 문화적 배경에 대한 연구도 아직까지 지지부진한 형편이니 이것도 향가 연구에서 문제점으로 지적하지 않을 수 없다. 이러한 연구가 우선되어야 하는 이유는 문학은 그것이 만들어지고 불린 당시의 모든 사회적, 문화적 현상을 총체적으로 반영하고 있는 존재이기 때문이다. 특히 시대적 배경에 대한 것은 작품이 지니고 있는 예술적 아름다움이 잘 드러날 수 있도록 해석해내기 위해서는 반드시 필요한 것이기 때문에 역사, 사상, 사회, 문화 등의 다양한 분야의 연구 성과나 업적을 수용하여 활용하는 것이 반드시 필요하다고 할 수 있다.

2) 작자에 대한 문제

향가의 작자에 대해서는 크게 두 가지로 견해가 나누어진다. 『삼국유사』에 나와 있는 사람의 이름을 그대로 믿어서 실존했던 실제 작자로 보느냐 아니면 일정한 과정을 거쳐 누군가에 의해 가공된 설화상의 인물로 보느냐 하는 두 가지다. 주로 초기 연구자들은 『삼국유사』의 기록을 그대로 믿어서 실제 인물로 생각하고 연구를 진행해 왔다. 그러나 연구의 실적이 쌓이면서부터 여기에 대한 이론이 제기 되기 시작했다. 『삼국유사』에 향가의 작자로 나와 있는 인물들이 그 당시에 실존했다는 증거가 어디에도 발견되지 않는다는 점이 작자가 설화상의 가공인물일 가능성이 높다는 것을 제기하게 하는 직접적인 근거가 됐다. 또한 『삼국유사』에 향가의 작자로 기록되어 있는 인물들의 이름을 보면 향가와 설화의 내용을 요약해서 붙인 듯한 인상을 주는 것들이 대부분이라는 점도 향가의 작자를 설화상의 가공인물로 생각하게 하는 결정적 요인이 되었다. 예를 들면 백성을 다스리는 이치를 내용으로 하는 〈안민가〉를 지은 충담사는 국가에 충성하는 말을 하는 사람이라는 뜻으로 풀이할 수 있고, 하늘에 나타난 혜성의 변괴를 없앤 융천사融天師는 하늘을 융화시킨다는 의미를 가지는 이름으로 풀이할 수 있기 때문에 『삼국유사』에 수록되는 과정에서 붙여진 이름이거나 신라시대 당시에 가공적인 인물로 설정되었을 가능성이 매우 높다는 것이다. 그 외에도 향가의 작자로 기록된 사람들의 이름은 노래가 실려 있는 이야기의 내용과 너무나 밀접한 연관을 가지고 있는 것이 사실이다. 이 부분에 대해서는 앞으로도 많은 연구가 있어야 하겠지만 설화상의 가공인물로 보는 이론은 현재 작가로 기록된 인물이 실존했다는 기록이 나오지 않는 한에 있어서는 가장 강력한 설득력을 가진 주장으로 볼 수밖에 없을 것이라 생각된다.

3) 노래의 성격에 대한 문제

현존하는 향가의 성격을 어떻게 규정해야 할 것인가 하는 점은 향가 연구에서 매우 중요한 문제의 하나라고 할 수 있다. 향가를 불교의 포교가로 볼 것이냐 아니면 민족의 노래로 볼 것이냐 하는 것인데, 『삼국유사』에 실려 있는 향가와 작품 관련 기록을 보면 거의 대부분이 불교와 밀접한 관계를 가지고 있음을 쉽게 알 수 있어서 이것의 성격 규정에 많은 고민을 하게 만든다. 지금이라도 『삼대목三代目』이 발견된다면 문제는 간단히 해결될 수 있겠지만 아직까지는 발견되지 않고 있는 상태여서 오직 『삼국유사』에 실려 있는 작품과 기록 내용으로만 판단을 해야 하기 때문이다. 물론 『삼국유사』에 실려 있는 노래가 모두 불교와 관계가 있는 작품인 것은 아니기 때문에 향가 전체를 불교 포교가로 규정하기에는 고려해야 할 것들이 상당히 많이 있다. 그렇기 때문에 향가의 성격에 대한 평가는 불교 포교가로 성격 규정을 해야 한다는 견해와 민족의 노래로 성격 규정을 해야 한다는 견해로 나누어질 수밖에 없는 상황이다.

4) 어석에 대한 문제

향가는 향찰 표기로 되어 있기 때문에 현대를 살아가는 우리들이 보아서는 노래의 의미가 무엇인지 전혀 알 수가 없다. 그렇기 때문에 작품에 대한 어석語釋이 별도로 있어야 하는데, 워낙 오랜 과거의 기록인 데다가 표기법도 낯설기 때문에 여러 가지 이견이 있다. 가장 일반적으로 알려져 있는 어석들은 양주동, 김완진 등이 풀이해 놓은 것들인데, 엄밀하게 따져 보면 여기에도 커다란 문제점이 있음을 알 수 있다. 이 풀이들에 공통적으로 보이는 문제점은 모든 해석이 15세기의 문자와 표현을 기준으로 하고 있다는 점이 될 것이다. 15세기에 이르러서 훈민정음이란 이름의 우리 문자가 발명되었고, 그것이 지금까지 쓰이고 있으니 어쩔 수 없는 일이기는 하지만 향찰로 표기된 향가의 음가音價가 신라 때에도 그렇게 되어 있었을 것인가에 대해서는 확신을 가질 수 없는 것도 사실이다. 고대어에 대한 연구가 거의 전무한 상태인 우리의 실정에 비추어 본다면 이또한 어쩔 수 없는 일이기는 하지만 최소한의 노력도 해보지 않고 15세기의 표기를 중심으로 신라의 노래에 대한 어석을 시도한다는 것은 커다란 문제점으로지적하지 않을 수 없다. 홍기문의 경우는 향가에 대한 해석을 신라어로 해야 한다는 주장을 하면서 작품의 풀이를 시도하고 있지만 고대어에 대한 전체적인연구가 미미한 현상태에서는 의욕이 앞서는 일이 될 수밖에 없는 한계를 보이기도 한다. 어쨌건 간에 향가에 대한 어학적인 해석은 언어학의 분야에 맡기는 길밖에 별다른 방법이 없겠지만 그것이 정확하게 이루어지지 않은 상태에서는 문학적 해석도 제대로 이루어지기가 어렵다는 점을 감안한다면 이에 대한 연구와 노력이 절대적으로 필요하다고 할 수 있다.

5) 작품의 형식에 대한 문제

'삼구육명三句六名'은 향가의 형식을 설명한 유일한 자료다. 이 기록은 고려 때 혁련정赫連挺이 지은 『균여전』에 실려 있는데, 향가의 형식에 대해 구체적으로 언급한 유일무이한 기록이다. 이 문헌에 따르면, 중국의 시는 오언칠자로 갈고 쪼아 한자로 얽어 짜고, 우리의 노래는 삼구육명으로 자르고 썰어 우리 글로 배열[4]한다고 하였다. 너무나 간단한 이 설명 외에는 더 이상의 언급이 없기 때문에 이것에 대한 해석이 아직까지 완전하게 해결을 보지 못하고 있는 상태다. 삼구육명에 대한 종래의 논의는 이것을 의미단락으로 보아야 한다는 주장과 글자의 숫자 단위로 보는 것이 타당하다는 견해로 크게 나누어져 있었는데, 근래에는 노래의 형식적 단위로 보아야 한다는 주장이 강력한 설득력을 얻고 있다. 『균여전』의 기록에서 유의해서 보아야 할 부분은 이 표현의 기본 전제가 한시에서는 구句를 단위로 하며, 향가에서는 행行을 단위로 한다는 점이다. 즉 시가의 형식은 구나 행을 기준으로 하여 나누어지는 형태적 성격을 기반으로 논의되어야 한다는 것이다. 그러므로 삼구육명이 지시하는 바를 규명하기 위해서는 구와 행을 기본 단위로 하여 논의를 진행시켜야 함을 알 수 있게 된다. 따라서 『균여전』의 이 표현은 향가는 한 행이 삼구와 육명을 기본으로 하는 형식적 특성을 가지고 있음을 말한 것으로 해석해야 한다는 주장이다. 하나의 명은 시가의 행에서 어휘를 구성하는 최소의 의미 단위이며, 그것이 두 개가 모여 하나의 구를 형성하는 것을 우리 노래가 지닌 형식적 특성으로 본다. 이렇게 되면, 우리 시가는 소리의 장단을 중심으로 하여 선후로 배열하는 방식이 중심을 이루는 형식을 가진 작품으로 규정할 수 있게 되는데, 『균여전』에서 말한 가배향어歌排鄕語가 바로 이것을 지칭한 것이 된다. 이런 점에서 볼 때 삼구육명은 민족시

---

4   林連挺, 『均如傳』, 「第七譯歌現德分」, "詩構唐辭 磨琢五言七字 歌排鄕語 切磋三句六名".

가의 형식적 특성을 가장 잘 나타낸 표현이라고 할 수 있게 된다. 삼구육명의 형식은 민족시가가 형성된 향가로부터 시작되어 불교가 힘을 가지고 역사를 이끌어가던 고려시대까지 지속되었던 것으로 보이기 때문에 매우 중요한 의의를 가지는 것으로 평가할 수 있다. 삼구육명을 중심으로 하는 민족시가의 형식은 유학을 정치이념으로 하는 조선이 건국한 때부터 바뀌기 시작하여 사구팔명四句八名으로 변화하는 모습을 보인다.

6) 이야기와 노래의 결합 방식에 대한 문제

향가는 불교설화집이라고 할 수 있는『삼국유사』에 배경설화와 함께 실려 있는 만큼 설화와 향가의 관계를 고려하지 않을 수 없다. 즉 설화와 향가가 어떤 형태로 결합하고 있으며, 그 결합 방식이 가지는 의미는 무엇인가 하는 것에 대한 검토가 반드시 필요하다. 설화와 향가의 결합 방식에 대한 연구가 제대로 이루어진다면 향가의 본질적 성격을 밝히는 데 커다란 기여를 할 수 있을 것으로 보이기 때문에 매우 중요한 의제가 될 수 있다. 현상적으로만 본다면 향가는 서사구조를 지니고 있는 한 편의 이야기를 전개하는 과정에 필요한 도구로 사용된 정도의 구실을 하는 것으로 파악된다. 그런 점에서 볼 때 향가는 이야기의 완성도를 높여주는 보조수단이 될 수밖에 없다. 그러나『삼국유사』의 체제나 이야기의 전개 방식, 내용 등은 모두 연결시켜 종합적으로 분석해보면 한 편의 작품 속에서 향가가 가지는 위치가 결코 가볍지 않다는 사실을 발견할 수 있다. 왜냐하면, 향가가 이야기의 보조수단으로 작용하는 것이 아니라 오히려 이야기가 향가의 보조수단으로 작용하고 있는 것은 아닌지 하는 생각을 가질 수도 있는 정도이기 때문이다. 「처용랑망해사處容郞望海寺」조를 보면 〈처용가〉라는 향가가 핵심적인 구실을 하고 있으며, 이 노래를 중심으로 모든 이야기가 전개되고 있다는 사실을 쉽게 발견할 수 있기 때문이다. 이런 현상은 향가가 들어가 있는 다른 이야기에서도 거의 동일한 방식으로 되어 있음이 발견되기 때문에 이야기의 완성도를 높여주는 보조수단 정도로 향가를 보는 데는 상당한 문제가 있을 수밖에 없다는 점을 지적하지 않을 수 없다. 이런 점에서 볼 때 향가와 설화의 결합 방식과 그 의미에 대해서는 좀 더 정치하고 치밀한 연구와 분석이 필요할 것으로 보인다.

7) 향유 계층에 대한 쟁점

향가가 신라의 노래라면 주로 어떤 계층의 사람들에 의해서 만들어지고 불렸을 것인가? 하는 점 또한 중요한 의미를 가진다. 향유층에 대한 연구는 노래의 성격을 올바르게 규정하고, 문학적 해석을 정확하게하기 위한 바탕이 될 수 있기 때문이다. 『삼국유사』의 기록을 중심으로 본다면 향가는 화랑과 승려가 합쳐진 형태의 낭승郎僧이라는 특수계층을 기반으로 하여 발생한 노래이면서 왕실 계층이나 귀족층 등도 작가층이나 향유층으로 참여하고 있었음을 알 수 있다. 이런 점으로 비추어 볼 때 향가는 어디까지나 지배계급의 문학에 속하는 것이지 피지배계급에 속하는 문학은 아니라는 판단을 하게 된다. 그러나 여기에도 문제가 있다. 현존하는 향가가 지극히 제한된 범위의 작품들인 데다가 대부분 불교와 관계를 가지는 것들이기 때문에 『삼국유사』 기록만으로 향유층 전체가 지니고 있는 성격을 판단하고, 향가의 성격을 규정하기에는 미흡한 점이 너무 많다는 것이다. 이런 점에서 볼 때 향가의 향유 계층에 대한 연구는 역사, 사회, 문화, 계층 등에 대한 분석의 성과를 수용함과 동시에 공동 연구를 통해 한층 정치한 이론의 개발과 치밀하면서도 세밀한 접근이 이루어져야 할 것으로 생각된다.

3. 속요 연구의 쟁점

1) 시대적 배경에 대한 문제

일반적으로 고려시대는 서기 1170년에 발생한 무신란武臣亂을 기점으로 하여 전기와 후기로 나눈다. 고려시대 후기는 국내외적으로 매우 어려운 일을 많이 겪었던 시기여서 그런지 다른 시대에서는 보기 어려운 다양한 형태의 특수성이 나타나고 있어서 눈길을 끈다. 민간에서 만들어져 노래로 불리다가 궁중무악으로 유입된 속요도 그러한 특수성을 잘 보여주는 것 중의 하나다. 지배계층을 중심으로 만들어지고 불리다가 민간으로 퍼져나간 경우는 있어도 반대의 현상이 문학사에서 나타나는 것은 매우 드문 경우이기 때문이다. 더구나 고려시대는 신분의 분화가 고착화되어 지배계급이 완성된 상태였던 것으로 파악되기 때문에 민간노래의 궁중 유입은 매우 특수한 현상으로 볼 수밖에 없다. 고려 후기에 나타난 또 하나의 특수한 현상은 새로운 사상을 기반으로 하는 신흥사대부의 등장이 본격화했다는 점이다. 불교가 거의 모든 것의 중심을 이루던 고려시대에 유학을 기반으로 하는 성리학자들이 서서히 세력을 키우면서 새로운 세상을 준비하던 시기가 바로 이때이기 때문이다. 속요는 민간의 노래에서 궁중무악으로 편입되어 갔다는 점에서 특수하지만, 경기체가는 새로운 세상을 준비하던 신흥사대부들에 의해 창작되고 향유되었다는 점에서 속요와는 성격이 다른 특수성을 가지고 있다. 고려 후기의 시가에서 또 하나 주목해야 할 부분은 이 시기에 송나라로부터 유입된 악부라고 할 수 있다. 민간의 노래에 기반을 두고 있는 악부가 이 시기에 유입되어 신흥사대부를 중심으로 지어지기 시작했다는 것은 예사롭게 보아 넘길 일이 아니기 때문이다. 고려 후기의 시가는 속요, 경기체가, 악부 등이 중심을 이룬다고 볼 수 있는데, 이것들은 모두 이 시기의 특수한 시대상황과 밀접한 관련을 가지고 있는 상태에서 발생하고, 발전한 것이기 때문에 작품에 대한 연구를 올바르면서도 정확하게 하기 위해서는 고려 후기의 시대상에 대한 연구가 필수적이라고 할 수 있다. 특히 고려 후기는 대내외적으로 나라 전체가 매우 복잡한 상황에 처해 있었기 때문에 노래에 반영된 시대상을 정확하게 파악하는 것은 작품이 지니고 있는 예술적 아름다움을 제대로 느끼기 위해서는 이에 대한 고찰이 필수적일 수밖에 없다.

2) 작품의 향유 계층에 대한 문제

고려시대의 대표적 시가인 속요, 경기체가, 악부 등은 작가층과 수용층, 향유층 등의 성격이 각각 다르기 때문에 이에 대한 정확한 고찰은 시대상황에 대한 것과 함께 작품의 문학적 특성을 이해하는 데 매우 중요한 의미를 지닌다. 특히 속요는 작가층, 수용층, 향유층의 성격이 뚜렷하게 구분되기 때문에 이에 대한 고찰은 필수적이라고 할 수 있다. 민간에서 궁중으로 유입되어 기록으로 남겨진 속요는 이 과정에서 수용층과 향유층이 가지는 목적과 필요에 의해 일정한 모양으로 변개된 모습을 보이고 있기 때문이다. 민간에서 불리던 노래가 무슨 이유에서 궁중의 음악으로 들어가게 되었는가 하는 점을 밝혀내지 못하면 속요의 본질적인 성격을 파악하기는 매우 어려울 것으로 보인다. 왜냐하면 속요가 민요와 궁중무악이라는 이중적 성격을 가지고 있기 때문이다. 이 문제는 결국 속요를 궁중무악으로 수용한 사람들과 그것을 즐긴 사람들을 지칭하는 수용층과 향유층에 속한 존재들이 어떤 사람들이었으며 어떤 이유에서 민간의 노래를 궁중의 음악으로 사용하게 되었는가 하는 것을 밝혀내야만 하는 것으로 귀결될 수밖에 없다. 이런 점을 고려하면서 속요의 향유층을 살펴보면 그것은 몇 층위로 나누어서 생각해야 할 것 같다. 일차적 향유층은 말할 것도 없이 원래의 노래를 만들고 즐긴 민간의 일반 백성일 것이다. 이것은 속요가 원래는 민간의 민요였을 가능성을 배제할 수 없다는 점으로 볼 때 당연하다고 할 수 있다. 두 번째 향유층는 지배층에 속하는 사람들이며, 지배층에 속하는 사람들 중에서도 가장 마지막의 향유층은 왕실층으로 생각해야 한다. 문헌 기록에 의하면 충렬왕 같은 이는 성색聲色을 좋아하여 남장 별대를 만들어서 노래를 부르게 했다고 하니 최후의 향유층은 왕실층이 될 수밖에 없는 것이다. 왕실층이 이러한 노래를 즐길 수 있도록 해 준 사람들도 어떤 형태로든 노래를 수용하고, 향유한 사람들이기 때문에 중간 향유층에 넣어야 한다. 노래를 궁중으로 유입시키는 데 결정적인 기여를 한 사람들은 바로 방탕한 임금에게 환심을 사려는 간신배들이며, 이것을 가능하게 한 사람들은 노래와 춤 등에 일가견이 있는 전문가들이라고 할 수 있다. 간신배들은 이러한 행위를 통해 임금에게 환심을 사서 권력을 독차지하려고 했던 것이다. 노래를 부르던 사람들은 중간적인 향유층이라고 할 수 있는데, 이들은 간신배들의 요청에 의해 노래를 수집하고 창작하며, 부르는 구실을 담당하였을 것으로 보인다. 이런 점들을 고려할 때 속요의 향유층에 대한 문제는 한층 심각하게 고찰해야 할 문제라고 할 수 있다.

3) 작품의 성격에 대한 문제

속요가 가지고 있는 성격을 규정하는 것은 속요의 명칭에 대한 문제와 깊은 연관이 있다. 왜냐하면 명칭은 대상이 가지고 있는 성격을 총체적으로 나타낼 수 있는 것으로 본질적인 성격을 가장 잘 반영하고 있기 때문이다. 속요의 성격을 어떻게 보느냐에 따라서 속요의 명칭 역시 달라지게 되는데, 지금까지 논의된 견해를 보면 작품이 가진 민간 노래로서의 성격을 강조하여 민요의 일종으로 보려는 입장에서는 속요 혹은 고려속요라고 명명했다. 속요라는 말의 의미는 속俗이라는 말은 민간이라는 뜻을 가진 말이고 요謠라는 말은 민간에서 누구나 부를 수 있는 노래라는 의미를 가진 것이기 때문에 민요라는 말과 거의 같은 의미를 가지는 명칭이 되는 것이라고 할 수 있다. 민요적인 성격을 가진 노래로 보면서도 궁중무악으로서의 성격도 배제할 수 없다는 쪽으로 성격 규정을 하는 입장에서는 고려가요라는 명칭을 사용한다. 가歌는 민간의 노래를 나타내는 개념이 아니라 특별한 사람이 부르는 노래를 나타내는 것으로 지배층의 노래를 지칭하기 때문에 이것과 요를 합친 가요라는 말은 민요적인 성격을 가지고 있으면서도 궁중의 특수한 노래로 불린 노래의 성격을 잘 반영해 줄 수 있는 명칭이라는 주장이다. 이와 비슷한 주장을 하는 것 중에 속가俗歌라는 이름을 써야 한다는 견해를 피력한 사람들도 있다. 이것 역시 민간의 노래와 궁중의 노래라는 양면성을 살리면서 붙인 명칭이라고 보면 된다. 다음으로는 별곡別曲이라는 명칭을 사용하자는 주장과 관계된 것인데, 별곡이라는 명칭을 작품의 명칭에 많이 쓰고 있기 때문에 별곡이라는 명칭을 그대로 사용하자는 주장이다. 이것은 작품의 성격 규정과 관련이 없는 것이기 때문에 논의의 대상은 아니지만 명칭에 대한 문제로는 경기체가와 연결을 지우면서 정리해야 할 문제라고 할 수 있다.

4) 작품의 해석에 대한 문제

속요는 15·16세기의 표기로 되어 있으며 순한글로 되어 있기 때문에 현재의 언어로는 이해하기 어려운 표현들이 많은 편이다. 어학적 해석에 대한 문제는 언어학의 문제이기 때문에 문학 쪽에서 해결하기는 상당히 어려운 점이 있다. 그러나 어학 쪽에서는 어휘의 의미보다는 문법적인 체계나 말의 쓰임 같은 것들을 중요시하기 때문에 어휘적 해석에 많은 어려움이 있는 것이 사실이다. 〈동동〉 같은 작품이나 〈쌍화점〉 같은 작품들에 나오는 여러 어휘들에 대해서는 아직까지 올바른 의미 파악이 잘 안 되고 있는데, 이러한 상황에 기인한 바가 크다. 그러므로 지금은 작품이 가지고 있는 어휘에 대한 정확한 해석을 위한 수단과 방법이 강구하지 않으면 안 되는 상황에 놓여 있는 상태라고 할 수 있다. 이러한 문제는 시조나 가사 같은 작품들에서는 야기될 수 없는 문제로 향가나 속요에서 주로 발생할 수 있는 것이라고 할 수 있다. 이것을 해결하기 위해서는 속요 같은 고려 시대 시가가 기록된 시기인 조선 초기의 언어에 대한 연구가 한층 심도 있기 진행되어야 하는데, 국어학 분야의 연구 성과를 최대한으로 수용하여 이를 바탕으로 정확한 해석을 시도하는 것이 바람직할 것으로 보인다.

5) 작자에 대한 문제

속요에 속하는 대부분의 작품은 작자가 누구인지 알 수 없다. 그렇기 때문에 속요의 작자는 한마디로 말해 미상이다. 그러나 누군가가 만든 사람은 있을 것이고 만든 사람을 정확히 알아내는 것은 작품의 본질을 규명하는 데 매우 중요한 의미를 지닌다. 속요의 성격과 내용, 표현수법 등을 종합적으로 살펴보면 이 노래들은 민간의 백성이 일차적 작자라는 판단을 내릴 수 있다. 지배계층에 속하는 사람들이라면 사용하기 어려운 어휘가 쓰인다든지, 민간에서 주로 사용하는 표현법이 많이 쓰이고 있으며, 남녀상열이 내용의 중심을 이루는 것 등으로 보아 이 노래의 원작자는 민간의 일반 백성으로 보는 것이 타당하다. 원래는 민간의 노래였던 것이 궁중의 노래로 유입되는 과정에서 변개를 겪었다고 한다면 이차적 작자에 대한 추리도 하지 않을 수 없다. 위에서 언급한 바와 같이 노래를 궁중으로 들여온 당시의 행신幸臣이나 노래를 부르는 주체였던 기생 등이 아마도 이차적 작자로 볼 수 있을 것이다. 속요가 지니고 있는 전체 성격이 기본적으로 이중적이기 때문에 작자층도 그럴 수밖에 없다는 게 속요의 작자층이 가지고 있는 본질적 성격이라고 할 수 있을 것이다.

6) 문학사적 의의

문학사적으로 볼 때 속요는 완벽한 형태의 우리 문자로 기록된 최초의 시가라는 점에서 대단히 중요한 의미를 가지고 있다. 속요는 시조의 발생에도 지대한 영향을 끼친 것으로 평가되는 데다가 향가의 전통도 이어받은 것으로 이해되기 때문에 문학사적으로 한층 중요한 의미를 가진다. 그리고 민간에서 향유되던 노래가 일정한 과정을 거쳐 궁중의 예술로 쓰이는 계기를 만든 작품이 속요이기 때문에 그것이 가지는 가치는 더욱 크다고 할 수밖에 없다. 이러한 점을 생각하면 속요에 대한 문학사적 의의는 다음과 같이 정리할 수 있다. 첫째, 향가의 전통을 이어받으면서도 전혀 새로운 형태의 노래를 만들어 냈다는 점에서 전통적 계승과 혁신적 변화를 동시에 보여주고 있다는 사실. 둘째, 3줄로 된 짧은 노래로 지배층의 놀이공간에서 향유되었던 시조의 발생에 지대한 영향을 끼친 점. 셋째, 우리 역사상 민간의 예술이 궁중의 예술로 유입된 현상을 구체적으로 보여주고 있다는 점. 넷째, 변개된 모습이기는 하지만 고려시대 민요의 모습을 볼 수 있게 한다는 점 등을 꼽을 수 있다. 시조는 고려 말에서 조선조에 걸쳐 있는 시기에 향가의 전통을 이어받아 발생하고 발전했던 민족시가의 중요한 갈래이기 때문에 이것의 발생에 영향을 준 속요의 문학사적 의의는 대단히 크다고 할 수밖에 없다. 특히 민족시가의 형식에 대한 이론적 접근을 위해서는 우리글로 기록된 최초의 노래인 속요를 대상으로 할 수밖에 없다는 점 때문에 더욱 중요하다. 고전시가에서 현대시에 이르는 과정에서 민족시가의 형식이 어떻게 발생하고 발전해 왔는지를 살피기 위해서는 속요의 형식에 대한 연구가 필수적일 수밖에 없기 때문이다.

4. 악장 연구의 쟁점

1) 악장의 발생 과정과 사회적 효율성에 대한 문제

조선을 세우고 운영한 주체였던 왕실과 사대부의 정치적 필요에 의해 만들어져 통치적 차원에서 향유되다가 그것이 더 이상 필요하지 않은 사회적 분위기가 형성되자 자연스럽게 소멸한 악장은 문학적·음악적 성격을 함께 가지고 있는 데다가 왕실의 제향과 의식에 쓰였다는 특이한 모습을 보여주고 있어서 눈길을 끈다. 악장이 정치적, 사회적 필요에 의해 만들어지고, 향유되었다는 것은 당시 조선사회에서 악장이 뚜렷한 목적을 가진 특수한 기능을 수행했다는 것을 의미한다. 쿠데타로 고려를 무너뜨리고 세운 나라였기 때문에 역사적으로 볼 때 대의와 명분에서 결코 떳떳할 수 없는 치명적인 약점을 지니고 있었던 조선은 민심을 제대로 수습하지 못할 경우 고려를 부흥시키려는 세력이 다시 일어나 나라를 뒤엎을 수 있다는 불안감을 가질 수밖에 없었다. 사람들의 마음에 조선 건국의 역사적인 정당성을 부여하고, 고려의 부정과 부패로 인해 백성을 주인으로 하는 새로운 나라를 세울 수밖에 없었다는 명분을 확보하기 위한 구체적인 정책과 행동이 요구될 수밖에 없는 상황이었다.

음악과 노래로 향유되는 악장은 조선을 세운 주체 세력이 건국 초기에 가장 필요로 하는 성격과 기능을 갖추고 있는 존재였다. 새롭게 도읍지로 정한 한양의 모습이 매우 훌륭하다는 것에서부터 태조 이성계의 무용담, 이성계 선조가 오래전부터 쌓아온 인덕과 지도력, 성리학 이념 등을 강조하면서 대내외적으로 이를 홍보하기 위한 도구로 이보다 더 좋은 매개수단은 없었기 때문이다. 속요를 계승하여 그 형식을 차용하여 만든 노래를 쓰는 것은 고려에 대한 향수를 떠올릴 수 있기 때문에 적합하지 못하고, 경기체가를 그대로 답습하기에도 상당한 부담감이 있을 수밖에 없을 것이란 점을 감안하면 이를 바탕으로 하면서도 새로운 형식의 노래를 창작하여 조선 건국의 정당성과 명분을 강조하고 홍보하는 것이 바람직하다고 생각할 수밖에 없었던 것이다. 조선 초기의 이러한 사회적 분위기와 필요성에 의해 악장을 발생했고, 특수한 목적을 가장 잘 달성할 수 있는 방향으로 노래가 창작되었던 것으로 생각된다. 그렇기 때문에 악장은 정치적 목적에 잘 맞는 효율성을 최대로 하는 방식으로 만들어지고 향유되면서 통치 행위의 한 부분을 차지하면서 발생하였고, 또 성행할 수 있었던 것으로 보인다.

2) 악장의 본질적 성격에 대한 문제

악장은 음악성을 기본으로 한다. 왜냐하면 나라에서 공식적인 행사에 사용할 목적으로 만들었기 때문이다. 조선시대에 나라의 공식적 행사는 제향祭享, 연향宴享, 연회宴會를 중심으로 하는데, 이 과정에서 국가적으로 공인되어 사용된 음악이 악장인 것이다. 그렇기 때문에 첫 번째로 지적할 수 있는 악장의 성격은 음악이라는 점인데, 그중에서도 궁중 음악인 아악雅樂으로서의 성격을 가장 강하게 지니고 있는 것이라고 할 수 있다. 두 번째로 지적할 수 있는 악장의 성격은 여러 노래가 섞여 있는 형태라는 점이다. 현재까지 연구된 바에 의하면 악장의 범주에 넣을 수 있는 노래 중에는 나라, 혹은 왕실에서 특수한 목적으로 창작한 것도 있지만 기왕에 존재했던 시가인 속요, 경기체가, 시경詩經, 초사楚辭 등의 형식에 맞추어서 지어진 것도 상당수가 있기 때문에 국가적 차원의 잡가라는 말을 쓸 수 있을 정도다. 우리문화사에서 말하는 잡가라는 명칭은 조선 말기에서 20세기 초에 걸쳐 민간에서 유행했던 것으로 여러 노래들을 수용하여 섞어 불렀던 것들을 지칭하는데, 작가와 향유자 등이 모두 지배층이라는 점을 제외하고 보면 여러 노래 형식을 다양하게 수용하여 부른다는 점에서 조선말기 잡가와 비슷하다는 생각을 할 수밖에 없다. 세 번째로 지적할 수 있는 악장의 성격은 정치적 목적성을 강하게 지닌 노래라는 점이다. 조선을 세운 사람들의 시각으로는 역성

혁명易姓革命이라고 하지만 고려의 입장에서 보면 엄연히 국가 전복이므로 지금 말로 하면 쿠데타가 된다. 무력으로 정권을 빼앗는 쿠데타를 통해 세워진 나라가 조선이었기 때문에 민심을 얻을 수 있는 역사적 정당성을 확보하기 위한 노력이 국가적 차원에서 이루어질 수밖에 없었고, 그 과정에서 생겨난 것이었기 때문에 어떤 형태로든 악장은 특수하면서도 일정한 정치적 목적을 가질 수밖에 없다. 그러다 보니 악장의 오랜 역사를 가지고 있으면서 통치와 지배를 위해 만들어졌던 것으로 전아典雅한 음악의 대표라고 할 수 있는 아악雅樂으로서의 성격이 중심을 이루게 되었다. 네 번째로 지적할 수 있는 악장의 성격은 송도頌禱와 송축頌祝의 예술이라는 점이다. 음악적으로는 아송雅訟이라고 할 수 있는데,『시경』의 대아大雅·소아小雅로 주나라 때 조정에서 연주한 아악인 '아雅'와 선조先祖의 공덕을 찬양하는 종묘악宗廟樂으로『시경』의 주송周頌·상송商頌·노송魯頌을 가리키는 '송頌'을 통틀어 지칭하는 용어다. 이것은 노랫말을 가진 음악이기도 하기 때문에 문학적 성격을 함께 가지고 있다는 특징을 지닌다. 앞으로의 악장 연구에서는 이런 점들을 염두에 두면서 접근하는 것이 중요할 것으로 생각된다.

3) 악장의 형식적 특성에 대한 문제

위에서 살펴본 것처럼 조선 전기에 집중적으로 지어지고 향유된 악장은 여러 갈래의 시가를 수용하여 형성되었기 때문에 매우 다양한 형식적 특성을 지니고 있다. 통일된 형식을 가지지 못한 것이 악장의 기본적인 성격이라는 점은 시가 문학의 입장에서는 치명적인 단점의 하나이지만 다른 한편으로는 오히려 나름 대로의 특성을 잘 살린 것으로 볼 수도 있어서 눈길을 끈다. 형식의 통일성이 약하기 때문에 악장을 분류할 때는 언어표기 방식을 기준으로 하여 한문악장, 현토악장, 국문악장으로 나누는데, 한문악장은 시경이나 초사楚辭의 영향을 받았기 때문에 풍아송風雅頌을 중심으로 하는 4언 4구체의 형식이나 초사체의 형식을 갖추고 있는 것이 특징이다. 당시 조선사회의 지배층에서 생각하는 정통의 음악이 바로 이것이었기 때문에 한문악장은 악장의 출발점이며, 기본이라고 해도 과언이 아니다. 그런데, 여기에서 한 가지 짚고 넘어가야 할 것이 있으니 한문악장 중 경기체가나 속요의 영향을 받은 형식을 갖춘 것이 존재한다는 사실이다. 속요나 경기체가 형식의 영향을 받는 한문악장이 존재했다는 사실은 예술사의 측면에서 보았을 때 매우 중요한 의미를 가지기 때문에 결코 그냥 넘길 수 없는 사항이다. 악장이 발생할 당시부터 중국에서 수용한 정통 악장과 더불어 우리 시가와 관련을 가지는 악장이 함께 존재했을 것으로 보이기 때문이다. 정통의 한문악장에서는 찾아볼 수 없는 특수한 형태의 후렴이 쓰이고 있으며, 여러 개의 장章으로 나누어지는 형식이 보이고 있다는 점에서 민족시가의 형식적 특성을 수용하고 있다는 점을 분명하게 알 수 있다. 현토악장은 한시에 우리말 토씨를 붙인 정도이기 때문에 형식적 특성으로 보았을 때 주목할 만한 점을 발견하기 어려운 점이 있다. 국문악장은 한문악장에 비해 작품 수가 훨씬 적지만 속요에서 보였던 연장連章의 형식을 새로운 모습으로 변형시킨 형식이라는 점에서 대단히 중요한 의미를 가진다. 속요의 형식에서 중심을 이루는 것은 하나의 구句가 여섯 개의 명名으로 이루어지는 삼구육명의 형식인데 비해 국문악장에서는 하나의 구가 네 개의 명으로 이루어지는 사구팔명四句八名의 형식으로 이행하고 있는 모습을 보여주고 있기 때문이다. 또한 후기의 국문악장에 속하는 것으로 볼 수 있는 〈용비어천가〉 같은 작품에서는 앞의 구절과 뒤의 구절이 철저하게 대구對句의 형식을 갖추고 있다는 사실 또한 주목해야 할 부분이라고 할 수 있다.

4) 악장의 문학적 성격에 대한 문제

악장은 조선이 건국하여 안정을 찾는 기간 동안 국가적 연향이나 제향 등의 공식적 행사에서 사용했던 음악이었는데, 시의 형태로 된 노랫말이 존재하기 때문에 문학적 성격도 무시할 수 없다. 악장의 출발점이라고 할 수 있는 한문악장에서는 노랫말이 철저하게 한문표기를 중심으로 하고 있지만 점차 국문표기로 바뀌면서 내용과 형식 등에서 커다란 변화가 감지되고 있은 관계로 역사적으로 그것이 지니고 있는 문학적 성격에 대한 연구도 매우 중요한 의미를 가진다. 특히 초기의 한문악장이라 하더라도 그 형식에 있어서는 속요가 경기체가의 그것을 수용한 작품이 많은 만큼 민족시가의 한 영역으로 접근하고 연구하는 것이 지극히 당연하다.

조선 건국의 정당성이 어느 정도 확보되었다고 판단되는 시점에 이르자 악장은 자연스럽게 소멸하게 되었지만 그것이 이룩해 놓은 문학적 성과는 후대의 시가문학에 일정한 영향을 미친 것으로 보이기 때문에 이 점을 눈여겨 볼 필요가 있다. 〈용비어천가〉와 〈월인천강지곡〉 등의 후기 국문악장에 이르면 하나의 장을 이루고 있는 두 개의 구가 형식적으로나 내용적으로 서로 마주 보면서 온전한 대對를 이루도록 형성되었는데, 이러한 전통은 시조와 함께 조선조 시가문학의 양대 산맥을 이루었던 가사에 그대로 수용되어 한층 발전된 모습을 보이고 있기 때문이다. 가사는 하나의 행行이 일정한 내용을 이루면서 계속해서 반복되는 형태를 가진 것처럼 보이기 쉽지만 잘 살펴보면 두 개의 행이 서로 마주보면서 대를 이루는 방식으로 구성되어 있음을 알 수 있다. 즉 가사는 두 개의 행이 서로 짝을 이루도록 만들어져 있는데, 내용상으로는 앞과 뒤가 이어지면서도 작은 단락을 이루도록 구성되어 있다는 것이 된다. 속요나 경기체가의 분장 형식이 악장으로 수용되어 국문악장에서 꽃을 피웠다면 그 때 완성된 형식적 특성인 대구의 표현 방식은 가사로 이어지면서 민족시가의 형식적 전통을 이어가고 있다는 사실이 될 것이다.

5. 시조 연구의 쟁점

1) 시조의 발생에 대한 문제

시조는 고려 말기에 생겨나 조선시대까지 존재했던 민족의 시가다. 국문으로 창작되었으며, 구전적 성격보다는 기록적 성격이 강조된 첫 민족시가라는 점에서 문학사적 의의도 대단히 크다고 할 수 있다. 이와 같이 중요한 의미를 가지는 시조가 어디에 연원을 두고 생겨났을 것인가를 밝히는 것은 민족시가의 발생과 발전의 과정을 이해하는 데 매우 중요한 일이 아닐 수 없다. 그동안 시가 연구자들은 시조의 발생에 대해서 많은 연구를 해 왔는데, 지금까지 연구된 결과를 보면 시조의 발생에 대해서는 크게 두 가지로 견해가 나누어지는 것으로 보인다. 외래기원설外來起源說과 재래기원설在來起源說이 그것인데, 외래기원설은 중국의 영향을 받아서 시조가 성립되었다는 견해이고, 재래기원설은 우리의 전통시가에서 영향을 받아서 시조가 성립되었다고 하는 견해. 외래기원설은 주로 초기 학자들이 주장했던 이론으로 허점이 많이 지적되면서 점차 설득력을 잃어가고 있다. 재래기원설은 주로 속요나 향가 등에서 시조의 기원을 찾는 견해인데 상당한 설득력을 가지지만 아직까지 해결하지 못한 쟁점도 여러 가지가 있다. 향가기원설은 향가의 형식과 구성이 시조와 많이 닮아 있기 때문에 시조의 기원은 향가에서 비롯되었다는 주장인데, 현존하는 향가 작품만으로는 그 성격이 완전히 파악되었다고 보기 어려우므로 글자 수나 구절 수에서 비슷한 양상을 보인다고 하여 곧바로 시조의 기원으로 치부하는 것은 위험하다고 할 수밖에 없다. 속요에서 시조의 발생을 찾으려는 주장은 여러 가지의 시조기원설 중 가장 큰 설득력을 가진 이론이라고 할 수 있다. 〈만전춘〉의 제2장은 그것을 독립시켜 놓으면 시조로서 손색이 없는 모양을 취하고 있기 때문에 속요에서 기원을 찾아야 한다는 주장이다. 그러나 여기에도 문제가 있다. 시조가 고려 말엽에 발생했다면 속요와 비슷한 시기에 만들어졌거나 불렸을 것인데, 성격을 달리하는 시가 작품들이 비슷한 시기에 출현할 수 있겠느냐 하는 문제를 해결해야 한다. 또 하나는 속요가 성종 시대에 이르러서야 비로소 문자로 정착된 것이기 때문에 모습이 어떻게 변했는지를 제대로 짐작하기 어려운 점이 있는 관계로 현존하는 속요를 모습만 봐서 그것을 시조의 기원으로 설정할 수 있을지는 납득하기 이려운 점이 있다. 또한 속요에서 시조가 파생되어 나온 것이라면 다른 속요 작품에도 비슷한 모습을 보이는 것들이 있을 수 있는데, 어디에도 그런 것이 발견되지 않고 있다는 점 또한 한계로 지적할 수 있다. 이러한 문제들을 해결했을 때 시조의 재래기원설은 더욱 큰 설득력을 가질 수 있을 것으로 보인다.

2) 시조 작가에 대한 문제

현재 남아 있는 기록으로만 볼 때 시조의 작가는 조선 전기까지 양반사대부가 중심을 이루고, 후기에는 중인 이하 서민들이 중심을 이룬 것으로 보인다. 그런데, 전기의 작가들을 보면 양반사대부가 중심을 이루었다고 하지만 고려 말의 작가들과 조선 초기의 작가들에 대해서는 어디까지 믿어야 할지가 분명치 못한 단점이 있다. 훈민정음이 만들어지기 이전의 작가들이 지은 작품이 구전되다가 그 후에 문자로 정착되었다는 실증적인 근거가 희박하기 때문이다. 시조라는 명칭도 조선 후기에 와서나 생긴 것으로 보이고, 시조집 역시 조선 후기에 와서 만들어진 것이기 때문에 고려 말이나 조선 초기의 시조 작가에 대해서는 신빙성을 보증할 만한 문헌이 없는 상태다. 이러한 문제는 앞으로 더욱 정확한 문헌 발굴과 연구를 통해 정치하게 밝혀야 할 문제로 보인다.

시조의 작가에 대해서는 전기와 후기의 작가군들이 가진 변별성에 대해서도 관심을 가질 필요가 있다. 작가군이 바뀌면서 작품의 모양도 새롭게 변모될 수 있을 것이기 때문이다. 일반적으로 전기의 시조를 평시조라고 하고, 후기에 새로운 형식으로 나타난 것을 사설시조라고 하는데, 모습이 크게 달라진 것을 알 수 있다. 따라서 작가의 문제는 단순히 양반사대부에서 중인 이하 서민층들이 중심이 되었다는 것에 한정될 것이 아니라 시조문학 연구의 전체에 영향을 미치는 문제로 보아야 함이 타당할 것으로 보인다.

3) 작품의 성격에 대한 문제

시조는 가사와 더불어 조선시대 국문시가의 양대 산맥을 형성한 작품이다. 그렇기 때문에 작품의 성격을 올바르게 파악하는 것은 우리 문학의 흐름을 올바르게 이해하기 위한 밑바탕이 될 수 있다. 시조의 성격 중 가장 중요한 것은 놀이 공간에서 불린 노래였다는 점이다. 가사는 시조에 비해 장소에 구애받지 않고 불리는 성격을 가졌다고 할 수 있는데, 시조는 유흥 공간을 중심으로 향유되었던 것이 분명하고, 그것에 맞도록 작품의 형태와 성격이 정해졌을 것이기 때문이다. 이런 점으로 볼 때 시조는 사대부의 전유물이면서 놀이노래라는 점을 본질적 성격으로 꼽을 수 있게 된다. 두 번째로 지적할 수 있는 시조의 성격은 정치적 이념을 선전하기 위한 교화적 기능이다. 사대부가 지은 평시조를 보면 정치적 이념을 담고 있는 시조가 상당 부분을 차지하고 있음을 알 수 있다. 따라서 시조는 놀이노래로서의 성격과 함께 정치이념을 백성들에게 알리고 가르치기 위한 교화적 성격 또한 중요한 의미를 지닌다는 것을 알 수 있다. 다음으로 지적할 수 있는 것은 시조의 비판적 성격이다. 이것은 조선 후기의 작품에 주로 등장하는데, 현실에 대해 직시하면서 비판적인 성격을 가지는 작품들이 상당히 많다는 것을 알 수 있기 때문이다. 시조는 유흥적인 성격과 교훈적인 성격, 사회비판적 성격 등을 가지고 있는 시가라고 할 수 있기 때문에 이런 점을 중심으로 접근하는 것이 필요할 것으로 보인다.

4) 연구방법에 대한 문제

20세기에 들어와서 본격적으로 시작한 우리 문학 연구는 역사가 짧은 관계로 아직까지 자체의 연구방법론을 갖추지 못하고 있는 실정이다. 시가 연구에서도 연구방법론이 결여되어 있는 상태이고, 이런 사정은 시조의 경우도 마찬가지다. 특히 시조의 경우는 현대에도 소수 사람들에 의해 지어지고 향유될 만큼 긴 생명력을 가진 작품이지만 여기에 대한 연구 방법론은 아직까지 개발되지 않고 있는 점은 큰 문제라고 할 수 있다. 방법론은 연구대상의 본질적인 성격을 올바르게 파악하기 위한 핵심이라고 할 수 있는데, 이런 방법론이 아직까지 확립되지 못했다는 것은 국문학 연구가 지니고 있는 커다란 맹점이자 부끄러운 일이 아닐 수 없다. 특히 시조는 우리 글로 창작된 최초의 시가인 만큼 그것이 가지고 있는 예술적·역사적·문화적 중요성은 다른 어떤 것보다 크다고 할 수 있다. 인문학의 위기와 함께 찾아온 국문학 연구와 시가에 대한 관심도가 떨어지면서 연구자 역시 감소하고 있는 지금의 전망이 결코 밝은 것은 아니지만 그럴수록 민족시가의 예술적 아름다움을 올바르게 밝혀낼 수 있는 연구 방법론의 개발이 한층 요구된다고 하겠다.

5) 기녀시조의 문학사적 의의

기녀시조라 함은 조선시대에 국가적 차원의 예능과 사대부의 풍류에서 커다란 역할을 담당했던 기생들이 창작한 시조를 지칭한다. 비록 많은 작품은 남아있지 않지만 사대부의 문화가 중심을 이루었던 조선사회에서 나온 것이라고는 믿기지 않을 만큼 예술적 아름다움을 갖춘 작품들이 천민 신분의 기생에 의해 지어졌다는 사실은 민족문학사에서 차지하는 비중과 의의가 매우 큰 것으로 보인다. 시라는 것은 그것을 짓는 사람들의 감정을 드러내는 갈래임에도 불구하고 지배층에 속하는 사대부들이 지은 시조는 한결같이 임금에 대한 충성을 맹세하거나 산수자연을 노래하면서 태평성대를 구가하는 것으로 일관하고 있다. 이들의 시조에는 인간의 진솔한 감정이나 삶의 문제에 대한 솔직한 표현이 나오기 어려운 단점을 가지고 있다. 비록 소수이기는 하지만 기생들이 남긴 시조들을 보면 남녀의 사랑과 이별에 대해 사실적이면서도 수준 높은 예술성을 갖춘 작품들이어서 시조가 정치적 이념을 선전하거나 교훈적인 것을 강조하는 문학만이 아니라는 사실을 잘 보여주고 있다. 이런 점에서 볼 때 조선시대에 창작된 기생들의 시조에 대해서는 그것이 지니고 있는 문학적 특성과 아름다움을 올바르게 밝혀낼 수 있는 특수한 연구방법론이 필요할 것으로 보인다.

6) 조선 후기 가단歌壇에 대한 연구

조선조 후기에 이르면 가창을 전문적으로 하면서 소리의 보급과 창작에 앞장섰던 사람들이 모여서 만든 가단이 형성된다. 이러한 가단의 시발은 조선 중기부터 호남가단湖南歌壇이나 영남가단嶺南歌壇을 중심으로 맹아적인 형태를 보이지만 조선 후기처럼 전문적인 소리패들이 모여서 만든 가단과는 성질을 많이 달리하고 있기 때문에 별도의 접근이 필요하다. 연구의 시작 단계라고도 할 수 있는 조선 후기의 가단에 대해서는 조직적이면서도 체계적인 접근이 필요할 것으로 보인다. 특히 18세기 이후는 잡가라는 특이한 형태의 소리가 발생하여 향유되면서 문화적 현상이 더욱 복잡해지는 만큼 조선 후기 가단에 대한 연구는 개화기를 거쳐 20세기로 이어지는 시가문학에 대한 연구와 그 역사적 흐름을 살피는 데도 매우 중요한 의미를 가질 것으로 생각된다. 특히 가단은 가집의 편찬이나 소리문화의 보급 등과 매우 밀접한 연관을 가지고 있으므로 지속적인 자료의 발굴과 연구가 이루어진다면 새로운 사실들이 한층 더 많이 밝혀질 수 있는 것으로 기대된다.

6. 가사 연구의 쟁점

1) 가사의 발생에 대한 문제

가사는 시조와 마찬가지로 고려 말에 발생하여 조선시대에 국문시가의 중심을 이루었던 민족시가의 하나다. 이런 점에서 볼 때 가사의 발생에 대한 문제는 시조의 발생에 대한 문제와 마찬가지로 매우 중요한 의미를 지닌다. 가사의 발생시기가 시조와 비슷한 것으로 추정되기 때문에 국문시가 문학의 본격적인 발생과 발달 과정을 밝혀내는 단초가 될 수 있다는 점에서 더욱 큰 관심을 가질 필요가 있다. 시조와 마찬가지로 가사의 발생에 대한 것도 외래기원설과 재래기원설로 나눌 수 있다. 외래기원설은 역시 중국에서 영향을 받아 가사가 발생했다는 견해이고, 재래기원설은 민족의 시가문학을 바탕으로 가사가 성립했을 것이라는 주장이다. 외래기원설에는 한시를 읽는 과정에서 가사가 생겨났을 것이라는 한시현토기원설이 있다. 한시는 중국에서 만들어진 것이기는 하지만 오래 전부터 지배층을 중심으로 향유해 왔기 때문에 이것을 짓고, 향유하는 과정에서 변화를 모색하게 되었고, 한시의 낭송문화가 가사를 낳는 결정적인 요인이 되었을 것이라는 주장이다. 이것은 증거가 없는 추정에 불과하기 때문에 큰 설득력을 가지지는 못하는 것으로 판단된다. 재래기원설은 경기체가기원설, 악장체기원설, 시조기원설, 교술민요기원설, 신라불교기원설 등이 있는데, 민족의 문학에서 가사의 기원을 찾으려는 이론이다. 어느 것이 정설이라고 말하기는 어려우나 가사의 발생 시기를 어느 때로 잡느냐에 따라서 달라질 수 있다. 가사의 효시를 송순의 〈상춘곡賞春曲〉으로 잡으면 앞 시대의 작품에서 기원을 찾으려는 가설은 성립할 수 있지만 가사의 시작을 나옹화상의 〈서왕가西往歌〉에서 잡는다면 경기체가기원설이나 악장체기원설, 시조기원설 등은 설득력을 잃어버리고 말 것이다. 서왕가가 발견된 뒤로는 가사의 시작을 일반적으로 여기에서 잡고 있으므로 불가기원설이 가장 유력한 견해로 부상하고 있는 것도 사실이다. 후대에도 가사의 작자로 승려가 적지 않게 활동해 왔기 때문에 불가와 가사의 연관성을 완전히 배제할 수도 없기 때문에 가사의 발생에 대해서는 불가기원설이 가장 유력한 이론이라고 할 수 있는 것이다. 그러나 이것 역시 뚜렷한 증거는 아직 발견하지 못하고 있기 때문에 이에 대한 보완이 필요할 것으로 보인다.

2) 가사의 갈래에 대한 문제

가사는 작품의 양도 많은 데다가 그것이 지니고 있는 성격이 매우 복잡하여 어느 갈래에 넣어야 할 것인가 하는 문제가 발생한다. 가사의 갈래에 대해서는, 서정 갈래로 보는 견해, 산문 갈래로 보는 견해, 교술 갈래로 보는 견해 등으로 크게 구분할 수 있다. 시가라는 점에서는 서정 갈래가 틀림이 없으나 내용이나 구성 방식을 보면 서사적인 성격도 무시할 수 없으므로 서정으로 단정 짓기도 어려운 점이 있다. 서사성을 강조하여 산문으로 보아야 한다는 견해도 있으나 노래로 불렸고, 작자의 정서를 드러내는 성격 또한 강하기 때문에 산문으로만 보는 것도 어렵다. 사실을 전달하고 무엇을 가리킨다는 점에서 교술로 보아야 한다는 견해도 있으나 굴절을 통한 반영이 이루어지지 않는 것이 과연 문학인가 하는 점을 생각하면 교술로 보기 어려운 점도 다분히 있다. 이처럼 복잡한 성격으로 인해 가사는 독자적인 갈래를 만들어서 독립시켜야 한다는 주장도 있다. 그러나 작품이 특이한 성격을 가지고 있다고 하여 모두 독립된 갈래로 인정한다면 비슷한 특성을 가진 것들끼리 묶어서 나눔으로써 그것이 가진 본질적 성격을 좀 더 명확히 하려는 의도에서 출발한 갈래가 아무 소용이 없는 것으로 될 것이기 때문에 이것 역시 인정되기 어려움 점이 있다. 이와같은 여러 가지 상황을 고려하면서 가사의 갈래를 생각해보면 서정이나 서사, 그리고 희곡이나 교술의 넷 중에 포함시켜야 하는 것은 당연하다고 할 수 있는데, 어디에 넣느냐 하는 것이 문제가 된다. 이것은 참으로 어렵기 때문에 가사를 연구하는 이론이 올바르게 세워져서 가사의 본질적인 성격을 올바르게 파악할 수 있을 때 해결될 수 있는 문제로 보이기도 한다. 가사에 서정적인 성격이 본질적인 것이면 서정이 될 것이고, 서사적인 성격이 본질적인 것이면 서사가 될 것인데, 가사의 핵심적인 성격을 무엇으로 보아야 할 것인지에 대한 연구가 지속적으로 이루어져야 할 것으로 보인다.

3) 가사의 변모 양상에 대한 문제

조선시대는 임진왜란과 병자호란 등을 기점으로 하여 전기와 후기로 나누는 것이 일반적이다. 이 두 전쟁은 동아시아의 세력 판도를 바꾸어 놓는 큰 사건이었으며, 조선사회를 변화시키는 데 결정적인 구실을 한 것이기도 했다. 17세기 이후 조선사회에서 일어난 변화를 보면 신분제가 붕괴되고 상업이 발달하였으며, 농업기술이 크게 발전했다. 실학과 천주학이라는 새로운 사상의 유입으로 정치적인 이념과 서민의식이 큰 폭으로 바뀌게 되었고, 문학에도 일정한 변화가 나타나기도 했다. 시조나 가사 등의 시가도 큰 영향을 받게 되는데, 가사는 전기의 사대부가사 중심에서 후기에는 서민가사 중심으로 바뀌는 모습을 보이고 있어서 눈길을 끈다. 그리고 작품의 양에 있어서도 전기에 비해 훨씬 길어지는 것이 생겨나는가 하면 반대로 짧아지는 작품도 모습을 보인다. 작자도 사대부 중심에서 서민 중심으로 바뀌면서 정치적 이념을 주로 노래하던 내용에서 현실생활과 관련을 가지는 문제를 사실적으로 노래하는 것으로 바뀌는 현상을 보인다. 이런 변화는 가사에서도 비슷하게 일어났는데, 이에 대한 연구는 개별 작품에 대한 특성을 파악하는 방식으로는 많이 이루어졌으나 전체적인 측면과 변화 양상을 조명하는 것은 아직까지 많이 되어 있지 않은 실정이다. 다른 갈래의 작품들이 변화하는 양상과 함께 종합적이면서도 체계적인 연구가 이루어져야 할 것으로 보인다.

4) 내방가사의 문제

내방가사는 17세기 이후 영남 지방을 중심으로 사대부 부녀자들이 화전놀이를 할 때나 자식을 훈계하기 위한 목적 등으로 지어 부르던 가사를 가리킨다. 규방가사라고도 하는 이 작품군은 숫자가 엄청나게 많은 데다가 내용적으로도 여타 가사와 상당한 차별성을 가지고 있음으로 인해 독립적인 명칭을 얻었는데, 이에 대한 연구도 많이 이루어진 것은 아니다. 지금도 영남 지방에서는 여성을 중심으로 만들어져 낭송되고 있을 정도이니 살아있는 문학인 셈인데, 별로 주목을 받지 못하고 있는 실정이다. 표현과 내용이 너무 일률적인 데다가 상투적인 것이 흠이기는 하지만 문학사적으로 볼 때 연구할 가치가 충분히 있을 것으로 보인다. 아직까지 답보 상태에 있다고 볼 수 있는 내방가사에 대해서는 앞으로 많은 연구가 뒤따라야 할 것으로 보인다.

5) 개화기 가사의 성격

개화기는 일반적으로 조선 후기 중에서 19세기 후반부터 20세기 전까지를 가리키는 말이다. 개화기는 서구의 열강들이 동양으로 그 힘을 확장해오던 시기이기 때문에 문호 개방이냐 아니냐를 놓고 격론이 벌어지던 시기였다. 쇄국을 택한 조선사회는 혼란스러우면서도 복잡한 양상을 보이게 되었는데, 이에 맞추어 사회적 문화현상도 매우 다양한 모습으로 나타나게 된다. 이런 영향에 힘입어 가사도 개화가사라는 특이한 작품군이 형성되기에 이른다. 개화기 가사의 대표 작품은 『용담유사』라고 할 수 있는데, 종교적인 성격을 가지고 있으며, 외세배격의 내용을 가지고 있기 때문에 매우 특이한 것이라고 할 수 있다. 그 뒤를 이어 여러 종류의 개화기 가사가 등장하는데, 조선 후기의 가사와는 사뭇 다른 성격을 가지고 있어서 눈길을 끈다. 이 시기는 조선의 전통적 문화와 서구에서 유입된 이질적 문화가 심하게 충돌하는 양상을 보이는데, 개화가사에 이런 점들이 대거 반영되고 있어서 주목을 요한다. 20세기 사회에서 차지하는 서구 문화의 영향이 점차 확대되면서 문학에서도 큰 변화가 나타나고 있었다는 점을 고려하면 개화기문학의 중요성을 결코 간과할 수 없다. 개화기문학이야말로 19세기 이전의 문학과 20세기 문학을 연결시키는 가교 역할을 했을 것으로 보이기 때문이다.

7. 잡가 연구의 쟁점

1) 잡가의 발생 과정에 대한 문제

임진왜란과 병자호란이라는 두 개의 큰 전쟁을 겪으면서 조선 사회는 크게 요동친다. 그 과정에서 농업기술의 발전과 상공업을 중심으로 하는 유통경제의 발달에 힘입어 서울의 인구 집중이 매우 빠른 속도로 진행되었던 것으로 나타난다. 이에 따라 서울은 정치, 행정 중심의 도시에서 상공업 중심도시로의 변화를 모색하게 되었는데, 18세기를 지나 19세기에 접어들자 서울의 인구는 20만 명을 훌쩍 넘어서게 된다. 특히 성저십리城底+里를 중심으로 하는 지역에서는 운수업과 상업활동 등이 활발하게 이루어지고 상업자본이 형성되면서 막강한 세력을 갖추게 되었다. 성저십리 지역이 중심을 이루었던 이유는 운수업과 상업활동이 주로 한강을 중심으로 성행했기 때문인데, 이 과정에서 상업적 목적을 가지면서 유흥공간을 중심으로 직업적 가수가 부르는 노래가 새롭게 등장했으니 바로 잡가였다.

잡가의 발생 과정에서 핵심을 이루었던 향유층은 삼패, 사계축 소리꾼 등을 중심으로 하는 상공인이었는데, 그것이 점차 인기를 얻으면서 일반서민과 일부 사대부 계층까지 확대되어 갔던 것으로 보인다. 이런 점에서 볼 때 잡가의 발생에 대해서는 19세기에서 20세기 초에 이르는 시기에 형성된 특수한 사회적 환경에 대한 연구가 우선되어야 함을 알 수 있다. 잡가는 놀이의 목적이 맞는 것이라면 가리지 않고 다양한 종류의 시가를 수용하여 특수한 형태로 부른 것으로 노래의 가사가 지니고 있는 문학적 성격보다 그것이 불리게 된 배경적 환경이 매우 중요한 의미를 지니기 때문이다. 19세기 말에서 20세기 초반에 우리 민족이 처했던 역사적 상황과 그것으로부터 형성된 문화적 특성을 연결시켜 이해하게 되면 왜 잡가 같은 특수한 형태의 노래문화가 생성되었는지를 알 수 있게 될 것이며, 이를 통해 잡가의 본질적 성격과 역사적 의미, 문화사적 의미 등을 구체적으로 파악할 수 있을 것으로 보인다.

2) 잡가의 본질적 성격

잡가의 핵심은 노래다. 노래는 말과 글로 이루어져 있는 문학과 가락을 바탕으로 하는 음악이 합쳐진 것으로 일정한 형식을 가지면서 말로 되어 있는 가사와 고저장단을 특수하게 배합한 소리聲가 결합한 상태에서 직업적인 소리꾼에 의해 불림으로써 예술적 감동을 유발하는 소리예술이다. 민요와 마찬가지로 가사만 있어도 성립할 수 없고, 소리만 있어도 성립할 수 없는 것이 잡가이기 때문에 이것의 본질로는 문학적 성격과 음악적 성격을 함께 지목할 수 있다. 특히 잡가는 어떤 사람이 부르느냐에 따라 구분하기도 하기 때문에 어떤 면에서는 음악적 성격이 문학적 성격보다 앞서는 것처럼 생각할 수 있을 정도다. 그러나 어떤 사람이 부르는 것일지라도 그것이 잡가인 이상에는 노랫말인 가사가 반드시 존재하며, 그것 역시 중요한 구실을 할 수밖에 없기 때문에 문학적 성격 또한 음악적 성격에 뒤지지 않을 만큼 중요하다.

이러한 성격을 본질로 하는 잡가에 대한 연구와 접근의 방법은 국악계와 문학계가 큰 차별성을 보이는데, 특히 잡가의 문학적 성격을 규정짓는 데 상당한 애로가 있는 것으로 파악된다. 잡가가 다양한 갈래의 기존 시가 중에서 유흥의 목적이 맞는 것이면 무엇이나 수용하는 방식을 취하고 있어서 문학적인 특성만으로는 그것의 장르적 특징을 찾아내기가 무척 어렵기 때문이다. 시조, 가사, 한시, 판소리 등을 다양하게 수용하여 형성된 것이 잡가인데, 한 가지 중요한 특징을 꼽는다면 놀이에서 흥을 돋울 수 있는 내용이 중심을 이룬다는 점이다. 잡가의 내용을 보면, 남녀의 사랑과 이별에 대한 것, 인생무상에 대한 것, 일정한 사물 현상에 대한 타령 등이 주류를 이루기 때문에 문학적 갈래에 대한 기존의 이론으로는 접근하기에 어려운 점이 있다. 이러한 문제를 해결하기 위해서는 두 가지 방법이 필요한 것으로 보인다. 하나는 잡가의 내용을 중심으로 분석하여 그것을 어떤 갈래에 귀속시킬 수 있을지를 판단하는 것이고, 다른 하나는 음악과 연결하여 새로운 이론을 개발하는 것이다. 두 가지 모두 쉽지 않은 일이 될 것이지만 잡가의 본질적 성격을 바탕으로 하는 갈래를 설정하기 위해서는 반드시 필요한 작업이라는 생각을 해본다.

3) 잡가의 문학적 갈래에 대한 문제

잡가는 가락을 동반한 소리로 불린 노래지만 일정한 형식을 갖추고 있는 노랫말을 가지고 있기 때문에 시가인 것도 틀림없는 사실이다. 문학적 갈래를 결정함에 있어서 가사나 잡가, 민요 같은 시가를 어떻게 규정할 것인가에 대해서는 여러 이견이 존재한다. 여기에는 서정, 서사, 교술 등의 갈래가 혼재해 있으므로 전통적으로 형성되어 통일된 하나의 명칭에 속하는 작품일지라도 그것이 지닌 문학적 특성에 따라 다시 구분해야 한다는 주장이 그것이다. 예를 들면, 민요를 서사민요, 서정민요 등으로 구분하는 것을 꼽을 수 있다. 그런데, 여기에서 다른 시가보다 더 문제가 되는 바로 잡가이다. 잡가는 기존의 노래들을 다양하게 수용하여 하나의 범주 속에 넣어놓았기 때문이다. 다른 시가에서 수용해 왔다고 하여 잡가에 속해 있는 작품들을 원래의 것으로 환원시키는 것도 어렵다. 그렇게 하면 잡가는 분해되어버리고 말 것이기 때문이다. 이런 점들을 고려하면 잡가의 문학적 갈래에 대한 접근은 그것이 어디에서 왔는가를 중심으로 따져서는 안 될 것으로 보인다. 그것을 만들어 부르고 즐겼던 향유층에 속한 사람들이 다양한 종류의 시가를 잡가라는 하나의 범주 속에 넣을 수 있었던가를 고려해야 할 것이며, 유흥공간에서 불린 노래에 걸 맞는 이유가 무엇인가를 살펴야 할 것으로 생각된다. 유흥공간에서 불릴 수 있는 노래는 몇 가지 한정된 주제를 가진다는 점에 주목할 필요가 있다. 여기에는 남녀의 사랑과 이별을 주제로 하는 남녀상열지사, 인생무상과 놀이의 즐거움, 일정한 대상을 소재로 하는 타령 등이 중심을 이룬다. 이것들은 작품의 화자, 그것을 듣고 감상하는 청자 등의 정서를 표출하면서 대변하는 구실을 하기 때문에 문학의 갈래로 본다면 서정이 될 수밖에 없다는 점을 결코 잊어서는 안 될 것으로 보인다. 즉 잡가는 문학적 특성으로 볼 때 서정시가의 갈래에 속하는 것이 된다.

8. 민요 연구의 쟁점

1) 민요의 발생에 대한 문제

민요는 우리의 삶 속에서 자연발생적으로 생겨나 생활의 일부처럼 인식되는 노래다. 그렇기 때문에 민요는 특별한 사람이 부르는 것이 아니라 공동체의 구성원이기만 하면 누구나 부를 수 있는 노래가 된다. 이러한 민요가 언제부터 있었을 것인가 하는 것은 매우 복잡하고도 어려운 문제가 아닐 수 없다. 왜냐하면 민요의 역사는 인류의 역사와 거의 같을 것으로 추정되기 때문이다. 민요의 발생에 대해서는 노동에서 발생했을 것이라는 이론, 제의祭儀에서 발생했을 것이라는 이론, 놀이에서 발생했을 것이라는 이론 등이 있다. 각각의 이론이 나름대로의 설득력을 가지고 있어서 어느 것이 정설이라고 말하기는 어려운 점이 있다. 그러나 우리의 경우를 보면 노동요가 가장 많이 존재하고 질적으로도 우수한 작품들이 여기에 속해 있다는 사실로 판단할 때 노동에서 민요가 발생했을 것이라는 주장이 가장 큰 설득력을 가지는 것으로 보이기도 한다. 노동기원설이 설득력을 가지는 것은 인간의 삶 속에서 생활의 일부처럼 불리는 민요는 삶의 중심인 노동에서 민요가 시작될 수밖에 없을 깃이라는 이유에서다. 여기에 대해서는 제의기원설祭儀起源說도 비슷한 주장을 할 수 있어서 이견이 팽팽하지만 제의가 노동 행위를 통한 먹이를 확보한 후에 가능한 것이라는 점을 생각하면 노동기원설보다는 설득력이 약한 것으로 보인다.

2) 민요의 성격에 대한 문제

민요는 문학적인 성격과 음악적인 성격을 가지고 있다. 혹자는 무용적인 성격을 동시에 가지고 있다는 주장을 펴기도 하지만 동작을 중심으로 하는 무용은 민요를 형성시키는 바탕은 될지 몰라도 본질적 성격은 될 수 없는 것으로 보인다. 무용은 인간이 삶을 살아가면서 행하는 행위들이 특별한 의미를 가지는 것이 될 때 무용이 되는 것이기 때문에 무용적인 성격은 어떤 행위로서 민요를 낳는 원동력은 될 수 있어도 민요 자체의 성격은 될 수 없는 것이다. 그것은 일정한 행위를 할 때 그것의 효율성 제고, 고통의 감소 등을 목적으로 노래를 부르는 구연의 현장을 보면 쉽게 알 수 있다. 이런 점에서 볼 때 민요를 이루는 본질적인 성격은 음악과 문학이라고 사실이 한층 분명해진다. 가락과 사설은 민요라는 것을 통해 동시에 실현되지만 무용은 민요를 부를 수 있게 만드는 바탕을 이루기 때문이다. 민요의 본질적인 성격이 무엇인가에 대한 문제는 음악적인 성격과 문학적인 성격을 중심으로 하면서 무용적인 성격을 바탕으로 하는 것이라고 정의할 수 있게 된다.

3) 민요의 기능에 대한 문제

민요는 삶의 과정에서 생활상의 필요에 따라서 불리는 것이기 때문에 그 속에서 하는 구실이 반드시 존재한다. 이 말은 민요에는 어떤 형태로든 삶 속에서 하는 기능이 있을 수밖에 없다는 의미가 된다. 삶 속에서 가지는 민요의 기능이 무엇인가 하는 것은 삶과 민요가 어떤 관계를 맺으면서 존재하는가 하는 것과도 연결되는 문제이기도 하다. 민요의 기능을 올바르게 파악한다는 것은 민요가 가진 본질적인 성격을 이해하기 위한 기초가 된다고 할 수 있다. 민요에 어떤 기능이 중심을 이루는가 하는 것은 결국 삶에 대한 연구를 기반으로 해야 하기 때문에 막연히 사설이나 가락만을 연구해서는 해결될 수 있는 문제가 아닌 것이다. 민요의 기능을 올바르게 파악하기 위해서는 현지조사를 통한 구연 현장에 대한 연구가 필수적이다. 삶의 과정에서 부르는 것이 민요이기 때문에 그것이 구연되는 바탕이 되는 삶의 현장을 이해하지 못한다면 민요의 기능을 제대로 찾아내기 어려울 것이기 때문이다. 구연 현장에 대한 연구는 특히 문학 연구에서 소홀히 하는 경향이 있는데, 이 분야는 한층 신경을 써서 작업을 해야할 것이라는 생각을 해본다.

4) 민요의 해석에 대한 문제

민요는 현대사회에 들어와 산업화 과정을 거치면서 급격히 사라져 갔으며, 이제는 새롭게 만들어지는 민요는 거의 없다고 해도 과언이 아닐 정도다. 이런 한계를 조금이라도 극복하기 위해 상당히 오래전부터 민요의 수집에 심혈을 기울여 왔던 것이 사실이다. 그 결과 상당한 자료를 축적할 수 있었는데, 문제는 수집한 자료에 대한 해석에 어려움이 많다는 한계가 노출되었다. 아직까지 우리에게는 민족의 민요 선본집조차 하나 갖추지 못한 상태이며, 변변한 민요사전 하나도 없는 실정이다. 이것은 그동안 민요의 수집에만 몰두하다보니 겨를

이 없어서겠지만 앞으로는 좋은 작품을 골라서 올바른 해석을 붙이는 작업과 함께 민요사전에 대한 정리와 편찬이 반드시 뒤따라야 할 것으로 보인다. 특히 민요사전은 민족의 민요 전체를 아우를 수 있는 것과 함께 지역적인 특성을 반영할 수 있는 사전 역시 필요할 것으로 생각된다.

　이상에서 고전시가 연구에서 쟁점이 될 수 있는 문제들을 골라 살펴보면서 앞으로의 연구 전망까지를 제시해보았다. 이를 바탕으로 고전시가 연구의 쟁점을 정리하면. 가장 먼저 자료의 부족을 꼽을 수 있다. 고전시가는 많은 작품이 남아 있지 않기 때문에 자료의 결핍으로 인해 완벽한 이해를 위한 접근이 매우 어려웠다. 거기에다 훈민정음이 만들어지기 전까지는 모든 기록이 한자로 되어 있었기 때문에 자료의 섭렵에 대한 어려움 또한 클 수밖에 없었다. 앞으로 이런 한계를 어떻게 극복할 수 있을지에 대한 연구 역시 필요할 것으로 보인다. 다음으로 지적할 수 있는 것은 연구방법의 부재다. 일정한 연구방법이 존재하지 않는다는 것은 비단 고전시가 분야에 국한되는 문제는 아닐지라도 아직까지 우리 나름대로의 연구방법이 없는 현실에 대해서는 깊이 있는 성찰이 필요하다. 세 번째로 지적할 수 있는 것은 주변 학문과의 연계성 부족이다. 민요의 경우는 국악과의 연계가 필수적인데, 아직까지 걸음마 단계이니 답답한 일이 아닐 수 없다. 또한 상대시가의 경우는 고고학이나 역사학의 도움이 절대적으로 필요한데, 큰 도움을 받을 만한 연구 결과가 없는 점 또한 우리 모두가 반성해야 할 문제라고 할 수 있다. 네 번째로 지적할 수 있는 것은 한자로 된 문헌에 대한 정리가 제대로 되어 있지 않다는 점이다. 한자로 된 문헌 중 시가 작품을 싣고 있는 것들은 웬만큼 찾아졌지만 시가와 관련을 가지는 기록들은 다양한 문헌에 폭넓게 존재할 것으로 추정된다. 이러한 문헌들은 거의 대부분 한문으로 되어 있어서 해석을 통하지 않고서는 직접 이해하기가 매우 어렵다는 문제점이 있다. 따라서 한적들에 대한 해석이 필수적으로 이루어져야 하는데, 전체적으로 정리되기까지는 얼마나 더 기다려야 할지 짐작도 못할 일이다. 그 외에도 어학적인 해석의 불충분, 이론의 결핍으로 인한 문학적인 해석의 불충분 등도 쟁점으로 지적될 수 있다. 이 모든 것들은 연구 인구가 늘어나고 깊이가 더해지면 해결되리라고 생각하지만 그 시기를 앞당기기 위해서는 우리 모두가 힘을 합쳐서 진지하게 고민하고 열심히 연구하는 풍토를 만들어 나가야 할 것으로 생각된다.

제2장
한국시가 율격의 이론

　한국시가에서 율격의 본질을 어떻게 파악해야 하며 어떠한 방법으로 그 특성을 정형화할 것인가에 대해서는 그동안 많은 연구자들이 다양한 각도에서 접근[1]을 시도했다. 그 결과 근래에는 한국시가의 율격적 특성은 소리의 등장성^{等長}^性을 바탕으로 하는 호흡의 휴지^{休止}를 단위로 구조화한 음보의 정형성에서 찾아야 한다는 쪽으로 어느 정도 가닥이 잡혀가고 있는 것으로 보인다. 율독^{律讀}을 할 때 하나의 글자가 점유하는 시간의 길이를 음보라는 동일한 성질을 지닌 구조 단위로 설정하여 그것에 의해 율동이 형성되는 것으로 보는 이론이 음보율인데, 음보라는 율격 단위가 아래로는 음수를 포함하고 있으면서 위로는 행을 전제로 한 것이라는 점에서 가장 큰 타당성을 지닌 이론으로 평가받고 있다. 이처럼 음보율이 한국시가의 율격적 특성을 가장 잘 보여주는 것으로 인식되고 있음에도 불구하고 석연치 않은 전제와 해결하지 못하는 다음과 같은 몇 가지 문제들로 인해 율격론으로 이론화하는 데 커다란 걸림돌이 되기도 한다. 첫째, 음보율이 우리 언어의 특성에 바탕을 둔 이론이 아니라는 점. 둘째, 음보율만으로는 다양한 갈래를 형성하고 있는 한국시가의 율격을 이론적으로 정형화하기가 어렵다는 점. 셋째, 언어의 마디를 소리의 마디에 그대로 적용하기 어려운

1　그동안의 연구 성과는 자수율, 고저율, 장단율, 음보율 등으로 대별할 수 있다.

점 등의 해결해야 할 문제점이 있는 것으로 파악되기 때문이다. 이런 점들은 한국시가의 형식적 특성을 밝혀내기 위한 음보율이 일정한 형태를 지닌 구조 단위로 정형화한 하나의 이론으로 확립되는 데 어려움이 따르도록 하는 결정적 요인이라고 할 수 있다. 특히 우리의 언어적 특성에 바탕을 두고 있지 않다는 첫 번째 문제점은 이것을 중심으로 한국시가 율격의 본질을 파악하려는 논의 자체에 상당한 문제가 있을 수 있다는 사실을 여실히 보여주는 근거가 되기도 한다. 이런 점에서 볼 때 한국시가 율격의 본질적 성격을 어떻게 파악해야 할 것이며, 율격적 특성을 어떤 방법으로 정형화할 수 있을 것인가에 대해 한층 깊이 있는 논의가 필요한 시점에 와 있다는 것을 짐작할 수 있다.

위에서 지적한 바와 같이 음보율을 중심으로 하는 기존의 율격 이론은 작품과 율격의 형성에 가장 핵심을 이루는 것이라고 할 수 있는 한국어의 언어적 특성을 바탕으로 하지 못했다는 점에서 일정한 한계를 가지고 있는 것이 사실이다. 그렇기 때문에 한국시가 율격의 본질적 특성을 밝혀내어 우리 시가의 율격론을 올바르게 정립하기 위해서는 우리 언어의 본질적 성격을 율격론의 출발점으로 삼아야 한다는 전제를 바탕으로 할 수밖에 없다는 당위성을 획득하게 된다. 시가의 율격론이 해당 언어의 특성을 기반으로 하게 될 때 진정한 의미의 율격론으로 거듭날 수 있을 것이기 때문이다. 한국어의 언어적 특성을 바탕으로 하는 이론은 격조사와 어미의 활용이 중요한 성격의 하나를 이루는 우리말이 지닌 특성을 제대로 살려내는 것이 됨으로써 언어의 마디를 소리의 마디에 그대로 적용하기 어려운 음보율의 문제점을 자연스럽게 해결할 수 있을 것으로 보이기 때문에 이 이론이 지닌 최고의 장점으로 평가할 수 있을 것이다.

기록상으로 볼 때 민족시가의 특성에 대해 언급한 표현들은 여러 방면에서 다양[2]하게 있어왔지만 시가의 형식을 중심으로 한 것이면서 가장 구체적인 내용을 가진 것은 『균여전均如傳』에 등장하는 것으로 향가의 형식적 특성에 대해 언급한 '삼구육명三句六名'이 아닌가 생각된다. '삼구육명'이란 표현은 중국의 한시가 지니는 형식적 특성과 대비되는 입장을 견지하면서 향가를 중심으로 하는 민족시가가 지니고 있는 형식적 특성을 매우 정확하게 지적한 것으로 볼 수 있기 때문이다. '삼구'와 '육명'이 향가를 중심으로 하는 민족시가의 어떤 특성을 지적한 것인지에 대해서는 앞으로 밝혀야 할 문제지만 중국의 문자인 한자를 표현수단으로 하는 한시와 대비되는 표현 방식을 취하고 있는 점과 향가를 '우리말鄕語'로 '배排'하여 '삼구육명'으로 '자르고 갈아낸다切磋'라고 말한 점 등으로 볼 때 '삼구육명'은 우리 언어를 바탕으로 하여 향가의 형식적 특성을 지적한 것일 수밖에 없다는 것 정도는 충분히 짐작할 수 있다. 이것이 민족시가의 형식적 특성에 대한 유일하면서도 구체적인 언급이기 때문에 한국시가의 율격적 특성 역시 이것에서 출발하는 것이 타당할 수밖에 없다는 점 또한 명백해진다. 따라서 한국시가의 율격적 본질은 우리말이 지니고 있는 언어적 특성과 그것을 바탕으로 하여 선인들이 민족시가의 형식적 특성으로 지적한 '삼구육명', 그리고 '삼구육명'에서 추출한 형식적 요소라고 할 수 있는 '구'와 '명'을 기본으로 해서 전개하는 이론이 가장 바람직하다는 결론에 이르게 된다. 여기에서는 이러한 전제를 바탕으로 한국시가[3] 율격의 본질에 대한 이론적 전개를 한국어의 언어적 특성에서 출발하여 '구'와 '명'을 기본으로 하는 '삼구육명'을 바탕으로 정형화한 이론으로까지 나가기 위한 하나의 가설을 세우고자 한다. 이러한 주장이 하나의 가설일 수밖에 없는 이유는 작품에 대한 율격적 분석을 통해 실증적으로 밝혀내는 단계까지 나아가야 하는 단계를 남겨 놓고 있기 때문이다. 그러므로 여기서는 이론적 기초를 제시하는 것에 만족하고, 그것의 타당

---

2 『균여전』의 삼구육명에 대한 언급, 『도산12곡발(陶山十二曲跋)』에 보이는 우리 노래에 대한 기록, 조선 후기 이옥(李鈺)을 중심으로 전개된 이언(俚言)에 대한 여러 기록 등을 들 수 있다.
3 여기서 한국시가라 함은 상대(上代)부터 19세기까지 우리 민족이 만들고 불렀던 시가를 가리킨다. 그러므로 20세기 이후의 현대시는 이 글의 고찰 대상에서 제외된다.

성을 검증할 수 있는 실증적인 논의는 후속 연구를 통해 차근차근 해결해 나가야 할 것으로 생각된다.

1. 언어와 시가와 율격

1) 한국어의 형태적 특성

한국어의 특성을 언어학적으로 밝혀내기 위해서는 아주 복잡한 분석이 필요할 것이며, 매우 다양한 결과물들이 도출될 수 있을 것으로 생각된다. 그러나 그것은 언어적 특성을 바탕으로 하여 한국시가의 율격적 본질을 밝히려는 이 글의 목적과 거리가 있으므로 여기서는 한국시가 율격의 본질적 성격을 파악하는 데 필요한 기본적인 특성들만을 살펴보는 데 국한하고자 한다. 교착어膠着語인 한국어는 명사와 조사, 어간과 어미가 일정한 관계에 의해 결합한 형태를 단위로 하여 완성된 의미를 가지는 하나의 표현이 이루어지며, 어미가 활용한다는 점을 가장 중요한 특성으로 꼽을 수 있다. 격변화를 하지 않으면서 문법적인 성性, gender이 없는 명사는 다양한 형태의 조사를 취하면서 여러 종류의 표현을 만들어내는 성질을 지니고 있으며, 복잡한 활용을 하면서 문장 속에서 술어가 되는 형용사와 동사는 활용을 전제로 하면서 어간에 붙는 어미가 놀라울 정도로 많은 데다가 그것이 매우 중요한 문법적 기능을 담당하는 것이 바로 한국어다. 특히 술어에 쓰이는 어미는 시제를 결정할 뿐만 아니라, 문장의 성분을 결정하기도 하며, 존대법도 거의가 이것에 의해 성립되는 성격을 지니고 있다는 점에서 문장의 성분과 의미를 결정할 때 어미가 하는 구실은 매우 클 수밖에 없다는 것을 알 수 있다. 어미는 그 외에도 문장 중에서 더 많은 기능을 하는 것으로 파악되는데, 한국어에서는 영어의 접속어에 해당하는 것이나 관계대명사 등과 같은 것도 모두 이것 하나로 나타내기도 하기 때문이다. 그리고 한국어에서 미묘한 느낌의 차이를 주는 거의 모든 표현들은 어미에 의해 결정된다고 해도 과언이 아닐 정도이기 때문에 문장 표현에서 어미가 하는 구실은 엄청나게 크다고 할 수 있다.

　명사와 조사, 어간과 어미의 결합과 활용을 기본으로 하여 표현과 문장이 구성된다는 말은 한국어의 기본적인 성격이 그것에 의해 결정된다는 것을 의미하는데, 이 점은 우리 민족이 오래전부터 만들고 즐겨왔던 시가에서 쓰이는 표현이나 문장에도 그대로 적용될 수밖에 없다. 왜냐하면 한국시가는 한국어를 표현수단으로 할 수밖에 없기 때문이다. 따라서 시가에서 만들어지는 율격적 특성을 파악하려는 이론 역시 언어적 특성에 근거한 것이 가장 큰 타당성을 확보할 수밖에 없을 것이라는 것도 명백한 사실이 될 수밖에 없다. 시간예술의 하나인 시가가 새로운 형태의 표현과 문장 구성법을 통해 창조적인 의미와 예술적 아름다움을 만들어낸다고 하더라도 한국어라는 범주를 절대로 벗어날 수는 없을 것이기 때문이다. 시가에서 쓰이는 표현과 문장들이 한국어의 범주를 벗어날 수 없다는 것은 그것의 형태를 결정짓는 핵심이 되는 형식적 특성도 한국어의 특성을 바탕으로 하여 형성될 수밖에 없다는 것을 의미하며, 나아가 형식의 핵심을 이루는 율격의 본질적 성격도 한국어의 범주 안에서 형성될 수밖에 없음을 보여주는 증거가 되기도 한다. 바꾸어 말하면, 한국시가의 율격적 본질에 대한 접근은 표현과 문장의 형성, 작품 구조의 형성 등에 있어서 핵심적인 구실을 하는 명사와 조사, 어간과 어미의 결합 방식과 활용 등을 기반으로 해야 한다는 것이 된다. 그렇게 할 때에야 비로소 우리 시가의 율격적 본질을 올바르게 파악할 수 있게 될 것이고, 나아가 우리 시가의 형식론에 대한 이론을 세우는 것이 가능할 것으로 보이기 때문이다.

2. 시가의 본질적 성격

우주 내의 현존재이면서 만물의 영장인 인류는 삶의 과정에서 매우 다양한 종류의 예술[4]을 만들어냈다. 그중에서 소리예술의 하나로서 시간의 절대적인 지배를 받는 언어를 표현수단으로 하는 언어예술은 인류의 역사와 그 맥을 같이 한다고 할 만큼 오랜 역사를 간직하고 있다. 노래는 언어예술 중에서도 가장 오랜 역사를 가지고 있는 것으로 볼 수 있기에 그 중요성이 더욱 크다고 할 수 있다. 노래는 노동 현장에서 효과적으로 작업을 하기 위한 필요성에 의해 발생한 것으로 생각되는 신호음 같은 것이 출발점이었을 것으로 보이는데, 언어의 발달에 힘입어 인류의 삶에 없어서는 안 될 정도로 중요한 의미를 가지는 예술로 자리매김해 왔기 때문이다. 현재로부터 그리 멀지 않은 과거까지 노래는 문자로 정착되어 화석화한 형태로 전해지는 것이 아니라 노동현장이나 여가 현장을 비롯한 삶의 모든 분야에 걸쳐 불리면서 입에서 입으로 전승되는 개방적 형태를 지니고 있었고, 서사와 극과 무용 등이 함께 혼재하는 양상을 띠면서 종합예술체[5]로서의 성격이 중심을 이루었을 가능성이 높다. 고대사회에서 불린 노래의 양식이 서정과 서사와 극과 무용이 함께 하는 모습을 지니고 있었다는 것은 여러 증거를 통하여 확인[6]할 수 있다. 문학의 역사에서 볼 때 서정이 독자적인 모습으로 나타난 시기는 그리 오래되지 않은 것으로 파악된다.[7] 그 전에는 노래로 불리는 모든 것은 서사적인 성격을 가지고 있으면서 그 속에 서정을 포함하고 있는 형태였다. 그리고 극은 소리예술과 공존하면서 서사에 극적인 구성을 가미하여 노

---

4 소리예술, 공간예술, 시공예술 등을 가리킨다.
5 A. 하우저, 백낙청 역, 『문학과 예술의 사회사―고대, 중세 편』, 창비, 2000, 75쪽.
6 동굴의 벽화나 고대의 예술품 등에 남아 있는 흔적들을 보면 노래는 독립적으로 존재하는 것이 아니라 서사, 극, 무용 등과 함께였다는 것을 알 수 있다.
7 조동일, 『한국문학통사』 1, 지식산업사, 1982, 85쪽.

래가 높은 예술성을 확보하도록 하는 데 큰 구실을 했으며, 무용 역시 서정적인 것과 서사적인 것을 보조하는 구실을 했던 것으로 파악된다. 이처럼 종합예술체로서의 성격을 지녔던 원시나 고대사회의 노래가 시가라는 기록문학을 낳은 것은 국가의 성립과 그에 따른 문자의 발생 등과 깊은 연관을 지니고 있는 것으로 생각된다. 국가의 성립은 신분의 분화를 초래했고, 태생적으로 언어가 지니고 있던 한계인 시간적 제약을 극복할 수 있는 문자라는 표기수단을 발생시켰으며, 이것을 독점하게 된 지배계급에 속하는 사람들이 시가라는 기록문학을 만들어 낸 것으로 보이기 때문이다.

　노래에 기반을 두고 있는 시가는 언어와 문자를 매개수단으로 하면서 그것을 이루는 바탕이 되는 소리聲를 길게 뽑아 부르는 행위[8]를 통해 화자가 지니고 있는 정서를 예술적으로 드러내는 소리예술의 하나다. 이러한 성격을 지니고 있는 시가를 다른 것과 구별 지을 수 있도록 해주는 가장 중요한 특징은 동일한 성질을 가지고 있는 구조 단위가 일정한 위치에서 주기적으로 되풀이되는 현상에 의해 형성되는 반복 구조와 그것으로부터 만들어지는 율격[9]이라고 할 수 있다. 율격이 반복 구조에 의해 형성된다는 말은 일정한 규칙이 존재한다는 것을 의미하는데, 이것이 바로 시가의 형식이다. 시가를 시가답게 하는 중심적인 요소가 형식[10]에 있으므로 이것은 시가의 본질적 성격을 규정하는 핵심이라고 할 수 있다. 말의 뜻을 구분하여 주는 가장 작은 단위인 음소와 그것을 바탕으로 하여 하나의 종합된 음의 느낌을 만드는 말소리의 단위인 음절을 기본으로 하는 언어를 표현수단으로 하는 시가는 일상언어에 주기적 반복 구조의 형성[11]을 통해 일정

8　『尙書』「舜典」, "帝曰 夔命汝典樂教胄子 直而溫 寬而栗 剛而無虐 簡而無傲 詩言志 歌永言 聲依永 律和聲 八音克諧 無相奪倫 神人以和"(한어대사전편집위원회 편, 『한어대사전』, 한어대사전출판사, 2001에서 재인용).

9　동일한 성격을 지니는 단위가 일정한 위치에서 주기적으로 반복하는 구조와 소리의 규칙적인 율동 등에 의해 형성되는 율격은 형식을 이루는 핵심이 된다.

10　형식에 의해서만 시가라는 특성을 드러낼 수 있기 때문이다.

한 변화를 추구함으로써 새로운 의미와 예술적 아름다움을 창조하는 소리예술의 하나이다. 여기에서 변화를 가능하게 하는 규칙성을 갖는 표현 방식이 바로 형식인데, 이것 역시 언어를 기반으로 하기 때문에 시가의 형식에 대한 논의는 언어에서 출발할 수밖에 없다는 당위성을 가진다. 그러나 여기서 말하는 언어는 언어학에서 말하는 음운론이나 통사론, 의미론 등의 이론을 통해 의미와 기능 등을 파악하기 위해 분석의 대상이 되는 언어를 가리키는 것이 아니라 작품을 이루는 물리적 소재, 혹은 예술적 표현수단으로서의 언어[12]를 가리킨다. 따라서 시가의 형식에 대한 연구가 언어에서 출발한다는 말은 시가의 형식을 이루는 가장 기본 단위인 일상언어를 바탕으로 하여 성립하기는 하지만 작품의 표현수단이 되는 물리적 현상의 언어에 기반을 두고 있다는 것을 의미하게 된다.

시가의 형식을 이루는 요소 중 가장 기본적인 것이면서 핵심적인 기능을 하는 것으로는 작품의 구조 안에서 일정한 의미를 형성하는 최소의 요소이면서 한 작품의 형식을 완성할 수 있는 본질적 성격을 맹아적인 형태로 가지고 있는 구성 요소가 되어야 한다. 왜냐하면 그것에서 시가를 형성할 수 있는 본질적 요소가 모두 나올 수 있어야 하기 때문이다. 작품 속에서 형성되는 언어적 의미만을 대상으로 한다면 그것의 최소 단위는 음절[13]이 된다. 음절은 의미를 간직할 수 있는 공간을 확보한 최소의 언어 단위가 되기 때문이다. 음절이 내용과 형식을 이룰 수 있는 모든 요소를 맹아적으로 갖추고 있는 것은 사실이지만 그 자체만으로 시가의 내용이나 형식을 구성하는 요소로 작용한다고 보는 것에는 어려움이 있을 수 있다. 시가에서는 특수한 경우를 제외하고는 최소 음절 단위로 독립된

---

11 명(名), 구(句), 행(行), 장(章), 렴(斂) 등은 모두 주기적 반복의 구조를 형성하는 주체들이다.
12 시가의 표현수단이 되는 언어도 언어라는 사실에는 변함이 없는 만큼 일상언어와 완전히 독립된 존재로는 될 수 없지만 형식적 요소를 기반으로 하는 형태적 변형을 통해 그것을 넘어서기 때문에 일상언어와는 구별되는 성격을 지닌다.
13 음절은 하나의 종합된 음(音)의 느낌을 주는 말소리의 단위를 가리킨다. 음절은 기본적으로 몇 개의 음운으로 이루어지지만 모음은 단독으로 한 음절이 될 수 있다.

의미를 형성하는 경우가 없는 데다가 그 최소 음절 단위로 율격을 형성하기는 더욱 불가능하기 때문이다. 음절이 작품 속에서 예술적 의미를 가지는 요소로 거듭나기 위해서는 반드시 상위의 구조 단위로 통합되어야 하는 이유가 바로 여기에 있다. 그런데, 특수한 경우를 제외하고는 한 음절로는 다음 단계의 구조 단위를 형성할 수가 없으므로 시가의 형식 논의에서는 음절이 새로운 형태로 발현된 것이면서 한 단계 높은 단위의 요소를 찾아내지 않으면 율격에 대한 논의를 더 이상 진전시킬 수 없다는 사실이 명백해진다. 이때부터 형성되는 상위의 구조 단위는 음절이 모여서 이루어진 낱말을 기본으로 할 수밖에 없는데, 우리 시가에서 이 단위는 '명名'으로 규정하는 것이 가장 합당할 것으로 보인다.[14] 우리말은 명사와 조사, 어간과 어미가 시간적 순차에 의해 결합하는 방식을 취하면서 일정한 의미를 지닌 언어로 형성되는 성질을 가지고 있으며, 이 요소들이 각각 '명'을 이루어 시가의 율동을 형성하는 기초적인 자질로 됨과 동시에 그보다 상위의 구조 단위인 '구句'를 형성하는 핵심 요소로 작용하기 때문이다.

언어에서 글자인 음절에 일정한 자리를 정해서 연이어 놓이는 형태를 만드는 것에 의해 경계를 나누어 의미를 국한하면 그것이 곧 '구'가 되는데, 구는 음절보다 한 단계 높은 단위이면서 시가의 형식을 구성하는 기본적인 요소[15]들을 모두 담고 있는 것으로 볼 수 있다. 구는 의미와 연관을 가지면서 문장에서 강제적 휴지와 절단을 형성함으로써 음절보다 한 단계 높은 차원에서 의미를 한정시킨다. 동시에 새로운 의미를 만들어내는 행과 하나의 범주를 정해 전체를 총괄함으로써 단락을 이루어 화자의 뜻義을 명확하게 밝히는 장을 형성하는 핵심적인

---

14 이에 대해서는 아래에서 상술하도록 한다.
15 형식의 기본적인 요소란 예술적 아름다움이 담길 수 있는 추상적 공간을 가리킨다. 이것을 예술적 공간이라고 할 때, 그것을 만들어주는 가장 핵심적인 요소는 음절과 음절의 결합에 의해 만들어지는 소리와 소리의 간격이 된다. 왜냐하면 음절과 음절에 의해 형성되는 간격이 다양한 예술적 의미가 자리할 수 있는 공간을 만들어내기 때문이다.

구성 요소가 된다. 따라서 구는 형식을 이룰 수 있는 모든 성질들을 맹아적인 형태로 가지고 있는 것으로 볼 수 있다. 아래로는 음절과 관련을 가지게 되어 시가의 표현수단인 언어의 영역을 벗어나지 않으며, 위로는 행을 전제로 하므로 율독을 가능하게 하는 최소 단위로 작용하는 것을 본질적 성격으로 하기 때문이다. 그러므로 구는 형식의 모든 요소를 갖춘 요소로 볼 수 있게 되고, 경우에 따라서는 등장성等長性을 기본적인 성격으로 하는 음보 같은 것과도 일정한 관계를 맺으면서 소리의 장단과 밀접한 관련을 지니는 요소가 되기도 한다. 소리에 있어서 장단은 고저와 더불어 그것의 성질을 나타내는 중요한 요소가 되는데, 이것은 소리가 의미를 형성하는 데 일정한 기여를 하기도 한다. 또한 '구'는 하나의 단위 안에 한국어가 가지는 특성을 모두 포함할 수 있으므로 고저장단을 기본으로 하면서 개별적으로 차별화하는 성질을 가지고 있는 음수音數를 일정한 구조 단위로 묶어서 정형성을 가지도록 하는 데 결정적인 구실을 하는 단위가 된다. 따라서 이것을 한국시가 형식의 핵심적인 성격을 지니고 있는 본질적인 단위로 규정할 수 있게 되는 것이다.

이상에서 살펴본 바를 바탕으로 우리 시가의 본질적 성격을 규정하면, 언어를 매개수단으로 하여 화자의 정서를 표현함에 있어서 구를 중심으로 하는 형식적 구성 요소를 기반으로 하여 형성되는 율격적 특성을 지니고 있는 소리예술로 정의할 수 있게 된다.

3. 율격의 본질적 성격

율격[16]은 주기적 반복을 바탕으로 하는 일정한 체계에 의해 구조화한 소리 현상이 의미를 지닌 시어詩語와 결합하여 작품이 지닌 예술성을 창조하는 데 커다란 기여를 하는 시가 표현 방식의 하나이다. 율격은 형식의 한 부분이면서 내용과 결합하여 형태를 만들어내는 핵심적인 요소가 된다. 이러한 성격을 지니는 율격은 작품 속에 실재하는 것이기는 하지만 내용을 예술적으로 드러내는 형태 속에 표현 방식이라는 관념적인 실체로 녹아 있어서 그 자체가 구체적이고 감각적인 것으로 되지는 못하는 특성을 지니고 있다. 따라서 형태를 매개로 하여 창조되는 예술적 특성을 수용하여 그것을 적극적으로 느끼려는 시도에 의해서만 드러나는 존재가 된다. 그러므로 율격은 실재하는 것이기는 하지만 다분히 관념적[17]이다. 율격이 관념적 존재로 일정한 범주 안에서만 힘을 가지는 까닭에 그것은 작품 안에서만 강제성을 띨 수밖에 없게 된다. 율격은 그것을 인정하고 따르고자 하는 사람에게만 강제성을 띨 뿐 일상의 언어생활에서는 아무런 힘을 발휘하지 못하므로 이것을 관습적 산물[18]의 하나인 자율적 규범성을 가진 존재로도 규정할 수 있다. 이런 점으로 볼 때 율격은 첫째, 소리 현상, 둘째, 구조화한 존재, 셋째, 주기적 순환성, 넷째, 자율적 규범성 등으로 그 본질을 정의할 수 있게 된다.

1) 소리 현상

운문인 시가는 동일한 성격을 지니는 소리가 일정한 주기로 반복되는 현상을 본질적인 특성으로 지니고 있는 문학 양식의 하나이다. 여기서 말하는 소리는 의미를 지니는 소리인 음音이 아니라 그것이 지니고 있는 성질을 나타내면서 인위적인 의미를 가지지 않는 소리인 성聲[19]이다. 시가에서는 의미가 없는 소리

---

16 한어대사전편집위원회 편, 앞의 책, "詩·詞·曲·賦等關于字數, 句數, 對仗, 平仄, 押韻等 方面的 格式和格律".
17 『한국시가 율격의 이론』(성기옥, 새문사, 1982, 17쪽)에서는 추상적이라고 하였다.
18 위의 책, 19쪽.
19 한어대사전편집위원회 편, 앞의 책, "凡物體顫動與公氣相激蕩皆能成聲 耳官之所感覺者也 聲成 文者爲之音".

인 성이 운을 위시한 다양한 규칙을 통해서 율격 현상을 형성하는 것으로 볼 수 있기 때문에 소리 현상을 율격의 본질적 성격으로 규정할 수 있게 되는 것이다. 이러한 점은 한시를 보면 보다 분명하게 알 수 있는데, 여기서는 절구를 대상으로 살펴보도록 한다. 절구의 형태를 지닌 한시는 첫째, 둘째, 넷째 구절의 마지막에는 같은 성질을 가지는 평성의 소리를 운으로 쓰도록 규정 하면서, 작품을 구성하는 각 글자는 정해진 규칙에 의해 평측平仄이 주기적으로 반복되도록 배열해야 한다는 엄격한 법칙을 지니고 있다. 한시의 율격을 형성하는 핵심이 되는 이러한 규칙들은 글자가 지닌 뜻과는 별다른 관련성을 가지고 있지 않으며, 오직 같은 성질을 가진 소리로 발음될 수 있는 글자가 정해진 위치에 쓰였는지 여부와 평성과 측성의 규칙만을 따지는 것으로 각각의 소리가 가진 성질인 고저장단의 배열에서 생기는 율동을 통해 율격을 형성하는 것에 초점을 두고 있다. 이런 점에서 볼 때 율격 현상은 글자의 뜻에 의한 것이 아니라 소리聲를 정해진 규칙에 의해 배열할 때 생기는 율동을 바탕으로 하고 있다는 점에서 구조화한 소리 현상이 본질적 성격을 이룬다는 사실을 분명하게 알 수 있다.

여기서 말하는 소리의 구조화라는 것은 같은 성질을 나타내는 의미 없는 소리가 일정한 위치에 두 번 이상 반복적으로 쓰이는 것을 말한다. 그것은 율격을 이루는 요소인 '명', '구', '행', '장' 등의 성격을 보면 더욱 분명해진다. 시가는 같은 종류의 소리가 서로 응하면서 따르는 현상인 운韻을 통해 율동을 만들고, 여기서 만들어진 율동이 일정한 지시적 의미를 지니고 있는 언어와 결합하여 시어[20]로 거듭나

---

20 '명(名)'은 율동을 이루는 소리 현상이 실현되는 최소 단위이면서 지시적 의미를 바탕으로 예술적 의미를 형성하는 실체가 되는데, 내포의 극대화와 휴지로 인해 생기는 시간적 간격에 의해 생기는 공간을 통해 확대되고, 창조적인 의미를 담을 수 있는 기초 단위가 된다. 이러한 성격을 가지는 '명'은 상위의 율격 단위인 '구', '행', 장, '수사법' 등과의 결합을 통해 내포가 극대화하면서 만들어낸 의미를 그대로 두면서 극소화했던 외연을 다시 극대화하는 이미지화의 방법을 통해 두 번째 단계라고 할 수 있는 의미 확대의 과정을 거치면서 예술적 의미를 완성하게 된다. 손종흠, 『속요 형식론』, 박문사, 2010, 380쪽 참조.

는 표현 방식을 통해 예술적 아름다움을 창조하는 문학이다. 그렇기 때문에 시어로 쓰이는 어휘는 작가가 의도하는 대로 만들어지게 될 소리의 새로운 질서에 대한 충동에 의해 재정리된 것으로 서로 응하면서 따르는 같은 성질의 소리가 만들어내는 일정한 율동을 그 속에 지니게 되어 일상언어와 크게 다른 성질을 가지는 어떤 것으로 될 수밖에 없게 된다. 그러나 이것 하나만으로는 일정한 형식을 바탕으로 하는 시의 형태를 형성할 수 없으므로 보다 높은 단계의 구조 단위를 필요로 하게 된다.

다음으로 지적할 수 있는 소리의 구조화 단위는 구를 전제로 하는 '명'이다. 이것은 일정한 경계에서 끊어지는 단위를 가리키는데, 그 속에 들어가는 글자의 숫자와는 관계없이 구조화한 단위를 말하는 것으로 명사, 조사, 어간, 어미의 결합 단위를 구성하는 것들을 본질적인 구성 요소로 한다. 이런 성격을 가지는 '명'은 하나의 음보 속에 들어 있는 글자의 길이를 서로 다르게 하는 역학적 부등화[21]를 통해 소리를 차별화[22]함으로써 율동을 만들어내는 가장 작은 구조 단위가 된다. 이런 점으로 볼 때 율격의 기본적인 구성 요소를 이루는 '명'이 만들어내는 율동 역시 소리가 지니고 있는 성질에 의해서 결정됨으로써 시어가 지닌 의미와는 직접적인 관련을 가지지 않는다는 사실을 쉽게 알 수 있다. 시가에서는 '명'이라는 구조 단위를 통해 일차적 율동을 만들고 난 후 그보다 큰 구조 단위를 통해 다음 단계의 율동을 형성하게 되는데, 그것은 행을 전제로 하는 '구'를 통해 실현된다. '명'이나 '운'과 마찬가지로 '구'도 소리의 성질을 중심으로 만들어지는 주기적 반복의 단위를 통해 율동을 형성하는데, 구가 '명'과 다른 점은 앞에서 차별화한 소리를 균등화하는 구조 단위[23]에 의해 율동을 만

---

21 정병욱, 「한국시가의 운율과 형태」, 『고전시가론』, 새문사, 1984, 24쪽.
22 한시에서는 사성(四聲)을 바탕으로 하는 평측이, 우리 시가에서는 길고 짧음을 바탕으로 하는 장단이 이런 구실을 하는 것으로 본다.
23 우리 시가에서 구는 '명'으로 구조화한 단위 두 개가 결합하는 형태를 띤다. 그러므로 우리

드는 점이라고 할 수 있다. 즉 행을 전제로 하는 개념을 가진 '구'는 동일한 성질을 가지는 몇 개의 단위가 하나의 '행'을 이루는 현상을 통해 율동을 형성한다는 것이다.

'장' 혹은 '편'을 전제로 하여 성립하는 성질을 가지고 있는 '행'은 소리의 차별화도 아니고, 균등화도 아닌 강제적으로 만들어지는 휴지에 의해 율동을 형성하는 것을 핵심적인 성격으로 한다. '행'은 일정한 단위의 '구'를 구성 요소로 하는데, 속요나 민요처럼 분장分章의 형태를 지니고 있는 작품에서는 동일한 수의 구가 행 단위로 반복되는 형태를 지니지만 장으로 나누어지지 않는 작품에서는 그렇지 못하다.[24] 하나의 '행'이 주기적으로 반복되는 일정한 숫자의 구를 구성 요소로 하든 그렇지 않든 휴지를 수반하는 점에서는 같기 때문에 구의 수에 관계없이 하나의 단위로 취급할 수밖에 없다. 행이 구의 수에 관계없이 하나의 단위로 취급된다는 것은 그것의 본질적 성격이 의미에 의해서 정해지는 것이 아니라 호흡의 휴지라는 구조화한 단위에 의해 정해진다는 것을 의미한다. 따라서 행 역시 율격을 형성하는 요소이기는 하지만 언어 현상으로 보기는 어렵다는 사실을 알 수 있게 된다.

한편, 표면적으로 보아서는 율동을 형성하는 율격의 구성 요소로 보기 어려운 것처럼 생각되기 쉽다. 그러나 시가에서는 같은 형태를 가지는 것이 둘 이상 반복되면 단순한 의미단락만이 아닌 하나의 구조적 단위로 볼 수 있기 때문에 이런 의미에서 '장'도 형식적 구성 요소가 될 수밖에 없다. 따라서 분장의 형태를 지니는 작품에서 '장'은 둘 이상의 반복구조를 통해 독자적인 의미단락의 형성과 함께 소리에 의해 형성되는 일정한 율동을 만들어 내게 되고, 이것이 일정한 단위로

시가에서는 음수가 작품 안에서 별다른 기능을 하지 못하는 것으로 볼 수 있다.
24 〈정과정〉이나 〈정읍사〉 같이 분장(分章)의 형태로 되어 있지 않은 작품은 의미 단락으로 행을 구분하는 수밖에 없다.

작용하면서 율격을 형성하는 것으로 볼 수 있다. 여기에 렴斂, 조흥구, 감탄사 등의 독특한 구성 요소가 가미되면서 완성하게 되는데, 이것들 역시 소리 현상으로서의 성질을 기본으로 한다. 다만 장은 형태와 맞닿아 있어 언어 현상과 소리 현상을 모두 아우른다는 점이 앞에서 살펴본 여타의 율격적 요소가 갖는 성격과 다르다고 할 수 있다.

이상에서 살펴본 바와 같이 율격을 이루는 요소들은 모두 언어 현상이 아니라 소리 현상으로서 일정한 구조화를 통해 율동을 만드는 것임을 알 수 있기 때문에 소리 현상을 율격의 본질적 성격으로 규정할 수 있게 된다. 이처럼 다양한 형태로 나타나는 소리의 구조화가 중요한 이유는 소리의 반복을 통해 만들어지는 율동이 없으면 작품에서 사용하는 언어가 가진 지시적 의미만으로는 시가의 예술성을 담보하기가 어렵기 때문이다.

2) 구조화한 존재

시가를 시가답게 해주는 핵심적 요소의 하나인 소리의 반복은 한편의 작품 안에서 일정한 법칙을 가지면서 구조화하는 성격을 가지고 있는데, 이것이 바로 율격을 이루는 중요한 단위가 된다. 율격이란 시가를 이루는 구성 요소들이 정해진 자리를 점유하여 다른 요소들과 유기적 관계를 맺는 과정에서 만들어지는 율동을 통해 예술적 아름다움을 담아낼 수 있는 체계를 형성하는 표현 방식의 하나이다. 따라서 일정한 법칙 아래 소리가 구조화하는 것을 본질적인 성격으로 가질 수밖에 없다. 음절은 '명'을 전제로 하고, '명'은 '구'를 전제로 하며, '구'는 '행'을 전제로 하고, '행'은 '장'을 전제로 한다는 명제가 바로 이런 점을 지적한 것이다. 그렇기 때문에 율격이라고 하는 것은 기본적으로 소리 현상이 일정한 체계와 특수한 관계 아래 반복적으로 구조화한 존재가 될 수밖에 없는 성질을 지니게 된다.

구조는 구성 요소들 사이에서 만들어지는 상호적인 관계에 의해 결합한 현상 전체를 가리키는데, 구성 요소들 사이에 형성되는 내적 연관에 의해 이루어진 복합적 통일체라고 할 수 있다. 이러한 성격을 지니는 구조는 일단 한 번 이루어지면 각 요소들 위에 군림하면서 그것들을 통제함과 동시에 각각의 요소들에게 고유한 기능을 부여하는 성질을 가지고 있다. 따라서 구조 자체는 어떤 기능도 하지 않지만 구조에 의해서 형성되는 체계는 구조에 의해 주어진 일정한 기능을 수행하게 된다. 형식적 구성 요소들의 내적 연관을 통해 이루어지는 시가의 율격은 그 자체가 어떤 기능을 하는 것은 아니지만 구성 요소들을 일정한 관계 속에 위치하도록 하여 각각의 요소들이 해야 할 구실을 정해줌으로써 그것을 통해 형성되는 율격체계가 예술적 아름다움을 담아내는 그릇으로 작용하도록 한다. '명'은 '구'와의 관계를 통해, '구'는 '행'과의 관계를 통해, '행'은 '장'과의 관계를 통해 이루어지는 시가의 구조화는 각각의 존재들을 유기적으로 연결시켜 일정한 위치에서 일정한 구실을 하게 함으로써 율동을 형성하도록 하여 하나의 작품 안에서 완성된 율격체계를 만들어내기 때문에 율격은 소리가 구조화화한 존재라고 할 수 있다.

3) 주기적 순환성

우리는 시가에서 율격이 존재한다는 사실을 어떻게 알 수 있으며, 그것을 어떻게 인지할 수 있는가? 감각적 형태로 존재하는 작품은 표면상으로만 보아서는 율격이라는 것이 존재하는지 알 수 없으며, 전혀 느낄 수도 없다. 시가에 율격이 존재한다는 사실 자체는 작품을 감상하면서 얻어지는 경험에 의해 알게 되는데, 그러기 위해서는 시가에 율격이 존재한다는 사실을 어떤 방식으로든 인지할 수 있어야 한다. 즉 시가의 율격은 그것을 감상하는 주체가 인지해야 한다는 전제가 있어야 한다는 것이다. 율격은 표면적 형태만으로는 감각적인 어떤 것으로 현현顯現하지 못하므로 그 존재를 인지하기 위해서는 일정한 매개수단이 있어야 하는데, 그것이 바로 일정한 주기로 반복되는 소리에 의해 만들어지는 율동이다. 율격이라고 하는 것은 미리 정해놓은 법칙에 따라 소리의 고저장단에 의해 생기는 율동을 강제적으로 재구조화한 것이어서 율동이 없는 율격은 성립 자체가 불가능하기 때문이다.

그런데, 물체가 떨거나 공기가 급격하게 부딪칠 때 나는 소리는 일정한 길이의 시간을 반드시 점유해야 하므로 기본적으로 시간의 절대적인 지배 아래에 있다. 소리는 일정한 길이의 시간을 점유할 때만 감각적 존재로 현현되고, 인간의 청각에 작용할 수 있기 때문에 태생적으로 시간적 존재일 수밖에 없는 것이다. 따라서 소리의 규칙적인 반복 현상에 의해 형성되는 율동도 절대적으로 시간을 필요로 하며, 그 속에 현현하는 시간적 존재가 될 수밖에 없다. 그러므로 그것을 재구조화함으로써 형성되는 율격 역시 시간적 존재라는 성격을 갖는 것은 지극히 당연한 결과라고 할 수 있다. 하지만 율격은 일반적으로 존재하는 소리에 의해 생기는 감각적 형태의 율동이 아니라 시가를 만드는 창조자인 작가에 의해 강제적으로 재구조화하면서 작품에 쓰인 언어와 형식적 요소들이 만들어내는 관계 속에 숨어 있다가 특수한 계기를 통해 현현하는 관념적 형태의 것이기 때문에 그것을 드러내고 느끼기 위해서는 그것을 현현시켜 줄 수 있는 특별한 장치와 특수한 행위가 수반되어야 한다. 이처럼 율격이 작품 속에 숨겨져 있는 관념적 형태를 지니고 있다고 하여 그것을 추상적[25]이라고 하기는 어려울 것으로 보인다. 율격은 인간이 행하는 추상작용에 의해 일반 개념으로 파악할 때 비로소 인지되는 작품의 속성이 아니기 때문이다. 율격을 인지할 수 있게 하는 것은 시간이며, 그것을 인지하게 하는 매개체는 소리가 되는데, 율격은 소리를 기본으로 하지만 그것은 주기적 반복이라는 법칙 아래 시간을 재구조화한

---

25 성기옥, 앞의 책, 17쪽.

범주 안에서만 감각적이고 구체적인 현상으로 드러날 수 있다. 그러므로 시가의 율격은 작품 속에서 율동을 강제적으로 재구조화하는 일정한 법칙에 향유자가 복종하면서 소리라는 매개체를 통해 그것을 감상하려는 시도를 할 때만 비로소 감각적 존재로 발현하는 특징을 가진다. 이처럼 율격은 소리의 시간적 재구조화에 의해 형성되는 것으로 시간 속에서 형성되고, 시간 속에 존재하며, 시간에 의해서만 그 본질을 드러내는 까닭에 당연히 시간적 존재를 바탕으로 하는 주기적 순환성을 본질적인 성격으로 한다.

4) 자율적 규범성

행동이나 판단을 할 때 마땅히 따르고 지켜야 할 가치 판단의 기준이 되는 것을 규범이라고 하는데, 시가에 있어서 율격이 바로 그런 존재다. 시가에 쓰인 소리의 율동이 언어라는 매개체를 통해 실현되는 율격은 작품이 가지는 예술적 아름다움을 느끼게 해주는 중요한 요소이다. 소리의 주기적 반복으로 인해 생기는 율동을 수반하여 언어로 표현되는 작품의 예술적 의미를 형성하는 주체가 될 뿐만 아니라 일정한 기준에 의한 소리의 구조화를 통해 특수한 쾌감을 유발하는 핵심이 되면서 산문과 시가를 구별하는 기준이 바로 율격이기 때문이다. 그러므로 어떤 언어적 표현이 한 편의 시가 작품으로 성립하기 위해서는 반드시 율격을 형성해야 하고, 작품에 적용되는 율격 형성의 규칙에 따라야 한다. 율격 형성의 규칙은 작품을 만들고 즐기는 구성원이 만들어내는 문화적 현상과 언어적 특성에 따라 다양하게 나타날 수 있다. 예를 들면 한시[26]의 경우는 사회문화적으로 미리 정해져 있는 평측과 압운 등의 다양한 법칙들이 시를 짓는 규범으로 작용하기 때문에 한 편의 시로 인정받기 위해서는 이 법칙을 반드시 지

---

26 여기서 말하는 한시는 근체시를 가리킨다.

켜야 하는 것을 지적할 수 있다. 반면 우리 시가에는 한시처럼 지켜야 하는 규칙으로 정해진 것은 없지만 어떤 형태로든 소리의 율동을 형성할 수 있는 나름대로의 규칙이 존재한다는 점에서 한시와는 다른 성격을 지니는 것으로 볼 수 있다. 한자는 표의문자이기 때문에 글자 하나하나에 뜻과 성질을 부여하고 그것으로 소리의 규칙을 정할 수 있지만 한글은 표음문자로 말묶음인 낱말을 대상으로 하여 뜻과 성질을 정하기 때문에 한시와 같은 규칙을 그대로 적용하기가 매우 어렵다는 차이를 지니고 있다. 따라서 한시에서 정한 규칙과 우리 시가에서 정한 규칙에는 차이가 날 수밖에 없는 것이다. 우리 시가에서 율격을 형성하는 핵심 요소를 무엇으로 볼 것인가에 대해서는 그동안 여러 견해[27]가 도출되었지만 소리의 장단을 중심으로 해야 한다는 데는 어느 정도 의견이 접근된 것으로 생각된다.

위에서 살펴본 바와 같이 표의문자를 표현수단으로 하는 한시든, 표음문자를 표현수단으로 하는 시가든 율격을 형성하는 기본적인 규칙이 존재하는 것은 분명하지만 작품을 통해 그것이 실현될 때는 정해진 규칙이 모두 그대로 적용되지는 않는 것으로 나타난다. 즉 오언이나 칠언 등의 한시를 지을 경우 기본적으로 정해져 있는 평측의 배열 규칙에 변화를 주어서 일정한 자리에 쓰이는 글자에는 평성과 측성 중 어느 쪽의 글자를 써도 좋다는 허용 규정을 만들어놓고 있는 것 등이다. 이와 같은 현상은 우리의 시가에도 마찬가지로 나타나는데, 한편의 작품 안에서 하나의 구에 쓰인 글자의 수가 일치하기 어려운 점이나 한 행을 이루는 구가 완전한 정형을 이루기가 어렵다는 것 등에서 이를 확인할 수 있다. 이처럼 규칙을 벗어나도 좋다는 예외 규정을 허용하는 이유는 시에서 율격이 차지하는 비중이 아무리 크다고 하더라도 그것만으로 작품이 완성될 수 없

27　정병욱, 앞의 글; 성기옥, 앞의 책; 황희영, 『운율 연구』, 형설출판사, 1969; 조동일, 『한국시가의 전통과 율격』, 한길사, 1982; 김대행 편, 『운율』, 문학과지성사, 1984.

으며, 내용을 예술적으로 표현해야 하는 창조적 의미가 중요하기 때문에 율격 형성을 위해 정해놓은 규칙만을 강조하게 되면 표현의 창의성을 해칠 가능성이 큰 까닭인 것으로 이해할 수 있다. 이런 점에서 볼 때 율격 형성을 위한 소리의 배열 규칙이라고 하는 것은 시를 짓고 즐기는 사람들이 기본적으로 인지하고 따라야 할 원칙적인 것으로 규범적인 성격을 가지는 존재라 할 수 있다.

또한 율격이 시가를 시가답게 해주는 핵심적 요소인 것은 분명하지만 작품 안에서 언어를 매개로 하여 실현될 때만 존재 가치를 인정받을 수 있으므로 동일 언어를 쓰는 사회의 구성원이라면 무조건 복종해야 하는 일상언어와는 달리 강제성이 약화되면서 작품의 예술적 아름다움을 느끼려고 하는 사람들만이 지키고 따라야 하는 것이라는 성격을 가지기도 한다. 하나의 작품을 올바르게 이해하고 예술적 아름다움을 제대로 느끼기를 바라는 사람이라면 누구나 그것이 지니고 있는 율격에 복종하는 것이 좋다. 그러나 율격에 복종하고 하지 않고는 순전히 감상자의 자유의지이기 때문에 그 사회의 구성원 이면서도 예술적 소통을 원하지 않는 사람은 굳이 그것에 복종할 필요가 없다. 이처럼 율격이 가지는 규범으로서의 강제성은 외부의 구속이나 속박이 없는 상태에서 순전히 수용자의 선택에 의해서만 받아들여지고 느낄 수 있는 것이므로 자율적 존재가 되기도 한다. 이런 점에서 시가의 율격은 자율적 규범성을 가진 것으로 그 성격을 규정할 수 있다.

이러한 사실을 바탕으로 할 때, 한국시가 율격의 본질은 소리聲의 성질을 기본으로 하는 '평장平長'과 소리音의 의미를 기본으로 하는 '명'과 '구'를 구성 요소로 하면서 시간적 선후관계에 의해 구조화한 단위들이 맺는 유기적 관계에서 찾아야함을 알 수 있다.

4. 한국시가 율격의 본질

1) 평장과 명

앞에서 살펴본 바와 같이 한국어는 명사와 조사, 어간과 어미가 결합하는 방식을 취하면서 어미의 활용이 대단히 중요한 구실을 하는 형태의 언어이다. 한국시가는 한국어를 표현수단으로 하기 때문에 한국어의 특성에 맞도록 시어가 구성됨과 동시에 작품의 율격도 그것에 맞도록 형성되는 것은 너무나 자명한 사실이다. 그러므로 한국시가 율격의 본질에 대한 논의가 한국어의 본질적인 특성에서 출발해야 하는 것 또한 지극히 당연한 사실일 수밖에 없다. 율격의 본질을 파악하기 위한 시도가 한국어의 본질적 특성에서 출발해야 한다는 사실은 아래의 작품을 보면 너무나 쉽게 짐작할 수 있다.

살어리 살어리 랏다
청산애 살어리 랏다
멀위랑 도래랑 먹고
청산애 살어리 랏다

—〈청산별곡〉

가시리 가시리 잇고
브리고 가시리 잇고
날러는 엇디 살라호고
브리고 가시리 잇고

—〈가시리〉

청산리 벽계수야 수이감을 자랑마라

일도 창해ᄒ면 다시오기 어려오니

명월이 만공산ᄒ니 쉬여간들 엇더리

—황진이 시조 「청산리 벽계수야」

엇던 디날손이 셩산에 머믈며셔

셔하당 식영뎡 쥬인아 내말듯소

인간세상에 됴흔일 하건마는

어찌 한강산을 가디록 나이녀겨

젹막 산즁에 들고아니 나시ᄂ고

—〈성산별곡〉[28]

    예로 든 작품들은 속요, 시조, 가사 등인데, 의미상으로 보나 호흡의 휴지상으로 보나 위와 같은 모양으로 끊어 읽는 것이 가장 타당한 것으로 생각된다. 이 작품에서 쓰인 모든 표현들은 하나같이 명사와 조사, 어간과 어미가 결합하면서 활용하는 구조로 되어 있음을 확인할 수 있고, 이것을 바탕으로 율독律讀의 방식이 결정되기 때문에 여기에서 만들어지는 소리의 율동을 기반으로 하여 율격이 형성된다는 사실을 간파할 수 있다. 따라서 소리가 구조화하면서 만들어지는 성질을 가지고 있는 율격의 본질이 바로 여기에 있음을 짐작할 수 있게 된다. 즉 명사와 어간에 해당하는 부분과 조사와 어미에 해당하는 두 개의 구조화한 단위가 각각 독자적으로 활동하면서 앞의 것은 고정되어 있는 형태를 취하고, 뒤의 것은 고정되어 있지 않고 변화하면서 활용할 수 있는 형태를 취하는

---

28 시가의 구를 이상과 같이 나누는 것은 시가의 율독(律讀)을 중심으로 한 것이기 때문에 문법적인 구의 나눔과는 차이가 날 수 있다는 사실을 지적해 두고 싶다.

구성 방식으로 이루어져 있다는 것이다. 뒤의 단위에 해당하는 조사는 생략되기도 하는데, 이것은 소리가 점유하는 시간에 의해 일정한 공간을 형성하고, 그 자리에는 다양한 종류의 표현들이 들어갈 수 있는 여지를 만들어내는 구실을 하는 것으로 볼 수 있다. 이 부분은 율독의 과정에서는 길게 소리 나는 장음으로 실현되는 양상도 보이고 있기 때문에 율격을 이루는 중요한 단위로 작용한다는 사실 또한 알 수 있다. 어간과 어미의 결합 방식으로 이루어지는 표현에서는 어미의 활용에 의해 율독의 방식이 정해질 수밖에 없으므로 역시 뒤의 단위가 중요한 구실을 한다는 것도 확인할 수 있다.

위에서 보는 바와 같이 우리 시가를 이루는 모든 표현들이 앞의 단위와 뒤의 단위가 결합하여 일정한 형태를 가지는 것으로 구조화하는 방식인 데다가 그것이 율격을 이루는 중요한 구실을 하고 있는 만큼 이 요소들 각각에 대한 명칭과 그 둘을 합친 것에 대한 명칭을 정해주는 것이 필요하다. 왜냐하면 각각의 요소들은 한국시가에서 형식적 특성을 형성하는 기본적인 단위로 작용하기 때문이다. 격변화나 활용을 하지 않는 앞의 단위는 고정되어 있는 것이 일반적이므로 이것은 안정되고 변화하지 않는 단위로서의 성격을 지닌 것으로 볼 수 있다. 고정된 상태가 일상적인 상태를 형성하면서 소리로 실현될 때는 가장 기본적인 시간을 점유하는 단위[29]로 볼 수 있으므로 가장 기본을 이루는 이러한 단위의 소리를 '평성平聲'으로 명명한 전통을 따라 '평'이라 이름 붙이는 것이 가장 무난할 것으로 생각된다. 문제는 변화하는 것을 기본적인 성격으로 하는 뒤의 단위에 대한 명칭을 어떻게 붙이느냐 하는 것이다. 이것이 실현되는 양상을 보면 첫째, 조사나 어미가 활용한 상태의 모습으로 실현되는 경우, 둘째, 조사가 생략되는 경우로 나눌 수 있다. 조사가 정상적으로 붙어 있거나 어미가 활용된 상

---

29 이것을 1모라로 생각해도 무방하다.

태로 실현된 경우는 앞의 단위와 마찬가지 방식으로 시간을 점유하는 것으로 보이기 때문에 앞의 것과 동일한 성질을 가진 것으로 보아 '평'으로 명명해도 무방할 것이다. 문제는 조사나 어미가 생략되는 경우인데, 이때는 앞의 소리가 길어지면서 장음으로 실현되는 양상을 보이고 있기 때문이다. 예를 들면, 황진이의 시조에서 "청산리 벽계수야 수이감을 자랑마라"에서 '청산리'의 뒤에는 '에', 혹은 '의'와 같은 조사가 생략되었음을 알 수 있는데, 이런 이유 때문에 율독을 할 때는 '리'가 장음으로 실현될 수밖에 없게 된다는 것이다. 나머지 표현들은 다른 어떤 것이 들어갈 수 있는 여지가 전혀 없으므로 장음으로 실현되지 않는다. 따라서 이 경우는 생략되지 않은 단위들에 대해서는 '평'이라는 명칭을 그대로 사용하고, 생략된 상태가 되어서 장음으로 실현되는 경우는 '장'으로 이름을 붙이는 것이 합당할 것으로 보인다.

이와 같이 명칭을 붙여 놓고 보았을 때 한국시가의 모든 표현은 평과 평, 평과 장이 결합하는 형태를 통해 구조화한 단위인 '명'을 이루고 있으며, 두 단위의 배열 순서에 따른 시간의 장단에 의해 율격이 형성된다는 사실을 알 수 있게 된다. 이것이 바로 『균여전』에서 말하는 "가배향어歌排鄕語"가 되고, '평'과 '장'이 결합하여 구조화한 단위로 부를 때는 '명'이라는 이름을 붙일 수 있는 근거를 제공하는 단초가 된다. '명'이 결합하여 완성되는 표현을 구라고 할 때, 우리 시가의 본질적인 율격적 체계는 한 행이 일구이명一句二名으로 이루어지는 구조화한 단위로 정형화할 수 있게 된다.

2) 명과 구

향가의 형식적 특성을 이루는 핵심적 구성 요소로 '명'과 '구'를 규정하고 이에 대해 언급한 최초의 사람은 고려 중기의 문인이었던 최행귀崔行歸, 생몰연대 미상였다. 그는 고려 전기의 고승이었던 균여均如, 서기 923~973가 지은 〈보현시원가普

賢十願歌〉 11수를 한시로 번역하고 서문을 썼는데, 여기에서 향찰鄕札이란 용어를 처음으로 사용하였으며, 사뇌가의 형식적 특성을 한시의 특성과 비교하여 서술하였다.

시구당시詩構唐辭 마탁어오언칠자磨琢於五言七字 가배향어歌排鄕語 절차어삼구육명切磋於三句六名 논성즉격약삼상論聲則隔若參商 동서이변東西易辨 거리즉적據理則敵 여모순강약난분如矛盾强弱難分[30]

시는 당나라 말로 얽어 짜서 오언칠자로 가다듬고, 노래는 우리말로 배열하여 3구6명으로 갈고 닦는다. 소리聲에 대해 논하자면 참성과 상성이 떨어져 있음과 같이 동서를 분간하기 쉽지만, 문리로 따진다면 창과 방패가 어느 것이 강하고 약한지를 구분하기 어려운 정도로 마주 보는 것이다.

이것이 향가의 형식에 대한 유일한 언급이어서 그동안 국문학계에서는 '삼구육명'의 의미를 분석해내기 위해 다양한 접근을 시도하였다. 그러나 아직까지 뚜렷한 정설로 인정받을만한 학설은 나오지 않은 것으로 보여서 안타까움만 더해 주고 있는 실정이다. '삼구육명'에 대한 기존의 견해들은 크게 두 부류로 나눌 수 있는데, 하나는 행을 이루는 율격의 단위로 생각하는 것이고, 다른 하나는 한 편의 작품이 지니고 있는 구조의 단위로 파악하는 것이다. 율격의 단위로 파악하는 경우에는 '구'와 '명'을 동일한 것으로 취급하여 '언言'이나 '자字'와 같은 것으로 본다.[31] 이 견해들에 따르면, '구', '명', '언', '자'는 완전히 일

---

30 혁련정, 『균여전』, "第八, 譯歌現德分者."
31 '삼구육명'은 3자6자의 다른 표현으로 3·3조의 음수율이 향가의 기조임을 나타낸 표현.(이병기, 『국문학개론』, 일지사, 1957)
   '삼구육명'은 3언6언과 같은 것으로 민요의 기본 형식인 3·3·3조의 3음보격을 나타낸 것.(서

치하는 것으로 글자만 달리해서 나타낸 정도가 된다. 또한 '오언칠자'에 대한 해석과 완전히 동일한 방식으로 '삼구육명'도 해석하는 것이 당연하다는 전제 아래 논지가 전개되고 있는 특징을 보여주고 있다. 그러나 '삼구육명'을 '오언 칠자'와 같은 방식으로 해석하는 것이 과연 올바른지, '구'와 '명'을 같은 것으로 보는 것이 타당한지 등에 대해서는 재고의 여지가 있는 것으로 생각된다. 왜냐하면 동일한 의미를 지니는 것을 군이 다르게 표현해야 하는 이유를 발견할 수가 없기 때문이다. '삼구육명'을 향가의 구조적 단위로 보는 견해들은 3구는 3개의 구조 단위를 지칭하는 것으로 보고, 6명은 구조 단위를 이루는 하위의 단위 요소로 본다.[32] 구조의 단위로 보는 견해에서는 '구'를 상위구조로 보고, '명'을 그것에 부속된 하위구조로 보는 데 의견의 일치를 보이고 있다. 특히

수생, 『한국시가 연구』, 형설출판사, 1970)

'삼구육명'은 3음보가 6음절로 이루어진 것을 나타낸 것.(김수업, 『배달문학의 갈래와 흐름』, 현암사, 1992)

3구는 3음보, 6명은 6음보를 나타내는 것.(김문기, 「삼구육명의 의미」, 『어문학』 46, 어문학회, 1986)

향가의 한 행이 3명구체로 된 것과 6명구(음보)체로 된 것.(이웅재, 「삼구육명에 대하여 1」, 『어문논집』 18, 중앙대 국어국문학과, 1985)

[32] 명(名)은 뜻덩이로 보고, 구(句)는 두 개의 뜻덩이로 보아 전체는 3구로 되어 있고, 초구가 2구, 차구가 2구, 종구가 1구로 되며, 각 구는 6단어로 되어 있다고 보는 견해(이탁, 『국어학논고』, 정음사, 1958, 316쪽).

구(句)를 장(章)으로, 명(名)은 문절로 보아 '삼구육명'은 3장 6문절로 보는 견해(김준영, 「삼구육명의 귀결」, 『국어국문학』 26, 국어국문학회, 1986; 지헌영, 「향가의 해독 해석에 관한 제문제」, 『숭전어문학』 2, 숭전대 국어국문학과, 1973).

'삼구육명'은 향가의 차사(嗟辭)를 나타낸 것으로 보는 견해(최철, 「三句六名의 새로운 해석」, 『동방학지』 52, 연세대 국학연구원, 1986).

3구는 1, 3, 7구에 한한 것으로 이것이 6자라는 견해(김완진, 『향가 해독법 연구』, 서울대 출판부, 1991).

삼구(三句)와 육명(六明)의 불교용어(佛教用語)로 보는 견해(양희철, 『고려향가 연구』, 새문사, 1988).

10구체(句體)는 3장(章), 4구체(句體)는 각행(各行) 6자(字)로 보는 견해(성호경, 『신라향가 연구』, 태학사, 2008).

'삼구육명'을 삼연육구(三聯六句)를 나타낸 것으로 보는 견해(홍재휴, 『한국 고시율격 연구』, 태학사, 1983).

'구'는 장章, 연聯과 관련지어서 해석하는 것과 '명'을 '자'와 같은 것으로 보고 있는 점이 눈에 띄는데, 이러한 추정들이 어디에 근거를 두고 있는지에 대해서는 정확한 근거를 중심으로 좀 더 세심한 고찰이 필요할 것으로 보인다. 기존의 연구 성과를 바탕으로 할 때, '삼구육명'에 대한 해석은 '구'와 '명'이 가지는 본래의 의미에 대한 상세한 고찰을 필요로 함과 동시에 우리말의 특성을 기본으로 하여 다시 출발해야 할 것으로 생각된다. '삼구육녕'은 우리의 민족시가인 향가의 형식적 특성에 대한 것이고, 소리를 위치에 따라 배열해 놓은 것聕이란 점을 『균여전』에서 분명하게 밝히고 있기 때문이다. 이러한 생각을 바탕으로 먼저 '명'의 개념에 대해 살펴보도록 한다.

한자에서 '명'은 사람의 이름, 사물의 이름, 시호, 명목名目, 종류, 문자, 형용, 명예, 공명, 문명聞名, 명의名義, 명분, 독천獨擅, 형성形成, 명가名家 등으로 사용되어 쓰임이 매우 다양하다. 이 중에서 저자가 주목하고자 하는 것은 '형성'이다. 형성은 일정한 단계의 발전 과정을 거쳐 변화함으로써 모종의 사물이나 현상으로 이루어지는 것을 가리키는데, 이것을 다른 표현으로 '성成'이라고 하였다. 이루어진다는 뜻을 가진 '성'은 일정한 구성 요소가 결합하여 다른 성질을 가지는 무엇인가로 되는 것으로 구조나 형태의 변화가 수반되는 것을 핵심적인 성격으로 한다. 그러므로 '성'은 어떤 사물 현상이 변화하여 성질이 다른 무엇으로 되어 안정된 상태를 만들어냄으로써 나름대로의 구실이나 의미를 가지는 것이 된다. 이처럼 '형성'이 일정한 형태를 지닌 사물 현상으로 이루어지는 것을 가리키므로 '명'은 경계를 지니고 있는 형태를 가지고 있으면서疆 독자적이고 독립적인 성질性을 지닌 온전한 사물 현상의 한 단위를 가리키는 것이라는 사실을 알 수 있다. 즉 하나의 사물 현상에서 경계를 분명하게 설정함으로써 독립적인 성질을 가질 수 있도록 하는 단위를 지칭하는 것이 바로 '명'[33]이 된다는 것이다.

언어에서는 의미를 형성할 수 있는 경계의 단위가 매우 중요한데, 의미를 형성하는 가장 작은 단위를 '음절字'로 볼 때 '구'는 의미 단락의 경계를 설정한 단위가 되고, 장은 화자가 표현하려는 뜻의 범주를 알려주는 경계를 설정하는 단위가 되며, '편'은 화자가 표현하려는 바를 완전하게 밝혀서 끝을 맺는 단위로 생각할 수 있다. 여기에서 '명'을 사용할 때 과연 어떤 단위로 규정해야 할 것인가가 문제가 될 수 있는데, 하나의 음절을 지칭하는 '자'와 같은 단위로 보기는 어려울 것으로 생각된다. 특히 뜻글자인 한자를 표기수단으로 하는 한문이나 한시에서는 한 글자를 의미하는 자가 명사를 나타낼 수도 있고, 형용사나 동사를 나타낼 수도 있기 때문에 우리말에서 한 글자를 의미하는 음절과 같은 것으로 보는 것은 무리가 따를 수밖에 없기 때문이다. 이런 점에서 볼 때 오언칠자의 '자'를 '언'과 같은 의미로 보아 오언시와 칠언시를 지칭한 것이라고 보는 견해 역시 재고의 여지가 있는 것으로 생각된다.[34] 이제 우리 언어에서 '명'을 어떤 개념으로 어떤 자리에 위치시킬 것인가에 대한 것을 어느 정도 정할 수 있게 된다. '명'이라는 것이 경계를 분명하게 설정함으로써 독립적인 성질을 가질 수 있도록 하는 단위라고 할 때, 우리말에서는 음절과 구의 중간에 놓이는 정도가 가장 적합할 것으로 보인다. 즉 명사나 조사, 어간이나 어미 등을 구성하는 단위를 지칭하는 것으로 '명'을 설정하는 것이 가장 합리적이라는 것이다. 다음으로는 '구'의 개념에 대해 살펴보도록 한다.

무릇 뜻을 펼침에 있어서는 경계가 있어야 하고, 말을 놓음에 있어서는 자리가 있어야 한다. 뜻의 경계를 장이라 하고, 말의 자리를 구라고 한다. 그러므로 장은 밝히는 것이요, 구는 국한 한다는 것이다. 말을 국한한다는 것은 글자를 마주 놓음으로써 강

---

33 이 경우 관형사, 부사, 조흥구, 감탄사, 수사, 대명사 등의 처리에 대한 문제가 제기될 수 있다. 여기에 대해서는 한국시가 율격론의 각론이 될 후속 논의에서 구체적으로 다루도록 한다.
34 이에 대한 상세한 고찰은 후고로 미룬다.

역을 나누는 것이며 뜻을 밝힌다는 것은 포괄적인 뜻으로 전체를 싸안는 것이다. 구획과 밭두덕은 서로 다르지만 거리와 길은 서로 통한다. 대개 사람이 말을 세움에 있어서는 글자로 말미암아 구가 생기고 구가 쌓여 장을 이루고, 장이 쌓여서 한 편의 글을 이룬다.[35]

'구'는 일정한 뜻을 나타내는 것을 핵심적인 구실로 하는 언어에서 낱개로 되어 있는 언에게 위치를 정해주어 놓이는 자리를 국한함으로써 의미단락의 경계를 분명하게 지어주어서 전달하려는 뜻을 명확하게 나타나도록 하는 문장의 구성 단위다. 이런 점에서 볼 때 '구'는 일정한 의미를 확보하고 있는 낱말과 낱말의 결합에서 생기는 관계를 통해 화자가 전달하려고 하는 뜻을 확립하는 가장 기본적인 문장 구성의 단위이고, 명사, 조사, 어간, 어미 등을 지칭하는 것으로 위에서 이름을 붙인 '명'이 결합하여 완성되는 특징을 지닌 존재로 생각할 수 있게 된다. '장'이 화자가 말하려는 바를 한층 높은 단위에서 밝히는 것이라고 한다면, '구'는 그보다 작은 단위에서 화자의 뜻을 국한시켜 명확하게 하려는 단위가 되는 것이다. 이러한 의미를 가지는 '구'에 대해 우리말에서는 "둘 이상의 단어가 모여 절이나 문장의 일부분을 이루는 토막으로 되는 것을 가리키는데, 종류에 따라 명사구, 동사구, 형용사구, 관형사구, 부사구 따위로 구분한다"[36]고 정의하고 있다. 이러한 정의를 보더라도 우리말에서 '구'는 '명'으로 부를 수 있는 두 개 혹은 두 개 이상의 단위 요소가 결합하여 문장의 구성 요소를 이루는 방식을 취한다는 것을 알 수 있다. 우리 시가는 문장을 이루는 음절을 시간적 순서에 의해 정해지는 위치에 따라 배열하고, 그것을 다시 '명'이라는

35　劉勰,「章句篇」,『文心雕龍』, 香港 : 商務印書館, 1980. "夫設情有宅 置言有位 宅情曰章 位言曰句 故章者明也 句者局也 局言者聯字以分疆 明情者總義以包體 區畛相異而衢路交通矣 夫人之立言由 字而生句 積句而成章 積章而成篇"

36　국립국어원 편,『표준국어대사전』, 1991.

구조화한 단위를 바탕으로 시간적 선후에 의해 결합한 형태인 '구'를 시간적 선후에 따라 배열하여 '행'을 구성하고, 그것을 시간적 선후관계를 바탕으로 또다시 배열하여 '장'이나 '편'을 만들어서 작품을 완성하는 성격을 가지고 있으며, 그러한 특성에 의해 율격을 형성하는 방식을 취하고 있다는 것이다. 이런 점에서 볼 때 향가는 세 개의 '구'를 한 행으로 하면서 하나의 '구' 안에 두 개의 '명'을 공통적으로 가지고 있으면서 3개의 구가 한 행을 이루는 '삼구육명'이라는 형식적 특성을 가지고 있는 시가라는 사실을 명확히 할 수 있게 된다. 이것이 바로 『균여전』에서 향가의 형식적 특성을 밝히기 위해 언급한 '가배향어歌排鄉語 절차어삼구육명切磋於三句六名'인 것으로 보이는데, 이것에 의해 작품의 율동이 형성된다고 할 수 있으니 '삼구육명'이란 말은 한국시가 율격의 본질적 성격을 규정하는 핵심적인 표현이 된다.

'삼구육명'에 대한 해석을 위와 같이 하여 '명'을 '평'과 '장'이라는 구조화한 단위로 나누어질 수 있는 형식적 구성 요소로 설정하면 다음과 같은 문제점들을 해결할 수 있는 이점이 있다. 첫째, 우리 시가의 형식론[37]에서 항상 문제가 되었던 것으로 표현에 따라 달라지는 음수의 차별화 때문에 정형성을 추출해내기가 어려웠던 문제점을 해결할 수 있으며, 둘째, 2음보에서 5음보까지 다양한 음보율의 단위를 설정[38]해야 하는 번거로운 문제 또한 해결할 근거를 마련할 수 있게 됨으로써 한국시가 율격의 본질적 성격에 한 걸음 더 다가갈 수 있도록 한다는 것이다. 한국시가에서 하나의 '행'이 몇 개의 '구'를 구성 단위로 하여 성립하는가를 파악한 다음, 각각의 '구'에 두 개의 '명'이 들어가는 형식적 단위로 구조화하여 율격적 특성을 밝혀내면 될 것이기 때문이다.

우리말의 성격과 시가의 형식적 측면에서 볼 때 우리 시가 율격의 본질은 일

---

[37] 지금까지 있어왔던 음수율이나 음보율을 중심으로 하는 율격론을 지칭한다.
[38] 성기옥, 앞의 책, 162쪽.

정한 단위 속에 몇 개의 글자가 들어가느냐가 중요한 것이 아니라 언어가 어떤 단위로 구조화하여 율동을 형성하며, 그것이 어떤 방식으로 율격을 만들어내는가 하는 점과 그것을 어떻게 정형화할 수 있을 것인가 하는 점이 최대의 관건이 된다고 할 수 있다. 그러므로 한국시가 율격의 본질을 밝혀내기 위해서는 우리 언어의 형태적 특성에서 추출해낸 '평平'과 '장長', 그리고 '명'과 '구'가 율격을 형성하는 기본적 요소로 작용한다는 점을 전제로 하여 논의를 전개할 필요성이 제기될 수 있다. 교착어인 한국어에서는 일정한 단위 안에서 음수의 차별화가 일어날 수밖에 없지만 그것이 '평'과 '장'이라는 일차적 단위로 구조화한 후 시간적 선후 관계에 의해 형성되는 '명'이라는 단위로 다시 구조화[39]한다. 그리고 '명'은 두 개의 단위씩 묶여서 더 높은 단위에서 구조화함으로써 '행'을 전제로 하는 '구'라는 단위로 재재구조화再再構造化하는 과정을 밟게 된다. 따라서 우리 시가는 한시의 '구'에 해당하는 행이라는 단위로 반복되는 구조를 가지면서 일정한 형태를 만들어냄으로써 율격을 완성하게 되는 모습을 지니게 된다는 사실을 알 수 있다.

3) '삼구육명'에서 '사구팔명'으로

우리 민족의 역사를 살펴보면 향가가 발생했던 신라시대로부터 속요와 경기체가가 성행하던 고려시대까지는 불교적 세계관이 중심을 이루는 시기였다는 것을 알 수 있다. 강대한 육상왕국을 실현하기 위해서는 반드시 겪어야 했던 정복전쟁을 성공적으로 이끌기 위해 절대적으로 필요한 민족 통합을 달성하려고

---

[39] 이 경우 속요 같은 데서 보이는 조흥구, 감탄사, 렴과 같은 형식적 구성 요소들에게도 '명'의 개념을 적용시킬 수 있을지가 문제점으로 지적될 수 있다. 조흥구, 감탄사, 렴 등은 소리와 언어의 중간적 존재라는 의미를 가지기는 하지만 작품 내의 구성 요소가 되는 순간에 일정한 구실과 의미를 가지게 되므로 이것 역시 '명'이 개입한 것으로 파악함과 동시에 율격을 형성하는 중요한 구조 단위로 보는 것이 타당할 것으로 생각된다.

신라 왕실은 두 가지 계책을 마련하였다. 하나는 정신적 통합을 위한 불교의 공인6세기 중반이었고, 다른 하나는 인재 발굴을 통해 제도적 통합을 이루기 위해 설치한 화랑도6세기 후반[40]라는 국가 기관이 그것이다. 이 과정에서 생겨난 것으로 보이는 향가는 가야와 고구려와 백제가 멸망한 후에는 새로운 방식으로 진행되었던 민족 통합[41]을 위한 도구의 하나로 대두되면서 백성과 함께 호흡하는 노래가 되어 더욱 성행하였는데, 그 여파는 고려시대까지 이어졌던 것으로 보인다.[42] 이런 점에서 볼 때 향가는 신라뿐만 아니라 고려시대에도 상당한 위력을 가지고 있었던 시가였을 가능성이 크다는 것을 충분히 짐작할 수 있다. 이러한 성격을 가지는 향가의 형식적 특성이 바로 '삼구육명'이었다는 것인데, 이것은 비단 향가에만 국한된 것이 아니라 신라에서 고려에 이르는 민족시가의 형식적 특성을 가장 정확하게 지적한 내용일 가능성에 주목할 필요가 있을 것으로 보인다. 왜냐하면 '명'과 '구'의 개념을 위와 같이 정의하고, '삼구육명'을 민족시가의 하나인 향가의 형식적 특성을 지적한 표현으로 해석할 경우 이것은 속요나 경기체가에도 그대로 적용될 수 있기 때문이다. 불교적 세계관을 나라의 기본 사상으로 했던 신라와 고려가 여러 면에서 닮아 있었음은 주지하는 바와 같은데, 여기에 발맞추어 '삼구육명'의 시 형식이 중심을 이루었다는 점 또한 대단히 흥미로운 일이 아닐 수 없다. 이러한 민족시가의 형식은 불교적 세계관이 중심을 이루던 사회인 신라와 고려를 거쳐 유교적 세계관이 중심을 이루었던 조선으로 옮겨가면서 함께 변하게 되었으니 그것은 바로 '사구팔명四句八名'이라는 시형식으로의 전환이었다.

---

40 고가연구회 편, 『향가의 깊이와 아름다움』, 보고사, 2009, 52~56쪽.
41 가야, 백제, 고구려를 멸망시키고, 당나라 군대까지 몰아내면서 불완전하게나마 정복전쟁을 마무리한 신라사회는 오랜 기간에 걸쳐 서로 다른 나라의 백성으로 살아왔던 사람들을 하나의 민족으로 만들어야 하는 진정한 의미의 민족 통합 과정을 진행해야 하는 상황을 맞이하게 된다.
42 『삼국유사』의 편찬이 충렬왕 7년인 1281년이었다는 점 하나 만으로도 향가가 고려시대까지 향유된 시가였다는 충분한 증거가 된다.

'사구팔명'은 시가에서 한 행의 구성이 네 개의 '구'로 이루어지는 형식을 말하는데, 조선조 국문시가의 양대산맥을 이루었던 시조와 가사가 이러한 형식을 가지고 있는 것으로 파악된다. 시조와 가사의 발생 시기는 정확하게 밝혀진 바가 없지만 현재로서는 고려 후반기로 보는 것이 일반적인 견해이다. 그러다가 가사는 조선 초기에 정극인丁克仁이 지은 〈상춘곡賞春曲〉에 이르러 사대부가사로의 전환이 이루어지면서 비약적인 발전을 하게 되고, 시조는 고려 말, 조선 초부터 신흥사대부를 중심으로 하는 귀족계급에 의해 지어지기 시작하면서 그 형식을 확립했던 것으로 보인다. 이런 과정을 거쳐 형성된 시조와 가사는 조선조 전 시기에 걸쳐 국문시가의 중심을 이루게 되는데, 가장 중요한 형식적 특성으로 하나의 '행'이 네 개의 '구'로 구성되어 있는 것을 지적할 수 있다. 위에서 이미 서술한 바와 같이 신앙을 바탕으로 하는 불교가 민족적 세계관으로 작용했던 신라와 고려사회는 기본적으로 신과 인간의 관계가 전면으로 부각되고, 인간과 자연의 관계가 후면에 배치되는 경향을 띠고 있었다. 그러나 유학을 정치이념으로 하면서 그것을 민족 전체의 세계관으로 확립하기 시작한 조선시대는 인간과 신의 관계가 뒤편으로 물러나고 자연과 인간의 관계가 전면으로 부각되는 경향으로 바뀌었으니 이러한 사회문화의 흐름에 따라 시가의 형식도 바뀔 수밖에 없었음은 지극히 당연한 결과라고 할 수 있다.

　이러한 현상은 위에서 예로 들었던 황진이의 시조와 정철의 가사를 통해서 확인할 수 있다. 황진이 시조의 첫 행을 보면 "청산리 벽계수야 수이감을 자랑마라"로 되어 있는데, 이것은 형태상 "청산리 벽계수야"와 "수이감을 자랑마라"의 두 단위로 나누어진다. 그리고 각 단위는 두 개의 '구'로 나눌 수 있으며, 각 구는 두 개의 '명'으로 나눌 수 있다. 〈성산별곡〉도 마찬가지 구조로 되어 있으니, "엇던 디날손이 성산에 머믈며서"는 시조와 같은 방식으로 단위를 나눌 수 있게 된다. 여기에서 보아 알 수 있듯이 시조와 가사는 하나의 '행'이 네 개의

'구'와 여덟 개의 '명'이 순차적으로 배열되어 있는 형식을 취하고 있으며, 시조는 그러한 '행'이 세 개로 완성되며, 가사는 수십 개 이상의 '행'들이 순차적으로 배열되어 있는 모양을 취하고 있다는 사실을 지적할 수 있다. 우리의 민족시가가 가지는 형식적 특성이 고려에서 조선으로 넘어가는 시기를 전후하여 '삼구육명'에서 '사구팔명'으로 바뀐 이유[43]에 대해서는 좀 더 상세한 고찰이 필요하겠지만 신과 인간의 관계가 중심을 이루었던 사회에서 자연과 인간의 관계가 중심을 이루는 사회로 이행한 것과 결코 무관하지 않을 것으로 생각된다.

---

[43] 시가의 발달 과정은 크게 세 시기로 나눌 수 있다. 첫째는 기원전 1세기를 전후한 때로 신분이 분화하고 국가가 성립하면서 문자를 통한 기록이 구체화하던 왕권국가의 발달 이전이고, 둘째는 불교를 국교로 하는 절대 왕권국가가 성립하면서 민족의 통합과 안정을 향한 혼란과 변화가 지속되던 시기이다. 셋째는 성리학이 정치이념으로 부상하면서 앞 시대와는 성격이 판이한 왕권국가가 형성되었던 시기이다. 첫째 시기는 기록수단이 발달하지 못했기 때문에 구전되는 노래들이 시가문학의 중심을 이루었는데, 신이 인간을 지배하는 신의 시대임과 동시에 신가(神歌)의 시대라고 할 수 있다. 둘째 시기는 하늘의 명을 받은 군주가 신을 대신하여 인간을 다스리면서 신과 인간이 마주하던 시대로 신에 대한 기원과 성적인 내용이 중심을 이루는 시가가 발달했던 시대라고 할 수 있다. 셋째 시기는 신의 자리를 자연이 대신하면서 인간과 자연이 마주하는 왕권국가가 성립하면서 물아일체와 윤리덕목, 인간적 정서 등을 노래하는 시가가 중심을 이루었던 시대가 된다.

제2부

향가 연구에서 고려해야 할 난제

제1장_민족 통합과 향가의 발생

제2장_〈혜성가〉와 민족시가 형식의 탄생

제3장_한국어의 특성을 기반으로 한 삼구육명의 해석

제4장_『삼국유사』 찬시를 통한 새로운 자료의 발굴

제1장
민족 통합과 향가의 발생

    기원후 7세기는 오랫동안 사국四國으로 나누어져 대립하던 우리 민족에게 역사적 전환점이 되는 시기였다. 그것은 6세기 후반에 있었던 신라에 의한 가야의 통합과 신라와 당나라의 연합군에 의한 백제와 고구려의 멸망이었는데, 특히 고구려와 백제의 패망은 동북아시아 전체의 세력판도를 완전히 바꾸어 놓는 대사건이었으니 이때부터 우리 민족은 신라와 발해로 나누어지는 남북분단과 함께 앞 시대에는 볼 수 없었던 새로운 질서의 민족국가를 만들어 나가게 된다. 고구려의 부흥을 기치로 내걸고 한반도 북쪽 지역과 고구려의 옛 영토인 만주 지역의 상당 부분을 석권한 발해가 다른 나라에 의해 해동성국海東盛國이라 불릴 정도의 강력한 제국으로 성장하였으며, 한반도 남쪽 지역에서는 백제의 옛 영토와 고구려의 일부 영토를 장악한 신라가 제국의 틀을 마련했기 때문이다. 이 시기 대륙인 중국에서는 당나라가 최고의 전성기를 누렸으며, 백제문화를 수용하여 성장한 일본은 불교를 바탕으로 찬란한 문화를 이룩하는 시대를 맞이하게 된다. 7세기에서 8세기에 이르는 시기는 동북아시아의 네 나라가 최고의 전성기를 누리던 시대였다고 할 수 있는데, 발해는 오래가지 못하고 한순간에 역사 속으로 사라지게 되었고, 남아 있는 자료도 거의 없는 상황이어서 아쉬움이 남는다. 반면 한반도의 주인이었던 신라는 사회의 모든 분야에서 최고의 전성기를 누렸을 뿐만 아니라 비교적 풍부한 기록도 남기고 있으므로 이에 대한 연구는 매우 활발하게 이루어지고 있는 형편이다.

이처럼 남·북국시대에 우리 민족이 이룩한 찬란한 문화 중 절반은 사라졌지만 그래도 한반도를 중심으로 하는 신라문화가 고스란히 남아 있다는 것만도 우리에게는 얼마나 큰 다행인지 모른다. 특히 신라인들이 중심이 된 민족문화 중 향가는 민족의 노래라고 할 수 있을 만큼 나라 전역에 걸쳐서 만들어지고 불렸기 때문에 이에 대한 연구는 민족시가의 전통과 발달 과정을 살피는 데 있어서 핵심적인 구실을 할 수밖에 없다. 남아 전하는 신라 때의 작품이 14편밖에 되지 않아서 어려움이 많지만 어학적 해석과 더불어 역사와 문학에서 끊임없는 연구를 계속해 왔고, 그에 따른 성과를 크게 올리고 있는 것이 사실이다. 그러나 아직도 향가 연구는 가야 할 길이 멀고도 험하다. 해독은 물론이고, 문학적 해석과 그것이 지니고 있는 역사적 성격에 대한 연구에 이르기까지 아직까지 완전하게 밝혀진 것은 없다고 해도 과언이 아니기 때문이다. 이런 실정임에도 불구하고 어느 때부터인가 향가에 대한 관심이 멀어지면서 연구 성과도 부진한 상태에 이르고 말았다. 그러나 향가 연구는 지금부터 다시 시작해야 할 것으로 보인다. 해독에 대한 새로운 돌파구를 마련하는 것이 가장 시급할 것이고, 다음으로는 향가가 발생하게 된 시대적 배경과 문화적 현상에 대한 것들이 좀 더 심도 있게 규명되어야 할 것으로 보이기 때문이다. 엉뚱한 말 같지만 향가 연구에 대한 새로운 돌파구는 우리가 한 핏줄을 이어받은 단일민족이라는 개념을 떨쳐 버리는 순간에 열릴 수 있지 않을까 하는 생각을 한다. 왜냐하면 고대국가인 신라와 가야는 남방의 바다를 통해 사람과 문화가 유입되었을 가능성을 배제할 수 없고, 신라의 문화는 그것을 바탕으로 형성되었을 것으로 보이기 때문이다. 이처럼 초기의 신라와 가야가 해상왕국이었다면 이들의 주요 활동무대는 땅이 아니라 바다였을 것이고 그 바닷길이 어디까지 열려 있었는지에 대한 것이 우선적으로 밝혀져야 할 것이다. 바다를 통한 무역이 어디까지 뻗쳐 있었는지에 대한 것이 규명되면 아직까지 뜻을 알 수 없었던 고대의 언어와 문화에 대한 여러 기록들이 의미를 드러낼 수 있을지도 모르기 때문이다. 이것은 민족의 남방도래설南方渡來說[1]과 불교의 남방전래설南方傳來說[2]과도 맞물리는 매우 복잡한 문제이기 때문에 여기서는 상론詳論을 피하겠지만 여기에서 중점적으로 다루고자 하는 신라의 성장과 민족 통합, 그리고 향가의 발생에 대한 것이 일정한 연관을 가지고 있을 가능성이 크다는 점만은 지적해두고자 한다.

이러한 신라가 고대국가의 체제를 갖추게 된 것은 부족과 부족을 통합하여 민족공동체를 만들어서 영토를 확장하려는 시도를 하게 되면서부터인데, 여기에 결정적인 구실을 한 것이 바로 불교와 화랑도였던 것으로 보인다. 불교를 통해서는 사회 구성원들이 갖는 세계관을 통일하여 힘을 모으고,[3] 화랑도를 통해서는 인재를 발굴[4]하여 나라의 동량으로 삼음으로써 신라의 국력은 하루가 다르게 성장해 나갈 수 있었던 것이다. 신라의 국력이 빠르게 성장할 수 있었던 것은 왕실을 중심으로 한 지배계급이 심혈을 기울인 민족 통합의 결과라고 할 수 있는데, 이 과정에서 향가라는 새로운 형태의 노래문화가 싹틀 수 있었던 것으로 보인다.

---

1 신라의 옛기록에 등장하는 지명이나 인명 등에 인도 남부 지역의 언어가 사용되었을 가능성이 매우 높다는 점에서 민족의 남방도래설이 설득력을 얻는다.
2 신라에서 불교의 공인이 늦었다는 이유만으로 불교가 북방에서 전래되었다고 보기는 어렵다.
3 김영태, 「新羅佛敎의 信仰的 特殊性」, 『신라종교의 신연구』, 서경문화사, 1991, 259쪽.
4 최재석, 「花郞의 社會史的 意義」, 『화랑문화의 재조명』, 서경문화사, 1991, 81쪽.

1. 신라의 민족 통합 과정과 향가

1) 신라의 민족 통합 과정

(1) 민족 통합의 시대적 배경

기원전 1세기경에 박혁거세를 왕으로 추대하여 겨우 국가의 모습을 갖춘 신라는 미추왕을 지나 김 씨 세습이 완전히 이루어진 내물왕의 재위 기간인 4세기 후반에 와서야 겨우 고대국가의 체제를 어느 정도 완성한 것으로 보이는데, 이것은 고구려나 백제에 비해서 상당히 늦은 상태였다. 국가의 출발 자체가 늦은 데다가 수도인 경주가 한쪽에 치우쳐 있는 관계로 신라는 다른 나라에 비해 중국을 비롯한 서쪽의 선진문물을 받아들이는 것이 많이 늦을 수밖에 없었다. 이러한 신라가 비약적인 발전을 하는 시기는 불교가 공인된 법흥왕 때와 한강 유역까지 진출하여 중국과 직접 소통의 시대를 연 진흥왕 때라고 할 수 있는데, 이때가 6세기였다. 이처럼 신라가 힘을 키우고 있을 때 북쪽의 고구려는 수·당과의 계속되는 전쟁으로 인하여 나라의 힘이 약화되어 있었고, 백제 역시 신라와 계속한 전쟁과 국정의 실패로 힘이 매우 약해져 있었던 시기였다. 반면 고구려와의 전쟁으로 인해 멸망한 수나라를 이어 대륙의 주인으로 등장한 당나라는 자신들에게 관심과 애정을 보이는 신라를 끌어들여 이이제이以夷制夷의 전략을 구사함으로서 백제와 고구려를 멸망시켰으니 이것은 외세에 의해 우리 민족의 역사가 새롭게 쓰여지는 첫 사건이 되고 말았다. 특히 신라는 고구려의 옛 영토를 대부분 읽어버렸으니 외세를 끌어들인 대가치고는 너무나 혹독한 것이었다. 그러므로 신라에 의한 백제와 고구려의 통합은 통일[5]이라고 할 수 없을 정도의 영토 확장에 그치는 것이 될 수밖에 없었는데, 그 후로 지금에 이르기까지 우리

---

5   이런 의미에서 삼국통일이라는 용어는 적절하지 못하다.

민족은 만주에 발을 들여놓은 적이 없게 되었다.

　중국을 끌어들여 좁은 영토를 확장하려는 신라의 통합전쟁은 민족 전체의 차원에서는 결코 바람직하다고 할 수 없지만 신라 자체로서는 대단히 만족할만한 결과를 얻었다고 할 수 있었으니 몇 배로 넓어진 영토와 그에 따른 인구의 엄청난 증가는 새로운 국가체제로의 변신을 강력하게 요구되었기 때문이었다. 영토 확장과 인구 증가에 따른 토지와 신분의 재분배와 광활한 영역을 지배하기 위한 효율적이고 강력한 제도와 조직의 정비, 문화적 동질성을 갖도록 하기 위한 정신세계의 통일 등이 절실하게 필요하게 되었다. 역사적으로 보면 북쪽의 만주와 요동 일대에서부터 한반도에 이르는 광범위한 영역에 걸쳐 활동해 왔던 우리 민족이 기원을 전후하여 네 나라로 통합되기 전까지 상당히 오랫동안을 부족국가의 형태를 유지하면서 독자적인 문화를 꾸려온 데다가 네 나라로 통합된 후에도 수백 년 이상을 서로 다른 제도와 문화를 형성하면서 살아왔기 때문에 7세기 후반에 들어와서 신라에 의해 실현된 민족의 재통합이 성공하기 위해서는 사회적으로 필요한 여러 장치들이 필요할 수밖에 없었던 것이다. 그러므로 토지와 신분의 재분배, 제도와 조직의 재정비, 정신세계의 통일 등은 모두 민족 통합을 성공적으로 성사시키기 위한 절대적인 것들일 수밖에 없었다. 이러한 시대적 요구는 고구려를 계승한 발해도 마찬가지였는데, 북방의 여러 민족을 통합함으로써 전성기를 누릴 수 있었던 것은 이러한 통합을 성공적으로 수행했다고 볼 수 있기 때문이다. 또한 중국역사상 최고의 전성기를 이룩한 당나라도 변방의 이민족들을 융화시키는 데 성공하여 문화적 융성기를 구가할 수 있었으며, 바다 건너 일본도 아스카 시대를 맞이하여 문화적 전성기를 누릴 수 있는 제국을 건설할 수 있었던 것이다. 이처럼 동북아시아 4국이 누린 문화적 전성기는 바로 흩어져 있다가 하나로 뭉쳐진 국가적 차원의 민족 통합에 의해서 가능했던 것인데, 이러한 시대적 요구에 부응하여 신라는 사회 전반에 걸쳐서 민족 통합을 강력하게 추진하게 된다. 이 과정에서 가장 큰 기여를 한 것은 바로 국가경영을 효율적으로 하기 위한 제도적 통합과 서로 다른 문화를 향유하며 살았던 백성들의 삶을 하나로 묶는 문화적 통합이라고 할 수 있다. 이 두 분야의 통합에 대해서는 장을 달리하여 상론하겠지만 우선적으로 살펴보아야 할 것은 안정된 고대국가체제를 확보하기 위해 신라가 일차적으로 시도한 것은 나라 내부의 부족을 통합하여 하나의 민족으로 만드는 일이었다.

(2) 부족과 부족의 통합 과정

신라의 모태가 된 지금의 경상도 지역은 대륙에서 가장 멀리 떨어진 변방이었던 관계로 고대국가의 발달이 늦을 수밖에 없었으니 네 나라 중에서 신라가 가장 늦게 고대국가를 출범시킨 역사적 사실에서 이를 확인할 수 있다. 기원전 1세기경에 6촌장들이 합의하여 박혁거세를 왕으로 추대함으로써 국가의 형태를 갖추기는 했으나 그것은 부족연맹체적 성격을 띠고 있었기 때문에 진정한 의미의 왕국이라고 하기는 어려웠다. 그러다가 곧바로 뒤를 이어 바다를 건너온 새로운 세력인 탈해脫解에게 왕위를 넘겨주었다가 다시 찾고 다시 넘겨주기를 반복하면서 4세기 초반까지는 이러한 부족연맹체의 성격을 벗어나지 못했던 것이다. 그러다가 4세기 후반에 새로운 지배 세력으로 등장한 내물왕이 강력한 왕권을 확립하고, 김씨의 세습과 왕위의 부자상속제를 확고히 하면서 6세기가 되어서야 비로소 강력한 왕권국가로 거듭나게 되었다. 고구려와 백제에 비해 비교할 수 없을 정도로 미약했던 신라가 법흥왕 때에 이르러 비로소 민족국가의 형태를 완전하게 갖출 수 있게 되었던 것이다.

법흥왕 대에 어느 정도 안정된 왕권을 구축하기는 했지만 모든 부족과 성읍들이 왕의 명령에 따라 일사분란하게 움직일 정도로 절대적인 권력체계를 구축하지는 못했던 것으로 보이는데, 이러한 사실은 불교의 공인 과정에서 여지없이 드러났다. 현전하는 기록으로 볼 때 신라에 불교가 전래된 것은 4세기 초반인 것으로 보이지만 그 뒤로도 별다른 진전이 없는 상태였다가 불교의 이념을 지배체제의 구축을 위한 정신적 지주로 삼아 왕법王法과 불법佛法을 동일시하여 부처의 위력을 왕의 위력으로 연결시킴으로서 강력한 왕권을 확립하고자 했던 법흥왕 재위 7년인 서기 520년에 이르러서야 율령을 반포[6]하기에 이른다. 그러나 율령의 반포에도 불구하고 배불 세력의 저항에 부딪혀서 공인을 하지 못하다가 527년에 이차돈의 순교[7]가 있고 나서야 비로소 불교의 공인을 공식적으로 선포할 수 있었던 것이다. 불교의 공인과 제도의 정비를 통해 강력한 왕권국가를 꿈꾸었던 법흥왕은 흥륜사를 지었고, 나중에는 나이 어린 아우에게 왕위를 물려주고 스스로 승려가 되기까지 했는데, 이때 왕위를 물려받은 사람이 바로 진흥왕이었다.

신라의 건국에서부터 법흥왕에 이르는 일련의 역사적 과정을 보면 부락공동체에서 부족연맹체를 거쳐 절대왕권을 확립한 고대국가까지의 길이 얼마나 멀고 힘들었는지를 잘 알 수 있다. 중앙정부에서는 박朴·석昔·김金으로 대표되는 핵심 세력들 간의 권력다툼이 오랫동안 이어졌으며, 각 지방에서는 토착 세력이라고 할 수 있는 부족 세력들이 성읍을 형성하여 독자적인 체제를 구축하면서 중앙정부의 통제를 받지 않고 있었기 때문에 신라는 고구려나 백제보다 훨씬 더 어렵고 험한 고대국가의 형성 과정을 겪을 수밖에 없었고, 급기야는 외래종교인 불교의 위력을 빌어서 민족국가의 틀을 겨우 다져갈 수 있었던 것이다. 그러므로 불교는 토착종교를 중심으로 뭉쳐 있는 부족연맹체를 민족공동체로 묶어세울 수 있는 강력한 무기가 되었던 것이다. 불교가 이처럼 강력한 힘을 가질 수 있었던 것은 오랜 세월에 걸쳐 체계적으로 다듬어진 논리성과 우주의 모

6   김부식, 「신라본기 4」, 『삼국사기』 4, 민족문화추진회, 1984.
7   위의 책.

든 존재를 아우를 수 있는 힘을 가졌다고 믿는 부처의 법력 때문이었다. 이런 이유 때문에 당시 아시아의 모든 나라에서는 불교를 공식적으로 인정함과 동시에 그것을 바탕으로 왕권의 강화를 꾀할 수 있었던 것이고, 많이 늦기는 했지만 신라 역시 이 범주 안에서 고대국가체제를 완성할 수 있었던 것이다. 특히 불교가 가진 논리적 체계성은 토착종교가 숭배했던 모든 신들을 그 안으로 끌어들이기에 충분했기 때문에 불교를 통해 강력한 민족공동체를 형성해야 하는 신라 왕실로서는 절대적으로 필요한 것일 수밖에 없었다. 이렇게 함으로써 그동안 부족 중심의 성읍을 지탱해주면서 부족장들에게 힘을 실어주었던 구성원들은 하나하나 불법의 위력 앞에 무릎을 꿇게 되었고, 지지기반을 잃어버린 부족장들은 신라 왕실 아래로 들어갈 수밖에 없었다.

　토착종교와 불교의 습합習合, 중앙정부와 지방 세력 간의 상하 관계로서의 결합 등은 부족연맹체에 머물렀던 신라가 강력한 힘을 가지는 결정적인 계기가 되었으니 이것이 바로 중앙정부에 의한 지방 부족의 흡수 통합을 통하여 민족공동체로 가는 일차적 통합의 과정이었던 것이다. 부족의 흡수 통합을 통해 형성된 민족적 왕권국가의 힘이 얼마나 위력적인가는 진흥왕 대에 일어난 역사적 사건들이 잘 말해 주고 있다. 고구려나 백제에 비해 힘이 미약하다고 판단한 진흥왕은 우선 백제와 연합하여 고구려를 몰아내고 한강 유역을 점령한 다음 백제와의 동맹관계를 깨고 기습공격을 감행하여 한강 유역을 확보하게 되니 이때에 이르러 신라는 비로소 중국과 직접 교통을 할 수 있는 터전을 마련하게 된 것이었다. 이러한 배신 행위에 흥분한 백제의 성왕은 대가야와 연합해서 신라를 공격하지만 오히려 역습을 당해 왕은 죽임을 당하고 백제군은 거의 섬멸되기에 이르렀고, 진흥왕은 가야까지 통합함으로써 사국시대의 신라 역사상 가장 넓은 영토를 확보하게 되었다. 진흥왕이 이룩한 이러한 성과는 신라를 더욱 든든한 반석 위에 올려놓게 하였는데, 그는 이에 만족하지 않고 불교를 더욱 숭상하여 사찰 건립에 대한 지원을 아끼지 않은 것은 물론, 중국에서 선진불교를 받아들여 교리적인 발전을 가져오게 함과 동시에 팔관연회八關筵會를 열어서 전사한 병사들의 영혼을 위로함으로써 호국불교護國佛敎로서의 성격을 강하게 가지도록 하였다.

진흥왕이 이룩한 것 중에 빼놓을 수 없는 또 하나의 업적은 화랑도의 창설인데, 심신을 수련하여 나라와 민족을 위해서라면 목숨도 초개같이 버리는 정신을 키우게 함으로서 백제와 고구려를 정벌할 수 있는 기본적인 기틀을 마련해놓았던 것이었다. 진흥왕이 이룩한 민족공동체는 그로부터 약 100년 뒤인 7세기 후반에 이르러 백제와 고구려를 멸망시키는 강력한 국력으로 나타났으니 비록 한반도의 일부를 통합하는 것에 그치기는 했지만 신라의 비약적인 발전은 모두 법흥왕과 진흥왕 대에 이루어진 불교와 화랑을 중심으로 한 부족의 흡수통합에서 얻어진 강력한 민족공동체의 결과였다고 하지 않을 수 없다. 이로부터 신라는 7세기에 이룩한 고구려와 백제의 멸망을 통해 얻은 광활한 영토와 백성을 다스리기 위한 국가적 개혁을 계속하게 되는데, 그것이 바로 그동안 세 나라로 나누어져 있었던 민족과 민족의 통합으로 실현되게 된다.

(3) 민족과 민족의 통합 과정

① 제도적 통합

영토의 확장과 인구의 증가를 기반으로 한 7세기 이후의 민족 통합은 두 방향에서 이루어졌는데, 하나는 넓어진 영토를 효과적으로 다스리기 위한 제도적 통합이었고, 다른 하나는 오랜 시간 동안 독자적인 나라를 형성하여 살아온 사람들을 하나의 민족으로 묶어세울 수 있는 문화적 통합이었다. 제도적 통합은 광활한 영토와 다양한 민족을 오랫동안 다스려오면서 선진화된 당唐의 제도를 수용하는 방향으로 진행되었고, 문화적 통합은 불교적 세계관을 중심으로 하는 정신적인 통일을 기하는 방향으로 진행되었던 것으로 보인다.

한강 유역을 확보한 신라는 이때부터 당의 제도와 문물을 더욱 적극적으로 받아들이면서 백제와 고구려를 멸망시키기 위한 본격적인 정복전쟁에 돌입하게 된다. 무열왕와 문무왕에 걸친 수십 년간의 전쟁을 통해 백제와 고구려를 멸망시키고, 한반도 지배의 야욕을 드러내는 당나라까지 몰아낸 신라는 무열왕이 된 김춘추의 자손들로 왕위를 계승하면서 왕권을 더욱 강화하여 명실상부한 전제왕권의 시대를 열었다. 왕권의 강화는 중앙 귀족의 몰락을 가져왔고, 반대로 지방 세력과의 연계가 이루어지면서 유교적 정치이념이 도입되었으며, 이로 인한 과거제도[8]의 도입 등이 새로운 민족국가를 여는 획기적인 제도들이 되었다. 이런 과정을 거쳐 나라의 힘을 키운 신라는 670년부터 시작되어 약 7년간 계속된 당군과의 전쟁을 통하여 영토의 통합이 어느 정도 완성되었다고 여겨지는 순간부터 본격적인 제도의 정비에 들어가게 된다.

동남쪽에 치우친 수도의 결점을 보완함과 동시에 넓어진 영토를 효과적으로 통치하기 위하여 전국을 9주로 나누고, 다섯 개의 소경小京을 설치하였으며, 그 아래는 주州를 설치하고 주 밑에는 군郡과 현縣을 두고 지방관을 중앙에서 파견한 것 등은 이러한 사실을 잘 보여주는 증거라고 할 수 있다. 중앙정부에서는 화백회의의 기능이 약화되면서 시중을 중심으로 한 집사부가 권력의 핵심으로 부상하는데, 이것은 왕을 중심으로 하는 중앙집권제가 형성된다는 의미를 가진다. 이러한 왕권강화는 귀족 세력의 몰락을 초래하였는데, 토지제도에 있어서도 녹읍을 폐지하고 관료전을 지급하는 것으로 바뀌면서 모든 권력이 왕실에 집중되는 현상이 나타난다. 이러한 왕권강화는 전제군주국가의 전형적인 모습으로 그 사회의 구성원들을 강력하게 묶는 틀로 작용하였으니 궁극적으로는 민족의 통합을 앞당기고 더욱 공고히 하는 촉매제로 작용하였다.

---

8   과거제도는 인재 발굴이란 측면이 있지만, 기본적으로는 중앙정부의 권력에 지방 세력이 완전히 복속되었다는 것을 의미하기도 한다.

② 문화적 통합

　민족의 통합을 위한 제도의 정비는 강제성을 띠는 것이기 때문에 누구나 복종할 수밖에 없었지만 이것만으로 모든 구성원들에게 하나의 민족이라는 의식을 심어주기에는 한계가 있었다. 왜냐하면 너무나 오랫동안 독자적인 문화와 국가체제를 유지하면서 살았던 백성들의 의식이 제도의 통합만으로 금방 하나가 될 수는 없기 때문이었다. 그러므로 완전한 민족 통합을 위해서는 인간의 의식을 지배하는 문화를 하나로 묶는 것이 절대적으로 필요하였는데, 신라의 통치자들이 활용한 것은 바로 불교와 노래였다. 어느 나라나 그랬지만 초기 신라는 부족연맹체의 성격을 띠고 있었는데, 부족연맹체 혹은 성읍연맹체라는 말은 부족이나 성읍 단위로 독자적인 문화를 가지고 있다는 의미가 된다. 나라의 중심 구성 요소였던 성읍이나 부족이 독자적인 문화를 가지고 있다는 것은 표면상으로는 신라에 속해 있지만 각각의 조직은 독립적인 삶을 영위하는 집단이라는 의미가 된다. 그러므로 중앙정부의 핵심인 왕이 실질적인 힘을 가지기 위해서는 이들을 하나의 체제 안으로 끌어들여서 같은 민족이라는 생각을 심어주어야 하는데, 연맹체의 성격을 띠고 있는 신라 왕실로서는 힘에 의한 통합보다는 문화적 동질성을 가지도록 하는 것이 가장 급선무였다. 그러나 문화적 동질성을 가지도록 하는 일은 쉬운 일이 아니었으니 모든 연맹체의 구성원들이 오래 전부터 섬겨오던 신앙과 삶 속에서 형성한 문화의 차이로 인해 서로 다른 세계관을 가지고 있었기 때문이었다. 세계관의 차이는 삶과 문화의 동질성을 추구하는 데 있어서 가장 큰 장애물이 되기 때문에 신라 왕실로서는 이것을 제거할 묘책이 필요한 상황이었다. 그럴 때 나타난 것이 바로 불교였는데, 우주만물의 근본이 된다는 부처를 중심으로 하는 실천적이고 현실적인 불교적 세계관은 왕보다 훨씬 높은 위치에 있는 존재를 모시기 때문에 그 안에 모든 것을 포용할 수 있는 근거를 가지고 있는 셈이었다. 그러므로 당시 신라 왕실은 자신들만의 힘으로는 통제가 어려운 호족이나 성읍의 세력들을 불교의 이념 아래 하나로 묶어서 민족적 통합을 추진할 계획을 세우게 되었고, 그것이 불교의 공인으로 나타났던 것이다.

위에서 살펴본 바와 같이 불교의 공인 과정에서 토착 세력의 거센 반발이 있었지만 일단 국교로 인정되자 불교는 요원의 불길처럼 퍼져나가면서 신라의 중심 신앙으로 자리 잡게 되었고, 6세기 중반부터는 호국불교를 표방하면서 민족적 동질성을 불교의 이념 아래 확보하려는 시도가 더욱 강해졌다.[9] 더구나 백제와 고구려가 멸망한 뒤인 7세기 후반 이후로 불교의 힘은 더욱 커져서 신라의 문화라고 하면 불교를 빼고서는 생각하기 어려울 정도가 된다. 이러한 국가적 지원에 힘입어 남·북국시대에는 뛰어난 승려들이 대량으로 배출되면서 신라의 불교를 더욱 발전시켜 민족불교로서의 면모를 갖추게 하였으니 불교가 민족 통합에 미친 영향은 실로 엄청난 것이었다. 그러나 신라 왕실은 불교라는 하나의 종교에 만족하지 않고 백성들의 삶과 밀접한 관련을 가지는 문화적 현상을 통해서도 민족의 통합을 지향해 나갔으니 그것이 바로 새로운 노래문화를 통한 민족 통합이었다.

노래의 발생은 노동과 밀접한 관련을 가지기 때문에 신분의 구별이 확실해진 고대국가가 성립하여 가악歌樂이 출현하기 전까지는 사회의 모든 구성원들이 함께 만들고 즐기는 민요로서의 성격이 강했다. 그러나 고대국가와 함께 생겨난 왕실을 중심으로 한 지배계급은 일반인들이 즐기는 노래와는 성격이 판이하게 다른 가악을 성립시켰으니 이때부터 노래는 민요와 가악[10]으로 나누어져서

---

9 이러한 시도는 주로 법흥왕과 진흥왕에 의해 이루어졌는데, 흥륜사와 황룡사의 창건, 대대적인 불경의 도입, 팔관연회의 거행 등의 업적이 있다. 법흥왕은 만년에는 왕위를 내놓고 출가하여 승려가 되었으며, 왕비 역시 비구니가 되어 여생을 마칠 정도로 불교에 몰두하였다.

10 민요와 가악은 비가악계와 가악계라는 명칭으로 불리기도 한다. 성기옥·손종흠, 『고전시가론』, 방송대 출판부, 2006.

발달하기 시작하였다. 네 나라 중 고대국가의 출발이 비교적 늦었던 신라였기 때문에 가악의 발달 역시 가장 늦었을 것으로 보인다. 〈도솔가兜率歌〉를 출발점으로 하는 신라의 가악은 국력의 성장과 함께 눈부신 발달을 거듭하였는데, 6세기에 이르러서는 가야를 합병하여 그들이 가졌던 예술성 높은 가악을 흡수하면서 더욱 비약적으로 성장하였다. 신라 역사에서 가야의 병합이 가지는 의미는 호족연맹의 차원을 넘어서 민족의 외연을 넓혀나가는 데 있어서 첫발을 내디딤으로서 고구려, 백제와 더불어 어깨를 나란히 할 수 있는 기반을 마련하였다는 데 있다. 이때부터 신라와 백제, 고구려 등은 치열한 영토 확장의 전쟁을 벌이게 되었으니 이 과정에서 신라의 가악은 그 폭을 넓혀서 나라를 위한 호국과 애국정신을 기리는 내용으로 나아가게 된다.

한편 민요는 역사의 전면으로 올라서지를 못하고 있었는데, 민족의 외연을 넓히기 위한 정복전쟁이 계속되는 관계로 나라의 모든 관심이 호국과 애국에 집중되었고, 그것은 주로 가악을 통해서만 표현되었기 때문이었다. 그럼에도 불구하고 민요가 역사의 전면에 조금씩이라도 고개를 내밀 수 있는 계기를 마련하게 된 것은 불교의 전파에 힘입은 바가 컸다. 왕실의 지원을 받으면서 성장한 신라의 불교는 나라에서 바라는 호국정신을 함양하는 데 크게 기여를 했지만 한편으로는 중생을 계도하여 불심을 갖도록 하는 것이 무엇보다도 중요하였기 때문에 백성들이 가지고 있는 토착종교와 갈등 없이 결합하는 것과 그들의 삶 속에서 자연발생적으로 만들어져서 불리는 재래음악[11]이라고 할 수 있는 민간의 노래를 활용하여 전교하는 것이 중생의 반감을 최소화하면서 효과적으로 포교하는 것이라고 생각하게 된다. 이런 현실적 요구에 의해 설화와 민요가 결합하여 사찰연기설화[12]로 재탄생되면서 폭넓은 향유층을 확보함과 동시에 불교를 효과적으로 전교할 수

---

11   김사엽, 『향가의 문학적 연구』, 계명대 출판부, 1979, 34쪽.
12   『삼국유사』 소재 설화들은 대부분이 사찰연기설화이다.

있게 되었던 것이다.[13] 그러므로 민요는 불교와 결합함으로써 역사에 기록을 남길 수 있는 기회를 얻게 되었고, 불교는 호국사상을 고취시킴으로써 가악의 향유층이라고 할 수 있는 지배계급과의 관계를 긴밀하게 유지할 수 있었으니 문화적 동질성의 확보를 통해 민족의 통합을 성사시키려는 신라 왕실로서는 불교와 구비문학이 가지는 관계를 중요시할 수밖에 없었던 것이다. 언제 끝날지 알 수 없는 정복전쟁을 계속해야 하는 신라로서는 불교가 가지는 이러한 매개 구실을 통해 지배계급과 피지배계급을 하나로 묶어낼 수만 있다면 더 바랄 것이 없을 정도로 민족 통합이 시급했던 것이다. 따라서 왕실을 중심으로 하는 지배계급이 당면한 현실적 문제인 민족 통합을 더욱 공고히 할 수 있는 방법을 모색하게 되었고, 여기에 부응하여 등장한 것이 바로 국선지도國仙之徒와 그들에 의해 주도된 향가였던 것이다. 민요와 가악을 아울러 새로운 형태로 만들어진 향가는 신라의 민족 통합을 완성시키는 데 결정적인 구실을 한 것으로 보이는데, 『삼대목三代目』 같은 향가집이 왕실 차원에서 만들어진 것[14]만 보아도 이러한 사실을 쉽게 짐작할 수 있다.

2) 향가 발생에 대한 기존 논의 검토

향가에 대한 연구가 활발하게 진행되면서 발생 시기에 대한 논의도 여러 논자들에 의해 다양하게 제시되었다. 그러나 향가의 발생에 대한 심도 있는 논의는 별로 이루어지지 못했던 것으로 보인다. 향가의 발생에 대한 것은 주로 문학사를 서술하는 과정이나 향가의 성격이나 기원 등을 논의하는 과정에서 가볍게

---

13 화쟁사상과 무애사상을 바탕으로 원효가 행한 여러 이적들이 이런 사실을 잘 말해주고 있다. 또한 그가 불렀다는 '몰가부가(沒柯斧歌)'나 광대의 탈바가지를 이용해 거리에서 춤을 추었다는 무애희(無碍戱) 등은 민요와 민속을 통해 불교의 전교가 이루어졌음을 잘 보여주는 증거가 된다. 또한 미륵사창건설화와 결합한 〈서동요〉도 본래 민요였을 가능성이 크기 때문에 불교의 전파에 민요, 설화가 중요한 구실을 했다는 사실을 알 수 있다.

14 金富軾, 『三國史記』「眞聖王」, "二年春二月少梁里石自行 王素與角干魏弘通至是常入內用事 仍命與大矩和尙修集鄕歌謂之三代目云".

언급하는 정도에 그쳤던 것으로 보이기 때문이다. 향가의 발생에 대한 체계적인 논의가 이루어지지 못했던 것은 자료의 부족이 가장 중요한 요인으로 꼽히지만 문학이 사회적 산물이라는 점을 간과한 나머지 당시대의 역사적 현실을 발생의 근거로 제시하지 못한 점도 중요한 원인 중의 하나라는 생각을 하게 된다. 지금까지 논의된 향가의 발생과 시기에 대한 것은 다음의 몇 가지 유형으로 나누어볼 수 있다. 첫째, 신라 초기에 민속음악으로부터 향가가 발생한 것으로 보는 견해, 둘째, 불교의 공인과 고대국가체제의 형성기인 6세기로 보는 견해, 셋째, 신라가 고대국가의 체제를 완비하고 정복전쟁을 활발하게 벌이던 7세기로 보는 견해, 넷째, 신라가 고구려와 백제를 멸망시킨 후 문화의 융성기를 맞이한 8세기로 보는 견해 등이 그것이다. 이제 아래에서 그간에 논의된 향가의 발생에 대한 기존의 연구 성과를 정리해보도록 한다.

첫 번째 견해인 신라 초기에 민속음악인 민요로부터 향가가 발생했다고 보아야 한다는 주장은 민요의 발달 과정과 향가의 발달 과정을 연결시켜 설명한다. 향가를 수록하고 있는 『삼국유사』가 13세기에 만들어졌고, 향가 중에는 처음부터 문자로 지어졌다기보다는 노래로 불렸던 민요로서의 성격이 강한 작품이 많은 점 등으로 미루어볼 때 향가라는 시가 양식은 먼저 노래로 불리면서 전승되다가 후대에 이르러서 그것을 표기하는 수단인 이두가 만들어지면서 기록되었다고 보아야 한다는 주장이다.[15] 광의의 향가와 협의의 향가로 나누어서 발생 시기를 살펴야 한다는 주장도 제기되었는데, "광의의 향가는 기원전 후기부터 협의로는 삼국통일기인 7세기부터 고려 중기인 13세기까지 존재한 문학형태이며 넓은 의미의 향가는 중국한시에 대한 당시의 가요를 그렇게 불렀다"[16]고 하였다.

15 황패강, 『향가문학의 이론과 해석』, 일지사, 2001.
16 김동욱, 『국문학사』, 개문사, 1979, 39쪽.

향가가 민요와 일정한 관련을 가지는 것은 사실이지만 민요와 향가를 거의 동일시하면서 그 발생을 신라 초기로 보는 주장은 무리가 따르는 것으로 보인다. 왜냐하면 현존하는 기록으로 볼 때 향가는 발생의 근거를 민요로만 볼 수 있는 증거가 없을 뿐만 아니라 작가층 역시 일반 백성으로 보기에는 무리가 있기 때문이다.

두 번째 견해인 6세기로 향가의 발생 시기를 잡는 견해에는 매우 다양한 주장이 제기되어 있다. 6세기 초기에서부터 말기까지 다양하게 시기를 나누어서 주장하고 있기 때문에 나누어서 살펴볼 필요가 있다. 불교의 공인과 화랑제도의 성립을 주요 원인으로 보는 견해에서는 향가 발생을 6세기 초로 잡고 있는데, 이 주장은 "불교가 국교화하고 화랑제도가 확립된 이후임을 알게 된다. 시기적으로는 법흥왕 때, 즉 6세기에 들어와서 바야흐로 건국 이래의 토속성을 탈피하고, 정복국가로서의 자국의식이 갑자기 드높아지면서 국가의 체제가 정비되고, 종래의 샤마니즘적인 단순·소박한 인생관으로부터 복잡한 사유세계로 이끌려 들어가 다채로운 문화의 권내에 참여하게 된다"[17]고 하였다.

또한 향가의 발생을 앞 시대 시가문학의 전통과 연관시켜 보려는 주장은 6세기 말에서 7세기 초반으로 잡는 주장도 있다. "〈서동요〉나 〈풍요〉나 〈혜성가〉는 이러한 향찰 표기법에 의하여 문헌에 기사되어 남은 이 시기의 귀중한 시가 작품들이다. 이러한 국어시가 발전의 오랜 전통에 토대하여 6세기 말~7세기 초인데, 우리나라 민족시가 발전 사상에서 처음이 되는 국어 정형시 형식의 출현을 보게 되었다. 〈혜성가〉는 10구체 사뇌가 시 형식을 취하고 있는 바, 이것은 7~10세기에 크게 발전한 10구체 사뇌가 정형시 형식의 문헌에 발견되는 최초의 향가 작품이다"[18]라고 한다.

---

17 김사엽, 앞의 책, 130쪽.
18 조선민주주의인민공화국 과학원언어문학연구소 문학연구실 편, 『조선문학통사』상, 화다,

6세기 말에 향가가 발생했을 가능성이 크다는 것을 화랑제도의 성행과 연결시켜 제기한 주장도 있는데, "굿노래를 부르며 주술을 행하던 전통 또한 새롭게 계승될 필요가 있었으며, 화랑제도가 창안되고 산천을 찾아 노래 부르고 춤을 추면서 수련을 일삼는 기풍이 고조되자 사뇌가의 출현을 보게 되었다. 또한 일반 백성의 민요도 나라에서 채택해 다듬을 수 있는 소재로만 존재하지 않고 그것대로의 오랜 전통을 이으면서 생활 내용이 복잡해지는 데 따른 발전을 보이는 한편 이따금씩 역사적 사건과 관련되어 향찰로 표기되기도 하였다. 이 두 방향에서 사뇌가인 향가와 민요인 향가가 나타났다 (…중략…) 사뇌가가 언제 처음 나타났던가 하는 문제는 끝내 미해결로 남지만, 지금 남아 있는 자료로서는 진평왕 때인 6세기 말로부터라고 해 두지 않을 수 없다"[19]고 한다.

조동일의 이러한 주장은 일찍이 홍기문이 제기한 향가 발생 시기와도 그 맥락을 같이 하는 것으로 볼 수 있다. 초기 연구자인 홍기문은 향가의 발생연대를 신라에 불교가 수입된 뒤, 화랑제도가 생긴 이후로 정하고 그 근거로 다음의 네 가지를 들고 있다. 곧, 삼국 시기에 한문이 수입되었고 우리나라 사람들에 의해 한시가 지어졌다, 우리말로 노래를 짓는 사람도 이때에 생겼다, 고대 인도의 가요가 수입되어 불교 의식에 종종 사용되었다, 불교의 전교를 목적으로 재래의 음악을 이용하는 것이 필요함을 알았다. 마지막의 경우는 '원효의 무애희를 예로 들고 있다'[20] 등이 그것이다.

여기에서 보아 알 수 있듯이 향가의 발생에 대한 논의는 6세기를 그 시기로 잡는 견해가 지배적이다. 특히 화랑도의 발생과 불교의 수입을 중요한 원인으로 잡은 것은 좋은 지적이라고 보이는데, 그 사실이 왜 향가를 발생하게 했는가

1989, 38쪽.

19 조동일, 『한국문학통사』 1, 지식산업사, 1982, 124~130쪽.

20 홍기문, 『향가해석』, 북피아, 1990, 46쪽.

에 대한 설명이 부족하다는 점을 한계로 지적하지 않을 수 없다. 화랑의 심신 수련이 왜 사뇌가를 낳게 되었는지, 복잡해진 생활 내용이 왜 민요계 향가를 낳게 되었는지 등에 대한 설명이 구체적으로 있어야 할 것으로 보인다.

세 번째 견해인 민족공동체인 고대국가체제의 완성과 함께 정복전쟁이 활발하게 진행되면서 고구려와 백제를 멸망시킨 7세기를 향가의 발생 시기로 잡는 견해는 조윤제에 의해 제기되었다. 그는 기사 방법이 이두식 문자에 의해 표기되었으면 이것을 향가라 전제하고, 향가문학의 성립 연대는 부득이 그를 표기하는 이두문자의 발명 연대에서 구해야 한다고 하였다. 여기서 조윤제가 생각하는 이두의 발명 연대는 신라가 정복전쟁을 하면서 활발하게 영토를 넓혀가던 때에서 고구려와 백제를 통합하던 시기가 된다. 그러므로 향가의 성립도 역시 7세기 후반으로 잡는 것이 될 것이다.[21] 한편 북쪽의 문학사에서는 향가가 향찰에 의한 서사화 과정을 거친 시기인 7세기 후반경으로 잡고 있는데, "향가가 향찰에 의하여 기록되어 서사화되기 시작한 것은 7세기경부터였다. 향가가 향찰에 의한 서사화 과정을 거쳐 정형시가로서의 형태적 특성을 완성한 것이 대체로 7세기 후반기이지만 그 창조의 력사가 시작된 것은 사뇌의 격을 가진 노래로서의 두률가가 창조된 때로부터 보아야 할 것이다. 기원 1세기 초에 시작하였다"[22]고 하였다.

민족문학의 발달 과정이라는 맥락에서 발생 원인을 구하는 것은 좋지만 표기수단을 향가 발생의 핵심적인 원인으로 주장하는 것은 설득력이 떨어지는 것으로 보인다. 왜냐하면 현존하는 작품을 비롯하여 신라 때 불렸던 향가들이 모두 향찰로 기록되었는지도 알 수 없는 데다가 향찰 표기가 언제부터 구체화되었는지도 정확하게 알 수 없기 때문이다. 또한 7세기 후반을 향가의 발생으로

21   조윤제, 『한국문학사』, 탐구당, 1981, 32쪽.
22   사회과학원 주체문학연구소 편, 『조선문학사』 1, 사회과학원, 1991, 182쪽.

잡은 북쪽의 문학사는 향가가 정형시가임을 중요한 성격으로 보는 입장인데, 향찰 표기가 어떻게 해서 정형시가로 거듭나게 했는지를 밝히지 않고 있기 때문에 설득력이 약해질 수밖에 없는 주장이 된다.

향가의 발생을 불교의 전파가 활발해지면서 신라가 문화적 융성기를 맞이한 8세기로 보는 네 번째 견해는 종교적인 현상에 무게를 두고 있는 주장이다. "향가를 짓게 된 까닭은 중국시가에 상응하여 우리의 주체적 생각을 담은 노래를 만들어 보겠다는 자주정신에서 비롯된 것이지만 그러나 직접적으로 향가 시형이 새롭게 태어나서 크게 성하게 된 것은 불교를 전교하는 데는 무엇보다도 재래의 우리 음악을 이용함이 필요하다는 사실을 인식하게 되었기 때문이다. (…중략…) 불교를 널리 백성들에게 알리기 위한 방법으로 사용된 것이 바로 향가였다. 향가를 이용하여 불교를 전교했던 모습을 〈공덕가功德歌〉, 〈도솔가兜率歌〉 등을 통해 알 수 있고, 신앙의 고백이나 기원祈願의 내용을 향가를 통해 호소했던 모습을 〈득안가得眼歌〉나 〈왕생가往生歌〉에서 찾아진다"[23]고 말한다.

이 주장은 현존하는 향가가 지니고 있는 불교적 성격에 주로 초점을 맞춘 것인데, 향가를 불교문학으로 보는 입장에서는 타당성을 가질 수 있다. 그러나 향가를 민족시가로 보아 범민족적인 노래로 볼 경우 상당한 맹점을 안고 있는 것으로 파악된다.

이상에서 살펴본 바와 같이 향가의 발생과 시기에 대해서는 여러 논자들이 다양한 견해를 제시하고 있는 것이 사실이다. 모든 주장들이 부분적으로는 논리성과 타당성을 가지고 있는 것으로 보이는데, 당시 신라사회가 가졌던 사회·역사적 맥락을 좀 더 면밀히 분석한 결과가 아니라는 점에서 아쉬움을 갖게 한다. 향가의 발생 시기를 어느 때로 잡든 간에 국가와 민족의 발달과 형성 과

---

23 최철, 『향가의 문학적 해석』, 연세대 출판부, 1990, 82쪽.

정이 낳은 사회적 현실이 향가의 발생을 유도했을 것이라는 점을 좀 더 분명하게 밝혀야 할 것으로 보인다.

3) 향가의 성격

향찰로 표기되어 전하는 향가는 시대적으로는 신라 때부터 고려 초기까지 존재했던 것으로 주로 신라 지역을 중심으로 불린 노래였다. 발해의 역사나 노래 등에 대한 자료가 거의 없는 상태이기 때문에 향가에 대한 자료는 당시에 우리 민족이 만들고 즐겼던 노래문학의 면모를 살필 수 있는 유일한 자료가 되는 셈이다. 현전하는 자료와 기록을 바탕으로 할 때 향가는 피지배층과 지배층을 모두 아우르는 범민족적인 성격을 지닌 노래로 파악된다. 그런 이유 때문에 향가라는 말의 뜻도 우리의 노래, 우리 민족의 노래라는 해석이 정설로 받아들여지고 있다. 그러나 향가가 발생 당시부터 지배층과 피지배층을 아우르는 범민족적인 노래였던 것은 아니었다. 지금까지 연구된 결과를 보면 향가는 민요계 향가와 사뇌가계 향가로 구분[24]할 수 있고, 사뇌가계 향가는 개인적 서정시라는 점에서 지배층이 만들고 즐겼던 가악계 시가의 전통과 맞닿아 있는 것으로 보이고, 민요계 향가는 집단적 정서를 잘 반영하고 있다는 점에서 피지배층이 만들고 즐겼던 비가악계 시가[25]의 전통과 맞닿아 있는 것으로 파악된다. 그러므로 향가의 성격을 올바르게 살피기 위해서는 두 계통의 시가가 가지는 흐름을 파악함과 동시에 상당히 다른 성격을 지니는 두 계통의 노래가 무슨 이유 때문에 향가라는 장르 속으로 편입되어 들어갔는가 하는 점을 밝혀야 한다.

민요는 생활 공동체를 중심으로 하여 자연발생적으로 만들어지고 불리는 노래이기 때문에 일정한 규모의 지역을 중심으로 향유되는 특성을 띠고 있다는

---

24 성기옥·손종흠, 앞의 책, 69쪽.
25 위의 책, 34쪽.

점과 구성원 전체가 창작과 가창에 모두 참여한다는 것을 중요한 성격으로 지적할 수 있다. 그러므로 민요는 그것이 불리는 지역의 문화와 구성원의 성격 등에 절대적인 지배를 받는다. 그러므로 부락공동체가 근간을 이루는 농경사회에서 민요는 설화, 민속극 등과 더불어 자신들의 삶을 예술적으로 반영하는 중요한 수단이 되었다. 민요는 오랜 시간에 걸쳐 일정 지역을 중심으로 전승되면서 다양한 종류의 노래들을 만들어냈을 것으로 보이지만 기록수단을 갖지 못했던 피지배층의 문화적 특성상 남아 전하는 자료가 매우 적은 편이다. 우리 역사에서 볼 때 상고시대부터 삼국시대에 이르는 시기에 불린 민요에 대해서는 그 흔적만을 겨우 찾아볼 수 있을 뿐이다. 현존하는 기록으로 볼 때 민요의 전통은 김수로왕 탄생설화에 보이는 〈구지가〉와 백수광부 설화에 등장하는 〈공무도하가〉를 시작으로 하여 백제의 노래인 〈정읍사〉, 고구려의 노래인 〈황조가〉와 〈압록강〉, 신라의 노래이면서 〈구지가〉의 전통을 그대로 잇고 있는 〈해가〉, 향가로 정착된 〈서동요〉, 장육존상丈六尊像을 조성할 때 불린 노동요라고 할 수 있는 〈풍요〉, 문을 지키는 신에 대한 노래인 〈처용가〉 등으로 이어진 것으로 보인다. 노래와 춤을 좋아했던 민족성으로 볼 때 엄청난 양의 민요가 만들어지고 불렸을 것으로 보이지만 거의 실전된 상태이고, 남아 있는 작품들은 제목만 전하고 있는 것[26]이 많아서 내용을 제대로 파악할 수 없는 상태다. 여기서 우리가 주목해야 할 작품은 바로 〈구지가〉인데, 이 노래는 민요이면서도 군주국가의 성립을 알리는 왕의 탄생과 관련을 가지기 때문이다. 그러므로 〈구지가〉는 부락 중심의 부족공동체에서 민족 중심의 국가공동체로 이행하면서 역사의 전면으로 나선 지배층이 새로운 형태의 노래들을 만드는 기점을 보여주는 것임과 동시에 민요가 역사의 뒷면으로 퇴장하면서 민중 속으로 돌아가는 시점을 보여주

---

26 제목만 전하는 것 중 삼국시대의 민요로 볼 수 있는 것으로 〈선운산(禪雲山)〉, 〈무등산(無等山)〉, 〈내원성(來遠城)〉, 〈명주(溟洲)〉 같은 작품을 들 수 있다.

는 작품이 되는 것이다. 시대의 변화에 따른 새로운 계급의 형성과 민요의 퇴장은 지배계급에게 새로운 형태의 노래를 필요로 하게 하였으니 가악歌樂의 출현과 발달이 그것이다.

가악은 지배계급에 속한 사람들이 자신들의 권위를 드러내고 백성들을 효과적으로 통치하기 위한 수단으로 만든 음악을 말하는데, 고구려, 백제, 가야, 신라 등이 비슷한 상황이었을 것으로 보인다. 현전하는 기록으로 볼 때 신라 가악의 시초는 〈도솔가〉[27]라고 할 수 있다. 비록 노래는 전하지 않지만 『삼국사기』의 기록만으로도 〈도솔가〉가 왕실을 중심으로 한 지배층의 음악이라는 것은 충분히 짐작할 수 있다. 또한 이 시기의 가악으로 〈신열악辛熱樂〉이 있으며, 〈사내악思內樂〉, 〈우식곡憂息曲〉, 〈장한성長漢城〉, 〈동경東京〉 등의 노래들이 창작되었던 것으로 보인다. 여기서 눈길을 끄는 것이 〈사내악〉인데, '사내思內'는 '시내詩內'라고도 하며, 이것들을 '사뇌詞腦'와 같은 것으로 본다면 〈사내악〉은 지배층의 노래이면서 〈사뇌가〉와도 일정한 연관이 있을 것으로 보이기 때문이다.[28] 이러한 가악들은 중국에서 전해 온 음악들이 아직까지 완전히 제자리를 찾기 전에 왕실을 중심으로 한 국가 차원에서 만든 것으로 민요와는 판이하게 다른 성격을 가지고 있었다. 현전하는 짧은 기록만으로 그 전모를 모두 파악할 수는 없겠지만 가악에 속하는 노래들은 송도頌禱와 송축頌祝과 관련을 가지는 것으로 통치적인 이념을 담고 있는 것이거나 왕실을 중심으로 하는 지배층에 속한 사람들의 개별적인 정서를 노래한 것으로 볼 수 있다. 그러므로 '사내' 혹은 '사뇌' 등으로 불리는 가악의 전통은 상당히 오랜 역사를 가지는 것으로 보아야 할 것이다. 이러한 가악의 전통은 신라가 국가체제를 정비하고 본격적인 민족 통합의

---

27 金富軾, 『三國史記』「新羅本紀」, 「儒理王 五年條」, "是年 民俗歡康 始製兜率歌 此 歌樂之始也".
28 '思內', '詩內', '詞腦'에서 '思', '詩', '詞'를 차자(借字)로 보아 동토 혹은 우리나라를 지칭한 것으로 보는 견해가 지배적이다.

과정으로 들어가는 시점에 이르러서는 커다란 변화를 겪게 되는데, 민요와 가악이 한데 어우러진 형태인 향가라는 새로운 노래를 만들어내면서부터이다.

현전하는 기록으로 볼 때 향가는 신라 사람이라면 왕에서부터 일반 백성에 이르기까지 모르는 사람이 없을 정도의 노래였다. 종종 천지귀신을 감동시키는 경우[29]가 있다는 것이나 국선지도에 속하는 사람이 지은 향가에 대해 그 뜻이 높고 깊다는 것을 왕이 아는 정도[30]이니 거의 모든 사람들이 향가에 대해 알고 있을 수밖에 없었을 것이다. 특히 향가가 천지귀신을 감동시키는 일이 있었다고 하는 표현이 가지는 의미는 향가가 지닌 주술적 성격을 잘 보여주는 것인데, 노동이나 신앙과 관련된 민요가 주술성을 강하게 가진다는 사실을 생각해보면 그것이 지닌 주술성이야말로 많은 사람들이 쉽게 받아들이고 접근하기 쉽도록 하는 가장 핵심적인 요소라는 것을 알 수 있다. 또한 주술성은 종교가 가지고 있는 기본적인 성격 중의 하나이기도 하기 때문에 불교를 국교로 공인하고 신라인들의 모든 삶을 불교적인 것으로 바꾸면서 하나 된 통일성을 발판으로 정복전쟁을 벌여야 했던 국가적인 지향과, 전쟁이 끝난 후에는 강제로 합쳐진 민족의 완전한 통합을 위해서는 주술성을 지니고 있는 향가 같은 노래가 절대적으로 필요했을 것은 쉽게 짐작할 수 있다. 이런 점에서 볼 때 향가의 범주에 들어가는 노래들이 현대사회의 유행가처럼 신라인이라면 누구나 즐겨 부를 수 있는 민족 차원의 노래로 성장할 수 있었던 이유가 바로 여기에 있으며, 향가의 본질적인 성격으로 민족 통합을 위한 노래라는 점을 분명하게 할 수 있게 되는 것이다.

---

29 『三國遺事』卷五「感通」「月明師兜率歌」, "羅人尙鄕歌者尙矣蓋詩頌之類歟 故往往能感動天地鬼神者非一".
30 『三國遺事』卷二「紀異」「景德王 忠談師 表訓大德」, "王曰朕嘗聞師讚耆婆郞詞腦歌其意甚高是其果乎 對曰然 王曰然則爲朕作理安民歌 僧應時奉勅歌呈之".

2. 향가의 발생과 성행

1) 향가의 발생

인간이 창조하고 향유하는 모든 문명과 문화는 생활 속에서 생기는 일정한 필요성에 의해 만들어지고 전승되는데, 그중 노래는 노동 과정과 밀접한 관련을 가지고 있는 것으로 파악[31]되고 있다. 즉 노래는 노동 과정에서 신호음으로 작용할 수 있는 외침이나 기를 북돋워서 힘을 내기 위한 율동을 만드는 과정에서 발생했을 가능성이 가장 크다는 말이 된다. 그러므로 노래의 역사는 노동의 역사와 그 맥을 같이한다고 볼 수 있으며, 노동의 역사가 인류의 역사와 그 맥을 같이 하는 것으로 볼 때 노래의 역사는 인류의 역사와도 그 맥을 같이하는 것이 된다. 이러한 현상은 세계 어느 민족에게서나 공통적인데, 대륙의 만주와 한반도를 중심으로 삶을 영위했던 우리 민족 역시 이러한 범위를 벗어나지 않았다. 범위를 벗어나지 않는 정도가 아니라 다른 어떤 민족보다 노래를 즐겼다는 사실을 역사 기록이 증명해 주고 있다. 이러한 역사를 가지는 노래는 부족국가 시대를 지나 절대 왕권국가로 이행하면서 커다란 변화를 겪게 되는데, 왕권국가가 성립하면서 지배계급과 피지배계급으로 나누어지게 되자 노래는 생활 속에서 누구나 부를 수 있는 형태의 요謠에만 머물지 않고 일정한 악기의 반주를 수반하여 전문가가 부르는 가歌와 일정한 율조律調에 맞추어 악기의 연주로 진행되는 곡曲 등을 낳으면서 여러 다양한 형태의 소리문화를 만들어 나갔던 것이다. 노래문화가 더욱 발전된 형태로 나타난 것이 바로 신라의 민족 통합 과정에서 중요한 구실을 한 것으로 보이는 향가에 이르러서였다. 4세기를 지나 6세기에 이르러서야 안정된 고대국가체제를 갖출 수 있었던 신라는 민족의 통합을

---

31 고정옥, 『조선민요연구』, 수선사, 1949, 12쪽.

위해 불교를 이용하게 되는데, 이 과정에서 불교는 신라사회의 구성원들을 민족이라는 공통분모 속에 묶어 세우는 통치이념의 하나로 변모하면서 성장해 갔던 것이다.

불교를 통한 정신적 민족공동체가 어느 정도 형성되었다고 판단되는 순간 이제는 그것을 하나로 묶어세우는 지도력이 필요하게 되었는데, 이 과정에서 생겨난 것이 바로 젊은 청년들의 수련 집단인 화랑도였다. 6세기 후반에 해당되는 진흥왕 재위 37년인 서기 576년에 시작된 원화源花는 오래지 않아서 화랑으로 바뀌면서 화랑도는 나라를 이끄는 귀족 청년 집단의 핵심 세력으로 성장하였다. 삼국의 경쟁이 격화되면서 시작된 신라와 고구려, 그리고 신라와 백제 사이의 민족 통합전쟁 과정에서 중추적인 역할을 해낸 사람들이 바로 화랑 출신들이었으니 화랑이 당시 신라사회에서 가지는 비중이 얼마나 컸는지를 짐작할 수 있다. 그러나 화랑제도에는 하나의 문제점이 있었던 것으로 보인다. 백성들을 앞에서 이끄는 지도자로서의 성품과 자격을 갖추는 데는 성공했지만 골품제 등을 통해 태어날 때부터 신분의 구별이 분명하게 정해져 있었던 당시 신라의 형편으로 볼 때 모든 백성들에게 화랑의 뒤를 따라 나라와 민족을 위해 몸 바쳐 나설 것을 독려하는 것은 별다른 성과를 기대하기가 어려웠기 때문이었다. 결국 신라의 통치자들은 귀족이 중심이 되어 운영되는 화랑제와 정신적 민족공동체 형성에 중심적 구실을 하는 불교를 매개시킬 때에만 엄청난 위력을 발휘할 수 있다는 사실을 깨닫게 되었고, 이 과정에서 만들어낸 것이 한편으로는 화랑의 무리에 속하면서 또 한편으로는 승려의 무리에 속하기도 하는 국선지도國仙之徒였다.

국선지도는 화랑도와는 성격이 좀 다른 집단이었는데,『삼국사기』와『삼국유사』등의 기록을 토대로 할 때 이들은 화랑의 지휘를 받는 낭도郎徒의 일부를 이루기도 하면서 미륵신앙을 숭상하는 승려이기도 했던 것으로 보인다. 국교로 공인된 불교가 지배계층은 물론 피지배계층에까지 확산되는 상황에서 볼 때 결국 국선지도에 속하는 사람들은 사회구성원들을 정신적 통합체로 묶어세우는데 중심적인 구실을 하는 불교와 정치의 중심을 이루는 귀족들의 집단인 화랑의 중간에 있는 사람들로 지배층과 피지배층을 연결시키는 매개체 구실을 하는 집단이었다는 것이 된다. 이들은 위로는 왕실에 닿아 있고, 아래로는 일반 백성에게 닿아 있었기 때문에 그들이 하는 일은 멀고 어렵게만 느껴지는 나라의 일을 쉬운 것으로 풀어서 백성들에게 전함으로써 그들의 마음을 움직이는 일과 백성들이 생활 속에서 가지고 있는 뜻을 나라에서 알도록 하는 민심 반영 등이 이들의 활동에 있어서 중심을 이루었던 것으로 생각된다. 정통 화랑도도 아니고, 그렇다고 정통 승려도 아닌 이들은 어디에도 얽매이지 않는 집단으로 기록되어 있는데, 그들의 활동에서 매우 큰 비중을 차지하는 것이 바로 사설이 중요시되는 노래였을 가능성이 크다.[32] 부락공동체나 부족연맹체, 그리고 고대국가의 초기 형태 등에서는 피지배계층의 요謠와 지배계층의 가歌나 곡曲은 분리되어 있는 상태에서 독자적으로 생존하면서 소통이 쉽지 않았을 것으로 보이는데, 6세기에 이르러 불교가 공인되고, 부족연맹체가 민족공동체로 이행하면서 일차적인 민족 통합이 실현되고, 지배층과 피지배층을 민족 혹은 국가라는 하나의 공동체 아래 묶어 세울 필요성이 대두되자 두 계급을 소통시킬 조직이 국선지도라는 형태로 나타났고, 이들은 노래를 통해 그것을 실현시켜나갔던 것이다.

현전하는 기록으로 볼 때 융천사가 〈혜성가〉를 지은 시기는 진평왕 재위 16년인 594년이 되는데, 융천사가 이 노래를 불러서 혜성을 없앰으로써 세 화랑의 금강산 유람을 가능하게 했을 뿐 아니라 침략해 왔던 왜병도 물러나게 했으니 이로 인해 나라 전체가 평안해졌다는 것이 〈혜성가〉와 관련된 사연이다. 노

---

32 조동일, 『한국문학통사』 1, 지식산업사, 1982, 127쪽.

래를 통해 하늘의 변괴를 없애고, 왜적의 침입을 물리쳤으니 융천사라는 인물이 지닌 신통력과 노래가 가진 주술적인 힘이 얼마나 강한지를 알 수 있다. 노래를 통해 하늘과 땅이 융화하고 지배계급과 피지배계급이 하나로 될 수 있다면 나라와 민족을 위해 그것만큼 바람직한 일은 없을 것이다. 그러나 신라사회는 이러한 향가가 나타나기 전에도 노래가 없었던 것은 아니었다. 가악의 시초로 기록되어 있는 유리왕 때의 〈도솔가〉와 〈회소곡會蘇曲〉이 있었고, 3세기경에는 개인적인 창작 노래로 물계자勿稽子가 지은 노래가 있었으며, 5세기 전반인 눌지왕 때에는 다른 나라에 볼모로 잡혀간 왕자가 돌아온 것은 기뻐하면서 왕이 지었다는 〈우식곡〉 같은 것이 있었다. 지배계층의 이런 노래들에 비해 백성들에 의해 불려지는 노래들은 요의 수준에 머물렀기 때문에 기록될 수는 없었을 것인데, 백성들의 노래가 기록되지 못했다는 것은 지배층과 피지배층의 소통이 그만큼 원활하게 이루어지지 못했다는 증거가 되기도 한다. 그러므로 향가가 등장하기 전까지 불렸던 노래들은 특정한 계급에 한정되거나 통치적 차원에서 활용되는 정도였기 때문에 상하를 아우르면서 민족 차원의 노래로 되는 데는 일정한 한계를 지니고 있었다.

각각의 계급이 가지는 필요에 충실히 복무하던 노래가 그 벽을 허물면서 소통하기 시작한 시기가 바로 불교의 융성과 절대 왕권국가의 확립에 따른 민족통합의 요구가 절대적으로 요구되는 7세기경이었으니 국선지도가 바로 그 역할을 담당하게 되면서 피지배계급의 노래인 요와 지배계급의 가를 아우를 수 있는 노래로 향가를 만들고 담당하는 계층으로 자리를 잡아갔던 것이다. 특히 현존 향가 중에서 비교적 빠른 시기에 지어진 〈혜성가〉 관련 기록을 보면 융천사는 국선지도에 속하기는 하지만 화랑도에 가까운 인물인 것으로 보이는 데다가 〈혜성가〉 역시 지배층인 화랑을 위한 것이 중심을 이루었기 때문에 이때까지는 아직까지 향가가 맹아적인 형태에 머물렀던 것으로 볼 수밖에 없다. 그렇다면 향가의 발생 시기는 7세기 초에서 중반 사이로 잡는 것이 가장 합당할 것으로 보인다. 물론 6세기 초반인 진평왕 때에 백제에서 온 서동이란 사람이 불렀다는 〈서동요〉가 있으나 노래의 성격으로 볼 때 민요일 가능성이 매우 크고, 또한 역사적 사실로 볼 때도 무왕과 진평왕 사이에 혼인이 성립했을 가능성도 매우 희박하기 때문이다. 또한 7세기 초반에 불렀을 것으로 보이는 〈풍요〉 역시 민요였을 가능성이 크기 때문에 이러한 작품들을 향가로 보아 6세기 초반이나 6세기 말을 향가의 발생 시기로 잡기는 어려울 것으로 보인다.[33] 그러므로 이 시기만 해도 향가라는 개념이 성립한 것이 아니라 나라에서 공인한 불교가 세력을 넓혀가는 과정에서 민간의 노래인 민요와 결합하는 상태라고 보는 것이 타당할 것이다. 즉 6세기까지만 해도 부족연맹체의 성격을 지니고 있었던 신라 사회가 불교라는 새로운 이념을 통해 탄탄한 국가체제를 갖추어 나가는 과정에서 민요가 포교에 활용되는 정도의 단계였고, 7세기 중반이 되어 활발하게 진행되는 정복전쟁으로 인해 새로운 차원의 민족 통합이 더욱 절실하게 되자 향가가 본격적으로 발생하기 시작한 것으로 보인다.

2) 향가의 성행

치열한 정복전쟁기인 7세기 초중반에 발생한 향가는 7세기 후반에 이루어진 삼국의 통합으로 인하여 그 중요성이 더욱 부각되었다. 그도 그럴 것이 부족의 통합 과정이라고 할 수 있는 기존에 있었던 일차적 민족 통합 과정보다 서로 다른 국가체제를 유지하면서 오랜 세월 동안 삶을 유지했던 고구려와 백제의 유민들을 완전한 신라인으로 만드는 일은 훨씬 더 어려운 일이었기 때문이었다.

---

33 「薯童謠」나 「風謠」 같은 작품은 정형시로서 갖추어야 할 시가의 응당한 요구에 맞추어서 구수(句數)나 행수(行數)를 정착시킨 것으로 보기도 한다. 현종호, 『국어고전시가사연구』, 보고사, 1996, 149쪽.

이러한 현실을 맞이하여 신라 왕실은 더욱 강력한 불교 지원정책을 펴면서 전국에 사찰을 짓고 나라 전체를 불국토로 만드는 작업을 치열하게 전개해 나가게 된다. 신라 호국불교의 대표적 인물이라고 할 수 있는 의상義湘이 화엄종을 개설하고 전국에 사찰을 지어 불교를 전파하는 데 크게 기여한 것은 이러한 사실을 잘 보여주고 있다. 이러한 불교의 성행은 말할 것도 없이 민족문화를 하나로 통합하려는 신라 왕실의 목적과 맞아 떨어지는 것이었는데, 이 과정에서 향가 또한 엄청난 속도로 퍼져나가기 시작한다.

8세기에 들어와서 신라사회가 풍요로움을 누리게 되자 향가는 민족 전체로 향유층을 넓히게 되는데, 이에 따라 작가층도 두터워지고 노래의 사설 또한 그 폭을 훨씬 넓히게 된다. 한기리의 여성이 아이의 눈을 뜨게 하기 위해서 불렀다는 〈도천수대비가〉는 일반 백성들이 가지고 있는 기원의식을 잘 보여주는 노래이며, 화랑을 찬양하고 그리워하는 노래인 〈찬기파랑가〉와 〈모죽지랑가〉 같은 작품이 등장하는가 하면, 삶과 죽음의 문제를 불교적 차원에서 다룬 「제망매가祭亡妹歌」 같은 작품도 등장하게 된다. 수로부인이 절벽 위의 꽃을 원하자 암소를 끌고가던 노인이 꽃을 꺾어서 바쳤다는 사연을 가지고 있는 〈헌화가〉 역시 향가의 향유층이 엄청나게 넓어졌음을 보여주는 작품이 된다. 또한 효성왕 때 지어졌을 것으로 보이는 신충信忠의 〈원가怨歌〉도 신의에 대한 믿음과 주술성을 잘 보여주는 작품으로 향가의 외연이 민족적 차원으로 넓어졌음을 보여주는 좋은 예가 된다. 이상에서 보는 바와 같이 향가는 8세기를 맞아 최고의 전성기를 누리면서 민족시가로 성장하였고, 9세기에 들어서는 신라의 쇠퇴와 함께 서서히 그 막을 내리게 된 것으로 보인다.

문학이 사회의 예술적 반영물이고, 역사적 필요성에 의해 발생하고 소멸한다는 입장에서 향가의 발생을 살펴보았다. 그 결과 향가는 불완전하지만 우리 역사상 최초로 한반도를 지배하는 주인이 된 신라를 중심으로 만들어지고 불린 민족의 노래이며, 그 발생 원인은 민족 통합이라는 역사적 필요성에서 찾아야 한다는 점을 좀 더 분명하게 밝힐 수 있었던 것으로 보인다. 네 나라 중에서 늦게 국가체제를 갖춘 신라는 왕실을 비롯한 지배계급의 입장에서는 서로 다른 문화를 고집하며 삶을 살아가는 여러 부족들을 하나로 묶어서 민족이란 범주 안에 넣어 분산된 힘을 하나로 모으는 것이 국가적 과제가 될 수밖에 없었는데, 여기에 핵심적인 도구로 등장한 것이 바로 불교와 화랑도였다. 화랑도는 귀족을 비롯한 지배계급을 하나로 묶는 수단이 되었으며, 불교는 백성들의 정신세계를 하나로 묶는 강력한 수단이 되었으니 이 두 가지야말로 신라 왕실을 지탱해주는 가장 확실한 지주였던 것이다.

특히 당시대의 사람들이 불교적 세계관으로 삶을 살아가도록 만드는 일은 호국이라는 정치적 목적에 부합하는 것으로 반드시 필요한 것이었지만, 한편으로는 이를 통해 불교를 해당 사회에 뿌리내리도록 하는 종교적 목적에도 부합하는 것이었기 때문에 더욱 적극적으로 전교傳敎할 수밖에 없었다. 신라의 불교가 국가적 공인을 받아서 시작되었기 때문에 처음부터 힘을 가졌던 것은 사실이지만 오래된 토착신앙을 가지고 있었던 일반인을 대상으로 전교하는 일은 생각보다 쉽지는 않았던 것으로 보인다. 한편, 지배계급을 하나로 묶으면서 나라를 위해서는 목숨도 초개같이 버릴 수 있는 신라 최고의 지식인 집단으로 성장한 화랑도였지만 일반 백성들의 뒷받침 없이는 강력한 힘을 발휘할 수 없었기 때문에 온 나라의 구성원들을 하나로 묶는 민족 통합의 필요성을 절감할 수밖에 없었다. 이때가 되어서는 민족 통합의 국가적 과제를 효과적으로 이루어낼 수 있는 조직이 필요하게 되었으니 그것이 바로 새로운 조직으로 등장한 국선지도였다.

국선지도는 한편으로는 정치적 조직인 화랑도에 속한 사람이면서 다른 한편으로는 종교적 조직인 승려에 속한 사람들이었는데, 이들이 지닌 가장 중요한 특징은 위로는 왕실에서부터 아래로는 일반 백성들에 이르기까지 누구에게나 부담 없이 다가갈 수 있는 위치에 있다는 점이었다. 당시 신라사회의 신분제도로 볼 때 양쪽 조직에 모두 몸담을 수 있는 이들은 말할 것도 없이 지배계급에 속한 사람들이었을 것이기 때문에 모두 지식인이라고 보아 틀림없다. 정치적 성격을 띠는 지식인 집단에 속하면서도 비정치적 집단인 종교인에 속했던 이들이야말로 정신적 통합을 우선적으로 이루어야 하는 당시 신라사회로서는 매우 필요한 존재가 아닐 수 없었던 것이다. 민족 통합의 매개체로 역할을 하기 위해 이들이 택한 수단이 바로 노래였을 가능성이 높은데, 현존하는 향가에 대한 여러 기록들이 이를 뒷받침하고 있다. 그런 이유 때문에 외래음악으로서 많은 거부감을 줄 수 있는 범패梵唄도 아니고, 지배층의 음악으로 어려운 데다가 까다로워서 일반인들에게 다가가기 어려운 가악도 아닌 것으로 누구나 참여하여 부를 수 있는 것이 필요하게 되었을 것이고, 그 결과 한편으로는 민요적인 성격을 지니고 있으면서, 다른 한편으로는 가악적인 성격도 가지고 있는 노래를 만들어 내게 되었으니 그것이 바로 향가였던 것이다. 그러므로 향가는 지배계급과 피지배계급을 하나로 묶어서 민족의 통합을 이루어나가는 과정에서 사회적인 필요에 의해 생겨난 민족의 노래가 되는 것이다.

그러나 민족 통합을 위해서라고 하더라도 불교의 공인과 화랑도의 성립과 향가의 발생이 동시에 일어났다고는 보기 어려울 것으로 생각된다. 왜냐하면 어느 정도까지는 불교가 세력을 확장했을 때라야만 향가 같은 노래가 위력을 발휘할 수 있을 것이고, 화랑도에서 국선지도라는 새로운 조직이 생겨나기 위해서는 화랑제도가 어느 정도 정착되어 있어야 할 것이기 때문이다. 이런 점들을 고려할 때 향가가 발생한 시기는 불교가 공인되어 상당한 세력을 확장하였고, 화랑도가 설치되어 인재 집단으로 자리 잡은 7세기 초중반 정도로 잡는 것이 가장 정확할 것으로 보인다.

제2장

<혜성가>와 민족시가 형식의 탄생

인류가 만든 사회는 과학이 발달하지 못했던 과거로 올라갈수록 하늘을 대표하는 신과 땅을 대표하는 사람이 직접 연결되어 있다고 생각했고, 그러한 이유로 인해 땅의 변화는 곧 하늘의 징조로 나타난다고 믿었다. 그러므로 예로부터 동서고금을 막론하고 하늘에 나타난 여러 종류의 현상을 보고 땅에서 일어날 변화를 예측하는 기술이 발달하였다. 특히 국가의 존망이 걸릴 정도로 큰 변고가 생길 조짐이 있는 경우에는 반드시 하늘의 현상을 통해 미리 알려준다고 믿었기 때문에 이러한 예측은 절대적인 힘을 과시하기도 했다. 그렇다고 하여 하늘에 나타나는 여러 현상들이 모두 땅의 변화를 보여주는 징조라고 생각하지는 않았는데, 시시각각으로 변하는 구름이나 주기적으로 내리는 비와 눈 같은 것에 대해서는 특별한 의미를 부여하지 않았다. 바꾸어 말하면 너무 자주 변하는 현상들은 항상성恒常性이 떨어지기 때문에 땅의 변화를 보여주기 어렵다고 믿었다는 것이 된다. 수많은 옛 기록들에 의하면 하늘에 나타나는 변화를 땅에서 일어난 사건의 징조로 파악하는 데 있어서 가장 중요한 의미를 가졌던 것은 바로 별의 움직임이었다. 별은 주기적인 움직임에 의해 위치를 바꾸기도 하고, 그 전에는 없었던 새로운 현상들이 나타나기도 하는데, 이것들을 잘 관찰해보면 땅에서 일어날 어떤 사건을 미리 알 수 있는 징조라고 생각했기 때문이다.

우리 문헌에서는 『삼국유사』에 실려 있는 〈혜성가〉와 관련을 가지는 기록들이 이러한 사실을 잘 보여주고 있어서 눈길을 끈다. 이 작품은 신라 진평왕재위기간579~632 대의 인물인 융천사에 의해 지어진 것으로 향가의 발생 초기에 불린 노래로 파악된다. 이 작품은 땅에서 일어난 사건의 징조를 보여준다는 인식이 강한 혜성의 출현을 오히려 경사스런 것으로 바꿈으로써 그것 때문에 불안해하는 신라 사람들을 달램과 동시에 쳐들어 왔던 왜적까지 물러가게 하여 나라 전체에 축복을 불러온 노래로 기록되어 있다. 그런데, 〈혜성가〉가 지니고 있는 문학적 특성과 그에 관련된 이야기들을 종합적으로 분석해보면 놀라운 사실 하나를 발견할 수 있어서 주목을 요한다. 그것은 다름 아닌 진정한 민족시가의 형식이 이 작품에서 형성되었다는 사실을 확인할 수 있기 때문이다. 〈혜성가〉가 지니고 있는 형식적 특성은 후대에 나타난 여러 종류의 민족시가가 그대로 이어져 내려온 것으로 파악되기 때문이다. 그렇기 때문에 〈혜성가〉에 대한 접근은 한 편의 작품에 대한 해석과 이해 정도에 그쳐서는 안 될 것으로 보인다. 〈혜성가〉에 대해서는 보다 종합적이고 세밀한 분석을 필요로 함과 동시에 민족시가의 형식적 전통을 중심으로 하는 문학사적 의의에 대한 것이 면밀히 검토되어야 할 것으로 생각된다. 그러므로 〈혜성가〉에 대한 문학적 접근은 융천사를 중심으로 향가 발생기의 인물이 가지는 성격과 사회적 배경, 그리고 작품의 구조와 내용을 중심으로 하면서도 그것이 가지는 기능에 대한 것도 소홀히 해서는 안 될 것으로 보인다. 왜냐하면 〈혜성가〉가 향가 발생 초기의 작품이면서도 사뇌가계 향가의 형태를 갖추고 있는 데다가 작가와 작품이 당시 사회에서 하는 기능이 하늘과 땅을 이어 천지귀신을 감동시키면서 변괴를 축복으로 바꿈으로써 신라가 최대의 당면과제로 생각하던 민족 통합에 아주 큰 기여를 한 것은 물론이고, 후대의 시가인 속요, 경기체가, 시조 등에 미친 형식적 영향이 지대한 것으로 보이기 때문이다. 이러한 점을 고려하여 이 장에서는 작가와 사회적 배경을 바탕으로 하여 작품이 가지는 구조와 기능을 중심으로 고찰하여 〈혜성가〉가 지니고 있는 형식적 특성을 밝힘과 동시에 민족시가 형식의 발달에 어떤 기여를 했는지에 대해 고찰해 보도록 한다.

1. 노래와 주술의 관계

1) 신에게 이르는 길

옛 기록에 의하면 우리 민족은 노래를 통해 신과 교감하면서 즐기는 것을 무척이나 좋아했던 것으로 되어 있다. 다음 내용을 보자.

- 동이족은 거의 모두가 토착민으로 술 마시고, 노래하고, 춤추기를 좋아한다.
- 고구려 풍속은 어지럽지만 깨끗한 것을 좋아하며, 밤에는 남녀가 무리를 지어 노래를 부른다. 10월에 하늘에 제사를 지내는 큰 모임을 열어 귀신, 사직, 영성에 제사지내기를 좋아하는데, 그 이름을 '동맹'이라 한다.
- 동이족은 오월에 밭일이 끝나면 항상 귀신에게 제사를 지내는데, 밤낮으로 모여서 술을 마시며 무리를 지어 노래를 부르고 춤을 추는데, 수십여 명이 서로 줄을 만들어서 땅을 밟으면서 장단을 맞춘다. 시월에 농사일이 끝나면 또 이와 같이 한다.
- 부여에서는 은나라 책력으로 정월에는 하늘에 제사를 지내는 나라의 큰 행사가 있는데, 며칠 동안을 마시고, 먹고 노래하고 춤추는데, 이름을 '영고'라 한다.
- 예맥족은 해마다 시월이면 하늘에 제사를 지내는데, 밤낮으로 술 마시고, 노래하고 춤을 춘다. 그 이름은 '무천'이라 한다.
- 변한과 진한 나라의 풍습은 춤추고, 노래하고 술 마시기를 좋아한다.

▪ 마한의 민간에서는 귀신을 믿으며, 항상 오월에 씨 뿌리는 일을 마치면 무리를 지어서 노래하고 춤을 추면서 신에게 제사를 지내는데, 시월에 농사일을 마치면 또 이와 같이 한다.

위 기록은 『후한서』, 『삼국지』, 『진서』 등의 중국역사서에 등장하는 것으로 우리 민족이 가졌던 고대의 풍속에 관한 것들이다. 다소 길고 비슷한 내용의 기록들을 여기에서 장황하게 제시하는 이유는 오랜 옛날부터 우리 선조들은 노래와 춤을 무척이나 좋아했으며, 넘쳐나는 정을 주체하기 어려울 정도로 신명이 많은 민족이어서 언제나 신을 가까이 모시면서 신과 함께 하는 생활을 즐겼다는 사실을 강조하기 위해서이다. 가죽부대에 물이 가득 차 있으면 어느 곳을 눌러도 주둥이로 물이 흘러나올 수밖에 없는 것처럼 우리 민족은 일정한 계기와 자극이 주어지기만 하면 그것이 흥이라는 길을 찾아내게 되고, 드디어는 가슴 속의 정을 언제나 노래와 춤으로 드러내어 신과 함께 즐기는 삶을 살았던 것이다. 그러므로 우리 민족에게 있어서 춤과 노래는 신에게로 향하면서 신과 통할 수 있는 최고의 소통수단이 되었다.

외부의 사물 현상을 통해 마음속에서 생겨난 어떤 느낌이 일정한 의미를 형성한 상태를 가리키는 것이 정이라고 하는데, 이것이 밖으로 드러나는 방식은 사람에 따라 매우 다양하다. 슬픔이나 기쁨의 느낌이 생기면 눈물을 흘리면서 울 수도 있고, 슬픔을 빨리 잊거나 기쁨을 더욱 크게 하기 위해 춤을 추거나 노래를 부르는 등 여러 가지 방식으로 표출하기 때문이다. 사람의 마음속에 생긴 이러한 정은 어떤 형태로든 밖으로 드러나서 상대에게 전달되기 마련인데, 우리 선조들은 아주 오랜 옛날로부터 지금에 이르기까지 그것을 드러내는 방법으로 술과 노래와 춤을 통하는 방법을 썼고, 이 과정에서 아주 다양한 형태의 노래를 만들어서 불렀던 것을 위의 여러 기록들에서 확인할 수 있다. 그러므로 우리 선조들이 상고시대부터 만들고 불렀던 노래는 수를 헤아릴 수 없을 정도로 많았을 것이고, 그것들은 대부분이 신과 소통하는 내용과 기능을 하는 노래들이었을 것으로 생각된다. 그러나 유감스럽게도 기록으로 남아 전하는 상대나 고대의 노래들은 손에 꼽을 정도밖에 되지 않아서 아쉬움을 남기고 있는데, 이러한 현상은 향가가 발생하여 성행하던 6세기 말이나 7세기 초까지도 그대로 이어졌던 것으로 보인다. 현존하는 향가 작품이 많지 않기 때문에 전모를 파악하기는 어렵지만 『삼국유사』에 실려 있는 14편의 작품이 워낙 다양하여 노래가 신에게 이르는 중요한 교통수단이 되었다는 사실을 충분히 감지할 수 있을 정도다.

2)언어의 주술성

인간의 일상적인 여러 문제들에 대해 초자연적인 능력을 가진 신과 같은 존재에게 호소하여 그것을 해결하려고 하는 수법의 하나인 주술은 비슷한 동작을 하면 그것이 이루어진다고 믿는 모방주술, 말을 통해 초능력의 존재에게 자신의 뜻을 전달함으로써 원하는 바를 이루는 언어주술 등이 있을 수 있다. 모방주술은 원하는 것에 대한 현상이나 형상과 비슷한 것을 행동을 통해 표현함으로써 그것이 이루어지도록 하는 것으로 춤 같은 것을 통해 실현된다. 언어주술은 주문이나 노래 등을 통해 인간이 원하는 바를 신 등에게 전달하여 그것을 이루도록 하는 것이다. 고대사회로 올라갈수록 모방주술과 언어주술은 결합한 형태로 행해지면서 집단 행위를 수반하는 모습을 띠는 경우가 많은데, 두 가지가 합쳐짐으로써 가장 강력한 힘을 발휘할 수 있다고 믿었기 때문인 것으로 보인다. 우리 역사에서 보면 가야의 건국 과정을 설명하고 있는 '가락국건국신화'에 이러한 점이 잘 드러나고 있음을 본다.

후한 세조 광무제 건무 18년 일인 3월 계욕일禊浴日, 3월 3일에 그들이 사는 곳으로부터 북쪽에 있는 구지봉龜旨峰에 이상한 소리가 들렸는데, 누군가를 부르는 것 같았다. 200~300명의 무리가 이곳에 모여들자 사람의 말소리 같은 것이 나는데, 형체는 보이지 않고 소리만 들리는 것이었다. "여기에 사람이 있느냐?"라고 하므로 9간九干 등이 대답했다. "저희들이 있습니다"라고 하자 또 말하기를, "내가 있는 곳이 어디냐?"라고 하는 것이었다. 그들이 다시 대답하기를, "구지봉입니다"라고 하였다. 하늘에서 다시 말하기를, "하늘이 내게 명하기를 이곳에 내려가 나라를 새롭게 하여 임금이 되라고 하여 이곳에 내려왔다. 너희들은 모름지기 봉우리 위를 파서 흙을 모으면서 '거북아 거북아 머리를 내밀어라 만약 내밀지 않으면 구워서 먹으리라'라고 노래를 부르고 펄쩍펄쩍 뛰면서 춤을 추어라. 그러면 대왕을 맞이하여 기뻐 날뛰게 될 것이다"고 하는 것이었다. 구간 등이 그 말과 같이 함께 춤추고 노래를 불렀다. 오래지 않아서 위를 쳐다보니 하늘로부터 하나의 자색 줄이 내려와서 땅에 닿는 것이었다. 줄 밑을 파 보았더니 붉은 보자기에 쌓인 금합金盒이 있었는데, 그것을 열어 보니 해와 같이 둥근 황금 알 여섯 개가 있었다. 모든 사람들이 놀랍고 기뻐서 허리를 굽혀 백번 절하고 얼마 후 다시 싸가지고 아도간의 집으로 가져다 탁자 위에 올려놓고 모두 집으로 돌아갔다. 12일이 지난 다음 날 아침에 사람들이 다시 모여 금합을 열어보니 알이 모두 아이로 변했는데, 용모가 아주 엄숙하였다. 사람들이 모두 절을 하고 공경을 다하였는데, 열흘이 지나자 키가 9척이나 되도록 자랐는데, 모두 성인군자의 모습이었다. 그 달 보름에 왕위에 올랐는데, 처음 나타났다고 하여 이름을 수로首露라 하고 나라 이름을 대가락大駕洛이라 하였으니 바로 6가야 중의 하나이다. 나머지 다섯 사람도 모두 돌아가서 5가야의 왕이 되었다.

'가야 건국신화'로 일컬어지는 이 이야기는 가락국을 세운 김수로왕을 비롯한 여섯 명의 신인神人을 땅으로 내려오도록 하기 위해 사람들이 행한 주술적인 의식에 대한 것이다. 여기에서 가장 주목을 해야 할 대목은 하늘에서 땅으로 내려오는 군주를 맞이하기 위해 수백 명의 사람들이 구지라는 봉우리 정상에 올라 흙을 파서 손으로 집는 행위를 하면서 노래를 부르고 춤을 추었다는 것인데, 이 과정에서 가장 중요한 구실을 하는 것이 바로 노래라는 점이다. 신의 계시에서도 말하기를 "너희들이 거북이 노래를 부르면 새로운 임금을 맞이하여 기뻐 날뛰게 될 것이다"라고 했으니 노래가 없으면 신군神君을 내려 보내지 않겠다는 것이 되기 때문이다. 노래를 불러야 신군을 내려 보내겠다는 말은 뒤집으면 노래가 신과 인간을 이어주는 매개수단이 된다는 의미가 되기도 한다. 즉 신성한 임금을 모셔서 잘사는 나라를 만들고 싶은 가야 사람들의 뜻을 노래에 담아서 부르게 되면 그것에 감응하여 하늘에 있는 신이 훌륭한 통치자를 내려 보낸다는 것이다. 언어로 소통을 하고, 언어로 된 노래 같은 것을 통할 때 비로소 인간의 바람을 들어주는 존재가 바로 신이라는 점에서 언어가 지니고 있는 주술적인 힘을 짐작할 수 있게 된다.

의미가 없는 소리聲를 자음과 모음의 결합이라는 일정한 규칙에 의해 연결하여 약속된 의미를 싣도록 하는 언어는 사람과 사람 사이의 의사전달 도구일뿐만 아니라 인간이 가지고 있는 생각이나 바람을 신에게 전달하는 가장 보편적인 수단이 됨과 동시에 신의 마음을 움직여서 인간이 원하는 바를 이룰 수 있도록 하는 힘을 가진 가장 강력한 도구이다. 그렇기 때문에 인간은 자신의 힘으로 해결하기 어려운 문제들에 대해 언어를 매개로 하여 해결하는 방법을 강구하게 되는데, 이것이 바로 주술이 된다. 이런 점에서 볼 때, 인간이 하는 언어는 기본적으로 주술적인 성격을 가진다고 할 수 있게 된다. 그런데, 오랜 역사 속에서 인간은 일상적으로 사용하는 언어에 비해 특수한 구성과 발성으로 발화되는 노래가 훨씬 더 큰 효과를 낼 수 있는 것으로 생각하게 되었다. 노래는 일상에서 사용하는 언어를 바탕으로 하면서도 소리의 고저장단을 특수한 방식으로 배합하여 특별한 효과를 낼 수 있도록 함과 동시에 반복적인 구조를 통해 한층 강력한 강조를 가능하도록 하기 때문이다. 노래가 가진 이러한 성격은 신에게도 그대로 작용한다고 믿었기 때문에 주술적인 힘을 빌어서 신으로 하여금 문제를 해결하도록 하려는 경우에는 세계 어느 민족을 막론하고 아주 오랜 과거부터 노래를 이용했던 것으로 확인된다. 그만큼 노래는 언어가 가진 주술적인 힘을 가장 효율적으로 담아낼 수 있는 강력한 수단이 되었던 것이다.

3) 노래와 주술의 관계

사람이 생각할 때 신은 하늘을 중심으로 하여 어디에나 있을 수 있으며, 무엇이든지 알 수 있고, 무슨 일이든지 할 수 있는 능력을 갖추고 있는 존재이다. 그러므로 인간의 삶 속에서 일어나는 모든 일은 신의 섭리에 따라 결정된다고 믿는다. 따라서 삶 속에서 일어나는 일이 좋은 것이든, 나쁜 것이든 모두 신의 의지에 의해 좌우된다고 보기 때문에 안전하고 행복한 삶을 위해서는 신을 만나거나 신을 기쁘게 하는 것이 대단히 중요한 의미를 지닐 수밖에 없었다. 이런 생각이 낳은 문화가 바로 하늘과 신에게 정성을 표하여 즐겁게 함으로써 인간의 삶을 풍요롭게 할 수 있다고 믿었던 제의祭儀였다. 우리 선조들이 농사일을 시작할 때와 끝냈을 때 반드시 음식을 준비하고 노래와 춤을 추면서 하늘에 제사를 올리는 제천의식을 행한 것이 바로 이러한 사실을 잘 보여주고 있다.

이러한 제의 과정에서 신을 감동시키고, 인간의 뜻을 전달하는 데에 가장 큰 구실을 하는 것이 바로 노래였다. 노래는 소리의 일정한 주기적 반복 현상에 의해 만들어지는 율동에 얹어서 언어를 사용하여 부르는 것인데, 주기적인 반복의 구조와 언어가 지니고 있는 주술성으로 인해 삶 속에서 여러 가지 구실을 한다고 믿었다. 가락국 건국신화에 등장하는 〈구지가〉가 하늘에서 신인을 내려오도록 하는 데 결정적인 기여를 한 것이나 수로부인을 납치한 용에게서 부인을 돌려받기 위해 사람들이 막대기로 해변을 치면서 불렀다는 〈해가〉 등에 대한 기록은 노래가 신적인 존재에게 인간의 뜻을 전달함과 동시에 목적하는 바를 이루게 하는 데 있어서 매우 큰 구실을 하는 도구였다는 사실을 좀 더 확실하게 알 수 있도록 해준다. 이러한 사실은 고려 때 승려 일연이 지은 『삼국유사』에서 좀 더 분명하게 확인할 수 있다. 『삼국유사』에는 향가에 대한 기록들이 상당수 전하는데, 〈월명사두솔가〉조에 다음과 같은 내용이 있다.

> 신라 사람들은 향가를 숭상한 사람이 많았는데, 대개 시詩와 송頌과 같은 것이었다. 이런 연고로 이따금 천지와 귀신을 감동시킨 적이 한두 번이 아니었다.

신라시대의 작품으로 현존하는 향가는 『삼국유사』에 실려 전하는 14수뿐이기 때문에 작품에 대한 해석을 비롯하여 그 전모를 파악하는 데 있어서는 일정한 한계가 있는 것이 사실이다. 그러나 『삼국유사』의 기록만으로 볼 때도 신라시대에는 향가가 전국적으로 성행하면서 거의 모든 사람들에게 불릴 정도로 널리 유행했음을 알 수 있고, 많은 사람들이 작가로도 참여했을 것임은 『삼대목』이라는 향가집이 편찬되었다는 점에서 미루어 짐작할 수 있다. 7세기 초중반경에 발생했을 것으로 보이는 향가는 삼국이 통합되면서 신라와 발해라는 남국과 북국으로 나누어져서 문화의 융성기를 이루었던 시기에 신라로는 가장 절실한 과제였던 민족의 통합을 위한 문화적 도구로 각광을 받으면서 크게 융성하였는데, 이 향가가 천지귀신을 감동시키는 경우가 많았다고 『삼국유사』는 기록하고 있는 것이다.

자신의 아내를 범한 역신疫神에게 물리적인 힘으로 대항하지 않고 노래를 부르고 춤을 추면서 물러남으로써 역신을 감동시켜 물러가게 했다는 처용설화에 등장하는 〈처용가〉, 자신의 아이가 다섯 살이 되었을 때 눈이 멀어서 세상을 보지 못하게 되자 어머니가 분황사 좌전북벽의 천수관음 앞에 가서 노래를 지어 불러서 눈을 뜨게 했다는 〈도천수대비가〉, 하늘에 나타난 혜성의 변괴에 대해 노래를 불러서 그것을 없앴을 뿐만 아니라 왜적까지 물러가게 함으로써 변괴를 오히려 나라의 경사로 바꾸었다는 융천사의 〈혜성가〉, 신의를 지키지 않은 왕을 원망하는 노래를 지어서 잣나무에 붙였더니 그 나무가 말랐다는 배경설화를 가지고 있는 〈원가〉 등은 모두 『삼국유사』에서 말하고 있는 천지귀신을 감동시킨 구체적인 사례라고 보아 큰 무리가 없다. 14편밖에 되지 않는 향가에 대한 것만으로도 이 정도이니 기록으로 남겨지지 못한 수많은 작품과 관련된 사례는 훨씬 더 많았을 것으로 추측할 수 있기 때문에 일연이 천지귀신을 감동시킨 적이 한두 번이 아니었다고 말한 저간의 사정을 짐작할 만하다.

이런 점으로 미루어 볼 때, 제의 과정에서 신에게 바쳐지는 음식과 춤 등은 신을 즐겁게 하는 것이 주된 목적이었을 것이고, 신 앞에서 부르는 노래는 언어가 지니고 있는 주술성으로 인해 인간이 바라는 바를 신에게 전달하여 신을 움직이게 하는 핵심이 되었음을 알 수 있게 된다. 결국 노래는 그것이 가지고 있는 주술력이라는 강력한 무기로 인해 신에게 이르는 가장 보편적인 길로 작용했던 것을 알 수 있는 것이다.

2. 〈혜성가〉의 특성

1) 국선지도國仙之徒의 사회적 위치

인간이 창조하고 향유하는 모든 문명과 문화는 생활 속에서 생기는 일정한 필요에 의해 만들어지고 전승되는데, 그중 노래는 노동 과정과 밀접한 관련을 가지고 있는 것으로 파악되고 있다. 즉 노래는 노동 과정에서 신호음으로 작용할 수 있는 외침이나 기운을 북돋우어서 힘을 내기 위한 율동을 만드는 과정에서 발생했을 가능성이 가장 크다는 말이 된다. 그러므로 노래의 역사는 노동의 역사와 그 맥을 같이 한다고 볼 수 있으며, 노동의 역사가 인류의 역사와 그 맥을 같이 하는 것으로 보이기 때문에 노래의 역사는 인류의 역사와도 그 맥을 같이 하는 것이 된다. 이러한 현상은 세계 어느 민족에게서나 공통적인데, 대륙의 만주와 한반도를 중심으로 삶을 영위했던 우리 민족의 생활 역시 이러한 범주를 벗어나지 않는다. 범주를 벗어나지 않는 정도가 아니라 다른 어떤 민족보다 노래를 즐겼다는 사실을 위에서 살펴본 여러 역사 기록이 증명해 주고 있을 정도다. 이러한 역사를 가지고 있는 노래는 부족국가 시대를 지나 절대왕권국가로 이행하면서 커다란 변화를 겪게 되는데, 왕권국가가 성립하면서 지배계급과 피지배계급으로 나누어지는 신분제가 성립하자 노래는 생활 속에서 누구나 부를 수 있는 상태의 요謠에만 머물지 않고 일정한 악기의 반주를 수반하면서 훈련된 전문가창자가 부르는 가歌와 일정한 율조에 맞추어 악기의 연주로 진행되는 곡曲 등으로 분화하면서서 여러 가지 다양한 형태의 소리문화를 만들어 나갔다.

이러한 노래문화가 더욱 발전된 형태로 나타난 것이 바로 신라의 민족 통합 과정에서 매우 중요한 구실을 한 것으로 보이는 향가에 이르러서였다. 4세기를 지나 6세기에 이르러서야 안정된 고대국가체제를 갖출 수 있었던 신라는 민족의 통합을 위해 불교를 수용하게 되는데, 이 과정에서 불교는 신라사회의 구성원들을 민족이라는 공통분모 속에 묶어세우는 통치이념의 하나로 변모하면서 성장해 갔다. 불교를 통한 정신적 민족공동체가 어느 정도 형성되었다고 판단되는 순간 이제는 그것을 하나로 묶어세우는 정치적 지도력이 필요하게 되었는데, 이 과정에서 생겨난 것이 바로 젊은 청년들의 수련집단인 화랑도였다. 6세기 후반에 해당하는 진흥왕 재위 37년인 서기 576년에 시작된 원화源花는 오래지 않아서 화랑으로 바뀌게 되었고, 화랑도는 나라를 이끄는 귀족 청년 집단의 핵심 세력으로 성장하였다. 삼국의 경쟁이 격화되면서 시작된 신라와 고구려,

그리고 신라와 백제 사이의 민족 통합전쟁 과정에서 중추적인 역할을 해낸 사람들이 바로 화랑 출신들이었다고 하니 이들이 당시 신라사회에서 가졌던 비중이 얼마나 컸는지를 짐작할 수 있다. 그러나 화랑제도에는 하나의 문제점이 있었던 것으로 보이는데, 이것을 극복하지 않고는 나라를 위해 몸 바쳐 싸우는 전사 집단으로서의 구실을 제대로 해내기는 어려웠던 것으로 생각된다. 제도적 장치로서의 화랑이란 조직은 백성들을 앞에서 이끄는 지도자로서의 성품과 자격을 갖추는 데는 성공했지만 골품제 등을 통해 태어날 때부터 신분의 구별이 분명하게 정해져 있었던 당시 신라사회의 형편으로 볼 때 모든 백성들에게 화랑의 뒤를 따라 나라와 민족을 위해 몸 바쳐 나설 것을 독려하는 것은 별다른 성과를 기대하기가 어려웠기 때문이었다. 결국 신라의 통치자들은 귀족이 중심이 되어 운영되는 화랑제와 정신적 민족공동체 형성에 중심적 구실을 하는 불교를 매개시킬 때라야 엄청난 위력을 발휘할 수 있다는 사실을 비로소 깨닫게 되었고, 이 과정에서 만들어낸 것이 한편으로는 화랑의 무리에 속하면서 다른 한편으로는 승려의 무리에 속하기도 하는 국선지도國仙之徒였다.

낭승郎僧으로도 불리는 국선지도는 화랑도에 속하면서도 그것과는 성격이 좀 다른 집단이었던 것으로 파악되는데,『삼국사기』와『삼국유사』등의 기록을 토대로 할 때 이들은 화랑의 지휘를 받는 낭도郎徒의 일부를 이루기도 하면서 미륵신앙을 숭상하는 승려이기도 했던 것으로 보이기 때문이다. 국교로 공인된 불교가 지배계층은 물론 피지배계층에까지 확산되는 상황에서 볼 때 결국 국선지도에 속하는 사람들은 사회구성원들을 정신적 통합체로 묶어세우는 데 중심적인 구실을 하는 불교와 정치의 중심을 이루는 귀족들의 집단인 화랑의 중간쯤에 있는 사람들로 이루어진 조직으로 지배층과 피지배층을 연결시키는 매개체 구실을 하는 집단이었다는 것이 된다. 이들은 위로는 왕실을 중심으로 하는 정치 조직에 직접적으로 맞닿아 있었고, 아래로는 불교라는 신앙을 통해 일반 백성에게도 쉽게 접근할 수 있을 정도의 성격을 가지고 있었다. 그렇기 때문에 그들이 하는 일은 멀고 어렵게만 느껴지는 나라의 일을 쉬운 것으로 풀어서 백성들에게 전함으로써 그들의 마음을 움직이는 일과 백성들이 생활 속에서 가지고 있는 뜻을 나라에서 알 수 있도록 하는 민심 반영 등이 활동의 중심을 이루었던 것으로 생각된다. 정통 화랑도도 아니고, 그렇다고 정통 승려도 아닌 이들은 어디에도 얽매이지 않는 집단으로 기록되어 있는데, 그들의 활동에서 매우 큰 비중을 차지하는 것이 바로 사설과 율동을 중심으로 하면서 사람의 마음을 움직이는 데 결정적인 구실을 할 수 있는 노래였을 가능성이 매우 크다. 부락공동체나 부족연맹체, 그리고 고대국가의 초기 형태 등에서는 피지배계층의 요와 지배계층의 가나 곡은 분리되어 있는 상태에서 독자적으로 발생하고 존속하면서 소통이 쉽지 않았을 것으로 보인다. 그러다가 6세기에 이르러서는 불교가 공인되고 부족연맹체가 민족공동체로 이행하면서 일차적인 민족 통합이 이루어지고, 지배층과 피지배층을 민족 혹은 국가라는 하나의 공동체 아래 묶어세울 필요성이 대두되자 두 계급을 소통시킬 조직으로 국선지도라는 특수한 형태의 집단이 생겨났고, 이들은 노래를 통해 그것을 실현시켜 나갔으니 그것이 바로 향가의 발생이었다.

각각의 계급이 가지는 필요성에 충실히 복무하던 노래가 그 벽을 허물면서 소통하기 시작한 시기가 바로 불교의 융성과 절대 왕권국가의 확립에 따른 민족 통합의 요구가 절실하게 요구되는 7세기경이었으니 국선지도가 바로 그 역할을 담당하게 되면서 피지배계급의 노래인 요와 지배계급의 가를 아우를 수 있는 노래인 향가가 만들어지고, 그것을 담당하는 계층으로 자리를 잡아갔던 것이다. 특히 현존 향가 중에서 비교적 빠른 시기에 지어진 〈혜성가〉와 관련된 기록을 보면 융천사는 국선지도에 속하기는 하지만 화랑도에도 속했거나 가까운 인물일 것으로 보이는 데다가 〈혜성가〉 역시 지배층인 화랑을 위한 노래였던 것으로 보이기 때문에 이전까지는 향가가 맹아적인 형태에 머물렀던 것으로 보는 것이 타당할 것으로 생각된다. 그렇다면 향가의 발생 시기는 7세기 초 정도로 잡는 것이 가장 합당할 것이고, 이 시기에 중요한 구실을 했던 존재가 바로 융천사와 같은 인물이었을 것으로 본다. 그러므로 융천사는 하늘과 땅, 지배층과 피지배층, 불교와 화랑 등을 모두 아우르면서 소통시킬 수 있는 능력을 가진 존재로 향가 발생 초기에 차사사뇌격 계통의 노래를 사뇌가계 향가로 재창조하는 데 결정적인 기여를 한 인물로 성격을 규정지을 수 있을 것으로 본다.

2) 〈혜성가〉의 형식적 특징

현대사회처럼 과학과 문명이 발달하지 못했던 과거에는 하늘의 변화는 땅의 변화와 일정한 관계를 가진다고 믿었기 때문에 하늘에서 일어나는 변화들을 굉장히 소중하게 여겼다. 특히 하늘에서 나타나는 좋지 않은 현상은 땅에서 일어날 어떤 나쁜 사건을 미리 보여주는 징조라고 믿어서 하늘의 징조에 뒤이어 곧 땅에도 나타난다고 생각했기 때문에 사람들은 이것에 민감할 수밖에 없었다. 옛 기록들을 살펴보면 하늘에 해가 둘 나타났다거나 혜성이 나타났다거나 하는 기사들이 종종 보이는데, 이런 현상들을 나라에 큰 변괴가 생길 징조로 연결시켜 생각하는 바람에 엄청난 소동이 일어나기도 하고 때로는 하나의 왕조가 망하고 새로운 왕조가 탄생하는 계기가 되기도 했던 것을 쉽게 확인할 수 있을 정도다. 이민족의 나라인 당과 손을 잡고 동족인 고구려와 백제를 멸망시킴으로써 남북국시대라는 분단국가의 상황을 만들었던 신라는 이미 위에서 살펴본 바와 같이 6~7세기에 이르러서는 성읍체제로 흩어져 있던 힘을 하나로 모으는 민족 통합에 결정적인 구실을 할 수 있었던 불교와 목숨을 아끼지 않고 나라를 위해 헌신하는 화랑도라는 조직을 활용하여 활발한 정복전쟁을 전개하였다. 불국토 건설이라는 종교적 이념을 통해 지방의 호족 세력들을 중앙에 귀속시키지 못했다면 민족 통합 자체가 불가능했을 것이고, 그렇게 되면 백성의 힘이 하나로 모아지지 못했을 것이기 때문에 다른 나라와 전쟁을 해야겠다는 생각조차 할 수 없었을 것이다. 또한 병사들의 전투 능력을 엄청나게 증가시킬 수 있는 애국수련단체인 화랑도가 없었다면 중국의 동쪽 지역과 일본 등에 걸쳐 거대한 세력을 형성하고 있었던 백제와 요동을 중심으로 하는 만주 등에서 동북아 최강자로 군림하고 있었던 고구려를 상대로 한 전쟁에서 결코 승리할 수 없었을 것이기 때문에 불교와 화랑도라는 두 조직은 당시 신라에 없어서는 안 될 매우 중요한 존재였다.

이런 연고로 6~7세기의 신라사회는 화랑과 승려가 이끄는 집단들이 국가의 발전에 핵심적인 동력으로 작용할 수 있는 애국적 조직으로 성장하면서 서로 손을 잡고 나라를 이끌어가는 형국이 되었다. 한 사람의 화랑이 수천 명의 낭도를 거느린 단체인 화랑도는 승려 조직까지 아우르게 되었는데, 이때 승려이면서 화랑도에 참여한 사람들은 국선지도에 들어가 화랑의 후원자가 되어 불교의 융성과 전파에 일조를 하였고, 정신 수련과 새로운 이론의 전수자이기도 했던 국선지도는 화랑과 낭도의 스승이면서 책사로서의 구실을 하는 전략적 관계를 유지하고 있었다. 그러므로 화랑은 승려를 보호하고, 승려는 자신의 능력을 최대한으로 발휘하여 화랑을 도왔는데, 하늘에 변괴가 나타나거나 외적의 침입이 있거나 하여 종교의 힘을 바탕으로 하는 초능력이 필요할 때는 서슴없이 자신이 가진 능력을 십분 발휘하곤 했던 것이다. 화랑과 국선지도의 이러한 관계를 가장 잘 보여주는 것이 바로 〈혜성가〉를 기록하고 있는 『삼국유사』의 내용이다.

신라 제26대 진평왕 때의 일이다. 화랑 중에 제오第五 거열랑居烈郎과 제육第六 실처랑實處郎과 제칠第七 보동랑寶同郎 등 세 화랑의 무리가 금강산楓岳으로 수련을 떠나고자 했는데, 마침 혜성이 심대성心大星을 범하는지라 화랑의 무리가 의심하여 떠나지 않으려하였다. 이때 융천사가 노래를 지어 불렀더니 곧 혜성이 사라지고 일본 군대도 모두 물러가 버려서 오히려 나라의 경사가 되었다. 대왕이 기뻐하여 화랑의 무리를 풍악으로 보내어 유람하게 하였으니 그 노래는 다음과 같다.

옛날 동쪽 물가에

간다르바[乾達婆]가 놀던 성을 보고

왜군이 왔다고 봉화를 올린 초소 있어라

세 화랑이 산 구경 오심을 듣고

달도 부지런히 불 밝히는 터에

길 쓸 별을 보고 혜성이라 말한 사람 있어라

아아! 달 아래로 떠 갔더라

이보아 무슨 혜성이 있을고[1]

인간사회에 나쁜 영향을 미치는 대표적 요성妖星인 혜성은 병란과 홍수를 미리 보여주는 징조로 여겼기 때문에 하늘에 이것이 나타난다는 것은 예로부터 심각한 일이 아닐 수 없었다. 그러나 병란이나 홍수 등은 기존의 것을 없애버리고 새로운 질서를 가진 사회를 만드는 계기가 되기도 하므로 쓸어내어서 깨끗하게 하는 도구인 빗자루를 의미하는 소성掃星으로 이해되기도 했다. 이처럼 좋지 않은 의미를 지닌 혜성이 28숙二十八宿 중에서 북쪽에 위치하는 세 개의 별이 모여서 된 심숙心宿 중 가장 밝은 별인 심대성心大星 부근에 나타났으니 이를 본

---

1   "第五居烈郎 第六實處郎(一作突處郎) 第七寶同郎等 三花之徒 欲遊楓岳 有彗星犯心大星 郎徒疑之 欲罷其行 時天師作歌歌之 星怪卽滅 日本兵還國 反成福慶 大王歡喜 遣郎遊岳焉 歌曰 舊理東尸汀叱 乾達婆矣 遊烏隱城叱肹良望良古 倭理叱軍置來叱多 烽燒邪隱邊也藪耶 三花矣岳音見賜烏尸聞古 月置八切爾數於將來尸波衣 道尸掃尸星利望良古 彗星也白反也人是有叱多 後句 達阿羅浮去伊叱等邪 此也友物北所音叱彗叱只有叱故."

일반 사람들은 놀랄 수밖에 없었다. 특히 나라를 지키고 이끌어가는 핵심 지배 세력의 한 축이었던 화랑으로서는 왕실을 위태롭게 하는 징조일 수도 있는 혜성의 출현을 보고 마음 편하게 금강산으로 유람을 떠날 수 없다고 한 것은 당연한 결정이 될 수밖에 없다. 그런데, 이러한 현상에 대해 긍정적인 측면을 강조하여 좋게 해석함으로써 흉조를 길조로 바꾸는 사람이 있었으니 하늘을 융화시킨다는 뜻을 이름으로 가진 융천融天이었다. 혜성을 바라보는 그의 시각은 향가인 〈혜성가〉에 아주 잘 나타나 있다. 병란이나 홍수 등의 징조를 보여주는 대표적 요성인 혜성에 대해 오히려 지저분한 것을 쓸어서 깨끗하게 만드는 기능을 가지고 있는 존재라는 긍정적인 측면을 부각시킴으로써 화랑의 유람을 축복하기 위해 길을 쓸어서 길을 인도하려고 나타난 별로 노래하고 있기 때문이다. 또한 혜성을 불교의 악신樂神인 간다르바의 흔적으로 보아 상서로운 징조임을 거듭 강조함으로써 쳐들어왔던 왜군까지도 물리쳤으니 융천이 보여준 긍정의 힘은 실로 대단한 것이라고 할 수 있게 되는 것이다.

이 노래는 세 개의 요소를 기본으로 하여 구성되었다는 특징을 지니고 있다. 하나는 불교의 신성성이요, 다른 하나는 하늘의 변괴요, 나머지 하나는 인간세상의 축복이다. 이 세 구성 요소가 놓이는 순서는 불교의 신성성, 하늘의 변괴, 인간세상의 축복의 차례이다. 그리고 이것 결합하는 방식은 첫 번째로 두 개의 구절이 마주보면서 맞짝을 이루는 대구의 표현 방식을 취하고, 두 번째로는 앞의 두 구절이 세 번째 구성 요소인 인간세상의 축복을 노래하는 부분과 마주보는 형태로 개괄되면서 마무리를 하는 특수한 구조를 이루고 있다. 첫 번째 구절은 간다르바가 놀던 옛 성을 보고 왜군이 왔다고 한 변방이 있다고 한 것이고, 두 번째 구절은 화랑을 위해 길 쓰는 별을 보고 혜성이라고 한 사람이 있다고 한 부분이 그것이다. 불교의 신성한 장소를 적군이라고 우기는 것이 얼마나 어리석은 행동인가에 대해 먼저 노래하여 그것이 크게 잘못되었다는 점을 지적함으로써 길 쓸 별을 보고 혜성이라고 말하는 바로 뒤의 내용에 나타나는 행동이야말로 더욱 어리석다는 것을 자연스럽게 강조하는 효과를 거두고 있는 것이다. 따라서 융천이 강조한 불교의 신성성으로 인해 왜적의 위협은 이미 사라졌으니 나라의 경사가 되었고, 그에 따라 혜성이라는 흉조도 이미 사라지고 길 쓸 별만 남아 있는 상태로 되었기 때문에 이제 화자는 어떤 거리낌도 없는 상황에서 마음 놓고 다음의 표현을 할 수 있게 된다. 따라서 혜성이 이미 길을 쓸어서 깨끗하게 해 놓았으니 마지막인 세 번째 구절에서는 길을 밝히는 것에 대해 노래하면 되게 된다. 지저분한 것을 미리 쓸어낸 혜성은 왜군과 함께 벌써 사라져버리고 길을 밝혀주는 달만이 떠 있을 뿐 혜성의 기운조차 없다고 노래함으로써 하늘에서 일어난 좋지 않은 흉조를 인간세상에 축복을 가져다주는 길조로 바꾸어버릴 수 있게 된 것이다. 혜성의 변괴를 경사스런 축복으로 바꾸는 힘은 불교의 신성한 유적과 하늘의 흉조를 맞짝이 되도록 놓아 그것을 불교의 신성성 속에 수렴함으로써 흉조로 여겨지는 혜성을 신성한 유적과 같은 수준으로 격상시킨 것에 있다고 할 수 있다.

〈혜성가〉가 가지는 이러한 삼단의 구조는 우리 문학사에서 민족시가의 전통적인 형식과 맞물리는 것으로 매우 중요한 의미를 지닌다. 즉 〈혜성가〉는 세 개의 단락을 기본 구조로 하면서 동일한 표현 방식으로 된 것을 앞의 두 단락에서 놓아 서로 마주보면서 맞짝을 이루도록 하고, 세 번째 단락 구조에서는 앞에서 노래한 두 구조 단위를 종합하여 수렴함으로써 작품을 마무리하는 방식으로 형성되는데, 이것이 후대 시가의 형식에 절대적인 영향을 끼친 것으로 확인되기 때문이다. 향가의 전통을 이으면서 고려시대에 등장한 속요의 구조적 단위들이 만들어낸 형식적 특성을 보면 이러한 사실을 확인할 수 있다. 또한 속요와는 차이가 있지만 반복적 구조 단위를 통한 추상과 렴을 통한 개괄이라는 특수한 구조를 가지는 경기체가도 같은 표현 방식을 갖추고 있는 점도 이를 뒷받침하는 증거가 된다. 그리고 조선시대 국문시가의 중심을 이루었던 시조의 경우 역시 마찬가지 구조를 지니고 있다는 것에서도 이러한 사실이 입증된다. 시조의 바탕이 되는 표현 방식이 동일한 구조를 통한 반복과 그것을 받아서 전환하여 마무리를 하는 구조를 가지고 있기 때문이다. 이런 점에서 볼 때, 〈혜성가〉에서 보이는 마주보는 대구의 방식과 그것을 수렴하여 종합하면서 형성되는 추상과 개괄을 기본으로 하는 삼단의 구조는 우리 시가 전체를 관통하는 중요한 형식적 특성으로 보는 데 무리가 없다는 것을 알 수 있게 된다.

3) 〈혜성가〉의 기능적 성격

『삼국유사』의 기록에 의하면 〈혜성가〉는 향가 발생 초기의 작품이다. 그럼에도 불구하고 〈혜성가〉는 사뇌가계 향가의 핵심적인 특징이라고 할 수 있는 10구체의 형태를 갖추고 있는 데다가 작가와 배경설화가 지니고 있는 특이한 성격으로 인해 많은 주목을 받았던 작품이다. 〈혜성가〉가 향가 발생 초기의 작품이면서도 사뇌가계 향가의 형태를 지닌다는 것은 당시 사회에서 이 작품이 그만큼 중요한 의미를 지니고 있다는 것이 된다. 그것은 6~7세기에 신라가 당면한 과제 중의 하나인 민족 통합의 과정에서 〈혜성가〉가 해야 할 구실이 그만큼 크다는 것을 의미하는데, 작품의 성격이 서정성 보다는 주술성을 강하게 띠고 있다는 사실에서 이러한 사실을 확인할 수 있다. 이것은 〈혜성가〉가 민요와 마찬가지로 일정한 기능이 강조되는 노래라는 성격을 지니는 것으로 볼 수 있게 되는데, 이런 점에서 그것이 지닌 기능적 특성을 살펴보는 것은 작품의 본질을 이해하기 위해서 반드시 필요한 작업이 될 수밖에 없음을 알 수 있다. 〈혜성가〉의 기능을 살펴보기 위해서는 세 가지 측면에서의 접근이 필요한데, 첫째, 작가의 사회적 위치, 둘째, 향가의 성격, 셋째, 혜성가의 내용 등이 그것이다.

먼저 융천사라는 인물이 당시 사회에서 가지는 위치에 대해 알아보자. 앞에서 이미 언급한 바와 같이 6～7세기의 신라는 강력한 육상왕국의 건설을 위한 정복전쟁을 효과적으로 수행하기 위해 성읍연맹체 형태를 민족국가 형태로 전환하기 위해 반드시 필요한 수평적 단결을 이루어야 하는 과제와 지배층과 피지배층이 절대적 신뢰를 바탕으로 하여 화합해야 하는 수직적 단결이 절실하게 필요한 시기였다. 이러한 작업은 이성적이거나 이념적인 행동과 설득만으로는 이루어지기 어렵다는 것을 통치자들은 너무나 잘 알고 있었기 때문에 종교적 힘을 바탕으로 하면서 일반 사람들이 갖지 못하는 초능력을 가진 인물이 절대적으로 필요하였다. 승려나 국선지도에 속하면서 『삼국유사』에 기록으로 남게 된 인물들이 바로 이런 능력을 가진 사람들인데, 융천사는 향가의 발생 초기라는 특수한 상황에서 활동했다는 점에 주목을 요한다. 그는 국선지도에 속하는 인물이면서 화랑을 옆에서 보좌하는 사람이었음을 쉽게 짐작할 수 있다. 〈혜성가〉에 대한 기록에서 천사天師로 나타나는데다가 세 화랑이 유람을 그만두려 한다는 사실을 누구보다 빨리 알고 달려와서 즉시 노래를 지어 불렀을 정도이기 때문이다. 이런 점에서 볼 때, 융천사는 국선지도에 속하는 인물이면서 특별한 능력을 인정받아 하늘에 제祭를 올리는 제사장을 맡고 있었던 존재였을 가능성을 배제할 수 없다. 하늘의 변화를 미리 감지하여 그 현상을 좋은 방향으로 바꾸어 안정시킴으로써 인간세상의 일을 바로잡는 구실을 하는 사람이 바로 제사장이었기 때문이다. 〈혜성가〉를 통해 융천사가 행한 것들이 바로 이러한 기능에 정확하게 들어맞는다는 점에서 볼 때, 당시 그가 가진 사회적 위치가 하늘과 땅을 이어주면서 왕실의 정치를 보좌하는 기능을 하는 제사장이었을 것으로 보는 데 큰 무리가 없을 것으로 생각된다.

향가는 신라사회가 직면한 최대의 과제인 불국토를 기반으로 하는 강력한 육상왕국의 건설에 필요한 민족 통합을 이루기 위한 필요에 의해 생겨난 노래였다. 그러므로 6～7세기의 신라사회는 한편으로는 민요에 근거를 둔 민요계 향가를 바탕으로 하면서, 다른 한편으로는 불교적 정신을 기본으로 하면서 개인적 정서를 노래하는 사뇌가계 향가라는 새로운 형식의 노래가 태동하던 시기였다. 『삼국유사』 소재 14편의 향가를 보면 〈처용가〉, 〈서동요〉, 〈헌화가〉, 〈풍요〉 등 민요계 향가에 속하는 작품들은 백성들이 삶속에서 형성한 생활 정서를 바탕으로 하고 있는 것을 알 수 있으며, 〈찬기파랑가〉, 〈모죽지랑가〉, 〈원가〉, 〈도천수대비가〉, 〈제망매가〉, 〈원왕생가〉 등의 사뇌가계 향가는 개인적인 정서를 중심으로 하고 있는 것을 알 수 있다. 『삼국유사』의 기록만으로 볼 때는 민요계 향가인 〈서동요〉와 사뇌가계 향가인 〈혜성가〉가 같은 진평왕 시대로 되어 있지만 〈서동요〉가 아이들의 노래에 근거를 두고 있다는 점에서 볼 때 먼저 만들어져서 불린 작품으로 추정할 수 있다. 그런데, 비슷한 시대에 불린 것으로 기록되어 있는 〈서동요〉와 〈혜성가〉를 보면 두 작품에 뚜렷한 공통점이 있다는 사실을 발견할 수가 있다. 두 작품 모두 지배계층과 연관된 사건과 깊은 관련이 있으며, 노래의 내용이나 기능 등은 피지배계층에서 오래전부터 즐겨서 소재로 활용하던 남녀 문제에 대한 것이거나 하늘과 관련을 가지는 내용이면서 주술적인 성격을 가지고 있는 것이라는 점이다.

〈서동요〉는 왕실과 관계가 있는 사건을 주술적 기능에 기대어서 노래한 것이고, 〈혜성가〉는 왕실에게까지 영향을 미칠 수 있는 화랑에게 일어난 사건에 대해 노래하고 있기 때문에 두 작품 모두 지배계층과 관련을 가지는 것이 확실하다. 그렇다면 지배층과 관련된 사건을 소재로 하는 향가인 〈서동요〉와 '해성가'가 인류 역사에서 매우 오래된 역사를 가지고 있는 주술을 중요한 기능으로 하고 있는 이유는 무엇일까? 〈서동요〉는 민요에 기원을 두고 있는 만큼 주술적 기능을 바탕으로 하는 것에 문제가 될 것이 전혀 없다. 그러나 논리성과 합리성을 바탕으로 하는 권위를 생명으로 하는 왕실과 관련된 사건을 해결하는 데 주술을 주요 기능으로 하는 〈혜성가〉와 같은 노래를 활용했다는 것은 시사하는 바가 크다. 즉 하늘에 나타난 혜성의 변괴를 당시 신라사회에 일어난 일정한 사건과 연결시켜 특별한 능력을 가진 천사天師인 융천이라는 인물에게 그 처리를 맡겼고, 그는 주술적 기능을 중심으로 하는 〈혜성가〉라는 노래를 통해 이 사건을 깨끗이 해결한다. 이렇게 되면 지배층의 권위가 추락할 가능성이 매우 크기 때문에 이러한 결정은 왕실이나 화랑으로서는 내리기 어려운 결단이 될 수밖에 없다. 그럼에도 불구하고 왕실이나 화랑이 이런 결단을 내린 이유는 과연 무엇일까? 그것은 앞에서도 언급한 바와 같이 정복전쟁을 승리로 이끌기 위해서 절대적으로 필요한 민족 통합을 효과적으로 이루내기 위한 피지배층과의 원활한 소통이 필요했기 때문이다. 당시 신라사회에서 화랑을 위하는 일은 바로 화랑도라는 전사 조직 전체를 위하는 일이 될 수밖에 없다는 점을 고려할 때, 진평왕의 이러한 결단은 매우 현명하면서도 지극히 현실적인 것이었음을 알 수 있다.

민요계 향가의 첫 작품인 〈서동요〉와 사뇌가계 향가의 첫 작품인 〈혜성가〉가 지니고 있는 이러한 성격은 다른 향가 작품에서도 비슷하게 나타나는데, 이 점은 『삼국유사』에 실려 있는 노래와 배경설화를 보면 너무나 쉽게 알 수 있을 정도로 분명하다. 민요계 향가에 속하는 모든 작품의 소재와 내용과 기능이 모두 일반 대중이 공감할 수 있는 것을 중심으로 하고 있는 점, 사뇌가계 향가에 속하는 작품 역시 영웅적인 인물의 행적, 올바른 정치와 인간관계 등에 대한 것이 소재가 되고 있어서 누구나 공감할 수 있는 것을 중심으로 하고 있다는 점이 분명하기 때문이다. 따라서 신라시대에 만들어지고 불렸던 향가는 신라를 구성하고 있는 부족과 부족 사이에 필요한 수평적 소통, 지배층과 피지배층의 사이에 필요한 수직적 소통 등을 가능하게 하는 민족 통합을 위한 중요한 도구로서의 성격이 핵심을 이룬다고 할 수 있게 된다.

〈혜성가〉의 주제는 국가적 변란을 경사스런 축복으로 바꾸었다는 것이다. 국가적 변란은 심대성을 침범한 혜성의 등장과 왜군의 침입이고, 경사스런 축복은 혜성의 소멸, 왜군의 철군, 화랑의 금강산 유람이다. 이 모든 것이 〈혜성가〉라는 한 작품과 연결되면서 소재를 이루고 있는데, 하나같이 신라사회에 미치는 영향과 파장이 큰 사건이다. 혜성이 심대성을 범했다는 것은 나라의 군주가 위태로울 정도의 변란이 있을 징조이고, 왜적이 침입해 왔다는 것은 백제나 고구려와 경쟁하기도 힘든 상황에서 신라를 더욱 어렵게 만들 수 있는 대사건이기 때문이다. 이처럼 엄청난 사건을 해결하지 못하면 나라가 위태롭게 될 것이니 화랑의 유람이 불가능하게 될 것은 너무나 분명하다. 그렇기 때문에 신라왕실로서는 어떤 수단과 방법을 동원해서라도 이것을 해결해야만 했는데, 이때 마침 나타난 인물이 천사天師로 불리는 융천이었다. 노래의 힘을 알고 있었던 융천은 〈혜성가〉라는 향가를 지어서 부름으로써 엄청난 재앙을 물리쳤을 뿐 아니라 화랑의 유람을 가능하게 하여 사회의 모든 구성원들이 하나로 뭉칠 수 있도록 하는 계기를 마련하기까지 한다. 이런 과정에서 만들어지고 불렸던 노래가 〈혜성가〉였기 때문에 작품의 내용이 첫째, 왜군의 침입을 성스런 유적으로 바꾸는 것, 둘째, 요성妖星인 혜성을 소성掃星으로 바꾸는 것, 셋째, 세 화랑을 삼존불로 바꾸는 것으로 이루어지는 것은 당연한 결과라고 할 수 있다. 즉 재앙을 물리치고 축복된 것으로 바꾸는 힘이 바로 주술인데, 이러한 주술력을 가장 효과적으로 발휘할 수 있는 것이 바로 〈혜성가〉의 내용이 된다는 것이 된다.

위에서 살펴본 바와 같이 작가인 융천의 사회적 위치, 신라사회에서 향가가 가지는 성격, 혜성가의 내용 등은 모두 민족 통합이라는 하나의 목적을 위해 기여하는 방향으로 이루어져 있다는 것을 알 수 있었다. 이런 점에서 볼 때, 〈혜성가〉의 기능은 사회 통합 기능과 주술 기능을 중심으로 하고 있는 작품이라고 결론을 내릴 수 있게 된다.

3. 〈혜성가〉와 민족시가 형식의 탄생

7세기 초 무렵에 만들어지고 불린 것으로 보이는 〈혜성가〉는 발생 초기의 사뇌가계 향가이면서 특수한 구조를 지니고 있는 데다가 후대 민족시가의 형식에 미친 영향이 매우 커서 문학사적으로 중요한 의미를 지닌다. 〈혜성가〉가 지니고 있는 세 개의 구조 단위, 첫째 구조 단위와 둘째 구조 단위가 동일한 형태로 마주보면서 맞짝을 이루는 대구對句의 표현 방식, 대구를 이루는 앞의 두 구조 단위를 통해 형성된 추상이 뒤의 셋째 단위를 통해 개괄되는 방식을 취하면서 마무리하는 형식적 특성 등은 신라 때에 만들어지고 불린 향가뿐 아니라 후대의 시가인 속요, 경기체가, 시조 등의 표현 방식에 그대로 이어지면서 민족시가의 중요한 형식적 특성을 만들어내고 있기 때문이다. 이러한 형식적 특성이 〈혜성가〉 이전에는 어떤 작품에도 보이지 않는다는 점에서 더욱 의미가 커진다. 앞 시대의 작품들이 모두 한자로 기록되면서 한시의 형태를 지니게 되었다는 점에서 형식적 특성을 올바르게 분석하기 어렵다는 한계가 있는 것도 사실이지만 민족시가에서 가장 오랜 전통을 지니고 있으면서 가장 중요한 특징으로 지적할 수 있는 이러한 형식적 특성들이 〈혜성가〉를 기점으로 출발하고 있다는 점에서 볼 때, 그 중요성은 누구도 부인하기 어려울 것이다. 즉 〈혜성가〉는 피지배계층이 중심이 되어 만들고 부르던 민요와 그것을 바탕으로 하여 형성된 민요계 향가의 전통과 유리왕 때부터 있어 왔던 것으로 기록되어 있는 차사사뇌격嗟辭詞腦格의 전통을 하나로 아우르는 새로운 형식을 갖춘 사뇌가계 향가를 만들어 냄으로써 진정한 의미의 민족시가 형식을 탄생시키는 첫 작품이 된다는 것이다. 표현 방식인 형식이 시가에서 차지하는 비중이 다른 문학 갈래에 비해 매우 크다는 점과 〈혜성가〉에서 만들어진 이러한 형식적 특성들이 후대의 작품들에 미친 영향 또한 엄청나다는 사실에서 볼 때, 민족시가에서 중심을 이루는 형식적 특성이 바로 이 작품에서 비롯되었다고 하는 것이 결코 지나친 말이 아니라는 이유가 바로 여기에 있다.

향가가 지배계층의 문화와 피지배계층의 문화를 아우르면서 소통하여 민족 통합이라는 목적을 효과적으로 이룩하기 위한 수단의 하나였음을 고려할 때, 〈혜성가〉가 민족시가의 형식적 출발점을 이루는 작품이 될 수밖에 없다는 점이 더욱 분명해진다. 즉 그 전까지의 향가는 내용적인 측면이나 형식적인 측면 모두에서 민간의 노래인 민요의 범주를 크게 벗어나지 못하는 형태의 작품으로 존재하다가 6세기 말에서 7세기 초에 이르러 비로소 피지배층의 노래와 지배층의 가악歌樂을 아우르는 새로운 형태의 작품이 나타나게 되었으니 그것이 바로 〈혜성가〉였다는 것이다. 더구나 〈혜성가〉는 사건의 중요한 해결 수단으로 민간에서 가장 많이 활용하던 주술력을 바탕으로 하고 있다는 점에서 문화적 융화를 바탕으로 하는 민족 통합에 기여한 바가 클 수밖에 없는 작품이 되는 것이다. 따라서 〈혜성가〉는 시가에서 아주 중요한 구실을 하는 형식적 측면에서 앞 시대의 것과는 크게 다른 새로운 모습을 보여주고 있는 점과 그것이 후대 민족시가에 미친 영향이 매우 크다는 점, 그리고 지배층과 피지배층의 문화적 융화를 가능하게 하는 힘을 지닌 주술력을 바탕으로 하고 있다는 점 등으로 인해 우리 문학사에서 가지는 의의가 어떤 작품보다 크다고 할 수 있게 된다.

제3장

한국어의 특성을 기반으로 한 삼구육명의 해석

신라 때 발생하여 고려 전기까지 존속했던 향가가 지닌 형식적 특성을 지적한 것으로 보이는 '삼구육명三句六名'이란 표현은 고려 때 혁련정赫連挺이 지은『균여전』에 처음 등장한다.『균여전』의「역가현덕분譯歌現德分」에는 최행귀崔行歸가 향가를 한시로 번역하여 널리 알린 것에 대해 언급하는 내용이 실려 있다. 중국의 한시와 우리 시가를 비교하면서 한시의 특성을 '오언칠자五言七字'라 하였고, 향가의 특성은 '삼구육명'이라 하였다.[1] 전대나 후대에도 이에 대해서는 어떤 기록도 남아 있는 것이 없기 때문에 오직『균여전』의 내용만으로 그 뜻을 풀어낼 수밖에 없는 실정이다. 이 기록은 시가를 예술적으로 완성하는 핵심적 요소인 형식에 대한 것으로 볼 수밖에 없기 때문에 결코 소홀히 넘길 수 없는 것이기도 하다. 그런 이유 때문에 향가에 대한 연구가 시작된 이래 지금까지 많은 연구자들이 다양한 각도에서 이에 대한 해석을 시도했고, 그 결과 상당한 성과를 거둔 것으로 보인다. 기존의 연구를 종합해 보면 '삼구육명'이란 표현이 지니고 있는 의미의 파악에 있어서는 매우 큰 성과를 내었던 것으로 파악된다. 하지만 그것이 우리 시가의 형식적 특성과 어떻게 연결될 수 있으며, 그런 연결이 과연 가능한가 하는 점 등에 대한 것으로까지는 아직 나아가지 못하고 있는 것으로 보인다.

---

1 『均如傳』「第七譯歌現德分」, "詩構唐辭 磨琢於五言七字 歌排鄕語 切磋於三句六名".

시가는 문화현상의 하나이므로 시대가 바뀌어 사회가 변화함에 따라 내용과 형식이 모두 변모할 수밖에 없는 성격을 지니고 있다. 시대가 바뀌면 새로운 이념과 사상이 등장하고 작품의 내용에 변화가 오기 마련인데, 새롭게 형성된 내용을 가장 효과적으로 담아서 표현하기 위해서는 그것에 맞는 새로운 형식이 필요하기 때문이다. 이처럼 시대의 변화에 따라 시가의 내용과 형식이 변하는 것은 자명하지만 변화의 속도에 있어서는 내용과 형식에 차이가 있을 수 있다. 표현의 매개체가 되는 언어는 사회적 변화의 영향을 받는 속도가 상대적으로 느린데, 그것의 표현 방식이 바뀌기까지는 상당한 시간이 걸릴 수밖에 없다. 언어의 표현 방식이 바뀔 때까지 시가의 형식은 전대와 후대가 크게 달라지지 않을 수도 있고, 바뀌더라도 일정한 영향관계를 유지할 수밖에 없는 성격[2]을 지니고 있기 때문이다. 그런 이유로 인해 경우에 따라서는 시대가 바뀌어 왕조가 교체되더라도 시가의 형식에는 큰 변화가 일어나지 않는 현상이 나타날 수도 있다. 즉 '삼구육명'이 향가의 형식을 지칭한 것이라고 할 때, 그것이 고려시대까지는 크게 바뀌지 않았을 수도 있고, 조선시대에 와서 크게 바뀌었다 하더라도 전시대 시가의 형식은 일정한 영향관계를 유지하고 있을 가능성이 크다는 것이다. 이런 점에서 볼 때, '삼구육명'의 의미와 성격에 대한 연구는 향가의 형식만을 지칭한 것으로 보려는 접근 방식 보다는 민족시가의 형식적 특성과 연결시켜 역사적 영향관계를 밝히려는 방향으로 나아가는 것이 바람직할 것으로 보인다.

이런 생각을 바탕으로 이 장에서는 『균여전』에서 언급한 '삼구육명'이란 표현 속에 담겨 있을 것으로 보이는 민족시가의 형식적 특성을 좀 더 분명하게 밝힘과 동시에 그것이 민족시가 형식의 변화와 발전 과정에 어떤 모습으로 관여

---

2   이념이나 정서의 변화에 따라 크게, 혹은 완전히 바뀔 수 있는 내용과 달리 형식은 급격하게 변화하는 것이 매우 어렵다. 형식의 변화는 곧 형태의 변화로 이어질 수밖에 없는데, 형태가 완전히 바뀐다는 것은 결코 쉬운 일이 아니기 때문이다. 그런 점에서 볼 때 형식에는 언제나 변화한 것과 변화하지 않은 것이 공존한다고 할 수 있다.

하고 있는지에 대해 살펴보고자 한다.

1. 기존 연구 검토

향가를 비롯한 민족시가의 형식에 대해 언급한 것[3]으로 볼 수 있는 삼구육명에 대한 기존의 연구 성과는 양적으로 엄청난 축적이 있었으며, 질적으로도 상당한 성과를 거둔 것으로 생각된다. 향가 연구가 시작된 20세기 초반부터 지금에 이르기까지 여러 논자들에 의해 지속적으로 제기되었던 문제가 향가의 형식적 특성을 밝힐 수 있는 열쇠가 바로 삼구육명이란 표현이 담고 있는 의미에 있다고 믿었기 때문이었다. 삼구육명에 대한 논의가 이처럼 꾸준히 지속되었던 이유는 첫째, 우리말의 언어적 특성을 바탕으로 하고 있으며, 둘째, 향가를 비롯한 민족시가의 형식에 대해 언급한 유일한 자료이며, 셋째, 중국의 한시가 지닌 형식적 특성과 향가의 그것을 대비시켜 표현하고 있다는 점 등에서 찾아야할 것으로 보인다. 향가를 비롯한 우리 민족의 시가가 우리말의 어순에 따라 앞과 뒤로 배열하는 방식으로 이루어졌다는 사실을 명시한 것으로 볼 수 있는 '가배향어歌排鄕語'는 민족시가가 한국어의 언어적 특성을 바탕으로 하고 있다는 사실을 보여주는 증거가 된다. 또한 '절차어삼구육명切磋於三句六名'은 시가가 하나의 작품으로 완성된 상태에서 보이는 특성에 대해 언급한 것으로 보이기 때문에 형식에 대한 것일 수밖에 없다는 사실을 나타내 주고 있다. 또한 중국의 한시가 지닌 형식적 특성을 말한 '오언칠자[4]'와 '삼구육명'을 동일한 형태[5]로 대

---

3   기존의 논자들은 삼구육명을 향가의 형식, 그중에서도 사뇌가계 향가의 형식에 대한 것으로 국한시키려는 경향이 강했던 것으로 파악된다.

4   언(言)과 자(字)를 모두 언으로 보았던 기존의 논지를 그대로 인정하는 한 오언칠자(五言七字)는 한시의 형식적 특성을 지적한 것으로 보기 어렵다. 왜냐하면 그것은 오언시와 칠언시라는

비시켜 표현하고 있다는 점에서 향가를 비롯한 민족시가 전체의 형식에 대한 것임을 알 수 있다. 이런 여러 가지 이유에서 볼 때 삼구육명이 담고 있는 의미를 정확하게 해석해낸다는 것은 곧 민족시가의 형식적 특성에 대한 이론을 확립할 수 있는 기초가 될 수 있을 것이기 때문에 오랜 시간에 걸쳐 수많은 연구자들이 이 표현의 해석에 집중했던 것으로 생각된다.

삼구육명에 대한 지금까지의 논의는 문학적 단위로 보아야 한다는 견해, 불교적 단위로 보아야 한다는 견해, 음악적 단위로 보아야 한다는 견해 등으로 구분할 수 있다. 문학적 단위로 보아야 한다는 견해는 다시 구句와 명名을 동일한 구조 단위로 보아 독립된 시체詩體를 지칭한 것으로 보는 견해, 명은 작품을 이루는 하위의 구조적 단위로 보고 구는 상위의 구조적 단위로 보는 견해로 나눌 수 있다.

김선기는 삼구육명을 사뇌가계 향가인 균여의 작품에만 국한한 표현으로 보면서 오언칠자가 오언시, 칠언시의 다양한 하위 갈래까지를 포함하고 있는 것처럼, 문사지처文詞止處 혹은 사절詞絶을 하나의 '구'로 생각하여 삼구체三句體로 보고, 이와 동시에 문자, 구, 절의 뜻을 가지는 것을 '명'으로 보아 육명체六名體의 두 시체로 보는 것이 평범하고 올바른 것[6]이라고 하였다. 금기창은 구는 하나의 종결어미로써 끝을 맺는 문절을 의미하는 것으로 그 길이는 유동적이기 때문에 오늘날의 장章과 같은 것으로 파악하였고, 명은 '자'와 같은 내용으로 사용되었으며, 오늘날에 말하는 구와 같은 뜻으로 쓰인 어사語辭라고 하였다. 그렇기 때

형태적(形態的) 특성을 제시한 것에 불과한 정도로 되고 말기 때문이다. 오언칠자(五言七字)가 한시의 형식적 특성을 나타낸다고 보는 이유는 언과 자가 서로 다른 구성 요소를 지시하고 있는 것으로 보이기 때문이다. 이에 대해서는 후술한다.

5 동일한 형태로 되어 있는 표현이라고 하여 그것이 지칭하는 내용도 동일한 것으로 보아서는 안된다. 오언칠자는 한시의 형식적 특성을 지칭한 것이고, 삼구육명은 시가의 형식적 특성을 지칭한 것으로 표현수단인 언어의 차이에 의해 만들어지는 형식적 차별성을 보여주는 것으로 보아야 하기 때문이다.

6 김선기(金善祺), 「三句六名에 關한 硏究」, 忠南大學校 大學院, 1979, 195~207쪽.

문에 삼구三句와 육명六名은 동일한 대상 즉 동일한 작품을 지칭하고 있는 이명동체異名同體의 의미[7]로 파악하였다. 성호경과 김문기는 오언칠자와 삼구육명을 대비시켜 풀이하면서 오언과 칠자가 모두 한시의 한 행을 나타냄과 동시에 두 가지 다른 시형詩型을 가리키며, 언과 자가 같은 단위의 다른 표현이므로 향가에 대해 말한 삼구육명도 이와 동일하게 해석해야 한다고 주장하면서 삼구육명은 우리 시가의 대표적인 두 양식인 삼구형시가三句型詩歌와 육명형시가六名型詩歌를 가리키는 것[8]으로 보기도 하고, 삼구와 육명은 3마디와 6마디를 의미하는 것으로 각각 다른 시형의 한 행의 가락을 의미하는 것[9]으로 보기도 하였다.

일본인인 쯔찌다 쿄우손土田杏村은 '칠자七字'와 '육명六名'을 같은 것으로 생각하여 6음절로 보고, '삼구三句'는 10구체 향가가 세 개의 의미단락으로 나누어진다는 점에 착안하여 3가련歌聯으로 해석[10]했다. 홍기문도 비슷한 주장을 했는데, '삼구'는 향가의 세 큰 분절을 가리킨 것이고, '육명'은 3·3음수를 가리킨 것[11]으로 보았다. 여증동은 '구句'는 마디로 보고, '명名'은 마디 속에 들어 있는 뜻의 덩어리라고 보아 신라 노래 가운데 가장 긴 노래는 세 마디三句이며, 첫째 마디와 둘째 마디는 길이에 있어서 또는 넓이에 있어서 아무런 제약이 없다고 하면서, 다만 셋째 마디만은 그 속에 뜻의 덩어리를 단위로 한 여섯 덩어리六名를 지녀야 한다[12]고 하였다. 김수업은 오언칠자는 오언시와 칠언시를 가리키는 것으로 보아 삼구육명도 그것과 대비시켜서 이해해야 한다는 전제를 하여 향가의 한 줄을 단위로 해석해야 한다고 하였다. 삼구육명의 해석에서는 한시와 완전히 일치할 수 없기 때문에 '구'는 글자가 모여서 만드는 덩이로 보아야 하며,

---

7 금기창, 「三句六名에 대하여」, 『국어국문학』 79·80합병호, 국어국문학회, 1979, 203~213쪽.
8 성호경, 「삼구육명에 대한 고찰」, 『국어국문학』 86, 국어국문학회, 1981, 181~185쪽.
9 김문기, 「三句六名의 意味」, 『어문학』 46, 한국어문학회, 1985, 19~23쪽.
10 土田杏村, 「上代の 歌謠」, 『土田杏村全集』 13, 東京 : 第一書房, 1935, 410~413쪽.
11 홍기문, 『향가해석』, 평양 : 사회과학원, 1956, 40~44쪽.
12 여증동, 「신라노래 연구」, 『어문학』 15-4, 한국어문학회, 1976, 109~112쪽.

'명'은 소리의 덩이인 음절이라고 주장하였다. 이 주장에 따르면, 향가 작품의 한 줄은 세 개의 구로 나눌 수 있으며, 하나의 구 속에 두 개씩의 명이 들어가는 방식을 취하는 모양[13]이 된다고 하였다. 예창해는 삼구육명을 한 행의 형태를 지칭하는 것으로 볼 수 있다고 하면서 구는 향가에 있어서 의미상으로나 발화상으로나 하나의 단락이 되는 말은 음운론적 단어로 볼 수 있고, 명은 음절로 보아 삼구육명은 향가 한 행이 3개의 음운론적 단어로 된 행이 있고 6음절로 된 행이 있다는 것을 가리킨 것[14]이라고 하였다. 삼구육명은 차사향가嗟辭鄉歌의 결구구조로 정착된 시 형식일 것이며, 이는 율시의 형식을 모방하는 데서 만들어진 것이라고 전제한 홍재휴는 '구'는 '연聯'과 같은 뜻으로 보고, '명'은 '구'와 같은 것으로 시조, 가사, 장가長歌 등의 기본 단위구조가 된 것으로 삼구육명은 삼연육구와 같은 의미가 되기 때문에 차사향가는 6구체의 정형시가라고 할 수 있다[15]고 주장하였다. 최철은 삼구는 향가에서 보이는 후구後句, 낙구落句, 격구隔句를 가리키는 것이며, 육명은 차사를 가리키는 것으로 아야阿耶, 후언後言, 타심打心, 성상인城上人, 탄왈歎曰, 병음病吟이라고 하였다. 특히 차사의 형식은 후대 시가문학에 지속적으로 나타나는 현상으로 삼구육명은 민족시가의 특성을 지적한 것[16]이라고 하였다.

삼구육명은 불교의 계송偈頌과 관련을 가지는 구조적 단위로 보아야 한다는 견해는 정창일과 양희철에 의해 주장되었다. 정창일은 삼구육명은 불교와 관련된 용어라고 규정한 다음, 삼구는 구신형句身形을 말한 것이고, 육명은 육석六釋으로 자훈字訓, 석명釋名과 같은 뜻[17]이라고 하였다. 양희철 역시 '구'와 '명'을 불교

13 김수업, 「三句六名에 대하여」, 『국어국문학』 68·69합병호, 국어국문학회, 1975, 135쪽.
14 예창해, 「三句六名에 대한 하나의 假說」, 『한국시가연구』 5, 한국시가학회, 1999, 33~44쪽.
15 홍재휴, 「三句六名攷」, 『국어국문학』 78, 국어국문학회, 1978, 201~207쪽.
16 최철, 「三句六名의 새로운 해석」, 『동방학지』 52, 연세대 국학연구원, 1986, 13~16쪽.
17 정창일, 「三句六名에 對하여1」, 『국어국문학』 88, 국어국문학회, 1982, 255~256쪽.

용어로 보아 '명'은 차별에 의한 작상作想 또는 기상起想이며, 그 속성은 자성自性을 포함하는 것이라 하고, '구'는 사물의 이의理義나 의義가 갖추어진 것으로 차별에 의한 전의詮義 또는 현의顯義라 하면서 명은 구의 구성 요소가 된다[18]고 하였다. 윤기홍은 향가가 불교음악의 영향을 받았기 때문에 삼구육명은 향가 전체를 지배하는 개념이 아니라고 하면서, '명'은 사상의 본질을 나타내고, 구는 여러 말이 합하여 이뤄진 것으로 하나의 의義를 형성하는 것이라고 하였다. 구와 명을 이렇게 보면 삼구육명은 10구체 향가에만 국한된 것으로 하나의 작품은 두 개의 명이 하나의 구를 이루면서 세 개의 구로 구성되어 있는 모습을 말한 것[19]이라고 하였다.

삼구육명은 고려시대의 가요가 지닌 음악적 특성과 관련시켜서 해석해야 한다는 논지를 편 사람은 박상진이다. 그는 향가가 문학성과 음악성의 양면을 가지고 있다는 전제 아래 『시용향악보』에 실려 있는 가요와 향가가 일정한 관련성을 가지고 있다고 보면서 삼구육명의 의미를 음악과 관련지어 밝히려는 시도를 했다. 그는 먼저 『시용향악보』에 정간보의 형태로 실려 있는 고려시대의 가요 중에서 〈사모곡〉, 〈귀호곡〉, 〈서경별곡〉, 〈유구곡〉, 〈청산별곡〉을 대상으로 하여 음악적 특성을 바탕으로 분석한 결과 3개의 구[20]로 이루어져 있다는 사실을 밝혔다. 그것을 근거로 하여 균여가 지은 향가에 대해 언급한 삼구육명을 연결시켜본 결과 세 개의 구조적 마디로 나누어지는 음악적 형태 중에서 세 번째 마디인 제3구가 6명으로 되어 있다고 하였다. 특히 향가와 깊은 연관을 가지고 있는 작품으로 간주되는 〈사모곡〉을 이루는 3개의 음악적 단위인 구가 모두 6명으로 되어 있으며, 음악적으로는 24대강大綱으로 볼 수 있는데, 균여 향가의

---

18 양희철, 「三句六名에 관한 檢討」, 『국어국문학』 88, 국어국문학, 1982, 212~214쪽.
19 윤기홍, 「鄕歌의 歌唱과 形式에 관한 연구」, 『연세어문학』 18, 연세대 국어국문학과, 1985, 273~276쪽.
20 시가의 형식적 구성 요소 중 하나인 행(行)에 해당하는 단위이다.

제3구 역시 같은 모습을 지니고 있기 때문에 음악적 특성 역시 이와 비슷할 것이라고 추정하였다. 균여 향가의 제3구에 해당하는 부분은 공히 차사로 시작하고 있는데, 이것은 시조에 나타나는 감탄사와도 연결된다고[21]고 하였다. 이 주장은 음악적 특성으로 삼구육명을 설명한 것인데, 구와 명이 어떤 이유 때문에 음악적 성격과 연결될 수 있으며, 소리의 마디를 의미하는 대강과의 연결이 어떻게 되는지에 대한 구체적인 고찰이 없는 데다 대강을 중심으로 하여 고찰한 고려가요에 대한 음악적 정형성을 도출하기 어렵다는 결론을 내렸기 때문에 어느 정도의 설득력을 가질 수 있을지는 미지수라고 할 수 있다.

위에서 살펴 본 바와 같이 여러 연구자들에 의해 다양한 의견들이 도출되면서 삼구육명에 대한 해석은 매우 풍부해지고 알차졌다는 것을 알 수 있는데, 기존의 연구 성과에서 공통적으로 눈에 띄는 현상 하나가 있으니 그것은 바로 오언칠자五言七字의 의미에 대한 것이다. '언'과 '자'를 모두 '언'으로 간주하여 오언시와 칠언시를 지칭한 것으로 모든 연구자들이 해석하고 있으며, 이에 대해서는 어느 누구도 다른 의견을 제시한 적이 없다. 오언칠자와 삼구육명이 들어 있는 문장이 사륙병려문四六騈儷文의 방식으로 구성되면서 대對를 이루고 있는 것은 누가 보더라도 부정할 수 없는 사실인데, '언'과 '자'가 동일한 것이라고 하면서 '구'와 '명'이 층위가 서로 다른 요소를 지칭한 것으로 보아야 한다는 주장은 커다란 모순에 빠질 수밖에 없음과 동시에 '삼구육명'의 해석에 치명적인 결함을 안겨다 주는 결과를 낳을 수 있다는 점에서 이것은 간단하게 처리할 문제가 아님을 알 수 있다. '구'와 '명'이 각각 층위가 서로 다른 요소를 지칭한 것으로 본다면 '언'과 '자' 역시 각각 층위가 서로 다른 요소를 지칭한 것으로 보는 것이 논리상 타당할 것이고, 이렇게 될 때 모든 주장은 일정한 설득력을 가지게

---

21 박상진, 「향가의 三句六名과 十二大綱譜의 관계」, 『한국음악사학보』 38, 한국음악사학회, 2007, 5~34쪽.

될 것이기 때문이다. '언'과 '자'가 다른 것을 지칭한 것이라면 그것은 과연 무엇일까?라는 생각에서 출발하여 '구'와 '명'에 대한 해석으로 나아가고, 그것을 바탕으로『균여전』에서 말한 삼구육명의 의미가 무엇인지에 대해 고찰하는 것이 순서일 것으로 생각된다.

2. 삼구육명의 의미

1) 오언칠자의 의미

삼구육명에 대해 지금까지 있었던 연구의 성과를 종합해보면 첫째, '시구당사詩構唐辭 마탁어오언칠자磨琢於五言七字'와 '가배향어歌排鄉語 절차어삼구육명切磋於三句六名'은 완전한 대對로 보아 동일선상에서 보아야 하며, 둘째, 오언칠자는 근체시의 오언시와 칠언시를 지칭한 것으로 보고, 셋째, 삼구육명은 향가를 비롯한 우리 시가의 형식으로 보려는 것 등으로 정리할 수 있다. 삼구육명에 대한 다양한 주장은 각각 나름대로의 타당성과 논리성을 발견할 수 있는데, 여기서 한 가지 이상한 점은 오언칠자에 대한 해석은 언言과 자字를 같은 것으로 보아 오언시와 칠언시를 지칭한 것으로 보는 한 가지 견해만 존재한다는 점이다. 언과 자를 모두 언으로 보아야 하는 이유에 대해서는 어느 누구도 심도 있는 고찰을 하지 않은 상태에서 당연하게 받아들이고 있는 데다가 다른 의미로 해석할 수 있는 가능성에 대해서는 전혀 고려를 하지 않고 있다. 이러한 양상을 보이고 있는 기존의 논지는 상당한 문제를 지니고 있는 것으로 보인다. 삼구육명을 향가, 혹은 향가를 비롯한 우리 시가의 형식적 특성에 대한 지적으로 본다면 오언칠자 역시 이와 동일하거나 비슷한 것으로 해석하는 것이 올바른 접근 방법일 것이기 때문이다. 이 문제를 해결하기 위해서는 다음의 세 가지에 대한 해석이 선결되어야 할 것으로 생각되는데, 첫째, 오언칠자라는 표현이 대상으로 하는 시의 종류, 둘째, 언과 자가 서로 다른 뜻으로 쓰였다면 그것이 가지는 각각의 의미, 셋째, 오언칠자와 관련을 가지는 문헌자료의 의미가 그것이다.

오언칠사라는 표현이 지니고 있는 의미와 지시하는 대상이 근체시인가 고체시인가를 밝히기 위해서는 먼저 중국의 문헌에서 쓰인 사례를 살펴 볼 필요가 있다. 중국의 문헌에 등장하는 오언칠자라는 표현은 많지 않은데, 지극히 한정된 범위에서 사용되고 있다. 그것을 정리하면 첫째, 오언칠자는 시를 지칭하는 것[22]이 분명하며, 둘째, 칠언시에만 사용[23]되고, 셋째, 고체시에 한정해서 사용[24]되고 있으며, 넷째, 근체시와 관련을 가지는 것으로 볼 수 있는 근거는 어디

---

22 宋 李昉 等編, 『文苑英華』卷七百十四 「詩集三」「顏上人集序」, "今且撝師之序于詩集之前 其五言七字詩凡四百篇 以爲儒釋之光 余與師周旋殆將十稔 始仰師爲詩家之傑 今與師爲方外之期 契分知心言之無愧 若師本教之行 自爲其徒所宗 則非愚儒之所敢知也 光化三年孟夏序".
宋 衛宗武, 『秋聲集』卷五 秋巖上人詩集序, "雖春容之篇 淋漓之筆 未及徧閱而五言七字嘗鼎一臠 句意淸圓而疏越駸駸迫近前輩 亦今盆盎之釁洗也".

23 崔珏, 『御定全唐詩』卷五百九十一 「道林寺」, "臨湘之濱麓之隅 西有松寺東岸無 松風千里擺不斷 竹泉瀉入于僧厨 宏梁大棟何足貴 山寺雖有山泉俱 四時唯夏不敢入 燭龍安敢停斯須 遠公池上種何物 碧羅扇底紅鱗魚 香閣朝鳴大法鼓 天宮夜轉三乘書 野花市井栽不著 山雞飲啄聲相呼 金檻僧廻步步影 石盆水濺聯聯珠 北臨高處日正午 舉手欲摸黃金烏 遙江大船小於葉 遠村雜樹齊如疏 潭州城郭在何處 東邊一片靑糢糊 今來古往人滿地 勞生未了歸丘墟 長卿之門久寂寞 五言七字誇規模 我吟杜詩淸入骨 灌頂何必須醍醐 白日不照朱陽縣 皇天厄死飢寒軀 明珠大貝採欲盡 蚌蛤空滿赤沙湖 今我題詩亦無味 懷賢覽古成長吁 不如興罷過江去 已有好月明歸途".
宋 郭祥正 撰, 『靑山集』卷九 「長句古詩」, "遊道林寺呈運判蔡中允昆仲如晦用杜甫原韻", "長沙城西湘水隅 道林古寺松門紆 嘗聞秀絶超五嶽 果見氣象吞重湖 殿前衛花走白鹿 殿裏沈烟焚玉爐 何人塑出慈氏象 冠纓動活搖明珠 高僧處處有遺跡 盤石坐禪龍虎俱 唐人妙筆數歐沈 至今板上棲葦烏 五言七字又奇絶 此寺此堂天下無 不緣薄官豈能賞 勇隹兼有兒孫扶 賈生前席竟憂死 屈原懷沙終自誅 投身及早卜幽隱 淡泊久乃勝甘腴 雲生岳嶠月晦影 雨過橘洲猿夜呼 細吟靜境足自適 忠憤未合思捐軀 趨玄飽讀長者論 養真黙合烟蘿圖 千篇愧比老杜老 一節願隨孤竹孤 況陪使者共遊覽 二謝弟昆真友于 不知昔日楊常侍 何似今朝蔡大夫".

24 宋 華鎮 撰, 『雲溪居士集』卷二十四 「書上蔣樞密書」, "今輒取五言七字古律歌詩 自兩韻以至五十韻合一百篇謹繕寫爲一編 詣門下塵獻伏".
翰林院侍讀施閏章 撰, 『學餘堂詩集』卷二十二 「七言古」「金在吾苦吟圖」, "畫謝老寫生當風 玉樹真神淸颯坐 綠蕉倚文石望中 知是苦吟客聞君 卓犖讀父書好客 平原亦不如乘風 破浪有長策肯學 五言七字爲腐儒 君不見 吾儕青髩皆早疎".

에도 보이지 않는다는 점 등이다. 기록에 나타난 것으로 볼 때 오언칠자라는 표현이 근체시와 관련을 가지는 것이라고 볼 수 있는 근거는 어디에도 없으며, 칠언으로 된 고체시와 직접적인 관련을 가진다는 점으로만 보더라도 이 표현이 근체시의 오언시와 칠언시를 지칭[25]하는 것이 아니라는 사실은 명확하게 알 수 있을 정도다. 오언칠자가 근체시를 지칭한 것이 아니라면 이 표현이 가지는 의미에 대한 논의는 원점에서 다시 시작해야 할 것이며, 삼구육명에 대한 논의 역시 새로운 국면을 맞을 수밖에 없을 것으로 보인다. 그렇다면 최행귀가 균여의 향가를 한시로 번역하는 과정에서 언급한 오언칠자의 의미는 어떻게 해석하는 것이 가장 타당한 것일까? 이 질문을 해결하기 위해 가장 먼저 해야 할 것은 오언과 칠자의 의미를 정확하게 파악하는 일이 될 것으로 보인다. 먼저 오언에 대해 살펴보자.

시에서 말하는 언言은 성聲과 깊은 관련을 가지고 있는 것으로 파악된다. 성은 인위적으로 만들어진 의미를 가지지 않는 자연의 소리를 가리키는데, 이것은 소리의 파롤parole이라고 할 수 있다. 언은 자연의 소리를 인간의 말로 나타낸 것으로 혼자서 하는 말이기 때문에 바로 파롤에 해당한다. "사물의 처음에는 정해진 이름을 가지지 않은 상태의 소리가 있으니 그것을 성이라 한다. 다음으로 그러한 성에 이름을 붙이게 되면 언이 되는데, 이것은 아직까지 자字는 아니다. 다음으로 언이 기호로 된 형체를 가지게 되면 비로소 자가 된다. 그리고 언과 자가 합해져서 일정한 의미와 아름다움을 담아낼 수 있는 문文으로 되며, 문은 시에 이르러 최고의 상태가 된다"[26]고 했다. 여기에서 알 수 있는 사실은 언은 글

---

25 오언시와 칠언시로 보기는 하지만 근체시만을 지칭한 것이 아니라 고체시까지를 포함한다는 주장을 펴더라도 왜 하필 오언시와 칠언시만을 지칭할 수 있는지를 명확하게 밝혀야 할 것이다.
26 宋 郭祥正 撰, 『靑山集』 「來淸堂詩序」, "物之初有聲而已 未名其所以聲也 於是有名其所以聲者而後謂之言 而猶未有字也 於是有形其所以言者而後謂之字 言與字合而文生矣 文也者取言之美者而字之者也 詩也者以言之文合聲之韻而為之者也 聲而後有言 言而後有字 字而後有文 文至於詩極矣".

자로 이행되기 직전 단계의 것이면서 성이 지니고 있는 본질적 성격을 잘 보여줄 수 있는 이름名을 붙인 것이고, 대상으로 하는 사물 현상의 본질적인 성격을 개념적으로 하는 말이 된다는 것이다. 이처럼 언은 성에 이름을 붙여서 말로 만든 것이기 때문에 일정한 의미를 가지는 음音과 관련을 가지기도 한다. 동일한 뿌리를 지니고 있는 성, 언, 음은 시가와 관련되어서는 같은 의미를 지니는 것으로 취급되거나 매우 밀접한 관련을 가지는 것으로 사용된다. "오언五言은 곧 오성五聲이다. 시詩는 마음이 지향하는 바志를 말로 나타낸 것이요, 가歌는 말을 길게 한 것이다. 소리는 길게 내는 데 의하고, 율律은 소리를 조화하는 것이다. 언이란 율이 조화를 이룬 것에 심어진 것이니 곧 오성이고, 성이란 시가 풍간하는 것에 근본을 둔 것이니 곧 오언이다"²⁷라고 한 기록에서 볼 수 있듯이 오성과 오언이 같은 뜻으로 쓰일 수 있음을 알 수 있다. 또한 "오언은 마음이 지향하는 바인 시의 말이니 그것은 오음五音과 떨어질 수 없다. 그렇기 때문에 오언은 이른바 오성을 조율한 말이라고 한다"²⁸고 했다. 이와 관련을 가지는 내용으로 "오언은 시가에서 오성에 맞춘 것이다"²⁹라고 했다.

이상의 자료에서 볼 때 중국 시의 구조적 특성을 지칭하고 있는 것으로 보이는 '오언칠자'에서 오언은 바로 궁상각징우宮商角徵羽의 오성을 가리키고 있다는 사실을 분명하게 알 수 있다. 시는 뜻이 향하는 바를 말로 나타낸 것言志이며, 그것은 오덕五德을 잘 드러낼 수 있도록 하기 위해 오성의 원리에 맞도록 오언으로 구조화해서 나타내야 하기 때문에 이렇게 표현했다는 것이다. 오언은 시를 창작함에 있어서 근본적인 구조의 틀을 세우는 것이므로 이것은 벗어나서는 절대로

27　淸 朱鶴齡, 『尙書埤傳』「彙纂」, "葉氏曰五言即五聲 詩言志 歌永言 聲依永 律和聲 雖言也播於律之所和則為五聲 雖聲也本於詩之所諷則為五言".

28　漢 公氏撰, 『尙書注疏』卷四「考證」, "李光地曰 七始宮徵商羽角變宮變徵也 七音之淸濁皆始於人聲 故曰七始也 詠即舜典所謂歌永言也 五言即詩言志之言 以其言不離乎五音 故曰五言盖上所謂五聲以調言也 通調而名之以宮以商是也 七始以字言也 逐字而名之以宮以商是也".

29　丁若鏞, 『與猶堂全書』樂書 第四卷「樂書孤存」「納言義」, "五言者詩歌之協於五聲者也".

안 되는 대원칙이 된다. 그렇기 때문에 여기서 말하는 오언은 당唐나라 때에 확립된 규칙인 평측平仄과 압운押韻 등의 형식을 통해 예술적 아름다움을 추구하는 근체시와는 상당한 거리가 있는 작품들에 대한 언급으로 해석해야 한다는 것을 보여주는 증거가 된다. 즉 오언칠자라는 말은 근체시의 특성에 대해 말한 것이 아니라 고체시가 지니고 있는 구조적, 혹은 형식적 특성에 대해 언급한 것으로 해석하는 것이 타당하다는 말이 된다. 최행귀가 향가를 한시로 번역하는 과정에서 이런 언급을 한 이유는 세속의 여러 문제를 소재로 하여 노래하고 있는 신라의 향가와 불교의 오묘한 진리를 노래로 설파하고 있는 균여의 향가는 그 성격이 크게 달라서 한편으로는 우주와 인간이 지니고 있는 본질적인 원리를 벗어나지 않는 구조를 지니고 있으면서 다른 한편으로는 불교적 교리를 바탕으로 하는 노래라는 점을 강조하기 위한 것이기 때문이다. 이러한 점은 칠자에 대한 해석을 보면 한층 분명해진다.

'내청당시서來淸堂詩序'에서 확인할 수 있듯이 자는 언이 기호로 된 형체를 가지게 되면서 물리적인 형태를 갖춘 상태로 바뀐 모습을 지칭하는 것으로 언의 아름다운 것을 가져다가 꾸며낸 존재인 문文을 만들어내는 주체가 된다. 자와 자의 결합에 의해 문의 의미와 언의 아름다움 등이 올바르게 드러날 수 있기 때문이다. 언이 있은 후에 자가 있고, 자가 있은 후에 문이 있으며, 문은 시에 이르러 정점을 이룬다[30]고 한 것으로 볼 때 시의 의미와 아름다움을 드러낼 수 있는 핵심적 구성 요소도 역시 자가 된다는 것을 알 수 있다. 자는 문과 시의 내용을 형성하는 주체이며, 시의 형식적 특성 역시 이것에 의해 결정된다는 사실을 생각하면 시에서 자가 얼마나 중요한 구실을 하는 구성 요소인지를 쉽게 짐작할 수 있다. 특히 한시에서는 성을 바탕으로 해서 언이 형성되고, 언이 형상화한 자로

---

30   주 27번 참조.

인해 구句가 형성되며, 구에 의해 정형성이 확보되면서 형식적 특성을 갖추게 되므로 이것은 내용적인 측면과 형식적인 측면에 모두 작용하는 구성 요소가 된다.

한시에서 정형성을 가진 다양한 시체詩體가 등장할 수 있었던 것 역시 자[31]가 있었기 때문에 가능했다는 점을 볼 때, 한시에서 자가 얼마나 중요한 위치를 차지하는 지를 쉽게 알 수 있다. 한시의 시체는 시대時代, 시인詩人, 형태形態, 성운聲韻 등의 기준에 의해 다양하게 분류[32]하고 있기 때문에 명쾌하기 몇 가지로 정리하기는 어렵다. 한시에서 중요한 구실을 하는 성운과 형태를 중심으로 할 때 고체시古體詩와 근체시로 나누는 것이 가장 합리적이라고 할 수 있다. 고체시든 근체시든 모두 하나의 구절句節에 몇 개의 자를 써야 하는가와 자를 기본 요소로 하는 구가 몇 개가 모여서 한 편으로 작품으로 되느냐에 따라 세부 분류가 이루어진다. 이처럼 시체의 구분이 자를 중심으로 이루어진다는 사실로 볼 때 한시에서 자가 얼마나 중요한 구실을 하는지 충분히 인지할 수 있다. 한시의 발달 과정을 보면 층시層詩와 같은 특별한 형태의 작품을 제외하고는 4·5·7의 글자가 하나의 구를 형성하는 것이 중심을 이루었고, 당나라 때에 이르러서는 5·7의 글자가 구를 구성하는 시체가 중심을 이루는 것으로 정착되었다. 따라서 칠자七字라는 표현은 시의 형태적 특성을 보여줄 수 있는 것임과 동시에 다양한 형식을 지니고 있는 시체를 모두 지칭하는 것으로 쓰였음을 알 수 있다. 이러한 성격을 가지고 있는 자는 일정한 의미를 지닌 상태의 글자를 나타냄과 동시에

---

31 한시의 字는 우리나라에서 말하는 글자와는 전혀 다른 개념이다. 여기서 말하는 字는 우리 시가의 名에 해당하는 구성 요소이다. 이에 대해서는 후술한다.

32 宋 嚴羽,『滄浪詩話』, "風雅頌旣亡一變而為離騷 再變而為西漢五言 三變而為歌行雜體 四變而為沈宋律詩, 五言起於李陵蘇武 七言起於漢武帝梁 四言起於漢楚王傅韋孟 六言起於漢司農谷永 三言起於晉夏侯湛 九言起於高貴鄉公, 以時而論有建安體 (…中略…) 以人而論則有蘇李體 (…中略…) 又有所謂選體 (…中略…) 有古詩 有近體(即律詩也) 有絕句 有雜言 有三五七言 (…中略…) 有三句之歌 (…中略…) 有口號 (…中略…) 曰吟 (…中略…) 又有以嘆名者 (…中略…) 有古詩一韻兩用者 (…中略…) 有擬古 有聯句 (…中略…) 有頷聯 有頸聯 有發端 有落句 (…中略…) 論雜體則有風人".

그것을 말로 할 때 나는 것인 음音과 연결되면서 소리의 조화를 통해 율을 형성하는 조調로 이어진다.[33] 이런 점에서 볼 때 오언칠자에서 말하는 칠자는 글자의 숫자를 말하는 것이 아니라 사성四聲, 혹은 칠성七聲을 중심으로 하는 소리의 어울림을 가리키는 것이 되고, 시의 문채文彩를 형성하는 주체가 됨을 알 수 있다. 즉 한시에서 말하는 칠자는 행行을 전제로 하여 이루어지는 오언의 하위 단위 요소를 지칭하는 것이 된다.

'오언칠자'의 뜻을 이와 같이 해석해 놓고 보면 '시구당사詩構唐辭'의 의미 또한 좀 더 분명하게 다가오게 된다. 구構는 종縱과 횡橫을 서로 엇갈리게 하여 얽어 짜는 것을 의미하는데, 오언은 날실을 지칭하는 것이 되어 작품의 종적인 구조를 만드는 것이고, 칠자는 씨실을 지칭하는 것이 되어 시의 횡적인 구조를 만드는 것이라는 사실을 밝혀낼 수 있게 된다. 한시에서 압운과 평측 등은 종적인 구조에 의해 만들어지고, 오언, 칠언 등은 횡적인 구조에 의해 만들어지면서 다섯 개의 소리가 일곱 개의 글자에 맞추어서 얽어지는 것이 바로 시라는 사실을 지칭한 말이 바로 오언칠자가 된다. 이것이 향가를 중심으로 한 우리 시가의 형식적 특성을 강조하기 위해 최행귀가 말하고자 했던 한시의 형식적 특성을 지칭한 오언칠자의 중심 내용이라고 할 수 있다.

2) 삼구육명의 의미

(1) 한국어의 형태적 특성

삼구육명의 의미를 정확하게 밝히기 위해서는 먼저 한국어의 특성을 살펴볼 필요가 있다. 왜냐하면 향가를 비롯한 우리의 시가문학은 어떤 표기수단으로

---

[33] 翰林院檢討毛奇齡 撰, 『皇言定聲錄』 卷三, "凡有七字即七調也".
　　　『御製律呂正義後編』 卷八十三「樂府雜錄」, "太宗時排絲竹為別部 用宮商角羽 並分平上去入四聲 平聲羽七調 上聲角七調 去聲宮七調 入聲商七調 為二十八調圖".

기록되었더라도 모두 한국어를 바탕으로 하고 있기 때문이다. 한국어의 특성은 다양한 각도에서 여러 가지를 추출해낼 수 있겠지만 여기서는 형태적 특성을 중심으로 살펴보도록 하는데, 제1부 제2장 1절에서 상세하게 다룬 바 있으므로 여기서는 간략하게 언급하도록 한다.

명사와 조사, 어간과 어미의 결합, 부사와 관형사 등을 일정한 단위로 하여 이루어지는 데다가 어미가 활용하는 성격을 우리말의 가장 중요한 특징이라고 할 수 있으므로 이것을 바탕으로 3구6명의 의미를 살펴보아야 함은 지극히 당연한 일이라고 할 수 있다.

(2) 명名과 구句의 의미

삼구육명의 의미를 정확하게 밝히기 위해서는 먼저 우리말과 민족시가에서 가지는 구의 형성원리와 뜻을 파악하는 것이 중요하다. 우리말에서 구는 둘 이상의 단어가 모여서 절節이나 문장의 일부분을 이루는 것을 의미하는데, 시가에서는 체언에 조사가 순차적으로 결합하거나 어간에 어미가 순차적으로 붙어서 이루어진 형태를 가리킨다. 일상언어에서 말하는 것과 시가에서 말하는 것이 다른 이유는 일정한 형태를 가지는 구성 요소를 주기적으로 반복하는 형식원리를 지니고 있는 시가에서는 일상언어에서 인정되는 관형사구와 부사구 같은 것들은 그 자체만으로는 독립된 구실을 하는 구로 인정하기 어렵기 때문[34]이다. 앞과 뒤라는 순차적 결합의 형태를 지니는 것이 한국어의 핵심적인 특성 중의 하나이므로 시가의 표현수단인 시어詩語를 구성하면서 율격을 중심으로 하는 형

---

34 시가에서 관형사구와 부사구를 인정하여 독립된 형식적 구성 요소로 인정하면 우리 시가는 주기적 반복의 구조를 추출해낼 수 없어서 율격(律格)에 대한 논의가 불가능하거나 어렵게 된다. 시가에서 율격에 대한 논의가 어렵게 되면 형식론의 정립 역시 어렵게 될 것이기 때문에 일상언어에서 인정하는 관형사구와 부사구는 명사와 동사, 형용사구를 보조하는 것으로 볼 수밖에 없다.

식을 완성하는 한국시가에서는 이것을 바탕으로 형식적 특성을 추출해내는 것이 가장 타당하다는 것을 알 수 있다. 다음 작품을 보자.

청산리　벽계수야　수이감을 자랑마라

일도　　창해ᄒ면　다시오기 어려오니

명월이　만공산ᄒ니 수여간들 엇더리

황진이 시조

이 작품에서 쓰인 모든 표현은 명사와 조사가 결합하여 하나의 구를 만들고, 어간과 어미가 결합하면서 활용하는 구조가 하나의 구를 만드는 구성으로 되어 있음을 쉽게 확인할 수 있고, 이것을 바탕으로 율독律讀의 방식이 결정된다는 사실도 파악할 수 있다. 그렇기 때문에 여기에서 만들어지는 소리의 율동을 기반으로 하여 율격이 형성되면서 감상자에게 감동을 줄 수 있는 형식적 특성이 완성된다는 것을 알 수 있게 된다. 이 작품에서 구조화한 표현은 명사와 어간에 해당하는 부분과 조사와 어미에 해당하는 두 개의 단위가 각각 독자적인 영역을 가지면서 앞의 것은 고정되어 있는 형태를 취하고, 뒤의 것은 고정되어 있지 않으면서 언제나 변화할 수 있는 형태를 가지고 있는 것이 특징이다. 뒤의 단위에 해당하는 것 중에서 조사는 생략되기도 하는데, 이것은 하나의 글자가 점유하는 시간의 길이를 차별화하는 방식에 의해 일정한 공간을 만든다. 그렇게 만들어진 공간에는 다양한 종류의 표현들이 들어갈 수 있도록 하는 공간을 만들어내는 구실을 하는 것으로 파악된다.[35] 어간과 어미가 순차적으로 결합하는 형태를 가지는 부분에서는 어미의 활용에 의해 율독의 방식이 정해질 수밖에

---

[35] 이 부분은 율독(律讀)의 과정에서는 길게 소리 나는 장음(長音)으로 실현되는 양상을 보이고 있기 때문에 율격을 이루는 중요한 단위로 작용한다는 것을 알 수 있다.

없으므로 뒤의 단위가 중요한 구실을 한다는 사실을 알 수 있다. 한국시가의 형식을 완성하는 이러한 원칙은 향가에도 그대로 적용되었던 것을 알 수 있는데, 다음 작품을 보면 그러한 사실이 한층 분명하게 드러난다.

월하이저역月下伊底亦 서방념정西方念丁 거사리견去賜里遣

무량수불전내無量壽佛前內 뇌질고음다가지惱叱古音多可支 백견사립白遣賜立

서음誓音 심사은深史隱 존의희尊衣希

앙지仰支 양수兩手 집도화호集刀花乎

백량白良 원왕생願往生 원왕생願往生

모인慕人 유여有如 백견사립白遣賜立

아사阿邪

차신此身 견아遣也 치견置遣

사십팔대원四十八大願 성견成遣 사거賜去

생사로은生死路隱 차의此矣 유아미차이견有阿米次伊遣

오은吾隱 거내여去內如 사질도辭叱都

모여毛如 운견云遣 거내니질고去內尼叱古

어내추찰於內秋察 조은早隱 풍미風未

차의피의부앙此矣彼矣浮良 락시落尸 엽여葉如

일등은一等隱 지양枝良 출고出古

거노은去奴隱 처處 모동호정毛冬乎丁

아야阿也

미찰양彌刹良 봉호逢乎 오음吾音

도道 수양修良 대시고여待是古如

두 작품은 모두 사뇌가계 향가로 앞의 것은 〈원왕생가願往生歌〉이고, 뒤의 것은 〈제망매가祭亡妹歌〉이다. 한자漢字에서 뜻을 취해오는 것과 소리를 취해오는 것이라는 두 가지 방식으로 이루어지는 향찰 표기의 원리에 따라 위와 같이 띄어쓰기를 했다. 이렇게 했을 경우 향가는 하나의 행行이 세 개의 구와 여섯 개의 명으로 이루어져 있다는 사실을 명확하게 알 수 있다. 그러므로 이것을 근거로 율독이 이루어질 수밖에 없고, 율격적 특성 또한 이를 바탕으로 형성된다는 사실을 파악할 수 있게 된다.[36]

작품의 표현들이 위에서 보는 바와 같이 앞의 단위와 뒤의 단위가 결합하는 방식으로 되어 있는 데다가 그것이 율격을 이루는 중요한 기능을 가지고 있는 만큼 이것들의 각각에 대한 명칭과 그 둘을 합친 것에 대한 명칭을 정해주는 것이 필요하다. 격변화를 하지 않는 앞의 단위는 고정되어 있는 상태를 가진 것이 일반적인 현상이므로 이것은 안정되고 변화하지 않는 단위로서의 성격을 지닌 것으로 볼 수 있다. 고정된 상태가 일상을 형성하면서 소리로 실현될 때는 가장 기본적인 시간을 점유하는 단위[37]로 볼 수 있으므로 한시에서 가장 기본을 이루는 소리를 '평성平聲'으로 한 전통을 따라 '평'이라 하는 것이 가장 무난할 것으로 생각된다. 문제는 변화하는 것을 기본적인 성격으로 하고 있는 뒤의 단위에 대한 명칭을 어떻게 붙이느냐 하는 것인데, 이것이 실현되는 양상을 보면, 첫째, 격조사나 어미가 활용한 상태의 모습으로 실현되고 있는 경우, 둘째, 조사가 생략되는 경우로 대별할 수 있다. 조사가 정상적으로 붙어 있거나 어미가 활용된 상태로 실현된 경우는 앞의 단위와 마찬가지의 시간을 점유하는 것으로 되기 때문에 앞의 것과 동일한 성질을 가진 것으로 보아 '평'으로 명명해도 무방할 것으로 보인다. 문제는 조사나 어미가 생략되는 경우인데, 이때는 앞의 소

---

36 이러한 구분은 해독을 중심으로 한 것이 아니라 향찰 표기의 원칙을 바탕으로 했음을 밝혀둔다.
37 이것을 1모라로 생각해도 무방하다.

리가 길어지면서 장음으로 실현되는 양상을 보인다. 예를 들면, "청산리 벽계수야 수이감을 자랑마라"에서 '청산리'의 뒤에는 '에, 의'와 같은 조사가 생략되었음을 알 수 있는데, 율독을 할 때는 '리'가 장음으로 실현된다는 것이다. 나머지 표현들은 다른 어떤 것이 들어갈 수 있는 여지가 전혀 없기 때문에 장음으로 실현되지 않는다. 따라서 이 경우는 생략되지 않은 것에 대해서는 '평'이라는 명칭을 그대로 사용하고, 장음으로 실현되는 경우는 '장長'으로 이름을 붙이는 것이 타당할 것으로 생각된다.[38] 이렇게 해놓고 보면 한국시가의 모든 표현은 평과 평, 평과 장이 결합하는 방식으로 되며, 두 단위의 배열 순서에 따른 시간의 장단에 의해 형식적 특성의 기초가 마련된다는 것을 알 수 있게 된다. 이것이 바로 『균여전』에서 말하는 "가배향어歌排鄕語"일 것으로 보이며, 평과 장은 각각 구조화한 단위의 이름으로 부를 수 있는 근거를 마련하게 된다.[39]

'명'은 사람의 이름, 사물의 이름, 시호, 명목, 종류, 문자, 형용, 명예, 공명, 문명, 명의, 명분, 독천, 형성, 명가 등으로 사용된다. 그중에서 시가와 관련을 가지는 것으로 저자는 형성形成을 지적하고자 한다. 형성은 일정한 발전의 과정을 거쳐 변화함으로써 모종의 사물이나 상황을 이루는 것을 의미하는데, 이것을 다른 표현으로는 성成이라고 한다. 이루어진다는 뜻을 가진 성은 일정한 구성 요소가 결합하여 다른 성질을 가지는 무엇으로 되는 것을 의미하는 것으로 구조나 형태의 변화가 수반되는 것이 특징이다. 그러므로 성은 어떤 사물 현상이 변화하여 성질이 다른 상태로 되어 나름대로의 구실이나 의미를 가지는 것이 된다. 이처럼 '형성'이 일정한 형태를 지닌 사물 현상으로 된 것을 가리키므

38　손종흠, 앞의 글, 157쪽.

39　평(平)과 장(長)이라는 구조화한 단위로 나누어질 수 있는 형식적 단위 요소를 설정하면 우리 시가의 형식론에서 항상 문제가 되었던 것으로 표현에 따라 달라지는 음수의 차별화 때문에 정형성을 추출해내기가 어려웠던 문제를 해결할 수 있을 뿐 아니라 2음보에서 5음보까지 다양한 음보율의 단위를 설정해야 하는 등의 문제 또한 해결할 근거를 마련할 수 있게 된다.

로 명은 경계를 지니고 있는 형태를 가지고 있으면서疆 독자적이고 독립적인 성질性을 가지고 있는 온전한 사물 현상의 한 단위를 가리키는 존재라는 사실을 알 수 있다.

언어에서는 의미를 형성할 수 있는 경계의 단위가 매우 중요하다. 왜냐하면 이러한 경계의 단위가 없으면 의미의 전달에 문제가 생길 수 있기 때문이다. 음절字을 가장 작은 단위로 볼 때, 명은 음절과 음절, 수식어修飾語와 중심어中心語의 결합에 의해 일정한 의미를 가지는 단위가 되고, 구는 의미단락의 경계를 설정한 단위가 된다. 장章은 화자가 표현하려는 뜻을 나타냄에 있어서 큰 단위의 경계를 설정하는 것이 되고, '편篇'은 화자가 표현하려는 것을 완전하게 밝혀서 끝을 맺는 단위로 볼 수 있다. 언어에서 명을 사용할 때 과연 어떤 단위로 규정해야 할 것인가가 문제가 될 수 있는데, 우리말에서 하나의 음절을 지칭하는 '자'와 같은 단위로 보기는 어려울 것으로 생각된다.[40] 이런 점으로 볼 때 『균여전』에서 말하는 오언칠자의 자를 언과 같은 의미로 보아서 오언시와 칠언시를 지칭한 것이라고 보는 견해는 당연히 재고해야 할 것이 된다. 이상의 논의를 통해 언어에서 명을 어떤 자리에 위치시킬 것인가에 대한 것을 어느 정도 정할 수 있게 된다. 명이라는 것이 경계를 분명하게 설정함으로써 독립적인 의미를 가진 것으로 될 수 있도록 하는 최소의 단위이기 때문에 우리말에서는 음절과 구의 중간에 놓이는 단위 요소임을 알 수 있기 때문이다. 즉 명사, 조사, 어간, 어미 등을 구성하는 단위를 명으로 설정하는 것이 가장 합리적이 됨을 알 수 있다는 것이다. 따라서 평과 장長으로 구조화한 단위가 결합한 것은 '명'으로 명명할 수 있게 된다.

---

40 뜻글자인 한자를 표기수단으로 하는 한문(漢文)이나 한시에서는 글자를 의미하는 자(字)가 명사를 나타낼 수도 있고, 형용사나 동사를 나타낼 수도 있기 때문에 우리말에서 한 글자를 의미하는 음절과 같은 것으로 보는 것은 문제가 있는 것으로 생각된다.

다음으로는 구句의 개념에 대해 살펴보도록 한다. "무릇 뜻을 펼침에 있어서는 경계가 있어야 하고, 말을 놓음에 있어서는 자리가 있어야 한다. 뜻의 경계를 장章이라 하고, 말의 자리를 구라고 한다. 구는 국한하는 것인데, 말을 국한한다는 것은 글자를 마주보게 놓음으로써 강토를 나누는 것이다. 뜻을 밝힌다는 것은 의義로써 구와 체體를 총괄하는 것이다. 구획과 밭두덕은 서로 다르지만 거리와 길에 의해 서로 통한다"[41]고 한 것에서 구의 기본적인 개념을 살필 수 다. 구는 언어에서 낱개로 되어 있는 언言에게 그것이 놓일 수 있는 자리를 정해주어 국한하여 의미의 경계를 분명하게 지어줌으로써 화자가 전달하려는 뜻을 명확하게 나타낼 수 있도록 하는 단위다. 구는 일정한 의미를 확보하고 있는 낱말의 결합을 통해 화자가 목표하는 대로의 뜻을 확보하는 가장 기본적인 문장 구성의 단위이다. 우리말에서는 명사, 조사, 어간, 어미 등을 지칭하는 단위인 명이 결합한 형태로 완성되는 특징을 지니고 있는 것으로 볼 수 있다. 장章이 화자가 말하려는 바를 한층 높은 단위에서 명확하게 밝히는 것이라고 한다면 구는 그보다 작은 단위에서 뜻을 국한시켜 명확하게 밝히는 단위가 된다. 이러한 의미를 가지는 구에 대해 우리말에서는 "둘 이상의 단어가 모여 절이나 문장의 일부분을 이루는 토막으로 되는데, 종류에 따라 명사구, 동사구, 형용사구, 관형사구, 부사구 따위로 구분한다"[42]고 정의하고 있다. 따라서 우리말에서 말하는 구는 명으로 부를 수 있는 두 개 혹은 두 개 이상의 단위 요소가 결합한 것이며, 그것이 일정한 관계를 형성함으로써 하나의 문장이 이루어지는 방식을 취한다는 사실을 알 수 있게 된다.

이러한 성격을 가지는 우리말의 구가 시가의 구성 요소로 작용할 때는 일상언어

---

41 劉勰, 『文心雕龍』「章句篇」, "夫設情有宅 置言有位 宅情曰章 位言曰句 故章者明也 句者局也 局言者聯字以分疆 明情者總義以包體 區畛相異而衢路交通矣".

42 국립국어원 편, 『표준 국어대사전』, 1991.

의 그것과 완전히 일치하지 않을 수 있음에 주목할 필요가 있다. 주기적 반복을 중심으로 하는 시가가 지니는 형식적 특성에 의해 일상언어에서는 독립된 구로 인정되는 관형사와 부사 같은 것들은 독립적인 단위로 작용하지 못하고 명의 단위로 편입되어야 하기 때문이다. 이것을 통해 시가는 정형성을 담보할 수 있는 율격적 특성을 형성하여 일정한 율동을 지닌 율독이 가능할 수 있게 되고, 예술적 아름다움을 담아낼 수 있는 추상적 공간을 확보할 수 있게 된다. 소리의 등장성等長性을 근거로 하는 음보音步라는 단위를 통해 한국시가의 율격적 정형성을 추출하는 데 어려움을 겪었던 이유가 바로 여기에 있으며, 음보보다 유연성이 강한 요소를 찾아내야 하는 이유 또한 여기에 있다. 소리의 차별화를 통해 율동을 형성하는 평장平長을 바탕으로 하면서 정형성을 확보할 수 있는 단위인 명을 구성 요소로 하는 구가 이러한 단점을 보완할 수 있게 된다.

이러한 사실을 바탕으로 할 때 우리 시가에서 형식의 형성 단계는 다음과 같이 네 단계로 구분 수 있게 된다. 첫째 단계에서는 음절을 시간적 순서에 따라 앞뒤로 배열하면서 명이라는 구조화한 단위를 만들고, 두 번째 단계에서는 그 명을 다시 시간적 선후 관계에 의해 결합한 구를 만든다. 세 번째 단계에서는 구를 시간적 선후에 따라 주기적으로 반복하여 배열함으로써 행을 구성한다. 네 번째 단계에서는 이러한 행을 반복적으로 배열하는 방식으로 작품의 형태가 완성된다.

(3) 삼구육명三句六名의 의미

명과 구의 의미를 이렇게 파악하고 나면 삼구육명의 의미 또한 분명하게 밝히는 것이 가능하게 된다. 『균여전』에서 최행귀가 말한 "삼구육명으로 늘어놓는다排"는 말은 향가를 중심으로 한 민족시가의 형식적 특성에 대해 말한 것으로 하나의 행을 구조 단위로 하였을 때 시가의 모든 행이 세 개의 '구'와 여섯 개의 '명'으로 구성되는 점을 지적한 것으로 해석할 수 있기 때문이다. 한국시가는 음절의 평장을 바탕으로 하면서 일정한 의미의 경계를 만들어내는 최하위의 구조 단위이면서 명사와 조사, 어간과 어미가 순차적으로 결합하여 형성되는 명이 두 개씩 짝을 지어서 구를 만들고, 구가 세 개씩 배열되어 하나의 행을 구성하며, 다음으로는 행을 주기적으로 반복하는 것으로 형태를 완성하는 모습을 지니고 있다. 그렇기 때문에 구가 오언을 날줄로 하고 칠자를 씨줄로 하여 얽어 짜는構 방식으로 구성되는 한시의 특성과 대비되면서도 질적으로는 매우 다른 구성 방식을 지니고 있는 우리 시가의 형식적 특성에 대해 삼구와 육명의 방식으로 늘어놓음排이라고 명확하게 밝힘으로써 향가를 비롯한 민족시가의 형식적 특성이 올바르게 드러날 수 있도록 했던 것이다. 삼구육명에 대한 이러한 해석은 지금까지 불가능한 것으로 여겨졌던 민족 시가의 정형성을 확보할 수 있는 이론적 근거를 마련한 것으로 볼 수 있기 때문에 그 의미와 중요성은 매우 크다고 할 수 있다.

균여均如의 향가를 한시로 번역하는 과정에서 최행귀가 언급한 삼구육명이라는 표현은 하나의 행이 세 개의 구로 구성되며, 하나의 구는 두 개의 명을 구성요소로 하는 시가의 형식적 특성을 향가에 적용하여 지적한 것이기 때문에 이것을 향가에 한정해서 말한 것으로 보아서는 안 되며, 민족시가의 형식적 특성을 지칭한 것으로 해석해야 한다는 사실을 밝힐 수 있었다. 현존하는 기록으로 볼 때 민족시가 형식의 발달은 차사사뇌격嗟辭詞腦格을 가지는 노래가 만들어지는 시대에 들어와서 가능했던 것으로 보이며, 그것이 구체화한 것은 〈혜성가〉와 같은 향가가 만들어지고 불린 시기였던 것으로 보인다.[43] 차사사뇌격을 지

---

43 손종흠, 『고전시가미학강의』, 앨피, 2011, 382쪽.

니고 있는 향가는 신라 때에 발생하여 고려 때까지 지속되었는데, 이것의 형식적 특성이 바로 삼구육명이었다. 이런 점에서 볼 때 삼구육명의 형식은 신라뿐 아니라 고려시대까지도 지속되었으며, 여전히 중요한 구실을 하고 있었음을 알 수 있다. 그런데, 이보다 더 중요한 사실 하나는 향가의 뒤를 이어 나타난 속요와 경기체가 등도 삼구육명의 형식적 특성을 그대로 이어가고 있다는 점이다. 속요와 경기체가가 모두 세 개의 구와 두 개의 명으로 구성되는 행을 반복하는 방식으로 작품을 구성하고 있기 때문이다.[44] 역사적으로 볼 때 신라와 고려는 모두 불교를 국교로 인정했던 불교국가였는데, 이처럼 불교적 세계관이 중심을 이루던 시대의 시가가 지닌 형식적 특성이 바로 삼구육명이었다는 사실을 잘 보여주고 있다.

　이러한 전통을 지니고 있었던 시가의 형식은 유학을 이념의 중심으로 하던 조선에 들어오면 크게 변화하는 모습을 보여준다. 조선시대 국문시가의 중심을 이루었던 시조와 가사를 보면 삼구육명이 아니라 사구팔명四句八名의 형식을 기본으로 하고 있다는 점에서 이러한 사실을 확인할 수 있다. '사구팔명'은 시가에서 한 행의 구성이 네 개의 구로 이루어지는 형식을 말하는데, 위에서 예로 들었던 황진이의 시조를 보면 좀 더 분명하게 알 수 있다. 황진이 시조의 첫 행인 "청산리 벽계수야 수이감을 자랑마라"는 형태상 "청산리 벽계수야"와 "수이감을 자랑마라"의 두 단위로 나눌 수 있다. 그리고 각 단위는 두 개의 구로 구성되어 있으며, 각 구는 두 개의 명으로 구성되어 있다. 이러한 현상은 가사에도 그대로 나타나기 때문에 조선시대 시가의 중심적인 형식이라는 것을 쉽게 알 수 있다. 민족시가의 형식이 삼구육명에서 사구팔명으로 변화한 이유에 대해서는 앞으로 좀 더 정치한 논의를 필요로 하겠지만 불교적 세계관과 유교적 세계

44　손종흠, 「한국시가 율격의 본질을 어떻게 볼 것인가?」, 앞의 책, 155쪽.

관의 차이가 시가의 형식에 영향을 미친 것이 아닐까 하는 생각을 하게 된다. 불교적 세계관은 신과 인간의 관계가 전면에 드러나고, 자연과 인간의 관계가 후면으로 들어가는 문화를 형성했을 것이고, 유교적 세계관은 신과 인간의 관계가 후면으로 들어가고 자연과 인간의 관계가 전면으로 드러나는 문화[45]를 형성하면서 시가의 형식 역시 여기에 맞도록 변화될 수밖에 없었던 것이다.

삼구육명은 신라로부터 고려까지 우리 민족이 향유했던 시가의 형식적 특성을 보여주는 것이고, 사구팔명은 조선시대 시가의 형식을 보여주는 것이라고 할 때 삼구육명의 형식이 확립되기 이전 시기의 시가는 과연 어떤 형식이었을까 하는 생각도 해봐야 한다. 그 시기는 우리말을 표기할 수 있는 수단이 없었으므로 한자에 완전히 의존할 수밖에 없었던 관계로 실체를 파악하기가 더욱 어렵지만 현존하는 작품으로 추정할 때 이구사명二句四名의 형식이 중심을 이루었던 것으로 보인다. 현존하는 상대시가를 보면 이러한 사실을 쉽게 확인할 수 있다. 〈황조가〉, 〈구지가〉, 〈공무도하가〉 등을 보면 하나의 행이 모두 두 개의 구로 구성되어 있음을 볼 수 있기 때문이다. 이런 점에 비추어 볼 때, 우리 민족의 시가문학은 이구사명에서 삼구육명으로, 그리고 삼구육명에서 사구팔명으로 형식적 변화 과정을 겪으면서 발전해 왔던 것으로 파악할 수 있다.[46]

---

45 우리문화에서 삼(三)이 신과 관련을 가지는 숫자이고, 사(四)는 자연 혹은 인간과 관련을 가지는 숫자라는 점을 염두에 둘 필요가 있다.

46 이에 대한 구체적인 논의는 작품의 형식적 특성에 대한 분석과 함께 시가의 발달 과정 전체에 대하여 광범위한 고찰을 필요로 한다.

제4장

『삼국유사』 찬시를 통한 새로운 자료의 발굴

　『삼국유사』에 실려 있는 찬시讚詩는 상당히 많은 편이지만 지금까지 별로 관심의 대상이 되지 못했다. 『삼국유사』의 찬시는 모두 일연一然이 지은 것으로서 본문을 요약하면서 저자의 문학적 소양을 과시하기 위한 일련의 작품 정도로만 여겼기 때문에 그것이 가지는 예술적 가치를 크게 인정할 바가 못 된다고 생각한 데 원인이 있는 것으로 보인다. 그러나 최근에는 찬시에 대한 관심이 상당히 높아진 것이 사실이다. 찬시를 본문을 보조하여 표현한 작품 정도로 평가할 것이 아니라 본문을 해석하고 의미를 분석하는 데 중요한 구실을 할 수 있다는 생각에서 이에 대한 관심이 고조된 것이라고 여겨진다. 그러나 아직도 찬시에 대한 연구는 향가나 다른 분야에서 이루어진 연구 성과에 비하면 거의 없는 것이나 마찬가지다.[1]

　그런데, 초기부터 최근까지 모든 연구자들은 『삼국유사』에 실려 있는 찬시는 작품 전체가 일연이 지었을 것이라는 가정 아래 논의를 진행시켰고, 지금도 그러한 사정은 변함이 없는 것으로 보인다. 그런데, 『삼국유사』 소재 찬시를 자세히 살펴보면, 모든 찬시가 일연에 의해서 지어졌을 가능성에 대해 의구심을

---

[1]　찬시의 연구성과에 대해서는 고운기, 「一然의 世界認識과 詩文學 硏究」, 연세대 박사논문, 1993, 132쪽을 참조.

가져볼 수 있는 대목이 여러 군데 발견된다. 찬시는 어떤 대상을 찬양하기 위해 짓는 것으로서 대상과 밀접한 관련이 있는 것이 일반적인 특징이다. 그런데, 『삼국유사』에 실려 있는 찬시 중에는 그렇지 않는 작품들이 존재하는 것으로 보이며, 기존의 작품을 인용해서 썼다는 것을 일연 자신이 밝혀놓은 부분 등이 모든 찬시가 일연이 지은 작품이 아닐 수 있다는 의구심을 더욱 크게 하는 요인이 된다. 「흥법興法 3」「순도조려順道肇麗」조의 찬시와 「탑상塔像 4」「가엽불연좌석迦葉佛宴坐石」조의 찬시가 바로 그러한 예라고 할 수 있다. 「순도조려」의 찬시는 대상에 해당되는 순도의 불교 전래와는 매우 거리가 먼 것으로 보여지는 내용으로 찬시가 짜여져 있고, 「가엽불연좌석」의 찬시에는 '내유찬왈乃有讚曰'이라고 되어 있어서, '찬왈讚曰'이라고 되어 있는 대부분의 나머지 작품들과는 사뭇 대조적인 모습을 보여주고 있는 데서 이를 확인할 수 있다. 그렇다면 『삼국유사』 찬시는 모두 일연이 지었다는 생각을 수정하여 논의를 시작할 필요가 있게 된다. 왜냐하면 일연이 지은 작품이 아니면서 다른 찬시와는 성격이 같지 않은 작품들이 그 속에 있다면 그것들은 당연히 분리하여 올바른 위치를 자리 매김하고, 그 가치를 바르게 평가해 주어야 하기 때문이다.

1. 『삼국유사』 찬시의 분포 양상과 그 성격

1) 찬시의 분포 양상

『삼국유사』의 찬시는 제1 「기이편紀異篇」부터 제5 「효선편孝善篇」에 이르기까지 전 편목에 걸쳐 존재한다. 그중 기이편과 효선편에만 각각 한 편씩 실려 있고, 나머지 편목에는 상당히 많은 작품이 실려 있다. 찬시가 실려 있는 편목과 제목을 함께 보이면 다음과 같다.

기이紀異 2 　천사옥대天賜玉帶

흥법興法 3 　순도조려順道肇麗, 난타벽제難陀闢濟, 아도기라阿道基羅, 원종흥법原宗興法 염촉
멸신厭髑滅身, 법왕금살法王禁殺, 보장봉노寶藏奉老 보덕普德 이암移庵

탑상塔像 4 　가엽불연좌석迦葉佛宴坐石, 요동성육왕탑遼東城育王塔, 금관성파사석탑金官城婆
娑石塔, 황룡사장육皇龍寺丈六, 황룡사구층탑皇龍寺九層塔, 사四 불산굴불산만
불신佛山掘佛山萬佛山, 전후소장사리前後所將舍利, 미륵선화彌勒仙花 미시랑진자
사未尸郎眞慈師, 남백월이성南白月二聖 노힐弩肹 부득달달박박夫得怛怛朴朴, 분황
사천수관음맹아득안芬皇寺千手觀音盲兒得眼

의해義解 5 　원광서학圓光西學, 양지사석良知使錫, 귀축제사歸竺諸師, 이혜동진二惠同塵, 자장
정률慈藏定律, 원효불기元曉不羈, 의상전교義相傳敎, 사蛇 복불언福不言, 진표전
간眞表傳簡, 심지계조心地繼祖, 현유가해화엄賢瑜伽海華嚴

신주神呪 6 　밀본최사密本摧邪, 혜통항룡惠通降龍

감통感通 7 　선도성모수희불사仙桃聖母隨喜佛事, 욱면비념불서승郁面婢念佛西昇, 경흥우성憬
興遇聖, 진신수공眞身受供, 월명사두솔가月明師兜率歌, 선율환생善律還生, 금현
감호金現感虎

피은避隱 8 　낭지승운보현수郎智乘雲普賢樹, 연회도명문수점緣會逃名文殊岾, 혜현구정惠現求靜,
신충괘관信忠掛冠, 포산이성包山二聖, 영재우적永才遇賊

효선孝善 9 　대성효이세부모大城孝二世父母

　위에서 보는 바와 같이 『삼국유사』에 실린 찬시는 「기이」에 1편, 「흥법興法」
에 6편, 「탑상塔像」에 10편, 「의해義解」에 11편, 「신주神呪」에 2편, 「감통感通」에 7
편, 「피은避隱」에 6편, 「효선」에 1편의 작품이 실려 있다. 그런데, 분량으로 볼
때 『삼국유사』의 삼분의 일 정도를 차지하는 「기이」편에는 찬시가 한 편밖에
없다. 이에 반해 불교와 관련이 깊은 「흥법」, 「탑상」, 「의해」, 「피은」 등에 찬시

의 대부분이 몰려 있는 것을 볼 수 있다. 이 현상에서 우리는 일연이 찬시를 붙인 의도를 어느 정도 짐작할 수 있게 된다. 즉 일연은 불교와 깊은 관련이 있는 이야기들에만 찬시를 붙였으며, 그중에서도 신라가 불국토임을 강조하는 내용의 이야기들에 집중적으로 찬시를 붙였을 것이란 사실이다. 고구려와 백제, 그리고 가야와 관련이 있는 이야기들에도 찬시를 붙인 것을 볼 수 있는데, 불교 전래에 관한 것과 불교의 기운이 불국토의 중심지인 신라로 옮겨 간 것에 한정하고 있다.[2] 이러한 사실에서 볼 때 일연이 붙인 찬시는 불교의 전래와 선파 과정에서 나타나는 여러 이적들을 효과적으로 전달하기 위한 것이며, 이러한 것들에 대한 일연 자신의 생각을 강조하여 나타내기 위한 것으로 보여진다.

2) 찬시의 성격

(1) 형식적 특성

삼국유사에 실려 있는 찬시는 모두 칠언절구로 되어 있다. 그리고 이 작품들의 형식을 분석해보면 칠언절구가 갖추어야 할 여러 형식에 잘 맞도록 지어진 것을 알 수 있다. 여기서는 「순도조려」조 찬시의 형식만을 살펴보도록 하겠다. 찬시의 원문을 보이면 다음과 같다.

> 압록춘심저초선鴨淥春深渚草鮮   백사구로등한면白沙鷗鷺等閑眠
>
> 홀경유노일성원忽驚柔櫓一聲遠   하처어주객도연何處漁舟客到烟

로 되어 있는데, 이 작품의 평측과 운을 살펴보면 다음과 같다.

측측평평측측평仄仄平平仄仄平　　측평평측측평평仄平平仄仄平平

측평평평측측평仄平平仄仄仄　　평측평평측측평平仄平平仄仄平

위에서 보는 바와 같이 이 작품은 측기식仄起式이며, 칠언절구가 요구하는 평
측법平仄法에 맞지 않는 글자는 전구轉句의 다섯 번째 글자 하나뿐이다. 그리고
기, 승, 결의 마지막 글자는 모두 평성으로 선운先韻이다. 이것으로 볼 때 이 작
품은 한시로서 칠언절구가 요구하는 형식을 완벽하게 갖추고 있다고 할 수 있
는 것이다. 그러나 이 찬시가 기존의 노래를 차용해서 붙인 것이라고 하더라도
일연이 찬시의 형태로 다시 쓴 것이기 때문에 세부적인 부분에 있어서는 변개
가 있었을 것이란 점 또한 인정해야 할 것으로 보인다. 즉 일연이 기존의 노래
를 찬시로 차용했다고 하더라도 일연은 이차작자로 보고 어떤 형태로 변형되었
을 것인가를 검토해 보아야 할 것이다.

(2) 내용적 특성

① 일연의 생각을 노래한 것

『삼국유사』에 실린 찬시는 일연이 지은 작품이 가장 많은 것으로 보인다. 찬
은 인물이나 사물에 대한 송頌을 주 내용으로 하는 것을 가리키는 말로서 찬미,
찬양, 천명, 등의 뜻을 가진 말이다. 찬讚은 중국의 고대문체의 한 종류로 파악
하는 것과 불경 중에서 석가모니나 다른 불타의 가송歌頌을 가리키는 것으로 파
악하는 두 종류의 방법이 가능하다.[3] 불교에서 말하는 찬은 일반적으로 불찬이
라고 하는데, 불교와 관련이 있는 인물이나 사물 등에 대한 찬양이 중심이 된

---

3 찬(讚)의 개념에 대해서는 찬시를 고찰한 논자라면 누구나 개념 정리를 하고 있기 때문에 여기
　서는 생략한다. 찬의 개념에 대해서는 김주한(「삼국유사소재 〈찬〉에 대하여」, 『삼국유사연구
　론선집』 1, 백산자료원, 1986)과 인권환(「일연의 찬시」, 『삼국유사연구론선집』 1, 백산자료
　원, 1986)의 글을 참조 바람.

다. 따라서 일연의 찬시도 불찬의 일종이며, 운문의 형태를 띠고 있기 때문에 불전 12분교 중의 지야祗夜 같은 성격을 가진 것이라고 할 수 있다.

이러한 성격을 가지는 『삼국유사』의 찬시는 일연 자신의 생각을 강조하여 나타낸 작품들이 중심을 이루는 것으로 파악된다. 그런데, 『삼국유사』에 실린 찬시 중에서도 일연의 생각을 중점적으로 노래한 작품들에는 하나의 공통점이 있다. 일연의 생각을 노래한 작품들의 대부분이 신라가 불국토임을 강조하는 이야기에 집중되어 있고, 여기에 해당되는 찬시 또한 신라가 불국토임을 강조하는 내용으로 되어 있는 점이 바로 그것이다. 이러한 사실을 보면 일연의 생각을 강조해서 노래한 찬시는 일연이 가진 세계관과 민족에 대한 생각을 잘 읽을 수 있게 해준다. 자신의 뿌리가 바로 신라의 수도인 경주였으며, 우리 민족의 대들보이며 자신의 일생 중 가장 많은 시간을 보낸 곳이 바로 옛 신라의 땅이었던 만큼 신라가 불국토임을 강조하는 것이야말로 일연에게는 가장 중요하고 소중한 것이었는지도 모른다. 이러한 일연의 생각은 처음 등장하는 작품인 「기이2」「천사옥대天賜玉帶」의 찬시에 잘 나타나 있다.

운외천반옥대위雲外天頒玉帶圍	저 높은 하늘에서 옥띠 내리시니
벽옹용곤아상의辟雍龍袞雅相宜	벽옹과 곤룡포에 잘 어울리누나
오군자차신미중吾君自此身彌重	우리 임금 이로부터 몸 무거워져
준의명조철작지准擬明朝鐵作墀	내일 아침 아마도 무쇠 섬돌 만들리

하늘에서 옥대를 내려주신 신라야말로 바로 불국토의 중심이라는 사실을 노래하고 있다. 기이편은 우리 민족의 기원과 역사에 대한 여러가지 사실들, 그리고 신화적인 성격을 가지는 여러 이야기들을 싣고 있는 편목인데, 여기에서 오직 유일하게 찬시를 붙인 곳이 바로 천사옥대조天賜玉帶條란 점을 생각하면 그 의

미가 더욱 분명해진다. 바로 신라야 말로 예로부터 하늘과 통하는 나라로서 모든 인연이 점지된 불국토란 것을 강조하기 위해 바로 이곳에 찬시를 써서 붙인 것이다. 일연의 이러한 의도는 흥법편을 거쳐 탑상편에 이르면 더욱 분명히 들어난다. 「흥법 3」「보장봉노寶藏奉老 보덕이암普德移庵」의 찬시를 보면 고구려가 우리 민족으로는 처음으로 불교를 받아들였으나, 불교를 천시하고 사교를 신봉했기 때문에 그 기운이 신라로 내려간 것이라고 노래하고 있다.

석씨왕양해불궁釋氏汪洋海不窮	불교는 넓디넓어 바다처럼 가이 없고
백천유노진조종百川儒老盡祖宗	유儒·도道는 냇물 같아 바다를 조종삼네
려왕가소봉저여麗王可笑封沮洳	가소로운 고구려 임금 진펄에 집세우고
불성창명사와룡不省滄溟徙臥龍	창해에 누운 용이 옮길 줄은 몰랐도다

이 시는 고구려가 중국과 경쟁 관계에 있으면서도 불교를 멸시하여 보덕 같은 선사들이 신라로 옮겨가게 되었고, 그 결과 고구려는 멸망하게 되었다는 것을 노래한 작품이다. 고구려가 불교를 탄압한다고 하더라도 어느면에서 보더라도 고구려와 가까운 백제로 가지 않고 왜 하필이면 신라로 옮겨갔다고 기술하였겠는가! 이것은 일연의 『삼국유사』 찬술 태도와 관련이 된다. 불력으로 고려의 기운을 되살릴 수 있다고 믿었던 일연은 『삼국유사』를 통하여 이를 구체화할 수 있다고 생각했을 것이며, 그러기 위해서는 고려보다 앞선 시대에 불고와 가장 인연이 많았던 신라가 불국토라는 사실을 강조해야 했던 것이다. 따라서 고구려의 불교 기운이 신라로 옮겨갔다고 찬술한 의도는 신라가 불국토이며, 인연 있는 땅이란 것을 강조하기 위하여 그렇게 표현한 것이란 사실을 쉽게 짐작할 수 있는 것이다. 이러한 일연의 생각은 탑상편의 작품에서 더욱 노골적으로 나타나는데, 「탑상 4」「황룡사장육皇龍寺丈六條」조의 찬시는 일연의 이러한 생

각을 잘 보여주는 작품이다.

영방하처비진항靈方何處匪眞鄕　　티끌세상 어디가 진항이 아니랴만
향화인연최아방香火因緣最我邦　　부처님 모실 인연 우리나라가 제일일세
불시육왕난하수不是育王難下手　　육왕이 아니던들 손대지 못할 것을
월성래방구행장月城來訪舊行藏　　월성으로 찾아들제 옛모습 완연하다

　　황룡사에 조성된 장육존상은 인도에서 여러 번 시도했으나 조성하지 못한
것으로서 불국토로서의 인연이 오래전부터 정해진 우리나라에서 조성되었다
는 사실을 노래한 작품이다. 이 찬시는 바로 신라가 최고의 불국토라는 것을 자
부심과 긍지를 가지고 노래한 대표적인 작품이라고 할 수 있다. 이와 같이 일연
은 신라에 대한 긍지와 자부심으로 가득찬 사람이었기 때문에 자신이 지은 찬
시의 많은 작품이 바로 불국토로서의 신라를 찬양하고 자랑하는 것으로 기술하
고 있는 것이다. 이러한 성격을 가진 작품은 특히 탑상편에 많이 나타나는데,
탑상이야말로 부처의 영험이 깃들어 있는 가장 확실한 사물이기 때문에 불국토
로서의 성격을 강조하는 데 가장 적격이라고 생각했기 때문일 것으로 풀이된
다. 이러한 생각은 다음 조인「황룡사구층탑皇龍寺九層塔」에서도 천하통일의 기상
을 노래한 것으로 이어지게 된다.

귀공신부압제경鬼拱神扶壓帝京　　귀신이 받들어서 제경을 제압하니
휘황금벽동비맹輝煌金碧動飛甍　　나는 듯한 처마에 단청도 휘황하다
등림하시구한복登臨何啻九韓伏　　올라가 굽어볼제 구한만 항복하랴
여각건곤특지평如覺乾坤特地平　　천지가 평정됨을 비로소 깨달았네

황룡사 구층탑은 구한을 제압하고 천지를 평정하기 위한 발원에서 시작하여 세워진 것이라고 하면서 그것은 불력에 의한 것이라고 노래하고 있다. 황룡사 구층탑은 인간의 힘에 의해서가 아니라 불력에 의해서 만들어진 부처의 조화인 것이다. 그러므로 구한뿐만 아니라 천지가 신라를 중심으로 통일되고 평정되는 것을 신라인들은 꿈꾸었을 것이고, 이것을 일연은 찬시로써 노래하고 있는 것이다. 이와 같이 찬시는 편자의 생각이 들어갈 여지가 비교적 적은 본문의 이야기에 덧붙여서 넣음으로써 편자의 생각과 평가를 비교적 자유롭게 표현할 수 있는 장점을 가지고 있는 것이다. 따라서 불국토를 강조하고 불교로 모든 것을 해결할 수 있다고 생각하는 일연으로서는 당연히 우리나라가 불국토임을 강조하는 이야기들 속에 자신의 생각을 자유롭게 노래할 수 있는 찬시를 넣고 싶었던 것이다. 이러한 결과로『삼국유사』에는 일연이 자신의 생각을 노래한 작품들 중 상당수의 찬시가 불국토를 강조하는 이야기 속에 붙여지게 된 것이라고 생각된다.

② 기존의 노래를 차용한 것

『삼국유사』에 실려 있는 찬시에는 일연의 생각과 이야기에 대한 평가를 노래한 작품이 가장 많지만 경우에 따라서는 기존의 노래나 시를 가져다가 찬시로 사용한 것도 있다. 찬시를 꼭 넣어야 할 부분에 무엇 때문에 자신이 짓지 않은 작품을 붙여야 했는지는 정확한 이유를 알 수 없지만, 다른 찬시에 비해서 본문의 내용과 거리가 먼 것으로 되어 있거나, 일연 자신이 기존의 것을 가져다 쓴 것이라고 밝힌 경우를 우리는 이러한 작품군에 넣을 수 있다. 그리고 찬시라고 보기는 어려워도「탑상 4」「낙산이대성洛山寺二大聖 관음정취觀音正趣 조신調信」조를 보면 '내작사계지왈乃作詞戒之曰'이라고 하면서 두 편의 시를 지어서 경계하는 노래로 덧붙이고 있다. 문맥상으로 볼 때 일연이 지은 것이고, 본문의 내용에 부합하는 것으로 되어 있기 때문에 찬시로 넣어도 되겠지만 찬시에는 모두 '찬왈讚曰'이라고 붙였던 점으로 미루어 이 작품은 찬시의 범주에는 넣지 않는다는 것이 일반적인 견해이다. 그리고 기존의 노래나 시를 가져다 붙인 것으로는 「홍법 3」「순도조려順道肇麗」조의 찬시와 「탑상 4」「가엽불연좌석迦葉佛宴坐石」조의 찬시를 들 수 있다. 「순도조려」의 찬시는 본문과 매우 거리가 먼 내용으로 되어 있어서 기존의 노래를 가져다 붙인 것으로 볼 수 있다. 이에 대해서는 뒤에서 상세히 논의할 것이다. 그리고 「가엽불연좌석」에는 찬시를 붙이기 바로 앞에 '내유찬왈乃有讚曰'이란 말이 붙어 있어서 기존의 시를 가져다 쓴 것을 알 수 있게 한다.[4] 「가엽불연좌석조」의 이야기도 신라가 불국토의 나라라는 것을 강조하는 것이 중심을 이룬다. 그렇다면 다른 곳에서와 마찬가지로 일연 자신이 찬시를 지어서 붙일 수도 있었을 것이다. 그러나 이왕에 존재하는 시로도 「가엽불연좌석」의 가치와 신라가 불국토의 나라라는 것을 충분히 나타낼 수 있다고 생각했기 때문에 일연은 이왕에 있는 시를 인용하여 썼던 것으로 보인다.[5] '유有'를 붙이는 이러한 수법은 향가를 수록하는 과정에서도 왕왕 보이는 것이기도 하다. 향가를 수록한 곳의 내용을 보면 작가作歌와 유가有歌의 구별을 볼 수 있기 때문이다. 향가에 대한 이 기록에 관해서는 '작가'로 표기된 작품은 본문의 인물이 지은 작품으로 보고, '유가'는 이왕에 노래가 있었다고 풀이하는 것이 온당하리라고 보지만 여기에 대해서는 여러 이견이 있을 수 있다. 어쨌든 '내유찬왈'이라는 기록은 『삼국유사』의 찬시를 모두 일연이 지은 것으로 보기에는 무리가 있다는 것을 보여주는 중요한 단서가 된다고 할 수 있다.

---

4   '내유찬왈(乃有讚曰)'이라고 기록된 찬시가 일연이 지은 것이 아니란 것은 김주한(「삼국유사소재 '찬'에 대하여」, 『삼국유사연구론선집』 1, 백산자료원, 1986, 453쪽)의 지적이 있었다. 그러나 이 논문에서는 이렇게 표기된 작품이 가지는 성격에 대한 고찰은 이루어지지 않았다.
5   이에 대해서도 앞으로 자세한 고찰이 있어야 할 것으로 보인다.

③ 본문의 내용을 요약하여 노래한 것

『삼국유사』에 실려 있는 찬시 중에는 일연의 생각을 집중적으로 노래하면서 찬양한 작품군과 기존의 노래나 시를 차용해서 붙인 작품군이 있는가 하면 본문의 내용을 요약하면서 작자의 견해는 될 수 있는 대로 억제한 작품군들도 상당수 존재한다. 그러나 이 작품들이 일연의 생각을 완전히 배제하고 본문에서 기술한 것만을 요약하여 전달하는 정도의 수준이라는 것은 결코 아니다. 다만 일연의 생각을 강조하여 나타낸 다른 작품군들에 비해서 볼 때 비교적 작자의 생각이 드러나지 않았다는 것을 의미한다. 이러한 성격을 가지는 찬시들은 의해, 감통, 신주편에 실린 작품들이 주종을 이루는 것으로 보인다. 「의해義解 5」 「이혜동진二惠同塵」의 찬시는 이러한 현상을 잘 보여주는 작품이다.

초원종렵상두와草原縱獵床頭臥	벌판에서 사냥하고 침상에서 누웠다가
주사광가정저면酒肆狂歌井底眠	술집에서 노래하고 우물 속에 잠 이루더니
척리부공하처거隻履浮空何處去	짚신 한 짝 남겨두고 허공에 떠 어디갔나
일쌍진중화중련一雙珍重火中蓮	불길 속에 연꽃 같은 한쌍의 보밸러라

두 스님의 행적을 찬양한 이 찬시는 일연의 생각을 될 수 있는대로 표출시키지 않고 두 스님의 이적을 강조하는 데 중심을 두고 있다. 벌판에서 사냥하고 여인과 침상에서 누운 것이라든가. 술집에서 노래하고 우물 속에 잠자는 것, 그리고 짚신을 남겨두고 무덤에서 사라진 것 등은 모두 본문에 나오는 내용들을 그대로 노래한 것이다. 이러한 사정은 「감통感通 7」 「선도성모수희불사仙桃聖母隨喜佛事」의 찬시에서도 마찬가지로 나타난다.

내택서연기십상來宅西鳶幾十霜　　　서연에 집 세운 지 몇 해나 되었던고

초호제자직예상招呼帝子織霓裳　　　선녀들을 멀리 불러 예상을 짜냈도다

장생미필무생이長生未必無生異　　　오래 삶이 살지 않음과 다를 바가 없기에

고알금선작옥황故謁金仙作玉皇　　　이런고로 금선 뵙고 옥황이 되었도다

　선도 성모의 불사를 찬양한 이 찬시는 작자인 일연의 생각이 최대한 배제된 채 작품이 시작되어서 마무리되고 있음을 느낄 수 있다. 이러한 점은 앞에서 본 일연의 생각을 드러내면서 우리나라가 불국토임을 강조한 작품군과는 상당히 다른 성격을 가진 것이라고 할 수밖에 없다. 대부분의 찬시를 자신이 직접 지은 것으로 보이는 일연이 무엇 때문에 자신의 생각을 최대한으로 억제하면서 작품을 구성해야 했는지도 상세히 검토해야 할 문제이다.

2. 「순도조려順道肇麗」조의 분석

1) 「순도조려」의 서사구조 분석

　「순도조려」조의 이야기는 순도가 우리 민족에게 처음으로 불교를 전파한 사실과 관련하여 잘못 인식된 여러 사실들에 대한 고증이 중심을 이루는 이야기다. 서사구조의 정확한 이해를 위하여 본문의 내용을 정리해보면 다음과 같다.

　고려 본기에 이르기를 "소수림왕 즉위 2년 임신은 동진 함안 2년으로 효무제가 즉위한 해다. 전진의 왕 부견은 사신과 승려 순도를 시켜서 불상과 경문을 보냈다. 또 4년 갑술에는 아도가 진나라로부터 왔다. 이듬해인 을해 2월에 초문사를 창건하여 순도를 있게 하고, 또 이불란사를 세워서 아도를 두었으니 이것이 고구려 불교의 시

작이다". 승전에는 순도와 아도가 위나라로부터 왔다고 한 것은 틀린 말이고 실상은 전진에서 왔다. 그리고 또 말하기를 초문사는 지금의 흥국사요 이불란사는 지금의 흥복사라고 하는 것도 역시 잘못된 것이다. 상고해보면 당시의 고구려 수도는 안시성이었다. 다른 이름으로는 안정홀이라고도 했는데, 요수의 북쪽에 있었다. 요수는 다른 이름으로는 압록이라고 하는데, 지금의 안민강이라고 부르는 바 지금의 수도인 송도에 어찌 흥국사란 절이 있겠는가? 찬하여 말하기를

"압록강 봄도 깊어 물가 풀빛 고을시고 흰 모래밭 백구 백로 한가로이 조으는데 저 멀리 들려오는 뱃노래에 놀라니 어드메 고깃밴고 안개 속에 손님 왔네"

이 이야기는 불교에 대한 이야기가 본격적으로 시작되는 흥법편의 맨 처음에 실려 있어서 여러가지 상징적 의미가 있는 것으로 보인다. 우선 신라가 불국토임을 강조하기 위해서는 우리나라에 불교가 전래된 시작을 기술하지 않을 수 없었을 것이기 때문에 신라 중심의 기술로 이끌어 가기 위한 시작이며, 신라에 불교를 전파해 준 아도를 등장시켜 이미 신라불교를 기술할 바탕을 마련했으며, 초문사를 송도의 흥국사라고 하는 국수적이고 잘못된 의견에 대해 객관적인 견해를 제시하여 우리 민족의 활동 무대가 한반도에 국한된 것이 아니란 것을 명확히 하는 의미 등이 있는 것으로 보인다. 이러한 일연의 찬술 태도는 뒤이어 기술되는 고구려와 신라에 대한 불교 이야기에서 좀 더 명확히 드러나는 것으로 보인다. 「탑상 4」「요동성육왕탑遼東城育王塔」조의 이야기는 바로 고구려가 불교와 인연이 깊은 땅이라는 점을 강조하고 있다. 그러면서도 그것을 알아보지 못하는 그 당시 사람들의 우매함을 찬시를 통해서 안타까워하고 있다.

| 육왕보탑편진환育王寶塔遍塵寰 | 육왕의 보배탑이 티끌 세상에 두루 있어 |
| 우습운매소힐반雨濕雲埋蘇纈斑 | 비에 젖고 구름에 묻혀 이끼만이 얼룩졌다 |

상상당년행로안想像當年行路眼   길가는 이 안목을 생각해 볼 때 신령한 무덤

기인지점제신번幾人指點祭神墦   찾아 제하는 이 몇이던고

또한 다음의 「탑상 4」「황룡사장육皇龍寺丈六」조에서는 서축에서 온 재료로 조성해 만든 장육존상의 위대함을 찬양하고 있다.

영방하저비진향靈方何處匪眞鄉   티끌세상 어디가 진향이 아니랴만

향화인연최아방香火因緣最我邦   부처님 모실 인연 우리나라가 제일일세

불시육왕난하수不是育王難下手   육왕이 아니던들 손대지 못할 것을

월성래방구행장月城來訪舊行藏   월성으로 찾아들제 옛모습 완연하다

육왕이 아니라면 만들지 못할 장육존상을 우리의 힘으로 만들었으니 우리나라야말로 부처를 모실 가장 인연이 깊은 불국토라는 것이다.

이상에서 보는 바와 같이 일연은 신라가 불국토임을 강조하면서도 민족주의적인 입장에서 이야기를 기술하고 있는 것이다. 이 글에서 일연이 말하고자 했던 이야기의 중심은 다음의 세 가지로 요약할 수 있다.

첫째. 고구려에 처음 불교를 전해준 사람이 순도라는 사실을 밝혔다. 우리나라에 불교를 전해준 최초의 사람이 순도라는 사실을 밝힌 데는 신라가 아무리 인연 있는 불국토일지라도 고구려, 백제보다는 늦게 불교가 전래된 것이 사실이기 때문에 신라 중심으로 이야기를 이끌어가기 위한 실마리로 삼기 위한 것으로 생각된다. 물론 신라에는 서축에서 직접왔다는 철과 황금으로 조성한 장육존상이나 인도에서 직접 금관국으로 왔다는 파사석탑婆娑石塔 같은 것들이 있다. 그러나 일연은 흥법을 탑상 앞에다 놓으면서 불교의 전래와 발흥을 기술하는 과정에서 고구려에 불교가 처음 전래된 사실을 쓰고 있다. 이러한 찬술 태도

는『삼국유사』를 기술함에 있어서 객관적인 입장을 견지하려는 자세와 더불어 민족주의 이념을 매우 중요하게 생각한다는 일연의 생각을 읽을 수 있게 한다. 즉『삼국유사』전체를 통하여 흐르는 불국토 사상과 민족주의 정신이 결합되어 기술된 부분이 바로「순도조려」조의 이야기라고 할 수 있는 것이다. 이런 의미에서「순도조려」조의 이야기는 일연의 편찬 태도를 살필 수 있는 대단히 중요한 이야기라고 할 수 있다.

둘째, 순도는 위나라에서 왔다고 하는 말이 있는데, 실제는 전진왕 부견이 보낸 승려라는 사실을 밝혔다. 객관적인 자료를 제시해 가면서 순도가 전진에서 왔다는 것을 밝힌 것이야말로 일연이『삼국유사』를 찬술하면서 객관성과 공정성을 기하기 위하여 얼마나 많은 배려를 했는가를 어느 정도 짐작하게 해 준다. 많은 사람들이 우리나라에 불교를 처음 전해준 사람이 어떤 인물인지도 모르면서 아무렇게 이야기하는 것이 일연은 매우 못마땅하였던 것이다. 그도 그럴 것이 불력으로 모든 것을 해결할 수 있다고 믿었던 일연으로서는 불국토로서 인연이 정해진 우리나라에 불교를 처음 전래해 준 사람에 대해서 잘못된 견해를 가지고 있다는 것은 우리나라가 불국토라는 사실을 폄하하는 것으로 비춰질 수밖에 없었을 것이기 때문이다. 따라서 일연은「순도조려」조에서 순도의 불교 전래를 길지 않게 서술하는 자리에서 애써 순도가 어디에서 왔는가를 밝히려 했던 것이다. 어떤 일이든지 시작에 대해 그릇된 견해를 가지고 있으면 다음 과정의 것들에 대해서도 올바른 견해를 가질 수 없기 때문이다. 그런데,『삼국유사』의 전체 찬술 태도를 보면 일연이 순도의 출신을 명확히 밝히려 했던 가장 큰 이유는 신라가 불국토라는 사실을 서술하기 위한 정당성을 객관적으로 확보하기 위한 것이라고 해야 할 것 같다. 왜냐하면 다음해에 아도가 역시 전진으로부터 와서 불교를 전파했다고 했는데, 아도야말로 신라에 불교를 처음 전파한 사람이기 때문이다. 따라서 일연이 순도의 출신이 위나라가 아니라 전진이라고 밝히고자 했던 이면에는 신라에 불교를 전해준 아도의 출신을 정확히 밝혀 신라에 불교가 어떻게 전해지게 되었는가를 명확히 하려는 것도 하나의 이유라고 해야 할 것이다.

셋째, 초문사는 당시 고구려의 수도였던 집안에 세운 절이지 개경에 있는 흥국사가 아니라는 사실을 밝혔다. 고구려에 불교가 전래될 고구려의 당시 수도는 지금 고려의 수도인 개경이 아니라 집안이었다. 그렇기 때문에 초문사와 이불란사는 개경에 세워진 사원이 아니라 그 당시의 수도인 집안에 새워진 절이라고 보아야 한다는 것이다. 그러면서 일연은 집안이 요수인 압록강의 북쪽에 위치한 도시로서 압록강과는 가까운 거리에 존재했다고 했다. 그러니 압록강과 아주 먼 거리에 있는 개경과 초문사는 아무 관련이 없다는 것을 밝힌 것이다. 즉 초문사와 이불란사의 위치를 고증하는 자리에서 갑자기 압록강을 끌어온 것은 바로 집안이 압록강과 가까이 있으며, 개경은 멀리 있다는 것을 밝혀서 초문사와 이불란사가 개경에 있는 절일 수 없다는 것을 밝히고자 했던 것이다. 그리고 초문사와 이불란사의 위치를 정확히 밝히고자 했던 것도 위에서 순도와 아도의 출신을 밝히고자 한 의도와 연결되어 있다고 보아야 할 것이다. 그러나 어떤 의미에서는 불교 전래자의 출신을 정확히 밝히는 것보다 우리나라에 처음 세워진 가람의 위치를 정확히 밝히는 것이 더 중요했는지도 모른다. 가람은 부처의 상징인 불탑과 불경, 그리고 불상, 사리 등을 간직한 곳으로 곧 불교의 핵심이라고 할 수 있기 때문이다. 따라서 초문사가 송도에 있는 흥국사라는 주장에 대해 그것이 잘못된 것이기 때문에 당연히 그 당시의 수도인 집안에 세웠던 가람이란 점을 강조한 것이다. 이러한 고증을 통하여 우리나라에 처음 불교를 전해 준 순도와 아도의 출신을 정확히 밝히고, 그들이 처음으로 세웠던 가람의 위치를 밝혀낸 뒤 일연은 곧바로 찬시를 통하여 압록강의 아름다운 풍경을 노래하고 있다.

2) 찬시의 분석

「순도조려」조에 실려 있는 찬시는 압록강에 대한 자연경관과 자연과 더불어 살아가는 사람들의 모습을 노래한 것이 작품의 중심을 이룬다. 여기에는 불교에 대한 찬양이나 순도나 아도의 불교 전래에 대한 찬양 같은 것은 어디에도 보이지 않는다. 다른 이야기에 붙여져 있는 찬시들을 보면 어느 작품이나 본문의 내용과 밀접한 연관이 있다는 것을 쉽게 감지할 수 있다. 일연이 직접 지은 것으로서 자신의 생각을 나타낸 찬시들이나 본문의 내용을 요약하면서 객관적으로 묘사한 찬시들에 이르기까지 모든 작품들이 본문의 내용과 밀접한 연관이 있다는 것을 알 수 있다. 그러나 유독 「순도조려」조의 찬시만은 본문의 내용과는 아무 상관이 없는 내용으로 되어 있는 것이다.

압록춘심저초선鴨綠春深渚草鮮　　　압록강 봄도 깊어 물가 풀빛 고을시고
백사구로등한면白沙鷗鷺等閑眠　　　흰 모래밭 백구, 백로 한가로이 조으는데
홀경유노일성원忽驚柔櫓一聲遠　　　저 멀리 들려오는 뱃노래에 놀라니
하처어주객도연何處漁舟客到烟　　　어디에 고깃배 있나 안개 속에 손님 왔네

위에서 살펴본 바와 같이 「순도조려」조의 이야기는 순도가 우리나라에 처음으로 불교를 전래한 사실과 순도와 아도의 출신이 위나라가 아니라 전진이라는 사실, 그리고 초문사와 이불란사는 송도에 있는 흥국사와 흥복사가 아니라 그 당시 고구려 수도였던 집안에 세워진 우리나라 최초의 가람이었다는 사실을 밝힌 것이 핵심을 이룬다. 그렇다면 다른 기술에서와 마찬가지로 이 항목에서도 찬시는 본문의 내용과 밀접한 관련이 있는 내용이 되어야 할 것이다. 그러나 「순도조려」의 찬시만이 본문의 내용과 아무런 관련이 없는 내용으로 짜여 있다. 「순도조려」의 찬시가 본문의 내용과 거리가 멀다는 사실에 대해서는 이미

지적된 바가 있다.[6] 그러나 고운기의 글에서는 『삼국유사』의 찬시는 모두 일연이 지은 것이란 가정 아래 논의를 진행시켰기 때문에 작품에 대한 분석과 이해는 주로 본문의 기사를 함축적으로 표현하는 시적 비유나 함의가 고도의 경지에 올라간 작품이라는 점을 강조하면서 순도가 불교를 전래 하기 위하여 고구려에 처음 온 상황이 그만큼 적막하면서도 엄숙했으며, 그 의미가 혼돈의 상태를 깨뜨리고 새로운 질서의 세계로 나아가는 것을 시적 상상력에 의해 노래한 것이란 평가를 내리고 있다.[7] 생각의 출발점은 고운기의 견해와 다르지만 인권환도 「순도조려」조의 찬시를 한편의 서경시로서 손색이 없는 가작이라고 하면서도 순도의 불교 전래를 상징적으로 그려낸 작품이라고 평가한 바 있다.[8] 이러한 논의는 작품의 작자가 일연이라는 전제 아래서 모든 논의가 진행되었기 때문에 본문과 찬시의 관련성을 객관적으로 분석했다기보다는 본문과 찬시의 관련성이 시적 함의를 통해 상징적으로 묘사되었다고 보는 쪽으로 논의의 초점이 맞춰져 있다.

그리고 「순도조려」조의 찬시가 일연이 지은 작품이 아니라 고구려 시대의 노래를 일연이 인용해서 쓴 것이기 때문에 이 찬시는 고구려 시대의 노래라는 주장도 제기된 바 있다.[9] 이 논의에서는 「순도조려」조의 찬시는 일연이 지은 작품이 아니라고 단정하고 작품이 가진 고구려적 성격을 밝히면서 이 찬시는 '압록강노래'라고 규정하였다.[10] 이 글에서 필자는 찬왈讚曰의 주어를 누구로 볼 것인가로 논의를 시작하여 본문의 중심 내용인 순도와 아도의 불교 전래 사실과 초문사와 이불란사의 위치 규명이 중심을 이루는 본문과 찬시와는 아무런 관련

6   고운기, 「一然의 世界認識과 詩文學 硏究」, 연세대 박사논문, 1993, 159~160쪽.
7   위의 글, 130쪽.
8   인권환, 「일연의 찬시」, 『삼국유사 연구론 선집』, 백산자료원, 1986, 608쪽.
9   현종호, 「중세국문가요 〈압록강〉의 고구려적 성격」, 『김대학보』, 어문학 40-1, 1994.
10   이 글 역시 이 글에서 시사받은 바를 바탕으로 하여 이루어졌음을 밝혀둔다.

이 없다는 점을 들면서 「순도조려」조의 찬시는 일연이 지은 것이 아니라 고구려 노래였던 '압록강노래'를 자신의 논지를 강화하기 위하여 붙인 것이라고 주장하였다. 위에서도 언급한 바 있지만 「순도조려」조의 찬시는 현종호의 지적과 같이 본문과의 연관성이 다른 어떤 찬시보다 희박한 것이 사실이다. 이 글 역시 이 견해를 기본적으로 수용하면서 『삼국유사』 전체의 체제 속에 찬시가 가지는 위치와 다른 찬시와의 비교 등을 통해서 작품을 분석하고 그 성격을 밝혀보고자 한다.

이 찬시는 풍요로우면서 한가롭고 아늑한 압록강의 풍경을 한폭의 그림처럼 묘사하고 있는데, 두 개의 연聯으로 나누어져 있는 것이 특징이다. 시의 첫째 구절과 둘째 구절까지가 전련前聯이라고 한다면 셋째 구절과 넷째 구절은 후련後聯이라고 할 수 있다. 전련은 압록강가의 조용하고 한가로운 봄의 자연 풍경을 정적으로 노래한 부분이다. 압록강가의 봄은 깊어져서 풀 색깔은 더욱 고와지기만 한다는 표현은 압록강의 자연이 우리 민족에게 얼마나 많은 것들을 가져다 줄 수 있는가를 구체적으로 노래하기 위한 서두라고 볼 수 있다. 고려시대에는 압록강을 안민강安民江이라고 불렀다는 말은 우리 민족에게 압록강이 가지는 의미가 얼마나 큰가를 보여주는 단적인 예가 될 것이다. 이처럼 압록강은 백두산과 더불어 우리 민족의 높고 씩씩한 기상을 상징하는 존재인 것이다. 이러한 의미를 가지는 압록강은 그 강을 중심으로 삶을 살아가는 우리 민족에게는 더 없이 좋은 생활의 터전이요 안식처였을 것이다. 이러한 생활 터전에 봄이 점점 깊어져서 강가에 난 풀들이 곱기만 한 압록강가의 자연 풍경은 우리 민족에게는 생활의 긍지와 민족적 자부심을 길러주는 더없이 좋은 활력소가 되는 것이다.

나날이 고와지는 풀색깔로 압록강의 아름다운 봄을 노래한 첫 번째 구절은 두 번째 구절로 이어지면서 압록강의 깊어진 봄경치를 한층 더 아름답게 노래하고 있다. 강가에 아름답게 펼쳐진 백사장에는 백구와 백로가 앉아서 한가로이 졸고 있다고 한 표현은 강가에 봄풀이 더욱 고와졌다는 첫째 구절과 어우러져서 한가하면서도 풍요로운 압록강 주변의 자연 풍광을 더욱 아름답게 나타내고 있다. 여기까지는 자연의 순수한 모습을 묘사하고 있어서 인간의 존재는 나타나지 않는나는 점에서 뒤의 부분과 구별된다.

고와지기만 하는 봄풀과 백사장의 한가로운 새들을 노래한 전련은 자연의 정적인 모습이 중심을 이뤘다면 뒤에 이어지는 두 구절은 동적인 인간의 삶을 표현한 연이라고 할 수 있다. 셋째 구절은 멀리서 들려오는 뱃노래 소리에 한가롭기만 하던 압록강의 자연 풍광이 놀라서 움직이는 상태를 묘사하고 있다. 앞연에서 노래한 압록강가의 정적인 상태가 동적으로 움직이는 인간의 삶과 하나되는 것을 노래한 부분이라고 할 수 있다. 멀리서 들려오는 뱃노래 소리는 분명히 삶의 현장에서 생겨난 인공적인 소리이다. 자연의 한가로움과 평화를 깨뜨리는 듯한 이 소리는 멀리서 들려오는 뱃노래다. '유노일성柔櫓一聲'에 대해서는 일반적으로 노젓는 소리로 해석했으나 노를 저으면서 부르는 뱃노래로 하는 것이 올바른 해석이라고 생각된다. 왜냐하면 '유노'[11]라는 표현만으로도 노를 저을 때 나는 소리라는 뜻을 충분히 나타내고 있는데, 거기에 '일성'을 덧붙여 표현한 것을 보면 이 부분은 멀리서 들려오는 가냘픈 뱃노래 한 곡조 정도로 해석하는 것이 타당하다. 멀리서 들려오는 뱃노래에 놀란다는 표현은 인간의 움직임이 자연의 움직임으로 이어지는 것을 말하며 압록강을 터전으로 하여 살아가는 사람들이 자연 속에서 활기차게 움직이기 시작했다는 것을 의미한다. 정靜과 동動이 만나서 조화를 이루는 장면을 이렇게 표현한 것이다.

그러는 사이에 이미 작품은 절정을 향해 치닫고 이제는 인간의 영역으로 완전히 옮겨오면서 마무리를 한다. 고기잡이를 나간 어옹은 어디에 가 있는지 멀

---

11   謂操櫓輕搖, 亦指船槳輕划之聲, 唐杜甫詩, 柔櫓輕鷗外 含棲覺汝賢. 宋蕭 立之詩, 一江秋色無人管 柔櫓風前語夜深, 漢語大詞典 卷四.

리서 뱃노래만 들려올 뿐이다. 그런데 안개에 둘러싸인 강안의 한 곳에서는 안개를 뚫고 손님이 이르고 있는 것이다. 강을 삶의 터전으로 살아가는 사람들의 생활을 이보다 더 절실하게 노래한 작품은 없다고 할 정도로 이 시는 잘 짜여져 있다. 깊어가는 봄날의 고운 풀빛에 대한 묘사에서 시작하여 백사장에서 한가롭게 조는 백구, 백로를 거쳐서 힘차게 하루를 시작하는 뱃노래 소리에서는 일대 전환이 이루어진다. 그리고는 강촌으로 묘사의 대상이 옮겨가면서 안개 속에 이르른 손님을 통하여 순박하게 살아가는 우리 민족의 삶을 꾸밈없이 그려내고 있는 것이다.

3) 서사구조와 찬시의 연관관계

이상의 논의에서 「순도조려」조의 본문과 찬시의 구조를 분석해 보았다. 이것을 바탕으로 여기서는 「순도조려」의 본문과 찬시가 얼마만큼의 연관관계를 가지고 있는가를 살펴봄으로써 압록강을 노래한 찬시의 성격을 규명해보고자 한다.

위에서 논의한 바와 같이 순도의 불교 전래와 초문사의 위치를 규명한 「순도조려」조의 본문과 마지막에 붙여진 찬시는 관련성이 매우 적은 것으로 파악된다. 본문에서 일연이 밝히고자 했던 우리나라에 불교를 전해준 순도와 아도의 국적과 초문사와 이불란사의 위치가 개경이 아니라 집안이라는 것과 압록강의 봄풍경을 지극히 관조의 입장에서 노래한 찬시와는 어떻게 보면 아무런 관련이 없는 것으로 생각된다. 그렇다면 『삼국유사』에 실린 대부분의 찬시를 자신이 직접 지었던 작품으로 붙인 일연이 왜 「순도조려」조에서만 자신이 지은 찬시가 아닌 기존의 노래를 찬시처럼 꾸며서 붙여야 했던가가 설명되어야 한다.

과연 무슨 이유 때문에 일연은 이 부분에만 기존의 노래를 차용해서 쓴 것일까? 그것은 본문의 내용과 연관시켜서 파악해보는 길밖에는 다른 방법이 없는 것처럼 보인다. 「순도조려」조에서 일연이 강조하고자 했던 사실은 불교 전래의 사실이 아니었다. 불교를 순도와 아도가 전래했다는 사실은 이미 주지의 사실이었으며 누구도 이에 대해서는 이의를 제기하는 사람이 없었던 것으로 보인다. 문제가 되는 것은 순도와 아도의 국적 문제와 초문사와 이불란사의 위치에 대한 것이었다. 따라서 「순도조려」조의 이야기는 내용면에서 볼 때 뒤에 나오는 여러 이야기들만큼 충실하지 못한 것이 사실이다. 따라서 이 조를 기술할 때 일연의 생각은 순도와 아도가 전진으로부터 와서 초문사와 이불란사를 집안에 설립했다는 사실을 밝히는 것이 초점이 되는 본문의 주장을 보다 확실히 하기 위하여는 집안이 압록강과 가까운 거리에 있음을 또한 언급하는 것이 자신의 논지를 보다 설득력 있는 것으로 만든다고 생각했던 것으로 보인다. 그렇기 때문에 순도와 아도의 불교 전래와는 관련이 없는 것으로 생각되는 압록강에 대한 고증을 통하여 집안이 압록강과 가까운 거리에 있음을 강조하려고 했던 것이다. 그 당시의 고구려의 수도가 바로 집안이었고, 집안은 압록강 가까이에 있었다면 자연이 초문사와 이불란사는 개경에 있는 홍국사와 홍복사가 아니라 집안에 있었던 사원으로 되기 때문이다.

　따라서 「순도조려」조의 찬시는 본문의 내용을 요약하여 찬양하거나 자신의 생각을 노래하는 형태를 띠지 않고 압록강의 자연풍광을 노래하는 데 그치고 있는 것이다. 결국 「순도조려」조의 찬시는 일연이 자신의 주장에 강한 설득력을 불어넣기 위한 수단으로 다른 노래를 차용해 온 것으로밖에는 볼 수 없게 되는 것이다. 순도와 아도가 우리나라에 처음으로 불교를 전한 것은 일연이 가장 중요시하는 불국토인 신라가 아니고 고구려였다는 사실에 대한 불만과 불교의 시작을 서술하지 않고서는 신라의 불교를 제대로 서술할 수 없기 때문에 「순도조려」조를 서술하게 되었을 것이다. 그러나 여기에는 특별히 찬양할만한 내용은 없었기 때문에 자신이 찬시를 지을 필요를 느끼지 않았던 것이다. 더군다나 지금까지 알려진 일연의 생애를 보면 그는 한 번도 압록강에 가본 적이 없는 것으로 되어 있다. 압록강의 형편을 잘 모르면서 그것에 대한 찬시를 짓기는 어려웠던 데다가[12] 압록강에 대한 노래를 붙임으로써 자신의 주장을 강조하면 되었을 것이기 때문에 굳이 찬시를 지어서 붙일 필요가 없었던 것이다. 따라서 일연은 이 조에 대해서는 찬양의 시를 짓기보다는 압록강을 노래한 기존의 작품 한 편을 넣는 것으로도 자신이 뜻하고자 하는 바를 충분히 달성할 수 있다고 보았던 것이다. 즉 「순도조려」 조의 찬시는 일연이 직접 지어서 붙인 찬시들과는 달리 자신의 주장을 강조하는 수단 정도로 생각했던 것이다. 결국 「순도조려」 조는 잘못 알려진 사실을 바로잡는 데 목표를 두었던 만큼 순도와 아도가 불교를 처음으로 전래했다는 사실은 그다지 중요하게 취급되지 않았던 것이다. 그에게는 불법을 전해주고 부처의 영험을 보여줄 수 있는 탑상과 불경 등이 존재할 수 있는 가람에 대한 정확한 고증이 오히려 더 중요하였던 것이다. 그렇기 때문에 「순도조려」에서 일연은 우리나라 최초의 가람이라고 할 수 있는 초문사와 이불란사의 위치를 고증하는 것이 더 중요하였던 것이다. 그러나 초문사와 이불란사에 대해서는 남아 있는 자료는 거의 없고, 다만 그것이 개경의 흥국사와 흥복사라는 터무니 없는 주장들만 있었다. 이에 일연은 초문사와 이불란사의 위치를 정확히 사람들에게 인식시키는 것으로 충분하다고 생각했을 것이며 그 주장을 보충하는 하나의 수단으로 압록강을 언급하지 않을 수 없게 되었을 것이고, 이에 찬시의 형태를 빌어서 기존의 노래 중에서 압록강을 노래한 작품 하나를 붙이게 되었던 것이다.

---

12 현종호, 앞의 글.

3.「순도조려」 찬시의 고구려 노래적 성격

이상에서 논의한 내용을 바탕으로 「순도조려」 조의 찬시가 갖는 고구려 노래로서의 성격을 정리해보면 다음과 같다.

첫째, 「순도조려」 조의 중심 내용이 고구려에 처음 불교를 전한 순도와 아도의 국적에 대하여 잘못 인식된 것을 바로잡고, 그들이 세운 초문사와 이불란사가 개경에 있는 흥국사와 흥복사라고 잘못 알려진 것에 대한 고증이라고 볼 수 있는데, 이것은 모두 고구려와 관련이 있는 사실들이다.

둘째, 초문사와 이불란사의 위치를 규명함에 있어서 압록강에 대한 고증도 함께 한 것은 그 당시의 수도인 집안이 압록강과 멀지 않다는 것을 증명함으로서 초문사와 이불란사가 개경의 흥국사와 흥복사가 아니란 사실을 설득력 있게 설명하기 위한 것으로 보인다. 따라서 압록강에 대한 기술도 고구려의 수도였던 집안을 설명하기 위한 것이므로 고구려와 관련이 있는 기술이라고 볼 수밖에 없다.

셋째, 찬시에 대해서 살펴보면, 작품의 내용으로 보아 본문의 내용과는 아무 관련이 없는 것이 확실하다. 지금까지 논자들은 마지막 구절의 안개 속에 손님이 왔다는 표현 때문에 이것이 곧 순도를 지칭하는 것이라고 생각하였다. 그러나 위에서 살펴본 바와 같이 일연이 「순도조려」 조에서 밝히고자 했던 것이 순도와 아도의 국적과 초문사와 이불란사의 위치 등에 관한 것이었기 때문에 순도가 고구려에 불교를 전했다는 사실에 대해서는 그리 중요하게 다루지 않았다. 따라서 이곳에서의 찬시는 본문에서 밝히고자 했던 내용을 보완하는 정도로 충분하다고 생각했기 때문에 기존의 노래를 찬시의 형태로 변형하여 붙였을 가능성이 매우 커지는 것이다. 따라서 이곳에 실린 찬시는 일연이 지은 것으로 보기보다는 기존의 노래를 차용한 것으로 보는 것이 타당하다.

넷째, 위와 같은 이유 때문에 「순도조려」조의 찬시는 굳이 자신이 지을 필요가 없이 기존의 노래를 가져다가 찬시의 형태로 변형하여 압록강에 대한 것을 강조함으로서 자신의 논지를 보완하는 수단으로 삼았다고 할 수 있다. 왜냐하면 찬시는 일반적으로 대상을 찬양하여 노래하는 것인데, 「순도조려」조에서는 잘못된 것을 바로잡는 전도의 이야기이기 때문에 그런 노래가 필요치 않았다고 할 수 있는 것이다. 따라서 이 찬시는 본문의 내용과는 아무 상관도 없는 압록강의 자연풍광과 사람들의 한가로운 생활을 정감 있게 노래한 작품을 이용하였고, 고구려와 밀접한 관련이 있는 사실들을 규명하는 곳이기 때문에 그전부터 구전되어 오던 고구려시대의 노래를 실었다고 보는 것이 한층 설득력 있는 견해라고 할 수 있다.

다섯째, 「순도조려」조의 찬시를 고구려 시대의 노래로 볼 수 있는 또다른 이유는 찬시의 내용과 표현이 매우 일반적이면서 특별한 수사법이나 교묘한 표현 같은 것들이 전혀 사용되지 않고 있는 점, 그리고 특정의 개인적인 정서가 전혀 반영되지 않고, 누구나 느낄 수 있는 가장 일반적인 정서를 이용하여 많은 사람들에게 호소할 수 있는 노래라는 점, 압록강의 자연현상과 강을 중심으로 살아가는 사람들의 생활을 소박하게 노래하고 있는 점 등을 들 수 있다. 이러한 성격은 민요가 가지는 가장 보편적인 것이기 때문에 오래전부터 구비전승되어 오던 노래라고 보는데 아무런 장애가 되지 않는 데다가 본문의 내용 전체가 고구려와 관련이 있는 것이기 때문에 고구려시대부터 전승되어 오던 노래를 편자가 찬시로 이용한 것이라고 볼 수 있는 것이다.

이상에서 「순도조려」조의 찬시를 중심으로 작품이 가진 성격을 고찰해 보았다. 그 결과 「순도조려」조의 찬시는 다른 작품들과는 달리 기존의 노래를 가져다 일연이 찬시의 형태로 재구성하여 붙였을 가능성이 매우 높다는 결론을 얻게 되었다. 그러한 주장의 실마리는 「순도조려」조에서 일연이 찬술하고자 했던 내용에서 우선 찾아진다고 할 수 있다. 「순도조려」에서 일연이 강조하고자 했던 것은 순도와 아도가 고구려에 불교를 전해준 공로를 찬양하려는 것이 아니라 세상에서 잘못알고 있는 두 사람의 국적 문제와 우리나라 최초의 가람인 초문사와 이불란사의 위치에 관한 것이었다. 그리고 그것을 증명하기 위하여 압록강에 대한 고증을 함께 시도했었다. 이점은 흥법편의 다른 이야기와는 성격이 많이 다른 것이 사실이다. 즉 신라나 백제에 불교를 전해준 이야기를 서술함에 있어서는 그들의 행적을 찬양하는 내용으로 일관하고 있기 때문이다. 왜 「순도조려」조의 이야기만이 잘못된 것을 바로 잡으려는 고증으로 일관했는가는 다시 고찰해야 할 문제이지만 어찌 되었든 간에 「순도조려」조의 중심 내용은 잘못 인식된 국적에 대한 것과 가람의 위치에 관한 것이었다. 이러한 사실에 눈을 돌리면서 찬시를 보면 본문의 내용과 찬시가 관련성이 매우 적다는 데 놀라지 않을 수 없게 된다. 이 장의 논의는 이런 점에 의구심을 가지고 출발했었고, 그 결과 「순도조려」조의 찬시는 일연이 지은 것이 아니라 구전되던 기존의 노래를 가져다 붙였을 가능성이 매우 크다는 결론에 이르게 되었던 것이다. 그러나 이러한 주장은 아직 많은 허점을 가지고 있는 것이 사실이다. 왜냐하면 다른 찬시에 대한 고찰도 함께 이루어진 후에나 완벽한 주장을 할 수 있기 때문이다. 결국 이 장에서 주장한 것은 하나의 시발점에 불과할 뿐 앞으로 찬시에 대한 좀 더 면밀한 검토와 연구를 통하여 그 성격을 올바르게 밝혀야 할 것으로 생각된다.

제3부

고려시가 연구의 난제들

제1장_속요 율격의 중요성
제2장_〈만전춘별사〉의 명의名義와 작품의 성격
제3장_〈정석가〉에서 삼동의 의미
제4장_속요에서 렴斂의 중요성
제5장_경기체가의 장르적 성격

제1장
속요 율격의 중요성

우리 민족의 문학사에서 한글로 기록된 최초의 시가는 속요다. 그 보다 앞선 민족시가로 상대시가, 삼국시가, 향가 등이 없었던 것은 아니지만 우리의 고유 문자가 만들어지기 전이었던 관계로 모두 한자나 향찰 등의 표기수단으로 되어 있는 데다가 훈민정음이 창제된 후 한글로 기록된 최초의 시가가 바로 고려시대의 노래인 속요였기 때문이다. 한자나 향찰로 기록되었다는 사실 자체를 문제로 삼을 수는 없지만 이러한 표기들은 한글처럼 우리말을 소리에 가장 가깝게 표기하기에는 상당한 어려움이 따르는 기록수단이었던 것은 틀림없다. 따라서 한글로 기록된 시가가 등장하기 전까지의 작품의 표기수단이 민족시가의 율격론, 나아가 형식론에 대한 논의를 어렵게 하는 중요한 요소로 작용한다는 것이 확실하다고 할 수 있다. 그러므로 민족시가의 율격에 대한 이론은 한글로 기록된 최초의 시가인 속요에서 시작할 수밖에 없는 역사적 당위성을 지니게 된다. 이러한 당위성에도 불구하고 속요의 율격에 대한 논의는 아직 지지부진한 상태다. 민족시가의 형식에 대한 논의 자체가 활발하게 전개되지 못한데다가 지금까지 가장 일반적으로 시도되었던 방법이라고 할 수 있는 음수音數나 음보音步를 바탕으로 접근하는 방식의 중심을 이루고 있는 기존의 이론만으로는 우리 시가의 율격적 본질에 대하여 이론화하는 것이 어렵거나 불가능한 것으로 파악되기 때문이다. 현재까지 시도되었던 시가의 율격에 대한 여러 이론들이 속요를 비롯한 시가의 율격에 대한 이론으로까지 이르지 못했던 점에 대해서는 여러 가지 진단이 가능하겠지만 저자의 관점으로 볼 때는 한국시가의 율격에 대한 기존의 논의들이 작품을 표현하는 중심매체인 우리말이 지니고 있는 언어적 특성을 바탕으로 접근한 것이 아니었다는 사실 때문이라 생각되어 진다.

음수율이나 음보율 등이 모두 일정한 논리와 설득력을 가지고 있는 이론임에는 틀림없다. 하지만 이것의 공통점은 언어적 특성이 아닌 소리 혹은 음악적 특성을 근거로 하여 성립하였거나 외부에서 유입되어 들어온 것으로 그것이 발생한 나라의 언어적 특성에 바탕을 둔 이론이었다는 점이다. 그런 이유 때문에 이것은 속요와 같은 우리 고유의 시가가 가지는 율격적 본질에 대한 접근을 어렵게 하는 이유가 될 수 있었던 것이다. 시가의 율격에 대한 기존의 논의가 우리 언어를 바탕으로 하지 못했다는 태생적인 한계를 지니고 출발한 이론이었으므로 민족시가가 지닌 율격적 본질에 접근하기 어려웠던 것은 어쩌면 당연한 결과였을지도 모를 일이다. 그러므로 민족시가의 율격적 특성에 대한 이론적 접근은 기존에 있어왔던 선학들의 이론을 바탕으로 하면서 그와 더불어 우리 언어의 특성을 기반으로 하는 새로운 이론을 개발해야 할 시점에 와 있다고 할 수 있다.

1. 예비적 고찰

1) 민족시가의 발달 과정

사회경제사적인 측면[1]과 문화사적인 측면을 함께 고려하여 우리 민족사의 시

---

1   조동일은 『한국문학통사』 1(지식산업사, 1982, 30쪽)에서 이러한 기준을 근거로 하는 시대구분을 일원론적 생각이라고 하였다.

대구분을 시도한다면 크게 네 개의 시기[2]로 나누는 것이 가장 타당할 것으로 보인다. 첫째 시기는 상고시대부터 기원전 1세기를 전후한 때까지, 둘째 시기는 기원전 1세기 전후부터 조선이 세워진 14세기 말까지, 셋째 시기는 14세기 말부터 조선이 멸망한 19세기 말까지, 넷째 시기는 19세기 말부터 현재까지가 그것이다. 문학이라고 하는 것이 예술의 한 종류이면서 사회의 예술적 반영물이라는 성격을 기본으로 한다는 점에서 볼 때 시가문학 역시 이러한 시대적 특성과 깊은 관계를 맺으면서 발달해 올 수밖에 없었을 것임은 분명하다. 이러한 사실은 민족시가의 발달 과정을 구체적으로 살펴보면 더욱 쉽게 확인할 수 있다.

첫째 시기인 상고시대부터 기원전 1세기를 전후한 시대까지는 왕권을 중심으로 하는 국가체제가 성립하기 이전이었던 관계로 지형적 특성에 맞추어서 발달한 마을이나 성읍을 중심으로 씨족이나 부족 단위의 집단이 사회의 중심적인 체제[3]를 이루었고, 신과 동일시되면서 신의 역할을 대신하는 무당 혹은 제사장이 지도자였던 사회였다. 시가문학에서는 하늘이나 신과 직접 소통하는 제사장의 기능을 가지고 있었던 무당이 신의 유래와 성격, 능력 등에 대한 내용을 지닌 서사구조의 노래를 구연하는 방식으로 풀어내는 신가神歌와 노동현장과 여가현장에서 만들어지고 불리는 민요가 중심을 이루었던 것[4]으로 파악된다. 이때까지는 제대로 된 문자가 아직 발달하지 못했으며, 신분의 분화를 기반으로 하는 지배계급이 조직화하지 못한 상태였으므로 시가는 주로 구전의 방식을 취하면서 신에 대한 내용이 중심을 이루었던 것으로 보인다. 따라서 이 시대는 비록

---

2 여기서 시도한 시대구분은 첫째, 시대별 사회구성체(社會構成體)의 성격과 문화사적인 측면, 둘째, 시가문학의 변모양상을 중심으로 한 것이란 점을 밝혀둔다.

3 김수태, 「新羅의 國家形成」, 『신라문화』 21, 동국대 신라문화연구소, 2003. 41~63쪽; 이종욱, 「韓國 初期國家 形成過程의 小國」, 『한국상고사학보』 27, 한국상고사학회, 1998, 87~137쪽; 이호영, 「韓國上古社會 發展段階의 諸說 : 城邑國家說을 中心으로」, 『檀國大學校論文集』 12, 檀國大學校, 1978.12, 73~92쪽.

4 고정옥, 『조선민요의 연구』, 수선사, 1949, 15쪽; 조동일, 앞의 책, 45쪽.

신과 인간이 마주하는 방식을 취하기는 하였지만 실상은 신이 자신을 직접적으로 드러내면서 손수 인간세상을 다스리는 형태를 지닌 신의 시대였으므로 시가문학 역시 신가가 중심을 이루었던 것이다.

둘째 시기인 기원전 1세기를 전후한 시대부터 조선이 세워지기 직전인 14세기 말까지는 부족연맹체나 성읍연맹체가 발전하여 국가체제가 확립되면서 신의 아들로 인식되는 지도자인 왕을 중심으로 하는 다양한 형태의 지배계급이 확립됨으로써 통치계급과 피통치계급으로 신분이 분화된 상태를 유지하였다. 그러나 초기의 왕권은 절대적인 권력을 갖지 못하였고 종교의 힘을 빌어서야 비로소 지방의 부족장이나 성읍의 성주들을 다스릴 수 있었으며 이러한 상황은 고려시대[5]까지 지속되었다. 이 시기의 국가는 신의 아들이라고 일컬어지는 왕을 매개로 하여 신과 인간이 마주하는 형태인 종교적 왕권[6]의 시대를 형성하였던 것으로 그 성격을 규정할 수 있게 된다. 우리 역사에서 이 시기는 사국시대,[7] 삼국시대,[8] 남북국시대,[9] 고려시대까지를 가리키는데, 이때는 문자의 발달과

---

[5] 고려를 세운 태조 왕건이 지방 호족의 딸들과 혼인함으로써 왕권을 공고히 했던 역사적 사실에서 이러한 점을 알 수 있다.

[6] 이 시기는 불교가 국교로 되면서 이것을 중심으로 한 통치가 이루어지는 국가의 형태를 취하였다. 이때는 신의 아들인 왕과 지배계급의 중심에 서 있는 귀족 세력을 중심으로 하는 사람들에 의해 민족시가가 주도되는 양상이 보이는 시대였다. 향가에서 속요, 경기체가에 이르는 일련의 과정이 이러한 사정을 잘 보여주고 있는데, 향가보다는 속요가, 속요보다는 경기체가가 신과 인간의 관계가 느슨해지는 양상을 보이고 있는 것으로 생각할 수 있다. 이것은 종교와 정치가 분리되면서 정치는 현실적 통치술을 강조하는 방향으로 진행하게 되고, 종교는 신앙적 기능이 강화되는 방향으로 진행하는 시대적 흐름과 무관하지 않은 것으로 보인다.

[7] 기원전 1세기경부터 기원후 6세기까지인 600여 년에 걸친 시기는 고구려, 백제, 가야, 신라의 네 나라가 존재했기 때문에 사국시대로 보는 것이 타당하다. 백제, 가야, 신라는 국제무역을 중심으로 하는 해상왕국이었다.(강봉룡, 「고대 동아시아 海上交易에서 백제의 역할」, 『한국상고사학보』 38, 한국상고사학회, 2002, 75~96쪽; 임동민, 「신라 상대(上代) 국가발전 과정의 해양사적 고찰」, 『Strategy 21』 24, 한국해양전략연구소, 2009, 7~54쪽; 김경복 외, 『이야기 가야사』, 청아출판사, 2003, 147~173쪽 등 참조)

[8] 삼국시대는 가야가 신라에 병합된 기원후 6세기 중전반부터 고구려가 멸망한 7세기 중후반까지를 가리킨다. 그러므로 우리 역사에서 삼국시대는 약 100여 년 정도였다고 할 수 있다.

[9] 한반도의 남쪽에는 신라가 있었고, 북쪽과 대륙의 동쪽에 이르는 지역에는 발해가 있었기 때문

함께 지배층의 생각을 서정적으로 표현하는 시가인 가악歌樂이 역사의 전면으로 부상하면서 새로운 모습을 가진 민족시가의 형식[10]이 형성되어 발달하기 시작한 때인 것으로 시가문학사의 특성을 규정할 수 있다. 신라시대에는 민족 통합을 성공적으로 수행하기 위한 수단으로 민간의 노래를 바탕으로 하면서 불교적 성격을 가미한 새로운 형태의 민족시가가 탄생하였다. 승려이면서 화랑이었던 낭승郎僧들에 의해 만들어지고 전파되어 모든 신라인들이 만들고 즐기는 갈래로까지 이른 향가의 발생[11]이 그것이다. 고려시대는 전반기의 안정된 시기를 거쳐 후반기부터는 내부에서 일어난 무신란武臣亂과 외부에서 쳐들어온 이민족인 몽고의 침입으로 인해 국가의 힘이 약화되면서 민간의 노래가 궁중의 가악으로 수용되었고, 유학이 불교의 자리를 서서히 대신하기 시작하는 상황이 나타났다. 이러한 역사적 현실에 힘입어 속요와 경기체가와 같은 형태의 노래들이 만들어지면서 민족시가가 새로운 형식을 추구할 수 있게 되었다.

셋째 시기인 조선[12]이 세워진 14세기 말부터 19세기 말까지의 시대는 현실적인 정치철학이면서 불교를 대신하여 조선의 통치이념으로 자리 잡은 유학이 민족구성원의 세계관으로 정착하면서 절대왕권이 확립되었다. 신분의 등급도 더욱 세분화하였고, 무역이 중심을 이루던 사회에서 농사가 중심을 이루는 농경사회로 그 성격[13]이 바뀌어 갔으며, 신의 자리에 자연이 들어서면서 인간과 자

에 남북국시대로 규정한다.

10 신라 초기에 지어진 것으로 차사사뇌격(嗟辭詞腦格)을 가지고 있는 노래인 두솔가(兜率歌)와 6세기 말기에 지어진 〈혜성가〉 등에 대한 기록을 통해 이러한 사실을 확인할 수 있다.

11 손종흠, 「민족 통합과 향가의 발생」, 『논문집』 45, 한국방송통신대, 2008; 손종흠, 「혜성가와 민족시가 형식의 탄생」, 『향가의 수사와 상상력』, 보고사, 2010.11, 12~35쪽.

12 조선시대는 농경사회가 본격화하기 시작한 시기다. 사농공상(土農工商)이라는 신분제의 확립이 이루어지면서 상공업은 푸대접을 받기 시작했고, 농업이 중심을 이루는 국가를 지향하게 된다. 이러한 신분의 재편은 성리학을 중심으로 하는 유학의 이념을 발전시키는 촉진제로 작용했을지 모르지만 국제사회에서는 고립된 상태의 폐쇄된 나라를 자처하게 됨으로써 전쟁과 식민지화라는 민족적 비극을 초래하는 원인이 되기도 했다.

13 이것은 조선 이전의 시기가 농업이 존재하지 않았다거나, 앞 시대보다 조선시대가 무역의 절대적

연이 마주[14]하는 양상을 띠게 되었다. 이 시기는 경제 사정이 어려워지면서 백성들의 삶은 힘들어졌지만 문화적으로는 상당한 안정을 취하면서 한시의 성행과 더불어 시조와 가사 같은 새로운 형식의 시가문학이 크게 발달[15]하였다.

넷째 시기인 20세기부터 현재까지의 시대는 신분의 해방과 더불어 신과 자연이 사라진 자리를 인간이 대신하면서 모든 것이 인간 중심으로 움직이는 시대를 맞이하게 되었다. 그리하여 문명의 비약적인 발달과 더불어 인간이 만들어내는 모든 문화는 오로지 인간을 중심으로 만들어지는 인간제일주의의 사회로 바뀌게 되었다. 시가에도 엄청난 변화가 일어나게 되는데 시와 노래[16]가 완전히 분리됨과 동시에 자유로운 형식을 추구하게 됨으로써 다양한 형태의 작품을 통해 화자의 정서를 표현하는 양상을 띠게 되었다. 이 시기는 민족시가의 자유로운 형식이 보장되는 시대라고 할 수 있다.

첫째 시기의 시가는 민요와 깊은 연관을 맺고 있는 것으로 비교적 짧은 형

인 량이 축소되었다는 의미는 아니다. 인구의 증가와 함께 사회는 꾸준히 발전해 왔기 때문에 어느 시기든 무역이나 농업 등에 있어서 절대량은 앞 시기보다 많을 수밖에 없기 때문이다. 좀 더 구체적으로 말하자면, 조선 이전의 시기에서는 농업을 바탕으로 하면서 무역을 통한 국부(國富)의 축적이 중요한 구실을 했다는 것이고, 조선시대에 오면 무역을 바탕으로 하면서도 농업이 국가의 기간산업으로 자리매김하는 상황이 되었다는 것이다.

14 보기에 따라서는 고대로 올라가면 갈수록 자연이 인간과 맺는 관계가 한층 밀접했을 것으로 생각할 수 있다. 이것은 문명의 발달과 관계가 있는 것으로 일상의 생활이라는 측면에서는 타당한 주장이 될지 모른다. 그러나 시가를 중심으로 하는 문학에서는 과거로 거슬러 올라가면 갈수록 신과 인간이 밀접한 관련을 지니고 있었다는 것을 누구나 쉽게 짐작할 수 있을 정도다. 그리고 이것은 비단 문학 분야뿐만이 아니라 문화, 정치 등 사회 전반에 나타나는 현상이었던 것으로 보는 것이 훨씬 타당할 것으로 보인다.

15 조선은 성리학을 중심으로 하는 일사분란하고 논리적인 지배이념과 그에 맞춘 국가체제를 갖춘 사회였기 때문에 그 범주 안에서는 매우 안정적이고 안락한 문화의 시대를 구가할 수 있었다. 그런 현상에 힘입어서인지 조선시대의 한시는 우리 문학사에서 최고 수준이며, 중국의 작품과 견주어 보아도 손색이 없다고 할 수 있을 정도다. 이에 발맞추어 사대부들은 백성들과도 공유할 수 있는 국문시가를 지어내기도 했는데, 시조와 가사 같은 것들이다. 시조와 가사는 앞 시대의 시가문학과 매우 다른 형식을 갖추고 있기 때문에 새로운 양식의 시가라고 할 수 있다.

16 시(詩)와 가(歌)의 분리 현상에 대해 언급한 최초의 자료로는 『도산십이곡발(陶山十二曲跋)』을 들 수 있다. 그로부터 400여 년이 지난 20세기에 들어와 대중매체가 발달하면서 시와 노래는 완전하게 분리된다.

태[17]를 중심으로 하는 형식을 가지게 되었고, 둘째 시기의 시가는 가악의 발달에 힘입어 상당히 복잡한 형태를 가진 삼구육명[18]의 형식을 갖추게 되었으며, 셋째 시기는 절대왕권의 확립과 더불어 한층 안정된 모습을 지니게 된 사회적 현상에 힘입어 사구팔명[19]의 형식을 갖추게 된 것으로 보인다. 넷째 시기는 이 장에서 논의할 범주를 벗어난 것으로 판단되기 때문에 여기서는 언급을 하지 않는다.

2) 율격론에 대한 기존 논의 검토

우리 시가에는 중국의 한시[20]처럼 기본적으로 지켜야 할 규칙으로 정해진 것이 없다. 그렇기는 하지만 어떤 형태로든 소리의 율동을 형성할 수 있는 나름대로의 규칙이 존재한다는 점은 충분히 인지할 수 있다. 율동을 형성할 수 있는 규칙이 존재하지 않으면 시가라고 하기가 어려울 것이기 때문이다. 우리 시가에서 율격을 형성하는 핵심 요소를 무엇으로 볼 것인가 하는 점에 대해서는 그동안 다양한 논의가 있어 왔고 그에 따라 여러 견해[21]가 도출되었는데, 소리의

---

17 이른바 사언사구체(四言四句體)로 불리는 이 시기의 시가에 대해서는 이구사명(二句四名)이란 명칭을 붙이는 것이 타당할 것으로 생각된다. 사언사구체로 불리는 작품들을 이구사명으로 명명하자는 데 있어서는 논란이 있을 수 있다. 왜냐하면 이 작품들은 한자로 표기되면서 부득이하게 이런 형태를 취한 것으로 볼 수 있기 때문이다. 그러나 작품을 면밀히 살펴보면 한자라는 표기수단 때문이 아니라 우리말로 된 작품 자체가 이구사명의 형태를 갖추고 있었음을 알 수 있다. 〈황조가〉, 〈구지가〉, 〈공무도하가〉 등을 우리말로 풀어 봐도 한 행을 두 구 이상이나 이하로 하는 것이 불가능하거나 어렵기 때문이다. 〈황조가〉에서 '편편황조(翩翩黃鳥)'는 우리말로 '훨훨나는 꾀꼬리', 혹은 '날아다니는 꾀꼬리' 정도로 되는 것을 예로 들 수 있다. 이것은 이구 이상이나 이하로 하는 것은 무리가 된다는 사실을 쉽게 짐작할 수 있을 정도다. 이 점은 나머지 표현과 작품들도 마찬가지이기 때문에 이구사명으로 명명하는 것이 훨씬 적합하다는 것을 알 수 있다.
18 赫連挺, 『均如傳』「譯歌現德分」, "詩構唐辭 磨琢於五言七字 歌排鄕語 切磋於三句六名."
19 손종흠, 『고전시가미학강의』, 앨피, 2011, 395쪽.
20 한시에는 평측(平仄), 압운(押韻), 대구(對句), 기승전결(起承轉結) 등의 엄격한 규칙이 존재하는데, 이것들이 한시의 율격적 특성을 결정짓는 중요한 요소가 된다.
21 黃希榮, 『韻律研究』, 형설출판사, 1969; 성기옥, 『한국시가 율격의 이론』, 새문사, 1982; 조동

장단長短을 중심으로 해야 한다는 데는 어느 정도 의견이 접근된 것으로 보인다. 현재까지 시도된 한국시가의 율격에 대한 논의는 크게 음수율音數律과 음보율音步律으로 나눌 수 있다. 음수율은 하나의 구절에 들어갈 수 있는 글자의 숫자를 근거로 하여 시가의 율격을 도출해야 한다는 주장이고, 음보율은 동일한 길이를 가지는 소리의 마디를 통해 시가의 율격을 도출해야 한다는 견해이다. 각각의 견해가 나름대로의 타당성을 확보하고 있는 것이 사실이지만 작품을 대상으로 하여 율격적 특성을 도출하는 데는 일정한 한계가 있었던 것으로 보이기 때문에 이 이론을 넘어설 수 있는 새로운 논의가 있어야 한다는 지적이 꾸준히 제기되어 왔던 것도 사실이다. 먼저 두 견해의 문제점을 살펴보도록 하자.

음수를 중심으로 우리 시가의 율격적 본질을 파악해야 한다는 견해의 문제점은 다음과 같이 지적할 수 있다.

① 표음문자에서는 글자의 숫자가 율격론으로 정립될 수 있을 정도로 특별한 의미와 기능을 가지지 못함.
② 표음문자의 특성상 글자의 숫자를 중심으로 한 정형성을 형성하기 어려움.
③ 음수를 중심으로 한 소리의 율동이 규칙성을 확보하기 어렵기 때문에 이것으로 율격적 특성을 규명하기 어려움.
④ 음수로 접근할 때 정형성을 가진 작품은 우리 시가의 어떤 갈래에서도 발견하기가 어려움.

속요, 경기체가, 악장, 시조, 가사 등의 어떤 국문시가에서도 음수로 정형성을 도출할 수 있는 작품은 찾아보기 어렵다. 우리 시가가 음수의 정형성을 확보하기

일, 『한국시가의 전통과 율격』, 한길사, 1982; 정병욱, 「한국시가의 운율과 형태」, 『고전시가론』, 새문사, 1984; 김대행 편, 『운율』, 문학과지성사, 1984.

어려운 가장 큰 이유는 ①에서 지적한 것처럼 글자의 숫자가 실제 작품 속에서는 율격적으로 특별한 의미와 기능을 하지 못하기 때문인 것으로 본다. 우리말은 표현의 의미나 소리의 율동 등이 모두 전적으로 음수에 의해 결정될 수 없는 언어적 특성을 가지고 있다. 음수의 차별화가 모든 시가 작품에 나타난다는 것은 주기적 반복의 구조를 바탕으로 하는 율격을 규명함에 있어서 그것만으로 율격적 본질에 접근하는 것은 바람직하지 못하다는 것을 보여주는 단적인 예가 될 것이다. 우리 시가가 음수를 통한 정형성을 확보하지 못하는 것은 사실이지만 그렇다고 하여 음수가 율격론에서 완전히 배제되어서는 절대로 안 될 것으로 보인다. 왜냐하면 우리 시가의 율동律動과 율독律讀 등은 모두 음수를 기반으로 하여 형성되는 소리의 장단에 의해 결정되는 성격을 지니고 있기 때문이다.

다음으로 음보를 중심으로 시가의 율격을 논의하려는 견해의 문제점을 살펴본다.

① 음보율은 우리 언어의 특성을 바탕으로 한 이론이 아님.

② 소리의 마디와 율격의 마디를 동일한 것으로 보기 어려움.

③ 소리의 등장성이 어떤 율격적 효과를 가지는지가 불분명함.

④ 길어지는 소리인 장음과 짧아지는 정음停音의 율격적 효과가 어떤 것인지를 분석하기 어려움.

⑤ 어떤 시가 작품에서도 음보의 정형성을 발견하기 어려움.

하나의 마디에 들어가는 글자의 길이를 서로 다르게 하는 역학적力學的 부등화不等化[22]를 통해 형성되는 소리의 등장성等長性을 기반으로 하는 음보율은 한편으로는 음수를 통해 차별화한 소리를 통해 일어난 내포의 극대화를 바탕으로

---

22 정병욱, 앞의 글, 24쪽.

하고, 다른 한편으로는 동일한 단위로 통일하여 균등화하는 외연의 극대화[23]를 통해 새로운 의미를 창조하는 단계로까지 나아가는 것은 사실이다. 그럼에도 불구하고 음보율로는 한국시가의 율격이 지니는 본질에 접근하기가 어렵다고 보는 이유는 등상성으로 인한 율동적 효과가 율격의 형성에 얼마나 중요한지를 밝혀내기가 어렵다는 점 때문이다. 〈서경별곡〉 같은 작품을 보면 이러한 사실을 좀 더 분명하게 알 수 있다.

> 셔경西京이 아즐가
> 셔경西京이 셔울히 마르는
> 위 두어렁셩 두어렁셩 다링디리
>
> 닷곤딕 아즐가
> 닷곤딕 쇼셩경 고외마른
> 위 두어렁셩 두어렁셩 다링디리
>
> 여히므론 아즐가
> 여히므논 질삼뵈 브리고
> 위 두어렁셩 두어렁셩 다링디리
>
> 괴시란딕 아즐가
> 괴시란딕 우러곰 좃니노이다
> 위 두어렁셩 두어렁셩 다링디리

---

23   손종흠, 『속요 형식론』, 박문사, 2010, 2 · 382쪽.

구스리 아즐가

구스리 바회예 디신들

위 두어렁셩 두어렁셩 다링디리

긴히쏜 아즐가

긴히도 그츠리잇가 나난

위 두어렁셩 두어렁셩 다링디리

  일반적으로 널리 알려진 율독이라고 할 수 있는 위와 같은 모습으로 된 형태로는 어떤 율격적 정형성도 추출해낼 수가 없다. 그러므로 이 경우는 다른 방식의 접근법이 필요하다는 것을 쉽게 인지할 수 있다. 다음과 같은 율독의 방식은 작품의 율격적 정형성을 한 눈에 보이도록 드러낼 수 있다.

셔경西京이아즐가 셔경西京이 셔울히마르는

위두어렁셩 두어렁셩 다링디리

닷곤딩아즐가 닷곤딩 쇼셩경고외마른

위두어렁셩 두어렁셩 다링디리

여희므론아즐가 여희므논 질삼뵈ㅂ리고

위두어렁셩 두어렁셩 다링디리

괴시란딩아즐가 괴시란딩 우러곰좃니노이다

위두어렁셩 두어렁셩 다링디리

구스리아즐가 구스리 바회예디신들

위두어령셩 두어령셩 다링디리

긴히쭌아즐가 긴히둔 그츠리잇가나난

위두어령셩 두어령셩 다링디리

우리 시가의 형식적 특성 중의 하나가 앞과 뒤라는 순서에 의해 소리를 배열[24]함으로 인해 생기는 장단에 의해 율격을 형성하는 것이라고 할 때, 행을 음보 단위로 구분하고, 그 단위 속에서 일어나는 소리의 율동으로 율격적 특성을 설명하는 것이 가능할지가 의문이 아닐 수 없다. 더구나 음보가 율격적 요소로 작용하기 위해서는 정형성을 담보할 수 있는 장치가 있어야 하는데, 우리 시가 중에 음보의 정형성을 확실하게 담보할 수 있는 작품을 발견한다는 것은 무척이나 어렵다. 세 줄로 되어 있는 시조의 음보는 초장初章과 중장中章은 어느 정도 일치하는 모습을 보이지만 종장은 한 음보가 늘어난 형태를 보이고 있기에 음보의 정형성만으로는 이것을 설명하기가 쉽지 않다. 그렇기 때문에 시조의 종장은 과음보過音步로 설정하고, 초장과 중장의 반복에 대비되는 전환의 구조로 해석해야 한다는 주장[25]의 고충을 이해할 만하다.

위에서 제시한 다양한 이유를 근거로 하면서 형식적 요소로서의 율격이 가지는 본질적 성격을 고려할 때 음수율과 음보율을 넘어설 수 있는 새로운 이론의 개발이 필요하다는 것을 쉽게 공감할 수 있게 된다. 이러한 생각을 바탕으로 한글로 기록된 최초의 시가인 속요를 대상으로 우리말의 언어적 특성을 기반으로 하는 한국시가 율격의 이론을 전개해보고자 한다.

---

24 『균여전』의 '가배향어(歌排鄕語)'가 이 점을 지적한 것으로 볼 수 있다.
25 성기옥·손종흠, 『고전시가론』 방송대 출판부, 2006, 286쪽.

2. 속요 율격의 이론

1) 율격의 형성 과정

첫째, 소리 현상, 둘째, 구조화한 존재, 셋째, 주기적 순환성, 넷째, 자율적 규범성[26] 등을 본질적 성격으로 하는 시가의 율격은 매우 복잡한 과정을 거쳐 형성되는 것으로 파악된다. 율격이라고 하는 것이 지정된 어느 하나의 순간이나 한두 가지 정도의 구성 요소에 의해 만들어지는 것이 아니라 시가의 형성 과정과 그 맥을 같이하면서 작품을 이루는 모든 구성 요소의 유기적 결합에 의해서만 만들어질 수 있는 것이기 때문이다. 더구나 시가의 표현과 내용 전달의 매개체가 되는 언어가 지닌 특성을 핵심적인 구성 요소로 하면서 그 이상의 예술적 아름다움을 만들어내는 중심적인 요소를 율격[27]으로 볼 수 있기 때문에 복잡한 형성 과정 이상으로 그 중요성은 커질 수밖에 없다. 또한 시가의 형태를 결정짓는 핵심적 요소인 형식에서 중요한 구실을 하는 것이 바로 율격이므로 시가는 율격에 의해 그 본질적 성격이 결정된다고 해도 지나친 말이 아닐 정도다. 그렇다면 시가를 시가답게 하는 형태를 결정짓는 형식의 핵심적인 구성 요소가 되는 율격은 과연 어떤 과정을 거쳐 형성되는 것일까?

첫째, 시가의 표현수단인 언어를 바탕으로 함

우주 내에 존재하는 모든 소리는 주기적 반복구조를 지니는 율동을 형성할 수 있는데, 소리의 반복구조이면서도 일반적인 소리가 가지는 율동과 율격이 다를 수밖에 없는 이유는 언어를 매개로 드러나는 존재라는 점 때문이다. 따라

---

26 손종흠, 『속요 형식론』, 박문사, 2010, 143~154쪽.
27 소리의 고저장단과 휴지 등을 통해 형성되는 시가의 율격은 작품 안에 일정한 공간을 만들어내는데, 그것을 그릇으로 하여 언어를 넘어서는 의미와 예술적 아름다움을 담아낼 수 있게 된다.

서 율격은 시가를 표현하는 언어를 선택적 필수 요소로 한다는 사실을 알 수 있다. 율격이 언어를 선택적 필수 요소로 한다는 말은 시가를 만들고 즐기는 사람들이 사용하는 언어가 지닌 본질적 성격을 바탕으로 하여 그것의 성격과 특성이 결정된다는 사실을 보여준다. 바꾸어 말하면, 시가의 율격은 작품의 표현수단이 되는 언어적 특성을 기반으로 하여 성립하고, 율격에 대한 접근 역시 언어적 특성을 중심으로 해야 한다는 의미를 가진다. 이것은 우리 시가의 율격을 논의함에 있어서 표음문자라는 한국어의 특성을 기반으로 출발하지 않으면 안 된다는 사실의 직접적인 근거가 된다.

둘째, 장단長短의 배열

조선시대에는 중국의 한자와 마찬가지로 모든 글자의 성질을 사성四聲으로 규정했었다. 거의 사라지기는 했지만 지금도 사성의 잔재로 볼 수 있는 언어 현상들을 발견할 수 있으므로 일상의 언어생활에서 사성이 일정한 구실을 했던 것은 틀림없는 사실이다. 그럼에도 불구하고 시가의 율격에서 그것을 고려의 대상이 넣기가 쉽지 않은 이유는 우리 시가에서는 사성이 작품의 율격을 형성하는 데 일정한 구실을 한다는 사실을 발견하기가 매우 어렵기 때문이다. 즉 우리 시가에서는 율격을 형성할 수 있는 형식에 대한 규칙으로 사성과 관련된 어떤 것도 존재하지 않는다는 말이 된다. 『균여전』에서 최행귀가 '가배향어'[28]라고 한 이유가 바로 여기에 있음을 짐작할 수 있다. 이 기록이야말로 우리 시가의 율격은 사성의 관여에 의해 결정되는 것이 아니라 소리의 장단을 시간적 선후에 의해 배열하는 방식에 의해 정해진다는 것을 보여주는 근거가 된다.

---

28 赫連挺, 『均如傳』第八 「譯歌現德分者」.

셋째, 명名을 전제로 하는 음절

우리가 일생생활에서 사용하고 있는 언어를 글자라는 기호로 나타내고 있는 한글에서 모음母音은 단독으로 하나의 음절을 형성하기도 하지만 일반적으로 초성初聲, 중성中聲, 종성終聲을 기본적인 구성 요소로 한다. 이러한 성격을 가지는 몇 개의 음소音素로 이루어져 있으면서 하나의 종합된 음의 느낌을 주는 말소리의 단위를 가리키는 음절은 최소의 발화단위가 된다. 음절이 최소의 발화 단위라는 말은 언어생활을 함에 있어서 음절이 반드시 필요하며, 그 언어를 매개수단으로 하는 시가에서도 동일하다는 것을 의미한다. 음절[29]을 구성 요소로 하여 형성되는 단어單語[30]와 그것의 결합에 의해 말하는 사람이 전달하고자 하는 뜻을 나타내게 되고, 사성을 기반으로 하는 언어의 율동이 형성되므로 음절은 언어의 핵심 구성 요소가 되면서 단어를 전제로 한 것이 될 수밖에 없다. 시가는 언어를 기반으로 하기 때문에 이 범주를 절대로 벗어날 수 없으며 장단에 의한 율동을 형성해야 하는 까닭으로 인해 일상언어에서 사용하는 단어의 구실과 의미를 넘어서는 새로운 것을 담을 수 있게 된다. 따라서 언어에서 말하는 단어라는 용어를 그대로 사용하는 것은 바람직하지 않다. 시가에서는 언어의 단어에 해당하는 요소를 '명名'으로 규정하게 되는데, 그 이유는 최소의 독립적 형식을 갖춘 것이면서 소리의 장단을 조절할 수 있는 최소의 단위가 바로 '명'이기 때문이다.[31]

넷째, 구句를 전제로 하는 명

1부 2장 4절에서 자세하게 언급 한 바와 같이 '명'은 일정한 단계의 변화 과

---

29 경우에 따라 일상언어에서는 한 음절이 한 단어를 구성하여 음절과 단어가 동일한 경우가 생길 수 있지만 시가에서는 그것이 불가능하다는 점을 지적해둘 필요가 있다.
30 단어의 정의에 대해 언어학에서는 관점의 차이로 인해 의견이 나누어져 있으므로 시가의 율격론을 위한 용어로는 적합하지 못하다는 것을 알 수 있다.
31 이에 대해서는 후술한다.

정을 거쳐 발전함으로써 모종의 사물이나 현상으로 이루어지는 것을 지칭하는 형성의 의미를 지니는데, 구조나 형태의 변화가 수반되는 특징을 가진다. 그러므로 '명'은 경계를 설정하여 일정한 형태를 이룬 것이면서 독자적이고 독립적인 성질을 가진 사물 현상의 한 단위를 지칭한다는 것을 알 수 있다.

이러한 성격을 가지는 '명'이 말과 관련을 가지는 것으로 되었을 때는 문장 안에서 하나의 독립된 단위를 가리키는 것으로 취급할 수 있게 된다. 바꾸어 말하면 '명'은 하나의 어절을 이루는 품사와 활용하여 변하는 부분인 어미語尾를 말하는 것으로 문장을 구성하는 기본 단위를 지칭하는 것이 된다는 것이다. 우리말에서는 명사, 조사, 동사, 형용사 등의 품사와 용언 및 서술격 조사가 활용하면서 변하는 부분인 어미와 같은 것들을 하나의 '명'으로 부를 수 있게 된다. 이러한 성격을 지니는 '명'이 시가에서 하는 구실은 언어 현상과 맞닿아 있으면서 율격을 구성하는 요소로 작용하기 때문에 음절의 위에 있는 단위가 되면서 구의 아래에 위치하는 율격의 구성 요소로 규정할 수 있게 된다. 즉 '구'를 전제로 하는 '명'에 의해 기본적인 율동이 형성되면서 율격의 구성 요소로 작용하게 된다는 것이다.

다섯째, 행行을 전제로 하는 구

구는 둘 또는 그 이상의 어절語節로 이루어진 말뭉치로 주어와 서술어로 이루어진 통사적 단위의 하나인 절이나 문장文章의 성분이 되는 것을 가리킨다. 여기서 말하는 어절은 발음의 기본이 되는 문장구성의 단위로 체언에 조사가 붙거나 어간에 어미가 붙어서 이루어지는 형태를 가지는데, 대개 띄어쓰기의 단위와 일치하는 경향이 있다. 그런데, 정형성을 바탕으로 한 율동을 통해 율격을 형성함으로써 예술적 아름다움을 창조할 수 있도록 만들어진 시가에서는 어절 중심이 아니라 명을 중심으로 하여 구가 구성되는 특성을 가지고 있다. 구가 형성되면서 명을 이루는 각 음절들의 장단이 정해지게 되는데, 평과 장이라는 두 개의 단위가 결합하는 방식이 된다는 것[32]이다. 이러한 성격을 가지는 구가 결정되면 다음 단계에서는 수사적 표현의 단위인 행을 전제로 하여 몇 개의 구절이 어떤 장단으로 구성되는가에 따라 율격의 양상이 정해진다.

여섯째, 수사적 표현을 전제로 하는 행

일정한 수사적 표현 단위를 형성하기 위해 구가 쌓여짐으로써 만들어지는 행은 시가에만 있는 율격적 단위다. 통사적 단위와 일치하지 않을 수도 있는 형식적 구성 단위인 행은 주기적으로 반복되는 구조構造와 강제적이고 인위적인 휴지休止[33]를 통해 문장의 형태를 바꾸는 주체가 되기 때문에 시가의 율격적 특성은 모두 행을 단위로 완성된다고 할 수 있다. 즉 음절에서 출발하여 명과 구를 거치면서 형성된 평과 장을 통해 만들어지는 율동이 주기적 반복의 구조를 가지는 행이라는 단위에 의해 완성된 율격을 낳게 된다는 것이다.

2) 속요 율격의 이론

(1) 명名의 개념과 구성 원리

언어에서 음절이 모여 구성되는 것으로 분리하여 자립적으로 쓰일 수 있는 말인 단어[34]와도 일정한 관련을 가지고 있는 '명'은 주어와 목적어 등이 될 수 있는 명사, 대명사, 수사 등과 그것이 중심을 이루는 주어와 목적어에 격을 설정해주

---

32   속요에서 구(句)는 통사적 단위로만 생각하고 이해해서는 곤란하다. 그렇게 할 경우 〈청산별곡〉은 어떤 정형성도 확보하기 어려운 작품이 되고 만다. 구에 평장(平長)의 개념이 도입되어야 하는 이유가 바로 여기에 있다.
33   성기옥, 앞의 책, 83쪽.
34   조사와 어미에 대해서는 조사만 단어로 인정하고, 어미는 인정하지 않는 견해, 조사와 어미 모두를 단어로 인정하지 않는 견해, 조사와 어미를 모두 각각 단어로 인정하는 견해 등이 있어서 통일된 모습을 보이지는 않는다.

는 조사, 서술어가 되는 동사와 형용사의 어간과 활용을 하면서 변하는 성격을 가지고 있는 어미 등을 구성 요소로 한다. '명'이 언어에서 말하는 단어를 기반으로 하는 것에서 출발하기는 했지만 시가에서 말하는 '명'은 언어에서 말하는 통사적 개념과는 상당히 다른 것이라는 점을 먼저 지적해둘 필요가 있다.

앞에서 말한 바와 같이 소리의 율동을 통해 율격을 형성함으로써 시가를 시가답게 하는 주체가 되는 형식을 통해 형태를 완성하는 방식을 취하는 시가에서 단어라는 의미만으로는 담아낼 수 없는 예술적 특성을 '명'이라는 단위 속에 지니고 있는 것으로 보아야 하기 때문이다. 이런 점을 바탕으로 할 때 시가에서 '명'은 다음과 같은 구성 원리에 의해 형성된다는 것을 지적할 수 있게 된다. 첫째, 통사구조인 단어에서 출발한다. 둘째, 수식어는 중심어와 결합한 형태로 하나의 '명'을 이룬다. 셋째, 단어의 격을 설정해주는 조사와 활용을 통해 뜻을 결정하는 어미가 '명'을 구분하는 기준점이 된다. 넷째, 통사적 띄어쓰기가 아니라 주기적 반복의 구조 단위[35]에 의해 결정된다.

시가란 언어를 표현수단으로 하여 성립하는 존재이기 때문에 작품의 구성요소이면서 율격적 요소로 작용하는 '명'도 언어의 범주를 절대로 벗어날 수 없음은 자명하다. 따라서 '명'은 단어에서 출발할 수밖에 없다는 점을 본질적인 성격으로 한다. 그럼에도 불구하고 '명'은 문장 중에서 단어가 하는 구실을 뛰어넘어 새로운 방식의 율동을 형성함으로써 통사구조를 넘어서게 되는데, 그것은 바로 수식어는 독립된 '명'을 만들지 못하고, 중심어와 결합한 형태로 됨으로써 하나의 '명'을 구성한다는 사실, 생략과 활용을 통해 소리의 장단을 조절하는 기능에 기인한 것이라고 할 수 있다. 이러한 점은 작품을 보면 한층 쉽게 확인할 수 있다.

---

35 여기서 말하는 구조 단위는 결합과 분리, 그리고 활용을 통한 변화가 가능한 형태의 단위를 가리킨다.

덩아돌하 당금當今에 계샹이다

덩아돌하 당금當今에 계샹이다

선왕성대先王聖代예 노니ᄉ와 지이다

삭삭기 셰몰애 별혜 나ᄂᆫ

삭삭기 셰몰애 별혜 나ᄂᆫ

구은밤 닷되를 심고이다

그바미 우미도다 삭나거시아

그바미 우미도다 삭나거시아

유덕有德ᄒ신님믈 여희ᄉ와 지이다

옥玉으로 연蓮ㅅ고즐 사교이다

옥玉으로 연蓮ㅅ고즐 사교이다

바회우희 접주接柱 ᄒ요이다

그고지 삼동三同이 퓌거시아

그고지 삼동三同이 퓌거시아

유덕有德ᄒ신님 여희ᄉ와 지이다

'유덕有德ᄒ신님'과 '바회우희' 등은 통사적으로 보면 '유덕有德ᄒ신 님'과 '바회 우희'처럼 띄어쓰기를 해서 독립된 단위로 설정해야 하지만 여기서는 하나의 구조 단위로 볼 수밖에 없다. 왜냐하면 '유덕有德ᄒ신'과 '바회'가 독립적으로 쓰여서는 아무런 구실을 할 수 없으며, 이렇게 할 때 비로소 작품의 율격적 정형성을 담보할 수가 있기 때문이다. 이것이 바로 일상언어와 시가의 언어를 구별하게 하는 차이점이라고 할 수 있다. 또한 술어의 경우 현대어로는 독립적으로 쓰이기 어려운 것으로 인식되는 어미로 보아야 하는 표현들이 하나의 '명'으로 쓰이기도 한다. 〈청산별곡〉을 보자.

살어리 살어리 랏다
청산靑山애 살어리 랏다
멀위랑 ᄃᆞ래랑 먹고
청산靑山애 살어리 랏다
얄리얄리 얄랑셩 얄라리얄라

우러라 우러라 새여
자고니러 우러라 새여
널라와 시름한 나도
자고니러 우 니로라
얄리얄리 얄라셩 얄라리얄라

어듸라 더디던 돌코
누리라 마치던 돌코
믜리도 괴리도 업시
마자셔 우 니노라
얄리얄리 얄랑셩 얄라리얄라

기존의 율격론에서 〈청산별곡〉은 속요 중 형식적 정형성을 가장 잘 갖춘 작품으로 평가를 받아왔는데, 3·3·2음수의 3음보가 중심을 이루는 것으로 알려져 있다. 이러한 이론에 근거를 하지 않더라도 작품의 율격적 특성으로 볼 때 '랏다'는 하나의 '명'으로 보는 것이 타당하다. 앞의 표현에서 '살어리'가 같은 형태로 반복되고 있기 때문에 각각의 휴지를 형성하면서 하나의 '명'을 이루고 있으며, 다른 행에서는 독립된 명으로 이 부분이 구성되고 있기 때문이다. 또한 '우니로라'와 '우니노라'는 각각 '우'와 '니로라', '니노라'로 되어 두 개의 명으로 보는 것이 타당할 것으로 생각된다. '우'는 어간으로 '울고'에서 활용을 하는 어미인 '고'가 생략된 형태가 되어 장음으로 발음되는 경우이고, '니로라', '니노라'에서 '니'는 '니다'의 어간으로 보아야 하기 때문이다. 이 경우 장음화한 음절은 표현하려는 화자의 상황과 전달하려는 화자의 정서를 강조하는 효과를 내기 위한 것으로 이해할 수 있다.

위에서 살펴 본 바와 같이 시가의 표현으로 쓰인 언어들이 하나의 독립된 '명'으로 간주될 수 있느냐 아니냐는 격조사와 어미에 의해 결정되는 것으로 파악된다. 이것은 우리말에서 조사와 어미가 문장의 기본적인 성격을 결정짓는 핵심적인 요소라는 사실에 근거한 것이다. 한국어에서 격변화를 하지 않으면서 문법적인 성性, gender이 없는 명사나 대명사 같은 것은 다양한 형태의 조사를 취하면서 여러 종류의 표현을 만들어내는 성질을 지니고 있으며, 복잡한 활용을 하면서 문장 속에서는 술어가 되는 형용사와 동사는 어간에 붙어서 다양한 활용을 전제로 하는 어미가 놀라울 정도로 많은 데다가 그것이 매우 중요한 문법적 기능을 담당하고 있는데, 이러한 현상은 시가에 그대로 나타날 수밖에 없다. 왜냐하면 우리의 시가는 우리말을 표현수단으로 하고 있기 때문이다. 특히 술어에 쓰이는 어미는 시제時制를 결정할 뿐만 아니라, 문장의 성분을 좌우하기도 하며, 존대법 또한 이것에 의해 형성되므로 문장의 전체적인 성격에 영향을 미치게 된다. 따라서 어미는 시가문학에서 화자의 정서를 드러내는 데 가장 중요한 구실을 하는 존재가 된다. 시가에서 화자의 미묘한 정서를 드러내는 표현들은 모두 어미에 의해 결정된다고 해도 과언이 아닐 정도다. 〈만전춘별사滿殿春別詞〉[36]를 보자.

어름우희 댓닙자리 보와
님과나와 어러주글 만뎡
어름우희 댓닙자리 보와
님과나와 어러주글 만뎡
情[졍]둔오눐밤 더듸새오시라 더듸새오시라

남산南山애 자리 보와
옥산玉山을 벼여 누어
금수산錦繡山 니블 안해
사향麝香각시를 아나 누어
남산南山애 자리 보와
옥산玉山을 벼여 누어
금수산錦繡山 니블 안해
사향麝香각시를 아나 누어
약藥든가슴을 맛초옵사이다 맛초옵사이다

위의 작품에서 보는 바와 같이 우리 시가에서 '뎡'은 조사와 어미, 그리고 수

---

36 이 작품의 명의(名義)에 대해서는 궁궐에 가득 찬 봄 정도로 풀고, 별사는 원곡에 대한 별곡 정도로 이해하는 경향이 있다. 그러나 전춘(殿春)이 '무르익은 봄'을 의미한다는 점을 고려할 때, 〈만전춘별사〉는 늦은 봄에 부르는 이별의 노래로 풀이하는 것이 작품에 드러난 화자의 정서와 가장 가깝다고 볼 수 있다.

식어와 중심어의 결합 등에 의해 형성되므로 일상언어에서 말하는 통사적인 띄어쓰기와 율격적 띄어쓰기는 일치하지 않는다. 이는 휴지에 의해 형성되는 주기적 반복구조에 의해 율격적 띄어쓰기가 결정되기 때문이다.

이상에서 논의한 바를 바탕으로 '명'에 대한 개념을 정의하면 다음과 같이 정리할 수 있다. '명'은 화자가 전달하려는 정서를 가장 작은 단위로 표현하는 것으로 수식어와 중심어의 결합과 그것에 다시 결합하는 조사와 어미에 의해 형성되며 주기적 반복의 구조에 의해 결정되는 율격의 단위를 가리킨다.

(2) 구句의 형성원리

체언에 조사가 붙거나 어간에 어미가 붙어서 이루어지는 형태를 하나의 단위로 하는 것을 '구'라고 할 수 있는데, 일상언어에서는 띄어쓰기와 일치하는 모습을 보인다. 그러나 시가에서는 휴지에 의한 율격적 띄어읽기가 통사적 띄어쓰기와 일치할 수가 없는데, 그것은 '구'가 '행'을 전제로 한 것이어서 그것의 주기적 반복에 의한 정형성을 바탕으로 하고 있기 때문이다. 따라서 시가에서 말하는 율격적 단위의 하나인 '구'는 일상언어에서는 하나의 어절로 볼 수 있는 것이 하나의 구를 형성하기도 한다. 시가의 율격은 '행'의 단위를 기준으로 하여 완성되기 때문에 그 안에서 주기적 반복의 구조를 가지는 단위로 이루어지는 성격을 가질 수밖에 없다. 이와 동시에 '구'는 그 보다 하위의 율격 단위를 구성 요소로 하고 있기 때문에 기본적으로는 '명'의 주기적 반복이 확보된 상태에서 만들어지는 성격을 지니고 있기도 하다. 작품을 보자.

덕德으란 곰비예 받줍고
복福으란 림비예 받줍고
덕德이여 복福이라 호늘

나ᅀᆞ라 오소이다 아으

동동動動다리

정월正月ㅅ 나릿므른 아으

어져 녹져 ᄒᆞ논ᄃᆡ

누릿 가온ᄃᆡ 나곤

몸하 ᄒᆞ올로녈셔 아으

동동動動다리

이월二月ㅅ 보로매 아으

노피현 등燈ㅅ블 다호라

만인萬人비취실 즈ᅀᅵ샷다 아으

동동動動다리

위에서 '나릿므른', 'ᄒᆞ올로녈셔', '만인萬人비취실' 등은 언어 현상으로만 취급할 때는 두 개의 어절로 보는 것이 타당하다. 그러나 이것을 그대로 따라서 띄어쓰기를 한 상태로 휴지를 주어서 율독을 하게 되면 〈동동〉은 어떤 율격적 정형성도 확보하지 못한 작품으로 되고 만다. 이러한 표현들은 이미 앞에서 언급한 바와 같이 수식어와 중심어의 결합을 하나의 '명'으로 취급할 때 비로소 시가의 형식적 구성 원리에 합치하는 것으로 되어 정형성을 확보하는 율격적 단위로 자리매김하게 된다는 것을 알 수 있다. 이제 〈동동〉에서 '구'는 모두 두 개의 '명'으로 이루어진 존재라는 사실을 분명히 할 수 있게 된다. 즉 '나릿므른'은 '나릿믈'과 '은'이라는 체언과 조사의 결합으로, 'ᄒᆞ올로녈셔'는 'ᄒᆞ올로녀'와 'ㄹ셔'라는 어간과 어미의 결합으로 되어 모두 두 개의 '명'으로 이루어진 형태의 '구'가 된다는 것이다.

이렇게 하여 형성된 '구'가 율격 단위로서 하는 구실은 첫째, 행을 단위로 하는 주기적 반복 구조의 형성, 둘째, 소리의 장단을 근거로 하는 평장[37]의 형성, 셋째, 일상언어를 넘어서는 예술적 의미의 창조 등이 된다.

(3) 율격의 완성 단위인 행行

속요는 대다수의 작품이 동일한 모습의 '장章'을 주기적으로 반복하는 연장連章의 형태를 지니고 있다. 장은 동일한 형태로 반복되면서 개별적으로 독립되어 있는 모습을 가지기 때문에 그 자체가 율격의 단위로 작용하기 보다는 예술적 의미의 창조[38]에 초점이 맞추어져 있다는 것을 알 수 있다. 따라서 속요 율격의 이론을

---

37 우리 시가를 이루는 모든 표현들은 앞의 단위와 뒤의 단위가 결합하여 일정한 형태를 가지는 것으로 구조화하는 방식인 데다가 그것이 율격을 이루는 중요한 구실을 하고 있는 만큼 이 요소들을 각각에 대한 명칭과 그 둘을 합친 것에 대한 명칭을 정해주는 것이 필요하다. 왜냐하면 각각의 요소들은 한국시가에서 형식적 특성을 형성하는 기본적인 단위로 작용하기 때문이다. 격변화나 활용을 하지 않는 앞의 단위인 명사나 어간 등은 고정되어 있는 것이 일반적이므로 이것은 안정되고 변화하지 않는 단위로서의 성격을 지닌 것으로 볼 수 있다. 고정된 상태가 일상적인 상태를 형성하면서 소리로 실현될 때는 가장 기본적인 시간을 점유하는 단위로 볼 수 있으므로 이러한 단위의 소리를 '평성(平聲)'으로 명명한 전통을 따라 '평'이라 이름을 붙이는 것이 가장 무난할 것으로 생각된다. 문제는 변화하는 것을 기본적인 성격으로 하는 뒤의 단위에 어떤 명칭을 붙이느냐 하는 것이다. 이것이 실현되는 양상을 보면 첫째, 조사나 어미가 활용한 상태의 모습으로 실현되는 경우, 둘째, 조사가 생략되는 경우로 나눌 수 있다. 조사가 정상적으로 붙어 있거나 어미가 활용된 상태로 실현된 경우는 앞의 단위와 마찬가지 방식으로 시간을 점유하는 것으로 보이기 때문에 앞의 것과 동일한 성질을 가진 것으로 보아 '평'으로 명명해도 무방할 것이다. 문제는 조사나 어미가 생략되는 경우인데, 이때는 앞의 소리가 길어지면서 장음(長音)으로 실현되는 양상을 보이고 있기 때문이다. 예를 들면, 황진이의 시조에서 "청산리 벽계수야 수이감을 자랑마라"에서 '청산리'의 뒤에는 '에', 혹은 '의'와 같은 조사가 생략되었음을 알 수 있는데, 이런 이유 때문에 율독을 할 때는 '리'가 장음으로 실현될 수밖에 없게 된다는 것이다. 나머지 표현들은 다른 어떤 것이 들어갈 수 있는 여지가 전혀 없기 때문에 장음으로 실현되지 않는다. 따라서 이 경우는 생략되지 않은 단위들에 대해서는 '평'이라는 명칭을 그대로 사용하고, 생략된 상태가 되어서 장음으로 실현되는 경우는 '장(長)'으로 이름을 붙이는 것이 합당할 것으로 보인다. 이와 같이 명칭을 붙여 놓고 보았을 때 한국시가의 모든 표현은 평과 평, 평과 장이 결합하는 형태를 통해 구조화한 단위인 '명'을 이루고 있으며, 두 단위의 배열 순서에 따른 시간의 장단에 의해 율격이 형성된다는 사실을 알 수 있게 된다.

38 '〈쌍화점(雙花店)〉'은 네 개의 장으로 되어 있는데, 각각의 장을 독립시켜 놓고 보면 여성으로 보이는 화자가 성적 욕망의 대상인 어떤 남성과 질펀한 성관계를 벌이는 것으로 해석할 수

정립함에 있어서 장章은 별다른 의미를 찾기 어렵게 된다. 한편, '구'의 기본적인 구성 요소가 되는 '명', '행'을 전제로 하여 성립하는 '구', '구'에 의해 결정되는 '평장平章' 등의 성립은 모두 '행'이라는 형식적 단위를 근거로 할 때만 가능하기 때문에 '행'은 율격의 이론에서 대단히 중요한 구실을 하는 것으로 판단할 수 있다. 또한 '행'은 작품의 형태를 바꾸는 구실도 하기 때문에 형태적 특성을 결정짓는 핵심 요소가 된다는 점에서 그 중요성은 더욱 커진다. 그러므로 시가에서 '행'은 작품의 율격적 특성을 낳는 모체가 된다. 위에서 예로 든 〈동동〉이나 〈서경별곡〉 같은 작품에서 보아 알 수 있듯이 '행'의 구분에 의해 작품의 율격적 특성이 결정됨과 동시에 작품의 형태를 바꾸는 형식에도 결정적인 영향을 미치기 때문에 속요가 만들어낼 수 있는 예술적 아름다움에 미치는 영향 역시 크다고 할 수밖에 없다. '행'이 율격과 형식의 중간에 위치하면서 율격적 특성과 형식적 특성을 좌우할 수 있는 중심 요소라는 점 때문에 형식론에서 그것이 가지는 중요성은 거의 절대적이라고 할 수 있다.

한국시가 율격의 이론을 정립함에 있어서 율격의 형성을 주도할 수 있는 것이 무엇이며, 그것이 무엇에 뿌리를 두고 있느냐를 바탕으로 판단을 하고 이론을 세우는 것이 가장 중요할 것으로 보인다. 그렇게 생각할 때 율격의 완성 단위는 행이 될 것이고, 율격의 씨앗이면서 출발점이 되는 단위는 소리의 장단에 근거를 두고 있는 평장이 될 것으로 보이기 때문에 저자는 이것을 평장율平長律이라는 이름으로 부르고자 한다. 소리의 장단에 기초를 하고 있으면서 행을 단위로 하여 완성되는 율격적 특성을 맹아적인 형태로 간직하고 있는 것이 바로 평장이기 때문이다. '평장'

있다. 그러나 네 개의 장을 한 편의 작품으로 연결시켜 놓고 보면, 외국인의 타락, 종교의 타락, 왕실의 타락, 서민의 타락을 노래한 것이 되어 당시 사회 전체가 타락한 것을 비판적으로 노래한 작품으로 볼 수 있게 된다.

과 '명'과 '구'와 '행' 등의 구성 요소와 그것들의 유기적 결합에 의해 만들어지는 율격의 형성 과정을 근거로 하고, 예비적 고찰에서 제시한 시가문학사 구분의 시기에 맞추어서 한국시가의 율격적 특성을 추출하면 다음과 같이 정리할 수 있다.

신의 시대이면서 신가神歌가 중심을 이루던 기원전 1세기까지의 시가는 남아 있는 작품이 많지 않은데다가 한시의 형태로 기록되어 있기 때문에 율격적 특성을 추출하기가 어려운 점이 있으므로 여기서는 언급하지 않는다. 신과 인간이 마주하는 방식을 취하던 시대인 기원전 1세기를 전후한 때부터 14세기 말까지의 시가가 지닌 율격은 여섯 개의 명을 구성 요소로 하는 세 개의 구가 한 행을 이루는 '삼구육명'이 율격의 중심을 이루는 것으로 생각할 수 있다. 자연과 인간이 마주보는 시대라고 할 수 있는 14세기 말부터 19세기 말까지의 시가는 여덟 개의 명을 구성 요소로 하는 네 개의 구가 하나의 행을 이루는 '사구팔명'의 율격적 특성이 중심을 이루었던 것으로 파악할 수 있다. 네 번째 시기인 20세기부터 현재까지의 시가에 대해서는 여기에서 언급을 하지 않도록 한다.

속요의 율격적 특성을 삼구육명으로 정의할 때 앞으로 해결해야 할 과제는 이곳에서 다루지 못한 나머지 것[39]들에 대한 분석을 통해 좀 더 완벽한 이론 체계를 갖추는 일이 될 것이다.

---

39 음수(音數)가 율격에 관여하는 정도, 렴(斂), 조흥구(助興句), 감탄사(感歎詞)와 같은 부수적 요소들의 율격적 기여도 등에 대한 것을 들 수 있다.

제2장

〈만전춘별사〉의 명의名義와 작품의 성격

함축적 표현과 주기적 반복구조를 기본 바탕으로 하여 화자의 정서를 예술적으로 표현하는 특성을 가지고 있는 시가는 기록수단의 발달[1]과 그 맥을 같이 하므로 매우 긴 역사를 가지고 있다. 이러한 성격을 가지는 시가 중에서 한글로 기록된 최초의 작품이라고 할 수 있는 속요는 우리 문학사에서 대단히 중요한 의미를 지니는 것으로 평가된다. 속요 이전의 시가인 상대시가上代詩歌나 향가는 한자와 향찰 등으로 표기되어 있는 관계로 이 작품들을 통해서는 민족시가가 지니고 있는 형식적 특성을 올바르게 파악하기가 매우 어렵다. 반면에 우리말을 가장 정확하게 표기해서 나타낼 수 있는 한글로 기록되어 전하고 있는 속요는 민족시가의 형식적 특성을 올바르게 분석해낼 수 있는 모든 정보를 간직하고 있어 민족시가의 형식적 특성을 파악하기 위한 연구나 분석은 모두 이것에서부터 시작할 수밖에 없다. 우리 문학사에서 이처럼 중요한 위치를 차지하고 있는 속요지만 이에 대한 체계적이고 종합적인 연구는 아직 지지부진한 상태라고 할 수 있다. 어석語釋이 완전하게 이루어지지 못하여 뜻을 제대로 알 수 없는 표현들이 많고 상당수의 작품은 그 명의名義조차 제대로 파악하지 못하고 있는 실정[2]이기

---

1 기록수단인 문자는 신분의 조직적 분화와 국가의 발달에 따른 형성된 지배층의 필요에 의해 발명된 것인데, 이때부터 민요로서의 구전문학은 시가로서의 기록문학으로 전이되었다.

2 여기에 속하는 작품으로는 〈동동(動動)〉, 〈쌍화점(雙花店)〉, 〈정석가(鄭石歌)〉, 〈만전춘별사〉,

때문이다. 명칭은 그것이 지칭하는 대상의 본질적 성격을 가장 잘 보여주고 있으므로 이것에 대한 정확한 해석과 이해는 대상을 올바르게 파악하는 데 있어 매우 중요한 구실을 한다. 시가의 명칭 역시 작품의 본질을 잘 드러내주므로 이것의 명의를 정확하게 파악하는 것은 연구와 이해를 올바르게 행하기 위한 기본이며, 작품의 성격을 종합적으로 판단할 수 있는 핵심적 근거가 되기도 한다. 이런 까닭에 작품의 명의에 대한 고찰과 연구는 체계적이면서도 정밀하게 이루어지는 것이 바람직하지만 지금까지는 그렇지 못했던 것으로 판단된다. 속요의 경우 작품의 명의에 대해서는 다른 것을 연구하는 과정에서 스쳐지나가는 정도로 언급된 것이 대부분으로 이런 명칭을 가지게 된 배경이나 정확한 의미 등에 대해서는 제대로 된 자료 조사조차 이루어지지 않았던 것으로 보이기 때문이다. 그 결과 위에서 언급한 것처럼 상당수의 속요 작품에 대해서는 명의를 제대로 파악하지 못했거나 아예 짐작조차도 하지 못하는 상황에 처하고 말았다.

명의가 제대로 파악조차 되지 못한 상태에 있는 〈만전춘별사〉는 여러 가지 면에서 주목을 요하는데, 구조적 통일성을 발견하기 어려운 작품이라는 점과 이것의 한 장은 시조의 원형적인 모습을 간직하고 있다는 점 등으로 인해 좀 더 세심한 주의를 필요로 한다. 〈만전춘별사〉는 내용상으로 통일성을 추출하기가 어려우며, 작품의 한 장을 따로 떼어놓고 보면 조선시대에 와서 국문시가의 중심으로 부상한 평시조와 거의 일치하는 형태를 발견할 수 있기 때문이다. 〈만전춘별사〉가 평시조의 모습을 가지고 있다는 점은 시조의 발생 연원을 속요에서 찾아야 한다는 주장의 근거가 되기도 한다. 또한 〈만전춘별사〉는 어석이 제대로 된 상태도 아닌 상황에서 대략적인 내용만을 기준으로 하여 다른 작품에 속해 있던 여러 개의 부분들이 원래의 작품으로부터 떨어져 나와 다시 결합한

〈이상곡(履霜曲)〉 등을 들 수 있다.

것으로 보아 내용적 연결성이 가장 미약한 작품으로 파악하기도 했다. 만약 여러 작품의 조각들이 일정한 선택 기준에 의해 선별되고 결합함으로써 만들어진 것을 〈만전춘별사〉라고 할 때, 하나의 명칭 아래 여러 개의 작품이 합쳐질 수 있었던 이유나 현전하는 작품의 각 부분들이 어떤 관련성을 가지고 있는지 등에 대한 연구가 제대로 이루어질 필요가 있다. 종래의 주장대로 이 작품의 각 장이 독립적인 내용을 가진 노래라면 무슨 까닭에 〈만전춘별사〉라는 명칭을 가진 작품으로 묶일 수 있었는지에 대한 것을 밝히는 것이 중요하다고 하겠다. 하나의 사물 현상이 독자적인 성질을 가지는 독립된 개체로 성립되고 나면 그것의 본질적 성격을 가장 잘 드러낼 수 있는 것으로 간주하여 붙인 것이 바로 명칭이기 때문이다. 따라서 명칭이 가지고 있는 의미를 제대로 파악한다면 그것이 지칭하는 대상의 본질을 매우 정확하게 꿰뚫어볼 수 있는 출발점이나 단서를 제공할 수 있게 될 것이다. 속요 중에서도 매우 특이한 성격을 가지고 있는 작품으로 평가받는 〈만전춘별사〉의 명칭이 갖는 의미에 대한 분석과 해석을 올바르게 하고자 하는 이유가 바로 여기에 있다.

이 작품의 명의에 대한 올바른 해석은 서로 다른 여러 개의 노랫말이 〈만전춘별사〉라는 통일된 명칭 아래 하나로 묶이게 된 이유와 내용의 통일성이 약한 것처럼 보이는 원인 등에 대한 정확한 분석을 할 수 있는 근거를 제시할 뿐 아니라, 이것을 바탕으로 현전하는 작품의 문학적 성격을 좀 더 명확하게 밝혀낼 수 있는 근거를 확보할 수 있을 것으로 보인다. 〈만전춘별사〉의 명의에 대해 지금까지 논의된 바를 보면 '만전춘'은 '궁궐에 가득한 봄'으로, '별사'는 '원래의 노래原詞'에 상대되는 별도의 노래'라는 주장이 중심을 이루는데, 이에 대해 특별히 다른 견해를 제시하는 주장 또한 별로 나타나지 않았던 것으로 보인다. 별다른 이견이 제시되지 않았다고 해서 종래의 주장이 맞는지 그른지조차 검토하지 않은 상태에서 이것을 근거로 작품에 대한 분석과 해석을 전개한다는 것은 매우 위험하거나 상당히 큰 문제를 야기할 수 있다. 왜냐하면 '만전춘滿殿春'이란 말이 어떤 경우에도 '궁궐에 가득 찬 봄'으로 해석되기 어렵다는 사실은 한문을 조금만 이해할 수 있는 사람이라면 누구나 쉽게 파악할 수 있을 정도이기 때문이다. 상황이 이렇다면 〈만전춘별사〉의 명의에 대해서는 면밀한 검토를 기반으로 한 새로운 시각으로 다시 접근하여 분석하는 것이 필요하다는 결론에 이른다. 즉 〈만전춘별사〉의 명의가 종래의 주장과 같은 의미가 아니라 새로운 의미로 해석될 수 있는 필요성과 가능성이 제기되는 것이다. 이를 바탕으로 작품이 지니고 있는 본질적 성격이나 구조적 특성 등에 대한 고찰도 새롭게 해야 할 것이기 때문에 이 작업은 매우 중요한 의미를 가질 수밖에 없다.

이러한 당위성과 근거를 바탕으로 〈만전춘별사〉의 명의를 좀 더 분명하고 정확하게 밝히기 위해 필요한 모든 자료들을 면밀히 검토하고 분석하여 새로운 뜻으로 해석할 수 있는 여지가 있는지를 살펴 결론을 도출하려고 한다. 작품의 명칭이 대상의 본질적 성격을 가장 정확하게 반영할 수밖에 없다는 점을 논리적 근거로 삼으면서 이를 바탕으로 〈만전춘별사〉라는 작품이 지니고 있는 문학적 성격을 고찰하는 데까지 논의를 진전시킬 것이다. 이 작업이 성공적으로 이루어진다면 〈만전춘별사〉가 가지고 있는 문학적 성격을 새롭게 밝혀낼 수 있는 근거를 마련할 수 있을 것으로 보인다.

1. 기존 연구 검토

1) 작품의 명의에 대한 연구

지금까지 학계에서 도출된 연구 성과를 보면 거의 모든 연구자들이 〈만전춘별사〉는 작품의 명의와 내용의 연결성이 매우 희박한 것으로 인식하고 있다.

'만전춘'의 뜻을 '궁궐에 가득 찬 봄'[3] 정도로 해석하거나 송도頌禱, 혹은 송축頌祝과 관련을 가지는 명칭[4] 정도로 보는 것이 일반적인데, 작품의 내용은 이것과는 거리가 먼 노골적인 남녀상열지사가 중심을 이루고 있는 것으로 파악되기 때문이다. 논자에 따라서는 사詞의 경우 내용과 제목이 일치하지 않는 경우가 많았음을 예로 들면서 궁중으로 들어온 속요의 명칭을 붙이는 데도 이러한 사회적 관습이 강력하게 작용했을 것이라는 주장[5]을 펴기도 하지만, 근거로 제시할 수 있는 확실한 자료가 부족한 것도 사실이다. 지금까지 제시된 대표적인 견해들을 살펴보면 다음의 세 가지로 크게 나누어서 정리할 수 있는데, 〈만전춘별사〉의 명의에 대해 더 진전된 논의는 아직까지 나타나지 않은 것으로 보인다.

〈쌍화점〉이나 〈만전춘별사〉 등의 속요 작품은 가극歌劇의 대본臺本으로 보아야 한다는 주장을 펼친 여증동은 〈만전춘별사〉는 내용상 불합리不合理와 형태상 불합리가 매우 강하게 나타나는 작품으로 노래를 통하여 사상과 감정이 표현되고 전달되는 가요와는 거리가 먼 것으로 파악하여 소리극인 가극의 대본으로 보아야 한다고 주장했다. 이렇게 할 때 전殿은 궁전宮殿을 뜻하며, 춘春은 기녀妓를 대칭代稱하기도 하고, 만滿은 참여자의 무리衆로 볼 수 있다고 했다. 그 결과 '만전춘'이란 명칭은 무대가 궁전이며, 배우는 기생 무리妓隊로서 관객과 더불어 참여자의 만원滿員을 의미하는 상황에서 나온 것[6]이라고 했다. 이 견해는 〈만전춘별사〉가 일반적인 노래로서의 가요가 아니라 가극의 대본이라는 점을 기반으로 하고 있기 때문에 이것을 시가로 인식하여 그것이 지니고 있는 문학적 성격을 밝히려는 입장에서는 수용하기 어려운 점이 있다.

---

3   성현경, 「만전춘별사의 구조」, 『고려시대의 언어와 문학』, 형설출판사, 1975, 382쪽.
4   명칭의 의미를 중심으로 하여 작품의 성격까지 해석한 논자들이 많지 않으나 〈만전춘별사〉에 대해 언급한 대부분의 연구자가 이러한 취지로 의견을 제시하고 있다.
5   박노준, 「〈만전춘별사〉의 제명과 작품의 구조적 이해」, 『문학한글』 1, 한글학회, 1987, 11쪽.
6   여증동, 「滿殿春別詞 歌劇論 試攷」, 『논문집』 1, 진주교육대학, 1967, 7~10쪽.

성현경은 〈만전춘별사〉가 서정적 자아와 세계의 대립이 조화롭게 구성되어 있다는 사실을 바탕으로 할 때, 내용상으로나 형식상으로나 정연성整然性과 정제성整齊性을 갖추고 있는 훌륭한 시가로 평가할 수 있다고 주장했다. 〈만전춘별사〉가 지니고 있는 이러한 구조적 특성은 '궁궐에 가득 찬 봄'이라는 뜻으로 풀이할 수 있는 명칭과도 잘 조화를 이루면서 노래 전체의 흐름이 사랑하는 임과의 화합을 지향하면서 박진감과 현실감을 지니는 작품[7]으로 구체화했다고 보았다. 〈만전춘별사〉라는 명칭이 가지는 의미에 대한 이 주장은 나머지 대부분의 연구자들에 의해 수용되면서 별다른 의견이 도출된 적이 없는 상태다. 그러나 이 주장은 '만전춘'이란 명칭에 쓰인 세 개의 한자가 일반적으로 가지고 있는 뜻을 근거로 하여 해석한 것으로, 이렇게 해석하는 것이 이 표현에 대한 정확하고 올바른 것인지에 대한 심도 있는 고찰이 이루어지지 않는 상태에서 나온 것으로 보인다. 왜냐하면 구문의 성격으로 볼 때 '만전춘'이란 표현은 '궁궐에 가득 찬 봄'으로 해석할 수 있는 가능성이 거의 희박한 구조를 가지고 있기 때문이다. 이 부분에 대해서는 아래에서 상세히 고찰할 것이므로 여기서는 이정도로 문제 제기 수준에서 그치도록 한다.

박노준은 조선시대까지 사회적으로 관습화된 사조명詞調名 붙이기와 관련을 가진다고 단정하면서 작품의 내용과 〈만전춘별사〉의 명의를 연결시키는 것은 바람직하지 못하다고 주장했다. 중국이나 한국에서는 사조의 명칭이 내용과는 거리가 먼 경우가 매우 많음을 예로 들면서 사패詞牌로서의 '만전춘'이라는 본디 가사原詞가 있었고, 뒤에 이 본디 가사는 소실되고 그 곡조에 현전의 가사가 얹히어 불리게 된 것이라고 추정했다. 이런 이유 때문에 '만전춘'이라는 이름은 노래 내용과 무관하며 사詞의 사조명과 같은 것이라고 단언하고 있다. 또한 별

7　성현경, 앞의 글, 377~382쪽.

사別詞라는 표현은 본디 가사가 소실되어 별도의 노래라는 뜻으로 붙인 것[8]이라고 추정했다. 이 주장이 설득력을 가지기 위해서는 속요의 제목은 대부분이 작품의 내용을 대변하고 있는 데 반해 유독 〈만전춘별사〉만이 특이한 방식으로 명칭이 붙여졌는지에 대한 설명과 함께, 〈만전춘별사〉가 다른 속요 작품과는 달리 사詞문학으로서의 성격을 지니고 있는지에 대한 좀 더 분명한 논증이 필요할 것으로 보인다.

이상에서 살펴본 〈만전춘별사〉의 명의에 대한 기존의 논의가 가지고 있는 공통점은 확실한 근거 자료를 제시하지 못함으로써 추정에 가까운 주장을 펼치고 있는 것이라고 할 수 있다. 가극의 대본으로 보아야 한다는 주장은 근거 자료가 박약하여 선뜻 받아들이기 어려운 부분이 있으며, '궁궐에 가득 찬 봄'으로 해석하는 것 역시 한문의 구조적 성격으로 볼 때 무리가 따르는 것으로 보이기 때문에 수용하기가 어려운 데다가 작품의 내용과 너무나 동떨어진 명칭에 대한 설명을 어떻게 할 것인지 또한 문제가 되지 않을 수 없다. 〈만전춘별사〉를 사의 일종으로 보아 '만전춘'이란 이름은 그것의 제명 붙이기 관습에서 비롯되었다는 이유로 작품의 내용과는 무관하다는 주장 역시 구체적 자료와 논리적 근거가 미약하다는 우려를 떨쳐내기가 어려운 점이 있다. 지금까지 이루어진 이러한 연구 성과를 바탕으로 하면서 이에 대한 연구가 지지부진하다는 현재의 상황을 고려할 때, 〈만전춘별사〉의 명의에 대해서는 처음부터 다시 시작한다는 생각으로 전혀 새로운 각도에서 접근하는 것이 필요하다 하겠다.

---

8   박노준, 앞의 글, 8~12쪽.

2) 구조적 통일성에 대한 연구

속요 작품 중 구조적 통일성의 논란을 가장 많이 불러일으킨 것이 바로 〈만전춘별사〉이다. 그 이유는 다른 작품에 비해 내용상으로나 구조적으로나 장[9]과 장 사이의 연결성이 크게 떨어지는 모습을 가지고 있는 것으로 상당수의 연구자들이 파악하고 있기 때문이다. 논자의 시각에 따라 다양한 견해가 도출되었는데, 독립된 형태로 존재하던 작품들에서 추출해낸 일부의 노래가 결합한 형태로 보는 견해와 장과 장이 긴밀한 형태로 연결되어 있는 구조적 형태를 지닌 작품으로 보는 견해로 크게 두 부류로 나누어 볼 수 있다.

이 노래를 이루고 있는 각각의 장은 원래 다른 작품의 일부로 쓰였던 것들이었지만 노래를 만든 사람들이 가지고 있는 일정한 취향에 의해 취사선택되어 〈만전춘별사〉라는 명칭 아래 하나의 작품처럼 결합되었다고 보는 논자들은 내용상 연결이 매끄럽지 않을 뿐 아니라 구조적인 측면에서 볼 때도 일사불란한 통일성을 기반으로 하는 형태를 갖추었다고 보기 어렵다는 점을 핵심적인 근거로 내세우고 있다. 〈만전춘별사〉를 시기詩歌로 보는 입장에서는 여러 개의 노래가 결합한 것으로 보는 견해가 일찍부터 제기되었다. 최정여崔正如는 고려의 속악가사俗樂歌詞에 대해 고찰하면서 2개가요二個歌謠의 합성, 표기의 비정연성非整然性, 동일구가 2개가사二個歌詞에 삽입, 원가原歌와 역가譯歌의 연관성 등을 중심으로 할 때 〈만전춘별사〉는 독립적으로 존재하던 작품의 편장編章[10]으로 구성된 시가[11]라는 논지를 폈다. 김상억金尙憶은 현전하는 고려가사 텍스트에 가창적 요소와 문학적 요소, 악장적 편장, 시행詩行, 시련詩聯, 결구結構상의 원칙 등이 있다고 하면서 〈만전춘별

---

9 우리 시가에서는 내용적인 부분은 고려하지 않고 형태적 대립구조만을 대상으로 하는 연(聯)을 사용할 수 있는 작품이 거의 존재하지 않는다. 그러므로 연(聯)보다는 장(章)을 쓰는 것이 합당하다.

10 유형(類型)을 같이하는 가사 두 개 이상을 편한 형식의 작품. 김상억, 「고려가사 연구 I」, 『논문집』 5, 청주대, 1966, 각주 12·55쪽.

11 崔正如, 「高麗의 俗樂歌詞論攷」, 『論文集』 4, 청주대, 1963, 8~23쪽.

사〉는 시행정비상詩行整備上의 문제, 시조와의 인접성, 가창과 수사의 반복, 서사가 없는 발사구跋詞句, 가사의 편장 등에 걸쳐 많은 문제점을 가지고 있는 작품[12]이므로 5연으로 구성되어 있으며 여러 작품을 엮은 편장가사[13]로 보아야 한다고 주장했다. 또한 전규태全圭泰는 청산별곡의 형태, 시조형, 가사체형, 〈정과정곡〉의 수용 등이 혼재되어 있는 것[14]으로 보기도 했다. 〈만전춘별사〉를 가곡의 대본으로 보아야 한다는 견해를 펼친 여증동은 노래를 통하여 사상과 감정이 표현되고 전달되는 성격을 지닌 가요는 엄밀한 의미에서 문학이 될 수 없는데, 이런 점에서 볼 때 〈만전춘별사〉는 노래가 아니라고 전제한다. 또한 〈만전춘별사〉는 차단절遮斷折이 두 군데나 있어서 내용상으로 일련성이 없는 내용상의 불합리성과 상호 연관성이 없는 독립 가요의 형태를 기반[15]으로 하는 표절투성이로 인해 나타나는 형태상의 불합리성이라는 두 가지 성격 때문에 가요나 문학으로 인정하기 어려운 가극의 대본이라고 하면서 창기대唱妓隊, 남장여기대男裝女妓隊, 색기대色妓隊가 번갈아가면서 부르는 가극적 구성을 하고 있는 작품[16]이라고 주장했다.

표면적으로는 보아서는 여러 개의 작품이 합쳐져서 이루어진 편장처럼 생각될 수 있지만 내면적으로 살펴보면 장과 장이 유기적으로 연결되어 있는 구조를 가지고 있다고 보는 입장에서는 〈만전춘별사〉가 일사불란한 통일성을 가진 예술성 높은 시가라는 점을 강조하는 것이 특징이다. 성현경은 비유와 상징, 반어와 역설, 감각적 언어의 적절한 구사驅使 및 조화調和, 모순, 대립, 갈등을 통한 팽팽한 긴장관계의 유지 및 융화 등을 〈만전춘별사〉에서 발견할 수 있어 내용

---

12   김상억, 앞의 글, 43~51쪽.
13   김상억, 「고려가사 연구 III」, 『논문집』 7, 청주대, 1972, 39쪽.
14   전규태, 「滿殿春別詞考」, 『高麗時代의 가요문학』, 새문社, 1982.
15   1연은 〈청산별곡〉과 같은 중복형, 2연은 시조형, 3연은 과정곡(瓜亭曲)의 표절(剽竊)과 경기체가의 부분 삽입으로 된 중복형, 4연은 시조형, 5연은 가사체형, 6연은 과정곡종결형아류(瓜亭曲終結形亞流)로 보았다. 여증동, 앞의 글, 9쪽.
16   위의 글, 11쪽.

적으로나 형식적으로나 정연성과 정제성을 갖춘 훌륭한 시가라고 주장하였다. 또한 서정적 자아와 세계의 대립, 비유와 상징을 통한 기교 등의 분석을 통해 유기적 구성이 돋보이는 구조를 지닌 한 편의 시가[17]로 보았다. 김학성은 〈만전춘별사〉가 민요와 시조를 중심으로 하면서, 향가·경기체가·속요·한시 등을 변용시켜 수용한 장르적 복합체라는 사실이 뚜렷하므로 속요가 쇠잔기에 접어든 시기에 만들어졌을 가능성이 높다고 하면서 이 작품이 지니고 있는 특수한 성격에 중심을 맞추고 있다.[18] 박노준은 우선 〈만전춘별사〉가 장르적 성향을 달리하는 것의 변용적, 복합적 수용을 보이고 있어 외형구조만은 속요의 양식적 수용이라는 김학성金學成의 주장[19]을 긍정하는 입장을 취한다. 이를 바탕으로 할 때여러 장르의 집합체인 〈만전춘별사〉는 내용면에서 일견 이질적인 듯싶은 다양한 사설들이 서로 연결고리를 형성하여 화합→단절→화합이라는 전체적인구도 속에 용해되어 있고, 전체의 주제를 염두에 두고 합성시켜 놓은 것으로 볼수 있기 때문에 유기적으로 통일된 질서를 지니고 있는 작품[20]이라고 주장했다.

기존의 연구 결과를 보면, 〈만전춘별사〉가 유기적 통일성을 가지는 한 편의작품이냐 여러 편의 노래가 선별적으로 수용되어 결합된 편장이냐에 대해서는의견이 대립하면서도 상당히 심도 있는 논의가 진행되었다. 그러나 작품의 명칭이 가지는 의미에 대해서는 아직까지도 별다른 논의가 진행되지 않은 상태에서 '궁궐에 가득 찬 봄' 정도로 보는 것이 일반적인 견해로 인식되고 있다. 만약〈만전춘별사〉의 명칭이 가지는 의미가 새롭게 조명되어 해석될 수 있다면 그것에 맞추어서 작품의 유기적 통일성 여부를 고찰하는 것이 당연한 수순이 되어야 할 것이므로 아래에서 작품의 명의에 대해 고찰해보도록 한다.

---

17 성현경, 앞의 글, 373~382쪽.
18 김학성, 『國文學의 探究』, 성균관대 출판부, 1987, 56~65쪽.
19 위의 책, 57~59쪽.
20 박노준, 앞의 글, 35쪽.

2. 〈만전춘별사〉의 명의^{名義}

〈만전춘별사〉의 명의에 대한 고찰은 작품 내용의 연결성 여부와 구조적 통일성 등을 체계적으로 분석할 수 있는 핵심적 근거로 작용할 수 있으므로 매우 중요한 의미를 지닌다. 하나의 사물 현상에 붙여지는 명칭[21]은 추상과 개괄의 과정을 거쳐 형성되는 대상에 대한 개념이 지니고 있는 본질적 성격을 압축시켜서 확실하게 드러내주는 것이기 때문이다. 이 표현이 담고 있는 핵심적인 의미는 명칭이라고 하는 것이 내용적, 형식적 특성을 중심으로 하는 대상의 본질적 성격과 매우 밀접한 관련을 가지는 것이 된다. 그러므로 하나의 사물 현상을 지칭하는 명칭이 가지고 있는 의미에 대한 정확한 해석과 이해는 대상의 본질적 성격을 올바르고 명확하게 파악하기 위해서는 반드시 거쳐야 하는 기초적이면서도 중요한 과정의 하나라는 사실을 알 수 있다. 이 점은 명칭이 있는 모든 사물 현상에 공통적으로 적용되는 것이므로 문학예술로서의 시가에도 동일하게 적용되어야 하며, 시가의 한 갈래인 속요도 마찬가지가 된다. 그러나 속요에 대해 지금까지 이루어진 연구 성과를 보면 개별 작품의 명칭에 대한 고찰이 섬세하면서도 정확하게 행해진 적이 별로 없다는 사실을 알 수 있다. 특히 〈만전춘별사〉는 장章과 장의 내용적 연결성이 부실한 데다가 구조적 체계성 역시 단단하지 못하다는 점 때문에 유기적 통일성을 가지지 못하는 편장의 시가로 평가받으면서 논란의 중심에 서 있음에도 불구하고 명의에 대한 고찰과 그것이 작품과 가지는 관련성을 밝히려는 시도는 별로 이루어지지 않았던 것으로 보인다. 작품의 본질적 성격을 함축적으로 담고 있는 것이 바로 명칭이라는 지극히

---

21 명칭은 사물 현상, 사람, 장소, 생각, 개념 등을 다른 것과 구별하기 위해 붙이는 말이다. 명칭은 물건, 개념의 집합을 통틀어 나타내거나 특정한 문맥 안에서 유일하거나 온전히 유일한 하나의 사물이나 개념을 나타낼 수 있다.

당연한 사실을 염두에 둔다면, 〈만전춘별사〉의 명의에 대한 고찰은 작품이 지니고 있는 본질적 성격을 좀 더 명확하게 밝힐 수 있는 단서를 제공할 수 있을 것이라는 데까지 생각이 미칠 수 있을 것으로 보인다. 〈만전춘별사〉라는 명칭이 가지고 있는 의미에 대한 해석이 올바르게 이루어진다면 그것을 바탕으로 작품이 지니고 있는 예술적 아름다움을 좀 더 명확하게 밝힐 수 있는 근거와 바탕으로 작용할 수 있을 것으로 기대된다.

〈만전춘별사〉라는 명칭이 가지고 있는 의미를 명확하게 밝히기 위해 가장 먼저 해야 할 일은 이것을 둘로 나누어 접근하는 것이다. 이 작품이 실려 전하는 『악장가사』에는 작품의 명칭임을 쉽게 알아차릴 수 있는 정도의 형태로 '만전춘滿殿春'이란 것이 표기되어 있고, 바로 아래에 작은 크기의 글씨로 '별사別詞'라는 표현이 등장하고 있다. 이것은 '만전춘'이란 말이 나타내려고 하는 의미와 '별사'라는 표현이 드러내고자 하는 내용에 일정한 차별성이 존재하고 있다는 사실을 보여주는 것으로 해석하는 것이 가장 합리적이라는 사실을 보여준다. 따라서 이것은 분리하여 살펴보는 것이 반드시 필요하다. 먼저 '만전춘'에 대해 살펴보도록 하자. '만전춘'의 뜻은 '궁궐에 가득 찬 봄'으로 해석할 수 있다는 주장[22]이 제기된 이래 별다른 이견이 없는 상태에서 대부분의 연구자들이 이를 수용하고 있다. 하지만 '만전춘'이란 표현을 '궁궐에 가득 찬 봄'으로 해석하는 것에는 커다란 무리가 따른다. 한자로 된 구문句文에서 '궁궐에 가득 찬 봄', 혹은 '봄이 궁궐에 가득 참' 정도의 뜻을 가지기 위해서는 '춘만전春滿殿'의 형태로 되어야 올바른 표현이라고 할 수 있기 때문이다.[23] 사정이 이렇다면 '만전춘'의

---

22   성현경, 앞의 글, 382쪽.
23   중국의 사명(詞名) 중 보살만(菩薩蠻), 락양춘(洛陽春), 수룡음(水龍吟) 같은 것들은 앞의 두 글자가 뒤의 한 글자를 꾸미는 방식으로 되어 있는 것으로 보아야 한다는 의견이 있을 수 있다. 그러나 이 경우는 앞의 두 글자가 단단히 결합하여 하나의 표현으로 굳어진 상태이기 때문에 만전춘과 같은 구조로 보아서는 안 된다. 보살은 보살, 낙양은 지명, 수룡은 물에 있는 용을 나타내는 표현으로 이미 굳어진 것이기 때문이다. 그러나 '만전춘'에서 만전은 구문의 구조상

의미에 대한 해석 자체가 크게 잘못되었을 가능성이 대두된다. 따라서 새로운 시각으로 처음부터 다시 차근하게 분석해야 하는 상황이 될 수밖에 없다.

'만전춘'이란 명칭에서 핵심을 이루는 것은 '전춘殿春'이라는 표현이 가지고 있는 의미라고 할 수 있다. '춘'은 어떤 경우에도 '봄'을 의미하는 것으로만 쓰이므로 이 글자는 별 문제가 되지 않는데, 여기에서 주의해 살펴야 할 것은 '전'이다. '전'은 명사, 형용사, 동사 등의 용법으로 쓰이는데, 명사일 때는 큰 집, 궁궐[24] 등의 의미가 되고, 형용사일 때는 뒤, 맨 끝[25] 등의 뜻을 가지기 때문이다. 전춘, 전군殿軍,[26] 전후殿后[27] 등의 표현이 가능한데, '전춘'은 봄의 마지막을 가리키는 것으로 음력 3월의 이칭異稱으로 쓰이기도 한다. 그러므로 '전춘'이란 표현은 '늦은 봄'이란 뜻이 기본을 이룬다는 사실을 알 수 있게 된다. '만전춘'의 '전춘' 역시 이와 같은 뜻으로 해석하는 것이 가장 합당할 것으로 보이는데, 이렇게 해석한 의미가 바로 작품의 내용이나 화자의 정서 등에 가장 잘 부합[28]할 수 있을 것으로 판단되기 때문이다. 다음으로 살펴보아야 할 것은 '만滿'이라는 표현이다. 이 글자 역시 다양한 용법으로 쓰이는데, 형용사로 쓰여서는 '가득 차다', '만족하다' 등의 뜻을 가지며, 동사로 쓰여서는 '한계에 이르다', '채우다', '끝나다' 등의 뜻을 가진다. 또한 이 글자가 부사副詞로 쓰일 때는 '매우', '아주', '약간', '완전히' 등의 뜻[29]을 가지게 되어 매우 복잡한 성격을 지니고 있다. '만전춘'이란 표현에서는 이 구문이 가지고 있는 구조적 특성상 부사로서

어떤 경우에도 굳어진 표현으로 볼 수 없을뿐더러 그러한 전고는 어디에서도 찾아볼 수 없다.

24　堂之高大者也, 『初學記』 卷二四 「供奉神佛或帝王受朝理事的大廳」·『史記』, 「秦始皇本記」.

25　昭明太子, 『文選』. 最后, 最下, 后, 末尾.

26　군대가 행군할 때 가장 뒤에 있는 부대.

27　부대가 움직일 때 가장 뒤의 위치.

28　이에 대해서는 뒤에서 자세하게 고찰하겠지만 늦은 봄이라는 뜻을 가진 전춘(殿春)은 사랑이 끝나는 시점, 사랑의 종말 등을 의미하는 것으로 본다.

29　滿世界(모든 곳, 도처), 滿天飛(온 하늘을 날다, 도처에 다니다), 滿園春色(온 동산이 춘색이다) 등의 표현이 가능하다.

의 기능을 하게 되므로 용언用言 또는 다른 말 앞에 놓여 그 뜻을 분명하게 하거나 강조하는 기능을 할 수밖에 없다는 사실이 분명하다. 그렇기 때문에 여기에서 '만'은 '아주', 혹은 '매우'라는 뜻을 가지면서 뒤의 '전춘'을 강조하는 것으로 되어야 함을 쉽게 알 수 있다. 지금까지 살펴본 내용을 바탕으로 '만전춘'이란 표현이 가지고 있는 의미를 해석하면, '아주 늦은 봄'이란 뜻으로 풀이할 수 있게 된다. '아주 늦은 봄'이란 것은 자연적인 현상으로 보면 생명 탄생의 시간이 끝나면서 다른 계절로 넘어가는 시간을 의미하게 되고, 이것이 남녀 사이의 일을 나타내는 것으로 쓰여서는 생명의 탄생만큼이나 소중하고 중요했던 사랑이 끝난다는 사실을 표시함과 동시에 이별이 시작되는 시점時點, 즉 '사랑의 종말'을 의미하는 것으로 될 것이다. '만전춘'의 명의를 이렇게 해석해놓고 보면 조선 초기의 위정자들이 이 노래에 대해 왜 비리지사鄙俚之詞라는 불명예스런 이름을 붙여가면서 음악淫樂, 혹은 음사淫詞로 배척[30]했는지를 이해할 수 있다. 현전하는 〈만전춘별사〉의 가사가 남녀상열지사로 되어 있다는 점은 누구나 인정할 수 있을 정도인데, 노래의 제목이 가지는 의미 역시 그것과 부합하는 것으로 파악될 수밖에 없기 때문에 도학道學을 숭상하는 사대부들은 경계의 대상으로 삼지 않을 수 없었던 것이다.

'별사別詞'에 대해서는 별곡別曲이라는 명칭과 연결시켜 원곡原曲, 혹은 원사原詞가 있었고, 이와는 별도로 지어진 노래라는 사실을 표시하기 위한 것이라는 주장[31]이 가장 일반적인 견해로 받아들여지고 있다. 그러나 별곡이라는 명칭이 과연 원곡에 대한 별칭으로서의 의미를 가지는지를 증명할 수 있는 증거는 어디에서도 발견되지 않으므로 이 주장 역시 추정에 불과하다는 점으로 볼 때, 이

30　"但間歌鄙俚之詞 如後庭花滿殿春之類亦多", 『성종실록』, 성종19년 8월 13일.
31　장사훈, 「滿殿春形式考」, 『예술원논문집』 2, 대한민국 예술원, 1963, 679쪽; 박노준, 앞의 글, 16쪽; 여증동, 앞의 글, 14쪽.

것을 원용하여 〈만전춘별사〉를 그렇게 해석하는 것은 무리라고 할 수밖에 없다. 더구나 중국이나 일본에서는 중국의 노래를 정곡正曲으로 하여 그것에 대응하는 우리나라 고유의 노래에 대한 명칭을 별곡으로 불렀다는 견해도 있는 만큼 이런 것들과 연결시켜 '별사'의 의미를 파악하려는 시도 역시 위험할 수밖에 없다. 우리 문학사에서는 '별곡'이란 명칭이 많이 쓰이고 있는데, 이것의 의미는 '음악을 나타내는 '곡'에서 노랫말을 분리해낸 것'이란 의미로 풀이하는 것이 합당한 것으로 보인다. '별곡'과 '별사'를 연결시켜 해석하기 위해서는 '별곡'에 대한 보다 정확하고 분명한 의미 파악이 필요할 것으로 보인다. 그렇다면 '별사'라는 표현에 대해서는 어떤 접근을 통한 해석이 가장 바람직할까? 여기에는 두 가지 방법이 가능할 것으로 보인다. 하나는 글자의 뜻을 그대로 풀이하여 '이별의 노래'로 보는 것이고, 다른 하나는 음악적 성격이 강조되는 시문학으로서의 '사'와는 구별되는 시, 혹은 노래로 풀이하는 방법이다. '별사'를 '이별의 노래'로 풀이하는 첫 번째 방법은 '매우 늦은 봄', '사랑의 종말', '이별' 등의 뜻을 가진 것으로 볼 수 있는 '만전춘'이라는 명칭의 의미와 중복되므로 바람직하지 못한 해석으로 생각된다.

그렇다면 남은 것은 '별사'의 뜻을 '사와 구별되는 시, 혹은 노래'로 보는 것인데, 여기에서는 풀이의 열쇠라고 할 수 있는 '별'의 의미를 어떻게 해석할 것인가가 가장 중요하다. 구문 중에서 동사로 쓰임이 기본을 이루는 이 글자는 칼을 의미하는 도刀와 발라내다는 뜻을 가진 과冎가 결합한 회의자인데, '칼로 사람의 살을 발라내어 뼈만 남겨두다'[32]는 뜻을 기본으로 한다. 따라서 '별'은 결합되어 무엇인가로 이루어져 있던 것을 낱낱으로 쪼개서 분해한다는 뜻을 가지게 되어 원래 하나로 붙어 있었던 것을 분리시켜 둘로 나누는 것[33]을 의미하면

---

32 許愼, 『說文解字』, "剮人肉置其骨也".
33 별리(別離), 고별(告別), 별산(別産), 별국(別國), 변별(辨別), 별족(別族), 사별(死別), 송별

서 외부의 힘에 의해 무엇인가가 강제로 나누어지는 것을 지칭하게 된다. '별곡'의 의미에 대해서는 원곡, 혹은 정곡에 상대되는 별도의 노래[34]임을 나타내는 명칭, 중국의 것에 상대되는 우리의 노래[35]임을 나타내기 위한 명칭, 장르적 명칭[36] 등으로 풀이하는 것이 지금까지의 연구 결과이다. 이 주장들은 각각 나름대로의 논리성을 갖추고 있으나 '별곡'이란 명칭이 지니고 있는 정확한 의미와 기능을 밝혀내지는 못함으로써 누구나 인정할 수 있는 정설을 확보하는 데는 성공하지 못했다. 이에 대한 결론을 끌어내기 위해서는 매우 광범위한 논의를 거쳐야 할 것이므로 여기에서는 문제를 제기하는 정도[37]로 만족하고, '별'의 의미를 중심으로 하면서 '별사'에 대한 해석의 보충으로 활용하는 선에서 마무리하고자 한다.

우리 문학사에서 '별곡'과 같거나 비슷한 용법으로 쓰인 사례로 꼽을 수 있는 것이 바로 '별사'인데, 여기에서도 '별'이 '별곡'에서와 같은 기능과 뜻으로 쓰였기 때문에 중심어라고 할 수 있는 '사詞'에 대한 고찰이 우선적으로 필요하다. 사는 민간 음악에서 시작한 서정시체抒情詩體의 일종으로 음악과 결합함으로써 가창이 가능한 악부시와 비슷한 노래라고 할 수 있다. 남조南朝시대에 발흥하기

(送別) 등의 표현이 가능하다.

34 조윤제, 『韓國詩歌史綱』, 1954, 을유문화사, 109쪽; 이병기·백철, 『國文學全史』, 신구문화사, 1957, 102~103쪽.
35 김태준, 「別曲의 硏究」, 東亞日報, 1932.1.15부터 13회 연재.
36 정병욱, 『國文學散藁』, 신구문화사, 1959, 137쪽.
37 '별'이 서로 다른 성격을 가지는 것들이 붙어서 하나로 결합하여 있던 것을 외부의 힘에 의해 따로 떼어내는 것을 의미하는 것으로 볼 때 별곡이란 명칭은 곡에서 분리해낸 일정한 상태의 문학을 지칭하는 것으로 보는 것이 바람직할 것으로 생각된다. 우리 문학사에서 별곡이란 명칭이 나타난 시기가 고려 후기에서 말기에 해당하며, 그것이 일반화한 것은 고려 말기인 것으로 나타난다. 시가의 명칭에 '별곡'이란 명칭을 붙이는 것과 '곡'이란 명칭만을 붙이는 것이 분명하게 구분되는 것으로 보아 고려에서 조선에 이르는 사대부 작가들은 이에 대한 차이를 분명하게 인식하고 있었던 것으로 보인다. 별곡이란 명칭이 고려 후기에서 말기에 이르는 시기에 나타난 점, 곡과의 차별성을 강조한 점, 곡을 발달시킨 원(元)의 시대였다는 점 등으로 볼 때 악곡과 대사와 동작이 하나로 결합되어 있는 원곡에서 일정한 요소를 분리한 것에 대해 붙인 명칭이었을 가능성이 매우 크다는 점을 지적할 수 있다.

시작하여 당唐나라 때에 흥성하였고, 송宋나라 때에 절정을 이루었던 시문학이다. 문화사적으로 빛나는 성취를 이루었던 당송의 사는 중국문학사에서 신기원을 이룩한 것으로 평가받기도 한다. 악부시와 일정한 관련성을 가지고 있기는 하지만 내용, 형식, 풍격風格, 표현수법 등에서 뚜렷한 차별성이 존재하는 것으로 알려져 있다. 특히 수隋나라에서 당나라에 이르는 시기에는 국제교류가 활발해진 것에 힘입어 도시가 흥성하기 시작하면서 중앙아시아와 서역, 인도 등 변방에 속하는 지역들의 음악이 대량으로 유입되어 민간에서 유행하기 시작했고, 이것이 새로운 음악으로 자리를 잡게 되었다. 사의 기원이 민간의 음악이면서 외래 음악인 연악燕樂38에 있는 것으로 보았기 때문에 당나라 시대에는 이것을 일컬어 '변방의 음악', 혹은 '거리의 악곡'이란 정의39를 내리기도 했다. 사에서 음악, 혹은 노래의 악보樂譜를 일컬어 사조詞調라고 하는데, 이것은 사의 제목과는 관련이 없으므로 악보와 관련을 가지는 것으로만 간주해야 한다는 것이 일반적인 통설이다. 송나라 시대에 이르러서는 사의詞意를 표시하는 별도의 이름을 사조 아래에 붙여서 제목으로 쓰기도 했다. 이처럼 사가 음악과 밀접한 관련을 가지므로 이것에 대해서는 정해진 악보에 가사를 지어 메꾼다는 뜻을 가진 전사塡詞40라고도 했으며, 근체시의 변형이면서도 변화가 많아 시여詩餘로 부르기도 했다. 민간, 혹은 거리의 음악과 깊은 관련을 가지고 있어서 남녀의 상사想思에 대한 것, 음주飮酒에 대한 것, 서로 희롱하는 내용 등이 중심을 이루어 초기에는 문인들로부터 크게 환영받지 못했지만, 당나라 말기 정도부터 관심을 끌

---

38 연악(宴樂)의 다른 이름이다. 중국의 한족이 오래전부터 불렀던 노래로 고대 궁중에서 제왕에게 하례하는 것이나 천지신명께 제사 지내는 것 등의 큰 의례에 불렀던 음악을 아악(雅樂)이라 하고, 아악에 상대되는 것으로 서역을 중심으로 한 변방에서 유입된 음악이 서로 결합하여 새롭게 변형되어 만들어진 민간의 음악인 속악(俗樂) 혹은 청악淸樂(청상악淸商樂)을 연악이라고 했다. 사(詞)는 연악과 깊은 관련을 가지고 있다.

39 『舊唐書』卷三十四「志第十」「音樂三」, "自開元已來, 歌者雜用胡夷里巷之曲, 其孫玄成所集者, 工人多不能通, 相傳謂爲法曲".

40 "依聲塡詞."

기 시작하여 송나라 시대에 크게 발전하면서 사문학의 정점[41]을 찍었다. 사로 분류하는 모든 작품은 곡조에는 정해진 격식定格이 있고, 구句에는 정해진 숫자定數가 있으며, 글자字에는 정해진 소리定聲[42]가 있으나 각각은 서로 동일하지는 않은 것으로 되어 있다.

이러한 역사와 성격을 가지고 있는 사에서 주목할 점은 첫째, 문사文詞와 악곡樂曲이 결합한 존재, 둘째, 음악이 중심을 이루는 문학 양식, 셋째, 음악적 사조詞調와 문학적 제목題目은 별개라는 점 등이다. 사詞가 시문학의 일종이기는 하지만 문학과 음악이 결합한 것이면서 음악이 중심을 이룬다는 말은 이 둘이 분리될 수 있는 가능성이 언제나 존재한다는 사실을 보여준다. 악부樂府가 민간의 음악에서 출발했지만 후대로 가면서 점차 음악은 사라지고 시만 남아 악부시로 불리는 것과 비슷한 경우라고 할 수 있다. 또한 문학과 음악이 결합되어 있다는 사실은 하나의 악곡에 서로 다른 내용을 가지는 다양한 형태의 문사文詞를 지어서 붙이는 것이 가능하다는 것을 보여주는 근거가 되기도 하는데, 전사塡詞라는 이름으로도 불리는 이유가 바로 여기에 있다. 이것은 음악적 성격을 나타내는 사조와 시가로서의 성격을 보여주는 제목을 분리시키는 것이 가능하다는 것과도 연결되는 것으로 보아야 한다. 송나라 시대에 들어와서는 사의詞意를 표시하는 별도의 이름을 사조 아래에 붙여서 제목으로 썼으며, 그것과 사조는 별개의 문제라는 것이 이러한 사실을 뒷받침해 주고 있다. 즉 송나라 시대에 이르면 사詞를 짓는 사람들이 시의 사의詞意를 밝히기 위해 사조詞調의 아래 방향에 '.' 같은

---

41 당시(唐詩), 송사(宋詞), 원곡(元曲)이란 말이 이러한 사실을 잘 반영하고 있다.
42 일반적으로 상하결(上下闋), 혹은 상하편(上下片)으로 나누어지는데, 대련(對聯)의 형태를 취한다. 또한 사의 구(句)는 고정되어 있지 않아서 들쭉날쭉하기 때문에 장단구(長短句)라는 별칭으로 불리기도 한다. 사의 성운(聲韻)에도 엄격한 규정이 있으니 글자를 씀에는 평측으로 나눔을 원칙으로 하는데, 근체시의 그것과 비슷하지만 변화가 많다. 일반적으로 글자 수를 중심으로 구분하는데, 58자 이내는 소령(小令), 59~90자까지는 중조(中調), 91자 이상은 장조(長調)라고 했으며, 가장 긴 것은 240자에 이르기도 한다.

것으로 사이를 띄워서 분리하기도 했으며, 간단한 서문을 써 넣기도 했다는 것이다. 이것은 이 시대에 이르면 사詞가 음악과 분리되었고, 시체詩體의 하나로 되었다는 사실을 표명하기 위해 특수한 방법을 사용했다는 말이 된다.

송나라 시기의 사문학詞文學이 가지는 성격에 대한 이와 같은 이해는 〈만전춘 별사〉에서 '별사'를 '만전춘'의 아래쪽에 약간의 간격을 두어 작은 크기의 글자로 표기한 이유를 짐작할 수 있는 단서를 제공한다. 송나라와 아주 밀접한 외교관계를 유지했던 고려는 송사宋詞의 영향을 크게 받았던 것으로 보인다. 송으로부터 수입한 가무악歌舞樂에 사詞가 포함되었을 가능성을 보여주는 기록[43]이나 왕이 스스로 사를 짓고 난 후 재추宰樞의 신료들에게 화답시를 올리도록 했다[44]는 기록 등을 비롯하여 매우 다양한 형태의 자료[45]들에서 이러한 사실을 쉽게 가늠해 볼 수 있기 때문이다. 고려의 문인들은 특히 송의 사문학에 깊은 관심을 보였던 것으로 나타나는데, 이러한 사회적, 시대적 상황은 고려 후기에서 말기에 이르는 시기에 나타난 속요와 경기체가에 깊은 영향[46]을 미쳤다. 특히 민간의 노래에 기반을 두고 있는 속요는 궁중에서 행해지는 연악宴樂으로 수용되어 가무악歌舞樂으로 향유되었던 만큼 여러 측면에서 이와 비슷한 성격을 가지고 있는 중국의 사패詞牌, 혹은 사문학과는 어떤 형태로든 일정한 영향관계를 유지[47]

---

43 『高麗史』卷二十五「樂二」, "文宗 二十七年(1073) 二月乙亥 敎坊奏 女弟子眞卿等十三人所傳'踏莎行'歌舞 請用於燃燈會 制從之".

44 『高麗史』卷第十四「睿宗」, "夏四月癸丑 召諸王宰樞于賞春亭 置酒極歡 制詞二闋 令左右和進 兩府宰樞表辭 不允".

45 『고려사』의 기록에 의하면 사를 지었던 작가로는 첫째, 선종(宣宗), 예종(睿宗), 의종(毅宗) 등의 왕, 둘째, 윤포(尹誧), 김극기(金克己), 황보항(皇甫沆), 이규보(李奎報), 손사인(孫舍人), 이제현(李齊賢), 이곡(李穀), 김구용(金九容) 등의 관료, 셋째, 혜심(慧諶), 경조(景照) 등의 승려로 지배층에 속하는 사람들이 골고루 참여했던 것으로 나타난다.

46 이명구(李明九)는 "中國 宋詞의 代表的 두 潮流는 함께 이 땅에 들어와 婉約派流는 俗謠에, 豪健派流는 景幾體歌에 각각 영향을 끼쳤던 것으로 보고 싶다"(「韓國 文學思想史의 定立」, 『동대신문』, 1977.11.29)고 피력했다.

47 박노준, 앞의 글, 11~13쪽.

할 수밖에 없었을 것으로 생각되기 때문이다. 왕실을 비롯한 고려 지배층의 예술적 취향과 유행이 송나라에서 유입된 음악과 문학의 영향을 많이 받았다는 점을 고려할 때 '만전춘'의 명칭 아래에 작은 크기의 글씨로 '별사'라는 것을 붙이게 된 이유가 한층 분명해진다. 즉 조선 초기까지 「만전춘」이란 이름으로 불리는 악곡이 존재[48]했고, 그와 관련을 가지면서도 음악적 성격이 배제되고 시가로서의 성격만 강조한 가사라는 사실을 나타내기 위한 표기가 바로 '별사'라는 이름으로 나타났다는 것이다. 앞에서 이미 살펴본 바와 같이 '별別'은 서로 다른 성격을 가지는 두 개의 구성 요소가 하나처럼 결합되어 있는 것에 대해 외부에서 힘을 가해 나누어 놓는 것을 가리키는 것으로서, 여기서는 음악으로서의 성격을 본질로 하는 '사詞'에서 노랫말을 분리해낸 것으로 이해할 수 있다. 음계로 볼 때는 계면조界面調에 속하며, 형식적으로는 '진작眞勺'과 다른 성격을 가지면서 속악俗樂의 범주에 넣을 수 있었던 '만전춘'이라는 이름의 악곡詞曲이 오래전부터 있었고,[49] 현재 『악장가사』에 전하는 〈만전춘별사〉는 음악적 성격을 소거한 상태의 노랫말을 기록한 시가詩歌라는 점을 분명하게 표시하기 위해 '별사'라는 이름을 아래쪽에 작은 크기의 글자로 표기한 것이라고 볼 수 있다. 따라서 〈만전춘별사〉의 어구적 해석은 '아주 늦은 봄의 노래'라는 뜻으로 풀이할 수 있게 된다.

48　『세종실록』, 세종24년 2월 22일. "傳旨慣習都監 自今朝廷使臣慰宴時 無呈才 行酒時則以洛陽春 還宮樂 感君恩 滿殿春 納氏歌等曲 相間迭奏."
　　『세종실록』, 세종29년 6월 4일. "又定俗樂, 以桓桓曲 疊疊曲 維皇曲 維天曲 靖東方曲 獻天壽 折花 萬葉熾瑤圖 唯子(囉子) 小抛毬樂 步虛子 破子 淸平樂 五雲開瑞朝 衆仙會 白鶴子 班賀舞 水龍吟 無導 動動 井邑 眞勺 履霜曲 鳳凰吟 滿殿春等曲 爲時用俗樂 有譜一卷."
　　『성종실록』, 성종 23년 8월 21일. "第四爵 河淸曲 〈滿殿春調〉."
　　『성종실록』, 성종 19년 8월 13일. "但間歌鄙俚之詞 如後庭花 滿殿春之類亦多."
　　『虛白堂集』, 卷12「詩」. "華館犀龜鎭錦茵 三行紅粉儼前陳 羅衫競舞抛毬樂 玉管齊吹滿殿春 謾把風 流供晩節 更因樽酒愍佳賓 退邦共作新年會 不醉無歸倒罘頻."
49　장사훈, 앞의 글, 686쪽.

3. 〈만전춘별사〉의 문학적 성격

'만전춘'이라는 이름을 가진 것이 중국의 어떤 문헌에도 존재하지 않는 것으로 보아 이 작품은 민간의 노래를 바탕으로 우리나라에서 만들어진 사곡詞曲의 일종으로 보인다. 음악적 성격이 어떤지에 대해서는 여기에서 논의할 수는 없지만 그것의 성격을 지적한 기록에서 〈만전춘별사〉에 대해 음란한 음악淫樂, 비리지사鄙俚之詞, 속악俗樂[50] 등으로 불렀던 점을 보면 이 곡은 민간 노래와 관련을 가지는 것이면서 궁중의 왕실을 비롯한 지배층을 중심으로 오래전부터 사용되어온 악곡의 하나라는 사실을 쉽게 짐작할 수 있다. 민간에 기반을 둔 것이면서 지배층의 음악으로 수용되어 향유되었다는 점은 이 작품이 바로 중국의 시詞와 비슷한 성격을 가지고 있다는 사실을 보여주는 것이기 때문에 악곡으로서의 '만전춘'을 사곡詞曲의 하나로 보아 큰 무리가 없다.[51] 이제 앞에서 논의한 '만전춘'의 명의로 다시 돌아가 보자. 이 명칭은 구절句節의 표현 그대로 해석하면 '매우 늦은 봄'이 되지만 그것이 사곡詞曲이나 시가의 명칭으로 쓰여서는 '사랑의 종말'이라는 뜻을 나타내는 것으로 해석할 수 있다. 얼핏 생각하면 '사랑의 종말'이란 표현은 사랑이 끝나는 것만을 뜻하는 것으로 여기기 쉬우나 실제로는 세 가지 의미를 담고 있는 것으로 보아야 한다. 첫째, 끝나가는 사랑을 돌이킬

---

50 『세종실록』, 세종29년 6월 4일. "又定俗樂, 以桓桓曲 亹亹曲 維皇曲 維天曲 靖東方曲 獻天壽 折花
　　萬葉熾瑤圖 唯子(喔子) 小抛毬樂 步虛子 破子 淸平樂 五雲開瑞朝 衆仙會 白鶴子 班賀舞 水龍吟
　　無㝵 動動 井邑 眞勺 履霜曲 鳳凰吟 滿殿春等曲 爲時用俗樂 有譜一卷."
　　『성종실록』, 성종 19년 8월 13일. "但間歌鄙俚之詞 如後庭花 滿殿春之類亦多."
　　『성종실록』, 성종 19년 8월 13일. "今妓工狃於積習 舍正樂而好淫樂 甚爲未便 一應俚語 請皆勿與
　　上顧則左右 領事李克培對曰 此言是也 但積習已久 不可遽革 令該曹商議以啓 上曰 可."
51 '만전춘'이 사곡(詞曲)의 하나였다면 노랫말에 해당하는 가사도 존재했을 것으로 생각되지만
　　현존하는 악보와 기록으로 판단할 때 개찬(改撰)한 작품이 남아 있는 것으로 보이기 때문에
　　원래의 가사는 알 수 없는 상태다. 다만 민간의 노래였다는 점과 음악(淫樂)으로 비판을 받았다
　　는 사실 등으로 볼 때 남녀 간의 이별이나 사랑 등을 중심으로 하는 상사(想思)에 대한 내용이었
　　을 것으로 추정할 수 있을 뿐이다.

수 없음을 직감할 수 있는 확실한 징조가 나타나는 종말 직전의 시간, 둘째, 실제로 사랑이 끝맺음을 하는 종말의 순간, 셋째, 사랑이 끝남과 동시에 이별의 시작을 알리는 시간이 그것이다. 첫째 시기에는 현재로부터 멀지 않은 시간 안에 사랑의 종말이 올 것을 보여주는 징조가 나타나는데, 이것은 당사자라면 누구나 느낄 수 있을 정도로 명백하기 때문에 마지막인 줄 알면서도 자신의 바람을 강력하게 표출하는 모습을 보이는 것이 일반적이다. 이 순간은 시간이 천천히 가거나 멈춰버렸으면 좋겠다고 한다거나 어떻게 하면 상대의 마음을 돌릴 수 있을지에 대한 것만을 생각하고 말하며 행동하는 것이 특징이라고 할 수 있다. 둘째 시기인 사랑이 끝나는 순간은 논리적인 판단보다는 감정적인 정서의 표출이 핵심을 이루면서 상대방에 대한 원怨과 한恨을 중심으로 하는 과격하고 격렬한 언사가 이어지거나 스스로를 체념하는 상태가 나타난다. 세 번째 시기는 사랑이 끝나고 이별이 기정사실로 되어버린 상태이기 때문에 쓸쓸하게 남겨진 화자가 내뱉는 혼자만의 독백이나 바람願望 등이 나타날 수밖에 없다. 현실적으로 이미 혼자인 상황이어서 원망怨望 같은 것을 직접적으로 드러내 표현하더라도 그것을 전달할 수 있는 대상 자체가 더 이상 존재하지 않기 때문이다. 이 상태가 되면 현실적으로 실현되기 어려울 수밖에 없는 혼자만의 바람을 표출시키게 됨으로써 더 이상의 갈등 양상은 나타나지 않는 특징을 드러낸다. 시가로서의 〈만전춘별사〉가 바로 이런 상황을 노래한 것이므로 여기에 맞추어 작품의 문학적 성격을 분석하면 한층 본질에 가까운 결과를 얻을 수 있을 것으로 생각된다.

내용상 단락과 형태적 분단을 기준으로 하여 행行을 나눌 때 〈만전춘별사〉는 다음과 같은 모양으로 구분할 수 있다.

어름우희 댓닙자리보와 님과나와 어러주글만뎡
어름우희 댓닙자리보와 님과나와 어러주글만뎡
情[뎡]둔 오ᄂᆞᆳ밤 더듸새오시라 더듸새오시라

경경耿耿 고침상孤枕上애 어느ᄌᆞ미 오리오
서창西窓을 여러ᄒᆞ니 도화桃花ㅣ 발發ᄒᆞ두다
도화桃花ᄂᆞᆫ 시름업서 소춘풍笑春風ᄒᆞᄂᆞ다 소춘풍笑春風ᄒᆞᄂᆞ다

넉시라도 님을ᄒᆞᆫᄃᆡ 녀닛경景 너기다니
넉시라도 님을ᄒᆞᆫᄃᆡ 녀닛경景 너기다니
벼기더시니 뉘러시니잇가 뉘러시니잇가

올하 올하 아련 비올하
여흘란 어듸두고 소해 자라온다
소 콧얼면 여흘도됴ᄒᆞ니 여흘도됴ᄒᆞ니

남산南山애자리보와 옥산玉山을벼여누어 금수산錦繡山니블안해 사향麝香각시를아나누어
남산南山애자리보와 옥산玉山을벼여누어 금수산錦繡山니블안해 사향麝香각시를아나누어
약藥든 가슴을 맛초ᄋᆞᆸ사이다 맛초ᄋᆞᆸ사이다

아소님하 원대평생遠代平生애 여힐ᄉᆞᆯ 모ᄅᆞᄋᆞᆸ새

형식적 특성을 중심으로 하여 일반적인 접근 방식으로 분석하면 이 작품은 장과 장 사이의 구조적 통일성이나 동질성이 현저하게 떨어지는 모습을 보이고 있다. 장의 모양이 일정한 통일성을 갖추지 않은 데다가 전렴前斂의 구실[52]을 하면서 동일한 모양으로 되어 있는 1·2행行의 반복구조도 1·3·5장에만 나타나고 있으며, 그것의 형태에도 상당한 차이가 있는 것으로 보이기 때문이다. 또한 내용상으로도 연결성이 매우 희박한 데다가 음수音數와 구句를 기반으로 구성되는 행의 통일성도 찾아보기 어려운 상황이므로 서로 다른 여러 노래에서 작품의 구성에 필요하다고 판단되는 부분을 뽑아서 엮은 편장編章의 구조를 가지고 있는 작품이라고 보아야 한다는 주장이 상당수의 연구자들에 의해 언급되었을 정도이다. 그러나 장의 구조적 통일성이나 동질성을 찾아보기 어렵다거나 내용상으로도 연결성이 느슨하다는 식의 주장은 작품의 형식과 내용에 대한 면밀한 검토와 분석이 뒤따르지 않은 상태에서 내려진 성급한 결론이라는 점을 지적하지 않을 수 없다. 왜냐하면 당시 사람들은 이것을 〈만전춘별사〉라는 명칭 아래 한 편의 작품으로 완성된 것이라 생각하고 향유했으며 기록으로까지 남긴 것이 확실한데, 고려나 조선시대의 지배층에 속하는 사람들이 그처럼 비논리적으로 작품을 수용하거나 만들지는 않았을 것으로 보이기 때문이다. 이런 점에서 볼 때 현존하는 〈만전춘별사〉는 당시 사람들에게는 형식적으로나 내용적으로 모두 일정한 통일성과 논리성을 갖추고 있는 한 편의 훌륭한 시가로 인식되었을 것이라는 전제 아래 작품이 지니고 있는 형식적, 내용적 통일성이나 특성을 찾아내려는 접근이 필요할 것으로 생각된다.

　먼저 현전하는 작품이 지니고 있는 형식적 특성을 살펴보자. 위에서 제시한 것처럼 여섯 개의 장章으로 나눌 수 있는 〈만전춘별사〉에서 가장 먼저 눈에 띄

52　손종흠, 『속요 형식론』, 박문사, 2010, 254쪽.

는 것은 장의 첫 행과 둘째 행이 동일한 형태[53]로 반복되는 모습이며, 그러한 현상은 1·3·5장에서만 나타난다는 사실이다. 표면적으로 드러나는 형태만을 기준으로 생각한다면 1·3·5장과 2·4·6장은 전혀 다른 것임이 틀림없다. 여기에서 우리가 주목해야 할 것은 이런 형태가 왜 한 장 건너 주기적으로 나타나는가 하는 점이다. 두 번째로 살펴야 할 것은 마지막 6장을 제외한 1장에서 5장까지는 모두 마지막 행의 마지막 구句가 동일한 형태로 반복된다는 점이다. 이 현상은 6장을 제외한 모든 장에 공통으로 나타나는 것이므로 그렇게 한 분명한 까닭이 있었을 것으로 추정할 수 있기 때문에 이것 역시 그렇게 한 이유를 찾는 것이 가장 시급한 문제라고 할 수 있다. 아울러 마지막 6장은 하나의 행으로 되어 있으며, 구 같은 것이 동일한 형태로 반복되는 현상이 나타나지 않는 것에 대한 것도 함께 살펴야 할 것이다. 또한 형식적 특성과 함께 살펴야 할 것은 내용적 특성이다. 현재까지 연구된 결과로 볼 때 이 작품은 내용적 연결성이 단단하지 못한 것처럼 보이면서도 〈만전춘별사〉라는 이름 아래 한 편의 시가로 구성되어 있는 것으로 여겨졌다. 내용적 연결성이 약함에도 불구하고 하나의 작품으로 묶일 수 있었던 원인과 이유를 알아내는 것이 작품이 지닌 문학적 성격을 밝히는 데 매우 중요한 의미를 가지기 때문에 이에 대한 고찰 역시 반드시 이루어질 필요가 있다.

내용상으로 볼 때 〈만전춘별사〉의 핵심적 표현은 각 장의 마지막 구절이라고 할 수 있다. 마지막 장을 제외하고 나머지는 각 장의 마지막 구절을 두 번씩 반복하는 것은 여기에 화자가 드러내려고 하는 핵심적인 정서가 담겨 있기 때문이다. 각 장의 마지막 구절은 '더듸새오시라', '笑春風ᄒᆞᄂ다', '뉘러시니잇가', '여흘도됴ᄒᆞ니', '맛초ᇦ사이다', '모ᄅᆞᇦ새' 등이다. 우리말에서 활용을

53 동일한 형태라는 말은 내용과 형식이 모두 일치한다는 의미를 가진다.

하는 어미語尾는 시제時制, 존대尊對, 의문疑問, 명령命令, 단정斷定 등을 나타내는 기능을 함으로써 화자가 표현하려는 내용이 명확하게 드러나 효과적으로 전달될 수 있도록 하는 구실을 한다. 한국어에서 어미가 차지하는 비중이 이처럼 크고 중요하기 때문에 언어를 표현수단으로 하는 시가에서도 매우 중요한 구실을 할 수밖에 없다는 점은 명백하다.

〈만전춘별사〉 첫 장의 마지막 구절에서 쓰인 '오시라'는 청자에게 직접 명령하지 않는 간접 명령이나 불특정 다수에 대해 공손한 명령을 나타내는 종결 어미로 미래에 닥쳐올 어떤 것에 대한 화자의 두려움과 현재에 대한 강력한 욕망을 암시한다. 얼음 위에 누워서 임과 같이 얼어 죽는 상황이 오더라도 함께 하는 이 순간이 영원했으면 좋겠다는 바람의 표현은 이 상황이 끝나면 반드시 오고야 말 이별에 대한 강한 두려움을 담은 것이 된다. 사랑의 종말을 눈앞에 둔 이별의 징조를 보여주는 것이 바로 '情[뎡]둔 오눐밤'이 되기 때문이다. 화자는 사랑의 종말이 가까웠음을 직감하고 있으므로 비록 얼어 죽는 한이 있더라도 이 밤이 아주 늦게 새거나 새지 않았으면 좋겠다고 생각한다. 따라서 '오시라'를 어미로 하는 '더듸새오시라'를 두 번 반복하여 자신의 정서를 강조하는 수단으로 삼았던 것이다. 제2장의 마지막 구절에서는 종결어미인 'ㄴ다'를 써서 현재형을 나타내고 있다. 즉 도화桃花가 소춘풍笑春風하고 있는 현재의 자연적 환경을 통해 근심으로 가득 찬 상태로 화자가 지금 홀로 있는 상황이라는 점을 강조하여 보여주고 있다. 사랑의 종말은 현실이 되었지만 아직까지 실감이 나지 않아 근심과 걱정으로 가득 찬 화자의 심리 상태를 시름없이 웃고 있는 것으로 보이는 도화를 통해 노래하고 있는 것이다. 이런 점으로 볼 때 둘째 장은 사랑이 끝나는 순간에 화자가 가지게 된 슬픔의 정서를 도화라는 자연상관물을 통해 매우 사실적으로 나타낸 것으로 해석할 수 있다. 사랑이 끝나는 순간에 화자가 느끼는 슬픔의 정서를 누군가에 대한 원망으로 연결시켜 표현하고 있는 제3장에서 쓰인 어미는 '니잇가'이다. 동사, 형용사의 어간이나 어미 뒤에, 혹은 의문사가 없는 의문문에 등의 'ᄒ쇼셔' 할 자리에 쓰여서 물음을 나타내는 종결 어미로 작용하는 '니잇가'는 과거의 무엇인가에 대한 것과 현재의 상황에 가질 수 있는 의문을 동시에 나타내는 구실을 한다. 죽어서라도 임과 함께 가리라고 믿었는데 그것을 시기하여 잘못되게 말한 사람이 누구였는가라고 반문함으로써 사랑하는 사람에 대한 미움보다는 일을 이 지경으로 만든 누군가에 대한 원망을 강력하게 표출하고 있다. 과거의 어떤 것을 소재로 하고 있지만 시제는 역시 사랑이 끝나는 현재의 상황에서 화자가 취할 수 있는 행동 중의 하나를 노래하는 것으로 보는 것이 가장 합당한 해석이라 사료된다. '오리鴨'라는 자연상관물을 대상으로 화자의 정서를 표출하는 제4장의 마지막 구절에 사용된 것은 'ᄒ니'인데, 현대어로는 '-으니'에 해당하는 종결어미다. '으니'는 문장 중에서 하게할 자리에 쓰여 진리나 으레 있는 사실을 일러 주는 것을 나타내기 위한 종결어미로 〈만전춘별사〉의 제4장에서는 어디든지 마음 내키는 대로 오가는 오리의 행태를 통해 그렇게 하지 못하여 홀로 있을 수밖에 없는 자신이 처해 있는 현재의 상황[54]을 강조하는 수단으로 쓰였다. 현재형의 종결어미가 쓰이고 있는 제5장의 마지막 구절에서 청유請由의 뜻을 가지는 '읍사이다'는 화자의 외로운 심정을 치유해보기 위해 몸부림치는 상태를 강조하기 위한 것으로 해석할 수 있다. 여기에서 쓰인 것은 동사의 어간 뒤에 붙어 예스러운 표현으로 합쇼할 자리에 쓰여 청유의 뜻을 나타내는 종결 어미 구실을 하는 '읍사이다'이다. 이 표

---

[54] 지금까지 이 부분에 대한 가장 일반적인 해석은 오리를 남성으로 보고, '여흘'이나 '소'를 여성으로 보아 자유롭게 행동하는 상대 남성을 원망하는 화자의 심정을 표현한 것으로 보았다. 그러나 이것은 너무나 기계적인 해석일 수밖에 없으니 〈만전춘별사〉 어디에도 화자의 임이거나 임이었던 상대 남성에 대한 원망이 전혀 나타나지 않는다는 점으로 볼 때 합당한 해석으로 보기 어려운 점이 있다. 이것은 제2장에서 화자의 정서를 표현하기 위한 자연상관물이었던 '도화'와 같은 존재로 보아 그렇게 못하거나 그렇게 하지 못하는 상황인 화자의 외로운 심리상태를 나타낸 것으로 보는 것이 작품의 전개상 타당한 해석이라고 판단되기 때문이다.

현은 현재의 시제이면서 청유의 뜻을 가지기 때문에 화자가 처한 지금의 상황을 타개하기 위한 행위를 강조하는 것이라 하겠다. 따라서 제5장의 내용 역시 사랑이 끝남으로 인해 화자가 처해 있는 현재의 외로운 상황[55]을 노래한 것이면서 어떤 방식으로든 그것을 타개해보려는 시도를 보여준 것이 된다. 마지막 제6장은 이별이 시작된 상태로 사랑이 끝나는 순간에 비해 화자의 마음이 어느 정도 정리된 상태를 노래한 것으로 보인다. 그러므로 마지막 구절의 표현은 동사의 어간 뒤에 붙어 어떤 행동을 함께 하자는 뜻을 나타내는 종결 어미인 '읍새'가 쓰이고 있다. 아주 오랜 과거로부터 먼 미래까지 평생 동안 헤어지는 것을 모르고 싶다는 화자의 원망願望을 강하게 드러내고 있는 것이다. 작품의 마지막 부분에서 함께 하자는 뜻을 가지는 종결어미로 마무리하는 이유는 그것이 비록 화자 혼자만의 공허한 바람일지라도 사랑하는 사람과 함께 하고 싶은 간절하면서도 애틋한 마음을 나타내기에 가장 적합한 표현이기 때문이다.

〈만전춘별사〉가 지니고 있는 내용적 특성과 연결의 논리성 등을 이렇게 정리해놓고 보더라도 문제가 되는 것은 장 단위로 구분되는 형식적 통일성을 발견하기가 어렵다는 점이 될 것이다. 마지막 장이 나머지 다섯 개의 장과 전혀 다른 형태를 가지고 있는 이유는 무엇이며, 1·3·5장의 첫 번째 행과 두 번째 행이 동일한 형태로 반복되는 이유는 무엇인지 등에 대한 설명이 뒤따라야 할 것이기 때문이다. 〈만전춘별사〉를 세밀하게 분석해보면 완전히 동일한 형식을 가지는 것은 하나도 없다고 해도 과언이 아닐 정도다. 표현의 중심을 이루는 것이면서 작품에서 쓰인 어휘에서부터, 음수, 구수, 행, 장에 이르기까지 모두 제

---

55 남산에 자리를 보고, 옥산을 베고 누워서 이불 안에 사향(麝香)각시를 안아 누웠다는 표현에 대한 해석 역시 남녀의 성관계로 해석하는 것이 지금까지의 일반적인 견해였다. 그러나 여기서 사향각시는 약이나 향료로 쓰는 사향이 들어 있는 인형으로 보는 것이 노래를 통해 드러내려고 하는 화자의 정서와 일치하는 것으로 보인다. 사랑이 끝난 상황에서 자신의 마음을 치유할 수 있는 행위로 약이 든 인형과 가슴을 맞추어 보려는 화자의 행동은 처절할 정도로 몸부림치는 애처로움을 아주 잘 나타내고 있다.

각각이어서 정제되지 못한 형식을 가지고 있는 까닭이다. 〈만전춘별사〉가 이처럼 정제된 형식을 갖추지 않은 이유는 그것이 사詞와 일정한 관련을 가지고 있는 작품인 탓으로 보인다. '별사別詞'라는 명칭이 사詞에서 음악성을 배제[56]한 것이라 하더라도 그것이 기반으로 하고 있는 문학적 형식은 어디까지나 사詞에 있는 것으로 보아야하기 때문이다. 앞에서 언급한 바와 같이 사詞는 첫째, 상하결上下闋의 형태, 둘째, 정해진 곡조調, 셋째, 정해진 구수句數, 넷째, 정해진 평측平仄, 다섯째, 동일한 형태가 반복되지 않음 등을 특징으로 한다. 그렇기 때문에 중국의 사詞는 글자 수에 따라 구분하는 것이 일반적[57]이다. 문학적 형식에서 중심을 이루는 행行을 단위로 작품을 살펴보면 사詞는 불규칙적인 형태를 가지는데, 사詞의 이러한 문학적 특성이 〈만전춘별사〉에 그대로 반영된 것이라고 할 수 있다. 따라서 '별사'라는 성격을 가지고 있는 이 작품에서 정제된 장章의 형식을 발견하려는 시도 자체가 무의미한 것이라고 할 수 있다.

다음으로 살펴야 할 것은 제1·3·5장에서 보이는 동일한 형태의 행行이 반복되는 현상이다. 〈만전춘별사〉의 여섯 개 장은 대련對聯으로 된 상하련처럼 서로 마주보는 형태를 가지고 있는데, 1장은 2장과 마주보고, 3장은 4장과 마주보며, 5장은 6장과 마주보는 방식이다. 앞의 것은 내부와 관련된 화자의 정서이고, 뒤의 것은 외부와 관련된 화자의 정서다. 제1장은 종말의 징조를 보이는 임과의 사랑이 영원하기를 바라는 화자의 간절한 마음을 노래했고, 제2장은 봄바람에 웃고 있는 도화를 통해 화자의 정서를 노래하고 있다. 제3장은 임과 영원히 함께할 것이라고 믿었던 화자의 내부 정서를 노래했고, 제4장은 자유롭게 이동하는 오리를 통해 화자의 외로움을 노래했다. 제5장은 사향이 든 인형을 통해 마음의

---

56 민족 시가가 발달하는 과정에서 과연 어느 시기에 어떤 방법으로 사(詞)에서 음악성이 배제되면서 시(詩)와 곡(曲)이 분리된 상황으로 이행되었는지에 대한 논의는 본 논문의 성과를 바탕으로 좀 더 심도 있는 고찰을 통해 밝혀야 할 것으로 사료된다.

57 각주 40번 참조.

병을 다스리고 싶은 화자의 내부 정서를 노래했고, 제6장은 사랑하는 임이라는 대상을 중심으로 하여 평생 동안 함께 하고픈 화자의 정서를 노래했다. 안과 밖이 마주보는 방식을 통해 노래를 진행시키고 있는 이 작품은 내부의 정서를 노래하는 제1·3·5장에서는 앞의 두 행을 동일한 형태로 반복하여 화자의 간절하고도 절박한 심정을 한층 강조하여 나타내는 장치로 활용하고 있다. 또한 내부와 외부가 연결되어 있음을 나타내기 위해 각 장의 마지막 구절을 동일한 형태로 반복함으로써 그 장에서 드러내고자 하는 정서를 다시 한번 강조하여 나타내는 표현 방식을 취하고 있다. 이상에서 고찰한 내용을 바탕으로 할 때 〈만전춘별사〉는 사랑의 종말과 이별에 대한 민족적인 정서를 사문학詞文學이 지니고 있는 형식적 특성과 잘 결합시켜 표현한 시가라고 할 수 있다.

중국의 사문학詞文學과 일정한 관련성을 가지고 있는 시가이면서 사랑의 종말과 이별에 대한 화자의 애절한 정서를 노래하고 있는 〈만전춘별사〉는 명칭의 의미가 무엇인지에 대한 것에서부터 명칭과 내용의 연결성 문제, 각각의 장에 나타나는 형식적 불균형성, 해석의 난해함 등에 이르기까지 많고 복잡한 논란이 있었던 작품이었다. 특히 〈만전춘별사〉라는 명의가 무엇인지에 대한 논의가 정치하지 못했던 관계로 본 노래와의 연결성을 찾아내는 데 어려움을 겪게 되었고, 그 결과 다른 노래에서 필요한 것을 가져다가 엮어서 만든 편장編章의 구조로 되어 있는 작품이라는 결론을 내리기도 했다. 그러나 이 노래가 당시 궁중으로 수용되어 향유된 노래였다는 점을 감안할 때 편장의 구조를 가진 작품이라거나 명칭과 본 작품의 연결성에 문제가 있는 것으로 보기에는 무리가 있어 보였다. 이러한 생각을 바탕으로 〈만전춘별사〉의 명의에 대한 정확한 해석을 근거로 하여 작품의 내용과 형식적 특성에 대한 고찰을 시도했다. 그 결과 〈만전춘별사〉의 명의는 '아주 늦은 봄의 노래', 혹은 '사랑의 종말에 대한 노래'라는 뜻으로 풀이할 수 있으며, 매우 정교하고 치밀하게 짜인 구성 요소들을 형식적 특성으로 하는 작품으로 사랑이 끝나기 전의 징조, 사랑의 끝과 임과의 이별에 대한 화자의 정서를 표현함에 있어서 詞가 가지고 있는 문학적 특성을 수용하여 일사분란하게 노래한 시가라는 점을 확인할 수 있었다. 〈만전춘별사〉라는 명칭과 본 작품의 긴밀한 연결성, 일관성을 지닌 내용적 합리성, 노래를 통해 드러내고자 하는 정서를 효과적으로 표현하기 위한 기능을 충실하게 발휘할 수 있도록 배치된 형식적 구성 요소 등이 유기적으로 결합하면서 예술성 높은 한 편의 시가로 형상화된 작품이라 하겠다.

제3장

〈정석가〉에서 삼동의 의미

속요는 민간에서 만들어지고 불려졌던 노래가 궁중으로 유입되어 지배층에 의해 향유된 시가를 가리키는 말이다. 이 노래들은 조선시대 들어와서도 궁중의 음악으로 사용되면서 『악학궤범』, 『악장가사』 같은 문헌에 한글로 수록되면서 현전하는 모습으로 정착되었다. 속요는 남녀상열지사가 작품의 중심을 이루는 것이 내용상 특징이라고 할 수 있는데, 민간의 노래가 궁중으로 유입되어 향유되고 기록되는 과정에서 상당한 변개 과정을 겪었을 것으로 연구자들은 보고 있다.[1] 위와 같은 성격을 가진 속요는 그동안 여러 논자들에 의해 다양한 각도에서 연구가 진행되어 왔다. 어석語釋 연구에서 시작된 속요에 대한 연구는 작품군의 명칭에 대한 것, 내용과 형식에 대한 것, 향유층과 수용층에 대한 것 등으로 이어지면서 상당한 성과를 축적하고 있다. 그러나 모든 연구의 핵심적인 기초라고 할 수 있는 어석 연구에서조차 아직까지 의미를 제대로 파악하지 못한 어휘들이 상당히 많은 상태이다. 현전하는 문헌의 부족과 함께 고어古語에 대한 연구의 부진으로 인하여 상당히 많은 어휘에 대해 그 의미를 올바르게 파악하

---

[1] 현전(現傳)하는 고려속요를 보면 민간의 노래에서는 도저히 사용하기 어려운 것으로 보이는 표현들이 있는 데다가, 임금의 만수무강을 송축하는 내용이 끼어 들어간 모습을 보여주는 작품들이 많다. 〈동동〉, 〈정석가〉, 〈처용가〉 등 하나의 장(章)이 송도(頌禱)의 내용으로 되어 있으며, 〈만전춘〉, 〈사모곡(思母曲)〉, 〈이상곡〉 등의 작품에는 마지막 내용에 송도의 내용이 들어 있는 데서 이런 점을 확인할 수 있다.

지 못하고 있는 것이다. 이러한 어석 연구가 제대로 이루어지지 않으면 작품이 지닌 예술적 아름다움을 올바르게 평가할 수 없기 때문에 어석 연구는 반드시 거쳐야 할 과정이 아닐 수 없다 이러한 점을 고려하여 이 장에서는 그동안 논란이 많았으며 아직까지 해결을 보지 못하고 있는 〈정석가鄭石歌〉의 '삼동三同'이 가지는 의미를 정확하게 짚어보고자 한다.

〈정석가〉는 고려속요의 한 작품으로 사랑하는 사람과 절대로 헤어지지 않겠다는 화자의 생각을 아주 강하게 나타낸 시가이다. 여섯 개의 장으로 되어 있는 이 노래는 서장을 제외하고는 내용과 형식, 그리고 표현수법 등에서 완전히 일치된 형태를 보여주고 있다. 내용상으로 볼 때 사랑하는 사람과 절대로 이별하지 않겠다는 것이 중심 주제이고, 형식상으로는 반복과 전렴前斂을 동반한 구조를 통하여 화자의 정서를 강하게 표현하는 방법을 쓰고 있는 것이 특징이다. 그리고 표현방법에 있어서는 절대로 일어날 수 없는 실현 불가능한 사실에 빗대어서 님과의 이별이 불가함을 강조하는 것이 특징이다. 이러한 특징을 가진 〈정석가〉는 고려속요의 다른 작품에 비해서 볼 때 어석상 문제가 되어 그 뜻을 정확하게 알지 못하는 어휘가 상대적으로 적은 편에 속한다. 지금까지의 연구 결과를 놓고 볼 때 〈정석가〉에서 정확한 어석이 이루어지지 않은 것은 '딩아돌하'와 '삼동' 정도인 것으로 생각된다. 물론 '삭삭기'나 '셰몰애'처럼 그 뜻이 불명확한 어휘도 있지만 어느 정도까지는 어석이 이루어진 것으로 볼 수 있기 때문에 〈정석가〉에서 가장 문제가 되는 어휘를 '딩아돌하'와 '삼동'으로 볼 수 있다는 것이다. 그런데, 이 두 어휘 중에서 '딩아돌하'는 노래의 제목에서 쓰인 '정석'이라는 말과도 밀접한 관련이 있는 것으로 여겨져서 그런지 상대적으로 많은 연구가 있었다. 그러나 '삼동'의 의미에 대해서는 작품을 전체적으로 해석하는 과정에서 가볍게 언급하는 정도일 뿐 그 의미를 심도 있게 다룬 연구가 거의 없는 것으로 보인다.

그런데, 시가는 산문과는 다른 성격을 가지고 있기 때문에 작품에 사용된 어휘의 의미를 해석함에 있어서 산문에서처럼 일상언어로서의 의미만으로 해석해서는 시어의 의미를 올바르게 파악하지 못하는 특징을 가지고 있다. 시가에서 쓰인 어휘는 그것이 가진 일상적인 의미와 함께 작품의 흐름 속에서 독자적으로 형성되는 창조적인 의미도 함께 파악해야 하는데, '삼동'에 대한 기존의 연구를 보면 글자가 가진 일상적인 의미를 중심으로 어석을 시도했기 때문에 그러한 어석이 작품의 유기적 구조 속에서 형성되는 의미와는 상당히 거리가 멀다는 비판을 면하기 어려운 것으로 보인다. 또한 '삼동'을 한자어로 기록한 데는 그에 상응하는 이유가 있을 것이라고 생각되는데, 글자의 뜻에만 집착하여 작품을 통해 표현하고자 하는 화자의 정서에는 전혀 맞지 않는 방향으로 어석하는 것은 별로 바람직한 해석으로 보기 어려운 것이다. 이러한 한계는 한자로 수록되어 있는 어휘를 우리말인 '동'으로 풀어보려는 방법에도 마찬가지로 나타난다. 우리말인 '동'이 어째서 '동'으로 쓰일 수 있는지를 밝혀내지 못한다면 설득력을 가지지 못하는 결점을 가지게 되는 것이다. 이러한 한계를 극복하고 어휘의 정확한 뜻을 파악하여 작품의 유기적 관계에 맞도록 '삼동'의 의미를 해석하기 위해 문헌적 근거를 바탕으로 올바른 어석을 할 수 있는 밑바탕을 마련해보고자 한다. 이 문헌의 기록이 〈정석가〉의 '삼동'이라는 어휘와 밀접한 관련이 있다는 것이 밝혀지기만 한다면 앞으로의 속요 연구에 상당한 기여를 할 수 있을 것으로 사료된다.

1. 선행 연구의 검토

'삼동'에 대한 해석은 '동'의 의미를 어떻게 보느냐에 따라 여러 각도에서 이루어졌다. '삼동'에 대한 기존 연구는 '삼'과 '동'을 분리하여 '동'의 의미를 밝혀보려는 어석이 중심을 이루는데, 해석 방법의 차이에 따라 크게 네 가지로 나누어 볼 수 있다. 첫째는 양을 나타내는 단위의 개념으로 파악하는 것이고, 둘째는 숫자를 나타내기 위한 개념으로 파악하는 것이다. 셋째는 기록의 잘못으로 보는 견해이고, 넷째는 순환이나 공간 개념으로 파악하려는 견해가 그것이다. 이들 주장들이 나름대로 모두 타당성을 가진 것으로 볼 수 있지만 현재까지 뚜렷한 정설로 인정된 것이 없는 상태인 것으로 보인다. 기존의 연구를 정확히 파악하는 것이 새로운 연구를 위한 바탕이 될 수 있으므로 우선 아래에서 선행연구에 대해 자세히 살펴보도록 한다.

1) 숫자의 개념으로 보는 견해

여기에 속하는 논자는 양주동, 박병채, 김형규, 전규태, 최철 등이 있다. 이들이 내놓은 주장들은 논자에 따라 약간씩의 차이는 있지만 '동'을 숫자의 개념으로 해석하는 점에서는 일치하고 있다.

양주동은 '삼동'의 의미에 대해 『여요전주麗謠箋注』에서 다음과 같은 의견을 제시한 바 있다.

> 석동, 한'동'은 '스물' 또는 '백'. 혹 '삼동三冬'으로 봄은 지나친 생각인 듯.『악장가사樂章歌詞』등 가창歌唱의 대본臺本에 불과하니만치 그 기사記寫는 사뭇 조잡粗雜하야 정음正音의 오철誤綴이 만흔 것은 무론毋論, 한자漢字에도 동음유음자同音類音字를 막우 사용使用하엿다. 예例컨데 「한림별곡翰林別曲」에서만도 (…중략…) 이는『악학궤범樂學軌範』에 (…중략…) 이 양서兩書는 무론毋論「가창속본歌唱俗本」을 그대로 각刻함에 기인起因된 것이나 유래由來 동同·유음자類音字를 심상대용尋常代用함은 리羅·려麗를 통通한 전통적傳統的 관습慣習이엿다.[2]

그는 김태준이 '삼동르同'을 '삼동르冬'의 오기로 본 것에 대해서 비판을 가하면서 '동'의 의미는 양量을 나타내는 단위로 쓰이는 우리말의 '동'으로 보았다. 그러면서도 『악장가사』 같은 창본唱本의 기록은 동류음자同類音字를 늘 대용해서 썼다고 함으로써 역시 『악장가사』의 표기가 잘못되었을 것이라는 주장을 하였다. 한자 표기가 잘못된 것으로 보느냐, 한글 표기가 잘못된 것으로 보느냐의 차이가 있을 뿐 오기로 보는 견해는 김태준이나 양주동이나 같다고 할 수 있다. 그 당시의 기록자들이 과연 아무 생각 없이 우리말을 한자로 썼을 것인가 하는 점을 생각해 본다면 양주동의 이 주장은 다시 고려해 볼 필요가 있는 것으로 사료된다. 한자를 자유자재로 사용할 수 있을 정도였던 선비들이 우리말로 써야 할 부분을 과연 한자로 썼을 것인가 하는 점을 생각하면 이 견해는 아무래도 받아들이기 어려운 주장이라고 할 수밖에 없기 때문이다. 더욱이 『악장가사』나 『악학궤범』 등에 실린 고려속요는 한자어인 것은 반드시 한자로 기록했다는 점에서 볼 때 이 주장은 근거가 매우 희박한 견해인 것으로 사료된다.

김형규는 '동'의 의미를 우리말의 묶음, 혹은 다발의 한자어로 보고 '세 묶음'으로 풀이했다.

세 묶음. 동同은 보통普通 십개+個를 말함.[3]

한자어인 '동'과 우리말인 '동'이 어찌해서 같이 쓰일 수 있는지에 대해서는 설명이 없는 상태에서 현재 우리가 사용하고 있는 양의 단위인 '동'을 '동同'과 같은 의미로 파악했다. 구체적인 언급은 없었으나 김형규 역시 우리말을 한자어로 표기할 때 오기했을 가능성에 대해 그것을 인정한 것으로 볼 수 있다.

---

2 양주동, 『麗謠箋注』, 을유문화사, 1955, 341~342쪽.
3 김형규, 『古歌註釋』, 백영사, 1955, 209쪽.

'삼동'에 대한 박병채의 어석은 초기의 것과 최근의 것이 상당한 차이를 보이고 있는 점이 특이하다. 1963년판『고려가요 어석 연구』에서는 '동'의 의미를 공간 적 개념으로 파악하여 '방삼백리의 땅'으로 해석했었는데, 1994년판『고쳐 쓴 고려가요 어석 연구』에서는 '꽃 삼백송이'로 풀이했다.

> 방삼백리方三百里의 땅이. 곧, '동'은 주대周代 지제地制의 면적 단위로 '방백리'의 땅을 말한다. 따라서 '삼동'은 '방삼백리의 땅'이며 '이'는 주격접미사.[4]
>
> '동同'은 백百을 뜻한다. 주周나라의 토지 제도의 면적 단위에서 '동同'은 '사방백리' 의 땅을 가리킨다. 동방백리同方百里(주예, 지관, 사도 주). 따라서 '삼동三同'은 '꽃 삼백 송이'를 말한다. 만약 '동同'을 '사방백리의 땅'으로 해석하면 뒤에 처격이 사용되어야 하나 '이'가 나타난 것으로 보아 '삼동三同'은 꽃 '삼백송이'로 해석함이 자연스럽다.[5]

약 30년의 간격을 두고 발간된 동일한 저자의 저서가 서로 다른 주장을 하고 있다는 점이 특이하다. 앞의 견해에서는 '동'의 의미를 공간을 나타내는 개념으 로 파악하여 '백리百里의 땅'으로 보았기 때문에 '삼동'을 '사방이 삼백리가 되 는 땅'으로 해석했던 것이다. 이렇게 보면 '삼동'의 의미는 옥玉으로 새겨서 바 위에 접주接柱한 연꽃이 사방 삼백리 땅에 가득 피어야만 님과 이별하겠다는 것 이 된다. 연꽃이 피는 것을 강조하는 데 왜 하필 사방 삼백리나 되는 넓은 땅으 로 표현했어야 하는지에 대해서는 설명이 없기 때문에 석연치 못한 점이 있다. 그런데, 이러한 해석은 시간적 영원성의 강조를 통하여 사랑의 영원성과 이별 의 불가함을 나타내려는 〈정석가〉의 시상과 배치된다고 생각했음인지『고쳐 쓴 고려가요 어석 연구』에서는 '삼동'을 '꽃 삼백송이'로 해석함으로써 양주동

---

4   박병채,『高麗歌謠 語釋 硏究』, 선명문화사, 1963, 266쪽.
5   박병채,『고려가요의 어석 연구』, 국학자료원, 1994, 270쪽.

의 주장을 수용하는 쪽으로 돌아섰다.

전규태의 주장도 위의 것과 흡사하다.

> '석동'세 묶음의 뜻. 한 '동'은 열, 스물 또는 백 묶음.[6]

이 견해는 양주동, 박병채와 마찬가지로 '동'을 숫자의 개념으로 보면서도 '삼동'을 해석할 때는 세 묶음으로 풀어서 앞뒤의 논리가 맞지 않는 느낌을 주고 있다.

최철의 해석도 양주동, 박병채의 견해를 따르고 있는 것으로 보인다.

> '삼백 송이 피어 있어야'로 양주동, 박병채는 어석했다. 그리고 그 근거를 다음과 같이 들었다. 삼동三同에서 동同은 백을 뜻한다. 주周나라 토지제도에서 면적 단위에 동同은 사방 백리를 가리킨다.[7]

이 해석은 특수한 이론이나 문헌에 바탕을 둔 것이라기보다는 양주동과 박병채의 주장을 그대로 수용한 것으로 보인다.

위에서 보는 바와 같이 '동'을 숫자의 개념으로 파악하여 '삼동'을 해석하려 한 주장은 주로 초기 연구자들에 의해서 이루어진 것들이었다. 그중 '동'의 의미를 주대周代의 토지제도에서 찾으려 한 시도는 '삼동'에 대한 해석의 다양성과 문헌적 근거를 제시했다는 점에서 매우 의미가 큰 발견이라고 할 수 있을 것이다.

6　전규태,『高麗歌謠』, 정음사, 1976, 141쪽.
7　최철,『고려국어가요의 해석』, 연세대 출판부, 1996, 234쪽.

2) 양量을 나타내는 단위로 보는 견해

'동'은 수량을 나타내기 위한 단위라고 하여 우리말로 풀이하려는 주장들이 이에 속한다. 이러한 논지를 전개한 논자에는 김무헌, 최승영, 임기중, 이상보 등이 있다. 김무헌은 우리말 사전과 한자어 자전 등의 내용을 근거로 하여 '동'은 우리말의 '동'을 잘못 표기한 것이라고 하면서 세 동, 혹은 세 다발로 풀이했다. 이 견해는 '동'을 우리말로 보고, '삼'은 한자어로 본 것인데, 무슨 이유에서 그 당시 기록자들이 우리말과 한자어를 섞어서 써야 했으며, 기록할 때는 왜 한자어로 했는가 하는 점과 다른 작품에서도 이런 예가 있는지를 밝혀야 하는 문제점을 안고 있는 것으로 보인다.

> 三同　세 동(다발), 동同(무리 동; 輩 모을 동; 會合), 동; 묶어서 한 덩이로 만든 묶음.(동이다. 동여매다)
>
> 三同　동同을 동冬이나 백百으로 보아 삼동三冬, 삼백三百송이로 해독함은 잘못이다. 그러면서……[8]

'동'은 수량을 나타내는 단위인 우리말로 보아 '삼동'을 세 묶음으로 풀이하려는 주장은 최승영의 경우도 마찬가지라고 할 수 있다.

> '동同'을 수량의 단위로 보아 '삼동'을 '세 묶음' 정도로, 한 동同은 대개의 경우처럼 10개로 봄이 알맞다.[9]

이 주장 역시 뚜렷한 근거가 없는 상태에서 작품의 흐름에 바탕을 두지도 않

8　김무헌, 『향가여요 교육론』, 집문당, 1997, 309~310쪽.
9　최승영, 「鄭石歌 硏究」, 『청람어문학』 9, 청람어문학회, 1993, 215쪽.

고, 현대어에서 쓰이는 어휘의 뜻을 중심으로 '동'의 의미를 풀이하려 한 것임을 알 수 있다. 임기중과 이상보의 경우도 위의 견해와 크게 다를 바가 없는 비슷한 주장으로 보인다.

> 석동이. 방 삼백리의 땅으로 풀이한 이도 있다.[10]

> 이 뜻은 '세 묶음'이라는 뜻이니, '동'은 묶어서 한 덩이로 만든 묶음, 또는 그 단위이니, 붓 십+자루, 베[布] 오십필+필, 비웃 이천二千마리 따위를 일컬을 때에도 쓴다.[11]

위의 견해들이 보여주는 공통적인 특징은 '동'의 의미를 우리말과 연결시켜서 해석하는 것이다. 이렇게 할 경우 위에서도 밝힌 바와 같이 앞의 글자인 '삼'은 한자어로 표기하고, 뒤의 '동'은 우리말을 음이 같은 한자로 표기한 것으로 되는데, 그렇게 한 이유에 대해서 설득력 있는 설명이 있어야 할 것으로 보인다. 그리고 '세 묶음', 혹은 '석동'으로 풀이했을 때 과연 그것이 〈정석가〉의 전체적인 시상詩想이나 표현수법 등과 잘 어울릴 수 있을 것인가 하는 점에 대해서도 납득할만한 근거제시가 있어야 할 것으로 생각된다. 의미가 서로 다른 말일지라도 같은 소리로 발음될 수 있는 것인데, 단지 발음이 같다는 것만으로 한자의 '동同'과 우리말의 '동'를 같은 의미로 볼 수는 없기 때문이다.

3) 기록의 잘못으로 보는 견해

김태준의 주장이 이에 속하는데, 여기에 대해서는 많은 논자들의 비판이 있었다.

---

10 임기중 편저, 『우리의 옛노래』, 玄岩社, 1993, 137쪽.
11 이상보, 「鄭石歌」研究」, 『한국언어문학』 창간호, 한국언어문학회, 1963, 19쪽.

삼동三冬.[12]

특별한 설명 없이 추운 겨울, 혹은 겨울 석 달이라는 의미로 풀이를 하고 있는데, 추운 겨울을 나타내기 위한 표현이 무슨 연유로 '삼동三冬'이 되지 않고 '삼동三同'으로 표기되었는가에 대한 설명을 하지 않고 있는 점이 커다란 한계로 지적될 수 있다. 그러나 길고 긴 추운 겨울이라는 시간 개념으로 파악하려 한 것은 다른 논자들의 주장보다 뛰어난 착상이라고 할 수 있다. 왜냐하면 〈정석가〉는 노래 전체가 님과 이별하지 않고 영원히 함께 살고 싶다는 시간적 영원성을 강조한 작품이기 때문이다.

4) 순환이나 공간의 개념으로 보는 견해

순환의 개념으로 보아 '돌림'이라는 뜻으로 풀이해야 한다고 주장한 견해는 주로 북쪽의 것들이다. 그리고 공간 개념으로 보아 위, 중간, 아래로 보려는 견해에는 남광우의 주장이 있다.

세 돌림[13]
삼동—세 돌림[14]

어떤 이유에서 '동同'을 '돌림'으로 풀이해야 하는지에 대한 구체적인 설명이 없기 때문에 정확한 내용은 알 수 없으나 세 번을 같은 상태로 피어야 한다는 의미로 해석해서 세 돌림이라고 했을 것으로 추측된다. 그러므로 여기서 풀이

---

12 김태준, 『朝鮮歌謠集成』, 漢城圖書株式會社, 昭和9年, 1934, 47쪽.
13 허문섭·이해산 편, 『고대가요 고대한시』, 베이징 : 민족출판사, 1968, 74쪽.
14 김상훈, 『가요집』, 문예출판사, 1983, 62~63쪽.

하는 '삼동'의 의미는 자연현상으로 보면 삼 년이 될 수도 있고, 종교적인 의미나 다른 측면에서 본다면 아주 오랜 세월을 지칭한 것으로 볼 수 있다. '삼동'을 '세 돌림'으로 해석하려는 주장은 북쪽에서 발간된 여러 문학사에서도 그대로 지켜지고 있다.[15]

'동'의 의미에 대해서 가장 특이한 풀이를 한 논자는 남광우라고 할 수 있다. 그는 언어 연구자의 입장에서 '동'의 의미를 풀이했다. 세 동강의 뜻으로 '삼동'이라는 말이 쓰인다고 하면서 이것을 위, 중간, 아래로 풀어야 한다고 주장했다.

> 이것이 어법상 그럴 수 없음을 지적하고 '석동이'로 풀이한 바 있다. (…중략…) '세 동강'의 뜻으로 '삼동'이란 말이 있음을 보면, '삼동'이라는 말의 연원이 오랜 것임을 알 수 있다. 그렇다면 '위, 가운데, 밑아래' 즉 '(상중하上中下) 삼동三同이'로 볼 수는 없을 것인가를 생각해 본다. '단單으로도 피기 어려운데 (상중하上中下) 삼동三同이 피어서야'로 풀이하는 설 하나를 더 제시해 본다.[16]

이 주장 역시 '동강'의 의미를 지니는 우리말인 '동'이 어떤 연유에서 한자어인 '동'으로 표기되었는가 하는 점에 대한 설명과 '동'을 하필이면 상중하로 풀이해야 하는지에 대한 설명이 없기 때문에 강한 설득력을 가지기 어려운 것으로 판단된다.

지금까지 살펴본 기존의 연구를 정리해보면 '삼동'의 의미를 풀이함에 있어서 작품의 흐름이나 구조적 특성에 맞추어서 그 뜻을 살펴보려는 시도는 거의 없었던 것으로 생각된다. 한편의 시가가 완성되면 그 작품은 스스로 유기적 구

---

15 정홍교·박종원, 『조선문학개관』, 인동, 1986; 김대출판부, 『조선문학사』, 사과원, 1982; 『조선문학사』, 과백원, 1989~1994;, 『조선문학사』, 사과원, 1977.

16 남광우, 「高麗歌謠 語釋上의 問題點에 관하여」, 『高麗時代의 言語와 文學』, 형설출판사, 1975, 90~91쪽.

조를 형성하기 때문에 그 속에 쓰여진 어휘를 해석함에 있어서도 작품의 유기적 구성에 맞도록 해야함은 말할 것도 없다. 바꾸어 말하면 작자가 작품을 만들때 그 속에서 사용하는 어휘들은 모두 작품의 유기적 구조에 가장 적합한 의미를 가지는 말들을 사용하며 그런 쪽으로 의미가 형성되기 때문에 이것을 해석할 때도 이러한 관계를 무시해서는 안 된다는 것이다. 그러므로 작품 속에 사용된 어휘에 대한 해석은 그 말이 가지는 일상언어로서의 의미와 더불어 작품의 유기적 구조 속에서 형성된 창조적 의미를 함께 해석하려는 태도가 매우 필요하다고 할 수 있는 것이다. 유기적 관계 속에서 어휘의 의미를 파악하지 못한 점은 '동同'의 의미를 우리말의 '동'으로 보아야 한다는 주장이나 숫자의 개념으로 풀어야 한다는 견해, 그리고 순환이나 공간 개념으로 해석해야 한다는 견해들이 공통적으로 가지는 한계점으로 지적할 수 있을 것이다.

2. '삼동三同'의 어석語釋

1) 작품의 분석

〈정석가〉는 사랑하는 님과 절대로 이별하지 않겠다는 화자의 심정을 실현 불가능한 사실에 빗대어서 노래한 시가이다. 작품의 원문을 보면 다음과 같다.

딩아돌하 당금當今에 계샹이다
딩아돌하 당금當今에 계샹이다
선왕성대先王聖代예 노니ᄉ 와지이다

삭삭기 셰몰애 별헤 나ᄂ   그바미 우미도다 삭나거시아

삭삭기 셰몰애 별헤 나ᄂᆞᆫ　　그바미 우미도다 삭나거시아
구운밤 닷되를 심고이다　　유덕有德ᄒᆞ신 님믈 여ᄒᆡᄋᆞ와지이다

옥玉으로 연蓮ㅅ고즐 사교이다　　그고지 삼동三同이 퓌거시아
옥玉으로 연蓮ㅅ고즐 사교이다　　그고지 삼동三同이 퓌거시아
바회우희 접주接柱ᄒᆞ요이다　　유덕有德ᄒᆞ신 님여ᄒᆡᄋᆞ와지이다

므쇠로 텰릭을 ᄆᆞᆯ아 나ᄂᆞᆫ　　그 오시 다 헐어시아
므쇠로 텰릭을 ᄆᆞᆯ아 나ᄂᆞᆫ　　그 오시 다 헐어시아
철사鐵絲로 주롬바고이다　　유덕有德ᄒᆞ신 님여ᄒᆡᄋᆞ와지이다

므쇠로 한쇼를 디여다가　　그쇠 철초鐵草를 머거아
므쇠로 한쇼를 디여다가　　그쇠 철초鐵草를 머거아
철수산鐵樹山애 노호이다　　유덕有德ᄒᆞ신 님여ᄒᆡᄋᆞ와지이다

구스리 바회예 디신ᄃᆞᆯ　　즈믄ᄒᆡ를 외오곰 녀신ᄃᆞᆯ
구스리 바회예 디신ᄃᆞᆯ　　즈믄ᄒᆡ를 외오곰 녀신ᄃᆞᆯ
긴힛ᄃᆞᆫ 그츠리잇가　　신信잇ᄃᆞᆫ 그츠리잇가

의미상으로 보아 여섯 개의 장으로 이루어진 〈정석가〉는 첫째 장은 선왕성대에 노닐고 싶다는 내용이고, 둘째 장은 구운밤에 움이 돋아 싹이 나면 님과 이별하겠다는 내용으로 되어 있다. 셋째 장은 옥으로 만든 연꽃이 피면 이별하겠다고 했고, 넷째 장에서는 무쇠로 만든 옷이 헐어지면 이별하겠다고 했다. 그리고 다섯째 장에서는 무쇠로 만든 소가 철鐵로 된 풀을 먹으면 이별하겠다고 했고,

여섯째 장에서는 천년을 홀로 있어도 사랑하는 마음은 영원할 것이라고 노래했다. 그러므로 〈정석가〉는 사랑하는 님과 이별하지 않고 영원하게 함께 있고 싶다는 화자의 생각을 시간적 영원성과 결부시켜 노래한 작품으로 볼 수 있다. 작품의 모습을 보면 첫째 장과 마지막 장을 제외한 나머지 부분은 표현수법과 형태 등에 있어서 완전히 일치하고 있는 것을 쉽게 파악할 수 있다. 모래 벌에 구운밤을 심어서 싹이 나올 때 이별하겠다는 것과 옥으로 새긴 연꽃을 바위에 심어서 그 꽃이 핀다면 헤어지겠다고 하는 것, 그리고 무쇠로 만든 옷이 다 헐고, 무쇠로 만든 소가 철초鐵草를 먹는다면 님과 이별하겠다고 노래한 둘째 장부터 다섯째 장까지는 형태상으로도 일치할 뿐만 아니라 표현수법 또한 일치하고 있는 것이다. 현실적으로 실현 불가능한 것이 이루어진다면 이별하겠다는 식의 표현은 영원히 이별할 수 없다는 것을 강조하여 나타낸 것이라고 할 수 있다. 즉 이 노래를 부르는 화자는 영원한 사랑을 간직하는 방법으로 시간적 영원성을 이용하고 있으며 이것을 통하여 사랑을 확인함과 동시에 그것을 지키고 싶어하는 것이다. 그러므로 〈정석가〉는 시간적 영원성과 아주 밀접한 관련이 있다.

'삼동'의 의미를 보다 정확하게 파악하기 위하여 이 표현이 들어 있는 셋째 장과 같은 표현수법을 쓰고 있는 장을 분석해 볼 필요가 있다. 시가에서 사용된 언어에 대한 해석은 그 어휘가 가지는 일상적인 의미에다 작품의 흐름 속에서 형성되는 의미를 함께 파악할 수 있을 때만 정확하다고 볼 수 있기 때문에 하나의 어휘가 가지는 의미를 정확하게 파악하기 위해서는 작품의 구조적 특성이나 내용적 성격 등을 분석해 볼 필요가 있는 것이다. 사각사각 소리가 나는 모래 벌에 구운밤을 심겠다고 하는 것은 님과의 이별 가능성을 봉쇄하기 위한 불가능성의 직접적인 표현이다. 그리고 그 밤이 움이 돋아서 싹이 나면 님과 이별하겠다는 표현은 님과의 사랑이 오래가기를 갈구하는 화자가 마음속에 가지고 있는 사랑의 영원성을 나타낸 것이라고 할 수 있다. 다시 말하면 이 표현은 구운밤을 모래 벌에 심는 가능한 행위를 통하여 불가능성을 부각시키고, 그 밤이 움이 돋아 싹이 난다고 하는 실현 불가능한 사실을 통하여 이별의 불가능성과 사랑의 영원성을 강조한 것이라고 할 수 있는 것이다. 이러한 표현수법은 다음 장에서도 그대로 이어지고 있다. 옥으로 새긴 연꽃을 바위에 심는 행위는 구운밤을 모래 벌에 심는 행위와 마찬가지로 가능한 행위를 통한 불가능성의 직접적 표현인데, 화자는 이러한 행위를 통하여 이별의 불가능성을 부각시키고 있다.

옥으로 새긴 연꽃이 핀다는 것 자체가 영원히 불가능한 일이기 때문에 그 꽃이 '삼동'을 핀다면 님과 이별하겠다는 표현 역시 이별의 불가함과 사랑의 영원성을 나타낸 것으로 볼 수 있다. 사랑에 대한 화자의 이러한 심정은 여기에서 끝나지 않고 다음 장으로 계속되는데, 네 번째 장에서는 무쇠로 옷을 만들어서 그 옷이 다 닳아 없어지면 님과 이별하겠다고 노래하고 있다. 무쇠로 옷을 만드는 행위 역시 가능은 하지만 그렇게 만든 옷이 닳아 없어지는 일은 인간의 인식으로는 도저히 상상조차 할 수 없는 영원한 시간일 수밖에 없다. 무쇠로 큰 소를 만들어서 철수산鐵樹山에 놓는다는 표현 역시 이별의 가능성을 봉쇄하기 위한 불가능성의 직접적 표현이다. 그리고 그 소가 철초를 먹어야 님과 이별하겠다는 표현 역시 이별의 불가함을 강조하고 사랑의 영원성을 갈구하는 화자의 심정을 나타내기에 적합한 표현이 된다.

위에서 살펴본 바와 같이 〈정석가〉의 각 장은 가능성을 통한 불가능성의 부각과 불가능성을 통한 영원성의 강조가 날줄과 씨줄로 얽혀져서 이루어진 것을 알 수 있다. 불가능성을 부각시키기 위한 공간적 가능성에서 불가능성을 확정 짓는 시간적 영원성으로 옮겨가는 수법을 통하여 이별의 불가함과 사랑의 영원함을 노래한 〈정석가〉야말로 고려속요 중에서 가장 정밀한 유기적 구조를 가진 작품이라고 할 수 있을 것이다.

2) '삼동三同'의 의미

위에서 살펴본 바와 같이 〈정석가〉는 가능성을 통한 불가능성의 부각과 불가능성을 통한 영원성의 강조를 날줄과 씨줄로 하여 이별의 불가함과 사랑의 영원성을 노래한 작품이다. 이러한 성격을 가진 〈정석가〉에 대한 연구는 그다지 활발하게 이루어진 것 같지는 않다. 어석 연구에서 가장 문제가 되었던 것은 '딩아돌하'였는데, 악기의 소리를 나타낸 것으로 풀이하는 것이 가장 일반적인 해석으로 보인다. '딩아돌하'에 대한 연구가 〈정석가〉의 어석 연구에서 중심이 되었던 이유는 작품의 명칭인 '정석'과 '딩아돌하'가 밀접한 연관이 있을 것이란 생각 때문이었던 것으로 풀이된다.

'삼동'의 의미에 대해서는 김태준과 양주동이 표기의 잘못일 가능성이 있다고 한 이래 우리말의 '동'을 한자로 표기한 것으로 보거나, 숫자의 개념으로 보는 정도로 언급이 되어 왔다. 그런데, '삼동'의 의미에 대한 기존의 연구를 보면 어휘가 가지는 의미 자체에 너무 집착해 있다는 느낌을 떨쳐 버릴 수 없다. 위에서 언급한 바와 같이 시어는 작품 속에서 형성되는 의미가 매우 중요하기 때문에 일상어로서 가지는 의미만으로 작품 속의 어휘를 해석해서는 곤란할 때가 많다. 더욱이 일상어로서의 의미조차 정확하게 알 수 없는 경우 이에 대한 추론적인 해석이 작품의 흐름 속에서 행해지지 않고, 방증 자료가 될 만한 것들을 중심으로 이루어질 때는 잘못 해석할 가능성이 훨씬 더 커질 수 있다. '삼동'에 대한 기존의 해석이 이러한 한계점을 가지고 있다는 것은 위에서 살펴본 선행 연구에 대한 고찰에서 충분히 알 수 있었다. 따라서 '삼동'의 의미에 대해서는 해석의 실마리가 될 수 있는 정확한 근거를 찾아내든지 아니면 작품의 유기적 관계에 맞도록 해석되어야 할 필요성이 절실하게 요구된다고 하겠다.

이러한 점을 염두에 두면서 〈정석가〉를 살펴보면 '삼동'에 대한 기존의 해석이 작품의 흐름과 매우 동떨어져 있음을 쉽게 느끼게 되는데, 한문을 전혀 불편

없이 사용할 수 있을 정도였던 그 당시 지배층들이 남긴 문헌을 확실한 근거도 없는 상태에서 우리말로 해석해서는 안될 것이라는 생각을 누구나 할 수 있게 된다. 좀 더 구체적으로 말하면 기존 연구에서 보여준 '삼동'의 의미에 대한 해석으로 작품을 이해해서는 시상의 흐름에도 역행될 뿐만 아니라 한자의 '동'과 우리말의 '동'이 같다는 증거는 어디에서도 찾아볼 수 없기 때문에 올바른 해석으로 인정하기 어려운 점이 한두 가지가 아닌 것으로 보인다. 작품의 성격에 맞는 새로운 해석이 필요하다는 것을 절감하게 되는 것이다. 기존의 연구가 이러한 오류를 범할 수밖에 없었던 것은 '삼동'을 하나의 어휘로 보고 해석한 것이 아니라 '삼'과 '동'을 따로 떼어놓고 해석한 뒤에 그것을 갖다 붙이는 방식을 취했기 때문인 것으로 생각된다. 이렇게 놓고 보면 '삼'의 의미에 대해서는 전혀 문제시할 것이 없기 때문에 자연이 '동'의 의미에 초점이 맞추어질 수밖에 없게 된다. 이렇게 하다보니 '동'을 한자어로 보는 입장에서는 중국의 주周나라에서 만든 지제地制에서 형성된 의미로 해석하게 되었고, 우리말로 해석하려는 입장에서는 묶음의 단위를 나타내는 '동'으로 해석을 하게되었던 것으로 보인다.

그러나 작품을 자세히 살펴보아 전체적인 구조를 파악하고, 『악장가사』나 『악학궤범』 같은 문헌들이 궁중의 사대부들에 의해서 만들어졌을 것이라는 점을 생각한다면 '삼동'이 한자어로 기록된 데는 그만한 이유가 있었을 것이란 점을 쉽게 짐작할 수 있다. 이렇게 생각해보면 우선 '삼동'은 두 글자를 각각 떼어서 해석할 것이 아니라 연결된 하나의 어휘로 해석해야 할 것이라는 사실을 알게 된다.

'삼동'을 하나의 어휘로 보아 한자어로 해석해야 한다는 좀 더 확실한 근거는 송대宋代에 주변朱弁이 지은 「곡유구문曲洧旧聞」에서 찾아진다. 주변은 북송에서 남송시대에 걸쳐 살았던 정치가인데, 무원婺源 사람으로 자는 소장少章이었다. 약관의 나이로 태학에 들어갈 정도로 뛰어난 인재였다. 건염建炎 초에는 금金나라에 잡혀가 있던 두 임금에게 문안사問安使를 보낼 것을 의논하였는데, 주변이 스스로 자청하여 가겠다고 했다. 이에 길주吉州 단련사團練使의 인끈을 빌려주어 통문부사로 삼았다. 운중雲中에 이르렀을 때 점한粘罕을 만나 인질로 잡혀 있는 북송의 두 임금을 모셔가겠다는 뜻을 절실하게 논의하였으나 점한이 이를 듣지 않고 오히려 관사에 나가 머물게 한 뒤 병사로 하여금 지키게 하였다. 금나라의 꼭두각시 황제를 지낸 유예劉豫는 핍박하여 벼슬로 회유할 수 있었으나 주변은 절의節義를 지켜 굴하지 않았던 것이다. 송나라가 금나라에게 신하의 예禮로 할 것을 약속하면서 화의가 성립되어 돌아왔는데, 봉의랑奉議郞의 벼슬로 옮긴 후 생을 마쳤다. 저서로는『빙유집騁遊集』,『서해書解』,『곡유구문』,『풍월당시화風月堂詩話』등이 있다. 그는 옛날에 있었던 일들과 자신이 살았던 시대에 있었던 일들 중에서 세상에 교훈이 될만한 이야기들을 묶어서「곡유구문」이라는 글을 남겼다. 이 문헌 속에 '삼동'이라는 말이 생기게 된 유래를 설명하는 고사를 실어 놓았다. 그 전문은 다음과 같다.

장자후章子厚와 비감벼슬을 한 조미숙晁美叔은 같은 을해년에 태어나고, 둘 다 같은 해에 과거에 급제하고, 역시 같은 해에 관직에 나갔으므로 늘 서로 '삼동三同'이라고 불렀다. 원우년간에 자후가 지은 시에 '세 번을 같이한 조비감에게 붙이는 말'이란 바로 이것을 말한 것이다. 그런데, 소성년간에 자후가 재상이 되었다. 미숙이 그 설비와 펼치는 일이 너무 큰 것을 보니 금산에 함께 있을 때 말했던 것과 크게 달랐다. 이로 인하여 나아가서 자후를 만나보고 힘써 그것에 대해 간하였다. 자후가 화가 나서 미숙을 협陜땅의 군수로 삼아 내어쫓았다. 미숙이 친구에 대해서 일러 말하기를 '(옛날에는) 세 가지가 같았는데, 지금은 백 가지가 다르다'고 했다.[17]

17　朱弁,「曲洧旧闻卷五」, "章子厚與晁秘監 美叔 同生乙亥年, 同榜及第 又同爲館職 常以三同相呼 元祐間子厚有詩云 寄語三同晁秘監 乃謂此也 然紹聖初子厚作相 美叔見其施設大與在金山時所言背違

위의 글은 내용상으로 보아 두 부분으로 나누어진다. 앞부분은 '삼동'에서 이루어진 빈천지교貧賤之交의 소중함을 말한 것이고, 뒷부분은 입상入相한 뒤의 변절에 대한 의분義奮을 말한 것이다. 같은 해에 태어나서 같이 자라고 같은 해에 과거에 급제하였으며, 또한 같은 해에 벼슬길에 나갔다는 것은 여느 사람에 게서는 일어날 수 없는 일들이며 세상에 교훈이 될만한 훌륭한 일임에 틀림이 없다. 이러한 연유로 인해서 세 가지를 함께 했다는 의미로 '삼동'이라는 말이 생겼다는 것이다. 보통 사람에게는 도저히 일어날 수 없는 불가능한 일이 두 사람 사이에 있었으니 당연히 절친한 친구 사이가 되었을 것이고, 서로가 그 뜻을 변치 말자고 맹세했을 것이다. 두 사람의 이러한 우정 관계는 주위 사람들뿐만 아니라 세상 사람들에게 널리 알려지게 되었을 것이고 모두가 부러워하였을 것 이기 때문에 사람들에게 회자되었음은 말할 필요도 없을 것이다.

그런데, 시간이 지나서 두 사람 중 한 사람이 재상宰相으로 자리를 잡게 되자 상황이 완전히 달라졌다. 재상이 되어 일인지하 만인지상의 자리에 오른 자후 는 어려웠던 시절에 친구와 함께 했던 약속들을 모두 저버리고 엄청난 권세와 권력을 휘두르기 시작하였다. 그것을 본 미숙이 참지 못하고 자후에게 충간忠諫 했으나 오히려 화를 내면서 그를 내쫓았던 것이다. 가난했지만 순수했던 시절 의 약속을 저버린 친구에 대해서 미숙은 '옛날에는 세 가지가 같았으나 이제는 백 가지가 다르다'고 말을 하는 것이다. 여기서 말하는 백 가지는 물론 모든 것 을 의미하는 것으로 보아야 할 것이다. 그리고 '삼동' 역시 단순하게 세 가지가 같다는 의미로만 볼 것이 아니라 모든 것을 같이 했다고 보는 것이 논리에 맞을 것으로 생각된다. 모든 것을 함께 했던 절친한 친구 사이가 하루아침에 모든 것 이 달라진 완전한 타인으로 되었던 것이다.

因進謁力諫之 子厚怒黜爲陝守美 叔謂所親曰 三同今百不同矣."

위에서 살펴본 바와 같이 이 글에서 주변이 강조하고자 했던 것은 '삼동'의 의미와 소중함이 아니라 세태에 휩쓸려서 친구와의 신의를 저버린 행위에 대한 의분과 경종警鐘이었다. 그러므로 이 글의 핵심은 '삼동'의 유래에 대한 것이 아니라 자후의 배신에 대한 비판이라고 할 수 있다. 그것은 주변이 살았던 시기가 북송에서 남송으로 바뀌던 어지러운 시대였다는 점에서 볼 때 좀 더 확실하게 느낄 수 있다. 자신이 적국으로 생각하는 땅에서도 온갖 회유와 협박을 뿌리쳤던 주변의 입장에서 볼 때 자후와 미숙의 고사는 주변을 격분시키기에 충분했을 것이란 점을 쉽게 짐작할 수 있기 때문이다. 그렇기 때문에 주변은 이 글을 통하여 이익과 권력을 좇아서 배신背信과 위약違約을 밥먹듯이 하는 세상 사람들에게 경종을 울려주고 싶었던 것이다.

세태의 흐름에 따라 신의를 저버린 행위에 대한 경종으로 자후와 미숙의 고사를 이해할 때 여기서 나온 '삼동'이란 말이 과연 〈정석가〉에서 화자가 표현하고자 하는 생각에 잘 부합할 수 있을 것인가 하는 의문이 생길 수 있다. 좀 더 구체적으로 말하면 〈정석가〉를 만들고 기록한 사람들이 배신과 위약에 대한 경종의 의미를 강조하려는 주변의 글에 기록된 자후와 미숙의 고사에서 보이는 '삼동'이란 말을 사랑하는 님과 이별하지 않고 영원히 함께 하고 싶다는 마음을 표현하기 위한 의미로 사용했을 것인가 하는 점이다. 이 점에 대해서는 다음과 같은 설명이 가능하다.

자후와 미숙의 일을 기록한 주변의 생각은 이 고사를 통하여 신의를 배신해서는 안 된다는 입장을 강조하여 후세 사람들에게 경종을 울리려는 것이 틀림없다. 그러나 세 번을 함께 했다는 의미를 지닌 '삼동'이란 말의 의미는 주변이 강조하고자 했던 뒷부분을 제외하고 앞부분만으로도 충분히 드러나고 있으며, 사람들은 이 부분만 가지고서도 세 번을 같이한 친구의 신의와 맹세를 찬양할 수 있었을 것이다. 그러므로 '삼동'이란 말은 주변이 이 글을 기록하기 이전부터 이미 널리 회자되고 있었다는 것을 짐작할 수 있게 된다. 이러한 사정은 그 둘이 늘 서로를 가리켜 말하기를 '삼동'이라고 했다는 점과 문헌의 제목을 「곡유구문」이라고 한 점에서 충분히 알 수 있다. 이런 점에서 보면 '삼동'이란 말은 두 사람의 삶 속에서 세 번을 같이 했다는 정도의 의미뿐만 아니라 평생을 함께 한다는 의미가 더 강한 것으로 보는 것이 올바른 해석일 것으로 생각된다. 즉 「곡유구문」에 보이는 자후와 미숙의 고사는 빈천지교의 소중함을 강조한 뜻으로 세간에 회자되었던 '삼동'의 의미에 어지러운 시대일수록 신의와 지조를 중하게 여겨야 한다는 주변의 생각을 잘 나타낼 수 있도록 기록되었을 가능성이 매우 크다는 것이다. 자후와 미숙의 고사에서 애초에 생긴 것으로 보이는 '삼동'이란 말은 영원성을 강조하기 위한 표현으로는 매우 적절한 것이라고 보아 아무런 문제가 없을 것으로 보인다.

〈정석가〉의 '삼동'을 자후와 미숙의 고사와 관련이 있는 의미로 해석할 때 생각해보아야 할 또 하나의 문제는 자후와 미숙이 살았던 시기가 고려와 시기적으로 그리 멀지 않은 북송 말기였고, 또한 공간적으로도 멀리 떨어져 있었던 곳에서 있었던 일이었는데 비록 중국에서 인구에 회자된 것이라 할지라도 그렇게 빠른 시간에 고려에 수용되어 노래의 표현으로 사용될 만큼 널리 퍼질 수 있었을 것인가 하는 점이다. 「곡유구문」에 나오는 연호는 원우元祐와 소성紹聖인데, 이것은 북송의 철종哲宗시대에 사용했던 연호이다. 중국의 원우1086~1094와 소성1094~1098대는 고려에서는 선종宣宗 연간에 해당하는 때이다. 이 때의 고려는 초조 팔만대장경의 완성1087과 더불어 의천義天에 의해 속장경續藏經이 완성1097되던 시기였다. 거란의 침입에 시달리던 고려가 불력佛力을 빌어서 외적을 물리치고자 많은 노력을 기울인 때라고 할 수 있다. 이 때부터 고려는 서서히 중기로 접어들면서 내우외환에 시달릴 기미를 보이기 시작한다. 그리고 주변이 주로 활동했던 건염1127시대는 남송이 시작되어서 금과의 전쟁과 화의가 이루어지던 시기였다. 우리나라에서는 이자겸의 난과 묘청의 난 등이 발생하여 고려의 어려움이 시작되던 시기이기도 했다.

고려는 건국 초기에는 후주後周와 가까운 사이였으나 송이 천하를 통일한 뒤로는 송과 매우 친밀한 관계를 유지해 왔다. 그리고 자후와 미숙이 살았던 시기와 주변이 활동했던 시기는 송나라가 어려움을 겪으면서 거란과 몽고의 침입에 시달리던 어지러운 때이기도 했다. 고려가 불력을 이용하여 외적의 침입을 물리치고자 했던 시기라는 말은 달리 생각하면 바로 이 시기가 송과의 관계를 더욱 밀착시킨 때라는 사실을 쉽게 짐작할 수 있다. 그러므로 송의 문화는 고려에 직접적으로 전해졌을 것이며, 주변이 지었던 「곡유구문」 같은 문헌도 매우 빠른 시기에 고려에 전해졌으리란 추측은 어렵지 않게 할 수 있다.

그러므로 고려말에 형성되어 조선조에 들어와서 문자로 정착된 고려속요에 중국에서 형성된 고사인 '삼동'이란 말이 쓰여졌다고 하여 전혀 문제될 것이 없을 것으로 보인다. 오히려 이러한 이야기들은 지배층을 중심으로 한 지식인층에서는 유행처럼 회자되었을 것으로 생각할 수도 있다. 이것에 대해서는 앞으로 더 자세한 고찰이 있어야 할 것으로 보인다. 또한 〈정석가〉에서 보이는 '삼동'이 송나라 주변이 지은 「곡유구문」에서 쓰인 말과 밀접한 관련을 가진 것이라면 이것은 고려속요 연구에 대단히 중요한 단서 하나를 제공해주는 결과가 될 것으로도 보인다. 고사의 발생 연원과 시기, 그리고 문헌의 기록 시기를 확실하게 알 수 있는 「곡유구문」을 토대로 하여 고려속요의 발생과 관련이 있는 연대 추정에도 한 몫을 할 수 있을 것으로 생각되기 때문이다.

위에서 살펴본 바와 같이 '삼동'에 대한 지금까지의 해석은 주로 글자가 가지는 의미를 바탕으로 한 것이었다. '동'을 우리말의 '동'으로 보아 '묶음'이나 '돌림' 등으로 해석한 견해들이 있는가 하면, '동'을 한자어로 보아 숫자를 나타내는 '百동'으로 해석한 견해들도 있었다. 그런데, 이러한 기존의 연구들이 갖는 공통적인 한계점은 이러한 해석 모두가 작품의 흐름과 맞지 않는다는 데 있었다. 〈정석가〉의 모든 표현수법이 불가능성과 영원성을 부각시킴으로써 님과의 이별이 불가함을 강조하기 위한 수단으로 사용된 것을 생각해 보면 이것을 쉽게 짐작할 수 있는 것이다. 그런데, '삼동三同'을 '삼동三冬'의 잘못으로 보는 것, '百동'으로 보는 것, 아니면 묶음을 나타내는 우리말인 '동'으로 보는 것 등의 모든 해석들이 시간적 흐름 속에서 불가능성과 영원성을 부각시키고 강조한다는 작품의 흐름과 동떨어진 해석이 되었던 것이다. 기존의 풀이 중에서 '돌림'으로 본 해석이 유일하게 작품의 흐름에 배치되지 않는 것으로 볼 수 있으나 어째서 '동同'이 '돌림'으로 해석되어야 하는지에 대한 설명이 없기 때문에 이 역시 정확한 해석으로 보기 어려운 점이 있다.

그런데, 「곡유구문」에 보이는 '삼동'의 연원에 대한 고사는 두 가지 점에서 〈정석가〉의 '삼동'과 일치한다는 것을 보여준다. 첫째는 같은 해에 태어나고, 같은 해에 급제하고, 같은 해에 벼슬길에 나가는 것이 가능한 일이기는 하지만 실제에 있어서는 실현되기 매우 어려운 현실이란 점에서 불가능성을 부각시켜 님과의 이별이 절대로 불가함을 나타내려는 화자의 정서에 잘 부합한다는 것이다. 둘째는 〈정석가〉의 모든 표현들이 시간의 흐름 속에서 영원성을 추구하려는 것을 중심으로 하고 있는데, 자후와 미숙의 고사가 바로 이러한 성격에 잘 맞는다는 것이다. 자후와 미숙이 서로를 '삼동'이라 부르고, 세상 사람들 또한 이들을 가리켜서 '삼동'이라고 했다는 것은 이렇게 아름다운 우정이 평생 동안 변하지 않기를 바라는 마음에서였을 것이기 때문이다. 이런 점에서 볼 때 〈정석가〉의 '삼동'은 자후와 미숙의 고사에서 평생 동안 영원히 변하지 말 것을 강조했던 것과 연결시켜 '평생 동안'으로 해석하는 것이 가장 올바른 어석이 아닐까 하는 생각을 해 본다.

제4장
속요에서 렴(斂)의 중요성

　시가는 의미를 지닌 소리의 특수한 배열을 통해 이루어진 것으로 율격을 지닌 언어 현상의 하나다. 언어를 매개수단으로 한다는 점에서는 일상언어와 같으면서도 율격을 가지기 때문에 일상언어와는 다른 특수성을 가지고 있다. 시가에 율격이 있다는 말은 시가는 다른 문학 갈래가 가지지 않는 특수한 형식에 의해서 형성된 문학이라는 것을 의미한다. 음운배열, 음보, 행, 표현 기법, 렴(斂) 등을 시가문학이 가진 형식적 특성으로 꼽을 수 있는데, 이러한 것들이 율격을 형성한다. 그런데, 형식은 내용을 완성시켜주는 표현 방식이기 때문에 형식적 특수성은 내용에 의미를 부여함과 동시에 형태를 결정하는 데 결정적 구실을 한다. 형식적 특성 모두가 형태의 결정에 중요한 구실을 하지만 그중에서 렴은 시가의 형태를 결정짓는 데 중요한 기능을 담당한다. 우리의 시가는 여러 개의 장으로 나누어지는 형태와 그렇지 않은 형태로 대별되는데, 시가의 형태를 결정짓는 것이 바로 렴이기 때문이다. 그렇기 때문에 렴의 유무가 시가의 형태상 분류에 늘 중요한 기준이 되어왔다.

　시가를 형태적 특성에 따라서 분류하면 연장체시가連章體詩歌와 단장체시가單章體詩歌로 크게 나눌 수 있다.[1] 연장체시가는 하나의 작품이 여러 개의 장으로 나누어

1　장(章)의 유무에 따라 고려속요를 분류하는 것은 기존의 연구에서 대부분의 논자들이 사용해

지는 형태를 지닌 것이고, 단장체시가는 하나의 장이 한 작품을 형성하는 형태를 지닌 작품군을 가리킨다. 그런데, 연장체시가는 여러 개의 장으로 나누어지기 때문에 장과 장의 구분을 명확하게 하기 위한 특수한 수단이 필요하게 된다. 왜냐하면 장의 구분이 명확하지 않으면 작품의 특성을 제대로 살리지 못하게 되고, 그렇게 되면 단장체시가와 비슷한 형태를 취하게 되어 연장체시가에서 표현하고자 하는 바를 올바르게 나타낼 수 없기 때문이다. 그렇기 때문에 장의 구분을 위한 수단은 연장체시가에서 대단히 중요한 성격을 지닌다. 우리 시가에서 장의 구분을 위해 가장 일반적으로 사용하는 수단은 바로 렴이다. 렴은 장과 장 사이에 와서 장의 구분을 명확히 해 줄 뿐만 아니라, 각각의 장을 마무리하고 연결시켜주면서 각 장의 내용을 강조하는 구실도 하는 것으로 보인다. 그러므로 렴은 연장체시가에서 대단히 중요한 존재일 수밖에 없다. 여기서는 〈쌍화점〉을 중심으로 렴의 개념과 종류, 기능 등을 살펴보도록 한다.

1. 렴의 개념

1) 렴斂의 개념

(1) 동일성을 지닌 음향 현상

렴이 연장체시가에서 장의 구분을 명확하게 하는 수단으로 사용된다는 하나의 사실만 보더라도 작품 내에서 렴이 가지는 구실이 얼마나 큰가를 알 수 있

왔던 방법이다. 그러므로 이 분류방법은 새로운 것이 아니다. 그런데, 기존의 논의를 보면 연(聯)과 장의 구별이 정확하지 않아서 용어의 혼란을 가져왔던 것이 사실이다. 이러한 문제점을 해결하기 위하여 저자는 「민요분류론」에서 우리 민요를 연장체(連章體)와 단장체(單章體)로 분류할 것을 제안한 바 있으며(「민요분류론」, 『논문집』 14, 한국방송통신대, 1992.2), 이러한 원칙에 따라서 고려속요(高麗俗謠)도 연장체시가(連章體詩歌)와 단장체시가(單章體詩歌)로 나누어야 함을 밝힌 바 있다.(「고려속요형식연구(1)」, 『논문집』 17, 한국방송통신대, 1993)

다. 그러나 엄밀하게 본다면 렴은 작품의 형성에 필수적인 존재는 아니다. 왜냐하면 렴은 일상언어로서의 의미를 가지지 않는 것이 대부분이며, 렴이 없어도 작품은 형성될 수 있기 때문이다. 다만 작품 내에서 렴이 필요한 것은 렴이 있으므로 해서 작품의 예술성을 높일 수 있기 때문이다. 그리고 렴이 일상언어의 의미를 갖지 않는다는 말은 렴이 특수한 언어 현상의 일종으로서 악기의 구음이나 인간이 내는 탄성 같은 음향 현상의 일종이라는 것을 의미한다. 음향 현상이라는 것은 물리적인 소리들의 모임이기 때문에 정확한 뜻을 가진 일상언어와는 달리 그 뜻이 명확하게 정해진 것이 아니다. 음향 현상은 듣는 사람에 따라서 얼마든지 자의적으로 해석될 수 있는 소리 현상에 불과한 것이다. 렴이 음향 현상의 일종이며 의미가 없다는 점에서는 렴과 자연의 소리는 전혀 다를 바가 없는 의미없는 소리에 불과하다.

그러나 렴은 시가의 일부를 이루는 것이기 때문에 언어 현상이라는 큰 틀을 벗어나서는 존재가치를 인정받을 수 없다. 왜냐하면 렴은 일상언어적인 의미를 가지지 않는 경우가 대부분이기는 하지만 의미있는 부분과 유기적 연관성을 가지고 있기 때문에 작품 전체에서 일정한 의미가 창조되기 때문이다. 그리고 경우에 따라서는 일상언어와 같은 의미를 가진 문장을 렴으로 사용하기도 한다. 이런 경우는 시어로서의 의미에 렴의 성격을 추가하여 새로운 의미가 만들어지는 것으로 보인다. 이런 점에서 본다면 렴도 언어의 일종이며 시가의 일부를 이루는 시가언어의 일종이다. 여기에서 시가언어라고 함은 작품에서 쓰여진 언어 전체를 가리킨다. 시어로 쓰이는 언어는 작품의 내부에서 이미 새로운 의미를 획득하기 때문에 시가에서 쓰이는 언어들은 그 자체로서 이미 일상언어와 구별된다. 따라서 시가에서 사용되는 언어를 통틀어서 시가언어라고 할 수 있는 것이다. 그러나 렴은 다른 시가언어들과는 구별되는 성격을 가지고 있다.

렴은 시가언어이되 다른 언어처럼 정확한 뜻을 가지기 어렵다. 시가에서 쓰이는 렴의 의미를 파악한다는 것은 대단히 어려운 일이며, 파악했다고 하더라도 정확한 뜻이라고 확정적으로 주장할 뚜렷한 근거가 존재하지 않는다.[2] 렴에 대해서는 다만 느낌이 있을 뿐이다. 물론 렴에 대한 느낌은 작품이 가지고 있는 문학적 성격과 무관하지 않는 것이 사실이다. 그러나 한 가지 분명한 것은 시어를 해석하듯이 렴은 해석될 수 없다는 점이다. 그리고 시가언어의 중심인 의미 있는 문장으로 되어 있는 렴도 작품에서 형성된 의미에 렴으로서의 기능이 보태지기 때문에 일반적인 시어처럼 해석될 수 없는 성격을 가지고 있다.

또한 렴은 반복적으로 쓰이기 때문에 반드시 동일한 구조를 가지고 있으며, 한 작품 안에서 모습을 바꾸지 않는다. 따라서 렴은 동일성을 가진다고 할 수 있다. 동일성을 가진다는 것은 모습뿐만 아니라 그것이 작품 내에서 하는 여러 가지 구실도 동일하다는 것을 의미하며 아주 예외적인 경우를 제외하고는 모든 면에서 완전히 일치한다는 것을 의미한다. 시가에서 동일성을 가진 가장 뚜렷한 반복구조의 형태가 바로 렴인 것이다. 그렇기 때문에 렴은 동일성의 음향 현상이라는 성격을 본질로 한다.

(2) 주기적 반복의 구조

시가에는 주기적으로 반복되는 것들이 매우 많다. 시가에 반복되는 것들이 많다는 것은 반복되는 여러 현상들이 시가의 형성에 대단히 중요한 구실을 한다는 사실을 나타낸다. 시가의 핵심을 이룬다고 할 수 있는 율격이 바로 음절, 음보, 휴지 등의 주기적 반복을 기본으로 하며,[3] 작품에서 중요하게 생각되는

---

2 〈쌍화점〉의 렴을 해석하는 데 있어서 여증동(呂增東)은 남녀의 다리가 꼬인 상태를 나타낸 것으로 해석(呂增東, 「〈쌍화점〉 노래 연구」, 『高麗時代의 가요문학』, 새문사, 1982, 95쪽)하는 반면에 정병욱(鄭炳昱)은 악기의 구음(口音)으로 해석(정병욱, 「악기의 구음으로 본 별곡의 여음구」, 『高麗時代의 가요문학』, 새문사, 1982, 79쪽)한다.
3 성기옥, 『한국시가 율격의 이론』, 새문사, 1986, 30~34쪽.

특별한 내용을 강조하기 위하여서도 음운, 구, 행 등의 주기적인 반복이 사용된다. 시가의 반복은 표현하고자 하는 내용을 효과적으로 전달할 뿐만 아니라 노래를 부르는 사람으로 하여금 율동을 느끼게 하여 듣는 사람이나 부르는 사람 모두가 즐거운 마음을 가질 수 있도록 만든다. 그런데, 시가가 가지는 반복적 현상 가운데 빼놓을 수 없는 것이 바로 렴이다. 렴은 장을 나누는 구실을 하면서 장을 개괄하여 다음 장과 연결시키는 구실을 하기 때문에 그것이 가지는 비중은 클 수밖에 없다. 장이 주기적으로 반복되는 한에 있어서는 렴도 주기석으로 반복될 수밖에 없기 때문에 주기적으로 반복되지 않는 것은 렴으로 볼 수 없다. 주기적 반복구조를 가지지 않는 것은 단순한 조흥구일 뿐이다.

(3) 내용의 개괄체槪括體

인간이 외부사물을 인식하여 자신의 표현방법으로 나타내는 데는 반드시 거쳐야 하는 과정이 있는데, 이것이 바로 추상과 개괄[4]이다. 인간은 추상과 개괄이라는 두 단계를 거쳐서야 비로소 대상을 올바르게 파악할 수 있고, 대상이 올바르게 파악되고 나서야 자신의 표현 방식으로 그것을 나타낼 수 있다. 인간이 대상을 파악하고 표현하는 데 있어서 이와 같은 단계를 거치는 이유는 인간이 가지고 있는 능력이 유한한 데서 오는 한계 때문이다. 만약, 인간이 신과 같은 능력을 가지고 있어서 무엇이나 한번 보거나 들어서 다 알 수 있는 존재였다면

---

4 추상(抽象)은 대상에서 인간이 중요하다고 생각하는 바를 뽑아내어 그것을 일반적인 것으로 파악하는 인식작용으로 대상을 분석하는 과정이다. 그런데 분석은 대상을 파편화 시켜서 이해할 수밖에 없기 때문에 추상 과정에서는 대상이 분해될 수밖에 없게 된다. 따라서 하나의 사물이나 현상을 전체적으로 이해하기 위해서는 분해한 것을 다시 합쳐주지 않으면 안된다. 이 과정이 바로 개괄(槪括)이다. 개괄을 통하여 비로소 인간은 대상을 개념적으로 파악할 수 있게 되며 인식단계를 완성하게 된다. 만약 추상과 개괄이 존재하지 않았다면 인간은 거의 대부분의 대상을 바르게 파악하지 못하게 되고 지금 같은 문명도 발달시키지 못했을 것이다. 그러므로 추상과 개괄은 인간이 삶을 살아가는 데 있어서 가장 중요한 인식작용이 된다.

이런 단계를 거치지 않고도 대상을 올바르게 파악하고 나타낼 수 있을 것이다. 그러나 인간은 태어날 때부터 유한한 존재이기 때문에 어떤 대상이든 간에 한번 보거나 들어서는 그 본질적 성격을 완전히 파악할 수 없다. 따라서 인간은 대상을 올바르게 파악하여 자신에게 유용한 것으로 만들어 쓸모 있게 이용하기 위해서는 추상과 개괄이라는 단계를 거치지 않으면 안 되는 것이다.

그런데, 추상과 개괄은 인간이 살아가는 전 과정에서 일어나기 때문에 삶의 일부 과정에서 만들어지는 시가에도 당연히 이 원칙은 적용된다. 시가에서 일어나는 추상과 개괄을 보면 연장체시가에서는 의미 부분이 추상에 해당되고 렴의 부분이 개괄에 해당된다고 할 수 있다. 렴은 시가의 의미 부분을 하나로 묶어서 그것을 총괄하여 완성하는 구실을 하기 때문이다. 렴의 이러한 구실이 없으면 연장체시가의 예술성은 현격히 떨어지고 말 것이다. 렴이 없으면 연장체시가는 의미의 단순한 나열처럼 보일 수도 있을 것이기 때문이다. 즉 렴이 없는 연장체시가는 장과 장의 구분이 오직 의미있는 언어로만 이루어지기 때문에 형식적 마무리를 못한 상태가 되어 불완전한 모습을 가지게 될 것이다. 따라서 연장체시가에서 렴은 장의 내용을 개괄하여 형식적 마무리를 함으로서 장을 완성하여 예술적 의미를 지닌 작품으로 만드는 데 핵심적인 구실을 한다.

(4) 장章의 매개체

시가문학에서 말하는 장은 율격, 수사기법 등과 더불어 작품의 형식적 특성을 결정짓는 매우 중요한 요소의 하나다. 장은 작품의 구체적인 형태를 결정하는 형식적 특성을 만드는 데 핵심적인 기능을 담당하여 작품의 완성에 결정적인 구실을 하기 때문이다. 장의 원래 뜻은 의미의 경계를 나타내는 용어로서 말하는 이의 뜻을 정확하게 밝혀주는 구실을 한다. 장에 대해『문심조룡文心雕龍』에서는 다음과 같이 설명하고 있다.

대개 뜻을 펴는 데 있어서는 테두리가 있어야 하고, 말을 놓는 데는 그 자리가 있어야 한다. 뜻을 펴는 데 있어서 테두리를 장章이라 하고, 말을 놓는 데 있어서 자리를 구句라고 한다. 그러므로 장은 뜻을 밝히는 것이요, 구는 국한한다는 의미를 가진다. 말을 국한하는 것은 글자를 연連하여 놓음으로서 강토를 나누는 것이요, 뜻을 밝힌다는 것은 의義를 총괄하여 전체를 포괄하는 것이다. 구획과 밭두덕은 서로 달라도 거리와 길은 서로 통하는 것이다. 대개 사람이 입언立言함에 글자로 말미암아 구가 생기고 구가 쌓여서 장이 되고, 장이 쌓여서 한편의 글을 이룬다.[5]

여기에서 보아 알 수 있듯이 장은 글자로 말미암아 생긴 구가 쌓여서 만들어진 것으로 인간이 표현하고자 하는 뜻을 분명하게 밝혀주는 구실을 한다. 그렇기 때문에 장은 의미의 경계를 설정하지 않으면 안 된다. 이것을 경계표식이라고 할 때 장에는 어떤 형태로든 이 경계표식이 필요하다. 경계표식이 없으면 장의 시작과 끝이 불분명하게 되어 표현하고자 하는 뜻을 명확하게 밝힐 수 없기 때문이다. 장의 경계표식으로는 줄바꿈, 제목바꿈, 줄띄움, 렴 등이 쓰일 수 있다. 줄바꿈, 제목바꿈, 줄띄움 등은 주로 산문에서 사용되는 방법이고, 렴은 주로 시가에서 사용되는 방법이다. 시가에서 줄바꿈은 의도적으로 이루어지는데, 강제적 휴지를 통하여 율격을 형성하는 데 매우 중요한 구실을 한다. 그리고 제목바꿈과 줄띄움은 시가에서는 거의 사용되지 않는 방법이다. 그러나 연장체시가에서 렴의 사용은 필수적이라고 할 수 있다. 렴에 의해서 장의 마무리가 되지 않으면 그 경계를 명확히 할 수 없게 되고, 그렇게 되면 장은 필요 없는 것이 되거나 그 존재 의미가 반감될 수밖에 없기 때문이다. 그만큼 렴은 장의 경계를

---

5   劉協, 『文心雕龍』 章句第34, "夫設情有宅 置言有位 宅情曰章 位言曰句 故章者明也 句者局也 局言者聯字以分疆 明情者總義以包體 區畛相異而衢路交通矣 夫人之立言 由字而生句 積句而成章 積章而成篇."

설정해 주는 중요한 요소인 것이다.

럼을 통하여 경계를 설정하고 의도한 것을 정확하게 표현한다는 것은 장과 장을 구분한다는 뜻도 지닌다. 그러나 럼은 장을 구분할 뿐만 아니라 연결하는 성격도 가지고 있다. 바꾸어 말하면 장은 럼을 통하여 분리되기도 하지만 또한 럼을 통하여 연결되기도 하는 것이다. 왜냐하면 럼이 장의 맨 뒤에 와서 장을 마무리 하면서 개괄한다는 것은 장을 다른 장과 분리하여 완성시켜 줄 뿐만 아니라, 다음 장이 시작된다는 것을 알려주는 신호로도 되기 때문이다. 이런 현상은 집단가창 과정에서 흔히 볼 수 있는 것으로 선후창이나 교환창의 경우 새로운 사설을 준비하고 있다가 후렴이 끝나는 때를 기다려서 다음 장을 부르는 것에서 확인된다. 다시 말하면 후렴은 새로운 내용의 사설이 시작된다는 것을 알리는 일종의 신호음으로 작용하면서 장을 부드럽게 연결시키는 매개체가 되는 것이다.

(5) 가창 과정의 집단참여 수단

인간이 삶의 과정에서 쓰는 언어 중에는 의미를 지닌 것이 중심을 이루지만 경우에 따라서는 언어적 의미를 지니지 않는 소리도 있다. 예를 들면 멀리 있는 사람에게 단순한 신호를 보낸다거나 여러 사람이 집단적으로 행위를 하면서 동작의 통일을 위한 신호음을 낼 때 등이 그렇다. 이러한 신호음은 특별한 의미가 없는 단순한 음향 현상 만으로도 충분한 효과를 낼 수 있기 때문에 일상언어의 의미를 굳이 수반할 필요가 없다. 그러나 단순한 음향 현상이라고 하여 어떤 경우든 똑같은 소리를 사용하거나 상황에 관계없이 아무 소리나 사용하는 것은 아니다. 슬픈 상황에서는 슬픈 느낌을 가질 수 있는 소리를 사용해야지 슬픈 경우에 경쾌하고 빠른 소리를 사용한다면 상황과 전혀 맞지 않는 소리가 되어 신호음 때문에 효과가 반감되는 결과를 낳을 수 있기 때문이다. 단순한 음향 현상에 지나지 않던 이러한 신호음은 점점 복잡한 상태로 되어서 나중에는 그 자체가 어떤 느낌을 전달하는 정도까지는 발전한다고 볼 수 있다. 이러한 점은 민요의 발생을 단순한 소리나 신호음에서 찾으려는 시도에서 엿볼 수 있다. 이 주장에 따르면 민요의 발생은 노동 과정에서 내는 괴성 같은 신호음에서 시작하였을 것이고 시간이 지날수록 신호음이 복잡화되고, 거기에다가 소리꾼의 의미있는 사설이 덧보태져서 하나의 번듯한 노래로 된다는 것이다. 그리고 나중에는 이러한 신호음은 반복적으로 존재하고 선창자의 사설이 늘어가는 상태가 된다는 것이다.[6] 물론 이 견해는 인산에게 있어서 노동 행위가 제일 중요하며 노동 과정에서 노래가 절대적으로 필요하다는 입장에서 민요의 노동기원설을 주장한 이론이다. 그런데, 민요의 발생을 놀이에서 찾는 경우도 있으므로 이것이 전적으로 옳다고는 할 수 없지만 현존하는 민요나 다른 시가에서 사용되고 있는 렴에 대한 기원과 성격을 밝힐 수 있는 중요한 이론이라고 할 수 있다. 그런데 이 이론은 렴이 가창 과정의 집단참여수단으로 쓰인다는 것을 밝힌 것이기도 하다. 왜냐하면 집단 가창의 형태를 지닌 민요에는 반드시 렴이 쓰이기 때문이다. 따라서 렴은 가창 과정에서 집단참여 수단이라는 성격을 가진다고 볼 수 있다.

(6) 의미의 확장과 창조의 수단

시가는 말로 된 것이기 때문에 일상언어의 범주를 벗어날 수 없다. 그렇기 때문에 시가는 기본적으로 일상언어의 규칙에 맞는 언어를 사용하여 작품을 만든다. 그러나 일상언어를 통하여 만들 수 있는 것은 한정되어 있기 때문에 그것을 통해서 표현하는 의미에도 일정한 한계가 있게 마련이다. 인간이 삶을 살아가면서 느끼는 감정 가운데는 일상언어만으로는 표현이 불가능한 것들이 있게 마

---

6 고정옥, 『조선민요 연구』, 수선사, 1949, 18~24쪽.

련이다. 만약 일상언어가 인간이 가진 모든 감정과 느낌을 표현할 수 있다면 문학, 음악, 미술, 조각 등의 예술은 만들어질 필요가 없었을지도 모른다. 그러나 인간은 유한한 존재이며 일상언어를 통하여 표현할 수 있는 것이 한정되어 있기 때문에 다른 방법을 통하여 자신의 느낌과 감정을 표현하고자 하는데, 이것이 바로 예술이 된다. 문학은 일상언어에 가장 가까운 표현수단을 사용하면서도 상상력에 기초한 아름다움을 창조하여 인간의 삶을 윤택하게 한다. 그중에서 시가는 노래로 불려서 그것을 부르고 즐기는 사람들로 하여금 율동적인 쾌감을 느끼게 하여 감동을 준다.

렴은 시가에서만 쓰이는 반복 현상의 하나로 강조의 의미를 기본적으로 가지지만 다른 반복에 비해서 렴이 가지는 구실은 그 이상이다. 즉 시가문학은 렴을 통하여 특별히 강조할 필요가 있는 것들을 효과적으로 강조할 뿐만 아니라 작품에 쓰이는 시어의 의미를 확장하거나 새롭게 하는 것도 가능하다는 것이다. 왜냐하면 일상언어의 지배를 받는 사설의 표현만으로 나타낼 수 있는 것은 일정한 한계가 있기 때문에 그것으로 나타낼 수 없는 여러 가지 것들을 렴이라는 특수한 음향 현상을 통하여 나타냄으로서 사설의 내용이 가지는 의미를 확장할 뿐만 아니라 사설만으로 나타내기에 부족한 여러 가지 느낌들에 대해서도 상승적인 효과를 낼 수 있기 때문이다. 예를 들면 슬픈 내용의 사설을 노래할 경우 슬픈 느낌을 주는 렴을 사용하면 노래에 참여한 사람들이 슬픈 감정을 느끼게 하는 데 효과적일 뿐만 아니라, 렴을 통하여 새로운 의미의 창조도 가능할 수 있게 하는 것이다.

2. 렴의 종류

1) 전렴前斂

전렴은 장의 첫머리에 위치하는데, 표현하고자 하는 내용을 강조할 필요가 있거나 뒤의 내용을 규정해야 할 필요가 있을 때 쓰인다. 그렇기 때문에 전렴은 후렴이나 중렴과는 달리 의미있는 문장으로 구성되며, 같은 장 안에서 반복적인 구조를 가진다. 〈정석가〉 보면 의미를 가진 문장이 렴으로 쓰인 것을 확인할 수 있는데, 같은 형태의 행을 각 장의 앞에서 반복적으로 사용하고 있다. 〈정석가〉에서 의미를 가진 문장이 렴이 될 수 있는 것은 각 장의 첫행과 같은 형태를 지닌 것이 두 번째 행에서 반복적으로 사용되고, 그것이 각 장마다 같은 형태로 반복되기 때문이다. 이런 점으로 본다면 고려속요의 전렴은 매우 특이한 모습을 갖춘 것으로 평가된다.

> 딩아돌하 당금當今에 계샹이다
> 딩아돌하 당금當今에 계샹이다
> 선왕성대先王聖代예 노니ᄉ와지이다
>
> 삭삭기 셰몰애 별헤 나ᄂᆞᆫ
> 삭삭기 셰몰애 별헤 나ᄂᆞᆫ
> 구은밤 닷되를 심고이다
> 그바미 우미도다 삭나거시아
> 그바미 우미도다 삭나거시아
> 유덕有德ᄒᆞ신 님믈 여희ᄉ와지이다

옥표으로 연蓮ㅅ고즐 사교이다

옥표으로 연蓮ㅅ고즐 사교이다

바회우희 접주接柱ㅎ요이다

그고지 삼동三同이 퓌거시아

그고지 삼동三同이 퓌거시아

유덕有德ㅎ신 님여희ᅀᅡ와지이다

므쇠로 텰릭을 몰아 나ᄂᆞᆫ

므쇠로 텰릭을 몰아 나ᄂᆞᆫ

철사鐵絲로 주롬바고이다

그 오시 다 헐어시아

그 오시 다 헐어시아

유덕有德ㅎ신 님여희ᅀᅡ와지이다

므쇠로 한쇼를 디여다가

므쇠로 한쇼를 디여다가

철수산鐵樹山애 노호이다

그쇠 철초鐵草를 머거아

그쇠 철초鐵草를 머거아

유덕有德ㅎ신 님여희ᅀᅡ와지이다

구스리 바회예 디신들

구스리 바회예 디신들

긴힛ᄃᆞᆫ 그츠리잇가

즈믄히ᄅᆞᆯ 외오곰 녀신ᄃᆞᆯ

즈믄히ᄅᆞᆯ 외오곰 녀신ᄃᆞᆯ

신ᅟᅵᆺ든 그츠리잇가

위에서 보아 알 수 있듯이 〈정석가〉는 각 장이 시작될 때 반드시 첫째 행과 같은 형태의 사설이 다음 행에서 반복적으로 사용되고 있다. 반복은 위에서 밝힌 대로 강조의 수법으로 쓰여지는 것이지만, 여기서는 단순한 강조가 아니라 렴의 성질을 가지는 강조라는 데 중요한 의미가 있다. 같은 의미와 형태를 가진 가진 문장을 반복해서 사용한다는 것은 의미의 강조뿐만 아니라 뒤의 내용을 규정하여 마무리하려는 의도가 강하기 때문에 장의 한계를 명확히 하면서 다음 장으로의 연결을 무리 없이 하려는 기능을 가지게 된다. 그렇기 때문에 〈정석가〉에서는 후렴이나 중렴은 쓰이지 않는다. 그런데, 첫장과 마지막 장을 제외한 홀수 章의 마지막에 규칙적으로 쓰여지는 '유덕ᄒᆞ신 님여ᄒᆡᄉᆞ와지이다'를 후렴으로 볼 수도 있다. 그러나 이것은 홀수 장에만 쓰일 뿐 아니라 홀수 장 중에서도 첫째 장과 마지막 장에서는 다른 형태의 문장이 쓰여졌기 때문에 렴으로 보기 어려운 점이 있다. 따라서 〈정석가〉에는 전렴의 형태만이 존재할 뿐이며 중렴과 후렴은 사용되지 않는다.

2) 중렴中斂

중렴은 하나의 장 속에서 무엇인가 변화가 필요할 때 쓰인다. 중렴은 하나의 장 속에서 장면의 전환이나 사설의 특별한 표시를 위해서 쓰여진다. 좀 더 정확히 말하면 중렴은 극적인 양식을 구비한 시가에서 쓰여질 가능성이 가장 높다. 고려속요에서 쓰인 중렴中斂은 극적인 양식을 가진 〈쌍화점〉에서만 사용되었다.

지금까지 연구된 바로는 〈쌍화점〉은 충렬왕 때에 남장별대들이 임금을 즐겁게 하기 위하여 소리극의 양식으로 공연한 것으로 되어 있다. 따라서 〈쌍화점〉은 각 장이 소리극의 한 막을 형성했을 가능성이 매우 크다. 그리고 소리극에 등장하는 사람들도 한 사람이 아니라 여러 사람이며 이들이 서로 소리를 주고받았을 가능성이 크다는 것이다.[7] 가창자들이 주고받는 소리는 의미가 있는 부분이고 이 효과를 높이기 위해 중간 중간에 렴을 넣은 것으로 본다. 즉 처음 화자와 다음 화자가 주고받는 내용은 장면 전환과 극의 진행을 위한 내용들이며 장면이 바뀔 때마다 신호음에 해당되는 소리들을 내어서 장면의 전환을 알리고, 다음 사람이 사설을 준비할 수 있도록 하는 신호로 사용했을 가능성이 큰 것이다. 이러한 점은 아래의 작품에서 구체적으로 확인할 수 있다.

쌍화점雙花店에 쌍화雙花사라 가고신된

회회回回아비 내손모글 주여이다

이말슴미 이 졈店밧긔 나명들명

다로러거디러

죠고맛감삿기광대 네마리라 호리라

더러둥셩 다리러디러 다리러디러 다로러거디러 다로러

긔자리예 나도자라가리라

위위 다로러거디러 다로러

긔잔듸ㄱ티 덦거츠니업다

삼장사三藏寺애 블혀라 가고신된

7   여증동, 「雙花店 考究」, 『국어국문학』 53, 국어국문학회, 1971, 27쪽.

그뎔 사주社主ㅣ 내손모글 주여이다

이말ㅅ미 이 뎔 밧긔 나명들명

다로러거디러

죠고맛간 삿기상좌上座ㅣ 네마리라 호리라

더러둥셩 다리러디러 다리러디러 다로러거디러 다로러

긔자리예 나도자라가리라

위위 다로러거디러 다로러

긔잔ᄃᆡᄀᆞ티 덦거츠니엄다

드레무므레 므를긷라 가고신ᄃᆡ

우믓 용龍이 내손모글 주여이다

이말ㅅ미 이 우믈 밧쯰 나명들명

다로러거디러

죠고맛간 드레바가 네마리라 호리라

더러둥셩 다리러디러 다리러디러 다로러거디러 다로러

긔자리예 나도자라가리라

위위 다로러거디러 다로러

긔잔ᄃᆡᄀᆞ티 덦거츠니엄다

술폴지븨 수를 사라가고신ᄃᆡ

그짓아비 내손모글 주여이다

이말ㅅ미 이 집밧쯰 나명들명

다로러거디러

죠고맛간 싀구비가 네마리라 호리라

더러둥셩 다리러디러 다리러디러 다로러거디러 다로러

긔자리예 나도자라가리라

위위 다로러거디러 다로러

긔잔디궁티 덦거츠니업다

위의 작품은 〈쌍화점〉인데 네 번째 행부터 사설의 내용이 바뀔 때마다 악기의 소리를 흉내 낸 것 같은[8] 중렴이 사용되고 있다. 〈쌍화점〉의 네 번째 행에 사용되는 '다로러거디러'는 세 번째 행에서 다섯 번째 행으로의 장면 바뀜을 표시하는 수단으로 쓰였다. 즉 첫 행부터 셋째 행까지는 첫 번째 출연자가 자신의 일을 노래하는 부분이다. 그리고 다섯째 행의 내용은 만약 그 소문이 난다면 누가 냈다고 하겠다는 것으로 노래의 진행을 맡은 사람이나 제2의 화자가 부르는 내용일 가능성이 크다[9]는 것이다. 그리고 네 번째 행에는 악기의 소리를 흉내 낸 듯한 중렴이 각 장마다 같은 형태로 쓰이고 있다. 또한 여섯 번째 행에 사용된 의미없는 소리 역시 중렴에 해당되는 것으로 소문이 나는 실제 상황을 소리로 보여주면서 다음 장면으로 넘기는 구실을 하고 있다.[10] 그래서 일곱째 행에서는 그 소문을 들은 다음 화자가 등장해서 그 자리에 자신도 자러 가고 싶다는 바람의 내용을 노래하고 있는 것이다. 그리고 여덟째 행에 쓰인 의미없는 소리는 아홉 번째 행에서 다른 화자가 등장하여 그 소문에 대한 부러움과 정사 장면을 노래하는 것으로의 장면 전환과 소문나는 상태를 나타내기 위한 중렴이 된다.

그리고 〈쌍화점〉에서는 네 번째 행에서부터 마지막 행까지는 의미 있는 사

---

8   정병욱, 앞의 글, 70쪽 참조. 이 글에서는 렴(斂)으로 사용된 것에 대한 해석은 이 견해를 따랐다.
9   여증동, 앞의 글.
10 여증동은 행동을 뒷받침하고 등장인물의 성격을 나타내는 것으로 보았다.(「〈쌍화점〉 노래 연구」, 『高麗時代의 가요문학』, 새문사, 1982, 95쪽)

설과 의미없는 소리를 합쳐서 또 하나의 큰 렴을 만들어내고 있는 것이 특징이다. 즉〈쌍화점〉은 소리극의 형식을 취하면서 중렴이 쓰이는데, 이 부분이 전체적으로 후렴처럼 사용되는 현상을 보여준다.

3) 후렴後斂

고려속요에서 가장 많이 사용되는 렴은 후렴이다. 후렴에는 주로 악기의 소리를 흉내 낸 것이라든지, 기타 다른 소리를 흉내 낸 것이거나 일상언어와 다른 의미를 가지는 소리들이 쓰인다. 그리고 후렴은 각 장의 맨 뒤에 오기 때문에 앞의 내용을 총괄하면서 매듭을 지어주는 구실을 하고, 뒤의 장으로 연결시키는 매개체 구실도 한다. 또한 후렴은 신호음으로 쓰이면서 집단동작을 할 때 긴요한 작용을 하기도 한다. 이러한 후렴은 고려속요에서 가장 정형성을 가진 형태로 사용되고 있음을 볼 수 있는데, 이것은 고려속요에 그만큼 집단창으로 불려지는 노래들이 많았다는 것을 보여주는 것이기도 하다.〈청산별곡〉은 속요 중에서 후렴의 형태를 가장 잘 구비한 작품이라고 할 수 있다.

> 살어리살어리랏다
> 청산靑山애 살어리랏다
> 멀위랑ᄃ래랑먹고
> 청산靑山애 살어리랏다
> 얄리얄리 얄랑셩 얄라리얄라
> 우러라우러라 새여
> 자고니러 우러라 새여
> 널라와 시름한 나도
> 자고니러 우니로라

얄리얄리 얄라셩 얄라리얄라

가던새가던새본다

믈아래 가던새 본다

잉무든 장글란 가지고

믈아래 가던새 본다

얄리얄리 얄라셩 얄라리얄라

이링공 뎌링공ㅎ야

나즈란 디내와손뎌

오리도 가리도 업슨

바므란 또 엇디호리라

얄리얄리 얄라셩 얄라리얄라

어듸라 더디던 돌코

누리라 마치던 돌코

믜리도 괴리도업시

마자셔 우니노라

얄리얄리 얄라셩 얄라리얄라

살어리살어리랏다

바른래 살어리랏다

ᄂᆞᄆᆞ자기 구조개랑 먹고

바른래 살어리랏다

얄리얄리 얄라셩 얄라리얄라

가다가 가다가 드로라
에졍지 가다가 드로라
사스미 짒대예 올아셔
해금奚琴을 혀거를 드로라
얄리얄리 얄라셩 얄라리얄라

가다니 빅브른 도긔
설진 강수를 비조라
조롱곳 누로기 미와 잡사와니
내엇디 ᄒ리잇고
얄리얄리 얄라셩 얄라리얄라

〈청산별곡〉의 후렴은 흐트러짐이 전혀 없는 일사분란한 모습을 보여주고 있다. '얄리얄리 얄라셩 얄라리얄라'가 무슨 뜻인지는 정확하게 알 수 없어도 각 장마다 앞의 내용을 총괄하면서 개괄하고, 또한 뒷장으로 이어주는 구실을 하는 것으로 생각된다.

이러한 후렴이 쓰인 작품에는 〈청산별곡〉 외에도 〈가시리〉, 〈동동〉, 〈쌍화점〉, 〈서경별곡〉, 「상저가」 등이 있다. 이 작품들에서 쓰인 후렴은 모두가 일상언어가 가진 의미들과는 관계가 없는 것들이며, 악기의 소리를 흉내 낸 것이거나 다른 소리를 본딴 것으로 보인다. 따라서 후렴으로 쓰인 것들은 모두 장과 장을 이어주면서 앞에서 노래한 내용들의 의미를 확장하여, 노래하는 이가 가진 감정의 전달 효과를 최대한으로 하고 있는 것이다.

3. 렴의 기능

1) 전렴前斂

(1) 강조 기능

자신이 나타내고자 하는 바를 상대에게 가장 효과적으로 전달하기 위해 사용하는 것이 강조다. 어떤 것을 강조하는 이유에는 여러 가지가 있겠으나 가장 중요한 내용이기 때문에 강조한다는 것이 첫째가는 이유일 것이다. 강조에는 여러 가지 방법이 있을 수 있다. 반복적인 표현을 통하여 강조하는 방법이 있을 수 있고, 맨 앞이나 맨 뒤에 강조하고 싶은 것을 놓아서 강조하는 방법도 있을 수 있다. 그중에서 가장 강력하고 일반적인 수단으로 쓰이는 방법이 반복이다. 반복은 화자가 강조할 것들을 중복되게 표현하여 강조하려는 것을 분명하게 나타내는 수법이다. 그러므로 반복은 화자가 말하려는 내용 중에서 가장 핵심적인 것들을 표현하는 데 주로 쓰인다. 이러한 반복은 시가문학에서 특히 많이 쓰이는데, 반복을 통한 강조가 작자의 정서를 집약적으로 드러내는 데 가장 효과적이기 때문이다. 따라서 반복은 시가문학에서는 빼놓을 수 없는 표현수법이 된다.

시가에서 전렴은 각 장의 맨 앞에서 같은 형태가 반복되는 모습을 띤다. 각 장의 맨 앞에 있는 내용은 이미 그 자체로 강조의 의미를 지니는데, 여기에 같은 형태를 주기적으로 반복하여 그 내용을 더욱 강조하는 것이 바로 전렴이다. 전렴은 내용의 맨 앞이라는 위치를 통한 일차적 강조와 반복이라는 이차적 강조의 의미를 함께 지닌다.

> 삭삭기 셰몰애 별헤 나는
> 삭삭기 셰몰애 별헤 나는
> 구은밤 닷되를 심고이다

그바미 우미도다 삭나거시아

그바미 우미도다 삭나거시아

유덕有德ᄒ신 님믈 여히ᄉ와지이다

옥조으로 연蓮ᄉ고즐 사교이다

옥조으로 연蓮ᄉ고즐 사교이다

바회우희 접주接柱ᄒ요이다

그고지 삼동三同이 퓌거시아

그고지 삼동三同이 퓌거시아

유덕有德ᄒ신 님여히ᄉ와지이다

위 작품은 〈정석가〉의 일부다. 이 작품에서 강조하고자 하는 것은 바로 님과
의 이별이 불가하다는 것이다. 그런데, 이 작품의 표현수법을 보면 님과의 이별
이 불가하다는 것을 최대한으로 강조하기 위하여 실현 불가능한 일들을 끌어와
서 그것을 맨 앞에 놓으면서 반복적인 형태를 만들고 있다. 장의 앞부분이 이미
그 자체로 강조되는 특성을 가진다는 점을 이용하여 실현 불가능한 사실을 맨
앞에 놓아 강조한 것이다. 그리고 거기에 더욱 강세를 두기 위하여 주기적 반복
구조를 가지는 렴의 형태를 통하여 님과의 이별이 절대로 불가하다는 것을 이
중으로 강조하고 있는 것이다. 이러한 점으로 본다면 전렴이 작품 속에서 가진
가장 중요한 기능은 바로 강조기능이라 해도 좋을 것이다.

(2) 의미 확장 기능

시가가 산문과 변별되는 가장 중요한 점은 산문이 가지지 못하는 특수한 형

식을 통하여 새로운 의미를 창조하거나 일상언어의 의미폭을 확장한다는 데 있다. 산문은 작품의 전체적인 구조를 통하여 부분의 합 이상의 새로운 의미를 창조해내지만 시가는 시가만이 가지는 특수한 형식을 통하여 어휘 하나하나에 새로운 의미를 부여하고, 나아가 작품 전체의 새로운 의미를 창조해낸다. 그런 점에서 볼 때 시가는 산문에 비해서 의미의 확장과 창조의 효과가 월등히 뛰어난 문학 갈래라고 할 수 있다.

시가문학에서 의미 확장을 위해 쓰이는 형식적 특수성으로는 우선 음보와 구, 그리고 행을 통한 강제적 휴지와 의미확장을 들 수 있다. 그리고 이것보다 더 큰 단위로는 장을 통한 의미의 확장을 들 수 있다. 음보와 구는 최소의 의미 단락을 형성하면서 반복적인 구조를 통하여 휴지를 설정할 수 있도록 하여 작품에 쓰인 어휘가 일상적인 뜻 이상의 의미를 가질 수 있도록 해 준다. 그리고 행은 작가가 강제적인 휴지를 주는 곳으로 역시 의미 확장이 가능하도록 한다. 따라서 음보, 구, 행은 시가의 의미 확장을 위한 가장 기초적이고 중요한 구성 단위라고 할 수 있다. 특히 강제적 휴지를 통해 이루어지는 행에 의한 의미의 확장은 행과 행 사이의 생략으로도 가능한 만큼 행을 통해 이루어지는 의미의 확장은 매우 중요하다고 할 수 있다.

다음으로 생각할 수 있는 것은 장의 반복을 통한 의미 확장의 방법이다. 표현하고자 하는 바를 명확하게 밝혀주는 것이 장이라는 사실은 앞에서 살펴본 바와 같다. 이 말은 나타내려고 하는 내용의 테두리를 정하여 단락을 지어줌으로서 전달하려는 것을 상대가 쉽고 명쾌하게 이해할 수 있도록 한다는 뜻이다. 이러한 의미를 가지는 장에 렴이 필요하다는 것은 앞에서 살펴본 바와 같다. 그중 전렴은 일상언어의 의미를 가지지 않는 중렴이나 후렴과는 달리 일상언어의 의미를 가지는 말들이 사용된다. 장의 구분에 직접적으로 관여하는 렴의 형태 중 전렴만이 일상언어의 의미를 가지는 말들을 사용하고 있는 것이다. 전렴만이 이러한 형태를 가지는 이유는 바로 전렴이 강조의 기능 이외에도 다른 기능을 가진다는 것을 암시적으로 보여주는 것이 된다. 즉 전렴은 의미있는 언어를 통하여 강조 기능과 함께 의미 확장 기능을 가지고 있다는 것이다. 위에서 예로 든 〈정석가〉를 보면 실현 불가능한 사실을 강조하는 내용은 전렴의 형태를 가짐으로서 단순한 강조에서 벗어나 그러한 내용을 가지는 실현 불가능한 모든 현상으로 의미를 확장한다. 즉 '삭삭기 세몰애 별혜 나는'과 '그바미 우미도다 삭나거시아'라는 표현은 전렴의 형태를 통하여 황폐한 모든 모래벌로 확대되고, 또한 뒷 표현은 구은밤 모두가 싹이 나와야 한다는 의미로 확대된다. 결국 렴의 형태를 가진 행반복을 통해 불가능한 모든 것으로 의미가 확대됨으로서 님과의 이별이 절대 불가하다는 것을 강조하게 되는 것이다.

2) 중렴中斂

(1) 장면 전환 기능場面轉換機能

중렴은 하나의 장 안에서 행과 행 사이에 쓰이는 렴이다. 그렇기 때문에 중렴은 같은 장 안에서 한 번만 쓰이는 것이 아니라 여러 번 쓰일 수 있다. 중렴이 하나의 장 안에서 여러 번 쓰인다는 것은 특수한 효과를 내도록 만들어졌다는 것을 의미한다. 그런데, 렴은 작품의 내용을 마무리 하면서 개괄하는 성질이 있기 때문에 하나의 장 안에서 렴이 여러 번 쓰인다는 것은 렴이 사용될 때마다 내용이 개괄되면서 다른 것으로 넘어가야 할 필요가 있다는 것을 의미한다. 바꾸어 말하면 하나의 장 안에서 중렴이 사용되는 곳은 앞의 것과는 다른 내용으로의 전환이 뒤에서 나타난다는 것을 알리는 신호가 된다는 것이다.

중렴이 쓰인 고려속요를 살펴보면 이러한 현상을 확인할 수 있다. 〈쌍화점〉이 중렴을 사용하고 있는 대표적인 노래인데, 작품의 각 장을 보면 네 번째, 여섯 번째, 여덟 번째 행에 중렴이 쓰이고 있다.

술플지븨 수를 사라가고신된

그짓아비 내손모글 주여이다

이말ᄉ미 이 집밧씌 나명들명

다로러거디러

죠고맛간 싁구비가 네마리라 호리라

더러둥셩다리러디러다리러디러다로러거디러다로러

긔자리예 나도자라가리라

위위다로러거디러다로러

긔잔ᄃᆡᄀ티 덦거츠니없다

그런데, 〈쌍화점〉은 궁중에서 소리극으로 불려졌을 가능성이 높은 작품[11]으로 평가되기 때문에 노래 자체가 여러 개의 장면을 나열하는 방식으로 구성되었을 가능성을 배제할 수 없다. 즉 노래를 통하여 여러 장면들을 결합함으로서 소리극으로서의 구성을 완성하고 그 소리극의 극적 효과를 최대한으로 살릴 수 있도록 짜였다는 것이다. 이러한 현상은 장의 중간 중간에 쓰인 악기의 소리를 흉내 낸 것 같은 중렴에서 쉽게 확인할 수 있다. 위에서 예로 든 〈쌍화점〉의 마지막 장을 살펴보면 이것을 쉽게 발견할 수 있다. 네 번째 행에서 쓰인 '다로러거디러'[12]는 '이 말ᄉ미 이 집밧씌 나명들명'의 뒤에 쓰여서 소문이 나는 것을 상징적으로 보여주고 있으며, '더러둥셩다리러디러다리러디러다로러거디러다로러'는 그럼에도 불구하고 소문이 나는 장면을 묘사한 것으로 보인다. 그리고 '위위다로러거디러다로러'는 또 그 소문이 나는 장면을 나타내고 있으며,[13] 그

---

11 여증동, 「雙花店 考究」, 『국어국문학』 53, 국어국문학회, 1971, 1~27쪽.
12 여증동은 남녀의 다리가 서로 꼬이는 상태로 보았으나(「〈쌍화점〉 노래 연구」, 『高麗時代의 가요문학』, 새문사, 1982, 90) 여기서는 악기의 구음으로 보는 견해(정병욱, 앞의 글, 70쪽)를 따랐다.

뒤에 오는 행에서는 그 소문을 들은 제3의 여인이 선망과 동경이 가득한 눈으로 바라보고 있는 장면을 노래하고 있다.[14] 이러한 점으로 본다면 〈쌍화점〉에서 쓰이는 중렴은 모두 장면의 전환을 위해 일정한 기능을 하는 것으로 보인다. 즉 장면이 전환될 필요가 있을 때마다 중렴을 사용하여 극적 효과를 높이면서 장면의 전환을 무리 없게 진행하고 있는 것이다.[15] 따라서 중렴이 가지는 장면 전환 기능이 없으면 위 작품은 매우 삭막해질 수밖에 없다는 것을 예견할 수 있다.

(2) 진행 기능

연장체 시가는 하나의 작품이 여러 개의 장으로 분리되는 형태를 가진 작품이다. 따라서 자칫하면 장과 장이 전혀 연관이 없는 것처럼 보이기 쉽다. 이러한 한계를 극복해 주는 것이 바로 렴이라고 할 수 있는데, 렴은 주기적 반복의 형태를 통하여 장과 장이 유기적 연관성을 가질 수 있도록 이어주는 구실을 하기 때문이다. 그렇기 때문에 연장체시가에는 장과 장을 구분하면서 이어주는 구실을 하는 렴이 없으면 작품의 유기적 결합은 불가능하게 될지도 모른다. 거기다가 하나의 장 속에서 여러 장면이 바뀌는 경우에는 장면과 장면을 이어줄 수 있는 것이 대단히 중요한 구실을 한다. 왜냐하면 장면과 장면은 이어지지 않으면 유기적 연관성을 가지지 못할 것이고, 유기적 연관성을 가지지 못하면 하나의 작품으로 완성되기 어려울 것이기 때문이다.

하나의 장 속에서 여러 개의 장면이 나타나는 경우에는 장면 전환기능을 가진 중렴이 쓰인 것을 위에서 확인할 수 있었다. 그런데, 중렴은 장면 전환 기능

13　장면에 따라 렴(斂)의 형태가 달라지는 현상에 대해서는 후고로 미룬다.

14　여증동은 「〈쌍화점〉 노래 연구」(『高麗時代의 가요문학』, 새문사, 1982, 95쪽)에서 첫 번째 여성이 다시 나와서 동경하는 여성에게 경고하는 내용으로 보았다.

15　여증동은 이 부분에 대하여 노래하는 행동을 뒷받침하면서 작중인물의 성격을 나타내 주는 것으로 보았다. 여증동, 「雙花店 考究」, 『국어국문학』 53, 국어국문학회, 1971, 12~21쪽.

과 더불어 한 장면이 다음 장면으로 진행될 수 있도록 도와주는 구실도 하는 것으로 보인다. 물론 중렴의 이러한 기능이 없어도 장면의 전환은 이루어지며 진행은 될 것이다. 그러나 그렇게 한다면 극적인 효과는 많이 감소할 것이며 예술적 아름다움도 반감될지 모른다. 따라서 중렴이 가지는 이러한 진행기능은 장면과 장면을 바꾸는 기능과 함께 장면과 장면을 이어주면서 진행시켜주는 구실도 함께 하고 있는 것으로 보아야 하는 것이다.

3) 후렴後斂

(1) 조흥 기능

시가의 본질은 노래를 부르거나 낭송하는 사람으로 하여금 흥을 일으키게 하여 감동을 주는 것이라고 할 수 있다. 그렇기 때문에 시가를 가창하는 사람은 그것이 가진 작품의 성격에 따라 울기도 하고 웃기도 한다. 그런데, 시가가 그것을 향유하는 사람에게 흥을 일으키도록 하는 첫 번째 요인은 작품이 가지고 있는 내용에 있다고 할 수 있다. 그리고 두 번째 요인은 작품이 가지고 있는 율동[16]과 율격이라고 할 수 있다. 내용과 율동과 율격이 적절히 조화된 상태의 시가는 그것을 즐기는 사람으로 하여금 작품이 목표하는 감정을 느낄 수 있도록 하는 데 최대의 효과를 낸다. 그런데, 연장체시가에서는 흥을 돋우기 위한 방법으로 렴을 이용한다. 연장체시가의 장은 의미 있는 내용의 부분과 의미 없는 소리의 부분으로 형성되는데, 앞의 것은 노래하는 사람이 전달하고자 하는 의사를 표현하는 부분이고, 후렴으로 쓰이는 뒷부분은 앞부분의 내용이 전달되면서 최대한의 감동을 불러일으킬 수 있도록 하기 위한 보조수단으로 사용되는 부분이다. 바꾸

---

16 일정한 자극계열이 주기적으로 회귀·반복하는 것을 지각함으로써 얻어지는 체험이 운율(韻律)인데, 이것은 등장성을 기본으로 한다. 그리고 여기에 강세를 통한 부동성(不同性)을 확보하여 변화를 가능하게 하는 것을 율동(律動)이라 한다. 정병욱, 『한국 고전시가론』, 신구문화사, 1977, 16~18쪽.

어 말하면 앞부분의 흥을 보조하는 기능을 하도록 만들어진 부분이 바로 후렴이라는 것이다. 이러한 후렴의 흥돋우기를 조흥 기능이라고 한다면 후렴은 조흥기능을 우선적으로 가지며 연장체시가는 이러한 후렴을 통하여 예술적 감동을 최대로 끌어올리면서 인간의 감정을 절정으로 이끈다고 할 수 있다.

(2) 매개 기능

연장체시가는 장과 장 사이가 분리되어 있는 것이 원칙이다. 왜냐하면 장은 표현하고자 하는 내용을 효과적으로 전달하기 위하여 경계를 짓는 것인데, 연장체시가란 이러한 장이 여러 개가 합쳐져서 이루어진 작품이기 때문이다. 그렇기 때문에 연장체시가에서 하나의 장은 그 자체로 완전히 독립된 형태를 가질 수밖에 없게 된다. 그런데, 여러 개의 장이 연결되어 하나의 작품으로 만들어지기 위해서는 장과 장 사이를 이어주는 매개체가 반드시 있어야 한다. 고려속요를 살펴보면 장과 장을 연결시켜 주는 구실을 하는 것이 바로 후렴이라는 사실을 쉽게 알 수 있다. 왜냐하면 후렴은 항상 각 장의 마지막에 위치하여 일종의 신호 같은 것으로 작용하면서 다음 장이 시작될 수 있도록 해 주는 구실을 하기 때문이다. 이러한 점은 현재 불려지는 연장체형태連章體形態의 민요를 보면 더욱 분명히 알 수 있다. '아리랑'이나 '상여노래' 같은 경우 후렴없이 노래를 부른다면 다음 장의 내용이 어떻게 시작되는지 모르게 될 것이고, 그렇게 되면 행동의 통일도 이루어지지 못하게 되어 일이나 놀이가 효과적으로 진행될 수 없게 될 것은 자명한 것이다.[17] 이런 점으로 보더라도 후렴은 장과 장을 매개시켜 이어줌으로서 하나의 작품으로 형성될 수 있도록 하는 데 결정적인 공헌을 한다는 사실을 알 수 있다.

---

17 최철, 『한국민요학』, 연세대 출판부, 1992, 262쪽.

(3) 행동 통일 기능

인간이 집단 행동을 한다는 것은 여러 사람의 행동을 하나로 합하여 일정한 힘을 발휘하기 위한 것이라고 할 수 있다. 그런데 인간은 각각 독립된 동작주체로서 자신만의 의식이 존재하기 때문에 많은 사람이 동시에 움직일 때는 반드시 통일된 행위를 기대할 수는 없다. 따라서 여러 사람이 동시에 같은 행동을 하도록 하기 위해서는 일정한 신호 같은 것이 반드시 필요하게 된다.[18] 그렇게 하면 개별적으로 존재하던 인간의 의식은 신호에 따라서 같은 방향으로 움직이도록 유도되고, 의식이 같은 방향으로 움직이게 되면 자연이 몸도 같은 방향으로 움직여져서 행동을 통일할 수 있게 된다.

인간이 삶의 과정에서 집단 행동을 하는 경우는 대단히 많은데, 대부분의 경우 집단 행위와 노래가 밀접한 연관이 있다는 것은 매우 흥미로운 일이다. 집단 행위와 노래가 밀접한 연관이 있다는 것은 노래가 바로 집단 행위의 신호[19]로 사용된다는 것을 의미하는 것으로 볼 수 있다. 왜냐하면 노래는 그 자체로는 어떤 힘을 가지지 못하지만 인간의 의식에 영향을 미쳐 행동의 결정에 일정한 구실을 할 수 있기 때문이다. 노래를 부르거나 듣고 있으면 슬퍼지기도 하고, 기뻐지기도 하는 것이 바로 노래가 인간의 의식에 일정한 영향을 미친다는 증거다. 이러한 성격을 가지는 노래가 인간이 집단 행위를 할 때 많이 불린다는 것은 노래가 바로 집단 행위를 할 때 행동 통일을 위해서 반드시 필요한 존재라는 것을 증명하는 것이 된다.

그런데, 집단 행위 과정에서 불리는 노래들을 보면 거의 대개가 연장체의 형태로 된 것을 알 수 있다. 그런데, 연장체 형태의 노래는 어떠한 방식으로든 후렴을 사용하고 있기 때문에 후렴이 가창 과정에서 바로 행동의 통일을 위한 핵

---

18 위의 책, 254쪽.
19 고정옥, 앞의 책, 18~23쪽.

심적인 신호로 사용되고 있다는 것을 알 수 있다. 즉 집단가창의 경우를 보면 의미 있는 내용을 선창으로 부르는데, 대개의 경우 한 사람이 선창을 하고 후렴에 해당되는 부분을 부를 때는 여러 사람이 집단으로 참여하여 함께 부른다. 따라서 후렴은 하나의 신호음으로 작용하여 여러 사람들이 함께 동작을 할 수 있도록 함으로써 목표한 힘을 발휘할 수 있도록 하는 것이다. 이것이 바로 후렴이 하는 행동 통일 기능이다. 행동 통일 기능이 있기 때문에 집단 행위를 하는 사람들은 후렴의 시작과 끝의 소리를 들으면서 일정한 행동을 동시에 하게 되어 자신들이 하고자 하는 바를 이룰 수 있는 힘을 표출하게 되는 것이다.

(4) 개괄 기능

연장체시가에서 각각의 장은 분리된 형태로 되어 있기 때문에 원칙적으로 완전히 독립된 존재다. 그렇기 때문에 각 장은 자체로서 완결성을 가지지 않으면 안된다. 자체로서 완결된 성격을 가지고 있다는 것은 각 장은 바로 그 안에서 추상과 개괄이 이루어지고 있다는 것을 의미한다. 앞에서 살펴본 바와 같이 인간의 인식은 어떤 상태에서든지 반드시 추상 과정과 개괄 과정을 거치게 마련인데, 시가를 만드는 과정에서도 예외는 있을 수 없기 때문이다. 그런데, 연장체형태를 가진 작품을 보면 후렴에 해당되는 부분이 바로 앞의 추상화된 내용을 개괄하면서 마무리하고 그렇게 함으로서 다음 장으로의 연결이 가능하도록 매개하고 있는 것을 볼 수 있다. 따라서 개괄은 후렴이 가지는 또 하나의 중요한 기능이 된다. 후렴이 가지는 이러한 개괄기능이 없으면 각각의 장은 미완성의 형태로 작품을 구성하게 될 것이고, 그렇게 되면 작품의 유기적 구성에 적지 않은 결함을 내보이게 될 것이다.

4. 쌍화점의 렴

위에서 살펴본 바와 같이 속요의 렴은 특이하고 다양한 형태를 지니는 것이 특징인데, 그중에서도 〈쌍화점〉에 쓰인 렴이 가장 독특한 성격을 지니고 있는 것으로 판단된다. 속요에서 쓰인 것 중 전렴은 장의 맨 앞에 위치하면서 내용은 갖 장마다 가르지만 반복되는 형태를 동일한 모양을 지고 있으며, 후렴은 장의 맨 뒤에 위치하여 앞의 내용을 개괄하는 구실을 하면서 동일한 형태가 주기적으로 반복되는 양상을 띤다. 그런데, 중렴은 무엇인가로의 전환이 필요한 경우 행과 행 사이에 위치하는데, 각 장마다 동일한 형태가 쓰이고 있어서 장면 전환을 위한 구실이 중요한 것으로 파악된다. 〈쌍화점〉에는 중렴이 다양한 모습으로 쓰이고 있기 때문에 가장 특이한 형태의 렴이라고 할 수 있다. 이제 아래에서 〈쌍화점〉에서 렴이 가지는 의미와 기능, 미학적 성격 등에 살펴보도록 한다.

1) 구조적 특성

각각 독립된 형태로 이루어져 있는 장이 일정한 형식적 요소에 의해 완성되어 동일한 형태로 반복되면서 하나로 연결되어 있는 작품이 바로 〈쌍화점〉이다. 이 작품은 한 치의 흐트러짐도 없는 완전한 정형성을 띠고 있는데, 이것은 두 개의 구조적 단위가 수직적 관계와 수평적 관계[20]에 의해 정교하게 결합되어 있기 때

---

20 시가는 기본적으로 수평적 관계와 수직적 관계가 구조적으로 얽히면서 만들어지는 성격을 가지고 있다. 시간의 순차에 의해 형성되는 것이 수평적 관계이고, 층위가 다른 단위를 바탕으로 하는 다층성에 의해 형성되는 것이 수직적 관계이다. 시가에서 수평적 관계를 이루는 중심 요소는 시간, 언어, 음수와 음보, 수사법, 조흥구 등이 되는데, 이들은 시간의 순서를 따라 나열식으로 결합하는 방식을 통해 관계를 형성하는 특징을 지닌다. 이러한 수평적 관계는 소리 현상을 바탕으로 하면서 언어를 통해 실현되는데, 모든 관계가 행을 단위로 형성된다는 특징을 지니고 있다. 수평적 관계가 행을 단위로 하는 이유는 음수나 음보가 행을 전제로 결합하는 방식 등이 음수와 음보를 통해 실현될 수밖에 없어서 이들이 만드는 모든 관계는 자동적으로 행을 단위로 할 수밖에 없다.

문이다. 하나는 개별적인 장을 형성하는 구조적 단위이고, 다른 하나는 네 개의 장이 수평적으로 연결되어 있는 구조적 단위이다. 개별적인 장을 형성하는 구조는 행을 바탕으로 하면서 다층적 성격을 지니는 단위들이 수직적으로 짜여서 완성[21]되고, 각각 독립성을 가지는 네 개의 장은 동일한 형태로 반복되는 구조를 가지면서 시간적 순차에 의해 형성되는 수평적 관계를 바탕으로 하여 한 편의 작품으로 거듭난다. 그러므로 〈쌍화점〉의 구조적 특징은 이 두 개의 구조적 단위를 중심으로 살펴야 함을 알 수 있게 된다. 먼저 장의 구조를 살펴보자.

하나의 장이 아홉 개의 행으로 되어 있는 〈쌍화점〉의 각 장에서 맨 앞의 두 행은 예술적 소재와 호자의 정서가 발생적공發生的空[22]의 상태에서 나와 작품의

층위가 서로 다른 요소들이 다층적으로 결합하여 작품의 구체적인 형태를 만들어 나가는 과정에서 형성되는 관계가 바로 수직적 관계인데, 이것 역시 행을 기초로 하여 성립하는 특징을 지닌다. 시가에서 수직적 관계를 이루는 요소로는 행(行), 장(章), 렴(斂) 등을 들 수 있는데, 이들이 상호간에 만들어내는 다층적 성격의 관계가 바로 형태를 형성하는 기본이 된다. 여기서 행은 수직적 관계를 시작하는 출발점이 될 수밖에 없는데, 이것은 행이 수평적 관계를 바탕으로 작용하면서 작품의 형태를 구성하는 초석으로 작용한다는 사실을 알 수 있게 해주는 근거가 된다. 따라서 속요에서 행이 가지는 미학적 특성을 고찰함에 있어서는 반드시 이 점을 염두에 두어야 한다는 사실을 알 수 있다.

이러한 성격을 지니는 시가의 수평적 관계와 수직적 관계를 연장체 형태의 작품에서는 새로운 모습을 보이게 되는데, 수직적 관계를 통해 완성된 하나의 장이 주기적으로 반복되는 구조를 만듦으로써 한 단계 높은 단위의 수평적 관계를 다시 형성하기 때문이다.

21 장을 형성하는 수직적 관계가 시간을 전제로 하는 수평적 관계를 바탕으로 하고 있음은 물론이다.
22 발생적공의 상태는 우주의 모든 존재를 만들어낼 수 있는 요소를 전부 갖추고 있는 만물의 몸이다. 그런데, 만물의 몸인 발생적공의 상태는 너무나 작아서 그 자체로는 별다른 의미를 지니지 못하는 단점이 있다. 그래서 그것을 결합하여 일정한 형태를 지닌 것으로 드러내 보여줄 수 있는 무엇인가가 필요하게 되는데 그것이 바로 시간이다. 시간은 어디에서 와 어디로 가는지 모르지만 사물 현상을 발생시키고 변화시켜 소멸하게 하는 주체이다. 발생적공의 상태에 있는 입자로서의 물질은 시간 속에서 일정한 방식을 통해 결합하게 되는데, 물질과 물질이 결합할 때 생기는 간격이 비어있음을 만들어서 형태를 완성한다. 물질과 물질의 간격에 의해 만들어지는 비어있음으로 인해 생기는 공간을 완성적허(完成的虛)라고 하는데, 우주 내에 존재하는 모든 사물 현상은 완성적허가 갖는 특성에 의해 그 본질적 성격과 모양이 결정된다.

사회의 미적 반영물인 예술 역시 우주 내에 존재하는 사물 현상의 발생과 완성의 과정을 결코 벗어날 수 없다. 다만 차이가 있다면 사물 현상의 발생은 시간을 현현(顯現)의 도구로 하는 신의 섭리에 의해 생기는 것인데 반해 예술의 발생은 시간이라는 절대적 도구를 벗어나지는 못하지만 신이 아닌 미적 반영을 목표로 하는 예술가의 기술적 행위에 의해 만들어진다는 점이다.

예술의 형성에 있어서 발생적공은 예술적 현실이라 하고, 완성적허를 예술적 표현이라 할 수 있는데, 예술가는 예술적 현실에서 소재를 취해와 자신이 가진 미적 감각과 기술을 총동원하여 예술적 표현을 통해 완성적허인 비어있음을 형성하면서 아름다움을 담는 그릇을 만든다. 이제 예술적 현실은 소재적 성격을 띠면서 예술의 내용이 되고, 예술적 표현은 아름다움을 담은 그릇으로 구실하면서 예술의 형식이 되어 하나의 예술 작품으로 완성된다. 이렇게 하여 형성된 예술 작품은 내용과 형식이 유기적으로 결합되어 내용은 형식을 통해 의미를 가지게 되고, 형식은 내용을 통해 비어있음을 아름다움으로 채우게 된다.

시이면서 노래이고 노래이면서 시인 시가는 언어예술의 한 갈래이기 때문에 예술의 형성 과정과 원리를 벗어날 수 없다. 예술 작품을 비롯하여 우주 내에 존재하는 모든 사물 현상의 형성 과정에서 볼 때 상위 단계의 기초가 되는 하위단계는 항상 발성적공의 상태가 되고, 상위단계로 가는 과정은 완성적허가 되는데, 상위단계는 다시 그 상위 단계의 발생적공으로 작용하고 가 상위단계로 가는 과정은 완성적허가 된다. 시가의 형성도 마찬가지인데, 여기에서 발생적공의 구실을 하는 것은 미적현실인 내용을 구성하는 소재가 존재하는 곳으로 예술적 현실이 된다. 예술적 현실에서 생겨난 소재로서의 내용은 미적 표현 방식인 형식과 결합하면서 하나의 작품으로 탄생하기 때문에 형식과 결합하는 과정은 시가의 형성에 있어서 완성적허의 단계라고 할 수 있게 된다.

시가에서 내용은 작가가 처해 있는 현실을 소재로 하고 작품을 통해 드리내고자 하는 작가의 정서를 기본 바탕으로 하여 형성된다. 작가가 처해 있는 현실이란 인간과 자연이 함께 만들어내는 우주 내에 존재하는 자연적인 현상을 가리키는 것으로 작품의 소재로 들어오기 전까지는 우주를 형성하는 구성 요소로서의 의미와 구실이 중심을 이룬다. 그러나 그 현실은 작가에 의해 선택되는 순간부터 화자의 정서를 효과적으로 나타내기 위한 수단이나 도구로 탈바꿈하여 내용의 구성 요소가 된다. 즉 산에서 우는 꾀꼬리나 하늘에서 울리는 천둥소리 같은 것은 자연현상의 일종으로 시가의 주체가 되는 화자의 정서와는 어떤 상관관계도 없다. 그렇지만 작가에 의해 선택되어 작품의 소재로 들어오는 순간 그 현상들은 더 이상 자연현상이 아니라 화자의 정서를 효과적으로 나타내기 위한 것이 되어 작가가 처해 있는 현실과 함께 작품에 기여할 수 있는 모든 요소들이 녹아 있는 상태로 되기 때문에 무엇이든지 만들어낼 수 있는 무궁무진한 가능성을 바탕으로 하면서 시가의 내용을 형성하는 발생적공으로 작용함과 동시에 내용을 형성하는 일차적 미적현실이 된다.

그러나 이러한 일차적 미적현실이 소재로 선택되어 작품 속으로 들어왔다 하더라도 그것이 곧 작품의 내용을 만들어낼 정도의 새로운 의미를 가지는 것은 아니다. 소재는 어디까지나 소재일 뿐이고, 그것이 자연현상으로서 가지는 의미 이상의 예술적 의미를 형성하기 위해서는 새로운 차원의 도약 단계를 거쳐야 하기 때문이다. 예술적 의미를 지니는 작품의 내용으로 거듭나기 위해 일차적 미적현실이 소재로서의 선택 다음으로 거쳐야 하는 단계는 작품의 화자가 지닌 정서를 효과적으로 나타내기 위해 그것과 결합하는 것이 되는데, 이 과정을 통해야만 소재로서의 구실을 제대로 해냄과 동시에 새로운 차원의 내용적 구성 요소로 거듭날 수 있게 된다. 화자의 정서는 작가의 마음속에서 우러나는 감흥으로 시가의 내용을 이루는 핵심을 이루는 작품의 주체가 되는데, 작가가 처한 현실인 일차적인 미적현실에서 취해 온 소재를 바탕으로 하여 화자의 정서와 예술적으로 결합할 때 비로소 내용을 형성하는 구성 요소로서의 의미를 만들어낼 수 있기 때문이다. 그러므로 소재와 결합하여 예술적으로 표현되는 화자의 정서는 이차적 미적현실로 됨과 동시에 새로운 의미를 창조할 수 있는 내용의 완성적허가 된다. 화자의 내용을 형성하는 기초로 되기 위한 관계를 형성하는 단계이기 때문에 행과 행이 대등한 방식으로 결합해야 한다. 그렇기 때문에 여기에는 율격을 형성하는 형식적 요소들이 중심을 이루면서 성립되는 정형성이 만들어지고 행과 행이 직접적으로 결합하는 양상을 띠게 된다. 따라서 이 부분은 소재로 등장하는 쌍화점이라는 가게와 그곳에 쌍화를 사러 가는 화자의 정서가 대등한 방식으로 결합하면서 성적유희性的遊戲라는 일차적 내용을 형성해 낸다.

다음 행에서는 앞에서 행해진 성적유희가 사람들에게 소문이 날 것을 두려워하는 화자의 마음을 노래하고 있는데, 바로 뒤의 행에서는 언어적 의미보다는 정서적 의미가 강조되는 것으로 보이는 것이면서 뜻을 알기 어려운 소리의 구절이 하나의 행으로 등장한다. 뒤의 행에 뜻을 알 수 없는 소리로 된 구절이 독립된 행으로 등장하는 이유는 언어적 의미가 중심을 이루는 앞의 행만으로는 화자가 지니고 있는 두려움을 표현하기에 충분하지 못하다고 생각했기 때문으로 보인다. 왜냐하면 언어는 지시적 기능이 중심을 이루기 때문에 복잡다단한 인간의 심리상태를 온전하게 표현한다는 것 자체가 불가능하기 때문이다. 따라서 언어가 가진 의미를 통해서는 두려움의 일부를 추상적으로 드러내고, 언어적 의미를 가지지 않는 소리의 구절을 통해서는 그것을 마무리하면서 개괄적으로 드러냄으로써 자신이 지니고 있는 정서를 가장 효과적으로 표현하는 방식으로 가장 적합하다고 생각한 것이 바로 언어적 의미를 가지지 않는 소리의 구절이었던 것이다.

다음 행에서는 두 사람의 성적유희가 소문이 나는 것에 대해 새끼 광대가 그렇게 했다고 하면서 스스로를 변명하는 표현이 이어진다. 그런데, 변명으로 가

정서가 내용의 완성적허가 되는 이유는 시가에서 작품의 내용적 핵심을 이룸과 동시에 새로운 의미를 창조할 수 있는 비움(虛)을 통해 현실에서 취해 온 소재들을 받아들여 문학적 성격을 지니는 알맹이를 형성하는 주체가 되기 때문이다.

득 찬 화자의 독백은 다음 행에 등장하는 의미를 알 수 없는 이상한 소리에 의해 묻혀버리고 쌍화점의 주인과 화자 사이에 있었던 성적 유희는 소문이 나고 만다. 결국 변명으로 가득 찬 화자의 독백 뒤에 등장한 뜻을 알 수 없는 소리는 두 사람의 성적 유희에 대한 소문이 나는 것을 상징적으로 보여주는 구실을 한다는 사실을 알 수 있다. 그러므로 이 두 개의 행은 변명으로 일관되는 화자의 독백으로 이루어진 언어적 의미와 소문이 나는 것을 보여주는 상징적 의미 부분이 추상과 개괄의 관계 결합한 양상을 띠고 있는 것으로 파악할 수 있게 된다. 특히 이 부분에서는 정서적 의미를 지니는 뒤의 행이 매우 긴 형태를 취하고 있어서 눈길을 끈다. 많은 사람들에게 소문이 났다는 내용으로 되어 있는 바로 뒤에 오는 행으로 보아 이 표현은 두 사람의 성적 유희가 멀리 멀리 퍼져 나가는 것을 상징적으로 보여주기 위한 것으로 보아 크게 틀리지 않을 것으로 생각된다.

이제 두 사람에 대한 소문은 많은 사람들에게 퍼져나갔고, 그 소문을 들은 누군가가 부러움과 선망으로 가득 찬 눈초리와 심리의 상태에서 말하는 내용이 이어진다. 그리고 이 부분의 화자가 말하는 내용을 통해 처음에 등장하는 두 사람이 손목만 잡은 것이 아니라 잠자리를 함께 했다는 사실 또한 확인할 수 있게 해준다. 이 부분에서 주목할 것은 마지막 표현인 '가리라'이다. 이것은 말하는 사람의 의지를 강하게 표출시킨 표현으로 실제로 그곳에 갔을 가능성을 높여주는 것이라고 할 수 있기 때문이다. '가리라'라는 표현 하나로 보아 이 화자는 이미 그 자리에 갔다는 사실을 짐작할 수 있고, 그렇게 되면 뒤에 오는 '위위 다로러 거디러 다로러'는 그 사실이 또 소문이 나는 것을 상징적으로 보여주는 표현이 된다는 것을 알 수 있다. 이어지는 마지막 행은 두 사람이 함께 한 잠자리의 상태를 묘사하는 것으로 되어 있는데, 여기에서는 의미를 알 수 없는 소리의 구절이 나타나지 않은 상태에서 장을 마무리하는 모습을 보여준다. 이상에서 보듯이 〈쌍화점〉은 단락과 단락 사이에 쓰이는 특수한 형태의 중렴을 통해 화자의 변화와 장면의 전환 등을 기반으로 하는 구조로 장이 완성되고 있음을 알 수 있다.

　다양한 층위를 가지는 형식적 단위들이 결합하는 과정에서 만들어지는 수직적 관계에 의해 형성된 개별적인 장은 동일한 형태를 주기적으로 반복하는 병렬의 구조를 통해 한층 높은 단계의 수평적 관계를 다시 형성하여 완성된 작품으로 거듭난다. 장의 주기적 반복이라는 구조에 의해 새롭게 형성되는 수평적 관계는 행의 형성 과정에서 시간, 음수, 음보 등이 만들어내는 수평적 관계와는 질적으로 다른 성격을 가지고 있다. 앞에서 만들어지는 수평적 관계는 행을 기본 단위로 하면서 소리 현상을 바탕으로 하는 율동을 통해 율격의 형성을 전제로 한 것이지만, 장의 주기적 반복에 의해 만들어지는 수평적 관계는 해당 작품만이 가질 수 있는 전혀 새로운 차원의 의미체계를 형성하는 바탕으로 이루기 때문이다. 〈쌍화점〉을 예로 들어보자. 이 작품의 제1장은 화자가 회회아비라는 쌍화점 주인과 벌인 성적 유희를 소재로 하고, 제2장은 삼장사의 주지와 벌인 성적 유희를 소재로 한다. 그리고 제3장은 우물에 사는 용이 대상이고, 제4장은 술집의 주인이 대상이다. 즉 〈쌍화점〉의 소재가 되는 대상은 회회아비, 주지승, 용, 술집아비 등으로 이것들이 하나로 묶여져야 할 이유는 어디에서도 찾아보기 어렵다. 이 네 대상이 하나로 묶여지기 위해서는 그것이 하나로 연결되면서 무엇인가 새로운 의미체계를 만들어 낼 때만 가능하다는 것을 알 수 있는데, 여기에 중요한 요소로 등장하는 것은 이것들이 연결되면서 만들어낸 상징적 의미가 될 것이다. 회회아비는 외국인은, 주지승은 종교를, 용은 지배계급을, 술집아비는 서민계급을 상징하기 때문에 이들이 벌이는 성적유희는 당시 사회에서 각각의 대상이 의미하는 계급의 타락상을 상징적으로 보여주는 것이 될 것이다. 따라서 네 계급의 타락이 하나로 결합하면 당시 고려사회는 외국인에서부터 서민층에 이르기까지 전체가 타락했다는 것을 풍자적으로 노래한 것이 된다. 이것이 가능한 이유는 장의 주기적 반복 구조가 만들어내는 수평적 관계에서 찾을 수 있다.

결론적으로 말하자면 형식적 요소가 만들어내는 수평적 관계를 바탕으로 하여 형성되는 수직적 관계에 의해 완성된 장이 한 단계 높은 차원의 수평적 관계를 형성함으로써 〈쌍화점〉은 아주 독특한 예술 작품으로 거듭나게 된다는 것이다. 그렇다면 이처럼 특수한 구조를 지니는 〈쌍화점〉에서 중요한 구실을 하는 렴은 어떤 의미와 기능을 가지는 것인지를 살펴볼 필요가 있다.

2) 〈쌍화점〉의 렴
(1) 렴의 종류와 의미

이 작품에서 렴으로 보아야 할 것은 세 가지 정도로 파악된다. 첫째, 다로러 거디러, 둘째, 더러둥셩 다리러디러 다리러디러 다로러 거디러 다로러, 셋째, 위위 다로러 거디러 다로러 등이다. 이처럼 〈쌍화점〉에서 쓰인 렴은 매우 복잡하며, 특이한 모습을 하고 있기 때문에 그것이 가지는 의미나 기능도 매우 다양할 것으로 생각된다.

첫 번째 렴인 '다로러 거디러'는 성적 유희를 즐긴 첫 번째 화자가 자신의 행위에 대한 소문이 다른 곳으로 퍼져 나갈 것을 두려워하는 심리를 표현한 것이면서 세 번째 행의 뒤에 위치하는데, 통사적 의미로는 어떤 뜻을 가지는지 알수 없다. 다만 추상화한 상태로 화자의 심리를 표현한 행의 뒤에 위치한다는 사실로 보아 더 복잡한 심리상태를 표현하는 것으로 확대하여 마무리하는 개괄의 구실을 한다는 것 정도는 알 수 있다. 앞의 행에서는 소문이 날 것에 대해 두려워하는 화자의 심리만을 표현했지만 '다로러 거디러'와 연결되어서는 소문이 나기를 바라는 심리까지도 나타낼 수 있도록 의미가 확대된다는 것이다. 즉 〈쌍화점〉의 화자는 자신의 행위가 소문이 나지 않을 수 없다는 것을 너무나 잘 알고 있으며, 차라리 소문이 났으면 하는 바람까지도 마음 속에 간직하고 있다는 것을 '다로러 더디러'라는 표현을 통해 나타내고 있는 것이다. 그러므로 '다로러 거디러'는 언어적 표현만으로는 나타내기 어려운 부분까지 드러낼 수 있도록 하는 장치가 되어 화자의 정서를 확대 재생산하는 의미를 지니는 것으로 볼 수 있게 된다.

두 번째 렴인 '더러둥성 다리러디러 다리러디러 다로러 거디러 다로러'는 자신이 저지른 성적 유희가 서문이 날 경우 누구의 말이라 하겠다는 식의 변명이 가득한 표현의 바로 뒤에 위치하는데, 이것 역시 통사적으로는 어떤 의미인지 추측조차 할 수 없을 정도로 난해하다. 이 렴은 앞의 것에 비해 다음의 두 가지에서 차이가 나는 것으로 보인다. 표현의 길이가 두 배 이상 길어진 형태로 된 것이 하나이고, 뒤의 내용을 말하는 화자를 바꾸는 장치로 작용하는 것이 다른 하나이다. 두 번째 렴이 첫 번째의 렴보다 두 배 이상 길어진 형태라는 사실과 뒤의 내용에 장면의 전환이 이루어진 것으로 보아 첫 번째 화자가 저지를 성적 유희에 대한 소문이 멀리 퍼지는 것을 나타내기 위한 장치로 생각할 수 있다. 만약 이 작품이 궁중에서 소리극의 형태로 공연된 것이었다는 가정이 성립한다면 소문이 나면서 다음 장면으로 바뀌는 상황을 표시하는 것으로는 이 보다 더 좋은 장치가 없다고 할 정도로 딱 들어맞는 표현이 될 수 있다. 왜냐하면 '더러둥성 다리러디러 다리러디러 다로러 거디러 다로러'가 화자는 바꾸는 장치로 작용했다는 것은 뒤의 내용에서 확인되는데, 다양한 장치와 등장인물을 갖추면서 극적인 효과를 낼 수 있는 소리극으로 되기 위해서는 이러한 형태의 렴을 필요로 할 것은 분명하다. 극적인 진행을 효과적으로 하기 위해서는 장면의 전환, 등장인물의 다양화, 장면 전환을 위한 신호음, 무대장치 등이 필요할 것인데, 여기에서 장면 전환을 위한 신호음으로 가장 적합한 것이 바로 언어적 의미를 가지지 않는 음향 현상인 렴이 될 수밖에 없기 때문이다. 이상에서 살펴본 바와 같이 〈쌍화점〉의 각 장에서 쓰인 두 번째 렴은 장면 전환을 원활하게 하고, 화자의 변화를 효과적으로 수행하기 위한 장치로서의 의미가 핵심이라는 점을 지적할 수 있게 된다.

세 번째 렴은 '위위 다로러 거디러 다로러'인데, 앞의 렴에는 없는 '위위'가 붙어 있는 것이 특징이지만 표현 전체가 가지는 언어적 의미는 여전히 알 수 없다. 다만 본문에 해당되는 앞의 내용이 자신도 그 자리에 자러 가고 싶다는 화자의 강한 의지를 나타내고 있기 때문에 세 번째 렴도 이 표현과 결코 무관하지 않다는 것을 확실하다. 즉 '위위 다로러 거디러 다로러'는 화자의 강한 의지를 더욱 강조하는 방향으로 상황을 보여주기 위한 의미를 가질 수 있게 된다는 것이다. 따라서 '위위 다로러 거디러 다로러'는 화자의 의지를 행동으로 옮기는 것을 보여줌으로써 두 번째 성적 유희가 벌어진 상황으로 확대하여 나타내면서 그 사실이 제3의 화자에게 옮겨가도록 하여 극적효과를 높이는 장치로서의 의미를 지닌 것으로 볼 수 있게 된다. 여기서 문제가 되는 한 가지가 있으니, 내용과 형식의 양 측면에서 완전한 동일성을 가지면서 각 장마다 반복되는 표현인 '그 다리예 나도 자라 가리가 위위 다로러 거디러 다로거 그 잔딕 ᄀ티 덦거츠니 업다'를 하나의 렴으로 볼 수 있느냐 하는 것이다. 결론부터 말하자면 이 표현을 하나의 렴으로 보게 되면 또 다른 문제가 생기기 때문에 그것은 어려울 것으로 판단된다. 동일한 형태가 주기적으로 반복되는 현상을 렴이 지닌 하나의 특징으로 꼽을 수는 있지만 이 표현 전체를 렴으로 보게 되면 〈쌍화점〉이 지니고 있는 중요한 성격의 하나인 극적 양식에 적잖은 영향을 미치게 될 것이고, 그렇게 되면 〈쌍화점〉은 극적 양식을 가진 것이 아니라 일반적인 연장체 작품으로 되어버리고 말 것이다. 왜냐하면 이 표현이 하나의 후렴으로 되면 앞에서 중렴을 통해 극적 효과를 낼 수 있도록 꾸며진 모든 요소들이 본문이라는 하나의 단위로 묶여지면서 이 표현으로 개괄됨과 동시에 극적 효과가 전부 사라질 것이기 때문이다. 따라서 이 부분은 전체로 묶어서 후렴으로 할 것이 아니라 '위위 다로러 거디러 다로러'만 화자와 장면의 전환을 위한 중렴으로서의 의미를 지니는 단위로 볼 수밖에 없게 된다.

이상에서 볼 때 〈쌍화점〉은 소리극으로 공연되었을 가능성을 배제하기 어렵게 되고, 소리극에 등장하는 사람들도 한 사람이 아니라 여러 사람이며, 이들이 서로 소리를 주고받았을 가능성이 크다[23]는 쪽으로 결론을 낼 수 있다. 가창자들이 주고받는 소리는 의미가 있는 부분이고, 이것을 강조하는 효과를 높이기 위해 중간 중간에 렴을 넣어 효과를 놓고 장면의 전환을 시도한 것으로 보는 것이다. 즉 처음 화자와 다음 화자가 주고받는 내용은 장면 전환과 극의 진행을 위한 내용들이며 장면이 바뀔 때마다 신호음에 해당하는 소리들을 내어 장면의 전환을 알림과 동시에 다음 사람이 사실을 준비할 수 있도록 하는 신호로 사용했을 가능성이 큰 것으로 본다.

3) 〈쌍화점〉에서 렴의 미학

주기적 반복구조를 가지는 음향 현상의 하나로 개괄과 매개 등을 통해 의미의 확장과 창조에 중요한 구실을 하면서 집단가창의 참여수단이 되기도 하는 렴은 여러 사람이 공동으로 참여하여 만들고 부르는 민요에 흔히 쓰이는 것인데, 〈쌍화점〉과 같은 속요에 이르러서는 특이한 형태로 나타나고 있어서 눈길을 끈다. 〈쌍화점〉의 렴이 행과 행 사이에 위치하는 중렴의 형태를 띠고 있는 것으로 보아 민요의 그것에 비해 훨씬 복잡한 양상으로 분화되어 있다는 사실을 알 수 있고, 작품 안에서 하는 구실이 더욱 다양하다는 것을 짐작할 수 있다. 그렇다면 〈쌍화점〉에서는 왜 중렴이 쓰였으며 이것은 미학적으로 어떤 의미를 지니는 것일까?

---

23 여증동, 앞의 글. 1~27쪽.

시가에서 형식적 요소의 하나로 렴을 쓰는 가장 큰 이유는 언어 영역이 중심을 이루는 본문의 사서란으로는 표현하기가 어려운 무엇인가를 예술적으로 담아내기 위해서라고 할 수 있다. 민요에서 주로 쓰이는 후렴은 집단가창의 참여 수단이나 다음 장으로 이어주는 진행 기능 등을 주로 하는데, 〈쌍화점〉에 쓰인 중렴은 그것이 작품 안에서 하는 구실이나 미학적 특성 등을 후렴의 그것과 일치한다고 보기는 어려울 것으로 생각된다. 민요의 렴에 비해 다양한 형태를 지니고 있는 〈쌍화점〉의 렴이 미학적으로 어떤 구실을 하는지를 살펴보기 위해서는 우선 작품에 나타나는 시간에 대해 고찰해 볼 필요가 있다.

렴이 있는 속요 작품들의 시상 전개를 보면 시간상으로 삼단구성을 하고 있음을 알 수 있는데, 과거에 해당하는 사건의 설정과 현재에 해당하는 화자가 처한 상태, 미래에 해당하는 화자의 바람[24]으로 구성되어 있는 데서 이러한 사실을 확인할 수 있다. 〈쌍화점〉의 장도 이런 범주를 벗어나지 않는데, 여기에 등장하는 시간 구조 역시 과거, 현재, 미래의 삼단구성법을 취하고 있기 때문이다. 첫 단계는 화자의 입장에서 보았을 때 이미 벌어진 상황에 대한 것을 노래하는 부분으로 화자가 처한 현재의 상황과 앞으로의 바람을 표현하기 위한 준비 과정에 해당한다. 첫 단계는 화자의 입장에서 보았을 때 이미 벌어진 상황에 대한 것을 노래하는 부분으로 화자가 처한 현재의 상황과 앞으로의 바람을 표현하기 위한 준비 과정에 해당한다. 쌍화점에 쌍화를 사러 간 일, 회회아비와 손목을 잡은 일, 소문이 날 것에 대한 걱정 등은 모두 첫 번째 화자를 통해 이미 일어난 과거의 사건으로 이것을 기점으로 작품이 시작된다. 그러므로 이 부분은 화자의 외부에 있는 존재나 상황 등이 소재적 차원에서 추상화하면서 작품

---

24 여기서 말하는 과거, 현재, 미래는 작품의 내부에서 일어나는 시간의 구성 순서를 가리킨다. 그러므로 작품의 전체 시제가 과거인 경우에는 작품에서 미래에 해당하는 시간도 현실에서는 과거가 될 수 있다.

속으로 들어와 내포의 극대화를 거치는 단계가 된다. 이러한 설정은 쌍화점에서 벌어진 일이 퍼져나간 소문에 대한 변명을 보여주는 두 번째로 등장하는 보조적인 화자가 표현하는 과거와 현재에 걸쳐 있는 상황을 노래하기 위한 전제가 됨으로써 두 번째 단계인 현재로 넘어가는 길목에 위치하는 양상을 띤다.

〈쌍화점〉에서 두 번째 단계가 되는 부분은 두 사람의 성적 유희가 이미 소문이 났고, 그 소문을 들은 제2의 여인이 자신의 욕망을 노래하는 부분인 '긔자리예 나도 자라가리라'이다. 이 부분은 두 사람의 성적유희에 관한 소문을 들은 세 번째 화자가 자신도 그렇게 하고 싶다는 욕망을 강하게 표출하는 부분으로 바로 현재의 상황을 노래하고 있다. 세 번째 화자가 지니고 있는 강렬한 욕망이 곧바로 행동으로 이어질 것임을 보여주는 것이 바로 다음 행에 등장하는 '위위 다로러 거디러 다로러'로 표현된 렴인데, 이것을 통해 세 번째 단계인 미래의 시간으로 이행하게 된다. 세 번째 화자가 노래하는 현재의 상황은 다음인 세 번째 단계로 이어지면서 시간적으로 미래를 가리키게 되고, 세 번째 바람을 강력한 선망에 담아 마무리를 하니 '그잔듸ᄀ티 덦거츠니 업다'가 바로 그것이다. 여기서는 네 번째 화자의 입을 빌어 그 자리에 자러 가고 싶어 하는 여인이 모든 대상으로 확대되었다는 것을 미래하는 시간의 설정으로 노래하고 있다.

그렇다면 〈쌍화점〉에서 시간의 진행과 화자의 전환이 이루어지는 단계에서 굳이 렴을 쓰는 이유는 무엇일까? 과거는 상황의 설정이고, 현재의 화자가 처한 상황이며, 미래는 과거와 현재를 바탕으로 한 화자의 바람을 노래하는 것이 되는데, 각각의 단계는 하나가 마무리되면서 다음이 시작되는 구조를 형성해야 하기 때문에 그 도구로 가장 적합한 것인 바로 렴이 되기 때문이다. 그 이유는 지시적 언어로서의 의미보다는 정서적 의미를 강조하는 음향 현상인 렴이 두 개의 의미를 통합하여 더욱 확대된 의미체계를 생산해내는 주체가 되는 데 있다. 이렇게 함으로써 작품의 각 단계는 시작은 끝으로 이어지고, 끝은 다시 시

작으로 이어지는 순차적 순환 방식에 의해 완성적허完成的虛는 다음 단계의 발생
적공이 되는 원칙에 맞도록 작용하여 화자가 나타내려는 정서를 더욱 효과적으
로 강조할 수 있게 된다.

이러한 성격을 지니는 〈쌍화점〉의 렴은 하나의 장 속에서 세 개가 쓰이고 있
는데, 첫 번째 렴은 첫 번째 화자를 보조하는 보조화자가 담당하는 부분에 쓰인
것으로 과거와 현재의 중간 시점을 나타내기 위한 수단으로 쓰인 것을 확인할
수 있다. 그리고 두 번째 렴은 두 사람의 성적 유희가 소문이 나면서 그 말을 들
은 세 번째 화자가 자신의 강렬한 욕망을 드러내는 부분으로 넘어가는 데 쓰이
고 있음을 볼 수 있으며, 세 번째 렴은 현재에서 미래로 이행하면서 화자가 또
한 번 바뀌고 그 자리에 자러 가고 싶은 수많은 여인으로 의미를 확대하는 단계
인 미래시점으로 넘어가는 단계에 쓰이고 있는 현상을 보여준다.

이상에서 보듯이 〈쌍화점〉의 시간 단계는 과거, 과거의 현재의 중간[25], 현재,
미래의 단계로 구분할 수 있는데, 각 단계는 다음 단계로 진행할 때마다 화자가
바뀌고, 그때마다 렴이 쓰이고 있다. 그렇기 때문에 극적인 성격을 띠고 있는
〈쌍화점〉은 시간의 진행과 화자의 전환이 맞물리면서 작품을 구성하고 있으며,
그 때마다 렴이 쓰이는 것으로 보아 이것은 앞의 시간 단계에서 노래한 화자의
정어들을 총괄하여 마무리함과 동시에 의미의 폭을 더욱 넓혀 강력하게 표현함
으로써 개괄과 반복을 통해 형성하는 강력한 강조의 미학적 단위가 되는 것으
로 볼 수 있게 된다.

속요에서 쓰이는 렴은 매우 다양하면서도 복잡한 양상을 보이고 있다. 렴이 다양
하면서도 복잡하다는 것은 작품 안에서 그것이 하는 구실을 매우 중요하다는 것을
의미한다. 그렇기 때문에 전렴과 중렴과 후렴이 작품 안에서 가지는 의미와 구실에

---

25 중간이기는 하지만 시간적으로는 과거가 된다.

대해 한층 치밀하면서도 조직적으로 살피는 것이 필요하다. 특히 〈쌍화점〉의 렴은 장의 맨 앞에나 맨 뒤에 쓰이는 전렴이나 후렴과는 달리 장의 중간에 등장하는 중렴의 형태를 띠고 있어서 매우 특이한 기능을 하는 것으로 볼 수 있다. 또한 〈쌍화점〉에서는 하나의 장에 중렴이 세 번씩 등장하고 있는 데다가 표현과 형태가 모두 다르기 때문에 더욱 복잡성을 띤다. 중렴 자체가 이 작품에만 있는 특수한 존재인 데다가 세 개가 모두 서로 다른 형태를 지니고 있기 때문에 각각의 렴이 가지는 의미와 기능 역시 다를 것으로 볼 수밖에 없기 때문이다.

다른 작품보다 〈쌍화점〉의 렴이 이처럼 복잡한 성격을 지니기 때문에 그것이 작품 안에서 가지는 미학적 의미와 기능 등을 올바르게 파악하기 위한 특수한 방법이 필요하다는 것을 알 수 있다. 〈쌍화점〉의 렴이 복잡성을 띠는 가장 큰 이유로는 그것이 극적 효과를 최대화하기 위한 장치일 가능성이 높다는 것을 들 수 있는데, 이것은 〈쌍화점〉이 극적 양식에 맞는 작품이기 때문이다. 〈쌍화점〉의 각 장은 과거, 과거의 현재의 중간, 현자, 미래의 시간적 단계로 나누어지며, 각 단계를 넘어갈 때마다 화자의 전환이 이루어짐과 동시에 그 사이에는 반드시 렴이 등장하고 있다. 이런 구조적 특징을 지니고 있는 〈쌍화점〉에 쓰인 렴은 그것의 가장 흔한 형태인 후렴이 가지고 있는 일반적인 성격을 구비해야 하는 것 외에도 극적인 효과를 낼 수 있는 성격을 함께 지니고 있어야 한다. 이런 점으로 볼 때, 〈쌍화점〉의 렴은 개괄과 반복을 통해 형성되는 강력한 강조를 위한 장치라는 점과 화자의 전환을 통해 장면의 진행을 주도하는 장치라는 점을 기본적인 성격으로 지적할 수 있게 된다.

제5장

경기체가의 장르적 성격

경기체가는 작품이 지니고 있는 특이한 성격 때문에 여러 논자들에게 관심의 대상이 되어왔다. 경기체가의 특이한 성격은 여러 가지가 있을 수 있으나 중요한 것은 가장 중요한 것은 고려 후기 신흥사대부들에 의해 만들어진 작품이란 점과 이전까지는 보기 어려웠던 구성과 표현을 갖추고 있으면서도 전통시가의 형식을 많이 수용하고 있는 점이 될 것이다. 그럼에도 불구하고 〈한림별곡〉을 필두로 하는 일련의 작품군들이 경기체가라는 독립된 장르로 인정되기까지는 상당한 어려움을 겪어야 했다. 왜냐하면 〈한림별곡〉은 1970년대까지는 고려속요의 여겨져 왔기 때문이다. 이것이 독립된 장르로 인정받기 위해서는 속요와는 다른 성격을 가진 작품이라는 것을 밝혀내야 했는데, 상당한 논란과 연구의 과정을 거듭한 결과 1980년대에 이르러서는 경기체가라는 독립된 장르로 인정하기에 이른다.

〈한림별곡〉은 고려 고종 연간에 한림제유翰林諸儒가 지었다는 시가로 우리나라 경기체가의 효시 작품이다. 그러면서도 〈한림별곡〉은 경기체가 중 짜임이나 표현기법 등이 가장 뛰어난 작품으로 손꼽히기 때문에 이것에 대해서는 어휘의 주석에서부터 작품의 문학적 성격에 이르기까지 비교적 골고루 연구되어 있는 상태라고 할 수 있다. 그러나 이 작품에 대해서는 아직도 밝혀내야 할 부분이 많은 것으로 보인다. 왜냐하면 〈한림별곡〉을 문학적으로 해석하고 있는 견해들을 보면 논자가 강조하려고 하는 바와 맞아떨어지는 것들을 골라내어 그것을 작품의 전체적인 성격으로 간주하는 경우가 상당히 많은 것으로 보이기 때문이다. 그동안 〈한림별곡〉의 장르적 성격에 대한 논자들의 견해가 통일되지 못한 점을 보면 이러한 사실을 잘 알 수 있다.

1. 기존 연구의 검토

〈한림별곡〉에 대한 기존 연구는 크게 두 갈래로 나누어 볼 수 있다. 하나는 이 작품과 동일한 성격을 가지는 작품군의 장르 설정을 위한 과정에서 논의 된 것으로 그것이 가지는 장르적 성격에 대한 것이 중심을 이루는 견해이고, 다른 하나는 〈한림별곡〉의 문학적 본질을 파악하기 위해 필요한 작품의 성립 연대라든가 작품에서 노래하고 있는 내용들이 어떤 의미를 가지는가에 대한 것이다. 〈한림별곡〉의 장르에 대한 논의는 경기체가라는 작품군을 독립시키는 데 결정적인 기여를 한 연구라고 할 수 있다. 경기체가의 장르를 설정하기 위한 연구들 중 중요한 것들을 살펴보면 다음과 같이 정리할 수 있다. 경기체가에 대한 인식은 일찍부터 있어왔는데 안자산安自山이 「조선시가朝鮮詩歌의 묘맥苗脈」[1]에서 처음으로 '경기체'라고 명명한 이래 조윤제가 '경기체가'라는 이름을 사용하면서 학계에 쓰이기 시작한 것으로 보인다. 그러나 경기체가에 대한 명칭은 그 외에도 논자에 따라 여러 가지 이름으로 불리는 시간이 상당히 길었다. 천태산인天台山人은 악부樂部에 대립하는 특별한 곡조라는 의미로 '별곡'[2]이라 부르기도 했으며, 이병기와 양주동은 '별곡체別曲體'[3] 김기동은 '별곡체가別曲體歌'[4]로 불렀으며, 정병욱은 〈한림별곡〉류

---

1   안확(安廓), 「朝鮮詩歌의 苗脈」, 『別乾坤』, 1929, 12.
2   김태준, 「別曲의 연구」, 『東亞日報』, 1932.11.15일부터 13회 연재.

와 청산별곡류가 형태적인 공통점이 있다는 점을 들어 별곡을 역사적 형태로 파악하여 고려시가군을 '별곡'[5]이라는 용어로 통일해야 한다는 주장을 펴기도 했다. 위 주장들은 경기체가라는 명칭을 사용하자는 견해와 별곡체라는 명칭을 사용하자는 견해, 그리고 고려시가 전체를 별곡이라고 해야 한다는 견해 등으로 요약된다. 별곡으로 고려시가 전체를 지칭하는 명칭으로 하자는 견해는 청산별곡과 〈한림별곡〉이 형태상으로 동일하다는 전제 아래 이야기되어질 수 있는 것인데, 여러 각도에서 연구한 결과 구 작품은 분장分章과 후렴의 형식 외에는 동일한 성격을 가진 것으로 볼 수 있는 것이 없다는 결론에 이르렀다. '별곡체'를 주장하는 입장은 〈한림별곡〉류에 속하는 작품들의 명칭에 별곡이라는 표현을 많이 사용하고 있기 때문에 이것을 사용해야 한다는 주장인데, 속요가 가사 등 전혀 성격이 다른 작품의 명칭에도 별곡을 쓰고 있다는 점에서 볼 때 설득력을 가지기 어렵다. 경기체가라는 명칭은 〈한림별곡〉류의 작품들이 거의 모두 각 장의 후반부에 '위 景긔엇더ᄒ니잇고'라는 구절을 사용하고 있는 데서 따온 것인데, 이것이 작품의 본질적 성격을 결정지을 만큼 중요한 구실을 하고 있기 때문에 상당한 설득력을 가지는 것으로 볼 수 있다. 〈한림별곡〉이 지니고 있는 문학적 본질을 파악하기 위한 논의에 대한 것은 생략한다.

2. 〈한림별곡〉의 문학성

〈한림별곡〉은 여덟 개의 장으로 이루어진 정형시가이다. 그리고 각 장마다 후

---

3   이병기, 『국문학 개론』, 일지사, 1957, 123쪽; 양주동, 『麗謠箋注』, 을유문화사, 1947, 100쪽.
4   김기동, 『國文學槪論』, 정연사, 1969, 100쪽.
5   정병욱, 「別曲의 歷史的 形態考」, 『思想界』, 1953.

렴구에 해당하는 반복구를 가지고 있으면서 완전한 형태를 갖추고 있기 때문에 여덟 개의 장이 전부 독립된 것처럼 보인다. 그렇지만 작품을 자세히 살펴보면 그것이 일정한 관계에 의해서 유기적으로 연결되어 있음을 알 수 있다. 밑에서 자세히 살펴보겠지만 전체적인 모습을 먼저 살펴보면 1장부터 3장까지는 사대부들의 생활에 필수적인 것, 즉 사대부들의 해야 할 일과 그것에 대한 작자의 생각을 노래하고 있으며, 4장부터 6장까지는 사대부들의 유흥을 하기 위하여 필요한 것들과 유흥에 대한 낭만적인 생각을 노래하고 있다. 그리고 7장과 8장은 사대부의 시상적인 생활과 사랑에 대해서 노래함으로써 7장은 앞의 1·2·3장을 받아서 마무리하고 있고, 8장은 뒤의 4·5·6장을 받아서 마무리 하고 있음을 알 수 있다. 이와 같이 〈한림별곡〉은 1장부터 8장까지 작품이 가지는 유기적 관계를 밝혀내지 않으면 작품의 예술성이 제대로 파악될 수 없도록 만들어져 있다. 즉 〈한림별곡〉은 각 장이 겉모양으로는 독립적인 것처럼 보이지만 내부적인 면을 자세히 보면 그것들이 오두 유기적인 관계를 가지면서 긴밀하게 연결되도록 짜인 시가인 것을 알 수 있는 것이다.

이와 함께 살펴보아야 할 것은 작품이 가지는 형식상의 특성이 무엇인가 하는 것이다. 문학 작품에 있어서 형식이라고 하는 것은 내용이 의미를 가질 수 있도록 해주는 표현 방식으로써 내용은 형식의 의해서 연결지워질 때만이 진정한 의미의 내용이 된다고 할 수 있다. 그러므로 형식에 대한 면밀한 검토가 없이는 작품의 문학성을 정확히 밝혀냈다고 할 수가 없는 것이다. 따라서 작품에 대한 형식을 파악하는 일이야말로 작품의 문학적 성격을 밝히는 핵심이라고 할 수 있게 된다. 작품의 형식을 살피는 데 고려해야 할 것들은 주로 율격, 비유, 소리의 표현, 음운의 배열, 문체, 작품이 가지는 유기적 통일성 등이다. 이러한 분석방법이 꼭 〈한림별곡〉의 분석에만 필요한 것은 아닐 것이다. 이러한 분석은 모든 문학 작품의 분석에 필요한 것이지만 〈한림별곡〉은 대상으로 시도해보고자 하는 이유는 이러한 분석방법이 아니면 이 작품의 진정한 문학성을 파악하기가 어려울 수도 있기 때문이다.

〈한림별곡〉의 문학성을 올바르게 파악하기 위해서는 각 장의 짜임이 어떠한 규칙과 관계에 의해서 형성되어져 있는가 하는 것을 총체적으로 살펴보지 않으면 안되는데, 각 장은 그냥 있는 사실을 나열한 것이 아니라 일정한 규칙과 율격, 그리고 표현에 의해서 치밀하게 짜여져 있음을 살펴보아야 한다. 즉 얼핏보기에는 맹목적으로 나열해 놓은 듯이 보이는 사실들과 반복구들이 실제에 있어서는 매우 치밀하게 계산된 의도 아래 배열되어 있음을 알아야 한다는 것이다. 이와 더불어 "위 景긔 엇더ᄒ니잇고"라는 표현이 가지는 여러 가지 기능과 의미를 좀 더 밀도 있게 살펴보아야만 〈한림별곡〉에 대한 분석을 심도 있게 할 수 있으리라고 생각된다. 이러한 생각을 가지고 아래에서 작품의 각 장이 가지는 각각의 문학적 성격을 내용적인 측면과 형식적인 측면으로 나누어서 검토해보도록 한다. 먼저 원문을 보자.

> 원순문元淳文 인로시仁老詩 공로사육公老四六
>
> 이정언李正言 진한림陳翰林 쌍운주필雙韻走筆
>
> 충기대책冲基對策 광균경의光鈞經義 량경시부良鏡詩賦
>
> 위 시장試場ㅅ경景 긔 엇더ᄒ니잇고
>
> (엽葉) 금학사琴學士의 옥순문생玉筍門生 금학사琴學士의 옥순문생玉筍門生
>
> 위 날조차 몃부니잇고
>
>
> 당한서唐漢書 장로지莊老子 한유문집韓柳文集
>
> 이두집李杜集 란대집蘭臺集 백악천집白樂天集
>
> 모시상서毛詩尙書 주역춘추周易春秋 주대예기周戴禮記

위 주註조쳐 내 외온ㅅ 경景 긔 엇더ᄒ니잇고

(엽葉) 태평광기太平廣記 사백여권四百餘卷 태평광기太平廣記 사백여권四百餘卷

위 역람歷覽ㅅ 경景 긔 엇더ᄒ니잇고

진경서眞卿書 비백서飛白書 행서초서行書草書

전주서篆籒書 과두서蝌蚪書 우서남서虞書南書

양수필羊鬚筆 서수필鼠鬚筆 빗기 드러

위 딕논 경景 긔 엇더ᄒ니잇고

(엽葉) 오생유생양선생吳生劉生兩先生의 오생유생양선생吳生劉生兩先生의

위 주필走筆ㅅ경景 긔 엇더ᄒ니잇고

황금주黃金酒 백자주栢子酒 송주예주松酒醴酒

죽엽주竹葉酒 이화주梨花酒 오가피주五加皮酒

앵무잔鸚鵡盞 호박배琥珀盃예 ᄀ득 브어

위 권상勸上ㅅ경景 긔 엇더ᄒ니잇고

(엽葉) 유령도잠劉伶陶潛 양선옹兩仙翁의유령도잠劉伶陶潛 양선옹兩仙翁의

위 취醉혼ㅅ경景긔 엇더ᄒ니잇고

홍목단紅牧丹 백목단白牧丹 정홍목단丁紅牧丹

홍작약紅芍藥 백작약白芍藥 정홍작약丁紅芍藥

어류옥매御柳玉梅 황자장미黃紫薔薇 지지동백芷芝冬柏

위 간발間發ㅅ경景 긔 엇더ᄒ니잇고

(엽葉) 합죽도화合竹桃花 합죽도화合竹桃花 고온두분

위 상영相映ㅅ경景 긔 엇더ᄒ니잇고

아양금阿陽琴 문탁적文卓笛 종무중금宗武中琴

대어향帶御香 옥기향玉肌香 쌍가야雙伽倻고

김선비파金善琵琶 종지혜금宗智嵇琴 설원장고薛原杖鼓

위 과야過夜ㅅ경景 그 엇더ᄒ니잇고

(엽葉) 일지홍一枝紅의 빗근 적취笛吹 일지홍一枝紅의 빗근 적취笛吹

위 듣고아 줌드러지라

봉래산蓬萊山 방장산方丈山 영주삼산瀛洲三山

차삼산此三山 홍루각紅樓閣 작작선자婥妁仙子

록발액자綠髮額子 금수장리錦繡帳裏 주염반권珠簾半捲

위 등망오호登望五湖ㅅ경景 그 엇더ᄒ니잇고

(엽葉) 록양록죽綠楊綠竹 재정반栽亭畔애 록양록죽綠楊綠竹 재정반栽亭畔애

위 전황앵囀黃鸎 반갑두세라

당당당唐唐唐 당추자唐楸子 조협皂莢남긔

홍紅실로 홍紅글위 ᄆᆡ요이다

혀고시라 밀오시라 정소년鄭少年하

위 내 가논ᄃᆡ 눔갈셰라

(엽葉) 삭옥섬섬削玉纖纖 쌍수雙手ㅅ길헤 삭옥섬섬削玉纖纖 쌍수雙手ㅅ길헤

위 휴슈동유[6]携手同遊ㅅ경景 그 엇더ᄒ니잇고

---

6 손을 마주 잡고 함께 노님.

1) 〈한림별곡〉의 내용상 특성

(1) 사대부의 현실적인 삶과 이상

1장에서는 그 당시 선비들 중 유명한 사람들의 글솜씨에 대해 노래하고 있다. 먼저 1장에 나오는 인물들에 대해 살펴보면 다음과 같다. 유원순兪元淳의 문장이 제일 처음으로 나오는데, 원순은 유승단兪升旦의 초명이었다. 고려사에 의하면 유승단은 고종 때에 활약하던 인물로 고문古文에 능하였다. 그래서 사람들이 원순의 문장이라고 일컬을 정도로 문장에 대해서는 모르는 것이 없을 정도였다. 고종 때는 왕의 스승으로 봉해질 만큼 실력을 인정받았던 사람이었다. 그리고 두 번째에 나오는 이인로李仁老는 해좌칠현海左七賢의 한 사람으로 글짓기에 남다른 재주를 가졌던 사람이었다. 고종 초에 69세로 졸했는데, 시詩로는 당세에 따를 사람이 없을 정도였다고 한다. 이공로李公老는 명종조에 등제한 사람으로 사륙병려문四六騈儷文에 능하였다고 한다. 정치도 잘하여서 왕이 총애하였으나 일찍 세상을 떠났다고 한다. 이규보李奎報는 아홉 살 때 능히 글을 지어서 사람들을 놀라게 할 정도였으며 과거에도 일등으로 급제하였다. 해좌칠현과도 친했으나 모임에 들지는 않았다고 한다. 문장으로 일세를 풍미했으며, 특히 시를 잘 지었다고 한다. 진화陳澕는 진준陳俊의 손자로 문장에 능하였다. 특히 시문에 능하여서 이규보와 이름을 나란히 하여 이정언李正言, 진한림陳翰林이라고 불렀다고 한다. 유충기劉冲基는 명종 조의 사람으로 이지명李知命의 문인이었고 글솜씨가 뛰어났던 인물이었다. 김인경金仁鏡은 문무리文武吏에 모두 능했던 사람이었다. 특히 근체시에 능하여 세상에서는 양경시부良鏡詩賦라고 일컬을 정도였다. 양경은 인경의 초명이었다. 금의琴儀는 최씨 무인정권 아래에서 높은 벼슬을 할 만큼 치세에 뛰어난 인물이었으며, 문장을 잘하였다. 과거시험관으로 있으면서 많은 사람들을 관료로 뽑았던 사람이었다. 금학사琴學士의 옥순문생玉筍門生에서 금학사가 바로 금의다.

위에서 보는 바와 같이 〈한림별곡〉의 제1장은 그 당시에 문장을 잘하는 사람들과 그들의 특징 있는 글솜씨를 등장시켜 노래를 만들고 있다. 표면상으로 보아서는 그저 그 당시의 글 잘하는 사람들의 글솜씨를 칭찬하거나 부러워하는 정도의 의미를 가지는 내용이라고 생각할 수 있다. 그러나 고려사를 잘 살펴보면 1장에서 열거한 사람들은 그 당시에는 사대부라면 누구나 다 잘 알고 있을 만큼 널리 알려진 인물들이었음을 알 수 있다. 누구나 잘 아는 사람들의 일들에 대한 것은 노래의 소재로 썼을 때는 그것 그것이 표면적으로 나타내는 것 이상의 의미를 가지도록 하려는 의도를 가지고 있음을 알아야 한다. 왜냐하면 작품의 소재로 쓰이는 것은 그것이 무엇이든 일단 작품 속에 들어와서 일부를 이루게 되면 그것이 가졌던 본래의 의미가 기능에다 더 많은 의미와 기능을 하게끔 확장되면서 새로운 의미와 기능이 창조되기 때문이다. 따라서 이러한 표현들이 가지는 의미들이 무엇인지를 파악함에 있어 그것이 현실적으로 존재했던 일들이기 때문에 일상적인 뜻만 가진다고 생각해서는 안 될 것으로 생각된다. 시에서 사용되는 표현들은 통사적 의미가 확장되어 있다는 점을 고려하지 않고 해석할 경우 많은 오해와 오류를 낳을 수밖에 없기 때문이다.

〈한림별곡〉의 제1장에서 등장하고 있는 사람들이 모두 실존했던 인물들이고, 노래에서 묘사하고 있는 상황들이 실제로 있었을 것이기 때문에 그것이 가지는 의미는 실재했던 현상을 그대로 재현하여 사대부의 이념을 나타낸 것이라고 하는 정도로 해서는 작품이 가지고 있는 의미와 문학적인 성격을 제대로 밝혀냈다고 하기 어렵게 된다. 그렇기 때문에 〈한림별곡〉의 제1장이 가지는 의미를 제대로 밝혀내기 위해서는 이 내용들이 가지는 본래의 통사적인 의미와 함께 작품 속에서 재생산된 의미를 함께 밝혀야 할 것이며, 형식적인 측면도 함께 파악하지 않으면 안 될 것이다. 바꾸어 말하면, 작품의 내용과 형식이 가지는 의미와 구실을 함께 살펴보아 그것이 가지는 문학적 성격과 예술적 아름다움을 파악해야 한다는 것이 된다. 제1장에서 열거한 인물들의 전기적 사실들과 함께 작품 내에서 그것이 가지는 구실과 의미를 함께 살펴보아야 한다. 여기에서 노래하고 있는 인물들이 역사적으로 실존했던 존재이기는 하지만 작품에서 노래하고 있는 내용은 이미 많은 사람들에게 널리 알려져서 일반화된 것들이다. 우리는 우선 이점에 눈을 돌리지 않을 수 없다. 왜냐하면 일반적으로 얼리 알려진 사실들을 작품의 소재로 사용하고 있다는 것은 그것을 통해 독자에게 보여주고자 하는 것이 매우 폭 넓은 것이거나 의도하는 바가 전혀 새로운 곳에 있을 수 있다는 사실을 짐작하게 해주기 때문이다. 이것은 사람들이 함께 부를 수 있고, 많은 사람들에게 널리 알려질 것을 목적으로 만들어진 문학 작품들에서 일반적으로 사용되어지는 수법인데, 대표적인 노래로는 민요를 들 수 있다. 특히 주술적 성격을 강조하면서 선전宣戰, 선동煽動을 중요한 기능으로 하고 있는 참요의 경우는 상징과 반복을 많이 사용하여 말하고자 하는 바를 교묘하게 숨기면서도 의도하는 바를 많은 사람들이 쉽게 느끼고 공감할 수 있도록 하는 것에서 이러한 사실을 확인할 수 있다. 이것은 다른 민요나 노래에도 아주 흔하게 쓰이는 수법이기 때문에 시가에서 전통적으로 사용하고 있는 것이라고 해도 과언이 아니다.

그렇다면 〈한림별곡〉에 이와 같이 일반적으로 잘 알려진 사실들을 이끌어 와 표현하는 수법을 사용하고 있는 이유는 과연 무엇일까? 그것은 우선 이 작품이 개인 창작물이 아니라 집단창작물이라는 데서 첫 번째 이유를 찾아야 할 것으로 보인다. 한림제유翰林諸儒가 지은 사실에 대해서는 별다른 이의를 제기하지 않고 있는 것이 학계의 실정이고 보면 이들을 작자로 보는 데는 별 무리가 없어 보인다. 작품은 지은 이들이 한림제유라고 하는 것은 그 당시에 활동하던 선비들 중 많은 사람들 선비들 중 사람들이 참여해서 짓고 향유할 수 있는 시가가 도리 수 있도록 작품이 구성되었음을 짐작할 수 있게 해주는 중요한 단서가 된다. 왜냐하면 한림원은 그 당시 선비들이 활동하는 가장 중요한 공간으로 가장 많은 선비들이 모이고 생활하는 장소였을 것이기 때문이다. 따라서 여기에 모인 낮은 선비들에게 공감대를 형성하여 함께 부르고 즐길 수 있도록 하는 노래를 짓기 위해서는 일반적으로 널리 알려진 사실들을 소재로 삼는 것이 최고의 방법일 수밖에 없었을 것으로 보인다. 그렇기 때문에 제1장은 그 당시의 사대부들 중에서 글솜씨나 다른 재주가 남달리 뛰어나서 여러 사람들에게 선망의 대상이 되던 인물들에 대한 일들을 소재로 사용하고 있는 것이다. 뒤에서 상세히 논의하겠지만 〈한림별곡〉에는 많은 사람들이 여러 가지 방식으로 부를 수 있도록 똑같은 형태의 반복구 가 후렴구처럼 쓰이고 있는데 이 점도 여러 사람이 함께 부를 수 있는 내용으로 작품이 꾸며진 것과 일맥상통하는 것이라고 할 수 있다.

제1장이 이와 같은 내용을 가지게 된 두 번째 이유는 그 당시 사회의 정치적 상황에서 찾아야 할 것으로 보인다. 이 노래가 지어졌던 시대의 정치과 국제상황은 사대부들에게는 암흑과도 같은 상태였다. 잦은 외침과 무신정권의 무단정치 아래서는 선비들의 정치활동이나 문필활동, 그리고 경제적인 조건 등은 엄청난 제약을 받을 수밖에 없었을 것이기 때문에 자신들이 지향하고 이상으로 삼아야 할 대상을 설정하는 데 있어서 가장 적합한 것으로 생각한 것이 바로 그 당시에 널리 알려진 문인들에 대한 이야기였을 것이며, 이것을 소재로 작품을 구성하는 것이 폭넓은 공감대를 형성할 수 있을 것이라고 믿었을 가능성에 매우 크다고 할 수 있다. 이런 노래를 짓고 불렀던 사람들이 고려 말기를 지나면서 거대한 신흥사대부 세력으로 성장하여 새로운 왕조를 세우는 구심점으로 작용했다는 역사적 사실로 볼 때 이러한 추정은 충분한 근거를 가지는 것으로 볼 수 있다. 지금까지 연구된 결과에서도 볼 수 있는 것처럼 그 당시 사대부들에게는 최씨 정권에 아부하거나 그 정권에 붙어서 출세한 사람들을 부러워하는 마음이 한편으로는 있었을 것이고 이것이 〈한림별곡〉 같은 작품에 반영될 수밖에 없었을 것이다. 그럼에도 불구하고 당시 사대부에 대한 사실들이 나열식으로 반영되었다

고 하여 이것을 내용상 본질로 파악하여 그것을 내용상 특성이라고 하는 것은 억측이 될 것이다. 왜냐하면 문학은 소재로 작용하는 내용이 일단 작품으로 들어와 형식과 결합하면 부분을 합쳐 놓은 것 이상의 의미를 재생산하기 때문이다. 따라서 부분적으로 어떤 것이 보인다고 하여 그것을 곧 바로 작품의 본질로 볼 수는 없다. 제1장이 가지는 내용은 선비가 마땅히 지향해야 할 이상적인 것들을 노래한 것이라고 보아야 할 것이며, 그것이 예술적인 아름다움을 가지는 시적인 정서로 이해해야 할 것이다. 이러한 점은 2장과 3장을 보면 한층 분명하게 드러난다.

제2장은 제1장과 연결되는 것으로 서책書冊에 대한 묘사와 노래하는 사람이 그것에 대해서 가지고 있는 생각이 중점적으로 표현되었다고 볼 수 있다. 여기에서 노래하고 있는 서책들은 선비들이 과거를 보기 위해서는 반드시 읽어야 할 것 들이다. 이런 점에서 볼 때 제2장에서 노래하고 있는 것은 선비들이 반드시 해야 하는 일과 관련을 가지는 사물 현상들을 나열식으로 노래하고 있는 것이 된다. 훌륭한 선비가 되기 위해서는 반드시 읽어야 할 것들을 노래함으로써 공부에 대한 사대부들의 간절한 소망을 표현하고 있는 것으로 이해할 수 있게 된다. 비록 태어날 때부터 귀족으로 신분이 정해졌더라도 과거를 봐서 관직에 나가야 만이 자신의 생각을 펼칠 수 있으며, 경제적으로 안정을 꾀하면서 체통을 유지할 수 있었기 때문에 과거 준비를 위한 공부를 결코 게을리할 수 없었다. 과거에서 성공을 결정하는 것이 바로 서책을 얼마나 광범위하게 공부하여 새로운 이론을 전개하고 있는가가 중심을 이루기 때문에 사대부는 중국에서 만들어진 다양한 종류의 서책에 대한 공부를 할 수밖에 없었던 것이다. 〈한림별곡〉의 제2장은 사대부의 이러한 현실을 소재로 취해 오면서 공부에 대한 작가의 생각을 표현하고 있다. 그렇기 때문에 제2장의 내용은 제1장과 마찬가지로 당시 사대부라면 누구나 알 수 있는 중요한 서책에 대해 중점적으로 묘사함으로써 많은

사람들이 부르고 즐기는 데 가장 적합한 것으로 채우고 있는 것이다. 여기에서 한걸음 더 나아가 서책의 본문은 말할 것도 없고 주註까지 단숨에 외우는 상황을 제시하여 선비들이 공부를 게을리할 것으로 강조하고 있다. 이런 점에서 볼 때 제2장은 앞 장에서 제시한 선비의 현실적인 삶을 윤택하게 만들기 위해 그들이 기본적으로 해야 할 일들에 대해 노래하면서 학문에 대한 작가의 정서를 잘 드러낸 것이라고 이해할 수 있게 된다.

제3장은 중국에서 만들어진 글씨체에 대해 묘사하면서 선비들의 글씨 쓰는 모습을 노래하고 있는데, 이것 역시 앞의 내용과 마찬가지로 외부에 존재하는 사물 현상을 단순하게 나열하는 것이 아니라 노래를 만들고 부르는 화자의 생각을 외부의 상관물과 연결시켜 자신의 정서를 표현하는 방법을 쓰고 있다. 즉 여기에서 노래하고 있는 내용은 선비들의 삶을 관조적으로 묘사한 아니라 그들이 가질 수 있고, 바랄 수 있는 가장 이상적인 삶에 대한 생각과 염원을 나타낸 것이 된다. 이런 점에서 볼 때 〈한림별곡〉이 외부의 사물이나 현상을 객관적으로 묘사하고 있는 작품이라고 하면서 교술教述로 보는 견해는 제고할 필요가 있는 것으로 보인다.

〈한림별곡〉의 제1장부터 제3장까지는 사대부들이 삶을 유기하기 위해 기본적으로 갖추어야 할 일들에 대해 노래하면서 그것에 대한 작가의 생각을 나타내고 있는데, 사람들이 잘 알고 있는 사실들을 소재로 사용함으로써 많은 사람들이 함께 즐기고 부를 수 있는 것을 내용으로 하고 있다. 선비가 선비로서의 삶을 제대로 살아가기 위해서 반드시 해야 하는 시험장의 모습, 과거시험을 보기 위해서는 반드시 읽어야 할 서책, 선비의 자질을 갖추기 위해 하지 않으면 안 되는 글씨 쓰는 재주를 중심으로 하는 선비의 일에 대해 노래한 것이 바로 제1장에서 제3장까지가 된다.

(2) 사대부의 유흥과 낭만적 지향

〈한림별곡〉의 제4·5·6장은 모두 선비의 유흥에 대해 노래하고 있다. 유흥은 여가의 일종인데, 이것은 사람이 일을 하는 과정에서 소모한 노동력을 재생사하는 과정이기 때문에 매우 중요하다. 사람은 노동력을 소모하여 일을 함으로써 먹이인 생산물을 획득하여 그것으로 생명을 유지하는데, 노동력은 일정량을 쓰면 다시 만들어주어야 하기 때문에 어느 정도 일을 한 후에는 여가를 통해 소모된 노동력을 재생산해주지 않으면 안 된다. 따라서 여가는 그냥 쉰다는 의미를 넘어 노동력의 재생산 과정으로 이해할 수 있다. 여가는 생산물을 소비하고, 노동력을 재생산하는 과정이 된다. 여가를 효과적으로 보내는 방법은 여러 가지가 있지만 일반적으로 놀이를 통해 효율적으로 노동력을 재생산할 수 있다고 믿었던 것으로 보인다. 옛 기록에 의하면 우리 민족은 춤과 노래를 좋아해서 며칠씩 음주가무飮酒歌舞했다고 한다. 이런 점으로 볼 때 우리 민족에게서 춤과 노래 같은 놀이 수단이 일찍부터 크게 발달했던 것으로 볼 수 있다. 이것은 놀이인 여가가 인간의 삶에서 차지하는 비중이 그만큼 크다는 것을 보여주는 구체적인 사례라고 할 수 있다. 그런데 신분사회에서 선비를 지배계급에 속하기 때문에 일반 사람들처럼 육체적인 노동을 하지 않아도 되었다. 그렇기는 하지만 그들에게는 반드시 해야 할 일들이 있었는데, 바로 과거시험을 봐서 출세하기 위해 해야 하는 공부였다. 이것도 힘을 소모하기는 마찬가지였기 때문에 이들에게도 일정한 여가가 반드시 필요했다. 따라서 사대부들도 다양한 놀이수단을 가지고 있었을 것인데, 〈한림별곡〉의 제4·5·6장에서는 이것에 대해 노래하고 있다.

제4장은 술에 대해 노래하고 있어서 눈길을 끈다. 술은 인간을 흥분시켜서 마음을 즐겁게 하는 성질을 가지고 있기 때문에 아주 오랜 옛날부터 놀이 현장에서는 빠질 수 없는 존재였다. 사대부의 여가에 대해 노래하는 첫 번째 장에서 술을 소재

로 하고 있는 것은 술이 놀이에서 그만큼 중요한 존재라는 사실을 잘 보여준다. 여기서는 여러 가지 이름난 술에 대해 묘사하면서 술을 마시는 장면과 옛 사람의 고사를 인용하여 술에 대한 작가의 생각을 표현하고 있다. 이름난 술을 먼저 말하여 관심을 환기시킨 후 술을 서로 권하면서 마시는 모양까지 노래하고 있다. 마지막에는 술에 대해 일가견을 가지고 있었던 주선酒仙들처럼 자신도 취해서 놀아보고 싶은 심정을 노래하고 있다.

제5장은 꽃에 대해 묘사하면서 남녀의 상사相思에 대한 표현을 노골적으로 드러내고 있다. 꽃이 핀 모양을 아름답게 묘사하면서 남녀가 서로 얼굴을 비추어보면서 사랑하는 장면을 그대로 노래하고 있는 부분이 바로 제5장인 것이다. 문학에서 꽃은 여성을 상징하는 경우가 아주 많은데, 여기서도 예외는 아닌 것으로 나타난다. 따라서 제5장은 놀이 중에서도 술을 취하게 마시고 난 후 흥취가 도도한 상태를 남녀의 상사와 연결시켜 노래한 것이 된다.

제6장은 음악에 대한 내용이 중심을 이룬다. 먼저 다양한 악기에 대한 묘사와 여러 사람이 함께 놀이를 하면서 하룻밤을 보내는 상황을 노래하고 있다. 술에 대한 묘사에서 시작된 몰이에 대한 것이 절정에 이르는 대목이라고 할 수 있다. 사대부의 유흥이 어떤 것이며, 그것에 대한 작가의 생각을 어떠한지를 잘 보여주는 부분이라고 할 수 있다.

술과 꽃과 음악에 대해 노래하고 있는 제4·5·6장은 사대부의 유흥에 대한 작가의 생각을 비교적 솔직히 드러내고 있다. 앞에서 노래한 사대부의 일을 노래한 제1·2·3장과 같은 분량으로 구성된 것을 보면 당시 사대부들은 일과 놀이를 같은 비중으로 중요하게 생각하고 있었음을 알 수 있다. 특히 여기에서 보이는 중요한 특징은 놀이에 대한 자가의 생각을 다른 어떤 것에 의해 억제되거나 포장되지 않고 비교적 솔직히 표현되고 있다는 점이다. 이런 특징은 비단 〈한림별곡〉뿐 아니라 고려시대의 다른 시가에도 전체적으로 나타나는 현상이기도 하다. 그럼에도 불구하고 이 점이 특히 〈한림별곡〉에서 중요하게 여겨지는 이유는 이 노래가 한림제유인 신흥사대부들에 의해 지어진 것이면서 놀이에 대한 당시 사대부의 생각을 꾸밈없이 잘 표현하고 있어서 작가의 감정이 최대한 절제되어 있는 조선시대 사대부에 의해 지어진 시가와는 상당한 거리가 있다는 점 때문이다. 〈한림별곡〉이 사대부에 의해 지어진 것이기는 하지만 조선시대의 시각으로 보면 남녀상열지사男女相悅之詞일 수밖에 없었던 것으로 보인다. "한림별곡 같은 노래는 비록 선비의 입에서 나왔지만 긍호방탕矜豪放蕩하고 설만희압褻慢戱狎하여 더욱이 군자가 숭상할 바가 못 된다"[7]고 한 이황의 발언에서 이러한 사실을 확인할 수 있다. 퇴계 같은 도학자가 〈한림별곡〉에 대해 이처럼 혹평한 이유는 이 작품이 가지는 자유분방한 표현 때문이 아닌가 하는 생각을 하게 한다.

(3) 사대부의 이상적인 삶

〈한림별곡〉의 제7장은 산과 정자亭子에 대해 노래하고 있는데, 산 속의 생활을 묘사하면서 그것을 이상적인 것으로 생각하면서 선망하는 작가의 강한 열망을 표현하고 있다. 이것은 당시의 사대부가 가장 이상적인 삶으로 여기는 산림의 생활에 대한 동경을 노래하고 있는 것으로 볼 수 있다. 봉래산蓬萊山, 방장산方丈山, 영주산瀛洲山은 신선이 산다고 하는 곳으로 노장사상을 가진 사람들이 주장하는 선경의 세계이다. 또한 이곳은 사대부들이 항상 이상적인 것으로 여기는 삶이 있는 곳으로 여기던 곳이기도 하다. 이런 점에서 볼 때 제7장은 제1·2·3장에서 노래한 사대부의 현실적인 삶을 이상적인 삶으로 옮겨 놓고 싶은 작가의 염원을 집약한 부분이라고 할 수 있다. 즉 현실적인 삶에서 이상적인 삶으로의 상승적 지향이 드러난 것이 바로 제7장인데, 이것은 여러 가지 의미를 가지

---

7   李滉, 『陶山十二曲跋』.

는 것으로 해석할 수 있다. 당시의 정치적인 상황이나 국제적인 상황 등이 사대부에게는 결코 바람하다고 할 수 없기 때문에 자신들의 이념과 상반되는 현실에서 가질 수 있는 이상은 결국 노장사상으로 연결될 수밖에 없었을 것이고 실재로는 이룰 수 없는 자신의 이념들을 문학 속에서 실현 시킨 것이라고 할 수 있기 때문이다. 그렇기 때문에 작품의 내용 역시 낭만적일 수밖에 없었으니, 신선이 사는 공간에서 세속의 것이라고 할 수밖에 없는 긴 머리를 늘어뜨린 여인, 꾀꼬리 소리 등과 함께 하고 싶은 욕망을 가감 없이 드러낼 수 있었던 것이다.

(4) 사대부의 낭만적 사랑

마지막인 제8장은 남녀가 그네를 뛰는 장면에 대한 묘사로 시작하고 있다. 그네라는 소재를 통해 남녀가 서로의 감정을 확인하고 사랑하는 것을 노래하고 있으니 〈한림별곡〉에서 가장 서정적인 부분이라고 할 수 있다. 그네라는 놀이 기구를 통해 사랑을 노래하고 있으니 이것은 여가와 관련을 가지는 것이 될 수밖에 없다. 즉 당시 사대부들에게 있어서 사랑은 놀이의 하나로 여가의 한 부분이었던 것으로 보인다. 이런 점에서 볼 때 제8장은 제4·5·6장을 받으면서 사대부의 유흥은 낭만적으로 표현한 곳이 된다. 즉 제8장은 제4·5·6장에서 보여준 이상적 차원의 유흥은 현실적인 차원으로 옮겨오는 하강적 지향이라는 구도 아래 매우 치밀하게 짜인 노래가 된다. 이와 함께 제8장은 제7장과 더불어 작품 전체를 마무리하고 있는 점도 눈여겨 볼 필요가 있다. 제7장에서는 사대부의 이상적인 삶에 대한 표현에서 낭만성을 보여주고 있는데, 마지막으로 이어지면서 앞에서 일차적으로 마무리한 이상적인 삶에 대한 낭만성을 극대화하면서 남녀의 사랑에 대한 작가의 정서를 펼치는 것으로 마무리하고 있기 때문이다.

〈한림별곡〉은 전체적인 내용과 구성적 특징으로 볼 때 사대부의 일과 놀이에 대한 정서를 매우 직접적이면서도 낭만적으로 노래한 시가인데, 삶에 대한 생각을 상승적 지향과 하강적 지향이라는 특수한 표현방법을 통해 나타낸 작품이다. 이 작품의 각 장을 모두 떼어놓고 보면 외부에 존재하는 사물이라 사실들을 열거하고 있는 것처럼 보일 수도 있다. 그러나 두 부분으로 이루어진 후렴구와 같은 구실을 하는 반복구와 연결시켜 생각하면 그렇지 않다는 것을 금방 알 수 있다. 위에서 논의한 것처럼 크게 일과 놀이라는 두 개의 정서를 추출한 다음, 작품을 세 부분으로 나누어서 그것을 연결시키면 이 점은 한층 뚜렷하게 보이는 것을 눈치 챌 수 있기 때문이다. 이런 점에서 볼 때 〈한림별곡〉은 삶에 대한 사대부의 생각이 치밀하면서도 섬세한 구성과 맞물려 주정적主情的으로 잘 드러난 서정시가로 규정하는 것이 타당하다는 결론에 이르게 된다.

2) 〈한림별곡〉의 형식상 특성

위에서 논의한 내용적인 특성과 아울러 살펴보아야 할 문제는 〈한림별곡〉이 가지는 형식상의 특성이다. 위에서도 말한 바가 있지만 문학 작품에 있어서 형식은 내용이 의미를 가질 수 있도록 해주는 표현 방식이기 때문에 그것이 가지는 중요성은 매우 크다고 할 수 있다. 따라서 작품이 가지는 아름다움을 총체적으로 밝혀내기 위해서는 내용에 대한 논의와 더불어 형식에 대한 논의가 항상 이루어져야 한다. 그중에서 시가는 주어진 형식이 맞추어서 작가의 정서를 담아내는 경우가 많기 때문에 시가에 있어서 형식이 가지는 의미는 더욱 크다고 할 수 있다. 따라서 위에서 살펴본 〈한림별곡〉의 내용에 대한 논의가 설득력을 가지기 위해서는 작품의 형식에 대한 논의가 반드시 뒤따라야 하는 것이다.

〈한림별곡〉이 경기체가라는 독립된 장르로 분류되게 하는 데 결정적인 인자로 작용한 "위 景긔 엇더ᄒ니잇고"가 들어 있는 반복구에 대한 분석은 〈한림별곡〉의 형식을 살펴보는 데 있어서 가장 중요한 부분이라고 할 수 있다. 지금까지 연구된 결과에 의하면 이 구절은 앞에서 노래한 개별적인 내용을 받아서 뒤의 내용으로 이어주면서 노래를 포괄화하는 구실을 하고, 또 작품의 예술성을 높이는 데 결정적인 구실을 한 것으로 평가되었다. 좀 더 구체적으로 말하면 경기체가는 사물을 나열하는 개별화의 원리와 그것을 합쳐주는 포괄화의 원리가 함께 존재하면서 작품을 성립시키는 특성을 가지고 있다는 것이다. 그렇기 때문에 〈한림별곡〉류의 시가는 독립된 장르로 인정해야 한다는 것이다.[8]

그런데 〈한림별곡〉을 자세히 살펴보면 엽葉의 앞에 있는 반복구와 엽의 뒤에 있는 반복구가 가지는 기능이 서로 다름을 알 수 있다. 앞에 있는 구절이 앞의 내용을 받는 일단계의 종합 기능을 가진 것이라면 두 번째 반복구는 앞의 내용 전체를 받아서 하나의 장을 마무리하는 기능을 하면서 작가의 감정을 집약적으로 나타내는 기능을 하고 있음을 알 수 있다. 좀 더 구체적으로 말하면, 맨 앞에서 나열하듯이 벌여놓은 사물이나 사실들을 작가의 의식세계 안으로 끌어오는 매개체의 구실을 하는 것이 앞에 있는 반복구가 하는 기능이고, 앞의 전체를 다시 받아서 작가의 의식세계 속으로 완전히 끌어 들이면서 자신의 생각을 표현하는 수단으로 사용하는 것이 뒤의 반복구가 하는 기능이라고 할 수 있다는 것이다.

따라서 〈한림별곡〉의 개개의 장은 소재로 쓰여질 외부의 사물이나 사실들을 묘사하는 부분과 그것을 작가의 의식세계 안으로 끌어들이기 위한 매개체 구실을 하는 부분, 그리고 앞의 것을 바탕으로 작가의 생각을 나타내는 부분, 그리고 다시 그것을 마무리 하는 부분의 넷으로 나누어짐을 알 수 있게 된다. 바꾸어 말하면 〈한림별곡〉의 각 장은 2단구성의 2중구조를 취하고 있는데, 두 번째 단段의 맨 앞에는 감탄적인 의미를 지니는 '위'라는 어휘가 반드시 들어간다. 구체적으로 말하면 〈한림별곡〉의 각 장은 엽葉의 앞부분과 엽의 뒷부분으로 크게 나누어지는데, 앞부분이나 뒷부분이나 모두 이단구성을 취하고 있으면, 앞부분

---

8   조동일, 「한림별곡의 장르적 성격」, 김학성·권두환 편, 『고전시가론』, 새문사, 1984.

에서는 대상세계를 묘사하고 그것을 작가의 정서와 연결시키기 위한 준비를 하고, 뒷부분에서는 앞의 것을 받아서 작가의 정서를 나타내는 구성법을 취하고 있다는 것이다. 즉 이중의 이단구성을 취하고 있는 것이 〈한림별곡〉의 각 장이 가지는 형식상의 특성인 것이다.

노래가 이단구성을 취하고 있는 이러한 현상은 비단 〈한림별곡〉에만 나타나는 것은 물론 아니다. 같은 고려시대의 시가인 속요의 경우를 보면 대부분의 노래들의 여음을 기준으로 하여 이단으로 나누어짐을 알 수 있기 때문이다. 속요의 여음은 악기의 소리를 흉내 낸 의미 없는 소리로 해석되고 있으나 여음이 작품 속에서 가지는 구실은 매우 크다고 할 수 있다. 속요에서 여음은 앞의 내용을 마무리 하면서 정서를 전환시키는 구실을 할 뿐만 아니라 장과 장의 시작과 끝을 알려주는 구실도 하고 집단창에 맞는 형식을 구비할 수 있도록 하는 구실을 한다. 따라서 속요에서 여음이 가지는 구실을 매우 중요하며 그것이 노래의 형식적 특성을 결정짓는 중요한 실체로 작용한다. 〈한림별곡〉에서는 속요의 여음에 해당하는 구실을 하는 것을 '위' 이하의 반복구라고 볼 수 있기 때문에 '위' 이하의 반복구절이 가지는 구실은 속요의 여음이 가지는 구실보다 더 크다고 할 수 있다. 왜냐하면 〈한림별곡〉은 '위' 이하의 반복구절이 없으면 노래 자체가 성립하지 않는 데다가 이 반복구는 앞의 것을 종합하여 작자의 정서를 집약적으로 나타내도록 해주는 구실을 하고 있기 때문이다. 바꾸어 말하면 앞의 것은 묘사의 대상을 추상화하는 부분이며, 뒷부분은 추상화한 대상을 개괄화하여 하나로 묶어주면서 종합하는 구실을 하고 있는 것이다. 추상화는 대상을 개별적으로 나열하는 개별화와는 질적으로 다른 것으로 인간이 대상을 파악하여 자신이 이용할 수 있도록 하기 위하여 대상을 분석하는 과정이다. 따라서 인간의 사유는 반드시 추상화 과정을 거쳐서 하나의 개념을 형성하는데, 〈한림별곡〉에서 취하고 있는 작시원리가 바로 인간의 이러한 하유 원리와 일치하고 있는 것이다. 그런데, 이러한 원리가 각 장의 앞부분과 뒷부분에서 똑같이 적용되고 있어서 이것이 또한 이중성을 띠게 된다. 이 점이야말로 다른 어떤 작품도 가지지 못하는 〈한림별곡〉만이 가질 수 있는 중요한 특성이라고 할 수 있다.

위에서 살펴본 대로 〈한림별곡〉은 이단구성이 이중으로 되어 있다. 그런데, 우리의 시가에서 이와 같은 구성을 가진 시가는 〈한림별곡〉이 속해 있는 경기체가뿐이기 때문에 이것은 매우 중요한 특징이라고 할 수 있는 것이다. 〈한림별곡〉의 각 장은 이중의 추상화와 이중의 개괄화라는 구조를 가지면서 엽의 앞부분과 뒷부분이 다시 추상화와 개괄화하는 관계를 가지도록 꾸며져 있기 때문에 우리 시가문학에서 특이한 위치를 차지하게 된다. 앞부분의 대상에 대한 추상화를 뒷부분의 개괄화가 받으면서 그것을 마무리하고, 작자의 정서와 연결시킴으로써 어떤 사실에 대한 작자의 감정을 훨씬 더 효율적으로 표현할 수 있도록 하고 있는 것이다. 이러한 과정을 통하여 작자는 사물이나 현상을 가리키고 지시하는 것처럼 보이기 쉬운 이 작품을 하나의 훌륭한 서정시로 완성시키고 있는 것이다.

다음으로 살펴보아야 할 〈한림별곡〉의 형식적 특징은 반복법이다. 위에서도 말한 바 있지만 반복법은 작품의 내용을 강조할 필요가 있을 때나 많은 사람들이 쉽게 부를 수 있도록 하기 위한 필요가 있을 때 많이 사용되는 수단이다. 〈한림별곡〉이 분장의 형태를 취하고 있기 때문에 여러 사람이 함께 부르는 모양을 갖춘 것이란 사실은 쉽게 짐작할 수 있다. 그리고 〈한림별곡〉이 낭만적인 성향을 띠고는 있지만 그 당시 사대부들에 대한 교육적인 기능도 어느 정도까지는 담당했을 것으로 보이기 때문에 여러 사람이 함께 부를 수 있는 모양과 표현법을 사용할 수밖에 없었을 것으로 보인다. 즉 많은 사람들이 부르도록 하기 위해서는 작가가 표현하고자 하는 내용을 강조하여 사람들이 쉽게 기억하고, 부를 수 있도록 하기 위한 방법이 필요했을 것인데, 여기에 가장 적합한 수단으로 사용되었던 것이 반복법이기 때문이다. 〈한림별곡〉의 반복법은 어구의 반복과 후렴구의 반복을 중요한 특징으로 지적할 수 있다. 어구의 반복은 다시 의미상의 반복과 형태상의 반복으로 나누어지는데, 이 작품에서는 의미상의 반복보다는 어휘나 어구의 반복을 즐겨 사용하고 있다. 따라서 나열식의 이러한 반복법이 여러 논자들에게 사물을 열거하는 것 정도의 의미만 가지는 것으로 해석되어졌던 것이 아닌가 하는 생각이 든다. 그러나 위에서도 밝힌 바와 같이 〈한림별곡〉은 일정한 의도 아래 매우 치밀하게 짜여진 구조를 가지고 있는 작품이기 때문에 어느 한 부분만을 가지고 그것이 작품의 본질인 것처럼 해석해서는 매우 불만족스런 결과를 낳을 수밖에 없다는 것이다. 작품이 가지는 의미를 총체적으로 파악할 때만이 〈한림별곡〉의 참다운 문학성을 드러낼 수 있을 것이기 때문이다.

마지막으로 살펴보아야 할 〈한림별곡〉의 형식상 특성은 율격에 대한 것이다. 율격은 형식을 결정짓는 매우 중요한 요소라고 할 수 있는데, 여기서는 음수율에 대해서만 간략히 살펴보고자 한다. 후렴구를 제외하고 보면 〈한림별곡〉은 하나의 행이 3음보로 되어 있고, 하나의 음보는 3·4음수가 중심을 이루는 율격을 가지고 있음을 알 수 있다. 여기에서 알 수 있는 것은 〈한림별곡〉이 가지는 율격도 속요의 율격과 크게 다를 바가 없다는 점, 그리고 조선시대의 시가가 가지는 엄격한 율격에 비해서 비교적 자유롭기 때문에 어떤 일정한 규칙에 속박을 심하게 받지 않는다는 것이다.

〈한림별곡〉은 이와 같이 내용적으로뿐만 아니라 형식적으로도 매우 치밀하고 복잡한 구조를 가지고 있는 작품임을 알 수 있다. 특히 〈한림별곡〉이 아니면 가질 수 없을 것으로 보이는 상승적 지향과 하강적 지향, 그리고 이중의 이단구성 등은 이 작품이 가진 중요한 문학적 특성이면서도 너무나 치밀하게 짜여졌기 때문에 놓치기 쉬운 성격이 아니었나 하는 생각을 하게 된다.

3. 〈한림별곡〉의 장르적 성격

〈한림별곡〉은 8개의 장으로 이루어진 고려시대의 정형시가로 고려 고종 때 한림제유들이 짓고 부른 노래이다. 각각의 장은 이단 구성으로 되어 있는데, 그 것이 이중의 구조를 취하고 있는 특징을 지니고 있다. 이단구성에서 특히 중요한 기능을 하는 것이 '위 경景 긔 엇더ᄒ니잇고'라는 표현이 들어가 있는 반복구 인데, 이 구절은 작품의 내용을 완성시켜줄 뿐 아니라 작가의 생각을 집약적으로 표현하는 데 핵심적인 기능을 한다. 〈한림별곡〉에 경기체가라는 독립적인 장르로 규정되는 데 결정적 구실을 한 것이 바로 이것이다. 〈한림별곡〉은 제1 장부터 제3장까지는 사대부가 현실적인 생활에서 해야 하는 일에 대해 노래하고 있으며, 제4장부터 제6장까지는 사대부의 여가인 놀이에 대해 노래하고 있다. 그리고 제7장과 제8장은 각각 1·2·3장과 4·5·6장을 받으면서 작품을 마무리하는 형태를 취하고 있다. 그리고 이것은 각각 상승적 지향과 하강적 지향이라는 두 축을 중심으로 이루어지는 특징을 가진다. 〈한림별곡〉은 당시 사대부의 삶을 일과 놀이라는 두 개의 축을 가지고 주정적으로 노래한 작품이다. 따라서 이 작품에 대한 올바른 해석은 각각의 작은 떼어놓고 생각해서는 안 되며 전체를 유기적인 관계 속에서 파악할 때 비로소 가능하다고 할 수 있다. 이 렇게 볼 때 〈한림별곡〉은 서정시가라는 장르적 성격이 중심을 이룬다는 사실이 한층 분명하게 부각된다. 〈한림별곡〉에 대한 연구는 역사주의적 관점의 것과 실증론적 연구를 바탕으로 하면서도 작품이 가지는 문학적 특성이 무엇인가를 밝혀내고 그 아름다움이 무엇인가를 파악하는 방향으로 진행되어야 할 것으로 보인다.

제4부

가사의 전통과 계승의 방향

제1장_강호가사의 전통과 계승 방향

제2장_〈성산별곡〉의 구조

제1장
강호가사의 전통과 계승 방향

　　조선을 세우고 이끌어간 핵심 세력이었던 선비들은 태생적으로 주어지는 사족士族이라는 신분으로 인해 경제적으로 상당히 안정된 삶을 누릴 수 있었다. 생계가 거의 자동적으로 해결되었던 이들에게 있어서 노동은 학문을 열심히 닦아서 과거에 나갈 준비를 함과 동시에 조정에 출사하여 나라와 민족을 위해 통치 행위를 하는 것이었고, 여가는 산과 강을 찾아 자연과 함께 하는 시간을 통해 풍류를 즐기면서 심신을 수련함으로써 인격을 도야하는 것이었다. 그러므로 육체적인 노동을 통해 물질적 재화를 생산하고 조세를 내야 하는 일반 백성들의 살아가는 것과는 질적으로 전혀 다른 삶을 사는 사람들이 선비였다. 이들의 삶이 그러했기 때문에 선비들의 생활은 문자로 대표되는 기록문화와 밀접한 관련을 가질 수밖에 없었다. 즉 우주와 사회와 정치, 그리고 이념 등에 대한 것을 이론적으로 연구하여 그것을 문자로 표현하는 것이 바로 이들이 해야 하는 활동의 중심이 되었던 것이다. 따라서 조선시대에 그들이 지어낸 글에는 자신들이 내세우고자 하는 정치적 이념과 우주와 자연에 대한 다양한 생각들이 여러 형태를 통해 표현되고 있음을 보게 된다. 이 과정에서 선비들이 자신들의 생각과 정서를 표현하는 중심 수단으로 삼은 것은 한시, 시조, 가사 등을 비롯한 시詩와 다양하고 논리적인 내용을 담고 있는 문文이었다. 다양한 표현수단 중 시조와 가사는 우리의 정서를 가장 효과적으로 표현할 수 있는 한글로 표기되었기 때문에 자신들의 정서를 노래함과 동시에 통치의 대상이 되는 백성들에게도 자신들의 생각과 주장을 전달하는 중요한 수단이 되기도 했다. 특히 한시나 시조처럼 엄격한 규칙에 얽매이지 않고 비교적 자유로운 형식을 가지고 있으면서 장가長歌의 형태로 지을 수 있었던 가사는 생활 현장에서 짓고 즐길 수 있는 특징을 지니고 있어서 향유층을 폭넓게 확보할 수 있다는 장점과 함께 정치적 이념과 교훈적인 사상들을 중심으로 노래하면서 작가의 이념과 정서를 자유롭게 담을 수 있다는 점 때문에 선비들에게 많은 사랑을 받았다.

이러한 성격을 지니는 가사는 조선 전기까지는 선비들의 전유물이다시피 했는데, 특히 강호가사는 다른 계급에 속하는 사람들은 접근조차 하기 어려울 정도로 폐쇄적이었다. 왜냐하면 강호라는 곳이 일단 사족에 속한 사람이 아니면 설정조차 하기가 어려운 특별한 개념의 명칭이었고, 경제적인 여유가 없으면 접근조차 불가능한 그런 공간이었기 때문이었다. 따라서 강호에서의 생활과 그곳에서 생산되는 의식과 정서를 예술적으로 표현하고 있는 강호가사는 선비가 아니면 짓는 것 자체가 불가능한 그런 것이 될 수밖에 없었던 것이다. 그런 관계로 조선시대 강호가사의 작가는 선비가 중심을 이룰 수밖에 없었는데, 그래서 그런지 가사의 갈래가 다양화한 조선 후기에 이르면 강호가사의 전통이 그 맥을 잇기가 어려워지게 된다.

17세기 이후부터 나타나기 시작한 신분제의 변화는 조선사회 전체를 흔들기에 충분했으니 이 때 이후로 강호가사의 전통은 크게 위축될 수밖에 없었다. 이러한 혼란은 18·19세기 이르면 더욱 격화되면서 엄청난 격동기를 맞이하게 되는데, 20세기의 시작과 함께 시작된 일제 강점기라는 민족 최대의 비극은 민족문화를 더욱 위축시켰다. 더욱이 일제 강점기가 끝나자 곧바로 6·25전쟁이라는 민족상잔의 참상을 또다시 겪으면서 더욱 어려운 국면을 맞이하게 된다.

불행 중 다행인 것은 20세기 후반부터는 각고의 노력을 통해 오랜 세월에 걸쳐 피폐화된 민족의 삶을 어느 정도 제자리로 돌려놓은 상태에서 21세기를 맞이하게 되었다는 점이다.

　문화의 세기로 통칭되는 21세기에 들어와서 우리의 생활 방식에 가장 큰 변화를 가져온 것을 든다면 바로 웰빙열풍이라고 할 수 있다. 그 전까지는 일부 사람들에게 국한되었던 웰빙은 21세기 시작부터 많은 사람들에게 삶의 화두가 되다시피 했는데, 이 과정에서 조선시대의 강호에 비견될 수 있는 전원이라는 공간이 부각되기 시작했다. 전원생활을 중심으로 하는 웰빙열풍은 그동안 끊어졌던 강호가사의 전통이 웰빙이라는 생활 방식과 맞물려서 다시 부활할 수 있는 가능성을 보여주고 있다는 점에서 관심의 대상이 될 수밖에 없다. 물론 조선시대의 강호와 21세기의 전원이 일치하는 것은 아니지만 현재 인기를 끌고 있는 웰빙열풍은 강호가사의 부활을 점칠 수 있는 근거로 생각해도 손색이 없을 것으로 보이기 때문이다. 그런 점에서 볼 때 조선시대의 강호가사를 계승하는 현대의 강호가사는 웰빙가사로 부르는 것이 타당하지 않을까 하는 생각을 해보게 된다.

1. 강호江湖의 성격

1) 생활의 공간

　작품의 내용으로 볼 때 강호가사의 소재와 배경이 되는 강호는 세속적인 세계를 완전히 벗어난 곳으로 전혀 새로운 차원의 공간처럼 보인다. 그러나 강호의 공간은 결코 세속을 벗어난 곳에 존재하는 것이 아니었고, 그 강호를 사랑하면서 가사를 짓는 작가들 역시 세속의 공간을 떠나서 살아가는 신선이 아니었다. 피치 못할 정치적 이유로 인해 강호로 들어왔던 선비의 경우에는 출사出仕의 기회가 생기면 미련 없이 그곳을 떠나 삶의 근거지인 세속의 공간으로 다시 돌아가기도 했기 때문이다. 그렇다면 강호가사의 주요 배경이 되는 강호라는 공간은 과연 어떤 성격을 지니고 있는 것일까? 수신제가修身齊家와 치국안민治國安民을 위해 세속의 공간에서 평생을 살고 싶어 하고, 그렇게 살아야 했던 조선시대의 선비들이 생활구호처럼 외쳤다고 해도 과언이 아닐 정도[1]인 귀거래歸去來의 장소가 되는 강호는 선비의 삶에 중심이 되는 공간일 수는 없었지만 싫건 좋건 일정 기간 동안 살아야 하는, 그리고 살고 싶어 하기도 하는 곳이었기 때문에 선계仙界의 공간이기에 앞서 생활의 공간이었다.

조선시대 선비들에게 강호가 생활의 공간일 수밖에 없는 핵심적인 이유는 경제적인 문제를 걱정하지 않고도 선비들이 삶을 영위할 수 있도록 하는 바탕이 되는 세속의 공간을 벗어나서 존재하는 곳이 아니었기 때문이다. 즉 강호의 공간은 물리적으로 세속의 공간 속에 있으며, 작가들이 실제로 생활할 수밖에 없는 공간이었기 때문에 그곳은 세속의 공간이며, 생활의 공간이 될 수밖에 없었던 것이다. 이러한 사실은 작품에 나타난 강호의 상황을 보면 쉽게 확인할 수 있다. 작품 속의 화자는 해가 뜨면 일어나 자신이 머물러 있는 강호의 자연경물을 완상하면서 즐기는 행위를 하는데, 작품의 내용이 진행되는 순서나 상황 등이 모두 세속의 공간과 시간에서 일어나는 것과 다를 바가 없기 때문이다. 봄이 되면 생명의 탄생을 감탄하고, 여름이 되면 신록의 푸르름을 마음껏 즐기며, 가을이 되면 추수의 감격을 이웃과 함께 하고, 겨울이 되면 얼음과 눈으로 새롭게 단장한 경물의 아름다움에 감탄을 금치 못하는 것 등이 작품에 그대로 드러나는 것에서 이러한 사실을 확인할 수 있다. 이처럼 강호가 물리적 생활공간으로서의

---

1   崔珍源, 『國文學과 自然』, 성균관대 출판부, 1977, 11쪽.

성격을 지녔다고 하여 그것만이 강호의 본질이라고 할 수는 없다. 왜냐하면 선비는 자신이 현실에서 이루지 못한 이념을 강호를 통해 이루기도 하기 때문이다.

2) 이상 실현의 공간

조선시대 선비에게 있어서 삶과 생활의 공간은 크게 두 가지다. 하나는 인간으로서의 삶을 영위하는 기본적인 공간으로 자신이 가장 많은 시간을 보내는 세속적 현실공간이다. 그리고 다른 하나는 자신이 이상으로 생각하는 도교적 세계관과 가장 가깝다고 생각하는 이상적 현실로서의 성격을 가지는 강호의 자연공간이다. 위에서 살펴본 바와 같이 강호가사의 발생 장소가 되는 강호는 현실적으로 존재하는 공간이기 때문에 물리적으로는 생활의 공간으로 세속과 맞닿아 있다. 다만 차이가 있다면 정치적 현실공간과 이상적 현실공간이라는 구별이 있을 뿐이다. 그러므로 강호가사를 지은 작가들은 공간적 차이만 있을 뿐 세속의 공간에서 부대끼며 살아가는 일반 백성이나 환로에 있는 선비들과 같은 세상에 있는 것은 분명하다. 그럼에도 불구하고 강호의 공간은 그들에게 있어서는 특별한 의미가 있는 곳임과 동시에 세속의 공간과 구별이 되는 공간이 되기도 하는데, 그런 차별화를 통해 강호의 공간을 선계의 공간으로 바꾸어 놓으려고 하는 시도를 하게 된다. 과연 그 이유는 무엇일까?

이 세상을 사는 모든 인간은 한 번 태어나면 반드시 죽어야 하는 육체적 한계 때문에 시간과 공간의 절대적인 지배를 받는 상황에서 살아간다. 이것은 세상에 태어난 사람이라면 누구나 겪을 수밖에 없는 현실이다. 그러나 인간은 영적인 동물이기 때문에 정신의 작용을 통해 이러한 현실의 한계를 극복해보려는 시도를 한다. 물리적으로 죽지 않고 영원히 사는 방법을 찾아보기도 하고, 종교적인 득도得道를 통해 육체의 한계를 넘어서는 방법을 찾아보기도 하는 등 매우 다양한 방법을 강구해 본다. 이 과정에서 현실적 시간과 공간의 지배에서 완전히 벗어난 것으로 설정된 공간이 만들어지기도 하는데, 그것이 바로 이상향으로서의 선계다. 이러한 공간은 실재하는 것처럼 말해지지만 실제로 존재하는 것이 아니라 인간의 정신세계 속에 존재하는 추상적 실체일 뿐이다. 이런 세계를 범칭 하여 이상세계라 하는데, 강호가사에서 선비들이 노래하는 강호가 바로 이런 이상세계를 실현하는 곳이라고 할 수 있다는 것이다. 그러므로 강호가사에서 그려지는 공간은 물리적으로는 세속의 공간이지만 관념적으로는 도학적道學的 이상세계가 실현되어 작가의 바로 눈앞에 놓인 상태의 공간이 된다. 그렇기 때문에 강호에 있는 작가는 이상세계인 선계에 있는 신선이 되어 세상의 모든 영욕과 물욕을 초월한 존재로 된다. 이것은 바로 강호가 조선시대 선비들이 늘 꿈꾸고 동경하던 이상세계가 실현되는 공간으로 되었다는 것을 의미한다.

3) 물아일체와 심신수련의 공간

위에서 살펴본 바와 같이 물리적으로는 세속의 공간과 맞닿아 있고, 관념적으로는 이상세계가 실현된 장소가 바로 강호다. 그러나 강호가사를 짓고 즐기는 작가는 속세의 공간을 완전히 떠날 수 없을 뿐만 아니라 속세에서의 정치적인 삶 역시 완전히 포기하기 어렵다. 또한 자신을 지탱해주는 핵심이 되는 사상으로 정치적 이념을 이루는 유교의 세계관도 버릴 수도 없고 떠날 수도 없기 때문에 선비에게 있어서 강호라는 공간은 세속적 현실과 관련된 의미를 가질 수밖에 없게 된다. 따라서 이곳에서 생활하는 작가는 평소에 동경하던 이상세계를 실현하는 공간으로서의 강호를 또 다른 각도에서 이해하고 활용하게 된다. 그것은 인간이 자연의 일부이며, 그것과 하나가 되는 경지가 가장 바람직한 모습이라는 옛 성현의 가르침을 실천함과 동시에 이를 통해 스스로의 몸과 인격을 수양함으로써 천하를 편안하게 이끌고 다스릴 수 있는 품격 갖출 수 있도록 하는 공간으로 만드는 것이 된다. 이러한 사실은 작품에 등장하는 표현과 내용을 보면 좀 더 정확하게 파악할 수 있다. 현실생활이 극도로 어렵고 힘들더라도 도道를 버리지 않으며, 육체의 편안함보다는 정신의 편안함과 만족함을 추구하는 안빈낙도安貧樂道의 의지가 곳곳에 드러나고 있으며, 자연에 대립하는 내가 아니라 둘이 하나 되는 상태가 얼마나 높은 경지의 도를 실현하는 것인가에 대한 생각들이 작품 전체를 관통하고 있는 것 등에서 이러한 점을 확인할 수 있기 때문이다. 물아일체의 경지에서 배우고 깨닫는 수많은 진리들을 통해 한층 높은 단계로 고양高揚되는 작가의 정신세계와 인격 등은 강호라는 특수한 시공간 속에서 얻어지는 것으로 지극히 현실적인 것이기 때문에 강호의 공간에 계속해서 머무르건, 정치적 현실세계로 돌아가건 간에 앞으로 그들이 살아가야 할 인생행로에 매우 긍정적인 기여를 하게 될 것은 틀림없다.

4) 영원성의 공간

조선시대 선비들에 의해 가사 등에 사용된 강호는 기본적으로 그들이 추구하는 이상세계를 실현할 수 있다고 믿는 공간이었다. 유학을 바탕으로 한 통치행위를 기본으로 하는 삶을 살아가는 조선의 선비들에게 있어서 도교의 논리는 자신들이 동경하는 이상세계를 실현하는 모태가 되기도 했다. 도교의 시간과 공간은 속세의 그것에서 발생할 수 있는 시간과 공간의 제약을 완전히 넘어서는 것이 특징이다. 그렇기 때문에 도교의 이념을 바탕으로 하면서 선비들의 이상세계로 설정된 강호의 공간 역시 속세의 시간과 공간을 넘어서는 성격을 가질 수밖에 없다. 속세의 공간이 가지는 한계를 넘어선다는 것은 그것이 영원성을 가질 때만 가능하게 되는데, 공간이 영원성을 가진다는 말은 직선적이고 일회적인 시간이 그 성질을 달리하는 것으로 해석한다는 의미가 된다. 인류가 기본적으로 인지하고 있는 시간은 어디로부터 와서 어디로 가는지는 알 수 없지만 돌아오지도 않으며 순환되지도 않는 직선으로 이루어진 것으로 인식된다.

그러나 이렇게 파악되는 시간은 절대 반복될 수 없기 때문에 영원성을 가질 수 없게 된다.[2] 따라서 인간의 능력으로 파악되는 속세의 시간은 비반복적인 순간의 연속일 뿐이지 그것 자체가 영원성을 가질 수는 없게 되는 것이다.

일회적 성격을 가지는 속세의 시간만으로는 영원성을 지니는 선계의 공간을 만들거나 그곳으로 들어갈 수 없기 때문에 특수한 장치가 필요하게 된다. 즉 회귀하지 않는 단선적인 시간을 일정한 주기로 돌아오는 순환적인 시간으로 바꿀 때 시간은 영원히 순환하는 것이 되고, 그것을 통해서만 속세의 공간을 선계의 공간으로 만들 수 있게 된다는 것이다. 여기에 활용되는 것이 바로 사계四季의 순환인데, 일 년을 주기로 언제나 반복되는 자연현상을 강호가사의 한 구성 요소로 끌어들임으로써 작가는 일회적 시간을 순환적 시간으로 돌려놓는 것이다. 그렇게 함으로써 이제 시간은 순간적으로 흘러가는 것이 아니라 순환하는 존재로 바뀜으로써 영원성을 획득하게 되고, 강호의 공간 역시 영원성을 지니는 선계의 공간으로 거듭나게 된다.

2. 조선시대 선비와 강호가사

1) 조선조 선비의 성격

유학을 정치이념으로 하면서 동방의 군자국君子國으로 자처하던 조선왕조는 철저한 신분사회였다. 지배계급에 속하는 양반의 신분을 가질 수 있었던 사람들은 극히 소수였는데, 이들이 지닌 사회적·정치적 특권은 실로 대단했다. 그들은 엄청난 토지를 소유하고 있으면서 육체노동은 전혀 하지 않아도 되는 데

---

2   그러나 시간 자체는 영원하다.

다가 수많은 노비를 거느리고 있어서 학문연마와 통치 행위 외에는 어떤 일도 하지 않는 철저한 유한계급에 속해 있었기 때문이었다. 전체 인구의 5퍼센트 이내 사람들이 그런 특권을 오로지 하고 있었기 때문에 조선은 명실공히 선비의 나라였다. 특히 왕실이 튼튼하지 못하여 왕권이 미약한 경우에 그들의 힘은 더욱 막강해서 국왕과 맞서는 일도 가능할 정도였기 때문에 그들이 가진 힘은 진실로 엄청난 것이었다. 선비에게 주어진 특권이 이처럼 대단했기 때문에 이것을 지키기 위한 그들의 노력 또한 상상을 초월했다. 그들은 자신들에게 주어진 기득권을 지키기 위해 사회적으로 여러 장치들을 개발했는데, 그중 선비의 신분에 속한 인구가 전체의 5퍼센트를 넘지 못하도록 하는 조치가 중심을 이루었다. 선비의 숫자를 묶어두려는 의도에서 생겨난 것이 바로 자식의 신분은 어머니를 따라가도록 한 종모법從母法이었다. 우리의 민족사에서 최대 악법이라고도 할 수 있는 이 종모법 때문에 조선시대는 능력이 아무리 뛰어난 사람이라 하더라도 사족의 신분이 아닌 상태에서 그것을 뛰어넘어 양반으로 진입하는 일은 어떤 경우에도 불가능했고, 덕분에 사족들은 자신들이 지니고 있는 특권을 고스란히 지킬 수 있었다. 주어진 제도 안에서 백성은 나라에 절대적으로 충성해야 한다는 유학의 정치이념과 제도적 장치의 하나인 신분제로 인해 표면상으로 보았을 때 조선사회는 매우 안정된 모습을 보였다.

그럼에도 불구하고 조선시대 선비들의 삶이 그리 평탄한 것만은 아니었는데, 그 이유는 경제적 토대가 되는 토지와 정치적 세력의 바탕이 되는 권력을 더 많이 차지하기 위하여 그들 스스로가 만든 당파 간의 경쟁과 다툼이 치열했기 때문이었다. 조선시대는 선비들이 만든 당파 간의 경쟁인 당쟁으로 인해 엄청난 인명피해를 낸 사건들이 비일비재하게 일어나는데, 그럴 때마다 정치의 핵심에서 밀려나 도성에서 멀리 떨어진 벽지로 유배를 가거나 아예 고향으로 내려가서 은거하기도 하는 경우가 속출했다. 이러한 당쟁은 갈수록 격화되어서 나라의 근간을 흔들 정도가 되어서도 그치지를 않았으니 급기야는 임진왜란과 병자호란이라는 민족적 수난을 겪는 상황까지 내닫게 된다. 외침에 의해 국토가 초토화하고 민족의 자존심이 짓밟히는 수난을 겪을 수밖에 없었던 것은 나라의 미래를 밝게 이끌어가야 할 자리에 있었던 선비들의 책임이 가장 크다고 할 수밖에 없다. 토지와 권력을 가지는 대신 선비들은 나라와 백성의 안위를 지켜야 하는 책임과 의무를 가질 수밖에 없는 것인데, 나라의 운영을 맡고 있는 그들이 이러한 책무를 다하지 못했기 때문에 나라 전체가 어려움을 겪어야 하는 민족적 비극을 초래하게 되었던 것이다. 이상에서 살펴본 바와 같이 강호가사를 짓고 즐겼던 조선시대의 선비는 경제적·신분적으로 안정성을 확보하고 있으면서 나라의 운영을 책임지고 있는 권력자이면서 조선시대 최고의 특권층으로 그 성격을 규정지을 수 있을 것으로 보인다.

2) 강호가사의 개념과 범주

조선시대 최고의 특권층이었던 선비들에 의해 창작되고 불린 강호가사는 자연의 일부이면서 작가에게는 특수한 의미를 지니는 강호라는 공간을 소재와 배경으로 하여 지어진 가사를 가리킨다. 그런데, 조선시대에 지어진 가사 중에는 자연을 노래한 것이기는 하지만 강호가사에 넣기 어려운 작품들이 다수 존재하기 때문에 그 범주를 어디까지로 할 것인지를 정할 필요가 있다. 자연이나 자연현상을 노래한 것이면서 강호가사에 넣기 어려운 작품 중에는 정치권력에서 밀려나 유배를 가서 그곳 생활을 노래한 가사, 일정한 장소를 기행하면서 그곳의 자연을 보고 느낀 것을 노래한 가사, 내방가사이면서 자연에 대한 묘사와 나름대로의 풍류를 노래한 가사, 속세와 거리를 두면서 숨어사는 은거생활을 노래하는 불교의 가사 등을 들 수 있다. 이들 작품들은 나름대로 자연을 노래했다는 점에서는 강호가사와 크게 다를 바가 없으나 작품의 대상으로 되는 자연이 강호가 지니고 있는 의미를 포함하지 못하기 때문에 동일한 범주로 볼 수가 없게 된다. 그렇다면, 강호가사의 범주에 들어갈 수 있는 요건은 무엇으로 보는 것이 타당할까?

강호가사는 자연의 일부인 강호를 대상으로 하여 작가인 선비가 그곳에 생활하면서 느낀 정서를 일정한 이념과 지향점을 실어서 노래한 작품이다. 그러므로 여기에는 강호가사만 갖추고 있는 특징들이 존재하게 된다. 강호가사가 갖추어야 할 조건으로는 첫째, 강호라는 공간을 소재와 배경으로 할 것, 둘째, 강호한정을 노래할 것, 셋째, 강호를 삶의 공간이 아닌 생활의 공간으로 삼을 것, 넷째, 경물을 묘사하는 데 그치지 않고 일정한 이념을 실어서 표현할 것, 다섯째, 일정한 목적을 가진 풍류를 노래할 것, 여섯째, 안빈낙도를 추구할 것 등의 조건을 만족하는 작품만을 강호가사의 범주에 넣을 수 있을 것으로 보인다.

이상에서 논의한 것을 바탕으로 강호가사의 개념을 정리하면 다음과 같이 정의할 수 있다. 강호가사는 조선시대 선비들이 강호에서의 생활을 통해 그곳에서 느끼는 강호한정江湖閑情과 작가가 이상으로 추구하는 안빈낙도를 실현하는 것을 주제로 하는 가사다.

3. 강호가사의 성격

1) 정치적 이념과 이상적 이념의 결합

소재적인 측면에서 보거나 내용적인 측면에서 보면 강호가사는 복잡하고 어지러운 정치 현실을 떠나 선현들이 추구했으며, 자신들이 평소에 가장 동경하던 안빈낙도의 삶을 살기 위해 강호로 들어왔고, 그곳의 생활을 통해 자신이 평소에 꿈꿔왔던 이상적인 세계의 실현을 주제로 하고 있다는 것을 알 수 있다. 그렇기 때문에 강호가사에 주로 따라다니는 말은 강호가도江湖歌道, 은일隱逸, 안빈낙도,

선계지향仙界指向, 물아일체物我一體, 한정閑精 등이다. 따라서 강호가사는 조선조 선비들의 중심된 삶의 현장이었던 환로宦路의 세계와는 상당한 거리가 있는 이상적인 세계를 노래하면서 작가가 동경하고 꿈꿔왔던 이념이 실현되는 공간으로서의 강호를 바탕으로 하고 있음을 알 수 있다. 따라서 강호가사에서 그려지는 강호라는 공간은 정치적인 현실과 이념을 모두 초월함과 동시에 그것으로부터 완전히 독립해서 존재하는 그런 공간으로 그려지는 경향을 띠게 된다. 그러나 그들의 강호생활을 가능하게 해주는 근본적인 사회적 · 경제적 기반이 자신들이 그토록 떠나고 싶어 하는 세속적인 공간에 있기[3] 때문에 그곳을 완전히 떠날 수 없고, 또한 떠나고 싶지도 않은 상황이 지속되기 때문에 작품에서 노래하는 표면적인 내용만으로 이상적인 세계와 이념만을 노래한 것으로 보기는 어렵다.

　육체노동을 하지 않고도 경제적인 문제를 해결할 수 있을 정도로 토지의 사유화가 가능했고, 왕족을 제외하고는 누구에게도 구속을 받지 않는 신분이 확실하게 보장되었던 그 시대의 선비들이었기 때문에 그런 현실을 완전히 벗어나는 것은 불가능한 일이었다. 그것이 그들이 살았던 삶의 현실이었고, 태생적으로 짊어지고 살아야 하는 한계였다. 그렇기 때문에 그들이 아무리 이상세계를 동경하고, 정치적 음모와 살육이 판치는 세속적인 공간을 떠나 순수성과 신성성을 간직한 강호의 공간에 들어가고 싶어해도 세속의 모든 것을 완벽하게 끊어버릴 수는 없었던 것이다. 그들의 현실이 이러했기 때문에 이것과 상관관계에 있을 수밖에 없는 의식이 대상화하여 표현되는 강호가사 역시 기본적으로 이런 성격을 가질 수밖에 없다는 것도 쉽게 짐작할 수 있다. 정치를 떠나 있어도 정치와 관련을 가질 수밖에 없고, 임금을 떠나 있어도 임금에 대한 연군의 정을 게을리할 수 없으며, 자신을 묶었던 유학의 이념을 떠나 선계에서 도학적 이념을 추구하면서

3　조선시대의 선비가 자연을 완상(玩賞)하면서 강호에서 생활할 수 있었던 것은 사회적으로 보장된 신분과 경제적으로 뒷받침된 토지(土地)가 있었기 때문에 가능했다.

도 유교적 이념을 떠날 수 없는 것이 바로 조선조의 선비들이었으니 이러한 정서가 작품에 반영되지 않을 수 없었던 것이다. 따라서 강호가사에는 이상적 세계로서의 강호에 대한 예찬과 도학적 세계관의 표출이 중심 되는 내용을 이루지만 작품의 요소 요소에는 세속적인 공간에 대한 노골적인 미련과 강호의 생활을 가능하게 해준 임금의 성총을 잊지 못하는 연군의 정서를 표출시킬 수밖에 없게 되는 것이다. 이상적 이념을 강호에서 찾아 그것에 만족하는 것처럼 보이면서도 정치적 이념에 바탕을 둔 현실적 이념을 떠나지 못하는 그런 상태를 노래한 것이 바로 강호가사가 지닌 성격의 하나라고 할 수 있을 것이다.

2) 은일적 현실의 이상적 현실화

선비들에게 있어서는 치열한 삶의 현장인 정치적 현실을 떠나 강호를 찾고, 그 곳 생활을 노래하는 강호가사는 크게 두 가지로 구분할 수 있다. 하나는 관직에 나아가 나라와 민족을 위해 해야 할 일을 다 한 후에 전원으로 돌아가 한가한 생활을 누리는 것을 노래한 치사귀전致仕歸田계의 작품이 그것이고, 다른 하나는 정치적 이유로 말미암아 환로가 힘들어지면서 평소 동경의 대상이었던 강호를 찾아 몸과 마음을 수양하겠다는 뜻을 노래한 안빈낙도계의 작품이 그것이다. 음모가 판치면서 실타래처럼 복잡하게 얽혀있는 현실에서 벗어나 새로운 차원의 도약을 위해 스스로를 수양하는 생활을 노래한 것이든, 스스로의 의지로 전원을 찾아 강호의 자연을 즐기면서 안분자족安分自足하는 생활을 노래한 것이든 세상의 번잡함을 피해 숨어사는 은일적 생활을 노래한 것은 틀림없는 사실이다. 그러나 그들의 은일적 생활은 현실을 떠나 있으면서도 현실을 떠나지 못하는 것으로 나타나는데, 강호가사에서 노래하는 강호의 공간과 시간을 보면 그들이 강호에 들어오기 전에 살았던 세속의 현실공간과 기본적으로는 차이가 없는 것으로 나타나기 때문에 그렇게 본다. 강호에도 봄과 여름과 가을과 겨울이 있고, 낮과 밤이 있으며, 해와 달과 산과 물이 모두 갖추어져 있으며, 그것들의 운행과 질서가 세속의 공간에서 일어나는 것과 완전히 일치한다. 그러므로 은일적인 생활을 하는 곳이라고 해도 그곳은 삶의 기본적인 터전이 되는 세속의 공간 속에 포함되어 있다는 것을 쉽게 알 수 있게 된다. 그럼에도 불구하고 강호가사에서 노래하는 강호라는 공간은 세속에서 말하는 자연의 공간과는 의미가 크게 다르다는 점도 간과할 수 없다. 그렇다면 무엇이 강호가사에서 노래하는 공간인 강호의 의미를 달라질 수 있도록 만드는 것일까?

강호가사의 배경이 되는 강호가 물리적으로는 세속의 자연과 크게 다를 바가 없는 성격을 지니지만 그것이 가지는 의미가 크게 달라지는 데는 조선시대 선비들에게 동경의 대상이 되는 이상세계인 선계와 강호가 맞닿아 있다는 점이 가장 크게 작용한 것으로 보인다. 세상을 등지고 숨어살면서 청빈하면서도 고고함을 잃지 않는 삶을 살았던 역사 속 은사隱士들이 머물렀던 공간과 자신들이 머물고 있는 공간을 동일시함으로써 강호라는 공간을 선계의 공간으로 옮겨 놓게 된다는 것이다. 그렇게 함으로써 강호가사의 작가들이 머무는 강호는 이제 세속의 공간이 아니라 소부巢父와 허유許由, 그리고 희황羲皇 등이 머무는 선계의 공간으로 탈바꿈하게 되는 것이다. 강호가사에서 이루어지는 이와 같은 의미 확장은 공간의 이동에 의해서만 가능하기 때문에 그것을 위해서는 작품 속에 특수한 장치를 필요로 하게 된다. 여기에 사용되는 장치가 바로 일회적 시간의 순환적 시간으로의 전환과 서사序詞, 본사本詞, 결사結詞의 구조로 이루어지는 삼단 구성법이 된다.

3) 생활 정서의 관조적 대상화

조선시대 선비들이 살았던 삶의 궤적을 보면, 그들에게 있어서 강호는 정치에서 물러나면 피해 들어가서 잠시 쉬어가는 피난처가 아니었나 하는 생각을 가지게 된다. 왜냐하면 강호를 노래한 시조나 가사의 내용만으로 보아서는 평생을 그곳에 묻혀서 절대로 나가지 않을 것 같았던 그들이 중앙정계로 진출할 기회가 생기면 곧바로 떠나는 모습을 보여주고 있기 때문이다. 이런 이유 때문에 강호가사의 작가들은 먼 산을 바라보며 잔을 기울일지언정 귀산歸山의 뜻으로 입산入山 수도修道할 사람이 아니[4]라고 보아 강호에 대한 관조자로 보기도 한다. 강호가사의 작가인 조선시대의 선비들을 이렇게 보는 가장 큰 이유는 사회경제적으로 볼 때 그들은 지극히 안정된 신분과 함께 생계 걱정을 하지 않아도 될 정도의 경제력을 가지고 있는 계층으로 강호의 공간이 삶에 있어서 없어서는 안 될 필수불가결한 것이 아니었기 때문일 것이다. 과거科擧에 실패하여 환로를 포기하고 강호에 몸을 던진 선비나 벼슬길에 나갔더라도 사화士禍나 당쟁黨爭 같은 정치적 불운으로 인하여 향리로 돌아와서 강호에 묻힌 선비도, 아예 은일거사隱逸居士로 자처하며 문달聞達을 구하지 않고 학문을 닦으면서 인격을 수양하고 후학을 양성하면서 강호에 몸을 숨긴 선비 등에 이르기까지 모두 자연을 생업의 현장으로 삼으면서 노동과 여가가 하나로 된 삶의 일부로 여기는 농부들의 입장에서 보면 그들은 자연과 함께 하는 주체가 아니라 행동하지 않고 수수방관하는 관조자처럼 보일 수밖에 없었던 것이다. 그러나 선비들의 삶을 내부에서 좀 더 자세히 들여다보면 강호에 대한 그들의 삶이 행동을 수반하지 않고 바라보기만 하는 국외자局外者로서의 그것만이 아니라는 사실을 알 수 있다.

조선시대의 선비들은 신분적으로나 경제적으로 안정된 삶을 영위하는 것이 보장되어 있었기 때문에 육체적 노동을 삶의 기본 방식으로 하는 일반 백성들과는 기본적으로 다른 삶을 살았던 것은 사실이었다. 그들의 삶이 학문의 도야陶冶와 정치적 행위를 통해 치국안민하는 것이 중심을 이루었기 때문이다. 그러

---

4 정재호, 「江湖歌辭小考」, 『어문논집』 17, 고려대 국어국문학연구회, 1976, 177쪽.

다가 자신의 뜻을 펼칠 수 없는 상황이 되면 산수자연을 찾아 안빈낙도를 추구하며 스스로를 수양하는 것을 이상으로 여기고 그것을 실현하려는 생활을 하였다. 이처럼 조선시대 선비들의 삶은 현실과 이상이 교차하는 특징을 가지기 때문에 비록 때가 되면 강호를 떠날지언정 그곳에 머물면서 노래하는 것을 관조자의 입장이라고만 치부할 수는 없다. 자연의 공간이 삶 자체의 공간으로 되는 일반 백성들과 바라보는 시각이 다르다고 하여 선비의 생활공간이 되는 강호를 전혀 다른 차원의 것으로 보는 것 자체가 무리이기 때문이다. 이유 여하를 막론하고 선비들이 머물렀고 머물 수밖에 없었던 강호의 공간이 그들에게 있어서는 생활의 공간일 수밖에 없기 때문에 그것을 노래하고 찬양하는 강호가사에서 드러나는 작가의 정서 역시 국외자서의 그것이 될 수만은 없었던 것이다. 그들에게 있어서 강호가 비록 삶 자체의 공간이 아닐 수는 있어도 생활의 공간인 것은 분명하고, 그곳에서 느끼는 생활 정서가 고요한 마음으로 사물이나 현상을 관찰하거나 비추어 보는 관조적 경지에서 나온 것이기 때문에 강호가사에는 작가가 그곳에서 느끼는 생활 정서가 관조적인 입장에서 대상화되어 드러날 수밖에 없지만 그렇다고 하여 그 속에 드러나는 생활 정서를 무시해서도 안 되는 것이다. 즉 선비에게는 강호로 여겨지는 자연이 삶 자체의 공간으로 인식되며, 육체적 노동이라는 기술 행위와 그곳에서 느끼는 생활 정서가 하나로 되어서 생산물이라는 물적 재화財貨로 대상화하는 농부의 작업과는 질적으로 다른 대상화가 강호가사를 짓는 창작 행위를 통해 나타나기 때문이다. 강호가사에 실린 선비의 생활 정서가 관조적 대상화일 수밖에 없는 이유는 강호에서 지내는 그들의 생활이 강호의 자연현상을 이상적으로 해석하여 관조적으로 해석함과 동시에 그것을 통해 스스로를 수양하는 과정으로 삼기 때문이었다.

4) 정형화되고 안정된 율격의 구조

율격은 주기적 반복구조에 의해 생기는 언어의 율동 현상으로 일상언어처럼 사회적 강제성을 띠지는 않지만 작품의 예술적 아름다움을 제대로 느끼기 위해서는 따라야 하는 관습적 산물이다.[5] 율격은 율동을 일정한 체제 아래 결합시키는 추상적 실체인 형식에 의해 감각적인 율격 현상으로 태어난다. 형식의 주체가 되기도 하는 율격을 형성하는 기본 요소로는 음수, 음보, 행, 장 등을 꼽을 수 있는데, 이들의 유기적 결합에 의해서 생기는 추상적 공간에 의해 새로운 의미의 창조와 확장 등이 이루어지면서 시가의 예술미가 완성되는 것으로 보인다. 음수는 음보를 전제로 하고, 음보는 행을 전제로 하며, 행은 장 혹은 편篇을 전제로 성립하는데, 음수는 소리의 길이를 차별화하고, 음보는 소리의 길이를 균등화하며, 행은 주기적 반복 형태를 구조화하며, 장은 의미의 반복적 형태를 구조화함으로써 율격이 완성된다.

행이 주기적으로 반복되는 형태를 지니고 있는 가사는 장과 렴, 여음餘音이나 조흥구 등이 복잡하게 쓰이는 속요 같은 작품에 비해 비교적 단순한 율격을 보여주고 있다. 그러므로 강호가사의 율격 역시 같은 맥락에서 이해할 필요가 있다. 강호가사에서 가장 큰 율격 단위는 행인데, 보통 수십에서 100개 내외의 행으로 구성되어 있다. 행의 숫자는 율격의 형성에 영향을 미치지 못하기 때문에 이것을 이루는 음보와 음수가 강호가사의 율격을 형성하는 핵심적인 요소가 된다. 그러나 행의 주기적 반복이라는 형태적 특징은 다른 측면에서 그 의미를 살펴볼 필요가 있다. 즉 동일한 구조의 행이 작품의 처음부터 끝까지 계속해서 반복된다는 것은 강호가사를 짓고 즐기는 사람들이 그만큼 안정성을 유지하려는 의지가 강하다는 것을 나타내는 증거로 작용한다고 보아야 하기 때문이다. 행의 주기적 반복은 음보

---

5   율격의 본질은 이 외에도 언어 현상, 추상적 실체, 규범체계, 주기적 반복구조 등의 성격을 지닌다. 성기옥, 『한국시가 율격의 이론』, 새문사, 1982, 14쪽.

와 음수의 안정성과도 자연스럽게 관련을 가지게 되는데, 위에서 살펴본 바와 같이 음수와 음보, 행은 모두 유기적으로 연결되어 있기 때문이다. 강호가사에서 중심이 되는 음보율은 4음보인데, 아주 특별한 경우를 제외하고는 많은 작품이 이 음보율을 유지하고 있다. 물론 상당수의 시가가 4음보의 형식[6]을 보여주고 있기 때문에 이것이 강호가사만의 특징이라고 할 수는 없지만 행의 계속적인 반복과 함께 안정성을 추구하는 율격을 형성한 것으로 보는 데는 무리가 없을 것으로 생각된다. 강호가사가 지닌 율격적 특성은 음수율에서 가장 뚜렷하게 나타나는데, 주기적으로 반복되는 소리의 차별화를 통해 매우 안정된 율격을 형성하도록 꾸며진다. 강호가사의 음수율은 하나의 행이 3·4음수의 중복된 구조를 기본으로 하는데, 이 점은 음수의 넘나듦이 비교적 자유로운 모습을 보이는 속요나 시조와 비교해 보면 매우 안정된 모습이라는 것을 쉽게 알 수 있다. 강호가사의 음수율이 3·4조로 안정되어 있다는 것은 가사의 향유 방식과도 밀접한 관련을 가지는 것으로 보인다. 속요나 시조의 경우는 노래나 창으로 불렀을 것이기 때문에 음수의 넘나듦이 자유롭더라도 별 문제가 되지 않을 수 있지만 가창과 함께 음영吟詠의 향유 방식을 함께 취했던 가사에서는 음수의 넘나듦이 너무 자유로우면 향유 방식에 문제가 생길 수 있기 때문이다. 가사는 일상생활 속에서도 읊조릴 수가 있고, 장편일 경우는 문자로 기록된 책자로 만들어 낭송을 통해서도 향유하게 되는데, 이때 안정된 음수율은 매우 중요한 구실을 하기 때문이다. 강호가사가 음수와 음보, 그리고 행이라는 율격적 요소를 통해 안정된 율격을 확보한 이유는 여러 가지를 짐작해 볼 수 있겠지만 작가층의 안정된 생활과 의식, 음영의 가창 방식, 그리고 폭넓은 향유층의 확보 등이 가장 중요한 요인일 것으로 생각된다.

---

6 시조, 가사 등이 모두 4음보로 되어 있다. 한국어의 특성과 연결시켜 생각하면 음보보다는 구(句)를 사용하는 것이 합당하다. 향가, 속요, 경기체가까지는 한 행이 세 개의 구로 되어있고, 악장가사, 시조 등은 네 개의 구로 구성되어 있다.

5) 공간을 시간으로 해석하는 구조

우리 민족의 문화에서 삼단구성이라는 것은 정서의 표현을 비롯하여 생활 속의 많은 문화현상에 나타나는 보편적인 표현 방식[7]인데, 가사에서는 서사, 본사, 결사[8]의 형태로 나타난다. 지금까지 학계에서 논의된 바를 보면 서사에서는 강호에 머물게 된 동기나 이유를 말하고, 본사에서는 강호의 경물을 묘사하며, 결사에서는 작자가 지니고 있는 이념과 성은에 감격하는 마음을 표현하는 것으로 나타난다. 이러한 성격을 지니는 강호가사의 삼단구성에서 지적할 수 있는 가장 중요한 특징은 작품마다 나타나는 모양은 다르지만 시간적 순환을 통해 공간적 이동이 가능해지면서 공간의 의미가 변화한다는 점이다. 즉 강호가사의 삼단구성에서 나타나는 시간은 현재에서 미래, 혹은 과거를 거쳐 다시 현재로 회귀하는 형태를 띠는데, 이 속에 시간의 주기적 반복이라는 시간적 순환구조를 통해 새로운 세계로의 공간적 이동을 가능하게 함으로써 세속의 공간을 선계의 공간으로 재해석한다는 것이다. 사실 강호가사에서 작품의 소재가 되는 강호라는 공간은 일반인들에게 있어서는 자연 이상의 의미가 아니지만 작품을 창작하는 선비에게 있어서는 자신의 이상을 이루어주는 신비의 공간이 되기도 하는 것이다.

이렇게 재해석된 강호는 자연적 순수성과 도학적 신성성을 간직한 공간이 되며, 시간의 구속을 받지 않는 공간으로 된다. 그러므로 이때의 강호는 조선시대의 선비가 추구하는 이상적 세계관을 실현할 수 있는 곳이 되는 것이다. 그렇다면 가사의 작자가 세속의 공간에서 강호의 공간으로 들어가는 수단으로 삼는 시간의 순환성이란 과연 무엇일까? 위에서 살펴본 것처럼 세속의 공간에서 강호의 공간으로 들어가는 매개체로 작용하는 것이 바로 시간인데, 이때의 시간

---

7 삼단구성의 방식은 문학뿐만 아니라 문화 전반에 걸쳐 광범위하게 형성되어 있는 것으로 보인다.
8 특히 강호가사가 삼단구성의 방식을 취하고 있다는 점은 거의 모든 논자들이 인정하는 바다.

은 세속의 시간이면서 동시에 강호의 시간으로 갈 수 있는 장치를 함유한 것이 된다. 인류가 인지하고 있는 시간은 어디에서 와 어디로 가는지는 알 수 없지만 돌아오지도 않으며 순환되지도 않는 직선으로 이루어진 것이다. 그러므로 이 시간은 절대 반복될 수 없어서 영원할 수 없고, 시간 자체만이 영원성을 가질 뿐이다. 따라서 인간의 능력으로 일상생활에서 파악되는 세속의 시간은 비非반복적인 순간의 연속일 뿐이지 그것 자체가 영원성을 가질 수는 없게 된다. 한편, 가사에 등장하는 강호의 공간과 시간은 신성성과 영원성을 가진 것으로 설정되기 때문에 세속의 순간적 시간으로는 영원성을 기본으로 하는 강호의 시간과 공간으로 들어갈 수 없다. 세속의 시·공에서 강호의 시·공으로 들어갈 수 있는 길은 일회적이고 순간적인 시간을 반복적이고 순환적인 시간으로 전환하는 것만이 유일한 방법이 된다. 즉 회귀하지 않는 단선적인 시간을 일정한 주기로 돌아오는 순환적인 시간으로 바꿀 때만이 강호의 시·공으로 들어갈 수 있게 된다는 것이다. 여기에 활용되는 것이 바로 사계의 순환과 하루의 순환이다. 봄, 여름, 가을, 겨울은 일 년을 주기로, 낮과 밤은 하루를 주기로 하여 언제나 반복되는데, 이러한 순환적 자연현상을 순환적 시간으로 치환하여 작품의 구성 요소로 끌어들임으로써 작가는 일회적 시간을 순환적 시간으로 돌려놓는다. 그렇게 함으로써 이제 시간은 순간적으로 흘러가는 것이 아니라 순환하는 존재로 바뀌게 됨으로써 영원성을 획득하게 된다. 이렇게 되면 작품을 통해 표현되는 작가의 정서는 일회적으로 흘러가는 시간을 넘어 사계절과 하루라는 순환적 시간에 실려 영원성과 순수성과 신성성을 가진 강호의 시·공으로 옮아가게 되는 것이다. 이렇게 하여 강호의 시·공으로 이동한 작가는 작품의 결사 부분에서 자신의 이상을 드러내어 표현한다. 순환적 시간을 통해 영원성을 얻은 강호의 시간과 공간은 작가에게 무한한 가능성을 열어서 보여주게 되는데, 이제 결사에서의 시간은 영원성 속에 정지한 상태가 되고, 공간은 모든 번민과 고통에서 벗어난 순수의 공간이 된다. 따라서 작가는 신선이 되며 주변의 모든 환경이 그렇게 설정된다. 결사에서 보여주는 시간은 서사에서 보여주는 시간과 마찬가지로 현재의 시간이기는 하지만 순간적 시간이 아닌 영원한 시간이 되어 질적으로 전혀 다른 현재가 되어버리고 마는 것이다. 이에 따라 공간의 개념 역시 크게 바뀌게 되어 세속의 질서에 영향을 받는 공간에서 강호의 질서에 부응하는 공간으로 바뀌어 새로운 차원으로의 지양止揚이 이루어진다.

4. 강호가사의 전통과 계승

1) 강호가사의 전통

강호가사의 출발은 경제적·신분적인 안정을 통해 육체적으로 고된 노동을 하지 않아도 되는 삶을 영위할 수 있었던 조선조 선비들의 강호생활에서였다. 그러므로 그 전통은 조선이라는 국가체제가 유지되면서 유한계급으로서의 사족 신분이 유지되는 한에 있어서는 지속적으로 이어질 수 있었다. 조선 전기 정극인丁克仁의 〈상춘곡賞春曲〉을 효시로 하는 강호가사는 송순宋純의 〈면앙정가俛仰亭歌〉와 정철鄭澈의 〈성산별곡星山別曲〉 등을 거치면서 전형화된 모습을 보인다. 이러한 강호가사는 선비의 문학으로 자리를 잡게 되면서 그것의 최고 전성기라고 할 수 있는 16·17세기까지는 가사문학을 대표하는 위치를 지키게 된다. 18세기 이후에는 조선사회의 급격한 변화[9]에 영향을 받으면서 가사는 기존의 작품 형태가 유지되기는 했지만 퇴조하는 기미를 보이면서 서민가사, 내방가사,

---

9 조선 후기로 통칭되는 17세기 이후의 조선은 국제관계의 급격한 변동, 신분제의 변동, 서민의식의 성장, 새로운 사상의 유입, 상·공업의 발달, 농업기술의 발달 등의 변화를 겪게 되는데, 그에 따라 문학 역시 커다란 변화를 맞이하게 된다.

개화가사 등으로 다변화하면서 새로운 모습을 보이기 시작했고, 이에 영향을 받아 강호가사 역시 위축되는 모습을 보이게 된다. 이때에 이르면 일부 선비들에 의해 강호가사로 볼 수 있는 작품들이 지어지기는 했지만 양적인 면에서는 물론 질적인 면에서도 앞 시대의 작품들에 비해 문학성이 현저하게 낮아졌다는 점도 두드러진 현상 중의 하나였다. 20세기에 들어와 일제 강점기를 거치는 과정에서도 가사가 꾸준히 지어지는 모습을 보이기는 했지만 이미 가사의 중심은 내방가사나 우국가사 등을 비롯한 다른 작품들로 옮겨간 뒤였고, 강호가사는 고사 위기를 맞이하게 된다. 더구나 노도처럼 밀려오는 신문물의 위력 앞에 더욱 무기력해질 수밖에 없었으니 이로써 강호가사는 문학사에서 사라지는 운명[10]을 맞이해야 했다. 일제 강점기에서 풀려난 1945년 이후에는 시문학의 중심으로 자리 잡기 시작한 현대시에 대한 교육과 창작으로 인해 강호가사가 설 자리는 더욱 좁아지게 되었고, 이러한 현상은 20세기 내내 지속되었다. 이상에서 고찰한 가사문학의 흐름에서 보아 알 수 있듯이 현대사회에 들어와서 강호가사는 그 맥이 끊어졌다고 할 수 있다. 그러나 21세기에 들어와서는 강호가사의 맥을 이을 수 있는 사회상황이 형성되었으니 바로 전원생활과 관련을 가지는 웰빙열풍이 그것이다.

2) 강호가사 계승의 방향

강호가사는 신분제 사회였던 조선시대에 경제적인 문제가 자동으로 해결되었던 선비들에 의해 만들어지고 향유된 가사였다. 이러한 성격을 가지는 강호가사의 소재와 배경이 되는 강호는 선비들에게 있어서 생활의 공간이면서 사람과

---

10 구한말에서 20세기 초에 지어진 〈거성가(차성가)〉, 〈농서별곡〉, 〈울도선경가〉, 〈봉래별곡〉 등을 강호가사로 보기도 하지만 주변의 경물을 주로 노래한 것이기 때문에 기행가사로 보는 것이 더 타당할 것으로 보인다.

자연이 하나 되는 물아일체의 공간이었으며, 심신 수련의 공간임과 동시에 영원성을 가진 이상 실현의 공간이기도 했다. 그렇지만 현대사회에서는 강호가사에서 보이는 그런 의미와 일치하는 공간으로서의 강호는 설정 자체가 불가능하기 때문에 조선조의 것과 같은 것으로 강호가사를 재현하는 일은 현실성이 거의 없는 것으로 보인다. 이런 점에서 볼 때 강호가사를 현대적으로 계승하여 그 맥을 이을 수 있다고 하는 말은 일견 허황된 주장으로 비춰질 가능성이 있다. 왜냐하면 현대를 살아가는 우리들은 조선조의 선비들처럼 신분과 경제가 보장된 그런 상태에서 삶을 살아가는 것이 불가능하기 때문이다. 그럼에도 불구하고 저자가 21세기에 들어선 지금이야말로 강호가사의 맥을 이을 수 있는 가사의 전통을 되살릴 수 있는 절호의 기회라고 생각하는 데는 그럴만한 이유가 있다.

우리 민족에게 있어서 20세기는 과거의 청산과 더불어 미래를 향한 도약을 준비하는 고통의 시간이었다. 40년에 가까운 일제 강점기가 끝나자 남북의 분단과 더불어 민족상잔의 비극인 6·25전쟁을 겪었으며, 민주화를 향한 수십 년에 걸친 피나는 노력을 했던 시기가 바로 20세기 100년의 시간이었기 때문이다. 20세기 100년은 너무나 어렵고 힘든 시간들이었기 때문에 강호가사와 같은 시가의 전통을 잇는다는 것은 엄두조차 내지 못할 일이었고, 그럴만한 환경도 형성되지 못했었다. 그러나 어렵고 힘들었던 20세기를 슬기롭게 넘겼기 때문에 21세기는 좀 더 나은 미래를 위해 어떻게 살아야 하는가에 대해 생각할 수 있는 여유를 가질 수 있게 되었다. 이런 시점에 등장한 것이 바로 전원생활과 밀접한 관련을 가지는 웰빙이었다. 웰빙은 복잡하고 바쁘기만 한 도시를 떠나 마음의 여유를 가지고 생활을 즐길 수 있는 전원의 삶과 직간접적으로 관련을 가지는데, 생존경쟁을 위해 정신없이 뛰어야 하는 도시의 공간에 대비되는 전원에서의 삶을 지향하는 것이 된다. 물리적으로 자연과 가까이 있으면서 정신적으로 여유를 찾고자 하는 이러한 웰빙의 공간은 조선시대의 선비들이 안빈낙도를 지향하는 이상적인 장소로 선택했던 강호의 공간과 대비된다고 보아 크게 틀리지 않는다. 따라서 현재 우리들이 추구하는 웰빙의 생활환경은 조선시대 선비들이 강호에 생활하면서 지었던 강호가사의 맥을 다시 살려낼 수 있는 조건을 어느 정도 갖추었다고 보아도 좋을 것이다.

그러나 조선시대의 강호와 21세기의 웰빙을 추구하는 전원의 공간은 근본적으로 다른 것도 사실이다. 선비들의 생활공간이었던 강호가 성립할 수 있었던 것은 경제적인 문제를 해결해주는 세속적 공간이 있었기 가능했는데, 현대의 웰빙생활이 가능한 전원의 공간은 자신의 노동과 노력으로 경제적인 문제를 해결해야 하는 곳이란 점에서 크게 다르기 때문이다. 이처럼 웰빙의 생활이 곧바로 강호의 생활과 일치한다고 할 수 없기 때문에 웰빙생활을 추구하는 사람들이 강호가사의 전통을 그대로 되살려서 그것과 일치하는 가사를 지어낸다는 것은 불가능할 것으로 보인다. 그러나 개인미디어의 활성화로 인해 공간의 제약을 받지 않으면서 자신의 생각을 다른 사람에게 쉽게 표현할 수 있는 장점 때문에 웰빙생활을 하는 사람들은 경제적인 문제를 해결하기 위해서, 자연에 대해 느끼는 자신의 감정을 드러내기 위해서 글이라는 표현수단을 활용하려는 생각을 강하게 가지는 것도 사실이다. 그런데, 가사는 3·4조 혹은 4·4조라는 음수와 4음보라는 비교적 간단한 율격을 유지하기만 하면 누구나 쉽게 지을 수 있는 장점을 지니고 있기 때문에 웰빙생활에서 느끼는 여러 생각들을 자연에 대한 묘사에 실어서 표현한다면 조선시대의 강호가사와 일치하지는 않지만 어느 정도는 맞먹는 작품을 지어낼 수 있다는 것이 저자의 생각이다. 웰빙에서 강조하는 자연친화적이고 생태적인 생활환경, 가사가 지니고 있는 창작의 용이성과 낭송이라는 간단한 방법을 통해 누구나 접근할 수 있는 향유享有의 용이성 등의 장점으로 인해 현대의 강호가사는 새로운 모습으로 거듭나기에 충분한 조건을 갖춘 것으로 볼 수 있기 때문이다. 웰빙의 개념이 강호의 그것보다 넓기는 하지만 조선시대 강호가사의 맥을 잇는 현대의 강호가사는 웰빙가사로 명명하는 것이 바람직하지 않을까 하는 생각을 해보게 되는 이유가 여기에 있다.

20세기에 들어와 일본 제국주의자들에 의한 강제점령이 시작되면서 쇠퇴하기 시작한 가사문학은 내방가사를 제외하고는 그 맥을 제대로 이어갈 수 있는 상황이 아니었다. 특히 선비들에 의해 지어졌던 강호가사는 현대시로 불리는 서구풍의 자유시에 밀려 설자리를 완전히 잃어버리고 말았는데, 1945년 이후 구체화된 학교교육에서 가사는 과거의 문학으로만 다루게 됨으로써 역사의 전면에서 완전히 사라지게 되었다. 20세기는 강호가사를 비롯한 가사문학의 퇴조기였다고 할 수 있는데, 그럼에도 불구하고 가사를 읽고 즐기는 향유 방식은 20세기 중반까지도 지속되었던 것으로 보인다. 내방가사는 물론이거니와 활자본으로 나온 가사체로 된 작품들은 전국방방곡곡에서 수많은 독자를 확보하고 있었기 때문이다. 그 후 20세기 중후반부터 급격하게 진행된 산업화는 농촌사회의 붕괴를 가속화했고, 마을 공동체를 중심으로 행해지던 가사를 비롯한 소설의 향유 방식은 거의 자취를 감추고 말았으며, 그에 따라 가사는 화석화된 문학으로 남을 수밖에 없는 것처럼 보였다.

그러나 21세기에 들어서면서 강호가사를 비롯한 가사문학은 다시 살아날 기회를 서서히 마련해가는 것으로 보인다. 4·4조, 4음보가 계속되는 가사 형태의 작품들이 다양한 소재를 바탕으로 지어지면서 인터넷을 통해 확산되고 있는데다가, 최근에 불어 닥친 웰빙열풍은 강호가사와 같은 작품을 지어낼 수 있는 상황을 조성해주기에 충분하기 때문이다. 가사체의 형태로 지어진 현대의 작품들을 보면 명절을 보내면서 주부들이 느낀 시집살이의 풍경, 맞선을 보고 실패하여 낙향하는 노총각의 설움, 대중들의 우상이 되는 스타에 대한 찬양 등의 다양한 소재를 담고 있어서 가사문학의 새로운 부활을 조심스럽게 점칠 수 있도록 한다. 특히 웰빙과 밀접한 관련을 가지는 전원생활은 자연과 한층 가까이 다가가는 계기를 마련해 줌으로써 그곳에서 느끼는 정서들을 가사체의 노래로 담아낼 수 있는 가능성을 한층 높여주고 있다. 다소 딱딱한 느낌을 주는 강호가사라는 명칭 대신에 시대의 추이에 맞추어서 웰빙가사로 이름 붙여도 좋을 새로운 형태를 지닌 강호가사의 등장을 기대해 봐도 좋을 것이다.

제2장

〈성산별곡〉의 구조

〈성산별곡〉은 송강松江 정철이 지은 가사로 그동안 여러 방면에서 연구가 진행되어 왔다. 지금까지 이루어진 연구성과는 작자에 대한 문제,[1] 제작연대에 대한 문제[2]에 대한 것이 중심을 이루고, 화자와 주인과의 관계, 서하당棲霞堂·식영정息影亭 주인의 정체에 대한 것 등이 논의되었다고 볼 수 있다. 이와 함께 작품의 문학성에 대해서도 연구성과가 있었는데, 조선조 사대부의 자연관과 작품의 표현이나 구조를 연결시켜 문학성을 규명해보려는 논의[3]가 있었던 것으로 파악된다. 조선시대 최고의 가사 작가라는 송강의 명성에 걸맞게 여러 논의가 있었던 것은 사실이지만 아직까지 작품이 가진 예술적 아름다움에 대한 논의는 시작 단계에 있는 것으로 보인다. 하나의 작품이 가진 예술적 아름다움이 온전하게 드러나기 위해서는 위에서 논의된 연구 성과들을 포함하여 시어가 가지는 문학적 의미, 작품의 구조, 율격, 표현기법, 주제, 소재 등에 대한 연구가 포괄

---

1   강전섭, 「〈星山別曲〉의 작자에 대한 존의」, 『장암지헌영선생화갑기념논총』, 호서문학회 1971; 정익섭, 「〈星山別曲〉의 작자고」, 『시원김기동박사회갑기념논총』, 1986.
2   김사엽, 「松江가사 신고」, 『경북대논문집』 2, 경북대, 1957; 서수생, 「松江의 〈星山別曲〉 창작년대 시비」, 『교육연구지』, 7·8합호, 경북대, 1967; 김동욱, 『한국가요의 연구(속)』, 이우출판사, 1980; 박준규, 「성산의 息影亭과 〈星山別曲〉」, 『국어국문학』 94, 국어국문학회, 1985.
3   김창원, 「黨爭時代의 展開와 16세기 江湖詩歌의 변모」, 『고려대어문논집』 36, 고려대 국어국문학연구회, 1997; 최규수, 「〈星山別曲〉의 작품 구조적 특성과 자연관의 문제」, 『이화어문논집』 12, 이화여대, 1992.

적으로 이루어져서 그것이 종합되어야 함은 재론의 여지가 없을 것이다. 그러나 아직까지 우리의 연구 실정은 그 정도까지 도달하지 못하고 있는 상태인 것으로 보인다. 이처럼 작품이 가진 문학적 아름다움을 총체적으로 밝혀낼 수 있는 연구가 미흡하다는 것은 비단 〈성산별곡〉에만 국한된 문제는 아닌 것 같다. 고전시가 전 분야에 대한 연구가 그렇다고 할 수 있는데, 이것은 우리 문학에 대한 연구 역사가 짧다는 구조적인 한계에 기인한 것도 있지만, 더 이상 연구할 것이 없다고 스스로 진단해버리는 연구자의 학문 풍토도 한몫을 하였다고 할 수 있을 것이다.

이런 점에서 볼 때 〈성산별곡〉에 대한 연구는 이제부터 시작이라고 해도 과언이 아닐 것이다. 작자와 제작 시기에 대한 논의에 대하여 어느 정도의 윤곽이 밝혀진 이상 이제는 이를 바탕으로 작품이 함유하고 있는 예술적 아름다움을 밝혀내야 할 시점에 와있다고 판단되기 때문이다. 형식에 대한 논의, 소재와 제재에 대한 논의, 구조에 대한 논의, 시어의 쓰임에 대한 논의 등이 선학들의 연구를 바탕으로 하여 유기적으로 연결될 때 비로소 〈성산별곡〉의 예술성에 대한 전모가 밝혀질 수 있을 것이라 사료된다.

이 장에서는 〈성산별곡〉의 예술적 아름다움을 밝혀내는 데 조금이라도 기여하고자 작품 전체를 주관하고 있는 것으로 보여지는 시간성의 문제를 중심으로 그 구조적 특성을 밝혀내려고 한다. 구조는 작품의 뼈대를 이루는 것이기 때문에 이에 대한 연구는 작품의 예술적 아름다움을 밝혀내기 위한 기초라고 할 수 있다. 이러한 구조를 관통하고 있는 것이 바로 시간성의 문제로 보이기 때문에 이를 중심으로 〈성산별곡〉의 구조를 검토해보고자 하는 것이다.

우주의 현존재인 인간은 시간의 절대적 지배를 받는 존재이기 때문에 이는 우리들의 삶 전체를 지배하는 하나의 중심 축이라고 할 수 있다. 그렇기 때문에 시간은 삶의 예술적 형상물인 문학 작품에도 일정한 영향을 미칠 수밖에 없게 될 것은 자명한 이치라고 할 수 있다. 〈성산별곡〉에서는 시간의 흐름을 순환적 시간성으로 파악하여 작품의 구조를 형성하고 그것을 예술적으로 변형시켜 아름다움을 창조해낸 것으로 보여짐으로 이에 대한 논의는 작품의 예술성을 밝혀내는 데 크게 기여할 것으로 기대된다.

1. 문학과 시간성

1) 존재와 시간

존재는 철학적인 개념이 아니다. 엄밀하게 말하면 존재라는 개념은 정의될 수 없다. 굳이 정의한다면 물질적인 것이든, 관념적인 것이든 어느 것을 막론하고 있다는 것 이상의 어떤 규정도 가해지지 않은 상태에 있는 것이 존재이다. 물론 유물론에서는 관념적인 것은 제외하고 물질적인 것, 객관적 실재를 존재라고 하는데, 이것 자체가 철학에 중요한 의미를 던지지는 않는다. 존재는 가장 보편적인 개념이며, 정의될 수도 없으며, 스스로 자명한 것이다. 우리에게 존재라는 말이 문제가 되는 것은 어떤 것이 실존하고 있으면서 시간과 관계를 맺고 있기 때문이다. 존재가 시간과 관계를 맺지 않고 공간에 의해서만 있을 수 있다면 우리는 존재라는 말 자체를 필요로 하지 않을지도 모른다. 결국 존재라는 말은 시간과의 관계 속에서 그 의미를 가지게 되는 것이다. 그러므로 존재는 추상적이다. 그러나 현존재라고 말해지는 정재는 존재에 비해서 훨씬 확장되어서 구체적인 의미를 획득한다. 정재는 의식으로부터 독립하여 객관적 실재가 갖고 있는 합법칙성을 반영하는 것으로서 존재라는 그 자체는 의식에 의해서 발견된 것을 나타내는 말이다. 그러므로 정재 혹은 현존재는 규정된 존재라고 할 수 있다. 이렇게 함으로써 존재는 관념성을 벗어버리고 비로소 실재성을 가지게 되면서 우리의 의식 속으로 들어오게 된다.

그런데, 여기에서 우리가 잊지 말아야 할 것은 현존재는 시간 속에서만 실재하며 모든 현존재가 같은 방식으로 시간과 관계를 맺고 있다는 사실이다. 어디에서 왔으며 어디로 가는지 알 길이 없지만 시간은 한번 흘러가면 다시 올 수 없기 때문에 단선적이고 일회적인 것으로 이해된다. 그러므로 시간은 직선으로 나타내게 되는데, 그 직선 위에는 현존재를 수많은 점으로써 표시할 수 있다. 그러나 이 명제는 엄청난 모순을 포함하고 있기 때문에 참이지만 참이 아닌 것이 되고 만다. 왜냐하면 시간이 직선이고 그 위에 현존재를 점으로 표시할 수 있다면 시간 자체⁴라는 영원은 현존재와 같은 방식으로 관계를 맺을 수 없기 때문이다. 이러한 모순을 해결하기 위해서는 시간이 직선 개념뿐 아니라 곡선 개념으로도 파악되어야 한다는 사실을 알 수 있게 된다. 즉 영원이라고 하는 시간 자체가 모든 현존재와 같은 방식으로 관계를 맺기 위해서는 영원永遠이 원 안에 있고 흘러가는 시간이 원으로 표시되지 않으면 안 된다는 것이다.⁵ 흘러가는 시간은 직선적이고 단선적인 것이지만 현현하는 실재의 시간은 우리의 인식 속에서 순환으로 이해되어야 영원이라는 시간 자체가 현존재와 동일한 방식으로 관계를 맺는 것이 가능하다는 것이다. 이렇게 하여 시간은 직선 개념에서 순환 개념으로 바뀌게 되는데, 자연의 순환 현상에 형상화한 시간을 투영시켜 그것을 반복되는 것으로 이해하게 되는 것이다.

---

4 시간 자체는 관념적인 것으로 실재하는 것인지도 우리는 알지 못한다. 다만 시간은 영원히 흘러가는 것만 알뿐인데, 이렇게 생각하면 시간이라는 것을 우리는 인지도 할 수 없게 된다. 그래서 우리는 시간을 둘로 나누어서 생각하게 된다. 하나는 실재하는 시간으로 인간에 의해서 개량화(改量化)되어 인지(認知)되는 것이고, 또 하나는 영원히 존재하는 시간 그 자체이다. 한시간이라든지 일초라든지 하는 것이 개량화되어 인지되는 시간이고, 개량화되지 않는 시간 그 자체를 영원히 존재하는 시간이다. 개량화되어 인지되는 것을 시간이라고 할 때, 인지되지 못하고 관념적으로 영원하다는 정도로만 인지되는 것을 시간 자체라고 한다. 시간 자체는 실재하는 것이 아니어서 개량화되어 나타내지 않으면 시간이라는 것이 있는지조차 모르기 때문에 관념적이라고 할 수 있는 것이다.

5 여기에 대해서는 625쪽 존재와 시간 부분을 참조할 것.

자연의 순환은 크게 일 년과 하루[6]로 구분되는데, 이것이 인간의 삶에 절대적인 영향을 미치는 것은 분명하다. 밤과 낮의 순환에 따라 활동과 휴식이라는 생체리듬이 형성되고, 사계의 순환에 따라 자연물을 먹이로 얻는 행위를 하기도 하고, 소모된 노동력을 재생산하기 위하여 휴식을 취하기도 하니 인간 역시 자연의 순환적 시간 안에서 살아가는 우주의 현존재라는 사실을 결코 벗어날 수 없음을 알 수 있다.

이처럼 시간의 순환은 우리의 삶 전체에 절대적인 영향을 미치기 때문에 삶속에서 만들어내는 모든 종류의 생산물에도 투영될 수밖에 없게 된다. 문학예술 역시 삶의 일부이며 삶을 반영하고 있기 때문에 순환적 시간성이 상당히 큰 영향을 미치는 것으로 보아 틀리지 않는다. 거의 모든 작품에 순환적 시간성이 관여하고 있지만 가장 뚜렷하게, 그리고 직접적으로 그것이 보이는 작품은 사시가四時歌계통의 시가와 월령체月令體歌계통의 노래라고 할 수 있다. 특히 조선조에 사대부들이 지은 가사에서는 한층 새로운 형태로 형상화되어 나타나기 때문에 더욱 흥미를 유발시킨다. 왜냐하면 사대부들이 지은 가사에서는 하계下界에서의 순간적 시간이 선계에서의 영원한 시간으로 도약하는 매개수단으로 순환적 시간성을 개입시키고 있음을 볼 수 있기 때문이다. 따라서 시간의 문제가 그들이 가졌던 세계관과도 밀접한 관련이 있다는 사실을 분명히 알 수 있다.

2) 가사와 시간성

가사는 시조와 더불어 조선시대 시가의 양대 산맥을 이룬 작품군이라고 할 수 있다. 놀이공간에서 주로 향유되었던 시조가 작가 개인의 정서를 노래하기

---

6   자연현상에 의해서 생기는 시간의 나눔은 일 년과 하루뿐이다. 우리가 알고 있는 나머지 시간들은 인위적으로 개량화하여 나누어 놓은 것에 불과하다. 한 시간, 일 분, 일 초 등의 시간이 인위적으로 나누어놓은 시간들이라 할 수 있다.

에 알맞은 갈래였다면, 가사는 정치적 이념과 교훈적인 것들을 중심으로 노래하면서 그 속에 작가의 이념과 정서를 담을 수 있는 갈래였던 것으로 보인다. 그러므로 시조에는 작가자신의 정치적 이념과는 맞지 않는 것으로 보이는 작품도 시어진 것으로 보인다. 예를 들이 조선왕조를 세우고 그 체제를 튼튼히 하는데 가장 중요한 구실을 했던 정도전의 경우 그가 지은 악장 같은 작품에서는 새로운 왕조를 찬양하고 그 정당성을 알리는 내용이 중심을 이루지만, 시조에는 고려 왕조를 그리워하고 안타까워하는 마음을 드러냈다는 사실에서 이를 확인할 수 있다. 이에 비하여 가사는 개인적인 정서보다는 정치적인 이념이나 그와 관계되는 사상들, 그리고 교훈적인 것들이 중심을 이루는 것으로 보는 것이 타당할 것으로 생각된다.

조선조의 가사문학은 불우헌不憂軒 정극인丁克仁이 지은 〈상춘곡賞春曲〉에서 시작하는 것으로 보는 것이 통설로 되어 있다. 물론 가사의 효시는 고려 말의 나옹화상懶翁和尙이 지었다는 〈서왕가西往歌〉나 〈승원가僧元歌〉라고 할 수 있으나 가사가 조선조 사대부들이 중심 되는 한글문학 갈래였음을 생각할 때, 본격적인 가사의 출발은 정극인의 〈상춘곡〉을 그 시발점으로 잡을 수 있을 것이다. 그 후 조선조 사회가 끝날 때까지 가사는 상당히 많은 수의 작가들이 참여하여 엄청난 양의 작품들을 지어내는데, 조선조 후기에 가서는 영남 지방을 중심으로 한 부녀자들의 내방가사內房歌辭까지 등장하여 그 폭을 더욱 넓혀주게 된다.

이런 역사를 가진 가사 중에서 시간성이 작품의 형성에 직간접적으로 관여하는 것들을 보면 〈면앙정가〉, 〈성산별곡〉, 〈사미인곡〉, 〈관동별곡〉 등을 들 수 있다. 가사에 있어서 시간성이 작품에 관여하는 방식은 크게 보아 두 가지로 구분되는데, 하나는 하계에서 선계로 가는 과정에 시간성이 관여하는 방식이고, 다른 하나는 선계에서 하계로 오는 과정에 시간성이 관여하는 방식이 그것이다. 따라서 이러한 종류의 정치적 혼란과 긴장으로 채워진 현실세계를 떠나 강호가도를 통하여 자신들이 추구하는 이상적인 도를 실현할 수 있을 것으로 생각되는 선계로의 지향을 노래하는 작품들과, 천상세계에서 인간세상으로 하강하여 자신이 추구하는 바를 이루고자 하였으나 정치적 현실이 그것을 용납하지 않은 관계로 인간세상에서 겪는 고통을 천상세계에 대한 그리움과 사랑으로 노래한 작품들로 나눌 수 있게 된다. 이 작품들은 모두 현재에서 미래로 그리고 또다시 현재로 순환되는 구조를 가지고 있는 것으로 파악되기 때문에 삼단의 구성법을 취하는 것이 공통적인 현상이다. 삼단구성은 인류가 가진 정서표현의 보편적인 방법이기도 한데, 가사에서는 서사, 본사, 결사의 형태로 나타난다. 이러한 가사의 삼단구성에서 지적할 수 있는 가장 중요한 특징은 시간의 순환을 통해 공간의 이동이 가능하도록 하는 데 있다. 즉 가사의 삼단구성은 현재에서 미래를 거쳐 다시 현재로 회귀하는 형태를 띠지만 그것은 시간적 순환구조를 통해 새로운 세계로의 공간적 이동을 가능하게 한다는 것이다. 공간이동의 수단으로 시간의 순환성이 활용되고 있는 것이다. 시간적 순환성을 통해 공간적 이동을 실현하는 가사의 이러한 구성법에 대해 좀 더 구체적으로 살펴볼 필요가 있다. 왜냐하면 가사에서의 시간성은 작품을 형성하는 중요한 구성 요소일 뿐만 아니라 내용에 있어서도 핵심적인 구실을 하는 것으로 보여지기 때문이다.

먼저 하계에서 선계로 들어가기 위하여 시간적 순환성을 개입시키는 작품군의 삼단구성을 보면 다음과 같은 내용으로 되어 있음을 알 수 있다. 서사는 작품의 시작 부분인데, 이것은 작가가 지향하는 선계의 시·공으로 가기 위한 도입 부분으로 이때의 시간과 공간은 일치하는 현상을 보여준다. 즉 시간은 작가가 처한 현재의 시간으로 인간세상에서의 삶이 녹아있는 직선적이고 순간적인 시간이다. 음모와 모략이 소용돌이치는 시간이며, 생로병사가 지배하는 시간이다. 그러므로 서사의 시간은 인간의 시간이다. 영원성도 없으며, 순수함도 없고, 모든 것이 상대적이며 순간적인 상태의 시간이 바로 서사에서 작가가 보여주는 시간의 의미이다. 서사에서 노래하는 시간은 세속적인 의미 안에서 파악되는 것이지만 공간은 약간 다른 성격을 가지는 것으로 보인다. 왜냐하면 이러한 유형으로 분류될 수 있는 작품들은 모두 세속적인 공간의 끝이며 선계적인 공간의 시작점이 될 수 있는 곳을 소재로 하고 있기 때문이다. 〈성산별곡〉의 식영정息影亭이 그렇고, 〈면앙정가〉의 면앙정俛仰亭이 그렇다. 작품의 소재가 되는 이 공간들은 현실 안에 있는 동시에 세상의 끝에 있는 것으로서 일정한 장치를 통해 언제든지 선계의 공간으로 들어갈 수 있는 상태를 담보하고 있는 것이다. 따라서 서사 뒤에 오는 본사에서는 하계의 공간을 선계의 공간으로 옮겨갈 수 있는 장치를 가질 것을 필연적으로 요구하게 된다.

선계의 공간은 하계의 그것과 구별되는 신성성과 순수성을 간직한 공간이며, 시간의 구속을 받지 않는 공간이다. 조선시대의 사대부가 추구하는 이상적 세계관을 실현할 수 있는 곳이 바로 선계의 공간이 되는 것이다. 그렇다면 가사의 작자는 어떤 수단을 통해 하계의 공간에서 선계의 공간으로 들어가게 되는 것일까? 하계의 공간에서 선계의 공간으로 들어가는 매개체로 작용하는 것이 바로 시간인데, 이때의 시간은 하계의 시간이면서 동시에 선계의 시간으로 갈 수 있는 장치를 함유한 것이어야 한다. 위에서 정의한 것처럼 인류가 인지하고 있는 시간은 어디에서 와서 어디로 가는지는 알 수 없지만 돌아오지도 않으며 순환되지도 않는 직선으로 이루어진 존재이다. 그러므로 이 시간은 절대 반복될 수 없어서 영원성을 가질 수 없게 된다. 다만 시간이라는 것 자체만이 영원할 뿐이다. 따라서 인간의 능력으로 파악되는 하계의 시간은 비반복적인 순간의 연속일 뿐이지 그것 자체가 영원성을 가질 수는 없게 되는 것이다. 그러나 선계의 공간과 시간은 영원성을 가진 것으로 설정되기 때문에 하계의 순간적 시간으로는 영원성을 기본으로 하는 선계의 시간과 공간으로 들어갈 수 없게 된다. 이처럼 일회적 성격을 가지는 하계의 시간만으로는 어떠한 변화도 꾀할 수 없기 때문에 일회적 시간을 반복적이고 순환적인 시간으로 바꾸는 것이 가능할 때만이 영원성을 간직한 선계의 시간과 공간으로 들어갈 수 있게 된다. 즉 회귀하지 않는 단선적인 시간을 일정한 주기로 돌아오는 순환적인 시간으로 바꿀 때만이 선계의 시·공으로 들어갈 수 있게 된다는 것이다. 여기에 활용되는 것이 바로 사계의 순환이다. 봄, 여름, 가을, 겨울은 일 년을 주기로 언제나 반복되는데 이러한 자연현상을 작품의 구성 요소로 끌어들임으로써 작가는 일회적 시간을 순환적 시간으로 돌려놓게 된다. 그렇게 함으로써 이제 시간은 순간적으로 흘러가는 존재가 아니라 순환하는 존재로 바뀌게 됨으로써 영원성을 획득하게 되는 것이다. 이제 작품을 통해 표현되는 작가의 정서는 시간을 넘어서서 사계절이란 순환적 시간에 실려 영원성과 순수성을 가진 선계의 시·공으로 옮아가게 되는 것이다.

이렇게 하여 선계의 시·공으로 옮겨온 작가는 작품의 결사 부분에서 자신의 이상을 드러내어 표현하게 된다. 영원성을 얻은 선계의 시간과 공간은 작가에게 무한한 가능성을 열어서 보여주게 되는데, 이제 결사에서의 시간은 영원성이라는 속에서 정지한 것이나 다름없는 것이 되고, 공간은 모든 번민과 고통에서 벗어난 순수의 공간이 되는 것이다. 따라서 작가는 신선이 되며 주변의 모든 환경이 그렇게 설정된다. 결사에서 보여주는 시간은 서사에서 보여주는 시간과 마찬가지로 현재의 시간이지만 순간적 시간이 아닌 영원한 시간이 되어 질적으로 전혀 다른 현재가 된다. 이에 따라 공간의 개념 역시 크게 바뀌게 되는데, 하계의 질서에 영향을 받는 공간에서 선계의 질서에 부응하는 공간으로 바뀌게 되는 것이다. 좀 더 구체적으로 말하면 작품의 소재가 되는 공간의 시간들이 사계의 시간을 통해 순환성으로 파악되면서 영원성과 관계를 가지게 되고, 그것이 선계에 대한 표현과 맞물리면서 선계의 시간으로 지양되는 모양을 가지게 된다는 것이다.

현재에서 현재로의 순환과 사계의 영원성에서 오는 순환이라는 두 겹의 순환이 작품을 맞물고 돌아가는 중심축을 이루는 형태를 띠는 이러한 작품 구조는 선계에서 하계로 진행하는 형태의 작품에 이르러서는 순환구조 자체는 동일하지만 진행 방식은 달리하게 되는 양상을 띠게 되는 것이다. 선계에서 하계로 진행하는 구조를 가지는 작품의 시간은 하계에서 선계로 진행하는 구조를 지닌 작품들과 마찬가지로 현재에서 현재로 진행한다. 본사에 해당되는 부분 역시 사계의 시간과 맞물려서 표현되고 있다. 이 작품들 역시 위의 작품과 마찬가지로 두 개의 순환이 맞물리는 양상을 띠게 되는 것이다. 사계의 시간은 순환성을 통해 영원성으로 이어지지만 앞의 작품과 다른 점은 작품의 시간이 선계의 시간에서 현실의 시간으로 역행한다는 것이다. 이것은 작가가 처한 상태와 심경이 빚어낸 결과이다. 따라서 작품의 앞부분에서 보이는 시간은 현재이지만 동시에 과거의 시간이 끼어든다. 이러한 현상은 바로 〈사미인곡〉 계통의 작품이 이별한 군주를 그리워하는 내용으로 되어 있다는 사실을 생각하면 쉽게 이해할 수 있다. 과거의 선계에서 현재의 하계로 내려온 작가에게 있어서 사계절의 순환은 하강하는 시간이 되는 것이다. 영원에서 순간으로 옮겨가는 장치로 사계절의 순환이 쓰이고 있는 것이다. 그러므로 여기에서는 모든 표현들이 〈성산별곡〉이나 〈면앙정가〉 같은 작품들과는 반대로 나타난다. 따라서 〈사미인곡〉 계통의 작품에서는 마지막 부분인 결사가 죽음으로 이어지게 되는 구조를 가지게 되는 것도 필연적인 결과라고 할 것이다. 영원성과 순수성을 가졌던 선계의 시·공에서 그것의 역행이라고 할 수밖에 없는 순간성과 비순수성을 가진 시·공으로의 이동이 그러한 결과를 낳게 만든 것이다. 상승이 아닌 하강의 시·공 구조를 가질 수밖에 없는 작품의 틀이 바로 작품의 구조를 지배하는 핵심으로 작용하게 되는 것이다. 〈사미인곡〉은 서사 부분에서는 현재의 시간에서 과거의 시간으로 맞물리면서 진행되고, 그것이 사계의 시간으로 이어지면서 순환성을 통한 영원성을 얻지만 그것은 선계로의 상승이 아니기 때문에 우려와 걱정, 그리고 기원 같은 것으로 나타난다. 그리고 그것은 결사로 이어지면서 현재의 시간에서 미래의 시간으로 맞물리고 미래의 시간이 개입한 기원祈願으로 끝맺는 양상을 보인다. 이런 점으로 볼 때 〈면앙정가〉, 〈성산별곡〉, 〈사미인곡〉 등은 조선조 사대부들이 가졌던 시간적 세계관을 아주 잘 보여주는 작품이라고 할 수 있을 것이다.

2. 〈성산별곡〉의 구조와 시간성의 문제

1) 〈성산별곡〉의 구조

〈성산별곡〉은 크게 세 부분으로 나누어진다. 앞부분의 서사, 중간 부분의 본사인 사계절 부분, 그리고 결사에 해당되는 부분이 그것이다. 본사 부분을 제외하고 보면 시간성으로 보아서는 서사와 결사 부분은 작가가 처한 현재의 시간인 것으로 보인다. 그런데, 현재라는 시간은 같지만 작가가 보는 시간의 질은 다르다. 앞의 것은 〈성산별곡〉의 소재가 되는 성산이라는 공간적인 문을 통해 자신이 바라는 시간 혹은 공간으로 들어가기 전의 현실적인 현재이지만 결사의 시간은 자신이 바라던 곳에서 느끼는 현재의 시간이기 때문에 그렇다. 좀 더 구체적으로 말하면 앞의 시간은 속세의 시간이고, 뒤의 시간은 선계의 시간인 것이다. 공간으로 말하자면 현실의 공간과 선계의 공간이다. 따라서 서사에 해당되는 부분은 선계의 시간으로 들어가기 위한 하나의 장치인 셈이다. 그렇다면 작가는 어떤 방법으로 자신이 원하는 시간인 선계의 시간으로 가는 것일까? 이것에 대한 해답은 본사에 해당되는 사계의 시간에 있는 것으로 보인다.

춘·하·추·동의 사계절은 자연에 의해서 주기적으로 반복되는 시간이며 인간들에 의해서 순환성으로 파악되는 시간이다. 그러므로 사계절의 순환성은 영원성으로 이어진다. 이것은 앞에서 살펴본 내용에서 충분히 이해가 되었으리라 본다. 시간 자체가 순환성으로 이해될 때 우리는 여기에 영원성을 부여할 수 있게 되고, 영원적인 시간이 끼어들 수 있는 여지를 마련하게 되는 것이다. 그러므로 사계절의 순환적 시간 속에 진행되는 본사에서는 작가가 지향하는 선계에 대한 것들이 중간 중간에 끼어들게 되면서 미래를 지향하는 시간들이 나타나게 된다. 따라서 〈성산별곡〉에는 사계절의 순환장치와 함께 또 하나의 순환이 있는데 그것이 바로 하루의 순환이다. 이 작품에서 보이는 하루는 밤과 낮의 단순한 나눔이 아니라 사계절과 맞대응하는 시간으로 나누어서 순환시키고 있어서 매우 특이하다는 느낌을 준다. 사계절의 순환을 아침, 낮, 밤, 새벽으로 대응시켜 함께 돌아가도록 함으로써 이중의 순환구조를 가지도록 만든 것이다.

따라서 서사에서 보이는 소재적 측면이 강한 성산의 경물과 사계절의 시간은 작품의 체體를 형성하면서 기본적인 구조를 만들게 되고 이것이 하루의 순환과 맞물리게 됨으로써 선계로 들어가는 더욱 강한 기법으로 활용하게 되는 것이다. 이런 점에서 볼 때 〈성산별곡〉은 순환성으로 이해된 자연적 단선적 시간을 작가가 지향하는 초월적 시간성과 결합시켜 나타냄으로써 예술적 완성도를 높인 작품이라고 할 수 있는 것이다. 이제 작품을 통해 이러한 사실들을 하나하나 확인해보도록 하겠다.

2) 〈성산별곡〉의 시간성

〈성산별곡〉은 지나가는 길손이 식영정에 머무는 주인에게 말을 거는 것으로 시작된다.

> 엇던 디날 손이 성산의 머믈며셔

셔하당 식영뎡 쥬인아 내 말 듯소.

인싱 셰간의 됴흔일 하건마는

엇디 흔 강산을 가디록 나이녀겨

젹막 산즁의 들고아니 나시는고

숑근을 다시쓸고 듁상의 자리보와

져근덧 올라안자 엇던고 다시보니

텬변의 썻는 구름 셔셕을 집을사마

나는 듯 드는 양이 쥬인과 엇더흔고

창계 흰물결이 정자 알픠 둘러시니

텬손운금을 뉘라셔 버혀 내여

닛는 듯 펴티는 듯 헌ᄉ토 헌ᄉ홀샤

산듕의 칙력업서 ᄉ시를 모ᄅ더니

눈 아래 헤틴 경이 쳘쳘이 절로 나니

듯거니 보거니 일마다 션간이라

　지나가는 길손이 성산의 식영정 주인에게 말을 건네는 것으로 시작하는 이 작품은 서사에서는 식영정의 시간과 공간이 세상의 끝임과 동시에 선계의 시작이라는 사실을 암시적으로 보여주면서 노래하고 있다. 식영정 주변의 경물은 과객인 송강이 머물렀던 정치적 음모가 판치는 세상과는 다른 어떤 곳이며, 시간의 흐름이 자연의 섭리 속에 있으면서도 선계와 맞닿아 있고, 공간 역시 세상을 떠나 있다는 사실을 노래하고 있다. 식영정이란 이름에서 이미 선계의 도리를 깨우친 의미를 느낄 수 있으니 과객인 송강이 감탄하고도 남음이 있다. 식영은 『장자莊子』의 「어부漁父」편에 나오는 말로 세상의 모든 명리名利에서 떠나 일은의 경지에 올라 있다는 뜻을 가지고 있다.

어떤 사람이 자신의 그림자를 두려워하고 스스로의 발자취를 싫어하여 그로부터 멀리 달아나기로 했다. 그런데 발을 움직이는 횟수가 많아질수록 자취도 많아지고, 빨리 달려 달아날수록 그림자가 몸에서 떨어지지 않는 것이었다. 달음질이 더뎌서 그런 줄로 알고 쉬지 않고 계속해서 달아나다가 힘이 다해 마침내 죽게 되었다. 그늘에 서면 그림자가 생기지 않고, 움직이지 않으면 흔적이 없게 되는 것을 알지 못했으니 어리석기 그지없다.[7]

세상의 모든 명리로부터 떠나겠다는 의지가 담긴 이름이 바로 식영이니 이 말 속에 이미 선계에 이를 수 있는 가능성이 맹아萌芽의 형태로 자리하고 있으며, 주인의 품격 역시 그런 상태에 이른 것을 나타냈다고 볼 수 있다. 일회성을 가지면서 순간적이고 단선적으로 지나가는 자연의 시간이 아니라 움직임을 멈추어서 시간을 뛰어넘는 선계의 시간 상태를 추구하는 것이 바로 '식'이요, 양지에 서지 않고 그늘에 자리함으로써 속세와 관련이 있는 어떤 그림자도 만들지 않는 상태가 바로 '영'인 것이다. 이처럼 식영정의 주인은 선계의 시·공에 이르러 있지만 작가인 송강은 아직 하계의 시·공에 속해 있다. 이러한 상태를 노래한 부분이 바로 서사이다.

조선조의 사대부라면 모두가 그렇듯이 송강의 욕망 역시 식영정의 주인과 같은 경지에 오르기를 원한다. 그래서 송강은 다음으로 이어지는 본사에서 자연의 일회적 시간을 순환적 시간으로 치환하는 기법을 쓰게 된다. 〈성산별곡〉의 본사에 해당되는 이 부분은 표면상으로는 식영정과 성산의 사계를 노래한 것이라 이해할 수 있는데 이 과정에서 식영정의 시간은 선계의 시간으로 옮아가고 그에 따라 공간 역시 선계의 공간으로 거듭나게 된다.

---

7   『莊子』「漁父」, "人有畏影惡迹而去之走者舉足愈數而迹愈多走愈疾而影不離身自以爲尙遲疾走不休絶力而死不知處陰以休影處靜以息迹愚亦甚矣."

미창 아젹 볏히 향긔예 줌을 씨니

산옹의 히욜 일이 곳 업도 아니ᄒᆞ다

울 밋 양디 편의 외씨를 ᄲᅦ허 두고

미거니 도도거니 빗김의 달화 내니

쳥문고사를 이제도 잇다홀다

망혜를 븨야 신고 듁댱을 훗더디니

도화 핀 시내 길히 방초쥬의 니어셰라

닷봇근 명경 둥 절로 그린 셕병풍

그림재 벗을 삼고 새와로 홈ᄭᅴ가니

도원은 여긔로다 무릉은 어듸메오

춘사春詞에서 표면상으로 보여지는 시간은 분명히 일회성의 성격을 지닌 하계의 시간이다. 그 시간은 잠을 자고 난 후 눈뜨는 시간이며 울밑의 양지쪽에 외를 심어 키우는 일상적인 행위를 하는 시간이다. 그러므로 그 시간은 만물이 소생하는 봄의 시간이며 일반적으로 인식되는 시간이고 한 곳으로 흘러가서 여름으로 가는 그런 시간이다. 그러므로 화자는 물론 산옹山翁도 이 시간을 멈출 수는 없다. 이 세상에 존재하는 모든 현존재는 이 시간의 지배를 받게되기 때문이다. 시간의 성격이 이러하므로 산옹과 화자가 함께 있는 것으로 추정되는 공간 역시 하계의 공간을 벗어나지 못한다. 이런 상태에서 이 공간은 유한한 존재가 한정된 삶을 영위하는 지극히 제한된 의미로서의 공간이 된다. 유한한 존재로 언젠가는 죽음을 맞이해야 하는 인간은 자신이 없으면 공간도 없는 것으로 지각하기 때문에 자신이 살아있는 동안만 의미를 가지는 공간이 되는 것이다. 그러므로 이 상태의 공간은 흘러가 버리고 마는 일회성의 시간에 절대적으로 구애를 받게 된다. 왜냐하면 시간 속에 나타나고 시간 속에서 변화하며, 시간 속으로 사라지는 존재인 인간은 시간에서 느끼는 변화를 공간에 투영시켜 이해함으로써 시간의 흐름에 따라 공간의 의미를 바꾸기 때문이다. 이 말 속에는 인간이 절대적으로 시간의 지배를 받고 있는 존재라는 사실도 함께 포함하고 있다. 이처럼 시간의 절대적 지배 아래 있는 인간에게 있어서 공간은 시간의 변화에 따라 그 의미를 달리할 수밖에 없게되는 것이다. 시간의 성격에 따라 공간의 의미가 결정되는 이런 형태의 현실은 화자의 삶이 하계의 시간에 머물러 있는 한 그것을 벗어날 수 없게 만든다. 따라서 화자는 이러한 한계를 극복하고 선계의 시간으로 들어가기 위한 수단을 필요로 하게된다.

춘사에서 표현되는 표면적 시간과 공간은 하계의 것이지만 작자가 느끼고 바라보는 시·공은 이미 그것을 넘어서고 있다는 점을 주목할 필요가 있다. 화자는 분명 하계의 시간 속에서 잠이 들었지만 잠을 깰 때는 이미 그 시간은 선계의 것으로 옮아간 상태다. 매화향기, 청문고사에 버금가는 삶, 망혜와 죽장, 도화 핀 시내, 그림자와 새로 벗을 삼는 도원桃源 등의 표현들은 한결같이 하계의 시간을 거슬러 영원성을 통해 선계로 나가는 매개체가 된다. 이제 봄은 한 순간의 지나가는 시간이 아니라 영원성을 얻은 봄이 된다. 추위 속에 피는 매화 향기에서 시작한 식영정에서의 봄은 청문고사와 도화 핀 방초주를 길라잡이로 하여 시간을 거슬러 이미 도원의 영원한 봄으로 실현된 것이다. 따라서 이제 무릉이란 공간은 화자의 공간 개념에서 제외된다. 이미 선계의 시간 속에 들어와 있는 화자에게 무릉은 속세의 공간일 뿐이므로 화자는 '무릉은 어디메오'라고 반문하고 있는 것이다. 무릉과 엄청난 거리가 있는 도원에 화자와 산옹은 있으며 이것은 변화하지 않는 영원한 봄을 간직한 선계의 봄으로 탈바꿈한다.

　　남풍이 건듯 부러 녹음을 헤텨 내니
　　절 아는 괴소리는 어듸로셔 오옷던고.

희황 벼개 우히 풋줌을 얼픗 끼니

공둥 저즌 난간 믈 우히 써 잇고야.

마의를 니믜 츠고 갈건을 기우 쓰고

구부락 비기락 보는거시 고기로다

ᄒᆞᄅ밤 비 끠운의 홍빅년이 셧거픠니

ᄇᆞ람끠 업서셔 만산이 향긔로다

념계를 마조보아 태극을 뭇줍는듯

태을진인이 옥ᄌᆞ를 혜혓는 듯

노ᄌᆞ암 ᄇᆞ라보며 ᄌᆞ미탄 겨틔두고

댱숑을 차일사마 셕경의 안자ᄒᆞ니

인간 뉵월이 여긔는 삼츄로다

쳥강의 썻는 올히 빅사의 올마안자

빅구를 벗을삼고 줌길줄 모르ᄂᆞ니

무심코 한가ᄒᆞ미 쥬인과 엇더ᄒᆞ니

　

하사夏詞의 소재가 되는 시간은 자연적인 현상 중의 하나인 여름의 시간이지만 이미 이 여름은 일방적으로 흘러가는 그런 여름이 아니다. 모든 시간이 정지한 상태의 여름이며, 희황羲皇과 주렴계朱濂溪, 그리고 태을진인太乙眞人과 함께 하는 시간인 여름인 것이다. 우주의 원리를 궁구하고 무심함과 한가로움이 함께 하는 시간들이 바로 하사에서 노래하는 시간이다. 꾀꼬리, 홍백련, 오리, 백구 등은 모두 화자와 산옹이 형상적으로 투영된 것이기 때문에 더 이상 자연물도 아니며 유한한 존재도 아니다. 그들은 화자와 산옹과 함께 선계의 시간 속으로 들어왔으며 변하지 않는 공간 점유자가 되어 영원성을 얻게 된 것이다.

　그러나 화자는 여기에 머무르지 않는다. 왜냐하면 위에서 얻어진 영원성은 다른 영원성과 관계를 가질 때만 그 상태가 유지되며 진정한 영원성을 얻을 수 있기 때문이다. 따라서 화자는 인간세상과 선계의 세상을 대비시켜 표현함으로써 다음 계절인 가을로 넘어갈 준비를 하게 된다. "인간 뉵월이 여기는 삼츄로다"라고 노래함으로써 화자가 처한 시간이 인간세상의 시간을 훨씬 넘어서고 있음을 보여주고 있는 것이다. 이렇게 함으로써 하사는 영원성을 얻음과 동시에 추사秋詞로 이행할 수 있는 여지를 확보하게 된다. 인간 속세의 변화를 통하여 영원성을 얻으며, 변하지 않는 영원성 속에서 변화의 실마리를 찾아내는 이러한 표현기법은 〈성산별곡〉이 가지고 있는 매우 중요한 특징이라고 할 수 있을 것이다.

　　오동 서리돌이 스경의 도다오니
　　천암만학이 낫인돌 그러홀가
　　호쥐 슈정궁을 뉘라셔 옴겨온고
　　은하롤 건너쯰여 광한뎐의 올랏눈 듯
　　쌱마존 늘근솔란 죠듸예 셰여두고
　　그아래 빅롤 쯰워 갈대로 더져두니
　　홍뇨화 백빈쥐 어느 스이 디나관듸
　　환벽당 뇽의 소히 빈앏픠 다핫느니
　　청강 녹초변의 쇼머기는 아히들이
　　어위롤 계워 단적을 빗기부니
　　믈아래 줌긴뇽이 줌씌야 니러날듯
　　늿끠예 나온학이 제기술 브리고 반공의 소소뜰듯
　　소션 적벽은 츄칠월이 됴타호듸
　　팔월 십오야롤 모다엇디 과호는고

섬운이 스권ᄒ고 믈결이 채잔적의
하늘의 도단들이 솔우히 올라시니
잡다가 쌔딘줄이 뎍션이 헌ᄉᄒᆞᆯ샤

추사에서 보여지는 시간은 춘사나 하사의 그것에 비해 좀 더 구체성을 띤 선계의 시간으로 나타난다. 수정궁水精宮, 은하銀河, 광한전廣寒殿, 용龍, 학鶴, 소선蘇仙과 이적선李謫仙 등은 모두 하계의 시간을 넘어 선계의 시간에서 영원히 살아있는 존재들이다. 그러므로 이 존재들에 대한 구체적인 묘사를 통해서 화자는 이미 하계의 시·공에서 벗어나 선계의 시·공으로 들어가 있음을 보여주고 있으며 자신이 가진 도학적 세계관을 좀 더 적극적으로 표현할 수 있게 되는 것이다.

시간의 영원성을 강조하기 위한 수법으로 쓰여지는 이러한 시어들은 그것이 지향하는 의미가 점차 선계의 존재들에 가까워지면서 강렬해지고 있음도 이 작품에서 간과해서는 안 될 것으로 보인다. 춘사의 매화 향기, 청문고사, 무릉도원 등이 하사의 희황과 주렴계, 그리고 태을진인으로 이어지면서 좀 더 강도를 높이더니 추사에서는 수정궁, 은하, 광한전, 용, 학 등으로 더욱 구체화되면서 선계의 시간 속에 들어왔음을 강조해서 나타내고 있는 것이다. 이러한 기법은 시어가 가진 용사적用事的 성격에 의해서 가능하게 된다는 점에서 일반적인 점층법과는 구별되는 수사법이라고 할 수 있을 것이다.

공산의 싸힌 닙흘 삭풍이 거두부러
쎄구름 거ᄂᆞ리고 눈조차 모라오니
텬공이 호ᄉᆞ로와 옥으로 고ᄎᆞᆯ지어
만슈천림을 ᄭᅮ며곰 낼셰이고
압여흘 ᄀᆞ리어러 독목교 빗겻ᄂᆞᆫᄃᆡ

막대멘 늘근즁이 어닉녈로 간닷말고
산옹의 이부귀를 눕드려 헌ᄉᆞ마오
경요굴 은셰계를 초즐이 이실셰라

이제 동사多詞에서는 사계절의 흐름과 순환을 마무리하면서 시간적으로나 공간적으로나 모두 선계에 이르고 있음을 보여준다. 눈과 옥의 대비를 통하여 선계의 시간과 공간이 완전히 확립되었음을 보여주면서 막대 멘 늙은 중을 통하여 화자와 산옹이 있는 세계가 인간세상과는 완전히 분리된 세계라는 사실을 좀 더 극명하게 보여준다. 이제 여기서는 시간이 별로 의미를 가지지 못한다. 시간은 멈추어서 영원히 고여있고 경요굴 은세계라는 공간만이 그 의미를 가질 뿐이다. 그렇기 때문에 동사에서는 시간에 대한 언급이 거의 없다. 독목교로 비유되는 인간세상으로 통하는 시간의 끈이 가는 실처럼 남아 있을 뿐 화자와 산옹이 있는 경요굴 은세계는 이제 시간의 지배를 받지 않는다.

위에서 살펴본 바와 같이 본사의 춘사, 하사, 추사, 동사는 사계절에 대한 묘사를 통해 하계의 시간과 공간을 선계의 시간과 공간으로 옮겨 놓는 구실을 한다. 그런데, 여기서 우리가 놓치지 말아야 할 것이 하나 더 있다. 그것은 다름 아닌 사계절의 순환과 더불어 하루의 순환이 맞물려 표현되고 있다는 사실이다. 결론부터 말하자면 시간으로 보아 춘사는 아침을 노래하였고, 하사에서는 낮을 노래하였으며, 추사에서는 밤을 노래하고 있으며, 또한 동사에서는 새벽을 노래하고 있는 것으로 이해된다는 것이다. 일 년 중 봄은 만물이 소생하여 기지개를 펴는 시기이며 하루 중 아침 역시 모든 것들이 시작되는 시간이기도 하다. 그리고 여름은 만물이 길러지는 시기이며 한낮은 세상의 모든 것들이 스스로를 드러내는 그런 시간이다. 이에 비해 가을은 죽음의 계절이며 거두어들이는 시기이니 하루에 있어서는 달이 해를 대신하는 저녁이나 밤에 해당된다.

달이 밝은 밤은 선계에 이르는 새로운 길을 열어주는 시간이 되는 것이다. 겨울은 만물이 땅속으로 들어가서 새봄을 기다리는 시기이다. 하루 중에는 아무런 움직임과 소리가 없는 새벽에 해당된다고 볼 수 있다. 새벽은 조용히 아침을 기다리면서 새로운 세계에 대한 준비를 하는 시간이니 공간상으로는 인간세계와 완전히 떨어진 선계를 표현하기에 가장 적합한 것이 된다.

〈성산별곡〉이 선계의 시·공을 예술적으로 추구하는 화자의 여정이라고 볼 때[8] 순환적 시간을 매개로 하여 화자가 보여주는 순환성은 사계절의 순환에 그치지 않고 낮과 밤이라는 매개체를 통해 하루의 순환도 함께 보여주고 있으니 일 년과 하루의 맞물린 이중적 순환이 상승작용을 일으켜 이 작품이 갖는 예술적 아름다움을 더욱 높여주고 있음을 발견하게 되는 것이다.

　　산듕의 벗이업서 황권를 빠하두고
　　만고인믈을 거스리 혜여ᄒᆞ니
　　셩현은 ᄏᆞ니와 호걸도 하도할샤
　　하늘 삼기실제 곳무심 ᄒᆞᆯ가마ᄂᆞᆫ
　　엇디 흔시운이 일락배락 ᄒᆞ얏ᄂᆞᆫ고
　　모ᄅᆞᆯ일도 하거니와 애ᄃᆞᆯ움도 그지업다
　　긔산의 늘근고불 귀ᄂᆞ엇디 싯돗던고
　　박표를 썰틴후의 조장이 더옥놉다
　　인심이 ᄂᆞᆺ ᄀᆞᆮᄐᆞ야 보도록 새롭거ᄂᆞᆯ
　　셰ᄉᆞᄂᆞᆫ 구롬이라 머흐도 머흘시고

8　표면적으로 보아서는 〈성산별곡(星山別曲)〉은 식영정(息影亭)과 성산의 아름다움을 노래하고, 그 주인을 찬양하는 것으로 되어 있으나, 그 속에 담고 있는 이면적 내용은 작가가 가진 이념과 세계관이이 중심을 이루는 것으로 보아야하는데, 이렇게 볼 때 〈성산별곡〉은 송강(松江) 정철이 추구하는 도가적 삶과 이상향을 노래한 것으로 볼 수 있다.

엇그제 비즌술이 어도록 니건느니
잡거니 밀거니 슬ㅋ장 거후로니
ᄆᆞᅀᆞᆷ의 미친시름 져그나 ᄒᆞ리ᄂᆞ다
거믄고 시울언저 풍입숑 이야고야
손인동 쥬인인동 다니저 ᄇ려셰라
댱공의 쩟ᄂᆞ학이 이골의 진션이라
요ᄃᆡ월하의 힝혀아니 만나신가
손이셔 쥬인ᄃ려 닐오ᄃᆡ 그ᄃᆡ린가 ᄒᆞ노라

　결사에서는 선계의 시간과 공간에 화자와 주인이 함께 있는 상태를 노래하고 있다. 하계의 시·공에서 계절과 하루의 순환이라는 두 매개체를 통해 영원성의 세계에 들어온 화자는 이제 결사에서 자신이 추구하는 이념을 직접적으로 드러내게 된다. 술을 마시면서 시름을 잊어버리고 손과 주인의 구별이 없어질 정도로 화자는 하계의 시간을 넘어 선계의 시·공에 와 있는 것이다. 기산箕山의 성자를 따르고 싶었으나 자신의 고향이나 다름없는 험하고 험한 세상과의 인연도 어쩔 수 없는 상태가 바로 화자의 현실인데, 그것을 잊게 해주어 선계의 공간에 함께 할 수 있도록 하는 것이 바로 술과 학과 주인主人이라는 것이다. 이렇게 함으로써 화자인 작가는 당쟁과 정치적 음모가 소용돌이치는 인간세상인 하계의 공간을 벗어나 시간의 구속을 받지 않는 선계의 공간으로 들어올 수 있었고 이것이 예술적으로 형상화되면서 〈성산별곡〉이라는 가사 작품을 낳게 되었던 것이다. 이상에서 논의한 내용들을 하나의 표로 제시하면 다음과 같다.

　서사는 화자와 주인이 아직 하나로 합일되지 않은 상태를 나타낸다. 따라서 서사는 하계의 시간과 공간에 머물러 있는 상태를 노래한 것이다. 그러므로 지나가

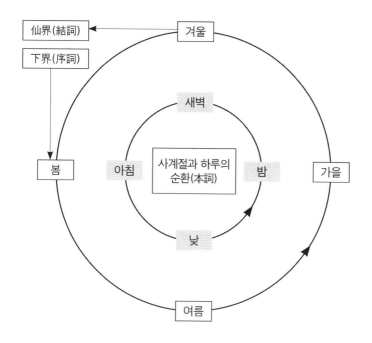

는 길손인 화자가 주인에게 말을 건네는 것으로 시작한다. 아직까지 화자와 주인은 시간상으로나 공간상으로나 엄청나게 먼 거리에 있다. 따라서 서사에서는 주인이 화자의 물음에 대답하지 않는다. 시·공이 서로 다른 상태에 있기 때문에 선계의 주인은 하계의 화자에게 어떤 말도 할 수 없는 것이다. 결국 서사에서는 화자의 일방적인 독백의 방식으로 작품이 이어져 나간다. 서사에서 화자는 아직 길손일 뿐이다.

본사로 이어지면서 화자는 주인이 머물고 있는 공간에 좀 더 가까이 가게 된다. 춘·하·추·동으로 나누어져서 구성된 본사는 사계절의 순환을 통하여 일회성으로 지나가는 시간을 계속해서 순환하는 시간으로 돌려놓는 데 성공한다. 직선의 시간을 곡선의 시간으로 돌려놓음으로써 화자는 비로소 선계의 시·공으로 들어갈 수 있는 가능성을 발견하게 되는 것이다. 그러나 송강은 사계절의 순환만으로 본사를 구성하지 않고 각각의 계절에 하루의 순환을 맞대응시켜 노래하여 이중적 순환의 시간성을 담을 수 있게 됨으로써 작품의 예술적 완성도를 높여주고 있는 것으로 보인다. 봄-아침, 여름-낮, 가을-밤, 겨울-새벽이 대응되는 이중적 순환은 하계의 일회적 순간성에서 선계의 순환적 영원성으로 들어가는데 더욱 강력한 매개로 작용할 수 있게 되며, 작가의 이념을 예술적으로 실현하는 데 중요한 몫을 담당하게 되는 것이다.

본사의 순환적 시간성에 힘입어 선계의 시·공으로 들어온 화자는 이제 주인과 마주하여 술을 마시면서 대화를 주고받을 수 있게 된다. 이에 따라 결사에서 주인이 화자에게 질문을 하는 방식으로 진행된다. 손과 주인의 구분이 없어진 상태가 되자 서사에서는 어떤 반응도 없던 주인이 이제는 화자에게 신선을 보았느냐고 물을 정도가 된 것이다. 선계의 인물인 주인과 하계의 인물인 화자가 완벽한 일치를 보이면서 선계의 시간 속에 함께 하는 것으로 이 작품은 마무리 되니 작가가 지닌 언어의 탁월한 조탁 능력과 함께 순환적 시간성을 바탕으로 한 구조적 특성에서 오는 예술적 아름다움은 가사문학의 백미라 해도 과언이 아닐 정도로 최고의 경지에 올라가게 되는 것이다.

시간성으로 〈성산별곡〉의 구조를 분석할 때 이 작품은 화자인 작가가 당쟁과 정치적 음모의 소용돌이 속에서 살아가야 하는 현실적 삶을 벗어나 세속에 물들지 않고 살아갈 수 있는 도가적 세계에서 생활을 영위하고 싶은 욕망을 가사라는 문학예술로 표현한 것으로 보인다. 이러한 구도 아래 작가가 가진 언어의 섬세한 조탁彫琢과 탁월한 상상력으로 예술적 아름다움을 완성시키고 있는 작품이 바로 〈성산별곡〉인 것이다.

순환적 시간성이 중심을 이루는 〈성산별곡〉의 구조를 살펴보면, 서사는 시간에 절대적인 구속을 받는 인간세상을 중심으로 하고, 본사는 사계절의 순환과 하루의 순환을 서로 대응시키면서 작품이 진행되게 함으로써 순환적 시간성을 통한 영원성의 획득이 훨씬 용이해지도록 하면서 화자의 지향을 점점 노골적으로 드러내는 수법을 취하고 있다. 선계로 향하는 욕망의 강도를 높여가던 화자는 결사에서 주인과 하나가 됨으로써 자신이 바라던 뜻을 이루게 되는데 이제 주인은 하계의 화자에 대하여 상대조차 하지 않던 말없는 존재가 아니라 화자에게 직접 말을 건네는 적극적 동반자로 자리매김하게 됨으로써 작가가 추구했던 이념적 정서를 예술적으로 완성시키고 있는 것이다.

제5부

민요 연구의 난제들

제1장_한국민요 분류의 이론

제2장_정치민요의 성격

제3장_소통과 불통으로 본 민요와 시가의 관계

제4장_철원 지역 민요의 중요성과 전망

제1장
한국민요 분류의 이론

1. 민요의 본질적 성격

1) 생활이 소재가 되는 노래

민요는 민중에 의해서 불리는 노래다. 그리고 민요의 주체가 되는 민중의 삶은 노동의 삶이 중심을 이룬다. 그렇기 때문에 민중의 삶은 투쟁의 삶이다. 왜냐하면 노동은 인간이 직접 이용할 수 없는 거친 물질을 가공하여 인간에게 필요한 물건으로 만드는 자연과의 투쟁 과정이기 때문이다. 이러한 행위에는 일련의 노동이 있어야만 하기 때문에 민중은 자신뿐만 아니라, 노동을 하지 않고 삶을 살아가는 사람들의 몫까지 노동을 해야만 하며 노동을 하지 않는 사람들이 소비할 물건까지 생산하지 않으면 안 된다. 따라서 민중의 삶은 근본적으로 고통의 삶이라고 할 수 있다. 노동은 인간이 가진 노동력을 사용하여 생산물을 생산하는 과정으로써 커다란 고통이 반드시 따르기 때문이다. 노동력을 소비한다는 것은 곧 자신이 가지고 있는 힘을 소비하는 것이기 때문에 고통이 따르게 마련이다. 그러나 민중은 그것을 고통으로만 여기지는 않는다. 고통으로 여기기보다는 오히려 자신들이 일한 결과로 만민이 먹고 삶을 살아간다는 사실에 긍지를 가지고 노동을 하는 것으로 보인다. 민요에 나타난 민중의 노동관을 보면 노동을 고통으로 여기기보다는 보람과 긍지로 여기는 것이 더 우세한 것으로 보인다.

　노동이 중심이 되는 민중의 삶은 바로 민요의 소재가 된다고 할 수 있는데, 민요의 소재는 일차적 소재와 이차적 소재로 나누어 볼 수 있다. 일차적 소재는 인간이 삶을 꾸려나가기 위해서 필요한 물건을 얻어야 하는 자연이 된다. 왜냐하면 자연은 인간이 제대로 삶을 살아갈 수 있도록 해주는 가장 기본적인 요소로써 항상 먼저 생각되고 먼저 이야기되어지는 성격을 가지기 때문이다. 자연은 인간의 삶을 이루는 직접적인 요소는 아니지만 삶의 일부로 생각되어질 만큼 민중과 가까이 있는 존재이다. 그렇기 때문에 민중은 자연을 떠나서 삶을 살아갈 수 없으며, 항상 자연과 함께 살아가야 하는 존재일 수밖에 없는 것이다. 이와 같이 민중은 자연과 가까이 있기 때문에 자연은 늘 민중의 만드는 예술의 일차적 소재가 된다. 즉 인간은 자연에서 감정을 일으켜 그것을 소재로 하여 예술을 만드는 것이다.

　삶은 바로 인간이 생명을 유지하는 현장이다. 민요는 삶의 산물이며 삶을 반영하는 것이기 때문에 민요의 이차적 소재는 삶의 현장이 된다. 바꾸어 말하면 민중이 노동하고 놀이하고 의식을 행하는 것 모두가 민요의 이차적 소재가 된다. 여기서 이차적 소재인 삶은 직접적이고 핵심적인 민요의 소재로서 민요의 중심되는 내용을 이루는 것이고, 자연은 간접적인 소재로서 중심 내용을 돕는 보조적인 내용을 형성한다. 따라서 민요는 자연이라는 일차적인 소재와 삶이라는 이차적 소재를 바탕으로 하여 만들어지고 그것이 작품 속에서 변증법적으로 만나서 하나의 완결된 내용을 이룬다. 이러한 의미를 지니는 자연과 삶이 민요 속에서 무엇과 어떻게 결합하여 하나의 작품을 이루게 되는가를 파악하는 것은 대단히 중요한 의미를 가진다. 왜냐하면 민요 속에 표현된 자연의 모습은 인간의 감정을 일으키는 구실을 하고 인간의 삶은 인간의 감정을 나타내는 구실을 하기 때문이다. 바꾸어 말하면 자연은 노래를 하는 민중에게 흥을 일으킬 수 있는 자료를 제공하고, 민중은 그것을 보고 흥을 일으켜서 자신이 살아가고 있는 삶의 현장과 연결시켜 하나의 노래를 만들어 부름으로써 자신이 가지고 있는 삶의 의식을 형상적으로 나타내기 때문이다. 따라서 민요에는 민중이 가지고 있는 삶의 의식이 자연과 삶의 모습에 대한 사실적인 묘사를 통해서 잘 반영된다.

자연과 삶의 이러한 결합 방식이 바로 민요를 만드는 원동력이 되기 때문에 민요의 성격을 올바르게 살피기 위해서는 우선 자연의 현상과 삶이 결합하는 방식에 대한 것과 그 속에 반영되는 민중의 의식이 어떤 것인가를 살피지 않으면 안 된다. 그렇게 하지 않을 경우 민요가 가진 문학적 아름다움을 제대로 파악하기 어려울 뿐만 아니라 민요의 성격도 올바르게 파악할 수가 없기 때문이다.

민중의 삶을 이루는 요소는 그것이 물질이든 현상이든 간에 무엇이나 민요의 소재로 될 수 있다. 그렇기 때문에 민요의 소재는 어느 하나의 사물이나 한정된 현상에 머물지 않는다. 그런데, 민요의 소재가 민중의 삶을 이루는 것을 모두 소재로 취해 온다고 하여 아무것이나 소재로 취해오는 것은 아니다. 거기에도 일정한 규칙이 있고 체계가 있는데, 이것을 제대로 파악하면 민요의 특성을 이해하는 데 훨씬 수월하리라고 본다. 민요에 있어서 자연과 삶이라는 소재와 삶 속에서 느끼는 민중의 정서가 결합하는 방식은 먼저 외부의 사물 현상에 대한 묘사를 통하여 흥을 일으키고, 다음으로 그것을 인간의 삶 속에서 일어나는 현상들과 연결시킴으로써 자신의 정서를 표출하는 양상을 띤다.

뒷산에 딱다구리는
참나무 구멍도 파는데
우리집에 멍텅구리는
있는 구멍도 못찾네
아리아리랑 쓰리쓰리랑

아라리가 났네

아리랑 응응응

아라리가 났네 −

뒷산에 딱다구리가 참나무에 구멍을 내는 일과 남편의 무능함은 신제에 있어서는 전혀 별개의 일이며 아무런 관계가 없다. 그러나 그것이 민요의 내용으로 들어와서 '진도아리랑'이라는 하나의 노래로 되었을 때는 이미 딱다구리와 남편은 전혀 관계없는 존재가 아니다. 이제는 딱다구리는 능력 있는 존재로, 그리고 남편은 능력이 없는 존재로 되어버림으로써 무능하고 힘없는 남편에 대한 부인의 감정을 아주 적절하게 나타내는 것으로 된다. 이러한 결합 양상은 연장체민요連章體民謠[1]에서 주로 많이 보이고 있는 모습이다.

민요는 단장체의 형태로 된 것도 있는데, 이것을 단장체민요單章體民謠라고 할 수 있다. 단장체민요는 노래하는 이의 생각을 표현하는 것이 중심이기 때문에 외부의 사물을 이끌어 오는 방식이 연장체민요와는 사뭇 다르다. 그리고 서술적인 내용을 가지는 경우가 많기 때문에 서사적인 구성을 가지는 경우도 많다. 그러므로 단장체민요는 연장체민요에 비해서 내용의 구성 방식이나 표현기법이 많이 다를 수밖에 없다. 더구나 혼자서 부르는 경우가 많기 때문에 개인적인 정서를 드러내는 내용이 많은 편이다.

---

1   연장체민요(連章體民謠)와 단장체민요(單章體民謠)는 민요가 불려지는 현장에서 어떤 형태를 가지느냐에 따라서 나누어 본 것이다. 여러개의 장(章)으로 나누어지면서 선창(先唱)과 후창(後唱)의 형태로 불려지는 것은 연장체민요라고 할 수 있으며, 후창에 해당되는 후렴(後斂)은 없이 하나의 내용을 죽 이어서 부르는 형채를 단장체민요라고 할 수 있다. 이것은 다음 장에서 자세히 논의될 것이다.

타복타복 타복녀야	날저문데 어데가늬
우리엄마 무덤가에	젖먹으로 찾아간다
범무서워 못간단다	귀신있어 못간단다
범있으면 숨어가고	귀신오면 빌고가지
물있어서 못간단다	산높아서 못간단다
물있으면 헤여가고	산높으면 기어가지
명패줄라 명패싫다	가지줄라 가지싫다
우리엄마 젖을다고	우리엄마 젖을다고
낮이면은 해를따라	밤이면은 달을따라
우리엄마 무덤가에	허덕지덕 올라가서
잔디뜯어 분바르고	눈물흘려 제지내고
목을놓아 울어봐도	우리엄마 말이없네
우리엄마 무덤가에	개똥참외 열렸길래
두손으로 따서들고	허겁지겁 먹어보니
우리엄마 살아생전	내게주던 젖맛일세

이와 같이 단장체민요는 노래하는 이의 절실한 심정을 나타내는 데 중심을 두기 때문에 자연물이나 자연현상을 노래 속에 수용하여 쓰는 방법이 연장체민요와는 많이 다르다. 단장체민요에서 표현되는 자연은 무기력한 존재로 쓰이는 것이 아니라 적당히 힘을 가진 존재로서 인간의 삶과 연관을 맺는 모습으로 나타난다. 귀신이나 범 등은 무서운 존재이며 인간의 일을 방해하는 것으로 비춰지면서 인간에 의해서 극복되어야 하는 존재로 나타난다. 따라서 여기에서 표현되는 자연은 연장체민요에서 표현되는 자연과는 질적으로 다른 자연이라고 할 수 있을 것이다. 즉 화자의 의지대로 사용되어져서 전혀 힘을 가지지 못하는

상태의 자연이 아니라 어느 정도까지는 힘을 가지고 있으면서 인간의 삶을 위협하는 존재로 서술되는 것이 단장체민요에 나타나는 자연의 모습인 것이다. 이와 같이 자연과 삶은 민요의 직, 간접적인 소재로 되는 것이다.

2) 삶의 반영물

민요는 삶 속에서 불리면 삶 속에서만 살아있을 수 있다. 그렇기 때문에 삶의 모습이 바뀌게 되면 민요도 거기에 따라서 바뀌게 된다. 따라서 민요를 살피는 데 있어서는 삶과 민요의 관계를 먼저 생각하지 않을 수 없게 된다. 왜냐하면 민요의 근본바탕을 이루는 것이 바로 인간의 삶이기 때문이다. 그런데, 인간의 삶은 자연과의 관계 속에서 이루어지면 인간의 삶도 자연의 일부를 형성하고 있기 때문에 민요와 삶의 관계를 살피기 위해서는 삶의 바탕이 되는 자연과 삶의 관계를 먼저 살펴보지 않으면 안 된다. 바꾸어 말하면 자연과 삶과 민요의 관계가 하나의 연결선상에서 파악되어질 때만이 민요의 본질적인 성격을 파악할 수 있다는 것이다. 이러한 생각을 바탕으로 여기서는 민요의 본질적인 성격을 삶과 자연의 관계 속에서 파악하고 거기서 파악된 민요의 본질적인 성격을 바탕으로 한국민요에 대한 분류의 이론을 새롭게 제시해보고자 한다.

(1) 일상과 비일상

인간의 삶은 자연 속에서 이루어진다. 자연은 세계를 이루는 가장 기본적인 요소이며 인간이 삶을 꾸려 나갈 수 있도록 해주는 바탕이다. 그렇기 때문에 인간은 자연을 떠나서는 한순간도 살아갈 수가 없다. 따라서 인간의 삶은 자연의 영향 아래 있을 수밖에 없게 된다. 그러므로 인간의 삶을 자연의 법칙을 얼마나 잘 이해하고 그것을 얼마나 잘 이용하느냐에 따라 풍족한가 아닌가가 결정될 수밖에 없다. 인간이 자연을 지배한다고는 하지만 실제에 있어서는 인간은 자연이 없으면 한순간도 생을 유지할 수가 없기 때문에 인간과 자연의 관계는 오히려 자연이 인간을 지배하는 관계라고 할 수 있다. 또한 인간의 입장에서 본다면 자연은 인간에게 없어서는 안 될 존재이면서도 두려움의 대상이기도 하다. 왜냐하면 자연은 가끔 인간의 힘으로는 도저히 극복할 수 없는 무서운 재해를 가져다 주기 때문이다. 그렇기 때문에 인간은 자연을 무서워하면서도 정복의 대상으로 여기기도 한다. 인간과 자연의 관계는 이와 같이 떼려야 뗄 수 없는 관계인 것이다.

자연과 인간의 관계가 이와 같이 상호보완적일 수밖에 없기 때문에 인간은 늘 자연과 일정한 거리를 유지하면서도, 자연을 대상으로 노동을 하고 거기에서 얻어지는 생산물로 삶을 유지해나간다. 그런데, 자연은 인간보다 변화하는 속도가 느리며 순환적이기 때문에 인간은 자연을 변화하지 않는 고정불변의 존재로 파악하는 경우가 많다. 그렇기 때문에 자연은 인간에게 있어서는 늘 같은 모습으로 존재하는 것처럼 보여지며 어떤 법칙에 의하여 일정하게 순환하는 존재로 인식된다. 자연이 법칙적인 존재이며 불변의 것이라는 생각은 인간의 인식이 과학적이지 못할 경우에는 더욱 뚜렷하게 나타난다. 이와 같이 자연은 늘 같은 모습으로 인간에게 비쳐지기 때문에 인간은 자연을 일정한 법칙으로 파악하고 미래에 일어날 것들을 미리 예상하게 된다. 바꾸어 말하면 인간은 자연을 일상적인 어떤 존재로 파악하는 것이다. 일상이라고 하는 것은 인간의 눈으로 볼 수 있고 느낄 수 있는 여러가지 법칙적인 현상들 가운데 인간에게 다음을 예측할 수 있도록 해주는 현상들을 가리킨다. 즉 일정한 법칙 속에서 일어나는 것들로써 예측이 가능한 것이 바로 일상인 것이다. 따라서 일상은 인간이 특별한 생각을 하지 않고서도 그렇게 될 것이라는 것을 알 수 있는 것들이며, 거기에 맞추어서 행동을 하면 그렇게 될 가능성이 매우 높은 것들이다. 자연의 현상들은 인간의 능력으로 보면 늘 변화하지 않고 일상 속에 있는 것처럼 보인다. 그렇기 때문에 인간에게 있어서 자연은 늘 부러운 존재이며 선망의 대상이 된다. 인간의 삶은 자연에 비하면 너무나 짧아서 늘 불변인 것처럼 보이는 자연의 영원성이 인간에게는 항상 살아있는 것으로 보이기 때문이다. 따라서 자연은 인간에게 있어서는 늘 일상적인 존재가 되는 것이다. 그렇기 때문에 인간의 변하지 않는 자연을 소재로 사용하여 여러가지 예술 양식을 만들어 왔고 자연에 대한 인간의 생각들을 표현해 왔다. 특히 민요의 경우는 자연의 이러한 일상이 꾸밈없이 잘 반영되었다고 할 수 있기 때문에, 일상은 민요를 연구하는 데 있어서는 없어서는 안 될 중요한 개념이라고 할 수 있다.

그러나 자연은 인간이 보듯이 일상만으로 되어 있는 것은 아니다. 만약 자연이 일상만으로 성립하고 존재한다면 자연은 늘 그대로 있으면서 변화하지 않는 존재이고, 따라서 아무것도 만들어내지 못하는 전혀 의미 없는 것이 되고 말 것이다. 그렇기 때문에 인간은 자연을 영원한 것으로 파악하면서도 한편에 있어서는 자연도 변화하는 것으로 파악하기 시작한다. 따라서 일상만으로 자연을 이해하던 생각에서 한걸음 더 나가게 된다. 자연의 법칙은 늘 규칙적이고 일정한 질서가 있는 것처럼 보이지만 실제로는 그 법칙이라는 것도 항상 변화 속에 있으며 늘 새로운 것으로는 탈바꿈을 계속하고 있다는 것을 파악하게 되는 것이다. 바꾸어 말하면 자연의 법칙은 처음 생길 때부터 법칙적인 것이 아니라 일정한 운동을 반복적으로 계속하는 속에서 그것이 하나의 법칙으로 된다는 것이다. 즉 자연의 모든 법칙은 처음에는 법칙이 아니다가 그것이 반복적으로 되풀이 되면서 사람들이 예측할 수 있는 것으로 될 때 비로소 법칙으로 인식되어진다. 자연의 이러한 법칙성을 일상이라고 했는데. 이제는 법칙적이지 않은 상태에 있는 자연의 여러 현상들을 지칭할 수 있는 명칭이 필요하게 된다. 법칙적이지 않은 자연의 형상들을 일반적으로 비일상非日常이라고 부르는데, 이것은 일상과 대립되는 의미를 가진다.

비일상은 일상을 성립시켜 주는 기본 바탕이 되는 것으로서 우주에서 일어나는 모든 현상들은 비일상에서 시작하여 일상으로 된다. 그렇기 때문에 비일상은 일상을 성립시키는 기본이 되는 것이다. 모든 비일상은 하나의 현상을 반복적으로 계속하여 법칙인 일상이 되는 것이기 때문에 종국에 가서는 일상이 비일상을 언제나 압도하게 되어 있다. 따라서 일상은 늘 비일상을 일상 속에 묻으면서 비일상을 압도하는 것처럼 보이게 된다. 그러나 실제에 있어서는 일상이란 인간에 의해서 인정될 때만이 힘을 가질 수 있는 것이기 때문에 그 자체로는 아무런 힘을 가진 것이 아니며, 또한 비일상으로부터 끊임없이 도전을 받는다. 바꾸어 말하면 일상은 비규칙적이니 반복의 부분에 의해서 형성된 비일상을 본질로 하여 형성된 것으로 안정을 추구하는 성질을 가진 것인데, 끊임없이 변화를 추구하는 비일상에 의해서 파괴되고 새롭게 조직될 때만이 일상으로서의 기능을 하는 것이라고 할 수 있다.

이와 같이 일상이 모든 것을 지배하는 것처럼 보이게 해 주는 비일상은 보통의 경우에는 일상에 압도되어 자신의 실체를 일상 속에 묻어버린다. 그러나 비일상은 일상의 세계 속에서 끊임없이 변화를 추구하며 어느 한순간에 비약적인 변화를 하기 위하여 폭발을 분히한다. 따라서 비일상은 폭발적인 비약의 순간에 실체를 전면으로 드러내어 일상을 압도한다. 그러면서도 비일상은 일상의 새로운 도전을 받기 때문에 계속적인 비약을 통하여 일상을 압도해 나가지 않으면 안된다. 이것이 바로 자연의 변화를 낳게 하는 원동력이며, 역사의 원동력이다.

일상과 비일상은 이와 같이 변증법적 관계에 있지만 비일상이 일상의 본질이며, 일상이 일상일 수 있도록 해 주는 주체라는 사실을 파악하지 못하면, 일상이 자연을 움직이는 실체라고 생각하거나, 일상이 인간의 삶을 조직하고 지배하는 주체인 양 신비화시켜 이해하게 되고 만다.[2] 그러므로 비일상의 의미가 제대로 파악되지 못하여 그것을 올바르게 이해하지 못한다면 인간의 삶은 올바른 상태에 있다고 할 수 없다. 왜냐하면 비일상의 세계가 일상의 세계를 압도하여 항상 새로운 일상의 세계를 창조하고 조직할 때 인간의 삶이 진보적으로 되며 사회가 비약적으로 발전하게 되기 때문이다. 비일상과 일상으로 이루어지는 이러한 자연의 법칙은 자연히 인간의 삶에도 영향을 미쳐서 인간의 삶도 이러한 일상과 비일상으로 조직되고 움직여짐은 물론이다. 따라서 인간의 삶도 일상적인 삶의 부분과 비일상적인 삶의 부분으로 조직되고 변화되어지는 모습을 띠게 되는 것이다. 자연의 일상과 비일상은 인간의 삶에 영향을 미치게 되고, 이에 따라서 삶의 반영물인 민요도 이의 영향을 받게 됨은 물론이다.

(2) 노동과 여가

인간은 자연을 대상으로 노동을 하여 그 과정에서 만들어진 생산물로 삶을 유지해 나간다. 따라서 노동 행위는 인간의 삶을 유지하는 가장 기본적인 행위라고 할 수 있다. 그렇기 때문에 노동은 인간에게 결핍된 것을 채워 만족을 얻음으로써 생명체를 유지시키고 안락한 생활을 영위하기 위한 물질적 재화를 얻는 행위이다. 노동은 인간과 자연 사이를 매개시킴으로서 인간과 자연을 동시에 변화시킨다. 자연은 노동을 통하여 생산수단인 노동대상으로 되고, 인간은 노동을 통하여 비로소 인간이 되며 무한한 발전을 계속할 수 있게 된다. 그러므로 인간은 노동을 통하지 않고서는 다른 생명체와 마찬가지로 자연의 부속물일 수밖에 없으며 자연의 지배자로 될 수 없다.

이러한 노동 행위는 육체에 의해서 수행되는데, 육체의 행위는 명령없이 자발적으로 이루어질 수 없기 때문에 여기에는 육체를 움직이게 하는 원인이 있어야 한다. 노동 행위를 촉발시키는 원인을 욕구라고 할 때 욕구는 생명의 보존

---

2 카렐 코지크, 박정호 역, 『구체성의 변증법』, 지만지, 2014, 24쪽.

과 필연적인 관계를 가진다. 욕구는 현재의 결핍상태를 부정하여 미래를 앞당겨 실현함으로써 충족될 수 있는 것인데, 이 충족 과정은 욕구를 채워줄 수 있는 물질을 얻어서 그것을 소비하는 인간의 육체활동을 통하여 이루어진다. 그러므로 인간의 생은 노동하는 인간의 욕구충족이 그 생 안에서 성취되는 순간에 한해서만 현실적으로 살아 있는 생이라고 할 수 있는 것이다. 욕구는 대상을 감지하는 순간 삶의 공간에서 육체적 행위를 촉발시키고 이것이 노동 행위로 구체화한다. 그렇기 때문에 노동은 육체의 격렬한 움직임을 필수적으로 수반하게 되는데, 인간은 이 과정에서 대체 불가능한 유기체의 기능을 신장시켜서 노동 과정을 쉽게 하고 많은 생산물을 얻기 위한 수단과 도구를 필요로 하게 된다. 왜냐하면 인간의 육체는 유한한 능력을 소유한 존재인 데 비해서 자연은 상대적으로 무한한 힘을 갖는 존재로서 이것을 변화시켜 인간에게 필요한 것을 얻으려면 육체의 능력만으로는 불가능한 것이 너무나 많기 때문이다.

이와 같이 인간의 능력을 신장시킬 수 있는 수단을 도구라고 한다면 인간은 도구를 통하여 자신의 능력을 무한대로 증대시킬 수가 있게 된다. 도구는 그 효능에 따라 새로운 것으로 얼마든지 대체할 수가 있는 것으로서 발전이 가능하기 때문이다. 따라서 자연물의 습득이나 모방에서 시작됐을 것으로 추측되는 도구는 오랜 시간을 거쳐 새롭고 뛰어난 기능을 가진 것으로 발전해와서 지금과 같은 성능이 뛰어난 도구들이 되었을 것으로 보인다. 도구의 발생은 인간과 직접적인 관계를 갖지 않았던 자연물을 자연에서 분리시키는 것을 의미하기 때문에 지금까지는 필요하지 않았던 자연물과 도구의 구별이 필요하게 되며, 도구가 발달하여 여러 종류의 도구가 만들어짐에 따라 도구와 도구의 구별도 필요하게 된다. 이러한 변화는 인간에게 새로운 통신수단을 요구하게 되었을 것인데, 이러한 요구에 의하여 생겨난 것이 언어라고 할 수 있다. 왜냐하면 언어는 기본적으로 의사를 전달하는 수단으로 발생하였을 가능성이 가장 높기 때문이다.

노동 과정에서의 도구와 언어의 발생은 인간이 더 능률적으로 일을 할 수 있도록 해주는 수단으로 작용함으로써 노동생산물을 더욱 증대시킬 수 있는 일대 전기를 마련해 주게된다. 그렇기 때문에 인간의 역사는 곧 노동이 역사이며, 노동의 역사는 도구의 역사라고 할 수 있는 것이다. 그러나 인간이 아무리 도구를 발달시켜 쉽게 일을 할 수 있게 된다고 하더라도 인간의 힘을 전혀 소모하지 않고 노동을 할 수는 없기 때문에 노동을 하기 위해서 인간은 기본적으로 자신의 육체를 움직이지 않으면 안 된다. 즉 인간은 육체의 활동을 수반하는 노동 과정을 통하여 자신이 가지고 있는 노동력을 소비하여 생산물을 만들어내게 되는데, 노동력은 인간이 가지고 있는 힘 중에서 노동 과정에 투여되는 부분을 말한다. 그런데 인간의 노동력은 한계가 있기 때문에 일정 부분 힘을 소모하게 되면 힘이 없어지게 되고 노동을 할 수가 없게 된다. 따라서 노동하는 인간은 어느 정도 일을 하게 되면 쉬거나 놀이를 하거나 하여 소비된 노동력을 재생산해야 한다. 즉 노동이 끝난 뒤 일정 기간 동안 여가를 갖는 것이 필요하게 되는 것이다.

여가는 노동 과정에서 지친 육체를 쉬게 하고 노동력을 재생산하는 과정이기 때문에 단순한 휴식의 차원을 넘어서 생산의 연장 과정으로 이해된다. 여가가 가지는 이러한 의미 때문에 여가는 노동과 같은 비중으로 생각되어질 수밖에 없게 된다. 그런데 여가는 노동력을 재생산하기는 하지만 한편으로는 생산물을 소비하는 과정이기도 하다. 왜냐하면 노동력을 재생산 한다는 것은 노동 과정에서 만들어진 생산물을 소비하여 새로운 힘을 얻는 과정이기 때문이다. 따라서 여가는 노동력의 재생산이라는 의미와 생산물의 소비라는 이중성을 가지게 된다. 이와 반대로 노동은 생산물의 생산이라는 의미와 노동력의 소비라는 의미를 동시에 가지는 것은 물론이다.

인간의 삶은 이와 같이 노동과 여가라는 양 측면이 중심이 되어 이루어진다. 노동과 여가는 인간이 생명체를 유지하는 한 기본적으로 늘 삶 속에서 존재하는 것이기 때문에 인간이라면 누구나 피할 수는 없다. 따라서 인간의 삶은 노동과 여가라는 두 축을 기본으로 하여 형성될 수밖에 없는 것이다. 그러므로 노동과 여가는 같은 비중으로 다루어질 수밖에 없다. 그렇기 때문에 유흥 정도로 생각되어졌던 여가의 의미가 노동과 같은 비중으로 부각되어지는 것이다. 노동과 여가의 이러한 변증법적인 관계가 바로 인간의 삶을 지탱하게 하는 원동력이 되는 것이다. 물론 이것은 자연이 가지는 일상과 비일상이라는 이중성에서 온 것이지만 그것과는 또 다른 의미를 가진다고 할 수 있다. 즉 자연의 이중성은 인간에게 삶의 주기를 설정해 주는 추상적인 의미를 가지지만, 노동과 여가는 인간의 삶을 이루게 해 주는 가장 구체적인 존재로서의 의미를 가지기 때문이다. 이러한 삶의 과정에서 불려지는 민요도 노동과 여가라는 커다란 축을 가질 수밖에 없기 때문에 이것은 민요의 성격을 결정짓는 중요한 요소가 될 수밖에 없게 된다.

(3) 개인과 집단

사회는 인간이 삶을 살아가면서 그 과정 속에서 인간 스스로의 힘과 노력으로 만드는 것이다. 따라서 사회는 늘 인간이 중심이 되며 인간이 없는 사회는 없다. 사회의 주체인 인간은 사회를 보다 더 나은 것으로 만들기 위하여 노력하는데, 사회의 기본적인 성격은 개인이 모여서 이루어진 집단이라는 점이다. 즉 사회는 개인과 집단이라는 양측면이 서로 상호관계를 맺으면서 이루어지고 발전해 나가는 존재이다. 이 중 어느 한 측면만이 강조되거나 어느 한 측면이 다른 한 측면을 일방적으로 지배하게 되면 그 사회는 퇴보하거나 소멸할 수밖에 없게 된다. 그렇기 때문에 사회는 개인과 집단이라는 양 측면을 얼마나 잘 조화시키느냐 하는 것에 성패가 달려있다고 할 수 있다. 개인적인 활동은 하나의 인간이 개별적으로 행하는 행위가 중심이 되는 것인데, 개별성이 강조되는 것은 말할 필요도 없다. 그리고 집단적인 활동은 여러 사람이 집단적으로 하는 것으로써 사회성이 강조되는 활동이라고 할 수 있다. 개별성과 사회성의 관계가 얼마만큼 유기적으로 잘되어 있느냐에 따라서 개인적인 삶이나 집단적인 삶이나 모두 긍정적이냐 부정적이냐가 판가름될 것이다. 그렇기 때문에 삶의 과정 속에서 불려지는 민요도 개인적인 활동을 하는 과정에서 불려지느냐 집단적인 활동을 하는 과정에서 불려지느냐에 따라서 그 형태나 내용이 많은 차이를 보이고 있기 때문에 개인적인 것이냐 집단적인 것이냐에 따라서 구별할 필요가 있게 된다. 이러한 구별은 결국 문학적인 형태의 구별과도 일치하는 것이기 때문에 매우 중요한 구별기준이라고 할 수 있을 것이다.

(4) 삶의 예술적 반영

민요는 민중의 삶 속에서 불려지는 것이기 때문에 언제나 민중의 삶과 그 운명을 같이 한다. 그렇기 때문에 민요는 민중의 삶을 떠나서는 존재할 수 없으며 항상 그 속에서 생겨나고 사라지는 운명을 가진 존재이다. 민요는 삶을 사실적으로 반영하기 때문에 삶의 지배를 받을 수밖에 없게 된다. 민요가 삶의 지배를 받는다는 것은 바로 민중의 삶 속에서 민요가 어떠한 모습으로 불려지는가 하는 것도 삶의 현장에서 의해서 결정될 수 있다는 것을 의미한다. 따라서 민요의 형태는 삶의 모습에 영향을 받아서 이루어질 수밖에 없는 것이다. 민요의 형태가 삶의 모습에 영향을 받아서 이루어진다는 것은 민요가 삶의 어떠한 현장에서 불려지는가 하는 것에 따라 그 모습이 결정된다는 것과 마찬가지 의미를 가진다. 결론부터 말한다면 민요는 집단으로 불려지느냐 개인으로 불려지느냐에 따라 그 형태가 결정된다는 것이다. 즉 여러 사람이 함께 움직여야 할 필요가 있을 경우는 힘을 보아야 하거나 행동을 통일해야 하기 때문에 일정 부분은 의미 있는 사설로 불려지고 일정 부분은 의미가 없는 신호음 같은 것으로 불려지는 모습을 취한다. 그리고 개인적인 행동을 하는 과정에서 불려지는 노래들은 후렴은 없이 사설로만 불려지는 모습을 취할 수 있다는 것이다. 바꾸어 말하면 삶의 현장에서 불려지는 노래들은 여러 개의 장으로 나누어지는 모습으로 만들어지든가, 아니면 하나의 일관된 차계 아래 하나의 장이 한편을 이루는 모습을 취하든가 하는 식으로 만들어진다는 것이다.

민요를 위와 같은 기준에 의해서 파악할 때 이것은 형태에 의해서 나누는 방법이 되는데,[3] 위에서 말한 연장체민요와 단장체민요로 나누는 것이 바로 이러

---

[3] 형태라는 개념은 내용과 형식을 함께 포함하는 것이기 때문에 사물의 모습을 가지고 말하는 것이 된다. 여기에는 장(章)이라는 개념이 도입될 수 있는데, 장을 이야기 하기 위해서는 구(句)와 연(聯) 그리고 장에 대한 기본적인 설명이 있어야 한다. 왜냐하면 연이나 장에 대해서는 그동안 혼동해서 써온 경우가 많아서 이것에 대한 정확한 이해를 바탕으로 용어를 사용할 필요가 있기 때문이다. 그러므로 아래에서 구와 연, 그리고 장에 대해서 간략히 살펴보고자 한다. 구와 연 그리고 장은 시가를 이루는 가장 중요한 개념이라고 할 수 있는데, 구와 장에 대해서는 『문심조룡』에서 다음과 같이 정리하고 있다.
대개 뜻(情)을 펼침에 있어서는 테두리가 있어야 하고 말을 놓음에는 그 자리가 있어야 한다. 뜻에 있어서 테두리를 장이라고 하고 말에 있어서 자리를 구라고 한다. 그러므로 장이라고 하는 것은 뜻을 밝힌다는 것이요, 구라고 하는 것은 국한한다는 의미이다. 말을 국한한다는 것은 글자를 연하여 놓음으로써 강토를 나누는 것이요, 뜻(情)을 밝힌다고 하는 것은 뜻(義)을 총괄함으로써 전체를 포괄함하는 것이다. 구회과 밭두덕은 서로 다르지만 거리와 길은 서로 통하는 것이다. 대개 사람이 말을 세움(立言)이 있어서는 글자로 말미암아 구가 생기고 구가 쌓여서 章을 이루고 章이 쌓여서 한편의 글을 이룬다. "夫設情有宅 置言有位 宅情曰章 位言曰句 故章者明也 句者局也 局言者聯字以分疆 明情者總義以包體 區畛相異而衢路交通矣 夫人之立言由字而生句 積句而成章 積章 而成篇."
여기에서 보아 알 수 있듯이 장이라고 하는 것은 의미와 관계 있는 것으로서 말하는 내용의 테두리를 지어 뜻을 밝히는 것이다. 그러므로 장은 문장에 있어서는 문장의 모양이나 형태를 보아서 붙이는 명칭이 아니다. 장은 문장의 내용과 관계 있는 것으로써 그것이 끊어지고 이어지는 것에 대한 용어인 것이다. 그러므로 밝힌다(明)라고 한 것이다. 이와는 달리 연이라고 하는 것은 사물의 겉모양을 이야기 하는 것으로써 형태에 대한 개념이니 장과는 그 성격이 다르다. 연이라고 하는 말은 처음에는 주(周)나라의 호구조사(戶口調査)에 사용되었던 행정관리(行政管理) 제도의 하나였다. 이 때는 다섯 사람을 '오'(五人爲伍)라고 했고, 열 사람을 '연'(十人爲聯)이라고 했으며, 또한 다섯 집을 '비'(五家爲比)라고 하고, 열집을 역시 '연'(十家爲聯)이라고 했다. 이것에서 보아 알 수 있듯이 연은 내용물이나 의미를 나타내는 것이 아니라 사물 현상의 형태적 특성을 보여주기 위한 개념임을 알 수 있다. 즉 사람 중에 남자가 몇 명이고 여자가 몇 명이고 하는 식의 내용에 대한 것은 연의 개념에서는 파악되지 않는다. 연에서는 다만 사물 현상이 가지고 있는 모양만이 파악될 뿐이다. 그렇기 때문에 의미의 파악을 중심으로 생각하는

한 점을 바탕으로 한 것이라고 할 수 있다.

3) 의식의 대상화물

민요는 삶의 일부를 이룬다고 할만큼 삶과 밀착되어 있기 때문에 삶을 잘 반영하고 있음은 위에서 살펴본 바와 같다. 민요가 삶을 잘 반영하고 있다는 것은 민요가 인간의 삶을 잘 반영할 수 있도록 하는 성질을 가지고 있다는 의미도 된다. 민요가 민중의 삶을 떠나서는 존재할 수 없는 것이라고 하는 것은 민요가 그만큼 민중의 삶과 밀착되어 있으며 삶을 어떤 형태로든 반영할 수밖에 없는 성질을 가지고 있다는 것을 의미한다. 즉 민요는 인간이 살아가는 삶의 과정 속에서 만들어지고 변모되는 것이기 때문에 삶을 존재의 근거로 삼을 수밖에 없으며 그것을 어떤 형태로든지 민요 속에서 요리하여 나타내지 않으면 안되게 되어 있다는 것이다. 이와 같이 민요가 인간의 삶을 바탕으로 하여 그것을 형상적으로 나타내고 있다는 것은 민요가 가진 성격을 잘 나타내주는 말이기도 하다. 민요는 인간의 삶을 반영한다고 했는데, 반영이라고 하는 말은 표현하고자 하는 대상을 인간이 가지고 있는 의식 속으로 끌어들여서 인간이 가지고 있는 의식 속에서 다시 재구성하여 새로운 모습으로 나타내는 것을 의미한다. 그렇기 때문에 거기에는 인간이 가지고 있는 생각이 녹아서 나타날 수밖에 없게 되

장과 모양의 파악을 중심으로 하는 연을 같은 개념으로 이해하는 것은 옳지 못한 견해라고 할 수 있다. 이러한 개념이 문학에 넘어와서는 상대되는 짝이 있는 것을 '연'(聯, 對偶謂之聯)이라고 하고, 시문에서는 우구를 1연(聯)이라고 한다(詩文偶句曰一聯)고 했다. 그러므로 시가에서도 연과 장은 구별해서 쓰는 것이 올바른 태도라고 할 수 있을 것이다. 그런데 우리의 시가연구자들이 그동안 연과 장을 써온 것을 보면, 이 두 개념을 혼동해서 이해하고 있었음을 쉽게 알 수 있다. 왜냐하면 같은 시가 작품에 대해서 논의하면서도 우개의 용어를 함께 사용한 예를 쉽게 발견할 수 있기 때문이다. 즉 연이라는 개념을 제대로 살리지도 못하면서 쓴다든가, 아니면 장을 써야 할 자리에 연을 쓰는 경우가 곳곳에서 발견되는 것이다. 이것은 연과 장에 대한 이해가 정확하지 못한 점도 있지만 앞에서 틀리게 사용한 사람들의 잘못을 제대로 확인하지 않고 쓰는 사람들의 태도가 이런 결과를 낳은 것이라고 할 수 있을 것 같다.

는데, 이것을 우리는 작품에 반영되는 의식이라고 한다.

바꾸어 말하면 민요는 인간의 삶을 예술적인 모습으로 대상화하여 나타내는 것이라고 할 수 있다. 그것이 어떤 방법을 통해서 대상화하느냐 하는 문제는 차후에 살펴보기로 하고 여기서는 민요가 삶을 어떤 모습으로 대상화하고 있는가 하는 것에 중점적으로 살펴보고자 한다. 대상화라고 하는 것은 인간과 일정한 관계 속에 있는 것을 자신의 의식 속에 수용하여 그것을 다른 모습으로 나타내는 것을 의미한다. 즉 대상화는 인간의 의식과 인간과 관계를 맺고 있는 것들이 결합하여 그것이 새로운 모습으로 만들어져서 감각적인 모습으로 표현되어지는 것을 의미한다. 인간은 모든 사물들을 이와 같은 대상화를 통하여 상대에게 전달하고 의사소통을 하게 된다. 어떤 것을 어떤 방법에 의하여 대상화하느냐의 차이는 있을지라도 인간의 모든 행위는 무엇인가의 대상화일 수밖에 없다. 즉 기계를 만드는 사람은 기계를 만드는 재료와 자신이 가지고 있는 기술을 결합하여 하나의 기계를 만들어내는데, 이 때 그 기술자에 의해서 만들어지는 기계는 기술자가 가지고 있는 기술이 대상화한 것이다. 즉 대상화는 인간이 가진 정신적인 어떤 것을 감각적이고 구체적인 모습을 가지는 것으로 나타내는 것을 의미한다.

민요는 인간이 살고 있는 삶을 소재로 하여 그것을 인간의 의식과 연결시켜 의식에 반영된 것으로 대상화 함으로써 삶을 형상적形象的으로 반영한다. 그러므로 민요는 인간의 삶에서 일어나는 일들을 인간이 가지고 있는 감정과 연결시켜 하나의 구체화된 모습으로 나타내는 존재인 것이다. 민요는 이런 의미에서 의식의 대상화물이고, 그 속에는 노래를 부르는 민중의 의식이 반영되어 있을 수밖에 없게 되는 것이다.

2. 민요의 분류

1) 분류의 필요성

어떤 대상이 가진 여러가지 성질을 바탕으로 하여 대상을 일정한 기준에 따라 나누는 것이 분류이다. 그렇기 때문에 분류는 대상이 가지는 성질과 연구자의 연구목적에 따라 다양하게 이루어질 수 있다. 분류에서 가장 중요한 것이 기준을 세우는 것인데, 올바른 분류의 기준은 어디까지나 객관적이어야 한다. 분류가 연구자의 연구목적에 따라 다양하게 이루어질 수 있다고 하여 연구자의 주관성에 의해 기준을 설정하게 되면 그것은 대상이나 현상에 대한 분류가 아니라 연구자의 생각에 따라 대상이나 현상을 나누어 놓은 것에 불과하기 때문에 올바른 분류라고 할 수 없다. 대상이나 현상이 가진 성질에 의해서 분류의 기준이 설정되어져야 한다는 것은 분류의 기준이 사물이나 대상의 본질적인 측면을 잘 반영하고 있어야 한다는 의미와 일맥상통한다고 할 수 있다. 왜냐하면 어떤 대상이나 사물을 연구하기 위하여 그것을 분류한다는 것은 그것이 가진 본질을 오랍르게 파악하여 인간이 쉽게 이용할 수 있도록 하려는 것이기 때문이다. 따라서 분류의 기준은 어디가지나 객관적인 것에 의하여 설정되어야 하며, 논리에 의해 검증되어질 수 있는 것이어야 한다. 그렇지 못한 기준은 주관적이라는 비판을 면하기 어려울 것이며, 이러한 분류 기준을 가지고 행한 분류도 객관적이라는 평을 듣기는 어려울 것이다.

그런데, 사물이나 현상은 그것이 가진 본질을 직접적으로 드러내 모여주지 않기 때문에 인간이 사물이나 현상의 본질을 파악하기 위해서는 분석과 종합이라는 우회적인 방법을 통하여 그것을 개념적으로 이해하지 않으면 안 된다. 사물이나 현상을 개념적으로 이해하기 위해서는 사물이나 현상들이 가지고 있는 분질적인 측면이 제대로 드러날 수 있도록 대상에 대한 분석이 철저하게 이루어져야 한다. 다음으로 분석권 내용을 논리적으로 정리하여 대상의 본질을 개념적으로 파악하게 된다. 이러한 과정은 사물 현상 모두에게 대해서 이루어져야 하는데, 사물 현상이 개념적으로 파악되었다고 하여 그것이 곧바로 체계성을 가진다고 볼 수는 없다. 왜냐하면 수많은 개념들을 동시에 모두 파악하기는 어렵기 때문이다. 따라서 산만하게 흩어져 있는 대상들을 비슷한 성질을 가진 것끼리 묶어 줄 필요가 있게 되는데, 여기에 바로 분류의 필요성이 있다. 그리고 분류는 대상이 기진 본질적 측면을 잘 반영해야 하기 때문에 객관적인 기준에 의하여 분류가 이루어져야 한다는 이유가 바로 여기에 있는 것이다.

2) 기존의 분류 이론

민요에 대한 체계적인 분류는 민요 연구의 시금석이라고도 할 수 있기 때문에 지금까지의 민요 연구자들은 나름대로 기준에 의하여 다양한 분류를 시도해 왔다. 그러므로 민요의 분류를 좀 더 체계적으로 하기 위해서는 선행 연구 업적을 살펴볼 필요가 있다. 여기서는 그중 중요한 분류 업적이라고 보여지는 것들을 대상으로 성과와 문제점을 살펴보고자 한다.

(1) 『조선구전민요집』[4]

제주도를 제외한 전국의 민요를 수집하여 정리한 자료집으로 우리나라 최초의 민요집이다. 여기서는 뚜렷한 분류 기준을 제시하지는 않았으나 도별과 군별로 나누어서 편찬한 것으로 보아 지역별 기준에 의거하여 우리나라 민요를 분류한 것으로 보인다. 분류표는 별도로 제시하지 않았다. 지역별 분류이기 때문에 민요에 대한 학문적인 인식은 뚜렷이 나타나지 않으나 우리나라 민요가

---

4   김소운, 『朝鮮口傳民謠集』, 도쿄 : 제일서방, 1933.

가지고 있는 향토적 특색이 어떤가 하는 것을 파악하기 위해서는 필요한 분류
방법이라고 보여진다.

(2) 「조선민요의 분류」[5]

민요의 분류 기준을 뚜렷이 제시한 최초의 분류이다. 필자는 이 논문에서 민
요 분류의 기준을 내용을 주로 하여 요자謠者의 성과 노고, 접촉하는 생활면 명
칭 등을 고려에 넣어서 다음과 같이 분류하였다.

    ① 남요男謠

    노동요, 타령打令, 양반노래, 도덕노래, 무상요無常謠, 취락요醉樂謠, 아리랑, 민간신앙

    信仰요, 만가, 경세요警世謠, 생활요, 정치요政治謠, 전설요, 어희요語戲謠 , 유희요

    ② 동남동여문답체요童男童女問答體謠

    상주함창공갈못계, 일혼댕기계, 찌저진쾌자계, 네집내집계, 주머니계, 원정계怨情系,

    련담계戀譚系

    ③ 부요婦謠

    시집사리요, 작업요, 모녀애련요, 여탄사, 정열가貞烈歌, 꽃노래

    ④ 동여요童女謠

    채채요採菜謠, 감상요, 치장요治粧謠

(3) 『조선민요연구』[6]

민요에 대한 체계적인 이론을 가지고 우리 민요에 대한 연구를 하면서 분류
에 대해서도 언급하였다. 그는 민요 분류의 여러 기준을 체계적으로 제시하면

---

5   고위민, 「조선민요의 분류」, 『춘추』, 1941.4.
6   고정옥, 『조선민요 연구』, 수선사, 1949.

서 분류표까지 만들었다. 필자가 제시한 분류의 기준은 다음과 같다.

　㉠ 내용상 차별에 의한 것

　㉡ 창자의 성,연령상 차별에 의한 것.

　㉢ 가창 되는 지역상 차별에 의한 것.

　㉣ 노래의 시대성의 차별에 의한 것.

　㉤ 노래의 민족 생활의 결합면의 차별에 의한 것.

　㉥ 노래의 형태상 차별에 의한 것.

　㉦ 곡조 또는 명칭상 차별에 의한 것.

　㉧ 장단의 차별에 의한 것.

　㉨ 성립 조건의 차별에 의한 것.

　㉩ 운율상 차별에 의한 것.

　㉪ 표현상 경향의 차별에 의한 것.

　이와 같이 다양한 기준이 제시될 수 있기 때문에 어느 한 가지의 분류 기준에 의한 분류는 어렵다고 하면서 민요를 남요와 부요로 크게 나누어서 최하위까지 분류표를 제시하고 있는데, 필자는 위의 분류 기준 중에서 1·2·5의 기준을 종합한 분류법을 선택하였다고 하였다.

　① 남요男謠

　노동요. 타령, 양반노래, 도덕가, 취락가, 근대요, 민간신앙信仰가, 만가, 경세가, 생활요, 정치요政治謠, 전설요, 어희요, 유희요, 정가, 동남동녀문답체요

　② 부요婦謠

　시집살이노래, 작업요, 모녀애련가, 여탄자, 열녀가, 꽃노래, 동녀요

위의 분류표를 보면 남녀의 성별에 의한 기준이 대전제가 됨을 알 수 있는데, 남성의 노동요에 분류된 모심기노래 등은 남자만의 노래라고 하기 어려운 점이 있고 동남동녀문답체요가 남요로 분류된 점 등이 문제점으로 지적될 수 있다.

(4) 『한국민요연구』[7]

이 책은 한국민요 연구를 집대성하여 총체적인 분류 방법을 제시하고 있다 필자는 이 글에서 민요의 분류 기준으로 첫째, 창사의 연령, 성별 둘째, 주제 및 내용 셋째, 가창 과정 등으로 잡고 한국 민요를 총 362개의 형으로 나누고 있다.

① 민요

노동요, 신앙信仰성요, 내방요, 정련요, 만가, 타령, 설화요

② 동요

동물요, 식물요, 연모요, 애무·자장요, 정서요, 자연요, 풍소요, 어희요, 수요, 유희요, 기타요

위의 분류는 민요와 동요를 분리하여 민요와 동요를 대등한 관계에서 분류를 시도한 점이 특이하다. 그러나 하위 분류 기준이 뚜렷이 제시되지 않고 있어서 혼란을 일으킬 소지가 있다고 보여진다.

(5) 『한국노동민요연구』[8]

이 연구서는 민요 전반에 대한 분류를 시도한 것은 아니지만 분류 기준이 일관되고 노동민요에 대한 분류를 시도했다는 점에서 특징을 찾아볼 수 있다. 필자는

---

[7] 임동권, 『한국민요 연구』, 선명문화사, 1974.
[8] 김무헌, 『한국 노동민요 연구』, 집문당, 1986.

노동요의 분류 기준을 첫째, 노동의 생산 목적에 따른 기준 둘째, 노동의 공간에 따른 기준 셋째, 노동의 구체적 기능에 따른 기준 등으로 제시하면서 노동요를 의·식·주 셋으로 분류하고 있다.

① 의衣노동요
㉠ 집안노동요
㉡ 집밖노동요 – 들노동요, 물노동요
② 식食노동요
㉠ 집안노동요
㉡ 집밖노동요 – 들노동요, 산노동요, 물노동요
③ 주住노동요
㉠ 집안노동요
㉡ 집밖노동요 – 들노동요, 산노동요, 물노동요

그리고 『한국민요문학론』는 위의 연구를 바탕으로 한국민요 전체에 대한 분류를 시도하였다. 여기서는 일단계로 기능별 분류를 하고, 이단계로는 노동공간과 노래의 내용과 기능을 혼용하고, 또한 정치민요의 경우는 표기방법과 시대를 바탕으로 분류하였다.

① 노동민요
의노동요, 식노동요, 주노동요
② 유희민요
타령유희요, 계절유희요, 동물유희요, 식물유희요, 자연유희요, 그리움유희요, 놀림유희요, 비방유희요, 말장난유희요, 수유희요, 장난감유희요, 맨손유희요, 의식

유희요.

③ 종교민요

불교민요, 유교민요, 기독교민요, 한국주체종교민요.

④ 정치민요

한역정치민요, 구전정치민요, 현대정치민요.

한국민요분류표

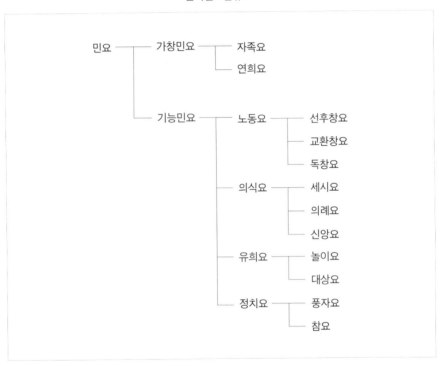

(6) 『한국민요학』[9]

이 연구서는 민요에 대한 전반적인 연구를 한 가장 최근의 업적이다. 여기에

9 최철, 『한국민요학』, 연세대 출판부, 1992.

서는 민요 분류에 있어서 기준이 중요하다는 생각을 가지고 민요 전체를 포괄하는 일반 분류와 특수한 목적에 의한 문학내적 분류 방법을 제시하였다. 일반 분류는 상위 분류와 하위 분류로 나누어서, 상위 분류는 가창민요와 기능민요로 나누고 하위 분류는 위의 표와 같이 분류하였다.

이상에서 선행연구 업적들을 간략하게 살펴보았는데, 지금까지의 분류 작업들이 가지는 공통점은 분류 기준으로 제시한 몇 가지 기준들이 실제 분류에 들어가서는 많이 흔들리고 있다는 점이다. 예를 들면 고정옥의 경우는 노래가 가지고 있는 내용상 차별과 노래하는 이의 성별, 연령별 차이에 의한 것 등을 분류의 기준으로 한다고 했는데, 실제 분류에서는 민간신앙가를 남요에 넣는다든가, 동요의 경우는 동남동녀문답체요는 남요에 넣고 동녀요는 따로 구분하였다. 동요를 성별에 따라 뚜렷이 구분할 수 있는지도 의심스럽지만 동남동녀문답체요를 남요의 범주에 넣은 것은 납득하기 어려운 점이라고 할 수 있다. 이러한 사정은 임동권의 경우도 마찬가지인다. 내용이나 성별에 따라서 분류한다고 하고서는 실제 분류에 들어가서는 그러한 기준은 아랑곳하지 않고 분류를 하고 있다. 그런 점에 비추어 본다면 김무헌의 노동요에 대한 분류는 일관된 분류 기준을 제시하면서 그것이 실제 분류에서도 흔들리지 않는 점을 보여주고 있기 때문에 기존의 분류에서 한 걸음 더 나간 것이라고 보여진다. 즉 노동요를 노동공간에 따라서 분류하고 다시 그것을 의식주라는 생활 양식에서 기준을 세웠는데, 그러한 분류 기준이 실제 분류에 들어가서도 별로 흔들리지 않고 있는 것이다. 그러나 노동을 의,식,주로 나눈 것은 노동의 결과물을 너무 의식한 나머지 노동 과정을 소홀히 한 기준이 아닌가 하는 생각을 가지게 한다. 왜냐하면 노동민요는 노동 과정에서 불려지는 것으로서 노동 과정을 소홀히 할 수 없기 때문이다.

3) 분류의 기준

(1) 대분류 기준

민요의 분류 기준 중 가장 상위에 속하는 것은 역시 일상과 비일상이라고 할 수 있다. 왜냐하면 일상과 비일상은 인간이 삶을 살아가는 데 있어서 피할 수 없는 것이며 그러한 환경의 지배를 받으면서 살아가지 않으면 안되기 때문이다. 그런데 민요는 인간의 삶을 사실적으로 반영하는 것이기 때문에 민요 역시 일상과 비일상이라는 양면에 의해서 구분되어질 수밖에 없는 것이다. 민요는 일상을 노래한 것과 비일상을 노래한 것으로 나누는 것이 가장 합리적이라고 할 수밖에 없는 것이다. 일상을 노래한 것은 인간이 삶을 살아가면서 일상적으로 겪는 것들 속에서 불려지는 것들을 가리키는데, 일을 하면서 부르는 노래라든가 놀이를 하면서 부르는 노래 등이 여기에 들어 갈 수 있을 것이다. 또한 비일상을 노래한 민요에는 특별한 의식을 행하면서 부르는 노래라든지 정치적인 생각을 나타내는 노래 등이 여기에 들어갈 수 있을 것으로 보인다.

(2) 중분류 기준

노동과 여가는 위에서 살펴본 바와 같이 인간이 삶을 유지해 나가기 위해서는 필수적으로 해야 하는 행위이다. 따라서 노동과 여가는 모두 삶의 가장 중요한 부분이며 삶을 지배하는 것이라고 할 수 있다. 그렇기 때문에 노동과 여가는 민요를 만들어 내는 가장 중요한 바탕을 이루는 것이 된다. 이러한 성격을 지니는 노동과 여가는 생산과 소비라는 양면성을 함께 하고 있는 것이 특징이다. 노동은 물질의 생산이라는 측면과 노동력의 소비라는 양측면을 가지고 있으며, 여가는 물질의 소비와 노동력의 생산이라는 양측면을 가지기 때문에 그렇다.

또한 의식과 정치는 비일상적인 행위이기는 하지만 노동과 여가와 마찬가지로 양면성을 가지고 있다. 즉 의식은 인간의 능력으로는 어떻게 할 수 없는 어떤 것에 대해서 물질적 재화와 기원적인 행위를 이용하여 신에게 빈 다음 그 대가로 무엇인가를 받는 행위이며, 정치 행위 역시 통치의 대상인 백성들이 자신들의 힘을 소비하는 행위를 통해서 일정한 것을 얻는 행위이기 때문이다. 이런 점에서 볼 때 의식과 정치 역시 노동과 여가와 마찬가지로 생산과 소비라는 양측면을 가지고 있음을 부정할 수 없을 것으로 보인다.

그러므로 민요의 두 번째 분류 기준으로는 노동과 여가, 의식과 정치가 중심이 되는 생산과 소비라는 기준이 가장 합당할 것으로 보인다. 따라서 민요의 두번째 분류 기준으로 생산과 소비를 택하고자 한다.

(3) 소분류 기준

인간이 삶을 살아가는 방식은 위에서 살펴본 바와 같이 개인적으로 자신의 육체를 유지해 나가는 것과 사회의 구성원으로서 사회생활을 통해서 집단적인 삶을 살아가는 것의 두 가지로 이루어진다고 할 수 있다. 그러므로 민요의 분류도 이것을 기준으로 할 수밖에 없게 된다. 왜냐하면 민요는 인간이 살고 있는 삶의 일정 부분을 반영하며 그것의 일부이기 때문이다. 따라서 민요는 개인적으로 부르느냐 아니면 집단으로 부르느냐에 따라서 다시 소분류의 기준이 마련되어야 한다. 즉 개인적으로 행위가 행해질 때 불려지는 민요인가 집단으로 행위를 할 때 부르는 민요인가에 따라서 민요는 나누어져야 하는 것이다. 그런데 민요의 형태를 보면 개인으로 부르는 민요의 경우는 단장체의 형태를 띠는 경우가 많고 집단으로 부르는 경우에는 연장체의 형태를 띠는 경우가 많은 것을 알 수 있다. 개인적인 행위를 할 때 부르는 민요에 단장체의 형태가 많다는 것은 개인적인 행위를 할 경우 부르는 민요는 개인적인 정서를 노래하며 혼자서 부르기 때문에 다른 사람과 말을 주고받거나 함께 부를 수가 없다. 그렇기 때문에 개인적인 민요는 후렴이나 장이 필요 없이 그냥 이어서 부르는 형태를 취하는 것이다. 이와는 반대로 집단이 함께 불러야 하는 집단의 민요일 경우는 여러 사람이 힘을 합치거나 동작을 통일해야 할 필요가 있을 경우에 부르는 것이기 때문에 혼자서 부르는 민요처럼 개인적인 정서를 노래한다든지 혼자서 부르기 좋은 형태로 노래를 만든다든가 하는 식의 형태는 만들지 않는 것이다. 따라서 민요는 개인이 부르는 민요인가 집단이 부르는 민요인가에 따라서 단장체와 연장체의 민요로 나누어야 할 것이다. 그렇기 때문에 개인과 집단이라는 것은 민요 분류의 마지막 기준이 되는 것이다.

(4) 분류의 실제

위에서 살펴본 기준으로 민요를 분류하면 다음과 같이 할 수 있다. 일상의 민요에는 인간의 삶을 통하여 일상적으로 행해지는 행위에 의해서 불려지는 노래들이 들어갈 수 있다. 노동요와 의식儀式요가 그것인데, 노동과 여가는 일상적인 행위와 같이 늘 행하지 않으면 안 되는 것이기 때문이다. 따라서 노동 과정과 여가 과정에서 불려지는 노래들은 모두 일상적인 노래들이라고 할 수 있다.

또한 비일상적인 것은 일상적인 것이 가능할 수 있도록 인간의 현실을 조직해 주고 나타내 주는 것이다. 그러므로 비일상은 일상의 도전 속에서 인간의 삶을 새롭게 만들어 주는 가장 중요한 것이라고 할 수 있다. 인간은 이러한 비일상적인 것을 통하여 삶을 윤택하게 하며 새롭게 만들어 나가는 것이다. 이러한 비일상에 속하는 것은 민중의 삶 속에서는 의식적인 행위와 정치적인 행위가 있을 수 있다. 의식적인 행위는 일정한 격식을 갖추어서 어떠한 행위를 행함으로써 인가의 삶에 어떤 좋은 일이 생기게끔 하는 행위이다. 따라서 의식은 특별한 경우에는 꼭 행하게 되는데, 가창 대표적인 의식 행위는 통과의식과 세시의식이라고 할 수 있다. 통과 의식은 인간이 태어나서 평생 동안 삶을 살아가는 과정에 반드시 겪어야 하는 것으로써 돐, 성인식. 결혼식, 회갑연, 장례, 제사 등을 가리킨다. 이러한 일들은 누구나 인간으로 태어난 이상은 반드시 겪어야 하는 것이기 때문에 사람들은 이것을 대단히 중요하게 여기고 매우 신중하게 일을 처리한다. 따라서 여기에서 불려지는 노래는 모두 일상적인 것과 연관을 가지는 것이 아니라 비일상적인 것과 연관을 가지는 것이다. 기원, 축복, 재난의 퇴치, 만수무강 등이 주로 이러한 종류의 노래에서 불려지는 내용이다.

다음으로 생각할 수 있는 비일상적인 인간의 행위는 정치적인 것과 관련을 가지는 것이라고 할 수 있다. 민중은 정치는 직접적으로 하지 않지만 통치의 대상이기 때문에 정치의 영향은 가장 많이 받는 존재이기도 하다. 따라서 민중은 정치의 잘잘못에 대해서 민감할 수밖에 없다. 왜냐하면 잘못된 정치의 피해자는 직접적으로 민중이기 때문이다. 따라서 민중은 어떤 형태로든 정치에 대한 생각을 통치자들에게 전달해야만 하는데. 이러한 수단으로 이용되는 것이 바로 민요라고 할 수 있다. 이것이 바로 정치 민요인데 정치민요는 바로 민중의 정치의식을 담고 있는 중요한 매체이다.

노동 과정에서 불려지는 노래를 노동요라고 하고 여가 과정에서 불려지는 노래를 여가요餘暇謠라고 할 때 노동요와 여가요는 민요의 가장 중심을 이루는 것이 된다. 노동은 직접적인 생산물을 만들어 내는 사회 노동과 노동력을 산출하기 위한 물질을 만들어 내는 가사 노동으로 나누어질 수 있다.

그리고 여가요는 혼자서 즐기면서 부르는 노래와 집단을 이루어서 부르는 노래로 나누어서 이야기 할 수 있는데 바로 개인 여가요와 집단 여가요가 그것이다.

또한 의식요에는 신앙의식과 통과의식이 중요한 것이라고 할 수 있는데, 신앙의식은 인간의 힘으로는 어떻게 할 수 없는 어떤 일들에 대해서 초능력자인 신에게 기원을 함으로써 해결하려는 것을 가리킨다. 그렇기 때문에 신앙의식요는 신적인 것에 대한 내용이 중심을 이루게 된다. 따라서 신앙의식요는 이러한 점을 고려하면서 분류를 해주어야 할 것이다. 통과의식요는 인간이 태어나서 반드시 겪어야 하는 의식과 관계를 가지는 노래들이다. 그렇기 때문에 통과의식요는 인간의 복福과 벽사진경僻邪進慶을 비는 것이 중심이 된다.

정치요는 정치적인 현실에 대하여 잘못된 것을 비판하는 비판적인 내용을 가지는 것과 정치적인 사건에 대해 경고와 주술의 의미를 가지는 예언적인 성격을 띠는 노래가 중심을 이룬다. 이상의 기준을 바탕으로 하여 한국민요를 세부적으로 분류하면 아래 표와 같다.

민요분류표

민요			
일상(日常)의 민요		비일상(非日常)의 민요	
노동요(勞動謠)	여가요(餘暇謠)	의식요(儀式謠)	정치요(政治謠)
1.가사노동요 (家事勞動謠) 베틀요 방아찧는 노래 빨래노래 자장가 물레노래 맷돌노래 길쌈노래 양태요 시집살이노래[11] 삼삼기노래 바느질 노래	1.개인여가요 (個人餘暇謠)[10] 산타령 바위타령 팔자(八字) 노래 첩(妾)노래 청상(靑孀)노래 쌍가락지노래 범벅타령 새타령	1. 신앙의식요 (信仰儀式謠) 지신밟기노래 성주(城主)풀이노래 축귀(逐鬼) 노래 염불(念佛) 노래 고사(告祀)노래 동토(凍土)잡이노래 액(厄)풀이노래 살풀이 노래	1. 비판정치요 (批判政治謠) 묵책요(墨冊謠) 호목요(弧木謠) 계림요(鷄林謠) 간드렝노래 경복궁(景福宮)노래
2.사회노동요 (社會勞動謠) 모심기 노래 김매는 노래	2.집단여가요 (集團餘暇謠) 아리랑 화전놀이 노래	2.통과의식요 (通過儀式謠) 돐노래 혼인(婚姻) 노래	2.예언정치요 (豫言政治謠) 목자득국(木子得國)노래 홍건적(紅巾賊)노래

밭가는 노래	강강수월래	회갑연(回甲宴) 노래	보현찰(普賢刹)노래
가래질 노래	쾌지나칭칭	상여(喪輿) 노래	가보세노래
밭매는 노래	군밤타령	달구질 노래	이성계(李成桂)노래
모찌기 노래	달거리	생신축하(生新祝賀) 노래	
보리타작 노래			
풀베는 노래			
풀무 노래			
나무 베는 노래			
집터 다지는 노래[12]			
그물 던지는 노래			
멸치 후리는 노래			
뱃노래			

민요는 민중의 삶 속에서 광범위하게 불려지는 노래이기 때문에 그 종류가 매우 많고 성격도 상당히 복잡하다. 그렇기 때문에 민요는 한두 가지의 분류 기준에 의해서 간단하게 분류할 수 있는 대상이 아니다. 분류가 대상의 본질으 잘 나타내는 것이어야 한다는 생각을 바탕으로 하여, 민요의 토대를 이루는 자연과 삶의 성격을 큰 분류 기준으로 하고 민요가 가지는 성격을 하위의 분류 기준

10 개인과 집단으로 나누는 것이 반드시 바람직하다고는 할 수 없지만 노래가 불리는 방식과 노래의 형태로 볼 때 주로 연속체로 된 것은 개인적으로 불려지는 경우가 많고, 여러개의 장으로 나누어지면서 후렴구를 수반하는 형태는 집단으로 불려지는 경우가 많은데 기인하여 이렇게 나눈 것이다. 노동요나 다른 노래들도 마찬가지인데, 정치요만은 그 당시의 모습을 알 수 없기 때문에 비판과 예언이 각각 개인적이고 집단적이라는 성격에 따라서 나눈 것이다.

11 전통시대의 여성이 겪는 시집살이는 너무나 힘들고 고통스러운 것이었기 때문에 그것은 여성의 삶에서 본다면 하나의 가사 노동이나 마찬가지였다. 왜냐하면 시집에서 하는 것은 어떤 노동보다 더 힘든 것이었으며, 거기에서 받는 정신적 육체적 고통은 이루 말로 표현하기 어려울 정도였다. 그러므로 시집살이 노래는 마땅히 가사노동요에 넣어야 하는 것이다.

12 집터 다지는 노래와 무덤 다지는 노래인 달구질 노래는 불려지는 방식이나 내용이 서로 흡사하다. 그러나 집터 다지는 것은 어디까지나 사람이 살아갈 집을 짓는 노동 행위를 하는 것이고, 무덤 다지는 것은 어디까지나 하나의 의식행위이기 때문에 서로 성질을 달리 한다고 할 수 있다. 따라서 여기에서 불려지는 노래들도 따로 분류될 수밖에 없는 것이다.

으로 하여 민요에 대한 분류론을 제시해 보았다.

　이 장에서 제시한 민요의 분류 기준은 크게 세 가지 축으로 설명될 수 있을 것 같다. 하나는 인간의 삶과 가장 밀접한 관계를 가지는 자연의 성격으로서 일상과 비일상이라는 자연의 이중성이다. 두 번째는 일상과 비일상을 바탕으로 하여 이루어진 노동과 여가, 그리고 의식과 정치로 이루어지는 삶의 이중성이다. 그리고 세 번째는 노동과 여가 의식과 정기가 구체적인 모습을 띠고 나타나는 사회의 성격으로서 개인과 집단이라는 사회의 이중성이다. 다음으로 문학적인 견지에서 본다면 노래가 어떤 현장에서 불려지느냐에 따라 그 형태가 결정된다고 할 수 있는 만큼 개인적인 활동을 하는 과정에서 불려지느냐 집단적인 활동을 하는 과정에서 불려지느냐에 따라서 나누어 보는 기준이다. 이 기준은 문학의 형태적인 특성도 잘 보여주고 있는 만큼 아주 중요한 의미를 가진 것이라고 할 수 있다. 그런데, 이 기준은 세 번째 분류 기준인 개인과 집단이라는 범주에 함께 포함시킬 수 있는 만큼 실제의 분류에서는 겉으로 드러나지 않는 분류 기준이라고 할 수 있다.

　그러나 복잡한 성격을 가지는 민요가 과연 일목요연하게 나누어질 수 있는 것인지는 아직 분명하지 않다고 할 수 있다. 왜냐하면 하나 하나의 작품에 대한 구체적인 언급까지를 본 논문에서 다 할 수는 없었기 때문이다. 따라서 자연과 삶과 민요를 하나의 연결선상에서 파악하려고 한 이 장의 분류론이 좀 더 확실한 설득력을 가지기 위해서는 작품에 대한 구체적인 연구가 반드시 뒤따라야 한다는 점을 밝혀두고 싶다.

제2장
정치민요의 성격

　민요는 민중의 일상적 삶이 노래라는 방식을 빌려 표현된 것이다. 그렇기 때문에 민요는 생활현장을 떠나서는 존재하지 못하며 그것을 떠나 존재하는 것은 이미 민요가 아니거나 화석화된 노래에 불과하다. 따라서 민요는 민중의 삶 속에서 일상성과 함께 살아 숨 쉴 때만이 진정한 가치를 가지며 민요로서의 자격을 가진다고 할 수 있다. 민요는 특수한 상황이나 사건에서 생겨나는 것이 아니라 민중의 일상적인 생활 속에서 발생하고 향유된다는 말이 된다. 그렇기 때문에 민요는 일상성의 세계에 깊이 침투하여 삶의 일부가 됨으로써 그것이 존재하는지조차 느끼지 못할 정도로 일반화되지 않으면 안 된다. 민요는 다른 문학 갈래와 같이 특별한 내용이나 애써 만들어진 형식을 가질 필요가 없다. 누구나 부를 수 있고, 누구나 외울 수 있는 형식에다 가장 많은 사람들이 공감할 수 있는 일반적인 내용을 담으면 되는 것이다. 이러한 성격 때문에 민요는 가장 넓은 향유층을 가지면서 어떤 문학 장르보다도 오랫동안 민중의 노래로써 존재했던 것으로 생각된다. 그러므로 사회의 계급대립이 생기기 전까지는 많은 사람들이 함께 부르는 노래는 전부 민요였을 가능성이 크다.

　그러나 사회가 복잡하게 분화하여 인류가 유한계급과 노동계급으로 갈라진 후로는 유한계급이 만들고 즐기는 노래들은 민요라고 부르지 않게 되었다. 따라서 민요는 노동이 삶의 중심으로 되는 민중의 노래로서 노동과 밀접한 연관을 가질 수밖에 없게 되었고, 또한 노동과 더불어 삶의 반쪽을 차지하는 여가와도 밀접한 관련을 가질 수밖에 없게 되었다.[1] 그렇기 때문에 민요는 민중의 일상적인 삶의 일부라고 할 수 있는 존재이다. 그런데 인간의 삶은 일상적인 생활로만 이루어질 수가 없다. 왜냐하면 인간의 삶에는 일상적인 삶을 파괴하는 어떤 일들이 항상 일어날 수 있으므로 일상적인 삶이 파괴된 상태인 비일상적인 삶도 존재할 수 있기 때문이다. 따라서 인류의 역사는 이러한 일상과 비일상의 연속 과정을 통하여 형성된다. 일단 일상적인 상태가 깨어지면 그때까지 정상적인 것이라고 생각했던 것들이 모두 비정상적인 것들로 바뀌게 되고 비정상이라고 생각했던 것들이 정상적인 것들로 바뀌는 변화가 일어나게 된다. 따라서 사람들은 어떤 경우에는 모든 것이 바뀐 상태에서 살아가야 하는 경험을 할수밖에 없는 상황을 맞이하기도 한다. 이러한 상태를 만드는 원인에는 크게 두가지를 꼽을 수 있다. 하나는 자연의 변화에 의한 천재지변이고, 다른 하나는 인간들의 행위에 의한 전쟁이나 혁명 같은 정치적 사건들이다. 그중에서 특히 문제가 되는 것이 바로 후자의 경우다. 인간들 사이의 갈등에 의해 만들어지는 정치적 사건은 사람들의 노력 여하에 따라 발생할 수도 있고, 소멸할 수도 있는데, 그것의 해결을 위해 많은 사람들이 참여한다고 하는 것은 그만큼 그것이 중요한 의미를 내포하고 있기 때문이다.

이러한 갈등은 주로 지배계급과 피지배계급 사이의 대립에서 오는 것인데, 구체적으로는 정치의 잘못에서 오는 것이라고 할 수 있다. 이러한 갈등은 어떤 형태로든 민중의 삶에 지대한 영향을 미치기 때문에 민중은 어떤 형태로든 이 갈등에 참여하게 되는데, 그 수단으로 노래를 활용하는 경우가 많다. 물론 그런

1   손종흠, 「한국민요 분류론 시고」, 『열상고전연구』 2, 열상고전연구회, 1989.

수단으로 사용되는 것이 노래만은 아니겠지만 노래는 민중의 의사표현 방법으로 가장 활용될 수 있는 수단이기 때문에 중요한 의미를 지닌다고 할 수 있다. 이러한 노래들을 일반적으로 정치민요[2]라고 부르는데, 이것은 위정자들이 만들어내는 정치적 상황에 대한 백성들의 느낌에 근거하여 창조된 민요를 말한다.[3] 이러한 정치민요는 타락한 상태에서 이루어지는 통치 행위로 인한 민중의 생활 파탄이나 정치의 잘못으로 인한 국가의 위기상황 등을 주로 대상으로 하는 모습을 보인다.

정치민요는 일상적인 생활 속에서 삶의 일부로써 불리는 여타의 민요들과는 다른 특수한 성격을 지니게 된다. 왜냐하면 내용이 선동적이거나 공격적인 것으로 꾸며진다든지, 형식이 단형으로 된다든지, 예언적인 기능이 강조된다든지 하는 특징을 보이고 있기 때문이다. 이러한 특징은 정치민요가 일상적인 삶이 파괴되거나 그렇게 될 위기에 처한 상태이기 때문에 형성된 것이라고 볼 수 있다. 정치민요의 모태가 되는 것이 바로 일상의 상태가 파괴된 비일상의 상태이고 그것을 해결하려는 수단으로 노래가 불리기 때문이다. 그렇기 때문에 정치민요의 본질을 올바르게 파악하여 문학적 특성을 제대로 밝혀내기 위해서는 일상의 상태가 파괴된 비일상의 상태와 노래를 함께 살펴보지 않으면 안 된다.

---

2   정치민요는 동요(童謠), 참요(讖謠), 정치요(政治謠) 등으로도 사용되고 있지만 학술적으로는 정치민요라는 용어가 가장 타당하다고 생각된다.
3   최철, 「한국 정치민요 연구」, 『인문과학』 60, 연세대 인문과학연구소, 1998, 1쪽.

1. 예비적 고찰

1) 자료의 개관과 연구 성과 검토

(1) 자료 개관

현존하는 우리나라의 정치민요는 삼국시대부터 현대에 이르기까지 광범위하게 남아 전하는데, 지금까지 조사된 노래는 약 30여 수에 이른다. 이러한 정치민요를 시대별로 간략히 개관하면 다음과 같이 정리할 수 있다.

삼국시대부터 남북국시대까지의 정치민요는 주로 군주가 실덕失德, 실정失政하여 장차 나라가 망할 것임을 예언한 것들이 중심을 이룬다. 〈지리다요知理多謠〉, 〈타라니요陀羅尼謠〉, 〈완산요完山謠〉, 〈계림요鷄林謠〉, 〈백제요百濟謠〉 등이 이 시기의 노래들이다. 고려시대의 정치민요는 〈만수산요萬壽山謠〉, 〈보현찰요普賢刹謠〉, 〈묵책요墨冊謠〉, 〈아야요阿也謠〉, 〈우대후요牛大吼謠〉, 〈남구요南寇謠〉, 〈이원수요李元帥謠〉, 〈목자득국요木子得國謠〉 등이 있는데, 국가의 멸망에 대한 노래와 더불어 무신란 같은 중요한 정치적 사건과 정치적으로 중요한 인물의 죽음에 대한 것, 관료의 실정을 풍자한 노래 등으로 이루어져 있다.

조선시대의 정치민요는 〈남산요南山謠〉, 〈순흥요順興謠〉, 〈충성사모요忠誠詐謀謠〉, 〈수묵묵요首墨墨謠〉, 〈정읍요鄭邑謠〉, 〈노고요盧古謠〉, 〈망마다요望馬多謠〉, 〈금차요金車謠〉, 〈미나리요〉, 〈사월요四月謠〉, 〈도화요桃花謠〉, 〈왜장청정요〉, 〈할미성요〉, 〈가보세요〉, 〈파랑새요〉, 〈철산요鐵山謠〉, 〈사혈요蛇穴謠〉 등을 들 수 있는데, 당쟁으로 인한 정치적 사건과 외침外侵에 의핸 변란을 노래한 것들이 주류를 이룬다. 그리고 조선 말기에는 갑오농민전쟁 시에 민중의 선동할 노래가 보이는 것도 특이한 점이라 할 수 있다.

20세기에 들어와서는 주로 항일투쟁을 선동하는 노래들이 중심을 이루는데, 기존의 민요에 가사를 바꿔서 부른 경우와 외국곡에 가사를 붙여서 부른 것들이 다수 있다. 이러한 노래들은 어느 선까지 정치민요의 범주에 넣어야 할 것인가에 대한 면밀한 검토가 있는 후에 논의될 수 있으리라 생각되어 여기서는 포함시키지 않는다.

(2) 연구성과 검토

정치민요에 대한 연구는 1930년대부터 시작되었는데, 지금까지의 결과를 보면 주로 작품의 해석과 분류, 그리고 내용적 특징에 초점이 맞추어지고 있는 것으로 판단된다.

이은상의 「한국요참고韓國謠讖考」는 정치민요에 대한 연구로는 최초의 것으로 삼국시대부터 조선 후기까지의 노래 28편을 해설한 것인데, 내용에 따라 분류한 것이 특징이다.[4]

고정옥은 『조선민요연구』에서 민요 연구의 일환으로 정치민요를 다루면서 그것이 가지는 정치적 기능을 강조한 점이 특이하고, 정치민요를 민요의 정식 갈래로 인정한 점이 돋보인다.[5]

이능우는 「현대現代의 참요讖謠」에서 고려시대부터 20세기 중반까지의 참요를 다루면서 현대에도 참요가 발생하고 있다는 점을 강조했다.[6]

박노춘의 「요참사상謠讖思想과 참요」는 사회상황과 정치민요를 연결시켜 작품을 해석한 점이 특이한데, 문학적인 분류를 시도하지 않았다.[7]

임동권은 참요를 민요사 연구의 일환으로 다루면서 정치민요를 시기별로 정치하여 전체적인 해설을 함으로써 참요가 민요사에서 차지하는 위치를 정립하려 했다.[8]

---

4   이은상, 『鷺山文選』, 영창서관, 1937.
5   고정옥, 『조선민요 연구』, 수선사, 1949.
6   이능우, 「現代의 讖謠」, 『사상계』 20, 1955.
7   박노춘, 「謠讖思想과 讖謠」, 『孤鳳』 4집(1958)·5집(1959).

공용배의 「정치적 커뮤니케이션으로서의 민요 연구」는 참요가 가지는 정치적 기능을 중심으로 연구하여 참요가 봉건사회에서 어떻게 정보 전달 수단으로 사용되었는가를 밝혀보고자 했다.[9]

최범훈의 「참요연구讖謠研究」는 참요에 대한 연구를 통하여 언어와 사회의 상호 교류 관계를 살펴보고자 한 논문이다.[10]

김무헌은 『한국민요문학론』에서 정치민요를 민요의 4갈래 중 한 갈래로 인정하고 시기별로 분류한 다음, 전체적인 해설을 가했다. 이 연구는 정치민요에 20세기 후반의 노래까지 포함시킨 것이 특징이라고 할 수 있다.[11]

최철의 「한국 정치민요 연구」는 내용과 기능이라는 분류 기준에 의하여 정치민요를 분류하고 새로운 해석을 가하면서 그것의 문학적 특징을 내용, 기능, 형식의 측면에서 고찰한 본격적인 문학 연구 논문이라고 할 수 있다.[12]

정치민요가 앞으로도 더 발굴될 소지가 없는 것은 아니지만 여기서는 지금까지 발굴된 자료를 중심으로 하여 선학들의 업적을 비판적으로 수렴하면서 우리나라의 정치민요가 가지는 본질적 특성과 문학적으로 조명하여 그것이 가지는 성격을 규명해 볼 수 있는 이론적 틀을 제시해보고자 한다.

2) 정치민요의 분류

정치민요는 민중이 비일상의 상태에서 부르는 노래로 그들의 비일상적인 삶과 밀접한 관계를 가지기 때문에 비일상적인 삶에서 발생하는 민중의식을 적나라하게 표출하고 있다. 따라서 정치민요를 연구대상으로 하여 작품을 분류할

8   임동권, 『한국민요사』, 문창사, 1970.
9   공용배, 「정치적 커뮤니케이션으로서의 민요 연구」, 연세대 석사논문, 1981.
10   崔範勳, 「讖謠研究」, 『한국문화연구』 1, 경기대, 한국문화연구소, 1984.
11   김무헌, 『한국 민요문학론』, 집문당, 1987.
12   최철, 앞의 글.

때는 노래를 부르던 비일상의 상태가 어떤 상황이었는가 하는 점을 1차적 기준으로 잡아야 할 것으로 보인다. 민중이 어떠한 비일상의 상태에서 그것을 부르느냐에 따라 노래의 내용, 기능, 형식 등이 달라질 수밖에 없기 때문이다. 또한 정치민요는 주제의 전달을 통하여 일정한 기능을 수행하는 노래이므로 그것이 가지는 내용 또한 중요한 성격을 이룰 수밖에 없다. 이런 점으로 볼 때 두 번째 분류의 기준은 개개의 노래들이 어떤 내용으로 이루어졌는가 하는 점을 고려해야 할 것으로 생각된다. 내용은 그것이 민요일 수 있도록 하는 1차적 조건이면서 가장 기본적인 성질을 이루는 바탕이며 구연 과정에서도 매우 중요한 구실을 수행하기 때문이다. 이런 기준을 중심으로 현존하는 정치민요를 나누어보면 아래와 같이 대별할 수 있다.

첫째, 잘못된 통치 행위로 인하여 민중의 도탄에 빠져 일상적인 삶을 제대로 영위하지 못하는 상태에서 부르는 노래들을 들 수 있다. 이러한 노래들은 관리의 실정이나 왕실의 실덕失德으로 인해 전도된 정치현실을 비판하고 있기 때문에 주로 통치자들을 풍자하는 내용으로 꾸며진다. 그렇기 때문에 여기에 속하는 노래들은 현실풍자 정치민요라고 부를 수 있다.

둘째, 백성은 굶주림에 허덕이고 있는데, 정치를 하는 통치자들은 아무 어려움 없이 생활을 영위해 나가면서 정쟁政爭이나 일삼는 잘못된 정치세태를 제3자의 입장에서 바라보고 그것을 경고하는 노래들이 있다. 이 경우는 민중이 직접적인 주체로 등장하지 않고 있기 때문에 주로 미래에 일어날 정치적 사건들에 대하여 예언함으로써 통치자들에게 경고하려는 의도를 가진 노래들이 중심을 이룬다. 이 부류에 속하는 노래들은 다시 정쟁에 대한 예언 노래와 국가 멸망에 대한 예언노래로 나누어 볼 수 있지만 크게는 미래에 일어날 정치적 사건들에 대하여 예언적으로 노래하고 있기 때문에 미래예언 정치민요라고 할 수 있다.

셋째, 사회적 변혁을 위하여 민중 스스로가 비일상의 세계로 사회를 이행시켜

나가는 경우에 불리는 노래와 외세의 침입으로 인한 전란이 있을 때 온 국민이 떨쳐 일어나 외침을 막아 싸우는 과정에서 불리는 노래들이 있다. 혁명과 전쟁의 경우가 이에 해당하는데, 이러한 상태에서 부르는 노래들은 모두 선전宣傳 · 선동煽動적인 내용과 기능을 중심으로 하고 있기 때문에 같은 부류로 묶을 수 있다. 이 노래들의 선전성과 선동성을 가지는 이유는 사회 변혁을 위한 혁명과 외세 배척을 위한 전쟁을 민중 스스로가 참여하는 것으로 이것을 통해 더욱 많은 사람들이 투쟁에 나설 수 있도록 할 때만이 최대의 효과를 얻을 수 있다고 믿기 때문이다. 따라서 여기에 속하는 노래들은 모두 선전 · 선동 정치민요라고 할 수 있다.[13]

2. 정치민요와 비일상성

1) 예술적 소재로서의 비일상성

(1) 일상성과 비일상성

인간의 삶은 규칙적 반복으로 이루어진 부분과 변칙적 파격으로 이루어진 부분이 변증법적인 관계로 짜여 있다. 규칙적 반복의 부분은 인간의 삶에 안정을 주는 부분이고, 변칙적인 파격의 부분은 삶에 새로운 변화를 주는 부분이다. 따라서 인간의 삶은 안정과 변화의 두 측면이 상호 교차하면서 형성되는 성격을 가지게 되고, 이것의 역동적인 운동의 결과로 형성된 것이 된다.

규칙적인 반복으로 이루어진 부분은 인간이 마땅히 당연한 것으로 간주해버리는 것으로써 가장 일반화된 삶의 부분이며, 모든 것을 지배하는 것처럼 보이

---

13 이상의 분류는 최철, 「한국정치민요 연구」의 내용을 근거로 하였다.

는 부분이다. 이 과정에서 형성되는 것을 일상성이라고 할 때 일상성은 사람들의 개별적 삶을 매일매일의 테두리 속에서 조직하는 것이며, 개인의 삶의 역사의 진행을 지배하는 시간의 조직[14]이며, 리듬인 것처럼 보인다. 따라서 일상성은 인간의 삶 속에서 신비화되어 인간의 의지와는 관계없이 삶 전체를 지배하는 것으로 된다. 그러나 실제에 있어서 일상성이란 인간에 의해 일상성으로 인정될 때만 힘을 가질 수 있기 때문에 그 자체로는 힘을 가진 것이 아니며, 또한 일상성이 아닌 것으로부터 끊임없는 도전을 받는다. 바꾸어 말하면 일상성은 비규칙적인 반복의 부분에 의해 형성된 비일상성을 본질로 하여 형성된 것으로 인간의 삶 속에서 끊임없이 변화를 추구하는 비일상성에 의해 파괴되고 새롭게 조직될 수밖에 없는 성격을 지닌 것이 된다. 이와 같이 일상성이 삶을 지배하는 것처럼 보이도록 해주는 비일상성은 보통의 경우에는 일상성에 압도되어 자신의 실체를 일상성 속에 묻어버린다. 그러나 비일상성은 일상성의 세계 속에서 끊임없이 변화를 추구하며 어느 한순간의 비약을 위해 폭발을 준비한다. 따라서 비일상성은 폭발적인 비약의 순간에 실패를 전면으로 드러내어 일상성을 압도함으로써 자신을 완성시킨다. 그러면서도 비일상성은 한편으로 새로운 일상성의 도전을 받기 때문에 계속적인 비약을 통하여 일상성을 압도해 나가지 않으면 안 되는 운명에 처한다. 이것이 바로 삶의 원동력이다.

개인의 삶이 이와 같이 일상성과 비일상성의 변증법적 관계를 통하여 형성되는 것이라면 개인이 모여서 만들어낸 사회 역시 이러한 관계 속에서 조직되고 변화할 수밖에 없게 될 것은 자명한 이치라고 할 수 있다. 즉 인간사회는 계급의 분화와 더불어 통치 행위를 하는 지배계급과 노동 행위를 하는 피지배계급으로 나누어지고 두 계급의 변증법적 관계를 통해 조직되고 발전한다는 것이

14　카렐 코지크, 박정호 역, 『구체성의 변증법』, 지만지, 2014, 66쪽.

된다. 두 계급의 관계는 통치 행위인 정치를 통하여 구체화하는데, 지배계급은 통치 과정에서 기존의 상태를 일상적인 것으로 생각하여 변화를 거부하게 되고, 피지배계급은 기존의 상태를 전도된 일상성으로 보아 변화를 요구한다. 따라서 정치는 보수를 주장하는 지배계급과 혁신을 주장하는 피지배계급의 관계가 기본적으로 형성된다. 그런데, 개인의 삶에서와 마찬가지로 정치에 있어서도 보통의 경우는 지배계급의 보수성이 피지배계급의 혁신의지를 압도하여 사회 전반을 조직하고 지배하는 것처럼 보인다. 따라서 정치는 대부분의 경우에 지배계급의 보수적 논리가 피지배계급의 혁신적 논리를 압도하는 것처럼 보인다. 그러나 민중이 주체가 되는 피지배계급은 일상성 아래에서 형성되는 익명성 속에서도 일상성을 압도해 버릴 수 있는 역량을 무한히 축적해 나간다. 이러한 민중의 역량은 전도된 일상성의 세계가 극에 달했을 때 폭발적인 힘으로 분출되는데, 이때가 바로 혁명의 시대이다. 혁명의 시기는 민중이 정치의 주체가되는 시대이며 비일상성이 일상성을 압도해 버리는 시대이다.

일상성과 비일상성은 이와 같이 변증법적 관계에 있지만 비일상성이 일상성의 본질이며 일상성이 일상성일 수 있도록 해주는 주체가 바로 비일상성이라는점을 파악하지 못하면 일상성이 인간의 삶을 조직하고 지배하는 주체인 양 신비화시켜 이해할 수밖에 없게 된다. 그러므로 비일상성의 의미가 올바르게 파악되지 못하여 그것이 제 기능을 올바르게 발휘하지 못한다면 개인적 삶이나 사회적 삶이나 모두 올바른 상태에 있다고 할 수 없다. 비일상성의 세계가 일상성의 세계를 압도하여 항상 새로운 일상성의 세계를 창조하고 조직할 때 인간의 삶이 진보적으로 되며 사회가 비약적으로 발전한다. 그러므로 비일상성이란삶의 비규칙적인 부분으로서 일상성을 창조하는 근본이 되며, 역사발전의 원동력이 된다.

(2) 문학과 비일상성

역사는 인간의 비일상적인 삶 중에서도 사회에 커다란 영향을 미친 사건들의 기록[15]이다. 그렇기 때문에 비일상성은 익명성의 일상성과는 달리 인간의 의식에 특별한 것으로 자리하게 되고 시간이 흐름에 따라 일상화한다. 비일상성은 멀리 신神에 대한 것에서부터 가까이는 인간사회에서 일어나는 수많은 사건들로 형성된다. 그런데, 비일상성은 신과 관계된 것보다는 사회와 관계된 것이 인간과 가까울 수밖에 없기 때문에 역사적인 사건들을 통하여 형성된 것이 가장 중요하게 된다. 왜냐하면 역사적인 사건들은 많은 사람들의 일상적 삶에 절대적인 영향을 미치기 때문이다. 따라서 사람들은 역사적인 비일상의 상태에 대해서는 어떤 형태로든 사전에, 혹은 즉시 민감한 반응을 보이며 그 상태가 끝난 뒤에도 여러 형태로 그것을 재현하려고 한다. 그렇게 하는 가장 큰 이유는 이러한 비일상의 상태를 사회의 많은 사람들에게 영향을 미칠 수 있으며 사회 변화의 원동력으로 작용할 수 있기 때문이다. 이러한 행위는 사실의 기록이나 특수한 장치를 통한 재구성 등을 통해 구체화하는데, 전자를 역사 기록이라 한다면, 후자는 예술표현이라고 할 수 있다. 그러므로 역사는 비일상성의 세계에 대한 기록이 된다.

역사는 비일상적 사건들의 기록이지만 예술은 모두가 비일상적 사건이나 비일상성의 세계를 형상화하는 것은 아니다. 예술은 인간의 삶과 관련이 있는 것이면 무엇이나 형상화해낼 수 있기 때문에 일상과 비일상의 경우로 보면 양쪽다 예술적 소재가 되며 예술도 일상의 예술과 비일상의 예술이 존재할 수 있다. 다만 예술 작품에 있어서 중요한 것은 예술적 대상을 어떠한 방법으로 얼마만큼 예술적으로 훌륭하게 형상화할 수 있느냐가 될 것이다. 이런 이유 때문에 예

---

15 우리가 일반적으로 말하는 역사는 승자의 기록이다. 반면에 패자의 역사는 전설로 기록된다.

술은 여러 가지 장치를 통해 수많은 대상들을 작품으로 형상화하며, 형태 또한 매우 다양하다.

언어예술인 문학은 비일상성의 세계를 형상화하는 데 매우 적합한 형태라고 할 수 있다. 왜냐하면 문학은 일상언어를 통한 표현이 가능하기 때문에 가장 많은 사람들에게 영향을 줄 수 있으며, 시간예술이기 때문에 공간적으로 크게 제약받지 않는 장점을 가지고 있기 때문이다. 따라서 문학은 많은 사람들에게 영향을 미치며, 많은 사람들에게 특별한 의식으로 자리하고 있는 비일상성의 세계를 예술적으로 형상화하여 그것을 재구성함으로써 미적세계를 창조한다. 이런 점에서 볼 때 문학은 다른 어떤 예술 갈래보다 비일상성의 세계를 작품의 소재로 많이 사용한다는 것을 알 수 있다. 그중에서도 특히 민요는 말로 된 노래이면서 빠른 전파력을 가지기 때문에 그러한 사건들에 대한 민중의 의식을 가장 빠르게 형상화할 수 있는 장점을 가지고 있다. 이러한 민요를 특별히 정치민요라고 하는데, 이것은 바로 민중이 겪는 비일상의 세계를 노래로 형상화한 민중예술이라고 할 수 있다. 정치민요는 수많은 사람들이 겪는 비일상의 세계를, 그것도 정치적으로 커다란 의미를 가지는 사건들을 소재로 하여 형성되는 특징을 가지고 있다. 정치민요는 비일상적 상태에 대한 민중의 생각을 사실적으로 반영함으로써 사회에 대한 비판이나 예언, 그리고 선전·선동 등의 기능을 수행하게 된다. 특히 정치민요가 선전·선동의 기능을 가지는 것은 민중이 처한 비일상적인 상태, 혹은 사건을 해결하려면 많은 사람의 힘이 필요한데, 사람들을 참여시키기 위해서는 이들을 끌어낼 선전·선동 기능이 중요한 구실을 할 수 있기 때문이다.

2) 정치민요와 비일상성

정치민요는 민중의 정치의식을 반영한 것이기 때문에 민중을 비정상적인 상태에 빠뜨리나 빠뜨릴 수 있는 정치적 사건들과 밀접한 관련을 가질 수밖에 없다. 정치민요는 비일상의 상태에서 발생하고 불리는 노래이기 때문이다. 좀 더 구체적으로 말하면, 정치민요는 관리의 실정에 의하여 민중이 정상적인 생활을 하지 못하는 상태, 전쟁이나 혁명 등에 의해 민중의 일상적인 삶이 깨어진 상태 등에서 불리는 노래인 것이다. 정치민요는 비정상적인 상태에 살고 있는 민중이 비일상적인 세계에서 부르는 노래이기 때문에 내용적인 면에서나 형식적인 면에서나 그것이 아니면 가질 수 없는 독특한 성격을 갖는다. 이런 점에서 볼 때 정치민요에 있어서 비일상성은 바로 노래의 본질을 결정짓는 바탕이 된다.

(1) 현실풍자 정치민요

정치는 통치 행위 전체를 가리키는 말로 통치의 대상이 되는 백성들에 대해 행하는 통치자의 모든 공적인 행위를 포함한다. 정치의 성패는 그 정권의 흥망과 관련이 있고, 나아가서는 국가의 존망과 직결되기도 한다. 이러한 통치 행위는 권력을 수반하기 때문에 그것을 등에 업은 부정한 행위가 언제든지 나타날 수밖에 없다. 이런 이유 때문에 정치는 부패하지 않기 위해 언제나 새로운 모습으로 변모해야 하며, 항상 살아 움직여야 한다.

이러한 통치의 직접 대상이 바로 민중인 만큼 그들은 통치 행위에 의해 가장 큰 영향을 받는 집단이 된다. 민중이 정치에 대해 민감할 수밖에 없는 이유는 그것이 잘못되었을 때 최대의 피해자가 바로 자신이 되기 때문이다. 따라서 민중은 잘못된 통치 행위에 대해서는 언제나 바로 잡으려는 시도를 하게 된다. 잘못된 정치의 직접적 피해자가 바로 민중 자신이기 때문이다. 더욱이 국가의 기반인 민중이 끼니조차도 제대로 잇지 못하고 있는 상태인데도 통지자들은 사치향락과 정쟁에만 몰두하고 있다면 그것은 민중의 불만을 유발시키고도 남을 것이다. 민중은 잘 된 통치 행위에 대해서는 칭찬과 박수를 보낼 줄도 알지만 잘못된 통치 행위에 대해서는 그것을 바로 잡아야 한다는 것도 잘 알고 있기 때문에 그릇된 통치 행위에 대한 반응은 다양한 형태로 나타난다. 그중에서도 가장 쉽게 표출되는 것이 언어를 통한 민심 반영이라 할 수 있는데, 언어는 민중이 가진 가장 일반적인 의사전달 수단이자 무기이기 때문이다. 또한 언어는 다른 어떤 수단보다 전파 속도가 빠르고 강력한 마법적 힘을 가지고 있기 때문에 민중의 정치적 목적을 달성하는 데는 그 이상의 수단이 없다고 해도 과언이 아니다.

언어를 통한 민심 반영에는 일상언어를 이용한 여론과 특수언어를 이용한 노래 등이 있을 수 있는데, 경우에 따라서는 여론보다 노래가 큰 힘을 발휘할 수 있다. 왜냐하면 노래가 가지는 특수한 형식과 가락은 일상언어가 갖지 못한 장점으로 작용하면서 커다란 전파력과 파괴력을 가질 수 있기 때문이다. 이처럼 민중은 잘못된 통치 행위에 대한 불만을 노래로 분출하는 경우가 많기 때문에 예로부터 훌륭한 통치자는 민간의 노래를 수집하여 민심파악의 수단[16]으로 삼기도 했던 것이다.

노래는 이와 같이 민심 반영의 수단이면서 의사전달의 강력한 도구이기 때문에 민중은 노래를 통해 자신들의 불만과 요구사항 등을 표현하고 드러낸다. 특히 관료가 실정하였거나 군주가 실덕한 경우에는 그들의 부정, 부덕한 통치 행위를 공격하는 노래들을 주로 만들어 부른다. 이 노래들은 정치의 잘못으로 인해 민중이 정상적인 생활을 하지 못하는 상태인데 반해 통치자들은 지극히 호화스런 생활을 영위하면서 민중을 더 가혹하게 탄압하는 현실을 비판하는 것이 주된 내용을 이룬다. 그렇기 때문에 현실풍자 정치민요는 비일상성의 일상성에 대한 공격이 주를 이루면서 비판과 풍자가 노골적으로 표출된다. 따라서 현실풍자 정치민요에는 지독한 패러디가 존재하게 되고, 아이러니 수법을 근간으로 하는 풍자가 표현기법의 중심을 이루게 된다.

---

16 악부(樂府)는 민심의 파악을 위해 민간의 노래를 수집하여 분석하는 기관에 종사하던 관리들이 만들어낸 고체시(古體詩)의 한 종류이다.

남무망국찰니나제南無亡國刹尼那帝

판니판니소판니判尼判尼蘇判尼

우우삼아간于于三阿干

부이鳧伊 사파사娑婆詞[17]

우대후牛大吼

용이해龍離海

천수농청파淺水弄淸波[18]

충성사모호忠誠詐謀乎

거동교동호擧動喬桐乎

흥청운평지하처興淸運平之何處

내향형극저귀호乃向荊棘底歸乎[19]

용종포작도목用綜布作都目

정사진묵책政事眞墨冊

아욕유我欲油

령년마자소令年麻子少

희부득嘻不得[20]

여왕 때문에 나라가 망할 것이다.

---

17 一然, 『삼국유사』卷二「眞聖女大王」·「居陀知」.

18 『高麗史』卷三九「恭愍王二」.

19 김안로, 『大東野乘』卷十三「龍泉談寂記」.

20 『文獻備考』, 「象緯考」, '동요'.

소판 벼슬하는 두 놈,

유모와 세 놈의 총신 때문에.

소가 크게 우니

용은 바다를 떠나

얕은 물에서 맑은 물결 희롱하네

충성이 사모인가.

거둥이 교동인가.

흥청 운평을 어데 두고.

가시밭길로 돌아가는가.

가는 베로 만든 도목책.

정사가 정말로 검은 책이로구나.

기름에 절여두고 싶어도

올해는 삼씨도 적어서 할 수가 없구나.

    이상의 노래들은 모두 잘못된 정치 때문에 민중이 도탄에 빠진 상태를 풍자함으로써 통치자들의 실정을 신랄하게 공격하고 있다. 따라서 이 노래들은 민중이 의도했건 의도하지 않았건 간에 계급대립의 양상을 띤다. 즉 피지배계급이 처한 비일상성의 세계와 지배계급이 처한 잘못된 일상성의 세계가 대립하는 과정에서 통차자에 대한 민중의 불만이 공격적인 내용으로 노래로 형상화되고 있는 것이다. 이와 같이 현실풍자 정치민요는 현실세계의 직접적인 계급대립을 노래로 형상화하고 있는데, 여기에서 보이는 수사기법의 특징은 은유적 표현을 많이 사용하며, 중의법을 쓰고 있는 것이라고 할 수 있다. 또한 여기에 속하는 작품들이 가지는 형태적 특징은 내용을 효과적으로 전달하고, 전파력을 높이기 위하여 단련單聯의 형식을 취하고 있으며, 암기하기 좋은 대구 표현을 즐겨 사용하고 있는 점을 들 수 있다. 이러한 부류에 속하는 노래는 위에서 제시한 것 외에도 〈남구요〉, 〈망마다요〉, 〈노고요〉 등을 들 수 있다.

(2) 미래예언 정치민요

예언은 미래에 일어날 일을 현실에 근거하여 미리 추측하여 말하는 것인데, 예언한 내용은 그대로 실현될 수도 있고 그렇지 않을 수도 있다. 다만 예언은 현실에 기반을 두고 있기 때문에 실현도가 높을 뿐이다. 그런데, 이러한 예언이 한두 사람에 의해서가 아니라 사회구성원 대다수 사람들에 의해 행해질 때는 그 기능이 더욱 강해지며, 실현 가능성도 그만큼 높아진다. 왜냐하면 대다수 사람들의 생각이 결국에는 그 사회의 진행 방향을 결정하여 그대로 밀고 나가게 하는 힘을 가지고 있기 때문이다.

정치민요 중에는 미래에 일어날 정치적 사건들에 대하여 예언함으로써 경고의 의미를 가진 노래들이 상당한 비중을 차지한다. 정치민요는 민중의 정치의식을 강하게 반영하기 때문에 예언적 기능을 가진 노래가 많다는 것은 정치적 사건에 대한 민중의 관심이 그만큼 높다는 것을 의미한다. 정치적인 사건이 그 자체만으로는 민중에게 영향을 미치지 않는다고 하더라도 통치계급의 변동은 결과적으로 통치상황을 통해 민중에게 영향을 미칠 수밖에 없기 때문이다. 따라서 민중은 정치적 사건이 일어날 것을 미리 예측하여 노래를 통해 구체적으로 표현한다. 노래는 민중의 의사를 가장 강력하게 반영할 수 있는 핵심적인 수단의 하나이기 때문이다.

미래예언 정치민요에 나타난 정치적 사건들을 보면 주로 정쟁과 국가멸망에 대한 것이 중심을 이룬다. 이러한 미래예언 정치민요들은 민중이 처한 비일상의 상태를 노래함으로써 통치계급을 공격하는 현실풍자 정치민요와는 달리 노래의 대상이 되는 정치적 사건에 대한 풍자가 중심을 이루면서 민중이 제3자의 입장에서 부르는 노래로 구성된다는 점이 특이하다고 할 수 있다. 그렇기 때문에 미래예언 정치민요는 징쟁이나 부정한 행위만을 일삼는 지배계급에게 미래에 일어날 가능성이 높은 사건들을 미리 예시함으로써 지배계급이니 통치자들에게 경고하는 의미의 정치적 효과를 노렸다고 볼 수 있다. 그러나 민중의 이러한 예언적 경고에도 불구하고 역사는 노래가 예언한 방향으로 진행되어 갔음을 볼 때 이것은 단순한 노래가 아닌 민중의 정치의식이 집약된 것임과 동시에 사회 구성원들의 일반적인 정치의식이었다고 할 수 있게 된다.

계림황엽鷄林黃葉	계림은 황엽이고
곡령청송鵠嶺靑松[21]	곡령은 청송이다

하처시보현찰何處是普賢刹	보현사가 어디인고
수차진동역실隨此盡同力殺[22]	여기에서 모두 죽이네

피남산왕벌석彼男山往伐石	저 남산에 돌을 캐니
정무여釘無餘[23]	정은 남은 것이 없네

장다리는 한 철이나
미나리는 사철이다[24]

21 金富軾, 『三國史記』 卷第四六 「列傳」 第六 「崔致遠」.
22 『文獻備考』, 「象緯考」, '동요'.
23 김안로, 앞의 글.
24 이은상, 앞의 글.

이와 같이 미래예언 정치민요는 민중이 가진 정치의식의 집약체로서의 성격을 가지는데, 이 노래들을 잘 살펴보면 그것이 가지는 예언적 기능을 최대한으로 끌어올릴 수 있도록 아주 특이한 구조로 짜여 있음을 알 수 있다. 〈계림요〉, 〈미나리요〉 등이 가장 대표적인 노래라고 할 수 있는데, 모두 대구로 이루어진 대립구조가 중심을 이룬다. 이 범주에 드는 민요들이 대립구조를 가질 수밖에 없는 이유는 노래의 대상이 정쟁이나 국가 멸망 등과 같은 통치계급 간의 갈등이기 때문인 것으로 보인다. 정쟁은 서로 상반되는 두 세력의 싸움 때문에 생겨나는 것이고, 국가의 멸망은 기존의 국가에 대립되는 새로운 세력이 출현하여 구세력을 꺾고 새 나라를 세우는 것이다. 이러한 정치적 사건들은 모두 민중이 직접 주체가 되는 갈등이기 보다는 통치계급 간의 갈등이기 때문에 민요의 담당자인 민중은 그러한 정치적 사건을 효과적으로 예언하기 위해 대립의 구조를 가장 적합한 표현수단으로 삼았던 것이라고 할 수 있다. 이러한 대립구조는 특수한 표현기법에 의해 더욱 진가를 발휘하게 되는데, 중의적 어휘를 사용한 상징 표현이 그것이다. 상징법은 어떤 사물이나 현상을 직접 묘사하지 않고 다른 말로 비유하여 표현하는 방법인데, 정쟁이나 국가의 멸망을 암시적으로 예언하는 데 가장 적합한 표현기법이라고 할 수 있다. 그렇기 때문에 이 부류에 속하는 노래들이 상징법을 많이 사용하고 있는 것으로 보인다.

이와 같이 정쟁이나 국가 멸망 같은 정치적 사건들을 내용적 특징으로 하면서 대립구조와 상징법을 형식적 특징으로 하는 미래예언 정치민요는 노래의 주체인 민중이 객관적인 입장을 취하기 때문에 창자와 청자가 분리되는 현상을 보이기도 한다. 물론 노래에서 예언한 내용들이 그의 그대로 실현되고 있는 점과 민요의 일반적 성격에 비추어 볼 때 민중도 청자가 되고 있음을 확실하지만 다른 정치민요에 비해 상대적으로 그것의 분리가 나타나고 있기 때문에 이러한 사실을 지적하지 않을 수 없는 것이다. 이와 같은 성격을 가지는 미래예언 정치민요가 어떤 방식으로 불렸을 것인지는 추측밖에 할 수 없는 실정이지만 후렴구가 존재하지 않는 정치민요의 일반적 특징으로 볼 때 선후창先后唱이나 교환창交換唱의 방식보다는 제창齊唱의 방식으로 불렸을 가능성이 높다고 할 수 있다.

이상에서 미래예언 정치민요가 가지는 성격을 비일상성과 연결시켜 살펴보았는데, 위에서 제시한 민요 외에도 이 범주에 넣을 수 있는 것으로는 다음과 같은 것들이 있다. 신라의 멸망을 예언한 〈지리다요〉, 후백제의 멸망을 예언한 〈완산요〉, 임진왜란을 때 임금의 피한을 예언한 〈사월요〉, 원세조의 죽음을 예언한 〈만수산요〉, 금륜金輪의 우둔함에 빗대어 관리의 정쟁을 예언한 〈금차요〉, 왕릉의 자리가 좋지 않음을 예언한 〈사혈요〉, 단종의 복위를 예언한 〈순흥요〉 등이 이 범주에 들어갈 수 있는 노래들이다.

(3) 선전·선동 정치민요

선전과 선동은 의미있는 기호의 조작을 통하여 다수인의 태도 및 행동을 유도하는 활동을 말한다.[25] 선전·선동은 뚜렷한 목표 아래 많은 사람들이 한 방향으로 움직일 필요가 있을 때 소용되는 것으로써 인간의 일상적인 삶 속에서 항상 요구되는 것은 아니다. 그러나 많은 사람들이 동시에 한 방향으로 움직여야 할 일정한 시기가 오면 이것은 거의 절대적으로 필요한 것이 된다. 선전·선동이 구체적으로 필요한 시기는 혁명의 시기, 외세의 침략으로 인한 전쟁이 잇을 때 등인데, 이때는 수많은 사람들이 그 과정에 참여해야 하기 때문에 조직적인 선전·선동이 필요하게 된다. 혁명은 자각된 민중이 사회를 변혁시킬 목적으로 기존의 체제를 거부하고 새로운 질서를 세우려는 행위이다. 이 경우는 수많은 사람들이 자신들이 살아왔던 일상적인 삶을 파기하고 새로운 사회를 만들

---

25 장을병, 『정치적 커뮤니케이션론』, 태양문화사, 1987. 공용배, 앞의 글에서 재인용.

기 위해 움직인다. 따라서 혁명의 시기에는 많은 사람들의 지지를 확보하기 위해 조직적이면서 광범위한 범위에서 선전·선동의 활동이 이루어지게 된다. 또한 외세의 침략으로 전쟁이 났을 때는 민족의 존망이 결정되는 중요한 시기이기 때문에 구성원 모두가 외세와 싸워야 하는 상황으로 된다. 이 경우는 민족 전체가 하나가 되어 움직여야 하므로 혁명의 시기보다 선전·선동이 더 필요한 시기라고 할 수 있다.

　선전·선동은 의미 있는 기호하는 매개체를 필요로 하기 때문에 일정한 도구로 활용할 수 있는 것이 반드시 있어야 한다. 선전·선동에 사용될 수 있는 수단에는 그림, 춤, 동작, 언어 등 여러 가지가 있을 수 있는데, 그중에서도 가장 짧은 시간에 가장 많은 사람들에게 효과를 거둘 수 있는 것은 언어라고 할 수 있다. 왜냐하면 언어는 전파 속도가 빠른데다가 주술성까지 지니고 있어서 사람들을 마비시키는 기능까지 수행할 수 있기 때문이다. 언어를 선전과 선동의 수단으로 사용할 경우 단조로운 일상언어보다는 특수 언어에 그것에 일정한 가락을 붙여서 부르는 노래가 더 큰 효과를 가진다고 할 수 있다. 노래는 언어가 가지는 주술적 기능에다 그것이 가지는 율동효과까지 부연되어 인간의 감정을 움직여서 몰아의 경지로까지 가져갈 수 있는 기능을 수행할 수 있기 때문이다. 더구나 혁명이나 전란의 시기는 사람들의 삶 전체가 비일상의 상태에 있기 때문에 일상적인 삶 속에서는 필요하지 않았던 여러 활동들이 요구되는데, 사람들을 그 현장으로 끌어내어 참여하도록 하기 위한 수단으로 노래가 최적의 도구가 된다. 이러한 노래들은 모두 정치적 성격을 띨 수밖에 없기 때문에 정치민요이며, 선전과 선동을 중요한 성격으로 하기 때문에 선전·선동 정치민요라고 할 수 있다.

서경성외화색西京城外火色　　　　　서경성 밖에는 불빛이요

안주성외연광安州城外煙光 　　　안주성 밖에는 연기로다.

왕래기간리원수往來基間李元帥 　　　그 사이를 오가는 이원수여

원언구제검창願言救濟黔蒼[26] 　　　원하노니 우리 백성을 구하소서

가보세 가보세

을미적 을미적

병신되면 못가리

병신되면 못가리[27]

　위의 노래 중 〈가보세노래〉는 갑오농민전쟁 당시 삼남 지방에서 널리 불렸던 노래[28]라고 하며, 〈이원수李元帥노래〉는 이성계가 조선을 세우려고 역성혁명을 꾀할 때 백성들이 부른 노래[29]라고 한다. 이 두 노래는 모두 악보가 남아 있지 않기 때문에 어떻게 불렸는지는 알 수 없으나 내용이 선동적인 데다가 단순한 구조를 갖추고 있으며, 반복법을 사용하고 있는 점으로 보아 그 당시 민중이 쉽게 외우고 부를 수 있도록 만들어진 것임을 알 수 있다. 특히 〈이원수노래〉는 애절한 원망까지 담고 있어서 한문표기로 되어 있지만 선전·선동성을 충분히 느낄 수 있을 정도다. 이러한 수법과 형태는 다음의 노래에서 더욱 구체적으로 나타난다.

철산鐵山치오

가산嘉山치오

26 　『增補文獻備考』卷第十三.
27 　고정옥, 앞의 책, 217쪽.
28 　위의 책, 217쪽.
29 　임동권, 앞의 책, 58쪽.

정주定州치오[30]

매이두기每伊敦可	임금님이여
매이두기每伊敦可	임금님이여
수묵묵首墨墨[31]	우두머리가 남산 아래
	묵적동에 있답니다.

〈철산노래〉는 홍경래의 난 때 그 지방 백성들이 부른 노래라 하고, 〈수묵묵〉 노래는 중종반정이 있기 직전에 서울에서 불린 노래[32]라고 한다. 성을 빨리 공격할 것을 재촉하는 어구나 반정의 우두머리가 살고 잇는 곳을 암묵적으로 알려주는 수법 등으로 볼 때 두 노래는 모두 선전·선동성을 매우 강하게 가지고 있음을 쉽게 알 수 있다. 이 노래들은 당시 민중을 혁명 과정으로 끌어내는 데 큰 역할을 했을 것이라 추정된다. 외세의 침략이 있었을 때는 다음과 같은 노래들이 불리기도 했다.

할미성 꼭대기에
진을 치고
왜병정 오기만
기다린다[33]

네놈이 왜장 청정이 아니냐

---

30 이은상, 앞의 글.
31 김안로, 앞의 글.
32 위의 글.
33 임동권, 앞의 책.

네놈이 안동 30리 안에

들어만 오면

들어만 오면

내칼에 맞아 죽으리라[34]

이 노래들에서는 왜병에 대한 우리 민족의 적개심과 투쟁의식이 가장 뚜렷하게 나타난다. 민족과 국가를 위해 어떤 일이 있더라도 왜병을 몰아내고 나라를 평안하게 하겠다는 의지가 강하게 담겨 있는 노래이다. 이 부류에 속하는 노래들도 구조와 수법에 있어서는 혁명의 시기에 불렸던 정치민요와 크게 다를 바가 없는 것으로 보인다. 민중을 선동하고 혁명을 선전하는 내용이 중심을 이루는 선전·선동 정치민요는 간략하면서도 축약된 형식을 취하고 있으면서 반복의 어구를 많이 사용하고 있는 것을 중요한 특징으로 꼽을 수 있다. 이것은 노래의 주체인 민중이 외우기 쉽고 부르기 쉽게 만들어냄으로써 그들을 쉽게 움직일 수 있도록 하려는 효과를 노린 것이라고 할 수 있다. 이 범주의 노래에는 이성계의 건국을 예언한 〈목자득국요〉, 정씨의 왕권설을 예언한 〈정읍요〉 등을 들 수 있다.

---

34 김소운, 『朝鮮口傳民謠集』, 도쿄 : 제일서방, 1933, 2248쪽.

3. 정치민요의 특성

1) 정치민요의 문학적 특징

(1) 내용적 특징

① 풍자를 통한 사회비판

정치민요는 정치적 사건에 대한 민중의 생각을 담은 노래이기 때문에 그 내용이 비판적일 수밖에 없다. 정치적 사건은 주로 정치가 잘못되었을 때 일어나는 것이고, 잘못된 정치는 통치의 대상인 민중에게 직접적인 영향을 미치기 때문이다. 이런 이유로 인해 정치민요는 풍자를 통하여 전도된 사회 현상을 비판함과 동시에 날카롭게 공격하는 내용이 중심을 이룬다. 정치민요는 군주나 관료들의 실정과 부정不淨 등을 폭로, 비판하고 나라가 위태할 때는 노래를 통해 경고함으로써 정치의 잘못으로 인하여 발생한 비일상성의 세계를 종전보다 더 나은 일상성의 세계로 변화시키려고 한다. 명칭에서도 알 수 있듯이 정치적 성격을 강하게 띠는 것이 정치민요이기 때문에 그 내용 역시 그것에 대한 비판을 중심으로 할 수밖에 없다.

② 정치의식의 반영

정치의식은 통치 행위가 중심을 이루는 정치에 대한 해석과 평가, 그리고 비평 그 자체이다. 그렇기 때문에 통치체제 안에 들어 있는 구성원이라면 누구나 어떤 형태로든 정치의식을 가질 수밖에 없다. 특히 민중은 통치 행위의 대상으로 그것의 영향을 직접적으로 받을 수밖에 없는 존재이기 때문에 매우 높은 정치의식을 가지고 있다. 민중은 자신들이 가지고 있는 이러한 정치의식을 구체화함으로써 정치적 본질을 드러내는데, 거기에는 주로 여론과 노래가 중요 수단으로 사용된다. 따라서 정치민요는 어떤 형태로 만들어지던 간에 민중의 정치의식을 매우 강력하게 반영한다. 정치민요에서 반영되는 민중의 정치의식은 정치적 행위의 직접적인 주체가 되어 서로를 선정, 선동하는 내용으로 나타나기도 하지만 대부분의 경우는 통치자들의 쓸데없는 정쟁이나 잘못된 통치 행위에 대한 자신들의 생각을 반영하고 있다. 이와 같이 정치민요에는 민중의 정치의식이 매우 강하게 반영되기 때문에 통치자들은 이런 노래를 두려워하였고, 경우에 따라서는 민심의 파악을 위해 의도적으로 노래를 수집하기도 했다.

③ 사건 중심의 소재

정치민요를 소재적인 측면에서 살펴보면 거의 모두가 사건을, 그것도 정치적 사건을 중심으로 하고 있음을 알 수 있다. 물론 그 사건은 단순한 것이 아니라 대부분이 역사적인 의미를 가지는 사건들이지만 정치민요가 이러한 것들을 중심적인 소재로 사용하고 있다는 점은 중요한 특징이라고 할 수 있다. 정치적 사건은 어느 한 쪽이 다른 한 쪽을 강하게 부정할 때 일어날 수 있는 것으로 전도된 정치현실을 가장 구체적으로 보여주는 것이다. 이러한 사건들은 정치에 결정적인 영향을 미치게 되는데, 그 영향을 곧 통치의 대상인 민중에게 파급될 수밖에 없다. 이러한 정치적 사건들은 역사 속에서 거의 반복적으로 나타나기 때문에 정치를 객관적으로 살펴보면 그것을 미리 점칠 수도 있게 된다. 이와 같은 성격 때문에 정치적 사건은 민중의 중요한 관심사가 되고, 정치민요의 소재로 사용되기에 가장 적합한 대상이 된다. 따라서 정치적 사건으로 인한 비일상의 상태는 예술적 소재로서 민중에게 다가오고, 그것이 노래로 형상화되어 나타난다.

(2) 형식적 특징

형식은 내용이 의미를 가질 수 있도록 조직화하는 표현 방식을 가리킨다. 그렇기 때문에 어떠한 사물 현상도 일정한 형식을 갖지 않으면 제 구실을 다하지 못한다. 노래는 부르는 이의 감정을 정화시키는 자기해소적 기능도 있지만 그것을 듣는 대상에 미치는 여러 기능도 매우 중요하다. 이러한 기능을 최대한으로 살피기 위해서는 적절한 내용과 더불어 그것에 걸맞는 형식이 반드시 필요하다. 민요에도 형식이 매우 중요한 의미를 가지는데, 그중에서도 정치민요는 청자가 중요시되기 때문에 거기에 걸맞는 특수한 형식이 요구된다.

① 반복의 형식

반복은 강조하고자 하는 내용을 같은 모양으로 거듭하여 되풀이함으로써 일정한 효과를 거두는 수법이다. 시문하의 반복에는 어휘 반복, 음보 반복, 행 반복, 장 반복, 연 반복 등이 있을 수 있다. 이러한 반복법은 중심되는 내용을 반복하여 표현함으로써 간단한 모양으로 가장 큰 효과를 얻을 수 있는 강점이 있다. 특히 노래는 어떤 형태로든 반복법을 많이 사용하고 있는데, 그중에서도 민요에는 장과 음보의 반복이 두드러지는 현상을 보인다. 장으로 나누어지지 않는 형태로 되어 있는 정치민요에는 한 음보가 하나의 행을 이루는 행 반복이 주된 형식을 이루는 특징을 가진다. 정치민요는 부르는 이보다 듣는 이가 강조되는 노래로 기능이 매우 중요시되기 때문인 것으로 보인다. 이런 이유 때문에 정치민요는 드러내고자 하는 바를 듣는 이에게 가장 효과적으로 전달하기 위해 중심 어구를 하나의 행으로 하여 주기적으로 반복하는 방식을 주로 취하고 있는 것으로 보인다. 이러한 반복법이 특히 많이 쓰이는 정치민요에는 미래예언 정치민요과 선전·선동 정치민요가 있다.

② 대구對句의 형식

서로 양립하는 내용을 가진 두 개의 구를 마주보도록 배치하여 뒤의 것을 강조하는 형식을 대구라고 한다. 이러한 형식은 연상 작용을 통한 암기의 용이함,

화자의 의도를 효과적으로 표현하기 위한 강조의 수단 등의 장점을 가지고 있기 때문에 시가문학에서 중요시하는 수사법이다. 특히 정치민요에는 이러한 대구의 방식이 많이 보이는데, 현실풍자 정치민요와 미래예언 정치민요에 주로 나타나는 형식으로 파악된다. 현실풍자 정치민요는 풍자하려는 내용을 강조함으로써 그 효과를 최대화하려는 의도에서, 미래예언 정치민요에서는 예언하려는 내용의 양면성 때문에 그러한 형식이 많이 사용된 것으로 보인다.

③ 단장單章의 형식

정치민요는 하나의 장이 한 편으로 작품으로 완성되는 단장체[35]의 형태가 중심을 이룬다. 그 이유는 여러 가지가 있을 수 있겠지만 주된 것으로는 그것이 비일상의 상태에서 만들어지고 불리는 노래라는 점에서 찾아야 할 것으로 보인다. 비일상의 상태에서 불리는 정치민요는 일상의 상태에서 불리는 여타의 민요와는 달리 급박한 상황에 대한 것이기 때문에 가장 짧은 형식을 통해 가장 큰 효과를 거두어야 하기 때문이다. 또한 정치민요는 전파력을 생명으로 하기 때문에 간략한 형태의 단장체가 가장 적합한 것이라고 할 수밖에 없다.

④ 은유적 표현

은유적 표현은 말하려고 하는 내용을 직접적으로 드러내지 않고 다른 어휘나 내용을 빌어 표현하는 일종의 상징법이다. 은유적 수법은 말하고자 하는 내용을 암묵적으로 나타내거나 미래의 것을 예언할 때 등에 자주 사용되는 것이기 때문에 사회 풍자와 예언, 그리고 선전·선동이 중심을 이루는 정치민요에는 가장 알맞은 표현수법이라고 할 수 있다. 이런 점에서 볼 때 정치민요의 거

---

35 단장체는 여러 개의 장이 주기적으로 반복되는 연장체(連章體)와 상대되는 형태의 작품이다.

의 모든 작품에 은유적 표현이 즐겨 사용되는 것은 지극히 당연한 결과라고 할수 있다. 이러한 표현은 정치민요의 예술미를 높여주는 중요한 표현 방식의 하나로 지목할 수 있다.

4. 정치민요의 성격

1) 전파력이 강한 노래

민요는 인간의 삶 속에서 생겨나고 향유되는 노래이기 때문에 삶의 양식이 바뀌게 되면 그에 따라 그것을 수용하여 함께 변모하거나 수용을 거부함으로써 아예 생명력을 잃어버리고 소멸하든가 할 수밖에 없는 존재이다. 민요는 민중의 삶을 사실적으로 반영하는 삶의 문학으로 그것을 떠나서는 존재할 수 없기 때문이다. 따라서 민요는 삶의 양식과 그 운명을 같이 한다. 정치민요는 일상성이 파괴되어 계급대립이 첨예화된 비일상상의 세계에서 생성되고 불리는 것이기 때문에 계급성을 띠는데, 비일상의 상태가 끝나고 계급대립이 완화되면 생명력을 잃어버리는 노래이다. 정치민요의 소재로 작용하는 비일상의 상태라고 하는 것이 전쟁이나 정쟁, 그리고 가렴주구로 인한 민중의 궁핍상 등인데, 이것은 일정 기간 동안 지속되다가 어느 순간에 소멸할 수밖에 없는데, 이런 상태가 되면 더 이상 그런 노래가 필요하지 않기 때문이다. 따라서 정치민요는 노래를 탄생시킨 원동력으로 작용했던 비일상의 상태가 일단락되면 그와 함께 생명력을 잃어버리고 화석화하든가 다른 기능을 가진 것으로 바뀌어버릴 수밖에 없다. 이런 점에서 볼 때 정치민요는 다른 민요에 비해 생명력을 매우 짧은 노래라고 할 수 있다. 이처럼 정치민요는 생명력이 길지 않기 때문에 짧은 기간에 민요로서의 역할을 수행하기 위해서는 높은 전파력을 가지지 않으면 안 되는 성질을 가지고 있다. 비교적 짧은 기간 동안 지속되는 비일상의 상태에서만 기능을 할 수밖에 없는 정치민요의 본질로 볼 때 높은 전파력을 통해 폭발적인 공감대를 이끌어내야 하기 때문이다.

2) 기능이 강조되는 노래

민요는 민중의 삶 속에서 필요에 의해 생겨난 것이기 때문에 어떤 노래든지 삶 속에서 일정한 역할과 기능을 수행하지 않으면 안 된다. 기능은 주체의 생각이 객체를 지배할 수 있도록 만들어주는 것이기 때문에 항상 대상이 있어야 하고, 그 대상에 대하여 작용하는 특징을 가지고 있다. 이러한 기능은 특히 정치민요에서 강조되는데, 사회의 제반 현상에 대한 민중의 정치의식을 반영하고 있는 정치민요는 노래를 통해 소기의 목적을 달성하지 않으면 안 되기 때문이다.

이러한 성격을 가지는 정치민요가 가지는 기능은 여러 가지가 있을 수 있는데, 가장 먼저 꼽을 수 있는 것은 예언 기능이다. 미래예언 정치민요는 노래에서 예언한 내용이 일정한 시기에 실현되는 것이 중요하기 때문에 이 기능이 중요한 역할을 한다. 미래예언 정치민요에서 예언 기능이 사라지거나 약화되면 노래의 존재가치마저 사라지고 말 것이다. 다음으로 보이는 기능은 사회비판 기능이다. 현실풍자 정치민요는 잘못된 정치현실을 공격하는 풍자의 노래이므로 비판 기능이 중심을 이룬다. 이러한 기능을 통해 현실풍자 정치민요는 통치자들에 대한 경고를 노골적으로 드러낼 수 있었다. 선전·선동 기능 역시 정치민요에서 중요한 의미를 가지는 것이다. 사람들을 일정한 방향으로 나아가도록 만드는 이 기능은 혁명이나 전쟁 같은 비일상의 상태를 빨리 끝내기 위한 것이라고 할 수 있는데, 많은 사람들이 참여할 수 있도록 하기 위한 핵심이라고 할 수 있다.

3) 청자가 중요시되는 노래

일상의 상태에서 만들어지고 불리는 민요는 창자와 청자가 분리되지 않는 것을 기반으로 한다. 정치민요는 노래를 만들고 부르는 사람들이 뚜렷이 대립되는 누군가를 대상으로 하고 있기 때문에 창자와 청자가 분리되는 모습을 보인다. 분리될 뿐 아니라 부르는 사람보다 듣는 사람이 중요시되는 것이 정치민요의 본질적인 성격이기 때문에 매우 특이한 민요라고 할 수 있다. 그런 이유 때문에 정치민요는 구언 과정에서 부르는 사람이 그것을 듣고 즐기기보다는 무서워하고 두려워하면서 노래를 함부로 부르지 못하게 하려는 경향이 짙게 나타나기도 한다. 이런 점에서 볼 때 정치민요는 창자 자신에게 충실[36]한 여타의 민요와는 달리 상대에게 전달되는 기능을 중심으로 하면서 청자가 중심을 이루는 노래라고 할 수 있게 된다.

정치민요에 대한 이상의 논의를 통해 얻는 결론은 다음과 같이 정리할 수 있다.

첫째, 정치민요는 비일상의 상태에서 불리는 노래이기 때문에 비일상성과의 관계가 매우 밀접하다.

둘째, 정치민요는 통치자에 대한 민중의 정치적 공격이 중심을 이루는 노래로 계급대립적 성격을 가진다.

셋째, 정치민요는 잘못된 정치에 대한 민중의 정치의식을 반영하기 때문에 정치적 사건이 중심 소재가 되고, 사회비판적이다.

넷째, 정치민요는 기능이 강조되는 노래이기 때문에 창자보다 청자가 중요시되는 노래이다.

다섯째, 정치민요는 신속한 전파, 강력한 선전·선동, 정확한 예언 등을 생명

---

36 장덕순, 조동일 외편, 『구비문학 개론』, 일조각, 1985, 76쪽.

으로 하기 때문에 단장체의 형태를 중심으로 하며, 수사법은 반복법과 대구법, 은유법 등을 많이 사용한다.

제3장

소통과 불통으로 본 민요와 시가의 관계

　인류의 역사는 변화의 주체로 보는 대상을 나누는 기준과 목적에 따라 다양하게 구분될 수 있다. 문화적 현상의 하나이면서 인류의 삶에 중요한 구실을 했던 노래라는 문학예술과 관련을 가지는 시기의 구분은 민요의 시대와 시가의 시대로 크게 나눌 수 있다.[1] 민요는 모든 사람들이 살아가면서 공통적으로 겪을 수밖에 없는 노동과 여가, 의식과 정치 등에 대한 자신들의 생각을 표현에 있어서 예술적 아름다움을 수반한 노래[2]라는 양식으로 형상화한 것으로서 아주 오랜 역사를 지닌 문학예술의 한 갈래이다. 특히 노래는 먹이를 얻는 행위를 하는 가정에서 불리는 노동요를 가장 오래된 것으로 본다. 왜냐하면 노동은 유기체가 생명을 유지하기 위해서는 필수적으로 겪어야 하는 과정의 하나인데, 이 과정에서 불린 노래의 역사는 바로 노동의 역사이기 때문이다. 노동과 여가가 중심을 이루는 사람의 삶에서 여가보다는 노동이 우선하기 때문에 민요의 경우도 여가요보다 노동요가 먼저 생겼을 것으로 본다. 그러므로 노동요는 민요 중에

1　문명의 척도인 도구의 발달과 변화를 대상으로 구석기, 신석기, 청동기, 철기 등으로 나누기도 하고, 인류가 문자를 발명해 신들의 흔적을 기록하기 시작한 이후인 역사시대는 고대, 중세, 근세, 근대, 현대 등으로 나누기도 한다.

2　노래는 일정한 범위에 속하는 구성원들이 사회적으로 약속한 의미를 가지는 언어를 표현수단으로 하면서 소리(聲)의 고저장단(高低長短)을 특수하게 배합하여 부름으로써 사람의 청각기관에 작용시키는 것이라고 정의한다.

서 최고로 오래된 역사를 가진 것임과 동시에 가장 기본적인 것이라고 할 수 있다. 의식에서 불리는 의식요나 정치의식을 반영한 정치요 등은 상당히 조직화된 공동체가 형성된 다음에 만들어지고 불렸을 것이므로 노동요와 여가요에 비해 짧은 역사를 가진다고 할 수 있다. 그중 정치요는 역사시대라고 할 수 있는 국가의 발생과 문자의 발명 등과 밀접한 관련을 가지는 것이면서 시가의 발생과도 일정한 연관이있는 것으로 파악된다. 왜냐하면 정치라는 것은 지배계층과 피지배계층으로 신분이 분화되면서 국가라는 이름의 공동체가 발달하는 과정에서 생겨난 것으로써 이에 대한 피지배층의 생각을 노래로 부른 것이 바로 정치요이기 때문이다. 이러한 성격을 가지는 정치요가 발생했다는 것은 신분제 사회를 중심으로 하는 왕권국가가 정착되었다는 것을 의미함과 동시에 정치 행위가 곧 노동 행위로 되는 지배계급이 발달하면서 그들만의 정서를 표현할 수 있는 시나 노래 같은 것들이 만들어지기 시작했다는 것을 뜻한다. 이런 점에서 볼 때 시가는 국가의 발생과 민족의 성립, 지배계층의 확립과 문자의 발명 등을 기반으로 하여 만들어지고 향유된 노래문학의 일종으로 역사시대가 만들어낸 지배층의 문학예술이라는 성격을 기본으로 하고 있다는 사실을 알 수 있다. 국가의 발생과 그에 따른 신분의 분화 등의 사회 현상은 그동안 동일선상에서 수평적으로 이해될 수 있던 사람과 사람의 관계가 수직적으로 바뀌는 것을 의미하는 것이기 때문에 두 계급이 만들고 즐기는 문화현상에 일정한 관련성과 더불어 뚜렷한 차별성이 존재한다는 사실을 감지할 수 있게 된다. 민요와 시가가 공통적으로 가지고 있는 관련성은 두 갈래의 노래가 소통할 수 있는 통로를 만들어주지만, 신분에 의해 구별 지어지는 사회와 문화에 의해 형성되는 차별성은 두 갈래의 노래가 소통할 수 없도록 만드는 요인으로 작용하기도 한다. 민요와 시가 사이에 존재하는 이러한 소통과 불통에 대한 분석은 이 둘이 형성하는 관계성, 유사성, 차별성, 특수성 등을 파악하는 데 매우 중요한 구실을 할 것으로 보인다. 이러한 생각을 바탕으로 민요와 시가의 소통과 불통의 문제를 집중적으로 논의함으로써 시가의 역사적, 예술적 맥락을 짚어볼 수 있는 기반으로 삼고자 한다.

1. 민요와 시가의 발생 과정

1) 민요의 발생 과정

예술적 창조 행위 중의 하나인 문학은 일정한 사물 현상을 대상으로 하여 아름답게 꾸미는 것에서 시작되었다고 할 수 있다. 예술적 창조 행위는 사람이 본능적으로 지니고 있는 삼대욕구三大欲求[3]의 하나인 미적욕구를 바탕으로 하는데, 무엇인가를 꾸며서 아름답게 만들어낸 것으로서의 예술 작품을 형성하는 근원이 된다. 미적욕구를 바탕으로 하여 창조되는 예술 작품은 매우 다양한 종류가 존재하는데, 소리聲와 말言語을 중심적인 매개체로 하여 만들어진 것이 바로 언어예술인 문학이다. 그중에서 사람의 입을 통해 불리는 것으로 언어를 표현수단으로 하면서 소리의 고저장단을 특수하게 배합하여 청각기관에 작용시켜 예술적 감동을 불러일으키는 소리예술인 민요는 인류의 역사와 그 맥을 같이한다고 할 만큼 오랜 역사와 전통을 가지고 있다. 사람이 생명을 유지하기 위해 반드시 필요로 하는 먹이를 얻는 과정인 노동 현장을 발생 배경으로 하여 만들어지고 불린 노래가 바로 민요이기 때문이다. 먹이를 얻는 과정인 노동 행위는 인

---

[3] 욕구는 결핍, 혹은 비어있음을 채우려는 바람이면서 일정한 행위를 유발함으로써 미래를 선점(先占)하는 것을 기본적인 성격으로 한다. 결핍은 부족함, 필요로 함 등이 뜻을 가지는데, 그것이 채워져서 부족함의 상태가 종결되면 곧바로 사라지는 것이 바로 욕구다. 사람이 가지고 있는 3대 욕구는 식욕(食慾), 성욕(性慾), 미적욕구(美的欲求)를 가리키는데, 미적욕구에 의해 다양한 종류의 예술 행위와 예술 작품이 성립하고, 창조된다.

류의 삶이 시작된 때로부터 있어왔을 것이기 때문에 이 과정에서 발생했을 것으로 보이는 민요의 역사가 바로 노동의 역사이며, 다른 한편으로는 인류의 역사인 것이다. 이런 점에서 볼 때 민요는 다른 어떤 언어예술보다 오랜 역사를 가지고 있는 것으로 볼 수밖에 없다. 이러한 발생 과정을 가지고 있는 민요의 첫 모습은 신호음에 가까운 소리였다가 점차 소리를 주도하는 사람의 사설辭說이 덧붙여지는 과정을 거쳐 민요라는 이름을 가진 노래로 완성되어 갔을 것[4]이라고 추정한다. 노동의 역사는 도구 발달의 역사라고 할 수 있는데, 도구의 발달이 미미했던 과거로 가면 갈수록 집단적 행위를 통한 노동이 많았을 것으로 추정된다. 왜냐하면 육체가 지니고 있는 힘이나 기능 등이 매우 취약한 존재인 인간이 스스로의 능력을 신장시켜 먹이를 효과적으로 획득할 수 있는 보조수단인 도구를 발달시키지 못했던 아주 먼 과거에는 노동 과정을 원활하게 하면서 더 많은 먹이를 쉽고 효율적으로 얻기 위한 방법의 하나로 둘이나 그 이상의 사람들이 힘을 합쳐 노동 행위를 했을 것이기 때문이다. 따라서 과거로 가면 갈수록 집단노동 행위가 중심을 이루게 된다는 사실[5]을 쉽게 알 수 있다. 두 사람 이상이 집단 행동을 한다는 것은 개인과 개인의 힘을 하나로 모아 더 큰 힘을 발휘함으로써 더 많은 먹이를 한층 더 효과적으로 획득하기 위한 것이 주된 목적으로 되는데, 이 과정에서 가장 필요로 하는 것이 행동의 통일이라고 할 수 있다. 왜냐하면, 함께 움직여서 힘을 합치지 않으면 먹이를 획득하는 데 실패하거나 무척 힘든 노동 과정을 감수해야 할 것이기 때문이다. 육체를 통해 표현되는 유기체의 행위는 머릿속에서 인지한 것을 근거로 하여 내려지는 명령에 의한 것이므로 여러 사람이 동시에 행동을 할 수 있도록 만들기 위한 신호를 통해 각

---

4 고정옥, 『조선민요연구』, 수선사, 1949, 13쪽.
5 지금도 기계가 아닌 사람의 육체가 지니고 있는 능력과 힘을 바탕으로 일을 하는 현장에서는 집단적인 행위를 바탕으로 하는 노동이 중심을 이룬다는 것에서 이러한 사실을 확인할 수 있다.

개인이 머릿속에서 인지하도록 하는 것이 매우 중요한 의미를 가진다. 육체가 활발하게 움직이는 노동 과정에서도 소리를 듣고 인지하는 청각은 언제나 수용 가능한 상태로 준비되어 있어서 노동 행위를 하는 사람들은 노동의 효율성을 높이기 위한 행동의 통일을 기하기 위해서는 소리를 통한 신호음 같은 것이 있어야 한다는 필요성을 느끼게 되었던 것이다. 이러한 신호음은 처음에는 탄성歎聲이나 괴성怪聲과 같이 단순한 소리의 형태를 가진 것이었다가 점차 일정한 주제를 가진 내용의 사설이 그것을 만들고 부르는 사람들에 의해 더해지면서 점차 노래의 형태를 갖추어 나가기 시작한 것[6]으로 볼 수 있다. 이와 같이 노동 과정에서 발생한 민요는 문명의 발달과 그에 따른 다양한 문화의 형성으로 그 폭을 확대하여 여가, 의식, 정치 등의 현장이나 대상에 대한 사람들의 생각을 일정한 형식에 담아 표현하는 방식으로까지 성장했다. 이렇게 되자 민요는 노래가 만들어지고 불리는 현장을 삶의 거의 모든 분야로 확대하면서 사람들의 생활 속에 매우 깊은 뿌리를 내리게 되었다.

2) 시가의 발생 과정

민족의 개념을 포함하고 있는 국가라는 조직의 발생과 발달은 인류역사에서 엄청나게 중요한 의미를 지닌다. 현재 남아 있는 기록으로 볼 때 지금으로부터 약 5,500년 전 무렵에 부족이나 씨족 단위를 넘어서는 수준의 국가가 이미 형성되었던 것으로 보인다. 국가가 발달하면서 나타난 사회적 현상은 매우 다양한데, 첫째, 신분의 조직적 분화, 둘째, 민족 개념의 형성, 셋째, 문자의 발명, 넷째, 문명의 비약적 발달, 다섯째, 부계 중심 성씨姓氏의 등장과 발달 등이 나타났다. 강력한 권력을 기반으로 하는 국가의 발생은 그때까지 있었던 씨족이나

6　고정옥, 앞의 책, 13쪽.

부족이 중심을 이루는 방식의 나라와는 질적으로 다른 것이었다. 지배층과 피지배층이라는 두 개의 신분이 뚜렷하게 나누어지고, 지배층에 속하는 왕과 귀족들이 강력한 권력을 가지는 구조로 바뀌면서 탄탄하고 체계적인 조직을 바탕으로 하는 정치권력이 등장[7]했기 때문이다. 이러한 신분의 분화와 고착화는 민요의 세계에서 파생된 시가가 등장할 수 있는 근거를 제공하게 된다. 국가라는 이름을 가진 사회 조직은 씨족과 부족의 범위를 넘어서는 범주에 속하는 사람들이 모여 하나의 울타리 안에서 생활하는 조직을 가리킨다. 씨족이나 부족보다 광범위한 범위에 속하는 사람들의 공동체를 민족이라 하고, 이들이 중심을 이루어 조직화한 사회집단을 국가[8]라고 하는데, 하나의 민족이 다른 부족이나 민족을 정복하여 국가의 공간적 범위를 넓히기도 하지만 국가라고 하는 것은 기본적으로 민족 개념을 근거로 하고 있다. 이러한 민족 개념의 성립은 언어, 종교, 생활 등의 문화적 공통성을 바탕으로 하기 때문에 국가를 테두리로 하는 다양한 문화현상들이 나타날 수 있는데, 시가 역시 이러한 문화현상 중의 하나라고 할 수 있다. 지배층과 피지배층으로 신분이 분화하면서 나타난 뚜렷한 사회적 현상 중 하나는 노동계급과 비노동계급이 확실하게 나누어진다는 점이다. 여기서 말하는 노동은 주로 육체노동을 가리키는 것으로 지배계층에 속하는 사람들은 학문과 정치를 자신의 일로 삼으면서 육체적 노동을 하지 않게 되었기

---

7   씨족이나 부족이 중심을 이루었던 형태의 나라에서는 조직화되지 못한 극소수의 지도자가 나머지 사람들을 이끌어가는 방식이었지만 강력한 권력을 기반으로 형성된 국가에서는 전체 구성원의 소수에 속하는 사람들이 고정된 신분을 유지하면서 나머지 사람들을 통치하는 방식을 갖추었다. 그렇기 때문에 국가가 발생했다고 하는 것은 신분의 분화가 고착화되면서 소수자에 의한 정치권력의 독점화가 상당히 진행되어 있는 상태라고 할 수 있다.

8   국가는 일정한 영토와 거기에 사는 사람들로 구성되고, 주권에 의한 하나의 통치 조직을 가지고 있는 사회 집단을 가리키는 말로 일반적으로 국민, 영토, 주권의 구성 요소를 필요로 한다. 많은 경우 민족과 국가가 일치하기도 하지만 그렇지 않은 경우도 있다. 일치하지 않는 경우에도 공간적으로 떨어져 있는 같은 민족은 그들의 뿌리가 되는 것으로 믿는 해당 국가에 대한 애정과 소속감 등이 강렬하다.

때문이다. 왕을 중심으로 하는 지배계층의 사람들은 자연을 터전으로 삶을 꾸려가는 노동계급에 속하는 사람들을 효과적으로 지배하고 통치하기 위해서는 천문과 지리, 기후 등에 대한 정보를 정확하게 제공하는 능력을 가지는 것이 절대적으로 필요했다. 왜냐하면 노동계급에 속하는 사람들은 지배층에서 지시하는 대로 행동하여 많은 생산물을 획득하는 것을 가장 바람직한 삶으로 여겼고, 정확한 정보를 제공하는 사람에게 절대적인 복종을 할 수밖에 없었기 때문이다. 자신들의 권력을 유지하고, 노동계급에 속한 대다수의 사람들을 복종시키기 위해 절대적으로 필요한 정보들에 대한 정확도를 높이기 위해 이들이 개발한 것이 바로 시간의 한계[9]를 넘어 다양한 정보를 오래, 그리고 폭넓게 공유할 수 있는 수단이나 도구를 만드는 것이었다. 지배계급인 비노동계급에 의해 발명된 것이 바로 사회적으로 약속된 뜻을 담아내고 있는 기호로서의 문자였다. 사람과 사람 사이에 의사를 소통할 수 있는 시각적 기호인 문자는 시간의 지배를 받지 않기 때문에 오랜 시간 동안, 공간을 초월해서 존재할 수 있음으로 인해 그것이 담고 있는 정보가 시공을 초월해서 공유될 수 있는 특징을 지니고 있다. 이러한 문자의 발명은 시가의 발생과 발달에 결정적인 계기를 제공한다. 국가의 성립과 발달은 사회 전 분야의 문명이 비약적으로 발달할 수 있는 근거와 바탕을 마련했다. 많은 사람들의 생활을 윤택하게 함과 동시에 국가를 운영하기 위한 비용인 세금을 거둬들이기 위해서는 생산력을 높이는 것이 무엇보다 중요했는데, 이 과정에서 문명의 척도가 되는 도구의 발달이 획기적으로 이루어졌다. 또한 국가의 범위 안에 있는 사람들을 안전하게 지키기 위해서는 강력한 무기가 필요하게 되었으며, 이러한 필요성에 의해 다양한 형태와 기능을 가

---

9 언어는 일정한 의미를 가지는 것으로 사람들에게 의해 약속된 소리를 입 밖으로 내어 화자가 나타내고자 하는 바를 전달하는 수단의 하나인데, 순식간에 시간 속으로 사라져 흔적을 남기지 않기 때문에 시공을 초월해서 공유하는 것이 불가능했다. 이러한 한계를 극복하려는 목적에서 만들어진 것이 바로 약속된 기호인 문자(文字)이다.

진 무기들이 개발되면서 사회 전 분야의 문명에 엄청난 파급력을 가지게 되었다. 문명의 이러한 비약적 발달이 국가라는 조직과 밀접한 연관을 가지고 있음은 현재까지도 국가라는 조직이 건재하고 있다는 사실에서 확인할 수 있다. 국가의 지도자가 되어 많은 사람들을 이끌고 통치해나가야 하는 책임을 가진 사람들은 동시에 절대적인 권력도 가지게 되는데, 이것을 지켜내기 위해 이들은 자신들의 모든 것을 이어받아 지켜낼 수 있는 기반이 절대적으로 필요하게 되었다. 이러한 필요성에 의해 등장한 것이 바로 혈통이라는 개념을 바탕으로 하는 성씨姓氏였다. 권력과 경제력 등의 특권까지 모두 승계하는 후계자로 혈통을 강조하면서 하나의 울타리 안에 있는 구성원임을 강조하는 것만큼 강력한 것은 없었기 때문이다. 그런 이유로 인해 다른 혈통과 자신의 혈통을 구분하기 위해 붙인 것이 바로 성姓[10]이었다. 아버지와 자식 사이에 형성되는 끈을 나타내면서 대대로 계승되는 성은 지금까지도 세계 곳곳에서 잘 유지되고 있는 실정이다. 이러한 목적에서 시작된 성은 다른 한편으로는 다른 사람과 자신을 뚜렷하게 구별하여 나타낼 수 있는 중요한 수단으로도 되었기 때문에 개인적인 정서를 표출하여 기록하고 노래하는 시가의 발생과 발달에도 지대한 영향을 끼친 것으로 볼 수 있다. 국가가 발생하면서 조직화한 신분의 분화가 성립하자 문명의 비약적 발달과 권력의 승계라는 새로운 사회 현상이 나타나면서 문화적인 측면에서도 커다란 변화가 모색되었으니 노동계급의 문화와 차별성을 가지는 새로운 문화현상의 등장이 바로 그것이었다. 국가 발생 이전까지의 문화는 익명성을 기반으로 하는 대중적인 것이 주류를 이루었는데, 소수에 의한 혈통과 권력의

---

10 성(姓)은 국가가 발생하기 전에도 있었을 가능성이 크지만 국가가 성립하여 신분이 분화하면서 주로 왕을 중심으로 하는 지배계층에 속하는 남성의 혈통을 강조하기 위한 수단으로 형성되었다. 우리나라를 비롯한 여러 기록들에 의하면 옛날에는 일정한 공로가 있는 사람이나 귀족에게 왕이 성을 내리는 것으로 나타난다. 이것은 성이라고 하는 것은 정치권력의 유지와 승계를 위한 수단으로 가장 합당한 것이었다는 사실을 잘 보여주는 것이라고 할 수 있다.

승계가 정착되면서 그들만의 차별화된 문화가 자연스럽게 만들어질 수밖에 없었기 때문이다. 그중 가장 뚜렷한 차별성을 가지는 것으로는 문자를 표현수단으로 하는 언어예술로서의 문학과 소리의 고저장단을 특수하게 배합한 형태로 만들어진 소리예술로서의 음악이었던 것으로 보인다. 문학과 음악은 화자나 창자의 감정과 정서를 매우 효과적으로 표현해냄과 동시에 상대에게 전달하여 감동을 유발하는 예술로 매우 오랜 역사를 지니고 있었다. 신분의 분화가 조직화하지 않았던 시대의 문학은 이야기와 노랫말이 중심을 이루었는데, 시간의 한계를 넘어설 수 있는 문자를 통한 기록이 가능해진 시기로 역사시대를 열어젖힌 국가가 발생한 이후부터는 종래의 노랫말과는 차원이 다른 것이 만들어졌으니 그것이 바로 시詩였다. 국가가 형성되기 훨씬 오래전부터 만들어지고 불렸던 노랫말 역시 시적인 성격을 가지고 있지 않은 것은 아니지만 신분의 조직적 분화 이후 지배층에 의해 만들어진 시와는 질적으로 상당히 다른 성격을 지니고 있었다. 자연에 대한 생각이나 사상, 화자가 지니고 있는 정서 등은 노랫말과 시가 공통적으로 가지고 있는 것들이라고 할 수 있다. 그러나 시는 소리의 율동을 통해 감동을 유발하는 율격이 노랫말에 비해 훨씬 체계적이고 조직적이며, 다양화하는 모습[11]을 보이고 있으며, 표현기법 또한 매우 다양하다는 점에서 기존의 노랫말과 상당한 차이가 있음을 알 수 있다. 민요의 노랫말에 비해 시가 이처럼 다른 모습을 보이는 핵심적인 이유는 구성원 공통의 정서를 표현하고 전달하는 것이 중요한 목적이었던 민요와는 달리 시는 작가 개인의 정서를 표현하고 전달하는 방식으로 바뀐 것이라고 할 수 있다. 그만큼 표현할 수 있는 방법의 폭이 넓어지면서 형식적 다양성을 바탕으로 하는 새로운 방식의 율격이

---

11 민요의 율격에 비해 시가의 율격은 훨씬 복잡하며, 다양하고, 체계적이라는 사실을 쉽게 알수 있다. 예를 들면 민요에 바탕을 두고 있는 시경(詩經)은 사언사구(四言四句)라는 단순한 율격을 가지지만 한시는 오언(五言), 육언(六言), 칠언(七言) 등으로 다양한데다가 율격을 이루는 세부적인 구성 요소가 매우 복잡한 양상을 보이고 있다.

개발되어 지배층에 속하는 사람들이 주로 만들고 향유하는 예술 갈래로 정착한 것이 바로 시詩였다. 이러한 성격을 가지는 시는 그것이 태생적으로 지니고 있는 반복과 압축의 구조에 힘입어 노래로 불리면서 춤을 곁들이는 예술 갈래로 발전했으니 그것이 바로 시가詩歌[12]였다. 그렇기 때문에 시가는 신분의 조직적 분화와 국가의 발생과 발달, 문자의 발명, 지배층의 확립 등을 사회적 배경으로 하여 발생한 문학, 음악, 무용의 세 가지 요소를 갖춘 언어예술을 가리키는 것이 된다.

2. 민요와 시가의 성격

1) 민요의 성격

(1) 언어예술

사람이 머릿속에 가지고 있는 어떤 것을 말로 나타낸 것이 바로 언어다. 언어는 시각을 통해 인지할 수 있는 물질적 형태를 가진 것은 아니지만 자신의 생각을 상대에게 전달할 수 있는 표현 수단의 하나로 청각을 통해 인지할 수 있다. 그렇기 때문에 언어는 사람이 가진 느낌이나 사상, 기타 표현하고자 하는 바를 상대에게 전달하기 위한 도구 중 가장 발달되고 정확한 수단이 된다. 생명체가 가지고 있는 느낌이나 정보를 정확하게 전달하고 공유하는 데 언어를 매개체로 사용한다는 것은 문명의 발달과 문화의 발전에 언어가 결정적인 영향력을 가진 것이 사실을 의미하므로 이것은 삶의 질을 좌우한다고 할 정도로 중요한 구실을

---

12 시가는 언어예술로서의 시와 소리예술로서의 음악과 동작예술로서의 무용이 하나로 합쳐진 것을 가리키는 말이다. 외부의 사물 현상에서 일어난(興) 것이 내부의 마음을 거쳐 느껴지면 (感) 그것이 소리로 드러나(發)고 여기에 신명이 더해지면 일정한 행위(舞)를 수반하는 것이 바로 시가다.

하는 것으로 파악된다. 사람들이 언어를 통해 대화를 하며, 자신의 감정이나 느낌, 생각, 사상, 사물 현상에 대한 정보 등을 교환함과 동시에 공유하는 것은 오랜 시간에 걸쳐 만물의 영장으로 군림할 수 있었던 가장 중요한 배경이 되기 때문이다. 인류의 삶에서 이처럼 중요한 의미를 가지는 것이 바로 언어이기 때문에 오래전부터 사람들은 이것을 활용하여 아주 다양한 문화현상을 만들어냈는데, 그중 하나가 바로 언어예술이라고 할 수 있다. 언어를 매개수단으로 하는 예술을 지칭하는 언어예술에는 이야기說話와 노래民謠가 중심을 이루는데, 노래는 노동 현장을 중심으로 향유되고, 이야기는 여가현장을 중심으로 향유되는 특징[13]을 가지고 있다. 노래인 민요는 생활상의 필요에 의해 자연발생적으로 생긴 것이면서 반드시 언어를 통해 표현되고 향유되며 사람의 감정에 작용하여 감동을 유발하는 예술적 성격을 지니고 있기 때문에 언어예술의 한 종류가 된다.

(2) 구전성, 개방성, 현장성

문자가 생기기 전까지는 사람이 생각하고 말하는 모든 것은 언어를 매개체로 하여 입을 통해 전달되며 기억을 통해서만 존재하는 구전의 방식이 중심을 이루었다. 말로 된 것이면서 사람의 기억 속에 공유되고, 시간적으로 내려오는 것이 바로 민요이기 때문에 이것은 구전을 원칙으로 한다. 민요가 입에서 입으로 전해지는 구전의 방식을 통해 존재한다는 말은 고정되어 있지 않으며, 폐쇄적이지 않다는 것을 의미하기도 한다. 고정되어 있지 않다는 것은 언제든지 변화할 수 있다는 것을 가리키며, 폐쇄적이지 않다는 것은 무엇이나 받아들여 자신의 것으로 만들 수 있다는 것을 의미한다. 이런 점에서 볼 때 민요는 일정한

13　물론 모든 노래가 노동현장에서만 불리는 것은 아니다. 여가(餘暇), 의식(儀式), 정치(政治) 등의 현장에서도 노래가 불리지만 노동현장에서 불리는 것이 가장 먼저 생겼으며, 가장 중요한 의미를 가지기 때문에 이렇게 말할 수 있다.

공간에 그려지거나 다듬어져서 시각화하면 변화가 불가능하게되는 그림이나 조각 등과 근본적으로 다른 차별성을 가진다는 사실을 알 수 있다. 즉 한 번 만들어지면 고착화되어 굳어지는 그런 것이 아니라 언제든지, 그리고 무엇이나 수용하여 새로운 것을 만들어낼 수 있는 개방성을 가진 것이 바로 민요인 것이다. 민요가 이처럼 개방성을 가질 수 있는 것은 언어로 전해지는 구전성에 기반을 두고 있는데, 이것은 또한 현장성과도 밀접한 관련을 가지고 있어서 눈길을 끈다. 민요는 그것을 발생시키고 존재하게 하는 근거인 생활현장이 바뀌면 즉시 그것을 수용하여 노래로 만드는 재치를 발휘한다. 다른 예술 갈래에서는 불가능한 것이 민요에서는 가능한데, 그 이유는 바로 구전됨과 동시에 삶의 현장에서 불리기 때문이다. 만약 민요가 문자로 기록되거나 다른 표현수단을 통해 시각화했다면 도저히 불가능한 것이 바로 현장성이라고 할 수 있다. 민요가 태생적으로 가지고 있는 구전성은 개방성을 낳고, 개방성은 다시 현장성을 낳으니 이 세 가지는 민요가 지니고 있는 매우 중요한 성격의 하나라고 할 수 있다.

(3) 작자作者가 드러나지 않으며, 창자와 청자가 분리되지 않음

민요에는 겉으로 드러난 작자가 존재하지 않는다. 누군가가 노랫말이나 가락을 붙여서 만든 것은 확실하지만 그것을 드러내지 않을 뿐이다. 이것을 우리는 익명성이라고 부른다. 어떤 행위를 한 사람이 누구인지 드러나지 않는 것을 의미하는 익명성은 일반 대중이 만들고 즐기는 거의 모든 것에 존재한다. 유언비어라는 이름으로 불리는 소문 혹은 풍문이나 정치에 대해 비판적인 공격성을 드러내는 참요, 설화, 민요 등에는 기본적으로 익명성이 보장된다. 익명성은 자신을 드러내지 않는 대신 말하는 사람이 표현하고자 하는 것을 가감 없이, 혹은 과장되게 전달하는 것을 목적으로 한다. 민요의 작자가 드러나지 않는 것도 바로 이런 이유에 기인한 바가 크다고 할 수 있다. 민요에는 남녀의 성과 관련을 가지는 내용이 매우 노골적으로 나타나고 있는 것에서 이러한 사실을 확인할 수 있다. 익명성을 기반으로 만들어진 민요는 구성원 대부분이 함께 부르는데, 부르는 사람인 창자와 듣는 사람인 청자가 분리되지 않는 특성을 가지고 있다. 일정한 작가가 있는 시가는 노래를 짓는 사람과 그것을 부르는 사람, 듣는 사람이 분리되는 경향이 있지만 민요에는 이런 현상이 전혀 나타나지 않는다. 부르는 사람이 듣는 사람이고, 듣는 사람이 또한 부르는 사람이 된다. 이것 자체로는 별로 새로울 것이 없지만 역사시대에 접어들면서 시가를 비롯하여 지배층에 의해 만들어진 다양한 예술이 대중 일반을 대상으로 하는 공연의 방식을 취하면서 부르는 사람과 듣는 사람이 분리되는 성격을 기본으로 가지고 있다는 점 때문에 민요의 특징으로 강조된다.

(4) 피지배층의 노래로 사회의 구성원이면 누구나 부르는 노래

노래 중에는 공동체의 구성원이기만 하면 특별한 능력이 없어도 생활 속에서 배우고 익혀 자연적으로 누구나 부를 수 있는 것[14]이 있는가 하면, 일정한 능력이 있으면서 특별한 준비 과정을 거쳐서야 부르는 것도 있다. 앞의 것에 해당하는 것 중에 대표적인 것으로 민요를 들 수 있으며, 뒤의 것 중 대표적인 것으로 무가를 꼽을 수 있다. 세상에 태어나 점차 성장하면서 말을 배우게 되고, 그다음으로 배우는 것이 노래라고 해도 과언이 아닐 정도로 민요는 생활 속에서 자연발생적으로 익혀서 부르게 되는 그런 것이다. 이것 역시 너무나 당연한 것이기 때문에 민요의 성격으로 군이 강조해야 할 이유가 없는 것처럼 보이기도 한다. 그러나 후대에 생겨난 무가나 시가 등은 특별한 능력을 가진 사람이 특수한 훈련을 거쳐서야 비로소 부를 수 있게 되는 성격을 가지고 있기 때문에 그것

---

14 공동체의 구성원이기만 하면 생활 속에서 배우고 익혀 자연적으로 누구나 부르는 노래를 요(謠)라 하고, 특별한 능력을 가진 사람이 특수한 훈련을 거쳐서 부르는 노래를 가(歌)라고 한다.

과 차별성을 보이는 이것이 민요의 중요한 성격으로 지적되기에 이르렀다고 할 수 있다. 지배층과 피지배층이라는 조직화된 신분사회가 형성되지 않았다면 무가를 제외한 일반 대중의 노래가 모두 이러한 성격을 가지고 있기 때문에 굳이 강조할 필요가 없었을지도 모를 일이다.

(5) 분장分章의 형태

노동 과정에서 발생했을 것으로 보이는 민요는 교환창交換唱이나 선후창先後唱의 가창 방식을 기본[15]으로 한다. 교환창과 선후창으로 부를 수 있는 노래는 여러 개의 장이 결합한 형태, 동일한 형태의 구절을 반복하는 렴斂이 수반된다는 점 등을 중요한 특징으로 한다. 물론 민요 중에는 교환창이나 선후창으로 부를 수 없는 형태의 노래가 없는 것은 아니다. 노동요 중에서는 가사노동 과정에서 독창으로 부르는 베틀노래 같은 것, 정치에 대한 비판적 내용을 담고 있으면서 제창의 형태로 불리는 정치요, 사설을 독백처럼 읊조리는 방식으로 부르는 신앙요 같은 것들은 교환창이나 선후창으로 불리지 않는 노래들이다. 그러나 이 노래들은 사회가 발전하는 과정을 통해 민요가 다양하게 분화하면서 생겨난 것으로 보아야 하기 때문에 민요는 기본적으로 분장의 형태와 교환창이나 선후창의 가창 방식을 가진다고 말할 수 있다. 민요가 기본적으로 가지고 있는 이러한 분장의 형태는 후대의 시가문학에도 커다란 영향을 미친 것으로 보이기 때문에 한층 더 중요한 특징으로 볼 수 있다.

---

15 민요의 가창 방식에는 독창(獨唱)이나 제창(齊唱) 같은 것도 있으나 일부 서사민요를 제외하고는 독창으로 부르는 노래는 선후창으로도 부를 수 있다는 점(「민요」, 『한국민족문화백과사전』, 한국정신문화연구원, 1991)으로 볼 때 이 가창 방식은 민요의 발전 과정에서 파생된 것으로 생각할 수 있다.

(6) 생활 정서의 사실적 반영

민요는 생활상의 필요에 의해 만들어지고 불리는 노래이다. 많은 사람들이 민요를 만들고 부르는 데는 이것 외에 어떤 목적이나 수단이 개입될 여지가 전혀 없다. 생활상의 필요라는 현실적 욕구에 의해 민요가 만들어지고 불리기 때문에 노래의 사설이나 가락 등은 복잡하거나 인위적으로 꾸며진 어떤 것을 요구하지도 않는다. 민요는 그저 그것을 만들고 부르는 사람들이 생활 속에서 필요로 하는 목적을 달성하는 데 합당한 기능을 하면 되므로 그것의 주체인 일반 대중의 정서를 있는 그대로 실어서 표현하는 방식을 취한다. 따라서 민요에는 화려한 수사修辭, 복잡한 구조, 어려운 표현 등은 나타나지 않는다. 생활 속에서 자연발생적으로 느끼는 자유로운 정서들이 사실적으로 표현되는 것에 초점을 맞추기만 하면 되기 때문이다. 다른 사람을 감동시키기 위해 복잡한 구성이나 이상한 표현을 하지 않아도 되므로 민요가 가지고 있는 또 하나의 중요한 특징은 생활 속에서 느끼는 정서를 사실적으로 반영하는 것이라고 할 수 있다. 사상적인 것이거나 정치적인 관련을 가지는 것들, 신에 대한 찬양이나 기원 등에 대한 표현 역시 생활 속에서 자신들이 필요로 하는 것들을 대상으로 하여 느끼는 일반 대중의 정서를 있는 그대로 가감 없이 노래로 표출시키기만 하면 그것이 바로 민요가 되는 것이다.

(7) 지역이나 민족 단위의 전승

같은 민요를 부르고 공감하기 위해서는 문화적 동질성의 확보가 매우 중요하다. 민요가 담아내고 있는 생활 정서가 현실에 기초한 것이면서 그것을 사실적으로 반영한 것이므로 이에 대한 문화적 동질성이 확보되지 않고서는 함께 향유하는 것이 불가능하거나 매우 어렵기 때문이다. 그런 이유로 인해 민요는 작게는 지역 단위로, 크게는 민족 단위로 전승되는 양상을 보이는 것이 특징이다. 지역적 단위는 공간적인 것을 바탕으로 하지만 민족적 단위는 공간보다는 혈연과 언어 등을 비롯한 문화적 동질성에 바탕을 두고 있기 때문에 시간적이라고 할 수 있다. 또한 이 두 가지는 따로따로 분리되어 존재하는 것이 아니라 뒤섞여 있어서 민요의 전승에 가장 중요한 바탕을 이루는 요소 중의 하나라고 할 수 있다. 사람뿐 아니라 지구상에 존재하는 모든 현존재는 환경의 영향을 무시할 수 없기 때문에 비슷한 환경을 가지고 있는 공간적 배경이 매우 중요하다. 문화적 동질성이 기본적으로 공간을 배경으로 형성된다는 것에서도 이러한 사실을 확인할 수 있다. 그런 점에서 볼 때 문화현상의 하나인 민요는 태생적으로 문화적 동질성을 확보할 수 있는 공간적 배경인 지역을 근거로 하고 있음을 알 수 있다. 민족적 단위 역시 기본적으로는 지역적 공간이 확대된 상태의 문화적 동질성을 바탕으로 하고 있기 때문에 지역적 단위와 결코 무관할 수 없다는 사실 또한 자명하다. 따라서 아주 특별한 경우를 제외하고는 민요가 민족 단위를 넘어서는 일은 매우 어렵거나 거의 불가능하다는 것을 지적할 수 있다.

(8) 문학적 성격과 음악적 성격

민요는 말로 된 사설을 소리의 고저장단을 특수하게 배합한 가락과 함께 사람의 입을 통해 소리 내어 부르는 노래의 하나다. 이런 점에서 볼 때 민요는 말로 된 사설만을 가리키는 것이 될 수도 없고, 소리로 된 가락만을 가리키는 것이 될 수도 없다. 민요는 문학적인 요소와 음악적인 요소가 결합한 상태일 때만 살아 있는 것이 되며, 분리되는 순간 화석화되어 죽은 것으로 된다. 민요를 부를 때 동작이 수반된다는 점을 강조하는 입장에서는 무용도 민요의 성격으로 해야 한다는 주장이 있을 수 있다. 그러나 이것은 민요에 대한 이해의 부족으로 인해 생긴 오해라고 할 수 있다. 왜냐하면 동작이 민요를 수반하는 것이지 민요가 동작을 수반하는 것이 아니기 때문이다. 노동이나 여가, 의식 등의 동작을 원활하고 효율적으로 수행하기 위한 수단의 하나로 부르는 것이 민요이므로 동작, 혹은 무용은 민요의 바탕을 이루는 배경은 될지언정 성격으로 취급할 수 없는 것이다. 다만 신분의 조직적 분화와 더불어 생겨난 지배층의 시가는 노래를 부르면서 춤을 추는 행동을 가미하기 때문에 문학, 음악, 무용의 세 가지 요소가 합쳐진 것으로 볼 수 있다.

2) 시가의 성격

(1) 언어예술

시가라는 명칭에는 시이면서 노래이고, 노래이면서 시라는 의미가 기본적으로 포함되어 있다. 시와 노래는 둘 다 사람의 마음속에서 일어나는 다양한 정서를 밖으로 드러내기 위해 의미를 담고 있는 말과 율동을 가지고 있는 소리를 매개수단으로 삼아 예술적으로 표현해내는 것이기 때문에 언어를 바탕으로 한다는 공통점을 지니고 있다. 자신의 생각을 상대에게 전달하려고 하거나 밖으로 드러내려고 하는 데 가장 효율적이며, 체계적인 도구의 하나가 바로 언어이다. 언어는 사람이 스스로를 만물의 영장이라고 일컫는 데 가장 결정적인 구실을 하는 것이라고 할 수 있다. 사람은 언어를 통해 자신의 뜻을 전달하고, 표현하며, 생각하고, 공유할 수 있기 때문에 지구상의 다른 어떤 생명체가 이룩한 것보다 훨씬 진보한 문명과 다양한 문화를 만들고 발전시켰다. 그러므로 시와 노래가 결합한 형태인 시가를 존재하게 하는 핵심이 바로 언어라는 사실은 너무나 자명해진다. 언어가 없거나 그것을 표현수단으로 하지 못한다면 시가는 더 이상 그것이 아닌 것으로 되고 말 것이다. 시가가 일상언어와 다른 점은 아름다움을 통해 사람을 감동시키기 위해 예술적으로 표현하는 점이라고 할 수 있다. 특별한 재료, 기교, 양식 따위로 감상의 대상이 되는 아름다움을 표현하려는 인간의 활동 및 작품[16]을 의미하는 예술은 다양한 표현방법을 통해 형상화하는데,

언어를 매개수단으로 하는 것을 언어예술이라 한다. 언어예술에 속하는 것으로는 설화, 무가, 민요, 시가, 판소리 등을 들 수 있는데, 크게는 이야기와 노래로 나누기도 한다. 민요와 마찬가지로 시가는 언어예술의 하나가 된다.

(2) 기록성, 폐쇄성, 현장성

시가는 만들어지는 순간부터 기록을 전제로 한다. 따라서 시가는 신분의 조직적 분화와 국가의 발생에 따른 문자의 발달과 떼려야 뗄 수 없는 관계에 있다. 문자는 언어가 태생적으로 가지고 있을 수밖에 없는 시간의 한계를 극복하기 위해 발명된 것으로 영원성, 시각화, 화석화 등을 기본적인 성격으로 한다. 따라서 문자는 구체성을 가지는 시각화된 사물 현상으로 현현顯現될 때 비로소 존재 가치를 인정받을 수 있다. 시가는 이러한 문자를 표현수단으로 삼는 것이기 때문에 기록을 전제로 한다는 사실이 명확해진다. 문자로 기록된다는 것은 시간 속에 나타났다가 시간 속으로 사라지는 일회성이라는 한계를 넘어 매우 긴 시간 동안 존재할 수 있는 영원성을 획득했다는 것을 의미하는데, 그 순간 변화의 가능성은 완전히 사라지고 폐쇄적인 존재로 탈바꿈한다. 민요와 비교해서 볼 때, 기록성과 폐쇄성이라는 두 가지 측면만을 생각하면 시가는 현장성을 가지기 어려운 것으로 될 수밖에 없다. 그런데, 시가는 공간적 증거물이나 작품을 탄생시킨 사물 현상 같은 것과 결합하고, 연결되면서 민요의 그것과는 다른 특별한 형태의 현장성을 확보하는 특징을 가지고 있다. 시가와 설화의 결합, 시가와 탄생 공간의 연결 등은 기록되면서 시각화, 화석화, 폐쇄화의 과정을 밟을 줄만 알았던 작품만이 가질 수 있는 특이

---

16 국립국어원,『표준국어대사전』, 어문각, 1999.

한 형태의 현장성을 확보하는 것으로 되어 특수한 성격을 가지게 되니 이것 역시 시가가 지니고 있는 중요한 성격 중의 하나라고 할 수 있다.

(3) 기명記名의 기록문학, 창자와 청자의 분리

문자라는 표현수단을 통해 형상화하는 것을 전제로 하여 창작되는 시가는 집단의 정서보다 개인의 그것을 드러내는 데 치중하기 때문에 작가의 이름을 분명하게 밝히는 것이 특징이다. 시가의 작가는 주로 지배층 사람들인데, 이들이 자신의 이름을 밝히는 가장 근본적인 이유는 자신을 세상에 드러내는 것이 성공, 혹은 출세의 징표이며, 그렇게 하는 것이 세상을 구하는 것이라고 믿었기 때문이다. 자신의 이름으로 만들어진 어떤 것을 많은 사람들이 함께 나누고, 함께 느끼는 것이야말로 자신을 위하는 것임과 동시에 세상을 위하는 것이라고 믿었다. 지배층에 속하는 사람들의 이런 생각은 너무나 확고한 신념이었으므로 자신들이 지은 노래인 시가를 누구나 부를 수 있는 것이 아닌 특별한 능력을 가진 전문가가 부르도록 하고, 그것을 듣고 즐기는 사람 역시 작가를 중심으로 하는 지배층 사람들을 대상으로 했다. 따라서 시가는 노래를 부르는 사람과 듣는 사람이 철저하게 분리된다는 점을 중요한 특징의 하나로 지적할 수 있다. 이 점은 시가뿐 아니라 지배층이 향유하는 예술에는 동일하게 나타나는 현상이라고 할 수 있다. 궁중의 무악舞樂이나 길군악 등 지배층을 위한 문학과 음악, 무용 등은 모두 부르거나 춤추는 사람과 듣고 즐기는 향유자가 분리되어 있는 것에서 이러한 사실을 확인할 수 있다.

(4) 지배층의 노래

신분사회로의 진입에 힘입어 새롭게 생겨난 노래인 시가는 지배층에 속하는 사람들이 지은 것으로 그들의 이념, 정치적 성향, 정서, 예술적 능력 등을 드러낼 수 있는 중요한 수단 중의 하나였다. 신분사회에서 지배층에 속하는 사람들은 학문과 정치를 통해 세상을 구하는 것을 노동으로 생각하고, 풍류와 예술을 통한 심신의 수련을 여가로 삼았다. 이들은 이름을 드날리는 출세와 고매한 인격의 도야를 위해 갈고 닦았던 학문적 지식과 능력을 표현하고 발휘할 수 있는 중요한 수단 중의 하나를 문학으로 생각했다. 지배층 사람들이 가장 중요하게 생각했던 것이 시詩였는데, 이것에 노래와 무용을 함께 결합시켜 향유하는 것이 일반적이었다. 이러한 성격을 가지는 시가는 피지배층에 속한 일반 대중이 생활 속에서 함께 만들고 즐기는 민요와 달리 지배층에 속한 특별한 사람들이 인격의 도야와 풍류, 그리고 이념적인 것을 강조할 목적으로 만들어서 자신들만의 향유를 목적으로 한다는 점에서 철저하게 지배층의 문학예술이라고 할 수 있다.

(5) 개인 정서의 예술적 반영

집단 정서를 예술적으로 반영하고 있는 민요에 근거를 두면서 일정한 관련성을 맺고 있는 초기의 시가는 다르지만 국가라는 조직이 정비되고 신분사회가 정착하면서 지배층에 속하는 사람들의 조직 역시 단단해지고 세련되면서 그들이 창작하는 시가는 집단 정서의 반영을 중심으로 하던 것에서 벗어나 작가 개인의 정서를 표현하는 것으로 완전히 바뀌게 된다. 이들이 시가를 통해 표현하는 정서는 대개 자연에 대한 감흥, 학문과 사상에 대한 정서, 정치적 이념 등인데, 이것들을 다양하면서도 체계화한 형식으로 예술적인 반영을 통해 표현하는 것을 중요한 특징의 하나로 지적할 수 있다. 예술적이라고 하는 것은 사실적이거나 직접적으로만 표현하지 않고, 비유와 강조 등을 중심으로 하는 수사법이나 공교로우면서도 체계화한 형식과 형태 등을 통해 아름답게 나타내는 것이다. 반영은 외부에 독립적으로 존재하는 다양하고 복잡한 사물 현상의 특징이나 성질을 작가의 정서와 연결시키고, 굴절시켜 반사해서 나타내는 것으로 제2

의 창조 행위라는 과정을 거친 것이라고 할 수 있다. 그러므로 예술적 반영은 반드시 외부사물 현상과 작가의 정서가 교감하는 과정을 거쳐 아름답게 표출하는 형태로 나타나는 것이라고 할 수 있다. 시가는 지배층에 속하는 사람들의 개인 정서가 가장 예술적으로 반영된 문학예술이라고 할 수 있다.

(6) 다양한 형식과 형태

문자라는 기록수단으로 인해 정보의 공유와 보존이 가능해지면서 그것을 독점적으로 활용하게 된 지배층 사람들의 지식과 인식의 수준은 날이 갈수록 높아지고 체계화하는 과정을 거치면서 자신의 정서를 감동을 수반하는 아름다움을 가장 효율적으로 담아낼 수 있도록 표현하는 방법을 다양하게 개발했다. 시가의 형식이나 형태가 시대에 따라 다양하게 나타났다는 역사적 현상을 보면 이러한 사실을 확인할 수 있다. 우리 시가에서 보면 상대시가는 시경체詩經體로 되어 있는 것으로 보아 민요와 깊은 관련을 가진 것으로 생각된다. 향가의 초기 형태라고 할 수 있는 민요계民謠系 향가鄕歌도 상대시가와 비슷한 성격을 가지고 있는 것으로 보이는데, 사뇌가계 향가에 이르러서는 삼구육명의 형식을 갖추었다. 고려시대의 시가인 속요는 민요적인 성격을 바탕으로 하면서도 궁중무악宮中舞樂으로서의 성격도 지니고 있는 작품인데, 이것 역시 매우 다양한 형식적 특성을 보이고 있다. 고려 말에서 조선시대에 이르는 시기의 시가는 경기체가, 악장, 시조, 가사 등으로 한층 다양화되었는데, 각각 독자적인 형식적, 형태적 특성을 보이고 있다. 시대에 따라 이처럼 다양한 형식과 형태가 시가에 나타나면서 민간의 노래인 민요나 무가 등에도 일정 부분은 서로 영향관계를 주고받은 것으로 보이기도 한다.

(7) 문학, 음악, 무용의 종합체

시가는 문자로 기록되는 것을 전제로 한 것이기 때문에 문학적인 성격을 기본적으로 지니고 있다. 말이나 문자를 통해 작가의 정서를 예술적으로 반영하는 것이 바로 문학이기 때문에 시라는 형식을 바탕으로 하여 문자를 매개수단으로 표현되는 시가야말로 기록문학의 핵심[17]이라고 할 수 있다. 이런 점에서 볼 때 시가가 문학적 성격을 중심으로 한다는 사실은 너무나 자명하다. 지배층에 속하는 사람들은 자신을 세상에 드러내고 알리는 것을 대단히 중요하게 생각했는데, 언어와 문자, 그리고 예술적 표현을 중심으로 하는 시를 더 많은 사람들에게 알리기 위해 소리의 고저장단을 특수하게 배합하는 방식으로 감동을 유발하는 음악과 결합하는 방법을 선택했다. 문학과 음악의 결합은 이미 민요에서 성립되어 있었던 방법으로서 이것을 그대로 수용하여 자신들의 생각을 가장 효과적으로 알리는 데 활용할 수 있었던 것이다. 그러나 이들은 그것에 만족하지 않고 자신들이 창작한 시가에 시각적 효과를 가미할 수 있는 무용적인 성격 하나를 더 결합시켰다. 시가와 결합한 무용은 동작을 하면서 노래를 부르는 민요의 구연 현장과는 달리 노래와 춤이 하나로 결합하는 것을 전제로 하는 상황이 나타나게 된 것이다. 특히 시가와 무용의 결합에는 반드시 음악의 개입을 전제로 하면서 문학과 음악과 무용이 대등한 위치에서 결합한 것으로 보아야 하므로 이 세 가지는 시가의 중요한 성격이 된다.

---

17 신분제를 바탕으로 하는 전통사회에서는 지배층에 속하는 사람들은 이야기의 방식을 통해 무엇인가를 표현하는 설화나 소설 따위는 정통 문학으로 인정하지 않았기 때문에 주변적인 것에 머무를 수밖에 없었다. 그들은 세상을 밝히거나 구할 수 있다고 믿는 도(道)를 제대로 표현하거나 다듬을 수 있는 것으로 시(詩)를 선택함으로써 나머지 것들은 중요한 대상에서 제외시켰다.

3. 민요와 시가의 소통과 불통

1) 민요와 시가의 소통

신분의 조직적 분화가 일어나고, 국가가 발달하면서 문자가 발명되기 전까지는 일정한 공간을 점하고 있는 하나의 사회에 속하는 거의 모든 구성원들은 개인이 가지고 있는 공통의 정서를 집단화시켜 표현하는 방법으로 노래를 함께 만들고 부르는 생활을 해 왔다. 공동체의 구성원 대다수가 삶의 과정에서 부르고 즐긴 이러한 노래가 민요였다. 신분의 조직적 분화가 일어나기 전까지 씨족이나 부족국가의 형태로 존재했던 인류의 공동체에서 노래를 통해 신神과 교감하는 특정의 지도자를 제외한 사람들은 모두가 민요의 작자였으며, 창자이고, 청자였던 것이다. 이런 공동체에서는 모든 사람들이 함께 일하고, 함께 나누며, 함께 부담하는 삶의 방식이 중심을 이루기 때문에 사유화되어 있는 것이 거의 없으며, 출신이나 지위에 따른 차별 또한 거의 존재하지 않는 사회가 유지되었다. 이런 생활 속에서 자연발생적으로 생겨나 불렸던 노래가 민요였으므로 여기에는 공동체 구성원들이 지니고 있는 대상에 대한 의식과 우주에 대한 지식, 노동과 여가를 중심으로 하는 삶의 모습, 사회에 대한 비판적인 생각 등을 중심으로 하는 삶 전체가 고스란히 녹아들어 있다. 민요 속에 공동체 구성원의 삶 전체가 녹아 있다는 말은 그들이 생활 속에서 생각할 수 있었던 정신세계 전체와 행위를 통해 만들어낼 수 있었던 모든 사물 현상이 포함되어 있다는 것을 나타냄과 동시에 민요와 관련을 가지는 다양한 종류의 문화현상들이 여기에서 파생되어 새로운 모습으로 형상화할 수 있다는 것을 의미하기도 한다. 이것은 신분의 조직적 분화가 이루어지면서 지배층의 사람들 을 중심으로 만들어지고 향유되었던 시가가 민요에 바탕을 두고 있으며, 그것과 밀접한 관련을 가지고 있기에 지속적으로 소통이 가능할 수밖에 없음을 보여주는 단초가 되기도 한다.

시가가 민요에 바탕을 두고 있다는 것은 우리 문학사를 살펴보면 쉽게 간파할 수 있다. 많은 숫자가 남아 전하지는 못하지만 현존하는 대부분의 상대시가는 주제, 표현법, 형식 등에 있어서 민요가 가지고 있는 문학적 특성을 그대로 보여주고 있다는 점에서 이러한 사실을 잘 알 수 있다. 가야의 건국신화에 들어 있는 것으로 탁월한 능력을 지닌 지도자의 출현을 바라는 사람들의 바람을 이구사명二句四名[18]의 형식으로 노래한 〈구지가〉는 남성의 상징을 나타내는 거북의 머리龜頭와 여성의 상징을 지칭하는 불火이라는 성적 상징[19]을 통한 표현법이 노래의 핵심을 이루고 있는 것으로 파악된다. 노래에서 거북의 머리를 내밀라고 명령하는 것과 만약 그렇게 하지 않으면 구워서 먹겠다고 협박하는 것은 모두 잉태를 간절히 바라는 여성의 성적욕구를 나타낸 것으로 보아 크게 틀리지 않는다. 호출呼出과 환기喚起, 명령命令과 협박脅迫 등은 신과 연관되어 있는 고대 민요에서가장 흔하게 나타나는 수법[20]의 하나이다. 이러한 수법이 〈구지가〉에 그대로 쓰이고 있다는 것은 그것이 민요에서 파생되어 만들어지고 불린 노래라는 사실을 보여주는 확실한 증거라고 할 수 있다. 특히 그러한 표현수법의 내용이 성적인 것을 중심으로 하고 있기 때문에 종족의 보존과 혈통의 계승을 위해 절대적으로 필요하다고 인식되었던 남근과 그에 대한 숭배사상과 관련을 가지고 불렸던 민간의 노래가 훌륭한 지도자를 갈구하는 가야伽耶의 지배층 사람들에 의해 시도된 새로운 나라의 건국 과정에서 재창조되어 신화적 성격을 가지는 이야기와 결합함으로써 문자화되어 남겨지게 된 시가가 〈구지가〉인 것이다. 이러한 사정은 고구려 초기에 유리왕 때 불렸다고 기록되어 있는 〈황조가〉[21]에도

18　형식적 특성으로 볼 때 우리 시가는 이구사명(二句四名), 삼구육명(三句六名), 사구팔명(四句八名)의 과정을 거치면서 발전해 온 것으로 파악된다. 이구사명의 형식은 민요적 성격과 직접적으로로 맞닿아 있는데, 향가 이전까지는 이 형식이 중심을 이루었던 것으로 보인다.
19　정병욱, 『한국 고전시가론』, 신구문화사, 1977, 47~50쪽.
20　성기옥, 「구지가의 작품적 성격과 그 해석(2)」, 『배달말』 12, 배달말학회, 1978, 123~157쪽.
21　고려 때 김부식이 지은 『삼국사기』에는 고구려 제2대 군주였던 '유리왕'이 지은 것으로 기록되

잘 나타나고 있다. 『삼국사기』에 실려 있는 배경설화를 제외하고 시가 작품만 보면 이 노래는 사랑하는 사람을 이별하고 그에 대한 아쉬움과 그리움으로 부림치는 화자의 애달픈 정서를 노래한 것으로서 서정성이 매우 강한 작품으로 볼 수 있다. 그렇기 때문에 이 노래는 그 전부터 민간에서 불렸던 상사요想思謠가 유리왕 이야기와 결합하면서 정치적 성향을 띠는 노래로 재창조되어 불렸다가 역사서에 기록되었을 가능성을 고려하지 않을 수 없게 된다. 왜냐하면 외부의 사물 현상을 먼저 노래하여 흥을 유발한 다음, 그것을 끌어와 화자의 감정과 연결시켜 표현함으로써 드러내고자 하는 정서를 강조하는 방식으로 구성된 노래는 민요가 지니고 있는 아주 기본적인 수법 중의 하나이기 때문이다. 또한 그것이 남녀의 사이에 일어날 수 있는 사랑이나 이별을 의미하는 남녀상열지사를 소재로 하고 있는 점 또한 민요와의 연결성을 강력하게 시사해 주고 있다. 노동이나 여가, 의식儀式과 정치의 현장에서 많은 사람들에 의해 만들어지고 불리는 민요의 소재나 주제에서 가장 중요한 의미와 구실을 하는 것이 바로 남녀상열지사이기 때문이다. 현전하는 〈황조가〉는 배경설화를 제외하고 보면 군이 유리왕이라는 실존 인물과 연결되어야 할 이유를 어디에서도 찾기가 어렵다는 점 또한 이 작품이 민요에 근거를 두고 있을 가능성을 높여주고 있다.

시가가 민요와 일정한 관련성을 가질 수밖에 없음을 보여주는 증거는 후대의 시가에도 지속적으로 나타나고 있으니 향가를 대표적인 작품군으로 꼽을 수 있다. 향가는 신라가 민족의 통합을 성공적으로 이끄는 과정에서 낭승郎僧 조직에 의해 발생[22]한 것으로 보이는데, 민요에 바탕을 두고 있는 것으로 일컬어지고 있는 민요계 향가[23]는 소재나 제재, 표현기법, 내용, 형식적 특성 등에서 민

어 있다.

22 손종흠, 「민족 통합과 향가의 발생」, 『논문집』 45, 한국방송통신대, 2008.
23 〈처용가(處容歌)〉, 〈헌화가(獻花歌)〉, 〈풍요(風謠)〉, 〈서동요(薯童謠)〉 등은 대표적인 민요계 향가다.

간의 노래를 기반으로 하여 재창작되었음을 쉽게 간파할 수 있다. 어린 아이들이 부르는 노래 중 이성 간인 두 사람이 서로 좋아해서 사귀는 것을 놀리는 방식으로 노래하는 동요에 기반을 두고 있는 〈서동요〉는 백제의 일반 남성과 신라의 공주가 서로 사귀는 사이라는 상당히 파격적인 설정을 통해 서동이 뜻한 바를 이루었다는 배경설화와 함께 『삼국유사』에 수록되어 전한다. 배경설화를 가지고 있는 시가의 공통적인 특징은 작가가 불분명하며, 민요에 바탕을 두고 있고, 간단한 구조와 반복적인 표현 등을 통한 강조가 두드러지며, 누구나 공감할 수 있을 정도의 일반적인 정서를 중심으로 노래한다는 점 등을 중요한 특징으로 꼽을 수 있는데, 이것들은 모두 민요와 깊은 관련을 가지는 것이라고 할 수 있다. 〈서동요〉 역시 이런 범주를 벗어나지 못하고 있기 때문에 민간에서 아이들에 의해 불리던 일반적인 동요가 향가의 형식에 맞게끔 변형되어 불린 것으로 볼 수 있다. 향가 중에서 노동요로서의 성격이 두드러지는 모습을 가지고 있는 「풍요」는 같은 표현을 여러 번 반복하여 강조함으로써 일을 하는 과정에서 많은 사람들이 함께 행위를 하면서 부르는 민요의 구성 방식을 그대로 가지고 있다. 표현의 방법 역시 선전·선동의 효과를 극대화하는 방식을 취하고 있는데, 노동의 현장이나 여가의 현장 등 일반 대중이 참여하는 대부분의 생활현장에서 청유형의 표현을 사용하여 화자가 의도하는 방향으로 사람들을 이끌려는 수법은 민요의 그것을 가져다가 거의 그대로 쓴 것이라고 볼 수 있다. 다만 이 노래를 재창작한 사람이 승려이며, 불상을 만들기 위해 진흙을 운반하는 공덕을 쌓는 과정에서 사람들이 불렀던 노래라는 점으로 인해 불교적인 내용이 두드러지게 나타난다는 것이 민요와 다른 성격을 보이는 것으로 생각할 수 있다. 자신의 부인을 범한 역신疫神을 노래와 춤으로 물리쳤다는 배경설화를 가지고 있는 〈처용가〉와 위험을 무릅쓰고 절벽 위의 꽃을 꺾어 아름다운 여인에게 바치는 노인의 이야기를 가지고 있는 〈헌화가〉도 민요의 발상을 저변에 깔고 있는 것으로 보아야 한다. 신과 인간의 관계를 노래하는 민요는 아주 오래전부터 민간에서 불렸을 것으로 보이는데, 외부를 향해 열려 있는 문을 지켜서 내부의 존재를 보호한다는 방식의 노래 역시 이러한 범주에 들어가는 것임에 틀림없다. 사람과 신의 관계를 소재로 한 노래라는 점에서 볼 때 〈처용가〉는 의식요儀式謠의 범주에 들어가는 민요 중 하나가 향가로 재창조된 것으로 볼 수 있다. 관심이 있는 여성에게 꽃이나 기타 선물을 바치면서 사랑을 고백하는 방식은 지금까지도 행해지고 있는 오래된 전통인데, 이 과정에서 노래는 매우 중요한 구실을 했던 것으로 볼 수 있다. 사랑을 고백함에 있어 평범한 어투로 된 말로 하는 것보다 상대가 마음에 들어 할 수 있는 선물이나 직접적이고 과감하게 자신의 뜻을 표현한 노래 같은 것을 곁들여서 하는 편이 훨씬 효과가 높다는 사실은 오랜 시간과 경험을 거치면서 충분히 입증되었다고 할 수 있는데, 〈헌화가〉는 바로 이러한 전통을 바탕으로 만들어진 민요계 향가라고 할 수 있다. 이처럼 향가는 민요와 아주 밀접한 관련을 가지면서 발생하고 발전했는데, 7세기를 전후하여 사뇌가계 향가[24]가 등장하면서부터는 민요와의 관련성이 상대적으로 축소되는 양상을 보인다.

사뇌가계 향가는 민요계 향가에 비해 첫째, 복잡한 구조와 긴 형태를 가진다. 둘째, 개인적 서정성이 강조된다. 셋째, 작자가 역사적 인물일 가능성에 매우 높아진다. 넷째, 시가와 배경설화의 관계가 매우 긴밀해지는 경향을 보인다. 다섯째, 화려하면서도 다양한 수사법이 등장한다. 여섯째, 소재나 주제가 다각화한다는 점 등을 대표적인 차별성으로 지적할 수 있다. 이처럼 사뇌가계 향가가 민요계 향가와는 사뭇 다른 여러 가지 차별성을 가지고 있기는 하지만 일정 부분에서는 민요와의 관련성이 여전히 건재하고 있는 양상을 보이고 있다. 민요

---

24 『삼국유사』에 실려 전하는 것 중 사뇌가계 향가에 속하는 작품은 〈혜성가〉, 〈찬기파랑가〉, 〈제망매가〉, 〈도천수대비가〉, 〈원왕생가〉, 「우적가」, 〈원가〉, 〈안민가〉, 〈모죽지랑가〉 등이다.

에서 중요한 구실을 하는 삼단三段의 구성,[25] 차사嗟辭,[26] 호칭이나 위협을 통한 주술성의 강조 등은 사뇌가계 향가에서도 작품의 예술성을 담보하는 데서 여전히 중요한 구실을 하는 것으로 파악되기 때문이다. 민요와 향가의 소통은 귀족 문화가 중심을 이루면서 한문학에 경도되어 있었던 고려 전기를 지나 후기로 가면서 다시 활발해지기 시작했는데, 그것이 바로 속요와 경기체가였다.

명칭에서도 알 수 있듯이 고려 후기 궁중무악으로 향유되었다가 조선시대에 문헌[27]으로 정착된 속요는 작품의 기반이 민간의 노래에 있음을 한눈에 알 수 있을 정도로 민요적 성격이 뚜렷하다. 이름을 알 수 있는 작가가 존재하지 않는 작품이 대부분인 점, 여러 개의 장으로 나누어지는 형태가 중심을 이루는 점, 후렴을 중심으로 다양한 형태의 렴이 쓰이는 점, 지역적 특성을 가진 작품이 많은 점, 다양한 형태의 반복구조가 쓰이는 점, 남녀상열지사가 중심을 이루는 점, 생활 속의 소재와 자유로운 주제 등이 두드러진 특징인데, 이것들은 모두 민요가 기본적으로 지니고 있는 성격과 일맥상통하기 때문이다. 특히 렴이 중요한 구실을 함과 동시에 여러 개의 장으로 나누어진 형태가 대부분의 작품에 나타나고 있는 점은 민요와의 관련성을 더욱 확실하게 만드는 핵심적인 요소[28]라고 할 수 있다. 민요에서 쓰이는 렴은 주로 장의 끝에 오는 후렴의 방식을 취하는데, 속요에서는 앞과 중간에도 삽입되어 세 가지 부류로 나타나고 있어서 한층 변화된 모습을 보이고 있다. 또한 속요에서 쓰였던 후렴은 경기체가[29]에

---

25 무엇인가를 삼단으로 구성하는 방식은 우리 민족이 아주 오랜 옛날부터 가지고 있었던 전통인데, 신과 관련을 가지는 것들에 주로 나타난다. 예를 들면, 노래의 삼단구성, 굿의 삼단 구성 등과 같은 것을 들 수 있다.

26 차사는 노래에서 세 번째 단락의 첫 부분에 감탄의 느낌을 가지는 어사(語辭)를 넣어 화자의 정서표출을 강화함과 동시에 마무리하는 기능을 하는 것으로 노래에서 주로 쓰인다.

27 속요는 조선시대 초, 중기에 편찬된 것으로 보이는 악학궤범, 악장가사, 시용향악보 등에 실려 전한다.

28 〈청산별곡〉, 〈쌍화점〉, 〈동동〉, 〈서경별곡〉, 〈정석가〉, 〈이상곡〉, 〈가시리〉, 〈만전춘별사〉 등이 모두 이런 형태를 지니고 있다.

도 그대로 수용되고 있으며, 악장의 일부 작품[30]에도 나타나고 있는 점으로 보아 이러한 방식의 노래가 우리 문학사에서 대단히 중요한 의미를 가진다는 사실을 알 수 있다. 고려가 멸망하고 조선이 세워지면서 우리 사회는 엄청난 변화를 경험하게 되는데, 이 과정에서 시가의 모습도 크게 변모하는 것으로 나타난다. 천년을 넘는 기간에 걸쳐 민족의 종교로 자리 잡았던 불교가 쇠퇴하고 현세적이며 정치적 성향을 강하게 띠는 유교가 새로운 사상으로 등장하고, 그동안 진행되어 왔던 신분의 조직적 분화가 한층 강화되면서 가장 고착화된 신분사회로 진입하게 된다. 정치적으로나 사회적으로 조선이 안정을 확보한 시기는 건국으로부터 약 100여 년이 지난 성종成宗대로 볼 수 있는데, 시가문학은 유학자인 사대부士大夫에 의해 한층 체계적인 모습으로 전개되었고, 한시, 시조 등 독자적인 내용과 형식을 가진 새로운 형태를 갖추게 된다. 그러나 16세기 말인 1592년에 발발하여 7년에 걸쳐 진행되었던 임진왜란과 17세기 초에 발생한 병자호란과 정묘호란 등으로 받은 충격으로 인해 조선을 지탱하는 근간이 되었던 신분제가 무너지면서 엄청난 변화의 소용돌이[31]를 맞이하게 된다.

신분제의 붕괴는 사회 전체의 변화로 이어질 수밖에 없었는데, 이것은 백성의 힘이 폭발적으로 커지면서 그동안 눌려 있었던 일반 대중이 역사의 전면으로 등장하는 계기가 된다는 것을 의미한다. 이렇게 되자 문화현상의 하나인 시가문학에도 변화가 찾아올 수밖에 없었는데, 사설시조, 서민가사, 판소리, 잡가

---

29 경기체가의 후렴은 민요나 속요의 그것에서 변화된 모습을 보이고 있어서 눈길을 끈다. 후렴이 완전히 동일한 형태로 반복되는 것이 아니라 중간에 의미를 가지는 표현을 넣는 형태로 만들어졌기 때문이다.

30 감군은(感君恩), 유림가(儒林歌), 정동방곡(靖東方曲) 등의 작품이 이런 형태를 가지고 있다.

31 조선은 전체 인구에서 5% 이내의 지배층과 95% 이상의 피지배층이라는 두 개의 신분이 분화된 상태가 지속되어야만 유지될 수 있는 사회였다. 임진왜란과 병자호란을 겪은 후부터 시작된 신분제의 붕괴 속도가 점차 빨라지면서 18세기에 이르면 양반 신분을 가진 사람들이 70%를 넘는 사태가 일어나고 만다. 이것은 기존에 존재했던 양반이라는 신분으로서의 의미가 더 이상 존재하지 않는다는 것을 뜻하기 때문에 사회 전체가 변화할 수밖에 없는 상황이 되었다.

등이 새롭게 등장하면서 그동안 시가문학의 중심을 이루었던 한시와 시조와 가사의 틀을 무너뜨리게 된다. 사구팔명四句八名의 형식과 압축되고 정제된 양식인 세 줄三行의 모양을 유지하던 시조는 중장中章이 길어지면서 형태가 파괴되었고, 사대부가사가 지니고 있었던 삼단구성, 서사와 결사 등의 형식이 무너지면서 서민가사가 등장하여 가창과 낭송으로 향유 방식이 분화하는 모습을 보이기도 한다. 호남문화권을 중심으로 시작된 새로운 소리예술인 판소리는 19세기를 지나면서 민족예술로 발돋움할 수 있는 저력을 갖추게 된다. 또한 서울을 중심으로 일반 대중들이 생계유지를 위해 불렀던 노래인 잡기雜歌가 19세기에서 20세기 초로 이어지는 시기에 유행하면서 기존 시가의 형식을 크게 흔들어 놓기도 한다. 조선 후기로 불리는 17세기 이후에 새롭게 등장한 시가는 전 분야에 걸쳐 민간의 노래와 일정한 교감을 가지는 것이 특징이다. 삼단의 구성을 가지고 있다는 점과 시조라는 이름만 유지할 뿐 아주 다른 갈래의 시가라고도 할 수 있는 사설시조는 표현에서부터 일반 대중들의 기호에 맞는 것을 중심으로 하는 것으로 바뀌면서 비유와 압축을 통한 절제의 표현 방식을 중심으로 하던 시조의 세계를 완전히 바꾸어 놓았다. 이러한 현상은 가사에서도 비슷하게 나타났으니 사대부의 가사들이 지니고 있었던 품격은 사라지고 만다. 천민계급에 의해 발생한 판소리와 잡가는 사설시조나 서민가사보다 훨씬 더 일반 대중의 기호를 반영하는 방향으로 나아가게 되면서 앞 시대의 시가와는 완전히 다른 성격을 가지는 작품으로 형상화하는 모습을 보인다. 조선 후기에 등장한 새로운 형태의 시가에서는 사대부의 품격이 축소되거나 사라지는 대신 일반 대중의 기호에 맞는 것들이 전면에 등장하면서 민요와의 관련성이 한층 강화되는 모습을 보이는 것이 특징이라고 할 수 있다.

역사적으로 볼 때 민요와 시가의 소통은 지배층의 세력이 약화되는 시기에 강화되며, 강력한 통치력을 바탕으로 신분제가 위력적인 힘을 발휘하던 시기에는 약화되는 양상을 보이고 있는 것으로 파악된다. 민요와 시가의 소통에서 공통적으로 나타나는 특징으로는 첫째, 작자가 불분명한 경우가 많다. 둘째, 집단의 정서를 바탕으로 한다, 셋째, 기억하기 좋은 간단한 구조를 기반으로 한다, 넷째, 배경설화와의 결합이 상대적으로 느슨하다. 다섯째, 반복을 통한 강조가 두드러진다. 여섯째, 선전성과 선동성이 강조된다. 일곱째, 남녀상열이 가장 중요한 소재나 주제로 된다는 점 등을 지적할 수 있다.

2) 민요와 시가의 불통

시가의 역사는 국가의 역사라고 할 수 있을 정도로 둘은 매우 밀착된 관계를 가지고 있다. 앞에서 살펴본 바와 같이 인류의 역사에서 일정시기가 되었을 때 조직적이면서도 체계적으로 신분의 분화가 일어나면서 국가가 발생하였고, 뒤이어 문자가 발명되었으며, 그에 따라 지배층의 문학이라고 할 수 있는 시가가 발생하고 발달한 것으로 나타나는 점으로 보아 이것들이 모두 하나의 연결선상에 있으면서 밀착되어 있을 수밖에 없다는 것을 잘 알 수 있다. 일정한 영토와 사람들로 구성되면서 주권에 의한 하나의 통치체계를 갖추고 있는 국가라는 조직은 기본적으로 권력을 가진 소수의 계층과 그렇지 못한 다수의 계층으로 양분될 수밖에 없는 구성 방식을 태생적으로 가지고 있다. 일정한 테두리 안에서 강제력을 지니고 있는 법法이라는 수단을 통해 사회에서 매우 복잡하면서도 다양한 형태로 발생하는 분쟁을 해결하기 위해 각 개인들의 협의체로 이루어진 것이 바로 국가인데, 법을 집행하는 사람들의 조직이 바로 권력을 가지게 되고, 그것은 특정의 소수에 속하는 사람들에게만 주어질 수밖에 없기 때문이다. 이러한 권력이나 특권을 한층 강화하고 확고하게 만들어주는 제도가 바로 신분제인데, 이것으로 인해 지배층에 속하는 사람들은 자신들의 권력과 특권을 유지하기 위해 문자를 발명하여 정보를 공유하였고, 이러한 과정을 통해 비로소 시가가 발생할 수 있었다. 그러므로 시가는 신분사회에서 지배층에 속한 사람들의 전유물일 수밖에 없었다. 이들은 자신들과 일반 대중이 다르다는 점을 강조함으로써 자신을 역사에 드러내려는 생각을 기본적으로 가지고 있었기 때문에 그들이 만들고 즐겼던 시가 역시 이러한 이념에서 절대로 자유로울 수 없었다. 그렇기 때문에 시가는 기본적으로 일반 대중의 노래인 민요와의 연결을 거부하면서 차별성을 강조하는 존재라는 점이 중요한 성격의 하나로 되었음을 알 수 있다. 우리 역사를 살펴보면 새로운 체계와 이름을 갖춘 국가가 발생하는 과정이나 초기에는 일반 대중의 노래인 민요와의 관련성이 상대적으로 높은 모습을 보이다가 점차 그것을 부정하면서 새로운 형태의 시가를 창조하는 방향으로 진행되어 왔다는 사실을 알 수 있다. 이런 점에서 볼 때 비록 시가가 민요에 근거를 두고 발생한 것이어서 일정 부분 연결된 점이 있다고 할지라도 새로운 형식의 개발을 전제로 하는 차별화 과정을 통해 민요와 소통하지 않는 불통의 길을 꾸준히 걸어왔다는 사실 또한 자명한 것으로 보인다. 시가가 꾸준히 시도해 왔던 민요와의 불통은 시대와 사회 상황에 따라 그 정도가 강해지기도 하고 약해지기도 하는데, 이것은 민요와 시가가 태생적으로 가지고 있을 수밖에 없는 소통의 강도와 반비례 관계를 형성할 수밖에 없었기 때문인 것으로 보인다.

한민족의 시가문학사에서 시가와 민요의 불통이 시작된 것은 사국시대四國時代[32]로 보인다. 이 시 대의 시가는 남아 전하는 작품이 거의 없지만 문헌에 기록된 내용으로 볼 때, 나라를 통치하는 계급에 속하는 지배층을 중심으로 하는 국가적 차원에서 사용하기 위한 가악歌樂이 형성되었고, 민간의 노래와 뚜렷한 차

---

32 기원전 1세기경에 성립한 것으로 기록되어 있는 가야(伽倻)가 완전히 멸망한 때가 서기 562년이니 600년을 넘는 시간 동안 우리 민족은 고구려, 백제, 가야, 신라라는 네 개의 나라로 나누어져 있었다. 고구려가 멸망한 해가 서기 668년이니 세 나라로 나누어져 있었던 시기는 불과 100년 정도라고 할 수 있다. 그렇기 때문에 우리 역사에서 사국시대라는 시기와 명칭을 절대로 생략해서는 안 될 것이다.

별성을 가지는 시가가 성립하면서 비약적인 발전[33]을 거듭하는 모습을 보이고 있는 것으로 나타나기 때문이다. 사국시대의 후반기에 이르면 낭승郞僧 집단에 의해 향가라는 새로운 시가가 창작되는데, 민요계 향가로 분류되고 있는 초기의 향가는 소재나 제재, 구성 방식 등에서 민요와 상당히 긴밀한 관계를 가지고 있는 것으로 파악된다. 그러나 향가가 점차 성행하면서 민족의 노래로 발돋움할 즈음에 나타나기 시작한 사뇌가계 향가에 이르면 사정이 크게 달라진다. 사뇌가계 향가는 개인 정서의 표출, 복잡한 구성 방식, 화려한 수사법, 사상적 편향성, 정치적 성향 등을 가지면서 민요계 향가와 아주 다른 차별성을 확보하면서 민요와는 좀 더 확실하게 일정한 선을 긋고 독자적인 방식으로 표현하겠다는 의지[34]를 한층 분명하게 내보인다. 민요계 향가가 성립될 때만 하더라도 민족의 통합을 위해 백성들의 동의와 참여가 필요했기 때문에 집단 정서를 바탕으로 하는 민요가 가지고 있는 소재와 표현 방식을 바탕으로 했으나 신분의 조직적 분화가 정착되면서 국가가 안정을 찾아가기 시작하면서부터는 굳이 이런 방식을 택할 필요가 없어지게 되었던 것이다. 고구려의 대부분을 중국에 넘겨주면서 맞이한 신라의 민족 통합은 절반에도 미치지 못하는 성공을 두었으나 자체적으로는 탁월한 통치체제를 갖추는 계기가 되면서 귀족을 중심으로 하는 안정된 국가 기반을 다질 수 있었다. 여기에 힘입어 향가는 민족의 노래로 상승

---

33 『삼국사기』에 실려 전하는 사국시대의 시가에 대한 내용을 보면 사국시대에 집단적 서정에서 개인적 서정으로 옮겨가는 양상을 보여주는 물계자가(勿稽子歌), 양산가(陽山歌)를 비롯하여 신열악(辛熱樂), 돌아악(突阿樂) 같은 음악 같은 것들이 지어졌다는 것에서 이러한 사실을 엿볼 수 있다.
34 백성을 편안하게 할 수 있는 도리에 대해 노래한 것으로 정치적 성격을 강하게 가지고 있는 〈안민가〉, 일찍 세상을 떠난 누이에 대한 개인적 그리움을 노래한 〈제망매가〉, 화랑에 대한 사모와 그리움의 정서를 노래한 〈모죽지랑가〉와 〈찬기파랑가〉, 극락왕생을 바란다는 염원을 담고 있는 〈원왕생가〉, 주술성과 정치성이 결합된 노래인 〈혜성가〉 등 사뇌가계 향가는 어떤 측면에서 보아도 민요적 성격을 최대한 배제하는 전혀 새로운 표현 방식의 노래를 지향하고 있는 것으로 볼 수 있다.

하면서 사뇌가계 향가가 독주하는 시대를 맞이하게 된다. 귀족을 중심으로 하는 것이 민족문화 전체를 주도하는 이러한 현상은 신라를 계승해서 한반도의 주인이 된 고려 왕조의 전기까지 계속되었다. 오랜 전통을 가진 신라계와 새롭게 등상한 고려세의 문별 귀족들이 과거제도를 통해 정계에 진출하여 귀족문화를 형성했던 고려 전기[35]에는 신라 후반기에 중국의 당나라로부터 유입되기 시작했던 근체시近體詩가 시문의 주류를 이루면서 다른 형태의 민족시가가 발달할 수 있는 계기를 마련할 수 있는 환경을 만들어내지 못했다. 고려 전기의 시가문학은 역사의 전면에서 스러져가는 향가의 잔재 일부가 고착화하는 것과 귀족을 중심으로 한 한시의 성행이 중심을 이루면서 민요와 시가의 불통이 최고조에 달했던 시기라고 할 수 있다.

무신의 난이 일어난 서기 1170년을 기점[36]으로 고려사회는 엄청난 혼란기에 접어들게 되는데, 이때부터 조선 초기까지는 민요와 시가의 소통이 활발하게 이루어졌다. 속요, 경기체가, 악장 등의 시가문학은 모두 일정 부분 민요와의 소통을 통해 양식적 특성을 확보한 작품들이라고 할 수 있다.

고려 말에 발생했으나 사회에 대한 영향력이 미미했던 시조와 가사는 조선 초기에서 중기로 넘어가는 시점이라고 할 수 있는 성종成宗 시대를 지나면서부터 사대부 문학으로 정착했는데, 이때부터 독자적인 형식을 바탕으로 하면서 민요와는 크게 구별되는 판이한 성격의 작품으로 형상화하기 시작한다. 이 시

---

35 이혜순, 「高麗前期 貴族文化와 한시」, 『한국한문학 연구』 15, 한국한문학회, 1992, 53~82쪽.
36 정중부(鄭仲夫)에 의해 발발된 무신난은 64년에 걸쳐 지속된 무신정권을 창출하면서 왕실과 문신의 몰락을 가져오게 함으로써 귀족정치를 마감하고 후기 사회로 접어들게 된다. 명분과 정당성을 상실한 무신정권은 민심을 얻는 데 실패한데다가 몽골족의 침입으로 종말을 고하지만 그때부터 원(元)의 간섭기에 들어가면서 국가의 공권력은 여전히 공백상태가 된다. 국가 권력의 공백은 백성의 힘이 강해진다는 것을 의미하기 때문에 고려 후기의 시가는 민간의 노래인 민요가 막강한 힘을 발휘하면서 커다란 영향을 미치게 된다. 속요, 경기체가 등의 시가가 바로 이러한 현실을 잘 반영한 작품들이라고 할 수 있다.

기는 불교가 쇠퇴하고 유학이 사회 전체의 이념으로 자리를 잡으면서 이를 기준으로 하여 세상을 통치하려는 사대부 세력이 중심에 서서 안정된 사회를 만들게 되면서 민족시가 역시 새로운 국면을 맞이했던 것으로 보인다. 시조時調는 과거에 존재했던 어떤 시가에서도 나타나지 않았던 세 줄三行로 압축된 형식을 갖추어 예술적 완성도를 높이면서 사대부 문학으로 정착하였고, 포교가로 출발했던 가사歌辭는 서사와 결사의 구조, 삼단의 구성, 순환적 시간성, 사구팔명의 율격[37] 등을 중심으로 하는 형식적 특성을 완비하면서 사대부 시가로 확고하게 자리 잡게 된다. 조선사회가 정치적으로 안정되면서 시조와 가사가 국문시가의 중심이 되자 이때부터 17세기 초까지는 민요와 시가의 불통이 본격화한 시기로 보아야 할 것으로 생각된다. 시조와 가사는 작가에서부터 소재나 주제, 율격과 형식에 이르기까지 어떤 부분에서도 민요와의 관련성을 찾아볼 수 있는 여지를 남기지 않게 되었는데, 이런 불통 현상은 민간문학과 긴밀한 관계를 가지고 있는 것으로 판단되는 사설시조, 서민가사, 판소리 등이 등장하는 조선 후기[38]까지 지속되었다. 특히 19세기에서 20세기로 넘어가는 과정은 시詩와 가歌의 분리 현상이 본격화하면서 노래는 노래대로, 시는 시대로 독자적인 길을 걸으며 현대시와 유행가 등으로 나누어지게 되니 시가라는 명칭을 가진 장르는 이로써 역사의 뒤안길로 사라지고 말았다.

우리 역사에서 시가는 기원전 1세기경에 범사회적으로 나타나기 시작한 신

---

[37] 성기옥·손종흠, 『고전시가론』, 방송대출판부, 2014, 234쪽.
[38] 임진왜란과 병자호란 등을 전기와 후기로 나누는 기준으로 잡는 이유는 이 사건이 일어난 뒤 조선사회는 엄청난 변화의 소용돌이에 휘말리면서 신분제가 무너지게 되었고, 결국에는 멸망으로 치닫게 되는 과정을 밟기 때문이다. 신분제는 조선이라는 나라를 가능하게 한 버팀목 같은 것이었는데, 그것이 무너졌다는 것은 나라 자체가 위태하다는 것을 의미한 것으로도 볼 수 있다. 조선이라는 국가는 신분제의 완전한 붕괴라고 할 수 있는 신분의 해방을 기점(19세기 말)으로 역사에서 사라지고 만다.

분의 조직적 분화, 국가의 발생, 문자의 발명과 활용 등의 문화현상을 바탕으로 등장하기 시작했다. 시가의 발생과 발달 과정에서 반드시 살펴보아야 할 문제는 바로 민요와 시가의 소통과 불통이라고 할 수 있다. 왜냐하면 시가와 민요의 소통과 불통 정도에 따라 새로운 형태의 장르가 나타나기도 하고, 구시대의 것은 역사의 뒤안길로 사라져가기도 했기 때문이다. 반비례관계를 형성하고 있는 민요와 시가의 소통과 불통은 주기적로 반복되는 모습을 보이고 있는데, 그 주기는 국가가 발생하고 안정되는 시기와 거의 일치할 정도로 맞물려 있다는 사실이 매우 흥미롭다. 즉 하나의 새로운 국가가 발생하여 안정되기까지의 기간에는 민요와 시가의 소통이 활발해지고, 안정된 후로부터 다시 어지러워지기 전까지는 민요와 시가는 불통이 강화되는 현상을 보인다는 것이다. 나라가 어지러워지면서부터는 다시 소통이 강화되기 때문에 불통의 시간보다 소통의 시간이 훨씬 길다고 할 수 있다. 우리 문학사에서 볼 때 신라가 최고의 안정기를 누렸던 7세기에서 9세기까지의 기간, 귀족문화를 중심으로 나라가 편안했던 고려 전기, 유학의 정치이념이 실현되면서 안정과 평안의 시간을 보냈던 조선 전기 등의 시기에 시가는 민요의 영향력에서 완벽하게 벗어나 새로운 형태의 작품을 발달시킬 수 있었던 것으로 보인다. 민요와 시가가 소통하던 시기는 국가가 어지러운 때였다고 할 수 있는데, 사국시대의 출발에서 안정까지의 시기, 신라가 어지러워진 하대下代의 시기,[39] 고려 후기[40]에서 조선 초기,[41] 17세기 이후의 조선 후기 등의 시기가 이에 해당한다. 이 시기는 정치적으로 어지러우면

---

39 이때는 정치적 성격을 강하게 띠고 있는 참요(讖謠)가 많이 나타났는데, 신라사회가 어지러워지면서 후삼국으로 나누어졌던 시기가 이에 해당한다.
40 무신난과 몽골족의 침입으로 국토는 초토화되고 나라는 어지러워지면서 권력의 공백이 생기면서 백성들의 힘이 강력하게 작용하게 되자 민간의 노래인 민요가 궁중무악으로 유입되는 현상이 일어난다.
41 쿠데타를 통해 세워진 나라가 조선이었기 때문에 정치적으로 안정을 되찾기까지는 상당한 시간이 걸렸고, 이 기간 동안에는 민요와 일정한 소통을 전제로 하면서 만들어진 속요와 경기체가, 그리고 악장 등이 민족 시가의 중심을 차지했다.

서 사회적으로 안정을 유지하기 힘들었던 때였다. 지배층과 피지배층은 국가의 근간이 되면서 뗄 레야 뗄 수 없는 관계를 형성하고 있는데, 서로 대립하기 때문에 한 쪽의 힘이 강해지면 다른 한쪽의 힘이 약해지는 상황을 연출한다. 지배층이 주인인 노래는 시가이고, 피지배층이 주인인 노래는 민요이기 때문에 지배층의 힘이 강해지면 민요와 시가의 불통이 시작되고, 지배층의 힘이 약화되고 피지배층의 힘이 강력해지면 민요와 시가의 소통이 시작된다고 보면 된다. 민요는 땅 밑을 흐르는 거대한 물줄기나 지표면에 눌려있는 화산 같은 것이어서 억제하는 힘이 약해지기만 하면 밖으로 분출되어 나오면서 새로운 형태를 가진 시가의 발생과 발달에 지대한 영향을 미치게 된다. 또한 시가는 주체인 지배층의 세력과 맥을 같이 하는데, 이 과정에서 더욱 발전된 모양의 새로운 형식을 창조함으로써 민족시가의 독창성과 예술성을 한층 높이는 구실을 충실히 해내는 것으로 보인다. 여기에서는 미처 다루지 못했지만 민요와 시가가 소통할 수 있었던 시기에 발생한 시가가 지니고 있는 예술적 특징과 불통의 시기에 발생한 시가의 그것이 어떻게 같고 다른지를 다양한 각도에서 접근하여 세밀하게 분석해내는 과정이 반드시 뒤따라야 할 것으로 보인다.

제4장

철원 지역 민요의 중요성과 전망

신라 말에 궁예가 세운 태봉의 도읍지였던 철원 지방은 현대에 들어와서 엄청난 변화를 겪었다. 철원 지방에서 일어난 20세기의 변화는 바로 우리 민족의 역사적 비극과도 연관되는 것이기 때문에 그 아픔과 상처가 더욱 큰 것으로 보인다. 20세기에 우리가 겪었던 최대의 수난은 일본의 지배를 받았던 식민통치라고 할 수 있는데, 이것은 우리 민족 전체가 함께 겪었던 것이기 때문에 철원 지방에만 국한된 것은 아니었다. 그러나 해방 후에 찾아온 민족분단과 6·25전쟁은 철원 지방 사람들의 삶 전체를 뒤흔들고도 남을 큰 사건이었으며 이 지역에 특히 많은 영향을 미친 것으로 보인다. 우선, 동일 문화를 형성하며 오랫동안 함께 살아온 사람들이 군사분계선이라는 정치적 결과물로 인하여 남북으로 나누어지는 아픔을 겪어야 했으며, 그 분단이 지금까지도 계속됨으로 인해 종래의 것과는 다른 문화를 형성할 정도에까지 이르고 있다. 그리고 철원 지방 전체가 군사 지역화 함으로써 군사문화가 뒤섞이게 되는 결과를 낳게 되었다. 정치적·사회적 조건에 의하여 나타난 나누어짐과 뒤섞임이라는 이러한 현상은 철원 지방의 문화 전체를 바꾸어놓을 만큼 심각한 것으로 보인다.

이런 변화 속에서 지금까지 살아온 이 지역 사람들은 여러 요소들에서 기인하는 숱한 갈등을 겪었겠지만, 상당히 오랜 시간을 지나오는 동안 처음에는 비일상적이었던 것들이 이제는 인상적인 것들로 자리를 잡으면서 이 지역만의 새롭고 독특한 문화를 만들어 나가고 있는 것으로 판단된다. 즉 오래전부터 이 지역에서 살아온 사람들의 문화와 외래문화, 군사문화 등이 뒤섞여서 오랜 시간 동안 함께 함으로써 다른 지방에서는 보기 어려운 특이한 문화현상이 나타나는데, 외래문화가 철원 지방의 토착문화와 융합하면서 새로운 것들을 만들어내는 현상들이 나타나게 되는 것이다. 이러한 현상들은 군사분계선을 중심으로 한 지역에서는 공통적으로 보이는 것일지 모르지만 다른 지방에 비해서 철원 지역이 훨씬 더 큰 변화를 겪은 곳이 아닌가 하는 생각이 든다. 왜냐하면 철원 지방은 남북분단 이후 지금까지 군사적인 면에서 매우 중요한 지역으로 부상한 데다가, 비옥하고 넓은 평야인데 비해 인구가 너무 적은 관계로 정부의 정책에 의해 다른 지역으로부터의 집단 이주가 매우 많았던 곳이기 때문이다. 거기에다 이 지역에서 군복무를 했던 사람들이 전역 후에 고향으로 돌아가지 않고 정착해버리는 현상까지 겹치면서 철원 지역은 다른 지방에서는 보기 어려운 독특한 문화를 형성하여 지금에 이르고 있는 것으로 보이는 것이다.

남북분단과 전쟁을 겪으면서 변화를 가장 심하게 겪었던 철원 지역은 남북이 공동으로 다리를 놓은 기념으로 이승만과 김일성의 이름자를 하나씩 따서 붙였다는 승일교를 보더라도 민족분단의 아픔을 온몸으로 안고 있는 곳이란 사실을 알 수 있다. 변화와 긴장이 항상 깊숙이 자리하고 있으면서도 겉으로는 평온한 상태를 유지하고 있는 철원 지역의 현실로 볼 때, 우리나라 어디에서도 보기 어려운 독특한 문화가 형성된 것으로 볼 수 있는 것이다. 그러므로 이에 대한 연구는 문화사적으로 대단히 중요한 의미를 지닌다고 할 수 있다. 남북의 분단이라는 특수한 상황이 종료되면 새로운 변화를 겪으면서 또 다른 독특한 문화를 형성해낼 것이기 때문에 지금이야말로 철원 지역의 문화현상에 대해서 조사하고 연구해야 할 시기라고 할 수 있는 것이다. 이런 점에 착안하여 저자는

1992년 초부터 일 년에 걸쳐 철원 지역의 민요와 설화를 조사했으며, 그 이후로도 계속해서 변화를 주시하여 왔다. 조사된 자료를 바탕으로 철원 지역의 민요가 갖는 특징들과 의미에 대해 아래에서 살펴보도록 한다.

1. 철원 지역의 자연과 환경

1) 지역 개관

철원은 강원도 영서·북서부 지방에 위치한 군으로 동쪽은 강원도 양구군에 접하고 서쪽은 경기도 연천군에 접한다. 그리고 남쪽은 강원도 화천군과 경기도 포천군에 접하고 있으며, 북쪽에는 군사분계선이 지나간다. 그러므로 북쪽은 미수복지구인 셈이다. 지도상의 위치는 동경 129도08분에서 127도53분, 북위 38도06분에서 38도18분에 걸쳐 있으며, 강원도에서 발표한 자료에 의하면 2002년 1월 1일 당시 주민등록상 인구는 17,331세대에 52,072명이다. 2002년 지적도에 의한 전체면적은 898.72km²이고, 4읍과 2면, 1출장소, 107개의 마을里과 607개의 반班으로 되어 있다. 그리고 6개의 면과 21개의 마을이 미수복지구로 남아 있다.[1] 한반도의 중부 내륙 지방으로 험준한 산악이 둘러싸고 있는 평야지대로 교통의 중심지이며, 이곳에서 어느 지역이든 통할 수 있기 때문에 군사적 요충지로 자리하고 있다.

2) 철원의 역사

철원 지역은 신석기시대의 유물들과 청동기시대의 주거지가 여러 곳에서 발

---

1   강원도청 발표 자료(http://www.provin.gangwon.kr).

견되고 있다. 이 점으로 보아 선사시대부터 사람이 생활했다는 사실을 확인할 수 있다. 철원에 대한 구체적인 기록은 고구려와 백제, 신라 등의 삼국이 정립한 때로부터 보이는데, 고구려 때에는 철원군鐵圓郡 또는 모을동비毛乙冬非라 하였으며, 신라가 고구려와 백제를 멸망시킨 후인 남북국시대에는 신라에 복속되어 경덕왕 때 철성군鐵城郡으로 개칭되었다. 그러다가 901년신라 효공왕 5에 송악松嶽에서 후고구려를 건국한 궁예는 그로부터 4년 뒤인 904년에 국호를 마진으로 고치고 다음해에 철원읍 홍원리로 도읍을 옮겼으며, 911년 국호를 다시 태봉으로 고치고 918년까지 이곳을 수도로 삼아 통치하였다. 스스로 보살임을 자처하며 폭정을 일삼던 궁예는 신하들과 백성들의 신망을 한 몸에 받은 왕건에게 왕위를 빼앗기게 된다.

궁예를 내쫓고 918년에 고려를 세운 왕건은 다음 해에 다시 송악으로 수도를 옮기면서 철원 지역을 동주東州라 부르게 되었다. 성종 14년인 954년에는 단련사團練使를 파견하였다가 목종 8에는 이제도를 다시 혁파하였으며, 현종2년에 다시 지주사知州事를 파견하였다. 이때부터 김화군金化郡과 삭녕현朔寧縣, 평강현平康縣, 장주현使州縣, 승령현僧嶺縣, 이천현伊川縣, 안협현安峽縣, 동음현洞陰縣 등 1개 군 7개 현을 속현屬縣으로 관할하게 되었다. 5도 양계兩界의 지방제도가 정비된 시기는 고려 중기 이후인데, 이때부터는 철원은 교주도交州道에 속하게 되었다. 그러다가 1254년인 고종 41년에 직제가 떨어져 다시 동주현東州縣으로 불리다가 그 후에 목牧으로 승격되었으나 1310년인 충선왕 2년에는 또다시 직제가 낮추어져 철원부鐵原府로 고쳐부르게 되었다. 그러다가 공양왕 2년인 1390년에는 경기京畿 지역이 확장됨에 따라 교주도에서 경기좌도로 이속되는 변화를 겪게 된다.

1392년에 고려를 무너뜨리고 조선을 세운 이성계는 건국 직후인 1394년에 한양천도를 하게 되고 이에 따라 경기의 영역이 재조정될 때에도 철원은 역시 경기좌도에 속하도록 되어 있었다. 그러다가 1413년인 태종 13년에는 새롭게 정해진 규례에 따라 철원도호부鐵原都護府로 승격되었고, 세종 16년인 1434년에는 경기도에서 강원도로 다시 이속되었다. 그 후 조선조 후기에 이르러서 또 변화를 겪게 되는데, 1746년인 영조 22년에는 춘천부春川府에 있던 강원도병마방어사부江原道兵馬防禦使府가 철원으로 옮겨와서 춘천, 회양淮陽, 이천伊川 등 3개 도호부와 금성金城, 김화金化, 낭천狼川, 양구楊口, 평강平康, 안협安峽 등 6개 현을 진관鎭管하게 되면서 발전의 틀을 마련하기도 했다.

구한말인 1895년에는 부제府制를 새롭게 시작하면서 춘천부 철원군으로 되었다가 다음해에 다시 도제道制로 환원되면서 강원도 철원군이 되었다. 1919년 3·1운동이 발발하자 3월 2일과 3일에 천도교인들이 독립선언서를 철원군 전 지역에 뿌리고 민중을 계몽하여 만세운동을 선도함으로써 강원도에서 가장 먼저 만세운동이 일어난 지역이 되었다. 또한 3월 10일과 11, 18일에는 철원읍내에서 만세운동이 계속해서 일어났다. 이 만세운동을 지도했던 사람들은 주로 기독교인과 학생, 청년, 천도교인들이었다. 1931년에는 철원면이 읍으로 승격되었고, 1941년 10월 1일에는 경기도 삭녕군 내문면乃文面, 인목면寅目面, 마장면馬場面이 철원군으로 편입되어 1개 읍 9개 면의 행정구역을 이루게 되었다.

식민지 시대를 청산하고 1945년에 맞이한 해방은 철원의 아픔이 시작된 시점이기도 하다. 광복과 동시에 기계적으로 그어진 38선이라는 군사분계선 때문에 철원군 전 지역이 북쪽 지역에 속하게 되어 남북분단의 아픔을 시작하게 된다. 그 후 1950년 6·25전쟁이 발발하자 철원 지역은 뺏고 뺏기는 치열한 공방전이 벌어지는 참혹한 전쟁터가 되었다. 특히 1952년 10월의 백마고지전투와 철의 삼각지대 저격능선전투는 거점을 확보하기 위한 공방전으로 남쪽이 이를 확보하는 것으로 결말을 맺었다.

전쟁이 끝나면서 국군의 북진으로 수복되어 군정치하에 들어갔다가 1954년 '수복지구임시행정조치법'으로 인하여 군정으로부터 행정권이 인수되어 군사분계선 이북 지역의 6개 면을 제외한 3개 면을 관할하게 되었다. 그 후 1963년에는 옛 김화군 중 8개 면이 철원군에 편입되었고, 신서면은 경기도 연천군으로 편입되게 된다. 그리고 1972년 12월에는 철원군 북면 유정리, 홍원리와 내문면 독검리 등이 철원읍에 편입되게 된다. 또한 전 평강군 남면 정연리가 갈말면에 편입되었고 1973년에는 서면 청량리와 도창리가 김화읍에 편입되었다. 1979년 5월 갈말면이 읍으로, 1980년 12월에는 동송면이 읍으로 각각 승격되었다. 1990년 6월 12일에 옛 김화군의 방통리, 금곡리, 율목리, 노동리, 진현리, 수동리가 철원군에 편입되었으며, 1992년 4월에는 동송읍 이평리 일부가 철원읍 화지리로 편입되었다. 지금은 동송읍과 김화읍 등의 4개 읍과 2개의 면을 관할하게 되었고, 동송읍에 있던 철원군청은 신철원으로 옮겨가게 되었다.[2]

3) 철원의 자연환경과 산업·교통

(1) 자연환경

철원군은 전체가 산으로 둘러싸인 분지의 형상을 하고 있다. 남동부는 대체로 높은 산지를 이루며, 명성산鳴聲山, 922m, 광덕산廣德山, 1,046m 대성산大成山, 1,174m 적근산赤根山, 1,073m 흰바우산1,179m 등의 높은 산이 솟아 있다. 그리고 남쪽에는 금학산金鶴山947m · 고대산高臺山, 832m 등의 산지가 솟아 있다. 또한 서부에는 임진강의 지류인 한탄강이 흐르는데, 대교천과 역곡천 등의 강이 북쪽에서 남쪽으로 용암대지 위를 흐르면서 전형적인 유년기의 침식곡을 형성하고 강유역은 넓은 평야지대를 이룬다. 그밖의 지역은 대부분이 고원성의 평야지대를 이루는데, 신생대 제4기 홍적세 때에 현무암이 분출해 기존의 하곡 위를 흘러 형성된 200∼500m의 철원·평강용암대지의 일부를 형성한다. 침식된 하안河岸교정에는 주상

---

2 '강원도청 홈페이지', '철원군청 홈페이지', 「철원군지」 등의 자료를 발췌, 정리한 것임.

절리와 베개용암 지형이 발달해 있어, 곳곳에 수직단애의 하곡이 발달하고 기반 암의 차별침식에 의한 기암절벽과 폭포 등이 많이 있어서 절경을 이룬다.

내륙에 위치하는 관계로 일반 고도가 높아 기온차가 심한 대륙성 기후의 특 징을 나타내고 있는 것이 특징이다. 연평균기온 9.5℃, 1월 평균기온 −7.9℃, 8 월 평균기온 24.4℃이며, 연강수량 1,366mm이다. 우리나라 3대 다우지多雨地 가운데 하나이며, 여름철에는 집중강우로 홍수피해가 심한 지역 중의 하나이 다. 철원 지역이 이처럼 많은 강우량을 보이는 것은 마식령산맥과 광주산맥 사 이인 임진강과 한강 하구로 들어온 열대성 저기압이 한반도의 북동부를 남북으 로 가로막고 있는 태백산맥의 서부 산간지형에 부딪쳐서 내리는 국지성 강우 현상으로 생기는 것이라고 한다.

(2) 산업과 교통

철원 지역의 경지 면적은 임야가 53.6%^{475.3km²}, 논이 10.7%^{95km²}, 밭이 13.3%^{117km²}이고 목장 용지 등이 있다. 총 농가수는 5,045호이며, 농가 인구는 1만 9,989명^{1995년 당시}이며, 가구당 경지면적은 1,83ha로서 농가 인구의 감소로 인해 한 가구당 경지면적은 해마다 증가하고 있다. 인력의 부족으로 인한 어려 움을 농업의 기계화, 협업화 등으로 극복하고 있다.

식량작물 총 생산면적은 1만 1931ha인데 식량작물 총 생산량은 5만 152t이 다. 이 중 벼재배 면적이 92.6%를 차지하고 식량작물 총 생산량의 91.4%를 벼 가 차지한다. 그 외 잡곡으로서 옥수수와 콩, 팥, 녹두 등의 두류, 그리고 고구마, 감자 등이 생산된다. 교통의 발달로 인하여 근교농업 지역으로 새롭게 발돋움하 면서 채소류 생산면적과 생산량이 크게 는 것이 특징이다. 채소류는 총 138.5ha 에서 2,762t이 생산되어 수도권 시장으로 출하되고 있다. 농산물은 참깨, 들깨, 땅콩 등의 특용작물도 생산된다. 사과, 배, 복숭아·포도 등의 과실류 생산량도

연 617kg 정도가 된다. 특히 축산업의 발전은 괄목할만하다. 한육우, 젖소, 돼지, 오리 등의 사육호수와 사육두수가 해마다 증가하고 있는데, 한육우의 사육호수는 1만 1,224호에 사육두수는 7,211마리에 이르러 축산업의 주축을 이루고 있다고 해도 과언이 아니다. 광산물로는 규조토가 연간 360t이 생산되고, 147개의 각종 제조업체가 있다. 식료품, 담배 제조업체가 12.7%[72]개로 가장 많고, 비금속광물 제조업체가 8.1%, 나무, 가구제조업, 종이, 인쇄출판업 등이 발달해 있다. 갈말읍 군탄리에는 갈밀농공단지, 김화읍 청양리에는 김화농공난지가 있다. 32개 업체가 있으며 단지면적은 약 0.3km^{2}에 이른다. 교통은 철도의 경원선이 군의 중앙부를 남북으로 통과하고 있었지만 지금은 끊긴 상태이다. 서울과 철원을 잇는 3번 국도와 43·46·47·58번 국도, 325·463·464번 지방도, 군도 등이 수도권과 철원군 각 지역을 연결하여 사람과 물자의 유통을 원활하게 하고 있다. 특히 3번 국도는 최근에 왕복 4차선으로 확장되어 철원 지역의 물류유통과 경제 활성화에 크게 기여하고 있다.

4) 철원 지역의 문화

철원 지역의 문화로는 민속놀이, 부락제인 동제, 설화, 민요 등을 꼽을 수 있다. 철원 지역의 대표적 민속놀이로는 석전石戰과 농악을 들 수 있다. 석전은 한탄강을 사이에 두고 마주보고 있는 동송읍 오덕리와 철원읍 화지리 마을 사람들 사이에 행해지는 행사이다. 정월 보름에 행해졌던 놀이인데, 단순한 놀이가 아니라 실제 생활에 활용하기 위한 행사여서 주목을 끈다. 지형적인 원인으로 인하여 오래전부터 강 서쪽의 오덕리 사람들은 강의 동쪽인 화지리 부근에 가서 땔감을 구해와야 했고, 화지리 사람들은 농토가 강건너인 오덕리쪽에 있는 관계로 서로가 강을 건너야 할 필요가 있었다. 그렇기 때문에 두 마을을 잇는 한탄강의 다리는 해마다 보수를 해야 했는데, 돌을 조달하는 것이 그리 쉬운 일이 아니었다. 그래서 두 마을에서는 농사일이 시작되기 직전인 정월 보름경에 사람들이 전부 모여서 석전을 한 뒤 그 돌들을 이용하여 지는 쪽에서 강의 다리를 보수했다고 한다. 유흥을 위한 민속놀이가 아니라 현실적 요구에 따른 생활의 필요에 의해 행해진 이 마을의 석전은 매우 독특한 성격을 가진다고 보아야 할 것이다.

농사를 주업으로 하는 고장이라면 어디나 있는 것이지만 강원도 지역 중에 농토가 풍부한 철원 지역에는 예전부터 농악패가 구성되어 있었다. 정월의 지신밟기에서부터 시작하여 모내기굿과 두레굿 등에 이르기까지 집안과 마을의 풍년과 화합을 기원하고, 농사의 고달픔과 단조로움을 달래는 수단으로 사용되었던 농악놀이는 마을에 행사가 있을 때에는 걸립을 돌아 기금을 마련하기도 했다. 농악놀이는 전통사회에서 공동체를 유지시켜주는 데 매우 중요한 구실을 했던 것인데, 철원 지역 역시 농사가 중심을 이루는 까닭에 농악패가 하는 구실이 매우 컸던 것으로 보인다.

우리의 전통사회에서 매우 중요한 의미를 지니는 것이 마을의 안녕을 기원하는 동제였다. 그러나 일제시대를 지나면서 동제는 급격하게 쇠퇴하였고, 지금은 화석화된 문화재 정도로 남아 있는 경우가 대부분이다. 철원 지역 역시 예외는 아닌 것으로 보이는데, 예전에는 거의 모든 지역의 마을에 산신당이나 서낭당이 있어 매년 동제를 지내왔으나 지금은 갈말읍 문혜리의 가루게 서낭당을 비롯한 몇 개의 서낭당만이 남아 있고 그곳에서만 동제를 지낸다고 한다. 그 전에는 관가에서 주관하던 김화의 서낭제가 유명하였다 하나 현재는 이것도 전승이 중단된 상태이다. 김화서낭제의 특색은 제단이 고정되어 있는 것이 아니라 참나무로 임시제단을 만들고 신위로 백마白馬를 모신다고 한다. 제일은 백마신의 생일인 3월 17일인데 이 때 간단한 굿을 하고 단오에 또 한번 큰 굿을 한다. 제행 때에는 무당이 동원되어 춤을 추는데, 춤은 몸을 아래위로 움직이지 않고 팔만을 움직이는 수평무水平舞를 추었다 한다. 평야를 중심으로 한 농업이 중심을 이루는 관계로 철원 지역에는 기우제를 지냈는데, 가장 큰 규모의 제의는 삼부연三釜淵의 기우제였다. 이 때는 개를 잡아 그 피를 흘려서 기우제를 지냈다 한다. 그 외에 금학산과 용탕龍湯에서도 기우제를 지냈는데, 특히 동송읍의 주산인 금학산은 산에 서린 안개의 상태로 일기를 점칠 수 있는 곳이어서 기우제가 성행했었다고 한다.

철원 지역은 옛 태봉의 도읍지였던 관계로 궁예와 관련이 있는 설화가 상당수 있다. 인물전설로는 궁예에 대한 것 외에도 왕건을 도와 고려 건국을 도왔다는 도선道詵의 이야기도 있고, 이 지역 출신인 김응하장군과 의적으로 활동하다가 고석정孤石亭에 은신하여 꺽지라는 물고기가 되어서 도망갔다는 임꺽정의 이야기가 등이 전한다. 지명과 관련이 있는 설화는 궁예가 망할 때 남은 군사를 이끌고 마지막으로 통곡을 했다고 전해지는 '울음산전설'과 한탄이 서려 있다는 '한탄강전설'을 비롯하여 산정에 있는 우물에서 용마가 나왔다는 '용정신龍井山전설', '외동산浮來山전설', 그리고 토성리土城里, 군탄리軍炭里, 자등리自等里 등의 이야기가 전해 온다. 그리고 풍수설화도 전해지는데, 궁예가 철원에 도읍을 정할 때 금학산을 안산으로 하지 않고 고암산高巖山을 안산으로 하는 바람에 300년은 갈 것을 30년을 넘기지 못했다는 내용의 '도참설화'를 비롯하여 노승이 하라는 대로 하지 않고 엉뚱한 곳에 묘지를 파다가 잘못하여 붕어 눈 형상의 지형을 건드리는 바람에 후손들이 자손대대로 눈병이 났다는 '붕어명당이야기' 등이 있다.

강원도는 대부분이 산간 지방이어서 산과 관계된 노래가 많은 편인데, 철원 지역은 넓은 평야지대여서 그런지 논농사와 관련이 있는 농업노동요가 다양하게 전승되는 것이 특징이다. 〈논가는 소리〉, 〈모심는 소리〉, 〈논매기 소리〉〈씨뿌리리는 소리〉, 〈가을걷이 소리〉, 〈방아타령〉 등의 다양한 농업노동요가 여러 지역에서 전승된다. 이와 함께 여성들의 노동요도 전해지는데, 〈삼삼는 소리〉, 〈나물캐는 소리〉, 〈빨래 소리〉 등이 전해진다. 이와 함께 철원 지역 민요가 가지는 특징 중 하나는 여러 지역의 노래가 전파되어서 불려진다는 것이다. 이것은 현대에 들어와서 생긴 것이지만 철원 지역이 유독 두드러진 현상을 보여준다. 평안도 민요에서 함경도 민요, 그리고 경기도 민요와 함께 남도 지방의 민요까지 불려지는 현상을 보여준다. 군사 지역과 이주 지역이라는 특수성이 낳은 결과라고 할 수 있을 것이다.

2. 조사자료 개관

1) 조사 방법

저자는 현대사회에 들어와서 철원 지역이 겪은 남북분단과 전쟁이라는 현실적 변화의 결과로 만들어진 문화가 매우 특이하다는 점을 고려하여 장기간에 걸쳐 조사를 했다. 1992년 봄부터 시작된 현지조사는 일 년 동안 계속되었는데, 주로 주말을 이용하였다. 조사단원들은 저자를 비롯하여 저자가 지도하고 있는 한국방송통신대 국어국문학과 설화민요연구회 소속 회원들로 일 년 이상에 걸친 강의와 실습을 통해 현장 경험을 쌓은 학생들이 중심을 이루었다.

자료조사는 방문조사의 방법을 택하였고, 사전조사를 통해 구연자를 정한다음 조사단이 직접가서 현지조사를 했다. 몇 개의 조로 나누어서 부락 단위로 조사가 이루어졌는데, 녹음과 기록, 그리고 사진 자료 등을 중심으로 조사하였다. 자연적인 구연 조건으로 이루어진 조사는 없으며, 노인정이나 마을 입구의 정자나무 아래 등에서 인공적인 조건을 갖추어서 조사가 이루어졌다.

2) 조사 지역

조사 지역은 부락의 역사가 오래된 곳을 선정하였으며, 구연자가 풍부한 마을을 중심으로 선택하였다. 조사 지역은 다음과 같다.

① 철원군 서면 신수리

② 철원군 서면 와수리

③ 철원군 근남면 육단1리

④ 철원군 동송읍 이평8일

⑤ 철원군 동송읍 장흥2리

⑥ 철원군 동송읍 상노2리

⑦ 철원군 철원읍 화지4리

⑧ 철원군 동송읍 오덕1리

⑨ 철원군 갈말읍 토성리

철원 지역은 현대에 들어와서 커다란 변화를 겪었음인지 이곳에서 태어나 붙박이로 살아온 사람들을 만나는 것이 쉬운 일은 아니었다. 조사자들은 이런 어려움을 안고 이 마을에서 저 마을로 자료를 찾아 다녔고, 군사 지역이란 특징 때문에 이야기를 잘 하지 않으려는 구연자들 때문에 많은 고생을 하기도 했다. 조사 지역으로 선정된 마을은 농업이 주였으며, 그 지역에서는 오래된 부락 이었고, 노래를 알고 있는 노인들이 비교적 많은 곳이었다. 노인정도 어느 정도 는 갖추어져 있었고, 외지 사람들에 대한 부끄러움이나 배타적인 태도가 덜한 곳으로 보였다.

3. 철원 지역의 민요

강원도의 다른 지방에 비해 비옥한 평야를 가진 곳이어서 그런지 철원 지역에는 논농사와 관련이 있는 민요가 많이 조사되었다. 이와 함께 〈방아 소리〉, 〈나물캐는 소리〉, 〈도리깨질 소리〉, 〈씨뿌리는 소리〉, 〈빨래소리〉, 〈가을걷이 소리〉, 〈밭가는 소리〉, 〈집터다지기 소리〉 등이 조사되었다. 강원도에는 밭이 많은 것으로 알려져 있지만 철원 지역은 논이 많아서 그런지 밭매는 소리는 찾기 어려웠다. 논농사와 관련이 있는 소리로는 〈논가는 소리〉, 〈애벌매기 소리〉, 〈두벌매기 소리〉, 〈벼베는 소리〉 등이 조사되었다.

의식요의 경우는 전국적으로 공통이라고 할 수 있는 〈상여소리〉와 〈회닫이 소리〉 등이 조사되었다. 〈상여 소리〉와 〈회닫이 소리〉는 전국적으로 있는 것이지만 이 지역 특징을 보여주는 내용들이 들어있어서 흥미를 끈다.

여가요의 경우 매우 특이한 점들이 발견되는데, 타령조의 노래에 강원도 지역의 특징을 잘 보여주는 소리가 조사되었다. 〈골골 타령〉은 강원도 산천을 노래한 것으로 강원도의 특징을 잘 보여주는 소리이다. 동냥타령은 그 집터가 훌륭하다는 것을 노래한 것으로 다른 지역의 장타령과는 사뭇 대조되는 모습을 보여준다. 그리고 〈청춘가〉와 〈초한가〉는 한정된 지역에서 한정된 구연자의 개인적인 능력에 의해 불려진 노래였다. 〈평안도 수심가〉, 〈경기도 민요〉, 〈황해도 산염불〉 등도 조사되었는데, 남북분단과 6·25전쟁 등을 겪으면서 고향을 떠나 철원 지역으로 이주해 온 사람들에 의해서 불린 소리이다.

1) 노동요

(1) 논농사 소리[3]

①〈논가는 소리〉·〈밭가는 소리〉

〈논가는 소리〉나 〈밭가는 소리〉나 모두 소를 몰면서 부르는 노래이기 때문에 함께 다룬다. 강원도 지방 논·밭갈이의 특징은 소를 부릴 때 채찍이나 회초리 등을 일체 사용하지 않는다는 점이다. 고삐도 세게 잡아 다니지 않을 정도로 부드럽게 부리는데, 그것이 더 능률적이라 믿고 있는 것 같다. 그러면서 주인은 노래를 불러서 소와 사람을 즐겁게 하는데, 이것이 논·밭가는 소리다. 소와 사람이 하나된 모습을 보여주면서 아름다운 노랫가락과 함께 일하는 모습은 다른 지방에서는 찾아보기 어려운 광경일 것이다. 소는 부지런히 움직여서 일이라는 행동을 통해 주인의 호의에 보답한다면, 주인은 소의 충직함에 부드럽고 아름다운 노래를 불러서 위로하고 즐겁게 하면서 일을 하는 것이다. 일을 하는 소나 일을 시키는 사람이나 모두 서로를 위하는 마음이 충만해 있음을 느낄 수 있다. 논·밭갈이를 통해 주인과 소는 완벽하게 하나가 되는데, 이 하나됨에 결정적인 구실을 하는 것이 바로 노래인 것으로 보인다. 소의 행동과 사람의 노래가 어우러져 매우 아름다운 풍경 하나를 만들어내고 있는 것이다. 이 아름다운 풍경에 없어서는 안될 존재가 또 하나 있는데, 그것은 바로 관객이다. 젊은 총각이 노래를 부르면서 밭갈이나 논갈이를 하는 광경이 얼마나 보기 좋으면 동네 처녀들이 넋을 놓고 구경한다는 것이다. 그렇게 되면 총각은 더욱 신이 나서 더 구성지게 노래를 부르면서 일을 하게 된다고 하니 노래가 하는 구실이 얼마나 큰가를 여실히 드러내주는 부분이라고 할 수 있다.

---

3   논농사 소리는 모심기에 대한 노래, 논매기에 대한 노래, 집터 다지는 노래, 상여가 나갈 때 부르는 상여소리, 회다지 노래, 이렇게 다섯 가지의 노래를 부른다고 하는 구연자도 있다.

이러 이 소 우리를 오에라에 날 잡소

우리를 우리를 오이러 왜

서로 미대지 말고 빨리 나가자[4]

왜래에 오에라도 지우오

도랑을 쓰거든 이러 이 소[5]

이랴- 이랴. 이젠 거지 다 나왔다 마(이랴, 이라 하면 자꾸 나가거든)

어치- 어디야- 둘거나- 이랴—이랴- 마라 마라 이게 어딜가-

어치 이랴—이랴- 야- 야. 야 어디가- 이랴 어치- (이제 이렇게 하면 호호하고 웃고

들 가고 여러 가지야- 이게 기가 막히다고 처녀들이 가다 그냥 넋을 놓고 보는 거야-)[6]

이랴- 이랴- 어치- 어디야- 둘거나-

이랴- 아니야 아니야- 어치- 어디야- 둘거나-

소와 구연자는 노래를 통해서 하나가 되고, 하나가 된 소와 구연자와 노래는 동네처녀라는 관객과 마주서게 됨으로써 매우 특이한 구연현장을 만들어내게 되는 것이다. 소의 행동과 인간의 언어가 만나서 빚어낸 노동의 현장에 동네 처녀라는 관객을 가미함으로써 더욱 아름다운 풍경으로 바뀌게 되는 것이다. 노래의 내용보다는 구성진 가락과 길게 빼서 부르는 목소리가 아름다움을 만들어내고 있는 것으로 보인다. 노래로 표현되는 인간의 언어와 일로 표현되는 소의 노동력이 완벽하게 조화를 이루고 그것을 구경하는 관객이 있는 강원도의 논·밭갈이 광경은 다른 어느 지방에서도 볼 수 없는 진기한 풍경이 아닐 수 없을

---

4 두 마리의 소를 부리기 때문에 이런 내용이 들어간다.
5 구연자 : 김웅모(철원군 서면 신수리, 1992년 3월 7일 조사).
6 괄호 부분은 구연자가 자신이 소리하는 장면을 설명한 내용임. 동네 처녀들에게 무척 인기가
   있었다는 내용의 말임.

것이다. 이 현장에서 매우 중요한 구실을 하는 것이 바로 노래이다.

②〈모심는 소리〉

모심는 것은 논농사 중에서 가장 중요한 작업이라고 할 수 있다. 일 년 농사가 모심기에 달렸다고 해도 과언이 아니기 때문이다. 모심기가 부실하거나 잘되지 못하면 일 년 농사를 망칠 수밖에 없으므로 농사를 짓는 사람이라면 모심기에 가장 신경을 쓰는 것이 사실이다. 그리고 논농사에서 모심기는 가장 힘드는 작업이기도 하다. 모를 찌고, 모를 나르고, 논을 고르고, 물을 대며, 모를 심는 것이 동시에 이루어져야 하기 때문에 모심기는 부락 전체가 참여하는 작업이 되며 서로가 서로를 돕는 가장 큰 공동의 노동현장이 된다. 협동을 필요로 하며 힘든 작업이 모심기이기 때문에 이 때는 그 부락의 모든 힘이 모심기 현장으로 집중된다. 모심기하는 사람들에게 있어서는 이때가 가장 보람되고 신나는 시간이 된다.

모든 노동력이 집중되며 여러 사람이 함께 하는 공동노동 행위의 현장인 데다가 무척 힘든 작업이기 때문에 이때는 반드시 노래가 불려지게 된다. 언어와 가락이 합쳐진 민요[7]가 가지는 주술적 성격 때문에 노동의 고통을 잊을 수 있을 뿐 아니라, 행동 통일의 신호음으로도 작용하게 하여 노동의 효율성을 높일 수 있고, 먼데 사람은 보기 좋고, 가까운 데 사람은 듣기 좋게 하는 예술적 공간을 만들 수 있기 때문에 〈모심는 소리〉는 전국적으로 불려지지 않았던 곳이 없을 정도다. 모심기노래는 선·후창이나 교환창의 방식으로 불려지는데, 철원 지방의 모심기노래는 선·후창으로 불려진다. 그리고 후렴구에 유의어가 들어가면서 그것이 반복되는 현상을 보이는데, 이는 노동현장에서 일어나는 작업 과정

---

[7] 문학과 음악은 민요의 기본적 성격을 이루고, 삶의 현장에서 행해지는 동작은 민요의 바탕을 이룬다.

과 밀접한 관련이 있으며, 이를 통해 일꾼들의 노동 행위에 일정한 영향을 미치는 것으로 보인다.

하나 하나 하나 이로구나 / 하나 하나 하나 이로구나[8]
여보시오 농군네들 이네 말씀 들어보소 / 하나 하나 하나 하나이로구나
동이 튼다 동이 튼다 철원들판에 동이튼다 / 하나 하나 하나이로구나
철원 들판에 논배미에 모심으러 나아가세 / 하나 하나 하나이로구나
한손끝 한손끝 몸부래 모심세, 모를 심어 / 하나 하나 하나이로구나
어제는 너무나 노후내가 모를 심어 / 하나 하나 하나이로구나
오늘은 누구게 도호네가 모를 심고 / 하나 하나 하나이로구나.
오늘은 김서방네 노후네가 모를 심네 / 하나 하나 하나이로구나
여보시오 농군네들 이네 말씀 드러보소 / 하나 하나 하나이로구나
이 지방은 어디멘고 철원평원 논뻘이다 / 하나 하나 하나이로구나
물이 출렁 수답이여 물이 적어 푼답이라 / 하나 하나 하나이로구나
무슨 벼를 심어볼까 물범 밑에 생다리어 / 하나 하나 하나이로구나
둥글 넓적 양지차엔 나이먹어 하얀고뇨 / 하나 하나 하나이로구나
많이 먹어 돼지되며 이 논 저논 심어놓고 / 하나 하나 하나이로구나
풍년가나 불러볼까 풍년이 왔구려 풍년이 왔네 / 하나 하나 하나이로구나
삼천리 강산에 풍년이 왔네 풍년이 왔구려 풍년이 왔네 / 하나 하나 하나이로구나.
여보시오 농군네들 이네 말씀 드러보소 / 하나 하나 하나이로구나
농사천하지대본에 농사밖에 또 있느냐 / 하나 하나 하나이로구나
놀지 말고 농사 힘써 올해도 풍년 내년도 풍년 / 하나 하나 하나이로구나

8 '/'의 앞부분은 앞소리이고, 뒷부분은 여러 사람이 함께 부르는 뒷소리이다.

넌년마다 풍년들어 주경야독하여 보세 / 하나 하나 하나이로구나

일낙서산 해 다지고 월출동령 달이 뜬다 / 하나 하나 하나이로구나

이 소 밭이 맞는 친구 해질 녁에 이러기세 / 하나 하나 하나이로구나

동령간에 비춰온다 이논저논 물이 넘쳐 / 하나 하나 하나이로구나

하문에 흘러가는 노랫가락 흥겨워라 / 하나 하나 하나이로구나

세마지기 논빼미가 반달마치 나왔구나 / 하나 하나 하나이로구나

어서 심고 집에 가세 정든님이 기다린나 / 하나 하나 하나이로구나

풍년가나 불러볼까 풍년이 왔구려 풍년이 왔네 / 하나 하나 하나이로구나

삼천리 강산에 풍년이 왔네 풍년이 왔구려 풍년이 왔네 / 하나 하나 하나이로구나[9]

이 노래에서는 후렴구가 매우 중요한 것으로 보이는데, '하나 하나 하나이로 구나'라고 불려지는 후렴구는 모심는 행위 하나 하나에 정성을 모아달라는 의 미, 여러 개가 한꺼번에 붙어 있는 모를 하나 하나 잘 나누어서 심어야 한다는 의미, 일정한 간격으로 잘 맞추어서 심어달라는 의미 등을 가지는 것으로 보이 는데, '하나'라는 말을 반복적으로 사용함으로써 행동 통일의 신호음으로 사용 할 뿐만 아니라 모심기를 잘해야 한다는 것을 계속적으로 인식시키면서 강조하 는 효과를 가지는 것으로 보인다.

③〈애벌매기 소리〉

논매기는 한 철에 두 번 정도 하게 된다. 애벌매기와 두벌매기가 있는데, 애 벌매기는 모를 심은 후 뿌리가 내리면 처음 하는 논매기이고, 두벌매기는 애벌 매기가 끝나고 벼가 완전히 정착한 후에 하는 마지막 풀뽑기다. 두벌매기가 끝

---

[9] 구연자 : 고노석(철원군 서면 와수리, 1992년 3월 7일 조사).

나면 곧 이삭치기에 들어가기 때문에 이때부터는 물을 충분히 대주어 보온을 하면서 비료나 약만 칠 뿐 사람이 논에 들어가는 일은 거의 없게 된다.

논을 맬 때 부르는 노래가 논매기 소리인데, 전국적으로 불려졌다. 〈애벌매기 소리〉와 〈두벌매기 소리〉는 부르는 방식에서부터 다르며 내용이나 후렴구의 사용 등에 상당한 차이가 난다. 〈애벌매기 소리〉를 보면 가창 방식에서는 매기고 받는 방식의 선·후창이고, 가사가 길지 않아서 속도와 경쾌함을 주는 특징이 있으며, 후렴이 작업 과정과 밀접한 관련이 있는 유의어가 있고, 행동 통일을 할 수 있는 신호음으로 작용할 수 있도록 되어 있다. 〈두벌매기 소리〉는 가창 방식이 주고받는 교환창으로 되어 있다. 그리고 후렴구가 없는 데다가 노래의 사설이 서사성을 띤 늘어진 내용으로 되어 있다. 민요는 음악적인 성격과 문학적인 성격을 가지는 노래로서 삶의 현장에서 일어나는 행위를 바탕[10]으로 한다. 그러므로 민요는 삶의 현장에서 행해지는 행동과 밀접한 관련을 가질 수밖에 없게 된다. 노래의 내용, 노래의 가창 방식, 노래의 형식 등 모든 부분에 절대적인 영향을 미치는 것이 바로 삶의 현장이기 때문이다.

〈애벌매기 소리〉
에 얼싸 덩어리요
에 얼싸 덩어리요

사해창생에 우리 백성
  에 얼싸 덩어리요
일생신고를 원치마라

10　요는 민속무용을 바탕으로 하며, 사설과 가락이 합쳐져서 불려진다.

에 얼싸 덩어리요

사농공상 생긴 후에
에 얼싸 덩어리요
농사밖에 또 있느냐?
에 얼싸 덩어리요

신농씨 초연시에
에 얼싸 덩어리요
천하지대본이 농사로다
에 얼싸 덩어리요

농사 한 철 지을 적에
에 얼싸 덩어리요
어떤 전답을 마렸했나
에 얼싸 덩어리요

높은 데는 밭을 파고
에 얼싸 덩어리요
깊은 데는 논을 부러
에 얼싸 덩어리요

모심기 할 적에
에 얼싸 덩어리요

어떤 볍씨를 심었더냐

에 얼싸 덩어리요

광중극락 사기벼요

에 얼싸 덩어리요

여주이천 작차벼요

에 얼싸 덩어리요

김포통천 일달이벼면

에 얼싸 덩어리요

혼자 먹었다간 돼지 돼요

에 얼싸 덩어리요

많이 먹어 등터지기

에 얼싸 덩어리요

마당 쓰레기 검불배면

에 얼싸 덩어리요

환갑진갑 노인되면

에 얼싸 덩어리요

어룽더룽 양푼철이요

에 얼싸 덩어리요

울긋불긋 각시탈을

에 얼싸 덩어리요

여기저기 심었더니

에 얼싸 덩어리요

오복소복이 잘 되었구나

에 얼싸 덩어리요[11]

〈두벌매기 소리〉

미나리는 크건만은 받을 친구가 전혀 없소

밭길랑은 내가 받을 테니 연속조로만 메겨주소

황해도구월산이 꽃밭일세 꽃밭 속에 말을 타니 말굽에서 향내가 나니

말굽에서 향내가 나나 년의 품안에서 향내가 나지

양고양택 흐르는 물에 배틀을 쓰나 배틀랑은 쓸지라도 건잎 등은 다 조차고 속에

속잎은 나를 주소

언제 봤던 친구라고 속에 속잎을 나를 달나

사래차고 긴긴 밭에 목화따는 저처녀야 요내 품안에 정들어라

정들기는 어렵지 않으나 목화 따기가 늦었다오

머리 좋고 힘 찬 처녀 죽을병에 걸렸구나 줄 뽕 새 뽕은 내가 따 죽을게 요내 품안에

정들어라

정들기는 어렵지 않으나 줄 뽕 따기가 늦었다오

이 시 밭에 만난 님이 서경 설로에 이별일세

오늘 해도 다 갔는지 골골마다 그늘일세

해가 져서 그늘인가 골이 깊어 그늘일세

골이 깊어서 그늘인가 산이 높아서 그늘일세

이 시 밭에 만난 님이 서경 설로에 이별일세 오늘 여기서 이별하면 언제 또 다시 만나 볼까

계명축시 날이 새면 내일 다시 만날 것을[12]

〈애벌매기 소리〉와 〈두벌매기 소리〉가 같은 논매기 소리이면서도 위에서 보는 것처럼 큰 차별성을 가지는 것이 바로 이러한 사실을 뒷받침해 주고 있다. 〈애벌매기 소리〉와 〈두벌매기 소리〉가 가창 방식 등에서 큰 차이를 보이는 것은 논매기의 작업현장을 살펴보면 정확히 알 수 있다. 애벌매기는 모를 심은 후첫 풀뽑기를 하는 것이기 때문에 잡초가 상당히 많다. 그리고 애벌매기에서는 풀뽑는 것도 중요하지만 이삭치기를 하기 위해 뿌리가 잘 내릴 수 있도록 도와 주어야 하기 때문에 물 속의 흙을 뒤집어서 산소공급을 원활하게 함과 동시에 영양분이 골고루 섞일 수 있도록 해주는 것이 이 작업의 가장 중요한 목적이 된다. 그러므로 애벌매기의 특징은 호미를 사용하여 풀뽑기와 흙뒤집기를 함께 하는 데 있다. 따라서 애벌매기는 무척 고된 작업이 되고 행동 통일이 절대적으로 필요하게 된다. 왜 그런가 하면 호미의 날카로운 날이 사람을 다치게 할 수도 있기 때문에 호미의 손놀림과 발의 움직임이 일정한 거리를 유지해야 하기 때문이다. 그리고 여러 사람이 함께 움직여야 힘도 덜 들 뿐 아니라 상호 간의 공동작업공간이 형성되어 빠뜨리지 않고 풀뽑기와 흙뒤집기를 할 수 있기 때문이다. 몸놀림이 율동적으로 될 수 있도록 도와주는 구실을 소리가 하는 것은 말할 것도 없다. 또한 후렴구의 '에 얼싸 덩어리요'에서도 보이듯이 작업에서 흙

---

12 구연자 : 김응모(철원군 서면 신수리, 1992년 3월 7일 조사).

덩어리를 파서 넘기는 작업이 동시에 일어나고 있다는 것을 알 수 있다. 고된 작업, 행동 통일의 필요성, 흙뒤집기 등의 노동 행위가 가지는 특징 때문에 애 벌매기 소리는 선후창의 방식, 짧은 호흡의 가사, 유의어의 후렴구 등이 쓰이는 특징을 가지게 되는 것이다.

애벌매기에 비해서 두벌매기는 상당히 수월한 것이 특징이다. 우선 호미를 사용하지 않고 손으로만 풀을 뽑기 때문에 힘이 덜 들뿐만 아니라 다칠 위험성 도 줄어든다. 따라서 급박하게 몰아가지 않아도 일을 할 수 있게 되고, 이 때 불 려지는 소리 역시 이 작업 과정에 맞도록 만들어져서 불려지게 되는 것이다. 〈두벌매기 소리〉의 가사를 보면 호흡이 길고 늘어지는 데다가 서사성을 가진 것이 특징이다. 민요의 사설이 서사성을 가지는 경우는 공동 행위보다는 개인 행위가 중심이 되는 삶의 현장에서 불려지는 노래에 많은데, 매우 약하기는 하 지만 이런 현상이 바로 〈두벌매기 소리〉에 나타나는 것이다. 작업 과정이 이렇 기 때문에 〈두벌매기 소리〉는 사설의 호흡이 길어지면서 약간의 서사성을 가지 게 되고, 교환창의 방식으로 불려지면서 후렴구가 없이 연속적으로 불려지는 연장連章[13]의 형태를 가지게 되는 것이다.

④〈가을걷이 소리〉·〈방아찧는 소리〉

가을걷이와 방아찧는 것은 모두 농산물을 거둬들이는 추수 행위이다. 가을 걷이와 방아찧기는 비록 힘들기는 하지만 가슴 뿌듯한 기쁨을 안겨주기 때문에 행위 자체가 경쾌하고 손에 신바람이 도는 그런 노동 행위이다. 그렇기 때문에 무엇에나 관대하며 여유가 있는 것이 특징이다. 그래서 그런지 〈가을걷이 소 리〉에는 해학과 풍자 등이 풍부하게 등장한다. 〈가을걷이 소리〉의 가창은 교환

13　손종흠, 「민요분류론」, 『논문집』 15, 한국방송통신대, 1992.11.

창 방식을 취하는데, 군이 행동 통일을 해야 할 이유가 없이 서로가 신명나게 일을 하면 되기 때문인 것으로 풀이된다. 그런데, 〈방아찧는 소리〉는 사정이 약간 다르다. 여러 사람이 호흡을 맞추어서 움직여야하기 때문에 선후창의 방식을 취하는 것이 특징이다. 그러므로 노래의 형태 역시 후렴구를 수반하는 분장分章의 형태를 가지게 된다. 방아는 같은 동작을 반복하는 지루한 노동이기 때문인지 주로 방아의 내력을 말하는 것으로 이루어진다. 그런데, 철원 지역의 방아타령은 그 지역의 특징을 잘 살려서 노래말로 사용하고 있는 것이 특이하다. 그 지역의 특성과 연결시켜서 사설을 만들고 있다.

〈가을걷이 소리〉

오육월이 다 지나가고 칠 팔월이 당도하여

가을 가인 가슴에 새존이네

곡기랑 낫을 둘러메고 어디 슬슬 비어내어

이 논둑에다가 걸어 놓고 저 논둑에다가 걸어 놓고

반달같은 도련님은 멜빵을 걸어서 져 드리고

앵무같은 여 하님은 꽈리 받쳐 이어 드리고

아서라 그대로 못쓰겠다 우거 뿌리로 생겨보자

우거 뿌리가 다 깡뿌리요

상상굴러라 사족발이요 꽁지가 없는 댕강소

불알이 없는 내관 소

들어 올 때는 찬발이요 나갈 때는 빈발이

여기 실어다 여기다 놓으니 여기 것도 노적이요

저기 실어다 저기다 놓으니 저기 것도 노적이요

앞 노적 뒷 노적 담불담불이 노적이다[14]

〈방아찧는 소리〉

에 얼싸 방아요

에 얼싸 방아요

에 얼싸 방아요

에 얼싸 방아요

이 방아가 웬방안가

에 얼싸 방아요

강태공의 조작 방아라

에 얼싸 방아요

산으로 올라 산진방아

에 얼싸 방아요

들로 내리어 수진방아

에 얼싸 방아요

여주이천 작차방아

에 얼싸 방아요

김포통천에 밀가리방아

에 얼싸 방아요

철원하고도 디딜방아

14 구연자 : 김응모(철원군 서면 신수리, 1992년 3월 7일 조사).

에 얼싸 방아요

안고 돌아 물방아요
에 얼싸 방아요[15]

(2) 집터다지기(지경밟기) 소리

집을 지을 때 터를 단단하게 다지지 않으면 허술한 집을 지을 수밖에 없으므로 집터를 다지는 일은 매우 중요한 일 중의 하나가 된다. 집의 기초가 되는 작업이 집터다지기인데, 이 작업은 혼자서 할 수 있는 것이 아니라 여러 사람이 힘을 모아야 가능하기 때문에 부락의 큰 일 중의 하나가 된다. 그리고 이 때는 부정을 타지 않도록 하기 위한 민속적인 의식들이 행해지기 때문에 온 부락민들이 함께 참여하는 하나의 부락행사가 되기도 한다. 많은 사람들이 모여서 작업하고 의식을 행하는 데 소리가 빠질 수는 없는데, 수백 근이나 되는 무겁고 큰 몽치를 여러 사람이 힘을 합쳐 함께 움직여야 하기 때문에 행동 통일 또한 절대적으로 필요하게 된다. 그러므로 이때 불려지는 노래는 일꾼들의 신명을 돋워서 일을 흥겹게 하도록 할 뿐만 아니라, 행동 통일의 신호음으로 사용되기도 한다. 그리고 언어의 주술성을 이용하여 새로 짓는 집에 대한 축복과 기원을 소리를 통해 신에게 전달하기도 한다.

에히얼싸 지경이여허
에히 여라 지경이여~

---

15 구연자 : 김응모(철원군 서면 신수리, 1992년 3월 7일 조사).

옳다 이네 일잘헌다허

에히 여라 지경이여~

일신받아 잘돈우세

에히 여라 지경이여~

뜨지않게 절구가눠라

에히 여라 지경이여~

이집을 지을려구

에히 여라 지경이여~

얼굴 해와 달을 골라

에히 여라 지경이여~

이터를 잡았으니

에히 여라 지경이여~

여기가 명당이 제일이래요

에히 여라 지경이여~

이집짓고 삼년만에

에히 여라 지경이여~

아들을 낳으면 효자되구

에히 여라 지경이여~

딸을 낳으면 열녀되리

에히여라 지경이여~

우마를 매면은 살 잘 찌고

에히여라 지경이여~

우마가 나갈적에는

에히 여라 지경이여~

빈바리로 나가지마는

에히 여라 지경이 여~

집으로 돌아올적엔

에히 여라 지경이여~

재물을 가득싣고 돌아온대

에히 여라 지경이 여~

지경밟는 여러분이

에히 여라 지경이여~

맘이 각각달라서

에히 여라 지경이 여~

지경돌이 이리뛰네

에히 여라 지경이여~

일심 받어서 잘들 다지세

에히 여라 지경이 여~

이리저리 잘 다지면

에히 여라 지경이여~

경상도 안동땅에가시

에히 여라 지경이 여~

해소나무를 베어다가

에히 여라 지경이여~

성주기둥을 세워보세

에히 여라 지경이 여~

여기에 도편수 누구인가

에히 여라 지경이여~

여보시오 힘드신데

에히 여라 지경이 여~

잠시잠깐 쉬어서하세

에히 여라 지경이여~[16]

〈집터다지기 소리〉는 집을 지으려는 터가 명당자리이며, 앞으로 좋은 일이
많이 생길 것이라는 축복의 내용으로 되어 있다. 그러면서도 작업의 진행 과정
에 맞추어서 그 내용을 이어가고 있어서 앞소리 매기는 사람의 재치를 엿볼 수
있다. 작업 과정의 진행과 맞물리도록 꾸며진 노래의 서사적진행과 함께 축복
의 내용을 필요할 때마다 끼워 넣고 있는 점에서 〈집터다지기 소리〉는 다른 민
요에서 보기 어려운 특이한 구조로 형성된 것을 볼 수 있다. 집터를 다지는 행
위가 일어나는 노동현장의 작업 진행 과정을 노래한 내용과 축복과 축원의 사

---

16 구연자 : 안승덕(철원군 동송읍 상노2리, 1992년 7월 4일 조사).

설을 통해 인간의 정서를 신에게 전달하는 기원적 내용이 서로 얽히면서 불려지는 것이 특징이다.

또한 이 노래의 후렴구도 노동요로서의 특징을 잘 보여주고 있다. 〈모심기 소리〉나 〈논매기 소리〉의 경우처럼 지경이라는 유의어가 후렴구에 들어가게 됨으로써 집터 다지는 일이 얼마나 중요한 것인가를 일깨울 뿐만 아니라, 일하는 사람들로 하여금 게으름을 피우지 못하게 하고, 강조하는 효과를 가지는 것으로 보인다.

(3) 빨래 소리

빨래는 인류가 하는 행위 중에 매우 오래된 노동의 하나이다. 빨래가 언제부터 시작되었을 것인지는 정확하게 밝혀진 바가 없지만 언어를 구사하면서 정착생활을 하게된 인류가 천을 만들어서 몸을 가리게 되면서부터였을 것으로 추정된다. 따라서 빨래는 먹이를 구하는 노동 행위보다는 늦을지 모르지만 인류 역사의 초기부터 있어왔던 노동 행위임에는 틀림이 없을 것으로 보인다. 빨래의 역사가 이처럼 오래되었기 때문에 생활현장에서 자연발생적으로 불려지는 성격을 가진 민요의 성격으로 볼 때 〈빨래 소리〉 역시 그 역사가 매우 오래된 것으로 보아 틀림이 없을 것이다. 그것을 뒷받침해주는 것으로 〈빨래 소리〉가 가진 서사성과 신성성을 들 수 있다. 서사적인 구성을 가지는 민요 중에 신성성을 가지는 노래는 〈빨래 소리〉와 〈밭매는 소리〉가 중심을 이루는데, 빨래와 밭매기를 할 때 부르는 노래는 노동의 역사와 그 맥을 같이한다고 해도 틀리지 않을 만큼 오래되었다. 빨래는 몸을 가리는 옷이 생기면서 시작되었을 것이고, 밭매기는 곡식을 경작하기 시작하면서부터 시작되었을 것이기 때에 이 현장에서 불려지는 노래가 신성성을 가지게 된 중요한 원인 중의 하나가 바로 오랜 역사성이 아닐까 생각해본다.[17] 그리고 서사성을 가지는 이유는 혼자서 하는 행위가 중심을 이루는 관계로 타령조나 한탄조의 노래가 주로 불려지기 때문인 것으로 풀이된다. 따라서 〈빨래 소리〉와 〈밭매기 소리〉는 서사성과 신성성을 동시에 가지게 된 것이다.

> 텀벙 텀벙 냇물에 갱변에 마전하는 저 처녀야
>
> 누구 간장을 다 녹이려고 절절이 곱게도 잘 생겼나.
>
> 구름같이 허트러진 머리. 반달같이도 월영수야
>
> 옷이 비식 빗겨내라고 동백기름을 슬쩍 발라.
>
> 전반 같이 넓게나 땋고 꽁초단이 사방을 눌러 맵시나 있게 끝만 졸라
>
> 저드랑 밑에 살짝 돌려 안에 잡아매고 백옥같은 한손길로
>
> 한 손에 마전을 들고 또 한손에는 망맹이 들고
>
> 곱돌같은 빨래돌에 저지럭기 척척 빠는 소리 사람의 간장을 다 녹인다.

내용으로 보아서는 〈빨래 소리〉가 아니라 빨래타령 같은 느낌이 들지만 시집살이의 어려움을 토로하면서 죽음을 맞이하는 다른 지방의 빨래소리와는 사뭇 다르다는 것을 알 수 있다. 그리고 내용을 잘 살펴보면 이 노래 역시 빨래하는 여성들이 부르는 것이란 사실을 쉽게 알 수 있다. 뭇 남성들에게 인기 있는 자신의 예쁜 맵시를 스스로 노래하는 것으로 보는 것이 이 소리의 성격을 정확하게 짚어낸 것이라고 할 수 있기 때문이다. 노래의 내용으로만 보아서는 화자가 남성으로 보이기 때문에 남성들이 빨래하는 여성을 보고 부르는 노래가 아니겠느냐고 할 수도 있다. 그러나 내용을 자세히 살펴보면 모든 표현이 자기 자신의 아름다움을 노래한 것이란 사실을 알 수 있는 것이다. 다른 지방의 빨래노

---

17 과거로 거슬러 올라가면 갈수록 신성성이 강조되는 이유는 인간의 능력으로는 알 수 없고, 해결할 수 없는 부분에 대해서는 모두 신이 주관한다고 믿었기 때문이다.

래에 비해 신성성과 서사성이 약화되기는 했지만, 빨래하는 모습을 객체화시켜 노래함으로써 신세타령이나 한탄조로 일관하는 노래들에 비해 즐거움과 흥겨움을 더해주는 구실을 하는 것으로 보인다.

(4) 나물캐는 소리

나물캐는 것은 힘든 일은 아니지만 춘궁기를 넘기기 위한 먹거리를 조달하는 매우 중요한 행위 중의 하나이다. 나물캐기는 젊은 아낙네나 처녀들이 주로 하는데, 따뜻한 봄날에 싱숭생숭한 마음을 가눌 길 없는지라 이런 노래를 부르면서 나물을 캤던 것으로 보인다. 나물캐는 행위는 행동을 통일해야 하거나 힘을 집중해야 할 필요가 없는 것이기 때문에 이때 불려지는 노래 역시 호흡이 긴 타령조의 가락이 중심을 이룬다. 집단 행위를 필요로 하지 않기 때문에 후렴구를 수반하지 않아서 분장의 형태를 가질 필요도 없게 된다. 노래의 내용은 시집살이에 대한 것과 생활고에 대한 것, 그리고 처녀총각의 사랑타령 정도의 것들이 중심을 이룬다.

우리 시어머니는 길쌈 못한다고 몽두깽이로 패시더니

한오백년을 못 사시고선 돌아 가셨네

잔치 뒷산에 곤드레 딱지가 님의 맛만 같다던

아 겉보리 삼년에 혼자 살아났느냐

가을철인지야 봄철인지야 나는 몰랐더니

이덩덩 해와 촌절이 날 가르쳐 주었네……

지치캐는 야 저 처녀는 뉘의 집은 어디이길래 해도 저두나 아니 가나

내에 집을 아실라거든 삼신산 시랑 속에 초가삼간이 내 집이요 마음에 있으면 따라

오구 마음에 없으면 물러서요[18]

2) 의식요

(1) 상여소리

상여 나갈 때 부르는 노래 역시 전국적으로 분포하는 현상이기 때문이어서 그런지 이 지방의 노래도 타지방의 것과 비슷한 내용과 형식으로 되어 있다. 다만 지역에 따라 달라지는 후렴구와 가락이 그 특징을 보여줄 뿐이다.

여기지가 왕정유택 재진전례 영결종천 (방울소리)

허허 허어 허어 허어 허어 낭차 허어허어 (제창) 허허 허어 허어 허어 허어 낭차 허어허어

허허 허어 허어 허어 허어 낭차 허어허어

허허 허어 허어 허어 허어 낭차 허어허어

초록같은 우리인생 아차하면 저승가네

허허 허어 허어 허어 허어 낭차 허어허어

이세상을 가져가오 북망산에를 가시다니

허허 허어 허어 허어 허어 낭차 허어허어

원통하구 슬퍼서 차마 인자 못가겠네

허허 허어 허어 허어 허어 낭차 허어허어

허허 허어 허어 허어 허어 낭차 허어허어

허허 허어 허어 허어 허어 낭차 허어허어

애절해서 나버리고 어디로 가신단 말이오

허허 허어 허어 허어 허어 낭차 허어허어

(…중략…)

---

18 구연자 : 김성자(철원군 서면 와수리, 1992년 3월 7일 조사).

금강산 높은 봉이 평지가 되면 오시나요

허허 허어 허어 허어 허어 낭차 허어허어

동해바다 깊은 물이 육지가 되면 오시나요

허허 허어 허이 허이 허어 낭차 허이허이

(…중략…)

허허 허어 허어 허어 허어 낭차 허어허어

허허 허어 허어 허어 허어 낭차 허어허어

나무라도 고목되면 눈먼새도 아니앉고

허허 허어 허어 허어 허어 낭차 허어허어

옛노인의 말씀 들으니 과연 허리 아니로다

허허 허어 허어 허어 허어 낭차 허어허어

물이라도 건조되면 놀던 고기도 딴데로 가구

허허 허어 허어 허어 허어 낭차 허어허어

(…중략…)

허허 허어 허어 허어 허어 낭차 허어허어

허허 허어 허어 허어 허어 낭차 허어허어

웬수로다 웬수로다 백발되는게 웬수로다

허허 허어 허어 허어 허어 낭차 허어허어

웬수백발 올줄알았으면 십리밖 썩나가서

허허 허어 허어 허어 허어 낭차 허어허어

가시성이라도 높이쌓아서 백발 못오게 막아낼걸

허허 허어 허어 허어 허어 낭차 허어허어

북망산천 안생겼으면 그 사람이 어디가 사나

허허 허어 허어 허어 허어 낭차 허어허어

그것 저것 다 틀려서 북망산천이 생겼구나 허허

허어 허어 허어 허어 낭차 허어허어

여보시오 상두벗님 힘이 들면은 쉬어서 갈까

허허 허어 허어 허어 허어 낭차 허어허어

잠시잠간 쉬어서 길테니 전부 준비나 하여보세

허허 허어 허어 허어 허어 낭차 허어허어[19]

(2) 회닫이노래

회닫이를 하기 앞서서 선소리꾼이 여러 사람을 불러서 모은 다음과 같이 말한다. "여보세요 좌우 군방님, 군방님을 부르고 또 찾아 이 자리에 모신 것은 이 세상을 하직하고 북망산에 오신 고인의 만년집을 잘 지어드리자고 여러분을 찾아 모셨습니다. 만년집에는 말로가 없어요 이 내 말을 말로 삼고 니가 잘한다 내가 잘한다 시종내력을 다투지 말고 옛법을 버리지 말고 서로 샘을 내지 말고 이내 막대 짚는 대로 만년집을 잘 지어주기 바랍니다"라고 하면 여러 사람이 "예"하고 대답한 다음 소리를 하면서 무덤의 봉분 다지기 작업을 시작한다.

헤헤에~ 다알구

에헤이리 다알구~

에헤이리 다알구~

---

19 구연자 : 안승덕(철원군 동송읍 상노2리, 1992년 7월 4일 조사).

에헤이리 다알구~

여보시오 군방님네

에헤이리 다알구~

이내 말씀 들어보소

에헤이리 다알구~

이세상을 하직하고

에헤이리 다알구~

북망산에 오신고인

에헤이리 다알구~

만년집을 지을려고

에헤이리 다알구~

군방님들을 모셨으니

에헤이리 다알구~

만년집을 지을려면

에헤이리 다알구~

회닷말과 황토닷말

에헤이리 다알구~

시세닷말 물닷말과

에헤이리 다알구~

사오이십 스무말로

에헤이리 다알구~

만년집에 기출넣어

에헤이리 다알구~

한줌한줌 흙을모아

에헤이리 다알구~

성불토를 이룰적에

에헤이리 다알구~

달고질 하는법은

에헤이리 다알구~

한발두뼘 달구대를

에헤이리 다알구~

두손으로 덤썩잡고

에헤이리 다알구~

얼굴을 번쩍들고

에헤이리 다알구~

옆에 사람의 눈치보며

에헤이리 다알구~

남의발등 밟지말고

에헤이리 다알구~

가까운데 분은 보기좋게

에헤이리 다알구~

먼데 사람은 듣기좋게

에헤이리 다알구~

한강수에 잉어 놀듯

에헤이리 다알구~

(…중략…)

천동허리 굼실면서

에헤이리 다알구~

이내 막대 짚는대로

에헤이리 다알구~

소리 한번에 달구두번

에헤이리 다알구~

일심받아 잘 다지세

에헤이리 다알구~

옳지 우리 군방네들

에헤이리 다알구~

정말 말이지 잘하누나

에헤이리 다알구~

여기에서 더잘하면

에헤이리 다알구~

상주님은 복상이니

에헤이리 다알구~

선심쓰며 노비주오

에헤이리 다알구~

진수성찬 만반지수

에헤이리 다알구~

듬뿍하게 차려놓고

에헤이리 다알구~

여러분을 드릴테니

에헤이리 다알구~

아무쪼록 잘해보세

에헤이리 다알구~

여보시오 군방님네

에헤이리 다알구~

(…중략…)

춘풍세우 두견성에

에헤이리 다알구~

일군소리만 처량하다

에헤이리 다알구~

군방님네 여러분

에헤이리 다알구~

달구대가 너무빨라

에헤이리 다알구~

숨이차고 잘안될테니

에헤이리다알구~

약간 느리게 긴달구로

에헤이리 다알구~

통일천하의 진시황도

에헤이리 다알구~

아방궁을 높이 짓고

에헤이리 다알구~

(…중략…)

부모님 효양 하온 끝에

에헤이리 다알구~

부부유별 생각하니

에헤이리 다알구~

창해같이 깊은 뜻과

에헤이리 다알구~

태산과 같이 놓은 심정

에헤이리 다알구~

산을 보고 기약하고

에헤이리 다알구~

물을 두고 맹세한 건

에헤이리 다알구~

이별 말이 웬말이요

에헤이리 다알구~

그달 그믐 다 보내고

에헤이리 다알구~

(…중략…)

여보시오 군방님네

에헤이리 다알구~

너무 제치면 힘들테니

에헤이리 다알구~

잠시 잠깐 머물적에

에헤이리 다알구~

긴달구 하려하니

에헤이리 다알구~

다른 달구로 하려면은

에헤이리 다알구~

힘이 들어 못할거야

에헤이리 다알구~

여보시오 군방님네

에헤이리 다알구~

이월이라 초삼일은

에헤이리 다알구~

(…중략…)

뉘라하여 회답하나

에헤이리 다알구~

여보시오 군방님네

에헤이리 다알구~

너무 힘들면 안될텐데

에헤이리 다알구~

여보시오 군방님네

에헤이리 다알구~

자진 달구 그만두고

에헤이리 다알구~

듣기 좋게 평달구로

에헤이리 다알구~

그화물에 거룩하니

에헤이리 다알구~

부~귀~이 적막하다

에헤이리 다알구~

(…중략…)

밤이면은 이슬받아

에헤이리 다알구~

일취월장 잘 자라서

에헤이리 다알구~

백로전에 이삭이 나와

에헤이리 다알구~

온벌판이 황금 빛이야

에헤이리 다알구~

익어가는 오곡밭에

에헤이리 다알구~

새가 새가 날아든다

에헤이리 다알구~

새이름은 다부르자면

에헤이리 다알구~

해가 모자라 못부르겠고

에헤이리 다알구~

그중에선 무서운 새는

에헤이리 다알구~

두 다리는 성큼하고

에헤이리 다알구~

주둥아리는 뭉툭한데

에헤이리 다알구~

너 혼자는 못 몰테니

에헤이리 다알구~

군방님네 여러분과

에헤이리 다알구~

여기 오신 여러분이

에헤이리 다알구~

합심해서 다 몰아 내세(제창 후여~)[20]

　전국적으로 분포하는 회닫이 노래와 별반 다를 게 없는 성격을 가지고 있다. 〈회닫이소리〉의 경우 고정된 내용이 없기 때문에 선소리꾼이 알고 있는 것과 상황에 맞는 것이면 무엇이나 불려지는 성격을 지닌다. 그러므로 회닫이 소리

20　구연자 : 안승덕(철원군 동송읍 상노2리, 1992년 7월 4일 조사).

의 특징은 내용에 있다기보다는 작업의 속도에 맞추어서 불려지는 소리의 완급과 가창 방식에 있다고 할 수 있다. 긴달구, 평달구, 자진달구 등의 구별을 두고 작업의 속도와 맞추어서 소리의 완급을 조절하도록 되어 있다. 민요가 음악적인 성격과 문학적인 성격을 기본으로 하는 존재로 삶의 현장에서 일어나는 행위에 바탕을 두고 있다는 사실을 좀 더 분명히 보여주는 노래라고 할 수 있다. 달구대를 잘못 찧어서 옆 사람의 발등을 상하게 할까봐 조심하라는 소리도 하고, 고인의 집안을 칭찬하기도 하면서 부르는 〈희달이소리〉는 장지에 온 사람들을 울리기도 하고 웃기기도 하면서, 장례를 무사히 치를 수 있도록 하는데 매우 큰 구실을 하는 것으로 보인다.

3) 여가요

(1) 동냥타령

이 지역의 〈동냥타령〉은 전국적으로 분포하는 〈장타령〉과는 사뭇 다른 모양을 보여준다. 일반적으로 불려지는 〈동냥타령〉인 〈장타령〉은 지역적 특성을 가지기도 하지만 동냥을 달라는 내용이거나 달거리 혹은 숫자거리로 된 것이 특징인데, 이곳의 〈동냥타령〉은 그 집의 터가 명당이라는 것을 노래함으로써 주인으로 하여금 스스로 먹을 것을 내놓게 하는 점이 특이하다.

> 이 가정에 가장양반 사장복록을 다 구할 때
> 양부모 정성들여 사장복록 배우라고
> 개명당에다 집을 짓고 숭명당에다 우물을 파서
> 오동나무 봉황같이 석가세존을 모셔놓고
> 춘하추동 사시절에 고향춘수 올려놓고
> 데운 술에 인간세상 열세왕이 머무더라

남남간에 만난 부부 금술 아니 없을쏘냐

아버님전 뼈를 빌고 어머님전 살을 빌어

(…중략…)

일궁에 걸린 달이 보름달 같이 밝은 복록

양복록을 타고나니 이 집 가장 마구 논다

이 집을 지어 놓고 천하공명이 높이 날 때

자손단상 부귀혈통 재수대통 받들라고

없는 사람 적선하고 병든 사람 활인하여

궁성천부 대명지에 이 집 제목을 구할려고

(…중략…)

두등이 비쳤으니 대대장군 날 자리요

천지현황 생긴 후에 이 집터가 제일이라

한양 서울 올라가서 대궐집터 본 목수야

옥도끼와 금도끼를 양푼 날개 잘 갈아서

(…중략…)

천지풍화도 막아놓고 지화풍화도 막아주소

건재풍화도 막아놓고 화재설도 막아주소

관재부설도 막아주소 호미도적도 막아주소

춘하추동 사시절이요 일 년하고는 열두 달이요

삼백하고는 육십일에 하루같이 웃음으로 지내게 하오시고

이 집에 만사형통 하오소서[21]

---

21 구연자 : 고노석(철원군 서면 와수리, 1992년 3월 7일 조사).

이처럼 집터가 좋다고 칭찬을 해대는데 아무리 인색한 주인인들 어찌 가만히 있을 수 있겠는가? 얼마의 동냥이라도 해야 집터 값을 한다고 믿을 것이고 자연이 먹을 것이나 돈을 주게 될 것이다. 동냥하는 사람 자신의 신세타령으로 흐르는 다른 지방의 〈장타령〉에 비해 볼 때 철원 지역의 〈동냥타령〉은 고도의 수법을 지닌 소리라 해도 좋을 것이다. 〈동냥타령〉은 엄밀하게 본다면 일종의 노동요라고 볼 수 있다. 왜냐하면 동냥 행위는 당사자에게 있어서는 생계가 달린 문제일 뿐만 아니라 자신의 직업이기 때문에 노동요라고 할 수 있는 것이다. 그러나 지금은 노래를 부르면서 돌아다니는 동냥아치는 사라지고 민요 전승자들에 의해서 여가 때 부르는 타령으로 살아있기 때문에 여가요로 분류했다.

(2) 초한가 · 청춘가

〈청춘가〉와 〈초한가〉는 전국적으로 분포하는 여가요의 일종으로 별로 특이한 점이 없어 함께 다룬다. 이 노래는 아마도 군생활을 했던 사람들이 전역 후 철원에 정착하였거나, 정부의 이주 정책으로 인하여 다른 지방에서 들어온 사람들에 의해서 전파된 것으로 추측된다.

〈초한가〉
우원 물에 어록하니 수운이 적막하다
초패왕의 거동을 보소 초을 장차 잃단말야
역발산도 쓸데 없고 기개세도 하릴없네
칼을 짚고 일어나니 사면이 초가로다
(…중략…)
오늘이나 소식이 올까 내일이나 편지 올까
옥과 같이 고운 얼굴 망부하는 깊은 간장

썩은 눈물은 흐르면서 이마 우에다 손을 얹고

나가던길 바라보니 망부석이 된단말야

남산하에 장찬 밭은 어느 장부가 갈아주오

태호정에 좋은 술은 어느 한량이 맛을 보나

어린 자식 젖달래고 자란 자식은 밥달래고

마소 새끼 꼴달래고 개돼지는 죽달래니

(…중략…)

오작교상 견우직녀도 일 년에 한번은 만나는데

우리는 무슨 죄로 좋은 연분을 이별했나

초진중장 졸들아 너희 어찌 좋은 정을 저 어데로 잊었느냐

천년 기약 허망이라 가련하다 초패왕은

팔년 풍진 대공업이 속절없이 되었구나[22]

〈청춘가〉

여보시오 여러분 이내 말씀 들어보소

나두 어제 청춘 몸이 오늘 백발 한심하오

장안에 일등미색 곱다고 곱다고 자랑마오

제아무리 곱다고 한들 사오십이 썩 넘으면 주름살지면 다 한 가지

(…중략…)

춘풍세우 두견성에 일분토록 처량하다

통일 천하의 진시황도 아방궁을 높이 쌓고

만리 장성 길게 쌓고 삼천궁녀가 시중드니

---

22 구연자 : 김국환(동송읍 이평8리, 1992년 7월 4일 조사).

육국제후 조공을 받아 장생불사가 하고 싶어

불로초를 구할려고 동남동녀 오백 사람을 삼신산으롤 보냈더니

불로초를 못구했는지 소식조차 아니와요

사구평대 해다진 날이 여산 황초뿐이로다

궁수의 추풍곡은 한고비에 설움이니 아니 놀구서 무엇하리.[23]

신세타령이나 인생허무를 노래하는 것으로 되어 있는 〈청춘가〉와 중국의 한漢과 초楚가 싸우던 이야기를 서사 형식으로 노래하는 〈초한가〉는 소설에서 소재를 취해 온 것으로 잡가의 발달과 깊은 관련이 있고, 〈청춘가〉의 경우는 경기도소리에 바탕을 두면서 20세기에 들어와서 유행가처럼 불려진 민요이니 역사가그리 오래된 것이라고는 볼 수 없다. 신민요의 일종으로 보아도 좋을 것이다.

(3) 골골 타령

이 소리는 언제부터 있어왔는지 정확하지 않으나 조사된 노래의 내용으로보아서는 남북이 분단된 후에 주로 불려진 것으로 판단되며, 강원도 일부 지역에만 있는 것으로 파악된다. 휴전선을 경계로 해서 강원도 주요 도시가 산세에응해서 됐다고 하는 사설로 된 노래인데, 강원도 동해 쪽으로 정선까지 가서 강원도가 끝나니까 삥 돌아가면 26관이고 그것을 타령조로 엮은 것이 바로 〈골골타령〉이라고 한다. 강원도 산골 골짜기 골짜기를 따라 형성된 지역의 특징을나름대로 잘 살려서 부르는 특이한 소리이다. 첩첩산중이라는 강원도 지역의특징 때문에 불려질 수 있는 이 지역만의 노래가 아닌가 생각된다.

---

23 구연자 : 김국환(동송읍 이평8리, 1992년 7월 4일 조사).

남창서창 건너달아 이리오니 이천이요

거성번개 불가하니 이골저골이 안협이라

근악산이 첩첩하니 차원필원에 철원이요

야양문무 장성하니 태평성대가 평강이라

요순산 요순식에 조수아낙이 김화로다

남강서강에 호호하니 흔하니 화천이요

수량강이 불가하니 굽이굽이가 춘천이요

무릉도원에 모춘인지 낙화유수가 홍천이라

계명산 추야골에 옥초 불어서 홍성이라

금강산 가치곽은 이관동주가 원주로다

적세 중에 읊어보니 문후성치가 인제로다

비룡재천 오호하니 이건대지가 양구로다

몽구지가 송풍하니 황홀할시 금성이요

서진강에 유유하니 고곡산수가 호영이라

산세에 불지르니 고을고을이 협곡이요

추지령을 올라서니 지리무궁에 통천이라

장하다 이장기야 오르나니 고성이라

송수헌 처자제에 들리나니 간성이요

신이 구경을 가자스랴 시비문엽이 양구로다

죽서루가 좋다거늘 세 번 올라 삼척이요

경포대 구경을 가자 첩첩산수가 강릉이라

광해자 나는 것은 무변대하 평해로다

회포에 주발인지 부귀청청에 울진이요

구량수 그 늙은이 문자귀성에 영월이요

공부자 나는 곳은 노국제일의 평창이요

효자충신 많이 나니 거리거리가 정선이라[24]

강원도 지역의 특성을 설명함에 있어서 중국의 고사를 사용하지 않고 그 지역의 특징과 연결시켜서 노래한 것은 매우 특이한 것으로 풀이된다. 예를 들면 강릉을 노래할 때는 강릉의 상징인 경포대로 시작하고, 삼척을 노래할 때는 죽서루로 시작하는 등의 수법은 이 지역 노래에서만 보여지는 매우 특이한 표현이라고 할 수 있다.

4. 철원 지역 민요의 특징

1) 논농사 민요의 우세

백두대간이 지나고 있는 강원도는 산악지형이 중심을 이루고 있기 때문에 논보다는 밭이 많고, 밭도 화전이 대부분이어서 모든 생활이 산과 깊은 관련을 맺고 있다. 그렇기 때문에 강원도 지역에서 불려지는 민요 역시 밭과 산에 관련된 노래들이 중심을 이룬다. 이 지역에서 삶을 살아가는 사람들은 산과 관계를 맺지 않고는 생계를 영위해갈 수가 없기 때문이다. 그런데, 철원 지역만은 산일이나 밭일보다는 논일이 중심을 이루는 특징을 갖고 있다. 철원 지역도 강원도의 다른 지역과 마찬가지로 험준한 산악지형에 둘러싸여 있기는 하지만 드넓은 분지가 형성되어 비옥한 평야를 가지고 있기 때문인 것으로 풀이된다. 거기에다 이 지역의 중심을 가로질러 흐르는 한탄강이 풍부한 물을 제공해 주고 있어서

---

24 구연자: 고노석(철원군 서면 와수리, 1992년 3월 7일 조사).

오래전부터 논농사가 삶의 중심을 이루어왔던 것이다. 따라서 철원 지역의 민요는 밭농사 민요보다는 논농사 민요가 중심을 이룬다. 〈논가는 소리〉, 〈에벌매기 소리〉, 〈두벌매기 소리〉, 〈벼베는 소리〉 등이 조사되었는데, 매우 특이한 내용과 형식으로 짜여져 있어서 눈길을 끈다. 논이나 밭을 갈 때 부르는 소리에서는 다른 지역에서는 보기 어려운 특징들이 나타난다. 두 마리의 소를 사용하는 것도 특이하려니와 채찍 같은 것은 전혀 쓰지 않고 어린아이 달래듯이 노래를 불러가면서 소를 부리고 있는 점 또한 다른 지역에서는 볼 수 없는 현상이다. 소와 사람이 하나가 되어 일을 하는 장면은 보는 사람들로 하여금 찬탄을 자아내게 하는데, 이 때 부르는 노래를 보면 마치 사람에게 말하듯이 하고 있다.

그리고 논매기 할 때 부르는 민요 역시 다른 지역에서는 보기 어려운 특징을 가지고 있다. 다른 지역의 논매기 소리를 보면 다른 구연현장에서 불려지는 노래들을 그냥 가져다 부르는 경우가 많은데, 철원 지역의 논매기 소리는 작업 과정과 밀접한 관계를 가지는 내용으로 짜여져 있어서 이 지역에서 논농사가 얼마나 중요한가를 다시 한번 실감나게 해준다. 또한 앞소리를 받아 모든 사람들이 함께 부르는 뒷소리도 신호음으로 작용하는 정도가 대부분인데, 여기에서 불려지는 후렴은 작업 과정의 일부를 나타내는 유의어가 들어 있어서 작업의 능률을 높일 뿐만 아니라 강조의 구실도 하고 있는 것으로 보인다. 이처럼 철원 지역의 민요에 논농사 노동요가 우세하면서 다른 지역에서는 보기 어려운 특징들을 가지고 있는 것은 오래전부터 논농사를 가장 중요한 생계 수단으로 삼았던 이 지역의 특성에서 비롯된 것으로 생각된다.

2) 논·밭 가는 소리의 특이성

논이나 밭을 갈 때 부르는 민요는 전국적으로 그리 흔하지 않다. 강원도 보다 넓은 평야를 가지고 있는 다른 지역에서 논이나 밭가는 것을 보면 소가 빨리 움직여 줄 것을 재촉하는 정도의 '이랴 어디여 소' 정도의 명령조가 고작이고 경우에 따라서는 회초리로 소 엉덩이를 마구 때리는 광경을 목격하는 것이 대부분이다. 돌이 많아서 소를 이용하지 않고는 일을 하기가 어려워서 그렇겠지만 강원도 지역에서 소를 부리는 광경을 보는 것은 하나의 아름다운 그림을 보는 것처럼 사람의 기분을 좋게 한다. 돌이 많고 척박한 땅인 관계로 두 마리의 소를 이용하여 논이나 밭을 가는데, 왼쪽 소와 오른쪽 소가 정해져 있다고 한다. 사람과 소가 하나가 되어 있다는 사실을 느낄 수 있도록 해주는 것이 바로 노래인데, 구성진 가락의 노래를 듣노라면 누구라도 발길을 멈추지 않을 수 없다. 어린 아이 달래는 것 같기도 하고, 친구에게 재미있는 이야기를 하는 것 같기도 하며, 사랑하는 사람에게 자신의 감정을 고백하기도 하는 것 같기도 한 노래를 부르면 동네 처녀들이 모두 나와서 구경을 한다고 구연자들은 한결같이 말하고 있다. 그러면 일하는 사람은 더 신바람이 나서 더욱 흥겹게 노래를 부르고 거기에 맞추어서 소도 열심히 일하게 된다는 것이다. 그러므로 이 지역에서 소를 부릴 때는 회초리로 때리는 행위 같은 것은 찾아 볼 수가 없다. 이런 행위는 일의 능률을 높이며 보는 사람에게도 즐거움을 안겨주는데, 소와 사람을 이어주는 매개체로 작용하는 것이 바로 노래라고 할 수 있다. 이런 현상은 다른 지역에서는 찾아볼 수 없는 철원을 중심으로 한 강원도 민요만의 특징이라고 할 수 있다.

3) 강원도의 특징을 잘 살린 여가요

여가요는 노동으로 지친 심신을 달래면서 쉬는 과정에서 불려지는 노래를 가리키는 말이다. 생산물을 소비하는 과정인 여가는 한편으로는 노동력을 재생산하는 과정[25]이기도 하기 때문에 노동과 같은 정도의 중요성을 가진다. 따라

---

25 손종흠, 「민요분류론」, 『논문집』 26, 한국방송통신대, 1998.

서 여가는 노동으로 지친 육체를 쉬게 하면서 긴장을 이완시켜주어서 다시 일할 수 있는 노동력을 최대한으로 생산해주는 방향으로 진행된다. 이 때 가장 중요한 구실을 하는 것이 놀이와 노래인데, 놀이는 여가현장이라 할 수 있고, 노래는 여가현장을 즐겁게 하기 위한 도구라 할 수 있다. 노동현장에서 불려지는 노래가 노동의 고통을 잊고 즐겁게 일할 수 있도록 하는 것과 마찬가지다. 그러므로 여가 과정에서 불려지는 노래는 즐거움을 더해 줄 수 있는 내용과 흥겨운 가락을 담을 수 있는 형식으로 짜여지는 것이 특징이다. 여가요에서 가장 많이 불려지는 것이 성적인 내용이나 인생무상, 취락 등을 담고 있는 노래인 것은 바로 이런 이유 때문이다.

그런데, 조사한 자료에 의하면 철원 지역의 여가요 중에는 이 지역의 특성을 잘 살린 노래가 있어서 눈길을 끈다. 〈동냥타령〉과 〈골골타령〉이 그것인데, 다른 지역에서는 찾아보기 어려운 노래로 생각된다. 〈동냥타령〉은 다른 지역에서는 〈장타령〉으로 명명된 것으로 동냥하는 사람이 지역과 관련된 시장에 대한 사설을 흥겨운 가락으로 부르거나 자신의 능력을 뽐내는 내용의 사설을 달거리 형식으로 불러서 소기의 목적을 달성하는 민요이다. 다른 지역에서 불려지는 〈동냥타령〉은 동냥하는 사람 자신을 드러내어 집주인으로 하여금 먹을 것을 내놓게 하는 수법을 쓰는 것이 특징이다. 그런데, 이 지역에서는 동냥하는 사람 자신에 대해서는 전혀 언급하지 않은 채, 상대방이 살고 있는 집터가 명당이라는 사실을 노래하는 것으로 일관하고 있다. 이 집은 명당자리이니 앞으로 하는 일은 모두 잘 될 것이며 좋은 일만 생길 것이라고 축복하는 노래를 부르는 것이다. 동냥하는 사람이 거의 없어졌기 때문에 지금은 부락의 노인들에게 전승되어 여가요로 불려지고 있지만 이 지역의 〈동냥타령〉은 다른 지역에서는 볼 수 없는 아주 특이한 성격을 지니는 것임에 틀림없다. 그리고 〈골골타령〉 역시 강원도 지역의 특징을 잘 살려서 노래한 것으로 평가된다.

4) 여러 지역 노래의 혼재

위에서 살펴본 바와 같이 철원 지역은 현대에 들어와서 엄청난 변화를 겪었던 고장이다. 남북 분단의 아픔을 온몸으로 겪으면서 그 아픔을 직접 안고 있는 관계로 군사문화와 뒤섞일 수밖에 없는 환경을 가졌으며, 행정적으로 이루어진 이주정책에 의해 여러 지역의 사람들이 들어오는 과정을 겪으면서 철원 지역 고유의 문화가 외래 문화와 뒤섞이는 결과를 가져왔던 것으로 보인다. 군생활을 철원에서 한 인연으로 이 지역에 정착해버린 사람들로부터, 멀리 다른 지역에서 이주해 온 사람들이 함께 모여 살아가면서 겪었을 여러 애환들이 녹아져서 또 다른 문화를 형성해나가고 있는 것으로 보이는데, 이런 과정에서 각 지역의 노래 역시 혼재된 양상을 보여주고 있다. 이러한 현상이 앞으로 어떤 방향으로 발전할지 가늠하기 어렵지만 시간이 지나면 철원 지역 특유의 문화로 자리잡지 않을까 하는 생각을 하게 된다.

철원 지역의 민요는 다른 지역의 민요에서 보기 어려운 성격을 가졌으면서 강원도의 여타 지역 민요와도 다른 성격들을 가지고 있어서 연구가치가 매우 높은 것으로 사료된다. 더욱이 현대에 들어와서 많은 변화를 겪었던 지역으로 군사문화와 외래문화가 토착문화와 뒤섞이면서 겪었던 문제들이 하나 하나 풀려지면서 새로운 문화의 정착 가능성이 높아지고 있는 것으로 보인다. 이런 점에서 생각해 볼 때 지금이야말로 철원 지역의 문화에 대해 대대적으로 연구를 해야 할 필요성을 절감하게 된다. 역사의 아픔을 가장 강하게 겪은 지역일수록 그 변화가 뚜렷하고, 그럴수록 문화적인 측면에서의 연구가치가 높기 때문이다. 특히 한순간도 머물러 있지 않고 변하는 성격을 지닌 구비문학의 경우는 이런 지역에 대한 연구가 필수적이라고 해도 과언이 아니다. 역사의 아픔을 온몸으로 간직한 철원 같은 지역에서는 구비문학의 변화 역시 빠른 속도로 진행될 수밖에 없기 때문에 그것이 갖는 전승과 전파의 경로를 뚜렷이 보여주기 때문이다. 따라서 이에 대한 체계적인 연구가 계속될 경우 하나의 이론을 도출해낼 수 있는 가능성도 배제할 수 없을 것으로 보인다. 현대사회에서 엄청난 변화를 겪은 철원 지역이 고유의 문화를 어떻게 지키면서 외래문화와 융화되어 가는지를 살펴보는 일이야말로 남북통일 후 또 다시 겪게 될 문화적 충격과 변화 등과 맞물리면서 연구해야 할 과제로 이어질 수 있을 것이기 때문이다.

제6부

시가의 시간성에 대한 문제

제1장_향가를 통해 본 신라인의 시간 개념

제2장_〈어부사시사〉에 나타난 시조의 시간성

제1장
향가를 통해 본 신라인의 시간 개념

향가는 우리 민족이 신라와 발해의 두 국가로 나누어졌던 남·북국시대[1]에 신라 지역을 중심으로 만들어지고 불렸던 노래이다. 지금까지 연구된 결과로 볼 때 향가는 범민족적인 노래로 보기도 하지만 신라의 영토를 감안할 때 한반도의 남반부를 중심으로 불렸던 노래임이 분명하다. 신라 지역의 대표적 노래였던 향가의 연원은 민간의 노래에 기원을 두고 만들어진 불교의 포교가布敎歌[2]가 중심을 이루었을 것으로 추정된다.

이러한 성격을 지니는 향가는 우리 문학사에서 매우 중요한 의미를 지니는데, 집단 가창의 향유 방식과 집단 정서의 내용이 중심을 이루던 앞 시대의 시가문학이 개인 정서를 노래하는 서정시가 형식으로 완성된 것[3]이 바로 향가[4]로 보이기 때문이다. 더구나 우리 문학사에서 볼 때 시간이란 존재가 작품 속에서

---

1 신라가 고구려와 백제를 멸망시키고 영토가 넓어진 시기를 통일신라시대라고 일반적으로 일컬어왔는데, 이것은 정확한 명칭이 아니다. 신라는 한반도의 영토도 다 차지하지도 못한데다가 고구려의 옛 영토에는 발해가 일어나서 새로운 국가를 형성하였기 때문에 이 시대는 우리 민족이 남과 북으로 나누어져 있었던 시대로 보아 당연히 남·북국시대(南·北國時代)라고 해야 한다.
2 최철, 『향가의 문학적 해석』, 연세대 출판부, 1998, 36쪽.
3 성기옥·손종흠, 『고전시가론』, 한국방송통신대 출판부, 2006, 35쪽.
4 향가는 크게 보아 민요계 향가와 사뇌가계 향가로 나눌 수 있는데, 사뇌가계 향가는 비가악계 창작시의 향유 전통 속에서 시적 형상력과 대중적 호소력을 동시에 확보한 것으로 보인다. 위의 책, 47쪽.

구체적인 기능을 하는 시가군詩歌群의 출현이 바로 향가에서 시작된 것으로 보이기 때문에 더욱 그렇다. 향가 이전의 작품들이 많이 남아 있지 않아서 그 면모를 전체적으로 살펴볼 수 없는 한계가 있으나 현존하는 노래들과 명칭만 남아 전하는 작품들을 대상으로 할 때 작품 속의 구조에서 시간이 일정한 기능을 담당하는 것으로는 향가가 처음이라고 해도 크게 틀린 말이 아닐 것이다.

본 연구는 향가 속에 나타나는 시간의 문제를 짚어보아 문학사에서 시가 작품으로는 처음으로 나타나는 향가의 시간구조를 분석하여 그 의미를 추출함과 동시에 이것이 후대 시가에 어떤 영향을 주었으며, 어떤 방향으로 발전해갔는가에 대해 살펴보는 것을 그 목표로 한다. 그러기 위해서는 시간의 개념과 함께 문학과 시간의 문제, 시가문학에서 시간이 하는 기능, 향가 속에서 시간이 하는 기능 등에 대한 고찰이 필요할 것으로 보인다.

1. 문학과 시간성

1) 시간이란 무엇인가

시간이란 무엇인가에 대해 서술하기에 앞서 먼저 해야 할 일은 과연 시간이란 현존하는 것인가 하는 문제이다. 결론부터 말하자면 시간은 현존하는 실체라고 하기가 매우 어렵다. 유한한 생명과 능력을 지닌 인간의 관점에서 보았을 때 분명 시간은 현존하는 실체가 아니다. 좀 더 구체적으로 말하자면 지극히 관념적이고 추상적인 어떤 것들을 대상으로 하여 그것을 시간이라고 부르는 것뿐이다. 그렇다면 우리는 무슨 근거로 시간이 있는 것을 알며, 시간이 있다고 말할 수 있는가? 그 근거는 우주가 기본적으로 지니고 있는 변화에서 찾을 수 있다. 어떤 존재가 변화한다는 것은 하나의 생명체가 성장해서 늙어 죽는 현상이나, 하나의 사물이 다른 사물로 되거나 사라지는 현상 등을 말하는데, 이러한 변화를 설명하기 위해서 우리는 시간이라는 개념을 사용한다는 것이다. 그러므로 우리가 보고 느낄 수 있는 사물이나 현상처럼 시간이 실재한다고는 아무도 말할 수 없게 된다. 즉 시간의 존재를 알 수 있는 것은 우주의 삼라만상에 천편일률적으로 나타나는 변화뿐이다. 그러므로 시간은 실체가 없는 어떤 것이 된다.

이처럼 시간은 실체가 없는 어떤 것이기 때문에 우리의 눈앞에 자신을 드러낼 수 있는 방법이 없다. 만약 시간이 무엇인가를 통해서 자신을 드러내지 않는다면 우리는 시간이 있는 줄을 전혀 알지 못할 것이다. 즉 우주상에 한 번 태어난 생명체가 영원히 살아있거나, 한번 형성된 사물이 영원히 같은 모양으로 존재했었다면 우리는 시간이란 존재를 알아차릴 수 있는 방법이 없었을 것이라는 말이 된다. 그러나 오랜 시간에 걸쳐 진행되는 우주의 변화를 통해 시간은 자신이 분명하게 존재한다는 사실을 우리에게 알려왔다.

이와 같이 실체가 없는 시간이 자신을 드러내는 방법은 사물이나 생명체 등에 나타나는 물질의 변화를 통해서만 가능하다. 하나의 물질이 바뀌어서 다른 물질로 되는 현상을 변화라고 할 때, 우주 내에 존재하는 모든 현존재現存在는 변화의 과정 속에 있으므로 이 변화를 주도하는 존재를 우리는 시간이라고 부르게 되는 것이다. 여기서 우리가 알 수 있는 매우 중요한 사실 하나는 시간은 반드시 공간을 통해서만 현현된다는 것이다. 즉 육체가 없는 정신이 존재할 수 없는 것과 마찬가지로 공간이 없는 시간은 자신이 존재한다는 사실 자체를 증명할 수 없게 된다는 것이다.

그렇다면 시간이 자신을 드러내기 위해 반드시 필요로 하는 공간이란 무엇인가? 공간은 사물과 사물이 붙어 있는 간격에 의해 생기는 것으로 다른 사물이나 생명체가 존재할 수 있도록 해주는 구실을 한다. 여기서 말하는 사물과 사물이 붙어있는 간격이라고 하는 것은 좀 더 설명을 필요로 한다. 우주 내에 존재하는 모든 현존재는 그것을 분석해보면 아주 작은 입자로 되어 있다고 한다. 즉 우주의 모든 현존재는 우리의 감각으로는 느낄 수 없을 정도로 작은 입자의 결합에 의해 만들어졌다는 것이다. 입자와 입자가 결합하여 새로운 물질로 되면서 수많은 모양과 크기를 지닌 물질로 태어나게 되는 것이다. 입자와 입자의 결합, 물질과 물질의 결합 등이 이루어져서 새롭게 태어난 사물들은 크기에 따라 넓고 좁은 공간을 만들어내는데, 이 때 우리가 공간이라고 부르는 것을 자세히 보면 물질과 물질이 결합할 때 생기는 간격에 의해 만들어진다는 사실을 알 수 있다.

아무리 단단하고 촘촘한 조직을 가진 사물이나 생명체라 할지라도 그것을 정밀하게 분석해보면 물질과 물질 사이, 세포와 세포 사이에는 일정한 틈[5]이 있게 마련이다. 물질과 물질 사이에 생긴 이 틈을 간격이라고 하는데, 이것의 길이가 길고 짧음에 따라 물질의 강도 같은 것이 결정된다는 것이다. 그러므로 우주 내의 모든 현존재는 입자와 입자의 간격에 의해 공간을 만드는데, 이러한 결합의 간격에 존재했던 일정한 틀이 깨어지는 것을 우리는 변화라고 부르게 된다. 따라서 변화는 간격의 틀이 깨어져서 새로운 간격의 틀을 만드는 것을 의미하는데, 사물은 스스로 그 틀을 깰 수 없으므로 이러한 변화가 생기는 이유를 시간이란 존재의 개입으로 설명할 수 있게 되는 것이다.

입자와 입자의 결합에 의해 생기는 우주 내의 현존재와 그 현존재에 필연적으로 나타나는 변화를 통해 마침내 시간은 우리의 눈앞에 나타날 수 있게 되는데, 이것은 시간과 공간의 절묘한 결합이라고 할 수 있다.

---

[5] 입자와 입자, 물질과 물질 사이에 생기는 틈은 그 크기에 따라 천차만별로 나누어지는데, 이것에 의해 사물의 크기가 결정된다. 이렇게 하여 생성된 사물은 모양과 성질에 따라 더 큰 것으로 결합하기도 하고, 일정한 거리를 유지하기도 하는데, 이것이 바로 우리가 살고 있는 우주다. 이러한 틈에 의해 만들어진 공간(空間)은 그 크기에 따라 다른 물질이나 사물이 머무를 수 있는 공간을 마련해주는데, 작은 크기의 바이러스에게 있어서 인간의 몸은 어마어마하게 큰 우주처럼 느껴질 수 있다. 그런 인간은 지구라는 엄청나게 큰 혹성을 공간으로 하여 삶을 유지해 나간다.

그렇다면 공간을 매개로 하여 존재하는 물질의 다양한 변화를 통해서만 모습을 드러내는 시간은 과연 어떤 존재일까? 시간에 의해 주도되는 것으로 인식되는 사물과 생명체의 변화는 같은 모양으로 반복되지 않기 때문에 우리는 시작과 끝이 없는 상태에서 영원히 흘러가는 직선으로 시간을 파악한다. 한번 흘러가면 영원히 돌아오지 않는 것이 바로 시간인데, 이것은 우주 내에 존재하는 모든 현존재에 공평하게 적용되는 성격을 지니고 있다. 우주 내에 존재하는 모든 현존재는 생성과 소멸이라는 변화를 거듭하기 때문에 모두 시간의 절대적인 지배를 받게 되는 것이다. 한번 지나가면 다시 돌아오지 않는 것, 모든 존재에게 균등하게 적용되는 것 등을 시간이 가진 기본적인 성격이라고 할 수 있는데, 이런 시간을 우리는 절대시간絕對時間[6]이라고 부른다.

그런데 시간이 직선이라고 하는 것과 모든 현존재에게 균등하게 작용된다는 것은 모순을 일으킨다. 왜냐하면 직선으로만 파악되는 시간이 모든 현존재에게 균등하게 작용하는 것은 공간의 법칙에 위배되기 때문이다. 공간의 법칙에 의하여 직선으로 흘러가는 시간이 모든 현존재에게 균등하게 적용될 수는 없기 때문이다. 따라서 직선 개념으로 파악되는 시간이 모든 현존재에게 균등하게 작용하기 위해서는 시간을 순환 개념으로 이해하는 수밖에 방법이 없다. 즉 영원히 흘러가는 절대시간과 함께 일정한 주기로 반복해서 되돌아오는 순환시간이 설정되면 절대시간은 모든 현존재에게 균등하게 적용될 수 있는 근거를 마련하게 되는 것이다.[7]

영원히 흘러가는 방식을 취하는 절대시간에 비해 일정한 주기로 반복되는 순환시간은 인간에 의해 변형이 가능한데, 이렇게 변형된 순환시간은 우리의 삶에

---

6   우주 내의 모든 현존재에게 반드시, 그리고 균등하게 현현(顯現)하는 시간이기 때문에 절대시간(絕對時間)이라고 한다.
7   알렉상드르 꼬제브, 설헌영 역, 『역사와 현실 변증법』, 한벗, 1981.

엄청난 변화와 발전을 가능하게 하는 원동력이 된다. 태양에 의해 행해지는 자연의 현상인 낮과 밤의 순환, 일 년을 주기로 되돌아오는 사계절의 순환 등을 바탕으로 하여 인간은 수많은 순환시간을 설정하면서 현재 우리가 누리고 있는 엄청난 문화현상들을 만들어낼 수 있었던 것이다. 하루 세끼의 밥을 먹는 것, 일하는 것과 쉬는 것, 깨어있는 것과 잠자는 것 등 인간에 의해 만들어진 거의 모든 문화현상은 주기적으로 반복되는 순환시간에 의해서만 가능했던 것이다.

특히 문학의 토대가 되는 언어는 순환시간이 없으면 존재 자체가 불가능하다. 같은 형태를 반복하여 완성되는 성격을 지니는 언어에 있어서 순환시간이 하는 구실은 거의 절대적이라고 할 수 있기 때문이다. 의미는 다르지만 같은 형태의 글자들을 일정한 시간으로 끊어서 주기적으로 반복하여 소리를 내는 형식을 취하는 인간의 발화 행위야말로 바로 시간의 순환적 흐름에 의해서만 가능하게 되는 것이다.

이상의 논의를 바탕으로 시간의 개념을 정리해보면 다음과 같이 말할 수 있다. 첫째, 시간은 영원에서 시작하여 영원으로 흘러가는 것으로 스스로 존재하는 절대적 자명성自明性을 지니며, 되돌아오지 않는 성격인 일회성을 가지고 있다. 둘째, 시간은 우주 내의 모든 현존재에 균등하게 작용한다. 셋째, 시간은 형체가 없기 때문에 스스로를 드러내지 못하고 물질의 변화를 통해서만 그 모습을 나타낸다. 넷째, 영원히 되돌아오지 않는 절대시간과 더불어 자연과 인간에 의해 정해져서 일정한 주기로 반복되는 순환시간이 존재한다.

2) 문학과 시간성

현실의 예술적 굴절이라고 할 수 있는 반영이 언어라는 매개체를 통해 형상화되는 문학은 언어를 표현수단으로 하여 예술적 아름다움을 창조하는 소리예술의 한 갈래다. 단순한 감탄사나 동작통일을 위한 신호음 등의 형태를 지닌 초기 노래[8]와 노동과 여가 과정에서 심심풀이로 했던 이야기 등에서 시작되었을 것으로 보이는 문학은 시대를 거듭하는 동안 수많은 갈래의 작품들을 만들어내면서 인류의 문화생활에 지대한 기여를 해 왔다. 이런 성격을 지니는 문학은 말로 된 구비문학이든, 글자로 정착된 기록문학이든 소리예술이라는 점은 움직일 수 없는 사실이다. 문학이 소리예술인 이상 태생적으로 시간과 밀접한 관련을 가질 수밖에 없다.

소리[9]라고 하는 것은 물질처럼 공간을 점유하는 것이 아니라, 일정한 길이의 시간을 점유하는 특징을 지니고 있다. 장음長音과 단음短音 등의 구별이 가능한 것은 소리가 시간을 배경으로 하지 않으면 성립할 수 없다는 사실을 잘 보여주는 증거가 된다. 높은 소리든 낮은 소리든 모두 장단이 있어야 하기 때문에 일정한 길이의 시간을 지니지 않을 경우 의미가 형성되지 않은 자연의 소리인 '성聲'이나 의미를 형성한 인공적 소리인 '음' 등의 소리로 성립될 수 없기 때문에 시간은 소리를 존재할 수 있게 하는 근본적인 바탕이 되는 것이다.

시간이 소리를 존재하게 하는 근본 바탕이 된다고 하는 말은 시간이 문학을 존재하게 하는 근본 바탕이 된다는 말이나 같은 의미를 지닌다. 왜냐하면 문학은 소리예술이기 때문이다. 문학이 소리예술이라고 하는 말은 소리를 기본으로 하여 성립한다는 것을 의미하는데, 소리를 존재하게 하는 바탕이 바로 시간이

---

8 고정옥, 『조선민요의 연구』, 수선사, 1949, 14쪽.
9 소리는 크게 두 가지로 나누어 볼 수 있다. 하나는 성(聲)인데, 이렇게 정의한다. "무릇 물체가 진동하거나 공기가 급격하게 끓을 때 나는 것이 모두 소리를 만든다(凡物體顫動與公氣相激蕩皆能成聲). 그중 인간의 청각기관으로 느낄 수 있는 것(耳官之所感覺者也)을 성(聲)이라고 한다."(陸爾奎, 方毅 等編, 『辭源』, 警官敎育出版社, 1993) 그러므로 성은 아직까지 어떤 의미를 가지는 소리는 아니다. 다른 하나는 音인데, 다음과 같이 정의된다. "성이 어떤 식으로든 의미를 가지게 될 때 이것을 음(聲成文者爲之音)이라고 한다." 그러므로 성은 홀로 나는 소리요 음(音)은 잡스럽게 얽혀서 나는 소리로써 의미를 가지는 소리이다. 따라서 의미가 없는 소리는 성이요 의미가 있는 소리는 음인 것이니 자연의 소리에 인공적으로 의미를 붙인 것이 바로 음이다.

기 때문에 문학은 시간과 밀접한 관련을 맺을 수밖에 없는 것이다. 따라서 문학은 태생적으로 소리의 장단과 선후 관계를 주도하는 시간의 절대적인 지배를 받으면서 형성될 수밖에 없는 특징을 지니게 된다.

문학은 언어를 특수한 방식으로 결합하여 꾸밈으로써 그 속에 예술적 아름다움을 담게 되는데, 문학이 시간과 관련을 맺는 양상은 다음의 몇 가지로 나누어 볼 수 있다. 첫째, 음성언어의 성립, 둘째, 기호언어의 성립, 셋째, 이야기에 있어서 구성의 성립, 넷째, 시가문학에 있어서 형태의 성립 등이 그것이다.

형성에 있어서 시간을 절대적 필요조건으로 하는 음성언어는 자음과 모음의 선·후 배열, 글자와 글자의 선·후 배열 등을 바탕으로 만들어지는 문장에 의해 의미를 형성하기 때문에 당연히 시간과 밀접한 관련을 지닌다. 음성언어는 먼저 발화하는 소리와 뒤를 이어서 발화하는 소리가 약속에 의해 정해진 순서를 지키지 않으면 의미 전달을 제대로 할 수 없기 때문에 시간의 개입은 절대적이고 필수적이다. 이러한 사실은 우리가 말을 할 때 사회적 약속이 되어 있는 언어의 순서를 바꾸어서 발화할 경우 상대방은 전혀 알아듣지 못하거나 뜻이 전혀 다른 의미로 받아들일 가능성이 높다는 것에서 확인할 수 있다. 시간의 절대적 지배를 받는 음성언어의 시간적 한계를 조금이라도 극복하기 위해 만들어진 기호언어 역시 음성언어를 바탕으로 하기 때문에 태생적으로 시간의 지배를 벗어날 수 없다. 문장을 이루는 글자의 배열 자체가 시간의 선·후에 의해서 이루어지는데다가 문장 속에서 형성되는 의미 역시 시간의 순서에 의해 결정되기 때문이다.

이야기는 시작과 끝이 있으며, 갈등구조를 지니고 있는 것으로 서술과 묘사에 의해 진행되는 서사문학이다. 그러므로 이야기는 어떤 주제가 어떤 구성을 가지느냐가 작품의 핵심을 이룬다고 할 수 있다. 즉 많은 사람들이 공감할 수 있는 주제를 바탕으로 하고, 등장인물이 겪는 갈등구조가 치밀하고 견고하여 듣는 사람으로 하여금 최고의 긴장간을 느낄 수 있도록 하는 구성이 이야기 형성의 핵심이라고 할 수 있다는 것이다. 주제가 보편적이지 않고 구성이 탄탄하지 못하여 커다란 긴장을 유발하지 못한다면 긴장의 해소에서 오는 정화작용으로 독자에게 예술적 감동을 일으킬 수 있는 카타르시스를 유발하는 것에 실패할 것이기 때문에 이러한 이야기는 예술성이 높은 작품이라고 하기 어렵게 된다. 그런데, 이야기에서 중요한 구실을 하는 구성 역시 시간의 지배에서 벗어날 수 없는 성격을 지니고 있다. 왜냐하면 구성의 방법과 순서 등이 모두 시간에 의해 결정될 수밖에 없기 때문이다. 시간의 선·후 관계에 의해 만들어진 구성을 독자는 머릿속에서 자신이 느낀 대로 재구성하여 감동을 느끼기 때문에 이야기문학에서 작품이 가지는 구성은 시간과 뗄 수 없는 관계에 놓일 수밖에 없다.

시가는 소리의 고저장단을 특수하게 배합한 음성언어나 기호언어를 사용하여 형성된 반복 구조를 통하여 청자에게 예술적 아름다움을 느끼게 해주는 문학이다. 시가가 지니는 수많은 반복구조가 바로 율격을 형성하여 형식을 완성하는 구실을 한다. 이러한 기능을 지닌 반복구조는 시가에서 쓰인 표현이 일상언어를 뛰어넘는 새로운 의미의 창조를 가능하게 하는 특징을 지니고 있다. 즉 시가에서 쓰이는 어휘 반복, 구절 반복, 행 반복, 장 반복, 조흥구나 감탄사 등의 주기적 반복 등의 장치는 모두 시가에서 사용된 어휘나 표현들이 일상언어를 넘어선 새로운 의미의 창조를 가능하게 하는 것들이다. 특히 서사문학에서는 별 의미를 지니지 못하는 행의 나눔과 반복, 그리고 장의 나눔과 반복은 시가를 완성시키는 결정적인 구실을 하는 것으로 보인다.

그런데, 위에서 서술한 시가의 반복구조는 일상언어가 말해지는 순서를 기본으로 하여 성립하기 때문에 일상언어가 지닌 시간의 지배를 벗어날 수 없다. 예를 들어 어휘 반복의 경우 시가에서 사용되는 어휘 자체가 일상언어의 순서를 무시한 상태에서는 사용이 불가능하며, 그것의 반복 역시 일상언어의 순서를 넘어서지 못한다. 그러므로 시가에서 쓰이는 어휘 반복은 시간적 순서의 틀 속에서만 새로운 의미의 창조가 가능하게 된다. 이런 점은 시가의 다른 요소들도 마찬가지이기 때문에 시가에서 쓰이는 모든 반복구조는 시간의 한계를 넘어서지 못할 수밖에 없다.

언어 자체가 시간을 기본으로 하여 성립하기 때문에 그것을 매개로 하여 성립되는 문학은 당연히 시간의 지배 속에 있다는 것이 새삼스러운 사실은 아니지만 위의 논의를 통하여 문학은 태생적으로 시간의 지배 속에 있으며, 시간의 지배를 영원히 벗어날 수 없는 성격을 지니고 있다는 사실을 알 수 있다.

2. 향가와 시간성

1) 향가와 시간성

앞에서 살펴본 바와 같이 향가는 우리 문학사에서 매우 중요한 의미를 지니는 작품이다. 집단 정서를 주로 노래하던 앞 시대의 시가에서 개인 정서를 서정적으로 노래하는 시가문학의 시대를 본격적으로 연 것이 바로 향가이기 때문이다. 지금까지 학계에서 논의된 것을 바탕으로 할 때 향가는 민간노래에 근원을 두면서 불교의 교리를 일반 대중들에게 널리 알리기 위한 수단인 포교가로 거듭나면서 비약적인 성장을 한 것으로 보인다. 이 말은 향가의 성립과 성장에 불교가 차지하는 비중이 매우 크다는 사실을 나타내는 것으로 보아야 한다. 민간에서 불리던 민요 형식의 노래들이 불교의 교리와 결합함으로서 새로운 형식을 지닌 노래로 거듭 난 것이 향가이기 때문에 당연히 불교의 영향이 깊게 작용했을 것이라는 사실을 충분히 감지할 수 있다. 현존하는 향가의 기록이 신라 당시의 것이 아니라서 일정한 한계가 없는 것은 아니지만 고려시대까지 향가의 잔영이 남아 있었고, 민간에서는 설화와 함께 구전되었다는 사실을 감안한다면 『삼국유사』에 실려 전하는 향가가 원형이 훼손되었다고 보기는 어려울 것으로 생각된다. 이처럼 남·북국시대 이후 향가가 불교와 밀접한 연관을 지니면서 발달해 왔다는 사실을 근거로 해서 볼 때 향가에 미친 불교의 영향이 얼마나 컸을 지에 대해서 생각하지 않을 수 없다. 왜냐하면 불교는 종교이기 때문에 논리적으로 정연한 사상을 지니고 있었고, 그것을 수용한 신라인들 사이에서 생겨난 것이 향가이기 때문이다. 그러므로 향가의 발달 과정과 작품의 형성 등에 있어서 불교의 영향을 도외시할 수 없게 되는 것이다.

필자의 견해로 볼 때 불교가 시가문학에 미친 가장 큰 영향은 시간의 순환을 강조하는 불교의 연기설緣起說이 아닌가 생각된다. 시간을 직선 개념으로 보지 않고, 수 없이 윤회를 거듭하는 순환적 시간으로 파악한 것은 불교가 처음이고, 그 분야에서는 가장 깊은 성찰을 하고 있는 것으로 보이는 데다가, 이 불교가 신라사회 전반에 미친 영향이 거의 절대적이기 때문이다. 시간은 끊임없이 흘러가지만 우주 내에 존재하는 현존재에게 있어서는 영원히 돌아가는 수레바퀴와 같이 순환한다는 것이 불교의 시간관인데, 이런 이유로 인해 우주 내의 현존재는 사라지거나 없어지지 않고, 모습만을 바꾸어서 우주 내에서 영원히 다시 태어난다는 것이다. 이것은 한번 가면 다시 돌아오지 않는 것으로 시간을 파악하는 것이 아니라 우주라는 테두리 안에서 영원히 순환하는 것으로 시간을 보는 것이 된다. 따라서 불교에서 말하는 연기설은 순환시간에 중점을 두고 있는 것으로 볼 수 있게 되는 것이다. 그렇기 때문에 불교에서는 전생과 후생 등이 가능하게 되고, 이것이 영원히 순환하면서 우리의 모습을 바꾸는 것일 뿐이라는 주장이 생겨나게 된다.

만물은 돌고 도는 윤회를 영원히 거듭한다는 불교의 순환적 시간론은 당시 신라인들에게는 충격적일 수밖에 없었을 것으로 보이는데, 불교를 받아들여 수용하는 순간부터 당시 사람들의 삶은 불교적인 것을 중심으로 움직여지게 되었을 것이고, 이를 바탕으로 한 문화가 형성되어 갔을 것으로 보인다. 지금 우리가 소중하게 간직하고 있는 신라의 유적과 유물 중 거의 대부분이 불교와 관련을 가진다는 점에서 이러한 사실을 확인할 수 있다. 더욱이 불교를 국교로 지정하고 불국토佛國土 건설을 최대의 지표로 설정할 만큼 불교가 신라사회에 미친 영향이 크기 때문에 사회의 모든 문화현상은 이의 영향 아래 있었음을 부정할 수 없다.

문학도 하나의 문화현상이기 때문에 이 범주를 결코 벗어날 수가 없다. 따라서 신라시대에 형성된 문학에는 불교의 사상적 영향이 매우 클 수밖에 없다. 불교 중심의 설화들이 대량으로 만들어지고, 이와 함께 노래인 향가 역시 대량으로 만들어져서 유포되었을 것으로 보이기 때문이다. 불교설화는 승려들이 행한 신기한 이적異蹟이나, 불법佛法의 감화感化로 일어난 여러 종류의 기적들을 중심으로 만들어졌는데, 이것은 노래 이상으로 파급효과가 컸을 것으로 생각된다. 왜냐하면 노래의 전파 속도보다 이야기의 전파 속도가 결코 느리지 않는 데다가 가창력이 없으면 부르기 어려운 노래와는 달리 평범한 사람도 누구나 참여하여 즐길 수 있는 것이 바로 설화이기 때문이다. 또한 증거물을 바탕으로 하는 전설일 경우[10] 노래보다 생명력이 길다고 할 수 있기 때문에 설화가 가지는 포교적인 효과는 대단했을 것으로 생각된다. 그런 이유 때문인지 『삼국유사』에는 160여 편에 이르는 설화가 실려 전하고 있다. 향가가 겨우 14편인 것에 비하면 엄청난 양이라고 할 수 있다.

『삼국유사』에 실려서 전하는 설화들을 살펴보면 불교의 순환적 시간관이 얼마나 큰 영향을 미쳤는지 직감할 수 있다. 여기에 실려 있는 것 중에 불교와 관

---

10 증거물이 사라지지 않는 한 전설은 강력한 힘을 가지고 많은 사람들에게 전승되는 특징을 지닌다. 증거물이 사라진 뒤에도 민담으로 전이하여 생명력을 이어가기도 한다.

련이 있는 설화들을 보면 거의 모두가 순환시간에 근거를 두고 있는 것을 알 수 있기 때문이다. 대표적인 설화로「남백월이성노힐부득달달박박南白月二聖努肹夫得怛怛朴朴」을 보도록 하자. "부득夫得과 박박朴朴은 속세의 사람이었으나 출가하여 불도를 닦던 중 관음보살觀音菩薩의 도움으로 각각 미륵존불彌勒尊佛과 무량수불無量壽佛이 되었다." 인간이 지닌 유한한 생명의 한계를 극복하고 시간을 되돌려 중생 속에 영원히 살아있는 부처가 되었다는 것이 이 설화의 핵심 요지다. 불교에서 말하는 연기의 순환론이 아니고서는 불가능한 설정이다. 유한한 육체를 지닌 인간의 삶을 마감하는 순간이 바로 성불成佛의 시간이 시작되는데, 이것이 다시 중생의 시간 속으로 순환하는 것이 바로 불교의 시간관인 것이다. 이러한 불교의 시간관은『삼국유사』에 실려 있는 설화 전반에 나타나는 현상으로 보이기 때문에 불교의 시간관이 얼마나 큰 위력을 가졌는가를 쉽게 알 수 있다.

설화가 지닌 이러한 시간관은 향가에도 깊은 영향을 미친 것으로 보이는데, 현존하는 14편의 작품 중에서 〈찬기파랑가〉와 〈모죽지랑가〉는 불교적 순환시간이 작품에 관여하는 정도가 매우 깊은 것으로 보인다. 그렇기 때문에 〈찬기파랑가〉와 〈모죽지랑가〉의 두 작품에 수반되는 배경설화 역시 불교적 시간관에 근거하고 있음은 두말할 여지가 없다. 아래에서 향가에 나타난 시간성의 문제에 대해 두 작품을 중심으로 고찰해 보도록 한다.

3. 향가에 나타난 시간성

1) 모죽지랑가의 시간성

먼저 〈모죽지랑가〉의 배경이 되는 설화부터 살펴보도록 하자.

"제32第三十二 효소왕 때 화랑인 죽만랑竹曼郞의 무리에 급간級干 벼슬을 하는 득오得烏
란 사람이 있었다. 그는 풍류황권風流黃卷에 이름을 올리고 날마다 벼슬길로 나아가더니
갑자기 열흘 동안이나 보이지 않았다. 죽만랑이 득오의 어머니를 불러서 물어보았다.
"당신의 아들은 어디에 있는가?" 하니 그 어머니는 대답했다. "모량牟梁리 부대장幢典으
로 아간阿干 벼슬을 하는 익선益宣이 우리 아들을 부산성富山城 창고직이를 시켜서 급히
달려가느라고 낭郞께 미처 인사를 드리지 못하였던 것입니다"라고 하면서 죽만랑에게
알려주었다. 이에 죽만랑은 "당신의 아들이 만약 사사로운 일로 그곳으로 갔다면 찾아
갈 것이 없겠지만, 이제 공무로 떠났다 하니 마땅히 가서 찾아 돌아와 먹이이라" 하고
는 곧 설병舌餠 한 합과 술 한 항아리를 가지고 좌인左人들을 데리고 갈 때에 낭의 무리
서른일곱 명도 역시 의장儀仗을 갖추고 뒤를 따라 부산성에 이르러 문지기에게 물었다.
"득오의 간 곳을 알 수 없는데 어디 있느냐?" 하니 문지기가 대답했다. "지금 익선益宣의
밭에 있답니다. 관례에 따라 부역赴役하러 간 것입니다"라고 하였다. 득오가 밭으로부
터 돌아오자 죽만랑은 가지고 온 술과 떡을 그에게 먹이고 익선에게 말미를 청하여
함께 돌아오고자 했다. 그러나 익선이 굳이 허락하지 않았다. 이때 이곳에 파견되어
온 아전 간진侃珍이 추화군推火郡의 세를 거두어서 조세 서른 섬을 묶어 성중城中으로 실
어 보내고 있는 중이었다. 그러다가 죽만랑이 선비를 사랑하는 그 풍미風味를 아름답게
여기고 꼭 막히고 융통성 없는 익선 야비하게 여겨서 그가 관령管領한 조세 서른 섬을
익선에게 주면서 죽지랑을 도와 거듭 청하였으나 역시 허락하지 않는 것이었다. 또
진절사지珍節舍知의 말과 안장을 주었더니 그때서야 허락을 하는 것이었다.

조정朝廷의 화주花主가 이 말을 듣고 부하를 보내서 익선을 잡아다가 장차 그 더러운
때를 씻어 주려 하였다. 익선이 미리 알고 도망쳐서 어디론가 숨었으므로 그 맏아들을
대신 잡아왔다. 때마침 2월이어서 몹시 추운 날씨였는데, 성내 못 가운데 목욕을 시켰더
니 얼어 죽고 말았다. 대왕이 그 말을 듣고 칙령을 내려 모량리 사람 중에 벼슬길에
오른 자들을 모두 쫓아 버리고 다시금 공서公署 나늘이를 못하게 금하고 검은 옷을 입지

못하게 하며, 만일 승려가 되었다 하더라도 종고사鐘鼓寺 중에는 들어오지 못하게 하였다. 또 칙서를 내려 아전 간진의 자손을 평정호손抨定戶孫으로 삼아 남다르게 대우하였다. 이때 원측법사圓測法師는 곧 해동海東의 고덕高德임에도 불구하고 모량리의 출신이므로 승직僧職에 제수되지 못했다.

처음 술종공述宗公이 삭주도독사朔州都督使가 되어 장차 임소任所로 부임해 갈 때 마침 삼한三韓의 변란이 일어났으므로 기병 3천 명으로 호송하게 되었다. 죽지령竹旨嶺에 이르렀을 때 한 거사居士가 고갯길을 평평하게 닦고 있는 것을 보았는데, 술종공이 그를 보고 탄미歎美하였더니 거사 역시 공의 위세가 당당함을 아름답게 여겨 서로 마음으로 느낀 바 있었다. 공이 임지에 이른지 한 달이 되었을 때 꿈에 거사가 자신의 방으로 들어왔고, 가족 또한 같은 꿈을 꾸었다. 놀라고 괴이함이 심하여 이튿날 심부름꾼을 보내서 거사의 안부를 물었더니, 사람들이 말하기를, "거사가 죽은 지 몇일이나 되었답니다"라고 하는 것이었다. 심부름 하는 이가 돌아와 그가 죽었음을 고하니 꿈에서 보았던 날과 같았다. 공이 말하기를, "아마 거사가 우리 집에 다시 태어나려는가 보다"라고 하면서 다시 군졸을 보내 죽지령 위 북녘 봉우리에 장사를 치르고 돌미륵 하나를 만들어 무덤 앞에 세워주었다. 그 아내가 꿈꾸던 날부터 태기가 있어 아들을 낳았는데, 이름을 '죽지竹旨'라 하였더니 자라나 벼슬길에 올라 유신공과 더불어 부시副帥가 되어 삼한을 통일하고, 진덕·태종·문무·신문왕 사 대에 걸쳐 계속 총재가 되어 그 나라를 안정시켰다. 처음에 득오곡이 죽지랑을 연모하여 노래를 지었다.[11]

11 卷二「紀異」「第二, 孝昭王竹旨郎」. "第三十二 孝昭王代 竹曼郎之徒 有得烏(一云谷) 級干 隸名於風流黃卷 追日仕進 隔旬日不見 郎喚其母 問爾子何在 母曰幢典牟梁益宣阿干 以我子差富山城倉直 馳去行急 未暇告辭於郎 郎曰子若私事適彼 則不須尋訪 今以公事進去 須歸享矣 乃以舌餅一合酒一缸率左人[鄕云皆叱知, 言奴僕也]而行 郎徒百三十七人 亦具儀侍衛 到富山城, 問閽人 得烏失奚在 人曰今在益宣田 隨例赴役 郎歸田 以所將酒餅饗之 請暇於益宣 將欲偕還 益宣固禁不許 時有使吏侃珍 管收推火郡 能節租三十石 輸送城中 美郞之重士風 鄙宣暗塞不通 乃以所領三十石 贈益宣助請 猶不許 又以珍節舍知騎馬鞍具貽之 乃許 朝廷花主聞之 遣使取益宣 將洗浴其垢醜 宣逃隱 掠其長子而去 時仲冬極寒之日 浴洗於城內池中 仍爲凍死 大王聞之 勅牟梁里人從官者 並合黜遣 更不接公署, 不著黑衣, 若爲僧者, 不合入鐘, 鼓寺中, 勅史上侃珍子孫, 爲枰定戶孫, 標異之. 時圓測接法師, 是海東

이 설화는 크게 두 부분으로 나눌 수 있다. 하나는 득오와 죽지의 친분에 대한 것을 말하는 전반부이고, 다른 하나는 죽지랑의 출생담이 중심을 이루고 있는 후반부이다. 전반부는 향가와 관련이 있는 이야기로 보면 되고, 후반부는 불교적인 순환시간과 관련이 있는 이야기로 보면 된다. 전반부는 뒤에서 살펴볼 향가와 관련시켜 고찰하도록 하고, 여기서는 후반부인 죽지랑의 출생담을 중심으로 살펴보도록 한다. 전생에서 인간의 몸으로 있을 때는 산 속에 숨어 지내는 범인凡人에 불과했던 죽지거사竹旨居士가 술종공述宗公의 아들로 환생하면서 나라에 쓰이는 동량棟樑이 되었다는 것이 이 설화의 핵심이다. 죽지랑의 훌륭함을 나타내기 위한 증거가 되는 설화다.

위에서 살펴본 바와 마찬가지로 이 설화 역시 인간세계의 시간을 넘어서 연기설에 의해 되돌아오는 불교적 순환론에 바탕을 두고 있다. 그런데, 이 설화가 '노힐부득달달박박' 설화처럼 성불로 마무리 하지 않고 훌륭한 영웅으로 환생하는 방식을 취한 것은 당시 사회상과 밀접한 관련이 있을 것으로 보인다. 삼국 중에서 가장 약했던 신라였기 때문에 고구려와 백제의 벽을 넘어서 중국과 직접 교통하기 위해서는 강력한 국력을 필요로 했을 것인데, 이러한 시대적 요구가 바로 이런 이야기로 연결된 것으로 보아 크게 틀리지 않을 것이기 때문이다. 그렇기 때문에 여기서는 거사가 성불하여 부처로 되는 것이 아니라 인간의 세속적 욕구에 부합하는 환생을 택하게 되는 것이다. 신라는 백제와 고구려라는

高德 以牟梁里人 故不授僧職. 初 述宗公爲朔州都督使 將歸理所 時三韓兵亂 以騎兵三千護送之 行至竹至旨嶺 有一居士 平理其嶺路 公見之歎美 居士亦善公之威勢赫甚, 相感於心, 公赴州理, 隔一朔, 夢見居士入于房中, 室家同夢, 驚怪尤甚, 翌日使人問其居士安否 人曰居士死有日矣 使來還告 其死與夢同日矣 公曰殆居士誕於吾家爾 更發卒修葬於嶺上北峯 造石彌勒一軀, 安於塚前 妻氏自夢之日有娠 旣誕 因名竹旨 壯而出仕 與庾信公爲副帥 統三韓 眞德大宗文武神文 四代爲冢宰 安定厥邦 初得烏谷慕郎而作歌曰 去隱春皆理米 毛冬居叱沙 哭屋尸以憂音 阿冬音乃叱好支賜烏隱 皃史年數就音墮支行齊 目煙廻於尸七史伊衣 逢烏支惡知作乎下是 郎也慕理尸心未 行乎尸道尸 蓬次叱巷中 宿尸夜音有叱下是."

초강대국들과 겨뤄야 하는 상황에 있었기 때문에 백성의 힘을 하나로 모은 최강의 국력을 만들기 위해서는 가능한 모든 수단과 방법을 동원했을 것이고, 여기에 불교의 연기적 순환시간이 애국愛國·애족愛族의 세속적 순환시간 으로 치환될 수 있었던 것이다.

「죽지랑탄생설화」에서 「노힐부득달달박박설화」와는 환생하는 방법이 약간 달라졌다고는 해도 설화의 구조 자체가 달라지지는 않았기 때문에 이 설화가 불교의 시간론에 근거를 두고 있다는 것은 분명히 알 수 있다. 다만 이 시기는 순수한 신앙적 불교관 보다는 나라와 민족을 위하는 호국적 불교관이 더 우위에 있었음을 「죽지랑탄생설화」를 통해 알 수 있다. 성불을 통한 부처로 환생하는 형태가 아니고 나라를 지키는 영웅으로 태어나는 방식의 환생은 세계와 시간에 대한 인간의 인식이 사회적 필요에 의해 얼마나 달라질 수 있으며, 어떻게 활용되는지를 잘 보여주는 것으로 생각된다.

그렇다면 설화에 보이는 이러한 불교적 시간관이 향가 작품에는 어떤 형태로 나타나는가를 고찰해보도록 하자. 먼저 작품을 보도록 한다. 작품의 해독은 양주동의 것을 참고했다.

간 봄 그리매

모든 것사 우리 시름

아름 나토샤온

즈싀 살쭘 디니져

눈 돌칠 스이예

맛보옵디 지소리

郎이여 그릴 ᄆᆞᅀᆞ미 여울 길

다봇 굴형히 잘밤 이시리

내용상으로 보아 이 작품은 크게 네 단락으로 나눌 수 있다. 첫 단락은 처음부터 두 번 째 행까지로 혼자 있는 외로움과 그리움을 노래하는 부분이다. 둘째 단락은 다음의 두 행으로 죽지랑의 늙음을 슬퍼하는 부분이다. 셋째 단락은 만나고 싶은 마음을 담은 다음의 두 행이다. 마지막 단락은 죽지랑에 대한 사모의 정을 간절하게 표현한 마지막 두 행이다. 배경설화에서 보아 알 수 있듯이 죽지竹旨와 득오得烏는 상사와 부하 사이인데, 득오가 죽지를 무척이나 존경하고 따랐었다. 그런데, 득오는 본인의 의지와는 관계 없이 자신이 사랑하는 사람인 죽지를 떠나 다른 곳에서 부역을 하면서 어려움을 겪은 적이 있었다. 흠모하고 사랑하는 사람은 옆에서 늘 보고 있어도 그리운 법인데, 멀리 떨어져서 오랫동안 보지 못했다면 죽지를 보고 싶은 득오의 마음은 말로 형언하기 어려웠을 것이다.

그리움으로 몸부림치던 득오는 자신의 애틋한 정서를 표현하는 방법으로 시간을 교묘하게 개입시키는 수법을 쓰고 있는데, 여기에서 사용되는 시간은 두 갈래로 나누어서 생각할 수 있다. 화자가 지니고 있는 그리움이라는 정서를 효율적으로 표현하기 위한 시간의 역행逆行이 하나이고, 그리움으로 가득한 시인의 현재 상황을 표현하기 위한 미래를 향한 시간의 순행順行이 다른 하나다. 즉 〈모죽지랑가〉에서의 시간은 과거로의 되돌림과 미래에의 나아감이 함께 어우러져서 죽지랑에 대한 화자의 그리움을 극대화하고 있는 것으로 볼 수 있다는 것이다.

먼저 시간의 역행에 대해 살펴보자. 이 작품에서 시인인 화자가 처한 상황은 자신이 흠모하고 사랑하는 대상과 멀리 떨어져 있는 상태다. 즉 헤어져 있어서 대상에 대한 그리움이 극에 달한 상태인 것으로 볼 수 있다는 것이다. 그런데 화자는 대상에 대한 그리움을 직접적으로 노래하지 않는다. 그리움을 직접적으로 노래하는 것 보다 더 효과적인 방법으로 그리움의 대상과 자신이 함께 했던 과거에 대해 노래하는 방식을 택하고 있다. '간 봄', '그리매' 등의 표현은 과거에 시인이 사모하는 대상과 함께 했던 시간들인데, 그 대상이 부재한 지금 화자는 시간의 역행을 통하여 그 때를 노래함으로써 자신이 지닌 사모의 정을 극대화하여 표현하고 있는 것이다. 과거에 대한 회상을 통해 대상의 부재를 노래함으로서 그리움을 표현하는 화자의 이 수법은 그 그리움을 더욱 크게 하기 위해 다음으로 이어진다. '아름 나토샤온'과 '살쭘'이 그것인데, 아름답던 모습의 과거를 먼저 말한 다음 현재의 늙음을 노래하는 방식으로 그리움을 극대화하고 있다. 봄이 아닌 현재의 상황에서 봄을 그리워하는 처음의 방식과는 달리, 두 번째 단락에서는 과거의 아름다움을 바탕으로 하여 현재의 늙음을 노래함으로서 화자의 그리움을 극대화하고 있으니 절묘한 표현 방법이 아닐 수 없다.

첫째 단락과 둘째 단락은 큰 틀 안에서는 과거에로의 시간 역행이 이루어지지만 과거로의 시간 역행이 그리움의 길이만큼 시간의 길이도 길게 하는 특이한 방식을 취하면서 이중의 역행 구조를 취하고 있기 때문에 더욱 의미가 크다. 현재를 바탕으로 하여 과거를 보고, 그 과거를 통하여 현재의 그리움을 극대화하는 전반부의 두 단락에서는 역행의 시간을 길게 설정함으로써 긴 시간만큼 그리움의 크기가 극대화하는 효과를 노리고 있는 것으로 보이기 때문에 시간을 중요한 장치로 활용하는 시가 작품으로서는 최고의 경지에 올라갔다고 해도 지나친 말이 아닐 것으로 보인다. 시간의 역행이라는 큰 틀은 변하지 않지만 그 속에 다시 새로운 장치를 넣어서 화자의 정서를 극대화하는 이 수법은 보통 사람으로는 생각조차 하기 어려운 것이 아닐 수 없다.

그러나 시인은 이런 정도로 만족하지 않는다. 앞의 두 단락에서 극대화한 그리움의 정서를 이번에는 현재를 바탕으로 하여 미래로 옮겨가는 수법으로 대상에 대한 사모의 정이 얼마나 뼈에 사무치는지를 노래한다. 현재가 있어야 미래가 있다는 것은 자명한 이치지만 화자는 가능한 한 길고 긴 물리적 시간을 단축시키려 한다. 앞의 두 단락에서 과거로의 시간을 늘려서 그리움의 크기를 극대화하려 했던 것과는 대립되는 방식이다. 화자의 이러한 생각은 '눈 돌칠 사이'와 '맛보웁디', 그리고 '그릴 ᄆᄉᄆᆡ'와 '잘밤 이시리'에 잘 나타난다. 세 번째 단락에 해당되는 앞의 표현은 미래에 일어날 가능성이 있는 만남을 현실로 앞당겨서 선점先占하는 방식을 취하고 있다. 어떤 대상에 대한 욕구는 원하는 것이 이루어지는 방향으로 인간을 움직이게 하여 미래를 선점하는 방식을 취하기 마련인데, 이 작품에서 표현된 선점이 바로 '눈 돌칠 사이'와 '맛보웁디'가 된다. 화자는 현재 죽지랑과 헤어져 있는 상태다. 그런데 그에 대한 그리움과 사모의 정으로 인하여 그와의 만남이 일각이라도 빨리 이루어지도록 하겠다는 것이다. 떨어진 거리가 얼마나 되는지는 모르지만 화자가 죽지랑을 만나는 데까지는 물리적인 시간이 소요될 수밖에 없는데, 이것을 견디지 못할 정도인 화자는 길고 길게만 느껴지는 물리적 시간을 '눈 돌칠 사이'로 표현한 것이다. 물리적 시간으로는 아무리 빨라도 눈 깜작할 사이에 만날 수는 없는 노릇이지만 화자가 지니고 있는 만남에 대한 욕구가 화자로 하여금 미래를 선점하게 하는 이런 표현을 가능하게 하는 것이다.

미래에 대한 선점을 통해 정신적인 만남을 이룩한 화자는 이와 동시에 사모와 그리움의 대상인 죽지랑을 만나러 떠난다. 그러나 물리적 거리에 비례하는 물리적 시간은 사정이 없기 때문에 죽지랑을 만나러 가는 과정에서 걸릴 수 있는 시간은 화자를 초조하게 만든다. 그러므로 화자는 일각이라도 빨리 죽지랑을 만나기 위해 잠도 자지 않고 달려가겠다고 노래한다. '눈 돌칠 사이'와 '맛보웁디'로 앞에 있는 시간을 앞당겨서 선점함으로서 사모의 정과 그리워하는 마음을 극대화하는 효과를 거뒀다면, '그릴 ᄆᄉᄆᆡ'와 '잘밤 이시리'는 물리적 시간을 단축하여 현실적인 만남이 빨리 이루어지기를 바라는 화자의 정서를 극대화하여 표현한 것으로 볼 수 있다.

이상에서 살펴본 바와 같이 〈모죽지랑가〉는 현재를 중심으로 하여 과거와 미래 양방향으로 향하는 화자의 정서를 겹이중의 시간구조로 노래하고 있다는 것을 알 수 있다. '모죽지랑가'에 보이는 겹이중의 시간구조는 현재를 기점으로 하여 과거와 미래로 향하는 시간역행과 시간순행이 하나이고, 과거로의 시간 역행에는 그리움의 길이만큼 시간을 길게 하는 수법을 쓰고, 미래로의 시간순 행에서는 사모의 정을 극대화하기 위하여 급한 마음만큼 시간을 짧게 하는 수 법이 다른 하나이다. 시간에 의해 형성된 이러한 형식은 '모죽지랑가'를 향가 최고의 작품으로 평가하는 데 있어서 주저함이 없도록 하는 중요한 장치라고 할 수 있다.

2) 찬기파랑가의 시간성

여기서도 먼저 〈찬기파랑가〉의 배경설화를 살펴보도록 한다.

대왕이 예를 갖추어 도덕경 등을 받았다. 왕이 즉위한 지 24년에는 오악五岳과 삼신三 山의 신 등이 가끔 현신現身하여 대궐 뜨락에서 모시기도 했다. 3월 3일에 왕이 귀정문歸正 門 누상樓上에 앉아 좌우에게 물었다. "누가 능히 길에 나가서 영복승榮服僧 한 사람을 데려 오겠는가?" 그런데 마침 위엄과 의례를 갖춘 선명하고 조촐한 한 대덕大德이 길을 가는 것이었다. 좌우가 그것을 보고 그를 데려다가 대왕께 보였다. 왕이 말하기를 "내가 말한 영승榮僧이 아니다." 하고는 그를 물리쳤다. 또 한 중이 가사를 입고, 영통櫻筒을 지고 남 쪽으로부터 오는 것이 보였다. 왕이 기뻐하며 누상으로 맞이하고 그 통 속을 보니 차 끓이는 도구만 담겨 있을 뿐이었다. 왕이 물었다. "그대는 누구인가?" 승려가 대답하기 를 "'충담忠談'이라 하옵니다." "그럼 어디로부터 돌아오는 길인가?" 충담이 말씀드렸다. "승려들은 삼월 삼일과 구월 구일을 귀중하게 여겨서 이때가 되면 늘 차를 달여서 남신南 山 삼화령三花嶺에 있는 미륵세존彌勒世尊께 드린답니다. 오늘도 그곳에서 차를 드리고 돌 아오는 길이옵니다." 왕이 말하였다. "과인에게도 한 그릇 차를 마실 연분이 있겠는가?"

충담이 곧 차를 달여 드렸는데, 그 차의 느낌과 맛이 이상하고 차 도구 속에 이상한 향기가 나는 것이었다.

왕이 또 물었다. "짐이 일찍이 들으니, '선사禪師께서 지은 〈찬기파랑사뇌기讚耆婆郎詞腦歌〉가 그 뜻이 심히 높다'고 하던데 과연 그러한가?" 충담이 대답하기를, "그러하옵니다". 왕이 다시 말했다. "그럼 짐을 위하여 백성을 편안하게 하는 노래를 지어 주시오" 하니 이에 충담이 칙명을 받들어 노래를 지어 바쳤다. 왕이 가상하게 여겨 왕의 스승으로 봉했으나 충담은 굳이 사양하고 받지 않았다. 女民歌 와 '讚耆婆郎歌' 삘뫄

왕의 옥경 길이가 여덟 치나 되었는데, 아들이 없으므로 왕비를 폐한 후 '사량부인沙梁夫人'으로 봉하였다. 후비로 들어온 만월부인滿月夫人의 시호는 경수태후景垂太后니 의충依忠 각간의 딸이다. 왕이 어느 날 표훈대덕表訓大德에게 명을 내려서 말하기를 "짐이 복이 없어 후사를 얻지 못하였으니 원컨대 대덕은 상제上帝께 청하여 아들을 얻게 해 주시오." 표훈이 곧 천제天帝께 고하고 돌아와서 왕께 여쭈었다. "천제께서 말씀하시기를 '딸을 구한다면 가능하지만 아들은 안된다'고 하십니다." 왕이 말하기를 "딸을 아들로 바꾸어 태어나게 하여 주심이 소원이라고 해주시오". 표훈이 다시금 하늘에 올라가 청하였더니 천제가 말하기를 "그렇게 하지 못하는 것은 아니지만 아들이 되면 나라가 위태해질 것이다" 하였다. 표훈이 즉시 돌아오려 할 때에 천제가 다시금 불러 말하기를 "하늘과 사람 사이는 어지럽게 해서는 안 될 것인데, 이제 선사가 이웃 동네 나들이 하듯하여 천기天機를 누설하니 이제부터는 당연히 다니지 못하게 할 것이다". 표훈이 돌아와 천제의 말씀으로써 왕을 깨우쳐 주었다. 그러나 왕이 말하기를 "나라가 비록 위태하더라도 아들을 두어 후사를 잇는다면 족할 것이다"고 하는 것이었다.

그 후 달이 차서 왕후가 태자를 낳으니 왕이 매우 기뻐하였다. 겨우 여덟 살에 왕이 돌아가시자 태자가 즉위하였는데 그가 곧 공혜대황恭惠大王이었다. 나이 어렸으므로 태후가 섭정하였다. 그러나 나라가 제대로 다스려지지 못해서 도적이 벌떼처럼 일어나 방어하기에 겨를이 없었으니 표훈이 말이 그대로 들어맞았다. 어린 왕은 여자가

남자로 변한 사람이므로 돌 때부터 왕위에 오르기까지 늘 여자가 하는 놀이만을 좋아해서 비단주머니 차기를 즐겨하고, 도사 같은 사람들과 놀기를 좋아했다. 그러므로 나라에 큰 난리가 일어났고, 그 뒤에 마침내 선덕宣德과 김양경金良敬 등에게 죽임을 당했다. "표훈 이후로 신라에는 성인이 태어나지 않았다"고 한다. 卷二 '紀異' 第二, 景德王·忠談師·表訓大德[12]

이 이야기는 다음과 같이 성리할 수 있다. 경덕왕은 기울어져가는 나라를 다시 일으켜 세우기 위하여 여러 가지 시도를 한다. 도덕경道德經을 받아 백성을 교화하기도 하고, 영복승榮服僧을 모셔다가 나라를 다스리는 이치를 노래로 지어달라고 하기도 하는 등 나라를 구하기 위한 여러 정책을 편다. 그럼에도 불구하고 나라는 기울어졌고, 신라의 앞날을 걱정한 호국의 산신들이 왕 앞에 나타나서 미래를 예언하는 춤을 추기도 한다. 정치를 잘하라고 경고를 한 셈이었다. 그러나 신라는 이미 기울대로 기울었는데, 이는 모두 왕의 정치력이 약한 탓이었다.

---

[12] "德經等 大王備禮受之 王御國二十四年 五岳三山神等 詩或現侍於殿庭 三月三日 王御歸正門樓上 謂左右曰 誰能途中得一員榮服僧來 於是適有一大德 威儀鮮潔 行而 左右望而引見之 王曰 非吾所謂榮僧也 退之 便有一僧 被衲衣 負櫻筒(一作荷)從南而來 王喜見之 邀致樓上 視其筒中 盛茶具已 曰 汝爲誰耶 僧曰忠談 曰 何所歸來 僧曰 僧每重三重九之日 烹茶饗南山三花嶺彌勒世尊 今玆旣獻而還矣 王曰 寡人亦一 茶有分乎 僧乃煎茶獻之 茶之氣味異常 中異香郁烈 王曰 朕嘗聞師讚耆婆郎詞腦歌 其意甚高 是其果乎 對曰然 王曰 然則爲朕作理安民歌 僧應時奉勅歌呈之 王佳之 封王師焉 僧再拜固辭不受 安民歌曰 君隱父也 臣隱愛賜尸母史也 民焉狂尸恨阿孩古爲賜尸知民是愛尸知古如 窟理叱大 生以支 所音物生此 喰惡支治良羅 此地 捨遺只於冬是 去於丁 爲尸知國惡支持以 支知古如後句 君如臣多支 民隱如 爲內尸等焉國惡太平恨音叱如 耆婆郎歌曰咽嗚爾處米 露曉邪隱月羅理 白雲音逐于浮去隱安 下 沙是八陵隱汀理也中 耆郎矣史是史藪邪 逸烏川理叱磧惡希 郎也持以 如賜烏隱 心未際叱肹 逐內良 齊 阿耶 栢史叱枝次高好 雪是毛冬乃乎尸花判也 王玉莖長八寸 無子 廢之 封沙梁夫人 後妃滿月夫人 諡景垂太后 依忠角干之女也 王一日詔表訓大德 曰 朕無示右不護其嗣 願大德請於上帝而有之 訓上告 於天帝 還來奏云 帝有言 求女卽可 男卽不宜 王曰 願轉女成男 訓再上天請之 帝曰 可則可矣 然爲男則國 殆矣 訓欲下時 帝又召曰 天與人不可亂 今師往來如隣里 漏洩天機 今後宜更不通 訓來以天語諭之 王曰 國雖殆 得男而爲嗣足矣 於是滿月王后生太子 王喜甚 至八歲王崩 太子卽位 是爲惠恭大王 幼冲故 太后臨朝 政條不理 盜賊蜂起 不遑備禦 訓師之說驗矣 小帝旣女爲男 故自期 至於登位 常爲婦女之戲 好佩錦囊 與道流爲戲 故國有大亂 修爲宣德與金良敬所弒 自表訓後 聖人不生於新羅云."

거기에다 후사까지 없는 상황에서 하늘의 명을 거슬러 가면서까지 딸을 아들로 바꾸는 술법까지 써가면서 천기를 어지럽히는 일까지 서슴지 않는다. 그러나 억지로 얻은 자식이 구실을 제대로 할 리가 만무하였으니 이로 인하여 신라는 걷잡을 수 없는 혼란의 소용돌이 속으로 빨려 들어가게 된다는 것이다.

이 배경설화가 지닌 가장 중요한 특징은 나라의 멸망에 대한 징조가 시간을 거슬러서 미리 보인다는 점이다. 실재하는 시간의 역행이 아니라 앞으로 일어날 중요한 일들은 반드시 미리 징조를 나타내는데, 미래에 일어날 신라의 멸망이 사실은 경덕왕 때부터 시작되었음을 보여주는 그런 설화다. 여기에는 불교의 순환적 시간이 개입하는 것이 아니라 대덕의 술법을 이용한 공간의 이동이 시간의 역행을 가능하게 하는 장치로 작용한다. 그리고 이 설화와 직접 관련이 있는 향가인 〈안민가〉 역시 백성을 잘 다스려서 나라를 편안하게 하려는 미래지향적인 것이기 때문에 앞에서 살펴본 〈모죽지랑가〉의 설화처럼 과거로의 시간 역행이 직접적으로 이루어지는 것이 아니라 미래에 일어날 일들을 미리 보여주는 방식을 통해 간접적으로 일어나는 것으로 볼 수 있다.

그런 점에서 볼 때 경덕왕 이야기는 〈찬기파랑가〉의 배경설화이기는 하지만 〈모죽지랑가〉의 배경설화처럼 시가 작품과 직접적으로 관련이 있는 것이 아니라 불도인 충담사忠談師가 지닌 훌륭한 덕성을 부각시키는 정도의 기능을 하는 것으로 생각된다. 그럼에도 불구하고, 미래 시간의 현실에로의 역행이 공간을 매개로 하여 이루어진다는 점에서는 〈찬기파랑가〉와 완전히 일치한다. 이 부분에 대해서는 아래에서 상세히 살펴보겠지만 영원성을 추구하는 화자의 정서가 미래의 영원성을 현실의 모습으로 가져다 놓는 데 있어서 공간이 매우 중요한 구실을 하고 있다는 점에서 〈찬기파랑가〉와 이 배경설화는 밀접한 관련이 있는 것으로 보아야 한다는 것이다. 이런 점들을 염두에 두면서 작품에 대해서 살펴보도록 한다. 이 해독 역시 양주동의 것을 바탕으로 했다.

열치매 나토얀 두리

힌구름 조초 뻐가는 안디하

새파른 나리여히

기랑耆郞이 즈싀 이슈라

일로 나릿 지벽히

랑郞이 디니다샤온

ᄆᅀᆞᆷᄋᆡ ᄀᆞᆺ홀 좇누아져

아으 잣ㅅ가지 노파

서리 몯누올 화판花判이여

　〈모죽지랑가〉와 마찬가지로 이 작품 역시 내용과 구조상으로 볼 때 네 단락
으로 나누어진다. 첫 단락은 '열치매 나토얀 두리 힌구름 조초 뻐가는 안디하'
이고, 둘째 단락은 '새파른 나리여히 기랑耆郞이 즈싀 이슈라'이다. 그리고 셋째
단락은 '일로 나릿 지벽히 랑郞이 디니다샤온 ᄆᅀᆞᆷᄋᆡ ᄀᆞᆺ홀 좇누아져'이고, 마지
막 단락은 '아으 잣ㅅ가지 노파 서리 몯누올 花判이여'로 볼 수 있다. 이 작품에
서 보이는 시간의 특징은 우선 과거로의 역행이 전혀 일어나지 않으며, 미래라
고 할 수 있는 영원성을 향한 시간의 순행과 선점만이 일어난다는 점이다. 그래
서 그런지 〈찬기파랑가〉에서는 〈모죽지랑가〉에서처럼 화자의 애끓는 정서가
중심을 이루는 것이 아니라 기파랑耆婆郞의 높은 기상과 훌륭한 인품 등에 대한
찬양이 중심을 이룬다. 작품에 나타나는 화자의 정서는 훌륭한 인품과 기상을
지닌 기파랑을 따르고 싶다는 염원이 중심을 이루면서 찬미의 대상이 되는 기
파랑의 기상을 더욱 높이는 보조적 구실을 하는 것으로 보인다. 특히 이 작품에
서는 영원성을 향한 시간의 문제가 공간과 색체를 통해 절묘하게 표현되고 있
는 것이 커다란 특징으로 부각된다.

첫 단락에서 핵심이 되는 표현은 '나토얀 드리'와 '힌구름'이다. '달'은 밝음과 영원성을 나타내고, '힌구름'은 어둠과 순간성을 나타낸다. 끊임없이 변하는 구름의 순간성과 언제나 변하지 않는 달의 영원성을 결합시켜 현재의 순간에서 미래의 영원을 향한 도약을 노래하고 있는 것이 바로 이 부분이다. 순간의 시간을 영원의 시간으로 바꾸는 방법으로 하늘의 달과 구름이라는 공간적 존재를 매개로 하고 있는 점에서 이 표현은 매우 뛰어나다고 할 수 있다. 하늘과 달이라는 공간의 영원성을 통하여 순간에 머물 수밖에 없는 현재의 시간성을 극복하고 있으니 어찌 뛰어난 발상이라고 하지 않을 수 있겠는가!

하늘에서 영원성을 얻은 화자는 그것으로 만족하지 않는다. 하늘과 함께 대비되는 존재가 바로 땅이니 땅이라는 공간을 통해서도 영원성을 획득하지 않으면 완전한 영원성을 얻었다고 볼 수 없기 때문이다. 그래서 화자는 둘째 단락에서 땅의 존재를 통하여 영원성을 노래하는데, '새파른'과 '나리여히'가 중심이 된다. 높은 곳에서 낮은 곳으로 흘러가는 물은 머물러 있지 않는 것으로 언제나 변하는 존재이다. 그러나 물속에 있는 푸름은 흘러가는 물이 있는 한 언제나 변함없이 존재하기 때문에 화자는 흘러내려가는 물과 그 속에 나타나는 푸름이란 두 존재를 통하여 기파랑의 변함없는 모습을 노래하고 있는 것이다. 이 수법 역시 앞의 것과 마찬가지로 변화무쌍한 현실의 시간을 오랜 세월이 지나도 변하지 않는 영원성을 지닌 시간으로 옮겨 놓음으로서 기파랑의 기상과 인품을 더욱 극대화하여 표현할 수 있게 한다.

하늘과 땅의 공간을 통하여 순간을 영원으로 옮겨 놓은 화자는 다음 단락에서부터는 기파랑의 인품과 기상에 대해 직접적으로 노래하는 방식을 취한다. 세 번째 단락에서는 '지벽히'와 'ᄆᆞᅀᆞᆷᄋᆡ ᄀᆞᆺ'을 중심으로 하여 기파랑의 인품을 노래하고 있다. 인간의 감각으로 보았을 때 늘 한결같은 모습으로 존재하는 조약돌이기에 언제나 변함없는 조약돌이야말로 기파랑의 인품을 그대로 보여주는 것이라고 화자는 생각한 것이다. 이것 역시 변함없는 모습을 항상 간직하고 있는 조약돌에 기파랑의 인품을 투영시킴으로서 영원성을 획득하고 있는 것으로 볼 수 있다. 또한 '모ᄉ미 ᄀ'은 기파랑이 지닌 기상의 핵심을 가리키는 것으로 그것을 좇음으로서 기파랑의 기상은 화자의 마음속에 영원히 살아 있을 수 있게 된다. '조약돌'의 영원성과 기상의 핵심이 지닌 영원성을 연결시킨 표현이라고 할 수 있다. 화자의 이러한 생각은 다음 단락에서는 땅과 하늘을 잇는 잣나무를 통해 더욱 절실하고 분명하게 표현되고 있다.

네 번째 단락에서는 '잣ᄉ가지'와 '서리'로 기파랑의 기상을 노래한다. 잣나무는 사시사철 푸르다. 더구나 곧고 높게 자라기 때문에 서리가 범접할 수 없는 존재다. 또한 잣나무는 높이 솟았기 때문에 하늘에 맞닿아 있다. 현재의 시간에 존재하는 잣나무와 서리를 통해 기파랑이 지닌 기상의 숭고함을 획득하고, 한 걸음 더 나아가 하늘에 이르는 영원성을 얻었으니 이야말로 하늘을 울리고 땅을 진동시킬만한 표현이라고 하지 않을 수 없다.

이상에서 살펴본 바와 같이 〈찬기파랑가〉는 현실의 짧은 시간을 미래의 영원한 시간으로 옮겨가서 찬양의 대상인 기파랑의 인품과 기상을 숭고하고 장엄하게 노래함으로서 기파랑이 지닌 기상과 인품에 영원성을 불어넣은 작품으로 볼 수 있다.

현재에서 과거와 미래라는 양방향으로 향하는 화자의 정서를 겹이중의 시간구조로 노래하면서 시간역행과 시간순행을 바탕으로 하면서 시간역행은 그리움을 강조하기 위하여 시간을 길게 늘이는 수법을 쓰고, 시간순행은 사모의 정서를 극대화하기 위하여 조급한 마음만큼 시간을 짧게 하는 수법을 쓰고 있는 〈모죽지랑가〉의 시간구조는 후대의 어느 시가보다 훌륭한 구조를 지닌 작품이라고 할 수 있을 것이다. 또한 인간세상의 현실이라는 짧은 시간을 미래의 영원한 시간으로 옮겨가서 미래를 선점함과 동시에 공간적 색채감의 대비를 통해 찬양의 대상인 기파랑의 인품과 기상을 숭고하고 장엄하게 노래함으로서 기파랑이란 인물에게 영원성을 부여한 〈찬기파랑가〉 역시 매우 뛰어난 작품이라고 할 수 있다.

집단가요에서 개인서정가요로 분화·발전하는 과정에서 생겨난 포교가로서의 성격이 강조되는 것을 향가의 문학사적 성격으로 볼 때, 〈모죽지랑가〉와 〈찬기파랑가〉는 개인서정가요로서의 성격을 아주 잘 드러내고 있는 작품이라고 할 수 있다. 특히 시간의 역행과 미래 시간의 선점이라는 시간성의 문제가 작품에 관여하여 만들어내는 예술적 아름다움이 매우 크고 중요하다는 점에서 볼 때, 이 두 편의 작품이 후대 시가에 끼친 영향은 매우 클 것으로 보인다.

예술적 아름다움을 형성하는 핵심적 요소로 역행과 순행의 시간성이 작용하는 〈찬기파랑가〉와 〈모죽지랑가〉에 보이는 이런 시간성은 고려시대의 노래인 〈정석가〉, 〈동동〉, 〈쌍화점〉 등의 작품에 개입하는 시간성의 문제와 연관이 클 것으로 보인다. 또한 조선시대의 사대부시가 중에도 〈성산별곡〉을 비롯한 가사 작품과 여러 개의 장으로 나누어지는 형태를 취하는 〈어부사시사〉에 이르기까지 순환적 시간성을 중심으로 하는 구조의 탄생이 가능했던 것도 불교적 세계관에 근거를 둔 순환적 시간성에 기인했다고 하지 않을 수 없을 것이다.

제2장
〈어부사시사〉에 나타난 시조의 시간성

　　윤선도尹善道는 조선조 사회가 전기에서 후기로 이행하는 조짐을 보이면서 그 변화를 시작하던 17세기의 격변기를 온몸으로 부딪치며 살았던 정치가 중 한 사람이었다. 임진왜란 직전에 태어나 임·병 양란과 당쟁을 몸소 체험하면서 살았던 그의 삶은 가장 격렬한 변화를 겪기 시작했던 조선조 사회의 한 단면을 보여주는 듯하다. 특히 임진왜란과 병자호란 같은 엄청난 재난을 겪으면서도 그 당시 양반들은 정신을 차리지 못하고 당쟁만 일삼고 있었으니 20세기에 들어오면서 다시 일본의 침략을 받아 식민지로 전락하는 역사는 이미 이때 잉태되고 있었다고 해도 과언이 아닐 것이다. 그의 생애를 보면 이러한 격변기를 가장 격렬하게 몸으로 부딪쳤던 사람이라는 사실을 쉽게 알 수 있다. 20여 년에 걸친 유배생활과 19년에 걸친 은둔생활[1]에서 알 수 있듯이 윤선도의 삶은 정치권에서 활동하던 시간보다는 유배와 은둔으로 보낸 시간이 더 많았던 것이 사실이다. 그러나 고달픈 그의 삶과는 반대로 이러한 은둔생활과 유배생활이 바로 그를 조선시대 최고의 시인으로 만들어주지 않았는가 하는 생각을 하게 한다. 그는 송강 정철과 노계 박인노 등과 더불어 조선시대 3대 작가로 손꼽히지만 노계, 송강 등과는 달리 가사는 짓지 않고 시조와 단가만을 지은 것이 특이

1　尹善道,『孤山遺稿』,『韓國文集叢刊』91, 民族文化推進會, 1992.

하다. 당쟁의 와중에서 누렸던 길지 않지만 격렬했던 그의 정치생활과는 달리 유배와 은둔이 연속되는 삶 속에서 자연과 함께 하며, 그 자연이 가진 속성들을 관찰할 시간이 많았던 윤선도에게 있어서는 장편의 가사보다는 단편의 시조가 자신의 성서를 표출하기에 적합했던 때문으로 풀이된다.

정치와 밀접한 관련을 맺으면서 사대부의 삶을 살았던 조선시대 선비들이 남긴 작품들을 보면 표면상으로는 자연과 하나가 된다고 하면서도 물아일체를 이루지 못하고 늘 관조자로 있으면서 자연과 거리를 유지하고 있는 것을 볼 수 있는데, 윤선도에 있어서도 이러한 한계는 마찬가지로 나타난다. 그런데, 윤선도 작품에서 보이는 중요한 특징은 기존의 작가들과는 달리 자연과 하나됨을 추구하는 작품들이 시간성의 문제와 결부되어서 자신의 삶과 사상을 표현하는 방식을 취하고 있다는 점이다. 분장 형태를 가지는 작품들이 윤선도의 작품에 특히 많다는 사실에서 쉽게 그것을 짐작할 수 있는데, 맹사성이 지은 〈강호사시가〉, 이현보가 지은 〈어부가漁父歌〉 등이 비슷한 성격을 지닌 작품이라고 할 수 있다. 그중에서 〈어부사시사〉는 자신이 평생에 걸쳐서 가장 사랑했던 보길도의 자연에서 보고 체험했던 것들을 자신이 가진 시적 정서와 연결시켜 노래한 시조인 만큼 윤선도의 이러한 자연관을 잘 보여주는 작품이라고 할 수 있다. 그리고 〈어부사시사〉는 계절의 추이에 따른 경물의 변화와 시인의 정서가 작품 속에서 예술적으로 결합되면서 시간적인 흐름을 중심으로 짜여진 것이 특징이다. 이런 점에서 볼 때 순환과 영원이라는 자연의 시간과 유한함과 일회성을 가진 시인의 시간이 어떤 유기적 관계를 통하여 작품으로 나타나고 있는가를 밝혀내는 일은 〈어부사시사〉의 문학적 아름다움을 올바르게 이해하는 데 가장 중요한 요점이 될 수 있을 것이다. 한편, 조선조 사대부들의 작품에서 보이는 시간성은 성리학과 밀접한 관련이 있는 것[2]으로 보기도 하는데, 〈어부사시사〉에 나타난 시간성은 성리학과 관련이 있는 시간성으로 보기보다는 순환적 구조를 통한 영원성을 추구하는 시간성으로 파악하는 것이 바람직할 것으로 생각된다. 왜냐하면 〈어부사시사〉는 시간의 순환성을 통해 다른 어떤 작품보다 예술적 영원성을 가장 잘 확보한 것으로 볼 수 있기 때문이다.

1. 윤선도의 생애와 사상

1) 윤선도의 생애

윤선도는 선조 20년인 1587년에 태어나 현종 12년인 1671까지 살았던 조선 중기의 문신이며 시조작가이다. 그 선조가 호남의 해남 사람이었던 관계로 그의 본관은 해남海南이다. 자는 약이約而이고, 호는 고산해옹孤山海翁 등이며, 시호는 충헌忠憲이다. 예빈시부정禮賓侍副正을 지낸 유심唯深의 아들이면서 강원도 관찰사를 지낸 유기唯幾의 양아들이다. 그는 서울에서 출생하였으나 8세 때 큰아버지에게 입양되어, 해남으로 내려가 살았다. 당시 금서禁書였던 『소학小學』을 보고 감명을 받아 평생의 좌우명으로 삼았다고 한다. 18세 때인 1612년 광해군 4년에 진사초시에 합격하여 진사가 되고, 20세에는 승보시에 1등으로 합격하였으며, 향시와 진사시에 연이어 합격하였다. 광해군 8년인 1616년에는 성균관 유생으로 있으면서 권신權臣 이이첨李爾瞻과 박승조, 유희분 등 당시 집권 세력의 죄상을 격렬하게 규탄하는 병진소를 올렸다가 이들에게 모함을 받아 함경도 경원慶源으로 유배되었다. 그곳에서 「견회요遣懷謠」 5수와 「우후요雨後謠」 1수 등 시조 6수를 짓기도 한다. 1년 뒤인 광해군 9년에는 경상남도 기장으로 유배지를 옮겼다가, 1623년 인조반정仁祖反正으로 이이첨 일파가 처형된 후 유배에

2　김상진, 『조선 중기 연시조의 연구』, 민속원, 1997, 45쪽.

서 풀려나 의금부도사義禁府都事가 되었으나 3개월 만에 사직하고 해남으로 내려갔다. 그 뒤에도 찰방 등에 제수된 바가 있으나 임명된 것을 모두 사직하였다. 인조 6년인 1628년에는 별시문과초시別試文科初試에 장원으로 급제하여 봉림대군, 인평대군 등의 왕자사부王子師傅가 되어 봉림대군鳳林大君을 보도輔導했다. 왕자의 사부는 관직을 겸할 수 없음에도 불구하고 임금의 특명으로 공조좌랑, 형조좌랑, 한성부서윤漢城府庶尹 등을 5년간이나 역임하였다. 1633년에는 증광문과增廣文科에 병과로 급제한 뒤에 예조정랑, 사헌부지평 등을 지냈다. 그러나 1634년 강석기의 모함으로 성산 현감으로 좌천된 뒤 이듬해 파직되었다. 그 뒤 해남에서 지내던 중 병자호란이 일어나 왕이 항복하고 적과 화의를 했다는 소식에 접하자, 이를 욕되게 생각하고 제주도로 내려가던 중 보길도의 수려한 경치에 이끌려 그곳에 정착하게 되었다. 정착한 그 일대를 부용동芙蓉洞이라 이름하고 격자봉 아래 집을 지어 악서재樂書齋라 하였다. 그는 조상이 물려준 막대한 재산으로 십이정각, 세연정, 회수당, 동천석실 등을 지어 놓고 마음껏 풍류를 즐겼다. 그러나 난이 평정된 뒤 서울에 돌아와서도 왕에게 문안드리지 않았다는 죄목으로 1638년에는 다시 경상도 영덕으로 유배의 길을 떠났다가 이듬해에 왕명으로 풀려나게 되었다.

그 뒤로 약 10년 동안은 정치와 전혀 관계를 가지지 않으면서 생활을 하게 된다. 이 기간 동안 그는 보길도와 새롭게 발견한 금쇄동의 산수 자연 속에서 한가한 생활을 즐기게 된다. 이 때 금쇄동을 배경으로 〈산중신곡山中新曲〉, 〈산중속신곡山中續新曲〉, 〈고금영古今詠〉, 〈증반금贈伴琴〉 등의 작품을 짓게 된다. 그 뒤 1651년인 효종 2년에는 정신적 안정감을 획득한 상태에서 보길도를 배경으로 하여 저 유명한 어부사시사를 짓게 된다. 1652년인 효종 3년에는 왕명으로 복직이 되어 예조참의 등에 이르렀으나 서인西人의 중상모략으로 사직하고 경기도 양주 땅 고산孤山에 은거하게 된다. 그의 마지막 작품인 〈몽천요夢天謠〉는 이곳에서 지어진다. 1657년에는 71세의 나이로 다시 벼슬길에 올라 중추부첨지사中樞府僉知事에 복직되었다가 동부승지가 되었다. 1658년에는 동부승지同副承旨로서 남인南人이었던 정개청鄭介淸의 서원 철폐를 놓고 서인 송시열宋時烈 등과 논쟁을 벌이다가 서인의 탄핵을 받고 삭탈관직을 당하게 된다. 이 무렵 그는 시무십팔조와 논원두표소 등을 올려 왕권의 확립을 강력하게 주장하게 된다. 1659년에는 효종이 서거하자 남인의 거두로서 효종의 장지 문제와 자의대비慈懿大妃의 복상服喪 문제를 가지고 서인의 세력을 꺾으려다가 실패하여 다시 함경도 삼수三水에 유배당하였다. 1667년에 다시 풀려나 정치에서 발을 빼고 보길도에 내려가 세연정과 낙서재 등을 크게 개수하고 호화로운 생활을 즐기게 된다. 그러다가 1671년 5세의 나이로 세상을 마치게 된다. 그는 경사經史에 해박하고 의약 복서卜筮 음양 지리에도 통하였던 것으로 평가된다. 문집으로는 「고산유고孤山遺稿」가 있으며, 「산중신곡」과 「금쇄동집고」는 별도의 문헌으로 전해진다.

윤선도는 정치적으로 열세에 있던 남인가문에 태어나서 집권 세력인 서인 일파에 강력하게 맞서 왕권강화를 주장하다가, 20여 년에 걸친 유배생활과 19년의 은거생활을 한 인물이었다. 그러나 그는 조상으로부터 물려받은 유산으로 화려한 은거생활을 누릴 수 있었고, 그의 탁월한 문학적 역량은 이러한 생활 속에서 표출되었던 것으로 보인다. 그는 성리학 자체가 내면적 자각의 근거를 우주 자연과의 일체성의 자각이라는 측면[3]에서 자연을 문학의 소재로 채택한 시조작가 가운데 가장 탁월한 역량을 나타낸 것으로 평가되는데, 그 특징은 자연을 제재로 하되 그것을 사회의 공통적인 언어 관습과 결부시켜 나타내기도 하고, 혹은 개성적 판단에 의한 어떤 관념을 표상하기 위하여 그것을 임의로 선택하기도 한 데 있다. 또 윤선도에게 있어서 대부분의 경우 자연은 엄격히 유교적

---

3   신연우, 『朝鮮朝士大夫時調文學硏究』, 박이정, 1997, 18쪽.

인 윤리세계와 관련을 맺는 것으로 나타난다.[4] 그러나 자연과 직립적인 대결을 보인다든지 생활현장으로서의 생존하는 모습 따위는 보이지 않는다. 이것은 그가 자연이 주는 시련이나 고통을 전혀 체험하지 못하고 유족한 삶만을 누렸기 때문인 것으로 생각된다.

2) 윤선도의 사상

고산은 정치에 직접적으로 뛰어들어서 활동을 했던 사람인만큼 그의 사상은 정치적 입지와 매우 밀접한 관련이 있다. 사람들은 그를 일컬어 조선시대의 정치가 중에서 시적 감각을 타고난 천부적인 시인이라고 하지만 그의 일생을 살펴보면 정치가라고 보는 것이 더 합당한 것으로 생각된다. 좀 더 직접적으로 말한다면 그의 삶이 정치적으로 부침을 거듭하면서 20년에 걸친 유배생활과 19년에 걸친 은둔생활 속에서 부수적으로 생긴 자연에 대한 안목과 예술적 정서를 노래로 표현해낸 것으로 볼 수 있다는 것이다. 문학과 연결시켜 본 그의 사상을 한마디로 요약하여 말한다면 도道가 중심이 되고, 문文은 부수적인 것이 된다.[5] 즉 문은 도를 실을 때만 의미가 있는 것이지 기교에만 치우치거나 경박한 쪽으로 흘러서는 안 된다는 것이다. 고산의 이러한 생각은 문예를 공부하는 것은 선비가 아니며, 과거시험을 위한 공부를 하는 것도 선비가 아니다고 하면서 도를 중시하는 학문을 할 것을 강조하고, 문예는 인간의 성정을 흐리게 하고 세상에 번거로움만 일으킨다고 한 퇴계 이황의 생각을 크게 벗어나지 않은 것으로 보인다. 고산의 이러한 생각은 「금쇄동기金鎖洞記」의 다음과 같은 서술에서 잘 나타나고 있다. "그런즉 이 집은 정말로 나로 하여금 세상을 버리고 홀로 서서 날개 단 신선이 되도록 하는 곳이다. 그러면서도 나로 하여금 부자 군신의 윤리

---

4   문영오, 「윤선도론」, 『고시조작가론』, 백산출판사, 1986, 283쪽.
5   원용문, 『윤선도 문학 연구』, 국학자료원, 1989, 34쪽.

에서 벗어나지 않게 하고, 정말로 나로 하여금 물에서 낚시질하고 산을 갈고 하는 흥취와 거문고를 켜고 장고를 두드리는 즐거움을 오로지 하게 하여 종국에는 나로 하여금 옛 선현들의 꽃다운 발자취를 밟아가도록 하고 옛날 훌륭한 왕들이 남긴 유풍遺風을 노래하게 한다.[6] 이 글에서 보이듯이 고산에게 있어서 흥취라는 것은 자연에 대한 것이든, 예술에 대한 것이든 유학의 도리를 벗어나서는 존재할 수 없으며, 존재가치도 없게 된다는 사실을 알 수 있다. 깊은 산골짜기에 들어가 있든, 신선이 되어 있든 어떤 경우라도 자신이 가진 부자·군신의 윤리를 벗어나서는 절대로 안 된다는 것이다. 이것은 물론 궁극적으로는 신독慎獨을 강조한 것이라고 할 수 있다. 그러나 한편으로는 고산의 사상이 그러하기 때문에 예술적 표현 역시 이 범위를 크게 벗어날 수 없다는 것을 간접적으로 내비치는 것으로 볼 수 있다. 이런 점으로 본다면 이재수李在秀가 평한 대로 윤선도는 충직이란 도덕적 주관을 뚜렷하게 세운 사람이며 이를 일평생 동안 지키면서 살려고 했던 강직한 도학자[7]가 되는 것이다. 고산은 어떤 상태에 있어서도 부자·군신의 윤리에서 벗어날 수 없었으며 선현들의 생활 속에서 만들어진 여러 유풍들을 떠날 수 없었던 것이다. 그에게 있어서 시는 수신교과서修身教科書나 도덕을 가르치는 윤리 교과서 정도로 파악되었던 것으로 보인다. 이러한 도학적 세계관은 그의 작품에서도 그대로 반영되고 있으니, 〈어부사시사〉가 대표적인 작품이라고 할 수 있다.

---

6 '金鎖洞記', 『孤山遺稿』, 『韓國文集叢刊』九一卷, 一九九一, 447쪽. 然則此堂固能使我飄飄然有遺世獨立羽化登仙之意而終亦使我不外父子君臣之倫理固能使我專釣水耕山之興彈琴鼓缶之樂而終亦使我景仰前哲之芳歌詠先王之遺風(金鎖洞記)."
7 이재수, 『尹孤山研究』, 학우사, 1955.

2. 〈어부사시사〉의 시간성

1) 존재와 시간

우주 내에 존재하는 모든 사물 현상은 공간을 통해 존재하며, 시간을 통해 나타나고 변화하며 소멸한다. 그리고 시간은 공간을 통해서만 의미를 가질 수 있으며 사물 현상은 개념을 통해서만 시간을 넘어서서 영원적으로 살아 있을 수 있게 된다. 그런 점에서 개념은 공간 속에 존재하는 사물 현상을 바탕으로 하고 있지만 시간 속에 존재하면서 시간을 넘어서는 것이기도 하다. 이것은 인간의 인식 수준으로는 상상 속에서도 가능하지 않은 영원과 관계를 가지도록 해주는 것이며, 영원은 이러한 개념을 통해서만 비로소 시간 속에 나타날 수 있게 되는 것이다. 개념은 시간 그 자체다[8]라고 한 헤겔의 말은 바로 이러한 것을 나타낸 것으로 보인다. 우주 내에 현존하는 사물 현상을 현존재[9]라고 할 때, 현존재는 필연적으로 시간과 관계를 맺고 있다. 우주 내에 있는 현존재는 필연적으로 공간 속에 있지만 반드시 시간 속에서 나타나고 변화하며 소멸하기 때문이다. 그런데, 시간은 시작과 끝을 알 수 없는 무한 개념을 가진 것으로 영원과 관계를 맺고 있다. 우리는 영원 그 자체가 어떤 것인지는 모르지만 시간이 무한의 개념을 가진 영원과 직접적인 관계를 가진다는 것은 알고 있다. 영원은 무한한 것이기 때문에 인간의 인식 능력으로는 도저히 알 수 없는 어떤 것이다. 그렇기 때문에 영원은 그 자체로 존재할 때는 인간에게 도저히 인식될 수 없는 어떤 것이기도 하다. 따라서 우리는 영원을 말할 수도 없게 된다. 알 수도 없고 말할 수도

---

8 헤겔, 임석진 역, 『정신 현상학』, 분도출판사, 1993.
9 현존재(現存在)는 정재(定在)라고도 하는데, 우주 내에 존재하는 대상, 사물, 과정 등을 가리키는 말이다. 여기서 말하는 우주 내에 존재하는 대상, 사물, 과정 등은 인간에 의해 사유(思惟)되고 표상(表象)되기 때문에 존재하는 것이 아니라 이들이 의식의 외부에서 의식과는 독립하여 객관적, 실재적으로 존재한다는 것으로 해석된다. 한국철학사상연구회 편, 『철학대사전』, 동녘, 1989.

없는 것이 바로 영원 그 자체인 것이다. 그렇다면 우리는 어떻게 해서 영원이란 것이 있는 줄을 아는가? 정확하게 말한다면 영원을 알아서 아는 것이 아니다. 다만 지금까지 존재했던 어떤 인류도 시간의 끝을 보지 못했기 때문에 시간의 끝 어딘가에 있는 것이 영원일 것이라고 생각하는 것에 불과하다. 그러므로 영원은 그 자체로 그냥 있을 때는 우리의 눈앞에 현현顯現할 수 없다. 영원이 우리 눈앞에 현현하는 것은 개념을 통해서만 가능하다. 개념은 어떤 사물 현상의 성격을 언어로 표상하여 우리가 그것을 인식할 수 있도록 하는 것으로 개념이 형성되는 순간 사물 현상은 시간적 한계를 넘어서서 영원적으로 살아남을 수 있게 되기 때문이다. 즉 개념은 사물 현상에 바탕을 두고는 있으면서도 시간에 절대적인 구속을 받는 사물 현상을 넘어서서 영원과 관계를 맺으면서 시간적 한계를 극복하는 것이다. 예를 들면 우리 주변에 있는 개라는 현존재는 원칙적으로는 그것이 우리의 눈앞에 있을 때만 인식되어질 수 있다. 그러나 네 발을 가지고 있으며 멍멍 짓는 현존재를 개라는 이름으로 명칭을 지어서 개념적으로 설명할 수 있게 될 때, 그 순간 개라는 현존재는 시간적 한계를 넘어서서 영원성을 가지는 개념을 가지게 됨으로써 어디에 가더라도 우리의 인식 속에 살아 있을 수 있게 되는 것이다. 그런데, 개념은 언어를 통해서 우리들에게 나타날 수 있기 때문에 언어는 개념을 형성하여 사물 현상을 영원과 관계 맺도록 해주면서 영원이 시간과 관계 맺도록 해주는 구실을 한다.[10] 즉 사물 현상은 언어로 된 개념을 통해 영원과 관계를 맺음으로써 시간을 넘어서서 살아있을 수 있게 되는 것이다. 앞에서 본 것처럼 개라는 현존재가 우리의 눈앞에 없어도 우리는 언어로 된 개라는 개념을 통해 개를 설명하고 이해할 수 있게 된다는 것이다. 그리고 영원은 인간의 인식세계를 넘어서서 존재하는 어떤 것이기 때문에 그

---

10 알렉상드르 꼬제브, 설헌영 역, 『역사와 현실 변증법』, 한벗, 1981.

자체는 인간 앞에 나타날 수도 없고 인식될 수도 없는 어떤 것이다. 그런 영원이 언어를 매개로 하여 시간과 관계를 맺음으로써 비로소 우리 앞에 개념으로 나타날 수 있도록 되는 것이다. 즉 현존재는 개념을 통해 상승하여 영원과 관계를 맺으면서 영원성을 얻고, 영원은 개념을 통해 하강하여 시간과 관계를 맺으면서 자신의 존재를 현현할 수 있게 되는 것이다. 이처럼 시간과 영원은 떼어놓고는 생각할 수 없는 밀접한 관계를 가지고 있는데, 이제 아래에서 시간과 영원에 대한 논의와 그것이 언어를 통해 시간과 어떻게 관계를 맺고 있는가를 구체적으로 살펴보도록 하겠다. 우리가 일반적으로 인식하는 시간은 직선 개념이다. 어디서 시작해서 어디로 가는지 모르지만 시간은 일정한 순간에 시작해서 인간의 인식으로는 도저히 알 수 없는 어디로 흘러가는 직선 개념으로 이해된다. 그리고 우주 내에 존재하는 모든 사물 현상은 일정한 시간 속에 존재하기 때문에 시간을 직선 개념으로 파악할 때 직선의 시간 위에 수많은 사물 현상들이 일정한 공간을 차지하며 존재하는 것으로 생각할 수 있다. 사물 현상들을 점으로 표시하면 우주에 있는 모든 사물 현상들을 시간이라는 직선 위의 수많은 점들로 나타낼 수 있게 되는 것이다.

그런데, 시간은 영원한 것이기도 하기 때문에 우주 내에 존재하는 모든 현존재에게 똑같은 형태로 관계를 가진다. 바꾸어 말하면 시간은 우주 내에 있는 수많은 현존재 모두에게 동시에 적용된다는 것이다. 시간을 넘어서서 있는 어떤 것을 영원이라고 위에서 말했는데, 시간이 모든 현존재에게 동시에 적용된다는 것은 바로 시간이 영원적이란 사실을 보여주는 증거이기도 하다. 그러나 시간이 직선 개념으로 파악되는 한 시간이 아무리 영원적이라 해도 우주 내의 모든 현존재와 같은 방식으로 관계를 가질 수 없게 된다. 즉 시간을 초월해서 시간 너머 어딘가에 존재하는 영원이 직선으로 표시된 시간 위에 있는 현존재에 똑같은 방식으로 적용될 수는 없기 때문이다. 영원은 변할 수 없는 것이므로 영원이 똑같은 방식으로 현존재와 관계를 맺기 위해서는 시간의 개념이 바뀌어야 한다는 것을 우리는 여기서 알 수 있게 된다. 시간을 넘어서서 있는 영원永遠이 시간 속에 있는 현존재와 똑같은 방식으로 관계를 맺는 것은 시간이 직선 개념이 아니라 원의 개념으로 될 때만 가능하다. 영원을 중심으로 시간을 원으로 표시하면 원의 중간에 영원이 있고 끝없이 돌아가는 원 위에 수많은 현존재가 있게 되는데, 이렇게 될 때 비로소 시간을 넘어서서 있는 영원은 시간 속에 있는 현존재와 똑같은 방식으로 관계하게 된다. 이렇게 됨으로써 이제, 시간은 직선 개념이 아니라 순환 개념으로 치환되는 것이다. 이렇게 될 때 비로소 영원은 시간 속에 현현하게 되고 현존재는 개념을 통해 시간적인 한계를 극복하고 영원성을 얻게 되는 것이다. 이렇게 하여 시간적 순환성이 형성되는데, 시간적 순환성은 우리에게 많은 것을 가능하도록 해준다. 우리의 능력으로는 인식조차 할 수 없었던 영원을 우리의 눈앞에 가져다 줄 뿐만 아니라 개념을 통해 수많은 새로운 사물 현상들[11]을 창조할 수 있게 되는 것이다. 그러므로 시간을 순환성으로 파악하는 것은 발상의 엄청난 전환을 의미하는 것일 뿐만 아니라, 한 걸음 더 나아가 수없이 많은 새로운 것들을 만들어낼 수 있도록 하는 계기를 마련하기도 한다. 이런 점으로 볼 때 시간을 영원성과 순환성으로 나누어서 사시가계통의 시조에 등장하는 시간을 두 가지 시간관 가운데 순환성으로 파악한 견해[12]는 재검토해 볼 필요가 있을 것으로 생각된다.

2) 문학과 시간성

이렇게 하여 형성된 시간적 순환성은 우주 내에 있는 모든 현존재에 절대적

---

11 인간이 만들어 낼 수 있는 여러 창조물들. 즉 시간예술, 공간예술을 비롯한 여러 예술과 그 외의 창조물들이 개념을 통해 형성된다.
12 김상진, 앞의 책, 46쪽.

인 영향을 미치게 된다. 왜냐하면 우주 내에 있는 현존재는 모두 이 순환성에 맞추어서 생겨나고 변화하며 소멸하기 때문이다. 그런데, 시간적 순환성에서 가장 큰 단위는 일 년이라고 할 수 있다. 일 년은 봄, 여름, 가을, 겨울의 네 계절로 이루어지면서 이것이 끊임없이 순환하는 형태를 취한다. 그리고 가장 작은 단위의 시간적 순환성은 하루라고 할 수 있는데, 하루는 낮과 밤이라는 양분된 현상을 통하여 끊임없이 반복되는 같은 형태의 시간적 순환성을 확보한다. 그러므로 우주 내에 있는 모든 현존재는 사계절의 순환성과 하루의 순환성을 중심으로 하여 모든 활동을 한다고 볼 수 있다. 봄에 번식을 하고 여름에 키우고, 가을에 거두며, 겨울에는 휴식을 취하는 생명체의 활동구조는 모두 시간적 순환성에 기초를 두고 있는 것이다. 그리고 이러한 활동과 휴식은 짧은 단위에서는 하루를 주기로 이루어진다. 낮에는 활동하고 밤에는 휴식을 취하는 생명체의 주기적이며 순환적인 활동은 바로 이러한 시간적 순환성에 기인하고 있는 것이다.

인간도 우주 내의 현존재인 것은 확실하기 때문에 시간적 순환성에 결정적인 영향을 받을 수밖에 없다. 과학이 아무리 발달한다 해도 우리가 살고 있는 우주의 질서를 바꾸지 않는 한 시간적 순환성의 지배를 받지 않고 살아갈 수는 없는데, 인간의 육체는 우주가 가진 이러한 시간적 순환성에 맞도록 만들어졌기 때문이다. 즉 유기체는 자신이 가지고 있는 힘을 소비하여 일정 기간 생산활동을 함으로써 생산물이 나오는 만큼 자신의 힘을 잃어버린다. 그런데, 유기체가 가진 힘은 유한하기 때문에 어떤 형태로든 소모된 힘을 다시 만들어 주어야 하는데, 소모된 힘을 재생산하기 위해서는 반드시 휴식을 취하면서 먹이를 먹어 주어야 하는 구조로 우리의 육체가 형성되었기 때문에 어떤 형태로든 휴식시간을 갖지 않으면 살아갈 수 없도록 되어 있는 것이다. 우리는 낮의 활동과 밤의 휴식이라는 순환적 구조를 어느 부분까지는 무시할 수 있겠지만 근본적으로는 이 순환성의 영향을 받으면서 살아갈 수밖에 없는 것이다. 따라서 시간적 순환성은 인간의 모든 활동에 절대적인 영향을 미친다고 할 수밖에 없다. 사람이 하는 모든 활동이 시간적 순환성에 절대적인 영향을 받기 때문에 사람이 창조하는 것들도 자연이 이 순환성에 영향을 받거나 어떤 형태로든 관계를 가질 수밖에 없게 될 것은 이론의 여지가 없을 것이다. 여기서는 사람이 창조하는 수많은 것들 중에서 문학과 시간적 순환성의 문제에만 국한하여 논의를 전개하도록 하겠다. 문학은 예술의 한 분야로서 사람의 정신생활에 없어서는 안 될 중요한 구실을 하는 것인데, 거의 모든 문학 갈래가 시간적 순환성과 관계를 맺고 있는 것으로 볼 수 있다. 만약 문학이 시간적 순환성을 무시한다면 작품의 구조와 형성 등에 엄청난 변화를 초래하게 될 것이다. 우선 서사구조를 가지는 소설에서 낮과 밤의 주기적 순환성을 무시하고서는 어떤 작품도 만들어내기 어려울 것이다. 또한 노동과 밀접한 관련 속에서 만들어지고 불리는 민요의 경우도 사계절의 주기적 순환성과 밀접한 관계를 맺지 않을 수가 없다. 만약 문학에서 이러한 순환성이 무시된다면 그것은 더 이상 문학이 아니거나 아주 특수한 성격을 가지는 새로운 문학이 될 것이다. 그 외의 문학 갈래도 순환성을 무시할 수 없기 때문에 시간적 순환성은 거의 모든 문학 갈래에 절대적인 영향을 미친다고 볼 수밖에 없다.

이처럼 문학이 시간적 순환성과 밀접한 관련을 가지는 것은 아마도 문학이 시간에 절대적으로 지배를 받는 시간 예술이고 개념을 형성하는 데 있어서 중심 기능을 하는 언어로 이루어졌기 때문일 것이다. 언어는 시간 속에 생성되고 소멸하는 소리를 매개로 하기 때문에 일회성을 가질 수밖에 없다. 그러나 언어는 개념을 형성하여 현존재와 소리가 가진 일회성을 극복하고 영원과 관계를 가짐으로써 시간을 순환성으로 파악하여 시간적 한계를 넘어서기도 한다. 이러한 성격을 가지는 언어는 말하는 사람의 의사를 전달하는 수준을 넘어서서 언어가 아니면 만들어낼 수 없는 새로운 세계를 창조하게 된다. 언어에 의해서 새롭게 창조된 세계 중에서 예술적 아름다움의 극치를 보여주는 것을 문학이라고 한다면 문학은 언어의 꽃이라고 할 수 있다. 이러한 성격을 가지는 문학은 역사와 사회와 철학 등을 수용하여 그것을 작품 속에 녹여내어 새로운 것을 만들어내기 때문에 언어의 꽃이면서 동시에 문화의 꽃이라고 할 수 있는 것이다.

그런데, 언어예술인 문학 중에서 매우 오랜 역사를 가지고 있으면서도 매우 다양한 형태로 발전해 온 것이 바로 시가문학이라고 할 수 있다. 문자가 발명되기 전까지는 구전되는 노래로만 불려지던 것이 문자가 발명되면서부터는 문자로 정착되는 형태를 가지게 되고 더욱 다양한 모습으로 발전한 것이 시가문학이라고 할 수 있는데, 처음에는 서정과 서사와 극과 음악의 갈래를 모두 포함하는 것이었지만 후대로 내려오면서 그것이 분리되어 지금은 시의 형태만 남아 있는 모습을 취하고 있다[13] 그렇기 때문에 앞 시대로 올라가면 올라갈수록 시가문학에는 문학에서 표현할 수 있는 모든 것들이 녹아 있었음을 부인할 수 없다. 이러한 성격을 가지는 시가문학이 담고 있었던 문학 갈래들이 모두 시간적 순환성과 관련을 맺고 있기 때문에 언어예술인 시가문학 역시 사람이 만들어낸 다른 창조물들과 마찬가지로 시간적 순환성과 밀접한 관계를 맺지 않을 수 없게 되는 것이다.

그중에서도 작가의 생활과 자연을 연결시켜 노래하는 작품들이 주로 이러한

---

13 우리 문학의 발전 과정을 보면 옛날로 올라가면 갈수록 분화되지 않은 상태로 문학이 존재했다는 것을 알 수 있다. 부족국가 이전의 자료들이 많지 않아서 정확하지는 않지만 우리 민족이 음주가무를 즐겼다는 기록 속에서 이를 충분히 짐작할 수 있다. 가무(歌舞)가 함께였다는 말은 극문학이 시가문학과 분리되지 않았다는 사실을 보여주는 것이라 할 수 있고, 『삼국유사』를 보면 신라 때까지만 해도 시가는 시(詩)와 가(歌)가 분리되지 않은 상태이고, 또한 설화와 시가가 공존하는 형태였다는 것을 알 수 있다. 처음에는 서정과 서사와 극이 공존하는 형태를 취하다가 사회가 점차 분화되면서 이것들이 분리되어 갔고 점차 다양한 예술 갈래가 탄생한 것이다. 시가와 설화의 분리, 시가와 극의 분리, 시와 가의 분리 등이 일어나면서 현재는 이것들이 모두 분화된 상태로 존재하는 것을 볼 수 있는 것이다.

구조와 내용으로 이루어져 있음을 알 수 있는데, 사시가계통의 시가 작품과 월령가 계통의 작품들이 여기에 속한다. 사람의 능력으로는 인식조차 할 수 없는 영원이란 존재를 언어로 된 개념을 통하여 시간과 관계 맺도록 하여 우리의 인식체계 속으로 가져와서 공간으로 옮겨 놓은 것이 바로 시간적 순환성인데, 시간적 순환성을 기본 구조로 하여 형성된 것이 바로 사시가계통의 시가와 월령가계통의 작품이기 때문이다. 특히 사시가계통의 시가는 사계절을 작품의 큰 틀로 하여 시간적 변화에 따른 경물의 변화와 시인의 정서를 노래한 작품[14]이기 때문에 사시가계통의 시가는 한 편으로 작품이 완성되는 것이 아니라 여러 편의 작품이 연첩으로 연결되어 이루어지는 형태를 취하는 경우가 대부분이다. 그리고 월령가계통의 시가는 일 년 열두 달의 시간에 맞추어서 작품을 전개시키는 특징을 가지는데, 주로 농사와 관련이 있는 작품들이 이 계통에 속한다. 그리고 월령가계통의 시가는 뚜렷한 목적 아래 만들어지는 경우가 많기 때문에 사시가계통의 시가에 비해서 현상에 대한 묘사와 사실의 전달에 역점을 두는 것이 특징이다.

시간적 순환성을 작품과 직접 연결시키는 것은 월령가에서보다 사시가계통의 시가에서 더 구체적으로 보이는데, 사시가 계통의 시가 작품들은 영원히 변하지 않는 것처럼 보이는 자연현상을 시인이 가진 현세적인 정서들과 연결시켜 노래하는 특징을 보여준다. 이러한 사시가계통의 작품들은 순환적 시간성을 작품의 구조와 내용의 양 측면에서 활용함으로써 일회적이고 순간적인 성격을 지니는 시인의 현세적 정서들을 영원성을 확보한 예술적 정서로 바꾸어 놓고 있

---

14 맹사성의 「강호사시가(江湖四時歌)」에서 시작한 것으로 보이는 사시가계통의 시가는 윤선도에 이르러서 새로운 모습으로 변모한다. 〈강호사시가〉는 네 편으로 이루어졌으며, 각 편이 봄, 여름, 가을, 겨울의 네 계절을 노래한다. 그리고 모든 작품은 강호로 시작하고 있으며, 마지막에는 '亦君恩이샷다'는 구절이 나타나는 특징을 가진다. 윤선도의 어부사시사는 네 계절로 나누어져 있는 것은 강호사시가와 같으나 각 계절에 열 편씩의 작품을 배정하고 있으며, 후렴이나 중렴도 모두 의성어(擬聲語)로 되어 있어서 〈강호사시가〉와는 상당히 다르다.

다. 영원을 시간 속에서 인식하고 이를 효과적으로 나타내기 위하여 필요했던 순환적 시간성이 이제는 시가 작품을 통해서 순간적인 성격을 가지는 시인의 정서들이 확대된 의미를 창조하면서 순간적인 것을 영원적인 것으로 변화시키는 순환적 시간성으로 바뀌게 되는 것이다. 그러므로 사시가 계통의 시가에 있어서 시간적 순환성의 문제는 단순한 주기적 반복이 아니라 순간을 영원으로 바꿀 수 있는 엄청난 힘을 지닌 것으로 변모하게 되는 것이다. 이러한 논의를 바탕으로 이제 아래에서 어부사시사에 나타난 순환적 시간성에 대해 구체석으로 살펴보도록 하겠다.

3) 〈어부사시사〉의 시간성

작품의 제목에서 알 수 있듯이 〈어부사시사〉는 일 년 사계절의 변화에 따른 어부의 생활을 시인의 정서와 연결시켜서 노래한 작품이다. 농암 이현보의 〈어부가〉가 고려시대의 〈어부가〉를 보완하여 지은 것이고, 고산 윤선도의 〈어부사시사〉는 농암의 〈어부가〉를 다시 손질하여 우리말로 지은 작품이다. 농암의 〈어부가〉가 고려의 〈어부가〉를 손질하여 한문 투로 노래한 것인데 비하여, 고산의 〈어부사시사〉는 후렴구나 본문의 표현이 모두 우리말로 바뀌었다는 점에서만 보더라도 상당히 진보한 작품임을 알 수 있다. 고산의 〈어부사시사〉는 춘·하·추·동의 4부로 나누어져 있고, 한 부는 각각 10편의 시조로 짜여 있어서 〈어부사시사〉는 40편의 작품이 모여서 이루어진 연시조인 것을 알 수 있다.

작품의 큰 틀이 춘·하·추·동으로 되었다는 것은 어부사시사가 기본적으로 일 년이라는 시간적 순환성을 큰 축으로 해서 형성된 작품이란 사실을 말해준다. 그리고 각 계절에 열 편씩의 시조를 배열하고 있는데, 이 작품들을 보면 하루를 주기로 반복하는 시간적 순환성을 중심 구성축으로 하고 있는 것을 알 수 있다. 결국 〈어부사시사〉는 하루라는 작은 단위의 시간적 순환성과 일 년이라는 큰 단위의 시간적 순환성을 축으로 하여 형성된 작품이란 사실을 알 수 있게 된다. 즉 〈어부사시사〉는 하루와 일 년이라는 두 개의 시간적 순환성이 중심축으로 작용하여 형성된 매우 특이한 구조의 시가라는 것이다. 그런데, 두 개의 시간적 순환성은 각각 큰

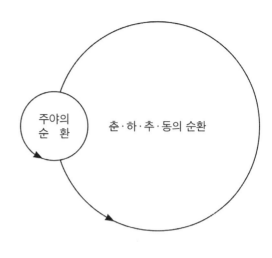

틀과 작은 틀을 이루면서 맞물려 있어야 하나의 작품을 완성시킬 수 있기 때문에 이것들은 어떤 형태로든 연결성을 가져야 한다. 일 년과 하루의 시간적 순환성을 각각 원으로 표시해보면 일 년을 나타내는 것은 큰 원으로 표시할 수 있다면 하루를 나타내는 원은 작은 원으로 나타낼 수 있다. 네 계절의 순환을 나타내는 큰 원과 하루의 순환을 나타내는 작은 원이 어떤 형태로든 연결되어 있지 않으면 안 되는데, 계절과 하루의 순환을 나타내는 원이 연결되도록 하는 방법은 계절의 순환을 나타내는 큰 원 위에 작은 모양의 원이 네 개가 있는 모양으로 표시할 때만 가능하다. 이 때 네 계절의 순환을 나타내는 큰 원이 큰 주기로 순환을 하고, 사이사이에 있는 작은 원은 그 자체에서 순환을 하도록 표시된다. 그렇게 하면 작은 원에는 각 각 10편씩의 작품이 배정되어서 하루의 순환 속에서 시인이 경험하는 자연과 그 속에서 느끼는 정서들을 시적으로 표현하고 나아가 주기적 순환을 통해 영원성을 가지게 된다. 그리고 큰 원은 일 년의 순환성을 나타내는 것으로 작품 전체가 시간적 한계를 넘어 영원성을 획득할 수 있도록 한다. 그런데, 네 개의 작은 원은 같은 구조를 가지므로 나머지 세 개를 생략하고 하나만 남겨 두어도 같은 효과를 낼 수 있다. 이것을 도표로 제시하면 위와 같이 표시할 수 있다.

위의 그림에서 큰 원의 순환은 일 년의 순환을 나타내고, 작은 원의 순환은 하루의 순환을 나타낸다. 일 년의 순환은 우주의 사물 현상이 겪어야 하는 가장 큰 시간 단위의 순환이다. 일 년을 단위로 시간은 영원히 순환하고 있는 것이다. 바로 이러한 점에 바탕을 두고 어부사시사가 형성되었다는 것이 중요한 특징으로 될 수 있다. 즉 〈어부사시사〉는 가장 큰 순환 단위인 사계절의 순환을 작품의 큰 틀로 삼고 있는데, 이것은 우주 내에 존재하는 자연현상이 만들어내는 가장 경이로운 현상이라고 할 수 있다. 왜냐하면 우주 내의 모든 현존재는 이 사계절의 순환성에 맞추어서 생겨나고 변화하며 소멸하는 과정을 거의 영원적으로 반복하기 때문이다. 한 계절에 속해 있는 10편의 작품은 해당되는 계절에서 일어나는 어부의 생활과 정서를 노래하고 있는데, 아침부터 저녁까지의 시간 속에서 일어나는 일을 소재로 하여 이루어진다. 하루를 대상으로 하여 열 편의 작품이 묶여지는데, 이 열 편이 매일매일 주기적으로 일어나는 시간적 순환성을 통해 한 계절을 노래하는 것으로 되는 것이다. 열 편씩 배열된 묶음이 네 개가 합쳐져서 이루어진 〈어부사시사〉는 자연현상과 시인의 정서를 개념화시켜서 표현함으로써 영원과 관계를 맺을 수 있도록 함과 동시에 계절의 순환성을 작품의 틀로 설정하여 개념화된 자연현상과 시인의 정서를 영원성으로 고양시키고 있는 것이다. 그리고 〈어부사시사〉만이 갖는 또 하나의 특징은 각 계절 속에 들어있는 작품들이 하루라는 시간의 주기적 순환성을 바탕으로 하고 있기 때문에 작품 내에서 작은 규모의 영원성으로의 또 다른 고양이 일어나고 있다는 점이다. 이런 사실들을 고려하면서 아래에서 구체적으로 작품을 살펴보도록 하자.

춘사春詞
압개예 안개것고 뫼희 비췬다 (빈떠라 빈떠라)

밤믈은 거의디고 낟믈이 미러온다 (지국총 지국총 어ᄉ와)

강촌江村온갓고지 먼빗치 더욱 됴타

날이덥도다 믈우희 고기 다 (닫드러라 닫드러라)

며기 둘식세식 오락가락 ᄒ나고야 (지국총 지국총 어ᄉ와)

낫대 쥐여잇다 탁주병濁酒瓶시럿ᄂ냐

동풍東風이 건들부니 결이 고이닌다 (돋ᄃ라라 돋ᄃ라라)

동호東湖도라보며 서호西湖로 가쟈스라 (지국총 지국총 어ᄉ와)

압뫼히 디나가고 뒤히 나아온다

우 거시 벅구기가 프른거시 버들숩가 (이어라 이어라)

어촌漁村두어집이 속의 나락들락 (지국총 지국총 어ᄉ와)

말가ᄒ 기픈소희 온간고기 뛰노ᄂ다

고은볕티 쐬얀듸 믈결이 기름ᄀ다 (이어라 이어라)

그믈을 주어두랴 낙시ᄅ 노홀일가 (지국총 지국총 어ᄉ와)

탁영가濯纓歌의 흥興이나니 고기도 니즐노다

석양夕陽이 빗겨시니 그만ᄒ야 도라가쟈 (돋디여라 돋디여라)

안류정화ᄂ 고븨고븨 새롭고야 (지국총 지국총 어ᄉ와)

삼공을 불리소냐 만ᄉᄅ 싱각ᄒ랴

방초芳草ᄅ 불와보며 란지蘭芷도 ᄯ더보쟈 (빈셰여라 빈셰여라)

일엽편주一葉扁舟에 시른거시 무스것고 (지국총 지국총 어ᄉ와)

갈제ᄂ ᄂ뿐이오 올제ᄂ 돌이로다
취醉ᄒ야 누얻다가 여흘아래 ᄂ리려다 (빈믜여라 빈믜여라)
낙홍落紅이 흘러오니 도원桃源이 갓갑도다 (지국총 지국총 어ᄉ와)

인세홍진人世紅塵이 언메나 ᄀ렷ᄂ니
낙시줄 거뎌노코 봉창蓬窓의 ᄃᆯ을보쟈 (닫디여라 닫디여라)
ᄒ마 밤들거냐 자규子規소리 ᄆᆰ게난다 (지국총 지국총 어ᄉ와)
남은 흥興이 무궁無窮ᄒ니 갈길흘 니젓딷다

내일來日이 또업스랴 봄밤이 몃덛새리 (빈브텨라 빈브텨라)
낫대로 막대삼고 시비柴扉를 ᄎ자보쟈 (지국총 지국총 어ᄉ와)
어부생애漁父生涯이렁구러 지낼로다[15]

위에서 인용한 작품은 〈어부사시사〉중 춘사春詞 10편이다. 춘사의 시작인 첫
째 편에서는 봄날이 새면서 해가 돋아서 자연의 경물이 드러나는 장면을 노래
하고 있다. 하루의 시작임과 동시에 시인의 정서가 열리는 것을 이렇게 노래하
고 있는 것이다. 하루라는 시간적 순환성의 시작을 통하여 시인의 정서가 영원
성을 획득하는 첫 단계가 바로 춘사의 첫 번째 작품인 것이다. 이렇게 시작한
시인의 정서는 다음 작품에서는 자연의 여러 모습들인 날짐승, 물고기, 물결,
어촌, 낚시, 석양, 방초芳草, 도화桃花, 야월夜月, 춘야春夜 등에 대한 묘사와 각각에

---

[15] 尹善道,『孤山遺稿』,『韓國文集叢刊』91, 民族文化推進會, 1992.

맞는 시인의 정서를 노래하는 것으로 이어지면서 하루라는 순환성을 마무리하고 있다. 마지막인 열 번째 작품에서는 하루의 주기적 순환성을 분명히 밝히고 있다. "來日이 또 없스랴 봄밤이 덛새리"라고 한 춘사의 마지막 구절에서 알 수 있듯이 봄날은 오늘로 그치는 것이 아니라 순환적으로 계속될 것이라는 사실을 노래함으로써 봄날의 흥취를 노래한 춘사 역시 계속되는 봄날과 함께 영원성을 얻었다는 것을 보여주고 있는 것이다. 우주 속에서 끝없이 흘러가서 다시 오지 않는 일회성을 가진 시간을 하루라는 주기적 순환 현상과 연결시킴으로써 일회성을 가지는 시간에 순환성을 부여하여 영원성을 가지도록 하고, 영원성을 얻은 시간의 주기적 순환성을 작품과 연결시켜 그것에 시인의 정서를 담아서 노래함으로써 일회성으로 그칠 수도 있는 봄날에 느꼈던 예술적 정서를 열 편의 작품을 통하여 영원성을 얻은 춘사로 고양시키고 있는 것이다. 이와 함께 또 하나 지적하고 넘어가야 할 구성상의 특징은 봄날의 흥취를 노래하면서도 단순히 봄날의 흥취만을 노래하지 않고 이미 여름의 현상들을 단초적으로 보여준다는 점이다. 춘사의 두 번째 작품을 보면 이를 확인할 수 있는데, "날이 덥도다 물우희 고기떳다"에서 알 수 있듯이 이미 하사夏詞를 춘사 속에 잉태하고 있는 것을 볼 수 있는 것이다.

순환성과 관련이 있는 것으로 세 번째로 지적할 수 있는 〈어부사시사〉의 특징은 렴이다. 렴은 작품 속에 있는 위치에 따라 전렴, 중렴, 후렴으로 구분할 수 있는데,[16] 〈어부사시사〉에서 쓰인 렴은 전렴과 중렴이다. 위에서 예로 든 춘사를 보면 열 편 모두 첫째 행과 둘째 행의 끝에 반복적 구조를 가지는 렴을 쓰고 있다. 그런데, 이 것은 단순한 렴이 아니라 시간적 순환성과 깊은 관련이 있어서 눈길을 끈다. '지국총 지국총 어사와'는 모든 작품에 공통적으로 쓰인 렴으

---

16 손종흠, 「고려속요형식연구 Ⅱ」, 『논문집』 19, 한국방송통신대, 1995.

로 노 젓는 소리의 의성어로 생각되는데, 열 편의 작품에서 첫째 행에 쓰인 렴은 집을 떠나서 바다로 나갔다가 돌아오는 과정과 밀접한 관련을 가지고 있어서 특별한 의미를 가지게 되는 것이다. 첫 번째 작품에 쓰인 전렴은 "배떠라 배떠라"로 배가 떠나는 것을 나타내는 의미를 지닌 렴이다. 그리고 "닫드러라 닫드러라"는 닻을 들어 올리라는 의미를 지닌 렴으로 보인다. 그리고 마지막 편에서 쓰인 렴은 "비브텨라 비브텨라"인데, 이것은 집으로 돌아와서 배를 붙여놓으라는 의미를 지닌 렴이다. 이러한 형태는 하사, 추사秋詞, 동사冬詞에 공통적으로 쓰이고 있어서 주기적 반복구조라는 렴의 성격에 잘 맞는 형태를 가지고 있다. 이런 점으로 볼 때 〈어부사시사〉에서 쓰인 렴은 단순한 반복이 아니라 〈어부사시사〉에서 보여주는 시간의 진행과 유기적 관련을 맺음으로써 작품을 영원성으로 고양시키는 데 중요한 구실을 하는 것으로 볼 수 있다. 그렇기 때문에 〈어부사시사〉에 쓰인 렴은 작가의 치밀한 계획 아래 매우 의도적으로 쓰이고 있음을 알 수 있다. 따라서 〈어부사시사〉에서 쓰인 렴은 작품이 영원성을 가지도록 하는 데 있어서 마무리 기능을 하는 것으로 보아야 할 것으로 생각된다.

〈어부사시사〉가 보여주고 있는 이러한 작품 구조가 결코 우연이 아니라 작가의 치밀한 계산 아래 이루어진 것이란 사실은 하사와 추사, 그리고 동사의 구조를 보면 더욱 분명히 알 수 있다. 하사와 추사 그리고 동사 역시 춘사와 같이 하루라는 시간의 흐름에 맞추어서 열 편의 작품이 연결되고 있음을 볼 수 있는데, 날이 밝아서 바다로 나갔다가 황혼에 지는 석양과 동쪽에 뜨는 달을 보면서 집으로 돌아오는 것은 나머지 하사와 추사, 그리고 동사가 같은 모습으로 되어 있기 때문에 그렇다. 하사에서는 황혼과 모기 등으로 밤이 되었음을 보여주고, 추사에서는 명색暝色과 효월曉月로 역시 하루가 갔음을 알리고 있으며, 동사에서는 숙조宿鳥와 창월窓月로 하루의 마감을 노래하고 있다. 그리고 하사에서 가을을 보여주는 단초는 세 번째 작품의 "마람잎에 바람나니 봉칭蓬窓이 서늘쿠나"에서 이를 확인할 수 있다. 그리고 추사에서는 이홉 번째 작품에서 "옷 위에 서리 오되 추운 줄을 모르겠다"에서 겨울로 이어질 것임을 맹아적 형태로 보여주고 있다. 이러한 점으로 볼 때 〈어부사시사〉는 작가인 윤선도가 가진 예술적 감각으로 매우 치밀하게 얽어 짠 작품임을 알 수 있는 것이다. 이상의 논의에서 볼 때 고산의 〈어부사시사〉는 다음과 같은 시간의 구조로 짜여져 있음을 알 수 있다. 첫째, 자연의 시간에 맞춘 춘·하·추·동의 4부로 작품을 구성하여 우주의 순환적 시간성을 작품의 큰 틀로 하고 있다. 둘째, 각 부는 10편의 작품으로 구성되었는데, 여기서는 해당되는 계절의 하루를 대상으로 하여 시인의 정서를 노래하고 있다. 이것은 시인이 느낄 수 있는 가장 작은 단위의 순환적 시간성으로 한 부를 구성했다는 특징을 가진다. 셋째, 어부사시사는 각 편마다 두 개의 렴이 쓰이는데, 앞의 것은 작품의 시간적 진행과 밀접한 관련을 가진 전렴이고, 뒤의 것은 의성어로써 작품의 진행 과정을 보여주는 구실을 하는 중렴으로 파악된다. 위에서 논의한 것처럼 앞의 렴은 작품의 시간적 순환성 확보에 절대적인 영향을 주는 것이기 때문에 여타의 시가 작품에서 보이는 단순한 주기적 반복구조의 렴과는 매우 다른 것으로 파악해야 할 것으로 생각된다.

결국, 고산의 〈어부사시사〉는 순환적 시간의 구조가 작품 전체를 지배하는 형식으로 되어 있음을 알 수 있다. 큰 틀의 시간성과 아주 작은 틀의 시간성, 그리고 작품을 진행시키면서 이어주는 구실을 하는 렴을 통해 외부의 현상적 시간성과 작품 내적인 시간성을 유기적으로 결합하여 읽는 사람으로 하여금 매우 높은 경지의 감동을 느끼도록 하는 훌륭한 작품으로 완성시키고 있는 것이다. 이러한 유기적 구조와 내용을 통하여 영원한 시간성을 인식의 세계 속으로 옮겨오기 위하여 사용된 순환적 시간성이 작품의 치밀한 구조를 통하여 예술적 아름다움을 획득하면서 의미의 확장을 통한 영원성을 지향하게 되는 것이다. 이런 점에서 볼 때 〈어부사시사〉는 고산의 예술적 감각이 낳은 가장 훌륭한 시가 작품이라 해도 과언이 아닐 것이다.

　고산 윤선도는 조선조 사회가 임병양란을 겪으면서 엄청난 변화를 모색하던 시기인 17세기에 주로 정치적 활동을 했던 사람으로 세력이 상대적으로 약한 남인의 집안에서 태어났기 때문에 다른 사대부들에 비해서 볼 때 정치적으로는 매우 불우한 삶을 살았던 사람이었다. 19년에 걸친 유배생활과 20여 년에 걸친 은둔생활이 말해 주듯이 그의 생애는 결코 평탄한 삶이었다고 볼 수 없다. 그러나 정치적으로는 불우한 삶을 살았던 그였지만 문학사에 그가 남긴 문학적 발자취는 다른 누구보다 큰 것으로 보인다. 조선시대 최고의 가사 작가로는 송강 정철과 노계 박인로 등을 꼽지만 조선시대 사대부 중 시조 작가로는 고산 윤선도가 최고의 시인이라는 평가를 받고 있기 때문이다. 시조를 무려 75수나 남겼는데, 〈오우가五友歌〉나 〈어부사시사〉 같은 작품은 연시조로서 시조문학사에 끼친 영향과 예술적 가치는 어느 누구도 미치지 못할 만큼 훌륭하다고 할 수 있는 것이다. 한시는 259편 정도밖에 남기지 않으면서도 우리말로 된 시조를 75수나 남겼다는 것은 우리말과 우리문화에 대한 그의 애정이 남달랐다는 것을 보여주는 증거가 아닌가 한다.

　여기서는 고산의 여러 시조 작품들 중에서 〈어부사시사〉를 대상으로 하여 작품의 구성에 결정적인 구실을 하는 시간적 순환성을 중심으로 그 구조적 특성을 고찰해 보았다. 그 결과 〈어부사시사〉는 일회적인 성격을 가진 시간을 영원성으로 고양시키는 시간적 순환성을 기본 축으로 하는데, 일 년과 하루라는 두 개의 시간적 순환성을 중심으로 하는 특이한 형태의 연시조라는 사실을 밝혀낼 수 있었다. 각 계절에 열 편씩 나누어져 있는 40편의 작품은 각각은 독립되어 있으면서도 연결되는 양상을 보여주고 있는데, 이것은 작가가 시간을 일회성으로 생각하지 않고 영원성을 가진 순환 개념으로 파악하였기 때문에 가능한 일이었다. 사계절을 각각 노래한 열 편씩의 작품은 모두 하루라는 시간 속에서 일어나는 경물과 정서들을 노래하고 있는데, 작가의 이러한 정서들은 진행 기능이 강조되는 것으로 보이는 특이한 형태의 렴과 더불어 하루라는 시간적 순환성을 통하여 일회성을 가지는 시간의 한계를 극복하고 예술적 영원성을 확보하게 되는 것으로 파악된다. 그리고 한 걸음 더 나아가 하루의 순환성을 일년의 순환성으로 확대하여 연결시킴으로써 작품 전체의 예술적 영원성을 담보하고 있다.

제7부

시가의 사회사적 의미와 콘텐츠

제1장_견훤문학의 문예콘텐츠화 방안
제2장_호칭을 통해 본 노래의 성격에 대한 고찰
제3장_시가문학에 대한 남북 평가의 차별성과 동질성
제4장_텍스트 맥락과 현장의 맥락을 통해 본 시가의 성격
제5장_하이쿠와 시조를 통해 본 한일 시가의 비교

제1장
견훤문학의 문예콘텐츠화 방안

사회의 거의 모든 분야에서 빅 데이터big data[1]를 기반으로 형성되는 엄청난 대용량의 정보를 분석·관리·제공하는 것이 가능해진 21세기는 물질과 물질 사이의 소통을 가능하게 하는 사물인터넷Internet of Things이 삶의 질을 새롭게 바꾸어놓는 시대가 될 것으로 예상된다. 사물인터넷의 시대는 이미 시작된 것으로도 볼 수 있는데, 이것이 삶의 전반에 큰 영향을 미치는 정도가 되면 문화에 대한 전반적인 인식과 그것의 향유 방식 등에 엄청난 변화가 초래될 수밖에 없을 것이라는 점은 자명하다. 사물인터넷의 일반화는 문명의 체계를 바꾸어 놓게 될 것이고, 문명의 체계가 바뀌게 되면 문화를 창조하는 방식과 그것을 바라보는 시각이 지금까지와는 다른 방향으로 변화할 수밖에 없기 때문이다. 따라서 문화적 현상에 속한 모든 것들에 대한 인식과 수용의 방식이 바뀔 수밖에 없음을 의미한다. 이것은 문화적 현상의 한 부분을 차지하고 있는 문학을 창조하고 향유하는 방식과 함께 고전문학의 한 분야인 고전시가 역시 이 흐름을 역행할 수 없을 것이다. 이 말은 현재까지 우리가 지켜왔던 고전시가에 대한 기존의

---

[1] 빅 데이터 기술은 아주 작은 것이라도 체계화하고 정보화하여 엄청난 규모의 데이터를 수집하고, 생성하며, 분석하여 그것을 맞춤정보의 방식으로 표현하는 것을 특징으로 한다. 빅 데이터 기술의 발전은 다변화하고 복잡해지는 현대사회를 한층 정확하게 예측하여 효율적으로 작동하도록 하는 중심이다. 빅 데이터는 사회 구성원마다 개별화된 정보를 관리하고 분석함과 동시에 맞춤형 정보를 정확하게 제공하는 것을 가능하게 한다.

이해와 향유의 방식을 더 이상 고집할 수 없다는 것이다. 그렇다면 맞춤정보시대의 고전시가에 대한 이해와 접근은 과연 어떤 방식으로 하는 것이 가장 바람직할까?

아주 오랜 과거로부터 우리 선조들에 의해 만들어져서 불리면서 그 시대의 문화적 현상을 반영하고 있는 고전시가는 현대사회에서는 더 이상 사람들의 입을 통해 불리는 노래가 아니라 활자화된 텍스트로만 존재해 왔다. 그러한 까닭에 지금까지 우리는 화석화된 자료에 대한 해석과 그것이 지니는 예술적 의미를 분석하여 드러내는 방식으로만 접근을 시도했던 것이 사실이다. 그러나 이제부터는 고전시가에 대한 접근과 연구가 더 이상 작품에 대한 해석을 중심으로 하는 텍스트에만 머물러 있을 수 없는 현실에 직면하게 되었다. 왜냐하면 그렇게 될 경우 그것은 현대인의 삶 속에 살아 움직이면서 숨 쉬는 문화현상으로서의 문학이 아니라 화석화된 문화적 현상으로서의 의미만 강조되는 것이 되어 우리의 삶에 별다른 의미를 가지지 못하는 존재로 전락하고 말 것이기 때문이다.

고전시가를 비롯한 고전문학 속에는 현재의 우리를 있게 한 선조들의 삶과 지혜가 문학이라는 예술적 형식을 통해 아름답게 표현되어 있다. 그렇기 때문에 우리에게 고전시가는 매우 소중하며, 현대사회에서 그것이 가지는 문화적 가치 또한 대단히 크다고 할 수 있다. 그러나 화석화된 기록문학으로서의 고전시가는 더 이상 우리의 삶에서 새로운 의미를 가지기 어렵게 되었으므로 이에 대한 접근을 전혀 새로운 차원에서 해나가지 않으면 안 되게 되었다. 즉 고전시가는 작품이라는 텍스트를 중심으로 그것과 관련된 문화적 현상들을 연결시켜 하나의 독자적인 세계를 형성하고, 모든 구성 요소들이 유기적으로 긴밀하게 연결되면서 소통함과 동시에 필요에 부응하는 맞춤정보의 방식으로 드러나지 않으면 안 된다는 것이다. 그러기 위해서는 첫째, 한 편의 시가와 관련된 모든 정보들을 모아서 IoT 방식으로 연결시키고, 둘째, IoT 방식으로 연결된 정보들을 종합적인 성격을 지니는 문예콘텐츠로 재생산하며, 셋째, 다양한 주제를 갖춘 정보가 수요자의 요구에 따라 맞춤 정보의 방식으로 제공되는 것이 필요하다. 이러한 이론을 바탕으로 이 장에서는 후백제 건국의 시조인 견훤과 아주 깊은 관련을 지니고 있는「완산요」를 중심으로 하는 문예콘텐츠의 체계화 방안을 제시하는 데 목적을 두고자 한다.

1. 견훤의 생애와 야래자설화

1) 견훤의 생애

(1) 견훤의 출생과 성장

후백제의 건국 시조인 견훤은 경상북도 문경시 가은읍 갈전2리 아차마을에서 태어났다. 그의 가계와 출생에 대해서는 역사적 기록과 설화적 내용에 차이가 있지만 태어난 공간은 일치하는 것으로 나타난다.『삼국사기』「열전」에 실린 그의 출생과 성장은 매우 특이하다. 견훤은 경상도 상주 가은현 사람으로 본래의 성은 이李였지만 장성한 후에 견甄으로 바꿨다. 아버지는 아자개阿慈介인데, 농사를 생업으로 삼다가 뒤에 가세를 일으켜서 장군이 되었다. 견훤이 강보에 싸여 있을 정도로 어린 나이에 아버지가 밭에서 일을 하고, 어머니는 점심을 준비하면서 아이를 잠시 숲속에 놓아 둔 적이 있었다. 이때 산에서 내려온 호랑이가 아이에게 젖을 먹였다. 이 말을 들은 마을 사람들이 모두 매우 이상하게 여겼다. 점점 자라나니 체격과 용모가 웅장하고 기이하며 생각과 기개가 대범하고 뛰어나서 보통 사람과 달랐다. 군대에 입대하여 서울에 들어갔다가 서남쪽 해변에서 수자리를 섰는데, 창을 베개처럼 베고서 적을 기다렸다. 그 용감한 기상은 늘 일반 병사들보다 앞서서 이러한 공로를 인정받아 비장裨將이 되었다고 했다.[2]

역사서에 기록된 견훤의 출생과 성장 과정에서 가장 두드러지는 것은 견훤이란 인물이 뛰어난 재질을 지니고 있었다는 점이다. 어린 아이 시절에 호랑이가 젖을 먹였다는 사실은 천지자연을 움직이는 조화를 부릴 수 있는 영물까지도 견훤의 뛰어난 자질을 알아볼 정도로 훌륭한 인물이었음을 보여준다. 이것은 견훤의 출생과 성장이 일반인과 매우 다르다 것을 보여주는 것으로 영웅이 공통적으로 지니고 있는 특성을 아주 잘 드러내고 있다.[3] 현재 전해지지 않는 문헌 중 이비가기李碑家記[4]라는 기록에 의하면, '견훤의 아버지 아자개는 신라 진흥왕의 증손자이며, 그의 자식은 아들 다섯과 딸 하나를 두었다. 그중 맏아들이 고려의 상보尙父가 된 견훤이고 나머지 아들 넷도 모두 장군이었다.'[5]고 했다. 이 기록에 의하면 견훤은 신라의 왕족으로 뛰어난 혈통을 지니고 있는 인물이 된다. 이것은 『삼국사기』의 것보다 훨씬 자세하고 나머지 형제의 이름까지 적시할만큼 구체적이기 때문에 다른 어떤 기록보다 정확성과 신빙성이 매우 높은 것으로 볼 수 있다. 한 나라의 군주가 될 수도 있었던 직계 왕족 출신인 아자개가 문경의 깊은 산골짜기까지 와서 농사를 지으며 살았다는 것은 말기에 이르러 한층 심해졌던 신라 왕실의 권력 투쟁 과정에서 밀려나 지방으로 쫓겨 온 것을 의미하는 것으로 신라에 대한 원한과 불만 등이 가득했을 것은 쉽게 짐작할

---

2 "甄萱尙州加恩縣人也. 本姓李後以甄爲氏. 父阿慈介, 以農自活, 後起家爲將軍. 初萱 生孺褓時, 父耕于野, 母餉之, 以兒置于林下, 虎來乳之, 鄕黨聞者異焉. 及壯 體貌雄奇, 志氣倜儻不凡. 從軍入王京, 赴西南海防戍, 枕戈待敵, 其勇氣恒爲士卒先, 以勞爲裨將. 唐昭宗景福元年, 是新羅眞聖王在位六年. 嬖堅在側, 竊弄政柄, 綱紀紊弛, 加之以饑饉, 百姓流移, 群盜蜂起", 金富軾, 『三國史記』「列傳」「甄萱」.

3 이는 부계(父系)가 이물(異物)이라는 점을 통해 주인공이 영웅이라는 사실을 강조하고자 하는 비범한 인물의 출생설화로 형상화할 수 있는 가능성을 보여주는 것이 된다.

4 『삼국유사』에서 견훤에 대한 내용을 서술하면서 일연이 인용한 문헌이다. 누가 지었는지, 어떤 내용이 중심을 이루는지 전혀 알 수 없다.

5 生角干元善. 是爲阿慈个也. 慈之第一妻上院夫人. 第二妻南院夫人. 生五子一女. 其長子是尙父萱. 二子將軍能哀. 三子將軍龍盖. 四子寶盖. 五子將軍小盖. 一女大主刀金", 金富軾, 『三國史記』「列傳」「甄萱」.

수 있다. 이런 사실들은 나중에 후백제를 세운 견훤이 유독 신라에 대해 한층 강한 적개심을 드러냈던 이유의 하나로 볼 수 있을 것이다. 그 후 민심을 얻어 강력한 세력을 가지게 된 견훤이 경주까지 쳐들어가서 경애왕景哀王을 자살하게 하고, 온갖 횡포를 저지르기도 했지만 신라를 멸망시키지 않고 존속시키면서 왕족인 김부金傅를 새로운 군주로 세우고 스스로 물러간 것 역시 현재의 자신을 있게 해 준 뿌리를 완전히 떨쳐버릴 수 없다는 심리에서 비롯된 것으로 이해할 수 있다.

견훤이 자신의 뿌리에 대한 생각을 잊지 않고 있었을 것이라는 점은 5천 명의 무리를 모아 무진주武珍州를 점령하고 우두머리가 되었지만 차마 왕이라 하지는 못하고 '신라서면도통지휘新羅西面都統指揮 병마제치지절도독兵馬制置持節都督 전무공등주군사행全武公等州軍事行 전주자사겸어사중승全州刺史兼御史中丞 상주국上柱國 한남군漢南郡 개국공開國公'으로 칭하면서 신라의 신하임을 자처한 사실에서도 잘 드러나고 있다. 일반인들은 도저히 미칠 수 없을 정도의 면모와 자질을 지닌 인물로 태어나 나라를 세우는 했으나 역사적으로는 실패한 군주였기 때문에 견훤의 혈통과 출생에 대해서는 자세한 기록이 남아 전하지 못한 것으로 보인다. 그러나 현존하는 기록만을 종합해 보더라도 그가 한 나라를 세우고 이끌 정도의 지도자로서 아무런 손색이 없는 영웅적인 기질을 지니고 태어난 인물이었다는 사실은 분명하다.

(2) 봉기와 세력 확장

신라의 제37대 선덕왕부터 제56대 경순왕까지를 하대下代라고 한다. 하대 156년간 신라는 왕권의 약화, 정치의 문란 등이 겹치면서 나라가 어지러워지고 백성들의 삶이 도탄에 빠졌다. 따라서 강력한 왕권국가였던 신라가 점차 쇠퇴하면서 멸망을 향해 길을 재촉하였고, 천 년의 사직을 고려에 넘겨주게 된다. 중앙정부의 힘이 약해지자 백성과 세상을 구하겠다는 기치를 내건 새로운 인물들이 도처에 일어나면서 군웅할거 시대가 된다. 지금의 상주 지역인 사벌주沙伐州에서는 원종元宗과 애노哀奴 등이 반기를 들었고, 북원北原에서는 양길梁吉이 궁예弓裔를 부하로 삼아 세력을 떨쳤으며, 서남쪽에서는 붉은 바지를 입은 사람들로 적고 적赤袴賊이라는 이름을 가진 반도가 나타났다. 이러한 상황을 지켜보던 견훤도 신라에 반기를 들어 자신의 세력을 만들어 나가기 시작했다.[6] 그사이 북쪽에서는 궁예가 양길을 몰아내고 스스로 태봉의 왕이 되어 철원 지역에 도읍지를 정했다. 그의 세력은 한반도의 서남쪽까지 뻗쳐서 견훤과 영토 분쟁을 벌인다.

『삼국사기』의 기록에서 볼 때 부패하고 약해진 신라에 반기를 들면서 일어났던 여러 군웅들 중 견훤의 세력이 가장 강했다는 것을 알 수 있다. 원주에서 일어난 양길은 궁예를 부하로 둘 만큼 초기에는 강한 세력을 가졌지만 견훤이 비장이란 벼슬을 주어 부하로 삼았고, 양길이 그것을 받아들였다는 것에서 이런 사실을 확인할 수 있다. 그러므로 견훤이 군소 세력을 통합하면서 급격하게 세력을 확장할 당시만 해도 신라를 비롯하여 어느 누구도 맞설 상대가 없었다. 이런 상황에서 궁예가 양길을 몰아내고 한반도 북쪽의 동서 지역에 걸쳐 세력을 구축하면서 후고구려를 세우니 충청도와 전라도 지역을 중심으로 하는 견훤의 후백제, 경상도 지역을 중심으로 한 신라와 더불어 후삼국시대를 열게 된다. 탁월한 리더십과 강력한 군사력으로 삼남 지역을 석권한 견훤은 서쪽으로 세력을 확장하면서 여러 형태의 성을 쌓았는데, 상주와 문경 지역의 산성과 전주, 정읍, 나주 등 전라도 지역의 산성, 괴산, 청주, 문막 지역의 산성 등으로 매우 광범위한 지역에 산성의 흔적이 남아 전하고 있다. 이러한 성곽들을 보면 견훤이 자신

---

6 "於是, 萱竊有覦心, 嘯聚徒侶, 行擊京西南州縣, 所至響應, 旬月之間, 衆至五千人. 遂襲武珍州自王, 猶不敢公然稱王. 自署爲新羅西面都統指揮兵馬制置持節都督全武公等州軍事行全州刺史兼御史中丞上柱國漢南郡開國公食邑二千戶. 是時 北原賊梁吉雄强, 弓裔自投爲麾下, 萱聞之, 遙授梁吉職爲裨將", 金富軾, 『三國史記』 「列傳」 「甄萱」.

의 세력권 안에 들어와 있는 영토를 지키기 위해 얼마나 노력을 기울였는지 알수 있다. 이처럼 탄탄한 기반을 구축한 견훤은 지금의 광주인 무진주에 진군하여 나라의 제도를 정비하고, 후백제의 탄생을 대내외적으로 공포하기에 이른다.

(3) 후백제의 건국과 후삼국의 쟁패

세력을 확장해 가던 견훤은 곡창지대인 충청과 호남 지역을 석권하면서부터 마음 깊은 곳에 지니고 있었던 포부를 점차 드러내기 시작했으니 그것은 바로 일정한 명분을 내세워 독자적인 나라를 세우는 일이었다. 나라를 세우기 위해서는 무엇보다 민심을 얻는 것이 중요했는데, 오랫동안 신라의 폭정에 지쳤던 백성들은 새로운 지도자로 생각되는 인물이 나타나기만 하면 환영할 수밖에 없는 입장이었다. 이런 상황에서 견훤이 강력한 세력으로 여러 지역을 석권해가자 자연스럽게 민심이 따르게 되었고, 오랫동안 기다려 왔던 숙원 사업을 이룰 수 있는 순간이 다가왔음을 직감적으로 알 수 있었다. 견훤이 완산주에 이르자 그곳 백성들이 환영하면서 노고를 치하하는 것을 본 견훤은 크게 기뻐하면서 좌우에 있는 사람들에게 말하기를 "내가 삼국의 시원을 살펴보니, 마한이 가장 먼저 일어났고, 뒤에 혁거세가 발흥했으며, 진한과 변한이 그 뒤를 따라 일어났다. 이 때 백제는 금마산에서 나라를 세운지 6백여 년이나 되었는데, 총장摠章 연간에 당唐 고종高宗이 신라의 요청을 받아들여 소정방 장군을 파견하여 13만의 대병을 거느리고 바다를 건너왔고, 신라의 김유신도 세력을 회복하여 쳐들어 와서 황산黃山을 지나 사비泗沘에 이르러서 당의 군사와 협공하여 백제를 멸망시켰다. 내가 지금 도읍을 완산에 정하지 않는다면 어찌 의자왕의 오랜 울분을 갚을 수 있겠는가!"라고 하였다. 스스로 일컫기를 후백제왕이라 하고, 관직을 설정한 다음 직책을 사람들에게 분담시켰으니, 이때가 서기 892년이었다.[7]

현존하는 기록으로 볼 때 신라 말기에 각 지역에서 일어났던 여러 세력 중 나라를 세우고 외교력을 발휘하여 중국에까지 사신을 보낸 사람은 견훤이 유일하다. 외교사절을 당나라에 보내지 않고 오월국吳越國에 보냈다는 사실 또한 절묘하다. 당나라와 신라에 의해 멸망한 백제의 한을 풀겠다는 명분을 내세워 국호를 후백제로 했는데, 당나라에 건국사실을 알린다는 것은 앞뒤가 맞지 않기 때문이다. 또한 당나라는 이미 힘을 잃어버리고 쇠망해가는 상황이었으므로 굳이 외교사절을 보낼 필요가 없었고, 오월국에 사신을 보냄으로써 당나라를 무시한다는 견훤의 의지를 분명하게 드러낸 것으로 보인다. 이런 점으로 볼 때 견훤은 군사력과 외교력과 통치력을 골고루 갖춘 지도자로서 한 나라의 군주가 되기에 아무런 손색이 없는 인물이었다는 것을 알 수 있다. 대내외적으로 인정을 받으며 안정된 통치체제를 구축하게 되자 후백제는 신라에 대한 공격을 본격화함과 동시에, 새롭게 등장한 후고구려의 궁예가 남하하는 것을 저지하는 일에 총력을 기울인다. 국가의 제도를 정비한 견훤은 신라의 도읍으로 들어가는 길목인 대야성을 공격했으나 이 공격은 실패로 돌아가고 만다. 그런 와중에 궁예가 서남쪽으로 세력을 확장해 오자 자연스럽게 후백제와 부딪칠 수밖에 없는 형국이 된다. 궁예가 전라도 영암까지 내려와 견훤과 전투를 벌였던 것을 보면 그의 세력 역시 매우 강했음을 알 수 있다.[8] 궁예의 남진을 막기 위해 견훤은 중요한 지역 여러 곳에 성을 쌓아 철저한 대비를 하면서 전투를 벌였는데, 여기에 신라가 직접 개입한 기록이 없는 것으로 보아 신라는 이미 스스로를 지키기에도 벅찬

7　"萱西巡至完山州, 州民迎勞. 萱喜得人心, 謂左右曰 吾原三國之始, 馬韓先起, 後赫世勃興, 故辰卞從之而興. 於是, 百濟開國金馬山六百餘年, 摠章中, 唐高宗以新羅之請, 遣將軍蘇定方, 以船兵十三萬越海. 新羅金庾信卷土, 歷黃山至泗沘, 與唐兵合攻百濟滅之. 今予敢不立都於完山, 以雪義慈宿憤乎遂自稱後百濟王, 設官分職, 是唐光化三年, 新羅孝恭王四年也. 遣使朝吳越, 吳越王報聘, 仍加檢校太保, 餘如故", 金富軾, 『三國史記』「列傳」「甄萱」.

8　"天復元年, 萱攻大耶城下. 開平四年, 萱怒錦城投于弓裔, 以步騎三千圍之, 經旬不解. 乾化二年, 萱與弓裔戰于德津浦. 貞明四年戊寅, 鐵圓京衆, 心忽變, 推戴我太祖卽位. 萱聞之, 秋八月, 遣一吉湌閔邰稱賀, 遂獻孔雀扇及地理山竹箭. 又遣使入吳越進馬, 吳越王報聘, 加授中大夫, 餘如故", 金富軾, 『三國史記』「列傳」「甄萱」.

상황이 되었다는 것을 알 수 있다. 팽팽하게 맞서던 후백제와 후고구려의 세력 다툼은 왕건이란 인물의 등장으로 인해 대반전을 맞이한다. 스스로를 부처라고 하면서 폭정을 일삼던 궁예가 부하들에 의해 쫓겨나고, 왕건이 즉위하여 도읍을 송악으로 옮기면서 완전히 새로운 국면이 전개되었기 때문이다. 이때부터 견훤은 신라와 고려를 대상으로 힘겨운 싸움을 벌여야 하는 상황을 맞이하게 된다.[9] 특히 후백제가 신라에 대한 공격을 강화하자 신라는 고려와 점점 가까워질 수밖에 없게 되었으므로 이것은 견훤의 실책이라고 할 수 있다.

왕건은 나라의 이름을 고려로 바꾸고 본격적인 삼한 경략에 나섰으니 이때부터 견훤은 고려와 화친하면서 신라를 공격하는 양면 작전을 구사하게 된다. 그러나 견훤의 세력을 감당하기 어려웠던 신라로서는 고려를 끌어들여 자신을 보호하는 전략을 구사할 수밖에 없었고, 왕건이 이에 응하면서 고려와 후백제는 전쟁을 할 수밖에 없는 상황이 되고 만다. 두 적을 동시에 상대해야 하는 견훤으로서는 벅찬 것이었지만 어쩔 수 없는 상황이 되었던 것이다. 그럼에도 불구하고 이때까지는 견훤의 세력과 군대가 훨씬 강했으므로 왕건이 무척 힘든 상황이었다. 견훤은 신라의 서울에까지 쳐들어가 왕을 죽게 만들고, 철수하는 도중에 고려군과 팔공산 근처에서 싸워 대승을 거둘 정도였기 때문이다. 이때 김락과 신숭겸 등이 왕건을 대신하여 죽임을 당하고, 왕건은 변장하여 전쟁터에서 빠져나와 겨우 목숨을 건졌을 정도로 견훤의 군사력은 막강했다.[10]

---

9   "六年, 萱率步騎一萬, 攻陷大耶城, 移軍於進禮城. 新羅王遣阿飡金律, 求援於太祖, 太祖出師, 萱聞之, 引退. 萱與我太祖陽和而陰剋. 同光二年秋七月, 遣子須彌康, 發大耶聞詔二城卒, 攻曹物城. 城人爲太祖固守且戰, 須彌康失利而歸. 八月, 遣使獻驄馬於太祖. 三年冬十月, 萱率三千騎, 至曹物城, 太祖亦以精兵來, 與之确 時萱兵銳甚, 未決勝否. 太祖欲緩和以勞其師, 移書乞和, 以堂弟王信爲質, 萱亦以外甥眞虎交質. 十二月, 攻取居昌等二十餘城. 遣使入後唐稱藩, 唐策授檢校太尉兼侍中判百濟軍事, 依前持節都督全武公等州軍事行全州刺史海東西面都統指揮兵馬制置等事百濟王, 食邑二千五百戶. 四年眞虎暴卒, 萱聞之, 疑故殺, 卽囚王信獄中, 又使人請還前年所送驄馬, 太祖笑還之", 金富軾, 『三國史記』「列傳」「甄萱」.

10 "天成二年秋九月, 萱攻取近品城, 燒之. 進襲新羅高鬱府, 逼新羅郊圻. 新羅王求救於太祖. 冬十月 太

이처럼 강력한 군사력과 세력을 지녔던 견훤이 내리막길을 걷게 된 사건이 팔공산전투가 있고 난 1년 뒤인 서기 929년 5월에 일어나는데, 그것이 바로 병산전투였다. 안동 부근의 병산에서 있었던 전투에서 견훤에 패배하게 되면서 세력의 판도가 완전히 바뀌게 된다. 왜냐하면 견훤의 패전 소식이 퍼져나가면서 안동, 청송 지역의 30여 개 고을과 동해안 일대의 110여 개의 성이 왕건에게 항복해 버림으로써 경상북도 북동부와 강원도 일부까지 확장했던 견훤의 세력은 옛 백제의 땅으로 다시 물러나는 상황으로 되었기 때문이다. 화가 난 견훤은 서기 932년에 예성강 부근까지 쳐들어가 전선 100여 척을 불사르고 고려에서 기르던 말 300필을 빼앗는 전과를 올리기도 했지만, 서기 934년에 있었던 운주運州, 충청남도 홍성 전투로 인하여 돌이킬 수 없는 손실을 입는다. 정예병 5천을 거느리고 치른 전투에서 고려의 장군 유금필의 전략에 휘말려 3천명 이상을 잃어버리는 패배를 당하자 이 소식을 들은 웅진熊津, 충청남도 공주 이북 30여 개의 성이 모두 고려에 항복했기 때문이었다.[11] 이로 인해 경상도의 요충지와 금강 이북의 옛 백제 땅을 모두 잃어버린 후백제는 다시 일어설 기운을 완전히 상실하게 된다. 이처럼 어려운 때에 나라의 근간을 흔드는 일이 내부로부터 터지고 말았으니 견훤의 아들들이 반란을 일으켜 아버지를 가두어버린 사건이 발발한다.

祖出師援助. 萱猝入新羅王都. 時王與夫人嬪御出遊鮑石亭, 置酒娛樂. 賊至狼狽不知所爲, 與夫人歸城南離宮. 諸侍從臣寮及宮女伶官, 皆陷沒於亂兵, 萱縱兵大掠, 使人捉王, 至前戕之, 便入居宮中, 强引夫人亂之, 以王族弟金傅嗣立, 然後虜王弟孝廉・宰相英景, 又取國帑・珍寶・兵仗. 子女百工之巧者, 自隨以歸. 太祖以精騎五千, 要萱於公山下大戰, 太祖將金樂崇謙死之, 諸軍敗北太祖, 僅以身免. 萱乘勝取大木郡", 金富軾, 『三國史記』「列傳」「甄萱」.

11   "夏五月萱潛師襲康州, 殺三百餘人, 將軍有文生降. 秋八月, 萱命將軍官昕, 領衆築陽山. 太祖命旨城將軍王忠, 擊之, 退保大耶城. 冬十一月萱選勁卒, 攻拔缶谷城, 殺守卒一千餘人, 將軍楊志明式等生降. 四年秋七月, 萱以甲兵五千人, 攻義城府, 城主將軍洪術戰死. 太祖哭之慟曰 "吾失左右手矣." 萱大擧兵, 次古昌郡瓶山之下, 與太祖戰, 不克, 死者八千餘人", 金富軾, 『三國史記』「列傳」「甄萱」.

(4) 후백제의 멸망과 견훤의 죽음

뛰어난 능력을 지닌 인물이었던 견훤은 강력한 지도력으로 나라를 이끌었기 때문인지 전쟁에서 패하더라도 쉽게 꺾이거나 좌절하는 모습을 보이지 않았다. 그러나 후계자 문제에서 불거진 부모 자식 간의 불화는 급기야 반란으로 이어졌고, 아들에 의해 유폐되는 지경에까지 이르고 만다. 견훤은 부인이 여러 명이었는데, 자식이 10여 명이나 되었다. 그중 넷째 아들인 금강은 키가 크고 지혜가 많아서 특히 사랑하여 왕위를 물려주고자 하였으므로 이를 눈치 챈 나머지 아들들에 의한 반발이 거셌다. 이때 이찬의 직위에 있는 능환이 강주도독으로 나가 있는 양검과 무주도독으로 나가 있는 용검 등과 비밀리에 모의 하고, 서기 935년 3월에 파진찬 신덕, 영순 등과 함께 신검을 부추겨 반란을 일으켜 견훤을 금산사에 유폐한다. 신검은 곧바로 왕위에 올라 대왕이라 칭하고 나라의 죄수를 크게 사면하였다.[12] 견훤은 탁월한 지도력과 강력한 군사력으로 고려에 결코 뒤지지 않는 나라를 건설했으나 내부의 반란으로 인해 한 순간에 무너지고 말았으니 마음으로부터 사람을 복종시키는 능력은 부족했던 것으로 보인다. 더구나 후계자 문제로 이런 문제가 생기고 자신이 사랑하는 아들 금강마저 죽임을 당하자 적국인 고려와 손을 잡고서라도 자신을 내쫓은 신검에 대한 응징을 다짐하게 된다. 금산사에 석 달 동안 갇혀 있던 견훤은 서기 935년 6월에 막내아들 능예能乂, 딸 애복哀福, 애첩 고비姑比 등과 함께 몰래 도망하여 나주로 간 다음, 사람을 보내 왕건에게 만나줄 것을 요청한다. 왕건은 크게 기뻐하며 자신이 가장 신임하는 심복이면서 견훤과 전투까지 벌였던 대장군 유금필庾黔弼을 보내 견훤 일행을 위로하고 모셔오도록 했다. 견훤이 개성으로 오자 왕건은 후한

---

12 "甄萱多娶妻, 有子十餘人. 第四子金剛, 身長而多智, 萱特愛之, 意欲傳其位. 其兄神劒良劒龍劒等知之, 憂悶. 時良劒爲康州都督, 龍劒爲武州都督, 獨神劒在側. 伊湌能奐, 使人往康武二州, 與良劒等陰謀. 至淸泰二年春三月, 與波珍湌新德英順等, 勸神劒, 幽萱於金山佛宇, 遣人殺金剛 神劒自稱大王, 大赦境內", 金富軾, 『三國史記』「列傳」「甄萱」.

예로 대접하고 자신보다 10년이나 나이가 위였기 때문에 아버지처럼 받든다는 의미를 지닌 상보尚父로 모셨다. 궁궐의 남쪽에 있는 궁을 주어 식솔들을 거처하게 하고 양주楊州를 식읍食邑으로 주어 경제적 토대를 만들어주었으며, 금, 비단, 병풍, 금침 등과 남녀 노비를 각각 40명씩, 그리고 궁궐의 말 10필을 신물로 주어 생활에 불편함이 없도록 배려하였다.[13]

견훤이 항복했다는 소식을 들은 신라의 경순왕은 더 이상 나라를 지탱할 수 없다고 판단하고 서기 936년에 고려로 귀순해 온다. 이렇게 됨으로써 왕건은 후백제의 신검에게서 항복을 받기만 하면 삼한을 새롭게 통일할 수 있게 되는 기반을 마련하게 되었다. 서기 936년 2월에는 견훤의 사위이면서 장군이었던 영규가 부인과 의논한 뒤 고려가 후백제를 공격하면 안에서 내응하겠다는 전갈을 보내오게 되고, 견훤 역시 빨리 군사를 보내 반역자를 처단해 달라고 요청했다.[14] 때가 무르익었음을 간파한 왕건은 태자와 술희 등에게 군사를 주어 천안으로 미리 내려 보내 준비토록 하고, 그 해 9월 친히 삼군을 이끌고 선발대와 합류해 경상도 선산 부근에 있는 일리천一利川을 마주보고 신검과 대진했다.[15] 이 전투에는 견훤도 몸소 참여를 했는데, 애초부터 고려군이 승리할 수밖에 없는 싸움이었다. 왜냐하면 후백제의 장수들 중 상당수가 견훤과 전장을 누볐던

---

13 "萱在金山三朔, 六月, 與季男能乂女子哀福嬖妾姑比等逃奔錦城, 遣人請見於太祖. 太祖喜, 遣將軍 黔弼萬歲等, 由水路勞來之. 及至, 待以厚禮, 以萱十年之長, 尊爲尚父, 授館以南宮, 位在百官之上. 賜楊州, 爲食邑, 兼賜金帛蕃縟奴婢各四十口內廐馬十匹.", 金富軾, 『三國史記』「列傳」「甄萱」.

14 "甄萱壻將軍英規, 密語其妻曰, 大王勤勞四十餘年, 功業垂成. 一旦, 以家人之禍, 失地, 投於高麗. 夫貞女不事二夫, 忠臣不事二主. 若捨己君以事逆子, 則何顔以見天下之義士乎, 況聞高麗王公, 仁厚 勤儉, 以得民心, 殆天啓也, 必爲三韓之主, 盍致書以安慰我王, 兼殷懃於王公, 以圖將來之福乎 其妻 曰 子之言是吾意也. 於是, 天福元年二月, 遣人致意, 遂告太祖曰 若擧義旗, 請爲內應, 以迎王師. 太祖大喜, 厚賜其使者而遣之, 兼謝英規曰 若蒙恩一合, 無道路之梗, 則先致謁於將軍, 然後升堂拜夫人. 兄事而姉尊之, 必終有以厚報之. 天地鬼神, 皆聞此言. 夏六月, 萱告曰 老臣所以投身於殿下者, 願仗殿下威稜, 以誅逆子耳. 伏望大王借以神兵, 殲其賊亂, 則臣雖死無憾", 金富軾, 『三國史記』「列傳」「甄萱」.

15 "太祖從之, 先遣太子武將軍述希, 領步騎一萬, 趣天安府. 秋九月, 太祖率三軍, 至天安, 合兵進次一善, 神劍以兵逆之. 甲午, 隔一利川, 相對布陣", 金富軾, 『三國史記』「列傳」「甄萱」.

사람들이고, 이미 사기가 떨어진 상태였으므로 고려군의 위세만 보고도 여러 명의 장수가 항복을 할 정도였기 때문이다. 신검은 제대로 싸워보지도 못한 채 대패해서 충청도 논산 부근의 황산으로 후퇴를 하여 전열을 가다듬었으나 연이은 고려의 공격에 견디지 못하고 항복한다.[16] 다른 사람들의 항복은 모두 받아들이고 가족들도 함께 개경으로 오도록 했으나 반란의 주도자였던 능환의 항복만은 받지 않고 사형에 처했다. 신검은 능환의 협박에 의해 반란을 일으킨 것이니 용서하고 사형을 면하도록 했다. 일설에는 신검, 양검, 용검 등의 삼형제가 모두 처형되었다고도 한다. 나라를 잃어버리고 아들까지 죽임을 당하거나 유배를 가는 상황이 계속되자 견훤은 근심과 걱정으로 병이 들었고 며칠 가지 못해 등창으로 연산의 개태사開泰寺에서 세상을 떠난다.[17] 삼한의 주인이 되고자 하는 큰 꿈을 이루기 위해 견훤이 세웠던 후백제는 건국한 지 45년 만에 역사 속으로 사라지고 한반도는 고려로 통합되어 475년을 이어간다. 견훤이 세상을 하직할 때 완산주가 보고 싶다는 말을 했다고 하여 그의 무덤은 전주가 아득히 바라보이는 언덕인 연무읍 금곡리 마을의 뒷산에 조성한 것으로 알려져 있다.

2) 견훤과 야래자설화

사람인 여성이 남성으로 변한 이종異種의 존재와 결합하여 잉태하고 영웅을 탄생시킨다는 유형인 야래자설화의 내용은 다음과 같다. '어떤 처녀의 방에 낮

---

16 "太祖與尙父萱觀兵. 以大相堅權述希金山將軍龍吉奇彦等, 領步騎三萬爲左翼; 大相金鐵洪儒守卿將軍王順俊良等, 領步騎三萬爲右翼. 大匡順式大相兢俊王謙王父黔弼將軍貞順宗熙等, 以鐵騎二萬, 步卒三千及黑水鐵利諸道勁騎九千五百爲中軍, 大將軍公萱, 將軍王含允, 以兵一萬五千爲先鋒, 鼓行而進. 百濟將軍孝奉德述明吉等, 望兵勢大而整, 棄甲降於陣前. 太祖勞慰之, 問百濟將帥所在. 孝奉等曰 元帥神劍在中軍. 太祖命將軍公萱, 直擣中軍, 三軍齊進挾擊, 百濟軍潰北. 神劍與二弟及將軍富達小達能奐等四十餘人生降", 金富軾, 『三國史記』 「列傳」 「甄萱」.

17 "太祖受降, 除能奐, 餘皆慰勞之, 許令與妻孥上京. 問能奐曰 始與良劍等密謀, 囚大王立其子者, 汝之謀也. 爲臣之義當如是乎, 能奐俯首不能言, 遂命誅之. 以神劍僭位爲人所脅, 非其本心, 又且歸命乞罪, 特原其死. 一云三兄弟, 皆伏誅. 甄萱憂懣發疽, 數日卒於黃山佛舍", 金富軾, 『三國史記』 「列傳」 「甄萱」.

선 남자가 밤만 되면 찾아와서 자고 가는데, 어디서 온 누구인지를 알 수 없었다. 처녀는 그 정체를 알기 위해 실을 꿰어 놓은 바늘을 준비해서 남자가 벗어 놓은 옷에 꽂아 두었다가 그 실이 간 곳을 찾아가서 남자의 정체를 알게 된다. 처녀는 잉태를 해서 사내아이를 낳고, 이 아이는 일반 사람과는 확연히 다른 영웅적인 인물로 성장하여 성씨의 시조가 되거나 나라를 세우거나 한다.' 처녀의 방을 밤에 찾아왔던 남성의 정체는 이야기와 지역에 따라 여러 종류로 나타나며 식물과 동물로 크게 구분된다. 식물이 남성으로 변하는 것에는 절구공이, 동삼童參, 차천車泉의 오이 등이 있고, 동물이 남성으로 변하는 것에는 용, 구렁이, 지렁이, 수달, 거북 등이 있다. 이러한 유형의 설화는 세계적인 분포 양상을 보이는데, 서구의 것은 큐피드-사이키형이라고도 한다.[18] 이종의 존재가 인간 여성과 혼인하여 영웅을 낳은 이야기인 야래자설화는 우리나라에도 전국적으로 분포한다. 중요한 것으로는 '서동설화', '최치원설화', '노라치설화', '창녕조씨 시조담', '채씨소蔡氏沼', '광적사廣積寺의 거미' 등이 있으며 이는 다양한 문헌에 나타나 전해지고 있다. 이러한 성격을 지니고 있는 야래자설화는 이물교구설화異物交媾說話라고도 한다.[19]

야래자설화는 신의 아들이 땅으로 내려와 인간 여성과 혼인하여 건국의 시조를 낳는 신화가 변형된 유형으로 물질적인 증거물과 결합시킴으로써 이야기의 신빙성과 신뢰도를 높이려 했다는 점에서 전설의 범주에 넣을 수 있다. 견훤의 탄생담이라고 할 수 있는 '지렁이 아들' 이야기는 경상도 문경과 전라도 광주 두 지역에 분포하고 있는데, 야래자설화의 원형이라고 할 수는 없는 것으로 보인다. 지금까지 밝혀진 바에 따르면 설화의 내용과 그것이 전해지는 공간의 지형적 특성 등으로 볼 때 충청남도 연기군 서면 쌍류리 비암사碑岩寺 전설을 원형으

---

18 장덕순, 『한국의 설화문학 연구』, 서울대 출판부, 1970, 136쪽.
19 최상수, 『한국민간전설집』, 통문관, 1984, 565쪽.

로 본다.[20] 수리산바로 아래에 있는 쌍류리 마을은 동서 양 방향에서 흘러 내려 온 시내가 합치는 곳이면서 적석총積石塚을 비롯한 고대의 유적이 있는 장소로 신시神市의 면모를 갖추고 있다. 이 마을에 살던 처녀가 큰 뱀과 교혼하여 낳은 아이가 마을의 신이 된 것으로, 지형적인 특성이나 이야기의 구성 등으로 볼 때 비암사의 야래자설화가 훨씬 오래된 것이라고 할 수 있기 때문에 이것을 원형으로 해서 다른 지역으로 퍼져나가는 과정에서 후백제를 세운 건국시조의 영웅성을 부각시키기 위해 견훤의 탄생이야기와 결합했을 것으로 보이기 때문이다.[21] 견훤의 탄생설화는 『삼국사기』와 『삼국유사』에서 말하는 공간이 달라서 눈길을 끈다. 『삼국사기』에서는 경상도 가은현으로 기록하고 있는 반면, 『삼국유사』에서는 고기古記 의 내용을 인용하면서 전라도 무진주 북촌으로 하고 있기 때문이다. 견훤 탄생과 관련을 가지는 지명과 유적 등이 두 지역에 각각 존재하므로 어느 것이 더 신빙성이 높은지를 판가름할 수 있는 정보가 부족한 편이다. 견훤 관련 노래나 설화의 효과적인 문예콘텐츠화를 위해서는 두 지역의 이야기와 유적 등을 모두 인정하고 자료화해야 할 것으로 보인다.

여기에서 야래자설화를 언급하는 가장 중요한 이유는 이 이야기가 〈완산요〉의 주인공인 견훤과 아주 밀접한 관련을 지니고 있기 때문이다. 견훤의 출생과 야래자설화가 결합하게 된 과정이나 이 설화가 지니고 있는 문학예술적인 성격, 내용 등은 〈완산요〉의 문예콘텐츠를 체계화하는 데 있어서 매우 중요한 구성 요소가 된다.

---

20 장덕순, 앞의 책, 138쪽.
21 위의 책, 140쪽.

2. 〈완산요〉의 문예콘텐츠화

1) 〈완산요〉의 내용과 서지

(1) 〈완산요〉의 내용

『삼국유사』에 실려 전하는 것으로 노래의 형태를 빌어 불렀다는 〈완산요〉의 내용은 아주 간단하다. 맏아들인 신검에 의해 왕위에서 쫓겨난 견훤이 금산사에 유폐되어 힘센 장사 30여 인이 지켰다. 동요에서 부르기를, '가련하다 완산의 아이 아비 잃고 눈물 흘리네'[22]라고 했다는 내용이다. 여기서 완산의 아이, 혹은 완산의 아이들은 견훤의 아들 중 첫째, 둘째, 셋째인 신검神劍, 용검龍劍, 양검良劍을 가리키는 것으로 볼 수 있다. 아버지는 말할 것도 없이 후백제를 세웠다가 아들과 신하에 의해 배반을 당해 자신이 세운 나라를 잃고 한 때 적국이었던 고려로 귀순한 견훤이다. 노래에서 아버지를 잃고 눈물을 흘린다고 했으니 견훤을 내치고 스스로 왕위를 이으면서 나라를 승계한 신검 등이 결국에는 왕건에게 패하여 아버지도 잃고 나라마저 잃은 채 후회의 눈물을 흘릴 수밖에 없다는 것을 노래하고 있다. 이런 점에서 볼 때 〈완산요〉는 참요의 하나라고 할 수 있다.

참요는 현재의 상황이 미래에 어떤 방식으로 전개될 것인지를 미리 헤아려서 예언하는 방식으로 나타나며, 아이들의 입을 빌어 동요로 불리는 특징을 지니고 있다. 역사적으로 아주 큰 사건이라고 할 수 있는 전란, 변란 등이 일어나기 전이나 한 나라가 망할 조짐을 보일 때, 혹은 새로운 나라가 일어날 징조가 나타날 때 등의 시기에 이런 종류의 노래가 발생하는 것으로 기록되어 있다. 역사적으로 보면 인류사회에서 민족이 성립하면서 신분이 분화하고, 본격적으로 정치가 등장하

---

22 "初萱寢未起, 遙聞宮庭呼喊聲, 問是何聲歟, 告父曰, 王年老, 暗於軍國政要, 長子神劍攝父王位, 而諸
將歡賀聲也, 俄移父於金山佛宇, 以巴達等壯士三十人守之, 童謠曰, 可憐完山兒, 失父涕漣洒", 金富
軾, 『三國史記』 「列傳」 「甄萱」.

면서 권력을 놓고 암투를 벌이는 일들이 언제나 있어왔다. 이러한 경쟁과 투쟁 과정에서는 늘이기는 자와 지는 자가 등장하게 마련이고 이들 사이에는 치열한 전략과 전술이 펼쳐지는데, 이러한 수단 중의 하나가 바로 아이들의 입을 빌어 미래를 예언하는 방식을 취하는 참요다. 참요의 특징은 현재의 상황에 대한 분석을 바탕으로 하여 미래가 어떤 모습으로 다가올 것인지를 예측하는 것이다. 그런데, 현재란 이전의 과거가 쌓여서 이루어진 것이기 때문에 현재의 상황은 과거의 축적된 자료에 대한 압축된 내용과 체계적인 분석을 담고 있다. 따라서 짧은 형태의 참요 하나에는 과거의 축약과 현재의 사실, 그리고 미래의 변화가 모두 녹아있게 된다. 즉 〈완산요〉라는 짧은 노래 구절 속에는 아버지를 부정하다시피하면서 독립하여 세력을 구축하고 나라를 세운 견훤의 과거와 내부의 첨예한 갈등을 중심으로 한 부모 자식 간의 불화, 멀지 않은 미래에 일어날 나라의 멸망 등이 모두 담기게 된다. 그런 점에서 볼 때 참요는 놀이의 현장에서 불리는 여가요나 일하는 현장에서 불리는 노동요와는 질적으로 차별화된 성격을 지닐 수밖에 없다. 이런 점이 바로 〈완산요〉를 문예콘텐츠로 만드는 데 결정적인 역할을 하는 구성 요소가 되며, 이것으로 인해 다른 어떤 노래보다 광범위한 자료를 바탕으로 하여 형성된 맞춤정보를 제공할 수 있게 된다. 〈완산요〉의 문예콘텐츠는 역사를 움직이는 이데올로기인 철학, 사건을 중심으로 전개되는 역사, 예술적 정서를 표현하는 문학을 하나로 결합한 것으로 광범위하면서도 정확한 정보를 많은 사람들에게 제공함으로써 예술적 아름다움과 역사적 진실성을 함께 느끼도록 할 수 있는 최고의 콘텐츠 소스라고 할 수 있다.

(2) 〈완산요〉의 서지

〈완산요〉가 과거, 현재, 미래를 아우르는 축약된 역사성과 삶과 역사에 대한 교훈적인 철학관, 그리고 예술적인 아름다움을 지닌 문학성[23]을 함께 갖추고 있기 때문에 이에 대한 조상들의 관심 또한 상당했던 것으로 나타난다. 〈완산요〉와 함께 노래의 주인공인 견훤과 관련을 가지는 역사적 서술은 말할 것도 없고, 시나 설화 등 문학예술로 형상화된 자료와 교훈성을 지니는 다양한 기록 등에 대한 서지사항 전체를 빅 데이터화하여 정확하고 풍부한 정보를 유기적으로 연결시키는 것은 〈완산요〉라는 노래를 맞춤정보시대에 걸맞은 문예콘텐츠로 체계화하는 데 있어서 매우 중요한 의미를 지닌다. 왜냐하면 이렇게 할 때 비로소 문예콘텐츠로서의 〈완산요〉가 지니고 있는 특성과 장점이 가장 잘 드러날 수 있으며, 많은 사람들이 쉽게 다가가고 이해할 수 있는 기반을 마련할 수 있을 것이기 때문이다. 특히 견훤과 〈완산요〉와 관련을 가지는 모든 정보가 하나의 체계 아래 연결되면 그것을 필요로 하는 수요자의 요구에 맞는 모든 것을 제공할 수 있을 뿐 아니라, 다양한 형태의 정보 조합이 가능하게 되어 수 없이 많은 갈래의 맞춤 정보를 제공할 수 있게 된다. 우리에게 필요한 모든 정보들은 멀리 않은 미래에 이런 모습을 갖출 것이 확실하기 때문에 〈완산요〉와 관련된 서지 정보를 정확하게 파악하여 정리하는 것은 매우 중요할 수밖에 없다.

〈완산요〉를 처음으로 기록한 문헌은 고려시대에 승려 일연이 지은 『삼국유사』다. 명칭에서도 알 수 있듯이 『삼국유사』는 역사적 사실이기는 하지만 정통

---

23 〈완산요〉는 후백제의 건국과 멸망의 주인공이라고 할 수 있는 견훤이란 인물과 그를 중심으로 하는 역사적 사실을 바탕으로 하고 있으며, 후백제의 역사가 남긴 흔적은 현재도 살아 숨 쉬고 있다. 이러한 역사와 그 흔적들이 과거와 현재를 바탕으로 하면서 재창조된 모습의 문예콘텐츠로 거듭난다면 미래의 역사를 새롭게 만들어 나갈 수 있을 것이다. 〈완산요〉에는 역사성 뿐 아니라 노래를 만들고 불렀던 당시 사람들이 삶과 세상을 바라보는 철학적 세계관을 담고 있다. 〈완산요〉는 한편으로 실패한 영웅에 대한 애정과 안타까움과 회한을 담으면서, 다른 한편으로는 후대 사람들에게 경각심을 불러일으키기 위한 교훈을 바탕으로 하는 철학적 세계관을 노래하고 있다. 그렇기 때문에 〈완산요〉에 대해 후대의 문인들은 지대한 관심을 보여 다양한 형태로 재창조하면서 해당 시대의 세계관을 담아내고 있다. 또한 〈완산요〉는 훌륭한 문학적 비유를 표현수법으로 하는 노래의 형태를 지니고 있기 때문에 많은 사람들이 함께 참여하여 즐길 수 있는 예술적 아름다움을 간직하고 있다. 이런 점에서 볼 때 견훤과 관련된 문학 중 〈완산요〉는 철학과 역사와 문학을 아우르는 최고의 문예콘텐츠 소스라고 할 수 있다.

역사서인『삼국사기』에서는 기록하기 어려웠던 것들을 중심으로 민족과 국가의 기원과 불교와 관련을 가지는 이야기들을 모아서 일정한 기준에 의해 편집해 놓은 일종의 설화집이라고 할 수 있다. 그러므로『삼국유사』에는 신화, 설화, 민요 등을 비롯하여 아주 다양한 문화적 현상들을 수록하고 있어 문화콘텐츠의 보고라고 할 수 있다. 후백제를 건국한 견훤의 일생을 이야기 방식으로 풀어나가는 과정에서 아들인 신검에 의해 금산사에 유폐된 것을 기술한 뒤에 그 전부터 이러한 조짐을 간파하고 있었던 백성들이 아이들의 입을 빌어서 예언적으로 노래한 〈완산요〉를 소개하고 있다. 『삼국유사』는『삼국사기』에서 언급한 역사적 사실을 바탕으로 하면서도 고기같은 옛 기록들과 민간에서 전해오는 노래나 이야기들까지 총망라하여 실어 놓고 있기 때문에 견훤 관련 기록의 총체라고 해도 좋을 정도로 종합적이다. 이런 점에서 볼 때『삼국유사』에 실린 견훤과 〈완산요〉에 대한 기록은『삼국사기』「열전」의 '후백제 견훤'과 함께 매우 중요한 의미를 지니는 자료라고 할 수 있다. 견훤과 〈완산요〉에 대한 기록은 이후로 조선 중기까지 나타나지 않다가 18세기에 이르러 지식인들 사이에 역사와 사회에 대한 인식이 바뀌면서 다시 등장한다.

18세기 후반에 실학자인 안정복安鼎福, 1712~1791에 의해 편찬된『동사강목東史綱目』제5에는 견훤이 신검에 의해 금산사에 유폐되면서 고려로 귀순하는 과정을 싣고 있는데, 여기에 〈완산요〉를 함께 기록하면서 견훤의 포악함과 가정을 제대로 다스리지 못한 것을 멸망의 원인으로 꼽는다는 자신의 견해를 남기기도 했다.[24]『동사강목』은 단군조선부터 고려 말기까지에 이르는 우리 민족의 역사를 편년체의 방식으로 기록한 것인데, 실학자답게 광범위한 자료를 바탕으로 인물이나 역사적인 사건 등에 대해 철저하게 계통을 살펴서 논증하고 시비를

---

24 안정복,『국역동사강목』5, 민족문화추진회, 1978, 46쪽.

가리려는 시도가 돋보이는 역사서다. 견훤에 대해서도 비판적인 시선을 거두지 않았는데, 이러한 실 증적세계관이 〈완산요〉 같은 노래를 함께 수록하도록 했던 것으로 볼 수 있다.

이와 비슷한 시기에 활동했던 문인이면서 시에 대한 재능이 뛰어났던 최성대崔成大, 1691~미상는 『두기시집杜機詩集』에서 견훤성에 대한 것을 시로 써서 남기기도 했다. "그대는 황화대를 보았는가! 대 주변 옛길에는 풀 넝쿨만이 자라네, 그대는 견훤성을 보았는가! 성 안의 궁 담장은 이미 풀이 무성하네, 그 옛날의 패업을 지금 사람들 슬퍼하지만, 해마다 봄만이 다시 옴을 보도다."[25] 이 시는 견훤이 도읍지로 삼았던 전주에 있는 옛 고적을 찾아서 느낀 감회를 시로 읊은 것이다. 전주 시내를 한 눈에 굽어볼 수 있는 황화대에는 잡풀과 넝쿨만이 무성하고 자라고, 후백제의 도읍지를 적으로부터 지키기 위해 쌓았던 견훤성과 궁궐의 담장은 풀이 뒤덮어서 처량함을 더해 주고 있다는 내용이다. 한때 삼한을 주름잡을 정도로 큰 세력을 가졌던 후백제였지만 한 번 망하고 나니 다시는 다시 일어설 수 없었던 역사의 냉엄함을 작자는 되새기고 있다. 역사적 진실에 서 배우는 교훈과 망국의 한을 담고 있는 유적에 대한 애달픈 정서가 잘드러난 작품이라고 할 수 있다.

성호星湖 이익李瀷의 문인으로 18세기에서 19세기에 걸쳐 활동했던 남인 학자였던 윤기尹愭, 1741~1826는 자신의 문집인 『무명자집無名子集』에서 600여 수에 이르는 장편시인 「영동사詠東史」를 수록하고 있는데, 견훤과 〈완산요〉에 대한 것이 시로 형상화되어 있어서 눈길을 끈다. 「영동사」는 『십팔사략』의 내용 중에서 우리나라와 관련을 가지는 부분만을 발췌하여 소재로 삼아 시로 창작한 것인데, 부족하다고 판단한 자료들은 다른 문헌에서 취하여 참고하면서 지었다.

---

25 "君不見黃華臺 臺邊古道生草蔓 君不見甄萱城 城裏宮墻已蕪漫 昔時霸業今人哀 惟見年年春色來."
(甄萱城·崔成大, 『杜機詩集』, 券之十, 민족문화추진회, 2008, 517쪽)

이 시에서 다루고 있는 역사는 단군에서부터 고려의 멸망까지다. 378번의 시에서는 신라의 경애왕이 정치를 제대로 하지 못해 나라가 어지러워졌음을 노래하고, 다음 편인 279번과 380번 작품에서는 경주로 공격해갔던 견훤이 왕이 놀고 있던 포석정으로 쳐들어가 경애왕을 자살하게 하고 부인들을 욕보인 뒤 보물을 약탈해서 돌아간 것을 시로 읊었다. 그 뒤로 계속해서 견훤과 왕건 사이에서 있었던 전쟁의 역사를 소재로 하여 읊은 다음, 386번과 387번의 시에서는 내부에서 반란이 일어나 견훤이 아들에 의해 금산사에 유폐되었던 사실을 소재로 하였다. 388번의 시에서는 〈완산요〉를 소재로 하여 역사에 대한 시인의 정서를 읊조리고 있다. "아버지 잃은 가련한 완산의 아이, 나라의 파탄 과연 동요로 징험했네, 수병을 취케 하고 마침내 탈주하니, 투항할 곳은 오직 고려뿐이었다네."[26] 참요에서 소재를 취해오긴 했지만 이 시에는 적대국에 귀순해야 하는 견훤의 참담한 심정을 중심으로 노래하고 있다. 투항할 곳은 오직 고려뿐이었다는 마지막 구절에서 작가의 이러한 정서를 아주 잘 보여주고 있다. 〈완산요〉에 대해 직접적으로 언급하거나 그것을 소재로 한 기록들은 이상과 같은데, 『삼국사기』를 비롯하여 견훤과 관련을 가지는 다양한 종류의 자료들 역시 〈완산요〉의 문예콘텐츠화를 위해서는 중요한 의미를 지니는 것들이라는 사실을 간과해서는 안 된다.

2) 완산요의 콘텐츠 자료

(1) 출생과 죽음에 관한 콘텐츠 자료

견훤의 출생과 관련을 가지는 자료와 유적은 크게 두 부분으로 나눌 수 있다. 하나는 경상북도 문경 지역을 중심으로 하는 설화와 유적이고, 다른 하나는 전

---

26 "可憐失父完山兒 果驗童謠板蕩時 飲醉守兵仍脫走 投降只是在高麗." 尹愭, 「詠東史 其三百八十八」
(『無名子集詩稿』 冊六, 민족문화추진회, 2000, 147쪽)

라도 광주 지역을 중심으로 하는 설화와 유적이 그것이다. 경상북도 문경시 가은면 갈전리에 있는 아차마을에는 아자개 집터, 실개천, 금하굴金霞窟 등의 유적과 야래자설화가 있고, 이곳에서 서남쪽으로 8km 정도 떨어진 농암면에 있는 것으로 하늘에서 내려온 견훤이 바위를 깨고 나왔다는 전설을 지니고 있는 농바우籠岩는 구호라는 이름을 가진 하늘의 신선이 내려와서 견훤으로 태어났다는 전설을 지니고 것으로 가은면과 농암면의 경계에 있는 성재산 등이 있다. 한편, 광주 지역에 전하는 견훤 출생 설화는 야래자설화의 유형을 그대로 간직하고 있어서 문경의 것과 동일하다. 유적으로는 견훤의 어머니가 살았다는 북촌으로 볼 수 있는 광주시 북구의 생룡동이 있다. 문경 지역에 남아 있는 지명과 설화는 매우 구체적인 반면, 광주 지역의 지명과 설화는 견훤이 무진주에서 거병하여 기반을 닦고 나라를 세울 수 있는 근거지로 삼았다는 점과 연결되어 있다는 느낌을 많이 준다. 이런 점에서 볼 때 견훤의 출생과 관련된 유적과 설화는 문경의 것이 원형에 가까운 것으로 보인다. 이러한 견훤 출생 설화는 후대에 와서 상당히 넓은 지역으로 퍼져나가 전라남도의 광주, 함평과 전라북도의 남원, 옥구, 정읍, 그리고 경상북도의 상주, 안동 등의 여러 지역에 전승된 것이 확인된다.

견훤의 죽음과 관련된 유적은 김제시 금산면에 있는 사찰로 견훤이 유폐되었던 금산사, 고려에 귀순한 견훤이 등창으로 고생하다 세상을 떠난 연산면의 개태사, 논산시 연무읍 금곡리에 있는 견훤왕릉 등이 있다. 이 유적들은 모두 아들에 의해 유폐되고, 후백제가 멸망의 길을 걸으면서 같은 시기에 세상을 떠난 견훤의 죽음과 관련을 가지는 것들이다. 그러므로 여기에는 견훤의 아픔과 슬픔이 고스란히 녹아 있는 것으로 볼 수 있다.

(2) 견훤의 활동에 대한 콘텐츠 자료

기이한 과정을 거쳐 세상에 태어난 것으로 되어 있는 견훤은 신라사회가 혼란한 틈을 타 민심을 얻으면서 세력을 키워 후백제를 세우고 왕의 자리에 올랐던 사람이었다. 그가 성장하여 세력을 키워가는 과정과 관련된 이야기와 유적들은 매우 너른 지역에 분포하고 있다. 견훤이 기반을 닦기 시작한 초기의 활동을 보여주는 것으로는 경상도의 문경과 상주 지역에 남아 있는 지명과 유적들이 있다.

견훤이 하늘에서 내려온 천마가 내려와서 놀던 말을 얻었다고 해서 붙여진 곳으로 문경시 농암면 종곡리 골마 시냇가 언덕에 위치한 말바우, 견훤이 천마와 화살이 누가 빠른지를 시험했는데, 말이 느리다고 생각하여 죽인 후에 화살이 와서 꽂히는 바람에 아차라는 소리를 질러서 붙여졌다는 가은읍의 아차산, 견훤이 세력을 길러 처음 일어나서 궁궐을 지었다는 장소인 문경시 농암면 궁기리에 있는 궁터, 견훤이 북을 울리면서 군사를 조련한 곳이라 해서 붙여진 농암면 종곡1리의 북젓골 등이 있다. 또한 광주광역시 북구 생룡동 뒷산에 있는 후백제성은 견훤이 웅거했던 곳으로 보인다. 전주에 도읍을 정한 견훤이 세웠다는 누대인 황화대, 동림동에 있는 대마산의 꼭대기에 있는 견훤대甄萱臺와 견훤대를 마주보고 왕건이 진을 친 장소인 왕건대王建臺 역시 견훤과 깊은 관련을 가지는 유적이라고 할 수 있으며, 그 아래쪽에는 견훤이 군대를 주둔시키면서 말을 기르던 방목평放牧坪이 있다. 경주에 들어가서 경애왕을 죽게 만들고 경순왕을 세운 다음 돌아가던 견훤의 군대와 싸우다가 크게 패하여 김락과 신숭겸의 지략에 힘입어 왕건이 겨우 목숨을 건져 도망간 전투의 현장인 팔공산, 그 후 1년 뒤에 있었던 전쟁으로 견훤에게 치명타가 된 패전의 공간인 안동의 병산, 아버지를 몰아내고 왕이 된 후백제의 신검과 고려의 왕건이 마지막 전투를 벌이던 일리천, 도망가던 신검이 항복함으로써 후백제의 마지막을 고하게 된 황산벌 등은 모두 견훤이 활동했던 흔적을 보여주는 후백제의 소중한 유적이다.

(3) 견훤의 산성에 대한 콘텐츠 자료

신라에 대한 반란군의 성격을 지니면서 출발했던 견훤군은 세력을 키워 나가는 과정에서 자신을 지키기 위한 방어수단으로 가장 중요한 것이 산성이었다. 따라서 견훤의 출생지인 문경과 상주 지역에는 그가 쌓았거나 관련을 가지는 산성들이 상당수가 존재한다. 문경시 농암면 성재산에 견훤이 쌓아서 세력을 키우는 장소로 썼다고 하는 천마산성天馬山城은 이곳에 숨어서 견훤이 세력을 길렀던 곳으로 전해진다. 가은읍에 있는 산성으로 견훤과 왕건이 대치하면서 전투를 벌였던 근품산성近品山城과 치마단馳馬壇이 있고, 역시 가은읍에 있는 산성으로 신라의 경순왕과 견훤이 싸웠다는 이야기가 전해지는 희양산성曦陽山城이 있다. 점차 세력을 키운 견훤이 방어와 진격의 교두보로 삼았던 곳으로 상주시 화북면 장암리에 있는 견훤산성은 천혜의 요새로 손꼽을 수 있는 곳이다. 이 산성과 이어지는 것으로 화서면 하송리 대궐터에 있는 성산산성城山山城은 견훤이 맨 처음 쌓은 산성으로 알려져 있다. 이러한 산성들은 모두 문경과 상주 지역에 남아 있는 것으로 견훤이 직접 쌓았거나 그의 활동과 깊은 관련을 지니고 있는 유적들이다. 이 외에도 아자개가 성을 쌓고 웅거했다는 것으로 전해지는 것으로 상주시 병성면에 소재한 병풍산성屛風山城이 있다.

이곳에는 아자개의 무덤으로 보이는 고분도 존재한다. 경북 청도군 운문면 신원리에는 견훤이 지렁이 아들이라는 전설과 함께 견훤이 신라를 공격하는 발판으로 하기 위해 쌓았다는 지룡산성地龍山城이 있다. 강원도 원주시 문막면 후용리에는 왕건의 남하를 막기 위해 견훤이 쌓았다는 견훤성이 있다. 이 성에는 견훤이 지혜를 써서 왕건을 물리치고 큰 전과를 올린 전설이 내려온다. 견훤이 후백제의 도읍지로 했던 전주에는 서기 901년에 도성의 방어를 위해 쌓은 것으로 고덕산성高德山城으로도 불리는 남고산성南固山城이 전주시 동서학동에 있고, 이 성에서 동쪽으로 전주천을 건너 마주보고 있는 승암산僧巖山에는 후백제의 궁궐터로 추정되는 것으로 승암산성으로도 불리는 동고산성東固山城이 있다. 동고산성에는 궁궐터로 볼 수 있는 전주성이라고 새겨진 연꽃무늬 와당瓦當, 중방中方, 관官 등의 글자가 새겨진 조각들이 발견되었다. 전북 장수군 장수읍 식천리에는 합미성合米城이란 이름으로 전해지는 후백제의 산성이 있는데, 견훤의 군대가 먹을 식량을 저장하던 산성으로 알려져 있다. 또한 충북 청주시 정북동 토성마을에 있는 정북리토성井北里土城은 견훤이 쌓은 것으로 후백제군의 식량을 저장하던 곳으로 알려져 있다. 충북 괴산군 청천면 송면리에 있는 소실령성지는 군사적 요충지에 지었던 석성으로 남하하는 궁예의 세력을 견제하기 위해 견훤이 쌓았다는 산성이다. 전라북도 정읍군 산외면 상두리에 있는 상두산성象頭山城은 서쪽에서 들어오는 적을 방어하기 위해 견훤이 쌓았던 산성이다. 이 성은 조선조 정여립鄭汝立이 반란을 일으켰을 때도 이곳에 진을 치고 관군과 싸웠다는 기록이 전해진다. 전남 나주시 경현동 금성산에 있는 금성산성錦城山城은 서쪽의 해로를 따라 남하한 왕건의 군대를 방어하기 위해 견훤이 쌓았던 산성이다. 또한 전남 나주시 반남면 대안리와 신촌리에 걸쳐 있는 자미산성紫薇山城은 백제시대 이전부터 있었던 성으로 보이는 산성이다. 견훤이 이곳에 주둔하면서 갈마산에 진을 친 왕건의 군대를 막아 싸웠는데, 이 전투에서 후백제군이 고려군에 패한 것으로 기록되어 있다. 이처럼 다양한 형태로 여러 지역에 걸쳐 광범위하게 분포되어 있는 견훤 관련 산성들은 후백제의 영역과 활동반경 등을 살펴볼 수 있는 매우 중요한 유적들이라고 할 수 있다.

3) 완산요의 문예콘텐츠화

견훤과 신검을 둘러싼 내분과 갈등을 나라의 운명과 연결시켜 표현한 〈완산요〉라는 짧은 노래 한 편에는 후백제를 세운 시조의 탄생에서부터 나라의 멸망에 이르는 모든 과정이 녹아 있다. 비록 짧은 형태를 지니고 있지만 이 노래는 후백제가 멸망의 길을 걸을 수밖에 없었던 모든 과정과 필연적인 원인 등을 중심으로 견훤의 출생에서부터 나라의 패망에까지 이르는 전체를 총망라할 수 있는 정보가 함축적으로 들어 있기 때문이다. 태어날 때부터 지니고 있었던 자신의 뛰어난 능력과 탁월한 지도력을 믿었던 견훤은 독립하여 스스로 왕이라 일컬으며 나라를 세웠다. 하지만 세력을 넓혀가는 과정에서 인의仁義로 신하와 백성을 통솔하지 못하고 폭력성을 앞세움으로써 민심이 이반하는 결과를 낳게 되고, 급기야 부하와 아들에 의해 사찰에 갇히는 신세가 되면서 급전직하로 추락하고 만다. 이 사건은 적국이었던 고려로 귀순하면서 억울함을 풀어보려 한 견훤의 처사가 옳은지 그른지를 떠나 왕건에게는 천재일우의 기회를 제공하게 되고, 삼한의 통일을 앞당기게 되는 직접적인 계기가 된다. 아버지와 나라를 모두 잃어버린 신검이 눈물을 흘리면서 항복을 할 수밖에 없었던 모든 과정이 이처럼 〈완산요〉 한 편에 담겨 있다. 따라서 〈완산요〉는 견훤과 후백제, 그리고 이와 관련된 모든 것들을 하나로 묶어세우면서 연결시켜 빅테이터화할 수 있는 모든 요소를 맹아적으로 지니고 있는 존재가 되어 문예콘텐츠화의 출발점으로 삼을 수 있게 된다는 것이다.

견훤의 출생에서 죽음까지, 그리고 후백제의 건국에서 멸망까지의 전체를 포함하고 있는 〈완산요〉는 다음의 세 단계를 거쳐 문예콘텐츠[27]화할 수 있다.

---

27 문예콘텐츠는 문학예술 관련 자료와 디지털 기술이 결합한 정보가 유무선 통신망을 통해 필요로 하는 모든 사람들에게 다양한 방식으로 전달되는 알맹이 전체를 가리킨다. 철학과 역사와 문학이 함께 담겨 있는 문예콘텐츠는 빅 데이터를 통해 체계화된 수많은 정보를 기반으로 하면서 디지털화한 첨단 기술과 결합하는 형태로 전달되기 때문에 수요자의 요구를 최대한으로 충족시킬 수 있는 맞춤정보 방식으로 전달할 수 있는 특징을 지니고 있다. 이러한 성격을 지니는 문예콘텐츠는 첫째, 자료의 정확성, 둘째, 자료의 방대함, 셋째, 자료의 체계성, 넷째, 자료의 연결성을 생명으로 한다. 문예콘텐츠가 이 조건을 충족시키지 못할 경우 수요자의 요구를 충족시켜줄 수 없을 뿐 아니라 이것을 바탕으로 제2, 제3의 파생콘텐츠의 재창조에 좋지 않은 영향을 미치게 된다. 그런 점에서 볼 때 원전 자료를 1차로 가공하는 과정이라고 할 수 있는 문예콘텐츠화가 지니는 의미는 대단히 중요하다.

첫째, 견훤과 후백제에 관련된 모든 자료와 유적들을 수집하고 정리하여 체계화하는 과정, 둘째, 〈완산요〉를 출발점으로 하여 모든 정보들을 유기적으로 연결하는 과정, 셋째, 각각의 정보가 주축을 이루어 또 다른 방계 정보와 연결하는 과정 등이 그것이다. 첫 번째 단계는 현존하는 모든 문헌자료와 구전되는 자료 등을 수집하고 그것을 조직화하여 데이터화하는 과정이다. 문헌자료, 구전자료, 유적정보로 크게 나누어서 각각에 해당하는 자료를 아주 작은 것이라도 놓치지 않고 수집하여 정리하는 것이 필요하다. 이렇게 하지 않으면 제대로 된 기능을 가진 빅 데이터로서의 의미를 가지기 어려울 것이며 그럴 경우 자료에 대한 체계적인 분석과 수요자의 요구에 정확히 맞춘 정보를 제공하는 일이 불가능할 것으로 보이기 때문이다. 문헌자료는 해당하는 시대에 기록된 것에서부터 후대에 이르기까지 모든 것을 총망라하되 역사적 사실을 기록한 자료, 역사적 사실에 대한 후대 사람들의 평가 자료, 역사적 사실을 소재로 하여 새롭게 창조한 문학예술 자료 등을 대상으로 하되, 직접적이고 큰 것에서부터 아주 작거나 미미한 관련성을 가지는 것에 이르기까지 모두 조사하여 수집하는 것을 원칙으로 한다. 구전자료는 과거에 조사되어 기록으로 남아 있는 것에서부터 현재의 자료에 이르기까지 전승과 전파의 과정을 살피는 것이 가능한 수준까지 정리하는 것이 필요하다. 구전되는 자료는 우리의 삶 속에서 살아 움직이는 것이므로 전승과 전파 과정에서 변이되면서 새로운 것을 만들어내기 때문에 역사적 사실이 전승자와 시대에 따라 달라지는 변화 과정을 짚어낼 수 있다. 구전자료에 대한 이러한 접근은 역사적 사실이 어떤 과정을 통해 구전문학화하며, 그것이 어떤 모습으로 변화하는지를 살필 수 있게 되어 문예콘텐츠에 역사성과 다양성을 함께 담는 기반이 된다. 현존하는 유적에 대한 정보는 문예콘텐츠의 내용을 풍부하게 함과 동시에 그것과 밀접한 관련을 지니고 있는 문예콘텐츠에 대한 이해를 높이는 데 결정적인 구실을 한다. 왜냐하면 하나의 문예콘텐츠가 담고 있는 정보의 많은 부분이 직간접적으로 유적과 관련을 지니고 있는 데다가 그것을 증거물로 하면서 새로운 형태의 구전문학을 꾸준히 재생산해내기 때문이다. 또한 어떤 경우에 유적은 사라졌어도 이야기로 형상화되어 전하는 것이 존재함으로써 유적을 복원하는 데 결정적인 단서가 되기도 한다. 특히 후백제 관련 유적들은 견훤의 활동과 직접적인 관련을 가지는 것들인 까닭에 후백제와 견훤을 중심으로 하는 〈완산요〉의 문예콘텐츠화 과정에서 없어서는 안 될 중요한 구성 요소가 된다.

〈완산요〉를 출발점으로 하여 모든 정보들을 유기적으로 연결하는 두 번째 단계에서는 전 단계에서 체계적으로 수집, 정리한 자료들이 일정한 기준에 의해 연결되는 과정이 된다. 따라서 후백제와 견훤 관련 정보 전체를 최대한으로 압축하여 담아내고 있는 〈완산요〉가 가장 핵심이 되어 모든 관련 정보로 연결될 수 있는 중심 허브가 된다. 〈완산요〉의 문예콘텐츠에 대한 모든 정보는 여기에서 여러 방향으로 퍼져나갈 수 있도록 연결되어야 한다. 〈완산요〉의 문예콘텐츠를 이루는 바로 아래의 구성 요소는 첫째, 견훤의 출생과 죽음과 관련을 가지는 생애 자료, 둘째, 견훤의 활동 전반에 대한 자료, 셋째, 견훤의 산성에 대한 자료라 할 수 있다. 이것은 수요자가 〈완산요〉에 대한 정보를 필요로 하는 경우 작품에 대한 것만을 제공하는 것이 아니라 세 가지의 방향을 제시함과 동시에 어느 방향을 정해서 나갈 것인지를 선택할 수 있도록 함으로써 자신에게 가장 적합한 맞춤정보를 얻을 수 있도록 한다. 또한 이 세 가지는 각각의 구성 요소에 속하는 하위 단위의 정보로 통하는 허브로 작용하면서 수요자가 필요로 하는 방향과 거기에 맞는 정보를 제시할 수 있게 된다. 견훤의 출생으로부터 죽음에 이르는 과정과 관련을 가지는 생애자료는 여러 지역에 걸쳐 폭넓게 분포함과 동시에 다양한 형태와 내용을 가지고 있는 견훤의 출생과 관련을 가지는 모든 정보를 제공하도록 구성되어야 한다. 견훤의 죽음과 관련을 가지는 자료는 유폐에서부터 탈출과 항복, 그리고 죽음에 이르는 일련의 과정을 풍부한 정보와 함께 일목요연하게 볼 수 있도록 제시될 필요가 있다. 견훤의 활동과 산성에 대한 정보 역시 이와 같은 방식으로 짜여야 한다.

〈완산요〉의 하위 구성 요소가 되는 세 가지 종류의 정보가 주축을 이루면서 그 아래의 하위 정보가 또 다른 방계 정보와 연결하는 과정은 〈완산요〉의 문예콘텐츠를 완성하는 단계라고 할 수 있다. 〈완산요〉 관련 모든 정보들이 큰 것에서부터 아주 작은 것에 이르기까지 유기적으로 연결된 상태가 두 번째 단계인데, 완벽한 문예콘텐츠로 완성되기 위해서는 세 번째 단계가 매우 중요하다. 왜냐하면 수요자가 필요로 하는 모든 정보를 최종적으로 맞추어서 제공할 수 있는 것이 바로 세 번째 단계의 작업이기 때문이다. 견훤의 출생설화는 밤만 되면 처녀의 방을 찾아와서 자고 가는 남자에 대한 이야기인 야래자설화의 유형을 지니고 있다. 따라서 견훤의 출생에 대한 자료는 야래자설화로 연결될 수 있는 통로를 또 하나 열어 놓아야 한다. 야래자설화에 대한 정보는 우리나라 전국에 분포하는 여타의 야래자설화로 연결될 수 있도록 함과 동시에 세계의 야래자설화에 대한 정보와도 연관되도록 해야 한다. 이러한 정보구성의 방식은 생애, 활동, 산성 등 모든 하위 자료에도 적용되어야 하며 가능한 한 다양하고 풍부한 정보로 연결될 수 있도록 해야 한다. 이렇게 하여 완성된 〈완산요〉의 문예콘텐츠는 어떤 자료를 통해 들어오더라도 수요자가 필요로 하는 맞춤정보로 통하는 길을 고를 수 있는 선택의 폭을 무한하게 넓혀 줄 수 있다. 왜냐하면 각각의 단계에 위치해 있는 허브들이 지니고 있는 정보의 조합에 의해 수많은 통로를 만들어낼 수 있기 때문이다. 이것은 마치 가로 세로 19개의 칸으로 되어 있는 바둑판에서 일어날 수 있는 경우의 수가 19팩토리얼factorial, 階乘만큼 존재하는 것과 같은 이치라고 할 수 있다. 이렇게 완성된 문예콘텐츠는 정확하고 풍부한 자료와 정보를 필요로 하는 수요자가 선택할 수 있는 범위를 가장 폭 넓게 확보함으로써 수요자의 욕구를 가장 완벽하게 충족시킬 수 있는 가능성을 최대화할 수 있는 맞춤정보를 제공할 수 있게 된다.

세계화하고 일반화한 인터넷 기술을 기반으로 하는 20세기의 정보사회에서 한 걸음 더 나아가 사물인터넷의 일반화를 목전에 두고 있는 21세기의 현대사회는 정보의 홍수시대라고 할 수 있다. 방대한 양의 정보가 엄청나게 빠른 속도로 전달되고, 전파되기 때문에 많은 부작용과 혼란을 야기하기도 할 정도다. 여기에서 한 걸음 더 나아가 물건과 물건이 정보를 주고받는 사물인터넷 시대가 열리기 직전인 지금의 상황은 앞으로의 삶에서 수요자의 필요에 맞추어서 제공되는 정보가 우리의 삶 전체를 지배하게 될 것으로 보인다. 따라서 그렇게 된 정보만이 생존하게 된다는 것이 자명한 사실일 것이다. 멀지 않은 미래에 우리의 눈앞에 펼쳐질 사회의 이러한 변화는 그것의 구성 요소 중 하나이면서 문화현상의 일부를 이루는 문학예술에 대한 이해와 접근의 방식도 변화하지 않으면 안 될 것이라는 사실을 미리 보여준다. 왜냐하면 활자화된 문헌 자료와 해설서 등을 찾아보고, 강의실에서 이루어지는 학교 교육과 대중 매체인 방송과 신문 등을 통해 접할 수 있었던 문학예술에 대한 정보들이 맞춤정보의 방식으로 각 개인에게 전달되고, 개별적인 필요에 의해 선택할 수 있게 될 것이기 때문이다. 따라서 앞으로의 콘텐츠 제작 방식은 활자와 방송, 신문 등을 통해 일방적인 수용을 요구하던 방식에서 벗어나 개인이 요구하고 필요로 하는 것에 맞추어서 정보를 제공해야 하는 방식으로 바뀔 수밖에 없다.

오랜 역사와 전통을 지니고 있는 고전문학, 그중에서도 고전시가는 풍부한 문헌자료와 증거물이 되는 유적자료 등이 복합적으로 연결될 때만 정확하고 올바른 이해를 가능하게 하고 흥미를 유발할 수 있기 때문에 시대적 변화에 걸맞는 새로운 형태의 콘텐츠로 환골탈태하지 않으면 안 될 것으로 보인다. 그러기 위해서는 첫째, 작품과 관련을 가지는 모든 자료들을 수집하고 정리하여 방대한 빅 데이터를 구성하고, 둘째, 일정한 기준에 의해 분류하고 세분화한 정보들을 유기적으로 연결시키며, 셋째, 데이터화한 자료와 관련성이 있는 방계자료들과의 연결이 가능하도록 하고, 넷째, 수요자의 욕구를 충족시킬 수 있는 다양한 방식의 맞춤정보를 제공할 수 있도록 콘텐츠를 창조해낼 필요가 있다. 이러한 구상을 바탕으로 후백제의 시조인 견훤과 직접적인 관련을 가지는 시가인 〈완산요〉의 문예콘텐츠화 방안을 제시해 보았다. 이러한 방식의 콘텐츠 구성 이론은 사물인터넷이 일반화할 멀지 않은 미래를 위해서는 반드시 필요하며, 고전시가뿐 아니라 고전문학, 나아가서는 문학예술 전체로 확산시켜 활용할 수 있을 것으로 생각된다. 앞으로 지속적인 후속 연구를 통해 좀 더 정치하고 발전적인 이론을 개발해야 할 것이다.

제2장

호칭을 통해 본 노래의 성격에 대한 고찰

노래[1]는 화자 혹은 창자와 청자 혹은 향유자의 사이에서 서로의 정서를 직접적으로 매개하는 과정에서 생기고 발전하는 예술이다. 그렇기 때문에 작품을 만들고 부르는 사람과 그것을 듣고 즐기는 사람과의 관계가 대단히 중요하다. 노래를 부르고 듣는 상호 간의 관계가 바로 노래 형성의 밑바탕이 되고, 쌍방 간의 관계에 따라 노래의 성격이나 작품에서 사용되는 표현 등이 결정되기 때문이다. 사상적인 내용을 강조한 경서나 이야기를 기록해 놓은 산문문학 같은 경우는 그것이 작자와 독자의 사이를 매개하기는 하지만 노래만큼 직접적이지는 않다는 점에서 큰 차이가 있다. 이런 점 때문에 노래는 일방적일 수 없고 쌍방적일 수밖에 없는 성격을 가지게 되는 것이다. 노래는 화자와 향유자가 직접적으로 매개된 상태에서 향수되는 것이기 때문에 쌍방적 관계 설정이 대단히 중요한 의미를 지닐 수밖에 없게 되는 것이다.

그런데, 관계의 설정에서 가장 핵심을 이루는 것은 노래를 부르는 사람과 듣는 사람 상호간에 사용되는 호칭이라고 할 수 있다. 호칭은 노래 내용의 일부를 이루면서도 상대에게 화자의 정서를 가장 직접적으로 표현하는 중요한 매개체

---

1   여기에서 노래란 명칭은 시가문학에서 현대의 유행가까지를 통칭하는 개념으로 사용한다. 시가는 시이면서 노래로 불려진 것을 의미하고, 유행가는 시와 가가 분리된 상태의 노래를 지칭하기 때문에 이것을 통칭하는 명칭으로 노래를 사용한 것이다.

이기 때문이다. 호칭이 잘못되면 말하려고 하는 내용이 아무리 좋더라도 효과적인 전달이 불가능할 뿐 아니라 오해를 불러일으킬 가능성이 대단히 높은 것은 사실이다. 이러한 점에서 호칭은 언어로 정서를 전달하는 모든 경우에 있어서 가장 중요한 구실을 하는 것으로 볼 수 있다. 이런 구실을 하는 호칭은 말이나 노래를 주고받는 사람들 간의 관계에 따라 결정되기 때문에 호칭에는 말이나 노래를 주고받는 사람 상호 간의 관계가 아주 잘 드러난다. 신분이 높은 사람에 대한 것, 임금에 대한 것, 사랑하는 사람에 대한 것 등의 모든 호칭은 그것을 사용하는 사람과 듣는 사람과의 관계에 따라 결정되기 때문에 호칭만 보아서도 우리는 그 관계가 군신관계인지 주인과 하인의 관계인지를 알 수 있게 되는 것이다.

인간관계를 표시해 주는 이러한 호칭이 노래에서 가지는 의미는 매우 크다. 함축된 표현과 의미를 통하여 자신의 정서를 표현하는 시가에서는 관계를 나타내주는 호칭에 따라서 작품의 구성이라든가 표현 등이 결정되기 때문이다. 바꾸어 말하면 노래의 대상이 되는 사람과 화자 간의 관계가 작품의 내용과 표현을 결정하게 된다는 것이다. 그렇기 때문에 인간관계에 의해서 결정되는 호칭을 살펴보면 화자와 대상의 관계를 분명히 알 수 있고 나아가 작품 양식의 구성 원리 등도 알 수 있게 된다.

그런데, 동서고금을 막론하고 노래에서 내용의 중심을 이루는 것은 바로 남녀 간의 사랑과 이별이다. 사랑과 이별을 소재로 한 것이 노래의 중심 내용을 이룬다는 것은 바로 노래가 남녀 간의 관계에서 이루어지고 향유되는 것이 중심을 이룬다는 사실을 의미한다. 여기에서 사용되는 호칭은 바로 남녀 간의 관계가 어떠한가를 직접적으로 드러내주는 것이라고 할 수 있다. 사랑과 이별이 노래의 중심을 이루는 이유는 사랑과 관련이 있는 행위야말로 인간에게 없어서는 안되는 것이기 때문이다. 사랑의 행위는 종족보존을 통한 생명체 존속의 가장 중요한 요인이 되는 개체생산과 직결되기 때문에 먹는 행위 다음으로 중요하다. 개체생산이 이루어지지 않으면 그 종은 영속할 수 없기 때문에 사랑의 행위는 어떤 생명체에게나 필수불가결한 것일 수밖에 없는 것이다.

따라서 현실을 바탕으로 하여 형성되고 발전하는 노래가 현실생활에서 가장 중요한 의미를 지니는 개체생산 행위를 바탕으로 한 사랑을 핵심적인 소재로 다루는 것은 지극히 당연한 일이라고 할 수 있다. 이것은 다른 예술에서도 마찬가지일 것이기 때문에 사랑은 가장 오랜 시간에 걸쳐서 노래뿐만 아니라 다른 모든 예술 갈래를 통하여 다양한 양식으로 표현되어 왔던 것이다.

위에서 말한 바와 같이 호칭은 사랑과 이별을 소재로 한 노래에서 화자와 향수자 사이의 관계를 가장 직접적으로 나타내 주기 때문에 이에 대한 고찰은 매우 중요한 몇 가지 사실을 알 수 있게 해준다. 노래는 오랜 역사를 가지고 있기 때문에 각 시대에 불려진 노래에 표현된 사랑하는 사람에 대한 호칭을 살펴보면 그 관계가 존경과 사랑의 관계인가 아니면 불평등과 종속의 관계인가 등을 알수 있고, 통시적으로 고찰해보면 사랑하는 사람들 간의 관계가 어떻게 변화되어 왔는가를 알 수 있게 된다. 이러한 점에 착안하여 시가문학에서부터 민요·유행가에 이르기까지 사랑하는 사람에 대한 호칭에 나타나는 화자와 향수자의 관계를 고찰하여 시가 양식의 변화를 살피기 위한 기초로 삼고자 한다.

1. 호칭과 인간관계

노래문학은 문학사의 중심을 차지하는 양식이다. 노래문학은 산문문학에 비해서 발생시기가 빠를 뿐만 아니라 가까운 근대까지도 문학의 가장 중심적인 구실을 하면서 발전해 왔기 때문이다. 그만큼 노래문학은 인류 역사에서 빼놓으려야 빼놓을 수 없는 중요한 의미를 지니는 예술로서 인간의 삶을 아름답게 노래해 왔던 것이다. 노래와 춤을 좋아했던 우리 민족[2]은 시대와 이념에 따라 여러 종류의 노래를 만들고 즐겨왔다. 현재는 상대시가 몇편만 남아 있지만 여러 기록으로 볼 때 훨씬 이전부터 매우 다양한 양식의 노래가 있었을 것으로 추정된다. 현재 우리가 알 수 있는 노래는 상대시가에서 시작하여 삼국시대를 거쳐 남북국시대를 지나면서 형성된 신라의 향가, 고려시대에 이르러서는 민간의 노래가 궁중의 음악으로까지 수용된 고려가요, 그리고 조선시대에는 정치이념이 상당히 강조된 시조와 가사가 있다. 그리고 조선 후기를 지나 현대에 이르기까지 사설시조, 개화가사, 잡가, 창가, 유행가 등의 여러 종류의 노래들이 존재한다. 이 중에서 노래문학의 중심을 이루는 것은 민요라고 할 수 있지만 우리 문자가 늦게 만들어진 데다가 가까운 근세까지만 해도 별로 관심의 대상이 되지 못했기 때문에 현존하는 민요는 그렇게 오래된 노래라고 하기 어렵다. 그러나 상대가요나 향가 등도 민요와 일정한 관계를 가지고 있었음을 어느 정도 짐작할 수 있고, 고려가요의 원형은 민요였을 가능성이 매우 높기 때문에 민요는 노래문학 발전사에서 빼놓을 수 없는 비중을 가지고 있다는 것도 엄연한 사실이다.

이러한 발전 양상을 보여주는 우리의 노래문학이 이처럼 다양한 모습으로 발전할 수 있었던 원인은 한두 마디로 간단히 서술하기란 매우 어렵다. 그러나 수천 년의 시간 속에서 변모·발전한 우리 노래를 보면 그 중심에 매우 중요한 두 가지 현상을 발견할 수 있다. 하나는 시가와 설화의 공존과 분리 현상이고, 다른 하나는 시와 가의 공존과 분리 현상이다. 현존 기록과 작품을 보면 상대시가부터 향가까지는 설화와 시가가 늘 공존해 왔고,[3] 고려시대를 지나면서는 설

---

2   『三國志』「魏志」「東夷傳」;『後漢書』「東夷傳」 등의 기록.
3   『삼국유사』를 보면 시가는 거의 모든 경우 배경이 되는 설화와 함께 수록되어 있는 것을 확인할 수 있다.

화와 시가가 분리되는 현상을 보여준다. 물론 이 시기까지는 시와 가는 공존하고 있었음을 말할 필요도 없다. 그리고 고려시대를 지나 조선시대로 접어들면서는 시와 가의 분리 현상이 보여지기 시작한다.[4] 그리고 조선 후기를 지나 20세기로 접어들어 일본을 통한 서양문물이 들어오면서부터 시와 가는 완전히 분리되어 전혀 다른 발전 과정을 걷게 된다.

시가와 설화가 공존하던 시기를 보면, 시가의 배경이 되는 설화는 특수한 사건을 소재로 하고 있음을 알 수 있다. 특수한 관계에서 일어나는 사건을 소새로 한 설화가 시가의 배경이 되기 때문에 이와 공존하는 시가 역시 특수한 관계를 바탕으로 형성되는 특성을 가진다. 이런 점 때문에 이 시대의 시가는 순수한 서정으로 보기는 어렵고 서사가 가미된 경향을 띠거나 서사성만을 띠고 있는 것으로 파악되기도 한다. 이러한 성격을 띠는 시가의 호칭관계를 보면 종속관계에서 형성된 일방적 찬양과 사랑, 그리고 존경과 흠모 등이 중심을 이루는 주종의 관계가 중심이 되었음을 알 수 있다.

다음으로 설화가 분리된 상태의 시가를 살펴보면 화자의 정서가 매우 강조되는 성격을 띠는 것이 가장 중요한 특징이다. 그런데도 이때의 시가는 사랑과 존경이 종속적이고 불평등한 관계에서 이루어져서 일방적으로 자신의 마음을 표현하는 모습을 보여주고 있다. 따라서 사랑하는 사람에 대한 호칭 역시 대단히 직설적이며 노골적이기는 하지만 불평등과 종속의 관계에 있다는 점이 특징이다. 거리낄 것 없는 일방적 의사표현의 관계가 이러한 호칭을 낳았다고 보여진다.

세 번째로는 시와 가가 분리된 상태의 노래를 볼 수 있는데, 이러한 노래의 성격은 모든 것이 대등하며 독립적이고 친근함을 강조하는 사랑으로 존경의 의미는 거의 완전히 퇴색되고 있다. 이성에 대한 자신의 마음을 강조하지만 강요하

---

4   李滉, 『陶山十二曲跋』.

지도 않고 미련을 두지도 않는 호혜적 관계에서 노래가 형성되는 것이다. 따라서 이 때의 호칭에 남녀의 구별은 사라지고 쌍방적 친근감을 강조할 수 있는 것으로 바뀌게 되는 현상을 보여준다. 이제 아래에서 작품을 통해서 구체적으로 호칭에 나타나는 관계를 중심으로 그 의미를 구체적으로 분석해 보도록 한다.

2. 고전시가에 표현된 '님'

1) 공公

공은 상대를 높이는 존칭의 일종으로 쓰이는 말이다. 공의 쓰임에 대한 사전적 의미를 보면, 친척에 대한 경칭, 상대를 높여서 부르는 존칭, 같은 또래 간의 경칭, 윗사람이 아랫사람을 높여서 부를 때, 높은 신분의 사람을 높여서 부를 때, 그리고 일반적인 존칭[5] 등으로 정리할 수 있다. 이러한 점으로 볼 때 공은 존칭에 대한 호칭 중에서 가장 광범위하게 쓰이는 말이라고 할 수 있을 것 같다. 우리 문학에서 '공'이 호칭으로 사용된 시가로는 〈공무도하가公無渡河歌〉가 있다.

> 공무도하公無渡河 공경도하公竟渡河
>
> 타하이사墮河而死 당내공하當奈公何[6]

〈공무도하가〉는 작품의 작자를 백수광부의 처로 보느냐 아니면 여옥으로 보느냐 하는 것도 확실치 않은 데다가, 현존하는 작품이 중국인의 손에 의해서 기록되었기 때문에 노래가 불려졌던 그 당시의 모습을 얼마나 가지고 있는지도

---

5 漢語大詞典編纂委員會, 『漢語大詞典』, 上海 : 漢語大詞典出版社, 1991.
6 崔豹, 「古今注」.

정확히 알 수 없다. 또한 사건 현장에서 불려진 노래를 제삼자의 입장에서 시가로 옮겨 놓은 것이기 때문에 상대에 대한 호칭 역시 불려질 당시의 호칭과 일치하는지도 알 수 없다는 맹점을 가지고 있다. 이런 여러 문제를 가지고 있는 노래가 바로 〈공무도하가〉이기 때문에 이 작품에서 표현된 상대에 대한 호칭인 공의 성격에 대해서도 추론 정도만 가능할 뿐 정확한 의미의 파악은 어려운 상태다. 설화에 등장하는 인물들이 인격화된 신인지 신격화된 인간인지도 확실히 알 수 없기 때문에 이 작품에 표현된 공이 사랑하는 사람에 대한 호칭이라는 단정도 할 수가 없다. 다만 부부관계에서 부인이 남편을 존칭으로 부르는 호칭이거나 아니면 제삼자의 시점에서 일반적 존칭으로 쓰일 수 있는 공公을 사용한 것으로 보는 정도의 추론만 가능할 뿐이다. 바꾸어 말하면 〈공무도하가〉에서는 상대에 대한 호칭이 상하관계를 나타내는지 아니면 동등한 관계를 보여주는 것인지, 혹은 불평등이나 종속의 관계를 보여주는 것인지조차도 정확히 알 수가 없는 것이다. 다만 설화와 노래의 내용으로 볼 때 남성에 대한 사랑과 존경의 마음이 화자에게 있다는 정도는 파악할 수 있다. 따라서 이 작품에서 사용된 공은 사랑하면서 존경하는 정도의 관계를 나타내는 호칭으로 봄이 가장 무난할 것으로 생각될 뿐이다.

2) 랑郎

랑은 나이가 많지 않은 젊은 남자에 대한 호칭으로 쓰이는 말이다. 랑의 사전적 정의를 보면, 나이가 젊은 청소년에 대한 통칭, 타인의 자식에 대한 경칭, 사위에 대한 호칭女婿, 부녀자가 장부丈夫나 정인情人에 대해 부르는 칭호, 남자에 대한 경칭, 그리고 노복奴僕의 주인에 대한 호칭이나 노복이 주인을 부를 때 쓰는 말, 여성이 남편을 부르는 호칭[7] 등으로 쓰인 것을 알 수 있다. 시가에서 '랑'이 쓰인 곳은 신라의 향가와 고려의 한역시에서이다.

거은춘개리미去隱春皆理米

모동거질사곡옥시이우음毛冬居叱沙哭屋尸以憂音

아동음내질호지사오은阿冬音乃叱好支賜烏隱

모사년수취음타지행제皃史年數就音墮支行齊

목연회어시칠사이의目煙廻於尸七史伊衣

봉오지악지작호하시逢烏支惡知作乎下是

랑야모리시심미행호시도시郎也慕理尸心未行乎尸道尸

봉차질항중숙시야음유하시蓬次叱巷中宿尸夜音有叱是[8]

인오이처미咽嗚爾處米

로효사은월라리露曉邪隱月羅理

백운음축우부거은안복하白雲音逐于浮去隱安支下

사시팔릉은정리야중沙是八陵隱汀理也中

기랑의모사시사수시耆郎矣皃史是史藪邪

일오천리질적악희逸烏川理叱磧惡希

랑야지이복여사오은郎也持以支如賜烏隱

심미제질힐축내량제心未際叱肹逐內良齊

아야백사질지차고복호阿耶栢史叱枝次高支好

설시모동내호시화판야雪是毛冬乃乎尸花判也[9]

위의 작품은 〈모죽지랑가〉와 〈찬기파랑가〉로서 향가이다. 향가는 한자와 우

---

7   漢語大詞典編纂委員會, 앞의 책.
8   一然, 『三國遺事』卷二, 「孝成王代」「竹旨郎」.
9   위의 책 卷二 「慶德王」 「忠談師」 「表訓大德」.

리말식 한자표기를 빌어서 기록된 노래인 만큼 문학적 해석에 상당한 어려움이 있다. 현존하는 신라 때 작품이 14편뿐인 데다 향찰 표기로 되어 있는 만큼 정확한 해석이 이루어지지 않고 있기 때문이다. 앞의 작품은 죽지랑을 사모한다는 내용의 향가이고, 다른 하나는 기파라는 화랑의 기상을 찬양한 노래다. 둘 다 남성이 화자이고 존경의 마음을 표현하는 뜻으로 랑이라는 호칭을 쓰고 있는 점이 같다. 이 두 작품에서는 사모와 찬양이 중심 주제가 되고 있는데, 화자와 대상 산의 관계가 철저한 상하관계에서 노래가 이루어진 것임을 알 수 있다. 작품의 내용과 배경설화로 보아 노래를 지은 사람은 화랑이 거느리고 있는 낭도의 한 사람임을 알 수 있기 때문이다. 이와 같이 향가에서 표현된 랑郎은 상하관계에서 아랫사람이 윗사람에 대한 사랑과 존경의 뜻을 표현하기 위한 호칭으로 사용하였음을 알 수 있다. 향가시대까지만 해도 남녀 간의 사랑을 노래한 작품으로 남아 있는 것이 없기 때문에 이 호칭이 다른 의미로도 사용되었는지는 알 수 없으나 현존하는 작품으로만 볼 때 철저한 상하관계에서 사용된 호칭임을 알 수 있는 것이다. 이에 비해서 고려시대의 작품인 「제위보濟危寶」와 「서경西京」에서 쓰여진 랑郎은 여성이 남성을 대상으로 한 호칭으로 쓰이고 있음을 볼 수 있다.

완사계상방수양浣紗溪上傍垂楊

집수론심백마랑執手論心白馬郎

종유연첨삼월우縱有連簷三月雨

지두하인세여향指頭何忍洗餘香[10]

종연암석락주기縱然巖石落珠璣

---

10   李齊賢, 『益齋亂藁』「小樂府」.

영루고응무단시纓縷固應無斷時

여랑천재상이별與郎千載相離別

일점단심하개이一點丹心何改移[11]

    위의 작품 중 앞의 것은 빨래터에서 사랑하는 님과 정을 나누고 헤어진 여성의 심정을 노래한 것이고, 뒤의 작품은 〈서경별곡〉의 일부를 한문으로 옮긴 것으로 사랑하는 사람에 대한 사랑과 믿음의 마음이 변치 않을 것을 강조한 노래다. 제위보에서는 빨래터에서 잡았던 손에 남은 님의 향기는 몇 달을 두고 내리는 비라도 그것을 씻어내지는 못할 것이라고 노래했다. 그리고 서경에서는 사랑하는 사람과 아무리 오래 떨어져 있어도 그 마음은 변하지 않을 것이라고 노래한다. 남성에 대한 여성의 사랑이 변치 않음을 강조한 노래에서 사랑하는 남성에 대한 호칭으로 랑을 사용하고 있는 것이다. 그런데, 이 작품을 잘 살펴보면 일방적으로 여성이 남성에 대한 신의를 지킬 것을 강조하고 있는 노래란 점이 눈에 띤다. 이것은 그 당시의 남녀관계가 상하관계는 아닐지라도 상당히 종속적인 관계라는 것을 알 수 있게 해 준다. 님의 향기가 없어지지 않기를 바라는 마음이나 님을 향한 붉은 마음이 언제까지라도 변하지 않을 것이란 내용은 남성이 이렇게 노래한 작품은 없다는 점에서 볼때 남성에 대한 여성의 사랑이 맹목적이고 일방적이라는 사실을 나타낸 것이라고 볼 수 있는 것이다. 내용이 그렇기 때문에 사랑하는 사람에 대한 호칭 역시 그런 입장에서 사용되고 있는 것으로 볼 수 있다. 사랑과 존경이 강조되면서도 불평등의 상하관계와 일방적이고 맹목적인 사랑을 지키겠다는 내용이기 때문에 종속된 관계에서 사랑이 이루어지고 있었다는 사실을 랑郎이라는 호칭을 통해서 알 수 있는 것이다.

---

11 위의 책.

3) 님

님이라는 말은 시가를 한글로 기록하기 시작하면서부터 보이는 호칭이다. 한글이 만들어지기 전까지는 위에서 살펴본 한자말들이 그것을 대신했던 것으로 보인다. 님이라는 말은 공, 랑, 군 등을 모두 포괄할 수 있는 폭넓은 의미를 가지고 사용되었던 것으로 보이는데, 사랑과 존경, 그리고 충성을 바칠 대상에 대한 호칭으로 가장 많이 쓰였던 것으로 평가된다. 우리 시가에서는 사랑하는 사람이나 존경하는 사람에게도 君을 사용하고 있으나 일반적으로는 충성을 바칠 사람에 대한 호칭에 주로 사용되었다. 이것이 우리말로 되면 모두 '님'으로 표현되었는데, 고려가요 중에서 님이란 호칭을 사용한 작품으로는 〈동동〉, 〈이상곡〉, 〈만전춘별사〉, 〈가시리〉, 〈정석가〉, 〈정과정〉 등을 들 수 있다.

> 어름우희 댓닙자리보와 님과나와 어러주글만뎡
> 어름우희 댓닙자리보와 님과나와 어러주글만뎡
> 情[뎡]둔 오ᄂᆞᆳ밤 더듸새오시라 더듸새오시라[12]

> —〈만전춘별사〉

> 십이월+二月ㅅ 분디남ᄀᆞ로 갓곤 아으
> 나슬 반盤잇 져다호라
> 니믜알픠 드러얼이노니
> 소니 가재다 므ᄅᆞᆸ노이다 아으
> 동동動動다리[13]

> —〈동동〉

---

12 『樂章歌詞』.
13 위의 책.

님이란 호칭을 사용하고 있는 작품 중에서 흥미를 끄는 것이 〈동동〉이다. 〈동동〉은 달거리 형태를 빌어서 님에 대한 그리움과 사랑을 노래한 작품이다. 달거리 형태이기 때문에 당연히 12개의 장으로 되어야 할 것인데 현존하는 작품은 13개의 장으로 되어 있는 것이다. 맨 앞의 장이 조선시대의 궁중음악으로 사용되면서 끼어들어간 것이 아닌가 하는 의구심을 자아내게 한다. 왜냐하면 첫째 장과 나머지 장의 언어 사용이나 표현방법, 그리고 내용 등이 나머지 12개 장과 전혀 맞지 않기 때문이다. 첫째 장을 떼어놓고 생각하면 〈동동〉은 사랑하는 님에 대한 그리움과 원망 등이 얽혀진 상사相思의 노래가 틀림없다. 그런데도 조선시대의 궁중의례에 이것이 사용되었다는 것은 이 작품을 상사의 노래로 보지 않고 연군戀君의 노래로 보았기 때문일 것이다. 조선왕조의 시대적 성격으로 볼 때 상사의 노래를 궁중의 음악으로 사용하기는 어려웠을 것이기 때문이다. 그렇다면 그 시대의 지배층들은 첫째 장을 강제로 끼워 넣음으로써 그것이 상사의 노래에서 연군의 노래로 성격이 바뀌었다고 보아 궁중악으로 사용한 것으로 볼 수밖에 없게 되는 것이다.[14] 이렇게 볼 때 〈동동〉과 비슷한 형태로 개작되었을 것으로 보이는 작품이 여럿 있어서 이런 생각을 더욱 확고하게 만들어준다. '님'을 군신관계에서 사용하게 된 사실이 구체화되어 나타난 작품으로 〈정과정〉을 들 수 있다.

내님믈 그리᠊와 우니다니
산졉동새 난이슷ᄒᆞ요이다
아니시며 거츠르신들 아으
잔월효성殘月曉星이 아ᄅᆞ시리이다

14　김학성, 「고려가요의 전반적 성격」, 『고전시가론』, 새문사, 1983.

넉시라도 님은 흔ᄃᆡ녀져라 아으

벼기더시니 뉘러시니잇가

과도 허믈도 천만업소이다

믈 힛마리신뎌 슬읏븐뎌 아으

니미 나를 ᄒᆞ마 니ᄌᆞ시니잇가

아소님하 도람드르샤 괴오쇼셔[15]

〈정과정〉은 동래로 귀양간 정서가 임금에 대한 그리움과 자신을 불러주지 않는 군주에 대한 애틋한 마음을 노래한 작품이기 때문에 여기에서 보이는 '님'이란 호칭이 군주를 가리킨다는 것은 명백하다. 따라서 〈동동〉 같은 작품에서 보이는 '님'이라는 호칭도 군주를 지칭하는 것으로 인식했을 것이라고 보아 틀림없을 것이다. 이렇게 함으로써 남녀상열지사를 충신연군지사와 같은 맥락에서 이해하고 사용할 수 있었을 것으로 보인다.

동지冬至ㅅ달 기나 긴 밤을 한 허리를 버혀 내여

春風 니불 아ᄅᆡ 서리 서리 너헛다가

어론님 오신 날 밤이여든 구뷔 구뷔 펴리라[16]

묏버들 갈히 것거 보내노라 님의손ᄃᆡ

자시ᄂᆞᆫ 창窓 밧긔 심거 두고 보쇼셔

밤 비예 새 닙곳 나거든 날인가도 너기쇼셔[17]

---

15 『樂學軌範』.

16 박을수 편저, 『한국시조대사전』上, 아세아문화사, 1992. 362쪽.

17 위의 책, 421쪽.

이 작품의 작가는 기녀로서 여성이다. 기녀는 신분상으로 천민에 속할 뿐 아니라 남성의 노리개이기도 했던 존재이다. 그렇기 때문에 일반인들이 하는 사랑은 그들에게는 사치였을 것이다. 이러한 사회적 지위를 가졌던 기녀들이었기 때문에 그들에게 있어서는 독자적이고 자립적인 사랑은 불가능했고 오직 남성의 태도 여하에 따라 울기도 하고 웃기도 하는 그런 사랑밖에는 할 수 없었다. 이러한 사정을 잘 보여주는 것이 사랑하는 사람을 어론님이라고 표현할 수밖에 없었던 황진이의 시조이다. 어론은 어른의 옛말이니 손윗 사람을 지칭하는 말이다. 사랑하는 사람에 대한 호칭이라기보다는 존경과 경배의 대상에 대한 호칭 정도로 볼 수 있다. 즉 동등한 남녀관계의 사랑이 아니라 신분상의 차이에서 오는 상하관계의 제약 속에서 매우 제한된 사랑만이 허용되는 관계임을 보여주고 있는 것이다. 그렇기 때문에 이 사랑은 일방적인 불평등의 관계이며 종속적이고 맹목적이 될 수밖에 없는 성격을 가지고 있다.

고전시가에서 쓰인 '님'이란 호칭은 종속적이고 불평등의 관계에서 형성된 것이기는 하지만 남성에 대한 여성의 호칭으로서의 구실이 중심을 이루고, 신하가 군주를 지칭하는 호칭으로서의 구실이 부수적인 것이라고 볼 수 있다. 사정이 이렇다보니 고전시가에 쓰인 '님'은 사랑보다는 존경과 믿음, 그리고 신의가 강조되는 듯한 느낌을 강하게 주고 있다.

3. 민요와 유행가에 표현된 님

1) 낭군郎君

낭군이란 호칭은 한자어로서 예전에 젊은 여성이 남편이나 애인의 관계에 있는 사람을 가리키는 호칭이었다.[18] 우리말에서도 마찬가지로 여성이 사랑하는 사람을 지칭해서 가리킬 때 쓰는 말이었다. 특히 낭군이란 호칭은 다른 시가에서 보다 민요에서 자주 쓰인 것으로 볼 수 있다.

처자각시 배를깍아
총각낭군 주는구나
주는배는 아니받고
요내손목 담삭지네[19]

아이고지고 통곡을 마라
죽었던 낭군이 사라올가[20]

총각낭군 올줄알고 삶은 계란
맛좋고 빛좋고 통통하구나[21]

청사초롱에 불밝혀라
죽은 낭군이 돌아온다[22]

민요에 표현된 낭군은 전부다 사랑하는 남성에 대한 여성의 호칭이다. 남성이 화자로 된 노래에서는 이러한 표현이 전혀 나타나지 않는다. 한나라 때에는 높은 관직에 있는 사람의 자제를 낭군이라 했고, 당나라 시대에는 궁중에서 내

---

18 漢語大詞典編纂委員會, 앞의 책.
19 임동권, 『한국민요집』, 동국문화사, 1960앞의 책, 18쪽.
20 임동권, 위의 책, 283쪽.
21 임동권, 위의 책, 286쪽.
22 임동권, 위의 책, 286쪽.

신자(臣祚)이 태자를 일컫는 호칭이기도 했기 때문에 낭군은 기본적으로 높은 신분이나 고귀하게 인식되는 남성에 대한 호칭이다. 따라서 남자가 하늘이고 여성이 땅으로 인식되었던 전통사회에서 낭군이란 호칭은 여성이 남성을 부를 때만 사용할 수 있었던 것으로 생각된다. 전통사회에서의 남존여비 관계를 잘 보여주는 호칭이 바로 '낭군'이라고 할 수 있을 것이다.

2) 님

시가문학에서 사용된 님이라는 호칭은 사랑하는 사람과 군주에 주로 사용되었다. 그러나 민요에 이르면 이 호칭은 사랑하는 사람에 대한 호칭으로만 제한된다. 우리말로 수록된 현재의 민요는 발생 시기를 아무리 올려 잡는다고 해도 삼백 년을 넘지 못할 것이기 때문에 현존하는 민요만 가지고 본다면 조선시대의 시가보다 시대적으로 뒤의 것이라고 볼 수밖에 없다.[23] 이런 점으로 본다면 님이라는 말은 민간에서 서민들이 사용할 때는 사랑하는 사람에 대한 것으로만 사용되었고, 정치적인 연관을 가지거나 지배계층에 속하는 사람들이 사용할 때는 주로 군주에 대한 호칭으로 확대되어 사용되었다는 것을 짐작할 수 있게 된다. 만약에 님이라는 말이 애초에 민간에서 사용하던 말이라면 지배계층의 말로 상승하여 새로운 의미와 기능이 추가된 대표적인 예가 될 것이다. 어쨌든간에 민요에 표현된 님은 사랑하는 사람에 대한 호칭으로 일관하고 있다.

그렇기 때문인지는 몰라도 사전에 보이는 님에 대한 정의를 보면 사랑하는 사람을 가리키는 말이라고 되어 있는 것을 볼 수 있다. 님이라는 말은 사랑하여 그리워하는 사람을 이르는 말이라 정의하면서 예문으로 '바닷물 우에 갈매기

---

23 예를 들면 모심기 노래 같은 것이 그렇다. 모심기는 17세기 이후에나 일반화된 방법으로 이전에는 모심기를 국가에서 금지하였다. 따라서 모심기 노래는 17세기 이후에 만들어진 민요가 틀림없는 것이다. 대부분의 사정이 이러하다면 현재 우리가 알고 있는 민요들은 역사가 그리 길지 않은 것으로 보아야 한다.

날구요 정든님 뱃머리에 옷자락 휘날린다. 가면서 안 온다는 님 없고, 오마하고 오는 님 없다. 님을 보아야 아이를 낳지. 독수공방에 정든 님 기다리듯. 봄볕에 끄을리면 정든 님도 몰라본다. 옷은 새옷이 좋고 님은 옛님이 좋다. 애기 버릇이 님의 버릇이다' 등을 들고 있다.[24] 이러한 점으로 보면 님이라는 호칭은 민간에서 오래전부터 사용된 것으로 보아야 할 것이다.

> 청사초롱 불밝혀라
> 청사초롱 임의방에
> 님도눕고 나도눕고
> 저불끌이 누있을고[25]

> 수건수건 반배수건
> 임이주던 반배수건
> 수건귀가 떨어지면
> 임의情도 없어지지[26]

> 가랑비새우가 올줄알면
> 청사도복을 줄어널가
> 나갔든님이 오실줄알면
> 문을걸고 잠이들가[27]

---

24 사과원편, 『조선말대사전』 1 · 2, 1992.
25 임동권, 앞의 책, 19쪽.
26 위의 책, 10쪽
27 위의 책, 3쪽

민요에 사용되는 님은 고려속요나 시조 등에 사용되는 그것에 비해서 볼 때 매우 색다르다. 남성에 대한 여성의 일편단심적인 사랑의 의미를 담은 호칭이 아니라 남녀가 대등한 관계 속에서 이루어지는 호칭임을 강조한 것이 바로 민요이기 때문이다. 님에 대한 사랑이 시가에 비해 일방적이거나 종속적이지 않고 쌍방적이며 상호적이다. 첫 번째 민요를 보면 남녀의 사랑이 일방적이 아니라는 것을 쉽게 알 수 있다. 그리고 님이란 호칭은 남성이나 여성 모두가 공통적으로 사용할 수 있었다는 것을 알 수 있다. 이런 짐으로 볼 때 시가에서 보이는 님과 민요에서 보이는 님과는 상당히 다른 관계를 나타낸다고 할 수 있다.

3) 당신

당신이란 말이 남녀관계에서 쓰인 것은 역사가 그리 길지 않는 것으로 보인다. 이 말은 부부간 호칭으로 쓰이기 전에 자기란 뜻으로 웃어른을 높여서 가리키는 3인칭 단수 대명사였다. 말하는 사람 보다 손위의 사람에 대해 말할 때 그 사람 자신을 표현하는 호칭으로 쓰였던 것이다. "어머니가 돌아가신 후로는 당신 스스로 끼니를 해결하셔야 했었던 아버지는 오래지 않아서 병으로 앓아누우셨다"와 같은 표현에서 쓸 수 있었던 말이 당신이었다. 그러던 것이 나중에는 부부간의 호칭으로 사용되게 되었던 것으로 보인다. 이러한 현상이 점점 일반화되면서 노래에서 부부가 상대를 부르는 호칭으로 아니면 사랑하는 사람에 대한 호칭으로 당신이 사용되기에 이르렀다.

당신은 모르실거야 얼마나 사랑했는지
세월이 흘러서가면은 그때서뉘우칠거야
두눈에 넘쳐흐르는 뜨거운 나의 눈물로
당신의 아픈 마음을 깨끗이 씻어드릴게 음—

당신은 모르실거야 얼마나 사랑했는지

뒤돌아봐주세요 당신의 사랑은 나요[28]

젖은손이 애처로워 살며시 잡아본 순간

거칠어진 손마디가 너무나도 안타까웠소

시린손 끝에 뜨거운 정성

고이접어 다져온 이행복

나는 다시 태어나도

당신만을 사랑하리라[29]

앞의 노래는 여성이 부른 것이고 뒤의 것은 남성이 부른 노래이다. 상호 간에 어떤 제약이 없이 자유롭게 사용할 수 있는 호칭이 바로 '당신'이라는 점을 잘 보여주고 있다. 그러나 이 호칭이 쓰인 여러 작품들을 분석해 볼 때 남녀관계가 평등하다는 것을 보여주기에는 아직 불충분하다는 것을 알 수 있었다. 이 호칭이 사용된 노래들을 분석해본 결과 여성이 남성에게 종속적인 관계를 반영한 것으로 보이는 작품들이 많았기 때문이다. 이런 점으로 본다면 당신이란 호칭에서 보여주는 남녀의 관계가 아직까지 평등하지만은 않다는 것을 알 수 있다.

위에서 보듯이 당신이란 호칭은 남녀 상호 간에 자연스럽게 사용되는 것을 알 수 있다. 이 호칭에서 보이는 화자와 향유자 간의 관계가 우선 사랑하는 관계라는 것과 존경보다는 친근함이 강조되며, 종속적인 관계가 아니라 각각의 독립적인 관계로 파악된다는 점이다. 그만큼 우리 사회의 남녀관계가 변화하고 있다는 것을 알 수 있게 해주는 호칭이다.

28 〈당신은 모르실거야〉, 『가요대백과』, 세광음악출판사, 1992.
29 〈아내에게 바치는 노래〉, 『흘러간 노래 대백과』, 삼호, 1994.

4) 그대

그대라는 말은 조선시대부터 군君을 우리말로 번역한 문장에서 많이 쓰인 말이었다. 군은 신분제사회에서 매우 높은 계급의 사람을 지칭해서 부르는 말이었다. 고대사회에서는 대부大夫 이상의 신분을 가진 사람으로 토지를 가지고 있는 각급 통치자를 통칭해서 가리키는 말이었다. 이러한 의미로 사용되던 군은 점차 제왕이나 제후 등을 가리키는 호칭으로 변모되어 갔다. 그리고 경우에 따라서는 선조나 부모를 지칭하는 호칭으로 사용되기도 했다.[30] 그러나 군은 어디까지나 자신이 섬기는 제왕이나 제후를 지칭하는 의미가 가장 중요하다고 할 수 있다. 시가에서는 사랑하는 사람이나 존경하는 사람에게도 군을 사용하고 있으나 일반적으로는 충성을 바칠 사람에 대한 호칭에 사용되었다.

그러나 군은 우리말 표현에서는 그대라는 말로 쓰여져서 말을 받는 사람이 친하거나 아랫사람일 때 그를 가리켜서 친근하거나 점잖게 이르는 말이란 의미를 가지게 되었다. 조선시대의 문헌을 보면 『두시언해杜詩諺解』에서 군불견君不見을 "그대는 보지 아니ᄒᆞᄂᆞᆫ다"로 옮기고 있어서 불특정의 상대를 나타내는 말로 쓰였다. 상대에 대한 친근감을 표시하는 말로 '그대'가 사용된 것이다. 그런데 이 말은 후대로 와서 글에 쓰일 때는 주로 애인이나 어떤 대상을 친근하게 부르는 말로 쓰이게 되었다.

그러던 것이 현대의 노래에 이르서는 사랑하는 사람에 대한 일반적인 호칭으로만 쓰이게 되었다. 그리고 현대의 유행가에서는 여성이 사랑하는 남성을 부를 때나 남성이 사랑하는 여성을 부를 때나 모두 쓸 수 있는 말로 되어서 님이란 말보다 훨씬 폭넓게 쓰이게 되었다.

---

30 漢語大詞典編纂委員會, 앞의 책.

나혼자만이 그대를 알고싶소

나혼자만이 그대를 갖고 싶소

나혼자만이 그대를 사랑하여

영원히 영원히 행복하게 살고싶소[31]

그대 떠난다해도 변치않는다면

나는 그대위해 조용히 살리라

언제고 언제라도 다시 또 만나기를

나는 빌겠어요 영원한 사랑위해 아—

그대 떠난다해도 나만 생각한다면

나는 그대 믿고 조용히 지내리다[32]

위의 노래에서 보이는 그대라는 말은 사랑하는 관계에서 사용되는 호칭이지만 존경을 표시하거나 불평등의 관계를 표시하지는 않는다. 다만 평등하고 친근한 관계에서 사랑에 의한 서로의 종속만을 나타내는 관계를 표시해 주고 있다. 남녀의 관계가 님이나 당신 등이 쓰이던 시대에 비해서 비약적으로 변화하고 있음을 보여주는 증거라고 할 수 있다.

5) 너

너라는 말은 상대에 대한 존칭이 아니라 범칭 이하로 하대하는 의미가 강한 호칭이다. 너라는 호칭은 말하거나 글을 쓰는 사람이 상대편에게 아무런 높임의 예절을 나타내지 않으면서 상대를 직접 가리키는 이인칭대명사이다. 너라는

---

31 송민도, 〈나하나의 사랑〉, 세광 편집부 편, 『흘러간 노래 대백과』, 세광아트, 1992.
32 〈그대 변치 않는다면〉, 위의 책.

인칭대명사가 언제부터 쓰였는지는 정확히 알 수 없지만 문헌에 따르면 한자의 여汝에 해당되는 호칭이 너임을 알 수 있다. 여는 동년배나 후배 사이에 서로 부르는 호칭으로 많이 사용된다. 그리고 서로 간에 친근감을 표시하는 호칭으로 사용된다. 위에서 보는 바와 같이 여汝는 경칭을 전혀 사용할 필요가 없는 서로 비슷한 또래나 손아랫사람에게 친근감을 표시하는 호칭으로 사용된 말이다.

이 한자어에 해당되는 우리말이 바로 '너'라는 호칭이다. '너'라는 인칭대명사는 말하는 사람보다 손아레이거나 전혀 존칭을 쓸 필요 없이 하대하는 경우에 쓰는 인칭대명사임을 알 수 있다. 그런데 이 '너'라는 대명사가 최근의 노래에서는 사랑하는 사람에 대한 일반적인 호칭으로 사용되고 있는 것을 볼 수 있어서 시대의 변화를 실감하게 한다. 지금 유행하고 있는 노래들에서 사랑하는 관계에 있는 애인을 가리키는 호칭에서는 거의 모두가 너를 사용하고 있음을 볼 수 있다. 조선시대까지만 해도 상상도 할 수 없었던 호칭이 아닐 수 없다. 그만큼 현대 사회가 남녀에 대한 구분과 서로에 대한 존경의 마음이 희미해져가고 있음을 보여주는 현상이라고 할 수 있을 것이다. 그런가 하면 부부간에 존경의 표현으로 사용되던 당신이란 말은 상대방에 대한 경멸의 표현으로 쓰이기 때문인지 지금의 노래에서는 거의 사용되지 않는다. 세상은 늘 변하고 있으니 그 변한 모습을 노래는 그대로 보여주고 있는 셈이다. 1980년대까지만 해도 그대라는 호칭이 많았는데, 1990년대를 들어서면서부터는 너라는 호칭이 압도적으로 많아지는 것을 볼 수 있다. 사회가 그만큼 변했다는 것을 입증하고 있는 것이다.

너의 침묵에 메마른 나의 입술 차거운 네손길에 얼어붙은 내발자욱
돌아서는 나에게 사랑한단 말 대신에 안녕 안녕
목메인 그 한마디 이루어질 수 없는 사랑이었기에
밤새워 하얀길을 나홀로 걸었었다

부드러운 네모습은 지금은 어디에

가랑비야 내얼굴을 더세게 때려다오

슬픈 내눈물이 감춰질 수 있도록

이루어질 수 없는 사랑이었기에[33]

커다란 사랑보다는 잔잔한 애정에 표현이 필요한 걸 알아

너와 난 같은 맘으로 같은 눈물과 사랑과 행복을 원했지

너를 사랑한만큼이나 나를 전전하지 못했던 까닭은 앞선 욕심 때문이지

내주변에 사람들게 좋은 모습 남기고 싶어

유난히도 설레임을 주던 네겐 더욱 강했던거야

너하나만으로도 이렇게 아름다울 수 있는 이 세상

난 계속 노력할꺼야 난 길고긴 사랑을 위해[34]

아침이 오는 소리에 문득 잠에서 깨어

내품에 잠든 너에게

워― 너를 사랑해

영원히 우리에겐 서글픈 이별은 없어

때로는 슬픔에 눈물도 흘리지만

언제나 너와 함께 새하얀 꿈을 꾸면서

하늘이 우리를 갈라놓을 때까지

워― 너를 사랑해[35]

---

33 〈이루어질 수 없는 사랑〉, 위의 책.
34 〈길고 긴 사랑을 위해〉(1992), 『신세대 최신가요』, 세광음악사, 1994.
35 〈너를 사랑해〉(1993), 위의 책.

사랑하는 사람에 대한 호칭이 너라는 말로 나타나게 된 데는 사회의 변화가 가장 큰 몫을 차지한 것으로 보인다. 현대화의 물결을 타고 산업화 과정을 걷고 있는 현재의 우리 사회가 보여주는 변화는 한두 가지가 아니지만 신세대들의 이성관은 얼마 전까지만 해도 상상도 할 수 없을 정도로 변하고 있음을 보여준다. 될 수 있으면 성적인 구별을 하지 않으려는 풍조가 팽배하게 되면서 차림이나 말투 등에서 남녀의 구별이 사라지게 되었다. 이에 따라 상대에 대한 호칭역시 가장 친한 느낌을 주고 높여주는 상대가 아닌 친구 같은 느낌을 주는 상대로 인식하는 호칭인 너로 바뀐 것이다. 이러한 사회 현상에 힘입어 노래 역시 그대나 당신보다는 친구 사이나 아랫사람에게나 사용할 수 있었던 너라는 말이 사랑을 소재로 한 노래에 일반적으로 쓰이게 되었던 것으로 생각된다.

4. 사랑하는 사람에 대한 호칭 변화의 사회적 의미

지금까지 노래에 나타난 호칭을 통해 보여지는 사랑하는 사람에 대한 관계를 살펴보았는데, 분석한 결과를 도표로 만들어보면 다음과 같다.[36]

표에서 보는 바와 같이 사랑하는 사람에 대한 호칭은 님을 중심으로 하여 위의 세 종류는 주로 고전시가에서 사용된 것이고, 아래의 세 종류는 유행가에서 사용된 표현이다. 그리고 님은 민요와 시가, 그리고 유행가에 광범위하게 쓰인 호칭이다. '님'이란 호칭은 남녀관계와 더불어 군신관계에서도 쓰였는데, 서로 상당한 차이가 있기 때문에 둘로 나누었다.

---

[36] 표에서 ◑로 표시한 곳은 존경과 평등, 그리고 독립된 관계를 나타내는 호칭으로 파악되지만, '님'에서는 존경과 친근의 관계가 함께 나타나고, '당신'와 '그대'에서는 평등한 관계이지만 사랑에 의한 불평등과 독립적이지만 역시 사랑에 의한 종속의 관계가 함께 나타난다는 것을 의미한다.

관계\호칭	사랑	존경	친근	불평등	평등	종속	독립	충성
公	◎	◎						
郞	◎	◎		◎		◎		
郞君	◎	◎		◎		◎		
님①		◎		◎		◎		◎
님②	◎	◐			◎		◎	
당신	◎		◎		◐		◎	
그대	◎		◎		◎		◐	
너	◎		◎		◎		◎	

여기에서 보는 바와 같이 우리 사회의 남녀관계는 존경과 사랑, 그리고 불평등하고 종속적인 관계에서 사랑과 친근, 그리고 평등과 독립의 관계로 바뀌어 왔으며 이러한 변화는 지금도 계속되고 있음을 알 수 있다. 그런데, 여기에서 특이한 것은 '님'이라는 호칭은 조선조 사회에서 두 가지 구실로 쓰였다는 점이다. 사랑하는 사람에 대한 호칭뿐만 아니라 자신이 충성을 바쳐야 할 군주에 대해서도 쓰였는데, 이러한 종류의 작품이 가지는 특징은 '님'이란 호칭은 이면적으로는 군신관계를 표시하지만 표면적으로는 남녀관계를 나타내고 있다는 점이다. 즉 표면적으로는 남녀관계를 노래하면서 이면적으로는 군주에 대한 존경과 사랑과 충성을 맹세하는 작품에 '님'이란 호칭이 사용된 것이다. 조선조의 사대부들이 만들어낸 표현대로 한다면 남녀상열지사는 속된 것이라고 했는데, 여기서 사용된 '님'이란 호칭을 군주관계에서도 쓸 수 있도록 함으로서 남녀상열지사가 충신연군지사도 겸할 수 있도록 한 것이다. 〈정과정〉과 〈사미인곡〉을 대표적인 작품으로 지적할 수 있는데, 그 외에도 〈동동〉 같은 노래도 원작은 남녀상열지사였을 것이 확실한데, 서장序章을 가미하여 충신연군지사인양 변경시켜 궁중의 음악으로 사용하기도 했다는 사실에서 이러한 것을 확인할 수 있다. 남녀관계를 하늘과 땅의 관계로 보고, 군신관계를 역시 하늘과 땅의 관계로

보았던 조선조의 정치이념이 이러한 작품을 낳게 했을 것으로 생각한다.

언어는 사회의 거울이기 때문에 그 말이 쓰이고 있는 당시의 사회 현상을 사실적으로 반영한다. 그러므로 언어를 살펴보면 그 당시의 사회가 어떠했는가를 알 수 있게 된다. 그중에서 언어로 된 노래는 축약되고 상징적인 표현법으로 하나의 어휘 속에 여러 의미들을 담는 것이 특징이다. 이와 같이 언어를 중요한 표현수단으로 하는 노래에서 사용된 말들을 살펴보면 그 당시 사회의 여러 모습을 짐작할 수 있게 된다. 한글이 만들어지기 전까지는 고유문자가 없어서 한자를 사용하였던 우리에게는 남아 있는 문헌이 매우 적기 때문에 한글표기 이전의 노래에서는 한자표기로 된 호칭의 분석을 통하여 사랑하는 사람과의 관계를 파악할 수밖에 없게 된다.

사랑하는 사람에 대한 호칭이 어떤 양상으로 변했는가를 살펴보는 일은 사회의 기초를 이루는 남녀관계에 대한 분석이 가능할 수 있도록 해주기 때문에 그 당시 사회가 어떠한 인간관계를 형성했는가를 밝힐 수 있다. 노래에서 남녀관계를 상징적으로 보여주는 사랑하는 사람에 대한 호칭에 대한 분석은 다양한 노래 양식이 왜 생겨나고 소멸하는가를 밝힐 수 있는 노래의 역사 혹은 발전사 연구의 초석이 될 수 있을 것이다. 아직까지 우리는 변변한 가요사 하나 없는데 남녀관계를 잘 보여주는 사랑하는 사람에 대한 호칭에서 보여주는 관계는 가요의 양식을 결정짓는 핵심적인 요소라는 점에 이 분석의 가치가 있다.

상대시가와 향가 등에 나타나는 사랑하는 사람에 대한 호칭은 그 당시 사회가 존경과 사랑이 함께 공존할 수 있는 사회였다는 것을 여실히 보여준다. 〈공무도하가〉에 나타난 호칭에서 그것을 느낄 수 있고, 향가에서 보이는 화랑에 대한 호칭이 그것을 느낄 수 있게 한다.

고려시대에 들어오면 그야말로 적나라한 남녀관계가 그대로 표현되면서 사랑하는 사람에 대한 호칭도 여러 양상으로 나타난다. 그만큼 고려시대는 인간의 감성이 중요시되던 사회였다는 것을 보여준다. 고려시대의 노래야말로 우리 가요 발전사에 가장 중요한 의미를 가진 것으로 볼 수 있는 것이다. 한글로 기록된 최초의 우리 노래이기 때문에 민족시가의 형식논의는 고려가요에서 시작할 수밖에 없다는 점에서 그렇고, 자유로운 인간 정서의 표현에서 오는 작품의 다양한 양식이 가능했다는 점에서도 그렇다. 그러나 고려시대의 시가는 조선시대에 기록되었다는 한계를 가지고 있는 것도 사실이다.

조선시대에 들어오면 민간문학이 지배층의 문학에 눌려서 이념이 인간의 정서를 압도하는 상태에서 문학이 만들어지는 특징을 보여주게 된다. 따라서 조선시대의 시가에서는 사랑하는 사람에 대한 호칭이 이성 간의 호칭만이 아니라 군신관계의 호칭도 포함하는 이중적 성격을 지니게된다.

현대사회에 오면서 시가문학은 노래와 시로 분리되면서 시와 노래는 완전히 별개의 길을 걷게 된다. 남녀관계의 호칭 역시 앞시대의 그것과 매우 다른 양상을 보이게 된다. 이러한 점을 고려해 볼 때 시보다는 노래가 시가의 맥을 잇고 있는 것으로 판단되기 때문에 현대의 유행가를 중심으로 사랑하는 사람에 대한 호칭을 분석해 보았다. 이러한 분석은 노래문학에서 보여주는 인간관계의 분석과 아울러 형식상 특성을 고찰하는 노래 양식의 발전사 연구에 기초가 될 것으로 전망된다.

제3장
시가문학에 대한 남북 평가의 차별성과 동질성

문학은 그것을 만들고 즐겨 왔던 사람들의 정신세계와 현실세계를 형상적으로 표현한 것이다. 문학에는 그 당시의 모든 사회 상황이 형상적 굴절을 통해서 녹아 있게 된다. 이러한 성격을 가지는 문학은 문자가 발명되기 훨씬 전에 인류가 말을 시작한 때부터 있었던 것으로 생각된다. 왜냐하면 문자 이전의 시대에도 구비문학의 형태로 여러 훌륭한 문학 작품들이 있었을 것이기 때문이다. 이런 점에서 본다면 문학의 역사는 바로 인류의 역사라고 해도 과언이 아니다. 인류는 말을 시작한 이래로 끊임없이 여러 형태의 문학을 만들어서 즐겼기 때문에 매우 오랜 역사 다양한 종류의 작품이 있다. 이처럼 장구한 역사와 방대한 분량을 가진 문학을 체계적으로 정리한다는 것은 보통 일이 아니다. 우선 여러 시대에 걸쳐서 존재해 온 작품들을 어떤 기준에 의해서 정리해야 할 것인가 하는 갈래에 대한 문제가 있을 수 있다. 갈래에 대한 문제는 문학사뿐만 아니라 문학 연구 전반에 관련된 문제이기 때문에 매우 복잡한 것이 사실이다. 다음으로는 시간적 순서에 따라 문학의 역사를 서술하는 데 있어서 어떤 시각으로 정리하여 가치를 평가해 줄 것인가 하는 문제가 있을 수 있다. 문학사를 서술하는 사람의 세계관에 따라 작품에 대한 평가는 물론 문학사의 서술이 전혀 다른 방향으로 나갈 수도 있기 때문이다. 다음으로 생각될 수 있는 문제는 시대구분의 문제이다. 역사 일반에서 하는 시대구분을 문학사의 시대구분에도 그대로 적용할 것인가, 아니면 문학 자체의 시대구분을 정할 것인가 하는 문제 등이 그것이다.

문학사 서술에는 이런 여러 문제점들이 포함되어 있기 때문에 섣불리 건드리기가 어려운 점이 한두 가지가 아니다. 더욱이 우리는 지난 수십 년간 체제와 이념을 달리하는 극한의 대치 상태에서 남과 북으로 나누어져서 모든 것을 진행해 왔기 때문에 문학에 대한 연구도 예외일 수는 없었다. 특히 문학사 서술에서 가장 중요한 의미를 가진다고 할 수 있는 세계관과 직접직인 연관을 가지는 이념이 서로 달랐기 때문에 남과 북의 문학사는 매우 다른 양상을 보이고 있는 것이 사실이다. 예를 들면 판소리에 대한 연구와 평가는 남쪽에서는 수많은 연구자가 있으며, 위대한 민족 예술로 평가하고 있는 반면에, 북쪽에서는 연구자의 층도 넓지 않을 뿐만 아니라 그에 대한 평가도 남쪽에 비해서 매우 부정적인 편이다. 과거 우리 선조들이 남긴 같은 예술 작품들을 연구하고 평가함에 있어서 이렇게 차이를 보이는 것은 바로 이념의 차이에서 오는 세계관의 차이라고 할 수 있다. 이러한 세계관의 차이는 문학사의 서술에서 결정적인 영향을 미치기 때문에 문학사의 서술 역시 남과 북이 커다란 차이를 보이고 있는 것이 사실이다. 이 장에서는 남쪽의 것으로는 조윤제, 조동일의 『한국문학통사』를 중심으로 하고, 북쪽의 것으로는 59년의 『조선문학통사』와 91년부터 나오기 시작한 『조선문학사』를 중심으로 하여 서술관점을 비교·정리해보도록 한다.

1. 문학사 서술의 방법

문학사를 서술하는 데 있어서 가장 중요한 것은 서술자가 가지고 있는 사관史觀, 혹은 세계관이다. 서술자가 가진 세계관은 글의 서술체계를 결정할 뿐만 아니라 작품의 가치 평가에 가장 중요한 구실을 하기 때문이다. 따라서 문학사 서술의 시각은 서술자의 사상적 이념과 밀접한 관련을 지닐 수밖에 없게 된다. 서술자가 가진 이념에 따라서 작품에 대한 가치 평가와 문학사의 서술 방법 등이 결정되기 때문이다. 이런 점에서 본다면 현재의 남과 북은 사회체제와 이념을 달리하고 있기 때문에 당연히 문학사 서술에 있어서도 매우 큰 차이를 보일 수밖에 없음을 쉽게 알 수 있다. 결론부터 말하자면 남쪽의 문학사 서술은 개인적인 이념에 따라서 서술된 것이 중심을 이루기 때문에 서술의 방법에 대해 확연한 획을 그어서 구별하기는 어렵다. 그런 반면에 북쪽의 문학사 서술은 보편자에 의해 확립된 지도이념에 입각한 집체서술이 중심을 이루면서 서술 시기에 따라서 당시 사회의 변화되는 이념에 따라 서술되고 있기 때문에 일정한 기준으로 획을 그어서 구별할 수 있는 특징을 지니고 있다.

이러한 점은 시대구분에서 가장 뚜렷하게 나타난다. 남쪽의 문학사에서 하고 있는 시대구분을 보면 왕조별, 세기별, 문학 자체의 변화 과정, 역사의 시대구분에 맞추는 것 등으로 정리할 수 있는데, 매우 복잡한 양상을 띠기 때문에 혼란을 주는 것이 사실이다. 그러나 북쪽의 문학사를 보면 맑시즘의 사회발전단계에 입각한 시대구분을 하고 있어서 일사불란한 느낌을 주고 있다. 원시사회, 고대노예제사회, 중세봉건사회 등으로 구분하면서 필요한 경우에는 세기별로 다시 세분하고 있다. 어느 쪽 방법이 더 좋을지는 연구자의 연구목표와 문학사를 읽는 독자의 판단에 맡길 수밖에 없지만 시대구분이 큰 차이를 보이고 있는 것은 사실이다.

2. 시가문학에 대한 서술 관점

1) 삼국 이전의 시가

삼국시대 이전의 시대에 대해서는 북쪽의 문학사에서는 원시시대와 고대시대로 구분하고 있다. 그리고 남쪽의 문학사는 저자에 따라서 여러 편차를 보이고 있지만 대부분의 문학사에서 삼국 이전의 문학에 대해서는 상고시대의 문학이라는 것으로 처리하고 있다. 다만 조동일의『한국문학통사』에서는 원시문학과 고대문학으로 나누어서 시대구분을 하고 있다. 시대구분에서 짐작할 수 있듯이 남쪽의 문학사에서는 원시문학이나 고대문학에 대한 논의가 옛 문헌의 기록에 대한 설명 정도로 그치고 있다. 이점은『한국문학통사』에서도 마찬가지인데, 특히 원시문학에 대한 논의에서는 더욱 그렇다. 그런데 북쪽의 문학사를 보면이 부분에 대한 견해가 확실하고 비중을 크게 두고 있는 것을 느낄 수 있다. 그이유는 맑스의 사회 발전 이론을 바탕으로 한 시대구분을 취하고 있기 때문에사상적 토대가 확실하여 뚜렷한 논지를 세우기 쉽다는 점 때문인 것으로 보인다.

원시시대의 시가에 대해서는 남쪽의 어느 문학사를 막론하고 원시가요가 많았다는 점을 강조하고 있다. 이점은 우리 민족에 대한 중국의 문헌들에서 여러날 동안 술을 마시고 노래를 부르며 즐겼다는 기록들을 근거로 하고 있다. 조윤제의 문학사에서는 원시가요를 집단가요로 파악하고 노동요의 일종이었을 것으로 보았다. 원시가요를 집단가요로 파악하는 것은 대부분의 문학사에서 그렇게 보고 있다. 작품에 대한 평가에서는 대부분의 문학사가 〈황조가〉와 〈구지가〉와 〈공후인箜篌引〉을 소개하고 있는데, 〈황조가〉에 대해서는 이 노래를 서정시로 보느냐 서사시로 보느냐 하는 것이 쟁점으로 되었다. 그리고 〈공후인〉에대해서는 이 작품을 우리의 노래로 볼 것이냐 중국의 노래로 볼 것이냐 하는 점과 작품의 작자를 누구로 볼 것인가 하는 점 등에 대해 여러 견해들이 대립돼 있다. 〈구지가〉에 대해서는 신가神歌로 보는 견해와 민간의 집단가요로 보는 견해, 그리고 굿노래로 보자는 견해 등이 있다.

북쪽의 문학사는 일사불란한 체제와 서술체계를 갖추고 있기 때문에 이 부분에 대해서 명쾌하게 논지를 전개하고 있는 것이 특징이다. 위에서도 말한 바와 같이 북쪽의 문학사는 원시시대와 고대사회의 가요에 대해서 많은 논의를 하고 있는데, 과거의 문학사보다 최근의 문학사가 더 상세한 논의를 하고 있는 것이 특징이다. 북쪽에서 나온 가장 오래된 문학사인 『조선문학통사』에서 〈구지가〉를 원시가요로 이해하여 이 작품을 집단노동 과정에서 부르던 집단가요의 하나로 파악한 이래 가장 최근의 『조선문학사』에 이르기까지 이러한 논지는 변하지 않고 있다. 1990년대에 출판된 『조선문학사』에서는 지금까지의 견해에 원시신앙이 깃들인 생활 지향을 표현한 원시가요로 파악하고 해가와의 관련성 부각에 주력하고 있다. 이 문학사의 시대구분의 특징은 원시와 고대를 구분하지 않고 원시시대부터 삼국시기까지를 하나의 시대로 설정하고 있는 점이다.

계급국가의 발생 시대에 나타난 노래에 대한 평가는 각 문학사가 약간씩 견해를 달리하고 있어서 흥미를 끈다. 『조선문학통사』에서는 고대사회 가요의 특징을 집단 구전가요의 전승과 개인 창작가요의 출현으로 보고, 전승된 집단 구전가요로는 〈구지가〉와 〈두솔가〉를 꼽았다. 그리고 개인창작가요의 출현을 알리는 작품으로는 사회의 계급적 분화에 따라 자신의 계급을 대변할 노래로 등장한 것들을 들었는데 한시의 형태로 나타난 것은 〈황조가〉이고, 국어가요로서 향찰시가로 발전한 것이 〈서동요〉, 〈풍요〉, 〈혜성가〉 등이라고 하였다. 그리고 〈공후인〉은 개인서정가요로 보면서도 구전가요로 취급했다. 이러한 논지는 1977년의 문학사에 와서는 고대노예제 사회가 시작되면서 개인 창작 서정가요가 등장하는데, 그 최초의 작품은 〈공후인〉이라고 하면서, 작자는 옛 기록을 그대로 따라서 여옥이라고 했다. 그러면서 이 작품은 하층민의 어려운 삶과 비극적 정서를 반영한 노래라고 하였다. 이러한 논지는 그 후에도 계속되어 1994년의 『조선문학사』에서는 계급사회의 현실을 반영한 노래는 〈공후인〉 한 작품뿐이라고 하면서 문헌 기록에 대한 자세한 설명을 곁들이고 있다.

원시문학과 고대문학에 대한 남·북의 문학사가 가진 특징들을 보면 논지전개 방식이나 작품에 대한 해석 등이 북쪽의 문학사가 한발 앞서가고 있는 느낌을 준다. 그러나 여러 가능성에 대해 다각적인 입장에서 작품을 해석한 다양성이란 측면에서는 남쪽의 문학사가 훨씬 앞서고 있는 것으로 보인다.

2) 삼국시대의 시가

삼국시대의 문학에 대해 남북의 문학사가 보이는 공통점은 풍부한 시가가 있었을 것으로 추정하나 남아 있는 자료가 매우 적다는 것을 아쉬워하는 점이다. 그런데, 빈약한 자료 속에서도 새로운 노래를 찾아내어서 노래에 맞는 시대를 배정하려는 노력은 남쪽보다 북쪽이 앞선 것으로 보인다. 남쪽의 문학사에서는 내용은 전하지 않고 노래의 명칭만 남아 있는 삼국시대의 시가들에 대해서는 거의 주의를 기울이지 않다가 최근의 문학사에서 밀도 있는 해석과 평가를 시도하고 있는데 반해서, 북쪽의 문학사를 보면 빈약한 자료지만 그 자료들을 잘 엮어서 될 수 있으면 삼국시대의 노래를 찾아내려는 노력을 꾸준히 계속해 온 것으로 보인다. 그 결과 90년대에 나온 문학사를 보면 우리가 고려시대의 노래로 알고 있는 시가들에 대해서 여러 가지 근거를 들어서 삼국시대의 노래로 자리 매김하고 있는 것을 본다. 이 주장이 옳고 그른지는 연구를 통해 밝혀야 하겠지만, 우리의 옛것을 찾아내려는 노력은 본받을 만하다고 할 수 있다. 우리 쪽에서는 후대의 노래로 취급하고 있지만 북쪽의 문학사에서 삼국시대의 노래로 자리 매김하고 있는 것들을 보면, 백제의 노래로 보는 〈정읍사〉, 목주가와 연결시켜서 신라의 노래로 보는 사모곡, 문헌에 나와 있는 기록들을 바탕으로 하여 고구려 노래로 보는 〈동동〉, 그리고 『삼국유사』의 찬시 중에서 「순도조려」조의 찬시讚詩를 〈압록강〉이라는 고구려의 노래로 보는 것 등이다.

삼국시대의 노래에 대한 남쪽의 문학사를 보면 〈두솔가兜率歌〉에 대한 기록을 중요시하는 점이 우선적으로 지적될 수 있는 공통점이다. 〈두솔가〉를 설명한 문헌에서 가악의 시초라고 한 점을 중요시하여 시가의 발생을 여기에서 잡는다. 김사엽은 〈두솔가〉가 사뇌가로 발전했다고 하는 주장을 하는데, 뚜렷한 근거가 없는 것이 흠이다. 그리고 우리어문학회 문학사에서는 〈두솔가〉를 서정시가로 보고, 송축頌祝의 노래였을 가능성이 크다고 했다. 한편 조윤제는 삼국시대의 시가에 대한 구체적인 언급은 없이, 〈두솔가〉를 시가다운 시가 즉 일정한 형식에 정제되어 악무樂舞에서 분리할 수 있는 시가가 발생한 것을 가리키는 것이라고 보았다. 이러한 시각은 조윤제의 국문학사를 이으면서 새로운 문학사를 서술한다고 천명한 조동일의 문학통사에서도 그대로 이어지고 있다. 조동일은 삼국시대를 제도와 문물이 정비되면서 봉건국가가 안정되어 가는 과정으로 보고, 민간의 노래인 민요가 궁중의 음악으로 수용되어 사용되었다는 점을 강조한다. 고구려의 노래인 '내원성', '연양', '명주' 등이 그렇고, 백제의 노래인 '선운산', '무등산', '방등산', '정읍', '지리산' 등도 역시 민요였던 것이 궁중의 음악으로 사용되었다고 보았다. 그리고 '정읍사'에 대한 평가에서는 〈정읍사〉가 삼단구성으로 되어 있다는 점을 강조하면서, 시조의 모습과 일치한다는 견해를 보이고 있는데, 이것은 근거가 될 수 있는 증거들을 확보해야 할 과제를 안고 있는 주장이라고 할 수 있다. 신라의 노래에 대해서 『한국문학통사』는 향가와의 관련성을 염두에 두고 고찰하였는데, '물계자가勿稽子歌' 같은 노래는 개인의 정서를 노래한 지배층의 시가로 보아 지배층의 노래와 민간의 노래가 함께 발전하는 양상을 지적한 점이 흥미롭다. 그 결과 신라의 노래는 지배층의 노래인 사뇌가 향가와 민간의 노래인 민요 향가로 나누어서 발전하는 양상을 띠게 되었다고 했다. 이러한 상황이 통일신라와 발해가 남북국시대를 형성하는 시기에 향가의 번창을 낳는 것으로 보고 있다.

　북쪽의 문학사는 원시시대와 고대시대를 거쳐서 삼국시대의 봉건계급국가로 발전했다는 역사적 발전단계의 구도 아래서 서술하는데, 삼국시대의 노래를 봉건지배계급에 저항하는 민중들의 정서가 반영된 작품들이 많다는 점에 초점을 맞추고 있다. 그러면서도 역사적 발전 단계에 발맞추어서 시가문학에서는 인민가요에서 민족시가로 발전하는 단계로 나아가고 있음을 강조하고 있다. 그리고 북쪽의 문학사에서 눈에 띠는 또 하나의 특징은 작품이 가진 사상주제별로 노래들을 분류하여 평가하고 있는 점이다. 삼국시대의 노래가 노동, 애국감정, 인정세태, 반침략 투쟁, 현실원망 등을 노래한 작품들이 중심을 이룬다는 논지 아래 시가의 문학사적 가치를 평가하는 것은 모든 문학사가 가진 공통점이라고 할 수 있다. 그리고 북쪽의 문학사가 보이는 또 하나의 특징은 신라통일 이후에 기록된 시가나 고려 이후에 기록된 시가 작품들 중에서 삼국시대의 노래를 찾아내려는 노력이 갈수록 배가되고 있다는 점이다. 그 예로 향가 작품 중에서 서동요, 혜성가, 풍요 등은 시기상으로 보아 신라가 통일하기 전의 작품으로 본 『조선문학통사』의 논지를 이어받으면서 77년의 문학사에서는 이 노래들이 구전민요였다는 것을 강조하면서 향가는 이미 삼국시대에 창작되고 보급되었다는 주장을 폈다. 구전민요가 지배층의 노래로 발전 수용되었다는 주장은 조동일의 문학사에서 상당히 수용되고 있기도 하다. 91년의 문학사에서는 삼국시대 시가의 가장 중요한 특징을 국어가요의 발전과 달거리체 형식의 노래가 나타난 것으로 꼽고 있다. 국어가요의 주제사상별 특징을 보면 노동생활을 노래한 것으로는 〈인삼노래〉, 〈두률가〉, 〈풍요〉 등을 들었고, 인정세태를 노래한 시가로는 〈명주〉, 〈연양〉, 〈정읍사〉, 〈선운산〉, 〈지리산〉, 〈서동요〉, 〈사모곡〉 등을 들었다. 또한 애국감정과 반침략투쟁정신을 노래한 작품으로는 〈무등산無

等山〉, 〈내원성來遠城〉, 〈해론가奚論歌〉, 〈치술령곡致述嶺曲〉 같은 작품을 예로 들고 있다. 그리고 현실을 원망하는 마음을 노래한 작품으로는 풍요, 회소곡, 물계자가, 실해가, 대악 같은 작품을 들었다. 삼국시대의 시가에서 가장 심혈을 기우려 논증하고 있는 작품이 바로 〈동동〉인데, 이 작품은 고구려 노래이면서 분절가요인 달거리체 형식을 갖춘 우리나라 최초의 시가라는 점에 초점을 맞추어서 서술하고 있다. 현존하는 여러 문헌들을 근거로 〈동동〉을 고구려 시대에 개척된 달거리체 형식을 갖춘 분절가요로서 가장 오래된 작품이라고 본 것이다. 특히 〈동동〉이 장가의 형태를 개척했다는 주장은 신라의 〈해론가〉의 기록에 정면으로 배치되는 것이어서 앞으로의 연구가 주목거리로 남는다.

3) 남북국시대의 시가

우리 민족이 차지했던 대부분의 영토를 상실한 채 한반도의 일부만을 통일한 신라는 중국과의 투쟁을 통하여 명실공히 한반도의 주인이 된다. 그러나 이 통일은 어디까지나 불완전한 통일일 수밖에 없었다. 고구려의 옛 영토인 만주벌판을 모두 잃어버림으로써 대륙으로의 진출을 더이상 기대할 수 없게 되었기 때문이다. 한반도에 일어난 이러한 반쪽 통일과는 달리 고구려의 옛 영토 위에 세워진 국가가 있었으니 바로 발해였다. 발해는 중국 사람들에 의하여 해동성국이라고 불릴 정도로 큰 제국을 이루었으니 만주벌판을 중심으로 하여 한반도 북부까지 대영토를 가진 국가를 이루어서 막강한 힘을 가진 세력으로 성장하였다. 이 시대를 일러서 남북국시대라고도 하는데, 문학사의 시대구분에서 이를 수용한 것도 상당수 있다. 그러나 이처럼 강대했던 발해는 하루아침에 흔적도 없이 사라지게 됨으로써 어떤 기록도 남아 있지 못하게 되었다. 발해의 멸망에 대해서는 여러 가설이 제기되었으나. 백두산 천지의 화산폭발이 가장 유력한 설로 제기되고 있다. 백두산의 대폭발이 발해가 멸망하는 시기에 있었다는 고고학적 증거가 여러 군데서 발견되기 때문이다. 어찌 되었든 간에 발해는 신라와 더불어 남북국시대를 이루었으나 전혀 기록이 남아 있지 않아서 수수께끼의 왕국으로 불리게 되었다. 발해 문인들의 발자취는 주로 일본에 가서 남긴 문학 작품들을 통해서 그 편린을 알 수 있을 뿐이다. 신라는 중국과의 관계를 돈독히 하면서 나라를 유지해 온 반면에 발해는 일본과 밀접한 연관을 맺으면서 문물을 주고받았다는 사실이 매우 흥미롭다. 앞으로 이에 대한 연구가 더욱 활발하게 이루어져야 할 것으로 생각된다.

신라시대 혹은 남북국시대의 문학에 대해서는 대부분의 남쪽 문학사에서는 향가에 그 초점을 맞추어 서술하고 있다. 그러다가 조동일의 문학통사에 와서 발해 시인들이 남긴 문학 작품들에 대해서 상당한 지면을 할애하여 서술하고 있는 것을 본다. 그리고 70년대 이전에 나온 문학사들의 대부분이 한시 작품들에 대해서는 거의 언급하지 않고 있어서 반쪽의 문학사라는 느낌을 떨쳐버릴 수가 없다. 물론 글쓰는 사람의 생각에 따라서는 한문으로 된 문학은 우리 문학이 아니라고 주장하는 사람도 있다. 문학은 글자로 기록되는 것이기 때문에 우리글로 된 것만 우리 문학으로 하자는 주장인 것이다. 그러나 우리 선조들이 어떤 표기수단을 사용했건 간에 우리 민족의 생각과 사상을 담고 있는 것을 우리 문학이라고 한다면 이러한 주장은 터무니없는 것이 사실이다. 어쨌든 간에 과거의 문학사에서는 한시에 대해서는 문학사에서 별로 취급하지 않았던 것이 사실이었다. 특이한 시대구분과 시각으로 서술하고 있는 조윤제의 문학사를 보면 신라시대 문학의 핵심을 이루는 것을 향가로 보고 향가가 민족문학의 맹아라고 하였다. 이러한 의의를 가지는 향가의 발생이 언제일 것인가에 대해서는 신라가 삼국통일을 한 후로 보고 있다. 그 이유로 향찰 표기법이 창안된 시기가 신라의 통일 이후이기 때문에 통일신라시기로부터 향가가 발생했고, 이로부터 국문학이 형성되었다고 주장한다. 여기에 대해서 조동일은 향가는 삼국시대부터 있었고, 향찰 표기도 고구려나 백제에도 있었을 가능성이 크다고 반박하고 있다. 그러나 뚜렷한 증거는 제시하지 못하고 있다. 실증을 중요하게 생각하는 문학사와 이론을 중요하게 생각하는 문학사의 차이라고도 할 수 있을 것이다. 그리고 조윤제의 문학사에서는 향가의 신라 발생에 대한 매우 흥미 있는 설을 제시하고 있어서 눈길을 끈다. 왜 하필이면 삼국 중에서 가장 낙후했던 신라에서 훌륭한 문학성을 가진 향가가 생겨날 수 있었을까 하는 점에 대한 해설이 그것이다. 그 이유로 신라의 보수성을 들고 있다. 고구려나 백제는 외래종교인 불교를 아무 거부감 없이 쉽게 받아들임으로써 자신들의 문화를 발전시킬 수 있었다고 보는데, 신라는 외래종교인 불교에 대해 처음에는 단호히 거부하고, 한문학의 수입도 거부하는 입장을 취했었다. 이것은 자기 것을 지키려는 국수적이고 보수적인 태도라고 할 수 있기 때문에 이러한 토양에서 바로 우리 고유의 노래를 새롭게 발전시킨 향가를 만들어 낼 수 있었다고 보는 것이다. 이러한 점으로 볼 때 고구려나 백제에도 고유의 노래가 있었을 것이나 남지 않았을 뿐이라고 하였다. 향가가 신라에서 발전하게 된 배경에 대한 서술은 우리가 되짚어 볼 필요가 있는 흥미 있는 의견이라고 할 수 있다. 그리고 이 시대에 한문학이 대두된다는 것을 강조하고 있다. 작품 전반에 대한 평가는 하지 않고 있지만 중국을 통한 한문학의 유입은 신라의 학문 수준을 발전시키는 계기가 되었다고 하였다. 이런 점으로 볼 때 신라 시기는 우리의 민족문학이 형성되는 대단히 중요한 시기가 되는 셈이다.

남쪽의 문학사 중에서 가장 최근의 저술인 조동일의 문학사는 신라시대 문학의 특징을 민요의 정착과 기록문학의 시대, 그리고 한문학의 성장으로 보고 있다. 그리고 뚜렷한 증거를 제시한 것은 아니지만 향찰 표기는 삼국에 이미 존재했던 것이라고 주장하고 있다. 그리고 신라의 노래 전부가 향가는 아니다고 하여, 향가를 우리의 노래라고 해석하는 일반론에 대해서 반론을 제시하고 있다.

향가는 민요가 정착된 것과 사회 각층이 참여한 사뇌가 계통의 작품들을 가리키는 말이고, 다른 종류의 노래들도 여럿 존재했다는 주장이다. 민요계 향가의 대표적인 작품으로 〈서동요〉, 〈헌화가〉, 〈처용가〉 등을 들고 있는데, 특히 헌화가와 처용가는 굿노래의 일종일 것으로 보고 있다. 그 이유로 〈헌화가〉와 〈해가〉의 관계를 보면 굿이라는 의식을 행하는 과정에서 불려졌을 가능성이 크고, 〈처용가〉의 경우는 역병을 몰 아내기 위한 푸닥거리에서 불려졌을 가능성이 매우 크기 때문이라는 점을 들고 있다. 실제로 처용무는 조선시대에 이르기까지 벽사진경의 의식에 사용되었다는 기록이 있다. 그 외의 향가는 화랑의 노래, 불교신앙의 노래 등으로 가치평가를 하고 있다. 그리고 이 문학사에서는 신라와 발해를 우리 민족의 국가로 보고 남북국시대라는 주장을 수용하여 발해의 문학에 대해서 상당 부분을 할애하여 서술하고 있다. 이점은 북쪽의 문학사에서 이루어 놓은 성과를 수용한 것으로도 볼 수 있다. 왜냐하면 북쪽의 문학사에서는 오래 전부터 발해의 문학에 대해 깊은 관심을 기울여 왔으며 상당한 성과를 축적하고 있었기 때문이다. 최치원의 학문적 업적에 대해서는 남북이 공히 인정하는 바여서 오래전부터 많은 연구가 있었기 때문에 최치원의 문학에 대해서는 어느 문학사나 높이 평가하고 있다. 조동일의 문학사에는 기존의 문학사에서 별로 다루지 않았던 왕거인의 한시 작품에도 눈을 돌리고 있는데, 이것은 민중의 노래가 지배층의 문학으로 정착된 것이 우리 문학의 큰 흐름이라고 보는 저자의 세계관과도 밀접한 연관이 있는 것으로 추측된다. 발해의 문학에 대해서도 상당한 지면을 할애하여 서술하고 있는데, 양태사, 왕효렴 등 일본에서 활동하면서 작품을 남긴 사람들에 대해서 비교적 상세하게 소개하고 가치평가를 하고 있다. 이 점역시 북쪽의 문학 연구에서 이룩한 성과를 수용한 것으로 볼 수 있다. 남북이 모두 같은 민족이기 때문에 우리 민족의 위상을 높일 수 있는 학문적 성과를 올바르게 수용한다는 것은 매우 바람직한 것이라고 할 수 있을 것이다.

신라시기의 문학에 대한 북쪽의 문학사는 초기의 것은 향가에 대한 평가가 중심을 이루다가 점점 시가문학 전체에 대해 가치를 균형 있게 평가하려는 입장을 보이고 있다. 『조선문학통사』를 보면 신라시기를 향가의 전성기로 보고 향가의 문학사적 위상을 아주 높게 평가하고 있다. 향가는 사회를 반영하고, 화랑정신에 대해 노래하며, 불교와 유학의 논리 등을 다양하게 노래한 민족시가의 초기 형태로 보고, 향가에 이르러서 민족시가의 형식이 확보되었다고 서술하고 있다. 그리고 향가는 의미단락으로 보아 세 개의 장으로 이루어졌다고 보고, 세 번째 장의 첫머리에는 차사嗟辭를 쓰고 있는 것을 중요한 특징으로 파악하였다. 이러한 입장에서 향가의 형식에 대해 언급한 삼구육명의 해석에 대해서는 삼구는 삼장과 같은 것으로 보았고, 육명은 3·3의 율조를 가리키는 것으로 보았다. 삼구육명에 대해서는 남북을 통틀어서 여러 논의가 있었던 것으로 보이는데, 아직까지 정설로 인정될만한 학설은 없는 것으로 보인다. 그리고 이 문학사에서 특기할 만한 사항은 처용가를 지은 처용을 신라시대의 방랑시인으로 본 점이다. 방랑시인은 유랑집단의 일원으로 오래전부터 존재했던 예술인이라고 했다. 전국을 떠도는 유랑집단이 헌강왕과 만나게 되어서 그들의 예술적 재능을 인정한 왕이 궁궐로 데려오게 되었다는 것이다. 그런데 이 주장은 나중에 나온 문학사에서는 언급이 없어서 더 이상의 진전을 보지는 못한 것으로 보인다. 한시 부문에서는 역시 최치원 작품의 예술성을 높이 평가하고 있다. 방랑시인의 한 사람으로 망해 가는 신라를 비판하고 현실을 사실적으로 묘사하려한 작가로 꼽았다. 최치원 작품에 대해 사실성을 강조한 것은 50년대에 있었던 사실주의 발생·발전논쟁과도 연관이 있는 것으로 보인다.

77년의 『조선문학사』에서는 향가의 문학적 성격과 한시의 진보적 성격에 대해서 집중적으로 서술하고 있다. 여러 계층의 작가가 참여한 향가 작품 중에서는 헌화가와 제망매가가 가장 뛰어나다는 평가를 하면서 이 두 작품은 같은 신분 간의 사랑과 슬픔을 노래한 것이라고 했다. 그리고 처용가에 대해서는 방랑시인이라는 앞 시대의 주장을 무시하고, 우리 민족의 고유 전통민속과 관련이 있는 시가로 보았다. 고유의 노래였던 향가가 불교전파에 이용되면서 형식을 더욱 정제하게 되었고, 시가로서의 완성된 형식을 갖추게 되었다고 했다. 한시 부문에서는 역시 최치원 작품의 문학사적 가치를 높이 평가하고 있으며, 애국심과 사회에 대한 비판을 노래한 작품들의 많다는 데 초점을 맞추어 서술하고 있다.

90년대의 『조선문학사』는 15권 분량으로 발간될 예정이라고 하는데, 현재까지 완간을 보지 못하고 있는 문학사이기도 하다. 신라시대에 전성기를 맞이한 향가의 문학사적 의의에 대해서는 향가는 삼국시대에 발생했다는 점을 강조하면서, 형식의 완비를 이 시대에 와서 보았다는 것으로 서술하고 있다. 그리고 양적으로도 비대해져서 삼대목 같은 향가집이 편찬될 정도였다고 하면서 작자층의 확대를 또하나의 특징으로 지목했다. 그리고 향가의 내용적 특징에 대해서는 사회정치적인 내용, 인정세태를 노래한 것, 불교적 내용, 화랑에 대한 찬양 등이 중심을 이룬다고 하였다. 특히 향가에 이르러서 형식이 완비된 것은 향찰 표기를 통한 서사화가 이루어졌고 민족시가로서의 면모를 갖추게 되었다고 했다. 삼구육명에 대한 해석에서도 역시 종래의 설을 이어받아서 세 개의 분절로 이루어진 것을 나타내며 3·3조의 음수를 가진 형식을 말한 것이라고 했다. 그중 〈헌화가〉와 〈제망매가〉가 제일 우수하다고 하면서 낭만적 생활감정과 같은 계급 간의 사랑과 슬픔을 진솔하게 노래한 작품이라고 했다. 이러한 성격을 가진 향가가 출현하면서 갖추어진 예술적 형식은 민족시가의 출현과 발전에 지대한 영향을 미쳤다고 서술하고 있다. 한시 부문에서는 애국감정과 현실비판이 중심을 이룬다고 하면서 일본에 건너가서 활발한 활동을 한 작가들의 작품들에 대해 문학사적 가치를 높이 평가하고 있다. 양태사, 왕효렴, 배정 등의 작가들이 일본과의 관계 속에서 어떤 작품들을 지었는가 하는 것을 집중적으로 논의

했다. 그리고 신라의 한시는 주로 중국에 유학한 입당파가 주도했는데, 박인범, 최치원, 최승우 등은 진보적인 성향을 띠면서 생활을 반영하고 진실성을 확보하는 등 형상의 생동성을 마음껏 살리고 있는 작품을 남기고 있다고 평가하고 있다. 이러한 진보적 성향은 결국 새로운 국가인 고려를 낳는 원동력이 되었던 것으로 보았다.

4) 고려시대의 시가

고려시대는 전기와 중·후기로 나누어서 생각할 수 있다. 전기는 후삼국시대를 마무리하고 새로운 통일을 이룩한 고려왕조가 안정적 발전을 계속하던 시기로 이 시대는 귀족문화의 발전기로 본다. 따라서 이 시기의 문학도 귀족문학이 중심을 이루는 것으로 파악한다. 중·후기는 민족수난의 시대로 본다. 중기를 지나면서 정치는 문란해지고 외침이 잦아지면서 고려 정부는 흔들리기 시작한다. 거기에다 설상가상으로 무신란이 일어나서 군사정권이 성립되고 문화의 암흑기를 맞이하게 된다. 또한 후기는 원나라 지배하에 들어가게 됨으로써 민족의 장래에는 암울한 어둠이 드리워지게 되고, 이러한 깊은 어둠 속에 혁신적인 사상을 받아들인 신흥사대부들이 새로운 왕조건설을 꿈꾸게 된다. 따라서 이시기의 문학은 귀족문학의 쇠퇴와 평민문학의 성장과 발전, 그리고 국문문학의 새로운 전개라는 발전시대를 맞이하게 된다. 정치상황이 어려우면 어려울 수록 문학의 발전이 촉진된다는 사실은 역사적 아이러니라고 할 수 있다. 이러한 성격을 가지는 고려시대의 문학을 정리하는 데 있어서 논의의 중심이 되는 것은 고려의 문학이 앞시대 문학인 신라문학의 전통을 어떠한 모습을 계승하면서 새로운 것으로 발전시키고 있는가 하는 점이다. 논자에 따라서는 단절의 시대로 보기도 하지만 대체적으로는 신라의 문학전통을 훌륭히 계승하면서 발전적인 모습을 추구해 간 것으로 본다.

고려시대에 대한 조윤제의 문학사는 고려 전기문학의 특징으로 한문학의 발달과 국문문학의 위축을 꼽는다. 고려왕조는 신라의 뒤를 이었으면서도 지방호족이 성장해서 이룬 왕조이기 때문에 나름대로의 문화를 엮어나갈 역량이 매우 부족하였다. 이런 결과로 중국의 문물을 대량으로 받아들여 과거제에서부터 궁중의 모든 문화를 중국과의 관계 속에서 형성시켜 나갔다. 그 결과 고려 전기는 한문학을 중심으로 하는 귀족문학이 비약적인 발전을 하게 되고, 반대로 향가가 중심이 되었던 국문문학은 쇠퇴의 길을 걷게 된다고 보았다. 고려 전기의 한문학은 신라 때 형성된 한문학을 바탕으로 발전하면서 중국과의 교류관계를 통하여 더욱 발전한 것으로 파악하였다. 그 대표적인 작가로 박인량을 들었는데, 중국에 사신으로 가면서 거기서 보고 느낀 것을 읊은 작품들이 세련된 어휘와 치밀한 시적 구성으로 예술성이 높이 평가된다고 하였다. 그러나 한편으로 정지상 같은 작가는 우리의 정서를 한문학적 전통 속에서 잘 살려낸 대표적인 시인으로 손꼽았다. 정지상은 김부식의 시기를 받아서 죽임을 당했다고 할 만큼 시를 잘 썼다고 하는데, 「대동강大洞江」 같은 작품은 우리 민족이 가진 이별 정서를 간결하고도 세련된 표현으로 잘 노래한 작품으로 높이 평가받고 있다. 이러한 귀족문학의 발달로 향가의 쇠퇴가 필연적으로 진행되는데, 오랜 전통을 가진 향가는 완전히 사라지지는 않고 균여의 향가와 〈도이장가悼二將歌〉로 명맥을 유지하고 있다고 하였다. 특히 〈도이장가〉는 작품의 형태로 보아서는 향가로 보기 어려우나 표기법이 향찰로 되어 있기 때문에 향가의 전통을 계승한 것으로 보아 무방하다고 하였다. 표기법만으로 향가의 전통을 이어받았다고 하는 것은 설득력이 매우 희박한 주장이라고 할 수 있다. 무신정권기로 일컬어지는 고려 중기는 장가의 발달과 국문가요의 발달을 가장 중요한 특징으로 들었다. 장가의 대표적인 작품으로 〈정과정〉을 들 수 있는데, 이 작품은 지배층에 속하는 사람이 지은 데다가 10구체 향가의 전통을 이어받고 있는 것으로 보았다.

그리고 민간에서 구전되다가 조선시대에 들어와서 문자로 정착된 국문가요의 약진을 고려 후기 문학의 중요한 특징으로 보았다. 〈쌍화점〉을 비롯한 〈청산별곡〉, 〈동동〉 등의 국문가요는 오래전부터 민간에서 구전되어 오다가 고려 후기의 어지러운 정치상황을 이용하여 지배층의 문학으로까지 상승하면서 궁중음악으로 연주되는 쾌거를 이루게 되는 것이다. 이러한 성격을 가지는 국문시가는 원래 민간의 구전문학이었을 것이기 때문에 평민문학의 일종이라고 보는데, 민간의 문학이었던 만큼 남녀상열지사가 많다고 하였다. 이러한 상황으로 볼 때 고려시대의 국문시가는 더 많았을 것으로 보지만 향찰 표기법의 소멸과 국자國字의 부재로 인하여 많은 작품들이 없어졌을 것이라고 추정하였다. 다음으로는 경기체가의 성립을 들었는데, 경기체가에 대해서는 전통적 형식을 떠나서 전혀 새로운 형식의 시가로 파악했다. 이 점은 경기체가를 우리의 전통시가와의 연관 속에서 파악하려는 지금의 연구 성향과는 큰 차이를 보이고 있다. 경기체가는 한문식 표기에 우리식 정서와 술어 후렴구 등을 넣어서 지은 특이한 형태의 시가라고 평가하였다. 이러한 성격을 가지는 경기체가의 형태는 고려 장가長歌의 모습을 본뜬 것이라고 했다. 그러면서도 중국의 사詞문학의 영향을 매우 많이 받은 것으로 보여지기 때문에 매우 특이한 시가라고 하였다. 이런 점으로 볼 때 고려시대는 귀족문학과 평민문학이 첨예하게 대립하는 양상을 띠었다고 할 수 있다는 것이다. 그런데 이러한 대립이 허물어지기 시작하는 시기가 원나라의 침입과 국정의 문란이 극도에 달한 고려 후기라는 것이다. 이러한 상황에 힘입어서 고려중엽부터 있어 왔던 시조가 평민문학에서 파생되어 새로운 국민문학으로 떠오르게 된다. 시조의 등장으로 인하여 귀족문학과 평민문학의 대립 양상이 소멸되고 국민문학이라는 새로운 틀의 가능성이 열리게 된다고 하면서, 여기에 시조의 문학사적 의의가 있다고 했다. 고려 후기의 한문학은 정치적 어려움 속에서 그 성격이 바뀌어서 백성들에 대한 관심과 애국애족하는 마음을 노래하기도 하고, 잘못된 현실을 반영하는 사실적인 경향으로 나가게 된다고 보았다. 그러나 한문학에 대한 언급은 매우 미미한 편이다.

조동일의 『한국문학통사』는 고려사회를 신라 출신의 구귀족과 지방호족 출신의 신귀족이 대립하면서 성립한 것으로 보고, 이러한 이원성 속에서 문학적 평가를 하려는 입장을 보인다. 문화적 뿌리와 정치적 경륜이 약한 호족출신의 신귀족들은 중국의 문물을 전적으로 수입함으로써 한문학을 발전시키는 데 기여하였고, 구귀족 출신들은 향가의 전통을 불교의 전통과 연결시켜 보려는 데서 균여의 향가 같은 작품이 나오게 되었다는 것이다. 그러면서 〈도이장가〉와 〈정과정곡〉의 예와 왕이 두 편의 향가를 지었다는 점을 들어서 향가의 전통은 13세기까지 지속되었다고 주장한다. 특히 왕이 두 편씩이나 향가를 지었다는 사실은 향가가 전성기를 맞이했던 신라시대에도 없었던 일이라고 하였다. 그러나 두 작품이 향가의 모습을 그대로 갖춘 것이라고 보기 어려운 데다가 그 외의 작품들이 남아 있지 않기 때문에 13세기까지 향가가 지속되었다고 보는 데는 무리가 따르는 것으로 보인다. 그러면서 예종이 지었다는 〈벌곡조伐谷鳥〉는 현존하는 비둘기 노래와 연결시켜 파악해보고자 했고, 〈정과정〉의 문학사적 의의도 높이 평가했다. 그러나 한문학의 성과와 그 평가에 대해서는 귀족문학의 전성기라는 정도로만 언급하고 있어서 매우 미흡한 느낌을 주고 있다.

고려 후기문학에 대해서는 속악가사와 소악부, 그리고 경기체가와 시조·가사, 그리고 한문학의 성과에 대해서 언급하고 있다. 속악가사는 하층민인 민요와 밀접한 연관이 있었던 노래로 파악하면서 그것이 고려 후기의 혼란한 사회 상황과 맞물려 궁중의 문학으로 유입되어 갔다고 했다. 그리고 소악부의 한시는 민간에 전승하던 민요를 악부시의 형태로 기록한 것으로써 원작품의 모양을 그대로는 볼 수 없지만 그 정서는 정확히 반영되고 있기 때문에 대단히 중요한 의미를 가진다고 평가하고 있다. 경기체가와 시조·가사의 등장에 대해서는 지방에서 실무적이고 기술적인 전통 속에서 성장한 신흥사대부의 기호에 맞는 작품으로 교술적인 성격을 가지는 경기체가의 형성을 보았으며, 즉물적이고 사물묘사에 치중하는 교술문학의 정서적 결핍을 메우기 위하여 필요했던 것이 시조라고 하여 시조는 고려 후기에 발생하였다고 주장했다. 그리고 어떤 민족시가도 민요에서 왔다고 하는 주장을 여기서도 되풀이하여 가사는 민요가 여음이 없는 긴 형식을 취하게 되면서 발생한 것이 가사라고 하였다. 조동일의 주장은 민요는 교술성, 서정성, 서사성을 모두 가지고 있는 종합적인 문학인데, 교술민요는 경기체가가 되고, 서정민요는 시조가 되고, 서사민요는 가사가 되었다는 주장을 하고 있다. 여기에 대해서는 더 논의가 있어야 할 것으로 보이는데, 특히 민요의 여음이 없어지면서 만들어진 가사가 왜 불교와 밀접한 연관을 가지고 발생·발전하게 되는가 하는 점에 대해서는 충분한 설명이 있어야 할 것으로 보인다. 고려 후기의 한문학이 가지는 특징은 백성들의 생활상에 눈을 돌리고, 그들의 생활을 사실적으로 노래하려는 사실적 기풍과 나라와 고향을 떠난 망향의 한을 달래는 작품들이 등장하는 것이 특징이라고 설파하고 있다.

　북쪽의 문학사는 고려시대를 전기와 중기 그리고 후기로 나누어서 고찰하고 있다. 고려 전기인 10세기에서 12세기 전반까지는 신라의 뒤를 이은 새로운 통일국가로서의 면모를 갖추고 안정적인 귀족문화를 형성하였던 시기이고, 고려 중기에 속하는 12세기 후반부터 13세기까지는 봉건국가의 모순이 드러나기 시작하면서 무신정권이 수립되고 외침이 많아지던 시기로 보았다. 그리고 말기인 14세기는 원나라에 복속되는 수모를 겪은 데다가 고려봉건국가의 모순이 극에 달해서 신흥사대부들에 의한 새로운 왕조가 모색되던 시기로 보고 있다.『조선문학통사』는 10~12세기 사회를 전제적, 중앙집권적 봉건제도라고 규정하고, 이 시기 문학의 특징으로 귀족문화를 바탕으로 한 귀족문학의 전성기로 보았다. 이때의 문학을 보면 균여의 서정시인〈보현십원가〉가 향가의 형식을 이어받으면서 지어졌다는 점과 〈도이장가〉와 향가와의 관련성에 주안점을 두어 서술하고 있다. 특히 〈도이장가〉는 6구체 향가의 형식을 갖추고 있어서 현존하는 『삼국유사』의 향가에서도 발견되지 않는 특이한 형식이라고 평가하고 있다. 그리고 예종이 지었다는 벌곡조는 봉건사회의 모순을 역설적으로 나타낸 작품으로 보고 있다. 한시 부분에서는 민중의 입장에서 민족의 감정을 솔직하게 표현하였으며, 근체시의 개척자로 손꼽히는 정지상의 작품을 가장 높이 평가했다. 또한 박인량 같은 시인은 중국과의 관계 속에서 사신으로 왕래하면서 애국적인 생각을 노래한 작품을 남긴 작가고 평가하고 있다. 12~13세기의 문학은 새로운 형식의 시가의 출현에 초점을 맞추어서 설명하고 있다. 〈정과정곡〉은 국어가요로서 세련된 언어 감각이 돋보이는 작품이라고 하면서 10구체 향가 형식의 영향을 받은 작품으로 평가했다. 〈한림별곡〉은 새로운 형식의 국어가요이면서도 음절수가 고정되어 있는 점을 들어서 10구체 향가의 정통 계승자라고 주장한다. 이 점은 〈한림별곡〉은 고려시대에 새롭게 생겨난 시가 갈래라는 입장을 보이는 남쪽의 문학사와는 큰 차이를 보이고 있다. 무신정권기이기도 한 이 시대의 한문학은 해좌칠현海左七賢[1]의 시인들을 높이 평가하고 있다. 현실을 직시하는 관찰력의 날카로움과 인도주의적 파토스가 돋보이는 작가로 이인로를 꼽았고, 우국지정과 애국심을 노래하면서 동명왕편을 지어서 민족의 자긍심을 높이려 한 이규보를 사실주의 작가로 가장 높이 평가했다. 그리고 14세기는 원 지배하의 시기로서 새로운 사상의 유입과 반봉건 세력인 신흥사대부의 등장이라는 사회적 환경 속에서 민중의 국어가요가 궁중의 음악으로 들어오고 시조와 가사가 발생하였으며, 경기체가의 본격적인 발전이 돋보이는 시기로 평가하고 있다. 시조는 분절체시가로 보고, 가사는 연결체시가로 보아서 이러한 형식의

---

1   고려 후기의 청담풍(淸談風)을 추구했던 일곱 선비로 이인로(李仁老), 오세재(吳世才), 임춘(林椿), 조통(趙通), 황보항(皇甫抗), 함순(咸淳), 이담지(李湛之)를 이르는 말

시가는 향가의 전통을 이어받으면서도 새로운 모습의 형식을 추구해간 것으로 보고 있다. 한시에서는 사실주의적 경향이 두드러지는데, 풍자적이고 사실적인 필치로 백성들의 생활을 묘사하고 있는 것으로 평가한다. 이색, 이곡, 이숭인 이제현 같은 작가들을 높이 평가하고 있는데, 특히 이제현의 악부시는 민요를 한역했다는 점에서 더욱 가치가 높은 문헌으로 보고 있다. 또한 국어가요로 불리는 만전춘, 청산별곡 등의 작품에 대해서는 민족시가의 형성이라는 입장을 취하면서 우리 시가의 전통적 맥락을 잘 보여주는 작품으로 평가하고 있다. 이 작품들에 대한 평가가 예상보다 높지 않은 것은 원형대로 보존되었을 가능성이 매우 적은데다가 삼국시대의 노래로 보려는 작품들이 대다수 있어서 앞에서 이미 서술하였기 때문이라고 했다. 이러한 성격을 가지는 국어가요와 민간의 풍간하는 노래를 합쳐서 인민가요라는 용어로 사용하고 있는데, 착취에 시달리는 민중의 고통을 노래한 점을 높이 평가하고, 청산별곡 같은 작품은 유랑민의 삶을 통해서 인간성의 해방을 지향하고 있다는 점을 높이 평가하고 있다.

77년의 『조선문학사』는 시대구분에서 앞의 것과 약간의 차이를 보이고 있다. 10~12세기를 전기로 보고, 12~14세기를 후기로 보아 혼란기인 중기를 없앤 시대구분을 하고 있다. 서술시각은 거의 일치하나 10~12세기에 민요의 창작이 활발해지면서 풍요가 많이 나타났다는 주장은 새로운 것이라고 할 수 있다. 그리고 고려 후기에 나타난「풍요」에 대해서는 하나하나 작품을 들어서 설명하고 있는데, 참요의 중요성을 강조한 것이 눈에 띈다. 그리고 경기체가를 향가의 계승자라고 보는 것이나 시조를 향가의 3장 형식을 이어받은 민족시가로 보는 견해 등은 변하지 않고 있다. 다만 국어가요에 대한 서술에서는 이 작품들이 그 당시에 존재했던 직업적 예술인과 도시주민들에 의해서 만들어지고 향유되었던 노래들이라고 한 점이 특이하다. 가사와 곡을 연결시킨 분절체로 되어 있으며 후렴구를 사용하고 있는 것이 특징인 이 작품군은 님에 대한 그리움과 사랑에 대한 것이 내용이 중심을 이루는데, 청산별곡만은 유랑민의 삶을 통해 인간성의 해방을 추구하는 모습을 노래한 것이라고 평가하고 있다. 한시에 대해서는 사실주의적 경향과 애국애족하는 반침략투쟁을 노래한 작품들과 아울러 '해좌칠현' 같은 낭만적 경향을 띠는 작품들도 만들어졌다고 평가한다.

94년의 『조선문학사』는 고려시대를 10~14세기라고 구분하고 한 권의 책 분량으로 서술하고 있다. 왕조를 하나의 시대로 보고 세부적인 시대구분을 다시 한 것은 지난 문학사에서 볼 수 없었던 유연성이라고 할 수 있다. 이시기 문학의 전반적인 경향으로 민요, 참요의 활발한 창작, 향가의 쇠퇴와 시조의 발생, 국어가요와 경기체가의 성장, 귀족적 낭만성에서 민족적애국주의와 사실주의적 경향으로의 전환 등을 꼽고 있다. 이전의 문학사에서는 시조의 가치를 그리 높게 평가하지 않았었는데, 이 문학사에서는 시조의 문학사적 가치를 대단히 높게 평가하고, 시조의 발생과 발전을 민족시가의 발전 과정 속에서 파악하려는 입장을 보이고 있는 점이 눈에 띈다. 그리고 경기체가에 대해서도 향가와의 관련성을 주장하는 부분은 앞의 문학사와 같으나 경기체가는 처음부터 기록문학으로 만들어진 것이 아니라 구전되어 오다가 문자로 정착된 것으로 보고 있어서 흥미를 끈다. 그리고 생활감정을 진솔하게 표현하여 높은 예술성을 확보한 국어가요는 10~11세기 정도에 만들어진 것으로 보며, 〈동동〉은 고구려 시대의 노래로 보고 있다. 10~11세기의 한시를 보면 생활지향과 정신세계를 깨끗하고 풍만한 자연과 인간의 삶과 연결시켜 부드럽게 묘사하고 있는 아름다운 작품이 많은 것이 특징이라고 하여 귀족문학이라고 비판적 입장을 취하던 입장에서 많이 부드러워진 느낌을 주고 있다. 12~13세기의 한시에 대해서도 낭만성을 부각시키기보다는 현실비판과 신세한탄 등과 인민성, 사실성을 강조하고 있다. 이러한 흐름은 14세기로 가면서 더욱 심화되어 현실 반영과 사실주의적 경향의 작품들이 많이 지어지고 있다고 평가하면서 이규보, 이제현, 이곡 등의 작가들을 높이 평가하고 있다. 앞시대의 문학사에 비해서 서술 내용이 많이 부드러워진 느낌을 주는 것이 90년대 북쪽문학사의 가장 중요한 특징이라고 할 수 있을 것 같다.

5) 조선시대의 시가

조선조는 현대와 가장 가까운 시대인 데다가 사회의 변동이 심했던 시대였기 때문에 문학사를 정리한다는 것이 보통 일이 아니다. 그러나 한편으로 많은 자료가 남아 있기 때문에 앞시대의 시가보다는 정확한 평가를 할 수 있다는 이점도 있다. 조선조는 일반적으로 임진왜란과 병자호란을 전후하여 전기와 후기로 나눈다. 그만큼 양란이 조선조 사회에 끼친 영향이 컸던 것이다. 시조와 가사가 시가문학의 중심을 이루면서 발전한 조선시대의 시가는 전기는 평시조라 불리는 사대부시조가 중심을 이루었으나, 후기로 가면서 사설시조라는 명칭의 평민시조가 등장하는 변모 과정을 겪게 된다. 그리고 가사는 전기의 양반가사가 후기의 서민가사로 변모하여 다양화하면서 가창가사와 음영가사로 갈라져서 발전하다가, 가창가사는 잡가와 연결되면서 새로운 갈래를 개척해 나가는 것으로 보인다. 이러한 양상에 대해서 남북의 문학사가 상당한 부분에서 일치되는 견해를 보이고 있다.

조윤제의 문학사는 조선시대를 소생시대, 육성시대, 발전시대, 반성시대 등으로 구분하고 각 시대의 문학적 특성을 설명하고 있다. 소생시대인 조선 초기에는 악장이 생겨나고 고려말에 생겨난 시조가 서서히 움직이기 시작한다고 하면서 경기체가의 붕괴를 또 하나의 중요한 문학 현상으로 꼽고 있다. 이러한 점에서 조선 초기는 귀족문학이 깨어지고 평민문학의 시대가 열리는 밑바탕을 마련했다고 보았다. 육성시대라고 이름 붙인 중기에서 가장 중요하게 보는 사항은 가사의 발생이다. 가사는 정극인의 상춘곡이 처음이라고 하여 조선 중기 발생설을 주장하고 있다. 그리고 이 시기는 경기체가가 완전히 소멸하고 여기에 대체되는 것으로 가사가 발생했다고 보았다. 발전시대인 16, 17세기는 사장파와 도학파의 발생과 가사의 쇠퇴를 들면서 시조의 비약적인 발전이 두드러진다고 평가하고 있다. 또한 18세기는 서민의식의 성장과 실학의 발달에 힘입어서 사설시조 같은 평민시가가 발생하고 가사의 보급이 확대되었다고 설파하고 있다. 한편으로 창곡의 성행으로 인하여 새로운 형태의 노래들이 나타나기 시작했다고 평가했다.

조동일의 『한국문학통사』는 조선 전기인 임진왜란 이전의 시기를 경기체가의 전성기로 보고 있어서 조선 초·중기에 사라진 것으로 평가한 조윤제의 주장과는 상치되고 있다. 악장과 경기체가, 가사를 교술 갈래로 규정하면서 서정성만을 가진 시조에 비해서 교술 갈래의 비중이 컸던 시대라고 조선 전기의 문학적 특성을 밝히고 있다. 악장을 서사시로 보아 왕조서사시 불교서사시 등으로 구분하고 있는 점도 특이하다고 할 수 있다. 조선 후기는 민족 수난에 대응한 문학 작품의 등장과 민요시와 악부시의 두드러진 성장이 눈에 띤다고 하면서 사설시조의 등장과 가사의 혁신을 중요한 문학적 현상으로 꼽고 있다. 전란을 겪으면서 맛본 쓰라린 경험과 충격을 탄식을 곁들여서 표현하기 위해서는 서정성이 강조되는 시조나 서사성만이 강조되는 산문보다는 서사성과 가창성이 담보되는 가사를 통한 것이 가장 적합하다고 여겨서 가사가 새로운 모습을 꾀하게 되었다는 것이다. 그러면서도 한편으로는 이 시기를 사대부 시조의 전성기로 보고 있어서 사설시조의 등장과 발전이라는 양면성을 보인 시대로 파악했다. 그리고 18세기를 지나면서 가사는 기행가사와 가창가사로 분화되는 양극화 현상을 보이게 되는데, 그중 12가사라고 불리던 가창가사는 잡가의 형성과도 밀접한 관련이 있는 것으로 파악했다. 그리고 사회의 변화에 힘입어서 여성들의 울분과 비판을 쏟아 낼 갈래가 필요하였는데, 경상 지방을 중심으로 일어난 규방가사의 등장을 이 요구에 부응한 중요한 문학 현상으로 파악했다.

『조선문학통사』는 조선시대를 15세기에서 19세기까지 1세기 간격으로 시대를 나누어서 서술하였다. 15세기의 문학은 고려의 멸망과 조선의 건국이라는 역사적 사변을 반영한 작품들이 중심을 이루고 시조, 악장 등의 새로운 갈래의 문학이 나타난 시기라고 하였다. 이 시대에 강조되어야 할 것으로 세종 때 이루어진 민요 수집 사업을 꼽으면서 여기에 많은 관심을 기울여야 한다고 했다. 16세기는 우리말에 대한 각성과 아울러 국문시가의 발전을 꼽았다. 그 결과 가사의 성행과 경기체가의 소멸을 가장 중요한 문학적 특징으로 보았다. 17세기의 문학이 가지는 가장 중요한 특징으로는 애국적 국문시가가 대거 등장했다는 사실을 지적하고 있다. 특히 가사 에 이러한 작품들이 많이 나타난다고 했다. 18세기 문학에 대해서는 시민 계층의 성장과 전문가객의 등장을 특성으로 꼽고 있다. 그리고 가사에서는 기행가사와 규방가사의 등장을 중요한 사실로 지적했고, 잡가의 등장 또한 서민문학의 성장 현상으로 파악했다. 이 시기의 가장 중요한 특성으로 시가문학이 사실주의의 길로 발전해 나갔다는 사실을 들고 있다.

94년의 『조선문학사』에서는 15~16세기를 한 시대로 보고, 17세기와 18세기를 따로 분리하여 시대구분을 하였다. 15~16세기 시가의 두드러진 성격으로 참요가 나타나기 시작하고 국문시가의 발달이 있었다는 사실을 중요하게 취급했다. 시조의 보급과 가사의 발생을 서술하고 있는데, 여기서도 가사는 정극인의 〈상춘곡〉을 효시 작품으로 보아 16세기 발생설을 따랐다. 특히 이시기의 작가로는 송강을 높이 평가하여 독립된 장을 만들어서 서술하였다. 17세기 시가의 특징으로는 은일과 반침략을 표현한 작품들의 등장을 들고 있다. 가사와 한시에 반침략의 내용이 나타난다고 하면서, 시조에서는 사실시조의 등장을 중요한 사실로 취급했다. 그리고 작가로는 박인로, 권필, 윤선도 등을 중요하게 다루었다. 이 부분에서도 느낄 수 있는 서술상의 특징은 매우 논조가 부드러워졌다는 사실이다. 18세기 문학에 대해서는 평민시인들의 대거 등장을 중요한 현상으로 꼽고 있다. 가사는 12가사로 정리되어 가창가사에서 잡가로 이행되는 현상을 보였다고 주장하여 앞 시대의 문학사에서 정리된 성과를 받아들이고 있다. 그리고 여기서는 박지원의 문학적 가치를 높게 평가하고 있는 점이 눈에 띤다.

남북문학사가 가지는 가장 큰 차이는 시대구분이라고 할 수 있을 것이다. 남쪽의 문학사는 개별적인 특성에 맞게끔 시대구분을 하고 있어서 한두 가지로 정리하기가 어려운 점이 있다. 대략 왕조별, 세기별, 문학 자체의 변화 과정, 역사의 시대구분에 맞추는 것 등으로 정리할 수 있다. 그중에서 왕조별 시대구분이 가장 많이 시도된 방법이라고 할 수 있다. 그러나 북쪽의 문학사에서는 맑시즘의 사회발전단계론에 맞추어서 문학사의 시대를 구분하고 있기 때문에 왕조별 구분과는 별로 관계가 없는 것이 특징이다. 같은 역사를 놓고서도 이렇게 달리 시대구분이 되는 것은 결국 세계관의 차이라고 할 수 있다. 다음으로 지적할 수 있는 것은 남쪽의 문학사에 비해서 북쪽의 문학사가 매우 국수적이라는 점이다. 객관적 자료만을 중요하게 여기는 남쪽의 문학사는 한정된 자료 때문에 주장의 설득력이 떨어지는 것에 대해서는 섣불리 서술하지 못하는 맹점을 가지고 있는 반면 북쪽의 문학사에서는 뚜렷한 시각을 가지고 서술하기 때문에 아주 작은 자료까지도 우리 민족에게 유리하게 해석하는 방법으로 자료의 부족을 극복하고 있다. 이런 점은 남쪽에서도 필요한 연구자세가 아닐까 하는 생각을 해본다.

제4장

텍스트 맥락과 현장의 맥락을 통해 본 시가의 성격

문화의 세기로 불리는 21세기는 독립적으로 파편화되어 존재해 왔던 것들이 일정한 관련성을 가지는 무엇인가와 결합하면서 융합이라는 이름 아래 새로운 내용과 형식을 가진 형태의 콘텐츠로 만들어지고, 그것이 지니고 있는 특성을 가장 정확하게 드러낼 수 있는 것으로 개발되면서 융합의 시대, 주제thema의 시대, 맞춤정보의 시대로 지칭할 수 있다는 사실을 잘 보여주고 있다. 이는 하나의 콘텐츠가 사람들의 요구에 부응할 수 있는 새로운 형식의 콘텐츠로 재창조됨과 동시에 새로우면서도 다양한 형태를 가지고 있는 다른 주제를 가진 콘텐츠와도 소통할 수 있는 통로를 개발해야 하는 시대가 바로 21세기여야 한다는 점을 분명하게 해주는 근거가 된다. 이런 이유에서 볼 때, 앞으로는 텍스트 감상을 비롯하여 학습과 연구 등 고전시가를 올바르게 이해하기 위해 시도되는 모든 분야에서 광범위한 자료의 수집을 통한 빅 데이터의 구축은 물론 다른 관련 자료들과의 융합과 소통, 새로운 방식의 콘텐츠 창조, 그리고 작품을 중심으로 하는 다양한 통로의 개발 등이 필수적으로 행해져야 할 것임을 명확하게 알 수 있도록 해준다. 이러한 작업이 가능하기 위해서는 지금까지 행해 왔던 연구와 강의와 설명 등의 방식을 전면적으로 개선하는 일이 가장 시급하게 요구된다고 하겠다. 지금까지 시가에 대한 연구는 텍스트와 문헌 자료를 중심으로 하여 작품이 지니고 있는 예술적 아름다움을 밝히는 것을 중심으로 행해졌으며, 학교에서 이루어지는 강의 또한 텍스트를 중심으로 해석하고 설명하는 방식으로 진행되어 왔던 것이 사실이다. 또한 일반인들이 쉽게 접근할 수 있도록 만들기 위해 시도된 것으로 작품에 대한 설명을 중심으로 하는 해설서들도 연구자나 전문가의 일방적인 견해를 독자가 받아들이는 방식으로 서술되는 방식을 고수해 왔다. 그러나 지금까지 행해졌던 시가에 대한 이와 같은 이해의 방식은 한계를 드러내고 있는 것이 사실이다. 왜냐하면 앞으로 전개될 맞춤정보의 시대에는 연구자, 강의자, 전문가 등에 의해 행해지는 일방적인 전달 방식이 아니라 비연구자, 수강자, 비전문가가 함께 참여하는 상호 전달과 상호이해라는 새로운 방식에 의한 정보의 공유가 일반화되어 그것을 구체적으로 실현하기 위한 방향으로 콘텐츠가 개발되지 않으면 안 될 것으로 보이기 때문이다.

시가에 대한 연구는 서재를 벗어나 작품의 탄생 배경이 되는 현장으로 나가야 할 것이며, 강의는 교실의 울타리를 과감하게 벗어나 전체를 아우를 수 있는 공간과 함께 해야 한다. 또한 텍스트에 대한 해설은 다양한 정보를 융합하여 제공할 수 있는 방향으로 전환해야 하는 것이 앞으로 일어날 수밖에 없는 필연적인 변화라고 할 수 있다. 이것을 실현하기 위해서는 텍스트 중심으로 내용의 맥락을 짚어보았던 것에서 현장의 맥락을 함께 연결시켜 작품을 이해하며, 관련된 모든 자료들을 하나로 결합하여 종합적으로 분석하고 이해하면서 많은 사람들과 공유하는 것이 절대적으로 필요하다. 즉 시가에 대한 이해는 텍스트와 현장의 맥락을 함께 분석하고 연결시키면서 그것을 바탕으로 새로운 형태의 콘텐츠를 개발해야 한다는 말이 된다. 그러기 위해서는 텍스트의 맥락과 현장의 맥락을 어떻게 연결시킬 것이며, 다양한 자료들과의 연결과 융합을 기반으로 어떤 통로를 어떻게 개발할 것인가가 관건이 될 것이다. 이러한 생각을 근거로 텍스트의 맥락과 현장의 맥락을 연결시켜야 하는 이유와 방법을 중심으로 그 이론적 근거를 제시함으로써 고전시가에 대한 새로운 형태의 콘텐츠 개발 방향을 제시하는 데 글의 목표를 두고자 한다.

1. 고전시가의 성격

1) 시詩와 가歌의 결합체

노래를 바탕으로 하고 있다는 점에서 시가는 민요로 대표되는 일반 대중의 노래와 일정한 관계를 맺고 있지만, 개인적 서정이나 정치적 이념 등에 대한 표현이 중심을 이룬다는 점에서 민요와 구별되는 차별성을 가지고 있다. 따라서 시가의 성격을 올바르게 살피기 위해서는 일반 대중의 노래 중에서 대표성을 가지는 민요의 성격에 대해 우선적으로 살펴볼 필요가 있을 것으로 생각된다. 발생 과정이 노동과 밀접한 관련을 가지고 있는 것으로 보이는 민요는 인류의 역사와 맥을 같이 한다고 해도 과언이 아닐 정도로 오래되었다. 왜냐하면 노동은 먹이를 얻기 위한 행위로 그 과정에서 노래가 불렸다는 것은 노동과 노래의 역사가 비슷하다는 것이고, 그것은 곧 인류의 역사가 되기 때문이다. 일정한 범위에 속하는 공동체의 구성원들이 사회적으로 약속된 기호인 언어를 전달수단으로 하면서 소리聲의 고저장단을 특수하게 배합하여 부름으로써 사람의 청각기관에 작용시켜 감정을 움직이는 구실을 하는 노래는 만들거나 부르는 사람이 마음속에 가지고 있는 감정을 표현하는 데 가장 적합한 예술이기도 했다. 이러한 까닭에 행동 통일을 위한 신호음이나 노동의 피로감을 잊기 위한 수단뿐 아니라 집단의 정서를 표현함으로써 함께 느끼고 즐기는 공동체의 문학, 혹은 음악으로서의 기능을 담당하였던 민요는 삶의 모든 과정에서 불리는 노래로 발전[2]해 갔다. 민요는 삶의 현장에서 불리는 현장성을 존재의 이유로 하면서 기록을 거부한 탓에 오래된 자료가 남아 전하지 못하는 한계를 드러내기도 했지만, 후대에 나타난 다른 형태의 문학이나 음악 등에도 커다란 영향을 미친 것은 분명한 사실이다. 가장 대표적인 것으로는 신분의 조직적 분화, 문자의 발명 등의 사회 현상에 힘입어 나타난 시가를 들 수 있다.

이러한 성격을 지니고 있는 노래의 역사에 획기적인 변화를 가져오도록 한 것이 국가의 발생으로 인해 새로운 형태로 나타난 시가였다. 국가의 발생 배경에는 신분의 조직적 분화[3]와 지배계급의 형성, 민족 개념의 성립, 문명의 비약적 발달,[4] 부계 중심사회의 성립, 문자의 발명 등의 사회 현상이 자리하고 있었다. 문자의 발명은 언어의 시간적 한계를 극복하고 정보를 영구히 보존할 수 있도록 함과 동시에 시간과 공간을 넘어 많은 사람들의 공유가 가능하게 함으로써 문명, 문화, 사상의 발달과 발전에 크게 기여했다. 특히 문자는 정보의 공유와 전승이 절실하게 요구되었던 지배층에게 반드시 필요했던 존재이기 때문에 이것을 매개수단으로 하는 다양한 형태의 기록물이 등장하면서 비약적으로 발전하는 현상이 나타나게 된다. 사회의 이러한 발전 과정에서 지배층에 속하는 사람들을 중심으로 새로운 형태의 노래가 만들어지고 향유되기 시작한 것이 시가였다. 시가는 작가를 뚜렷하게 드러낸다는 점, 기록을 전제로 한다는 점, 지배층이 핵심적인 향유층을 이루고 있다는 점, 개인적인 정서를 기반으로 한다는 점 등에서 민요와는 뚜렷하게 구별되는 성격을 지니고 있다. 지배층이 형성되어 국가가 나타난 때로부터 아주 아까운 과거까지만 해도 시詩와 노래歌는 뗄래야 뗄 수 없을 정도로 매우 밀접한 관계를 유지하였다. 시는 모두 노래로 부

---

2 노동요(勞動謠), 여가요(餘暇謠), 의식요(儀式謠), 정치요(政治謠) 등으로 구분하는데, 이것은 삶의 모든 과정에서 민요가 불렸다는 것을 의미한다.

3 공동체 구성원이 95% 이상의 피지배층과 5% 이내의 지배층으로 분화되면서 본격적인 신분사회가 시작되었다.

4 4대문명 발상지에서 가장 빠른 형태의 국가가 나타난 것이 이러한 사실을 잘 보여주고 있다.

를 수 있었고, 노래로 부르는 것은 모두 시였으며, 많은 경우 춤과 함께 불리는 것[5]이 일반적인 현상이었다. 이러한 문화적 전통은 시와 가의 결합에 의해 형성된 시가詩歌라는 명칭에 잘 반영되어 있다. 시가는 시이면서 노래이고, 노래이면서 시라는 양면적 성격을 기반으로 한다는 사실을 이 명칭이 잘 보여주고 있기 때문이다. 국가 통치기구의 중심인 왕실과 사대부 등의 지배층을 중심으로 향유되었던 시가는 특별한 능력을 지닌 전문가집단[6]에 의해 노래로 불렸는데, 주로 춤과 함께 불리는 것이 일반적인 현상이었다. 특히 궁중에서 향유되는 시가는 가무희歌舞戲에서 불렸기 때문에 무용을 중요한 성격의 하나로 볼 수 있다. 또한 현전하는 기록으로 볼 때 고대사회의 시가는 노래의 발생과 관련을 가지는 배경설화가 결합한 형태로 존재하는 경우가 대부분인 점 또한 특이한 성격 중의 하나로 지목할 수 있다. 우리 문학사에서는 고려 후기에 나타난 속요와 경기체가 이전에 발생한 대부분의 시가가 배경설화를 가지고 있는 것으로 보아 오랜 시간에 걸쳐 시가와 설화가 매우 밀접한 관계[7]를 유지하고 있었음을 알 수 있다. 시가와 설화가 결합된 상태로 존재하는 작품이 고려 중기를 끝으로 더 이상 나타나지 않는 것으로 보아 시가와 설화의 결합은 신분사회가 고착화하면서 절대적인 권력을 중심으로 하는 지배층의 조직이 견고하게 정착해가는 과정에서 발생할 수 있는 일정한 필요성에 의해 형성되었을 가능성이 매우 큰 것으로 보인다. 기원전 1세기를 전후하여 발생한 것으로 보이는 민족을 중심으로 하는 국가가 성장하고 체계화하여 완전한 중앙집권제의 실천과 완벽한 절대왕권의

---

5 궁중무악의 경우 시를 노래로 부르면서 무기(舞妓)들의 춤이 함께 추어졌다. 사대부의 시가인 시조나 가사의 경우에도 춤이 함께 추어지는 경우가 많았다. 또한 시조창의 경우에도 춤으로 볼 수 있는 동작이 함께 행해지기 때문에 시와 노래와 춤의 관계는 매우 밀접하다는 것을 쉽게 알 수 있다.

6 가기(歌妓), 혹은 무기 등을 중심으로 하는 기생이 대표적인 전문가 집단이라고 할 수 있다. 시가는 주로 이들에 의해 춤과 함께 불리는 향유 형태를 보인다.

7 상대시가인 〈황조가〉, 〈구지가〉, 〈공무도하가〉를 비롯하여 『삼국유사』 소재 향가에 이르기까지 모두 배경설화를 가지고 있다.

행사라는 제도적 신분제가 정착하기까지 천 년에 가까운 시간이 걸렸다는 역사적 현실에서 이러한 사실을 확인할 수 있다.

이상에서 살펴 본 바를 근거로 할 때 시가는 시와 노래의 결합을 기반으로 하기 때문에 문학적인 성격과 음악적인 성격을 기본 바탕으로 한다는 사실을 알수 있다. 삼국시대의 가무악에서 불린 시가나 고려시대의 경기체가와 일부 속요, 조선시대의 악장과 시조 등은 시가를 향유할 때 춤이 수반되기 때문에 부수적 성격이기는 하지만 무용 역시 중요한 성격의 하나로 보아야 한다. 또한 지배층이 체계화하고 절대 권력화하는 과정에서 만들어지고 불렸던 시가는 배경설화와의 결합을 통해 신빙성과 진정성을 확보해야 했기 때문에 이 시기의 시가가 가지는 부수적 성격의 하나로 설화적인 측면을 무시할 수 없다는 점도 중요한 특성 중의 하나로 지적할 수 있다.

2) 구성 요소의 복합성

고전시가에서는 작가, 텍스트, 배경설화, 발생 현장, 가락, 무용 등의 구성 요소 상호간에 형성되는 관련성이 매우 깊다는 점에서 현대시[8]와는 아주 다른 성격을 가지고 있는 것으로 파악된다. 현대시는 한 편의 작품이 완성되는 순간 일차적으로 작가와 텍스트가 완전히 분리되면서 오직 텍스트만으로 독자와 소통하는 모습을 보여주고 있다. 따라서 현대시는 문자화되어 독자에게 전달되는 순간 텍스트와 작가의 연결은 완전히 끊어지고 오직 텍스트와 독자 사이만 소통의 끈이 이어지게 되는 특징을 가진다. 그리고 현대시에서는 텍스트 외에 다른 요소들이 개입할 여지가 전혀 없거나 거의 없는 상태가 되기 때문에 고전시

---

8   시와 노래가 완전히 분리된 상태로 되는 20세기부터 비교적 자유로운 형태로 지어진 것을 현대시로 일컫는다. 그에 비해 고전시가는 국가가 발생하여 기록이 시작된 시기부터 19세기 말까지 지어지고 향유된 것으로 시와 노래가 결합된 상태로 존재하는 것을 가리킨다.

가와는 엄청난 괴리가 존재하는 것으로 볼 수 있다. 고전시가는 한 편의 작품이 문자화되어 독자에게 전달되더라도 텍스트와 작가의 연결이 끊어지지 않는 특징을 가지고 있다. 작가와 텍스트의 관계가 끊어지지 않는 이유는 시가가 창작되던 때는 개별화, 개인화가 현대사회처럼 진행되지 않았던 시대여서 작가와 관련을 가지는 모든 것들이 작품의 해독과 이해, 감상 등에 직접적으로 관여하기 때문으로 보인다. 시가는 작가가 작품을 창작할 때의 생각, 습관, 공간, 이념 등을 연결시켜 해석하고 이해할 때 비로소 그것이 지니고 있는 예술적 아름다움을 올바르게 느낄 수 있으므로 작가와의 연결이 필연적이라고 할 수 있다. 또한 시가는 작품이 발생할 당시의 상황을 비유나 압축의 방식으로 녹여서 표현하고 있기 때문에 그것의 배경이 되는 이야기 형식의 설화를 통한 설명이 없으면 전혀 이해할 수 없거나 엉뚱한 방향으로 해석하는 일이 생길 수 있다. 따라서 일정 시기까지는 시가와 배경설화의 관계가 매우 중요한 구성 요소, 혹은 성격의 하나로 인정할 수밖에 없다.[9] 이것은 작품에 대한 해석이나 이해를 정확하게 하도록 할 뿐 아니라 작품이 지니고 있는 예술적 아름다움을 올바르게 드러내는 구실도 하는 것으로 보이기 때문에 매우 중요한 구성 요소의 하나라고 할 수 있다.

배경설화와 더불어 중요한 구성 요소 중 하나로 볼 수 있는 것은 작품을 탄생시킨 발생현장의 공간이다. 한 편의 시가에는 발생현장과 관련을 가지는 정보들이 다양한 형태로 녹아 있으면서 작품의 형성에 중요한 구실을 한 것으로 보이기 때문이다. 예를 들면, 「면앙정가俛仰亭歌」에 대한 정확한 해석과 예술적 성격을 올바르게 이해하기 위해서는 면앙정이 있는 공간적 배경에 대한 지식과

---

9   〈구지가〉나 〈처용가〉 등의 경우 배경설화가 없는 상태에서는 작품에 대한 해석이나 이해를 온전하게 알 수 없을 뿐 아니라 전혀 엉뚱한 방향으로 이해하고 해석하는 것이 가능해질 수 있다는 점에서 시가와 배경설화의 관계는 매우 중요한 의미를 가지고 있다.

이해가 반드시 필요하다는 사실을 꼽을 수 있다. 면앙정이 서 있는 장소가 오례천五禮川 건너 방향에서 보면 산세가 학이 날개를 펼친 모양인 일곱 구비로 되어 있음을 확인할 수 있는데, 이것이 그대로 작품의 일부를 형성하고 있기 때문이다. 나머지 부분들도 거의가 이런 상황이므로 〈면앙정가〉에 대한 정확한 이해와 감상을 위해서는 발생현장에 대한 답사가 필수이다. 이런 점은 비단 가사 뿐아니라 배경설화와 결합한 상태로 존재하는 상대시가나 향가 그리고 고려 후기 이후에 나타난 속요, 경기체가, 악장, 시조 등도 마찬가지여서 작품의 발생 현장은 시가를 이루는 구성 요소 중 대단히 중요한 의미와 구실을 하고 있는 것으로 파악된다. 시가는 노래로 불리는 것을 전제로 하기 때문에 가락이 매우 중요한 구실을 한다. 음악을 형성하는 소리의 율동인 가락은 사람의 청각 기관에 작용하여 독특한 예술적 감동을 유발하기 때문에 시가와는 떼레야 뗄 수 없는 관계를 가지고 있다. 문학적 명칭으로 사용하고 있는 시조時調라는 이름이 시조창에서 왔다는 사실은 시조에게 있어서 가락이 얼마나 중요한지를 잘 보여주는 확실한 증거라고 할 수 있다. 이런 점은 고려시대의 시가인 속요, 경기체가를 비롯하여 조선시대의 악장, 가사 등도 마찬가지라고 할 수 있어서 이론의 여지가 없을 정도로 명백한 사실이다. 기록으로 남아 있지 않아서 정확한 가락을 알 수는 없지만 상대시가나 향가도 궁중의 가악歌樂으로 사용되었을 가능성이 크기 때문에 음악적인 부분이 매우 중요한 구성 요소가 될 수밖에 없었을 것으로 추정된다. 특히 과거로 올라가면 갈수록 사람들은 언어로 된 거의 모든 것들을 노래로 부르거나 최소한 읊조렸을 것이므로 가락을 시가의 핵심적인 구성 요소이면서 향유 과정에서 중요한 구실을 했을 것으로 보는 데 아무런 문제가 없을 것으로 생각된다. 가락과 함께 시가의 향유 과정에서 매우 중요한 구실을 하는 구성 요소 중에 무용을 빼놓을 수 없다. 특히 궁중에서 향유되던 시가는 전문가 집단에 의해 연회에서 춤과 함께 공연의 방식으로 행해졌기 때문에 무용은 더욱 중요한 구성 요소가 된다. 『고려사』에는 성기聲妓나 남장별대男裝別隊 등이 궁중에서 속요를 부르면서 춤을 추었다는 기록[10]이 있는가 하면 『악학궤범』에는 궁중의 연회에서 기생妓이 노래 부르고 춤을 추는 절차에 대한 것이 글과 그림으로 상세하게 설명되어 있다. 시가가 노래와 춤으로 향유되었다는 기록은 이 외에도 상당히 많은데, 이런 점으로 볼 때 고전시가에서 무용이라는 구성 요소가 향유 과정에서 얼마나 중요한 구실을 했는지 짐작할 수 있다.

위에서 살펴본 것을 중심으로 할 때 고전시가를 이루는 구성 요소는 시라는 이름으로 된 텍스트, 그것을 탄생시킨 작가, 텍스트를 노래로 부를 때 중요한 구실을 하는 가락, 향유 과정에서 함께 수반되는 무용, 작품이 탄생한 발생의 현장 공간 등이 중심을 이룬다는 것을 알 수 있다. 따라서 시가에 대해 정확한 이해를 함과 동시에 새로운 형태의 창조적인 콘텐츠를 개발하기 위해서는 이러한 구성 요소들을 하나의 끈으로 연결시켜 이해하는 것이 매우 중요할 수밖에 없다는 사실을 쉽게 간파할 수 있을 정도다.

3) 주기적 반복의 형식

동일한 형태의 표현이 일정한 장소에 두 번 이상 나타나는 것을 반복이라고 한다. 이러한 반복은 표현하려는 내용이나 대상이 둘 이상의 복수複數라는 점을 적시하거나 일정한 내용이나 대상에 대해 강한 어조로 강조하기 위함이다. 우주 내에 존재하는 어떤 사물·현상이든 일정한 형식을 가지게 마련인데, 형식은 반복되는 여러 요소들로 이루어지는 것이 특징이다. 형식이 반복적 요소들로 이루어지는 이유는 사물·현상을 이루는 내용이 되는 요소인 알맹이들은 일정한 법칙에 의해 규칙적으로 배열될 때만 독립된 사물·현상으로 성립될 수

---

10 『고려사(高麗史)』 권(卷)25, 「악지(樂志)악(樂) 2」.

있기 때문이다. 또한 하나의 독립된 사물·현상으로 성립되기 위해서는 다른 것과 구별되는 그것만의 개별성이 존재해야 하는데, 이것은 사물·현상을 이루는 알맹이들이 해당되는 사물·현상에만 존재하는 일정한 법칙에 의해 배열됨으로써만 만들어지는 성격을 지니고 있는 관계로 이러한 반복이 나타난다. 따라서 하나의 독립된 사물·현상이 가지는 개별성이라고 하는 것은 전적으로 그것을 완성하는 법칙인 형식에 의해서 발생한다는 것을 알 수 있다. 따라서 형식은 사물·현상을 이루는 요소들의 반복적 구조라는 성격을 지니게 된다.

시가詩歌는 산문에 비해 매우 엄격한 규칙을 가지고 있다. 시가에서 쓰이는 것들을 보면, 반복, 비유, 운율을 중심으로 한 여러 규칙들이 있음을 알 수 있는데, 이것들은 모두 시가의 형식을 구성하는 기본 요소들이다. 그중에서 반복의 규칙은 시가를 시가답게 해주는 가장 중요한 요소라고 할 수 있다. 반복이 없으면 작품의 내용이 흩어져서 산만하게 되고, 그렇게 되면 압축된 형식을 통해 인간에게 감동을 주는 시가 본래의 범주를 벗어나게 되어 더 이상 시가가 아닌 것으로 되기 때문이다. 또한 반복의 규칙은 시가에 있어서 형식의 핵심을 이룬다고 할 수 있는 율격을 형성하는 바탕이 되기도 한다. 율격은 관념적으로 존재하는 추상적인 실체인 관계로 반복된 현상으로 나타나지 않는 한 인간에게 감지될 수 없는 성질을 지니고 있어서 주기적인 반복의 구조를 지니지 않을 경우 별다른 의미를 형성할 수 없다. 형식의 바탕을 이루는 율격이 반복의 규칙을 기본으로 하고 있기 때문에 자연히 시가의 형식에 있어서도 반복의 규칙이 가장 중요한 실체를 이루게 되는 것이다. 시가에서는 어떤 방식에 의한 반복이냐에 따라 독자에게 주는 예술적 감동이 달라진다. 즉 작품이 가진 형식적 성격이 그것의 예술적 아름다움을 결정짓는 핵심적인 잣대로 작용할 수 있다는 말이 된다. 같은 소리聲의 반복인 운율, 어휘나 구절의 반복인 구, 강제적 휴지의 반복인 행, 화자의 정서를 일정한 단위로 경계를 지어서 그 뜻을 명확하게 해주는 반복

구조인 장 등은 모두 시가의 형식을 구성하는 기본적인 요소로서 반복적인 구조를 지니는 것들이다. 이런 점으로만 보더라도 반복의 구조가 시가에서 얼마나 중요한 구실을 하는지 충분히 알 수 있다. 시가에서 쓰이는 반복을 총괄하면, 음절 반복, 어휘 반복, 운韻 반복, 구句 반복, 행行 반복, 장章 반복, 렴 반복, 조흥구 반복 같은 것들을 들 수 있다.[11]

4) 구연口演의 향유 방식

구연은 동작을 하면서 노래를 부르거나 특정의 노래를 하면서 일정한 동작을 수반하는 형태의 향유 방식을 일컫는 말이다. 시가와 민요는 모두 구연된다는 점에서는 공통적인 성격을 가지고 있다. 이러한 공통점을 가지는 이유는 시가와 민요가 모두 생활공간이라는 삶의 현장[12]에 바탕을 두고 있기 때문인 것으로 보인다. 시가나 민요가 모두 구연되기는 하지만 그것의 내용에 있어서는 상당한 차별성이 존재하므로 동일하게 취급할 수만은 없는 것 또한 사실이다. 민요의 구연현장은 일정한 동작을 하면서 노래를 부르는데, 창자와 청자가 구별되지 않으면서 함께 부르고 즐기는 형태를 이루는 것이 특징이다. 시가의 구연 현장은 노래를 부르면서 일정한 동작이 수반되는데, 노래를 부르는 사람은 그것에 대한 전문적인 식견과 실력을 갖춘 프로이고, 듣는 사람은 작품을 지은 작가를 비롯하여 일정한 범주에 들어가는 특정의 사람들이며, 공연 방식으로 향유되기 때문이다. 그러므로 민요와 시가는 근본적으로 다른 성격을 가진 노래라고 할 수 있다. 구연 과정에서 창자와 청자가 분리된다는 말은 구연 계층과 향유 계층의 신분이 다르다는 것을 의미한다는 점에서 볼 때 창자 쪽은 노동이

11　손종흠, 『속요 형식론』, 박문사, 2010, 85쪽.
12　일반 대중에게 있어서 삶의 현장은 노동, 의식(儀式), 여가, 정치 등이며, 지배층에게는 정치, 학문, 수양, 의례(儀禮) 등이 삶의 현장이다.

되고, 청자 쪽은 여가가 되는 상황이 연출될 수밖에 없다. 따라서 시가와 민요는 비록 구연이라는 동일한 방식으로 향유되지만 그것의 내용과 성격은 판이하게 다른 양상을 보이기 때문에 공연을 전제로 한 구연의 방식은 시가가 지니고 있는 중요한 특징 중의 하나라고 할 수 있다.

2. 텍스트의 맥락과 현장의 맥락

1) 텍스트의 맥락

여러 개의 문장이 모여서 이루어진 하나의 덩어리로 된 글을 지칭하는 텍스트는 문자를 표현수단으로 한다. 문자는 언어가 태생적으로 가지고 있는 시간적 한계를 극복하고 영원성을 획득하도록 하는 주체라는 점에서 대단히 우수한 기록수단이라고 할 수 있다. 개별적이면서 독립적으로 존재하는 문자들이 결합하여 단어와 구문句文 등을 만들고 그것을 일정한 단위의 덩어리로 만들어낸 것이 바로 문장이다. 문文은 꾸민다는 뜻을 가지고 있고, 장章은 밝힌다는 뜻을 가지고 있으니 문장은 말을 하거나 글을 쓰는 사람이 표현하고자 하는 바를 효과적으로 전달할 수 있도록 꾸민 것이면서 일정한 범주를 설정하여 그 뜻을 명확하게 밝힌다는 것을 의미한다. 텍스트는 그것과 관련을 가지는 모든 것의 원전이라는 성격을 기반으로 하면서 광범위한 구성 요소들을 거느리기 때문에 해당하는 문학예술의 핵심적인 구성 요소가 된다. 따라서 기록물이나 문학예술 등에서 텍스트는 없어서는 안 될 필수불가결한 존재가 된다. 그러나 텍스트는 이러한 장점만을 가지고 있는 것은 아니다. 문학예술의 핵심이 되면서 영원성을 획득하는 대신에 잃어버리는 것도 있기 마련이다. 언어가 문자라는 기록수단을 통해 하나의 텍스트로 확정되는 순간 화석화하므로 어떤 변화도 거부하는 존재로 고착화하며, 텍스트를 이루는 구성 요소가 만들어내는 유기적 관계성의 범위 안에서만 해석될 수 있는 의미를 가지게 되는 단점이 형성되기 때문이다. 이런 점에서 볼 때 텍스트가 그 한계를 넘어 좀 더 확대된 의미로 해석됨과 동시에 새로운 것을 만들어내기 위해서는 그것을 이루고 있는 텍스트 자체의 구성 요소 뿐 아니라 연관성을 가지는 모든 요소들과의 관계를 중시할 수밖에 없게 된다. 그렇기는 하지만 하나의 기록물이나 문학예술에서는 원전으로서의 텍스트가 모든 것의 중심일 수밖에 없기 때문에 연관성을 가지고 있는 자료들과의 관계는 텍스트를 정확하게 분석해내기 위한 것이며, 대상으로 하는 문학 작품이 지니고 있는 예술적 아름다움을 드러낼 수 있는 보조수단이라는 점을 간과해서는 안 될 것이다. 이 점은 시가에서 특히 강조되는데, 시가는 텍스트 자체의 구성 요소가 복잡할 뿐 아니라 연관성을 가지는 요소들과의 관계가 매우 중요한 구실을 하기 때문이다. 먼저 텍스트를 이루는 구성 요소에 대해 살펴보도록 한다.

시가에서 텍스트를 정확하고 올바르게 해석하고, 분석하며, 이해하기 위해서는 우선적으로 그것을 형성하는 구성 요소와 그것들이 맺고 있는 유기적 관계를 올바르게 짚어낼 필요가 있다. 텍스트를 이루는 구성 요소로는 단어, 어구語句, 행行, 형식, 내용, 형태 등을 들 수 있다. 언어의 중심을 이루는 단어[13]는 글자와 글자가 모여서 사회적으로 약속된 의미를 담아내고 있는 최소한의 자립적 단위다. 그러므로 모든 언어는 단어를 출발점으로 하여 형성되며 이것들의 문법적 결합에 의해 사회적으로 약속된 의미 체계로서의 언어를 형성한다. 단어는 일상 언어에서 사회적 약속에 의해 형성된 일반적인 뜻을 가지고 있는데, 시가에서는 이것을 기반으로 텍스트를 구성하지만 작품이 완성되면 그 이상의 의미를 가지

13　분리하여 자립적으로 쓸 수 있는 말이나 이에 준하는 말, 또는 그 말의 뒤에 붙어서 문법적 기능을 나타내는 말을 가리켜 단어라고 한다. 국립국어원, 『표준국어대사전』, 어문각, 2008.

기도 한다. 텍스트 안에서 하나의 단어가 가지는 의미를 정확하게 분석해내기 위해서는 작품을 이루고 있는 구성 요소의 유기적 관계를 올바르게 파악하는 것이 대단히 중요하다. 왜냐하면 구성 요소들이 가지는 유기적 관계를 통해 전혀 새로우면서도 예술적인 의미가 창조되기 때문이다. 시가에서 쓰인 하나의 단어가 일상언어가 지니고 있는 것 보다 확장된 뜻을 가지기 위해서는 반드시 상층의 구조 단위와 결합함으로써만 가능한데, 그것이 바로 어구이다. 말의 마디나 구절을 가리키는 어구는 둘 이상의 단어와 단어가 모여서 절節이나 문장의 일부분을 이루는 토막을 의미하는데, 시가의 텍스트를 구성하는 데 있어서 내용과 형식이 시작되는 출발점에 위치하는 것으로 매우 중요한 의미를 지니고 있는 구성 요소라고 할 수 있다. 어구가 형성되어야만 비로소 한 편의 시가를 구성할 수 있는 기초가 갖추어 지면서 형식적 특성을 드러낼 수 있는 기반을 마련하게 되기 때문이다. 이러한 어구는 시가에서는 행行을 단위로 주기적 반복구조를 형성하면서 율동을 바탕으로 하는 율격을 이루는 핵심적인 요소가 된다.

시가에서 행은 언어에 강제적인 힘을 가해 형태를 변형시킴으로써 만들어지는 줄로서 두 개 이상이 동일한 형태로 반복되는 구조를 형성하는 특성을 가지고 있다. 이러한 성격을 가지는 행은 시가의 형식을 구성하는 핵심적인 요소로서 구조적 특성, 율격, 정서표현의 단락 등이 모두 이것을 기본 단위로 한다. 따라서 행은 시가의 형식적 특성을 결정짓는 핵심적인 요소가 되며, 율격적 특성[14]을 파악하기 위한 중심 단위가 된다. 또한 시가의 내용도 이것을 단위로 하여 끊어지기도 하고, 연결되기도 하면서 새로운 의미를 만들어내므로 행은 형태의 구성에도 일정한 구실을 하는 것으로 볼 수 있다. 행을 어떤 단위, 혹은 어떤 구조로 반복시킬 것인가에 따라 시가의 형태가 결정되기 때문이다. 또한 시

---

14 음수(音數), 명(名), 구(句) 등의 구성 요소가 유기적 관계망을 통해 만들어내는 율격적 특성의 파악은 모두 행을 기본 단위로 한다.

가에서 행은 화자의 정서를 일정한 단위로 잘라 명확하게 표현할 수 있도록 하는 최소의 단위로도 작용함으로써 한층 중요한 의미와 구실을 가진다. 모든 시가에서 행은 그것을 단위로 하여 정서의 단락이 형성되면서 반복되는 행과의 연결을 통해 더 큰 의미를 창조할 수 있는 단위로 도약할 수 있는 발판을 마련하기 때문이다.

시가에서 형식[15]은 다른 어떤 갈래의 문학에서보다 중요한 의미를 가진다. 일반적으로 내용이 형식에 우선하며, 내용이 형식을 규정하지만, 시가에서는 형식이 내용을 규정하기도 하며, 내용의 형성에 미치는 그것의 영향이 상대적으로 아주 크기 때문이다. 형식은 표현 방식, 형태창조의 원리, 상대적 자립체, 추상적 실체, 반복의 구조 등을 기본적인 성격으로 하는데, 이것을 통해 시가의 내용을 완성함과 동시에 형태를 창조하는 핵심적인 구실을 한다. 또한 형식은 율동을 기반으로 하는 율격을 결정짓는 최상위의 단위이므로 시가를 시가답게 하는 율격적 특성이 바로 형식적 특성에 의해 결정되는 양상을 띠어 그 중요성은 한층 커진다. 이러한 성격을 가지는 형식은 내용에 비해 변화의 속도가 느리기 때문에 상대적으로 자립적인 성격을 지니는 것이 특징이다. 일정한 형식으로 된 많은 시가 작품이 존재[16]하는 이유가 바로 여기에 있다. 표현의 방식을 결정하는 주체인 형식은 물리적 현상으로 존재하는 것이 아니라 추상적으로 실재한다는 사실 또한 특이하다. 여기서 추상적이라고 하는 말은 텍스트라는 시각적인 현상을 통해 드러나는 것이 아니며, 사회적으로 복종해야 할 규범이나 규칙도 아니라는 의미가 된다. 시가의 형식은 표면적으로 드러나는 것이 아니라 추상적인

---

15 손종흠, 앞의 책, 75~95쪽.
16 초장, 중장, 종장이라는 삼행과 사구팔명(四句八名)의 형식을 갖춘 시조가 수 천편에 이른다는 것과 삼단구성, 서사와 결사, 대련(對聯), 사구팔명(四句八名)의 형식을 갖춘 가사가 수 백편에 달한다는 것이 이러한 사실을 잘 보여주고 있다. 이 점은 다른 시가에도 마찬가지로 나타나는 현상이다.

상태로 존재하면서 그것에 복종하여 느끼고자 하는 사람에게만 힘을 가지므로 일상언어에 비해 구속력이 약하다. 하지만 형식이 없으면 내용과 형태가 만들어질 수 없기 때문에 반드시 필요한 존재 또한 형식이 될 수밖에 없다.

　단어, 어구, 음수, 행, 장章 등이 유기적으로 결합하고 연결될 때 비로소 새로운 의미를 창조하니 이것이 바로 시가에 있어서 내용이 된다. 내용은 형식적 구성 요소뿐 아니라 작가의 정서, 사상, 소재, 제재, 주제 등이 복합적으로 융합되어 형성되는 것으로 언어, 혹은 문자로 된 텍스트를 통해 구현되는 특징을 가지고 있다. 이러한 성격을 가지는 내용은 형태를 형성하는 주체인 형식에 의해 완성되기는 하지만 텍스트 외부의 구성 요소들과의 연결을 통해 그 의미를 한층 풍부하게 하면서 새로운 의미를 창조하기 때문에 이것 하나만으로 작품의 예술적 아름다움을 분석하는 것은 위험이 따른다고 할 수 있다. 원전으로서의 텍스트를 둘러싸고 있는 나머지 구성 요소들과의 관련성을 최대한으로 파악하여 그 것과의 관계망 속에서 내용적 특성을 찾아내는 것이 가장 바람직한 연구와 감상의 방법이라는 말이 된다. 이처럼 복잡한 관계망 속에서 만들어진 내용을 최종적으로 형성하는 단위가 바로 형태인데, 이것을 통해 비로소 시가로서의 내용이 완성된다고 할 수 있다. 내용과 형식의 결합체라는 물리적 현상으로 감각화하면서 구체화되어 나타나는 형태가 이루어지면 한 편의 시가는 독립적이고, 독자적인 예술세계를 구축한 상태가 되고, 연관성을 가지는 다른 구성 요소와 일정한 관계를 맺을 준비가 되었다고 할 수 있다. 여기서 말하는 다른 구성 요소란 작품을 탄생시킨 공간이나 작가, 기타 자료 등이 된다. 고전시가는 텍스트만을 대상으로 해서는 그 맥락을 정확하게 짚어내기가 어려운 데다가 내용이 가지는 특성을 올바르게 해석하고 분석해내어 예술적 아름다움을 심도 있게 밝히는 것이 어렵기 때문에 현장과 자료를 포함하여 작품을 구성하는 여타의 구성 요소를 연계하여 이해함과 동시에 분석하는 것이 절대적으로 필요하게 된다.

2) 현장의 맥락

시가에서 현장이라 함은 작가와 관련을 가지는 자료와 공간, 작품을 탄생시킨 배경이 되는 장소로서의 물리적 공간, 작품과 관련을 가지는 유적지와 자연경관, 배경설화와 관련 유적 등을 가리킨다. 이러한 시가의 현장은 그 자체만으로는 별다른 의미를 가지지 못할지 모르지만 텍스트와의 관련성을 통해 특별한 의미를 드러내는 특징을 가지고 있다. 한 편의 시가는 그것을 창조한 사람이 가지고 있는 정서와 주제, 표현의 기술 등이 대상화對象化[17]되어 나타난 결과물이므로 작가의 생애, 사상, 생활습관, 인간관계, 행적, 역사적 자료 등 관련된 모든 것이 텍스트의 예술적 성격을 파악하기 위한 보조적인 자료로 활용될 필요가 있다. 작가와 관련된 현장 자료들은 한 편의 시가를 정확하게 해석하고 분석하며, 이해하는 데 결정적인 단서를 제공할 수 있으며, 작품의 내면에 들어 있어서 잘 드러나지 않았던 예술적 아름다움을 발견하는 데도 큰 구실을 할 수 있을 것으로 보이기 때문이다. 작가의 가계와 출생 공간, 성장 공간, 활동 공간 등과 관련을 가지는 장소와 자료에 대한 이해를 바탕으로 텍스트를 분석하는 경우와 그렇지 않은 경우는 상당한 차이가 있을 수 있어서 작품이 지닌 문학적이고 예술적인 특성들을 올바르게 파악하기 위해서는 반드시 필요한 것이라고 할 수 있다. 예를 들어 고산孤山 윤선도尹善道의 〈오우가〉나 〈어부사시사〉에 대한 해석이나 분석을 정확하면서도 올바르게 해내기 위해서는 그의 가계와 정치적 활동, 해남과 금쇄동金鎖同, 보길도 등을 중심으로 하는 공간에 대한 답사와 이해가 큰 도움이 된다는 사실을 지적할 수 있다.

한 편의 시가를 탄생시킨 배경이 되는 물리적 공간으로서의 발생장소는 지

---

17 시가에서 작가가 지니고 있는 정서, 표현의 기술 등은 모두 추상적인 것으로 그것이 외부에 존재하는 소재, 제재, 유적 등과 결합하여 문자라는 물리적 현상으로 구체화한 것이기 때문에 대상화물(對象化物)이 된다.

리적으로 형성된 특징이 시가에 반영되면서 작품의 형성에 상당한 영향을 끼칠 수밖에 없다는 점에서 매우 중요한 의미를 가진다. 상당수에 이르는 고전시가가 작품의 발생공간을 구체적으로 가지고 있으며, 그것이 작품의 내용에 반영되는 정도가 과거로 올라가면 갈수록 강력하다. 가락駕洛의 건국신화에 등장하는 〈구지가〉의 경우 노래의 발생 공간이 되는 김해의 구지봉龜旨峯에 대한 정보를 정확하게 가지고 있느냐 없느냐에 따라 작품을 보는 시각과 접근 방법이 크게 달라질 수 있다는 점을 보면 이러한 사실을 잘 알 수 있다. 즉 거북의 머리로 일컬어지는 구지봉은 김해의 진산인 분산盆山에서 나온 작은 봉우리인데, 그것이 거북의 머리라는 점을 인식하기 위해서는 분산이 거북의 몸뚱이가 되어야 한다는 사실과 전체적인 형상이 거북이가 머리를 숙이고 바다로 들어가려는 금구몰니형金龜沒泥形의 지형이라는 사실을 아는 것이 중요하다. 거북의 머리가 바다를 향하고 있다는 점으로 볼 때 바다를 건너서 들어온 외래인인 김수로왕 일행을 맞이하는 과정에서 오래전부터 훌륭한 인물을 잉태하기 위해 일반 대중이 불러왔던 민요를 수용함과 동시에 변개시켜 〈구지가〉라는 이름의 시가로 만들었을 가능성이 크다는 것을 알 수 있게 되는 것이다. 이런 점은 신라 때의 향가인 〈처용가〉나 조선시대의 가사인 〈관동별곡〉 등에서도 확인할 수 있다. 특히 〈관동별곡〉은 관동팔경에 속하는 각 장소의 답사와 풍부한 자료를 바탕으로 하는 경우가 그렇지 못한 경우보다 작품을 보는 시각이나 해석의 정확성에서 훨씬 앞서갈 것이 분명하다. 따라서 자료에 대한 분석, 고증과 더불어 시가의 발생공간에 대한 현장답사를 철저하게 하는 것은 텍스트에 대한 이해력과 해석의 정확도를 높이는 데 크게 기여할 것이다.

시가와 관련을 가지는 유적지와 자연경관, 유물 등도 발생공간과 마찬가지로 작품의 내용에 반영되는 정도가 상당하기 때문에 주목을 요한다. 예를 들면 작가의 유배지나 묘소 등을 비롯하여 작품의 내용으로 수용된 자연경관, 그리고 작품의 내용과 관련을 가지거나 그것을 해석하는 데 보탬이 될 수 있는 유물 등에 대한 정확한 이해와 자료의 섭렵은 텍스트를 해석하고 이해하는 데 큰 도움을 줄 수 있다. 신라 때 처음으로 나타난 〈처용가〉는 고려, 조선을 거치면서 가면으로 만들어지기도 하고, 오방처용五方處容과 처용무處容舞로 확대되어 궁중이나 사대부의 연회에서도 불렸고, 그에 따라 작품의 내용에도 큰 변화를 초래하게 된다. 그러므로 처용가를 종합적으로 분석하고 이해하기 위해서는 이러한 자료와 유물 등에 대한 이해와 분석이 반드시 필요하다. 또한 조선조 송순宋純이 지은 〈면앙정가〉에서는 제월봉霽月峰과 주변의 산세, 강의 모양, 주변에 펼쳐지는 계절의 변화 등에 대한 이해가 우선된다면 그것이 반영된 작품의 내용을 분석하고 감상하는 데 커다란 도움을 받을 것이 확실하다. 이런 점은 비단 향가나 가사에 국한하지 않고 시조나 경기체가 그리고 악장[18] 같은 작품에도 그대로 적용되기 때문에 텍스트의 정확한 분석과 이해를 위해서는 반드시 필요로 하는 작업 중의 하나라고 할 수 있다.

우리의 시가문학사에서 배경설화와 관련 유적이 작품의 해석과 분석에 상당한 영향력을 가지는 시기는 향가가 존재했던 고려 전기까지였던 것으로 보인다. 대부분의 향가에는 배경을 이루는 설화[19]가 함께 실려 전하는데, 어떤 작품은 배경설화가 없을 경우 그 뜻조차 파악하기가 어려울 정도로 이것이 가지는 중요도가 높다. 광덕엄장 설화는 〈원왕생가〉의 해석에 큰 도움이 되며, 월명사 남매 이야기는 〈제망매가〉의 해석과 감상에 큰 기여를 하는 배경설화라고 할 수 있다. 이것은 현존하는 대부분의 작품에 해당하기 때문에 향가에서 배경설화가 차지하는 비중은 매우 크다고 할 수 있다. 이런 점은 상대시가인 〈구지

---

18 농암 이현보의 농암가, 고산 윤선도의 오우가나 어부사시사, 율곡 이이의 고산구곡가, 안축의 죽계별곡, 정도전의 신도가 등 상당수의 작품이 이런 성격을 가지고 있다.

19 『삼국유사』에 실려 전하는 14편의 향가에는 모두 배경설화가 함께 수록되어 있다.

가〉, 〈황조가〉, 〈공무도하가〉의 경우도 마찬가지라고 할 수 있다. 유리왕 이야기로 불리는 배경설화가 없었다면 〈황조가〉에 대한 다양한 해석이나 분석, 그것이 가지고 있는 예술적 아름다움을 제대로 밝혀내지 못했을 수도 있으며, 백수광부白首狂夫로 이름 붙여진 남자와 그의 부인에 대한 이야기가 없었다면 〈공무도하가〉의 해석에 상당한 어려움이 있었을 것으로 보인다.

한 편의 시가 텍스트를 올바르게 이해하고 해석하기 위해서 현장의 맥락이 얼마나 중요한지를 살펴보았는데, 앞으로 고전시가 연구와 감상에 있어서는 이것을 넘어설 수 있는 새로운 접근 방식이 필요할 것이다. 즉 텍스트 분석과 이해를 돕기 위한 보충적인 기능을 가지는 것으로 시가의 현장을 볼 것이 아니라 두 가지를 하나로 연결하고 융합하여 새로운 형식의 문예콘텐츠를 개발해내야 하는 현실이 우리의 바로 눈앞에 와 있는 것으로 보이기 때문이다.

3) 텍스트와 현장의 결합과 새로운 콘텐츠의 필요성

시가에 대한 연구, 강의, 감상 등을 비롯하여 작품과 관련을 가지는 무엇에 대한 것이든지 텍스트가 중심이 되어야 함은 움직일 수 없는 명백한 사실이다. 시가와 관련을 가지는 다른 어떤 것도 텍스트 이상으로 그것의 성격과 예술적 아름다움을 간직하거나 드러낼 수 있는 것이 없기 때문이다. 너무나 당연한 것을 여기에서 재차 강조하는 이유는 텍스트만을 대상으로 할 경우 시가에 대한 해석과 분석과 이해 등이 올바르게 이루어지지 못할 수 있으며, 그것이 지니고 있는 예술적 아름다움을 드러내는 데 일정한 한계가 있을 수 있다는 생각에서이다. 시가의 텍스트는 언어를 기반으로 하는 문자를 통해 실현되는데, 여기에서 사용되는 표현 중에는 사회적 약속에 의해 문자가 기본적으로 가지고 있는 의미와 다르거나 새로운 것으로 창조되는 경우가 많기 때문에 축자적逐字的인 해석만으로는 상당한 문제를 야기할 가능성이 매우 높은 까닭이다. 이러한 문제점을 인식하지 못한 상태로 있었던 과거의 시가 연구와 강의, 감상 등은 주로 텍스트에 대한 해석과 분석과 이해를 중심으로 이루어졌던 것이 사실이다. 텍스트만을 대상으로 한 접근은 문자에 담겨 있는 뜻과 그것이 만들어내는 구조적 특성에 의해 형성되는 예술적 아름다움을 밝혀내는 것이 중심을 이루게 되는데, 이 과정에서 결정적인 오류를 범할 수 있다는 생각을 미처 하지 못했기 때문이다. 빅 데이터와 융합을 바탕으로 새로운 디지털시대를 열어가고 있는 작금의 사회적 상황으로 볼 때, 지금까지 고수해 왔던 텍스트 중심의 접근 방식은 사람들의 호응을 끌어내기가 상당히 어려울 것이므로 시대적 필요성에 부합하는 새로운 방법의 접근이 요구된다고 하겠다.

이를 위해 가장 먼저 해야 할 것은 텍스트와 시가의 현장을 연결시켜 이해하려는 태도와 실천이라고 할 수 있다. 앞에서도 지적한 바와 같이 현장에 대한 정확한 인식과 지식이 부족한 상태에서는 텍스트에 대한 해석과 분석을 올바르게 해내지 못하는 경우가 발생할 수 있기 때문이다. 하나의 예를 들어보자. 송강松江 정철鄭澈이 지은 가사인 〈성산별곡〉에 다음과 같은 표현이 등장한다. "天邊의 썻는 구름 瑞石을 집을 사마 나는듯 드는 양이 主人과 엇더흔고." 이 부분에서 서석瑞石에 대한 해석은 거의 모든 연구서나 해설서, 학술논문 등에서 '상서로운 돌' 정도로 하고 있음을 본다. 그런데 작품의 발생 공간이라고 할 수 있는 식영정息影亭[20] 앞에 있는 소나무 아래에 앉아서 보면 텍스트에서 말하고 있는 '瑞石'은 무등산無等山 꼭대기 서쪽 편에 있는 서석대瑞石臺[21]라는 사실을 아주 쉽게 알 수 있다. 텍스트의 서석이 자연현상의 하나로 존재하는 무등산의 서석대라는 사실을 알고 나면 이 표현의 해석은 완전히 달라진다. 즉 하늘가에 떠

---

20 식영이란 표현은 『莊子(장자)』「어부(漁父)」편에 나오는 외영악적(畏影惡跡)에서 가져온 것으로 흔적을 남기는 발자국으로부터 도망하기 위해 움직임을 멈춤(息)과 부정적 의미를 가지는 그림자로부터 도망하기 위해 그늘에 들어가 섬(影)을 합친 말이다.
21 무등산 정상 동쪽에는 입석대(立石臺)가 있고, 서쪽에는 서석대가 있다.

있는 구름이 서석대를 집처럼 만들어두고 들락날락 하는 모양이 식영정의 주인 모습과 닮았다는 것을 노래한 것으로 자연과 하나 된 김성원金成遠의 은둔생활을 찬양하고 있는 것으로 풀이할 수 있게 되기 때문이다. 이것은 비단 가사[22] 뿐 아니라 상대시가에서 향가, 속요, 악장, 시조에 이르기까지 어느 작품에나 나타날 수 있는 현상이어서 텍스트와 현장을 연결시켜 이해하는 것이 얼마나 중요한지를 짐작하고도 남음이 있다.

텍스트와 현장의 결합, 혹은 연결은 비단 이것 하나에만 그쳐서는 안 되는 일이라는 점 또한 결코 간과해서는 안 될 것으로 보인다. 앞에서 고찰한 작가, 발생 공간, 유적지, 자연경관, 배경설화 등이 모두 텍스트의 올바른 해석과 분석과 이해를 위해 하나로 연결되면서 동시에 융합과 연결을 통해 새로운 소통의 길을 열어줘야 할 것이기 때문이다. 그러기 위해서는 우선 텍스트를 중심으로 하는 관련 자료, 작가 관련 자료, 발생 공간의 현장과 자료, 유적지의 현장과 자료, 배경설화, 자연경관 등이 각각의 빅 데이터로 구축되는 것이 절실하게 요구된다고 하겠다. 융합이라는 것은 충분한 자료를 바탕으로 모든 것들이 서로 소통하면서 새로운 것을 만들어내는 것을 전제로 하는데, 이것을 위해 반드시 필요한 것이 바로 모든 자료를 하나로 모아 분석하고 해석해내는 빅 데이터의 구축이 된다. 또한 융합을 통해 새롭게 이루어지는 콘텐츠는 빅 데이터와 빅 데이터 간의 긴밀한 소통을 통해 다양한 길을 열어줄 것이므로 텍스트에 대한 이해와 감상을 선택적이면서도 종합적으로 할 수 있는 통로를 만들어줌으로써 무한한 가능성을 창조해낼 것으로 기대되기 때문에 한 편의 시가와 관련을 가지는 모든 현장 정보들은 각각의 빅 데이터로 구축되어 그것이 IoT를 통해 하나로 결합됨과 동시에 어떤 입구로 진입하든지 통합된 빅 데이터의 범위 안에서는

---

22 앞에서 살펴본 〈면앙정가〉나 〈관동별곡〉, 노계 박인노가 지은 「사제곡」 등 수많은 가사 작품들이 텍스트와 현장의 결합을 통한 해석과 이해를 필요로 한다.

모두 연결될 수 있는 통로를 확보[23]하는 것 또한 절실하게 요구된다고 하겠다. 그러기 위해서는 텍스트와 현장이 결합되면서 사람들에게 맞는 맞춤정보시스템을 통해 새로운 방식의 문예콘텐츠를 제공할 수 있는 방향으로 개발되어야 할 것으로 생각된다. 따라서 앞에서 제시한 빅 데이터와 IoT뿐 아니라 이러한 정보들을 정확하게 전달할 수 있는 첨단 기술과의 결합, 혹은 융합을 서두르는 일이 매우 시급한 것으로 보인다.

이미 시작되고 있는 것으로 보이기는 하지만 앞으로 다가올 미래사회에서는 시가를 텍스트만으로 읽는 사람들은 거의 없을 것으로 전망된다. 사회의 모든 문명과 문화적 현상들이 융합과 통합과 소통을 바탕으로 하여 입체적이면서도 종합적으로 모든 것을 제공할 것이고, 사회의 전 구성원들은 이런 방식을 통하지 않고서는 제대로 된 정보를 얻기가 무척 어렵거나 불가능한 시대가 될 것이기 때문이다. 이렇게 되면 시가 텍스트만으로는 아무것도 할 수 없는 시대가 올 것이며, 새로운 변화에 적응하지 못한 작품은 자연스럽게 사장될 수밖에 없을 것이다. 이처럼 사회가 바뀌게 되면 시가에 대한 연구나 강의, 감상 등에 대한 새로운 방법론이 나와야 하는데, 이것에 대한 대안으로 떠오른 것이 빅 데이터와 IoT 기술을 통해 텍스트와 현장과 관련 자료를 종합적으로 결합한 맞춤정보를 기반으로 하는 새로운 형태의 문예콘텐츠를 개발하는 일이 될 것이다. 빅 데이터와 IoT 기술을 기반으로 하여 융합과 소통을 전제로 하는 시가 관련 문예콘텐츠는 텍스트에 대한 정확한 해석과 분석과 이해를 첫 번째 목표로 하고, 텍스트와 현장과 IT기술을 결합한 새로운 방식의 문예콘텐츠 개발을 두 번째 목표로 한다. 첫 번째 목표는 우수한 연구와 강의를 위한 것이라 할 수 있고, 두 번째 목표는 일반 대중이 누구나 쉽고 재미있게 시가의 아름다움을 즐기고 이

---

23 제7부 1장 참조.

해할 수 있는 정보를 제공하기 위한 것이라고 할 수 있다. 이러한 문예콘텐츠는 한 걸음 더 나아가 새로운 형태의 문화산업을 주도하고 이끌어갈 수 있는 발판으로 작용하면서 더욱 창조적인 콘텐츠로 거듭날 수 있으므로 그 영역은 무한[24]하다고 할 수 있다. 그러기 위해서는 첫째, 영역에 관계없이 시가와 관련된 모든 자료를 광범위하게 수집할 것, 둘째, 텍스트와 현장을 효과적으로 연결하기 위한 방법론을 개발할 것, 셋째, 각 자료들을 분야별로 통합하여 관리하고 분석할 수 있는 빅 데이터를 구축할 것, 넷째, 각각의 빅 데이터들이 더 큰 빅 데이터로 통합되면서 하나의 통로로 연결되어 소통할 수 있도록 할 것, 다섯째, IT 기술을 기반으로 하는 맞춤정보 시스템과 결합할 것, 여섯째, 융합과 소통을 중심으로 하는 종합적인 문예콘텐츠를 개발할 것, 일곱째, 다른 문화 영역과 소통하고 재창조될 수 있는 방법을 모색할 것 등이 절실하게 요구된다고 하겠다.

---

24 빅 데이터와 IOT 기술을 접목한 시가 관련 문예콘텐츠가 구축되면 이것을 기반으로 다른 콘텐츠와 접목하여 새로운 형태의 콘텐츠를 만들어내는 것이 가능해질 수 있다. 소설, 영화, 드라마, 연극, 게임, 웹툰, 음악, 미술 등 매우 다양한 분야의 소재로 작용할 수 있으며, 하나의 사물 현상으로 존재하던 유적이나 유물에게 새로운 의미를 부여하는 주체가 될 수도 있기 때문에 시가 관련 문예콘텐츠는 언제나 무한한 가능성을 지닌 존재로 거듭날 수 있을 것이다.

제5장

하이쿠와 시조를 통해 본 한일 시가의 비교

소리예술의 하나로 작품의 주관적 질료質料[1]가 되는 화자의 정서를 일정한 율동에 실어서 언어를 매개수단으로 삼아 표현하는 노래는 그것이 만들어지고 불리던 시대적인 상황과 밀접한 연관을 가지고 있다. 노래에 시대상황이 담길 수밖에 없는 이유는 그것이 생활상의 필요에 의해 발생[2]했고, 그러한 필요성이 지속적으로 요구되면서 변화와 발전[3]을 해 왔기 때문인데, 인류의 삶은 노래에 대

---

1 예술은 우주내의 현존재인 사물 현상과 작가가 마음속에 지니고 있는 정서를 결합시켜 이루어지는 소재(素材)를 알맹이로 하여 일정한 표현 방식에 맞추어서 예술적으로 형상화한 것이다. 우주내의 사물 현상은 원래 작가와는 철저하게 분리되어 존재하면서 완전히 독립적인 것이었지만 작품의 소재로 쓰이기 위해 선택되는 순간 하나의 질료(質料)로 작용한다. 한편, 작가의 정서는 철저하게 개인적인 것이면서 동시에 결코 독립적일 수 없는 성질을 가지고 있다. 그렇지만 작가의 정서가 작품의 알맹이를 형성하는 데 있어서 매우 중요한 질료가 되는 것은 확실하다. 이러한 성격으로 볼 때 우주내의 사물 현상과 작가의 정서는 각각 객관적질료(客觀的質料)와 주관적질료(主觀的質料)로 부를 수 있게 되며, 이것이 결합하여 작품의 소재를 이룬다는 사실을 알 수 있다.

2 노래의 발생은 노동과 밀접한 관련을 가지는 것으로 알려져 있다. 노동은 먹이를 얻는 행위를 가리키는데 여러 사람이 힘을 합쳐서 하는 경우가 대부분이다. 이럴 때는 동작의 통일을 기하기 위한 신호음이 훨씬 능률적으로 노동을 할 수 있도록 하는 효과를 가지는 경우가 많다. 이러한 필요성에 의해 노래는 부르는 소리나 감탄사, 혹은 괴성 같은 것에서 시작되었을 것이고, 나중에는 노래를 부르는 사람들의 사설이 덧붙여지는 방식으로 발달했을 것으로 보기 때문이다. 고정옥, 『조선민요 연구』, 수선사, 1949, 13쪽.

3 노동 과정에서 행동 통일을 위한 신호음 같은 것에 의해 생겨난 노래는 언어가 지니고 있는 주술적 성격과 소리의 주기적인 반복으로 인해 생기는 율동으로 인하여 신과 접촉하는 기능, 정서적 카타르시스 기능 등을 더하면서 필요성이 지속적으로 확대되면서 다양한 변화와 발전을 거듭해 온 것으로 본다.

한 필요성이 지속적으로 존재할 수밖에 없다는 점과 그것이 만들어지고 불리던 당대의 현실이 예술적으로 반영될 수밖에 없다는 점으로 인해 노래 속에는 어떤 형태로든 시대상을 담게 되었던 것이다. 노래에 시대상이 담겨 있다는 말은 사회의 변화에 따라 그것의 내용과 형식이 바뀐다는 것을 의미하는데, 이것은 노래의 발달 과정을 살펴보면 더욱 확실하게 알 수 있다. 민요가 중심을 이루던 노래가 새로운 국면을 맞이하게 된 것은 국가체제의 발달과 신분제의 확립이라는 사회적 변화의 시기와 깊은 관련을 가진다. 국가체제의 발달은 사람들의 삶을 송두리째 바꾸어 놓게 되는데, 가장 큰 변화는 문자의 발명과 발달[4]이라고 할 수 있다. 문자는 언어가 태생적으로 지니고 있는 시간적 한계를 극복하도록 하는 획기적인 발명품이라고 할 수 있는데, 지배계급에 속하는 사람들이 주로 사용하는 의사전달의 도구가 되었다. 이렇게 되자 지배층에 속하는 사람들은 문자층으로 되고, 피지배층에 속하는 사람들은 무문자층無文字層으로 되어 세계와 인간에 대한 인식 수준의 격차는 갈수록 벌어지게 되었다. 노동 행위가 권력을 행사하는 통치 행위로 대치되고, 언어가 주요 의사전달 수단이었던 생활에서 문자라는 새로운 의사전달 수단을 독점하게 된 지배계급 사람들은 그들만의 새로운 문화를 형성하기에 이르렀으며 그중에서 가장 획기적인 것이 새로운 형식으로 발전시킨 노래라고 할 수 있다.

앞 시대까지 노래는 민요에 바탕을 두었지만 국가의 발달과 계급의 분화에 영향을 받은 사회의 변화는 지배계급에 속하는 사람들이 만들고 즐길 수 있는 새로운 형식을 요구하게 되었으니 그것이 바로 시가였다. 삶의 현장을 객관적

---

4 소리를 매개수단으로 하는 언어는 시간의 절대적인 지배를 받는 순간적인 존재이다. 그러므로 언어는 일회성(一回性), 단절성(斷絶性), 개별성(個別性) 등의 성격을 지니면서 기억 속에만 살아 있을 수 있는 한계를 태생적으로 지니고 있다. 이러한 한계를 극복하기 위해서는 시간을 넘어서야 하는데, 그것을 가능하게 해주는 것이 바로 문자였다. 문자는 한 사람이 경험한 인식 체계를 공간과 시간을 초월하여 수많은 사람들이 공유할 수 있도록 함으로써 지식의 전달과 자아의 발달에 기여한 바가 매우 크다.

질료로 하여 생활의식을 소박하게 반영하던 민요와는 달리 시가는 화자의 정서를 강하게 드러내는 시라는 새로운 표현 방식으로 된 것을 노래로 부르는 형태를 취하게 되었는데, 문자로 기록할 것을 전제로 하여 지어짐과 동시에 악기의 반주를 수반하는 정해진 곡을 가진 가악과도 관계를 가진다는 것이 민요와는 다른 점이라고 할 수 있다. 우리 역사에서 보면 신라 제3대 유리왕 때에 〈두솔가〉라는 노래를 지었는데, 가악의 시초였으며 '차사사뇌격'[5]을 가진 것이었다는 기록에서 이러한 사실을 확인할 수 있다. 여기서 말하는 '사뇌격'은 향가[6]의 발생과도 깊은 관련을 가지고 있을 것으로 보이기 때문에 새로운 민족시가 형식의 발달을 보여주는 좋은 자료가 된다. 지배계급의 형성과 국가체제를 기반으로 하면서 불교의 수용과 화랑도의 성립에 힘입어 발생한 향가는 고구려, 백제, 가야, 신라의 네 나라가 힘겨루기를 하는 과정에서 왕실로부터 일반 백성에 이르기까지 모르는 사람이 없을 정도의 민족시가로 성장하였다. 이러한 발달 과정을 가지는 향가는 고려시대까지도 지속적으로 지어지고 향유되었던 것으로 파악되는데, 그 영향력은 미미[7]했던 것으로 파악된다.

고려 전기에는 귀족문화가 발달하면서 한시의 영향력이 놀라울 정도로 커지면서 민족시가가 일시적으로 쇠퇴하는 경향을 보였는데, 무신란과 몽고 침략 등을 겪은 뒤인 고려 후기에 이르면 속요와 경기체가라는 새로운 형식의 민족

---

5 "是年民俗歡康 始製兜率歌 此歌樂之始也."『三國史記』「儒理王」「五年」; "始作兜率歌有嗟辭詞腦格."『三國遺事』「奇異一」.

6 현존하는 향가는 민요계 향가(民謠係 鄕歌)와 사뇌가계 향가(詞腦歌係 鄕歌)로 분류하는데, 사뇌가계 향가 형식의 초기 모습이 차사사뇌격(嗟辭詞腦格)일 것으로 본다.

7 고구려, 백제, 가야를 하나를 통합하겠다는 것을 민족적 과업이라고 생각하는 입장에서 치러진 신라의 정복 전쟁은 중국과의 연합을 통해 세 나라를 멸망시킨 뒤에야 끝이 났는데, 이 과정에서 불교와 화랑도와 향가가 사람들을 하나로 묶어세우는 데 결정적인 기여를 했던 것으로 파악된다. 그러나 전쟁이 끝나고 평화의 시대가 찾아오자 불교는 산으로 들어가 본래의 모습으로 돌아갔고, 화랑도는 유명무실해졌으며, 향가는 종교적인 기능성만이 강조된 상태에서 폭넓은 지지층을 잃어버리면서 서서히 쇠퇴하기에 이른다.

시가가 나타나기 시작한다. 속요는 민간의 노래인 민요에 뿌리를 두고 있으며, 경기체가는 고려 후기에 나타난 세력이면서 유학을 정치이념으로 하는 신흥사대부를 기반으로 하는 사람들이 만들고 즐겼다는 점에서 상반되는 성격을 가진다는 점이 흥미롭다. 특히 속요는 민간의 노래에 뿌리를 두고 있지만 궁중으로 수용되면서 다양한 모습으로 변개되었을 가능성이 큰 것으로 보이기 때문에 매우 특이한 성격을 가지고 있는 시가가 된다.

노래의 이러한 발달 과정은 이웃나라인 일본도 비슷한 것으로 나타난다. 국가체제의 발달이 우리보다 늦었던 일본은 6세기에 들어온 성덕태자聖德太子 시절에 율령을 제정하여 국가 제체의 기초를 마련하면서 대륙의 수隋나라와 교류를 시작하였다. 이 시기를 전후하여 한자, 불교, 유교 등의 대륙문화가 다량으로 일본에 전래되면서 사회 전체의 틀을 바꾸어 놓게 된다. 그때까지는 집단생활의 정서가 중심을 이루던 삶에서 개별적인 의식을 중심으로 하여 세계를 보려는 자아의식에 눈뜨게 되었고, 신분의 분화에 따른 지배층이 형성되면서 귀족계급이 출현하게 되었다. 이러한 사회의 변화에 힘입어 노래문학 역시 변화를 추구하게 되었는데, 5세기에서 8세기까지 약 350여 년간에 걸쳐 만들어지고 향유된 일본 고유의 노래를 모아서 편집한 『만엽집萬葉集』이 등장하여 한시에 대응되는 민족시가인 '와카和歌'의 시작을 알리게 된다. 『만엽집』[8]은 워낙 오랜 시간에 걸쳐 지어지고 수집된 것인 데다가 분량도 방대하기 때문에 한두 마디

---

8 『만엽집(萬葉集)』은 相聞(소우몬), 挽歌(반카), 雜歌(조우카)의 3부로 구성되어 있는데, 그 안에서 시간의 흐름에 따라 노래를 배열하고 있다. 소우몬은 남녀 사이의 사랑을 노래한 것이 중심을 이루는데, 서로 주고받는 증·화답가가 상당수 있다. 반카는 죽은 사람을 운구(運柩)하면서 애도하는 의미로 부르는 노래인데, 한반도에서 건너간 도래인(渡來人)의 노래로 전해진다. 소우카는 궁중의례, 연회, 자연, 여행, 왕의 행차 등을 노래한 작품들을 가리키는데, 다양한 종류가 소속되어 있다. 그리고 여기에 실린 노래의 작가는 왕실, 귀족, 승려에서 일반 백성에 이르기까지 전 계층을 망라하고 있으며, 지역도 관동 지방에서부터 구주 지방까지 걸쳐 있는 것으로 파악되는 방대한 분량의 와카집(和歌集)이라고 할 수 있다.

로 그 성격을 말하기는 어렵지만 일본 고유의 노래를 지칭하는 와카를 처음으로 집대성한 자료임에는 틀림없다. 그러나 『만엽집』의 노래를 중심으로 하는 와카는 그 후로 쇠퇴하였다가 국풍國風 암흑시대[9]를 거친 뒤인 11세기 초에 이르러 다시 살아나기 시작했다. 이때 왕실에 의해 편찬된 가집이 바로 '화가집'인데, 『고금화가집』을 대표적인 작품집으로 꼽을 수 있다.

시기적으로는 약간의 차이가 있기는 하지만 우리나라와 일본은 사회의 발달 과정과 시가문학의 발달 과정이 비슷한 경로를 밟아온 것으로 보이는데, 속요나 와카에는 모두 남녀의 사랑과 이별에 대한 노래가 상당한 비중을 차지하는 점이 흥미롭다. 특히 이별에 의해 생기는 슬픔으로 인해 애를 끓으면서 부르는 노래에는 한恨의 정서가 공통으로 짙게 깔려 있는데, 동일한 심정을 읊고 있으면서도 사회적 배경의 차이에 의해 차별화한 모습도 보여주고 있어서 더욱 관심을 끈다. 비슷한 역사적 맥락을 가지고 발달해 오면서 이별의 슬픔이라는 동일한 상황을 노래하고 있는 '속요'와 '와카'를 비교·고찰함으로써 두 민족이 지니고 있는 한의 정서가 어떤 차별성과 동질성을 가지는지를 분석해보고자 한다. 노래에 대한 이러한 분석은 동아시아라는 동일한 지역권에 기반을 두고 있는 한국과 일본 사이에 일어날 수 있는 미래지향적이고 긍정적인 비교문학적 연구에 조금이나마 기여할 수 있을 것으로 기대한다.

---

9   8세기 후반부터 10세기 초반까지의 시기로 왕실에 의해 '와카집'이 편찬되던 시기까지를 가리킨다. 이때는 귀족들의 권력이 왕실을 능가할 정도로 강대해져 있었고, 중국의 한시만을 시가로 인정하였다.

1. 속요와 와카和歌의 전반적 성격

1) 속요의 성격

역성혁명易姓革命이라는 이름의 쿠테타를 통해 고려를 무너뜨리고 세워진 조선은 신라 때부터 국교國敎의 자리를 굳건하게 지켜왔던 불교를 배척하고 성리학을 정치이념으로 하는 철저한 유교국가를 지향하였다. 그러나 오백년 가까운 시간을 존속해 왔던 고려라는 왕조와 천년 가까이 우리 민족의 정신세계를 지배해 온 불교의 흔적을 완전히 지우고 온전한 유교국가를 세우는 일은 생각처럼 쉽게 이루어지는 것이 아니었다. 또한 정치적으로도 왕실과 사대부 사이의 권력 다툼[10]이 끊이지 않았기 때문에 조선사회가 안정을 되찾는 데까지는 상당한 시간을 필요로 하였다. 혼란을 계속하던 조선사회는 제9대 임금인 성종成宗, 1457~1494의 치세에 이르러서야 비로소 유교식 문물文物을 정비한 진정한 유교국가로 거듭날 수 있게 된다. 성종은 재위 기간 중『경국대전經國大典』을 완성하여 반포함으로써 역대 왕들의 통치제도를 정비하여 법제화함과 동시에『동국여지승람東國輿地勝覽』, 『국조오례의國朝五禮儀』, 『동국통감東國通鑑』과 같은 문화정비 정책을 통해 숭유억불崇儒抑佛 정책을 강화해 나갔다. 이러한 과정에서 주목해야 할 것은 당시의 의궤儀軌와 악보樂譜를 정리하여 성현成俔 등이 편찬한『악학궤범』이다. 예악禮樂의 정비 차원에서 편찬된『악학궤범』은 뒤를 이어 편찬된『악장가사』, 『시용향악보時用鄕樂譜』 등과 더불어 조선 전기 예악의 성격과 고려시대 시가문학의 면모를 살필 수 있는 중요한 문헌으로 그 가치가 매우 크기 때문이다. 특히 고려 이후 조선 초기에 걸쳐 악장으로 쓰인 아악과 속악가사 등을 모아 엮

---

10 세종(世宗)과 같은 훌륭한 통치자가 나오기도 했지만 건국 초기부터 있었던 제1·2차 왕자의 난을 비롯하여, 숙부가 조카를 몰아내고 권좌에 오른 계유정란(癸酉靖亂) 같은 사건들은 조선이 안정된 상태에서 유교 중심 사회로 진입하는 데 커다란 걸림돌로 작용했다.

은 가집인 『악장가사』와 낙장樂章, 단가, 가사, 창작가사, 민요, 부가巫歌 등의 노래가사와 악보를 갖추어서 편찬한 『시용향악보』는 고려시대의 시가와 조선 초기 예악에 대한 광범위한 정보를 제공해 주고 있어서 그 중요성이 더욱 부각된다고 하겠다.

세 개의 가집에 실려 있는 십수 편에 이르는 속요[11]는 그 기능과 성격 등이 매우 다양하지만 내용상으로는 사랑하는 사람과의 이별을 서러워하면서 그것으로 인해 생긴 한의 정서를 노래하는 것이 중심을 이룬다. 이러한 노래들은 상당수의 작품들이 고려시대에 민간에서 불리던 것들로 추정되는데, 고려 후기부터 조선 초기에 이르는 시기까지 궁중무악宮中舞樂으로 수용되면서 다양한 형태로 변개되어 궁중의식에 쓰였던 것으로 보인다. 고려 때 궁중무악이 조선 초기까지 그대로 쓰인 이유는 조선의 예악이 아직 정비되지 못했으며, 새로운 왕조의 정당성을 확보하기도 전에 앞 시대의 문물을 한 순간에 모두 바꾸어버리기가 어려웠기 때문이었다.

민간의 노래에 기원을 두고 있지만 지배층으로 유입되어 궁중무악으로 쓰였던 속요에 대해 조선조 사대부들이 내린 정의는 '남녀상열지사'였다. 그래서 그런지 속요에 대한 기록에는 가사의 내용이 비속하여 싣지 않는다는 뜻을 가지고 있는 사리부재詞俚不載라는 표현이 많이 등장한다. 조선조 사대부들이 부정적인 입장에서 내린 '남녀상열지사'라는 표현은 속요의 본질적 성격을 가장 잘 보여주는 것임에 틀림없다. 노래의 내용과 표현 등이 점잖지 못하다고 하여 고르고 또 골라서 실어놓았다는 작품의 대부분이 남녀 간에 서로 그리워하는 상사의 정서를 노래하고 있기 때문이다. 사실 따지고 보면 어느 민족, 어느 시대를 막론하고 노래에는 남녀상열지사가 자리하고 있었다고 할 정도로 성에 대한 내

---

11 여기에 실려 있는 속요는 한글로 기록된 최초의 시가이다. 그렇기 때문에 민족시가의 형식에 대한 논의는 이것에서부터 출발할 수밖에 없다.

용과 표현이 중심을 이루고 있다.[12] 신에 대한 노래이든, 노동 과정에서 불리는 노래이든 성적인 내용과 표현을 노골적으로 하는 것이 대부분이었기 때문에 민간의 노래에 바탕을 두고 있는 속요가 남녀 간의 상사를 중심 주제로 하고 있다는 것은 전혀 새로운 것이 아니다. 하지만 피나는 노력에 의해 인격을 닦아 지극한 도의 경지에 이르러야 함을 강조하던 조선조 도학자道學者[13]의 눈으로 볼 때 속요는 지극히 음란한 노래일 수밖에 없었던 것이다.

노래의 영원한 소재라고 할 수 있는 남녀의 사랑과 이별에 대한 정서를 자연스러우면서도 예술적으로 반영하고 있다는 점을 속요가 지니고 있는 중요한 성격의 하나로 지적할 수 있다. 특히 사랑하는 사람과 헤어지고 난 후 화자가 어떤 형태로든 겪어야 하는 한의 정서를 특수한 형식에 실어서 예술적으로 표현하고 있음을 높이 평가할 수 있다. 사랑하는 사람을 보내는 이별의 현장에서 쌓이는 한을 노래한 〈서경별곡〉과 〈가시리〉, 〈정석가〉 등과 사랑하는 사람이 떠난 후 삶의 대부분을 차지하는 한의 정서를 애절하게 풀어낸 〈동동〉, 〈만전춘별사〉 등의 작품은 화자에게는 생활이 되어버린 한이라는 정서를 절묘한 표현과 특수한 형식을 갖추어서 실어냄으로써 높은 예술적 아름다움을 갖춘 노래로 거듭날 수 있도록 하였다. 속요에서 한의 정서를 예술적으로 반영하는 표현 방식 중 가장 주목할 것은 반복의 구조를 기반으로 하는 연장의 형태라고 할 수 있다. 반복은 같은 형태로 된 표현이나 구조 등을 일정한 원칙에 의해 실현되는 주기적인 배열을 통해 표현하는 것으로 강조의 효과를 높이는 수사의 한 방법이다. 여기에는 동일한 내용의 반복과 동일한 구조의 반복[14]이 있는데, 속요에

---

12 이런 현상은 현대에 불리는 노래를 보아도 쉽게 알 정도이다. 이런 점에서 볼 때 가필귀색(歌必歸色)이란 말 또한 노래의 성격을 아주 적절하게 지적한 표현이라고 할 수 있다.

13 퇴계 이황은 '도산십이곡발(陶山十二曲跋)'에서 말하기를 "한림별곡 같은 작품은 선비의 입에서 나왔지만 긍호방탕하고 설만희압하여 숭상할 바가 못된다(吾東方歌曲 大抵多淫蛙 不足言 如翰林別曲之類 出於文人之口 而矜豪放蕩 兼以褻慢戲狎 尤非君子所宜尙)"고 혹평하였다.

14 속요에서는 구(句), 행(行), 렴(斂), 장(章), 조흥구(助興句) 등의 반복이 중심을 이룬다.

서 주로 쓰이는 반복법은 동일한 구조의 반복인 것으로 나타난다. 동일한 구조의 반복은 화자가 표현하려는 정서를 가장 강력하게 드러내는 표현 방식이라고 할 수 있는데, 그 이유는 동일한 구조의 주기적 반복은 청자로 하여금 동일한 반응을 주기적으로 반복하도록 함으로써 정신에 작용하는 강도를 최고조로 높일 수 있기 때문이다. 특히 속요에서 가장 흔하게 보이는 장의 반복[15]은 남녀상열지사의 내용을 강력하게 드러낼 수 있는 구조로 보이므로 매우 중요한 형식적 특성이라고 할 수 있다.

2) 와카의 성격

현전하는 기록에 의하면 일본사회에 처음으로 들어간 문자는 3세기 후반경에 백제를 통해 전래된 한자였던 것으로 파악된다.[16] 그 후 불교나 유교 등 새로운 사상의 전래가 뒤를 이으면서 6세기경인 성덕태자聖德太子 시대에는 율령을 반포할 정도로 국가의 체세를 완비하였는데, 이때는 이미 개인의 정서를 노래할 정도가 되면서 일본 시가의 형식을 갖추어 나가기 시작했던 것으로 보인다. 이러한 문화적 성장의 결과를 집대성한 것이 일본 최초의 와카집이라고 할 수 있는 『만엽집』[17]이었다. 이 와카집이 언제 편찬되었는지 정확한 연대는 아직 밝혀지지 않았지만 대략 8세기경인 것으로 추정하고 있다. 앞에서 이미 서술한 바와 같이 『만엽집』은 대략 350여 년에 걸쳐 일본인들이 만들고 불렀던 노래

---

15 장은 구, 행, 렴 등을 모두 포함하는 구조 단위이기 때문에 이것을 반복한다는 것은 여기에 딸린 부속 단위 전체를 반복하게 함으로써 이중의 반복 효과를 거둘 수 있게 된다.

16 『고사기(古事記)』나 『일본서기(日本書紀)』 등에 의하면 백제에서 건너간 아직기나 왕인을 통해 한자가 처음으로 전파된 것으로 본다. 그러나 그 보다 빠른 시기에 쓰였던 유물인 동경(銅鏡) 등에 한자가 새겨져 있는 점으로 보아 3세기 후반보다는 더 일찍 한자가 전래되었던 것으로 생각된다.

17 총 20권으로 되어 있는 『만엽집(萬葉集)』은 오랜 시간에 걸쳐 편찬된 것으로 보이는데, 마지막 노래를 지은 것으로 기록되어 있는 사람이 758년에 세상을 떠났기 때문에 『만엽집』의 최종 편찬은 그 후라는 결론에 이르게 된다.

들을 모아 편찬한 것이기 때문에 정확한 편찬자나 시기를 알기가 어려울 수밖에 없다. 와카라는 표현은 이미『만엽집』에서 보이는데, 이때는 남녀가 서로 노래를 주고받는 화답가和答歌라는 뜻으로 쓰였다.

『만엽집』시대 이후 일본 사회는 국풍 암흑기라는 당풍唐風 전성시대를 거치면서 일본 고유의 노래는 역사의 후면으로 물러서게 되고 한시가 문예의 중심을 이루게 된다. 그러다가 10세기 초에 이르면 왕권이 강화되고 국풍이 다시 살아나면서 일본 노래에 대한 관심이 고조되기 시작하는데, 이때 편찬된 가집이 바로『고금집』으로도 불리는『고금와카집古今和歌集』[18]이다. 이때부터 사용되는 '和歌와카'라는 용어는 중국의 한시에 대응하는 일본의 노래라는 뜻[19]을 가지게 되었으니 진정한 '와카'의 시작은『고금와카집』에서부터라고 할 수 있다. 특히『고금와카집』은 국풍암흑기라는 어려운 시기를 거치고 난 후 민족의식을 고취하기 위한 궁정문학宮廷文學으로 자리를 잡는 과정에서 나타났다는 점에서 민족적 암흑기를 거치고 난 후 고려 후기에 궁중무악으로 사용된 '속요'와 흡사한 성격을 지니는 것으로 볼 수 있게 된다.『고금와카집』이 일본 시가문학사에 미친 영향은 매우 크다고 할 수 있는데, 뒤에 편찬되는 여러 종류의『와카집』의 분류나 체제는 모두 이것을 토대로 하고 있기 때문이다.

일본문학에서 중고시대[20]로 불리는 10세기 초반에 편찬된『고금와카집』은 임금이 당대의 가인歌人들 중에서 노래 실력이 뛰어난 사람들을 선발하여 세상에 유포되어 불리는 와카를 선별하고 분류하여 정리하는 작업을 하도록 한 결과로 나온 것인데, 이 작업에 참여한 사람들을 선자選者, 센자[21]라고 하였다. 임금

---

18 『고금와카집(古今和歌集)』은 平安(헤이안) 시대의 중기라고 할 수 있는 서기 905년에 임금의 명에 의해 편찬된 최초의 와카집이다.

19 이런 점에서 와카는 우리 민족의 노래라는 뜻을 지닌 향가(郷歌)와 유사한 의미를 지니는 것으로 볼 수 있다.

20 久松潜一,『日本文學史』, 東京 : 至文堂, 1961, p.3.

21 『고금와카집』의 센쟈는 紀貫之(기노 쓰라유키), 紀友則(기노 도모노리), 凡河內躬恒(오오시코

의 명을 받은 이들은 『만엽집』의 선례를 본받아서 1,100여 편의 와카를 선별한 다음 총 20권으로 구성하였다. 전반부 10권과 후반부 10권의 체제로 되어 있는데, 제1권 『춘가春歌』 上, 제2권 『춘가春歌』 下, 제3권 『하가夏歌』, 제4권 『추가秋歌』 上, 제5권 『추가秋歌』 下, 제6권 『동가冬歌』, 제7권 『하가賀歌』, 제8권 『이별가離別歌』, 제9권 『기려가羈旅歌』, 제10권 『물명物名』 제11권 『연가일戀歌一』, 제12권 『연가이戀歌二』, 제13권 『연가삼戀歌三』, 제14권 『연가사戀歌四』, 제15권 『연가오戀歌五』, 제16권 『애상가哀傷歌』, 제17권 『잡가雜歌』 上, 제18권 『잡가雜歌』 下, 제19권 『잡체가雜體歌』, 제20권 『대가소어가大歌所御歌』, 『신유가神遊歌』, 『동가東歌』, 『묵멸가墨滅歌』, 『이본소재가異本所載歌』의 편목으로 구성되었다.

이 시기에 이르면 대부분의 와카는 이미 5-7-5-7-7의 율조를 기반으로 하는 31자로 된 단가의 형태로 고정되는 모습을 보여주고 있다. 여기에 실려 있는 작품에 대한 전체적인 풍격은 섬세하고 우아하게 화자의 정서를 노래하고 있어서 여성적인 성격을 지니고 있다. 작가층은 거의 귀족으로 한정되어 있는데, 귀족 계급 중에서도 중하류의 귀족, 승려, 궁중의 여인 등이 중심을 이룬 것으로 보인다. 총 작자 수는 127명 정도인데, 네 명의 편찬자가 지은 작품은 244수나 된다. 그러나 작자를 알 수 없는 작품도 상당히 많아서 전체 노래의 삼분의 일 정도를 차지하고 있다. 특히 제8권에 실려 있는 이별가에는 작자와 제목을 알 수 없는 작품들이 상당수 포함되어 있다. 이러한 성격을 가지는 와카는 『고금와카집』 이후에도 팔대집八代集이라고 불리는 것으로 『고금집古今集』, 『후찬집後撰集』, 『습유집拾遺集』, 『후습유집後拾遺集』, 『금엽집金葉集』, 『사화집詞花集』, 『천재집千載集』, 『신고금집新古今集』[22] 등이 편찬되었다. 특히 『신고금집』은 2,000수에 이르는 방

우치노 미쓰네), 壬生忠岑(미부노 다다미네)의 네 사람이었다.
22 『신고금와카집(新古今和歌集)』이 1205년에 편찬되었으니 『고금와카집』 이후 약 300여 년간에 걸쳐 와카의 수집이 진행된 셈이 된다.

대한 분량의 작품을 선별하여 싣고 있는데, 편찬 당시의 노래들뿐만 아니라 옛 가인들의 노래도 함께 수록하고 있다. 이처럼 와카는 수백 년에 걸쳐 일본 전통 시가의 한 맥을 형성했지만 무인집단이 권력을 오로지 하는 막부幕府가 들어서면서부터 서서히 쇠퇴의 길을 걷기 시작하였고, 급기야는 가마쿠라鎌倉 시대부터 유행하기 시작한 렌카連歌에게 그 중심을 넘겨주게 된다.

2. 속요의 이별가에 나타난 한의 정서

1) 불가능한 가능성으로 표현된 한의 정서 – 〈정석가〉

속요 중에서 이별로 인한 화자의 슬픔과 한을 격렬하면서도 가장 애절하게 표현한 작품을 든다면 〈정석가〉를 꼽을 수 있다. 객관적 질료이면서 실현이 불가능한 사물 현상을 소재[23]로 선택하여 님과의 이별은 절대로 불가능하다는 것을 강조하는 〈정석가〉는 사랑하는 사람과의 이별에서 오는 슬픔과 한이 얼마나 큰지를 잘 보여주는 시가라고 할 수 있다. 작품의 일부를 보자.

삭삭기 셰몰애 별혜 나는

삭삭기 셰몰애 별혜 나는

구은밤 닷되를 심고이다

그바미 우미도다 삭나거시아

---

23 작품의 소재는 작가와 독립적으로 존재하는 우주내의 사물 현상인 객관적질료를 선택함으로써 이루어지는 객관적 소재와 작가의 마음속에 존재하는 정서로 주관적질료가 되는 주관적 소재가 결합되어 형성된다.

그바미 우미도다 삭나거시아

유덕有德ᄒ신 님믈 여희ᅀᆞ와지이다

옥玉으로 연蓮ㅅ고즐 사교이다

옥玉으로 연蓮ㅅ고즐 사교이다

바회우희 접주接柱 ᄒ요이다

그고지 삼동三同이 퓌거시아

그고지 삼동三同이 퓌거시아

유덕有德ᄒ신 님 여희ᅀᆞ와지이다

므쇠로 텰릭을 ᄆᆞᆯ아 나ᄂᆞ

므쇠로 텰릭을 ᄆᆞᆯ아 나ᄂᆞ

철사鐵絲로 주롬 바고이다

그오시 다 헐어시아

그오시 다 헐어시아

유덕有德ᄒ신 님 여희ᅀᆞ와지이다

므쇠로 한쇼를 디여다가

므쇠로 한쇼를 디여다가

철수산鐵樹山애 노호이다

그쇠 철초鐵草를 머거아

그쇠 철초鐵草를 머거아

유덕有德ᄒ신 님 여희ᄉ와지이다

여기에서 객관적 질료는 '구운밤', '옥으로 새긴 연꽃', '무쇠로 만든 옷', '무쇠로 만든 소' 등이며, 객관적 소재는 '싹이 남', '꽃이 핌', '옷이 헐음', '철초鐵草를 먹음' 등이 된다. 이러한 객관적 소재는 주관적 소재가 되는 화자의 정서를 강조하여 표현하기 위한 것임은 물론이다. 여기에서 객관적 소재가 되는 네 가지 사물 현상들은 화자가 살아가는 삶의 현실에서는 절대로 실현될 수 없다는 공통점을 지니고 있다. 그렇다면 화자는 무엇 때문에 실현 불가능한 현실에 빗대어서 이별의 불가함을 강조하고 있는 것일까? 그것에 대한 해답은 마지막 장을 구성하는 다음 내용에서 찾을 수 있다.

구스리 바회예 디신ᄃᆞᆯ

구스리 바회예 디신ᄃᆞᆯ

긴힛ᄃᆞᆫ 그츠리잇가

즈믄히ᄅᆞᆯ 외오곰 녀신ᄃᆞᆯ

즈믄히ᄅᆞᆯ 외오곰 녀신ᄃᆞᆯ

신信잇ᄃᆞᆫ 그츠리잇가

천년을 헤어져서 홀로 살아간들 사랑에 대한 믿음은 변하지 않는다고 노래하는 것은 화자의 삶을 지탱하는 핵심이 바로 님에 대한 사랑이며, 그것이 끊어질 수밖에 없는 이별이 현실이 되면 그로부터 오는 슬픔과 절망감 때문에 도저히 살아갈 수 없다는 것을 보여주기 위한 표현이 된다. 화자에게 있어서 님과의 이별은 삶을 지탱하기 힘들 정도로 몹시 원망스럽고 억울하며 안타깝고 슬퍼서 마음을 응어리지게 하고도 남음이 있을 정도이니 이것이 바로 한의 정서로 된다. 따라서 화자는 자신과 님의 삶에서는 절대로 일어날 수 없는 실현 불가능한 사물 현상들을 하나도 아닌 네 개씩이나 객관적 소재로 가져와서 작품을 형성함으로서 이별의 불가함을 강조하는 표현으로 삼았던 것이다.

이별에서 오는 한의 정서를 노래하고 있는 〈정석가〉가 더욱 수준 높은 예술성을 가질 수 있도록 하는 또 하나의 요소는 형식적 특수성이라고 할 수 있다. 이 작품의 모든 장에서 첫 번째 행은 반드시 반복되는 구조를 가지도록 구성된 것이 바로 그것이다. 동일한 내용과 구조를 가지는 단위를 장의 맨 앞에서 반복한다는 것은 노래를 통해 화자가 전달하고자 바를 강조함과 동시에 작품을 감상하는 사람이 두 번 인지하도록 하여 감정에 작용하는 강도를 높임으로써 예술적 감동을 유발하는 효과[24]를 지니고 있기 때문이다. 사랑의 영원함과 이별의 슬픔을 실현 불가능한 가능성을 통해 드러냄으로써 고려시대 사람들이 가슴 속에 품고 있는 이별로 인해 생길 수 있는 한의 정서를 특수한 형식적 구조 단위의 반복을 통해 노래하고 있는 〈정석가〉를 속요 중에서 가장 으뜸가는 이별가로 꼽을 수 있을 것이다.

2) 원망과 저주로 나타난 한의 정서 - 〈서경별곡〉

사랑하는 사람을 보내야 하는 이별의 현장을 노래한 속요인 〈서경별곡〉은 이별 후에 화자가 겪을 수밖에 없는 슬픔과 두려움, 보낼 수밖에 없는 현실에 대한 원망과 저주 등으로 한의 정서를 표출하는 것이 특징이다. 대동강 포구에서 님을 보내야 하는 화자는 노래의 첫 부분은 자신들이 사랑을 시작한 평양이

---

24 손종흠, 『속요 형식론』, 박문사, 2010, 63쪽.

란 공간과 여성이 제2의 목숨처럼 아끼는 길쌈에 대한 애정보다 님과의 사랑이 삶에서 차지하는 비중이 훨씬 크다는 것을 강조하는 것으로 시작한다. 그러나 그것을 아랑곳하지 않고 떠나버리는 님에 대한 안타까움과 이별의 슬픔은 점점 격화되어 강에 배를 띄워놓은 뱃사공에 대한 원망과 저주로 표출되는 모습을 보여준다. 작품을 보자.

> 대동강大洞江 아즐가
> 대동강大洞江 너븐디 몰라서
> 위두어렁셩 두어렁셩 다링디리
>
> 빈내여 아즐가
> 빈내여 노흔다 샤공아
> 위두어렁셩 두어렁셩 다링디리
>
> 네가시 아즐가
> 네가시 럼난디 몰라셔
> 위 두어렁셩 두어렁셩 다링디리
>
> 널빈예 아즐가
> 널빈예 연즌다 샤공아
> 위 두어렁셩 두어렁셩 다링디리

이 부분은 님과의 이별로 인해 생기는 화자의 슬픔과 한이 얼마나 깊고 큰 응어리를 만들어내고 있는지를 잘 보여준다. 사랑의 파탄에 대한 책임을 묻고 원망과 저주를 퍼부어야 한다면 그 대상은 마땅히 화자가 사랑했으며, 지금도 사랑하고 있는 님이 되어야 한다. 그러나 슬픔이 응어리져서 만들어진 화자의 한은 님을 싣고 가는 뱃사공에 대한 원망과 저주로 표출되고 있다. 그대의 부인이 정욕이 나서 외간 남자를 보는 줄도 모르면서 부질없이 대동강에 배를 띄워놓아서 님이 건널 수 있도록 했느냐는 것이다. 화자가 겪어야 하는 이별과는 아무런 관련이 없는 뱃사공이란 대상에 대한 터무니없는 원망과 저주는 화자의 삶에서 님과의 사랑이 차지하는 비중이 얼마나 크며, 이별로부터 오는 슬픔과 한이 얼마나 엄청난 것인지를 역설적으로 보여주는 표현이 된다. 어떤 경우에도 님에 대한 사랑을 멈출 수 없는 화자는 비록 자신의 곁을 떠나더라도 그 사람에 대해서는 직접적인 원망이나 미움을 토로할 수 없다. 그러나 이별로 인해 생길 슬픔은 혼자서 그냥 견디기에는 너무나도 큰 상처이기에 누군가에게 풀어내지 않고서는 견딜 수 없을 정도의 한이 될 수밖에 없었는데, 그 대상이 바로 뱃사공이 되었기 때문이다.

절박할 정도로 처절한 〈서경별곡〉에서 보이는 한의 정서 역시 〈정석가〉와 마찬가지로 특수한 형식적 요소에 의해 더욱 빛을 발하게 되는데, 반복구, 감탄사, 후렴 등의 요소가 바로 그것이 된다. 〈서경별곡〉의 모든 장은 첫 번째 행은 두 가지 형식적 특수성을 가지고 있다. 하나는 첫 구절의 표현이 둘째 행의 첫 번째 구절과 동일한 형태로 반복되며, '아즐가'라는 감탄사가 반드시 쓰이는 현상이 그것이다. 동일한 구조 단위의 반복과 감탄사는 노래를 통해 화자가 드러내려고 하는 바를 강조함과 동시에 슬픔의 정서를 표현하기에 적합한 요소가 된다. 각 장의 마지막에 쓰이고 있는 후렴은 앞에서 추상화하여 노래한 내용을 개괄하여 마무리함으로써 다음의 내용으로 진행할 수 있도록 함과 동시에 최대의 감동을 불러일으킬 수 있도록 하기 위한 긴장감을 형성하는 구실을 한다. 원망과 저주라는 직접적이고도 노골적일 수밖에 없는 거친 모습으로 드러날 수 있었던 화자의 정서는 반복구, 감탄사, 후렴 등을 구성 요소로 하는 형식적 특수성과 결합하면서 이별로 인해 생긴 한의 정서를 율동과 긴장감을 간직한 예술적인 형태로 표현할 수 있도록 한다는 점에서 〈서경별곡〉은 매우 특이한 아름다움을 간직한 작품으로 평가할 수 있게 된다.

3) 사랑과 기다림으로 승화된 이별의 한-〈가시리〉

사랑하는 사람이 자신을 버리고 멀리 떠나가더라도 이에 대한 원망이나 미움, 저주 같은 것이 전혀 드러나지 않는 노래가 바로 〈가시리〉다. 네 개의 장으로 나누어지는 모습을 보이고 있는 이 작품은 형태적으로 볼 때 각 장은 독립되어 있지만 내용적으로는 이별의 현장에서 생겨나는 화자의 슬픈 마음을 시간적 흐름에 따라 순차적으로 배열하고 있는 구조를 가지고 있다. 그렇기 때문에 〈가시리〉에는 다른 작품처럼 화자의 정서를 강조하여 표현하기 위한 형식적 요소인 동일한 형태를 가지는 구나 행의 반복 현상 같은 것은 일체 나타나지 않는다. 〈가시리〉에는 청명한 가을날에 산속을 흘러가는 물처럼 맑고 깨끗하며, 부드럽기만 한 사랑의 마음이 그보다 더 온화한 표현을 통해 드러날 뿐이다. 그래서 그런지 〈가시리〉의 표현은 모두 반어적 의구와 탄식을 바탕으로 하는 독백체獨白體의 방식으로 되어 있음을 본다.

> 가시리 가시리 잇고 나는
> 브리고 가시리 잇고 나는
> 위증즐가 대평성대大平盛大
>
> 날러는 엇디 살라ᄒ고
> 브리고 가시리 잇고 나는

위증즐가 대평성대大平盛大

잡스와 두어리마ᄂᆞᆫ
선ᄒᆞ면 아니 올셰라
위증즐가 대평성대大平盛大

셜온님 보내ᄋᆞᆸ 노니 나ᄂᆞᆫ
가시ᄂᆞᆫ듯 도셔 오쇼셔 나ᄂᆞᆫ
위증즐가 대평성대大平盛大

네 개의 장이 각각 기승전결을 이루고 있는 것[25]으로 보기도 하는 이 작품에는 강렬한 느낌을 주기 위한 어떤 어휘나 표현도 없으며, 이별로 인해 생길 수 있는 화자의 슬픔을 드러내기 위한 화려한 수사법도 물론 없다. 이런 점에서 볼 때 〈가시리〉는 속요 중에서 가장 여리고, 가장 약한 것처럼 보이는 표현을 통해 이별의 슬픔을 노래한 작품이 될 것이다. 바꾸어 말하면 지고지순한 사랑으로 엄청난 이별의 슬픔을 넘어선 노래를 〈가시리〉로 볼 수 있게 된다. 자신을 버리고 가는 님과의 이별 현장에서 느끼는 화자의 정서는 '가시리', '엇디 살라ᄒᆞ고', '아니올셰라', '도셔 오쇼셔'라는 네 개의 어휘에 축약되어 있는 것으로 볼 수 있다. 노래의 제목이 되기도 하는 첫 장의 '가시리'는 가시렵니까? 정도의 뜻을 가지는 것으로 화자의 주장을 말하는 것이 아니라 상대의 의중을 조심스럽게 묻는 표현이다. 이 말에는 잡아서 가지 못하게 해보겠다는 의지가 완전히 꺾인 상태에서 님이 떠나는 것을 기정사실로 받아들이는 화자의 마음이 바닷물의 소금처

25 양주동, 『麗謠箋注』, 을유문화사, 1947, 35쪽.

럼 녹아있다. 그러므로 이별로부터 오는 슬픔이 극을 넘어서고 있음을 보여주는 것이 된다. 슬픔과 한의 정서가 이 한 마디에 모두 들어 있는 것이다.

두 번째 장의 '엇디 살라ᄒ고'는 '어찌 살아갈 수 있겠습니까?'라는 반어적인 표현인데, 화자의 목숨은 붙어있어도 이별의 슬픔으로 인해 죽은 것이나 마찬가지라는 뜻을 포함하고 있는 것으로 볼 수 있다. 죽음보다 더한 고통과 슬픔이 화자의 삶을 지배하는 것이 바로 님과의 이별이라는 점을 간곡한 표현으로 송곳처럼 뾰족하게 드러내 보이고 있는 것이다. 화자는 죽음보다 더한 고통을 참아냄과 동시에 이별로부터 오는 슬픔과 한을 재회再會라는 희망의 샘물로 만들기 위해 안간힘을 써 보는데, 그것이 바로 '아니올셰라'이다. 'ㄹ셰라'는 '~일까 두렵다'는 뜻을 가진 의구형疑懼形 어미인데, 자신에게 다시 오기를 바라는 마음을 이렇게 표현한 것으로 본다. 그런 희망조차도 없다면 슬픔이 응어리져서 생긴 한으로 말미암아 화자는 더 이상 생명을 이어가기 어려울 것이라는 사실을 이 한마디에 실어놓고 있는 것이다. 이별의 슬픔을 넘어서게 하는 힘을 가진 재회를 바라는 화자의 마음은 한 걸음 더 나아가 보내기는 보내지만 빨리 돌아오기를 바라는 표현으로 이별의 슬픔을 덮어보려고 한다. '도셔 오쇼서'에는 이별에서 오는 어떤 슬픔이나 한도 넘어설 수 있는 님에 대한 끝없는 사랑과 기다림이 자리하고 있다. 돌아오기만 한다면 어디를 갔든, 무엇을 했든 아무것도 상관하지 않겠다는 것이 화자의 마음이다. 님과의 이별에서 오는 슬픔으로 가득 찬 한의 정서가 부드러우면서도 간절한 표현들을 통해 사랑과 기다림으로 승화되어 나타난 작품으로는 〈가시리〉를 으뜸으로 꼽을 수밖에 없는 이유가 여기에 있다.

4) 객관적 사물 현상에 투영된 이별의 한-〈만전춘별사〉

늦은 봄에 부르는 이별의 노래[26]라는 뜻을 가진 〈만전춘별사〉는 사랑하는 사람과 이별한 후에 겪는 화자의 정서를 특수한 형식으로 노래한 속요이다. 6개의 장으로 나누어져 있는 〈만전춘별사〉는 각 장이 지닌 형식이 모두 달라서 통일성을 갖춘 하나의 작품으로 볼 수 있을지에 대한 논의가 있기도 하였다. 그러나 작품 전체에 흐르는 시상은 이별을 노래하고 있는 것이 확실하므로 궁중무악으로 수용되는 과정에서 여러 개의 노래가 합성되었다 하더라도 하나의 작품으로 보는 데는 무리가 없을 것으로 생각된다.

> 어름우희 댓닙자리 보와
>
> 님과나와 어러주글 만뎡
>
> 어름우희 댓닙자리 보와
>
> 님과나와 어러주글 만뎡
>
> 情[졍]둔 오늜밤 더듸새오시라 더듸새오시라

> 경경耿耿 고침샹孤枕上애　어느즈미 오리오
>
> 서창西窓을 여러ᄒᆞ니 도화桃花ㅣ 발發ᄒᆞ두다
>
> 도화桃花ᄂᆞᆫ 시름업서 소춘풍笑春風ᄒᆞᄂᆞ다 소춘풍笑春風ᄒᆞᄂᆞ다

> 넉시라도 님을ᄒᆞᆫ듸 녀닛경景너기다니
>
> 넉시라도 님을ᄒᆞᆫ듸 녀닛경景너기다니
>
> 벼기더시니 뉘러시니잇가 뉘러시니잇가

---

26 기존의 논의에서는 '만전춘(滿殿春)'을 노래 제목으로 보고, 그 의미는 궁궐에 가득 찬 봄으로 해석하였다. 그러나 '만전춘'은 그렇게 해석될 수 없는 구조를 가지고 있는 데다가 전춘이 늦봄이라는 뜻을 가지고 있기 때문에 이것은 늦봄의 끝으로 해석해야 하고, 별사(別詞) 역시 원사(原詞)에 대한 별도의 가사라는 뜻으로 할 것이 아니라 이별의 노래로 해석해야 함을 알 수 있다. 따라서 〈만전춘별사〉는 '늦은 봄에 부르는 이별의 노래'라는 뜻으로 해석해야 함을 알 수 있게 된다.

올하올하 아련 비올하

여흘란 어듸두고 소해자라온다

소콧얼면 여흘도됴ᄒ니 여흘도됴ᄒ니

남산南山애 자리 보와

옥산玉山을 벼여 누어

금수신錦繡山 니블 안해

사향麝香각시를 아나 누어

남산南山애 자리 보와

옥산玉山을 벼여 누어

금수신錦繡山 니블 안해

사향麝香각시를 아나 누어

약藥든 가슴을 맛초ᄋᆸ사이다 맛초ᄋᆸ사이다

아소 님하

원대평생遠代平生애 여힐솔 모ᄅᆞᄋᆸ새

　사랑하는 님과 정을 두고 있는 오늘밤이 늦게 새었으면 좋겠다는 바람을 노래한 첫째 장은 이별을 눈앞에 둔 상태이다. 내일이면 떠날 님에 대한 안타까움과 애틋함이 이 작품처럼 애절하게 표현된 노래는 흔하지 않을 것으로 보인다. 한 번 헤어지게 되면 다시는 만날 가능성이 없는 님과의 마지막 밤이 될 오늘밤의 시간이 화자에게는 너무나 소중하고 절박하기 때문에 영원히 새지 말았으면 하는 바람을 이렇게 노래하고 있는 것이다. 둘째 장은 사구팔명의 율격을 갖추고 있는 것으로 슬픔으로 인해 생긴 고독의 정서를 노래하고 있다. 이별을 앞두고 있는 화자의 슬픈 현실을 보여주는 고침孤枕과 도화桃花의 대비를 통해 이별의 한을 극명하게 보여주는 수법을 쓰고 있는 것이다. 세 번째 장은 님과의 사이에 오해가 생기도록 어긋나게 말한 사람에 대한 원망이 직접적으로 드러나 있다. 이 수법은 앞의 장에서 도화에 빗대어서 고독감을 강조하여 노래한 것과 같다. 이러한 표현법은 다음 장에서도 이어지고 있는 점으로 보아 〈만전춘별사〉의 중심이 되는 표현수법으로 볼 수 있다. 네 번째 장은 '비오리'의 성질性質과 님의 성정性情을 대비시켜 노래하여 슬픔로 가득 찬 고독의 상태가 계속적으로 유지될 것임을 노래하면서 이별의 한을 객관화시켜 대상에 투영하는 수법을 쓰고 있다. 다섯 번째 장은 '사향麝香각시'라는 표현 때문에 남성화자로 보려는 견해[27]가 많은 편이다. 그러나 작품 전체의 흐름으로 볼 때 '사향각시'를 반드시 여성으로 보아야 하는지에 대해서는 의문이 아닐 수 없다. '사향각시'는 사랑하는 님을 자신과 좀 더 밀착된 관계로 유지시키기 위한 도구로 여성들이 가슴에 품고 있었던 것이기 때문이다. 따라서 님과의 마지막 밤을 보내면서 님이 자신을 아름답고 향기롭게 기억해 주기를 간절히 바라는 여성화자의 마음을 드러낸 것으로 보는 것이 무난할 것이라 생각된다.[28] 〈만전춘별사〉는 사랑하는 님과의 이별에서 오는 슬픔을 이기기 위해 객관적 소재인 사물 현상에 화자의 정서를 투영시키는 방법으로 한을 노래한 작품이라 하겠다.

---

27 성현경, 「만전춘별사 재론」, 『한국 고전시가 작품론』 1, 집문당, 1992, 322쪽; 최철, 『고려 국어 가요의 해석』, 연세대 출판부, 1996, 250쪽.
28 사향(麝香)각시를 이렇게 볼 경우 '남산', '옥산', '금수산 이불' 등은 모두 님과의 마지막 밤을 보내는 화자의 마음을 표현하기 위한 것으로 해석할 수 있게 된다.

3. 와카의 이별가에 나타난 한의 정서

1) 죽음으로 형상화한 이별의 한

불교에서는 만나면 헤어지고, 헤어지면 다시 만나는 것이 정해진 이치라고 하지만 사랑하는 사람과 헤어지는 것만큼 마음을 슬프게 하는 것이 없다고 생각하는 것은 감정을 지닌 인간이라면 모두 같을 수밖에 없다. 따라서 사람과 사람 사이를 매개하면서 감정을 주고받는 구실을 하는 노래에서 가장 중심된 소재와 주제가 되는 것이 바로 사랑과 이별이고, 이것은 동서고금을 막론하고 아주 오랜 옛날부터 지금까지도 변하지 않는 진리 같은 것으로 되었다. 사랑하는 사람과 헤어지고 난 후 겪게 되는 엄청난 슬픔과 그것이 응어리져서 생기는 한은 당사자의 삶을 피폐하게 만들어서 살아 있어도 산 것이 아닌 존재로 바꾸어 버리기도 하는데, 이러한 상태를 노래로 표현하게 되면 자연스럽게 죽음의 정서와 맞닥뜨릴 수밖에 없을지도 모를 일이다. 왜냐하면 죽음만이 이별로 인해 생기는 슬픔과 고통을 잠재울 수 있다고 믿을 것이기 때문이다. 사랑하는 사람을 멀리 보내는 것을 생각만 해도 죽음을 떠올리게 되는 이러한 심정을 노래로 읊은 것으로는 『고금와카집』의 이별가 중에서 다음과 같은 작품을 들 수 있다.

떠나는 날 언제인지 듣지 않으리, 나를 두고 가버리면 아침이슬처럼 사라지리[29]

목숨이 마음대로 할 수 있는 것이라면, 이별로 인해 생기는 슬픔 어찌 있으리[30]

---

29 "唐衣(からころも) 裁(た)つ日(ひ)は聞(き)かじ 朝露(あさつゆ)の 置(お)きてし行(ゆ)けば 消(け)ぬべき物(もの)を." 『고금와카집』 375番.

30 "命(いのち)だに 心(こころ)に叶(かな)ふ 物(もの)ならば 何(なに)か別(わか)れの 悲(かな)しからまし." 위의 책 387番.

첫 번째 작품은 어떤 사람이 지방관이 되어 임지로 떠날 때에 새로운 여성에게 마음을 빼앗겨서 오랫동안 함께 살았던 여성을 버리면서 다만, '내일 떠난다'는 말만 남기고 갔다. 이에 대해 화자는 이런 저런 말을 구차스럽게 하지 않고 이 노래를 부르면서 보냈다고 한다. 두 번째 작품은 미나모토노사네みなもとの さね라는 사람이 온천욕을 하러 간다고 하면서 교토의 서쪽으로 떠날 때에 연인이었던 유녀遊女가 이별의 슬픔을 노한 것이다. 두 작품 모두 이별과 죽음을 연결시키면서 그 슬픔과 한을 노래한다는 공통점을 가지고 있다. 첫 번째 작품부터 분석을 해보자.

'聞(き)かじ'는 당신이 떠나는 날이 언제인지를 묻지 않겠다는 것이 아니라 언제 어느날 떠난다고 말하는 것 자체를 듣지 않고, 듣기 싫다는 마음을 그렇게 표현한 것이다. '置(お)きてし行(ゆ)けば'는 당신이 나를 뒤에 남겨 두고 다른 사람에 가는 것을 가리키는 표현이다. 오랫동안 생활을 같이 해 조강지처糟糠之妻인 자신을 버리고 다른 여성에게 가버리는 남성을 절대로 보낼 수 없다는 강력한 의지와 이별로 인해 생기는 감당할 수 없는 슬픔을 해가 뜨면 사라져 버리는 아침 이슬에 빗대어 노래하고 있다. 화자에 있어서 이별은 곧 죽음을 의미하기 때문에 그로부터 쌓이는 한을 이렇게 노래할 수밖에 없었던 것이다. 두 번째 작품을 보자.

『고금와카집』의 해설에 의하면 미나모토노사네가 온천에 간다고 하는 것은 화자에게서 떠나기 위한 핑계일 뿐이라는 것을 암시하고 있다. 그렇기 때문에 지금 헤어지면 언제 만날지 기약을 할 수가 없다는 것을 화자는 너무나 잘 알고 있다. 따라서 이 노래는 이번에 헤어지면 살아 있는 동안에는 다시 만나기 어렵다는 것을 직감하고 부른 것이라고 할 수 있다. 인간의 목숨이라는 것이 화자의 마음대로 할 수 있는 물건 같은 것이라고만 한다면 지금이라도 죽어서 이별의 슬픔과 한을 잊고 싶은 마음이 노래의 내면에 짙게 깔려 있는 것으로 볼 수 있다.

이별의 슬픔이 너무 커서 화자로서는 도저히 감당할 수 없다는 것을 보여주는 반증이라 하겠다. 위의 두 작품은 지극히 짧은 형식으로 인해 화자의 정서를 노래하는 방식 또한 절제될 수밖에 없는 와카의 특성을 최대한 살리고 있다. 이별에서 오는 슬픔을 단호하고 강력하게 노래함으로써 화자가 지니고 있는 한의 정서를 승화시켜 예술적 아름다움을 갖춘 작품으로 형상화한 것이라고 할 수 있다.

2) 마음을 적시는 이별의 한

만남은 육신이 함께 하는 것이고, 헤어짐은 육신이 나누어지는 것이지만 모두 정신에 작용하여 사람을 기쁘게 하거나 슬프게 만들어서 열락에 들뜨도록 하거나 고통에 허덕이도록 한다. 이것은 육신이 정신을 지배하고, 정신은 육신에 작용하여 서로가 서로를 변화시키는 호상互相 관계에 있음을 잘 보여주는 증거가 된다. 그러므로 육신의 만남이라는 물리적 현상은 사람의 마음을 즐겁게 하여 무한의 가능성을 열어주는 구실을 하지만 육신의 헤어짐이라는 물리적 현상은 사람의 마음을 황폐화시켜 좌절의 구렁으로 빠져들도록 하는 힘을 발휘하게 되는 것이다. 육신의 헤어짐을 뜻하는 이별은 물리적 현상의 하나이지만 정신적인 자극으로 작용하여 사람을 슬프게 만들어서 한이 쌓이도록 하는 힘을 지니고 있으니 그것은 마치 옷을 물들여서 다른 색을 내도록 하는 염료와도 같다. 다음 노래가 이러한 사실을 잘 보여주고 있다.

헤어지자고 하는 것은 염료도 아닌데, 마음에 스며들어서 나를 슬프게 하누나[31]

이별은 말 한마디로부터 시작된다고 했던가! 헤어지자고 던진 말 한마디에

---

31 "別(わか)れてふ 事(こと)は色(いろ)にも 有(あ)ら無(な)くに 心(こころ)に沁(し)みて 詫(わ)びしかるらむ." 위의 책, 381番.

화자의 마음은 미어지고, 그 말은 옷감에 들어버린 염료처럼 가슴에 착색되어 지워지지 않는 슬픔이 되어버리고 만다. 그 말 한마디가 어떤 위력을 가지고 있기에 그처럼 사람을 괴롭게 만드는 것인지 헤어짐을 당한 사람은 아무리 생각해봐도 알 수 없는 노릇이다. 너무나 큰 슬픔이 가슴을 짓누르고 있기 때문에 눈물이나 서러운 말 같은 것으로는 풀어낼 수가 없다. 눈물을 흘리면 슬픔만 더 해질 뿐이고, 고통을 호소해봐야 메아리 없는 넋두리일 뿐이기 때문이다. 생각다 못한 화자는 자신의 마음에 스며들어서 두고두고 사라지지 않으면서 슬픔을 자아내는 이별의 한을 옷감에 색을 들이는 물감에 비유하는 것으로 대신하고자 한다. 물감은 옷감에 스미고, 헤어짐은 마음에 스며서 괴로우니 슬픔으로 가득 찬 한을 표현하기에 이보다 더 적합한 것은 없을지도 모른다. 여기에서 핵심이 되는 표현은 '스며듦沁(し)みて'이다. 이 말은 물리적 현상으로서 물감이 옷감에 스며드는 것과 정신적 작용으로서 마음을 움직이는 현상을 모두 나타낼 수 있도록 하기 위해 쓰인 것인데, 아주 절묘한 표현이아닐 수 없다. 염료가 천에 스며들어서 색을 바꾸는 것은 자연적인 현상이다. 그것은 물리적인 것이기 때문에 천의 색깔을 바꾸는 것은 지극히 당연하다. 그런데 헤어지자거나 떠나겠다고 하는 말은 물리적인 염료도 아닌데 어찌해서 화자의 마음을 슬프게 하여 한을 쌓이게 하는지 도무지 알 수 없다는 것이다. 염료와 헤어짐은 모두 현실을 바꾸는 물리적인 현상이지만 하나는 천을 아름답게 만들고, 다른 하나는 화자를 슬픔으로 가득 차게 만든다. 염료와 천의 어울림과 님과 화자의 헤어짐, 물리적 현상과 정신적 작용, 아름다움과 슬픔이 절묘하게 어울리도록 만드는 것은 모두 '스며듦'이란 표현 하나를 중심으로 만들어지는 것이기 때문에 이 표현이야말로 노래의 핵심이라고 할 수 있다.

3) 자연상관물로 객관화되어 더욱 슬픈 이별의 한

시가문학에서 객관적 질료로 작용하는 자연상관물自然相關物은 화자의 정서를 의탁해서 나타기에 가장 적합한 존재다. 자연상관물은 그것이 가지고 있는 질 중 일부를 가져온 다음, 화자의 정서를 실어서 나타낼 수 있도록 하기 위한 사물 현상으로, 첫째, 의미의 확장, 둘째, 의미의 정확성, 셋째, 감정의 이입, 넷째, 추상의 형상화, 다섯째, 감각적 추상화 등을 가능하게 하여 시적 표현을 풍부하고 정확하게 해주는 매우 중요한 소재이다. 그렇기 때문에 시가에서 자연상관물은 작가가 작품을 통해 표현하고자 하는 바를 독자에게 정확하면서도 예술적으로 전달하도록 하는 데 결정적인 구실을 하는 존재가 된다. 자연상관물을 소재로 활용하여 수사적으로 표현하는 기법이 없다면 시가가 만들어내는 예술적 아름다움은 형편없는 수준이 되거나 반감될 수밖에 없을 것이므로 이것은 작품의 형성에 대단히 중요한 존재가 된다. 특히 자연상관물은 사랑하는 사람과 헤어짐에서 오는 슬픔을 감각적이면서도 예술적으로 표현할 수 있도록 하는 훌륭한 매개체가 된다는 점에서 이별로 인해 쌓인 화자의 한을 감각화하여 객관적으로 나타내는 데 가장 적합한 표현수단이 된다. 다음 작품을 보자.

오토하산 나무에서 드높게 우는 두견새, 그대 떠나감을 아쉬워 하나보다[32]

오려거든 하늘이 캄캄할 만큼 왔으면, 봄비에 소매 젖게 하여 그대를 머물게 하련만[33]

떨치고 가는 그대 머물게 하고 싶어라, 벗꽃이여 어디가 길인지 알 수 없도록 했으면[34]

---

32 "音羽山(おとはやま) 木高(こだか)く鳴(な)きて 郭公(ほととぎす) 君(きみ)が別(わか)れを 惜(を)しむべらなり." 위의 책, 384番.

33 "搔暮(かきく)らし 如(こと)は降(ふ)らなむ 春雨(はるさめ)に 濡衣著(ぬれぎぬき)せて 君(きみ)を留(とど)めむ." 위의 책, 402番.

세 작품은 모두 자연상관물에 감정을 이입시켜 이별로 인해 생길 수 있는 화자의 정서를 원망의 형태로 표현하고 있다. 첫 번째 작품은 자신을 버리고 가는 사람을 차마 잡지는 못하고 두견새의 소리에 의탁하여 한스런 마음을 표현하고 있는 노래다. 여기에서는 '木高(こだか)く鳴(な)きて郭公(ほととぎす)'가 핵심이 되는데, 나무의 높은 곳에서 우는 두견새라는 뜻과 소리를 크게 해서 운다는 두 가지 뜻이 함께 들어 있는 것으로 보아야 한다. 이별을 아쉬워하는 화자 감정이 이입된 것을 전제로 한다면 소리를 크게 해서 운다는 것이 더 적합하다는 것을 알 수 있다. 떠나가는 님을 잡고 싶지만 잡지도 못하고 소리 없이 슬픔을 삼켜야 하는 화자의 마음을 두견새가 대신하여 크게 울어주는 것으로 보아야 하기 때문이다. 사랑하는 사람을 말없이 보내면서 가슴에 묻어야 하는 이별의 한을 두견새라도 크게 울어서 대신해 주기를 바라는 마음을 이렇게 표현하고 있는 것이다.

두 번째 작품 역시 자연상관물이 자신의 마음을 대신해 주기를 바라는 마음을 간절하게 노래하고 있다. 일반적인 자연현상으로 볼 때 봄비는 그리 많이 내리지 않는 것이 보통이다. 따라서 길을 가려는 사람은 그것을 무시하고 떠나기 십상이다. 이미 헤어지기로 약속을 했을지 몰라도 마음으로는 보내고 싶지 않은 화자의 마음은 천 갈래 만 갈래로 찢어질 수밖에 없다. 그래서 마지막으로 희망을 걸어보고 싶은 것이 바로 봄비가 억수같이 쏟아 붓는 것이다. 하늘이 캄캄해질 정도로 비가 내린다면 그것에 옷이 젖어서 길을 떠나지 못할 것이기 때문이다. 여기에서 핵심이 되는 표현은 '春雨(はるさめ)'라고 할 수 있다. 현실적으로는 많이 내리지 않는 것이 봄비지만 억수같이 내렸으면 좋겠다고 한 표현에는 화자의 이중적 심리가 녹아 있다. 떠나지 못하도록잡고 싶은 마음이야 너

---

34 "強(し)ひて行(ゆ)く 人(ひと)を留(とど)めむ 櫻花(さくらばな) 何(いづ)れを道(みち) 戸惑(とまど)ふ迄散(までち)れ." 위의 책, 403番.

무나 간절하지만 차마 그러지 못하는 마음을 대변해주는 것이 약하게 내리는 봄비라고 할 수 있고, 억수같이 쏟아 붓는 봄비는 붙잡고 싶은 화자의 마음을 대신해 주는 것이 될 것이다. 자신이 직접 잡자니 약속을 위반했다고 화를 낼 것 같으니 억수같이 내리는 봄비를 빙자하여 이별로부터 생길 수 있는 슬픔과 한을 절묘하게 노래하고 있는 것이다.

세 번째 노래는 벚꽃이라는 자연상관물을 소재로 하여 화자의 바람을 드러내고 있는 작품이다. 떨치고 가는 그대를 현실적으로는 잡을 수 없다. 상대의 마음이 변했든지 약속을 했든지 간에 화자는 떠나는 님을 잡을 수 없는 상태다. 그러나 절대로 보내고 싶지 않은 것도 화자의 마음이다. 이러지도 저러지도 못할 상황에 처하면 그것을 타개할 수 있는 것은 자연상관물밖에 없으니 화자에게 있어서는 그것이 바로 벚꽃이었다. 벚꽃이 길을 없애버렸으면 좋겠다는 화자의 바람은 두견새의 울음을 통해 자신의 마음을 대변하거나, 비가 억수같이 내려서 님이 떠나지 못했으면 좋겠다는 바람을 노래하는 앞의 두 작품보다 훨씬 역동적이다. 자연상관물의 힘을 빌어서 님이 떠나는 길을 없애버리겠다는 화자의 의지가 적극적으로 반영되고 있기 때문이다. 세 작품은 자연상관물을 통해 화자의 슬픔과 한을 객관화하는 방법을 쓰고 있지만 그래서 오히려 슬픔과 한의 정서를 극대화하는 효과를 내는 것도 사실이다. 왜냐하면 이별로 인해 쌓인 슬픔과 한이 너무나 커서 직접적인 표현방법으로는 담아낼 수 없었던 것으로 해석되기 때문이다.

4) 그리움으로 승화된 이별의 한

육신의 헤어짐보다 더 슬픈 것은 마음이 떠나서 돌아오지 않는 것이다. 그러나 그보다 더 슬픈 것은 변해서 떠나간 그 마음을 아쉬워하면서 잊지 못하는 화자의 심정일 것이다. 이별로 인한 슬픔이 극에 달하면 내가 싫어서 떠난 사람일지라도 끝없는 그리움으로 남을 수밖에 없을 것이니 그것은 바로 슬픔과 한이 승화되어 나타난 애증의 정서가 마르지 않는 눈물로 되어 흐를 것이기 때문이. 떠나간 마음이 야속하고 미워서 잊을 수밖에 없으며, 잊어야 한다고 생각하는 화자의 마음속에 존재하는 당위성과 어떤 몸부림을 쳐봐도 도저히 잊을 수 없는 얄궂으면서 알 수 없는 화자의 마음이 충돌하여 생기는 눈물은 물리적 현상으로써의 눈물이 아니라 마음이 떠난 님을 잊지 못하는 화자의 마음을 통째로 담아서 쏟아낸 지독한 그리움일 수밖에 없는 이유가 바로 여기에 있다. 다음 작품은 이별과 그리움의 상관관계를 절묘하게 형상화한 와카라고 할 수 있다.

한없는 그리움의 눈물에 젖은 소매는 마르지 않으리라, 다시 만날 그날까지[35]

이별하는 현장에서 흘린 눈물에 젖은 소매는 물리적인 현상에 불과하기 때문에 길지 않은 시간 안에 말라서 그 흔적이 남지 않을 수도 있다. 그러나 화자가 흘리는 눈물은 그때부터 더욱 심해질 것이니 떠나간 몸과 마음일지라도 절대로 잊을 수 없기 때문이다. '한없는 그리움의 눈물에 젖은 소매'라는 표현은 화자의 이런 상태를 보여주고 있는데, 이별로 인해 생긴 슬픔은 가슴에 한으로 남을 것이고, 그러한 한의 덩어리는 눈물이라는 물리적 현상으로 되어 흘러내림으로써 소매가 마르지 못하도록 할 것이다. 그러므로 이 작품에서 핵심이 되는 표현은 '袖(そで)は乾(かわ)かじ'가 된다. 이별의 현장에서 흘린 눈물에 젖었던 소매는 그대를 다시 만날 그때까지는 어떤 일이 있어도 결코 마를 수가 없을 것이니 눈물에 눈물을 더하고, 한恨에 한을 더하는 화자의 행위가 계속될 것이기 때문이다. 이것은 처절한 사랑의 흔적이며, 끝없는 그리움의 열매이며, 해후

---

35 "限無(かぎりな)く 思(おも)ふ涙(なみだ)に 濡(そほ)ちぬる 袖(そで)は乾(かわ)かじ 逢(あ)む日迄(ひまで)に." 위의 책, 401番.

를 기약하고자 하는 희망의 끈이다. 따라서 화자에 있어서 그 눈물은 절대로 마를 수 없는 것이다. 그것이 마른다는 것은 사랑이 식었다는 것을 의미하고, 그리움이 사그라졌다는 것을 의미하는 것으로 될 것이기 때문이다. 사랑하는 사람을 보내는 슬픔, 이별의 순간부터 끊임없이 화자를 괴롭히는 그리움은 사랑이 회복되는 날까지 사라지지 않을 것임을 마르지 않을 소매로 대상화하여 노래한 이 작품은 이별로 인해 생긴 한의 정서를 진주처럼 빛나는 아름다움으로 형상화하여 나타낸 대표적인 와카라고 할 수 있을 것이다.

5) 개방적 형식으로 표현된 한의 정서와 폐쇄적 형식으로 표현된 한의 정서

우주 내의 모든 사물 현상이 다 그렇지만 시가는 형식의 중요성이 특히 크다고 할 수 있다. 왜냐하면 소리를 매개로 하면서 정해진 방식에 맞도록 갖추어진 언어를 도구로 하여 화자의 정서를 드러내어 표현하는 시가는 그것이 지니고 있는 형식에 따라 작품의 예술적 성격이 좌우되는 특징을 가지고 있기 때문이다. 이런 점에서 볼 때 시가의 본질적 성격을 올바르게 파악하기 위해 가장 중요한 정보는 바로 형식이 된다는 점을 알 수 있다. 형식적 특성을 파악하면 그러한 방식으로 표현하게 된 사회문화적 흐름과 작가의 의식상태 등을 짚어내어 작품의 본질을 정확하게 밝혀낼 수 있을 것이다.

시간적으로는 약간의 차이가 있지만 당풍의 한시와 무력武力에 눌려 국풍이 빛을 발하지 못했던 고려시대 전반기와 당풍이 문화의 중심을 이루었던 헤이안平安시대 일본이라는 비슷한 사회 현상을 겪은 후에 역사의 전면으로 부상한 속요와 와카는 한국과 일본의 두 민족이 지니고 있는 고유의 정서를 노래한 시가라는 점에서 닮은꼴이다. 그럼에도 불구하고 속요와 와카는 또 상당히 다른 점을 가지고 있는데, 그것은 정서를 표현하는 방식인 형식의 다름에서 오는 형태의 차이와 그로부터 발생하는 문학적 성격의 차별성이라고 할 수 있다. 속요는 우리 언어의 특성을 최대한 살린 방향에서 형성된 형태를 보이고 있는 짐으로 보아 한시에 비해 비교적 자유로운 형식을 갖춘 시가라고 할 수 있다. 반면, 와카는 일본언어를 바탕으로 하는 고유의 노래이기는 하지만 정해진 글자 수에 맞추어서 표현해야 하는 형태를 보이고 있어서 일본식으로 한시의 형식을 최대한 수용하려는 입장에서 만들어졌을 가능성이 큰 작품군이라고 할 수 있다.[36] 두 작품군이 가지고 있는 이런 성격은 화자의 정서를 표출하는 방식에 큰 차이를 낳도록 하는 주요한 원인이 되기 때문에 비슷한 정서를 노래할 경우에도 속요와 화가는 상당한 차별성을 가질 수밖에 없을을 쉽게 짐작할 수 있다. 이러한 문화적 차별성은 이별로부터 생기는 한恨의 정서를 노래한 속요와 와카의 이별

---

[36] 한시는 기본적으로 사언시(四言詩), 오언시(五言詩), 칠언시(七言詩) 등으로 구분한다. 한시를 분류하는 데 있어서 글자수를 중심으로 하는 이유는 그것의 핵심적인 특성이 한 구에 넣을 수 있는 글자의 수를 제한하는 것에 있기 때문이다. 한시에서 하나의 구절에 넣을 수 있는 글자의 숫자를 제한하는 형식은 뜻글자라는 한자의 특성을 가장 잘 살린 것이라고 할 수 있다. 한자는 하나의 글자가 여러 가지 뜻을 가질 수 있는 데다가 여러 글자로 이루어진 어휘를 대신하기도 하기 때문에 하나의 구절에 들어갈 수 있는 글자의 숫자를 엄격하게 제한하는 형식은 한자를 매개수단으로 하는 한시에 적합한 형식일 수밖에 없다. 그러나 교착어(膠着語)인 한국어나 일본어를 표현수단으로 하는 한국시가와 일본시가의 경우 고립어(孤立語)인 한자를 표현수단으로 하는 한시에서 보이는 글자수의 제한을 핵심적인 형식적 특성으로 삼는 것이 과연 바람직할지에 대해서는 생각해볼 여지가 있다. 왜냐하면 한시는 비록 한 구절에 들어갈 수 있는 글자의 숫자를 제한하고 있기는 하지만 그것으로부터 생길 수 있는 의미의 확장을 지극히 제한하여 정서표출을 위축시킬 수 있는 단점들을 보완할 수 있는 용사(用事)와 같은 형식적 특성들을 갖추고 있는데, 한국어와 일본어 같은 데서는 그런 방법이 불가능하기 때문이다. 이런 점을 일찍부터 간파한 우리 선조들은 우리의 노래는 우리의 방식대로 부르고 표기해야 한다는 것을 주창하게 되었고, 신라 때 나타난 향가에서 쓰인 향찰식 표기가 바로 이런 사정을 대변해 주고 있다. 이러한 전통은 속요나 경기체가, 시조, 가사 등에도 그대로 전해졌기 때문에 민족시가의 고유한 형식을 만들고 전승해올 수 있었던 것으로 판단된다. 한편 일본은 『만엽집』에서 글자의 수를 한정하는 짧은 노래인 단가(短歌)가 중심을 보이는 현상에서 짐작할 수 있듯이 그 후에 일본 고유의 노래집으로 알려진 『고금와카집』에 이르러서는 더욱 철저하게 글자의 숫자를 한정시키는 형식을 고수하고 있으며, 후대에 편찬된 '와카집'도 모두 이것을 따르고 있다. 글자의 수를 제한하는 형식이 나쁜 것이고, 그렇지 않고 자유로운 형식을 추구하도록 하는 것이 좋은 것이란 판단을 할 수 있는 것은 아니지만 언어의 성격과 연결시켜 볼 때, 고립어의 특성을 가장 잘 살릴 수 있도록 만들어진 한 구절의 글자수를 제한하는 형식이 교착어를 기본적인 성격으로 하는 한국어나 일본어 같은 데서 그대로 수용하는 것이 과연 바람직한지에 대해서는 한 번쯤 생각해볼 필요가 있을 것으로 보인다.

가 같은 데 그대로 나타나고 있어서 눈길을 끈다.

이별의 한을 노래하고 있는 속요의 이별가는 모든 노래가 여러 개의 장으로 나누어지는 연장체의 형태를 지니고 있어서 와카에 비해 화자의 정서를 비교적 다양하게 표출하는 방식을 취하고 있는 것이 특징이다. 〈정석가〉 같은 작품에서는 사랑하는 님과 절대로 헤어질 수 없다는 뜻을 실현 불가능한 사실에 빗대어서 노래하고 있는데, 네 가지 현상을 소재로 사용하면서 네 가지 방식을 빌어 화자의 정서를 강조하는 것 같은 데서 이러한 사실을 확인할 수 있다. 그렇기 때문에 속요의 이별가에서 표현하는 한의 정서는 다양성, 직접성, 개방성, 분절성 등을 중요한 성격으로 지적할 수 있다. 한편, 속요와 마찬가지로 사랑하는 사람과의 이별에서 오는 한의 정서를 노래하고 있는 와카의 이별가는 속요의 그것과 사뭇 다른 모습을 보여준다. 5-7-5-7-7의 31자로 고정된 형식에 화자의 정서를 최대한 압축해서 표현해야 하기 때문에 소재로 삼는 하나의 대상을 중심으로 해서 가지와 잎과 꽃을 피우는 방식으로 작품이 형성되는 방식을 취하고 있기 때문이다. 1,100여 수의 노래 가운데 991수가 단가로 되어 있는『고금와카집』의 작품이 그런 방식을 가지고 있는 데서 이러한 사실을 확인할 수 있다. 그렇기 때문에 와카의 이별가에서 표현하는 한의 정서는 단일성, 간접성, 폐쇄성, 연속성 등을 중요한 성격으로 지적할 수 있게 된다.

향가에서 시작한 우리나라 민족시가의 형식은 속요, 경기체가, 시조, 가사 등으로 이어지면서 분절성과 개방성을 중심으로 발달해 왔는데, 이것은 우리 언어가 지니고 있는 고유의 특성을 가장 잘 살린 시형식이라고 할 수 있다. 단가 형태의 와카에서 시작한 일본 민족시가의 형식은 렌카連歌 하이카이俳諧, 하이쿠俳句 등으로 이어지면서 단일성과 폐쇄성을 중심으로 발달해 온 것으로 파악되는데, 이것은 한자에 기반을 두고 있는 한시의 특성과 일본어의 특성을 배합한 일본 고유의 시형식으로 볼 수 있다. 어근과 접사에 의해 단어의 기능이 결정되는 공통적인 성격을 가지는 교착어를 표현수단으로 하는 한국과 일본의 노래가 이처럼 다른 모습으로 발달해 온 원인에 대해서는 다양한 각도에서 심도 있는 분석을 진행해야 하겠지만 이 글을 통해 시도한 속요와 와카의 이별가에 대한 비교 분석이 이러한 실마리를 제공할 수 있을 것으로 기대해 본다.

어느 민족, 어느 시대를 막론하고 사회문화 현상의 중요한 축을 담당하고 있는 시가문학은 오랜 역사를 가지고 있는 데다가 시대에 따라 변화하는 모습을 보여줌으로써 매우 다양한 형태의 작품들을 창조해내고 있기 때문에 이에 대한 분석과 평가는 그것을 만들고 즐긴 사람들이 살았던 시대의 문화현상과 사회적 의식 등을 파악하는 데 매우 중요한 실마리를 제공할 수 있다. 우랄알타이어계의 교착어라는 동일한 언어에 뿌리를 두고 있는 한국과 일본의 시가문학이 걸어온 길을 보면 민족시가 형식의 단계에서부터 후대로 분화되어 가는 과정에서 상당한 차별화가 진행되었음을 볼 수 있다. 교착어라는 언어적 성격으로 볼 때, 한국과 일본의 시가문학은 비교적 자유로우면서도 길이나 글자 수를 제한하지 않는 상태에서 출발했던 것으로 보인다. 그러나 지배계급과 피지배계급으로 신분이 분화되고, 왕권국가체제가 성립하면서 한국의 시가는 언어적 특성을 그대로 살리는 방향으로 발달하면서 향가를 민족시가 형식으로 정착시킨 후 조선조에 이르면 짧아진 형태의 시조와 길어진 형태의 가사로 분화하는 모습을 보이고 있다. 일본의 시가는 한시의 핵심적 특성인 글자수를 중심으로 하는 자수율字數律을 고집하면서 짧은 형태의 노래인 와카를 민족시가의 형식으로 정착시켰다. 근대사회로 진행하면서 일본의 시가는 더욱 짧아져서 와카의 앞부분에 해당하는 5-7-5만으로 작품을 완성하는 배구俳句가 중심을 이루는 현상으로 나타난다. 이는 민족과 언어의 출발이 비슷하다 할지라도 환경과 문화의 차이에서 오는 차별성으로 인해 시가의 형식에 엄청난 차이를 가져오게 된다[37]는 것을 알 수 있게 한다. 사람이라면 어느 시대, 어느 민족을 막론하고 공통적으로 겪을 수밖에 없는 이별에서 생기는 한의 정서를 노래한 속요와 와카를 비교 분석하는 것은 한국의 시가와 일본의 시가를 전체적으로 비교 연구하는 출발점으로 삼을 수 있다는 점에서 의의가 클 것으로 보인다.

---

37 이러한 양상을 보여주는 출발점은 향가와 만요슈로 볼 수 있다. 그러나 현전하는 향가의 작품 수가 워낙 적어서 형식적 특성을 올바르게 밝혀내지 못하고 있는 점 때문에 직접적인 비교가 아직은 불가능하다는 판단에서 속요와 와카를 비교 대상으로 정했다.

참고문헌

자료

江原道誌編纂委員會, 『江原道誌』, 1959.

乾隆, 「樂府雜錄」, 『御製律呂正義後編』, 卷八三.

公氏 撰, 『尚書注疏』.

郭祥正 撰, 『青山集』.

김민수 외편, 『국어대사전』, 금성사, 1994.

김부식, 『삼국사기』, 민족문화추진회, 1984.

김안로, 「龍泉談寂記」, 『大東野乘』 卷十三.

김태준, 「別曲의 硏究」, 『東亞日報』, 1932.1.15부터 13회 연재.

_____, 『朝鮮歌謠集成』, 漢城圖書株式會社, 昭和9年(1934).

劉學箕 撰, 『方是閒居士小稿』.

李昉 等編, 『文苑英華』.

毛奇齡 撰, 『皇言定聲錄』.

商務印書館 篇, 『辭源』.

안정복, 『동사강목』 5, 민족문화추진회 고전국역총서, 1978.

嚴羽, 『滄浪詩話』.

衞宗武 撰, 『秋聲集』.

劉勰, 『文心雕龍』.

윤기, 『무명자집시고』 6, 민족문화추진회, 2000.

이상호 역, 『삼국유사』, 과학원출판사, 1956.

一然, 『三國遺事』, 민족문화추진회, 1984.

丁若鏞, 『與猶堂全書』.

朱鶴齡, 『尚書埤傳』.

철원군지증보편찬위원회 편, 「철원군지」, 1992.

崔珏, 『御定全唐詩』.

최상수, 『한국민간전설집』, 통문관, 1958.

최성대, 『두기시집』 10, 민족문화추진회 영인본, 2008.

韓國佛敎大辭典編纂委員會, 『韓國佛敎大辭典』 전7권, 보련각, 1982.

한국철학사상연구회 편, 『철학대사전』, 동녘, 1989.

한글학회, 『우리말 큰사전』, 어문각, 1994.

한글학회 편, 『한국지명총람』 2(강원도편), 한글학회, 1967.

漢語大辭典編輯委員會 編, 『漢語大詞典』, 漢語大辭典出版社 : 上海・中國, 2001.

赫連挺, 『均如傳』.

『高麗史』

『舊唐書』

『문학예술사전 상·중·하』, 과학백과사전종합출판사, 1991.

『三國史記』

『說文解字』

『松江集』, 韓國文集叢刊 91, 民族文化推進會, 1992.

『時用鄕樂譜』

『樂章歌詞』

『樂學軌範』

『朝鮮王朝實錄』

『虛白堂集』

논저

과학백과사전연구원 편, 『조선문학사』, 과학백과사전연구원출판사, 1977.

강봉룡, 「고대 동아시아 海上交易에서 백제의 역할」, 『한국상고사학보』 38, 한국상고사학회, 2002.

고가연구회 편, 『향가의 깊이와 아름다움』, 보고사, 2009.

孤山遺稿, 『韓國文集叢刊』 91, 民族文化推進會, 1992.

高野辰之, 『日本歌謠史』, 東京 : 五月書房, 1981.

고운기, 「一然의 世界認識과 詩文學 硏究」, 연세대 박사논문, 1993.

고위민, 「朝鮮民謠의 分類」, 『춘추』, 1941.4.

고정옥, 『조선민요 연구』, 수선사, 1949.

공용배, 「정치적 커뮤니케이션으로서의 민요 연구」, 연세대 석사논문, 1981.

久松潛一, 『日本文學史』, 東京 : 至文堂, 1961.

국어국문학회 편, 『고려가요 연구』, 정음사, 1979.

＿＿＿＿＿＿, 『시조문학 연구』, 정음사, 1980.

＿＿＿＿＿＿, 『신라가요 연구』, 정음사, 1979.

금기창, 「三句六名에 대하여」, 『국어국문학』 79·80합병호, 국어국문학회, 1979.

紀貫之·紀友則·凡河內躬恒·壬生忠岑, 『古今和歌集』, 日本, 岩波書店, 1965.

김갑기, 『松江 鄭澈의 詩文學』, 이화문화출판사, 1997.

김경복 외, 『이야기 가야사』, 청아출판사, 2003.

김대출판부, 『조선문학사』, 김대출판부, 1982.

김대출판사, 『김대학보』 40-1, 김대출판사, 1994.

김대행 편, 『운율』, 문학과지성사, 1984.

＿＿＿＿, 『시조 유형론』, 이화여대 출판부, 1988.

＿＿＿＿, 『한국시가 구조 연구』, 삼영사, 1977.

김동욱, 『국문학사』, 개문사, 1979.

＿＿＿＿, 『한국가요의 연구』, 을유문화사, 1961.

김무헌, 『한국 노동민요 연구』, 집문당, 1986.

＿＿＿＿, 『한국 민요문학론』, 집문당, 1987.

김무헌, 『향가여요 교육론』, 집문당, 1997.

김문기, 「삼구육명의 의미」, 『어문학』 46, 어문학회, 1980.

김사엽, 『국문학사』, 정음사, 1957.

_____, 『松江歌辭』, 문호사, 1959.

_____, 『鄕歌의 文學的 硏究』, 계명대 출판부, 1979.

김삼불, 『松江 가사 연구』, 한국문화사영인, 1999.

김상선, 『韓國詩歌 形態論』, 일조각, 1979.

김상억, 「고려가사 연구 I」, 『논문집』 5, 청주대, 1966.

_____, 「고려가사 연구 III」, 『논문집』 7, 청주대, 1972.

김상진, 『조선 중기 연시조의 연구』, 민속원, 1997.

김상훈, 『가요집』, 문예출판사, 1983.

김선기, 「三句六名에 關한 硏究」, 충남대 석사논문, 1979.

_____, 「三句六名再考」, 『어문연구』 28, 어문연구회, 1996.12.

김소운, 『朝鮮口傳民謠集』, 동경 : 제일서방, 1933.

김수업, 「三句六名에 대하여」, 『국어국문학』 68 · 69합병호, 국어국문학회, 1975.

_____, 『배달문학의 갈래와 흐름』, 현암사, 1992.

김수태, 「新羅의 國家形成」, 『신라문화』 21, 동국대 신라문화연구소, 2003.

김열규, 「향가의 문학적 연구 일반」, 『향가의 어문학적 연구』, 서강대 인문과학연구소, 1972.

_____ · 申東旭編, 『高麗時代의 歌謠文學』, 새문사, 1982.

김완진, 『향가 해독법 연구』, 서울대 출판부, 1991.

김일성종합대학 편, 『조선문학사』 1, 천지, 1987.

김준영, 「삼구육명의 귀결」, 『국어국문학』 26, 국어국문학회, 1986.

김학성, 『國文學의 探究』, 성균관대 출판부, 1987.

김형규, 『古歌註釋』, 백영사, 1955.

남광우, 「高麗歌謠 語釋上의 問題點에 관하여」, 『高麗時代의 言語와 文學』, 형설출판사, 1975.

문영오, 「윤선도 론」, 『고시조 작가론』, 백산출판사, 1986.

박노준, 「〈만전춘별사〉의 제명과 작품의 구조적 이해」, 『문학한글』 1, 한글학회, 1987.

박노춘, 「謠讖思想과 讖謠」 上 · 下, 『高鳳』, 4집(1958) · 5집(1959), 신흥대.

박병채, 『高麗歌謠 語釋 硏究』, 선명문화사, 1963.

박상진, 「향가의 三句六名과 十二大綱譜의 관계」, 『한국음악사학보』 38, 한국음악사학회, 2007.

박을수 편저, 『한국시조대전』 上 · 下, 아세아문화사, 1992.

백산자료원 편, 『삼국유사연구론선집』 1, 백산자료원, 1986.

백영10주기 추모논집간 행위원회 편, 『한국 고전시가 작품론』 2, 집문당, 1992.

백영정병욱선생10주기추모논문집간행위원회 편, 『한국 고전시가 작품론』 1, 집문당, 1992.

福井久藏, 『大日本歌學史』, 東京 : 圖書刊行會, 1981.

사회과학원 주체문학연구소 편, 『조선문학사』 1, 사회과학원, 1991.

사회과학원, 『조선문학사』, 사회과학원출판부, 1989～1994.

사회과학원, 『조선문학통사』, 1959.

서수생, 『한국시가 연구』, 형설출판사, 1970.

서원섭, 『가사문학 연구』, 형설출판사, 1978.

＿＿＿, 『시조문학 연구』, 형설출판사, 1977.

성기옥, 『한국시가 율격의 이론』, 새문사, 1982.

성현경, 「만전춘별사 재론」, 『한국 고전시가 작품론』 1, 집문당, 1992.

＿＿＿, 「만전춘별사의 구조」, 『고려시대의 언어와 문학』, 형설출판사, 1975.

성호경, 「삼구육명에 대한 고찰」, 『국어국문학』 86, 국어국문학회, 1981.

손종흠, 「〈혜성가〉와 민족시가 형식의 탄생」, 『향가의 수사와 상상력』, 보고사, 2010.11.

＿＿＿, 「민족 통합과 향가의 발생」, 『논문집』 45, 한국방송통신대, 2008.2.

＿＿＿, 「한국민요 분류 시고」, 『열상고전연구』 2, 열상고전연구회, 1989.

＿＿＿, 「한림별곡 연구」, 『논문집』 14, 한국방송통신대, 1992.

＿＿＿, 『고전시가 미학 강의』, 앨피, 2011.

＿＿＿, 『속요 형식론』, 박문사, 2010.

신라문화선양회 편, 『신라종교의 신연구』, 서경문화사, 1991.

＿＿＿＿＿＿＿＿, 『화랑도의 재조명』, 서경문화사, 1991.

신연우, 『조선조 사대부 시조문학 연구』, 박이정, 1997.

양주동, 『麗謠箋注』, 을유문화사, 1947.

＿＿＿, 『고가 연구』, 박문출판사, 1957.

양희철, 「三句六名에 관한 檢討」, 『국어국문학』 88, 국어국문학, 1982.

＿＿＿, 『고려향가연구』, 새문사, 1988.

여기현, 「新羅 音樂相과 詞腦歌」, 월인, 1999.

여증동, 「滿殿春別詞 歌劇論 詩攷」, 『논문집』 1, 진주교육대학, 1967.

＿＿＿, 「신라노래 연구」, 『어문학』 15-4, 한국어문학회, 1976.

＿＿＿, 「雙花店 考究」, 『국어국문학』 53, 국어국문학회, 1971.

연세대 근대한국학연구소, 『번역시의 운율』, 소명출판, 2012.

예창해, 「三句六名에 대한 하나의 假說」, 『한국시가연구』 5, 한국시가학회, 1999.8.

원용문, 『윤선도 문학 연구』, 국학자료원, 1989.

劉 勰, 『文心雕龍注』, 香港 : 商務印書館, 1980.

윤기홍, 「鄕歌의 歌唱과 形式에 관한 연구」, 『연세어문학』 18, 연세대 국어국문학과, 1985.

윤덕진, 「江湖 歌辭 硏究」, 연세대 박사논문, 1988.

윤영옥, 『시조의 이해』, 영남대 출판부, 1986.

이기상·구연상, 『존재와 시간 용어해설』, 까치글방, 1998.

이능우, 「現代의 讖謠」, 『사상계』 20, 1955.

이명구, 「韓國(한국) 文學思想史(문학사상사)의 定立(정립)」, 『동대신문』, 1977.11.29.

이명선, 『조선문학사』, 조선문학사, 1949.

이병기, 『국문학 개론』, 일지사, 1957.

이병기 · 백철, 『國文學全史』, 신구문화사, 1957.

이병로, 「장보고 사후의 해상 세력과 고려 왕건과의 관계」, 『일본어문학』 32, 일본어문학회, 2006.

이상보, 「「鄭石歌」研究」, 『한국언어문학』 창간호, 한국언어문학회, 1963.

이웅재, 「삼구육명에 대하여 1」, 『어문논집』 18, 중앙대 문리과대학 국어국문학과, 1985.

이은상, 『鷺山文選』, 영창서관, 1937.

이재수, 『尹孤山研究』, 학우사, 1955.

이종욱, 「韓國 初期國家 形成過程의 小國」, 『한국상고사학보』 27, 한국상고사학회, 1998.

이종출, 「高麗俗謠의 形態的 考究」, 「高麗歌謠 研究」, 신아사, 1965.

이진한, 「고려시대 예성항 무역의 실상」, 『서해문집』 22, 내일을여는역사, 2005.

이 탁, 『국문학 논고』, 정음사, 1958.

이호영, 「韓國上古社會 發展段階의 諸說－城邑國家說을 中心으로」, 『단국대학교논문집』 12, 단국대, 1978.12.

이 황, 『퇴계집』, 민족문화추진회, 2001.

임기중 편저, 『우리의 옛노래』, 현암사, 1993.

임동권, 『한국민요 연구』, 선명문화사, 1976.

_____, 『한국민요사』, 문창사, 1970.

_____, 『한국민요집』, 동국문화사, 1960.

임동민, 「신라 상대(上代) 국가발전 과정의 해양사적 고찰」, 『Strategy 21』 24, 한국해양전략연구소, 2009.

임 화 · 이재욱, 『조선민요선』, 학예사, 1939.

장덕순, 『한국문학사』, 동화출판사, 1981.

_____, 『한국의 설화문학 연구』, 서울내 출판부, 1970.

_____ · 조동일 외편, 『구비문학 개론』, 일조각, 1985.

장사훈, 「滿殿春形式考」, 『예술원논문집』 2, 대한민국예술원, 1963.

전규태, 「滿殿春別詞考」, 『高麗時代의 가요문학』, 새문사, 1982.

_____, 『高麗歌謠』, 정음사, 1976.

정기호, 『高麗時代 詩歌의 研究』, 인하대 출판부, 1987.

정병욱, 「악기의 구음으로 본 별곡의 여음구」, 『高麗時代의 가요문학』, 새문사, 1982.

_____, 「한국시가의 운율과 형태」, 『고전시가론』, 새문사, 1984.

_____, 「고산 윤선도」, 『문학사상』, 1976.2.

_____, 『고전시가론』, 신구문화사, 1977.

_____, 『국문학산고』, 신구문화사, 1959.

_____, 『한국 고전시가론』, 신구문화사, 1979.

정병욱선생 10주기추모논문집간행위원회, 『한국 고전시가 작품론』 1, 집문당, 1992.

정재호, 「江湖歌辭小考」, 『어문논집』 17, 고려대 국어국문학연구회, 1976.

정창일, 「三句六名에 對하여 1」, 『국어국문학』 88, 국어국문학회, 1982.

정홍교 · 박종원, 『조선문학개관』, 인동, 1986.

조동일, 『한국문학통사』 1, 지식산업사, 1982.

_____, 『한국시가의 역사의식』, 문예출판사, 1993.

조동일,『韓國詩歌의 傳統과 律格』, 한길사, 1982.

조선민주주의인민공화국 과학원언어문학연구소 문학연구실 편,『조선문학통사』(상), 화다, 1989.

조윤제,『국문학사』, 탐구당, 1981.

_____,『韓國詩歌史綱』, 을유문화사, 1954.

_____,『韓國詩歌의 研究』, 乙酉文化社, 1948.

佐佐木信綱,『日本歌學史』, 東京 : 博文館, 1910.

朱弁,「曲洧旧聞」卷五.

竹内啓 編,『無限と有限』, 東京大學出版會, 1980.

中央僧伽大學 佛敎史學硏究所 編,『一然과 三國遺事』전17권, 아름출판사, 1994.

池憲英,「鄕歌의 解讀 解釋에 관한 諸問題」,『崇田語文學』2, 崇田大學校國語國文學科, 1973.12.

崔範勳,「讖謠硏究」,『한국문화연구』1, 경기대·한국문화연구소, 1984.

최승영,「鄭石歌 硏究」,『청람어문학』, 1993.

최정여,「高麗의 俗樂歌詞論攷」,『논문집』4, 청주대, 1963.

최진원,『國文學과 自然』, 성균관대 출판부, 1977.

최 철,「三句六名의 새로운 해석」,『동방학지』52, 연세대 국학연구원, 1986.

_____,「韓國詩歌 形式의 特徵」,『연민 이가원 선생 칠질송수 기념논총』, 1987.

_____,「한국정치민요 연구」,『인문과학』60, 연세대 인문과학연구소, 1998.

_____,「고려 국어가요의 해석」, 연세대 출판부, 1996.

_____,『한국민요학』, 연세대 출판부, 1992.

_____,『향가의 문학적 해석』, 연세대 출판부, 1990.

_____·설성경 편,『민요의 연구』, 정음사, 1984.

_____,『시가의 연구』, 정음사, 1984.

최충희·구정호·박혜성·고한범·이현영,『일본 시가문학사』, 태학사, 2004.

土田杏村,「上代の 歌謠」,『土田杏村全集』13, 東京 : 第一書房, 1935.

波多野精一,『時と永遠』, 岩波書店, 1967.

한국어문학회 편,『高麗時代의 言語와 文學』, 형설출판사, 1975·1979.

_____,『新羅時代의 言語와 文學』, 형설출판사, 1974.

한국외국대 외국학종합연구센터 편,『세계의 혼인문화』, 한국외대 출판부, 2005.

허문섭·이해산 편,『고대가요 고대한시』, 북경 : 민족출판사, 1968.

현종호,『국어고전시가사연구』, 보고사, 1996.

홍기문,『향가해석』, 평양 : 과학원, 1956.

홍재휴,「三句六名攷」,『국어국문학』78, 국어국문학회, 1978.

_____,『한국 고시 율격 연구』, 태학사, 1983.

황패강,『향가문학의 이론과 해석』, 일지사, 2001.

황희영,『韻律硏究』, 형설출판사, 1969.

역서

F. W. 폰 헤르만, 신상희 역, 『존재와 시간을 찾아서』, 한길사, 1997.

Martin Heidegger, 전양범 역, 『존재와 시간』, 시간과공간사, 1989.

Michael Gelven, 김성룡 역, 『존재와 시간 입문서』, 시간과공간사, 1991.

권상노 역, 『삼국유사』, 동서문화사, 1978.

기노 쓰라유키 외편, 구정호 역, 『고킨와카슈』 상·하, 태학사, 2010.

마르틴 하이데거, 이기상 역, 『존재와 시간』, 까치, 1998.

알렉상드르 꼬제브, 설헌영 역, 『역사와 현실 변증법』, 한벗, 1981.

이가원 역, 『삼국유사』, 태학사, 1991.

이스라엘, 황태연 역, 『변증법』, 까치, 1983.

카렐 코지크, 박정호 역, 『구체성의 변증법』, 지만지, 2014.

페르디낭 드 소쉬르, 최용호 역, 『언어와 시간』, 박이정, 2002.

폴 리쾨르, 김한식·이경래 역, 『시간과 이야기』 1, 문학과지성사, 1999.

헤겔, 두행숙 역, 『정신 현상학』, 분도출판사, 1993.